TRILOGIA CÓSMICA

C. S. LEWIS

VOLUME ÚNICO

TRILOGIA CÓSMICA

Publisher	*Samuel Coto*
Editor	*André Lodos Tangerino*
Tradutor	*Carlos Caldas*
Preparação	*Daila Fanny*
Revisão	*Clarissa Melo*
Diagramação e projeto gráfico	*Sonia Peticov*
Ilustração	*Guilherme Match*
Capa	*Rafael Brum*

Dados Internacionais de Catalogação na Publicação (CIP)
(BENITEZ Catalogação Ass. Editorial, MS, Brasil)

L652t Lewis, C.S. (Clive Staples), 1898-1963
1.ed. Trilogia cósmica: volume único / C. S. Lewis; tradução Carlos Caldas. – 1.ed. – Rio de Janeiro: Thomas Nelson Brasil, 2022.
784 p.; 15,5 x 23 cm.

Título original: Out of the Silent Planet, Perelandra, and That Hideous Strength.
ISBN 978-65-5689-320-4

1. Ficção inglesa. I. Caldas, Carlos. II. Título.

06-2022/37 CDD: 823

Índice para catálogo sistemático

1. Ficção: Literatura inglesa 823

Bibliotecária responsável: Aline Graziele Benitez CRB-1/3129

Thomas Nelson Brasil é uma marca licenciada à Vida Melhor Editora LTDA.
Todos os direitos reservados à Vida Melhor Editora LTDA.
Rua da Quitanda, 86, sala 601A — Centro
Rio de Janeiro — RJ — CEP 20091-005
Tel.: (21) 3175-1030
www.thomasnelson.com.br

Apresentação

J. R. R. Tolkien

O SR. C. S. LEWIS contou-me que o senhor permitiu que ele lhe enviasse *Além do planeta silencioso*. Eu o li, é claro; e desde então o tenho ouvido passar por um teste bem diferente: o de ser lido em voz alta para o nosso clube local (que se dedica à leitura de coisas curtas e longas em voz alta). Mostrou-se um folhetim empolgante, e foi amplamente aprovado. Mas, é claro, temos todos gostos similares.

É apenas por um estranho acidente que o herói é um filólogo (um ponto no qual ele assemelha-se a mim) [...]. Originalmente tínhamos a intenção de que cada um escrevesse um "thriller" excursionista: uma viagem espacial e uma viagem no tempo (minha), cada uma descobrindo o Mito. No entanto, a viagem espacial foi terminada, e a viagem no tempo, devido à minha lentidão e incerteza, permanece apenas um fragmento, como o senhor o sabe.

Li a história no manuscrito original e fiquei tão envolvido que não pude fazer qualquer outra coisa até que a tivesse terminado. Minha primeira crítica foi de que simplesmente a história era curta demais. Ainda acredito que essa crítica se mantém [...]. Mas, no geral, as invenções linguísticas e a filologia são mais do que suficientemente boas. Toda a parte sobre idiomas e poesia — os vislumbres de sua natureza e forma malacandrianas — é muito bem-feita e extremamente interessante, muito superior àquilo que geralmente se consegue de viajantes em regiões para onde nunca se viajou antes. A barreira linguística é geralmente evitada ou apresentada de maneira vaga. Aqui ela não apenas possui verossimilhança, mas também uma razão subjacente.

Percebo, é claro, que, para ser ao menos moderadamente comercializável, tal história deve ser satisfatória em seu valor superficial, como uma *vera historia* de uma viagem a uma terra estranha. Aprecio muito o gênero [...]. Acredito que *Além do planeta silencioso* tenha passado nesse teste de maneira muito bem-sucedida. Os inícios e modo de transporte efetivo no tempo ou espaço são sempre os pontos mais fracos de tais histórias. Eles são muito bem trabalhados aqui [...]. Mas eu deveria ter dito que a história possuía para o leitor mais inteligente um grande número de implicações filosóficas e míticas que a aprimoram sem depreciar a "aventura" em primeiro plano. Achei a combinação de *vera historia* com *mythos* irresistível. Existem, é claro, certos elementos satíricos, inevitáveis em qualquer história de viajantes desse tipo, e também uma pitada de sátira sobre outras obras de ficção "científica" superficialmente similares — tal como a referência à noção de que uma inteligência superior estará inevitavelmente combinada com crueldade. O mito subjacente é obviamente aquele da Queda dos Anjos (e da queda do homem neste nosso planeta silencioso) [...].

Seja como for, eu teria comprado essa história quase a qualquer preço se a tivesse encontrado impressa, e a teria recomendado enfaticamente como um "*thriller*" de (não obstante e surpreendentemente) um homem inteligente. Mas sei, de modo muito triste pelos meus esforços em encontrar algo para ler mesmo com uma assinatura de "a pedido" em uma biblioteca, que meu gosto não é normal.

J.R.R. Tolkien
Trecho extraído da carta a Stanley Urwin
18 de fevereiro & 4 de março de 1938

ALÉM DO PLANETA SILENCIOSO

Nota

Algumas referências desrespeitosas a histórias anteriores deste gênero, que serão encontradas nas páginas a seguir, foram feitas com propósitos puramente dramáticos. O autor sentiria muito se qualquer leitor o imaginasse tolo demais para apreciar as fantasias de H. G. Wells[1] ou ingrato demais para reconhecer o quanto lhes deve.

C.S.L.

---

[1]Herbert George Wells (1866–1946), autor de clássicos da literatura de ficção científica como *A guerra dos mundos* e *O homem invisível*. [N. E.]

Para meu irmão
W.H.L.

Desde sempre um crítico da história do espaço-tempo.

1

AS ÚLTIMAS gotas da forte chuva mal tinham acabado de cair quando o Caminhante guardou o mapa no bolso, ajustou de modo mais confortável a mochila sobre os ombros cansados, saiu do abrigo de uma enorme castanheira e foi para o meio da estrada. Um violento crepúsculo amarelo surgia por uma abertura nas nuvens a oeste, embora mais à frente, na direção das colinas, o céu estivesse escuro como uma pedra de ardósia. Cada árvore e cada folha de grama pingava, e a estrada brilhava como um rio. O Caminhante não perdeu tempo com a paisagem, pondo-se de novo a caminhar com o passo determinado de um bom andarilho que acabou de perceber que teria de andar mais do que pretendia. De fato, era essa a sua situação. Se ele tivesse tomado a decisão de olhar para trás, o que não fez, teria visto o pináculo de Much Nadderby, e, ao vê-lo, poderia ter rogado uma praga contra aquele pequeno hotel nada hospitaleiro que, apesar de evidentemente vazio, recusara-lhe um quarto. O hotel havia mudado de dono desde a última vez que ele andara por aquela região. O gentil proprietário de outrora, que ele esperava encontrar, havia sido substituído por uma pessoa a quem a garçonete se referia como "a senhora", e essa senhora parecia ser uma britânica daquela escola ortodoxa que considera os hóspedes um estorvo. Sua única chance agora era Sterk, no lado mais distante das colinas, a mais ou menos dez quilômetros de distância. O mapa indicava uma pousada lá. O Caminhante era experiente demais para ter qualquer esperança concreta nesse sentido, mas aparentemente não havia nada mais perto.

Ele andou com pressa e determinação, sem se preocupar muito consigo mesmo, como faz um homem que tenta encurtar o caminho com uma interessante linha de raciocínio. Ele era alto, mas um pouco encurvado, tinha entre trinta e cinco e quarenta anos de idade, e estava vestido com aquele desleixo particular que caracteriza os acadêmicos nas férias. À primeira vista, poderia facilmente ser confundido com um médico ou com um professor, apesar de não ter os ares de homem vivido de um nem o entusiasmo indefinível do outro. Na verdade, ele era um filólogo e pesquisador em uma faculdade de Cambridge. Seu nome era Ransom.

Quando deixou Nadderby, esperava conseguir pousar durante a noite em alguma fazenda hospitaleira antes de chegar a Sterk, mas a terra daquele lado das colinas parecia quase desabitada. Era uma espécie de zona rural desolada e monótona, dedicada principalmente a repolhos e nabos, com cercas malfeitas e poucas árvores. A região não atraía visitantes como o campo mais rico ao sul de Nadderby, e era protegida pelas colinas contra as áreas industriais que estão para lá de Sterk. À medida que entardecia e as aves paravam de fazer barulho, fazia-se um silêncio maior que o usual em uma paisagem inglesa. O barulho dos seus pés na estrada pedregosa tornou-se irritante.

Ransom tinha andado cerca de três quilômetros quando percebeu uma luz adiante. Já estava perto das colinas e estava quase escuro, de maneira que ele ainda alimentava esperança de encontrar uma grande fazenda, até que chegou próximo o bastante da origem real da luz e viu que esta vinha de uma pequena casa de campo feita de horrendos tijolos do século 19. Quando estava se aproximando, uma mulher saiu apressadamente de dentro da casa e quase colidiu com ele.

"Peço desculpas, senhor", disse ela. "Pensei que fosse o meu Harry."

Ransom perguntou-lhe se havia algum lugar mais perto do que Sterk onde ele poderia encontrar uma pousada.

"Não, senhor", respondeu a mulher. "Nada até Sterk. Ouso dizer que o senhor vai encontrar alguma coisa em Nadderby."

Ela falava com uma voz humilde, angustiada, como se estivesse pensando em outra coisa. Ransom explicou que já havia tentado Nadderby.

"Então eu não sei mesmo, senhor", respondeu ela. "Dificilmente haverá alguma casa antes de Sterk, pelo menos não o que o senhor procura. Há apenas a Casa Alta, onde o meu Harry trabalha, e pensei que o senhor estivesse vindo de lá, por isso eu saí quando o ouvi, pensando que poderia ser ele. Ele já deveria estar em casa há um bom tempo."

"A Casa Alta", disse Ransom. "O que é isso? Uma fazenda? Será que eu encontraria um quarto lá?"

"Ó não, senhor. Veja só, não tem ninguém lá agora, exceto o professor e o cavalheiro de Londres, não desde que a senhorita Alice faleceu. Eles não o hospedariam, senhor. Nem empregados eles têm mais, a não ser o meu Harry para cuidar da fornalha, e ele nem entra na casa."

"Como esse professor se chama?", perguntou Ransom com uma vaga esperança.

"Eu não sei, senhor", disse a mulher. "O outro cavalheiro é o senhor Devine, e Harry diz que o *outro* é um professor. Meu Harry não entende muito dessas coisas, veja bem, pois ele é um pouco simples, e é por isso que eu não gosto que ele volte para casa tão tarde. Eles disseram que sempre o dispensariam às seis. É como se ele não tivesse tido um bom dia de trabalho."

A voz monótona e o vocabulário limitado da mulher não expressavam muita emoção, mas Ransom estava próximo o bastante para perceber que ela tremia e estava a ponto de chorar. Ocorreu-lhe que ele deveria ir até o professor misterioso e pedir que deixasse o rapaz voltar para casa; apenas uma fração de segundo depois ocorreu-lhe que, uma vez que estivesse na casa — entre homens de sua própria profissão —, muito provavelmente poderia ser que recebesse o convite para passar a noite ali. Qualquer que tenha sido o processo de pensamento de Ransom, ele percebeu que a imagem mental de uma visita à Casa Alta tinha assumido a solidez de uma decisão. Ele contou para a mulher o que pretendia fazer.

"Muito obrigada mesmo, senhor", disse ela. "Se o senhor puder fazer a gentileza de acompanhar Harry até o lado de fora do portão, até ele pegar a estrada, se é que o senhor me entende. Ele tem muito medo do professor, e não se afastaria depois que o senhor tivesse saído, a menos que eles mesmos lhe digam para voltar para casa."

Ransom tranquilizou a mulher da melhor maneira possível e despediu-se dela, depois de se assegurar que encontraria a Casa Alta à sua esquerda em cerca de cinco minutos. Seus músculos haviam se enrijecido enquanto estivera parado, e ele saiu andando vagarosa e dolorosamente.

Não havia sinal de luz à esquerda na estrada — nada, a não ser os campos planos e uma massa de escuridão que ele pensou ser um bosque. Pareceu passar mais de cinco minutos até que ele o alcançasse e descobrisse que havia se enganado. O terreno estava separado da estrada por uma enorme cerca viva e nela havia um portão branco; e as árvores que se erguiam acima dele enquanto examinava o portão não eram o início de um bosque, mas apenas uma fileira de árvores, e o céu podia ser visto através delas. Ele estava convicto de que aquele deveria ser o portão da Casa Alta e de que aquelas árvores circundavam a casa e o jardim. Foi até o portão e encontrou-o trancado. Ransom ficou indeciso por um momento, desencorajado pelo silêncio e pela escuridão crescente. Seu primeiro ímpeto, cansado como estava, foi o de continuar sua jornada até Sterk, mas ele se comprometera a realizar uma incômoda tarefa para aquela senhora. Ele sabia que quem quisesse poderia passar pela cerca, mas ele não queria fazer isso. Pareceria um tolo, perambulando até deparar com algum isolado excêntrico — o tipo de homem que deixa seu portão trancado na zona rural — com aquela história boba de uma mãe histérica aos prantos porque seu filho idiota ficou meia hora a mais no serviço! Mesmo assim, estava perfeitamente claro que ele deveria entrar, e, como ninguém consegue passar por debaixo de uma cerca com a mochila nas costas, ele a soltou e a jogou por cima do portão. Assim que o fez, deu-se conta de que ele, até aquele momento, não havia se decidido — agora ele teria de entrar no jardim para pegar a mochila de volta. Ransom ficou com raiva da mulher, e consigo mesmo, mas se ajoelhou e começou a rastejar por baixo da cerca viva.

A ação foi mais difícil do que ele pensava, e transcorreram alguns minutos antes de ele se levantar na escuridão úmida, do lado de dentro da cerca, sentindo dor por ter passado por espinhos e urtigas. Ele foi tateando até o portão, pegou a mochila, e então, pela primeira vez, virou-se para examinar os arredores. Havia mais luminosidade na estrada de acesso do que sob as árvores, e ele logo viu uma grande casa de pedra separada dele por um gramado malcuidado e negligenciado. Pouco adiante de onde ele estava, a estrada se dividia em duas — a da direita levava até a porta de entrada, enquanto a da esquerda seguia direto, certamente para os fundos da casa. Ele percebeu que este caminho estava cheio de sulcos profundos — todos agora cheios de água —, como se por ali passassem caminhões pesados. O outro, pelo qual ele caminhava para chegar até a casa, estava coberto de musgo. Não havia luz na residência: algumas janelas estavam fechadas, outras estavam abertas sem persianas ou cortinas, mas tudo parecia sem vida e vazio. O único sinal de ocupação na casa era uma coluna de fumaça que subia por detrás dela com densidade tal que parecia a chaminé de uma fábrica ou, pelo menos, de uma lavanderia, mas não de uma cozinha.[1]

---

[1]Lavanderias possuíam caldeiras para esquentar a água, às quais era acoplada uma chaminé. [N. E.]

A Casa Alta era com certeza o último lugar no mundo onde um forasteiro pediria para passar uma noite, e Ransom, que já tinha gastado um tempo explorando-a, certamente iria embora se não estivesse preso pela promessa infeliz feita à velha senhora.

Ele subiu os três degraus que levavam à entrada da ampla varanda, tocou a campainha e esperou. Depois de um tempo, repetiu o gesto e sentou-se em um banco de madeira que estava em um dos lados da varanda. Ficou tanto tempo sentado que, apesar de a noite estar cálida e iluminada pelas estrelas, o suor começou a secar em seu rosto e um arrepio percorreu seu corpo. Ransom estava muito cansado, e deve ter sido por isso que não se levantou para tocar a campainha pela terceira vez: isso e a calma suave do jardim, a beleza do céu de verão e o ocasional chirriar de uma coruja em algum lugar na vizinhança só faziam aumentar a tranquilidade que havia ao seu redor. Ele estava quase caindo de sono quando teve um sobressalto que o deixou alerta novamente. Havia um barulho diferente — um som irregular de luta, vagamente parecido ao tumulto de um jogo de futebol. Ele se levantou. Agora o barulho era inconfundível. Pessoas usando botas estavam brigando, lutando ou disputando algum jogo. Também estavam gritando. Ele não conseguia entender as palavras, mas ouvia os grunhidos de homens que estavam com raiva e sem fôlego. A última coisa que Ransom queria era uma aventura, mas a convicção de que deveria investigar o que estava acontecendo crescia nele, especialmente quando ouviu um grito alto e conseguiu discernir as palavras "Me deixem ir, me deixem ir" e, um segundo depois, "Eu não vou entrar lá. Me deixem ir para casa".

Jogando sua mochila no chão, Ransom se precipitou degraus abaixo e correu para os fundos da casa o mais rápido que sua rigidez muscular e sua dor nos pés lhe permitiam. Os sulcos e as poças do caminho alagado o levaram ao que parecia ser um quintal, mas um quintal cercado por um número incomum de casinhas. Ele viu de relance uma chaminé alta, uma portinha iluminada pelo fogo e uma forma arredondada, negra e imensa, que se levantava em direção às estrelas, algo que pensou ser a cúpula de um pequeno observatório: tudo isso foi obliterado de sua mente pelas silhuetas de três homens que lutavam tão perto dali que quase esbarrou neles. Naquele momento, Ransom não teve dúvidas de que a silhueta que estava no meio, à qual os dois outros queriam segurar a despeito de sua resistência, era Harry, o filho da velha senhora. Ele gostaria de ter gritado: "O que vocês estão fazendo com este rapaz?", mas acabou por dizer — em uma voz inexpressiva: "Ei! Vocês...".

Os três lutadores se separaram, e o rapaz chorava convulsivamente. "Posso perguntar", disse o mais alto e corpulento dos dois homens, "quem diabos é você e o que está fazendo aqui?". A voz dele tinha todas as qualidades que lamentavelmente faltaram a Ransom.

"Estou passeando", disse Ransom, "e fiz uma promessa a uma pobre senhora de que...".

"Que se dane a pobre senhora", disse o outro. "Como você entrou?"

"Pela cerca", disse Ransom, que começava a ficar mal-humorado. "Não sei o que vocês estão fazendo com este rapaz, mas..."

"Nós deveríamos ter um cachorro por aqui", disse o homem corpulento ao seu companheiro, ignorando Ransom.

"Você quer dizer que nós teríamos um cachorro por aqui, se você não tivesse insistido em usar o Tartar para um experimento", disse o homem que, até aquele momento, não havia falado. Ele era quase tão alto quanto o outro, mas mais magro e aparentemente mais jovem; sua voz soava vagamente familiar para Ransom.

Ele recomeçou de maneira gentil: "Vejam só", disse ele, "não sei o que vocês estão fazendo com este rapaz, mas já passou muito tempo e é hora de mandá-lo para casa. Não tenho a menor intenção de interferir nos assuntos de vocês, mas...".

"Quem é você?", vociferou o homem corpulento.

"Meu nome é Ransom, se é isto que você quer saber. E..."

"Por Júpiter", disse o homem magro, "é o Ransom de Wedenshaw?".

"Estudei em Wedenshaw", disse Ransom.

"Eu pensei tê-lo reconhecido assim que ouvi sua voz", disse o homem magro. "Eu sou o Devine. Você se lembra de mim?"

"Claro que lembro!", disse Ransom enquanto os dois homens se cumprimentavam com aquela cordialidade forçada que é tradicional nesse tipo de encontro. Na verdade, Devine era a pessoa de que Ransom menos gostava na escola, menos do que qualquer um de quem conseguisse se lembrar.

"Comovente, não é?", disse Devine. "Um velho camarada aqui nos confins de Sterk e Nadderby. Isso me dá um nó na garganta e me faz lembrar da capela no domingo à noite no LDL. Você não conhece o Weston, conhece?", disse Devine apontando para seu amigo corpulento e com um vozeirão. "*O* Weston", acrescentou. "O grande físico. Ele coloca Einstein e Schrödinger no bolso. Weston, permita-me apresentar Ransom, meu antigo colega de escola. Dr. Elwin Ransom. *O* Ransom, você sabe. O famoso filólogo. Ele come Jespersen no café da manhã..."

"Não sei quem é", disse Weston, que ainda segurava o pobre Harry pelo colarinho. "E se espera que eu diga que é um prazer ver este sujeito que acabou de invadir meu jardim, você vai ficar desapontado. Não me interessa em qual escola ele estudou nem em qual bobagem não científica ele está atualmente gastando o dinheiro que deveria ir para pesquisas. Quero saber o que ele está fazendo aqui: depois disso, quero vê-lo longe daqui."

"Não seja um idiota, Weston", disse Devine, num tom mais sério. "O fato de ele ter aparecido aqui é bastante conveniente. Ransom, não se importe com a falta de educação do Weston. Sabe como é, ele esconde um coração generoso por debaixo de uma casca grossa. Entre, beba e coma alguma coisa, sim?"

"Muito gentil da sua parte", disse Ransom. "Mas o rapaz..."

Devine puxou Ransom para o lado. "Doido", disse ele em voz baixa. "Ele trabalha feito um burro de carga, mas tem esses ataques. Estamos apenas tentando levá-lo para a lavanderia e mantê-lo quieto por uma hora, mais ou menos, até que ele volte ao normal. Não posso deixar que ele volte para casa neste estado. É por bondade. Se quiser, você pode levá-lo para a casa dele e, depois, voltar para dormir aqui."

Ransom estava perplexo. Havia alguma coisa suspeita e desagradável o bastante naquela cena para convencê-lo de que ele tinha se deparado com algo criminoso, mas, por outro lado, ele tinha a convicção profunda e irracional de alguém da sua idade e posição de que coisas assim nunca aconteceriam com uma pessoa comum a não ser na ficção, e que jamais poderiam estar associadas a professores e antigos colegas de escola. Mesmo se estivessem maltratando o rapaz, Ransom viu que não teria chance de tirá-lo dali à força.

Enquanto esses pensamentos passavam por sua cabeça, Devine estivera falando com Weston em voz baixa, mas não tão baixa quanto se esperaria de um homem discutindo detalhes de hospedagem na presença de um hóspede. A conversa terminou com Weston dando um resmungo de consentimento. Ransom, que além de todas as outras dificuldades agora tinha um constrangimento social, virou-se para tecer um comentário, mas Weston estava conversando com o rapaz.

"Você já deu trabalho demais para uma noite, Harry", disse ele. "Em um país sério eu saberia como lidar com você. Cale sua boca e pare de choramingar. Você não precisa ir à lavanderia se não quiser..."

"Não era a lavanderia", soluçou o rapaz tolo, "você sabe que não era. Eu não quero entrar *naquela* coisa outra vez."

"Ele quer dizer o laboratório", interrompeu Devine. "Uma vez ele entrou lá e ficou preso por acidente durante algumas horas, e isso o deixou traumatizado por qualquer razão. Veja só, o pobre coitado." Ele voltou-se para o rapaz. "Ouça aqui, Harry", ele disse. "Este homem gentil vai levar você para sua casa assim que ele descansar um pouco. Se você entrar no corredor e ficar quietinho, vou lhe dar algo de que você gosta." Ele imitou o barulho de uma rolha sendo tirada de uma garrafa — Ransom lembrou-se de que aquele era um dos truques de Devine na escola —, e Harry deu uma gargalhada de contentamento infantil.

"Traga-o para dentro", disse Weston ao se virar e desaparecer dentro da casa. Ransom hesitou em segui-lo, mas Devine lhe assegurou que Weston ficaria contente em recebê-lo. A mentira era deslavada, mas o desejo de descansar e de tomar alguma coisa rapidamente venceu os escrúpulos sociais de Ransom. Precedido por Devine e Harry, Ransom entrou na casa, e logo já estava sentado em uma poltrona esperando a volta de Devine, que havia ido buscar algo para comer.

2

A SALA NA QUAL ele estava revelava uma estranha mescla de luxo e imundície. Janelas fechadas e desnudas; piso sem carpete e ocupado por caixotes, cascas, jornais e livros espalhados; papel de parede mostrando as manchas deixadas pelos quadros e pela mobília dos antigos moradores. Por outro lado, as duas únicas poltronas eram do modelo mais caro; e, no lixo que cobria as mesas, charutos, conchas de ostras e garrafas vazias de champanhe se amontoavam com latas de leite condensado e latas abertas de sardinha, com louça barata, migalhas de pão, xícaras com restos de chá e bitucas de cigarro.

Seus anfitriões pareciam estar fora fazia tempo, e Ransom começou a pensar em Devine. Nutria por ele uma antipatia, do tipo que sentimos por alguém a quem admiramos por um breve período na infância, até que crescemos. Devine aprendeu antes de qualquer outra pessoa aquele tipo de humor que consiste em uma paródia perpétua dos clichês sentimentais ou idealistas de seus pais. Durante umas poucas semanas, suas referências ao "lar, doce lar" e a "jogar conforme as regras", ao "fardo do homem branco"[1] e ao "jogo limpo" deixaram todos, inclusive Ransom, a seus pés. Mas, antes

[1]"Fardo do homem branco" é o título de um poema do escritor britânico Joseph Rudyard Kipling (1865–1936) a respeito da conquista norte-americana das Filipinas e de outras ex-colônias espanholas. A expressão se tornou um eufemismo para o imperialismo ocidental. [N. E.]

de deixar Wedenshaw, Ransom já começara a achar que Devine era um chato, e em Cambridge procurava evitá-lo, admirando-se muito de como alguém tão exibido — e, ao que parecia, superficial — fizesse tanto sucesso. Depois disso veio o mistério da bolsa de estudos em Leicester e o mistério ainda maior do contínuo enriquecimento de Devine. Fazia tempo que ele havia se mudado de Cambridge para Londres e era, supostamente, um figurão "na cidade". Ouvia-se falar nele de vez em quando, e geralmente quem falava nele terminava dizendo "Devine é, do jeito dele, um sujeito danado de inteligente" ou, talvez, com uma observação lamentosa, "É um mistério para mim como aquele homem chegou aonde chegou". Do pouco que Ransom conseguiu perceber na breve conversa no jardim, seu velho colega de escola havia mudado muito pouco.

Foi interrompido com a porta se abrindo. Devine entrou sozinho, carregando uma garrafa de uísque em uma bandeja com um copo e um decantador.

"Weston está procurando alguma coisa para comer", disse ele enquanto colocava a bandeja no chão ao lado da poltrona de Ransom e começava a abrir a garrafa. Ransom, que àquela altura estava com muita sede, observou que seu anfitrião era uma daquelas pessoas irritantes que não conseguem usar as mãos enquanto estão falando. Com a ponta de um saca-rolhas, Devine começou a desenrolar o papel laminado que envolvia a rolha e então parou para perguntar: "Como você veio parar nesta região do país?".

"Estou numa caminhada", disse Ransom. "Hospedei-me em Stoke Underwood de ontem para hoje e esperava terminar o dia em Nadderby. Eles não me hospedaram, então eu estava indo para Sterk."

"Nossa!", exclamou Devine, com o saca-rolhas ainda imóvel. "Você faz isso por dinheiro ou é masoquismo puro?"

"Por prazer, claro", disse Ransom, com os olhos fixos na garrafa ainda fechada.

"É possível explicar a alguém inexperiente qual é graça disso?", perguntou Devine, relembrando o que fazia apenas o bastante para arrancar um pedacinho do papel laminado.

"Não sei ao certo. Para começar, eu gosto de caminhadas..."

"Nossa! Você deve ter adorado o exército. Caminhar até sei lá onde, não é?"

"Não, não. É exatamente o contrário do exército. A questão toda a respeito do exército é que você nunca está sozinho nem por um momento e nunca pode escolher para onde vai ou até mesmo em que parte da estrada vai andar. Em uma caminhada, você está completamente livre. Você para onde quiser e continua quando quiser. Enquanto a caminhada durar, não precisa levar ninguém em consideração nem perguntar nada a ninguém a não ser a si mesmo."

"Até que, uma noite, você recebe um telegrama no seu hotel dizendo: 'Volte imediatamente'", replicou Devine, finalmente retirando o papel laminado.

"Só se você for tolo o bastante para deixar uma lista de endereços e ir até eles! O pior que poderia acontecer comigo seria ouvir pelo rádio 'O Dr. Elwin Ransom, que, ao que tudo indica, está caminhando em algum lugar nas Midlands, poderia...'."

"Estou começando a entender a ideia", disse Devine, interrompendo o ato de tirar a rolha da garrafa. "Isso não daria certo se você estivesse trabalhando. Você é um sujeito de sorte! Mas será que até você pode simplesmente desaparecer desse jeito? Não é casado, não tem filhos nem pais idosos ou qualquer coisa nesse sentido?"

"Só tenho uma irmã casada que mora na Índia. Mas, você sabe, eu sou um professor universitário, e um professor no meio de longas férias é quase uma criatura que não existe, como bem deve se lembrar. A faculdade não sabe onde ele está e nem se importa com isso, nem ninguém mais."

A rolha finalmente saiu da garrafa, fazendo um barulho agradável.

"Diga quando parar", disse Devine, enquanto Ransom estendia o copo. "Mas eu tenho certeza de que há alguma armadilha. Você quer mesmo dizer que ninguém sabe onde você está ou quando deve voltar, e que ninguém se importa com você?"

Ransom estava assentindo com a cabeça em resposta quando Devine, que havia apanhado o decantador, de repente praguejou. "Essa garrafa está vazia", disse ele. "Você se importa em beber água? Vou pegar na área de serviço. Quanto você quer?"

"Encha, por favor", disse Ransom.

Devine voltou em poucos minutos e deu a Ransom a tão aguardada bebida. Este observou, enquanto abaixava o copo esvaziado pela metade com um suspiro de satisfação, que a casa escolhida por Devine era tão estranha quanto as férias que ele mesmo escolhera.

"De fato", disse Devine. "Mas, se você conhecesse o Weston, perceberia que é mais fácil pender para o lado dele do que discutir a questão. Ele é do tipo que você chamaria de um colega de personalidade forte."

"Colega?", indagou Ransom com curiosidade.

"De certa maneira." Devine olhou para a porta, puxou sua poltrona para mais perto de Ransom e continuou, em um tom mais confidencial. "Ele tem coisas boas. Cá entre nós, investi um pouco de dinheiro em algumas experiências dele. É tudo coisa lícita — a marcha do progresso, o bem da humanidade e tudo mais, mas tem também o lado industrial."

Enquanto Devine falava, alguma coisa estranha começou a acontecer com Ransom. No começo, parecia que as palavras de Devine não faziam sentido. Parecia que ele estava dizendo que era um completo industrial, mas que nunca encontrou um experimento adequado em Londres. Depois Ransom percebeu que Devine não era apenas ininteligível, mas inaudível, o que não era uma surpresa, pois agora ele estava longe — na verdade, quase dois quilômetros de distância, ainda que perfeitamente nítido, como algo que é visto do lado errado do telescópio. Daquela distância em que ele se sentava em sua poltrona minúscula, olhava para Ransom com uma nova expressão no rosto. O olhar tornou-se desconcertante. Ransom tentou mover-se em sua poltrona, mas descobriu que havia perdido todo o controle do corpo. Ele se sentia confortável, mas era como se seus braços e pernas estivessem presos à poltrona, e sua cabeça presa em um torno, um torno lindamente acolchoado, mas completamente imóvel. Ele não sentiu medo, ainda que soubesse que deveria sentir, e que logo sentiria. Então, pouco a pouco, a sala começou a desvanecer.

Ransom nunca teve certeza se o que aconteceu em seguida teve algo a ver com os eventos registrados neste livro ou se tudo foi apenas um sonho louco. Ele teve a impressão de que Weston, Devine e ele estavam em pé em um pequeno jardim cercado por um muro. O jardim era reluzente e ensolarado, mas, acima do muro, se via apenas escuridão. Eles tentaram pular o muro, e Weston lhes pediu que o ajudassem a subir. Ransom lhe falava para não subir no muro porque era muito escuro do outro lado, mas Weston insistiu e os três acabaram por fazê-lo. Ransom foi o último. Ele subiu e ficou com uma perna de cada lado do muro, sentando-se sobre seu casaco por causa dos cacos de vidro. Os outros dois já tinham pulado para o lado da escuridão, mas, antes que ele os seguisse, uma porta no muro — a qual ninguém, até aquele momento, havia percebido — se abriu do lado de fora, e as pessoas mais estranhas que ele já tinha visto em sua vida vieram para o jardim trazendo Weston e Devine de volta com elas. Deixaram-nos no jardim e voltaram para a escuridão, fechando a porta ao passar. Ransom percebeu que era impossível descer do muro. Continuou sentado lá, sem sentir medo, mas um grande desconforto porque sentia sua perna direita, que estava do lado de fora do muro, muito escura, enquanto sentia a esquerda iluminada. "Minha perna vai cair se escurecer ainda mais", disse ele. Então olhou para a escuridão e perguntou: "Quem são vocês?", e as pessoas esquisitas ainda deviam estar lá, pois todas elas responderam: "Uuu... Uuu... Uuu?" como se fossem corujas.

Ele começou a notar que sua perna não estava escura, mas fria e paralisada, porque tinha ficado muito tempo com a outra perna sobre aquela, e notou também que estava sentado em uma poltrona numa sala iluminada. Uma conversa acontecia perto dele, e ele se deu conta de que vinha acontecendo fazia um tempo. Sua mente estava lúcida. Ele percebeu que havia sido drogado ou hipnotizado, ou os dois, e que estava começando a recobrar o controle sobre seu corpo, apesar de ainda estar muito fraco. Ele ouvia com atenção, sem tentar se mover.

"Estou ficando cansado disso, Weston", Devine dizia, "especialmente porque é meu dinheiro que está em risco. Eu lhe garanto que ele vai se sair tão bem quanto o rapaz, ou até melhor. Só que ele vai voltar a si rapidamente, e nós precisamos colocá-lo a bordo de uma vez. Deveríamos tê-lo feito há uma hora."

"O rapaz era ideal", exclamou Weston, irritado. "Incapaz de servir à humanidade e, muito provavelmente, apenas um propagador de idiotices. O tipo de pessoa que uma sociedade civilizada colocaria automaticamente à disposição de laboratórios estatais para fazer experiências."

"Com certeza. Mas, na Inglaterra, ele é o tipo de rapaz por quem a Scotland Yard possivelmente teria interesse. Por outro lado, ninguém vai sentir a falta deste intrometido aqui por meses, e mesmo assim ninguém vai saber onde ele estava quando desapareceu. Ele veio sozinho, não deixou nenhum endereço e não tem família. E, por fim, ele meteu o bedelho neste assunto por conta própria."

"Bem, confesso que não gosto disso. Afinal de contas, ele é humano. O rapaz, na verdade, era quase um... um estudo preliminar. Mesmo assim, ele é apenas um indivíduo, e provavelmente um sem serventia. Nós também estamos arriscando nossas vidas. Em uma grande causa..."

"Pelo amor de Deus, não venha com toda esta conversa outra vez. Nós não temos tempo."

"Ouso dizer", replicou Weston, "que ele consentiria se pudesse entender".

"Pegue os pés dele e eu vou pegar a cabeça", disse Devine.

"Se você acha que ele está recobrando a consciência", disse Weston, "é melhor dar a ele outra dose. Não podemos começar enquanto não tivermos a luz do dia. Não seria agradável vê-lo se debatendo lá dentro durante três horas ou mais. Será melhor ele não acordar enquanto não estivermos a caminho".

"Verdade. Fique de olho nele enquanto eu vou correndo lá em cima pegar outra dose".

Devine saiu do quarto. Ransom observou com seus olhos semicerrados que Weston estava em pé ao lado dele. Ele não tinha condição de saber como seu corpo iria responder, se é que responderia, a uma tentativa súbita de movimento, mas percebeu que teria de aproveitar a oportunidade. Antes que Devine fechasse a porta, ele se lançou com toda força nos pés de Weston. O cientista caiu sobre a poltrona, e Ransom, empurrando-o com um esforço agonizante, levantou-se e correu para o corredor. Ele estava muito fraco e caiu quando o adentrou, porém estava tão apavorado que em poucos segundos encontrou a porta, que desesperadamente tentava abrir, embora a escuridão e a tremedeira de suas mãos estivessem contra ele. Antes que ele abrisse um dos ferrolhos, ouviu passos de botas no piso não acarpetado atrás dele. Ransom foi agarrado pelos ombros e pelos joelhos. Dando chutes, contorcendo-se, pingando de suor e gritando o mais alto que conseguia na esperança frágil de ser resgatado, ele prolongou a luta com uma violência que nunca acreditaria ter sido possível. Por um momento glorioso a porta foi aberta, e ele sentiu o ar fresco da noite em seu rosto, viu as estrelas reconfortantes e até mesmo sua mochila caída na varanda. Então, levou um golpe forte na cabeça. Sua consciência se esvaía, e a última coisa da qual se deu conta foi o aperto de mãos fortes jogando-o de volta no corredor escuro e o barulho de uma porta se fechando.

3

QUANDO RANSOM recobrou a consciência, percebeu que estava deitado em uma cama num quarto escuro. Sua cabeça doía bastante, e isso, somado ao sentimento de letargia geral, desencorajou-o de se levantar e examinar os arredores. Ao passar a mão na testa, notou que transpirava muito, e isso chamou sua atenção para o fato de o quarto (se é que era um quarto) estar surpreendentemente aquecido. Mexendo seus braços para retirar a roupa de cama, tocou uma parede no lado direito da cama: ela não estava aquecida, mas quente. Ele moveu a mão esquerda para frente e para trás no vazio do outro lado e percebeu que lá o ar estava mais frio — aparentemente o calor vinha da parede. Tateou o rosto e descobriu um hematoma acima do olho esquerdo. Isso lhe trouxe à mente a luta com Weston e Devine, e ele concluiu no mesmo instante que eles o colocaram em um cômodo atrás da fornalha. Ao mesmo tempo, ele descobriu a fonte da luz fraca pela qual, sem perceber, havia conseguido ver os movimentos das suas mãos. Havia algum tipo de claraboia imediatamente acima de sua cabeça — um quadrado de céu noturno cheio de estrelas. Ransom achou que nunca tivesse visto uma noite tão gelada. Pulsando em brilho, como se por um sofrimento ou prazer insuportáveis, agrupadas em multidões incontáveis e nunca mapeadas, surreais em sua claridade, flamejando em escuridão perfeita, as estrelas prenderam totalmente sua atenção, perturbaram-no, animaram-no e fizeram com que ele se sentasse. Ao mesmo tempo, elas apressaram o latejar de sua dor de cabeça, trazendo-lhe a lembrança de que havia sido drogado. Ele estava formulando a si mesmo a teoria de que sua pupila sofria o efeito das drogas, e que isso explicaria o esplendor e a amplitude desnaturais do céu, quando a perturbação de uma luz prateada, quase um pálido nascer do sol em miniatura, em um canto da claraboia, fez com que ele voltasse a olhar para cima. Alguns minutos mais tarde, a esfera da lua cheia estava dentro do seu campo de visão. Ransom permaneceu sentado e observou. Ele nunca tinha visto uma lua como aquela — tão branca, tão ofuscante e tão grande. "Como uma grande bola de futebol do outro lado do vidro", ele pensou, e depois, um momento mais tarde, "Não — é maior que isso". Àquela altura ele estava absolutamente certo de que havia algo muito errado com seus olhos, porque nenhuma lua poderia ser do tamanho daquilo que ele estava vendo.

A luz da lua imensa — se era uma lua — agora iluminava o lugar onde ele estava quase tão claramente como se estivesse de dia. Aquele quarto era muito estranho. O espaço era tão pequeno que a cama e a mesa ao lado ocupavam toda a sua largura; o teto parecia ser duas vezes mais largo e as paredes abriam-se à medida que subiam, de maneira que Ransom teve a impressão de estar deitado em um carrinho de mão estreito e fundo. Isso confirmou sua crença de que sua visão estava temporária ou permanentemente prejudicada. Mas, apesar disso, ele se recuperava rapidamente e começava a sentir uma leveza artificial no coração e uma agitação nada desagradável. O calor ainda era opressivo, e ele tirou tudo, menos sua camisa e suas calças, antes de se levantar para explorar o espaço. Sua tentativa foi desastrosa e fez com que surgissem em sua mente apreensões ainda mais graves a respeito dos efeitos de estar drogado. Apesar de ter consciência de que não era capaz de um esforço muscular incomum, ele se viu pulando da cama com uma energia que o fez bater a cabeça na claraboia com força e o jogou de novo estatelado no chão. Caiu do outro lado, contra a parede — a parede que deveria se abrir como a lateral de um carrinho de mão, conforme sua observação anterior. Mas ela não abria. Ele a tocou, olhou para ela; não havia dúvidas de que a parede formava um ângulo reto com o piso. Com mais cautela desta vez, tornou a se levantar e sentiu uma leveza extraordinária em seu corpo: foi com dificuldade que apoiou seus pés no chão. Pela primeira vez, suspeitou de que estivesse morto e fosse um fantasma. Ele estava tremendo, mas centenas de hábitos mentais impediram-no de considerar tal possibilidade. Em vez disso, ele explorou sua prisão. Não havia a menor dúvida: todas as paredes pareciam se abrir de modo a deixar o quarto mais largo no teto que no chão, mas, se você se colocasse do lado das paredes, descobriria que elas eram perfeitamente perpendiculares — não apenas à vista, mas também ao toque, caso se abaixasse e tocasse o ângulo entre a parede e o piso. O mesmo exame revelou dois outros fatos curiosos. O piso e as paredes do quarto estavam revestidos de metal e em um contínuo e sutil estado de vibração — uma vibração silenciosa com aspecto estranhamente orgânico, e não mecânico. Mas se a vibração era silenciosa, havia muito barulho em outros lugares — uma sequência de batidas ou percussões musicais em intervalos bastante irregulares que pareciam vir do teto. Era como se a câmara de metal na qual se encontrava estivesse sendo bombardeada por pequenos mísseis tilintantes. Ransom agora estava totalmente aterrorizado. Não com o medo prosaico que um homem sente na guerra, mas com um tipo de medo inebriante, opressivo, que dificilmente se distinguia de sua agitação geral: ele estava equilibrado em uma espécie de divisor de águas emocional do qual, sentia, poderia a qualquer momento passar para um terror delirante ou para um êxtase de alegria. Agora ele sabia que não estava em um submarino, e o estremecimento infinitesimal do metal não sugeria o movimento de qualquer veículo com rodas. Um navio, talvez, supôs, ou algum tipo de aeronave... Mas havia uma estranheza em todas as suas sensações que não combinava com nenhuma daquelas suposições. Confuso, sentou-se novamente na cama e olhou fixamente para a maravilhosa lua.

Uma aeronave, algum tipo de máquina voadora... Mas por que a Lua parecia tão grande? Ela parecia maior do que ele havia considerado a princípio. Na verdade, nenhuma lua poderia ser daquele tamanho; agora ele se dava conta de que sabia disso desde o princípio, mas, por medo, havia reprimido essa informação. Naquele instante, um pensamento tirou-lhe o fôlego — não poderia haver lua cheia naquela noite. Ele se lembrava perfeitamente de que havia saído de Nadderby em uma noite sem lua. Mesmo se o crescente fino de uma lua nova tivesse escapado de sua percepção, ela não poderia ter crescido tanto em poucas horas. Não poderia ter crescido tanto de jeito nenhum — um disco megalomaníaco, muito maior que a bola à qual ele inicialmente a havia comparado, maior que um bambolê, enchendo quase a metade do céu. E onde estava o velho "rosto na Lua" — o rosto familiar que havia olhado para baixo durante todas as gerações dos homens? Aquela coisa não era de forma alguma a Lua; e ele sentiu um arrepio no couro cabeludo.

Naquele momento, o som de uma porta se abrindo o fez virar a cabeça. Um feixe de luz ofuscante apareceu atrás dele e imediatamente desapareceu enquanto a porta se fechava de novo, revelando a forma volumosa de um homem nu que Ransom reconheceu como Weston. Nenhuma reprimenda ou pedido de explicação veio à boca ou aos pensamentos de Ransom, não com aquele orbe monstruoso acima deles. A simples presença de um ser humano, que representava pelo menos a promessa de alguma companhia, quebrou a tensão com a qual seus nervos longamente resistiam a uma agonia sem fim. Ele percebeu, enquanto falava, que soluçava.

"Weston! Weston!", gaguejou ele. "O que é aquilo? Aquilo não é a Lua, não daquele tamanho. Não pode ser, não é?"

"Não", respondeu Weston, "é a Terra".

AS PERNAS de Ransom vacilaram, e ele deve ter afundado na cama, mas só tomou consciência desse fato muitos minutos depois. Naquele instante, ele não tinha consciência de nada a não ser do seu medo. Nem sabia do que tinha medo: o medo em si se apossou de todos os seus pensamentos, uma apreensão disforme e infinita. Ele não perdeu a consciência, embora desejasse muito que isso acontecesse. Qualquer mudança — morte, sono ou, melhor ainda, um despertar que revelaria que tudo aquilo fora um sonho — seria indizivelmente bem-vinda. Nada disso aconteceu. Em vez dessas coisas, voltou-lhe o permanente autocontrole do homem social, as virtudes que são quase hipocrisia ou a hipocrisia que é quase virtude, e ele logo se viu respondendo a Weston em uma voz que não era vergonhosamente trêmula.

"Você está falando sério?"

"Certamente."

"Então onde nós estamos?"

"Cento e trinta e seis mil quilômetros acima da nossa Terra."

"Você quer dizer que estamos... no espaço", Ransom completou a palavra com a mesma dificuldade com que uma criança assustada fala de fantasmas ou que um homem aterrorizado fala de câncer.

Weston assentiu com a cabeça.

"Para quê?", Ransom insistiu. "E por que cargas d'água vocês me sequestraram? E como fizeram isso?"

Por um momento parecia que Weston estava disposto a nada responder; então, repensando, sentou-se na cama ao lado de Ransom e disse o seguinte:

"Acho que evitaremos problemas se eu responder a todas essas questões logo, em vez de deixar você nos atormentar com elas toda hora durante o próximo mês. E quanto a como fazemos isso — acho que você quer dizer como a espaçonave funciona — não adianta perguntar. A menos que você seja um dos quatro ou cinco maiores físicos que ainda estão vivos, não poderá entender; e se houvesse alguma chance de você entender, não lhe contaríamos. Se lhe satisfaz repetir palavras que não significam nada — o que é, na verdade, o que as pessoas sem conhecimento científico querem quando pedem uma explicação —, pode dizer que trabalhamos explorando as propriedades menos observadas da radiação solar. Quanto ao porquê de estarmos aqui, estamos a caminho de Malacandra..."

"Uma estrela chamada Malacandra?"

"Nem você seria capaz de imaginar que estamos indo para fora do sistema solar. Malacandra está muito mais próximo que isso: chegaremos lá em vinte e oito dias."

"Não existe um planeta chamado Malacandra", objetou Ransom.

"Estou chamando o lugar pelo seu nome verdadeiro, não pelo nome inventado pelos astrônomos terrestres", disse Weston.

"Com certeza isso não faz sentido", disse Ransom. "Como você descobriu o nome verdadeiro desse lugar, como você diz?"

"Com os habitantes."

Ransom passou alguns minutos digerindo a afirmação. "Você quer dizer que já esteve nessa estrela, ou nesse planeta, ou seja lá o que for?"

"Sim."

"Você não pode me pedir que acredite nisso", disse Ransom. "Droga, isso não é pouca coisa. Por que ninguém ouviu a respeito disso? Por que isso não está em todos os jornais?"

"Porque não somos perfeitos idiotas", disse Weston asperamente.

Depois de alguns momentos de silêncio, Ransom começou de novo. "Que planeta é esse na nossa terminologia?", perguntou.

"De uma vez por todas", disse Weston, "não vou lhe dizer. Se você souber como descobrir isso quando chegarmos lá, fique à vontade: não acho que temos de temer suas realizações científicas. Enquanto isso, não há por que você saber."

"Você está dizendo que esse lugar é habitado?", perguntou Ransom.

Weston olhou para ele de um jeito peculiar e então assentiu com a cabeça. A ansiedade que isso produziu em Ransom rapidamente se fundiu a uma ira que ele quase havia perdido em meio às emoções conflitantes que o assaltavam.

"E o que tudo isto tem a ver comigo?", explodiu ele. "Vocês me atacaram, me drogaram e aparentemente estão me levando como prisioneiro nesta coisa infernal. O que eu fiz a vocês? O que você diz em sua defesa?"

"Eu posso replicar perguntando por que você invadiu meu quintal como se fosse um ladrão. Se você tivesse cuidado da sua vida, não estaria aqui. Da maneira como as coisas estão, admito que tivemos de infringir os seus direitos. Minha única defesa é que assuntos pequenos devem dar lugar aos grandes. Até onde sabemos, estamos fazendo o que nunca foi feito na história humana, talvez nunca na história do universo. Aprendemos como ultrapassar aquela partícula de matéria na qual nossa espécie começou. O infinito, e, por conseguinte, talvez a eternidade, está sendo colocado nas mãos da raça humana. Você não pode ter uma mente tão pequena para pensar que os direitos ou a vida de um indivíduo ou de um milhão de indivíduos tenham a menor importância em comparação com isso."

"Acontece que eu discordo", disse Ransom, "e sempre discordei, até mesmo da vivissecção. Mas você não respondeu minhas perguntas. O que querem de mim? Que serventia eu tenho para vocês nesta aeronave — e em Malacandra?".

"Isso eu não sei", disse Weston. "Não foi ideia nossa. Estamos apenas cumprindo ordens."

"De quem?"

Houve outra pausa. "Venha", disse Weston, por fim. "Não vejo nenhuma vantagem em continuar com esse interrogatório. Você continua me fazendo perguntas que eu não posso responder; em alguns casos, porque não sei as respostas, e, em outros, porque você não as entenderia. A viagem vai ser muito mais agradável se você se resignar ao seu destino e parar de aborrecer a si mesmo e a nós. Seria mais fácil se sua filosofia de vida não fosse tão insuportavelmente estreita e individualista. Eu pensei que ninguém deixaria de se inspirar pelo papel que você está sendo solicitado a cumprir: mesmo um verme, se pudesse entender, se ofereceria para o sacrifício. Quero dizer, claro, o sacrifício de tempo e liberdade, e algum pequeno risco. Não me entenda mal."

"Bem", disse Ransom, "vocês têm todas as cartas, e eu tenho que me virar da melhor maneira possível. Considero *sua* filosofia de vida uma insanidade delirante. Suponho que toda aquela conversa a respeito de infinito e eternidade quer dizer que você se sente justificado para fazer qualquer coisa — absolutamente qualquer coisa — aqui e agora com base na possibilidade remota de que algumas criaturas, ou outros que descenderem do ser humano tal como hoje o conhecemos, poderão rastejar por mais alguns séculos em alguma parte do universo".

"Sim — qualquer coisa, seja o que for", replicou rispidamente o cientista, "e toda a opinião erudita — e não estou falando dos clássicos, de história e dessa educação de lixo — está do meu lado. Estou contente que você tenha levantado essa questão e o aconselho a se lembrar da minha resposta. Enquanto isso, se quiser me acompanhar até o quarto ao lado, vamos tomar café da manhã. Tome cuidado ao se levantar: seu peso aqui é quase imperceptível comparado ao seu peso na Terra."

Ransom levantou-se e seu captor abriu a porta. Instantaneamente o quarto foi inundado por uma ofuscante luz dourada que eclipsou completamente a pálida luz do reflexo da Terra atrás dele.

"Vou lhe dar óculos escuros logo mais", disse Weston, entrando à sua frente na sala de onde irradiava aquele brilho. Para Ransom, parecia que Weston havia subido uma colina em direção à porta e desaparecido subitamente quando passou por ela. Quando Ransom o seguiu — algo que fez com certa cautela —, teve a curiosa impressão de que estava caminhando à beira de um precipício: aquele novo ambiente do outro lado da porta parecia ter sido construído de lado, de maneira que sua parede mais distante estava quase no mesmo nível do piso do quarto de onde ele estava saindo. Mas quando se aventurou a colocar o pé adiante, descobriu que o piso seguia nivelado, e, à medida que adentrava o segundo ambiente, as paredes repentinamente se alinharam, e o teto arredondado estava acima de sua cabeça. Olhando para trás, ele percebeu que o quarto de dormir, por sua vez, agora estava deitado de lado — seu teto era uma parede e uma de suas paredes era o teto.

"Você logo se acostumará com isso", disse Weston, seguindo o olhar de Ransom. "A nave é grosseiramente esférica, e agora que estamos fora do campo gravitacional da Terra, 'para baixo' significa (e dá a sensação de ser) em direção ao centro do nosso pequeno mundo de metal. Isso, é claro, foi previsto e nós a construímos de acordo. O núcleo da nave é um globo vazio, onde guardamos nossos suprimentos, e a superfície desse globo é o piso sobre o qual agora estamos. As cabines estão dispostas ao redor dele, sendo que suas paredes sustentam um globo externo que, do nosso ponto de vista, é o teto. Como o centro está sempre 'para baixo', a parte do piso na qual você estiver sempre vai parecer achatada ou horizontal, e a parede na qual você se apoiar sempre parecerá vertical. Por outro lado, o globo do piso é tão pequeno que você sempre poderá ver além da sua margem — além do que seria o horizonte, se você fosse uma pulga — e aí você verá o piso e as paredes do quarto seguinte em um plano diferente. É o mesmo que acontece na Terra, é claro, mas não somos grandes o bastante para ver isso."

Depois dessa explicação, ele tomou providências, com seu jeito preciso e deselegante, para acomodar seu hóspede, ou prisioneiro. Ransom, seguindo o conselho de Weston, tirou a roupa e colocou um pequeno cinto de metal no qual estavam pendurados pesos enormes para reduzir, tanto quanto possível, a leveza incontrolável do seu corpo. Ele também colocou óculos escuros e sentou-se do lado oposto ao de Weston à pequena mesa preparada para o café da manhã. Estava com fome e com sede, e avidamente atacou a refeição, que consistia em carne enlatada, biscoitos, manteiga e café.

Mas ele realizou todas essas ações mecanicamente. Despir-se, comer e beber passaram despercebidos, e tudo de que ele se lembrou de sua primeira refeição na espaçonave foi a tirania do calor e da luz. Ambos estavam presentes em um grau que seria intolerável na Terra; no entanto, cada um deles tinha uma nova qualidade. A luz era mais pálida que qualquer luz de intensidade comparável que ele já havia visto; não era apenas um branco puro, mas o mais pálido de todos os ouros imagináveis, e produzia sombras tão agudas quanto um holofote. O calor, totalmente livre de umidade, parecia amassar e golpear a pele como se fosse um massagista gigante: não produzia sonolência; pelo contrário, produzia vivacidade. Sua dor de cabeça passou, e ele se sentia vigilante, corajoso e magnânimo como raramente se sentira na Terra. Pouco a pouco, ousou levantar os olhos para a luz do céu. Havia persianas de aço ao redor, com exceção de uma abertura no vidro, e aquela abertura era coberta com cortinas de algum material pesado e escuro, mas mesmo assim era reluzente demais para se encarar.

"Eu sempre pensei que o espaço fosse escuro e frio", disse ele, falando devagar.

"Você se esqueceu do Sol?", perguntou Weston com desdém.

Ransom continuou a comer. Então começou: "Se é deste jeito logo pela manhã..." e parou, advertido pela expressão no rosto de Weston. O terror veio sobre ele: ali não havia manhãs, nem tardes ou noites — nada, a não ser o meio-dia que nunca mudava, que, por séculos além da história, enchera aqueles muitos milhões de quilômetros cúbicos. Ele olhou para Weston mais uma vez, mas este levantou sua mão.

"Não fale", disse. "Nós falamos só o que é necessário. A nave não tem oxigênio o bastante para qualquer esforço desnecessário, nem para falar."

Pouco depois, Weston se levantou, sem convidar o outro para segui-lo, e deixou o quarto por uma das muitas portas que Ransom ainda não tinha visto abertas.

5

O PERÍODO passado na espaçonave deveria ter sido de terror e ansiedade para Ransom. Ele estava separado por uma distância astronômica de cada membro da raça humana com exceção de dois, dos quais tinha motivos excelentes para desconfiar. Ele estava se dirigindo para um destino desconhecido, sendo levado para um propósito que seus captores se recusavam firmemente a revelar. Devine e Weston se revezavam regularmente em uma sala em que Ransom não tinha permissão de entrar, onde ele achava que estavam os controles das máquinas. Weston ficava quase completamente silencioso durante seus períodos de vigia. Devine era mais falante, e sempre falava e gargalhava com o prisioneiro até que Weston batesse na parede da sala de controle e os advertisse de que não desperdiçassem oxigênio. Mas Devine se fechava depois de certo ponto. Ele estava disposto a rir do idealismo científico solene de Weston e disse que não dava a mínima para o futuro da espécie ou para o encontro de dois mundos.

"Há mais em Malacandra que isso", dizia ele, piscando um olho. Mas, quando Ransom lhe perguntava quanto mais, ele desviava o assunto com gracejos e fazia observações irônicas a respeito do fardo do homem branco e das bênçãos da civilização.

"Quer dizer então que *é* habitado?", pressionaria Ransom.

"Ah — sempre há uma questão nativa nessas coisas", responderia Devine. A maior parte da conversa tinha a ver com as coisas que ele faria quando voltasse à Terra: cruzeiros em iates, mulheres sofisticadas e uma grande casa na Riviera apareciam com frequência em seus planos. "Não estou correndo todo este risco por diversão."

Perguntas diretas a respeito do papel de Ransom geralmente eram respondidas com silêncio. Apenas uma vez, em resposta a uma dessas perguntas, Devine, que, na opinião de Ransom, estava longe de estar sóbrio, admitiu que eles estavam lhe "passando o abacaxi".

"Mas eu tenho certeza", acrescentou ele, "de que você vai honrar nossa velha amizade".

Tudo aquilo, conforme já afirmei, era suficientemente perturbador. Mas o estranho é que nada daquilo o perturbou muito. É difícil para um homem pensar a respeito do futuro quando se sente extremamente bem, como Ransom se sentia naquele momento. Havia uma noite sem fim de um lado da nave e um dia sem fim do outro: cada um deles era maravilhoso, e Ransom se movia de um para o outro à vontade, encantado. Nas noites, que podia criar girando a maçaneta de uma porta, ele permanecia horas contemplando a luz do céu. O disco da Terra não era mais avistado, e as estrelas, densas como margaridas em um gramado não aparado, reinavam perpetuamente sem nuvens, lua ou nascer do sol para disputar seu domínio. Havia planetas de majestade inacreditável, e constelações jamais imaginadas: havia safiras, rubis e esmeraldas celestiais, e pontos de ouro flamejante; no canto à esquerda havia um cometa, minúsculo e remoto, e entre tudo e atrás de tudo, mais enfática e palpável do que parecia na Terra, a escuridão unidimensional e enigmática. As luzes tremiam: elas pareciam ser mais brilhantes à medida que ele olhava. Deitado nu em sua cama, como se fosse Dana,[1] a cada noite ele achava mais difícil não acreditar na antiga astrologia: ele quase sentia, e imaginava inteiramente, uma "doce influência" derramando-se sobre seu corpo rendido ou até mesmo apunhalando-o. O silêncio era absoluto, exceto por barulhos irregulares que retiniam. Ele sabia que aqueles ruídos eram produzidos por meteoritos, pequeninas partículas de matéria do mundo que flutuavam e golpeavam continuamente o tambor oco de aço; ele achava que, a qualquer momento, poderiam encontrar alguma coisa grande o bastante para transformar a nave e todos eles em meteoritos.

[1]Dana (ou Dânae) é uma personagem da mitologia grega que é engravidada por Zeus através de uma chuva de ouro. O encontro dos dois foi retratado, ao longo dos séculos, por diversos artistas. Nessas representações, Dana encontra-se nua em seu leito quando recebe a visita de Zeus. [N. E.]

Mas ele não podia ter medo. Agora sentia que Weston estava certo quando lhe disse que tinha uma mente pequena, na primeira vez que ele entrou em pânico. A aventura era muito grande, as circunstâncias, muitos solenes, para qualquer emoção, a não ser um grande contentamento. Mas os dias — ou seja, as horas passadas no hemisfério do seu microcosmo voltado para o Sol — eram o melhor de tudo. Ele sempre se levantava depois de apenas algumas poucas horas de sono para voltar, motivado por uma atração irresistível, às regiões de luz; ele não conseguia deixar de admirar o meio-dia que sempre o esperava, não importando quão cedo ele acordasse para vê-lo. Ali, totalmente imerso em um banho de pura cor etérea e de um brilho implacável, porém inofensivo; totalmente deitado e com os olhos semicerrados, na estranha carruagem que os transportava; tremendo levemente, atravessando sucessivas profundezas de tranquilidade muito acima do alcance da noite — ali ele sentia, a cada dia, seu corpo e sua mente esfregados, polidos e repletos de uma nova vitalidade. Weston, em uma de suas breves e relutantes respostas, admitiu uma base científica para essas sensações: eles estavam recebendo, disse ele, muitos raios que nunca penetraram a atmosfera terrestre.

Mas Ransom, à medida que o tempo passava, tornou-se consciente de uma explicação mais espiritual para sua progressiva iluminação e espírito exultante. Ele estava se libertando de um pesadelo há muito engendrado na mente moderna pela mitologia que vem na esteira da ciência. Ele havia lido a respeito do "espaço": na base do seu pensamento, durante anos, espreitava a sofisticação lúgubre do vácuo escuro e frio, a total falta de vida que separava os mundos. Até aquele momento, ele não sabia quanto aquilo o havia afetado — agora, a própria palavra *espaço* parecia uma difamação blasfema contra aquele oceano empíreo de esplendor no qual nadavam. Ele não poderia chamar aquilo de "morto"; sentia a vida derramando-se daquele oceano para ele a cada momento. De fato, como poderia ser de outro jeito, uma vez que foi daquele oceano que os mundos e toda a vida que há neles surgiram? Ele pensava que o espaço era estéril, mas viu que, na verdade, o espaço era o útero dos mundos, cuja descendência ardente e incontável olhava para baixo, para a Terra, todas as noites, com muitos olhos — e aqui, com quantos mais! Não: espaço era a palavra errada. Pensadores antigos foram mais sábios quando o nomearam simplesmente "céus" — os céus que declararam a glória —,[2] os:

[2]Salmos 19:1. [N. E.]

Lugares felizes que estão
Onde o dia nunca fecha seus olhos
Lá em cima, nos amplos campos do céu.[3]

Ele citou para si mesmo, com ternura, as palavras de Milton naquele dia e com frequência.

Mas Ransom evidentemente não passava todo o seu tempo regozijando--se. Ele explorava a nave (tanto quanto lhe era permitido), passando de um ambiente para o outro com aqueles movimentos lentos que Weston insistia que fizessem para que o esforço não gastasse o suprimento de oxigênio. Pela sua forma, a espaçonave continha muitas outras câmaras além das que estavam em uso contínuo, mas Ransom estava inclinado a pensar que seus proprietários — ou pelo menos Devine — pensavam em enchê-las com algum tipo de carga na viagem de volta. Ele também se tornou, por um processo insensível, o garçom e o cozinheiro do grupo, em parte, porque achava natural tomar parte nas únicas atividades que podia, pois nunca tinha permissão de ir até a sala de controle, e em parte por antecipar uma tendência que Weston tinha de fazer dele um lacaio, quer ele quisesse, quer não. Ele preferia trabalhar como voluntário a trabalhar em uma escravidão assumida, e gostava muito mais da comida que ele fazia do que da feita pelos seus companheiros.

Foram essas tarefas que fizeram dele um ouvinte, a princípio, involuntário, e depois, alarmado, do que ocorreu por volta de duas semanas (calculou ele) após o início da viagem. Ele tinha lavado a louça, descartando os restos de comida do jantar, havia se deleitado na luz do sol, conversado com Devine — uma companhia melhor que Weston, ainda que, na opinião de Ransom, fosse o mais detestável dos dois — e se recolhido à cama no seu tempo costumeiro. Estava um pouco agitado, e depois de mais ou menos uma hora ocorreu-lhe que havia esquecido uma ou duas coisas simples na cozinha de bordo que facilitariam seu serviço na manhã seguinte. A cozinha se abria para o salão, ou câmara do dia, e sua porta ficava próxima à porta da ponte de comando. Ele se levantou e imediatamente foi para lá. Seus pés, como o resto do corpo, estavam nus.

A claraboia da cozinha ficava no lado escuro da nave, mas Ransom não acendeu a luz. Deixar a porta entreaberta era suficiente, pois, assim, entraria

---

[3]Da obra *Comus*, de John Milton (1608–1674), poeta e intelectual inglês. [N. E.]

uma corrente de brilhante luz do sol. Como qualquer um que cuida de uma casa sabe, ele descobriu que seus preparativos para a manhã seguinte estavam ainda mais incompletos do que pensava. Ransom cumpriu bem sua tarefa, devido à prática, e o fez silenciosamente. Ele havia acabado e estava secando as mãos na toalha que ficava atrás da porta da cozinha quando ouviu a porta da ponte de comando se abrindo e viu a silhueta de um homem — que ele pensou ser Devine — do lado de fora da cozinha. Devine não entrou no salão, mas permaneceu ali conversando, aparentemente voltado em direção à ponte de comando. Dessa forma, Ransom podia ouvir nitidamente o que Devine dizia, mas não conseguia entender as respostas de Weston.

"Eu acho que seria uma grande tolice", disse Devine. "Se você tivesse certeza de encontrar os selvagens onde vamos pousar, haveria alguma vantagem. Mas imagine que tenhamos de caminhar. Tudo que ganharíamos pelo seu plano seria ter de carregar um homem dopado e sua mochila em vez de deixar que um homem vivo caminhe conosco e faça sua parte do trabalho."

Weston aparentemente respondeu.

"Mas ele *não pode* descobrir", respondeu Devine. "A não ser que alguém seja tolo o bastante para contar a ele. Enfim, mesmo se ele suspeitar, você acha que um homem como ele teria coragem para fugir em um planeta estranho? Sem comida? Sem armas? Você vai descobrir que ele vai comer na sua mão ao primeiro sinal de um *sorn.*"

Ransom ouviu de novo o som indistinto da voz de Weston.

"Como eu poderia saber?", perguntou Devine. "Deve ser algum tipo de chefe, ou, muito mais provável, uma bobagem sem sentido."

Dessa vez veio uma afirmação curta da ponte de comando, aparentemente uma pergunta. Devine respondeu de pronto.

"Isto explicaria por que ele era procurado."

Weston perguntou-lhe algo mais.

"Acho que é sacrifício humano. Pelo menos não seria humano do ponto de vista *deles*. Entende meu raciocínio?"

Dessa vez Weston tinha muito a dizer, e isso provocou a risadinha característica de Devine.

"Certo, certo", disse ele. "É compreensível que você esteja fazendo tudo isso pelos motivos mais elevados. Contanto que levem às mesmas ações que os *meus* motivos, fique à vontade com eles."

Weston continuou, e desta vez parecia que Devine o interrompia.

"Você não está se exaltando, está?" Ele então ficou em silêncio durante algum tempo, como se estivesse ouvindo. Por fim, respondeu:

"Se você gosta tanto destes selvagens, é melhor ficar aqui e se acasalar, se é que eles têm sexo, o que ainda não sabemos. Não se preocupe. Quando chegar a hora de limpar o lugar, vamos pegar um ou dois para você, e você vai poder guardá-los como animais de estimação, fazer vivissecção neles, dormir com eles, ou fazer os três, o que você quiser... Sim, eu sei. Completamente nojento. Eu estava apenas brincando. Boa noite."

No momento seguinte, Devine fechou a porta da ponte de comando, atravessou o salão e entrou em sua própria cabine. Ransom o ouviu trancando a porta como sempre fazia, mesmo que fosse estranho. A tensão com a qual ele estivera ouvindo já havia passado. Ransom estava segurando o ar e respirou fundo outra vez. Então, com cautela, entrou no salão.

Ainda que soubesse que seria prudente voltar à sua cama o mais rapidamente possível, Ransom estava parado diante da já familiar glória de luz e a observava com uma nova e pungente emoção. Do alto daquele céu, daqueles lugares felizes, eles estavam prestes a descer — *onde*? *Sorns*, sacrifício humano, monstros nojentos sem sexo. O que era um *sorn*? Seu papel em tudo aquilo agora estava claro. Alguém ou alguma coisa havia mandado buscá-lo. Era provável que não fosse especificamente ele. Alguém queria uma vítima — qualquer vítima — da Terra. Ele foi escolhido porque Devine fez a escolha. Ransom entendeu pela primeira vez — em todas as circunstâncias, uma descoberta tardia e alarmante — que Devine o odiara tanto quanto ele odiava Devine. Mas o que era um *sorn*? Quando ele o visse, comeria na mão de Weston. Sua mente, como as mentes de muitos de sua geração, estava cheia de bichos-papões. Ele tinha lido H. G. Wells e outros autores. Seu universo estava povoado de horrores com os quais a mitologia antiga e a medieval dificilmente conseguiriam rivalizar. Nenhum Abominável parecido com um inseto, com um verme ou com um crustáceo, nenhuma antena tremulante, asa estridente, espiral pegajosa, nenhum tentáculo enrolado, nenhuma união monstruosa de inteligência super-humana e crueldade insaciável lhe parecia provável em um mundo alienígena. Os *sorns* seriam... seriam... Ele não ousava pensar como os *sorns* seriam. E ele lhes seria entregue. De alguma maneira, aquilo parecia mais horrível do que ser capturado pelos *sorns*. Dado, entregue, oferecido. Ele imaginou várias monstruosidades incompatíveis — olhos bulbosos, bocas escancaradas, chifres, ferrões, mandíbulas. Pavor de insetos, pavor de cobras, pavor de coisas que chapinham e grunhem, todos tocavam suas horríveis sinfonias em seus nervos. Mas a realidade seria pior: haveria uma Alteridade extraterrestre — algo impensado, algo que ninguém jamais poderia ter imaginado. Naquele momento, Ransom tomou uma decisão. Ele enfrentaria a morte, mas não os *sorns*. Ele deveria fugir assim que chegassem a Malacandra, se houvesse alguma possibilidade. Morrer de fome ou até mesmo ser caçado pelos *sorns* seria melhor que ser entregue a eles. Se fugir fosse impossível, ele cometeria suicídio. Ransom era um homem religioso, mas esperava ser perdoado. Ele pensou que tomar outra decisão estava tão fora do seu alcance quanto fazer crescer um novo membro em seu corpo. Sem hesitação, voltou para a cozinha de bordo e pegou a faca mais afiada. Daquele momento em diante, ele estava determinado a não mais ficar sem ela.

A exaustão produzida pelo terror foi tal que, quando ele chegou à sua cama, caiu imediatamente em um sono pesado e sem sonhos.

6

RANSOM acordou bastante disposto, e até mesmo um pouco envergonhado do terror que sentira na noite anterior. Sua situação, sem dúvida, era muito séria: de fato, a possibilidade de voltar vivo à Terra poderia ser quase descartada. Mas ele poderia enfrentar a morte, e o medo racional da morte deveria ser dominado. A dificuldade real era apenas o horror irracional, biológico de monstros, mas ele o enfrentou e controlou tão bem quanto pôde enquanto se deitava à luz do sol, depois do café da manhã. Ransom tinha a sensação de que quem navega pelos céus, como ele estava fazendo, não poderia sofrer um medo abjeto de nenhuma criatura terrestre. Ele refletiu que a faca poderia furar não apenas a sua própria carne, mas também a de outros. Esse estado de espírito belicoso era muito raro em Ransom. À semelhança de muitos homens de sua idade, ele preferia subestimar a superestimar sua própria coragem; havia uma distância alarmante entre os sonhos da meninice e sua experiência real da Guerra,[1] e a visão posterior de suas próprias qualidades não heroicas talvez tivesse ido longe demais na direção oposta. Ele foi acometido de ansiedade, temendo que a firmeza de seu presente estado de espírito fosse apenas uma ilusão temporária, mas precisava tirar proveito dela.

À medida que uma hora se seguia à outra, e o despertar seguia o dormir naquele dia eterno, ele percebeu uma mudança gradual. A temperatura caía

[1]Alusão à Primeira Guerra Mundial (1914–1918). [N. E.]

lentamente. Eles voltaram a usar roupas. Pouco depois começaram a usar roupas de baixo mais quentes. Mais tarde, ainda, um aquecedor elétrico foi ligado no centro da nave. E também havia a certeza — ainda que o fenômeno fosse difícil de mensurar — de que a luz já não era tão intensa quanto no início da viagem. Aquilo era evidente para uma mente que fazia comparações, mas era difícil *sentir* o que estava acontecendo quanto à diminuição da luz, e impossível pensar naquilo como um "escurecimento", porque, enquanto o brilho mudava de grau, sua qualidade não terrestre permanecia exatamente a mesma desde o momento em que a percebera pela primeira vez. Não era como a luz que se desvanece na Terra, mesclada com o aumento da umidade e com as cores ilusórias do ar. Ransom percebeu que era possível diminuir aquela intensidade pela metade, e a metade restante ainda seria o que era o todo, nada menos que isso. Se fosse diminuída pela metade de novo, o resíduo ainda assim seria o mesmo. Tantas vezes quantas acontecessem, a intensidade seria a mesma, até aquela distância inimaginável na qual sua última força seria consumida. Ele tentou explicar a Devine o que aquilo significava.

"Aquela marca de sabão em pó, como se chama mesmo?", Devine disse sorrindo. "É sabão até a última bolha, não é mesmo?"

Pouco depois disso a rotina tranquila da vida deles na espaçonave começou a ser perturbada. Weston explicou que logo começariam a sentir a atração gravitacional de Malacandra.

"Isso significa", disse ele, "que 'para baixo' não será mais o centro da nave. Será 'para baixo' em referência a Malacandra, que, do nosso ponto de vista, será abaixo da ponte de comando. Como consequência, o chão da maioria das cabines se tornará parede ou teto, e uma das paredes será o chão. Vocês não vão gostar disso".

Para Ransom, o resultado desse aviso foram horas de esforço pesado nas quais ele trabalhou lado a lado, ora com Devine, ora com Weston, enquanto alternavam seus turnos na ponte de comando. Galões de água, cilindros de oxigênio, armas, munição e mantimentos tiveram de ser empilhados nos pisos ao longo das paredes certas, deitados, de modo a estarem virados para cima quando o novo "para baixo" surgisse. Bem antes de terminarem a tarefa, eles começaram a ter sensações perturbadoras. Ransom pensava que era a tarefa que pesava sobre seus membros, mas descansar não aliviava os sintomas, e foi-lhe explicado que o corpo deles, em resposta ao planeta que os apanhara em seu campo gravitacional, estavam ganhando peso a cada minuto e dobrando de peso a cada vinte e quatro horas. Eles estavam tendo a experiência de uma mulher grávida, só que ampliada quase além do que podiam suportar.

Ao mesmo tempo, seu senso de direção — nunca muito confiável na espaçonave — estava cada vez mais confuso. Olhando de qualquer cabine, o chão da cabine seguinte sempre parecia estar em declive, mas a sensação era de estar nivelado. Agora, ele parecia estar em declive e a sensação era, um pouco, bem pouco, de que era mesmo uma descida. Assim, entravam aos tropeços nas cabines. Uma almofada caída no chão do salão seria encontrada, horas depois, cerca de um centímetro mais perto da parede. Todos tiveram vômitos, dor de cabeça e palpitações. As condições pioravam a cada hora. Não demorou muito para que precisassem tatear e engatinhar para ir de uma cabine à outra. Todo o senso de direção desapareceu em uma confusão doentia. Algumas partes da nave estavam definitivamente viradas para baixo, no sentido de que o chão estava de cabeça para baixo, e somente uma mosca poderia andar neles, mas para Ransom nenhuma parte da nave parecia estar indubitavelmente com o lado certo para cima. Sensações intoleráveis de altura e de queda, absolutamente ausentes no céu, aconteciam constantemente. Cozinhar, é claro, havia sido abandonado fazia tempo. Eles agarravam a comida da melhor maneira que podiam, e tinham muita dificuldade para beber: não dava para ter certeza de onde estavam colocando a boca, se abaixo ou ao lado da garrafa. Weston estava mais soturno e mais silencioso que nunca. Devine, sempre com uma garrafa de bebida alcóolica na mão, blasfemava, xingava e amaldiçoava Weston por tê-los trazido. Ransom sentia dores, lambia seus lábios ressecados, cuidava de seus membros feridos e orava para que tudo aquilo acabasse.

Chegou um momento em que um lado da esfera estava inconfundivelmente para baixo. Camas e mesas fixas jaziam inúteis e ridículas no que agora era a parede ou o teto. Portas haviam se tornado alçapões, abertos com dificuldade. Parecia que seus corpos eram feitos de chumbo. Não havia mais nada a ser feito quando Devine tirou as roupas — as roupas malacandrianas que tinham — das pilhas e agachou-se na parede (que agora era o piso) ao fundo do salão para observar o termômetro. Ransom observou que as peças incluíam pesadas roupas de baixo feitas de lã, casacos de pele de ovelha, luvas de pele e protetores de orelha. Devine não respondia às suas perguntas. Ele estava envolvido em estudar o termômetro e em gritar com Weston na ponte de comando.

"Mais devagar, mais devagar!", gritava Devine sem parar. "Mais devagar, seu idiota. Você vai estar no ar em poucos minutos." Depois gritava de maneira incisiva e raivosa. "Aqui! Deixe que eu faço isso."

Weston não respondia nada. Devine não costumava desprezar os conselhos dele. Ransom concluiu que Devine estava quase completamente fora de si, fosse por medo, fosse por excitação.

De repente, pareceu que as luzes do universo diminuíram. Foi como se algum demônio tivesse esfregado o rosto do céu com uma esponja suja, e o esplendor que eles vivenciaram por tanto tempo transformou-se em um cinza pálido, desanimado e deplorável. De onde estavam, era impossível abrir as persianas ou recolher as cortinas. O que havia sido uma carruagem planando pelos campos do céu tornou-se uma caixa escura de aço vagamente iluminada pela abertura de uma janela, e caía. Eles estavam caindo do céu em outro mundo. Nenhuma de suas aventuras havia mexido tão profundamente com a mente de Ransom como aquela. Ele se admirou de como podia ter pensado nos planetas, inclusive na Terra, como ilhas de vida e de realidade flutuando em um vácuo mortal. Agora, tomado de uma certeza que nunca mais o abandonaria, ele via os planetas — as "terras", como ele as chamou em seus pensamentos — como simples buracos ou lacunas no céu vivo — refugos de matéria pesada e ar turvo excluídos e rejeitados, formados não por adição, mas por subtração do brilho que havia ao redor. Mas, mesmo assim, pensou ele, o brilho acaba na fronteira do sistema solar. Seria isso o verdadeiro vazio, a verdadeira morte? A não ser que... ele considerou a ideia... a não ser que a luz visível seja também um buraco ou uma lacuna, uma mera diminuição de outra coisa. Algo que está para o imutável céu brilhante como o céu está para as terras tenebrosas, pesadas...

As coisas nem sempre acontecem como se poderia esperar. O momento de sua chegada a um mundo desconhecido encontrou Ransom totalmente absorto em uma especulação filosófica.

7

"TIRANDO um cochilo?", perguntou Devine. "Já está entediado de novos planetas?"

"Você pode ver alguma coisa?", interrompeu Weston.

"Não estou conseguindo recolher estas persianas, droga", retrucou Devine. "Precisamos chegar à escotilha."

Ransom acordou de seu estado de abstração. Os dois parceiros estavam trabalhando perto dele na penumbra. Ele sentia frio, e seu corpo, na verdade bem mais leve que na Terra, ainda lhe parecia intoleravelmente pesado. Mas ele foi tomado por um vívido senso de sua situação, um pouco de medo, porém mais curiosidade. Aquilo poderia significar morte, mas que cadafalso! Já sentiam o ar frio e a luz que vinham de fora. Ele movia a cabeça impacientemente para dar uma olhada entre os ombros dos dois homens que trabalhavam. Pouco depois, o último parafuso foi retirado. Ransom olhou pela escotilha.

É claro que tudo que ele viu foi o chão — um círculo rosa pálido, quase branco —, mas não saberia dizer se havia uma vegetação curta ou se o solo era muito enrugado e pedregoso. No mesmo instante, a forma escura de Devine encheu a abertura, e Ransom não teve tempo de perceber que ele portava um revólver — "Para mim, para os *sorns* ou para os dois?", perguntava-se.

"Agora é sua vez", disse Weston, bruscamente.

Ransom respirou fundo e levou a mão à faca por debaixo de seu cinto. Depois, ele colocou a cabeça e os ombros para fora da escotilha, e suas duas mãos tocaram o solo de Malacandra. Aquela coisa rosa era macia e ligeiramente resistente, como se fosse borracha: com certeza era vegetação. Naquele mesmo instante, Ransom olhou para cima. Ele viu um céu palidamente azul, como se fosse uma bela manhã de inverno na Terra, e uma grande massa de cor rósea que entendeu ser uma nuvem, até que ouviu Weston atrás dele dizendo: "Saia". Ele se remexeu e se colocou em pé. O ar era frio, mas não demais, e lhe parecia um pouco pesado no fundo da garganta. Ele olhou ao redor, e a intensidade do seu desejo de capturar aquele novo mundo em um olhar não foi satisfeita. Ele não viu nada, a não ser cores, que se recusavam a se transformar em coisas. Além disso, não conhecia nada bem o bastante para percebê-lo: não se pode enxergar as coisas a não ser que se tenha pelo menos ideia do que são. Sua primeira impressão foi a de um mundo reluzente e pálido — um mundo de aquarela saído do estojo de uma criança; pouco depois ele reconheceu a camada de luz azul como um lençol d'água, ou de algo como água, que se aproximou dos seus pés. Eles estavam na margem de um lago ou de um rio.

"Muito bem", disse Weston, passando por ele. Ele se virou e viu ali perto, para sua surpresa, um objeto identificável: uma cabana de padrão inequivocamente terrestre, ainda que feita de materiais estranhos.

"Eles são humanos", arfou Ransom. "Eles constroem casas?"

"*Nós* construímos", respondeu Devine. "Imagine", e tirando uma chave de seu bolso, abriu o cadeado muito simples na porta da cabana. Sem saber se sentia desapontamento ou alívio, Ransom entendeu que seus captores estavam simplesmente voltando ao próprio acampamento. Eles se comportavam como seria de se esperar: entraram na cabana, abriram as janelas, sentiram o cheiro do ar fechado, surpreenderam-se por terem deixado tudo muito sujo, e então saíram.

"Será melhor verificarmos os suprimentos", disse Weston.

Ransom logo descobriu que teria pouco tempo livre para observação e nenhuma oportunidade de fugir. O trabalho monótono de transportar comida, roupas, armas e muitas caixas não identificadas da nave para a cabana o manteve totalmente ocupado por cerca de uma hora, e bastante próximo de seus sequestradores. Mas ele percebeu algo. Antes de qualquer outra coisa, ele descobriu que Malacandra era belo; e pensou como era estranho ele nunca haver especulado essa possibilidade. A mesma imaginação distorcida que o levara a povoar o universo com monstros o ensinou a, de alguma maneira, nada esperar de um planeta estranho a não ser uma desolação rochosa ou talvez um conjunto de máquinas de pesadelo. Ele não sabia dizer por que, agora que havia pensado no assunto. Também descobriu que a água azul os circundava em pelo menos três lados: sua visão na quarta direção estava bloqueada pela grande bola de futebol de aço que os trouxera até ali. A cabana, de fato, fora feita ou na ponta de uma península ou no fim de uma ilha. Pouco a pouco, ele também concluiu que a água não era simplesmente azul dependendo da luz, como a água terrestre, mas era azul "de verdade". Havia algo a respeito do comportamento dela sob a brisa suave que o deixava confuso, alguma coisa errada ou incomum a respeito das ondas. Por um lado, elas eram grandes demais para aquele vento, mas isso não era tudo. De algum modo, elas o fizeram se lembrar da água que vira se erguer sob o impacto dos cascos de navios em quadros de batalhas navais. Então, de súbito, ele entendeu: aquelas ondas tinham o formato errado, desproporcionais, altas demais para seu comprimento, estreitas demais na base e íngremes demais nos lados. Ele se lembrou de algo que tinha lido em um daqueles poetas modernos a respeito de um mar que se levantava em "muralhas torreadas".[1]

"Pegue!", gritou Devine. Ransom pegou e jogou o pacote para Weston, que estava perto da porta da cabana.

De um lado, a água se estendia bastante, cerca de quatrocentos metros, pensou ele, mas ainda estava difícil ter perspectiva naquele mundo estranho. O outro lado era muito mais estreito, não mais que cinco metros, e parecia fluir em uma corrente rasa e serpenteada que produzia um som mais suave e mais sibilante que o da água na Terra, e, no lugar em que aquela água tocava a margem — a vegetação rosa e branca descia até a borda —, havia um borbulhar e um espumar que sugeriam efervescência. Ele tentou, nos rápidos olhares que o trabalho lhe permitia, entender o que era a praia mais distante. Sua primeira impressão foi a de uma massa de algo púrpura, tão grande que ele pensou se tratar de uma montanha com o topo coberto por urzes. Do outro lado, havia algo semelhante para além da grande extensão de água. Mas de onde estava ele não conseguia ver o topo daquilo. Mais além estavam as estranhas formações elevadas de cor verde esbranquiçada, pontiagudas e irregulares demais para serem prédios, finas e íngremes demais para serem montanhas. Acima e além dessas coisas estava

[1]Trecho de *The sleeping beauty*, poema de Edith Sitwell (1887—1964), poetisa e crítica literária britânica. [N. E.]

aquela massa de coloração rosa parecida com uma nuvem. Poderia até ser uma nuvem, mas dava a impressão de ser muito sólida, e parecia que não tinha se movido desde que a avistara pela primeira vez, de dentro da escotilha. Parecia uma gigante cabeça de couve-flor vermelha, ou uma imensa tigela de espuma vermelha de sabão, e tudo era requintadamente lindo, na tonalidade e na forma.

Perplexo com tudo aquilo, Ransom voltou sua atenção para a praia mais próxima, do outro lado do banco de areia. A massa púrpura em um momento se parecia com a fileira de tubos de um órgão, depois com um estoque vertical de rolos de tecido, e depois com uma floresta de guarda-chuvas gigantes que se abriam, tudo isso em um movimento suave. De repente, ele conseguiu discernir o que era aquilo. A coisa púrpura era vegetação, plantas, para ser mais preciso, plantas com aproximadamente o dobro da altura dos olmos ingleses, mas com aparência de tenras e frágeis. Os talos — dificilmente alguém os chamaria de troncos — se elevavam por cerca de doze metros, lisos, arredondados e surpreendentemente finos. Acima daquilo, plantas imensas se abriam em forma de feixe, não de galhos, mas de folhas, folhas grandes como botes salva-vidas, mas quase transparentes. Aquela coisa toda correspondia grosseiramente à ideia que ele tinha de uma floresta submarina: as plantas, grandes e frágeis ao mesmo tempo, pareciam precisar de água para suportá-las, e ele se perguntou como elas conseguiam se manter no ar. Mais abaixo, entre os caules, ele viu o vívido crepúsculo de cor púrpura, mosqueado com uma luz solar mais pálida, que formava o cenário interno do bosque.

"Hora do almoço", disse Devine subitamente. Ransom esticou as costas. A despeito da leveza e do frescor do ar, sua testa estava úmida. Eles haviam trabalhado arduamente, e Ransom estava sem fôlego. Weston surgiu da porta da cabana e murmurou algo a respeito de "terminar primeiro". Mas a opinião de Devine prevaleceu. Eles serviram carne enlatada e biscoitos, e os homens se sentaram sobre as várias caixas que ainda estavam espalhadas entre a espaçonave e a cabana. Uísque misturado com água — mais uma vez, por sugestão de Devine e contra a opinião de Weston — foi servido em copos de alumínio. Ransom percebeu que aquela água tinha vindo dos galões deles, e não dos lagos azuis.

Como sempre acontece, a interrupção da atividade corporal chamou a atenção de Ransom para a empolgação sob a qual ele estava trabalhando desde que aterrissaram. Comer parecia quase fora de cogitação. Todavia, consciente da possibilidade de correr para a liberdade, ele se forçou a comer mais do que o habitual, e seu apetite voltou enquanto comia. Ele comeu e bebeu tudo que veio às suas mãos, e o gosto daquela primeira refeição ficou para sempre associado em sua mente à primeira estranheza extraterrestre (que ele nunca voltou a experimentar completamente) daquele cenário reluzente, imóvel, incompreensível, de formas pontiagudas de um verde pálido com centenas de metros de altura, de deslumbrantes lençóis de água azul borbulhante e de grandes extensões de bolhas de sabão de um vermelho róseo. Ele estava um pouco receoso de que seus companheiros pudessem perceber e suspeitar de sua recente glutonaria, mas a atenção deles estava em outra direção. Eles não paravam de perscrutar o cenário, conversavam distraidamente, e mudavam de posição com frequência, sempre olhando por sobre os ombros. Ransom estava terminando sua refeição prolongada quando viu Devine se retesar como um cachorro e silenciosamente colocar sua mão sobre o ombro de Weston. Ambos assentiram com a cabeça. Eles se levantaram. Ransom tomou o último gole de uísque e se levantou também. Ele estava entre seus dois captores. Os dois sacaram suas armas. Eles o levaram para a margem estreita, e estavam olhando e apontando para alguma coisa do outro lado.

No princípio ele não conseguia ver claramente para o que apontavam. Entre as plantas de cor púrpura que ele havia observado antes parecia haver outras mais foscas e finas. Ele não lhes dera atenção porque estava ocupado olhando para o chão, obcecado que estava com o medo que o imaginário moderno tem de répteis e insetos. Foi o reflexo daqueles novos objetos brancos na água que fez com que seus olhos se voltassem para eles: longos reflexos brancos, listrados, imóveis nas águas correntes — quatro ou cinco, não, com certeza, seis deles. Ele olhou para cima. Seis coisas brancas *estavam* ali em pé. Coisas espichadas e frágeis, duas a três vezes mais altas que um ser humano. Sua primeira impressão era que eles fossem imagens de homens, uma obra de artistas selvagens. Ele havia visto coisas como aquelas em livros de arqueologia. Mas do que seriam feitas e como poderiam permanecer em pé? Absurdamente magras e com pernas alongadas, tórax esticados para cima, distorções alongadas e flexíveis dos bípedes terrestres... Algo como o que se vê naqueles espelhos de parque de diversão. Com certeza não eram feitas de pedra ou de metal, pois agora pareciam balançar um pouco enquanto ele as observava. Então, com um choque que o fez perder a cor, ele viu que eles estavam vivos, que se moviam e que vinham em sua direção. Aterrorizado, ele teve uma visão rápida de seus rostos finos e desproporcionalmente longos, com grandes narizes pendentes, bocas com uma solenidade meio espectral e meio idiotizada. Virou-se bruscamente para fugir, mas Devine o segurou.

"Deixe-me ir!", ele gritou.

"Não seja bobo", sussurrou Devine, apontando-lhe sua arma. Então, enquanto lutavam, uma das coisas projetou sua voz por sobre a água, um vozeirão como o soar de uma trombeta, muito acima de suas cabeças.

"Eles querem que nós atravessemos", disse Weston.

Os dois o obrigaram a ir até a beira d'água. Ele firmou os pés, arqueou as costas e resistiu como se fosse um jumento. Os dois entraram na água e o puxaram, mas Ransom ainda estava na terra. Ele gritava. Subitamente um barulho, muito mais alto e menos articulado, irrompeu das criaturas na margem distante. Weston gritou também, afrouxou o aperto em Ransom e atirou, não para a outra margem, mas para cima. Ransom entendeu o motivo do disparo imediatamente.

Uma linha de espuma como o rastro de um torpedo vinha rapidamente na direção deles, e, no meio dela, uma fera grande e reluzente. Devine gritou um palavrão, escorregou e caiu na água. Ransom viu uma bocarra entre eles e ouviu o barulho ensurdecedor da arma de Weston disparando repetidamente ao seu lado e, quase tão alto, o clamor dos monstros do outro lado, que pareciam também estar entrando na água. Ele nem precisou tomar uma decisão. Assim que se viu livre, Ransom automaticamente correu por detrás de seus captores, e para trás da espaçonave, e, depois, tão rápido quanto suas pernas lhe permitiam, para o totalmente desconhecido além dela. Enquanto circulava a esfera de metal, uma confusão louca de azul, púrpura e vermelho encontrou seus olhos. Não diminuiu a velocidade nem para examinar os arredores. Ele se viu correndo em meio à água e gritou, não de dor, mas de surpresa, porque a água era morna. Em menos de um minuto ele estava subindo de novo para a terra seca, e corria por uma escarpa inclinada. Agora ele corria através de uma sombra púrpura entre os caules de outra floresta de plantas imensas.

8

UM MÊS de inatividade, uma refeição pesada e um mundo desconhecido não ajudam um homem a correr. Meia hora depois, Ransom não mais corria pela floresta, mas caminhava, com uma mão pressionando seu lado dolorido e os ouvidos atentos a qualquer som de perseguição. O ruído dos tiros de revólver e das vozes atrás dele (nem todas humanas) havia sido substituído primeiro por tiros de rifle e por gritos em intervalos longos, e depois, por um completo silêncio. Até onde conseguia enxergar, não via nada a não ser os caules das plantas grandes ao seu redor, que desapareciam na sombra violeta, e muito acima da sua cabeça, a transparência múltipla de folhas imensas filtrava a luz do sol até o esplendor solene do crepúsculo no qual caminhava. Sempre que conseguia, corria de novo; o solo continuava macio e flexível, coberto por aquela mesma erva resistente, que foi a primeira coisa que suas mãos tocaram em Malacandra. Uma ou duas vezes uma pequena criatura vermelha atravessava rapidamente seu caminho, ademais, parecia não haver nenhuma forma de vida que se movesse na floresta. Não havia nada a temer, a não ser o fato de vaguear sem provisões e sozinho em uma floresta de vegetação desconhecida por milhares ou milhões de quilômetros além do alcance ou do conhecimento do homem.

Mas Ransom estava pensando nos *sorns*, pois, sem dúvida, aqueles eram os *sorns*, as criaturas a quem eles tentaram entregá-lo. Eles eram totalmente diferentes dos horrores que sua imaginação havia conjurado e, por essa razão, pegaram-no desprevenido. Eles estavam muito distantes das fantasias de H. G. Wells e mais próximos de um conjunto de temores mais antigo, quase infantil. Gigantes, ogros, fantasmas, esqueletos — essas eram suas palavras-chave. Assombrações em pernas de pau, disse para si mesmo, bichos-papões surreais com seus rostos longilíneos. Ao mesmo tempo, o pânico incapacitante dos primeiros momentos estava diminuindo. Ele já não pensava mais na ideia de suicídio, e estava determinado a contar com a sorte até o fim. Ele orou e tocou sua faca. Sentiu uma emoção estranha de confiança e afeto por si mesmo a ponto de dizer "permaneceremos juntos".

O solo ficou mais acidentado e interrompeu sua meditação. Ele estava subindo lentamente havia algumas horas, com um terreno íngreme à sua direita, aparentemente escalando e circundando uma colina. O caminho por onde Ransom passava começou a apresentar muitas elevações, que sem dúvida eram projeções do terreno mais elevado à sua direita. Ele não sabia por que deveria atravessá-las, mas por alguma razão o fez, possivelmente uma lembrança vaga de geografia terrestre que sugeria que o terreno mais baixo apresentaria espaços abertos entre a floresta e a água onde os *sorns* teriam mais possibilidade de capturá-lo. Enquanto continuava a atravessar elevações e regueiras, ficou impressionado com o quanto eram inclinadas, mas, de alguma maneira, não eram muito difíceis de atravessar. Ele observou também que até os menores montinhos de terra tinham um formato extraterrestre — estreitos demais, pontudos demais no topo e pequenos demais na base. Ele se lembrou de que as ondas dos lagos azuis apresentavam estranheza semelhante. E observando as folhas de cor púrpura, viu que o mesmo tema de perpendicularidade — a mesma distensão em direção ao céu — repetia-se ali. Elas não se inclinavam nas extremidades, e mesmo grandes como eram, o ar era suficiente para sustentá-las, de maneira que os longos corredores da floresta se erguiam como uma espécie de rendilhados de leque. E os *sorns*, do mesmo jeito — ele estremeceu ao pensar neles —, eram também absurdamente alongados.

O conhecimento científico de Ransom bastava-lhe para conjecturar que devia estar em um mundo mais leve que a Terra, no qual precisaria de menos força, e a natureza estava livre para seguir seu impulso em direção ao céu em uma escala supraterrestre. Isso o fez pensar em onde estava. Ransom não conseguia lembrar se Vênus era maior ou menor que a Terra, mas achava que Vênus seria mais quente que ali. Talvez estivesse em Marte, talvez estivesse até mesmo na Lua. Ele a princípio rejeitou a hipótese de estar na Lua com base em que, se fosse esse o caso, ele deveria ter visto a

Terra no céu quando aterrissaram, muito embora ele fosse se lembrar mais tarde de que tinha aprendido que um lado da Lua sempre estava oposto à Terra. Até onde sabia, Ransom podia muito bem estar vagueando no outro lado da Lua e, por mais irracional que essa ideia pudesse ser, ela lhe trouxe um sentimento sombrio de desolação ainda maior do que sentira até então.

Muitas das regueiras que ele atravessava agora tinham água, uma água azul que chiava, escorrendo para o declive à sua esquerda. Assim como o lago, eram mornas, e o ar acima delas também, de modo que enquanto ele subia e descia as laterais das regueiras, havia muitas mudanças de temperatura. Foi esse contraste que primeiro chamou sua atenção para o fato de que o frio na floresta estava aumentando à medida que ele subia a margem mais distante de uma pequena ravina. E à medida que olhava ao redor, tinha certeza de que a luz também estava diminuindo. Ele havia se esquecido da noite, nem tinha possibilidades de saber como ela seria em Malacandra. Ransom parou para observar a escuridão que aumentava, e um suspiro de vento frio rastejou através dos caules de cor púrpura, fazendo-os balançar, revelando mais uma vez o contraste surpreendente entre seu tamanho e sua aparente flexibilidade e leveza. A fome e o cansaço, mantidos à distância pelo medo misturado com o deslumbramento de sua situação, atacaram-no subitamente. Ele tremeu e se forçou a prosseguir. O vento aumentou. As poderosas folhas dançavam e caíam acima de sua cabeça, permitindo-lhe vislumbrar um céu pálido, e que continuava a empalidecer. Depois, desconfortavelmente, um céu com uma ou duas estrelas. A floresta já não estava silenciosa. Ele olhava para lá e para cá à procura de algum inimigo que se aproximava e descobriu apenas quão rapidamente a escuridão aumentava. Ransom ficou agradecido pelas correntes de água com seu calor.

Foram elas que primeiro lhe ofereceram uma possível proteção contra o frio que aumentava. De fato, não havia vantagem em prosseguir, pois, de tudo quanto sabia, ele tanto poderia caminhar para perto como para longe do perigo. Tudo era perigoso; ele não estaria mais seguro andando do que se estivesse descansando. Ao lado de alguma corrente poderia ser aquecido o suficiente para se deitar. Saiu arrastando os pés para encontrar outra regueira, e foi tão longe que começou a pensar que tinha se afastado demais delas. Estava quase determinado a voltar quando o solo despencou numa descida íngreme. Ramson escorregou, levantou-se e viu que estava na margem de uma torrente. As árvores — pois ele não conseguia deixar de considerá-las "árvores" — não se uniam lá no alto, e a água parecia ter alguma característica levemente fosforescente, por isso era mais clara naquele lugar. A descida da direita para a esquerda era íngreme. Guiado pelo anseio vago de quem tem o costume de tentar encontrar um lugar melhor durante piqueniques, ele foi alguns poucos metros no contrafluxo. O vale ficou mais íngreme, e ele chegou a uma pequena queda d'água. Ransom percebeu, sem entusiasmo, que a água parecia descer lenta demais, dada a inclinação, mas estava cansado demais para especular a respeito. Aparentemente aquela água era mais quente que a do lago, talvez por estar mais próxima à sua fonte subterrânea do calor. Mas o que realmente ocupava o pensamento de Ransom era se teria coragem de beber dela. Ele estava com muita sede naquele momento, mas a água, que parecia ser venenosa, sequer parecia ser, de fato, água. Ele tentaria não bebê-la. Talvez estivesse tão cansado que, mesmo sedento, conseguisse dormir. Entrou na água até a altura dos joelhos e molhou as mãos na torrente quente. Depois disso, deitou-se em uma cavidade ao lado da queda d'água e cochilou.

O som do seu próprio bocejo — aquele velho som ouvido em creches noturnas, dormitórios de escolas e em tantos quartos — despertou nele um dilúvio de autocomiseração. Dobrando os joelhos, Ransom abraçou-se a si mesmo e sentiu uma espécie de amor físico, quase filial, por seu próprio corpo. Ao colocar seu relógio de pulso bem próximo ao ouvido, percebeu que ele havia parado, e deu-lhe corda. Murmurando, quase se lamuriando consigo mesmo, ele pensou nos homens que estavam indo dormir no tão distante planeta Terra — homens em clubes, em transatlânticos, em hotéis, homens casados e seus filhos pequenos que dormiam ao cuidado de babás, e homens bem aquecidos, cheirando a fumo, amontoados em alojamentos e abrigos. A tendência de conversar consigo mesmo era irresistível — "Nós vamos cuidar de você, Ransom... Estamos juntos, meu velho". Ocorreu-lhe então que uma daquelas criaturas com mandíbulas terríveis poderia viver naquela fonte. "Você está absolutamente certo, Ransom", respondeu ele, resmungando para si mesmo. "Este não é um lugar seguro para passar a noite. Vamos apenas descansar um pouco, até você se sentir melhor, e depois prosseguiremos. Mas não agora. Não neste momento."

9

FOI A SEDE que o despertou. Ele dormiu aquecido, ainda que suas roupas estivessem úmidas, e percebeu que estava deitado à luz do sol, com a queda d'água azul ao seu lado, dançando e cintilando com os tons transparentes de todo o espectro do azul, e lançando luzes estranhas que chegavam até o lado de baixo das folhas da floresta. Tomar ciência de sua situação, enquanto recobrava a consciência, foi insuportável. Se ele não tivesse perdido o controle, a essa altura os *sorns* já o teriam matado. Então ele se lembrou, com um alívio inexprimível, de que havia um homem vagueando pela floresta — aquele pobre diabo ficaria contente em vê-lo. Ele viria e lhe diria: "Olá, Ransom" — aí ele parou, confuso. Não, era ele mesmo: ele era Ransom. Será que era? Quem era o homem que ele havia conduzido a uma fonte de água quente, acomodado na cama e ao qual dissera que não bebesse daquela água estranha? Obviamente algum recém-chegado que não conhecia o lugar tão bem quanto ele. Mas não importa o que Ransom lhe tivesse dito, agora ia beber. Ele se deitou na margem e mergulhou o rosto naquela líquida corrente aquecida. A água tinha um gosto mineral forte, mas era muito boa. Ele bebeu de novo e se sentiu grandemente revigorado e equilibrado. Tudo aquilo sobre o outro Ransom era uma bobagem. Ele estava totalmente consciente do perigo da loucura, e dedicou-se com zelo às suas devoções e à sua higiene pessoal. Não que a loucura importasse muito. Talvez ele já estivesse louco, não em Malacandra, mas seguro em uma cama de um hospício inglês. Ah, se isso fosse verdade!

Ele perguntaria a Ransom — droga, sua mente estava mais uma vez jogando o mesmo jogo. Ele se levantou e saiu dali rapidamente.

Naquela parte da viagem os delírios ocorriam em intervalos de poucos minutos. Ele aprendeu a permanecer mentalmente calmo, digamos assim, e deixar que os delírios atravessassem sua mente. Não seria bom se preocupar com eles. Depois que passassem, ele poderia retornar à sanidade. Muito mais importante era o problema da comida. Ele cutucou uma das "árvores" com sua faca. Tal como esperado, ela era macia e resistente como um legume, não dura como uma madeira. Cortou um pedaço pequeno de uma das árvores com sua faca e, enquanto o fazia, aquele organismo gigantesco inteiro vibrou até o topo — era como conseguir sacudir com uma mão o mastro de um navio com todas as velas içadas. Quando colocou o pedaço em sua boca, viu que era quase sem gosto, mas não era de modo algum desagradável e, por alguns minutos, mastigou alegremente. Mas não conseguiu nenhum progresso. Aquela coisa era impossível de se engolir e servia apenas como goma de mascar. E foi assim que ele a usou, e depois daquele, vários outros pedaços, e achou a experiência agradável.

Estava impossível continuar a fuga do dia anterior como uma fuga, pois inevitavelmente ela se transformara em um vaguear sem fim, vagamente motivado pela busca de comida. A busca era necessariamente vaga, pois ele não sabia se Malacandra tinha algo que pudesse comer, e nem saberia reconhecê-lo, caso tivesse. Ransom teve um susto terrível no decorrer da manhã quando, ao passar por uma clareira que de alguma maneira era mais aberta, percebeu logo um objeto amarelo imenso, e depois dois, e depois uma multidão indefinida que vinha em sua direção. Antes que pudesse fugir, ele se viu em meio a uma manada de enormes criaturas peludas e pálidas que se pareciam mais com girafas do que com qualquer outra coisa que ele pudesse imaginar, com a diferença de que elas conseguiam se levantar sob suas patas traseiras e até mesmo dar alguns passos nessa posição. Eram magras, muito mais altas que as girafas, e estavam comendo as folhas dos topos das plantas de cor púrpura. Elas o viram e o encararam com seus grandes olhos líquidos, bufando em *basso profondissimo*, mas aparentemente não eram agressivas. O apetite das criaturas era voraz. Em cinco minutos elas mutilaram o topo de algumas centenas de "árvores", o que provocou uma nova inundação de luz solar na floresta. Depois, foram embora.

Aquele episódio teve um efeito infinitamente tranquilizador para Ransom. Os *sorns* não eram a única forma de vida no planeta, como havia suspeitado. Ali estava um tipo de animal bastante apresentável, um animal que o homem poderia provavelmente domesticar e cuja comida poderia possivelmente compartilhar. Se pelo menos fosse possível escalar as "árvores"! Ele olhava para o que tinha ao seu redor, pensando em alguma maneira de realizar esse feito, quando percebeu que a devastação produzida pelos animais comedores de folhas havia aberto a vista acima de sua cabeça, para além do topo das plantas, mostrando uma grande quantidade dos mesmos objetos verde-claros que ele tinha visto no lago quando aterrissaram.

Dessa vez eles estavam muito mais próximos. Eram absurdamente altos, de modo que ele tinha de jogar sua cabeça para trás para enxergar o topo. O formato deles era semelhante ao de torres de alta tensão, mas pareciam sólidos, de altura irregular, e estavam agrupados de maneira aparentemente aleatória e desordenada. De onde ele olhava, alguns terminavam em pontas tão finas quanto agulhas, enquanto outros, depois de se estreitar em direção ao cume, se expandiam novamente em botões ou plataformas que, aos seus olhos humanos, pareciam prestes a cair a qualquer momento. Ele observou que as faces laterais eram mais ásperas e tinham mais fissuras do que havia percebido antes, e entre dois deles ele viu uma linha imóvel de um brilho azul ondulante — evidentemente, uma queda d'água distante. Foi isso que finalmente o convenceu de que aquelas coisas, a despeito de seu formato improvável, eram montanhas, e, com essa descoberta, a simples estranheza daquele cenário foi engolida pelo sublime fantástico. Ali, entendeu ele, estava a plena expressão do refrão da *perpendicularidade* que as feras, as plantas e a terra executavam em Malacandra; ali, naquele explodir de rochas que pulavam e rumavam em direção ao céu como jatos sólidos vindos de alguma fonte de rocha e equilibravam-se no ar por sua própria leveza, tão bem formadas e tão alongadas que todas as montanhas terrestres pareceriam para ele estarem deitadas de lado. Ele sentiu ânimo e leveza no coração.

Mas, em seguida, sentiu seu coração parar. Contra o pálido pano de fundo das montanhas, e bem perto dele — pois as montanhas pareciam estar a uns quatrocentos metros de distância —, surgiu uma forma que se movia. Ele a reconheceu na hora, uma vez que a forma se movia lentamente (e, pensou ele, furtivamente) entre dois dos topos desnudos das plantas — a estatura gigantesca, a magreza cadavérica, a aparência longa, arqueada, semelhante a um mago, de um *sorn*. A cabeça do *sorn* parecia ser estreita e cônica, e as mãos ou patas com as quais ele afastava os caules que estavam à sua frente enquanto se movia eram magras, ágeis, parecidas de algum modo com aranhas e quase transparentes. Ransom imediatamente teve certeza de que a criatura olhava para ele. Concluiu tudo isso em uma fração de segundo. Antes que aquela imagem indelével ficasse gravada em sua mente, ele correu o máximo que podia para a parte mais densa da floresta.

Ransom não tinha plano algum a não ser colocar o maior número possível de quilômetros entre ele e o *sorn*. Orou fervorosamente para que fosse apenas um. Talvez a floresta estivesse cheia deles, talvez eles tivessem inteligência cercá-lo. Não importava — não havia nada mais a fazer naquela hora, a não ser correr, correr, com a faca na mão. O medo se transformou em ação. Ele estava emocionalmente calmo, alerta, e preparado, tão preparado como jamais esteve, para aquela última provação. Sua fuga o levou para baixo a uma velocidade cada vez maior. Logo, o declive estava tão íngreme que se seu corpo tivesse a gravidade terrestre ele teria de ficar de quatro e rolar para baixo. Então ele viu alguma coisa brilhando à sua frente. Um minuto depois já estava fora da floresta. Estava em pé, piscando à luz do sol e da água, na margem de um rio largo, e olhando para uma planície que misturava rio, lago, ilha e promontório — como a primeira paisagem que ele vira em Malacandra.

Não havia som de perseguição. Ransom virou-se de bruços, bebeu a água e amaldiçoou aquele mundo no qual parecia ser impossível encontrar água *fria*. Depois ficou quieto para ouvir e recuperar o fôlego. Ele olhava a água azul, que estava agitada. Círculos tremiam e bolhas dançavam a poucos metros do seu rosto. De repente a água se ergueu e ele viu uma coisa arredondada, reluzente e preta, como uma bola de canhão. Depois viu os olhos e a boca, uma boca esponjosa que tinha uma barba de bolhas. Mais daquela coisa saiu da água. A criatura era lustrosamente preta. Por fim, a coisa veio andando, esparramando água e chafurdando até a praia, e se levantou sobre suas patas traseiras, bufando — devia ter entre um metro e oitenta e dois metros e era magra demais para sua altura, como tudo em Malacandra. Era coberta por um pelo preto espesso, que reluzia como a pele de uma foca, tinha pernas curtas e pés com membranas, uma cauda larga, como a de um castor ou de um peixe, membros dianteiros fortes e garras ou dedos com membranas e alguma coisa mais ou menos na metade da barriga que Ransom entendeu como os órgãos genitais. A criatura era um pouco parecida com um pinguim, um pouco parecida com uma lontra, um pouco parecida com uma foca; a magreza e a flexibilidade do corpo sugeriam um arminho gigante. A cabeça grande e arredondada com bigodes densos era a principal responsável pela aparência de uma foca, mas sua testa era mais alta que a de uma foca, e a boca era menor.

Chega uma hora em que as ações advindas do medo e da precaução são puramente automáticas, e o fugitivo não mais as sente como terror ou como esperança. Ransom estava deitado, completamente imóvel, pressionando seu corpo para baixo em direção à vegetação o máximo que podia, pensando que poderia passar despercebido. Ele sentia poucas emoções e percebeu, de uma maneira seca, objetiva, que aquele aparentemente seria o fim de sua história — encurralado entre um *sorn* da terra e uma criatura preta da água. Tinha uma vaga impressão de que a mandíbula e a boca da fera não eram as de um carnívoro, mas ele também lembrava que não sabia nada de zoologia para fazer mais que dar um palpite.

Aí aconteceu algo que mudou completamente seu estado de espírito. A criatura, que ainda estava bufando e se sacudindo na margem, e que evidentemente ainda não o tinha visto, abriu a boca e começou a produzir sons. Aquilo em si não foi impressionante, mas uma vida inteira de estudos linguísticos garantiu a Ransom quase imediatamente que aqueles sons eram articulados. A criatura estava *falando*. Ela tinha um idioma. Se você não é filólogo, penso que deve confiar no que digo: as consequências emocionais de perceber isso foram incríveis na mente de Ransom. Ele já tinha visto um mundo novo — mas uma língua nova, extraterrestre, não humana, era algo totalmente diferente. De alguma maneira ele ainda não havia pensado a esse respeito com referência aos *sorns*, mas agora, aquilo vinha a ele como uma revelação. O amor ao conhecimento é uma espécie de loucura.

Naquela fração de segundo que Ransom levou para ter certeza de que a criatura estava de fato falando, e mesmo sabendo que poderia ter morte instantânea, sua imaginação ultrapassou todo medo, toda esperança e toda probabilidade da sua situação para seguir o projeto deslumbrante de escrever uma gramática malacandriana. *Uma introdução à língua malacandriana — O verbo lunar — Dicionário conciso marciano-inglês*... Os títulos rodopiavam por sua mente. E o que não seria possível descobrir da língua de uma raça não humana? A própria forma da linguagem em si, o princípio por detrás de todas as línguas possíveis, poderia ser descoberta por ele. Inconscientemente ele se equilibrou sobre os cotovelos e encarou a criatura preta. Houve silêncio. A enorme cabeça arredondada virou-se e olhos lustrosos cor de âmbar fixaram-se nele. Não havia vento nem no lago, nem na floresta. Minuto após minuto em silêncio absoluto, os representantes de duas espécies tão distantes uma da outra se encararam, olhando-se mutuamente, frente a frente.

Ransom ficou de joelhos. A criatura pulou para trás, observando-o atentamente, e mais uma vez os dois ficaram imóveis. A seguir ela deu um passo à frente, e Ransom pulou e recuou, mas não muito, pois estava dominado pela curiosidade. Ransom reuniu toda a sua coragem e avançou com a mão estendida, mas a criatura entendeu mal o gesto. Ela recuou para a parte rasa do lago, e ele pôde ver os músculos retesados sob sua pele brilhosa, prontos para movimentos súbitos. Mas ela parou; a criatura também estava tomada pela curiosidade.

Nenhum dos dois ousava deixar o outro se aproximar, muito embora cada um deles sentisse o impulso de fazê-lo, e acabaram por ceder a ele. Aquilo foi simultaneamente tolo, assustador, extático e insuportável. Era mais que curiosidade. Era como fazer a corte, como o encontro do primeiro homem e da primeira mulher do mundo. Era de alguma maneira algo mais que isso: o contato dos sexos é tão natural, o estranhamento é tão pequeno, a reticência é tão superficial e a repugnância a ser vencida, tão branda em comparação com a emoção do primeiro encontro entre duas espécies diferentes, mas racionais.

De repente a criatura se virou para sair dali. Um desapontamento parecido com desespero atingiu Ransom.

"Volte", gritou ele em inglês. A coisa se virou, esticou seus braços e falou de novo em sua língua ininteligível, retomando em seguida seu caminho. A criatura não tinha se afastado mais de vinte metros quando Ransom a viu abaixar-se e pegar alguma coisa. Ela voltava. Em sua mão (ele já estava considerando aquela pata com membranas como uma mão), ela carregava o que parecia ser uma concha — a concha de uma criatura parecida com uma ostra, porém mais redonda e côncava. A criatura afundou a concha no lago e retirou-a cheia de água. Depois, segurou a concha na metade do seu corpo, e parecia estar derramando algo na água. Ransom pensou com nojo que a criatura estava urinando na concha. Foi aí que ele percebeu que as protuberâncias na barriga da criatura não eram órgãos genitais nem quaisquer outros órgãos; a criatura usava uma espécie de cinto com vários objetos semelhantes a bolsos, e estava colocando algumas poucas gotas do líquido de um destes na água que estava na concha. Isso feito, ela levantou a concha até seus lábios pretos e bebeu, não jogando a cabeça para trás, como os humanos, mas encurvando-a e sorvendo como os cavalos fazem.

Depois que acabou, a criatura reencheu a concha e mais uma vez adicionou algumas gotas do recipiente que estava em sua cintura, que parecia ser algum tipo de odre. Segurando a concha em seus dois braços, estendeu-a em direção a Ransom. A intenção era inconfundível. Hesitante, quase timidamente, ele avançou e pegou a concha. Tocou com a ponta dos dedos a membrana interdigital das patas da criatura, e uma excitação indescritível de atração misturada com repulsa percorreu todo o seu corpo; depois ele bebeu. Seja o que for que tenha sido adicionado à água, era totalmente alcoólico. Ele nunca tinha gostado tanto de uma bebida.

"Obrigado", disse ele. "Muito obrigado."

A criatura bateu no peito e produziu um som. A princípio, Ransom não entendeu o que aquilo significava. Depois ele viu que ela estava tentando lhe ensinar seu nome — presumivelmente o nome de sua espécie.

"*Hross*", disse, "*hross*", agitando suas patas.

"*Hross*", repetiu Ransom, apontando para ela, e depois disse: "Humano", e bateu em seu próprio peito.

"*Hum — mā — no — humāno*", imitou o *hross*. Ele pegou um punhado de terra, de onde a terra aparecia entre a vegetação e a água na margem do lago.

"*Handra*", disse. Ransom repetiu a palavra. Então uma ideia lhe ocorreu. "*Malacandra?*", disse ele em tom interrogativo.

O *hross* virou seus olhos e acenou com seus braços, obviamente em um esforço de apontar para toda a paisagem. Ransom estava indo bem. *Handra* era terra enquanto elemento, e *Malacandra*, a "terra" ou o planeta como um todo. Ele logo descobriria o que significava *Malac*. Neste ínterim, "o H desaparece depois do C", observou, dando seu primeiro passo na fonética malacandriana. O *hross* agora tentava lhe ensinar o significado de *handramit*. Ele reconheceu mais uma vez a raiz *handra* (e observou: "Eles têm sufixos e prefixos"), mas desta vez não conseguiu entender os gestos do *hross*, e continuou sem saber o que *handramit* significava. Ransom tomou a iniciativa abrindo sua boca, apontando para ela e fazendo o gesto de comer. A palavra malacandriana para *comida* ou *comer* que ele obteve em resposta continha consoantes impronunciáveis para uma boca humana, e Ransom, continuando a gesticular, tentou explicar que seu interesse era prático, mas também filológico. O *hross* entendeu isso, ainda que Ransom tenha levado algum tempo para entender por seus gestos que a coisa o convidava para segui-la. Por fim, ele o fez.

A criatura o levou somente até o lugar onde havia apanhado a concha e ali, para seu espanto, Ransom descobriu que uma espécie de barco estava ancorado. Por causa da similitude um barco humano, quando Ransom viu o artefato, sentiu-me mais certo da racionalidade do *hross* e deu ainda mais valor à criatura por causa do barco, pois, considerando as usuais altura e fragilidade malacandrianas, ele era bastante parecido com um barco terreno. Só mais tarde ele se perguntou: "De que outra maneira um barco poderia ser?". O *hross* pegou uma bandeja oval de algum material áspero, mas ligeiramente flexível, que estava coberta por tiras de uma substância esponjosa de cor laranja, e a deu a Ransom. Ele cortou uma tira de tamanho adequado com sua faca e começou a comer, primeiro hesitante, depois vorazmente. Tinha gosto de feijão, mas era mais doce, e era bom o bastante para um homem morrendo de fome. Depois, à medida que sua fome diminuía, a consciência de sua situação voltou com força desalentadora. A criatura imensa parecida com uma foca sentada ao seu lado tornou-se insuportavelmente ameaçadora. Parecia ser amigável, mas era muito grande, soturna, e ele, no fim das contas, nada sabia a respeito dela. Qual era a relação dela com os *sorns*? E seria mesmo tão racional quanto aparentava?

Foi apenas depois de muitos dias que Ransom descobriu como lidar com aquelas súbitas desconfianças. Elas surgiam quando a racionalidade do *hross* o induzia a pensar na criatura como se fosse um humano. Aí a ideia se tornava abominável: um humano de dois metros de altura, com um corpo sinuoso, coberto de cima a baixo por uma pelagem animal espessa, preta, e bigodudo como um gato. Mas, por outro lado, era um animal com tudo que um animal deve ter: pelo lustroso, olhos líquidos, hálito agradável e dentes branquíssimos — e tudo isso somado, como se o Paraíso nunca tivesse sido perdido e os antigos sonhos fossem verdadeiros, ao encanto da fala e da razão. Nada poderia ser mais desagradável que a primeira impressão, e nada poderia ser mais agradável que a outra. Tudo dependia do ponto de vista.

10

QUANDO RANSOM terminou sua refeição e bebeu de novo das águas fortes de Malacandra, seu anfitrião se levantou e entrou na embarcação. Ele o fez colocando primeiro a cabeça, como um animal, e seu corpo sinuoso permitia que suas mãos descansassem no fundo do bote enquanto seus pés ainda estavam fixos na terra. Ele acabou de entrar jogando para o alto, a um metro e meio do chão, seus quadris, sua cauda e suas pernas traseiras, tudo de uma vez, e depois ajeitou-se a bordo com uma agilidade que teria sido completamente impossível para um animal do seu volume na Terra.

Estando a bordo, ele voltou a sair e apontou para o barco. Ransom entendeu que estava sendo convidado a fazer o mesmo. A pergunta que ele queria fazer, acima de qualquer outra, não poderia, claro, ser feita. Seriam os *hrossa* (mais tarde ele descobriu que este é o plural de *hross*) a espécie dominante em Malacandra, e os *sorns*, a despeito de sua forma mais humanoide, simplesmente um tipo de gado semi-inteligente? Ele desejou fervorosamente que fosse assim. Por outro lado, os *hrossa* poderiam ser os animais domésticos dos *sorns*, e, se fosse esse o caso, os *sorns* seriam superinteligentes. Todo o seu treinamento imaginativo de alguma maneira o encorajou a associar inteligência sobre-humana a uma forma monstruosa e a uma vontade impiedosa. Estar a bordo do barco do *hross* poderia significar se entregar aos *sorns* no fim da viagem. Por outro lado, o convite do *hross* poderia ser uma oportunidade de ouro para sair de uma vez por todas daquelas florestas assombradas pelos *sorns*. Àquela altura, o *hross* estava ficando confuso com a aparente falta de capacidade de Ransom para entendê-lo. Por fim, a urgência dos seus gestos o fez tomar uma decisão. A ideia de abandonar o *hross* não poderia ser levada a sério; sua animalidade era de muitas maneiras um choque, mas seu desejo de aprender a língua dele e, ainda mais profundo, o fascínio tímido e inevitável do improvável pelo improvável, a sensação de que a chave para uma aventura prodigiosa estava sendo colocada em suas mãos — tudo isso o prendeu ao *hross* com vínculos mais fortes do que ele imaginava. Ele embarcou.

O barco não tinha assentos. A proa era muito alta, a área livre da borda era enorme, e para Ransom parecia que o calado era impossivelmente raso. De fato, pouco do barco tocava a água, e Ransom se lembrou de uma lancha moderna europeia. O barco estava preso por algo que a princípio parecia ser uma corda, mas o *hross* levantou âncora não desamarrando, mas simplesmente partindo em dois aquilo que parecia ser uma corda, do mesmo modo como alguém parte em dois um caramelo macio ou um pedaço de massa de modelar. O *hross* então se acocorou na popa do barco e pegou um remo cuja pá era tão grande que Ransom se perguntou como a criatura poderia manobrá-lo, até que ele se lembrou de novo de quão leves eram as coisas naquele planeta onde estavam. O comprimento do corpo do *hross* permitia-lhe trabalhar livremente estando acocorado, a despeito da altura da amurada do barco. Ele remava rapidamente.

Durante os primeiros minutos, eles passaram por entre margens cobertas com árvores de cor púrpura, em um curso d'água que não tinha mais que cem metros de largura. Depois eles dobraram um promontório, e Ransom viu que estavam em um curso d'água muito maior, um grande lago, quase um mar. Tomando muito cuidado, o *hross* agora mudava sempre de direção e olhava ao redor, remando para longe da margem. A imensidão azul deslumbrante estava cada vez maior, e Ransom não conseguia olhá-la de frente. O calor da água era opressivo, e ele tirou seu gorro e seu casaco; quando o fez, o *hross* ficou muito surpreso.

Ransom se levantou cautelosamente e analisou a paisagem malacandriana que se abrira para todos os lados. Adiante e atrás deles estava o lago reluzente, aqui, salpicado de ilhas, mais adiante, sorrindo ininterruptamente para o pálido céu azul; ele notou que o sol estava imediatamente acima de suas cabeças — eles estavam nos trópicos de Malacandra. Em cada uma das extremidades o lago terminava em agrupamentos mais complicados de terra e água, suave e levemente incrustados na gigante erva de cor púrpura. Mas aquela terra pantanosa ou cadeia de arquipélagos, como ele a considerava agora, era margeada em todos os lados por pontiagudas muralhas de montanhas palidamente esverdeadas, que ele ainda tinha dificuldade em chamar de montanhas, tamanha a sua altura, tão desoladas, tão agudas, tão estreitas e aparentemente tão desequilibradas. À direita da embarcação, as montanhas não estavam a mais de um quilômetro e meio de distância, e pareciam separadas da água apenas por uma faixa estreita da floresta. Do lado esquerdo elas pareciam mais distantes, porém ainda impressionantes, talvez a pouco mais de dez quilômetros do barco. Até onde ele conseguia enxergar, elas perfilavam os dois lados da região inundada, tanto à frente como atrás. Na verdade, ele estava navegando na floresta inundada de um cânion majestoso de uns dezesseis quilômetros de largura e comprimento desconhecido. Atrás, e algumas vezes acima dos picos das montanhas, ele avistava grandes pilhas onduladas daquela substância de tom vermelho róseo que, no dia anterior, ele havia confundido com uma nuvem. As montanhas, na verdade, pareciam não ter nenhuma descida por trás delas. Elas eram o bastião denteado de chapadas imensuráveis, mais altas que as próprias montanhas em alguns pontos, e que formavam o horizonte malacandriano à direita e à esquerda, até onde sua vista conseguia alcançar. Apenas à frente e atrás de si o planeta estava cortado por um vasto despenhadeiro, que agora lhe parecia um mero sulco ou uma fenda na chapada.

Ransom queria saber o que eram aquelas massas avermelhadas que se pareciam com nuvens, e tentou perguntar por meio de sinais. Mas a pergunta era específica demais para a linguagem de sinais. O *hross*, com uma riqueza de gesticulação — seus braços ou membros dianteiros eram mais flexíveis que os de Ransom, e, movimentando-se rapidamente, quase como uma chicotada —, deixou claro ter entendido que Ransom perguntava a respeito do terreno elevado em geral. Ele o chamou de *harandra*. A região baixa, alagada, o despenhadeiro ou cânion, parecia ser *handramit*. Ransom entendeu as implicações: *handra*, terra; *harandra*, terra alta, montanha; *handramit*, terra baixa, vale. De fato, planaltos e planícies. Mais tarde ele aprenderia a importância particular daquela distinção na geografia malacandriana.

Àquela altura, o *hross* chegara ao fim de sua cuidadosa navegação. Eles estavam a alguns quilômetros da costa quando a criatura de repente parou de remar e sentou-se tensa, com seu remo parado no ar. Ao mesmo tempo, o barco tremeu e se projetou para a frente como se tivesse sido catapultado. Aparentemente eles haviam sido apanhados em alguma corrente. Em poucos segundos, estavam se deslocando a mais de vinte quilômetros por hora, e subindo e caindo nas estranhas ondas agudas perpendiculares de Malacandra, com um movimento agitado totalmente diferente do movimento do mar mais agitado que Ransom havia visto na Terra. Aquilo o fez recordar-se da experiência desastrosa de andar a cavalo no exército, algo que lhe foi extremamente desagradável. Ele agarrou a amurada com sua mão esquerda e esfregou a testa com a direita — o calor úmido da água havia se tornado muito incômodo. Ele estava curioso para saber se a comida malacandriana, e mais ainda a água, eram digeríveis pelo estômago humano. Graças aos céus ele estava acostumado a navegar! Pelo menos razoavelmente. Pelo menos...

Ele rapidamente se inclinou sobre a amurada. O calor da água azul o atingiu bem no rosto. Ransom pensou ter visto enguias brincando no fundo da água, grandes enguias prateadas. O pior aconteceu não uma, mas várias vezes. Em sua agonia, ele se lembrou nitidamente da vergonha de passar mal em uma festa de criança... muito tempo atrás, em seu planeta natal. Ele estava sentindo aquela mesma vergonha. Não seria assim que o primeiro representante da humanidade escolheria aparecer para uma nova espécie. Será que os *hrossa* também vomitavam? Será que ele entendia o que estava acontecendo? Sacudindo-se e gemendo, ele voltou para o barco. A criatura estava de olho nele, mas, para Ransom, seu rosto parecia sem expressão. Só bem depois ele aprendeu a entender as expressões faciais malacandrianas.

Enquanto isso, a corrente parecia ganhar velocidade. Em uma curva imensa, eles foram jogados de um lado a outro do lago até uns duzentos metros da margem, e novamente, para lá e para cá, em espirais vertiginosas em forma de oito, enquanto deixavam para trás a vegetação de cor púrpura e a montanha pontiaguda, e Ransom associou aquele curso sinuoso ao enrodilhado nauseante das enguias prateadas. Ele estava perdendo rapidamente todo o interesse em Malacandra. A distinção entre a Terra e outros planetas parecia da menor importância comparada à distinção terrível entre terra e água. Em desespero, ele se perguntou se o *hross* costumava viver na água. Talvez eles fossem passar a noite naquele barco detestável...

Na verdade, seu sofrimento não durou muito. Logo aquele movimento agitado cessou e a velocidade diminuiu, e ele viu que o *hross* estava remando rapidamente em marcha a ré. Eles ainda flutuavam, com praias próximas de todos os lados, e entre elas um canal estreito no qual a água sibilava furiosamente, aparentemente um vau. O *hross* pulou da embarcação, espirrando grande quantidade de água quente no barco. Ransom, mais cauteloso e hesitante, o seguiu. Ele estava com água até a altura dos joelhos. Para seu espanto, o *hross*, aparentemente sem fazer esforço, levantou o barco acima da cabeça, ajeitou-o com uma das patas dianteiras, e prosseguiu, ereto como uma cariátide grega, até a terra. Eles seguiram caminhando, se é que os movimentos oscilante das pernas curtas do *hross* a partir de seus quadris flexíveis poderiam ser chamados de caminhar, ao lado do canal. Em poucos minutos Ransom viu uma nova paisagem.

O canal era não apenas um vau, mas uma corredeira. De fato, era a primeira de uma série de corredeiras através das quais a água descia abruptamente pelo próximo quilômetro. O terreno inclinava adiante deles e o cânion — ou *handramit* — continuava em um nível bem mais baixo. Mas suas paredes não desciam com ele, e de onde estava naquele momento Ransom teve uma noção mais clara da topografia daquele lugar. Bem mais adiante, podiam ser vistos planaltos, à direita e à esquerda, algumas vezes cobertos pelas massas avermelhadas parecidas com nuvens, mas mais frequentemente planos, claros e áridos, até onde a linha suave do seu horizonte marchava com o céu. Os picos das montanhas apareciam agora somente como a margem ou borda dos verdadeiros planaltos, circundando-os como os dentes inferiores circundam a língua. Ele ficou impressionado com o contraste vívido entre *harandra* e *handramit*. Tal como um colar de pedras preciosas, o desfiladeiro se espalhava abaixo dele, púrpura, azul-safira, amarelo e branco rosado, uma rica e variegada incrustação de terra arborizada e uma água ubíqua que desaparecia e reaparecia. Malacandra era menos semelhante à Terra do que ele havia começado a supor. A *handramit* não era um vale de verdade, subindo e descendo com a cadeia de montanhas à qual pertencia. Na verdade, ela não fazia parte de uma cadeia de montanhas. Ela era somente uma fenda ou uma vala de profundidade variável que se estendia através da *harandra* alta e plana. Ransom começou a suspeitar que a *harandra* era a verdadeira "superfície" do planeta, e certamente pareceria uma superfície para um astrônomo terrestre. Parecia que a *handramit* não tinha fim: ininterrupta e quase reta, estendia-se adiante dele, uma estreita linha de cor, até onde dividia o horizonte em um recorte em forma de V. Ele pensou que devia ter mais de cento e cinquenta quilômetros de *handramit* ao alcance da vista, e calculou que desde o dia anterior já deveria ter viajado entre cinquenta e sessenta e cinco quilômetros.

Durante todo esse tempo, eles estavam descendo ao lado das corredeiras até onde a água estaria em um nível mais plano, e o *hross* poderia relançar sua embarcação. Durante a caminhada, Ransom aprendeu as palavras para barco, corredeira, água, sol e carregar; esta última, por ser o primeiro verbo que aprendeu, lhe foi de particular interesse. O *hross* também se esforçou para fazê-lo entender uma associação ou relação que ele tentou veicular pela repetição dos pares opostos de palavras *hrossa-handramit* e *séroni-harandra*. Ransom entendeu que ele queria dizer que os *hrossa* viviam nas terras baixas, na *handramit*, e os *séroni*, nas terras altas, a *harandra*. Ele se perguntava que diabos eram os *séroni*. Parecia que ninguém vivia nas terras altas, nas amplidões abertas da *harandra*. Talvez os *hrossa* tivessem uma mitologia — ele estava certo de que eles estavam em um nível cultural mais baixo —, e os *séroni* fossem deuses ou demônios.

A jornada continuou, com frequentes ataques de náusea de Ransom, mas que já estavam diminuindo. Horas mais tarde, ele compreendeu que *séroni* poderia muito bem ser o plural de *sorn*.

O sol se pôs, à direita deles. Ele se pôs muito mais rápido que na Terra, ou pelo menos mais rápido que nos lugares da Terra que Ransom conhecia, e, no céu sem nuvens, havia pouco da pompa de um pôr do sol. De outra maneira estranha, que ele não conseguiu especificar, aquele sol era diferente do sol que conhecia. Mas, ao mesmo tempo que ele especulava, os finos topos das montanhas tornaram-se negros em contraste com o sol, e a *handramit* escureceu, embora para o leste (o lado esquerdo deles), os planaltos da *harandra* ainda tivessem um pálido brilho rosa, distante, suave e tranquilo, como se fossem um mundo diferente, dotado de mais espiritualidade.

Logo Ransom percebeu que eles estavam desembarcando de novo, pisando em terra firme, indo para as profundezas da floresta púrpura. Seu corpo ainda sentia o movimento do barco e a terra parecia balançar debaixo dele; e esse fato, juntamente com o cansaço e o crepúsculo, fez com que o resto da jornada se parecesse com um sonho. A luz começou a brilhar em seus olhos. Um fogo que ardia iluminou as folhas imensas acima da sua cabeça, e ele viu estrelas além delas. Parecia que dezenas de *hrossa* o cercavam, e aquela multidão próxima a ele lhe pareceu mais animal e menos humana que seu guia solitário. Ele sentiu um pouco de medo, porém ainda maior era a pavorosa sensação de inadequação. Ele queria ver homens, quaisquer homens, até mesmo Weston e Devine. Estava cansado demais para fazer qualquer coisa com relação aos inexpressivos cabeças de bola e caras peludas, e não teve nenhum tipo de reação. Foi então que, embaixo e perto dele, com mais mobilidade, os pequenos, os filhotinhos, as crias, seja como for que você os chame, vieram em multidão. Seu humor mudou de repente. Eles eram pequeninas coisinhas agradáveis. Ele colocou sua mão em uma cabeça preta e sorriu, e a criatura saiu às pressas.

Ele nunca conseguiu se lembrar de muita coisa daquela noite. Houve mais comes e bebes, houve um contínuo ir e vir de formas negras, houve estranhos olhos luminosos à luz do fogo e, por fim, ele dormiu em algum lugar escuro, que aparentava ser coberto.

11

DESDE QUE despertou na espaçonave, Ransom vinha pensando na aventura incrível de ir a outro planeta e também sobre suas chances de regressar. O que ele jamais havia pensado era em *estar* nele. Foi com uma espécie de estupefação que, a cada amanhecer, ele não se via nem chegando a nem fugindo de Malacandra, mas simplesmente vivendo ali, acordando, dormindo, comendo, nadando e, com o passar dos dias, até falando. O espanto disso o atingiu mais fortemente quando, três semanas depois de sua chegada, ele saiu para uma caminhada. Algumas semanas mais tarde, ele já tinha suas caminhadas favoritas e suas comidas preferidas. Ransom já estava começando a desenvolver hábitos. Ele diferenciava um *hross* macho de uma *hross* fêmea só de olhar, e até mesmo diferenças individuais estavam se tornando óbvias. Hyoi, o primeiro a encontrá-lo, muitos quilômetros ao norte, era um indivíduo muito diferente do venerável Hnohra, que tinha o focinho cinza e diariamente lhe ensinava a língua. Os jovens daquela espécie também eram diferentes. Eles eram encantadores. Você se esqueceria por completo da racionalidade dos *hrossa* se lidasse com seus jovens. Jovens demais para perturbá-lo com o enigma desconcertante da razão em uma forma não humana, eles o consolavam em sua solidão, como se ele tivesse tido permissão para trazer consigo alguns cachorrinhos da Terra. Os "filhotes", por sua vez, tinham o maior interesse no "duende sem pelos" que aparecera entre eles. Com eles e, portanto, indiretamente com as mães deles, Ransom era um sucesso absoluto.

Suas primeiras impressões da comunidade em geral foram todas pouco a pouco sendo corrigidas. Seu primeiro diagnóstico daquela nova cultura foi o que ele chamou de "antiga idade da pedra". Os poucos instrumentos de corte que eles possuíam eram feitos de pedra. Pareciam não ter nenhuma cerâmica, mas apenas alguns recipientes malfeitos usados para ferver, e ferver era a única atividade culinária que eles tinham. Eles usavam como copo, prato e colher de servir a concha parecida com uma ostra na qual Ransom primeiro havia experimentado a hospitalidade *hross*; o peixe daquela concha era o único alimento de origem animal que eles conheciam. Eles tinham opções vegetais em grande quantidade e variedade, e alguns desses alimentos eram deliciosos. Até mesmo aquela grama de um tom rosa esbranquiçado que cobria toda a *handramit* era comestível em caso de necessidade, de modo que, se Ransom tivesse morrido de fome antes de Hyoi encontrá-lo, ele teria morrido de fome em meio à abundância. Entretanto, nenhum *hross* comia aquela erva (*honodraskrud*) por vontade própria, ainda que ela pudesse ser usada na falta de outra coisa em uma viagem. As casas deles eram cabanas com formato de colmeias, feitas de folhas rígidas, e as aldeias — havia muitas na vizinhança — eram sempre construídas ao lado de rios, para aproveitar o calor, e no sentido das nascentes, na direção das muralhas dos planaltos da *handramit*, onde a água era mais quente. E eles dormiam no chão.

Eles pareciam não desenvolver artes, a não ser uma espécie de poesia e música, que era apresentada quase toda noite em uma equipe ou trupe de quatro *hrossa*. Um deles recitava uma longa antífona enquanto os outros três, algumas vezes isoladamente, outras vezes em coro, interrompiam-no de vez em quando com um cântico. Ransom não conseguiu saber se essas interrupções eram simplesmente interlúdios líricos ou algum diálogo dramático que acontecia a partir da narrativa do líder. Ele não entendeu sequer a melodia. As vozes não eram desagradáveis, e o tom parecia adaptado aos ouvidos humanos, mas o padrão de tempo era sem sentido para seu entendimento rítmico. As ocupações da tribo ou família eram a princípio misteriosas. Alguns indivíduos estavam sempre desaparecendo por alguns dias, e depois reapareciam. Eles pescavam pouco e faziam muitas viagens de barco, viagens cujo objetivo ele nunca descobriu. Um dia ele viu uma espécie de caravana de *hrossa* partindo por terra, cada um deles com um carregamento de vegetais comestíveis na cabeça. Aparentemente havia algum tipo de comércio em Malacandra.

Em sua primeira semana lá, Ransom descobriu a agricultura daquele povo. Descendo a *handramit* por quase um quilômetro, chegava-se a uma grande área desmatada que estava coberta, por muitos quilômetros, por uma vegetação rasteira e suculenta, na qual predominavam as cores amarelo, laranja e azul. Pouco mais adiante havia plantas parecidas com alface, que tinham mais ou menos a mesma altura da bétula terrestre. Sempre que uma daquelas plantas se estendia sobre o calor da água, era possível se deitar em uma das folhas menores e ficar ali se refrescando, como que em uma rede de movimento suave e aroma agradável. Em outros lugares não fazia calor o bastante para ficar muito tempo ao ar livre. A temperatura geral da *handramit* era a mesma de uma boa manhã de inverno na Terra. Aquelas áreas produtoras de alimento eram trabalhadas comunitariamente pelas aldeias vizinhas, e a divisão de trabalho tinha um nível mais elevado do que ele esperava. Cortar, secar, armazenar, transportar e algo parecido com adubar, tudo isso era feito, e Ransom suspeitava de que pelo menos alguns dos canais de água fossem artificiais.

Mas a verdadeira revolução em sua compreensão dos *hrossa* começou quando, depois de ter aprendido o bastante da língua deles, tentava satisfazer a curiosidade que eles tinham a seu próprio respeito. Ao responder as perguntas deles, Ransom dizia que tinha vindo do céu. Hnohra imediatamente lhe perguntou de qual planeta ou terra (*handra*). Ransom, que deliberadamente havia dado uma versão infantil da verdade para adaptá-la à suposta ignorância de sua audiência, ficou um pouco aborrecido quando Hnohra tediosamente lhe explicou que ele não poderia viver no céu porque lá não tem ar, e que ele deveria ter viajado pelo céu, mas tinha vindo de uma *handra*. Ele não sabia como lhes apontar a Terra no céu noturno. Eles pareciam surpresos com a falta de capacidade de Ransom, e repetidas vezes lhe apontaram um planeta brilhante, baixo, no horizonte ocidental, um pouco ao sul de onde o sol tinha se posto. Ransom ficou surpreso com o fato de que eles tivessem escolhido um planeta em vez de uma simples estrela, e se mantiveram determinados com sua escolha. Será que eles entendiam de astronomia? Infelizmente seu conhecimento da língua ainda era insuficiente para investigar isso. Ransom, então, mudou a conversa perguntando-lhes o nome do planeta brilhante ao sul, e eles disseram que aquele era Thulcandra — o planeta ou mundo silencioso.

"Por que vocês o chamam de *Thulc*?", ele perguntou. "Por que silencioso?" Ninguém parecia saber.

"Os *séroni* sabem", disse Hnohra. "Isso é o tipo de coisa que eles sabem."

Eles perguntaram como Ransom havia chegado ali, e ele tentou dar uma descrição rústica da nave espacial — mas, de novo: "Os *séroni* saberiam".

Ele veio sozinho? Não, ele tinha vindo com dois outros de sua espécie — homens maus (homens "tortos" era o equivalente *hrossiano* mais próximo) que tentaram matá-lo, mas ele havia fugido deles. Os *hrossa* acharam tudo aquilo muito complicado, mas por fim todos concordaram que ele deveria ir até Oyarsa. Oyarsa o protegeria. Ransom perguntou quem era Oyarsa. Lentamente, com muitos mal-entendidos, ele conseguiu entender que Oyarsa (1) vivia em Meldilorn; (2) sabia tudo e governava a todos; (3) sempre esteve ali; e (4) ele não era nem *hross,* nem um dos *séroni.* Então Ransom, seguindo uma ideia, perguntou se Oyarsa havia feito o mundo. Os *hrossa* quase uivaram, tamanho foi o fervor de sua resposta negativa. As pessoas em Thulcandra não sabiam que Maleldil, o Jovem, fizera o mundo e o governava? Até uma criança sabia disso. Ransom perguntou onde Maleldil vivia.

"Na companhia do Velho."

E quem era o Velho? Ransom não entendeu a resposta e perguntou outra vez.

"Onde está o Velho?"

"Ele não é deste tipo", disse Hnohra, "que tem de viver em algum lugar", e continuou falando muita coisa que Ransom não conseguiu entender. Mas ele estava entendendo o suficiente para mais uma vez se sentir um pouco irritado. Desde que descobrira a racionalidade dos *hrossa*, ele vinha sendo perseguido por um escrúpulo de consciência quanto a assumir a instrução religiosa daquelas criaturas. Agora, como resultado de seus esforços, ele percebeu que estava sendo tratado como se *ele* fosse o selvagem, e estava recebendo a primeira lição de religião civilizada — uma espécie de equivalente *hrossiano* de um catecismo para crianças. Estava claro que Maleldil era um espírito sem corpo, sem partes e sem paixões.

"Ele não é um *hnau*", disse o *hrossa.*

"O que é um *hnau*?", perguntou Ransom.

"Você é *hnau.* Eu sou *hnau.* Os *séroni* são *hnau.* Os *pfifltriggi* são *hnau.*"

"*Pfifltriggi*?", indagou Ransom.

"Mais de dez dias de viagem na direção oeste", disse Hnohra. "A *harandra* desce não em direção à *handramit*, mas até um lugar amplo, um espaço aberto, que se estende para todas as direções. Uma viagem de cinco dias para ir do norte ao sul; uma viagem de dez dias para ir do leste ao oeste. As florestas são de cores diferentes das florestas daqui, elas são azuis e verdes. É muito fundo lá, chega às raízes do mundo. As melhores coisas que podem ser extraídas da terra estão lá. Os *pfifltriggi* vivem aí. Eles gostam de escavar. O que eles escavam, amaciam com fogo e produzem artefatos. Eles são pequenos, menores que você, têm focinhos grandes, são pálidos e ocupados. Seus membros dianteiros são compridos. Nenhum *hnau* pode se comparar a eles na fabricação e no molde de coisas, assim como nenhum deles pode se comparar a nós em cantar. Mas deixe o *Humãno* ver."

Hnohra se virou e falou alguma coisa para um dos *hrossa* mais jovem, e na mesma hora uma pequena tigela foi passada de mão e mão até chegar a ele. Hnohra a segurou perto da luz do fogo e a examinou. Com certeza era de ouro, e Ransom entendeu o interesse de Devine em Malacandra.

"Tem muito desta coisa aqui?", Ransom perguntou.

Responderam que sim, e que estava no fundo da maior parte dos rios, mas o melhor e mais abundante estava entre os *pfifltriggi*, e eles eram os mais habilidosos para lidar com isso. Eles o chamavam de *Arbol hru* — o sangue do sol. Ransom olhou outra vez para a tigela. Estava coberta por entalhes delicados. Ele viu imagens de *hrossa* e de animais menores parecidos com um sapo, e, depois, de *sorns*. Ele apontou para estes últimos perguntando o que eram.

"*Séroni*", disse o *hrossa*, confirmando sua suspeita. "Eles vivem lá em cima, quase na *harandra*, nas grandes cavernas." Os animais pequenos parecidos com sapos — cabeça de anta e corpo de sapo — eram os *pfifltriggi*. Ransom ficou pensando naquilo. Aparentemente, em Malacandra, três espécies distintas haviam alcançado a racionalidade, e nenhuma delas exterminou as outras duas. Isso fez com que Ransom ficasse muito curioso para descobrir qual daquelas espécies era a dominante.

"Qual dos *hnau* governa?", perguntou.

"Oyarsa governa", foi a resposta.

"Ele é um *hnau*?"

Aquilo os deixou um pouco confusos. Os *séroni*, eles achavam, seriam melhores para responder esse tipo de pergunta. Talvez Oyarsa fosse *hnau*, mas de um tipo diferente. Ele não morria e não havia sido jovem.

"Estes *séroni* sabem mais que os *hrossa*?", perguntou Ransom.

Isso produziu mais um debate que uma resposta. O que eles, por fim, concluíram foi que os *séroni* eram absolutamente inúteis em um barco, e não conseguiriam pescar nem para salvar suas vidas, nadavam muito pouco, não sabiam fazer poesia, e mesmo quando os *hrossa* faziam poesias para eles, eles só entendiam as mais simples. Mas eles eram reconhecidamente bons em descobrir coisas a respeito das estrelas, em entender as falas mais obscuras de Oyarsa e em contar o que aconteceu em Malacandra há muito tempo, bem antes que qualquer um pudesse se lembrar.

"Ah, a *intelligentsia*", pensou Ransom. "Eles devem ser os que mandam, ainda que disfarcem."

Ele tentou perguntar o que aconteceria se os *sorns* usassem a sabedoria deles para obrigar os *hrossa* a fazer coisas — isso era tudo que conseguia falar em seu malacandriano macarrônico. A pergunta, feita dessa forma, não soou tão importante como teria sido se ele tivesse conseguido dizer "usassem seus recursos científicos para explorar seus vizinhos não civilizados". Mas ele poderia ter poupado seus esforços. A menção da falta de capacidade dos *sorns* em apreciar poesia fez toda a conversa se desviar para questões literárias. Da discussão acalorada, e aparentemente técnica, que se seguiu, Ransom não conseguiu entender nem uma sílaba.

Naturalmente suas conversas com os *hrossa* não giravam todas em torno de Malacandra. Ele também tinha a contrapartida de lhes explicar coisas sobre a Terra. Ransom tinha certa dificuldade com isso, dadas as descobertas humilhantes que fazia o tempo todo sobre sua própria ignorância a respeito de seu planeta nativo, mas também por sua determinação de esconder parte da verdade. Ele não queria lhes contar muito das nossas guerras humanas e nem da industrialização. Lembrava-se de como Cavor, de H. G. Wells, encontrara seu fim na Lua. Também se sentia tímido. Ele era tomado por uma sensação próxima à da nudez física toda vez que eles o questionavam a respeito dos humanos — os *humēna*, como eles os chamavam. Além disso, Ransom estava determinado a não deixar que eles soubessem que ele fora levado para lá para ser entregue aos *sorns*, pois ele estava cada vez mais convencido de que eles eram a espécie dominante. O que Ransom de fato lhes contou acendeu a imaginação dos *hrossa*. Todos eles começaram a escrever poemas a respeito da estranha *handra* onde as plantas eram duras como pedra, a grama era verde como rocha, as águas eram frias e salgadas, e onde os *humēna* viviam nas regiões altas, na *harandra*.

Eles estavam ainda mais interessados no que ele tinha a dizer a respeito do animal aquático de mandíbulas terríveis que tentou pegá-lo, do qual ele teve de fugir, no próprio mundo deles, e até mesmo na *handramit* deles.

Todos concordaram que o animal aquático era um *hnakra*. Eles estavam imensamente entusiasmados, pois havia anos que não aparecia um *hnakra* naquele vale onde viviam. Os *hrossa* jovens pegaram suas armas — arpões primitivos com pontas de osso — e até mesmo os filhotes começaram a brincar de caçar *hnakra* nos vaus. Algumas das mães demonstraram sinais de ansiedade e queriam que seus filhotes ficassem longe da água, mas em geral as notícias do *hnakra* pareciam ser bastante populares. Hyoi saiu de uma vez para fazer alguma coisa em seu barco, e Ransom o acompanhou. Ele queria ser útil e começava a ter um pouco de habilidade com aquelas primitivas ferramentas *hrossianas*. Eles caminharam juntos até a enseada de Hyoi, que ficava muito perto dali, através da floresta.

No caminho, onde a trilha era estreita, Ransom seguia Hyoi, e eles passaram por uma pequena *hross* fêmea, que era pouco maior que um filhote. Ela falou algo quando eles passaram, mas não com eles: os olhos dela estavam fixos em um ponto a uns cinco metros de distância.

"Com quem você está falando, Hrikki?", perguntou Ransom.

"Com o *eldil*."

"Onde?"

"Você não está vendo?"

"Não vejo nada."

"Ali, ali!", gritou ela de repente. "Ah, ele se foi. Você não o viu?"

"Não vi ninguém."

"Hyoi", disse ela, "o *humāno* não consegue ver o *eldil*!".

Mas Hyoi, prosseguindo firme em sua marcha, já estava longe demais para ouvir, e aparentemente não tinha percebido nada. Ransom concluiu que Hrikki estava pregando-lhe uma peça, tal como os jovens de sua espécie. Ele logo alcançou seu companheiro.

12

ELES trabalharam bastante no barco de Hyoi até o meio-dia, e então se acomodaram na grama ao lado do calor do ribeiro e começaram a almoçar. O aspecto aguerrido de sua preparação despertou muitas perguntas em Ransom. Ele não sabia a palavra para guerra, mas mesmo assim tentou fazer Hyoi entender o que ele queria saber. Os *séroni*, os *hrossa* e os *pfifltriggi* saíam armados deste jeito, com armas, uns contra os outros?

"Para quê?", perguntou Hyoi.

Foi difícil explicar. Ransom continuou: "Se dois quisessem uma coisa e ninguém quisesse abrir mão dela, o outro reagiria com violência? Ele diria: 'Ou você me dá isso ou eu o matarei'?".

"Que tipo de coisa?"

"Bem, comida talvez."

"Se outro *hnau* quiser comida, por que não deveríamos dar a eles? Nós sempre o fazemos."

"Mas e se não tivermos o bastante para nós?"

"Mas Maleldil não vai fazer as plantas pararem de crescer."

"Hyoi, se vocês tiverem mais e mais filhotes, Maleldil vai fazer a *handramit* se alargar e vai fazer com que haja alimento para todos?"

"Os *séroni* sabem esse tipo de coisa. Mas por que deveríamos ter mais filhotes?"

Ransom achou aquela pergunta difícil. Por fim, ele disse: "Gerar filhotes não é um prazer para os *hrossa*?".

"Um prazer muito grande, *Humāno*. Isso é o que chamamos de amor."

"Se algo dá prazer, um *humāno* vai querer aquilo outra vez. Ele pode querer o prazer mais vezes do que o número de filhotes do qual poderia cuidar."

Demorou um pouco para que Hyoi entendesse o argumento.

"Você quer dizer", disse ele lentamente, "que ele pode querer isso não apenas em um ou dois anos de sua vida, mas sempre?".

"Sim."

"Mas por quê? Ele ia querer jantar o dia todo ou dormir depois de ter dormido? Não entendo."

"Mas tem janta todo dia. Esse amor que você está dizendo só acontece uma vez na vida do *hross*?"

"Mas dura a vida inteira. Quando ele é jovem, tem de procurar sua companheira e, depois disso, terá de cortejá-la; aí ele gera os filhotes, educa seus filhotes, e depois se lembra de todas essas coisas, as digere e as transforma em poemas e em sabedoria."

"Então ele vai ficar contente apenas em lembrar do prazer?"

"Isso é a mesma coisa que dizer: 'Vou ficar contente apenas em comer minha comida'."

"Não estou entendendo."

"Um prazer será completo apenas quando for lembrado. Do jeito que você fala, *Humāno*, é como se o prazer fosse uma coisa e a lembrança, outra. É tudo uma coisa só. Os *séroni* poderiam falar disso melhor do que eu. Não melhor do que eu falaria em um poema. O que você chama de lembrar é a última parte do prazer, assim como o *crah* é a última parte de um poema. Quando você e eu nos encontramos, aquele encontro foi muito rápido, não foi nada. Agora ele está crescendo e se transformando em algo do qual podemos nos lembrar. Mas, mesmo assim, sabemos muito pouco a respeito disso. Como será quando eu me lembrar disso no momento da minha morte, o que isso fará em mim durante todos os meus dias até lá — esse é o verdadeiro encontro. O outro encontro foi apenas o início de tudo isso. Você diz que há poetas no seu mundo. Eles não lhes ensinam essas coisas?"

"Talvez alguns deles, sim", disse Ransom. "Mas mesmo em um poema um *hross* nunca deseja ouvir algo maravilhoso outra vez?"

A resposta de Hyoi infelizmente caiu em um daqueles pontos na língua deles que Ransom ainda não havia aprendido. Havia dois verbos que, tanto quanto ele conseguia entender, significavam *desejar* ou *ansiar*, mas os *hrossa* estabeleciam uma distinção rígida, ou até mesmo uma oposição, entre eles. Parecia-lhe que Hyoi estava dizendo simplesmente que todo mundo desejaria alguma coisa (*wondelone*) mas ninguém em pleno uso da razão poderia ansiar por aquilo (*hluntheline*).

"E de fato", continuou, "a poesia é um bom exemplo. Pois a linha poética mais esplêndida se torna totalmente esplêndida por causa de todas as linhas poéticas que a sucedem. Voltando a ela, você a acharia menos esplêndida do que no início. Você a eliminaria. Quero dizer, em uma boa poesia".

"Mesmo em uma poesia torta, Hyoi?"

"Não se deve dar ouvidos a uma poesia torta, *Humāno.*"

"E quanto ao amor em uma vida torta?"

"Mas como a vida de um *hnau* poderia ser torta?"

"Você quer dizer, Hyoi, que não há *hrossa* tortos?"

Hyoi refletiu. "Ouvi falar", ele finalmente disse, "de alguma coisa semelhante a isso. Dizem que algumas vezes, aqui ou ali, um filhote em determinada idade passa por umas mudanças estranhas. Ouvi falar de um que queria comer terra. Pode ser que, em algum lugar, haja um *hross* que queira ter seus anos de amor estendidos. Nunca ouvi falar disso, mas pode ser. Ouvi falar de algo ainda mais estranho. Há uma poesia a respeito de um *hross* que viveu há muito tempo, em outra *handramit*, que via tudo dobrado — dois sóis no céu, duas cabeças em um pescoço, e por fim dizem que ele caiu num frenesi tal que desejava ter duas companheiras. Não lhe peço que acredite nisso, mas esta é a história: ele amou duas *hressni*".

Ransom permaneceu pensativo. Aqui estava uma espécie, a não ser que Hyoi o estivesse enganando, que era naturalmente contida, naturalmente monogâmica. Mesmo assim, isso era estranho? Ele sabia que alguns animais tinham épocas regulares de acasalamento. Se a natureza podia realizar o milagre de exteriorizar o impulso sexual, por que ela não poderia ir ainda mais adiante e direcioná-lo, não moralmente, mas instintivamente, para um único objeto? Ele até se lembrou vagamente de ter ouvido falar de alguns animais terrestres, alguns animais "inferiores", que eram naturalmente monogâmicos. De qualquer maneira, estava claro que, entre os *hrossa,* o acasalamento desenfreado e a promiscuidade eram tão raros quanto as mais raras das perversões. Por fim, ele se conscientizou de que o problema estava não neles, mas em sua própria espécie. Que os *hrossa* tivessem tais instintos não era tão surpreendente, mas como era possível que os instintos dos *hrossa* se parecessem tanto com ideais não atingidos da espécie tão dividida dos humanos, cujos instintos eram deploravelmente diferentes? Qual era a história dos humanos? Mas Hyoi começou a falar outra vez.

"Sem dúvida", disse ele. "Maleldil nos fez assim. Como poderia haver o bastante para comer se todo mundo tivesse vinte filhotes? E como poderíamos aguentar a vida e deixar o tempo passar se estivéssemos sempre querendo que um dia ou um ano voltasse, se não soubéssemos que cada dia em uma vida preenche a vida inteira com expectativas e lembranças, e que estas são aquele dia?"

"Mesmo assim", disse Ransom, inconscientemente aborrecido por causa do seu próprio mundo, "Maldeldil permitiu que o *hnakra* existisse".

"Ah, mas isso é muito diferente. Eu quero matar este *hnakra*, assim como ele quer me matar. Espero que minha embarcação seja a primeira, e eu seja o primeiro em minha embarcação com minha lança na mão quando aquelas mandíbulas enormes aparecerem. E se ele me matar, meu povo vai prantear e meus irmãos vão querer matá-lo mais ainda. Mas eles não vão desejar que não existam mais *hnéraki*, e nem eu quero isso. Como posso fazer que você entenda, se você não entende os poetas? O *hnakra* é nosso inimigo, mas nós também o amamos. Em nossos corações, nós sentimos a alegria que ele sente quando, da montanha de água no norte, onde nasceu, ele olha para baixo. Saltamos com ele quando pula as cachoeiras. Quando o inverno vem e a neblina do lago fica mais alta que nossas cabeças, é com os olhos dele que a enxergamos e sabemos que chegou o tempo de sua peregrinação. Temos imagens dele em nossas casas, e o *hnakra* é o símbolo de todos os *hrossa*. O espírito do vale vive nele, e nossos filhotes brincam de ser *hnéraki* assim que conseguem pular nos vaus."

"E ele então os mata?"

"Isso quase não acontece. Os *hrossa* seriam muito tortos se deixassem o *hnakra* chegar tão perto. Bem antes de ele chegar assim tão perto, nós já o teríamos procurado. Não, *Humāno*, não serão algumas poucas mortes que acontecem ao redor do *hnau* que fazem dele alguém infeliz. É um *hnau* torto que escurece o mundo. E digo mais. Não acho que a floresta seria tão reluzente, nem a água tão quente, nem o amor tão doce se não houvesse perigo nos lagos. Vou lhe contar sobre um dia em minha vida que me moldou. Um dia que só acontece uma vez na vida, assim como a chegada do amor ou o serviço a Oyarsa em Meldilorn. Eu era jovem, pouco mais que um filhote, quando fui para longe, para as regiões altas da *handramit*, na terra onde estrelas brilham ao meio-dia e a água é fria. Uma grande queda d'água, eu escalei. Parei na margem da lagoa Balki, o lugar mais maravilhoso de todos os mundos. As muralhas daquela queda d'água sobem e sobem, e há imagens sagradas imensas esculpidas na rocha, obra de tempos antigos. Lá tem a queda d'água chamada Montanha da Água. Por ter ficado parado lá sozinho, só Maleldil e eu, já que nem Oyarsa me enviou uma mensagem, meu coração se elevou e minha canção ficou mais profunda, para o resto da vida. Mas você acha que teria sido assim se eu não soubesse que os *hnéraki* vivem em Balki? Eu bebi a vida porque a morte estava na lagoa. Aquela foi a melhor das bebidas, com exceção de uma."

"Qual?", perguntou Ransom.

"A morte, no dia em que a beber e for para Maleldil."

Pouco depois disso, eles se levantaram e retomaram seu trabalho. O sol se punha quando eles voltavam pela floresta. Então Ransom pensou em fazer uma pergunta para Hyoi.

"Hyoi", disse ele, "estava pensando que, da primeira vez que eu o vi, e antes que você me visse, você estava falando. Foi assim que percebi que você é *hnau*, pois, se não fosse assim, eu pensaria que você era uma fera e sairia correndo. Mas com quem você estava falando?".

"Com um *eldil*."

"O que é isso? Eu não vi ninguém."

"Não existem *eldila* no seu mundo, *Humāno*? Isso é muito estranho."

"Mas o que são eles?"

"Eles vêm de Oyarsa. Acho que são uma espécie de *hnau*."

"Quando saímos hoje cedo, eu passei por uma criança que disse que estava conversando com um *eldil*, mas eu não vi nada."

"Pode-se entender, *Humāno*, só de olhar, que seus olhos são diferentes dos nossos. Mas *eldila* são difíceis de se ver, pois não são como nós. A luz os atravessa. Você tem de olhar para o lugar certo na hora certa, e isso provavelmente não vai acontecer a não ser que o *eldil* deseje ser visto. Algumas vezes você pode confundir um *eldil* com um raio de luz solar ou com o movimento das folhas das árvores. Mas, se você olhar de novo, perceberá que aquilo era um *eldil*, e que ele já foi embora. Mas não sei se você conseguirá enxergá-los. Os *séroni* saberiam dizer."

13

TODA A ALDEIA ficou agitada na manhã seguinte antes que a luz do sol, já visível na *harandra*, tivesse penetrado na floresta. Pela luz das fogueiras acesas para preparar comida, Ransom viu uma atividade incessante dos *hrossa*. As fêmeas cozinhavam e serviam comida em tigelas malfeitas. Hnohra orientava o transporte de pilhas de lanças para os botes. Hyoi, no meio de um grupo dos caçadores mais experientes, conversava depressa demais e de uma maneira muito técnica, de modo que Ransom não conseguia entender. Chegaram grupos das aldeias vizinhas, e os filhotes gritavam animados enquanto corriam para lá e para cá entre os mais velhos.

Ele descobriu que sua participação na caçada já era dada como certa. Ele deveria estar no barco de Hyoi, com Hyoi e Whin. Os dois *hrossa* se revezariam nos remos, enquanto Ransom e o *hross* que estivesse sem qualquer função ficariam na proa do barco. Ele já entendia os *hrossa* o suficiente para saber que eles estavam lhe fazendo a oferta mais nobre que podiam e que Hyoi e Whin estavam atormentados pelo medo caso Ransom estivesse no remo quando o *hnakra* aparecesse. Um tempo antes, na Inglaterra, nada pareceria mais impossível para Ransom do que aceitar o posto de honra e de perigo em um ataque a um monstro aquático desconhecido e certamente mortal. Ainda mais recentemente, quando havia fugido dos *sorns* ou quando estava morrendo de pena de si mesmo de noite na floresta, dificilmente ele teria pensado em fazer o que estava prestes a fazer naquele dia. Seu propósito estava muito claro. Seja lá o que acontecesse, ele deveria mostrar que a espécie humana é *hnau*. Ele estava plenamente consciente de que tais resoluções poderiam não ser as mesmas quando o momento chegasse, mas sentiu uma certeza inesperada de que, de um jeito ou de outro, seria capaz de conseguir. Aquilo era necessário, e o necessário é sempre possível. Talvez também houvesse alguma coisa no ar que ele agora respirava ou na sociedade dos *hrossa* que estivesse promovendo uma mudança nele.

O lago estava começando a refletir os primeiros raios do sol quando ele se viu ajoelhado ao lado de Whin, como lhe disseram que deveria fazer, na proa do navio de Hyoi, com uma pequena pilha de lanças entre seus joelhos e uma lança em sua mão direita, sustentando seu corpo contra o movimento enquanto Hyoi remava em direção aonde tinham de ir. No mínimo, cem barcos participavam da caçada. Eles estavam em três grupos. O grupo central, de longe o menor, deveria subir a correnteza pela qual Hyoi e Ransom desceram quando se encontraram pela primeira vez. Para tanto, eles usavam barcos grandes, que até aquele momento Ransom não tinha visto, com oito remadores. O *hnakra* tinha o hábito de, sempre que possível, deixar-se levar pela correnteza. Quando se encontrasse com os barcos, ele presumivelmente sairia dela e iria para as águas paradas, à direita ou à esquerda. Por isso, enquanto o grupo do centro ia lentamente contra a corrente, os barcos leves, remando mais depressa, iriam ficar navegando a favor e contra ela para encontrar a presa assim que ela irrompesse do que poderia ser chamado de "refúgio". Naquele jogo, a inteligência e os números estavam do lado dos *hrossa*, enquanto o *hnakra* tinha a velocidade e a invisibilidade a seu favor, pois ele podia nadar embaixo d'água. Ele era quase invulnerável, a não ser quando abria sua boca. Se os dois caçadores na proa do barco almejado pelo *hnakra* errassem o alvo, eles e o barco estariam perdidos.

Havia duas coisas que um caçador valente nos grupos ligeiros de ataque poderia fazer. Ele poderia ficar logo atrás e perto dos barcos compridos, onde seria mais provável que o *hnakra* aparecesse, ou poderia ficar o mais longe que pudesse na esperança de encontrar o *hnakra* nadando a toda velocidade, mas, mesmo assim, sem ser perturbado pela caçada. Nesse caso, atiraria uma lança com precisão e, assim, o obrigaria a deixar a corrente. Dessa maneira, seria possível que um deles se antecipasse aos batedores e matasse o monstro por conta própria, se é que a história terminaria daquele jeito. Esse era o desejo de Hyoi e de Whin, e quase o de Ransom, tão fortemente estava influenciado por eles. Por isso, mal a pesada frota de batedores começara seu lento progresso contra a corrente no meio de uma muralha de espuma, ele viu, de repente, seu próprio barco rapidamente indo na direção norte, tão rápido quanto Hyoi podia conduzi-lo, já ultrapassando um barco após o outro, e chegando a águas mais tranquilas. A velocidade era revigorante. Naquela manhã fria, o calor da imensidão azul que eles estavam atravessando não era desagradável. Atrás deles levantavam-se, reverberando dos remotos pináculos de rocha nos dois lados do vale, as vozes sonoras de mais de duzentos *hrossa*, mais musicais que latidos de cães grandes, mas parecidas com isso em qualidade e em propósito. Algo que há muito estava dormente no espírito de Ransom despertou. Naquela hora, não parecia impossível que até mesmo ele pudesse ser o matador de *hnakra* e que a fama do *Humāno hnakrapunt* fosse passada à posteridade naquele mundo que não conhecia nenhum outro humano. Mas ele já tivera aqueles sonhos antes e sabia como eles terminavam. Impondo humildade aos seus sentimentos mais recentes, ele voltou os olhos para a água agitada da corrente que eles contornavam, sem adentrar, e vigiou com atenção.

Durante um bom tempo nada aconteceu. Ele se conscientizou da rigidez de sua postura e deliberadamente relaxou seus músculos. Naquela hora, Whin relutantemente voltou para o remo e Hyoi foi para a frente tomar seu lugar. Quase no mesmo momento da mudança, Hyoi falou-lhe de maneira suave, sem tirar os olhos da corrente.

“Um *eldil* está vindo por sobre as águas até nós.”

Ransom não conseguia ver nada — pelo menos, nada que ele pudesse distinguir da imaginação e da dança da luz do sol no lago. Um instante depois, Hyoi falou de novo, mas não com ele.

“O que foi, nascido no céu?”

O que aconteceu a seguir foi a experiência mais estranha que Ransom teve até aquele momento em Malacandra. Ele ouviu a voz. Parecia que ela vinha do ar, mais ou menos um metro acima de sua cabeça, e era quase uma oitava mais aguda que a voz do *hross*, mais aguda até que a sua própria voz. Ele percebeu que uma pequena diferença em seu ouvido teria feito o *eldil* tão inaudível quanto era invisível.

“É o Humano com você, Hyoi”, disse a voz. “Ele não deveria estar aqui, mas a caminho de Oyarsa. Ele está sendo seguido por *hnaus* tortos da espécie dele que vieram de Thulcandra. Ele precisa ir até Oyarsa. O mal acontecerá se eles o encontrarem em qualquer outro lugar que não seja com Oyarsa.”

“Ele ouve você, nascido no céu”, disse Hyoi. “E você não tem nenhuma mensagem para a minha esposa? Você sabe o que ela quer ouvir.”

"Eu tenho uma mensagem para Hleri", disse o *eldil*. "Mas você não pode levá-la. Eu mesmo vou até ela agora. Está tudo bem. É preciso apenas que o Humano vá até Oyarsa."

Houve um momento de silêncio.

"Ele se foi", disse Whin. "E nós perdemos nossa parte na caçada."

"Sim", disse Hyoi com um suspiro. "Precisamos deixar o *Humāno* na margem e ensinar-lhe o caminho até Meldilorn."

Ransom não estava tão seguro de sua coragem, mas uma parte dele sentiu alívio imediato com a ideia de abandonar aquela empreitada. A outra parte, entretanto, insistia para que ele se apegasse à sua virilidade recém-descoberta — seria agora ou nunca, com ou sem seus companheiros —, pois precisava deixar um feito em sua memória em vez de mais um sonho desfeito. Foi em obediência ao que se poderia chamar de consciência que ele exclamou:

"Não, não. Há tempo para isso depois da caçada. Precisamos matar o *hnakra* primeiro."

"Uma vez que um *eldil* falou", começou Hyoi, quando de repente Whin deu um grande grito (se fosse três semanas antes, Ransom teria dito que era um "latido") e apontou. Ali, a não mais que duzentos metros, havia como que um torpedo de espuma; e agora, através daquele muro de espuma, eles viam o lampejo metálico das laterais do monstro. Whin remava furiosamente. Hyoi atirou a lança, mas errou. Tão logo a primeira lança tocou na água, a segunda já estava no ar. Esta deve ter atingido o *hnakra*. Ele partiu para o lado direito da corrente. Ransom viu duas vezes o grande buraco preto da sua boca aberta, com dentes que se pareciam com os de um tubarão, se fechar com um estalo. Ele mesmo jogou uma lança, apressado, entusiasmado, mas sem prática.

"Para trás!", gritou Hyoi para Whin, que já estava fazendo isso, remando com toda a sua grande força. Então tudo ficou confuso. Ele ouviu Whin gritar "Margem!" e sentiu um baque que o jogou para a frente, quase nas mandíbulas do *hnakra* e, na mesma hora, ele viu que estava na água, até a altura da cintura. O monstro rilhava os dentes em sua direção. Então, enquanto jogava um dardo atrás do outro na grande caverna que era a boca escancarada da fera, ele viu Hyoi incrivelmente encarapitado nas costas, ou no nariz da criatura, inclinando-se para a frente e arremessando suas lanças dali. Quase na mesma hora o *hross* foi despejado e caiu com um grande estardalhaço a uns dez metros de distância. Mas o *hnakra* fora abatido.

Ele se debatia de lado, deixando esvair sua vida sombria. A água ao redor dele ficou preta e malcheirosa.

Quando Ransom se recompôs, eles estavam todos à margem, molhados, bufando, tremendo pelo esforço e abraçando-se uns aos outros. Agora já não lhe parecia estranho ser abraçado por um peito de pelo molhado. O hálito dos *hrossa*, mesmo doce, não era um hálito humano, mas não lhe desagradava. Ele era um com eles. Havia superado aquela dificuldade que eles, acostumados a mais de uma espécie racional, talvez nunca tivessem sentido. Todos eles eram *hnau*. Eles permaneceram ombro a ombro diante de um inimigo, e o formatos de suas cabeças não importava mais. Até mesmo ele, Ransom, havia passado por tudo sem ter do que se envergonhar. Ele havia amadurecido.

Eles estavam sobre um pequeno penhasco sem árvores, no qual haviam encalhado na confusão da luta. O barco encalhado e o cadáver do monstro jaziam confusos na água próxima a eles. Não se ouvia nenhum som do restante do grupo de caça; eles estavam quase um quilômetro e meio à frente quando encontraram o *hnakra*. Os três se sentaram para recuperar o fôlego.

"Então", disse Hyoi, "nós somos *hnakrapunti*. Desejei isso por toda a minha vida".

Naquela hora, Ransom ouviu um barulho ensurdecedor — um som perfeitamente familiar, que era a última coisa que ele esperava escutar. Era um som terrestre, humano e civilizado. Aquele som era até mesmo europeu. Era o estampido de um rifle inglês, e Hyoi estava aos seus pés, arquejando e lutando para se levantar. Havia sangue na grama branca onde ele se debatia. Ransom ajoelhou-se ao lado dele. O corpo imenso do *hross* era pesado demais para que ele o movesse. Whin o ajudou.

"Hyoi, você está me ouvindo?", perguntou Ransom, com seu rosto perto da cabeça arredondada que parecia uma foca. "Hyoi, foi por minha causa que isso aconteceu. Foram os outros *humēna* que feriram você, os dois tortos que me trouxeram aqui para Malacandra. Eles podem enviar a morte a distância com aquela coisa que fizeram. Eu deveria ter lhe contado. Nós todos somos uma raça torta. Nós viemos aqui para trazer o mal para Malacandra. Nós somos *hnau* apenas pela metade, Hyoi..." Sua fala foi desaparecendo em sons inarticulados. Ele não sabia as palavras para *perdão*, *vergonha* ou *culpa*, e mal sabia a palavra para *sinto muito*. Ele só conseguia olhar para o rosto contorcido de Hyoi em uma culpa sem palavras. Mas parecia que o *hross* entendia. Ele estava tentando dizer alguma coisa, e

Ransom colocou seu ouvido perto da boca que se mexia. Os olhos já sem brilho de Hyoi estavam fixos nos seus, mas nem agora a expressão de um *hross* lhe era perfeitamente inteligível.

"*Hna — hma*", murmurou ele, e por fim, "*Humãno hnakrapunt*". Então todo o corpo dele se contorceu e um jorro de saliva e sangue saiu de sua boca. Seus braços caíram sob o peso morto da cabeça que pendia, e para Ransom o rosto de Hyoi tornou-se tão estranho e animal como lhe parecera da primeira vez que se encontrou com ele. Os olhos vidrados e o enrijecimento lento do pelo enlameado eram como os de qualquer outra fera morta, encontrada em uma floresta terrestre.

Ransom resistiu a um impulso infantil de irromper em xingamentos contra Weston e Devine. Em vez disso, levantou seus olhos para encontrar os de Whin, que estava agachado — os *hrossa* não se ajoelham — do outro lado do corpo.

"Estou nas mãos do seu povo, Whin", disse ele. "Eles podem fazer o que quiserem. Se forem espertos, vão me matar, e certamente vão também matar os outros dois."

"Não se mata um *hnau*", disse Whin. "Só Oyarsa faz isso. Mas esses outros, onde estão eles?"

Ransom olhou em volta. No penhasco não havia vegetação, mas uma mata fechada nascia no ponto em que começava o continente, talvez a uns duzentos metros.

"Em algum lugar na floresta", disse ele. "Deite-se, Whin, onde o terreno é mais baixo. Eles podem atirar com aquela coisa outra vez."

Ele teve alguma dificuldade para que Whin fizesse como ele sugeriu. Os dois estavam deitados no chão, com os pés quase na água, e o *hross* falou outra vez.

"Por que eles o mataram?", perguntou.

"Eles não sabiam que ele era um *hnau*", disse Ransom. "Eu disse a vocês que há apenas um tipo de *hnau* em nosso mundo. Eles devem ter pensado que Hyoi era uma fera. Se pensaram assim, podem tê-lo matado por prazer, ou por medo, ou", ele hesitou, "porque estavam com fome. Mas vou lhe dizer a verdade, Whin. Eles matariam até mesmo um *hnau*, sabendo que era um *hnau*, se pensassem que esta morte lhes seria útil".

Houve um silêncio curto.

"Será que eles me viram?", perguntou Ransom. "É a mim que eles procuram. Se eu for ao encontro deles, talvez fiquem satisfeitos e não avancem mais na terra de vocês. Mas por que eles não saem da floresta para ver o que mataram?"

"Nosso pessoal está vindo", disse Whin, virando a cabeça. Ransom olhou para trás e viu o lago abarrotado de barcos. O grupo principal da caça estaria com eles em poucos minutos.

"Eles estão com medo dos *hrossa*", disse Ransom. "É por isso que não saem da floresta. Vou até eles, Whin."

"Não", disse Whin. "Estou aqui pensando. Tudo isso aconteceu por não obedecermos ao *eldil*. Ele falou que você deveria ir até Oyarsa. Você já deveria estar a caminho. Você deve ir agora."

"Mas isso vai deixar os *humēna* tortos por aqui. Eles vão cometer outras crueldades."

"Eles não vão fazer nada com os *hrossa*. Você disse que eles estão com medo. É mais provável que nós os ataquemos. Não tema — eles não podem nos ver ou ouvir. Nós os levaremos até Oyarsa. Mas você deve ir agora, como o *eldil* falou."

"Seu povo vai pensar que eu fugi porque tive medo de encará-los depois da morte de Hyoi."

"Não é o caso de questionar, mas de obedecer ao que um *eldil* diz. Isso é conversa de filhote. Agora ouça, vou lhe ensinar o caminho."

O *hross* explicou que, em uma viagem de cinco dias na direção sul, a *handramit* se uniria a outra *handramit*; três dias para o oeste e para o norte estava Meldilorn e o trono de Oyarsa. Mas havia um caminho mais curto, uma estrada na montanha, ao longo da margem da *harandra*, entre os dois cânions, que o levaria direto a Meldilorn no segundo dia. Ele deveria ir pela floresta adiante deles até que chegasse à escarpa da *handramit*, e deveria seguir rumo ao sul, ao longo dos sopés das montanhas, até que chegasse a uma estrada que os atravessava. Ele deveria, então, seguir pela estrada, e em algum lugar além dos cumes das montanhas, chegaria à torre de Augray. Augray o ajudaria. Ele poderia levar a vegetação como alimento, antes de deixar a floresta e avançar pela região rochosa. Whin percebeu que Ransom poderia encontrar os outros dois *humēna* assim que entrasse na floresta.

"Se eles o pegarem", disse ele, "vai ser como você diz, eles não vão invadir mais o nosso território. Mas é melhor ser apanhado a caminho de Oyarsa do que ficar aqui. E, uma vez a caminho de Oyarsa, acho que ele não vai permitir que os tortos o impeçam de prosseguir".

Ransom não estava nem um pouco convencido de que aquele era o melhor plano nem para ele, nem para os *hrossa*. Mas o estupor da humilhação na qual caíra desde a morte de Hyoi o impediu de tecer qualquer crítica. Ele estava disposto a fazer qualquer coisa que eles pedissem, a atrapalhá-los o mínimo possível e, acima de tudo, a sair dali. Era impossível saber o que Whin sentia. Ransom reprimiu com severidade um impulso insistente e queixoso de mais uma vez se culpar e ficar reclamando para poder obter alguma palavra de perdão. Hyoi em seu último suspiro o chamara de matador de *hnakra*. Aquilo fora um perdão generoso o bastante para ele ficar contente. Assim que decorou os detalhes da sua rota, despediu-se de Whin e avançou sozinho na direção da floresta.

14

ATÉ CHEGAR À FLORESTA, Ransom teve dificuldade de pensar em outra coisa que não fosse a possibilidade de mais um tiro de rifle de Weston ou Devine. Ele pensou que eles provavelmente ainda o queriam vivo, e não morto, e isso, somado ao conhecimento de que um *hross* o vigiava, capacitou-o a prosseguir com uma compostura pelo menos aparente. Mesmo quando entrou na floresta, ele se sentiu de certa forma em perigo. Os longos caules sem ramos só formavam uma "cobertura" se você estivesse bem longe do inimigo, e o inimigo, nesse caso, estava muito próximo. Ele sentiu um forte impulso de gritar para Weston e Devine e se entregar, racionalizando que isso os faria sair daquela região, pois eles provavelmente o levariam para ser entregue aos *sorns* e, assim, não perturbariam os *hrossa*. Mas Ransom conhecia um pouco de psicologia e tinha ouvido falar do instinto irracional que um homem caçado tem de se entregar — de fato ele já tinha sentido isso em seus sonhos. Era alguma peça, pensou, que seus nervos estavam pregando nele. Em todo caso, dali em diante ele estava determinado a obedecer aos *hrossa* ou aos *eldila*. Até aquele momento, seus esforços para confiar em seu próprio discernimento em Malacandra tiveram resultados trágicos. Ele tomou a firme decisão, desafiando antecipadamente qualquer mudança em seu estado de espírito, de completar fielmente sua viagem para Meldilorn, se esta pudesse ser feita.

Essa resolução pareceu-lhe a mais correta porque ele tinha os mais profundos receios a respeito da jornada. Ele entendia que a *harandra* que teria de atravessar era a região dos *sorns*. Na verdade, estava caminhando por sua livre e espontânea vontade rumo à armadilha que tentava evitar desde sua chegada a Malacandra (nesse momento, sua primeira mudança de ânimo ocorreu, mas ele a reprimiu). Mas, mesmo que ele passasse pelos *sorns* e chegasse a Meldilorn, quem ou o que seria Oyarsa? Whin havia fatidicamente observado que Oyarsa não compartilhava da objeção dos *hrossa* ao derramamento do sangue de *hnau*. Além disso, Oyarsa governava os *sorns*, os *hrossa* e os *pfifltriggi*. Talvez ele fosse simplesmente o arqui-*sorn*. Então lhe veio a segunda mudança no estado de espírito. Os velhos medos terrestres de uma inteligência alienígena fria, sobre-humana em poder e sub-humana em crueldade, que haviam desaparecido de sua mente quando ele estava entre os *hrossa*, ergueram-se clamando para serem readmitidos. Mas ele prosseguiu. Estava indo para Meldilorn. Não seria possível, pensava ele, que os *hrossa* obedecessem a qualquer criatura maligna ou monstruosa. E eles lhe disseram — disseram mesmo? Ele não tinha certeza — que Oyarsa não era um *sorn*. Será que Oyarsa era um deus? Talvez fosse este o ídolo a quem os *sorns* queriam sacrificá-lo. Mas os *hrossa*, ainda que tivessem dito coisas estranhas a respeito dele, claramente negaram que ele fosse um deus. De acordo com eles, só há um Deus, Maleldil, o Jovem. Nem seria possível imaginar Hyoi ou Hnohra adorando a um ídolo manchado de sangue. A não ser que os *hrossa* estivessem debaixo da autoridade dos *sorns*, superiores aos seus senhores em todas as qualidades que os seres humanos valorizam, mas intelectualmente inferiores a eles e dependentes deles. Este seria um mundo estranho, mas não inconcebível: heroísmo e poesia na base, e um frio intelecto científico acima destes; acima de tudo, alguma superstição sombria que o intelecto científico, indefeso diante da vingança das profundezas emocionais que ignorara, não tinha nem desejo, nem força para remover. Uma bobagem... Mas Ransom se recompôs. Ele já sabia muito para falar daquele jeito. Ele e todos os seus colegas teriam dito que os *eldila* não passavam de superstição, se estes lhes fossem apenas descritos, mas ele mesmo ouvira a voz de um *eldil*. Não, Oyarsa era uma pessoa real, se é que se tratava de uma pessoa.

Ele estava caminhando havia cerca de uma hora, e já era quase meio-dia. Até aquele momento, nenhuma dificuldade com a direção a seguir. Ele tinha apenas subido a colina e estava certo de que mais cedo ou mais tarde sairia da floresta e encontraria o paredão da montanha. Enquanto isso, sentia-se maravilhosamente bem, ainda que muito envergonhado em sua mente. A meia-luz silenciosa e púrpura da floresta se espargia ao seu redor, tal como se espalhara no primeiro dia que ele passou em Malacandra, mas tudo o mais estava mudado. Ele se lembrou daquele tempo como se fosse um pesadelo, e de seu próprio estado de ânimo naquela época como se fosse uma doença. Tudo tinha sido um desânimo lamuriento, irrefletido, que se autoalimentava e se autoconsumia. Agora, à clara luz de uma tarefa aceita, ele sentia medo, mas com uma percepção sóbria de confiança em si mesmo e no mundo, e sentia até mesmo quase um elemento de prazer. Era a diferença entre um homem da terra em um navio que está afundando e um cavaleiro em um cavalo em disparada: os dois podem morrer, mas o cavaleiro é, ao mesmo tempo, agente e paciente.

Cerca de uma hora depois do meio-dia, ele subitamente saiu da floresta para um lugar onde o sol brilhava. Estava a apenas uns vinte metros das bases quase perpendiculares dos pilares de rocha, perto o bastante para ver seus cumes. Uma espécie de vale subia nas reentrâncias que se situavam entre dois pilares no lugar aonde Ransom tinha chegado: um vale impossível de ser escalado, consistindo em uma única extensão côncava de pedra, que, na parte mais baixa, ascendia abruptamente como o telhado de uma casa e, mais para cima, parecia quase vertical. No topo, parecia que se encurvava um pouco, como uma avalanche de pedras prestes a ocorrer, mas isso, ele pensou, devia ser uma ilusão. Ele ficou pensando qual seria a ideia que um *hross* tem de uma estrada.

Ransom continuou a caminhar em direção ao sul por um terreno estreito e acidentado entre a floresta e a montanha. Ele teria de atravessar muitos esporões das montanhas e, mesmo naquele mundo onde o peso era menor, aquilo era imensamente cansativo. Depois de cerca de meia hora, ele chegou a uma fonte. Caminhou um pouco para dentro da floresta, cortou uma boa porção da vegetação rasteira e sentou-se ao lado da água para poder almoçar. Quando terminou, encheu seus bolsos com o que não havia comido e prosseguiu.

A ansiedade a respeito da jornada tomou conta dele, pois, se era para chegar ao topo, ele só poderia fazê-lo à luz do dia, e já era quase o meio da tarde. Mas esses temores eram desnecessários. Quando chegou, não havia como errar. À esquerda, apareceu um caminho aberto através da floresta — devia estar em algum lugar atrás da aldeia dos *hrossa* —, e do lado direito ele viu a estrada, uma borda simples, ou, em alguns lugares, uma trincheira, cortada lateral e verticalmente ao longo da extensão daquele vale, igual ao que ele havia visto antes. A vista o deixou sem fôlego — a subida absurda de uma escadaria estreita sem degraus, que se erguia cada vez mais para cima de onde ele estava até se tornar quase que um fio invisível na pálida superfície verde da rocha. Mas não havia tempo para parar e contemplar a paisagem. Ele não era muito bom em fazer cálculo de alturas, mas não tinha dúvida de que o topo da estrada estava afastado dele por uma distância que era mais que alpina. Levaria pelo menos até o pôr do sol para chegar lá. Naquele mesmo momento ele começou a subir.

Uma jornada daquelas teria sido impossível na Terra. O primeiro quarto de hora teria reduzido um homem da idade e da compleição física de Ransom à exaustão. No primeiro momento, ele estava maravilhado com a facilidade dos seus movimentos e, depois, assustado pela inclinação e pelo tamanho da escalada que, mesmo em condições malacandrianas, logo o deixou encurvado, um pouco sem fôlego e com os joelhos trêmulos. Mas isso não era o pior. Ele já estava com um zumbido nos ouvidos, e percebeu que, a despeito do esforço, sua testa não estava transpirando. O frio, que piorava a cada passo, parecia minar sua vitalidade mais que qualquer calor. Seus lábios estavam rachados, sua respiração, à medida que ele arquejava, parecia uma nuvem, e ele já não tinha sensibilidade nos dedos. Estava caminhando em um silencioso mundo ártico e já tinha passado de um inverno inglês para um inverno da Lapônia. Isso o assustou, e ele decidiu que deveria descansar ali ou não descansaria de jeito nenhum. Se ele desse mais uns cem passos para se sentar, não se levantaria nunca mais. Agachou-se na estrada por alguns minutos, estapeando o corpo. A paisagem era aterrorizante. A *handramit*, que tinha sido seu mundo por tantas semanas, agora era apenas uma fina rachadura púrpura mergulhada em meio à desolação sem fim da *harandra*, que, naquele momento, do lado mais distante, mostrava-se claramente entre e acima dos picos das montanhas. Mas, bem antes de se sentir descansado, ele sabia que precisava prosseguir ou morreria.

O mundo foi ficando mais estranho. Entre os *hrossa* ele quase havia perdido a sensação de estar em um planeta estranho. Ali, aquela sensação retornou com força desoladora. Aquilo não era mais "o mundo" nem mesmo "um mundo": era um planeta, uma estrela, um lugar perdido no universo, a milhões de quilômetros do mundo dos homens. Era impossível relembrar-se do que ele sentira a respeito de Hyoi, Whin, dos *eldila* ou de Oyarsa. Parecia-lhe fantástico pensar que ele assumira responsabilidades com aqueles duendes — se é que não eram alucinações — encontrados nos confins do espaço. Ele não tinha nada a ver com eles. Por que Weston e Devine o deixaram sozinho daquele jeito?

Mas o tempo todo a velha resolução, tomada quando ele ainda conseguia pensar, o impulsionava a seguir em frente. Normalmente, ele esquecia para onde estava indo e por quê. O movimento tornou-se um ritmo mecânico — do cansaço para a imobilidade, da imobilidade para um frio insuportável, do frio para o movimento outra vez. Ele observou que a *handramit* — que agora era apenas uma parte insignificante do cenário — estava coberta por uma espécie de névoa. Ele jamais vira neblina quando lá vivia. Talvez fosse com aquilo que o ar da *handramit* se parecesse quando visto de cima. Aquele ar era com certeza diferente do ar que ele respirava naquele momento. Havia algo errado com seus pulmões e seu coração, algo não provocado pelo frio ou pelo cansaço. E ainda que não houvesse neve, havia uma claridade extraordinária. A luz estava cada vez mais intensa, aguda e branca, e o céu estava com uma cor azul mais escura do que ele jamais havia visto em Malacandra. De fato, o céu estava mais escuro que azul; era quase preto, e os picos rochosos denteados que apontavam para aquele céu eram como a imagem que ele fazia de uma paisagem lunar. Algumas estrelas eram visíveis.

De repente, Ransom entendeu o significado daqueles fenômenos. Havia muito pouco ar acima dele: ele estava perto de onde o ar acabava. A atmosfera malacandriana ficava em sua maior parte nas *handramits*; a superfície real do planeta era nua ou muito rala. A pontiaguda luz do sol e o céu preto acima dele eram o "céu" do qual ele caíra no mundo malacandriano, já visível através do último fino véu de ar. Se o topo estivesse a uns trinta metros, seria onde nenhum humano conseguiria respirar. Ele se perguntava se os *hrossa* tinham pulmões diferentes, e se eles o enviaram por um caminho que significaria morte certa para um humano. Mas, mesmo enquanto pensava nisso, ele observou que aqueles picos denteados brilhando à luz do sol contra um céu quase preto estavam no mesmo nível em que ele estava. Ele não estava mais subindo. A estrada seguia à sua frente em uma espécie de ravina rasa, ladeada à esquerda pelos topos dos mais altos pináculos de rocha e à direita por uma subida suave de pedra que ascendia à verdadeira *harandra*. Ele ainda conseguia respirar ali onde estava, ainda que com dificuldade, com tontura e com dor. O pior de tudo era a claridade nos seus olhos. O sol estava se pondo. Os *hrossa* deviam ter previsto isso. Eles não poderiam viver na *harandra* de noite, assim como ele também não. Seguindo em frente, cambaleando, Ransom olhou ao seu redor procurando algum sinal da torre de Augray, fosse Augray o que fosse.

Ele sem dúvida exagerou no tempo que ficou vagueando e observando as sombras das rochas que vinham em sua direção. Não deve ter demorado muito até ver uma luz adiante — uma luz que mostrava quão escura a paisagem circundante se tornara. Ele tentou correr, mas seu corpo não respondia. Tropeçando de cansaço e fraqueza, foi em direção à luz. Ele pensou tê-la alcançado, mas descobriu que ela estava mais distante do que havia imaginado. Quase desesperado, cambaleando de novo, finalmente chegou ao que parecia ser a entrada de uma caverna. A luz lá dentro era instável, e uma deliciosa onda de calor atingiu seu rosto. Era uma fogueira. Ele se aproximou da entrada da caverna e, então, desequilibrado, passou ao redor da fogueira para ir mais para dentro e parou, piscando perto da luz. Quando finalmente conseguiu enxergar, discerniu uma câmara muito alta e lisa de rocha verde. Havia duas coisas ali. Uma delas, dançando na parede e no teto, era a sombra angular e imensa de um *sorn*; a outra, agachada debaixo da sombra, era o próprio *sorn*.

15

"ENTRE, pequenino", trovejou o *sorn*. "Entre e permita-me olhar para você."

Agora que estava em pé, face a face com o espectro fantasmagórico que o aterrorizara desde que colocara o pé em Malacandra, Ransom sentia uma indiferença surpreendente. Ele não tinha ideia do que poderia acontecer a seguir, mas estava determinado a fazer o que tinha de fazer. Nesse ínterim, o calor e o ar mais respirável eram um paraíso. Ele entrou, bem para trás da fogueira, e respondeu ao *sorn*. Sua voz soava aos seus próprios ouvidos como um soprano estridente.

"Os *hrossa* me enviaram para procurar por Oyarsa", disse.

O *sorn* examinou Ransom. "Você não é deste mundo", disse de repente.

"Não", disse Ransom, e sentou-se. Ele estava cansado demais para explicar.

"Acho que você é de Thulcandra, pequenino", disse o *sorn*.

"Por quê?", perguntou Ransom.

"Você é pequeno e atarracado, e é assim que os animais devem ser em um mundo mais denso. Você não pode ter vindo de Glundandra, porque este é tão pesado que, se qualquer animal pudesse viver lá, seria achatado como um prato — até mesmo você, pequenino, quebraria se ficasse em pé naquele mundo. Não acho que você seja de Perelandra, porque lá é muito quente. Se alguém viesse de lá não aguentaria viver quando chegasse aqui. Então concluo que você é de Thulcandra."

"O mundo de onde vim é chamado de Terra pelos que nele vivem", disse Ransom. "E é bem mais quente que aqui. Antes de entrar na sua caverna, eu quase morri por causa do frio e do ar rarefeito."

O *sorn* fez um movimento súbito com um de seus longos membros superiores. Ransom enrijeceu-se (porém não recuou), pois a criatura poderia querer pegá-lo. Mas, na verdade, suas intenções eram gentis. Esticando-se para o fundo da caverna, o *sorn* pegou na parede o que parecia ser uma caneca. Então Ransom viu que aquilo estava ligado a um tubo flexível. O *sorn* colocou o objeto nas mãos de Ransom.

"Cheire isso", disse. "Os *hrossa* também precisam disso quando passam por este caminho."

Ransom inalou, e imediatamente se recompôs. Sua dolorosa falta de ar cessou, e ele sentiu relaxar a tensão no peito e nas têmporas. O *sorn* e a caverna iluminada, que até o momento lhe parecia obscura e semelhante a um sonho, adquiriram uma nova perspectiva.

"Oxigênio?", Ransom perguntou, sem resposta, pois evidentemente a palavra em sua língua não significava nada para o *sorn*. "Você é chamado de Augray?", perguntou.

"Sim", disse o *sorn*. "E você, do que é chamado?"

"O animal que eu sou é chamado de humano, e por isso os *hrossa* me chamam de *Humāno*. Mas meu nome mesmo é Ransom."

"Humano... Rensum", disse o *sorn*. Ransom observou que ele falava de um modo ligeiramente diferente dos *hrossa*, sem qualquer traço do destacado H inicial deles.

O *sorn* estava sentado sobre seu traseiro em forma de letra V, com os pés puxados para bem perto do corpo. Um homem naquela mesma posição teria o queixo apoiado nos joelhos, mas as pernas do *sorn* eram compridas demais para isso. Os joelhos da criatura elevavam-se acima dos seus ombros, ao lado da cabeça — sugerindo grotescamente orelhas imensas —, e a cabeça, entre os joelhos, tinha o queixo apoiado no peito protuberante. A criatura parecia ter um queixo duplo, ou uma barba, mas Ransom não conseguiu discernir direito o que era por causa da luz da fogueira. O ser era quase todo branco, ou bege, e parecia estar vestido até os tornozelos com alguma substância macia que refletia a luz. Nas canelas longas e frágeis, a parte da criatura mais próxima a ele, Ransom viu que aquilo parecia ser algum tipo de revestimento ou cobertura. Não era parecido com pelo, mas com uma plumagem. De fato, era quase igual a uma plumagem. O animal, como um todo, visto de perto, era menos aterrorizante do que esperava, e até mesmo um pouco menor. É bem verdade que Ransom demoraria um pouco para se acostumar com o rosto da criatura — era grande demais, majestoso demais e totalmente sem cor, e se parecia desagradavelmente com um rosto humano, muito mais do que qualquer rosto de uma criatura inumana deveria parecer. Os olhos, como os de todas as criaturas grandes, pareciam pequenos demais. Mas sua aparência era mais grotesca que horrível. Uma nova concepção dos *sorns* começou a surgir na mente de Ransom: as ideias de "gigante" e "assombração" recuaram diante das ideias de "duende" e "abobalhado".

"Talvez você esteja com fome, pequenino", disse ele.

Ransom estava. O *sorn* se levantou com movimentos estranhos, parecidos com os de uma aranha, e começou a andar pela caverna, seguido por sua sombra delgada de duende. Ele deu a Ransom os alimentos vegetais comuns de Malacandra e uma bebida forte, com o muito bem-vindo acréscimo de uma substância marrom suave que, ao olfato, ao olhar e ao paladar, e desafiando todas as probabilidades, parecia ser queijo. Ransom perguntou o que era aquilo.

O *sorn* se esforçou para explicar que as fêmeas de alguns animais secretavam um fluido para alimentar seus filhotes, e se Ransom não o tivesse interrompido, teria continuado a descrição de todo o processo da ordenha e da fabricação do queijo.

"Sim, sim", ele disse. "Nós fazemos o mesmo na Terra. Que animal vocês usam?"

"Uma criatura amarela com um pescoço comprido. Eles se alimentam nas florestas que crescem na *handramit*. Os filhotes do nosso povo que ainda não podem fazer muitas coisas conduzem os animais lá para baixo todas as manhãs e os seguem enquanto eles se alimentam e, antes que anoiteça, trazem-nos de volta e os colocam nas cavernas."

Por um momento, Ransom considerou confortadora a ideia de que os *sorns* fossem pastores. Aí se lembrou de que o ciclope de Homero[1] era pastor também.

---

[1]Na mitologia grega, ciclopes eram criaturas primitivas que habitavam a terra. Eram gigantescos e fortes, e alguns eram devastadores. A *Odisseia*, de Homero, fala de um terrível ciclope chamado Polifemo, pastor de ovelhas, que devorou alguns companheiros de viagem de Odisseu. [N. E.]

"Acho que vi alguém do seu povo fazendo isso", disse. "Mas os *hrossa* — eles permitem que vocês derrubem as florestas deles?"

"Por que não permitiriam?"

"Vocês mandam nos *hrossa*?"

"Oyarsa manda neles."

"E quem manda em vocês?"

"Oyarsa."

"Mas vocês sabem mais que os *hrossa*?"

"Os *hrossa* só entendem de poesias, de peixes e de cultivar o que cresce do solo."

"E Oyarsa? Ele é um *sorn*?"

"Não, não, pequenino. Eu já lhe disse que ele governa sobre todos os *nau* (era assim que ele pronunciava *hnau*) e sobre todas as coisas em Malacandra."

"Eu não entendo esse Oyarsa", disse Ransom. "Conte-me mais."

"Oyarsa não morre", disse o *sorn*. "E ele não procria. Ele é o único de sua espécie que foi colocado para governar Malacandra quando foi criado. O corpo dele não é como o nosso nem como o seu. Ele é difícil de ser visto, e a luz passa por ele."

"Como um *eldil*?"

"Sim, ele é o maior de todos os *eldila* que um dia já veio a uma *handra*."

"O que são esses *eldila*?"

"Diga-me uma coisa, pequenino, não há *eldila* no seu mundo?"

"Não que eu saiba. Mas o que são os *eldila* e por que eu não posso vê-los? Eles não têm corpos?"

"Claro que eles têm corpos. Há muitos corpos que você não pode ver. Os olhos de todos os animais veem algumas coisas, mas não outras. Você não conhece muitos tipos de corpos em Thulcandra?"

Ransom tentou dar ao *sorn*, que o ouvia com grande atenção, uma ideia da terminologia terrestre de sólido, líquido e gasoso.

"Essa não é a maneira de dizer isso", replicou o *sorn*. "O corpo é movimento. Se está em uma determinada velocidade, você sente o cheiro de alguma coisa; se está em outra, você ouve um som; se em outra, você vê alguma coisa, se em outra ainda, você não vê, não ouve, não sente o cheiro, nem sabe qualquer coisa a respeito daquele corpo. Mas preste atenção, pequenino: os extremos se tocam."

"O que você quer dizer com isso?"

"Se o movimento é mais rápido, aquele que se move ficará mais próximo de estar em dois lugares ao mesmo tempo."

"Isso é verdade."

"Mas se o movimento é ainda mais rápido — isso é difícil de explicar, porque você não conhece muitas palavras —, você consegue entender que, se o fizer cada vez mais rápido, aquilo que se move estará, no fim, em todos os lugares ao mesmo tempo, pequenino."

"Acho que estou entendendo."

"Bem, isso é o que está acima de todos os corpos — tão rápido que está em descanso, tão verdadeiramente corpo que deixou de ser corpo. Mas não falemos sobre isso. Vamos começar de onde nós estamos, pequenino. A coisa mais rápida que toca nossos sentidos é a luz. Na verdade, nós não vemos a luz, vemos apenas coisas mais lentas que a luz toca, de modo que, para nós, a luz está no limite — é a última coisa que vemos antes que as coisas fiquem rápidas demais para nós. O corpo de um *eldil* é um movimento tão rápido quanto a luz. Você pode dizer que o corpo dele é feito de luz, mas não daquilo que, para o *eldil*, representa a luz. A 'luz' do *eldil* é um movimento tão rápido que para nós não é perceptível, e aquilo que chamamos de luz para ele é algo como a água, uma coisa visível, algo em que ele pode tocar e se banhar — até mesmo uma coisa escura, quando não está iluminada pela coisa mais rápida. E aquilo que chamamos de coisas firmes, como carne e terra, para o *eldil* parecem etéreas e são mais difíceis de ver que a nossa luz, mais parecidas com nuvens, quase nada. O *eldil*, para nós, é um corpo meio real, etéreo, que pode atravessar paredes e rochas. Para si mesmo, ele as atravessa porque é sólido e firme, enquanto a parede e a rocha lhes são como nuvens. E o que, para ele, é a luz de verdade que enche os céus, de maneira que ele mergulha nos raios do sol para se refrescar, para nós é o nada escuro do céu noturno. Essas coisas não são estranhas, pequenino, ainda que estejam além dos nossos sentidos. Mas é estranho que os *eldila* nunca visitem Thulcandra."

"Não estou certo quanto a isso", disse Ransom. Ocorreu-lhe que aquela tradição humana tão recorrente de seres reluzentes e difíceis de entender, como *albs*, *devas*[2] e coisas do gênero, talvez pudessem ter outra explicação que não aquela até o momento dada pelos antropólogos. É bem verdade

---

[2]*Deva* é uma entidade no budismo e no hinduísmo, um ser não humano de vida longa e poderosa. Quanto a *albs*, não há consenso quanto ao que Lewis se referia. Estudiosos acreditam que esse é um termo de raiz indo-europeia que significa "aparição fantasmagórica branca", de onde vem o termo "elfo". [N. E.]

que isso viraria o universo estranhamente pelo avesso, mas suas experiências na espaçonave o prepararam para tal.

"Por que Oyarsa mandou me chamar?", perguntou.

"Oyarsa não me disse", respondeu o *sorn*. "Mas sem dúvida ele quer ver qualquer estrangeiro vindo de outra *handra*."

"Não tem nenhum Oyarsa no meu mundo", disse Ransom.

"Essa é mais uma prova", disse o *sorn*, "de que você veio de Thulcandra, o planeta silencioso".

"O que uma coisa tem a ver com a outra?"

O *sorn* pareceu surpreso. "Não é muito provável que, se vocês tivessem um Oyarsa, ele nunca tivesse falado com o nosso."

"Falar com o de vocês? Mas como ele poderia? São milhões de quilômetros de distância."

"Oyarsa não pensaria desse jeito."

"Você quer dizer que ele recebe normalmente mensagens de outros planetas?"

"Mais uma vez, ele não falaria desse jeito. Oyarsa não diria que ele vive em Malacandra e que outro Oyarsa vive em outra terra. Para ele, Malacandra é apenas um lugar nos céus, e é nos céus que ele e os outros vivem. É claro que eles conversam..."

A mente de Ransom se encolheu diante daquele problema. Ele estava ficando com sono e pensou que tinha entendido errado o que o *sorn* falou.

"Acho que preciso dormir, Augray. Não entendo o que você está dizendo. Talvez também eu não tenha vindo do lugar que você chama de Thulcandra."

"Nós dois vamos dormir", disse o *sorn*. "Mas primeiro vou lhe mostrar Thulcandra."

Levantou-se, e Ransom o seguiu para o fundo da caverna. Lá ele encontrou uma pequena reentrância e uma escada sinuosa. Os degraus, feitos para os *sorns*, eram altos demais para um humano escalar com facilidade, mas ele subiu, com dificuldade, usando as mãos e os joelhos. O *sorn* ia à frente. Ransom não entendia a luz que parecia vir de um pequeno objeto redondo que a criatura segurava em sua mão. Eles subiram por um longo caminho, quase como se estivessem escalando o interior de uma montanha oca. Por fim, sem fôlego, ele chegou a uma câmara de rocha escura, mas quente, e ouviu o *sorn* dizer:

"Thulcandra ainda está bem acima do horizonte sul." Ele chamou a atenção de Ransom para algo parecido com uma janela pequena. Qualquer que fosse o objeto, não se parecia como um telescópio terrestre, pensou Ransom. No entanto, sua tentativa de explicar ao *sorn* os princípios do telescópio no dia seguinte lançou grandes dúvidas sobre sua própria capacidade de discernir a diferença. Ele se inclinou para a frente, com os cotovelos no parapeito da abertura, e olhou. Ele viu a escuridão perfeita e, flutuando no centro dela, aparentemente à distância de um braço, um disco luminoso que tinha mais ou menos o tamanho de uma moeda. A maior parte de sua superfície era prateada e brilhante, sem nenhuma outra característica específica. Algumas marcas apareceram na parte de baixo, e abaixo delas uma cobertura branca, do mesmo jeito que ele tinha visto a capota polar em fotografias astronômicas de Marte. Ele se perguntou por um instante se estava vendo Marte, mas aí, prestando mais atenção nas marcas, reconheceu o que eram — o norte da Europa e um pedaço da América do Norte. Elas estavam de ponta-cabeça, com o Polo Norte na parte de baixo do quadro, e isso o deixou chocado. O que ele estava vendo era a Terra — talvez até mesmo a Inglaterra, ainda que a imagem balançasse um pouco e seus olhos estivessem rapidamente ficando cansados, e ele não estava certo se estava imaginando tudo aquilo. Tudo estava lá naquele pequeno disco — Londres, Atenas, Jerusalém, Shakespeare. Lá todos viveram e tudo tinha acontecido. E lá, presumivelmente, sua mochila ainda estava na varanda de uma casa vazia perto de Sterk.

"Sim", disse ele, abatido, para o *sorn*. "Aquele é o meu mundo." Foi o momento mais sombrio de todas as suas viagens.

16

RANSOM acordou na manhã seguinte com a leve impressão de que um grande peso havia sido retirado de seus ombros. Então ele se lembrou de que era hóspede de um *sorn* e de que a criatura que ele tentara evitar desde que chegara a Malacandra demonstrou ser tão amigável quanto os *hrossa*, ainda que estivesse longe de sentir por ele a mesma afeição. Não havia mais nada em Malacandra para ser temido, com exceção de Oyarsa... "O último obstáculo", pensou Ransom.

Augray deu-lhe comida e bebida.

"E agora", disse Ransom, "como vou saber o caminho para ir até Oyarsa?".

"Eu o levarei", disse o *sorn*. "Você é pequeno demais para completar a jornada sozinho, e é um prazer ir para Meldilorn. Os *hrossa* não deveriam tê-lo enviado desse jeito. Parece que eles não sabem só de olhar que tipo de pulmões um animal tem e o que ele pode fazer. Os *hrossa* são assim. Se você tivesse morrido na *harandra,* eles teriam escrito uma poesia sobre o elegante *humāno* e como o céu escureceu e as frias estrelas brilharam, e ele viajou e viajou; e eles teriam colocado tudo isso em um belo discurso para você declamar enquanto estivesse morrendo... E tudo isso pareceria para eles tão razoável quanto terem pensado antes no que poderia acontecer e, assim, salvado sua vida enviando você pelo caminho mais fácil."

"Eu gosto dos *hrossa*", disse Ransom, de maneira um tanto áspera. "E acho que a maneira como eles falam da morte é a maneira certa."

"Eles estão certos em não temê-la, Rensum, mas parece que eles não a veem razoavelmente, como parte da própria natureza de nossos corpos — e, por isso, sempre evitável em ocasiões em que eles não saberiam como evitá-la. Por exemplo, isto aqui teria salvado a vida de muitos *hrossa*, mas um *hross* nunca teria pensado nisso."

Ele mostrou a Ransom um frasco com um tubo e, no fim do tubo, um recipiente, evidentemente um aparato para administrar oxigênio a alguém.

"Aspire aqui sempre que precisar, pequenino", disse o *sorn*, "e feche-o quando não estiver usando".

Augray amarrou aquela coisa nas costas de Ransom e lhe deu o tubo, passando-o por cima do ombro. Ransom não conseguiu evitar o tremor ao sentir em seu corpo o toque das mãos do *sorn*. Elas tinham forma de hélice e sete dedos, eram pele sobre osso, como a perna de um passarinho, e totalmente frias. Para afastar essas reações de sua mente, ele perguntou onde o aparelho havia sido feito, pois até aquele momento não tinha visto nada que remotamente fosse como uma fábrica ou um laboratório.

"Nós o projetamos", disse o *sorn*, "e os *pfifltriggi* o fizeram".

"Por que eles o fizeram?", perguntou Ransom. Ele mais uma vez tentou, com seu vocabulário insuficiente, descobrir a estrutura política e econômica da vida malacandriana.

"Eles gostam de fazer coisas", disse Augray. "É verdade que gostam de fazer coisas que são boas só para olhar, não para usar. Mas algumas vezes eles se cansam disso e fazem coisas para nós, coisas que projetamos, desde que sejam difíceis o bastante. Eles não têm paciência para fazer coisas fáceis, não importa quão úteis possam ser. Mas vamos iniciar nossa jornada. Você vai subir no meu ombro."

A proposta foi inesperada e alarmante, mas, vendo que o *sorn* já tinha se agachado, Ransom se sentiu na obrigação de subir na superfície emplumada dos ombros dele e sentar-se ao lado daquele rosto longo e pálido, esticando seu braço direito o mais que pudesse ao redor do pescoço imenso, e se acomodando da melhor maneira possível naquele modo tão precário de viajar. O gigante levantou-se cautelosamente e contemplou a paisagem de uma altura de mais ou menos cinco metros e meio.

"Está tudo bem, pequenino?", perguntou o *sorn*.

"Tudo bem", respondeu Ransom, e a jornada começou.

O jeito de andar do *sorn* talvez fosse a coisa menos humana em tudo aquilo. Ele levantava seus pés muito alto e pisava com muita suavidade. Para Ransom, parecia mais ou menos o andar de um gato espreitando, de uma galinha pavoneando na porta do celeiro ou de um cavalo de carruagem, mas o movimento do *sorn* na verdade não se parecia com o de nenhum animal terrestre. Era um movimento surpreendentemente confortável para o passageiro. Em poucos minutos, ele já tinha perdido toda a sensação de tudo que era vertiginoso ou incomum na posição em que estava. Em vez disso, vieram-lhe à mente associações ao mesmo tempo ridículas e agradáveis. Era como cavalgar um elefante no zoológico na infância, ou como andar nas costas do seu pai quando era ainda mais novo. Aquilo era divertido. Eles deviam estar andando a uma velocidade de dez ou doze quilômetros por hora. O frio, ainda que severo, era suportável, e, graças ao oxigênio, ele teve pouca dificuldade para respirar.

A paisagem que ele agora contemplava de seu elevado e oscilante posto de observação era majestosa. A *handramit* não era vista de lugar nenhum. Em cada lado do valado raso em que estavam caminhando naquele momento havia um mundo de rocha ligeiramente esverdeada, interrompida por amplos trechos de vermelho que se estendiam até o horizonte. O céu era azul-escuro no ponto em que se encontrava com a rocha e era quase negro no zênite, e para qualquer direção que Ransom olhasse, onde a luz do sol não o cegava, ele via estrelas. Ele descobriu com o *sorn* que estava certo em pensar que eles estavam perto dos limites do respirável. Já nas cercanias da montanha que delimita a *harandra* e cerca a *handramit*, ou na depressão estreita ao longo da qual a estrada os levou, o ar era tão rarefeito quanto o do Himalaia. Um *hross* teria dificuldade para respirar ali, e a uns trinta metros acima, na *harandra* propriamente dita, a verdadeira superfície do planeta, não havia vida. Assim, a claridade pela qual caminhavam era quase a do céu — luz celestial quase não tocada pelo véu atmosférico.

A sombra do *sorn*, com a sombra de Ransom em seu ombro, movia-se sobre a rocha desnivelada de modo artificialmente distinto, tal como a sombra de uma árvore diante dos faróis de um carro. A rocha para além da sombra feria seus olhos. O horizonte remoto parecia estar a um braço de distância. As fissuras e os contornos das ladeiras distantes eram claros como o fundo de um desenho primitivo feito antes que os homens aprendessem a noção de perspectiva. Ele estava no limite daquele céu que conhecera na espaçonave, e raios que palavras envoltas em ar não podem saborear estavam mais uma vez atuando em seu corpo. Ele sentiu aquela velha elevação de espírito, a solenidade ascendente, o sentido, sóbrio e estático ao mesmo tempo, de vida e poder oferecidos em abundância sem medida e não solicitada. Se ele tivesse ar o bastante em seus pulmões, teria dado uma gargalhada sonora. E agora até a paisagem próxima estava se tornando bela. Sobre o limiar do vale, como se fosse uma espuma vinda da verdadeira *harandra*, havia grandes curvas de uma coisa rosa em forma de nuvem que ele várias vezes avistara de longe. Um pouco mais de perto, aquelas coisas pareciam uma substância dura como pedra, mas, na parte de cima, eram infladas, e tinham caules na parte de baixo, como uma vegetação. Sua comparação inicial com uma couve-flor gigante mostrou-se surpreendentemente correta — eram couves-flores do tamanho de catedrais e de um rosa esbranquiçado. Ele perguntou ao *sorn* o que era aquilo.

"Estas são as antigas florestas de Malacandra", disse Augray. "Antigamente, havia ar na *harandra*, e aqui fazia calor. Até hoje, se você pudesse subir e viver lá, veria que tudo está coberto com os ossos de criaturas antigas. Houve um tempo em que tudo isto aqui era cheio de vida e de sons. Foi quando estas florestas cresceram, e dentro e fora dos seus caules havia um povo que desapareceu há milhares de anos. Eles não eram revestidos de pelo, mas de uma cobertura semelhante à minha. Não nadavam nem caminhavam no solo, mas flutuavam no ar com seus membros largos e achatados, que os mantinham no alto. Dizem que eles eram bons cantores, e naquele tempo as florestas vermelhas ecoavam com a música deles. Agora as florestas viraram pedra e somente os *eldila* podem andar nelas."

"Nós ainda temos criaturas assim em nosso mundo", disse Ransom. "Nós as chamamos de pássaros. Onde Oyarsa estava quando tudo isso aconteceu com a *harandra*?"

"Onde ele está agora."

"E ele não podia impedir isso?"

"Eu não sei. Mas um mundo não foi feito para durar para sempre, muito menos uma raça. Esse não é o jeito de Maleldil agir."

Enquanto prosseguiam, as florestas petrificadas tornavam-se cada vez mais numerosas e, dali em diante, por cerca de meia hora, todo o horizonte daquela vastidão sem vida, quase sem ar, adquiriu uma tonalidade avermelhada, como um jardim inglês no verão. Eles passaram por muitas cavernas, nas quais Augray lhe disse que viviam os *sorns*. Alguns dos rochedos elevados estavam perfurados com uma quantidade incontável de buracos até o topo, e sons impossíveis de serem identificados saíam deles. O *sorn* disse que um "trabalho" estava sendo executado, mas não conseguiu explicar de que tipo. O vocabulário dele era muito diferente daquele usado pelos *hrossa*. Ransom nada viu que pudesse se parecer com uma aldeia ou cidade de *sorns*, que aparentemente eram criaturas solitárias, antissociais. Uma ou duas vezes um rosto comprido e pálido aparecia na entrada de uma caverna e saudava os viajantes com um som parecido com o de uma trompa, mas na maior parte o longo vale e a rua de rocha daquele povo silencioso eram tão calmos e vazios quanto a própria *harandra*.

Foi apenas depois do meio-dia, quando estavam prestes a descer por uma depressão da estrada, que eles se encontraram com três *sorns* que vinham em sua direção pelo declive oposto. Ransom teve a impressão de que eles estavam patinando, não caminhando. A leveza daquele mundo e o equilíbrio perfeito de seus corpos lhes permitiam se inclinar para a frente em ângulos retos em relação ao declive, e eles vinham descendo rapidamente como se fossem navios com as velas enfunadas diante de um vento favorável. A graça dos seus movimentos, a estatura altaneira e a luz do sol suave e indireta no contorno emplumado dos *sorns* por fim provocaram uma transformação nos sentimentos de Ransom com relação àquela raça. Ele os chamou de "ogros" quando os viu pela primeira vez enquanto lutava contra Weston e Devine. Mas agora pensava que *titãs* ou *anjos* seriam palavras melhores. Parecia-lhe que ele não tinha visto direito nem sequer o rosto deles. Ransom pensou que fossem fantasmagóricos, quando eram apenas majestosos, e sua primeira reação humana à severidade alongada de traços e à profunda serenidade de expressão agora parecia-lhe não apenas covarde, como também vulgar. Do mesmo modo pareceriam Parmênides ou Confúcio aos olhos de um menino da periferia. As grandes criaturas brancas deslizaram em direção a Ransom e Augray, inclinaram-se como árvores, e passaram.

Apesar do frio, que de vez em quando o fazia desmontar e andar um pouco a pé, ele não queria que a viagem acabasse. Mas Augray tinha seus próprios planos, e, bem antes de o sol se pôr, parou para passar a noite na casa de um *sorn* mais velho. Ransom entendeu perfeitamente que fora levado para lá para ser apresentado a um grande cientista. A caverna, ou, para dizer de modo mais correto, o sistema de escavações, era grande, com muitas câmaras, e tinha uma multidão de coisas que ele não compreendia. Ele estava especialmente interessado em uma coleção de rolos, feitos de algo que parecia ser couro, cobertos com caracteres, que com certeza eram livros; mas ele soube que eram poucos os livros em Malacandra.

"A melhor coisa é lembrar", disseram os *sorns*.

Quando Ransom perguntou se segredos valiosos não poderiam se perder, eles responderam que Oyarsa sempre os fazia recordar e os traria de volta à luz se julgasse necessário.

"Os *hrossa* antigamente tinham muitos livros de poesia", acrescentaram, "mas agora têm menos. Eles dizem que escrever livros destrói a poesia".

O anfitrião daquelas cavernas era auxiliado por muitos outros *sorns*, que pareciam de algum modo estar subordinados a ele. Primeiro, Ransom pensou que fossem empregados, mas depois entendeu que eram aprendizes ou assistentes.

A conversa da noite não interessaria muito a um leitor terrestre, pois os *sorns* determinaram que Ransom não faria perguntas, apenas as responderia. O interrogatório deles era muito diferente das perguntas digressivas e imaginativas dos *hrossa*. Eles passaram sistematicamente pela geologia da Terra até sua atual geografia, e depois mudaram para perguntas sobre a flora, a fauna, a história humana, as línguas, a política e as artes. Quando percebiam que Ransom nada mais podia lhes dizer a respeito de um determinado assunto — e isso acontecia muito depressa na maioria das perguntas —, deixavam aquele tema de uma vez e logo partiam para a pergunta seguinte. Por muitas vezes, extraíram dele muito mais informação de maneira indireta do que ele conscientemente oferecia, aparentemente partindo de um amplo pano de fundo de ciência geral. Uma observação casual a respeito das árvores, quando Ransom tentava explicar a manufatura do papel, poderia preencher para eles uma lacuna nas respostas superficiais que ele dera às perguntas sobre botânica. O relato de Ransom sobre a navegação terrestre poderia lançar luz sobre a mineralogia, e a descrição que Ransom fez do motor a vapor deu-lhes um conhecimento do ar e da água terrestres superior ao que o próprio Ransom jamais alcançara. Desde o início daquela conversa, ele tinha decidido que seria totalmente franco, pois agora sentia que agir de outra forma não seria *hnau*, além de ser inútil. Eles ficaram impressionados com o que ele lhes contou sobre a história humana — sobre a guerra, a escravidão e a prostituição.

"Isso é porque eles não têm Oyarsa", disse um dos aprendizes.

"Isso é porque cada um deles quer ser, ele mesmo, um pequeno Oyarsa", disse Augray.

"Eles não podem evitar", disse o *sorn* mais velho. "Tem de haver governo, pois como poderiam as criaturas governar a si mesmas? As feras devem ser governadas pelos *hnau*, os *hnau* pelos *eldila*, e os *eldila* por Maleldil. Estas criaturas não têm *eldila*. Eles são como alguém que tenta levantar a si mesmo puxando o próprio fio de cabelo, ou como alguém que quer ver a terra toda quando está no mesmo nível dela, ou ainda como uma fêmea que tenta reproduzir-se sozinha."

Duas coisas em particular a respeito do nosso mundo ficaram gravadas na mente deles. Uma foi o grau extraordinário com nossa energia é absorvida por conta da dificuldade em levantar e transportar coisas. A outra foi o fato de que temos apenas uma espécie de *hnau*: eles pensaram que isso devia ter tido efeitos poderosos na perda da compaixão e até mesmo de pensamento.

"O pensamento de vocês deve estar à mercê do seu sangue", disse o *sorn* velho. "Pois vocês não podem compará-lo com o pensamento que corre em um sangue diferente."

Para Ransom, aquela conversa foi cansativa e desagradável. Mas, quando finalmente se deitou para dormir, não estava pensando na nudez humana e nem em sua própria ignorância. Pensou apenas nas antigas florestas de Malacandra e no que significaria crescer vendo, sempre a poucos quilômetros de distância, uma terra colorida que nunca poderia ser alcançada e que um dia tinha sido habitada.

17

LOGO CEDO, no dia seguinte, Ransom mais uma vez se sentou no ombro de Augray. Eles viajaram por mais de uma hora através do mesmo deserto reluzente. Longe, ao norte, o céu estava iluminado com uma massa semelhante a uma nuvem de vermelho opaco ou ocre, que era vasta e se dirigia furiosamente em direção ao oeste, a uns quinze quilômetros acima daquela região vazia. Ransom, que até então não havia visto qualquer nuvem no céu malacandriano, perguntou o que era aquilo. O *sorn* lhe disse que aquilo era areia dos grandes desertos do norte, que os ventos daquela terrível região recolhiam. A areia se movia daquela forma com frequência, algumas vezes a uma altura de uns trinta quilômetros, para cair outra vez, talvez em uma *handramit*, como uma ofuscante e asfixiante tempestade de poeira. Ver aquela coisa ameaçadora se movendo no céu nu serviu para fazer Ransom se lembrar de que eles estavam de fato no *lado de fora* de Malacandra, não mais habitando em um mundo, mas rastejando sobre a superfície de um planeta estranho. A nuvem finalmente pareceu cair e explodir longe, no horizonte oeste, onde uma espécie de brilho, em nada diferente de um incêndio, permaneceu visível até que uma curva do vale escondeu toda aquela região dos seus olhos.

A mesma curva abriu-lhe uma nova perspectiva. O que estava diante dele a princípio pareceu estranhamente uma paisagem terrestre — um cenário de picos cinzas que subiam e desciam como ondas do mar. Mais além, penhascos e espigões da familiar rocha esverdeada levantavam-se contra o céu azul-escuro. Um momento depois, ele percebeu que o que havia classificado como terras baixas era, na verdade, a superfície acidentada e sulcada de um vale azul cinzento coberto por um nevoeiro — um nevoeiro que não se pareceria de forma alguma com um nevoeiro quando eles descessem até a *handramit*. E já quando a estrada começava a descida, ele era menos visível, e o padrão multicolorido da região baixa era visto vagamente através dele. A descida rapidamente tornou-se íngreme, como os dentes pontiagudos de um gigante — um gigante de dentes muito ruins —, e os picos mais altos da muralha da montanha, por onde deviam passar, erguiam-se na borda de sua ravina. A aparência do céu e a qualidade da luz apresentavam mudança infinitesimal. Um momento depois, eles pararam no limite de uma ladeira que, por padrões terrestres, seria chamada de precipício. A estrada descia cada vez mais até desaparecer em uma vegetação de tom púrpura-avermelhado. Ransom se recusou terminantemente a fazer aquela descida no ombro de Augray. O *sorn*, ainda que não entendendo muito bem a objeção, parou para que ele descesse e prosseguisse a pé, com o mesmo movimento inclinado e deslizante, descendo antes dele. Ransom o seguiu, usando com alegria, embora com rigidez, suas pernas dormentes.

A beleza daquela nova *handramit* que se descortinou diante de Ransom tirou-lhe o fôlego. Ela era mais ampla que a outra na qual ele tinha vivido até então, e exatamente abaixo dela havia um lago quase circular, de cor safira e com uns vinte quilômetros de diâmetro, localizado bem no limite da floresta púrpura. No meio do lago, elevava-se algo como uma pirâmide baixa e ligeiramente inclinada, ou como o seio de uma mulher, uma ilha de um vermelho esbranquiçado, lisa até o topo e, no topo, um bosque com árvores que nenhum homem jamais havia visto. Seus troncos suaves tinham a dimensão agradável dos mais nobres caramanchões, mas elas eram mais altas que a espiral de uma catedral da Terra, e em seus topos havia flores, e não folhagem, flores douradas, brilhantes como tulipas, inertes como rochas e imensas como uma nuvem de verão. Eram flores mesmo, não árvores, e entre as suas raízes Ransom encontrou o resquício pálido de algo como uma laje arquitetônica. Ele soube, mesmo antes que seu guia lhe contasse, que ali era Meldilorn. Ele não sabia o que esperar. Os velhos sonhos que trouxera da Terra de encontrar uma complexidade de escritórios maior que a norte-americana ou algum tipo de paraíso de engenheiros com grandes máquinas há muito tinham sido postos de lado. Mas ele nunca tinha pensado em nada tão clássico, tão virginal como aquele bosque reluzente, que jazia tão sereno, tão secreto em seu vale colorido, que ascendia com graça inimitável por tantas centenas de metros na direção da luz solar invernal. A cada passo da descida o calor relativo do vale o atingia de modo cada vez mais agradável. Ele olhou para cima — o céu estava assumindo um tom azul claro. Olhou para baixo, e a fragrância leve das flores gigantes o alcançou. Penhascos distantes pareciam menos agudos no horizonte, e as superfícies, menos brilhantes. A paisagem voltava a adquirir profundidade, escuridão, suavidade e perspectiva. A beira ou o limite da rocha de onde eles haviam iniciado a descida já estava bem acima de suas cabeças, e parecia improvável que tivessem descido dali. Ransom respirava com facilidade. Os dedos dos seus pés, há muito entorpecidos pelo frio, agora se moviam prazerosamente dentro das botas. Ele levantou os protetores de orelha do seu gorro e imediatamente seus ouvidos foram tomados pelo som de uma água que caía. Seus pés agora pisavam em um terreno com uma vegetação macia, e o teto da floresta estava acima deles. Eles venceram a *harandra* e estavam no limiar de Meldilorn.

Uma caminhada curta os levou para uma espécie de "via" da floresta, uma avenida larga que seguia em linha reta como uma flecha, através dos caules de cor púrpura, até onde o forte azul do lago dançava do outro lado. Lá encontraram um gongo e uma baqueta pendurados em um pilar de pedra. Eram objetos ricamente decorados, feitos de um metal verde azulado que Ransom não reconhecia. Augray fez soar o gongo. Tamanho entusiasmo crescia na mente de Ransom que quase o impediu de examinar tão friamente como queria a ornamentação da pedra, que era parte pictórica, parte puramente decorativa. O que mais o impressionou foi um equilíbrio entre superfícies cobertas e vazias. Desenhos em linhas, tão simples como as gravuras pré-históricas de renas na Terra, alternadas com trechos de arranjos tão detalhados e intrincados como a joalheria nórdica ou céltica. Se vistas com atenção, aquelas áreas lisas e desenhadas pareciam estar ordenadas em padrões maiores. Ele ficou impressionado pelo fato de que a obra pictórica não estava limitada aos espaços vazios. Arabescos maiores com frequência incluíam figuras subordinadas com detalhes intrincados. Em outros lugares seguia-se um padrão oposto — e nessa alternância também havia um elemento rítmico ou padronizado. Ele estava começando a descobrir que as imagens, conquanto estilizadas, tinham a intenção óbvia de contar uma história quando Augray o interrompeu. Um barco havia saído da margem da ilha de Meldilorn.

Enquanto o barco se aproximava, Ransom sentiu seu coração aquecer quando viu que um *hross* estava remando. A criatura trouxe o barco para a praia onde eles estavam esperando, encarou Ransom e depois olhou inquisitivamente para Augray.

"Você pode se admirar com este *nau*, Hrinha", disse o *sorn*, "pois você nunca viu nada igual. Ele é chamado de Rensum e veio de Thulcandra pelo céu".

"Ele é bem-vindo, Augray", disse o *hross*, polidamente. "Ele está indo até Oyarsa?"

"Oyarsa mandou que ele viesse."

"Você também, Augray?"

"Oyarsa não me chamou. Se você levar Rensum pela água, eu vou voltar para minha torre."

O *hross* indicou que Ransom deveria entrar no barco. Ransom tentou expressar seu agradecimento ao *sorn* e, depois de um momento de consideração, tirou seu relógio de pulso e o ofereceu a ele. Aquela era a única coisa que ele possuía que parecia ser um presente adequado para um *sorn*. Ele não teve dificuldade em fazer Augray entender o seu propósito, mas, depois de examiná-lo, o gigante o devolveu, um pouco relutante, e disse:

"Este presente deve ser dado a um *pfifltriggi*. Ele alegra meu coração, mas eles farão um melhor uso dele. É provável que você encontre alguns desses trabalhadores em Meldilorn. Dê isto a eles. Quanto à utilidade deste objeto, o seu povo só consegue distinguir quanto do dia já passou se olhar para ele?"

"Creio que há animais que têm esse tipo de conhecimento", disse Ransom, "mas o nosso *hnau* o perdeu".

Depois disso, ele se despediu do *sorn* e embarcou. Estar mais uma vez em um barco com um *hross*, sentir o calor da água em seu rosto e ver o céu azul acima dele era quase como estar em casa. Ele tirou o gorro, esticou-se confortavelmente na proa e bombardeou seu acompanhante com perguntas. Ransom descobriu que os *hrossa* não estavam especialmente ocupados em servir a Oyarsa como ele tinha pensado ao encontrar um *hross* cuidando daquele transporte. Todas as três espécies de *hnau* o serviam, em suas diferentes capacidades, e aquele transporte naturalmente foi confiado a quem entende de barcos. Descobriu também que, ao chegar a Meldilorn, ele poderia ir aonde quisesse e fazer o que desejasse até que Oyarsa o chamasse, o que poderia acontecer uma hora ou vários dias depois de sua chegada. Haveria cabanas perto do lugar onde atracariam nas quais poderia dormir, se quisesse, e onde poderia comer. Ransom, entretanto, ocupou-se em relatar ao *hross* o máximo que conseguiu sobre seu próprio mundo e sobre sua jornada, advertindo-o quanto aos perigosos homens tortos que o trouxeram e que ainda estavam à solta em Malacandra. Enquanto conversavam, ocorreu a Ransom que ele não havia explicado muito bem esse assunto para Augray, mas consolou-se pensando que Weston e Devine pareciam já ter alguma ligação com os *sorns* e que eles provavelmente não iriam perturbar seres tão grandes e tão parecidos com os humanos. Pelo menos não até aquele momento. Ransom não tinha nenhuma ilusão quanto aos propósitos definitivos de Devine. Tudo que ele poderia fazer era apresentar um relato honesto deles para Oyarsa. Naquele momento, a embarcação tocou a terra.

Ransom levantou-se enquanto o *hross* atracava e observou os arredores. Perto do pequeno porto por onde chegaram, à esquerda, havia pequenos edifícios de pedra — os primeiros que ele via em Malacandra — e fogueiras acesas. Lá, disse-lhe o *hross*, ele encontraria comida e abrigo. O restante da ilha parecia deserto, e seus declives suaves levavam ao arvoredo que os coroava, onde, mais uma vez, ele viu um edifício de pedras. Mas ele não parecia ser um templo nem uma casa dos que ele conhecia na Terra, e sim uma ampla alameda rodeada de monólitos — uma Stonehenge muito maior, imponente, vazia e que desaparecia no alto da colina até a sombra pálida dos troncos floridos. Tudo era solidão, mas, ao contemplar tudo aquilo, ele parecia ouvir, contra aquele cenário de silêncio matinal, a agitação fraca e contínua de um som argênteo — dificilmente considerado som se você prestasse atenção a ele, mas, ao mesmo tempo, impossível de ignorar.

"A ilha está repleta de *eldila*", disse o *hross* com voz tranquilizadora.

Ele pisou em terra firme. Como se estivesse esperando algum obstáculo, deu alguns poucos passos hesitantes e parou, e depois repetiu o procedimento.

Ainda que a relva fosse incomumente macia e densa, e seus passos não fizessem nenhum barulho, ele sentiu um impulso de andar na ponta dos pés. Todos os seus movimentos se tornaram delicados e calmos. A extensão da água ao redor daquela ilha deixava o ar mais quente que qualquer um que ele já havia respirado em Malacandra. O clima era quase o de um agradável dia terrestre no fim do verão: quente, mas com um prenúncio do frio que está por vir. A sensação de fascínio crescente o impediu de se aproximar do topo da colina, do bosque e da alameda de colunas de pedra.

Ele parou de subir mais ou menos na metade da colina e começou a andar para o lado direito, mantendo uma distância constante da margem do lago. Ransom disse para si mesmo que estava vendo a ilha, mas a impressão que tinha era a de que a ilha o fitava. Essa impressão cresceu pela descoberta que fez depois de andar por cerca de uma hora, a qual ele teve dificuldade para descrever depois. No sentido mais abstrato, pode-se resumir dizendo que a superfície da ilha estava sujeita a minúsculas variações de luz e sombras que não eram produzidas por nenhuma mudança no céu. Se o ar não estivesse calmo e a relva tão curta e firme para se mover ao vento, ele teria dito que uma brisa fraca estava brincando com ele e fazendo aquelas pequenas alterações no sombreado, tal como acontece em um milharal na Terra. Tais como os sons argênteos no ar, aquelas "pegadas de luz" eram difíceis de observar. Onde ele olhava com atenção, elas eram mais difíceis de serem vistas: nos limites do seu campo de visão, elas vinham se amontoando como se um complexo grupo delas estivesse em marcha. Bastava prestar atenção em qualquer uma para que esta ficasse invisível, e aquele brilho instantâneo parecia sair do lugar para onde ele olhava. Ransom não teve dúvida de que estava "vendo" — tanto quanto jamais veria — os *eldila*. Isso provocou nele uma sensação curiosa. Não era exatamente algo estranho, nem foi como se ele estivesse cercado por fantasmas. Não foi nem como se estivessem o espiando. Antes, ele teve a sensação de estar sendo observado por coisas que tinham o direito de observá-lo. Seu sentimento não chegava a ser medo. Ele sentia algo como constrangimento, timidez, submissão, e tudo aquilo era profundamente desconfortável.

Ele estava cansado e pensou que naquela terra abençoada estaria agradável o bastante para descansar ao ar livre. Sentou-se. A maciez da relva, o calor e o aroma suave que permeavam toda a ilha fizeram-no se lembrar da Terra e de jardins no verão. Ele fechou os olhos por um momento, depois os abriu outra vez e observou construções abaixo dele; viu também que um barco se aproximava. Na mesma hora, ele reconheceu que aquela era a embarcação que o levara até ali e que aquelas construções eram a hospedaria que ficava do lado do porto. Ele havia percorrido toda a ilha, e ficou um pouco desapontado depois dessa descoberta. Começou a sentir fome. Talvez fosse uma boa ideia descer e pedir comida. De alguma maneira, faria passar o tempo.

Mas ele não o fez. Quando se levantou e olhou com mais atenção para a hospedaria, viu um considerável alvoroço de criaturas ao redor dela e, enquanto observava, viu um contingente de passageiros descendo do barco. Ele viu alguns objetos, que a princípio não conseguiu identificar, se movendo no lago, mas depois viu que eram *sorns* com água até a cintura e que evidentemente vadeavam do continente para Meldilorn. Havia cerca de dez deles. Por uma razão ou outra, a ilha estava recebendo um grande número de visitantes. Ele já não pensava que qualquer mal lhe pudesse acontecer se descesse e se misturasse à multidão, mas sentiu relutância em fazer isso. A situação trouxe vividamente à memória sua experiência como um calouro na escola — calouros chegam com um dia de antecedência —, andando para lá e para cá, à espera dos veteranos. Por fim, decidiu não descer. Cortou um pouco da relva e a comeu, e depois cochilou um pouquinho.

Mais tarde, quando esfriou um pouco, ele retomou sua caminhada. Havia outros *hnau* passeando pela ilha naquela hora. Ele viu principalmente *sorns*, mas isso porque a altura deles fazia com que se tornassem fáceis de serem vistos. Quase não havia barulho. A relutância de Ransom em encontrar aqueles que, como ele, vagueavam e que pareciam ter se confinado à costa da ilha fez com que ele, meio inconscientemente, fosse para o alto e para o centro. Finalmente ele estava no limite do bosque e olhando diretamente a alameda monolítica. Ransom havia determinado, sem ter para isso uma razão claramente definida, que não entraria lá, mas começou a estudar a pedra mais próxima de si, a qual era ricamente entalhada nos quatro lados, e, depois disso, movido pela curiosidade, foi de uma pedra à outra.

As imagens eram muito confusas. Lado a lado, com representações de *sorns* e *hrossa* e o que ele supôs que fossem os *pfifltriggi*, aparecia, de tempos em tempos, uma figura alada, esguia e sinuosa, com apenas a sugestão de um rosto. As asas eram perfeitamente visíveis, e isso o deixou ainda mais confuso. Será que as tradições da arte malacandriana retrocediam no tempo até a antiga era geológica e biológica quando, tal como Augray lhe dissera, havia vida, e até mesmo pássaros, na *harandra*? Aquelas pedras pareciam responder com um "sim". Ele viu figuras das antigas florestas vermelhas com inconfundíveis aves voando entre elas, e muitas outras criaturas que não conhecia. Em outra pedra, muitas daquelas criaturas estavam representadas como mortas, e uma figura fantástica parecida com um *hnakra*, presumivelmente simbolizando o frio, aparecia no céu acima dos outros seres, disparando dardos contra eles. Criaturas ainda com vida se amontoavam ao redor da figura alada e sinuosa, que ele pensou ser Oyarsa, representado como uma chama alada. Na pedra seguinte, Oyarsa aparecia seguido por muitas criaturas e, aparentemente, escavava um sulco com algum instrumento pontiagudo. Outra imagem mostrava o sulco sendo aumentado por *pfifltriggi* com ferramentas de escavação. *Sorns* faziam montes de terra de cada lado, e parecia que havia *hrossa* construindo canais de água. Ransom ficou se perguntando se aquilo era o relato mítico de quando as *handramit* foram criadas ou se era possível que elas fossem de fato artificiais.

Muitas daquelas imagens estavam além de sua compreensão. Uma que particularmente o deixou confuso mostrava, no fundo, um segmento de um círculo, atrás e acima do qual erguiam-se três quartos de um disco dividido em anéis concêntricos. Ele pensou que aquela fosse a imagem do sol nascendo atrás de uma colina. Certamente o segmento no fundo estava cheio de cenas malacandrianas — Oyarsa em Meldilorn, *sorns* à beira montanhosa da *harandra* e muitas outras coisas que lhe eram ao mesmo tempo familiares e estranhas. Ele virou-se para examinar o disco que se erguia por detrás daquela imagem. Não era o sol. O sol estava lá, inconfundível, no centro do disco, e ao seu redor os círculos concêntricos se revolviam. No primeiro e menor destes havia o desenho de uma pequena bola, na qual uma figura alada, parecida com Oyarsa, segurava o que parecia ser uma trombeta. Na figura seguinte, uma bola parecida tinha outra daquelas figuras flamejantes. Esta, em vez de um rosto, tinha dois volumes que, depois de um longo exame, Ransom concluiu que eram os úberes ou os seios da fêmea de um mamífero. Àquela altura, ele tinha certeza de que estava olhando para uma representação do sistema solar. A primeira bola era Mercúrio e a segunda, Vênus — "E que coincidência extraordinária", pensou Ransom, "que a mitologia deles, tal como a nossa, associe a Vênus alguma ideia de feminilidade". O problema o teria ocupado muito mais tempo se uma curiosidade natural não tivesse atraído seus olhos para a bola seguinte, que deveria representar a Terra. Quando a viu, sua mente ficou paralisada por um momento. A bola estava lá, mas, no lugar onde a figura flamejante deveria estar, havia uma depressão profunda de formato irregular que indicava que ela havia sido retirada dali. Uma vez, então... Mas suas especulações foram interrompidas porque havia muita coisa que ele não sabia. Ele olhou para o círculo seguinte. Não havia nenhuma bola. No lugar dela, o fundo desse círculo tocava o topo do grande segmento cheio de cenas malacandrianas, de modo que Malacandra, naquele ponto, tocava o sistema solar e saía dele na perspectiva da direção do espectador. Agora que sua mente já compreendia o desenho, ele ficou impressionado com a vivacidade de tudo aquilo. Ransom deu um passo para trás e preparou-se, respirando fundo, para confrontar alguns dos mistérios nos quais estava mergulhado. Malacandra, portanto, era Marte. A Terra — mas, naquele momento, uma batida ou martelada, que já acontecia por algum tempo sem perturbar sua atenção, tornou-se insistente demais para ser ignorada. Alguma criatura, e certamente não um *eldil*, estava trabalhando perto dele. Um tanto surpreso — pois estava absorto em seus pensamentos —, ele se virou. Não havia nada para ser visto. Ele gritou como um idiota, em inglês:

"Quem está aí?"

A batida parou na hora, e um rosto impressionante apareceu por trás de um dos monólitos próximos.

O rosto, como o de um humano ou um *sorn*, não tinha pelos. Era comprido e pontudo como o de um musaranho, de tom amarelado e aparência esfarrapada, e a testa era tão pequena que, se não fosse pelo grande desenvolvimento da parte de trás da cabeça e atrás das orelhas (como uma espécie de peruca renascentista), não poderia ser a face de uma criatura inteligente. No momento seguinte, a criatura deu um salto surpreendente e apareceu por inteiro para ele. Ransom suspeitou que fosse um *pfifltrigg* e ficou feliz por não ter encontrado ninguém daquela terceira raça assim que chegou em Malacandra. A criatura era muito mais insectoide ou reptiliana que qualquer coisa que ele já tinha visto. Seu corpo era claramente parecido com o de um sapo, e a primeira coisa que Ransom pensou foi que ele estava apoiado sobre suas "mãos", como os sapos fazem. Ele observou, então, que aquela parte dos membros anteriores sobre a qual ele se apoiava era, na verdade, em termos humanos, mais um cotovelo que uma mão. Aquele cotovelo era largo e afofado e claramente havia sido feito para andar, mas, na parte de cima, em um ângulo de cerca de quarenta e cinco graus, estavam os verdadeiros antebraços — finos, fortes, terminando em mãos enormes e sensíveis, com muitos dedos. Ele compreendeu que, para todo tipo de trabalho manual, da mineração à joalheria, aquela criatura tinha a vantagem de trabalhar com toda a força de um cotovelo estabilizado. A semelhança com um inseto devia-se à velocidade e ao aspecto agitado de seus movimentos e ao fato de que ele conseguia girar a cabeça quase que inteiramente, como um louva-a-deus. Sua semelhança a um inseto era ainda maior pelo barulho seco, estridente e tilintante que fazia ao se mover. Ele se parecia com um gafanhoto, com um dos anões de Arthur Rackham,[1] com um sapo e com um velho taxidermista que Ransom conhecera em Londres.

"Eu venho de outro mundo", começou Ransom.

"Eu sei, eu sei", disse a criatura em uma voz rápida e impaciente, como se fosse um gorjeio. "Venha aqui, atrás da pedra. Por aqui, por aqui. Ordens de Oyarsa. Muito ocupado. Devo começar agora. Fique aí."

Ransom foi para o outro lado do monólito, vendo uma imagem que ainda estava sendo confeccionada. O solo tinha lascas espalhadas para todos os lados e o ar estava cheio de poeira.

---

[1]Arthur Rackham (1867–1939) foi um conhecido desenhista inglês que se tornou famoso por suas ilustrações de livros infantis. [N. T.]

"Lá", disse a criatura. "Fique quieto. Não olhe para mim. Olhe para lá."

Por um momento, Ransom não entendeu direito o que se esperava dele. Depois, enquanto via o *pfifltrigg* olhando de relance para ele, e dele para a pedra, com aquele olhar inconfundível do artista para o modelo da obra, que é o mesmo em todos os mundos, ele entendeu e quase começou a rir. Ele estava posando para o seu retrato! De onde estava, podia ver que a criatura estava cortando a pedra como se fosse queijo, e a velocidade dos seus movimentos quase confundiu seus olhos. Mas ele não conseguiu saber o que estava sendo produzido, ainda que conseguisse estudar o *pfifltrigg*. Ele viu que o barulho tilintante e metálico era por causa da quantidade de pequenos instrumentos que ele carregava em seu corpo. Algumas vezes, com uma exclamação de aborrecimento, ele jogava no chão a ferramenta que estava usando e escolhia outra, mas mantinha em sua boca quase todas que estavam em uso imediato. Ransom entendeu também que, assim como ele, aquele animal usava roupas artificiais, feitas de uma substância escamosa brilhante, que parecia ser ricamente decorada, ainda que estivesse coberta de poeira. Ele usava uma espécie de cachecol de pele ao redor do pescoço e seus olhos eram protegidos por óculos escuros salientes. Anéis e correntes de um metal brilhante, mas que Ransom não achou que fosse ouro, estavam em volta dos braços e do pescoço. Durante todo o tempo em que estava trabalhando, a criatura emitia um sussurro sibilante, e, quando ficava entusiasmada — o que acontecia com frequência —, a ponta do seu nariz tremia como um focinho de coelho. Por fim, deu outro salto espantoso, indo parar a uns dez metros de distância de sua obra, e disse:

"Sim, sim. Não tão bom quanto eu esperava. Vou fazer melhor da próxima vez. Deixo como está. Venha ver."

Ransom obedeceu. Ele viu uma imagem dos planetas, não mais ordenados para formar um mapa do sistema solar, mas avançando como uma procissão na direção do espectador, e todos, menos um, tinham um cocheiro flamejante. Abaixo estava Malacandra e, para sua surpresa, havia um desenho razoável da espaçonave. Ao lado dela, três figuras, para as quais Ransom aparentemente tinha sido o modelo. Ele se afastou delas com desgosto. Embora admitisse a estranheza do tema do ponto de vista malacandriano e a estilização da arte deles, mesmo assim, pensou ele, a criatura poderia ter tentado retratar a forma humana de maneira melhor do que com aqueles bonecos esquisitos, quase tão largos quanto altos, e que tinham algo brotando da cabeça e do pescoço como se fosse um fungo.

Ransom disse: "Acho que é assim que pareço para o seu povo. Eu não seria representado desta forma em meu próprio mundo".

"Não", disse o *pfifltrigg*. "Não quero que fique muito igualmente. Muito igualmente, e eles não acreditarão — os que nascerem depois." Ele disse ainda muitas outras coisas que Ransom teve dificuldade de entender, mas, enquanto o *pfifltrigg* falava, ficou evidente para Ransom que aquelas figuras odiosas eram uma *idealização* da humanidade. A conversa perdeu um pouco de seu entusiasmo. Para mudar de assunto, Ransom fez uma pergunta que estava em sua mente havia muito tempo:

"Não consigo entender", disse Ransom, "como é que vocês, os *sorns* e os *hrossa* falam o mesmo idioma, pois as línguas, os dentes e as gargantas de vocês devem ser muito diferentes".

"Você está certo", disse a criatura. "Antes todos tínhamos idiomas diferentes, e em casa ainda temos. Mas cada um aprendeu a língua dos *hrossa*."

"Por quê?", perguntou Ransom, ainda pensando em termos da história terrestre. "Alguma vez os *hrossa* governaram os demais?"

"Não estou entendendo. Eles são nossos maiores oradores e cantores. Eles têm mais palavras e melhores. Ninguém aprende a língua do meu povo, pois o que temos para dizer é dito na pedra, sangue do sol e estrelas, leite e todos podem ver. Ninguém aprende a língua dos *sorns*, pois você pode mudar o conhecimento deles em quaisquer palavras e continuará igual. Você não pode fazer isso com as canções dos *hrossa*. A língua deles está em toda a Malacandra. Falo nela com você porque é um forasteiro. Falaria nela com um *sorn*. Mas nós temos nossas línguas antigas em casa. Você pode perceber isso nos nomes. Os *sorns* têm nomes sonoros, como Augray, Arkal, Belmo e Falmay. Os *hrossa* têm nomes estranhos como Hnoh, Hhihi, Hyoi e Hlithnahi."

"Quer dizer então que a melhor poesia é feita com o idioma mais bruto?"

"Talvez", disse o *pfifltrigg*. "Assim como as melhores imagens são feitas na pedra mais dura. Mas meu povo tem nomes como Kalakaperi, Parakataru e Tafalakeruf. Meu nome é Kanakaberaka."

Ransom lhe disse seu nome.

"Em nossa região não é assim", disse Kanakaberaka. "Não ficamos espremidos em uma *handramit* estreita. Lá estão as florestas de verdade, as sombras verdes e as minas profundas. Lá é quente. Não se ilumina com luz como aqui e não é silencioso como aqui. Eu poderia pôr você em um lugar lá na floresta onde veria cem fogueiras e ouviria cem martelos ao mesmo tempo. Espero que você visite a nossa terra. Não vivemos em tocas como os *sorns* nem em choupanas de relva como os *hrossa*. Eu poderia mostrar a você casas com cem colunas, uma de sangue do sol e a outra com leite de estrelas, e assim por diante... E o mundo inteiro pintado nas paredes."

"Como vocês se governam?", perguntou Ransom. "Aqueles que estão escavando as minas — eles gostam disso tanto quanto os que pintam as paredes?"

"Todos mantêm as minas abertas. É uma tarefa compartilhada. Mas cada um escava para si o que precisa para o seu trabalho. O que mais poderia fazer?"

"Não é assim conosco."

"Então vocês devem fazer um trabalho bem torto. Como um artesão poderia entender como trabalhar com o sangue do sol a menos que fosse até a casa do sangue do sol e distinguisse um tipo do outro e vivesse com ele alguns dias longe da luz do céu, até que isso estivesse no seu sangue e no seu coração, como se pensasse isso e comesse isso?"

"Para nós, o sangue do sol fica nas profundezas e é difícil pegá-lo, e aqueles que o escavam têm de passar a vida inteira fazendo isso."

"E eles gostam disso?"

"Acho que não... Eu não sei. Eles são obrigados a fazer isso porque, se pararem, ficam sem comer."

Kanakaberaka franziu seu nariz. "Então não tem comida em abundância no seu mundo?"

"Eu não sei", disse Ransom. "Sempre quis ter a resposta para essa pergunta, mas ninguém consegue me dizer. Alguém mantém seu povo trabalhando, Kanaberaka?"

"Nossas fêmeas", disse o *pfifltrigg* fazendo um barulho engraçado, que aparentemente era o equivalente a uma gargalhada.

"Suas fêmeas são mais importantes para vocês do que as dos outros *hnau* são para eles?"

"Muito mais. Os *sorns* são os que têm menos consideração para com as fêmeas, e nós somos os que temos mais."

18

RANSOM passou aquela noite na hospedaria, que era uma casa de verdade, construída pelos *pfifltriggi* e ricamente decorada. O prazer que ele teve em estar, nesse sentido, em condições mais humanas foi diminuído pelo desconforto que, a despeito do que sabia racionalmente, não conseguia deixar de sentir por estar tão perto de tantas criaturas malacandrianas. Todas as três espécies estavam representadas. Parecia que elas não tinham sentimentos desagradáveis uma em relação à outra, ainda que houvesse algumas diferenças do tipo que acontece em um vagão de trem na Terra — os *sorns* achavam que a casa era muito quente, enquanto os *pfifltriggi* achavam que ela era fria demais. Naquela noite, ele aprendeu mais sobre o humor malacandriano e os sons que o expressavam do que em todo o tempo que passara até o momento naquele estranho planeta. De fato, quase todas as conversas malacandrianas das quais ele participara tinham sido sérias. Aparentemente, o espírito cômico surgia com força quando os diferentes tipos de *hnau* se encontravam. As piadas dos três grupos eram incompreensíveis para ele. Ransom pensou que conseguia discernir algumas diferenças no tipo: os *sorns* raramente iam além da ironia, enquanto os *hrossa* eram extravagantes e fantasiosos, e os *pfifltriggi* eram ríspidos e se superavam nas ofensas. Mas, mesmo quando entendia todas as palavras, ele não conseguia entender o sentido da piada. Ele foi se deitar cedo.

Na manhã seguinte, Ransom foi acordado na hora que os homens na Terra saem para ordenhar as vacas. A princípio, ele não soube o que havia despertado. O quarto onde estava era silencioso, vazio e quase escuro. Ele estava se preparando para dormir de novo quando uma voz alta e aguda bem ao seu lado disse: "Oyarsa mandou chamá-lo". Ele sentou-se e olhou ao redor. Não havia ninguém lá, e a voz repetiu: "Oyarsa mandou chamá-lo". A confusão do sono agora clareava em sua cabeça, e ele reconheceu que havia um *eldil* no quarto. Não sentiu nenhum medo consciente, mas, enquanto se levantava em obediência e colocava a roupa que havia deixado de lado, viu que seu coração estava acelerado. Ele estava pensando mais no destino que o aguardava do que na criatura invisível que estava no quarto. O terror antigo de encontrar algum monstro ou espírito quase o havia abandonado de vez. Ele sentiu o mesmo nervosismo de quando tinha de fazer uma prova no tempo em que era estudante universitário. O que ele queria mais que qualquer outra coisa naquele momento era uma boa xícara de chá.

A hospedaria estava vazia. Ele saiu. Uma neblina azulada subia do lago, e o céu estava brilhante por detrás da muralha acidentada do lado leste do cânion. O nascer do sol se daria em poucos minutos. O ar ainda estava muito frio, a relva estava encharcada de orvalho, e havia algo de misterioso naquela cena que ele identificou como silêncio. Já não se ouviam as vozes dos *eldila* no ar, e também já não havia mais o jogo de luzes e sombras. Sem que alguém lhe dissesse qualquer coisa, ele sabia que tinha de ir ao topo da ilha e ao bosque. Quando se aproximou, sentiu algum desânimo ao ver que a alameda monolítica estava cheia de criaturas malacandrianas, todas em silêncio. Elas estavam em duas filas, uma de cada lado, todas agachadas ou sentadas ao modo adequado à própria anatomia. Ele andou, lenta e hesitantemente, não tendo coragem de parar, sendo observado por todos aqueles olhos não humanos que não piscavam. Quando chegou ao topo, no meio da alameda, onde se erguia a pedra maior de todas, parou — ele nunca conseguiu lembrar se o fez porque uma voz *eldil* mandou que o fizesse ou se foi por sua própria intuição. Ele não se sentou, pois a terra estava muito fria e úmida, e também não sabia se isso seria educado. Ele simplesmente parou — ficou imóvel como um homem em posição de sentido. Todas as criaturas estavam olhando para ele e não havia nenhum barulho.

Aos poucos, Ransom percebeu que o lugar estava cheio de *eldila*. As luzes, ou sugestões de luz, que no dia anterior estavam espalhadas por toda a ilha, agora estavam reunidas em um só lugar, e estavam paradas ou se moviam muito vagarosamente. O sol já havia nascido, e ainda ninguém falava.

Enquanto olhava para ver as primeiras e pálidas luzes do sol sobre os monólitos, ele percebeu que o ar acima de si estava cheio de uma complexidade de luz tão grande que não poderia ser explicada pelo nascer do sol; uma luz diferente, uma luz *eldil*. O céu, não menos que a terra, estava cheio dessa luz. Os malacandrianos que estavam à vista eram apenas a menor parte daquela assembleia solene e silenciosa que o circundava. Quando chegasse a hora, ele poderia pleitear sua causa perante milhares ou milhões: um grupo atrás do outro ao seu redor, e um grupo acima do outro sobre sua cabeça, criaturas que até então nunca tinham visto um humano, e que um humano não podia ver, estavam esperando que o julgamento dele começasse. Ele passou a língua pelos lábios, que estavam muito ressecados, e se perguntou se conseguiria falar quando fosse convocado. Então lhe ocorreu que talvez aquilo tudo — a espera e o ser observado — *era* o julgamento. Talvez naquele exato momento ele inconscientemente estivesse dizendo a eles tudo que desejavam saber. Mas depois, bem depois, houve um barulho de movimento. Todas as criaturas visíveis no bosque se levantaram e ficaram em pé, mais silenciosas que nunca, com a cabeça encurvada, e Ransom viu (se é que aquilo poderia ser chamado de ver) que Oyarsa vinha por entre as longas fileiras de pedras esculpidas. Ele soube que era Oyarsa em parte pelas expressões faciais dos malacandrianos enquanto seu senhor passava por eles, e em parte porque viu — e não poderia negar que tinha visto — o próprio Oyarsa. Ransom nunca conseguiu dizer como foi. O mais simples sussurro de luz — não, menos que isso, a menor diminuição da sombra — viajava ao longo da superfície desnivelada da relva. Ou melhor, alguma diferença no aspecto do chão, leve demais para ser nomeada na linguagem dos cinco sentidos, movia-se lentamente em direção a ele. Como um silêncio que se espalha em uma sala cheia de pessoas, como um frescor infinitesimal em um dia abafado, como a memória passageira de um som ou de um aroma há muito esquecidos, como tudo que é imóvel e minúsculo e mais difícil de capturar na natureza, Oyarsa passou entre seus súditos, se aproximou e parou a menos de dez metros de Ransom, no centro de Meldilorn. Ransom sentiu seu sangue formigando e uma picada na ponta dos dedos, como se um raio estivesse perto dele. Parecia que seu coração e seu corpo eram feitos de água.

Oyarsa falou — a voz mais inumana que Ransom já tinha ouvido, uma voz doce e aparentemente remota, uma voz sem perturbação; como um dos *hrossa* depois disse para Ransom, “Uma voz sem sangue. Com luz em vez de sangue”. As palavras não eram assustadoras.

"Do que você tem tanto medo, Ransom de Thulcandra?", perguntou a voz.

"De você, Oyarsa, porque você é diferente de mim, e eu não posso vê-lo."

"Essas não são boas razões", disse a voz. "Você também é diferente de mim, e, ainda que eu o veja, vejo muito vagamente. Mas não pense que somos totalmente diferentes. Nós dois somos cópias de Maleldil. Esses não são os verdadeiros motivos."

Ransom não disse nada.

"Você já estava com medo de mim antes de colocar o pé no meu mundo. E desde então você passou todo o tempo fugindo de mim. Meus servos viram o seu medo quando você estava em sua nave no céu. Eles viram que os da sua própria espécie o maltrataram, ainda que não conseguissem entender o que eles falavam. Depois de livrar você das mãos daqueles dois, eu instiguei o *hnakra* para ver se você viria a mim por sua própria vontade. Mas você se escondeu entre os *hrossa* e, ainda que eles lhe tivessem dito para vir até mim, você não veio. Depois disso, eu enviei o meu *eldil* para buscá-lo, mas mesmo assim você não veio. E, por fim, os da sua própria espécie o perseguiram para mim, e sangue *hnau* foi derramado."

"Não estou entendendo, Oyarsa. Quer dizer que foi você que mandou me buscar de Thulcandra?"

"Sim. Os outros dois não lhe disseram isso? E por que você viria com eles se não para obedecer ao meu chamado? Meus servos não puderam entender o que eles disseram a você quando sua nave estava no céu."

"Seus servos... Não consigo entender", disse Ransom.

"Pergunte abertamente", disse a voz.

"Você tem servos lá nos céus?"

"Onde mais? Não há nenhum outro lugar."

"Mas você, Oyarsa, está aqui em Malacandra, assim como eu estou."

"Mas Malacandra, como todos os mundos, flutua no firmamento. E eu não estou completamente 'aqui' como você está, Ransom de Thulcandra. As criaturas da sua espécie precisam cair do céu em um mundo. Para nós, os mundos são lugares no céu. Mas não tente entender isso agora. Basta saber que eu e meus servos estamos agora mesmo no céu. Eles estavam ao seu redor na espaçonave não menos do que estão ao seu redor agora."

"Então você sabia da nossa viagem antes que saíssemos de Thulcandra?"

"Não. Thulcandra é o mundo que não conhecemos. Ele está sozinho no céu, e não recebemos nenhuma mensagem de lá."

Ransom ficou em silêncio, mas Oyarsa respondeu às perguntas não ditas.

"Nem sempre foi assim. Houve uma ocasião em que conhecíamos o Oyarsa do mundo de vocês — ele era maior e mais brilhante que eu —, e naquela ocasião nós não chamávamos seu planeta de Thulcandra. Esta é a mais longa e amarga de todas as histórias. Ele se tornou torto. Isso foi antes que houvesse vida no seu mundo. Aqueles foram os Anos Tortos dos quais ainda falamos nos céus, quando ele ainda não estava preso a Thulcandra, mas era livre como nós. Ele tinha o plano de entortar outros mundos, além do dele. Ele atingiu a lua de vocês com a mão esquerda, e com a direita trouxe o frio da morte para a minha *harandra* antes do tempo. Se pelo meu braço Maleldil não tivesse aberto as *handramits* e feito brotar as fontes termais, meu mundo estaria desabitado. Nós não o deixamos solto muito tempo. Houve uma grande guerra, e nós o expulsamos do céu e o prendemos no ar do seu próprio mundo, tal como Maleldil nos ensinou. Sem dúvida ele está lá até agora, e nós não sabemos mais nada a respeito daquele planeta: ele é silencioso. Nós achamos que Maleldil não o entregaria totalmente ao Torto, e há histórias entre nós de que ele tomou decisões estranhas e ousou fazer coisas terríveis em sua luta contra o Torto em Thulcandra. Mas disso nós sabemos menos que você. É algo de que gostaríamos de saber mais."

Passou-se um tempo até que Ransom falasse, e Oyarsa respeitou seu silêncio. Quando se recompôs, ele disse:

"Depois dessa história, Oyarsa, posso lhe dizer que nosso mundo é muito torto. Os dois que me trouxeram aqui não sabiam nada sobre você, sabiam apenas que os *sorns* mandaram me chamar. Acho que eles pensaram que você fosse um falso *eldil*. Existem *eldila* falsos nas regiões selvagens do nosso mundo. Homens matam outros homens na presença deles porque pensam que os *eldila* bebem sangue. Eles pensaram que os *sorns* queriam me capturar para isso ou para outra maldade. Eles me trouxeram à força. Eu estava com um medo terrível. Os contadores de histórias do nosso mundo nos fizeram pensar que, se há vida além do nosso ar, ela é maligna."

"Eu entendo", disse a voz. "Isso explica as coisas que me deixaram perplexo. Assim que vocês saíram de seu ar e entraram na região celestial, meus servos me disseram que você parecia estar vindo contra a sua vontade e que os outros mantinham muitos segredos de você. Não pensei que qualquer criatura fosse tão torta a ponto de trazer alguém da sua própria espécie aqui à força."

"Eles não sabiam para que você me queria, Oyarsa. Eu também ainda não sei."

"Vou lhe dizer. Dois anos atrás — isto é, mais ou menos quatro dos anos de vocês —, esta nave veio do seu mundo e entrou na região celestial. Nós seguimos toda a viagem dela para cá, e havia *eldila* com ela quando sobrevoou a *harandra*. Por fim, quando ela aterrissou na *handramit*, mais da metade dos meus servos estava lá para ver os estranhos saírem. Mantivemos os animais longe daquele lugar, e nenhum *hnau* sabia nada a respeito. Quando os estranhos começaram a andar para lá e para cá em Malacandra, fizeram para si uma cabana, e parecia que o medo que tinham de um novo mundo havia desaparecido. Enviei alguns *sorns* para conhecê-los e para que lhes ensinassem a nossa língua. Escolhi os *sorns* porque eles têm uma forma parecida com a do povo de vocês. Os thulcandrianos tinham medo dos *sorns* e tinham muita dificuldade em aprender. Os *sorns* foram a eles muitas vezes e ensinaram um pouco. Eles relataram que os thulcandrianos estavam pegando sangue do sol onde quer que o encontrassem nos córregos. Quando os relatos se tornaram insuficientes, eu disse aos *sorns* que os trouxessem a mim, não à força, mas gentilmente. Eles não vieram. Eu pedi que apenas um deles viesse, mas nem assim alguém veio. Teria sido fácil apanhá-los, mas, mesmo vendo que eles eram muito estúpidos, nós ainda não sabíamos quão tortos eram, e eu não quis estender minha autoridade para além das criaturas do meu mundo. Eu disse aos *sorns* que os tratassem como se fossem filhotes e que lhes dissessem que não poderiam mais extrair sangue do sol até que um da raça deles viesse a mim. Quando souberam disso, eles guardaram o máximo que puderam em sua espaçonave e voltaram para o seu mundo. Nós ficamos confusos, mas agora está claro. Eles pensaram que eu queria devorar um da raça de vocês e foram buscar alguém. Se eles tivessem andado alguns poucos quilômetros para me ver, eu os teria recebido com honra. Agora eles fizeram duas vezes uma viagem de milhões de quilômetros por nada, e terão de vir a mim de qualquer maneira. E você também, Ransom de Thulcandra, você passou por problemas desnecessários para evitar estar onde está agora."

"Isso é verdade, Oyarsa. Criaturas tortas têm muitos temores. Mas eu estou aqui agora, pronto para saber qual é a sua vontade em relação a mim."

"Quero perguntar duas coisas sobre sua raça. Primeiro, eu preciso saber por que você veio aqui, porque esta é minha obrigação com meu mundo. E, em segundo lugar, eu quero saber de Thulcandra e das guerras estranhas de Maleldil com o Torto. Porque isso, como eu disse, é algo de que desejamos saber mais."

"Quanto à primeira pergunta, Oyarsa, eu vim aqui porque fui trazido. Quanto aos outros, um deles não se preocupa com nada, a não ser com sangue do sol, porque no nosso mundo ele poderá trocá-lo por prazeres e por poder. Mas o outro quer o seu mal. Acho que ele destruiria todo o seu povo, Oyarsa, para conseguir espaço para o nosso povo. E depois faria a mesma coisa com outros mundos. Ele quer que a nossa raça dure para sempre. Acho que ele tem esperança de ir de um mundo para outro... indo sempre na direção de um novo sol quando o antigo morrer... ou qualquer coisa desse tipo."

"Ele tem uma lesão no cérebro?"

"Não sei. Talvez eu não tenha descrito os pensamentos dele de maneira correta. Ele é mais erudito que eu."

"Ele acha que vai conseguir ir até os grandes mundos? Ele pensa que Maleldil deseja que uma raça viva para sempre?"

"Ele não sabe que existe um Maleldil. Mas o que é certo, Oyarsa, é que ele quer fazer mal ao seu mundo. A nossa espécie não pode voltar aqui outra vez. Se você puder impedir isso matando nós três, ficarei contente."

"Se vocês fossem do meu próprio povo, eu os mataria agora mesmo, Ransom, e você um pouco depois, pois a corrupção deles está além da esperança de correção. E você, quando se tornar mais corajoso, estará pronto para ir a Maleldil. Mas a minha autoridade se limita ao meu próprio mundo. É uma coisa terrível matar o *hnau* que não lhe pertence. Isso não será necessário."

"Eles são fortes, Oyarsa, podem mandar a morte a muitos quilômetros de distância e podem soprar sobre os inimigos deles ventos que matam."

"O menor dos meus servos poderia tocar a nave deles antes que esta alcançasse Malacandra, enquanto ela ainda estivesse no céu, e transformá-la em um corpo de diferentes movimentos — para vocês, nenhum corpo. Pode ter certeza de que ninguém da sua raça virá ao meu mundo outra vez a não ser que eu o convoque. Mas chega disso. Agora me fale de Thulcandra. Diga-me tudo. Não sabemos de nada desde o dia em que o Torto caiu do céu na atmosfera do seu mundo, ferido na própria luz da sua luz. Mas por que você ficou com medo outra vez?"

"Estou com medo da extensão do tempo, Oyarsa... ou talvez eu não tenha entendido. Você não disse que isso aconteceu antes que houvesse vida em Thulcandra?"

"Sim."

"E você, Oyarsa? Você já vive... E aquela imagem na pedra, onde o frio está matando o que está na *harandra*? Aquilo é uma imagem de algo que aconteceu antes que o meu mundo começasse?"

"Vejo que você é *hnau*, afinal de contas", disse a voz. "Sem dúvida pedra nenhuma que tenha sido exposta ao ar naquela época seria uma pedra agora. A imagem começou a se desfazer e já foi copiada mais vezes do que há *eldila* no ar acima de nós. Mas ela foi copiada do modo certo. Dessa maneira, você está vendo uma imagem que foi terminada quando seu mundo estava ainda pela metade. Mas não pense nessas coisas. Meu povo tem uma lei de nunca falar muito sobre tamanhos ou números com os outros, nem mesmo com os *sorns*. Você não entende, e isso faz com que você reverencie coisas pequenas e omita o que é realmente importante. Em vez de falar nisso, me diga o que Maleldil fez em Thulcandra."

"De acordo com as nossas tradições..." Ransom estava começando quando uma perturbação inesperada irrompeu sobre a quietude majestosa da assembleia. Um grupo grande, quase uma procissão, se aproximava do bosque, vindo da direção do barco. Era formado inteiramente, tanto quanto ele podia ver, por *hrossa*, e parecia que eles estavam carregando alguma coisa.

19

QUANDO a procissão chegou mais perto, Ransom viu que os *hrossa* que estavam na dianteira carregavam três pesos compridos e estreitos. Eles os levavam sobre suas cabeças, quatro *hrossa* para cada peso. Depois destes, vieram muitos outros, armados com arpões e aparentemente vigiando duas criaturas que ele não reconheceu. A luz estava atrás deles quando passaram entre os dois monólitos mais distantes. Eram muito menores que qualquer animal que ele já tivesse visto em Malacandra, e Ransom percebeu que eram bípedes, ainda que seus membros inferiores fossem tão grossos e parecidos com uma salsicha que ele hesitou em dizer que eram pernas. Os corpos eram um pouco mais estreitos no alto que na parte de baixo, o que os deixava ligeiramente parecidos com uma pera, e as cabeças não eram nem redondas como as dos *hrossa*, nem compridas como as do *sorn*, mas quase quadradas. Andavam com pés estreitos, de aparência pesada, e pisavam com violência desnecessária. E agora o rosto deles estava se tornando visível, como massas de carne encaroçada e franzida de cores variadas, emolduradas por uma substância espetada e escura... De repente, com uma mudança indescritível de sentimento, ele entendeu que estava vendo homens. Os dois prisioneiros eram Weston e Devine, e ele, em um momento privilegiado, tinha visto a forma humana com olhos quase malacandrianos.

Os líderes do cortejo avançaram até poucos metros de Oyarsa e colocaram suas cargas no chão. Ransom viu que eram três *hrossa* mortos, colocados em esquifes de um metal desconhecido. Eles estavam de barriga para cima, e seus olhos, que não estavam fechados como os dos humanos mortos, encaravam de maneira desconcertante a distante cobertura dourada do bosque. Ele identificou um deles como Hyoi, e foi certamente Hyahi, irmão de Hyoi, que deu um passo adiante e, depois de um gesto de reverência a Oyarsa, começou a falar.

No começo, Ransom não ouviu o que ele estava dizendo, pois sua atenção estava voltada para Weston e Devine. Eles estavam desarmados e eram atentamente vigiados pelos *hrossa* armados que estavam ao redor deles. Os dois, assim como Ransom, tinham deixado a barba crescer desde que haviam chegado a Malacandra, e estavam pálidos e sujos da viagem. Weston estava em pé, com os braços cruzados, e seu rosto tinha uma expressão fixa, até mesmo exagerada, de desespero. Devine, com as mãos nos bolsos, parecia estar emburrado e com raiva. Ambos claramente achavam que tinham boas razões para temer, embora não faltasse coragem a nenhum deles, de forma alguma. Cercados pelos guardas e atentos à cena diante deles, não perceberam a presença de Ransom.

Ele se inteirou do que o irmão de Hyoi estava dizendo.

"Pela morte destes dois, Oyarsa, eu não reclamo muito, pois, quando atacamos os *humēna* à noite, eles estavam aterrorizados. Pode-se dizer que foi uma caçada e que estes dois foram mortos como poderiam ter sido por um *hnakra*. Mas Hyoi foi atingido de longe pela arma de um covarde, sem que tivesse feito qualquer coisa para assustá-los. E agora ele jaz aqui (não digo isso porque era meu irmão, mas toda a *handramit* sabe disso), e foi um *hnakrapunt* e um grande poeta, e a perda dele é muito pesada."

A voz de Oyarsa se dirigiu pela primeira vez aos dois homens.

"Por que vocês mataram meu *hnau*?", perguntou.

Weston e Devine olharam ansiosamente ao redor para identificar quem estava falando.

"Meu Deus!", exclamou Devine, em inglês. "Não me diga que eles têm um autofalante."

"Ventriloquismo," respondeu Weston em um sussurro abafado. "Muito comum entre selvagens. O feiticeiro ou curandeiro finge entrar em transe e faz isso. O que precisa ser feito é identificar o curandeiro e se dirigir a *ele*, não importa de onde a voz pareça vir. Isso o perturbará e mostrará que você sabe o que ele está fazendo. Você vê algum destes selvagens em transe? Por Júpiter — eu o localizei."

Há de se dar crédito a Weston por seu poder de observação: ele localizou a única criatura na assembleia que não estava em pé em atitude de reverência e atenção. Era um *hross* mais velho, que estava agachado, bem ao seu lado, com os olhos fechados. Dando um passo na direção dele, Weston assumiu uma atitude desafiadora e exclamou em voz alta (o conhecimento que ele tinha da língua era elementar):

"Por que vocês tirar nosso bangue-bangue? Nós com muita raiva vocês. Nós sem medo."

De acordo com a hipótese de Weston, seu gesto deveria ter sido impressionante. Infelizmente, para ele, ninguém mais compartilhava sua teoria quanto ao comportamento do *hross* velho. O *hross*, que era conhecido de todos eles, inclusive de Ransom, não viera com o cortejo fúnebre. Ele estava ali desde a madrugada. Sem dúvida, não pretendia desrespeitar Oyarsa, mas é preciso admitir que, bem antes de a cerimônia começar, ele havia sucumbido a uma enfermidade que ataca os *hnau* velhos de todas as espécies, e naquele momento estava desfrutando de uma soneca profunda e revigorante. Um fio de seu bigode tremeu um pouco quando Weston gritou com ele, mas os olhos dele continuaram fechados.

A voz de Oyarsa falou novamente. "Por que você está falando com ele? Quem pergunta aqui sou eu. Por que vocês mataram o meu *hnau*?"

"Você deixar nós ir, então nós fala-fala", berrou Weston para o *hross* adormecido. "Você pensar nós não ter poder, pensar você fazer tudo que quiser. Você não poder. Grande chefe no céu, ele mandar nós. Você não fazer o que eu dizer, ele vir, atirar vocês todos — Puff! Bangue!"

"Eu não sei o que significa *bangue*", disse a voz, "mas por que vocês mataram o meu *hnau*?".

"Diga que foi um acidente", resmungou Devine a Weston em inglês.

"Eu já lhe disse antes", respondeu Weston. "Você não sabe como lidar com os nativos. Um sinal de fraqueza e eles vão pular nas nossas gargantas. A única coisa a fazer é intimidá-los."

"Tudo bem. Faça o que quiser", rosnou Devine. Ele obviamente estava perdendo a confiança em seu companheiro.

Weston pigarreou e mais uma vez se dirigiu ao *hross* ancião.

"Nós matar ele!", gritou. "Mostrar o que nós poder fazer. Todo mundo não fazer tudo que nós dizer — Puff! Bangue! — matar igual ele. Vocês fazer tudo que nós dizer e nós dar vocês muitas coisas bonitas. Ver! Ver!" Para o maior desconforto de Ransom, Weston tirou do seu bolso um colar brilhante de contas coloridas, com certeza de um material barato, e começou a balançá-lo na frente dos rostos dos guardas, virando-se lentamente e repetindo: "Bonito, bonito! Ver! Ver!".

O resultado daquela manobra foi mais impressionante do que o próprio Weston havia pensado. Uma massa de sons que o ouvido humano jamais escutara — *hrossa* ladrando, *pfifltriggi* sibilando, *sorns* berrando — explodiu, quebrando o silêncio daquele lugar majestoso, fazendo-se ecoar nas muralhas das montanhas distantes. Até no ar acima deles havia um tilintar fraco das vozes *eldila*. Deve-se reconhecer que Weston, mesmo tendo empalidecido, não perdeu a compostura.

"Vocês não rugir para mim", trovejou ele. "Não tentar me fazer com medo. Mim sem medo de vocês."

"Você deve perdoar o meu povo", disse a voz de Oyarsa, e mesmo ela estava sutilmente mudada, "mas eles não estão rugindo para você. Eles estão simplesmente rindo".

Mas Weston não conhecia a palavra malacandriana para rir. Na verdade, essa era uma palavra que ele não entendia muito bem em língua nenhuma. Ransom, mordendo seus lábios com força, quase orou para que a tentativa com as contas satisfizesse o cientista, mas isso era porque ele não conhecia Weston, que percebeu que o barulho estava diminuindo. Ele tinha consciência de que estava seguindo as regras mais ortodoxas para assustar e, depois, agradar a povos primitivos. E ele não era o tipo de homem que se detinha por causa de um ou dois fracassos. O barulho que subiu das gargantas de todos os espectadores quando ele começou outra vez a girar como um pião em câmera lenta, esfregando de vez em quando sua sobrancelha com a mão esquerda, enquanto sacudia cuidadosamente o colar para cima e para baixo com a direita, impediu por completo que fosse ouvida qualquer coisa que ele estava tentando dizer. Mas Ransom viu o movimento de seus lábios e não teve dúvida do que ele estava dizendo: "Bonito, bonito!". Então de repente o volume do som das gargalhadas quase dobrou. As estrelas estavam contra Weston. Algumas lembranças não muito claras de esforços feitos havia tempo para entreter sua sobrinha, quando ela era bebê, vieram à sua mente altamente treinada. Ele se abaixava até a altura dos joelhos e se levantava, segurando sua cabeça de um lado. Estava quase dançando, e naquele momento estava certamente com calor. Ao que parecia para Ransom, Weston estava dizendo "Bilu bilu bilu".

Foi pura exaustação que concluiu a apresentação do grande físico — a apresentação mais bem-sucedida jamais feita em Malacandra — e com um sonoro êxtase de sua plateia. Quando se fez silêncio novamente, Ransom ouviu a voz de Devine em inglês:

"Pelo amor de Deus, pare de fazer papel de palhaço, Weston. Você não vê que não está funcionando?"

"*Parece* que não está funcionando", admitiu Weston, "e estou inclinado a pensar que eles são ainda menos inteligentes do que tínhamos imaginado. Você acha que se eu talvez tentar só mais uma vez... Ou você quer tentar alguma coisa?".

"Ah, droga!", exclamou Devine. Virando as costas para o companheiro, sentou-se de uma vez no chão, abriu um maço de cigarros e começou a fumar.

"Vou dar isto para o feiticeiro", disse Weston, durante o momento de silêncio que o gesto de Devine produziu entre os espectadores perplexos. Antes que alguém pudesse pará-lo, ele deu um passo à frente e tentou colocar o colar de contas no pescoço do *hross* ancião. Mas a cabeça do *hross* era grande demais para isso, e o colar ficou parado na testa dele como se fosse uma coroa, caído ligeiramente sobre um olho. Ele mexeu a cabeça um pouco, como um cachorro incomodado pelas pulgas, resfolegou suavemente e voltou a dormir.

A voz de Oyarsa se dirigiu a Ransom. "As criaturas da sua espécie têm alguma lesão no cérebro, Ransom de Thulcandra? Ou eles estão com medo demais de responder minhas perguntas?"

"Eu acho, Oyarsa", disse Ransom, "que eles não acreditam que você está aqui. E eles acreditam que todos estes *hnau* são... são como filhotes muito pequenos. O *humāno* gordo está tentando assustá-los e depois agradar-lhes com presentes".

Ao som da voz de Ransom, os dois prisioneiros se viraram imediatamente. Weston estava para falar alguma coisa quando Ransom rapidamente o interrompeu em inglês:

"Ouça, Weston, isto não é um truque. Há uma criatura sim, aqui no meio — é onde você consegue ver uma espécie de luz, uma espécie de alguma coisa, se olhar com atenção. E é pelo menos tão inteligente quanto o humano — elas parecem viver muito tempo. Pare de tratá-lo como se ele fosse uma criança e responda às perguntas que ele fizer. Se você aceitar meu conselho, vai falar a verdade e não vai tentar intimidá-lo."

"Parece que os selvagens têm inteligência o bastante para pegar você", rosnou Weston. Mas ele se voltou com uma voz diferente ao *hross* adormecido — o desejo de acordar o suposto feiticeiro estava se tornando uma obsessão — e se dirigiu a ele:

"Desculpa nós matar ele", disse, apontando para Hyoi. "Não querer matar ele. *Sorns* dizer: 'Trazer humano, entregar ele para chefe'. Nós voltar para o céu. *Ele* vem", ele apontou para Ransom, "com nós. Ele humano muito torto. Correr, não fazer o que *sorns* dizer, como nós. Nós correr atrás dele, pegar ele de volta para *sorns*, querer fazer o que nós dizer e *sorns* dizer, entender? Ele não deixar nós. Ele correr, fugir, fugir. Nós correr atrás. Ver um grande e preto, pensar: 'Ele matar nós', nós matar ele — Puff! Bangue! Tudo por humano torto. Ele não correr, ele ser bom, nós não correr atrás, não matar preto grande, entender? Vocês ter humano torto — humano torto faz todo problema —, vocês guardar ele, deixar nós ir. Ele medo de você, nós sem medo. Escutar..."

Finalmente os berros contínuos de Weston para o *hross* tiveram o efeito que ele tanto desejara. A criatura abriu os olhos e o encarou suavemente, com perplexidade. Então, percebendo aos poucos o estado inapropriado em que estava, levantou-se lentamente, ficou em pé e finalmente se retirou da assembleia, ainda carregando o colar sobre a orelha e o olho direitos. Weston, boquiaberto, seguiu a figura que se retirava com o olhar até que ela desaparecesse entre os troncos do arvoredo.

Foi Oyarsa quem quebrou o silêncio. "Já tivemos algazarra demais", disse, "e está na hora de ouvirmos respostas verdadeiras para nossas perguntas. Tem alguma coisa errada na sua cabeça, *hnau* de Thulcandra. Há muito sangue nela. Firikitekila está aqui?".

"Aqui, Oyarsa", disse um *pfifltriggi*.

"Você tem nas suas cisternas a água resfriada?"

"Sim, Oyarsa."

"Então leve este *hnau* gordo para a hospedaria e mande lavarem a cabeça dele com água fria. Muita água, muitas vezes. Depois, tragam-no aqui outra vez. Enquanto isso, vou cuidar dos meus *hrossa* mortos."

Weston não entendeu claramente o que voz falou — de fato, ele estava tentando descobrir de onde a voz vinha —, mas ficou aterrorizado quando foi cercado pelos braços fortes dos *hrossa* e forçado a sair dali. Ransom teria falado alguma coisa para lhe transmitir segurança, mas Weston estava gritando alto demais para ouvi-lo. Ele estava misturando inglês com malacandriano, e a última coisa que Ransom ouviu foi um grito crescente de "Pagar por isso — Puff! Bangue! — Ransom, pelo amor de Deus! Ransom! Ransom!".

"E agora," disse Oyarsa, quando se fez silêncio novamente, "vamos honrar meus *hnau* mortos".

Às suas palavras, dez dos *hrossa* agruparam-se ao redor dos esquifes. Levantando suas cabeças, e sem que Ransom visse que qualquer sinal lhes fora dado, começaram a cantar.

Para todo homem que está se familiarizando com uma nova arte, chega um momento que o que até então era sem sentido levanta, por assim dizer, um canto da cortina que esconde seu mistério e revela, em uma explosão de prazer que uma compreensão posterior e mais ampla dificilmente poderá igualar, um vislumbre das indefinidas possibilidades interiores que aquela arte contém. Para Ransom, aquele momento chegou quando compreendeu a música malacandriana. Pela primeira vez, ele entendeu que os ritmos daquela música estavam baseados em um sangue diferente do nosso, em um coração que bate mais depressa e em um calor interno mais intenso. Por conhecer aquelas criaturas e por amá-las, ele começou, pouco a pouco, a ouvir a música com os ouvidos delas. Uma sensação de grandes massas se movendo em velocidades utópicas, de gigantes dançando, de tristezas eternas sendo eternamente consoladas, de coisas que ele não sabia o que eram e, ainda assim, sempre soube, despertou nele aos primeiros acordes daquele profundo canto fúnebre e fez seu espírito se curvar, como se as portas do Paraíso estivessem abertas diante dele.

"Deixe-o ir", eles cantavam. "Deixe-o ir, se dissolver e não ser mais corpo. Deixe-o, liberte-o, deixe-o cair devagar, como uma pedra que se solta dos dedos, caindo em um poço de águas tranquilas. Deixe-o ir, afundar, cair. Uma vez abaixo da superfície já não há divisões, não há camadas na água, até chegar ao fundo. Tudo é um e sem divisões neste elemento. Deixe-o viajar pelas águas, ele não voltará. Deixe-o afundar. O *hnau* levanta-se daí. Esta é a segunda vida, o outro início. Abre-te, ó mundo colorido, sem peso, sem margem. Tu és o segundo mundo e o melhor. Este é o primeiro e frágil. Antigamente os mundos eram quentes em seu interior e produziam vida, mas apenas plantas sem cor, plantas escuras. Vemos os filhos delas onde crescem hoje, fora da luz do sol, nos lugares tristes. Depois disso, o céu fez crescer outro tipo de mundos, as trepadeiras altas, as brilhantes florestas densas, faces de flores. Primeiro eram as trevas, depois veio o que é brilhante. Primeiro veio a descendência do mundo, depois a descendência do sol."

Isso foi o que mais tarde ele conseguiu lembrar e traduzir. Quando a música terminou, Oyarsa disse:

"Vamos espalhar os movimentos que eram os corpos deles. De igual maneira, Maleldil vai espalhar todos os mundos quando o primeiro e frágil acabar."

Ele fez um sinal para um dos *pfifltriggi*, que na mesma hora se levantou e se aproximou dos cadáveres. Os *hrossa*, que tinham começado a cantar de novo, mas agora bem suavemente, afastaram-se pelo menos uns dez passos. O *pfifltriggi*, por sua vez, tocou cada um dos três mortos com um objeto pequeno que parecia ser feito de vidro ou de cristal — e depois saiu dali com um dos seus pulos de sapo. Ransom fechou os olhos para protegê-los de uma luz ofuscante, e por uma fração de segundos sentiu algo como um vento muito forte soprando em seu rosto. Então tudo se acalmou novamente, e os três esquifes estavam vazios.

"Nossa! Isto seria um bom truque para fazer na Terra", disse Devine para Ransom. "Resolveria o problema do assassino sobre o que fazer com o corpo, não é mesmo?"

Mas Ransom, que estava pensando em Hyoi, nada respondeu. E antes que Devine falasse novamente, a atenção de todos foi desviada pela volta do infeliz Weston, cercado pelos seus guardas.

20

O *HROSS* que encabeçava a procissão era uma criatura conscienciosa e começou a se explicar em uma voz apreensiva:

“Espero que tenhamos feito certo, Oyarsa”, disse ele. “Mas não sabemos. Mergulhamos a cabeça dele sete vezes na água fria, mas da sétima vez caiu alguma coisa. Pensamos que era o tampo da cabeça dele, mas depois vimos que era uma cobertura feita da pele de outra criatura. Alguns disseram que nós fizemos a sua vontade, Oyarsa, com os sete mergulhos, mas outros disseram que não. Por fim, nós o mergulhamos mais sete vezes. Esperamos que tenhamos feito certo. A criatura falava muito entre um mergulho e outro, particularmente antes dos outros sete, mas não conseguimos entendê-lo.”

“Vocês fizeram muito bem, Hnoo”, disse Oyarsa. “Afastem-se para que eu possa vê-lo, porque agora vou falar com ele.”

Os guardas abriram um corredor, afastando-se para um lado e para o outro. O rosto normalmente branco de Weston, sob a influência revigorante da água fria, ficou da cor de um tomate maduro, e o cabelo dele, que evidentemente não havia sido cortado desde a chegada a Malacandra, estava emplastado em mechas sobre sua testa. Ainda havia água pingando de seu nariz e de suas orelhas. Sua expressão, que infelizmente a plateia que desconhece fisionomias terrenas não compreendeu, era a de um homem corajoso sofrendo por uma grande causa, mais disposto que relutante a enfrentar o pior, ou até mesmo a provocá-lo. Para explicar a conduta dele, é justo lembrar que, já naquela manhã, ele tinha resistido a todos os terrores de um martírio esperado e a todo o anticlímax de catorze compulsórias duchas em água fria. Devine, que conhecia o amigo, gritou para Weston em inglês:

"Fique firme, Weston. Estes demônios conhecem a fissão do átomo ou algo muito próximo disso. Tome cuidado com o que você diz a eles e não deixe que sejamos prejudicados pela sua maldita falta de juízo."

"Hum", murmurou Weston. "Então você passou para o lado dos nativos?"

"Silêncio", disse a voz de Oyarsa. "Você, gordo, não me falou nada sobre si mesmo, então eu vou falar. Em seu planeta você adquiriu grande sabedoria a respeito dos corpos e por isso foi capaz de construir uma nave que pode cruzar os céus, mas em todas as outras coisas você tem a mente de um animal. A primeira vez que você veio aqui, eu mandei chamá-lo, e não tinha outra intenção para com você a não ser honrá-lo. As trevas da sua mente encheram-no de temor. Por acreditar que eu queria lhe fazer mal, você agiu como age uma fera contra a outra e capturou este humano, Ransom. Você o entregaria ao próprio mal que você temia. Hoje, vendo-o aqui, você o teria entregado a mim outra vez para salvar a sua própria vida, ainda pensando que eu lhes desejo mal. É assim que você age com os da sua própria espécie. E eu sei o que você pretendia para com o meu próprio povo. Você já matou alguns. Veio aqui para matar todos. Para você, não faz diferença nenhuma se é um *hnau* ou não. No início, eu pensei que era porque você se preocupava apenas se uma criatura tinha um corpo como o seu. Mas Ransom tem sua aparência, e você o mataria tão despreocupadamente como mataria a qualquer um dos meus *hnau*. Eu não sei o que o Torto fez no mundo de vocês, ainda não entendi isso muito bem. Se você fosse meu, eu o desencarnaria agora mesmo. Não pense bobagem. Pela minha mão, Maleldil faz muito mais que isso, e posso desfazê-lo mesmo se você estiver no limite da atmosfera do seu mundo. Mas eu ainda não me decidi. É a sua vez de falar. Deixe-me ver se há algo em sua mente além de medo, morte e cobiça."

Weston se voltou para Ransom. "Vejo que você escolheu a crise mais importante da história da raça humana para traí-la." Depois ele se virou na direção da voz. "Eu saber você matar nós", disse. "Eu sem medo. Outros vir, fazer aqui nosso mundo..."

Mas Devine pulou aos pés dele e o interrompeu.

"Não, não, Oyarsa!", gritou. "Não ouvir ele. Ele humano muito bobo, ele ter sonhos. Nós povo pequeno, sangue do sol bonito, nós querer. Você dar nós muito sangue do sol, nós voltar para o céu, você nunca ver nós outra vez. Tudo certo, entender?"

"Silêncio", disse Oyarsa. Houve uma mudança quase imperceptível na luz, se é que ela poderia ser chamada de luz, de onde a voz se originava. Devine se contorceu e caiu de costas no chão. Quando se recompôs, estava pálido e com a respiração ofegante.

"Fale", disse Oyarsa para Weston.

"Eu... não... não..." Weston começou em malacandriano, mas depois parou. "Não consigo dizer o que quero nesta língua maldita", esbravejou em inglês.

"Fale com Ransom e ele traduzirá o que você disser para a nossa língua", disse Oyarsa.

Weston concordou de imediato. Ele acreditava que a hora da sua morte estava próxima e estava determinado a dizer aquilo — quase a única coisa fora de sua ciência — que desejava dizer. Pigarreou, quase fez um gesto, e começou:

"Pode ser que para vocês eu seja um ladrão comum, mas trago sobre meus ombros o destino da raça humana. A vida tribal de vocês, com estas armas da idade da pedra e cabanas em forma de colmeia, estes botes primitivos e esta estrutura social elementar, não se compara com a nossa civilização — com nossa ciência, nossa medicina, nossa lei, nossos exércitos, nossa arquitetura, nosso comércio e nosso sistema de transporte, que está rapidamente ultrapassando o espaço e o tempo. Nosso direito de tomar o lugar de vocês é o direito que o mais forte tem sobre o mais fraco. É a vida..."

"Espere um momento", disse Ransom, falando em inglês. "Isso é tudo que consigo traduzir de uma vez." Depois, voltando-se para Oyarsa, começou a traduzir da melhor maneira que pôde. O processo era difícil, e o resultado, que ele percebeu ser bastante insatisfatório, foi algo mais ou menos assim:

"Entre nós, Oyarsa, há um tipo de *hnau* que toma a comida e outras coisas de outros *hnau* quando eles não estão olhando. Ele disse que não é um mero sujeito desse tipo. Ele disse que o que faz agora fará muita diferença àqueles do nosso povo que ainda não nasceram. Ele disse que, entre vocês, os *hnau* da mesma espécie vivem juntos, e os *hrossa* têm lanças como as que nós usamos muito tempo atrás, e que as cabanas de vocês são pequenas e redondas, e que os botes de vocês são pequenos e leves, tal como eram os nossos antigamente, e que vocês têm um líder. Ele disse que conosco é diferente. Que nós sabemos muita coisa. Tem uma coisa que acontece em nosso mundo quando o corpo de uma criatura viva sente dor e fica fraco, e ele disse que algumas vezes nós sabemos como fazer isso parar. Ele disse que nós temos muitas pessoas tortas e que nós ou as matamos, ou as prendemos em cabanas, e que temos pessoas para resolver os conflitos entre os *hnau* tortos causados pelas cabanas, pelos parceiros e pelas coisas deles. Ele disse que temos muitas maneiras de um *hnau* de uma terra matar os de outra, e alguns são treinados para fazê-lo. Ele disse que nós construímos cabanas de pedra muito grandes e fortes, e outras coisas como as dos *pfifltriggi*. E disse que nós trocamos muitas coisas entre nós mesmos e podemos transportar rapidamente fardos pesados por uma longa distância. Por causa de tudo isso, ele disse que não seria coisa de *hnau* torto se o nosso povo matasse todo o povo de vocês."

Tão logo Ransom terminou, Weston continuou:

"A vida é maior que qualquer sistema de moralidade. As exigências da vida são absolutas. Não é por tabus tribais ou máximas copiadas de livros que a vida tem seguido sua marcha inexorável da ameba ao humano e do humano para a civilização."

"Ele disse", começou Ransom, "que persistir em viver é mais relevante do que questionar se uma ação é torta ou boa — não, não é isso... Ele disse que é melhor ser torto e estar vivo que estar morto — não... Ele está dizendo... Eu não consigo dizer o que ele está dizendo na língua de vocês, Oyarsa. Mas ele insiste que a única coisa boa é que deveria haver muitas criaturas vivas. Ele disse que houve muitos outros animais antes dos primeiros homens e que os últimos são melhores que os primeiros. Mas ele disse que os animais não nasceram por causa do que os anciãos dizem aos filhotes a respeito de ações boas ou tortas. Ele disse que esses animais não sentiram nenhuma compaixão."

"Ela...", começou Weston.

"Desculpe", interrompeu Ransom, "ela quem?".

"A vida, claro", falou Weston com rispidez. "Ela cruelmente vem quebrando todos os obstáculos e liquidando todos os fracassos, e hoje está em sua melhor forma — o humano civilizado — e, tendo a mim como representante, ela pressiona na direção do salto interplanetário que talvez a situe pela primeira vez além do alcance da morte."

"Ele disse", continuou Ransom, "que esses animais aprenderam a fazer muitas coisas difíceis, diferenciando-se dos que não aprenderam, sendo que estes morreram, e os outros não sentiram pena deles. E ele disse que o melhor animal agora é a espécie de humano que faz as cabanas grandes e carrega fardos pesados e faz todas as outras coisas que contei. E ele é um destes, e diz que, se outros soubessem o que ele está fazendo, ficariam satisfeitos. Ele disse também que se pudesse matar todos vocês e trazer o nosso povo para viver em Malacandra, então eles conseguiriam continuar a viver aqui depois de algo dar errado em nosso mundo. E então se algo der errado em Malacandra, eles podem ir para outro mundo e matar todos os *hnau* de lá. E depois para outro — e assim eles nunca morreriam."

"É direito dela", disse Weston, "o direito ou, se você preferir, o poder da vida, que eu esteja preparado para, sem vacilar, estabelecer a bandeira do humano no solo de Malacandra: para marchar para a frente, passo a passo, eliminar, onde for necessário, as formas inferiores de vida que encontrarmos, assumir planeta após planeta, sistema após sistema, até a nossa posteridade — qualquer que seja a forma estranha e a mentalidade ainda não pensada que ela assumir — habitar no universo onde quer que este seja habitável."

"Ele disse", traduziu Ransom, "que por essa razão *não* seria uma ação torta — ou talvez, ele disse, *fosse* uma ação possível — ele matar todos vocês e nos trazer para cá. Ele disse que não sentiria pena. Ele está dizendo de novo que talvez eles conseguissem passar de um mundo para o outro, e aonde chegassem exterminariam todos. Acho que agora ele está falando a respeito de mundos que circulam ao redor de outros sóis. O desejo dele é que as criaturas nascidas de nós estejam no máximo de lugares que conseguirem. Ele disse que não sabe que tipo de criaturas serão essas".

"Eu posso cair", disse Weston, "mas, enquanto estiver vivo, tendo uma chave como esta em minhas mãos, não vou consentir em fechar as portas do futuro para a minha raça. O que está no futuro, além da nossa compreensão, ultrapassa a nossa imaginação. Para mim, é suficiente saber que há um Além".

"Ele está dizendo", Ransom traduziu, "que não vai parar de tentar fazer tudo isso a não ser que você o mate. E ele disse que, ainda que não saiba o que acontecerá com as criaturas que descenderão de nós, quer muito que este futuro aconteça".

Weston, que havia terminado seu discurso, olhava instintivamente ao redor procurando uma cadeira para se sentar. Na Terra, ele geralmente se sentava quando os aplausos começavam. Não achando nenhuma cadeira — ele não era o tipo de homem que, como Devine, sentava-se no chão —, cruzou os braços e encarou a plateia com certa dignidade.

"Foi bom ter ouvido você", disse Oyarsa, "pois, ainda que sua mente seja mais fraca, sua vontade é menos torta do que eu pensava. Não é por você mesmo que faria tudo isso".

"Não", disse Weston orgulhosamente em malacandriano. "Eu morrer. Humano viver."

"Mesmo assim você sabe que essas criaturas teriam de ser feitas totalmente diferentes de vocês antes de viver em outros mundos."

"Sim, sim. Tudo novo. Ninguém saber. Estranho! Grande!"

"Então não é a forma do corpo que você ama?"

"Não. Mim não importar como eles parecer."

"Alguém poderia pensar, então, que você se preocupa com a mente. Mas não pode ser, ou você teria amor aos *hnau* onde quer que os encontrasse."

"Não preocupar com *hnau*. Preocupar com humano."

"Mas se não é nem com a mente do humano, que é como a mente de todos os outros *hnau* — Maleldil não é o criador de todos eles? —, nem com o corpo, que vai mudar — se você não se preocupa com nada disso, o que quer dizer por humano?"

Isso precisou ser traduzido para Weston. Quando ele entendeu, respondeu:

"Mim preocupar com humano. Preocupar com nossa raça, com o que humano gerar." Ele teve de perguntar a Ransom quais eram as palavras para *raça* e *gerar*.

"Estranho", disse Oyarsa. "Você não ama a ninguém da sua raça — você teria me deixado matar Ransom. Você não ama nem a mente, nem o corpo dos de sua raça. Qualquer tipo de criatura lhe agradará só se for gerada pela sua espécie do jeito que ela é hoje. Penso eu, Gordo, que o que você ama de verdade não é a criatura formada, mas a semente em si, porque no fim é isso que sobra."

"Diga a ele", disse Weston, depois que a fala de Oyarsa lhe foi explicada, "que eu não finjo ser um metafísico. Eu não vim aqui para discutir a lógica. Se ele não consegue entender, como aparentemente nem você consegue, algo tão fundamental como a lealdade de um homem à humanidade, não há nada que possa fazer para que ele entenda".

Mas Ransom não conseguiu traduzir isso, e a voz de Oyarsa prosseguiu: "Agora eu vejo como o senhor do mundo silencioso entortou vocês. Há leis que todos os *hnau* conhecem, leis de misericórdia, de ações corretas, de vergonha e coisas parecidas, e uma dessas leis é o amor à raça. Ele os ensinou a quebrar todas elas, exceto esta, que não é uma das maiores. Ele entortou essa lei até ela se tornar algo sem sentido e a estabeleceu, torta desse jeito, para ser um pequeno Oyarsa cego em sua mente. E agora vocês não podem fazer outra coisa a não ser obedecer a essa lei, embora, se lhes perguntássemos por que ela é uma lei, vocês não poderiam dar uma razão a ela que não se aplicasse também a todas as outras leis maiores que ele os levou a desobedecer. Você sabe por que o senhor do mundo silencioso fez isso?"

"Eu pensar não existir essa pessoa — eu sábio, novo humano — não acreditar nada essa conversa velha."

"Vou lhe dizer. Ele os deixou desse jeito porque um *hnau* torto pode fazer mais mal que um quebrado. Ele apenas o entortou; mas quebrou o Magro que está sentado no chão, porque não lhe deixou nada a não ser a cobiça. Agora ele é um animal falante, e no meu mundo ele não poderia fazer mais mal que um animal. Se ele fosse meu, eu desfaria seu corpo, porque o *hnau* que há nele já está morto. Mas se você fosse meu, eu tentaria curá-lo. Diga-me, Gordo, por que você veio aqui?"

"Eu dizer a você. Fazer humanos viver sempre."

"Mas seus homens sábios são tão ignorantes que não sabem que Malacandra é mais velho que o mundo de vocês e está mais próximo da sua morte? A maior parte dele já morreu. Meu povo vive apenas na *handramit*. Já houve muito calor e muita água, mas de agora em diante haverá menos. Em breve, muito em breve, vou acabar com o meu mundo e enviar meu povo de volta para Maleldil."

"Eu saber bem tudo isso. Essa só primeira tentativa. Logo eles ir outro mundo."

"Mas vocês não sabem que todos os outros mundos morrerão?"

"Homens pular fora cada um antes eles morrer — sempre assim, entender?"

"E quando todos estiverem mortos?"

Weston ficou em silêncio. Depois de um tempo, Oyarsa falou novamente:

"Você não vai perguntar por que o meu povo, cujo mundo é mais antigo, não foi para o seu e o tomou há muito tempo?"

"Ora, ora", disse Weston. "Vocês não saber como."

"Você está errado", disse Oyarsa. "Muitos milhares de milhares de anos atrás, quando nada ainda vivia no seu mundo, a morte fria estava chegando à minha *harandra*. Eu estava com um grande problema, nem tanto por causa da morte dos meus *hnau*, porque Maleldil não os fez para viverem muito, mas por causa das coisas que o senhor do seu mundo, que ainda não estava cercado, colocou nas mentes deles. Ele os teria feito como o povo de vocês é agora: sábios o bastante para saber que a morte da sua espécie estava se aproximando, mas não a ponto de suportá-la. Conselhos tortos logo teriam surgido entre eles. Eles todos eram capazes de construir espaçonaves. Por meu intermédio, Maleldil os impediu. Eu curei alguns deles e desincorporei outros..."

"E ver o que acontecer!", interrompeu Weston. "Vocês agora muito poucos — presos na *handramit* — logo todos morrer."

"Sim", disse Oyarsa, "mas tem uma coisa que nós deixamos para trás na *handramit*: medo. E com o medo, o assassinato e a rebelião. O mais fraco do meu povo não teme a morte. É o Torto, o senhor do seu mundo, que desperdiça a vida de vocês e a estraga, fazendo-os fugir daquilo que sabem que, no fim, alcançará a todos. Se vocês fossem súditos de Maleldil, teriam paz."

Weston se contorceu com a exasperação nascida de seu desejo de falar e de sua ignorância da língua.

"Lixo! Lixo derrotista!", gritou para Oyarsa em inglês e então, endireitando-se, acrescentou em malacandriano: "Você dizer seu Maleldil deixar todos morrer. O outro, o Torto, ele lutar, pular, viver, nada de fala-fala. Eu não ligar para Maleldil. Achar Torto melhor. Eu do lado dele".

"Mas será que vocês não entendem que ele não pode e nunca vai", começou Oyarsa, mas então parou, como se estivesse se lembrando de alguma coisa. "Eu preciso aprender mais a respeito do mundo de vocês com Ransom, e tenho até hoje à noite para isso. Não vou matar nem você, nem o Magro, porque vocês não são do meu mundo. Amanhã vocês vão sair daqui pela nave de vocês."

O rosto de Devine ficou lívido de terror. Ele começou a falar rapidamente em inglês.

"Pelo amor de Deus, Weston, faça-o entender. Nós estamos aqui há meses — a Terra não está em oposição agora. Diga-lhe que não há como fazer isso. Seria melhor nos matar agora de uma vez."

"Quanto tempo demora a viagem de vocês até Thulcandra?", perguntou Oyarsa.

Weston, usando Ransom como seu intérprete, explicou que a viagem, na posição atual dos dois planetas, era quase impossível. A distância tinha aumentado milhões de quilômetros. O ângulo do curso deles em relação aos raios solares seria totalmente diferente daquele com o qual ele contava. Mesmo se, por uma chance em cem, eles pudessem alcançar a Terra, era quase certo que o suprimento de oxigênio acabaria bem antes que ali chegassem.

"Diga a ele para nos matar agora", acrescentou.

"Eu sei de tudo isso", disse Oyarsa. "Mas, se vocês continuarem no meu mundo, eu terei de matá-los. Não posso suportar criaturas assim em Malacandra. Eu sei que são poucas as chances de vocês alcançarem o seu mundo, mas pouco não é a mesma coisa que nada. De agora até o meio-dia de amanhã, vocês devem escolher seu destino. Enquanto isso, digam-me uma coisa: se conseguirem alcançar seu planeta, em quanto tempo farão isso, no máximo?"

Depois de um tempo longo de cálculos, Weston, com uma voz tremida, respondeu que, se eles não o fizessem em noventa dias, nunca conseguiriam e, além disso, morreriam sem ar.

"Noventa dias vocês terão", disse Oyarsa. "Meus *sorns* e *pfifltriggi* lhes darão ar (nós também temos essa tecnologia) e comida para noventa dias. Mas eles vão fazer algo a mais com a nave de vocês. Não quero que ela volte aos céus depois que vocês chegarem a Thulcandra. Você, Gordo, não estava aqui quando eu desfiz os meus *hrossa* que você matou: o Magro lhe contará. Posso fazer isso, como Maleldil me ensinou, através do tempo ou do espaço. Antes que a espaçonave de vocês levante voo, meus *sorns* terão trabalhado nela de modo que, no nonagésimo dia, ela se desfaça, transformando-se no que vocês chamam de nada. Se, nesse dia, ela estiver no espaço, a morte de vocês não será mais amarga por causa disso; mas se a nave de vocês tocar o solo de Thulcandra, não demorem a sair dela. Agora levem estes dois daqui, e vocês, meus filhos, sigam seu caminho. Agora eu preciso conversar com Ransom."

21

RANSOM passou sozinho toda aquela tarde, respondendo às perguntas de Oyarsa. Não tenho permissão para registrar essa conversa, e só posso dizer que a voz a concluiu com as seguintes palavras:

"Você me mostrou mais maravilhas que as conhecidas em todos os céus."

Depois disso eles discutiram o futuro de Ransom. Ele recebeu permissão para permanecer em Malacandra ou para tentar uma viagem desesperada de volta para a Terra. O problema lhe era agonizante. Ransom, por fim, decidiu que tentaria a sorte com Weston e Devine.

"O amor à própria raça", disse ele, "não é a maior das leis, mas você, Oyarsa, disse que é uma lei. Se não posso viver em Thulcandra, para mim será melhor não viver de jeito nenhum".

"Você escolheu bem", disse Oyarsa. "E vou lhe dizer duas coisas. Meu povo vai retirar todas as armas estranhas da nave, mas lhes darão uma delas. E os *eldila* do céu profundo estarão ao redor da nave até que ela alcance a atmosfera de Thulcandra, e mesmo depois que entrarem nela. Eles não permitirão que os outros dois o matem."

Até aquele momento não havia ocorrido a Ransom que matá-lo seria uma das primeiras providências que Weston e Devine tomariam para economizar comida e oxigênio. Ele ficou impressionado com sua própria obtusidade e agradeceu a Oyarsa pelas medidas de proteção. Então o grande *eldil* o dispensou com as seguintes palavras:

"Você não é culpado de nenhum mal, Ransom de Thulcandra, a não ser de um pouco de medo. Por isso, a jornada que está prestes a iniciar será sua dor, e talvez sua cura, porque você ficará ou louco, ou valente antes que ela termine. Mas eu também lhe dou uma ordem: se chegarem a Thulcandra, você deve vigiar esses dois, Weston e Devine. Eles ainda poderão fazer muito mal lá e também em outros mundos. Pelo que você me contou, estou começando a entender que há *eldila* que desceram até a atmosfera de vocês, até a própria fortaleza do Torto. O mundo de vocês não é tão fechado como nós, aqui nestas partes do espaço, pensávamos. Vigie aqueles dois tortos. Seja corajoso. Lute contra eles. Quando você precisar, alguns do nosso povo vão ajudar. Maleldil os mostrará a você. Pode ser até que nós nos encontremos novamente enquanto você ainda está no corpo, porque foi pela sabedoria de Maleldil que nos encontramos agora, e eu aprendi muito a respeito do seu mundo. Penso que este é o início de idas e vindas entre os céus e os mundos, e entre um mundo e outro, ainda que não do jeito que o Gordo esperava. Tenho permissão para lhe dizer o seguinte: este ano no qual estamos — ainda que os anos celestiais não sejam como os de vocês — foi há muito profetizado como um ano de mudanças grandes e empolgantes, e o cerco de Thulcandra pode estar próximo do fim. Grandes coisas estão a caminho. Se Maleldil não me impedir, eu não estarei distante delas. E agora, adeus."

No dia seguinte, os três seres humanos embarcaram para sua terrível jornada em meio a grandes multidões de todas as espécies malacandrianas. Weston estava pálido e exausto depois de uma noite de cálculos complicados o bastante para esgotar qualquer matemático, mesmo que a vida dele não dependesse daquilo. Devine estava barulhento, agitado e um tanto histérico. Toda a sua opinião sobre Malacandra havia mudado naquela última noite pela descoberta de que os "nativos" tinham uma bebida alcoólica, e ele tinha tentado até mesmo ensiná-los a fumar. Os *pfifltriggi* foram os únicos que deram importância a isso. Para se consolar de uma dor de cabeça aguda pela perspectiva de uma morte lenta, ele atormentava Weston. Nenhum dos dois ficou satisfeito ao saber que todas as armas tinham sido retiradas da espaçonave, mas, de resto, tudo estava do jeito que queriam. Por volta de uma hora depois do meio-dia, Ransom deu uma última e longa olhada para as águas azuis, a floresta púrpura e as muralhas verdes longínquas da familiar *handramit*, e seguiu os outros dois, passando pela escotilha. Antes que esta fosse fechada, Weston os advertiu de que eles deveriam economizar o ar, mantendo-se absolutamente imóveis. Nenhum movimento desnecessário deveria ser feito durante a viagem. Até mesmo falar estava proibido.

"Só vou falar em uma emergência", disse ele.

"De qualquer maneira, graças a Deus por isso", foi a última coisa que Devine disse. Depois, trancaram-se na nave.

Ransom foi para o lado de baixo da esfera, a câmara que naquele momento estava completamente de cabeça para baixo, e se esticou no que mais tarde seria a claraboia. Ele ficou surpreso de ver que já estavam a centenas de metros de altura. A *handramit* era apenas uma linha reta e púrpura ao longo da superfície de um vermelho róseo da *harandra*. Eles estavam acima da junção de duas *handramits*. Uma delas, sem dúvida, era aquela na qual ele havia morado, e a outra era onde estava Meldilorn. O valado que ele havia atravessado quando era carregado nos ombros de Augray estava quase invisível.

A cada minuto, mais *handramits* tornavam-se visíveis — longas linhas retas, algumas paralelas, algumas se cruzando, algumas formando triângulos. A paisagem tornava-se incrivelmente geométrica. O espaço entre as linhas púrpuras parecia perfeitamente plano. O rosado das florestas petrificadas explicava sua coloração, logo abaixo de Ransom, mas para o norte e para o leste os grandes desertos de areia sobre os quais os *sorns* lhe haviam falado agora apareciam como infinitas extensões de amarelo e ocre. A oeste já era possível avistar uma grande descoloração. Era um fragmento irregular de azul esverdeado que parecia estar enterrado abaixo do nível da *harandra* ao redor. Ele concluiu que era a planície florestal dos *pfifltriggi*, ou talvez uma de suas planícies florestais, porque agora fragmentos semelhantes apareciam em todas as direções, alguns simples manchas na interseção das *handramits*, outros de grande extensão. Ransom teve clara consciência de que seu conhecimento de Malacandra era mínimo, local, paroquial. Era como se um *sorn* tivesse viajado sessenta e cinco milhões de quilômetros até a Terra e ficasse o tempo todo entre Worthing e Brighton. Ele pensou que teria muito pouco a mostrar de sua viagem impressionante se sobrevivesse a ela: noções da língua, algumas poucas paisagens, uma física entendida apenas pela metade — mas onde estavam as estatísticas, a história, uma apresentação ampla das condições extraterrestres que um viajante espacial deveria trazer de volta? Aquelas *handramits*, por exemplo. Vistas da altitude que a espaçonave havia atingido naquele momento, em toda a sua inconfundível geometria, elas envergonhavam a primeira impressão que ele teve de que seriam vales naturais. Eram obras gigantescas de engenharia, a respeito das quais ele não havia aprendido nada; grandes feitos, se tudo fosse verdade, alcançados antes que a história humana começasse... antes que a história animal começasse. Ou aquilo era apenas mitologia? Ransom sabia que aquilo pareceria mitologia quando ele voltasse para a Terra (se voltasse), mas a presença de Oyarsa ainda era uma memória muito viva para permitir que ele tivesse tais dúvidas. Chegou a pensar que a distinção entre história e mitologia poderia não ter sentido fora da Terra.

A ideia o deixou confuso, e ele voltou sua atenção mais uma vez para a paisagem abaixo — a paisagem que a cada momento se tornava menos uma paisagem e mais um diagrama. A esta altura, a leste, um fragmento de descoloração maior e mais escuro do que os que ele havia visto até então avançava em direção ao ocre avermelhado do mundo malacandriano, um fragmento com a forma curiosa de longos braços ou chifres estendendo-se de cada lado e uma espécie de baía entre eles, como o lado côncavo de uma lua crescente, que crescia cada vez mais. Os amplos braços escuros pareciam se espalhar para engolir todo o planeta. De repente, ele viu um ponto brilhante de luz no meio daquele fragmento escuro e compreendeu que aquilo não era um fragmento na superfície do planeta, mas o céu negro mostrando-se por trás dele. A curva suave era a margem do seu disco. Foi quando, pela primeira vez desde o embarque, Ransom sentiu medo. Lentamente, ainda que não devagar demais para que ele visse, os braços escuros espalharam-se cada vez mais ao redor da superfície iluminada até que finalmente se encontraram. O disco inteiro, emoldurado na escuridão, estava diante dele. As batidas fracas dos meteoritos há muito eram audíveis. A janela através da qual ele estava observando não estava mais abaixo dele. Seus membros, ainda que já estivessem leves, estavam rígidos demais para se mover, e ele estava com muita fome. Ransom olhou para seu relógio. Ele tinha ficado naquela posição, maravilhado, por quase oito horas.

Andou com dificuldade até o lado da nave que ficava na direção do sol, mas recuou, quase cego pela glória da luz. Tateando, ele achou seus óculos escuros em sua antiga cabine e pegou água e comida. Weston havia racionado severamente as duas. Ele abriu a porta da ponte de comando e olhou lá dentro. Os dois parceiros, com os rostos pesados de ansiedade, estavam sentados ao redor de uma espécie de mesa de metal, coberta de instrumentos delicados, que vibravam suavemente. Aqueles instrumentos eram feitos quase totalmente de cristal e de uma fiação fina. Os dois ignoraram a presença dele. Pelo restante de sua viagem silenciosa, Ransom estava livre para andar por toda a nave.

Quando ele voltou para o lado escuro, o mundo que eles estavam deixando dependurava-se no céu espargido de estrelas, e não era muito maior que a nossa lua terrestre. Suas cores ainda eram visíveis — um disco amarelo avermelhado manchado com um azul esverdeado e encimado por branco nos polos. Ele viu as duas minúsculas luas malacandrianas, com movimentos bastante perceptíveis, e cogitou que estavam entre as milhares de coisas que não notara em sua jornada ali. Ele dormiu, acordou, olhou o disco ainda pendurado no céu. Agora já estava menor que a Lua. Suas cores já não podiam mais ser vistas, exceto por um matiz uniforme de vermelho em sua luz. Até mesmo a luz já não era agora incomparavelmente mais forte que a das incontáveis estrelas que o circundavam. Não era mais Malacandra. Agora era apenas Marte.

Ransom logo voltou à velha rotina de dormir e pegar sol, entremeada com os rabiscos de suas notas para seu dicionário de malacandriano. Ele sabia que tinha poucas chances de comunicar seus novos conhecimentos aos homens e que uma morte não registrada nas profundezas do espaço seria quase certamente o fim da aventura deles. Mas era impossível pensar nisso como "espaço". Em alguns momentos, ele sentiu o sangue gelar nas veias, mas esses episódios duravam cada vez menos e eram rapidamente engolidos por um senso de deslumbramento que fazia seu destino particular parecer totalmente insignificante. Ele não conseguia sentir que eles eram uma ilha de vida viajando por um abismo de morte. Sentia quase o contrário — que a vida estava esperando do lado de fora da pequena esfera de ferro na qual viajavam, pronta para invadir a qualquer momento, e se isso acontecesse, eles seriam mortos por excesso de vitalidade. Ransom esperou com intensidade que, se eles morressem, que fosse pelo "desincorporar" da espaçonave, e não por falta de ar dentro dela. Estar fora dela, estar livre, dissolver-se no oceano do meio-dia eterno parecia-lhe, em alguns momentos, um fim mais desejável que voltar para a Terra. E se ele havia sentido seu coração se elevar da primeira vez que passeou pelos céus em sua viagem para Malacandra, naquele momento esse sentimento era dez vezes maior, porque agora ele sabia que aquele abismo era literalmente repleto de vida, cheio de criaturas vivas.

À medida que prosseguiam, a confiança de Ransom nas palavras de Oyarsa quanto aos *eldila* aumentava ao invés de diminuir. Ele não viu nenhum deles. Mas ouviu, ou pensou ter ouvido, tudo quanto é tipo de som delicado, ou vibrações parecidas com sons, misturado com a chuva tilintante de meteoritos, e muitas vezes a sensação de presenças invisíveis no interior da espaçonave era irresistível. Foi isso, mais que qualquer outra coisa, que fez com que suas chances de sobrevivência parecessem sem importância. Ele e toda a sua raça pareciam pequeninos e efêmeros diante de tal cenário de plenitude imensurável. Ele estava atordoado diante da ideia da verdadeira população do universo, da infinitude tridimensional de sua extensão e das eras não registradas do seu passado, mas seu coração estava mais firme do que jamais estivera.

Foi bom para Ransom ter alcançado tal estado de espírito antes que as verdadeiras dificuldades da viagem começassem. Desde que saíram de Malacandra, a temperatura subia regularmente, mas agora estava mais alta do que estivera em qualquer momento da viagem de ida. E continuava aumentando. A luz também ficava mais intensa. Ele geralmente mantinha os olhos fechados, mesmo usando óculos de proteção, abrindo-os apenas o mais rapidamente possível para os movimentos necessários. Ele sabia que, se chegasse à Terra, seria com a visão permanentemente danificada. Mas isso não era nada em comparação ao tormento do calor. Os três ficavam acordados vinte e quatro horas por dia, suportando com as pupilas dilatadas, os lábios escurecidos e as bochechas manchadas de saliva a agonia da sede. Seria loucura aumentar as já escassas porções de água. Seria loucura até mesmo gastar oxigênio discutindo o assunto.

Ransom sabia muito bem o que estava acontecendo. Em sua última tentativa de sobreviver, Weston estava se aventurando a entrar na órbita da Terra, levando-os para mais perto do Sol do que o humano, ou talvez qualquer outra forma de vida, jamais esteve. Provavelmente era inevitável que o fizessem. Não se pode seguir o caminho da Terra quando ela está retrocedendo no curso de sua própria trajetória. Eles estariam tentando ir ao encontro da Terra — atravessando o caminho... Era loucura! Mas a questão não ocupou muito sua mente. Não era possível pensar muito tempo em outra coisa que não fosse a sede. Eles pensavam em água, depois pensavam na sede, depois em água de novo. E a temperatura ainda continuava subindo. As paredes da nave estavam quentes demais para serem tocadas. Era óbvio que uma crise se aproximava. Nas próximas horas, ou o calor os mataria ou diminuiria.

O calor diminuiu. Chegou um momento em que eles jaziam exaustos e tremendo por causa de algo que parecia frio, embora fosse mais quente do que qualquer clima terrestre. Até então, Weston estava sendo bem-sucedido. Ele havia arriscado ir até a temperatura mais alta na qual, em tese, a vida humana conseguiria sobreviver, e eles sobreviveram. Mas não eram mais os mesmos homens. Até aquele momento, Weston tinha dormido muito pouco, mesmo quando não estava em seus turnos de vigia. Depois de mais ou menos uma hora de um repouso agitado, ele voltava para seus mapas e para seus cálculos infindáveis e quase desesperadores. Era possível vê-lo lutando contra o desespero, forçando seu cérebro aterrorizado a manter o foco nos números. Agora ele já não olhava mais para eles. Parecia até descuidado na ponte de comando. Devine andava parecendo um sonâmbulo. Ransom ficava a maior parte do tempo no lado escuro da nave, e por longas horas não pensava em nada. Ainda que o primeiro grande perigo estivesse superado, naquele momento nenhum deles tinha esperança firme de ter sucesso naquela viagem. Eles já estavam naquela concha de aço havia cinquenta dias, sem conversar, e a qualidade do ar já estava muito ruim.

Weston estava tão diferente que chegou até mesmo a permitir que Ransom ficasse um pouco como navegador. Principalmente por meio de sinais, mas sussurrando algumas poucas palavras, ele ensinou a Ransom tudo que era necessário naquele momento da viagem. Aparentemente, eles estavam indo para casa — mas com poucas chances de chegar a tempo — na corrente de uma espécie de "vento alísio" cósmico. Algumas regras práticas fizeram com que Ransom mantivesse no centro da claraboia a estrela que Weston lhe apontava, mas sempre com a mão esquerda na campainha da cabine de Weston.

Aquela estrela não era a Terra. Os dias — os "dias" puramente teóricos que carregavam um significado desesperadamente prático para os viajantes — chegaram a cinquenta e oito antes que Weston mudasse o curso e um luminar diferente fosse visto no centro. Sessenta dias, e aquilo era visivelmente um planeta. Sessenta e seis, e era como um planeta visto com um binóculo. Setenta, e não era como nada que Ransom já tivesse visto — um pequeno disco brilhante, grande demais para um planeta, e pequeno demais para a Lua. Agora que estava navegando, o estado de humor celestial de Ransom estava abalado. Uma sede animal e selvagem pela vida, misturada com uma saudade do ar livre, das vistas e dos aromas da Terra — saudade da grama, da carne, da cerveja, do chá e da voz humana —, despertou nele. No princípio, sua principal dificuldade na vigia era resistir ao sono. Mas agora o ar estava pior, e um ânimo febril o mantinha vigilante. Geralmente, quando não estava em seu turno, seu braço direito estava rígido e dolorido, pois, durante horas, ele inconscientemente o mantivera contra o painel de controle, como se o empurrando pudesse fazer com que a espaçonave aumentasse sua velocidade.

Ainda faltavam vinte e dois dias. Dezenove — dezoito —, e no disco terrestre branco, agora pouco maior que uma moeda, ele pensou ter identificado a Austrália e o canto sudeste da Ásia. Hora após hora, ainda que as manchas se movessem lentamente pelo disco com a revolução diurna da Terra, o disco em si se recusava a crescer. "Vamos!" "Vamos!", Ransom murmurava para a nave. Agora faltavam dez dias e o disco estava parecido com a Lua, e tão brilhante que não conseguiam olhar diretamente para ele. A qualidade do ar na pequena esfera deles era terrivelmente ruim, mas Ransom e Devine arriscaram um cochicho enquanto trocavam a guarda.

"Nós conseguiremos", eles disseram. "Ainda vamos conseguir."

No dia oitenta e sete, quando Ransom trocou de turno com Devine, ele pensou que havia alguma coisa errada com a Terra. Antes que o turno terminasse, ele teve certeza. Já não era mais um círculo de verdade, mas um pouco saliente de um lado, quase com a forma de uma pera. Quando Weston assumiu seu turno, deu uma olhada rápida pela claraboia, nervosamente tocou a campainha chamando Devine, empurrou Ransom para o lado e assumiu a posição do navegador. Seu rosto estava pálido como massa de vidraceiro. Parecia que ele estava prestes a fazer alguma coisa com os controles, mas, quando Devine entrou na sala da ponte de comando, ele olhou para cima e sacudiu os ombros em um gesto de desespero. Depois cobriu o rosto com as mãos e deitou a cabeça no painel de controle.

Ransom e Devine trocaram olhares. Eles tiraram Weston da poltrona. Weston chorava como uma criança, e Devine assumiu seu lugar. Foi quando finalmente Ransom entendeu o mistério da Terra pontuda. O que parecia ser um dos lados do seu disco estava se tornando cada vez mais distinto como um segundo disco, um disco quase tão grande quanto o seu próprio. Ele cobria mais da metade da Terra. Aquilo era a Lua — entre eles e a Terra, e uns trezentos e oitenta e cinco mil quilômetros mais perto. Ransom não sabia o que isso poderia significar para a espaçonave. Devine evidentemente sabia, e nunca tinha estado tão admirável. Seu rosto estava tão pálido quanto o de Weston, mas os olhos estavam claros e incrivelmente brilhantes. Ele se debruçou sobre os controles, como um animal prestes a dar um pulo, e assobiava bem suavemente entre os dentes.

Horas mais tarde, Ransom entendeu o que estava acontecendo. O disco da Lua naquele momento estava maior que o da Terra, e pouco a pouco ele teve a impressão de que os dois discos estavam diminuindo de tamanho. A espaçonave não estava mais se aproximando nem da Terra, nem da

Lua. Naquele momento, ela estava mais distante do que estivera uma hora antes, e essa era a razão da atividade febril de Devine com os controles. Não era apenas que a Lua estava atravessando o caminho deles e afastando-os da Terra. Aparentemente, por alguma razão, provavelmente gravitacional, era perigoso demais chegar perto da Lua, e Devine estava recuando para o espaço. Avistando o porto, eles estavam sendo forçados a voltar para o mar aberto. Ransom deu uma olhada rápida no cronômetro. Era a manhã do octogésimo oitavo dia. Faltavam dois dias para alcançar a Terra, e eles estavam se afastando dela.

"Imagino que isso vá acabar conosco?", sussurrou.

"Espere por isso", sussurrou Devine, sem olhar em volta. Weston havia se recuperado o suficiente para voltar e sentar ao lado de Devine. Não havia nada para Ransom fazer. Agora ele tinha certeza de que iriam morrer em breve. Assumindo isso, a agonia do suspense da morte subitamente desapareceu. A morte, se acontecesse agora ou dali a uns trinta anos na Terra, se levantou e chamou a atenção dele. Há preparativos que uma pessoa gostaria de fazer. Ele deixou a ponte de comando e retornou para uma das câmaras voltadas para o Sol, para a indiferença da luz sem movimento, o calor, o silêncio e as sombras agudas. Não pensava em mais nada a não ser dormir. Deve ter sido o ar rarefeito que o deixou sonolento. E assim Ransom fez.

Ele acordou em uma escuridão quase completa em meio a um barulho alto e contínuo, que, no primeiro momento, não conseguiu identificar. Aquilo o fazia se lembrar de alguma coisa — alguma coisa que ele parecia ter ouvido em uma existência anterior. Era um tamborilar prolongado acima da sua cabeça. De repente seu coração deu um grande salto.

"Ai, Deus", disse ele, soluçando. "Ai, Deus! É *chuva.*"

Ele estava na Terra. O ar à sua volta estava pesado e estagnado, mas as sensações chocantes que ele tinha sofrido haviam acabado. Percebeu que ainda estava na espaçonave. Os outros dois, temerosos da ameaça de "desincorporação", como seria de se esperar deles, haviam saído da nave assim que ela tocou o solo e abandonaram Ransom à própria sorte. Foi difícil achar o caminho da saída no escuro e sob o peso esmagador da gravidade terrestre. Mas ele conseguiu. Achou a escotilha e deslizou para fora da esfera, sorvendo grandes quantidades de ar. Ele escorregou na lama, bendisse o cheiro dela e pôs-se de pé, ainda desacostumado ao peso do seu corpo. Ficou parado na noite escura como breu sob chuva torrencial. Com todos os poros do seu corpo, bebeu a água da chuva. Com toda a força do seu coração, abraçou o aroma do pasto ao redor — um pedaço do seu planeta nativo onde a grama crescia e onde as vacas andavam. Ele caminhou até a cerca do pasto e passou por uma cancela.

Ransom caminhara mais ou menos meia hora quando uma luz vívida atrás dele e um súbito vento forte informaram-lhe que a espaçonave não mais existia. Ele não deu importância a isso, pois já tinha visto que, mais adiante, havia luzes fracas, luzes dos homens. Planejou ir até lá, passando por uma estrada de terra, e depois por uma estrada pavimentada, e depois, ainda pela rua de uma cidadezinha. Uma porta iluminada estava aberta. Havia vozes que vinham de dentro, e elas estavam falando em inglês. Havia um cheiro familiar. Entrou, sem se importar com a surpresa que estava causando, e se encaminhou para o bar.

"Uma caneca de cerveja, por favor", disse Ransom.

22

A ESTA ALTURA, se eu estivesse sendo guiado por considerações puramente literárias, minha narrativa terminaria, mas é chegado o tempo de remover a máscara e familiarizar o leitor com o propósito real e prático com que este livro foi escrito. Ao mesmo tempo, o leitor saberá como foi possível que este livro tenha sido escrito.

O Dr. Ransom[1] — e a esta altura já está claro que esse não é o verdadeiro nome dele — logo abandonou a ideia do seu dicionário de malacandriano —, na verdade, abandonou toda a ideia de comunicar sua história ao mundo. Ele esteve doente por vários meses e, quando se recuperou, estava com sérias dúvidas quanto àquilo de que se lembrava ter acontecido de verdade. Tudo aquilo parecia uma ilusão produzida por sua doença, e muitas de suas supostas aventuras poderiam, pensou ele, ser explicadas psicanaliticamente. Ele não se importou muito com esse fato, pois, há muito tempo, tinha observado que muitas coisas "reais" na flora e na fauna do nosso mundo poderiam ser vistas da mesma forma se você partisse do princípio de que eram ilusões. Mas ele percebeu que, se até ele duvidava de sua própria história, o resto do mundo não acreditaria de jeito nenhum. Decidiu manter a boca fechada, e assim a questão teria permanecido se não fosse por uma coincidência muito curiosa.

[1] *Ransom*, em inglês, significa "resgate", a saber, o valor a ser pago para se libertar ou comprar de volta algo ou alguém. [N. E.]

É aí que eu entro na história. Eu conhecia o Dr. Ransom superficialmente havia muitos anos, e me correspondia com ele a respeito de assuntos literários e filológicos, ainda que tenhamos nos encontrado poucas vezes. Por isso, como de costume, acabei lhe escrevendo uma carta há alguns meses, da qual citarei o parágrafo mais relevante, onde se lê o seguinte:

"Estou trabalhando no momento com os platônicos do século 12, e por acaso descobri que eles escreviam em um latim malditamente difícil. Em um deles, Bernardo Silvestre,[2] há uma palavra sobre a qual eu particularmente gostaria de saber a sua opinião — a palavra *Oyarses*. Essa palavra aparece na descrição de uma viagem pelo espaço, e parece que um *Oyarses* é uma 'inteligência' ou espírito tutelar de uma esfera celestial, isto é, em nossa língua, de um planeta. Perguntei a C. J.[3] a respeito, e ele diz que deve ser *Ousiarches*.[4] Isso, claro, faz sentido, mas não estou completamente satisfeito. Por acaso você já se deparou com uma palavra como *Oyarses*, ou poderia arriscar um palpite sobre de que língua essa palavra se origina?"

O resultado imediato desta carta foi um convite para passar um fim de semana com o Dr. Ransom. Ele contou toda a sua história e, desde então, ele e eu estamos trabalhando nesse mistério quase sem cessar. Muitos fatos, que não tenho intenção de publicar no presente, chegaram ao nosso conhecimento, fatos a respeito dos planetas em geral, e de Marte em particular, fatos a respeito dos platônicos medievais, e (por último, mas não menos importante) fatos a respeito do professor a quem estou dando o nome fictício de Weston. Um relatório sistemático desses fatos pode, evidentemente, ser apresentado ao mundo civilizado, mas é quase certo que isso resultaria em incredulidade universal e em um processo da parte de Weston. Ao mesmo tempo, nós dois sentimos que não podemos nos silenciar. A cada dia se confirma nossa crença de que o *oyarses* de Marte estava certo quando disse que o atual "ano celestial" seria revolucionário, que o longo isolamento dos nossos planetas estava próximo de acabar e que grandes coisas estavam para acontecer. Encontramos razão para crer que os platônicos medievais viveram no mesmo ano celestial que estamos vivendo — de fato, que este

---

[2]Bernardo Silvestre, filósofo platônico. Não se sabe exatamente onde nem quando nasceu, mas viveu em Tours, França, em algum momento do século 12. Sua maior obra se chama *Cosmographia*, um relato alegórico da criação do universo e da humanidade. [N. E.]
[3]C. J. é referência a Clement C. J. Webb, colega de docência de Lewis em Oxford [N. T.].
[4]*Ousiarches* significa "governante supremo" em grego. [N. T.]

ano começou no décimo segundo século da nossa era e que a ocorrência do nome Oyarsa (latinizado como *oyarses*) em Bernardo Silvestre não é um acidente. E também temos provas — que aumentam a cada dia — de que "Weston", ou a força ou forças por trás dele, desempenhará um papel muito importante nos acontecimentos dos próximos séculos, e de que, a não ser que o impeçamos, acontecerá algo muito desastroso. Não queremos dizer que ele esteja prestes a invadir Marte — nosso pedido não é simplesmente "Não toquem Malacandra". Os perigos a serem temidos não são planetários, mas cósmicos, ou pelo menos solares, e não são temporais, mas eternos. Não seria prudente dizer mais que isso.

Foi o Dr. Ransom que primeiro entendeu que nossa única chance era publicar em forma de ficção aquilo que certamente não seria recebido como verídico. Ele pensou até — exagerando muito minhas capacidades literárias — que isso poderia ter a vantagem adicional de alcançar um público maior e que, com certeza, alcançaria bem mais pessoas antes de "Weston". Quanto à minha objeção de que se este relato fosse aceito como ficção, ele seria, por essa mesma razão, considerado falso, ele respondeu que haveria indicações o bastante na narrativa para os poucos leitores — os muito poucos — que *no presente* estivessem preparados para avançar nessa questão.

"Eles", disse ele, "facilmente identificarão a você, ou a mim, ou a Weston. De qualquer modo", continuou, "o que precisamos agora não é nem tanto um conjunto de crenças, mas um grupo de pessoas familiarizadas com certas ideias. Se conseguirmos persuadir um por cento dos nossos leitores a uma mudança na concepção de Espaço para a de Céu, teremos dado o primeiro passo".

O que nenhum de nós previu foi a rápida marcha de acontecimentos que fez com que o livro ficasse obsoleto antes que fosse publicado. Tais acontecimentos fizeram com que ele se tornasse um prólogo para nossa história, e não a história em si. Mas devemos deixar as coisas do jeito que estão. Quanto aos capítulos posteriores da aventura — bem, foi Aristóteles, muito antes de Kipling, que nos ensinou a fórmula: "Isso é outra história".[5]

[5]A frase "Isso é outra história" é geralmente citada em referência a Kipling. Ela vem de seu conto "Three and — an Extra", do livro *Plain Tales from the Hills* (1888). [N. E.]

Pós-escrito

(*Trechos de uma carta escrita pelo verdadeiro Dr. Ransom ao autor.*)

... EU ACHO que você está certo, e depois de duas ou três correções (marcadas em vermelho), o manuscrito deve ficar como está. Não vou negar que estou desapontado, mas qualquer tentativa de narrar uma história como esta está fadada a desapontar o homem que verdadeiramente esteve lá. Não estou me referindo à maneira cruel com que você cortou toda a parte filológica, ainda que, do jeito que está agora, estejamos dando aos nossos leitores uma mera caricatura da língua malacandriana. Estou falando de algo mais difícil, algo que possivelmente não consigo expressar. Como alguém pode "comunicar" os *aromas* malacandrianos? Em meus sonhos, nada me volta de maneira mais vívida que eles... Especialmente o cheiro do início da manhã naquelas florestas púrpuras, onde a simples menção de "início da manhã" e "florestas" é enganadora, porque falar assim faz você pensar em terra, musgo, teias de aranha e nos cheiros do nosso planeta, mas estou pensando em algo totalmente diferente. Mais "aromático"... Sim, mas não se trata de algo quente, requintado ou exótico, como a palavra sugere. Algo aromático, picante e, ainda assim, muito frio, muito delicado, pinicando o fundo do nariz — algo que faz ao olfato o mesmo que notas altas e agudas de violino fazem à audição. E, misturado a ele, eu sempre ouço o som dos cânticos — uma grande música cavernosa, como cães grandes uivando, vinda de gargantas profundas, em um tom mais grave que o de Chaliapin,[1] um "som quente e escuro". Sinto saudades do meu velho vale malacandriano quando penso nisso, mas Deus sabe que, quando ouvi essa música lá, senti muitas saudades da Terra.

[1]Feodor (ou Fyodor) Ivanovitch Chaliapin (1873–1938), cantor de ópera russo, famoso pelo alcance do seu tom grave. [N. T.]

Claro que você está certo. Se for para tratarmos isso como uma história ficcional, você *precisa* resumir o tempo que passei na aldeia durante o qual "nada aconteceu". Eu o faço com algum ressentimento. Aquelas semanas tranquilas, a vida simples com os *hrossa*, são para mim as coisas mais importantes que me aconteceram. Eu os conheço, Lewis, é por isso que você não pode transformá-los em uma simples ficção. Por exemplo, como sempre levo comigo um termômetro em passeios (isso já impediu que muitos passeios fossem arruinados), sei que a temperatura normal de um *hross* é de mais ou menos 39,5 °C. Eu sei — ainda que não consiga me lembrar como aprendi isso — que eles vivem cerca de oitenta anos marcianos, ou cento e sessenta anos terrestres; que se casam por volta dos vinte (= quarenta); que o excremento deles, assim como o dos cavalos, não é ofensivo a eles mesmos, nem a mim, e que é usado na agricultura; que eles não derramam lágrimas e nem piscam; que eles ficam "alterados" (como você diria), mas não embriagados, em uma noite de festa, as quais acontecem com frequência. Mas o que alguém poderá fazer com que este punhado de informações? Eu simplesmente as analiso a partir do todo de uma memória viva que nunca poderá ser expressa em palavras, e ninguém neste mundo será capaz de, a partir dessas informações, construir um quadro completo. Por exemplo, será que conseguirei fazê-lo entender como eu sei, sem a menor dúvida, por que os malacandrianos não têm animais de estimação e, em geral, não têm os mesmos sentimentos para com seus "animais inferiores" que nós temos para com os nossos? Certamente isso é o tipo de coisa que eles nunca me contariam. Só se entende isso quando se vê as três espécies juntas. Cada uma delas é para as demais *tanto* o que um ser humano é para nós *como* o que um animal é para nós. Eles podem conversar uns com os outros, podem cooperar, têm todos a mesma ética; nesse sentido, um *sorn* e um *hross* se encontram como se fossem dois homens. Mas aí cada um acha o outro diferente, engraçado, atraente, assim como um animal é atraente. Algum instinto não saciado em nós, que tentamos suavizar tratando criaturas irracionais quase como se fossem racionais, é satisfeito de verdade em Malacandra. Eles não precisam de animais de estimação.

A propósito, enquanto estamos falando sobre espécies, me senti desolado ao ver que as exigências da narrativa o levaram a simplificar tanto a biologia. Eu lhe passei a impressão de que cada uma das três espécies é perfeitamente homogênea? Se o fiz, me equivoquei. Tome como exemplo os *hrossa*: os meus amigos eram *hrossa* escuros, mas há também os *hrossa* prateados, e em algumas das *handramits* ocidentais se encontram os grandes *hrossa* de crista, com três metros de altura. Eles são mais dançarinos que cantores e, depois do ser humano, são as criatura mais nobres que já encontrei. Só os machos têm crista. Eu vi também um *hross* completamente branco em Meldilorn, mas fui tolo e nunca descobri se ele representava uma subespécie ou se era apenas algo raro, como o nosso *albino* terrestre. Há pelo menos outra espécie de *sorn* além da que conheci: o *soroborn*, ou *sorn* vermelho do deserto, que vive nos areais do norte. De acordo com todos os relatos, é uma criatura formidável.

Concordo que é lamentável nunca ter visto os *pfifltriggi* em casa. Eu sei o suficiente a respeito deles para "inventar" uma visita como um episódio da história, mas não acho que devamos incluir aí qualquer ficção pura. "Verdadeiro em essência" soa muito bem na Terra, mas não posso imaginar a mim mesmo explicando isso a Oyarsa, e tenho uma grande suspeita (veja minha última carta) de que ainda vou ter notícias *dele*. Seja como for, por que nossos "leitores" (parece que você sabe muito a respeito deles!), que são tão determinados a não ouvir nada a respeito da língua, estariam tão ansiosos para saber mais a respeito dos *pfifltriggi*? Mas se você quiser trabalhar nesse ponto, é evidente que não há mal em explicar que eles são ovíparos e matriarcais, e vivem pouco se comparados às outras espécies. Está absolutamente claro que as grandes depressões nas quais eles habitam são os antigos leitos dos oceanos de Malacandra. Os *hrossa*, que os visitaram, descreveram a si mesmos como descendo até as profundezas das florestas sobre a areia, os "ossos de pedra (fósseis) de antigos furadores de onda acima deles". Sem dúvida, esses lugares são as áreas escuras do disco marciano que são vistas da Terra. E isso me faz lembrar dos "mapas" de Marte que tenho consultado desde que voltei, que são tão incoerentes uns em relação aos outros que já desisti de identificar a minha *handramit*. Se você quiser tentar, estou procurando por um "canal" que vai aproximadamente de nordeste a sudoeste, cortando um "canal" que vai de norte a sul, a pouco mais de trinta quilômetros da "linha do equador". Mas os astrônomos divergem muito quanto ao que eles veem.

Agora, quanto à sua pergunta mais irritante: "Augray, ao descrever os *eldila*, confundiu as ideias de um corpo mais tênue e um ser superior?". Não. A confusão é toda sua. Ele disse duas coisas: que os *eldila* têm corpos diferentes daqueles dos animais planetários e que eles são superiores em inteligência. Nem ele, nem ninguém, em Malacandra confundiu uma afirmação com a outra ou deduziu uma a partir da outra. De fato, tenho razões para pensar que existem também animais irracionais com o tipo de corpo do *eldil* (você se lembra das "feras etéreas" de Chaucer?).[2]

Gostaria de saber se é prudente da sua parte não dizer nada a respeito do problema da fala *eldil*. Concordo que estragaria a narrativa levantar a questão durante a cena do julgamento em Meldilorn, mas certamente muitos leitores terão bom-senso o bastante para perguntar como os *eldila*, que obviamente não respiram, podem falar. É verdade que temos de admitir que não sabemos, mas os leitores não deveriam ser informados a respeito? Sugeri a J. — o único cientista daqui em quem confio — sua teoria de que eles podem ter instrumentos, ou até mesmo órgãos, para manipular o ar em volta deles, e assim produzir sons indiretamente, mas parece que ele não sabe muita coisa a respeito. Ele pensou ser provável que eles manipulassem diretamente a audição daqueles com quem "falavam". Isso parece ser muito difícil... É claro que alguém poderia lembrar que, na verdade, não temos conhecimento nenhum da forma ou do tamanho de um *eldil*, nem de como eles se relacionam com o espaço (o nosso espaço) em geral. De fato, devemos deixar claro que não sabemos quase nada a respeito deles. Assim como você, não consigo deixar de tentar estabelecer uma relação entre eles e alguns seres que aparecem na tradição terrestre — deuses, anjos, fadas. Mas não temos os dados. Quando eu tentei passar a Oyarsa alguma ideia da nossa angelologia cristã, pareceu-me que de alguma maneira ele considerou os nossos "anjos" diferentes de si mesmo. Mas não sei se ele quis dizer que eles são de uma espécie diferente ou apenas que são de alguma casta militar especial (pois a nossa pobre e velha Terra se tornou uma espécie de Ypres Salient[3] no universo).

Por que você deveria deixar de fora meu relato sobre como a escotilha emperrou imediatamente antes da nossa aterrissagem em Malacandra? Sem isso, sua descrição do nosso sofrimento por causa do excesso de luz na viagem de volta levanta a pergunta óbvia: "Por que eles não fecharam as escotilhas?". Não creio na sua teoria de que "os leitores nunca vão perceber este tipo de coisa". Tenho certeza de que eu perceberia.

---

[2]Geoffrey Chaucer, poeta inglês do século 14. O seu poema *A casa da fama* narra a viagem celestial que um homem fez nas costas de uma águia, e cita nele as "feras etéreas". [N. T.]
[3]Ypres Salient é uma região no oeste da Bélgica onde aconteceram muitas batalhas sangrentas na Primeira Guerra Mundial. Ao redor de Ypres Salient, há cento e quarenta cemitérios militares. Vale lembrar que Lewis era combatente veterano da Primeira Guerra. [N. T.]

Há duas cenas que eu gostaria que você tivesse apresentado no livro, mas não importa, porque elas estão em mim. Uma ou outra estão sempre diante de mim quando fecho os olhos.

Em uma delas, eu vejo o céu malacandriano de manhã. Um azul pálido, tão pálido que agora, quando estou mais acostumado aos céus terrestres, penso nele como quase branco. Contra ele, as vegetações gigantes, ou "árvores", como você as chama, estão escuras, mas, ao longe, no decorrer de quilômetros daquela ofuscante água azul, as florestas remotas são púrpura aquarelada. As sombras ao meu redor no chão da floresta pálida são como sombras na neve. Há figuras que caminham atrás de mim, formas delgadas, mas gigantescas, escuras e brilhosas, como se fossem cartolas que andam. Suas cabeças arredondadas imensas equilibram-se em seus corpos sinuosos como caules, dando-lhes a aparência de tulipas negras. As criaturas descem, cantando, até a margem do lago. A música enche a floresta com sua vibração, ainda que seja tão suave que dificilmente consigo escutá-la: é como um órgão tocando baixinho. Algumas das criaturas embarcam, outras permanecem na praia do lago. Tudo é feito lentamente. Não é um embarque comum, mas algum tipo de cerimônia. Na verdade, é o funeral de um *hross*. Aqueles três com focinho grisalho a quem ajudaram a embarcar vão para Meldilorn para morrer. Porque, naquele mundo, com exceção de alguns poucos a quem o *hnakra* pega, ninguém morre antes da hora. Todos vivem todo o período da vida da sua espécie, e a morte para eles é tão previsível quanto o nascimento é para nós. Toda a aldeia sabia que aqueles três iriam morrer naquele ano, naquele mês; seria fácil dar um palpite de que morreriam ainda naquela semana. E agora eles se vão para receber o último conselho de Oyarsa, para morrer, para serem "desincorporados" por ele. Os cadáveres, enquanto cadáveres, existirão apenas por alguns minutos. Em Malacandra não há caixões, nem cemitérios, nem coveiros, nem agentes funerários. O vale fica solene com a partida deles, mas não vejo nenhum sinal de luto desesperado. Eles não duvidam de sua própria imortalidade, e amigos da mesma geração não são separados. Você sai do mundo tal como entrou nele, com seus "colegas de turma". A morte não é precedida pelo medo nem seguida pela putrefação.

A outra cena é noturna. Eu vejo a mim mesmo tomando banho no lago com Hyoi. Ele ri do meu nado desajeitado. Acostumado com um mundo mais denso, tenho dificuldade em ficar com o corpo debaixo d'água o suficiente para prosseguir. E aí vejo o céu noturno. A maior parte dele é como o nosso, ainda que as profundezas sejam mais escuras e as estrelas, mais brilhantes. Mas tem uma coisa que acontece na direção oeste que nenhuma analogia terrestre lhe permitirá entender completamente. Imagine a Via Láctea aumentada, a Via Láctea vista pelo nosso maior telescópio, na mais clara das noites. E depois disso imagine um colar de luzes brilhantes como planetas — não pintado ao longo do zênite, mas levantando-se como uma constelação por trás do topo das montanhas —, agitando-se lentamente até preencher a quinta parte do firmamento, deixando depois de si um cinturão de escuridão entre ele mesmo e o horizonte. É brilhante demais para ser fitado diretamente por muito tempo, mas é somente um preparativo. Algo mais está vindo. Há um brilho como o nascer da lua na *harandra*. "*Ahihra*!", exclama Hyoi, e outras vozes como que ladram em resposta a ele da escuridão ao nosso redor. Agora o verdadeiro rei da noite está no alto, e ele tece seu caminho através daquela estranha galáxia ocidental, tornando as luzes delas fracas em comparação com a sua. Desvio o olhar, pois o pequeno disco é bem mais brilhante que a lua no auge do seu esplendor. Toda a *handramit* está banhada por aquela luz incolor. Eu poderia contar os caules da floresta no outro lado do lago; vejo que minhas unhas estão quebradas e sujas. Agora consigo saber o que é aquilo que vi: é Júpiter se erguendo além dos asteroides, e uns sessenta e cinco milhões de quilômetros mais perto do que jamais esteve dos olhos terrestres. Mas os malacandrianos diriam "dentro dos asteroides", pois eles têm um costume esquisito, que é o de algumas vezes virar o sistema solar pelo avesso. Eles chamam os asteroides de "dançarinos diante do limiar dos Grandes Mundos". Os Grandes Mundos são os planetas que, como nós diríamos, estão "além" ou "fora" dos asteroides. Glundandra (Júpiter) é o maior destes e tem uma importância no pensamento malacandriano que eu não consigo compreender. Ele é o "centro", "grande Meldilorn", "trono" e "festa". Eles estão, claro, bem conscientes de que se trata de um lugar inabitável, pelo menos por criaturas do tipo planetário; e eles com certeza não têm nenhuma ideia pagã de atribuir um local de habitação a Maleldil. Mas algo ou alguém de grande importância está ligado a Júpiter. Como sempre, "os *séroni* devem saber". Mas eles nunca me contaram. Talvez o melhor comentário esteja no autor que mencionei para você: "Tal como foi corretamente dito a respeito do grande Africanus,[4]

---

[4]Referência ao general romano Públio Cornélio Cipião Africano — *Africanus*, em latim — que viveu no segundo século antes de Cristo. [N. T.]

que ele nunca estava menos sozinho do que quando estava sozinho, de igual maneira, em nossa filosofia, nenhuma parte desta moldura universal é menos solitária que aquelas que os simples consideram mais solitárias, já que a retirada de homens e feras significa com maior frequência a existência de mais excelentes criaturas".[5]

Direi mais a respeito disso quando você chegar. Estou tentando ler todos os livros antigos dos quais ouço falar que abordam este assunto. Agora que "Weston" fechou a porta, o caminho para os planetas está no passado. Se houver mais viagens espaciais, estas terão de ser também viagens no tempo...!

---

[5]O autor é Cícero, orador, escrito e político romano (106–43 a.C.), na obra *Dos deveres*, III.2. [N. E.]

PERELANDRA

[Viagem a Vênus]

Para algumas senhoras em Wantage[1]

[1]As "senhoras" mencionadas aqui são freiras da comunidade St. Mary the Virgin, que viviam em um convento em Wantage, próximo de Oxford. Uma delas, irmã Penelope, escreveu para Lewis em agosto de 1939 para agradecê-lo pelo livro *Além do planeta silencioso*, e daí nasceu uma profícua amizade por correspondência. A madre superior do convento convidou Lewis para dar uma palestra em abril de 1942, quando ele acabava de escrever *Perelandra*. [N. E.]

Prefácio

ESTA HISTÓRIA pode ser lida isoladamente, mas também é sequência de *Além do planeta silencioso*, em que foram relatadas as aventuras de Ransom em Marte — ou, como seus habitantes o chamam, *Malacandra*. Todos os personagens humanos neste livro são puramente fictícios, e nenhum deles é alegórico.

C.S.L.

1

QUANDO desembarquei na estação ferroviária de Worchester e iniciei a caminhada de cerca de cinco quilômetros até a casa de campo de Ransom, me ocorreu que ninguém naquela plataforma seria capaz de saber a verdade a respeito do homem que eu iria visitar. O matagal que se estendia diante de mim (a cidadezinha está atrás e ao norte da estação) parecia um terreno comum. O céu escuro das dezessete horas era tal e qual se pode ver em qualquer tarde de outono. As poucas casas e os amontoados de árvores vermelhas ou amareladas nada tinham de extraordinário. Quem poderia imaginar que, pouco adiante naquela paisagem tranquila, eu encontraria e apertaria a mão de um homem que havia vivido, comido e bebido em um mundo a sessenta e cinco milhões de quilômetros de Londres, que havia visto esta Terra de onde ela parece um simples ponto de fogo verde e que tinha falado face a face com uma criatura cuja vida teve início antes que o nosso planeta fosse habitável?

Porque, na verdade, Ransom tinha encontrado outras coisas em Marte além dos marcianos. Ele tinha encontrado as criaturas chamadas *eldila*, e especialmente o grande *eldil*, que é o regente de Marte, ou, na língua deles, o Oyarsa de Malacandra. Os *eldila* são muito diferentes de qualquer criatura planetária. O organismo físico deles, se é que pode ser chamado de organismo, é totalmente diferente do organismo humano e também do marciano. Eles não se alimentam, não se reproduzem, não respiram, não sofrem morte natural e, nesse sentido, se parecem mais com minerais pensantes do que com qualquer outra coisa que reconheceríamos como um animal. Ainda que eles apareçam em planetas e possam até parecer, aos nossos sentidos, residir neles algumas vezes, a localização espacial precisa de um *eldil* sempre apresenta grandes dificuldades. Eles mesmos consideram o espaço (ou "céu profundo") como seu verdadeiro *habitat*, e os planetas para eles não são mundos fechados, mas apenas pontos que se movem — talvez até mesmo interrupções — no que conhecemos como sistema solar e eles, como Campo de Arbol.

Naquele momento, eu ia ver Ransom em resposta a um telegrama que dizia: "Venha quinta-feira se puder. Negócios". Eu imaginava que tipo de negócios ele queria comigo, e foi por causa disso que fiquei dizendo a mim mesmo que seria maravilhosamente agradável passar uma noite com Ransom, e também fiquei com um sentimento de que não estava desfrutando tanto quanto deveria daquela possibilidade. O meu problema eram os *eldila*. Eu poderia simplesmente me acostumar com o fato de que Ransom havia estado em Marte... Mas ter se encontrado com um *eldil*, ter conversado com alguma coisa cuja vida parecia ser praticamente interminável... Até mesmo a viagem a Marte parecia problemática o bastante. Um homem que esteve em outro mundo não retorna a mesma pessoa. Não é possível descrever a diferença. Quando o homem é um amigo, isso pode ser doloroso: não é fácil recuperar o equilíbrio antigo. Mas muito pior era a minha crescente convicção de que, desde sua volta, os *eldila* não o deixaram em paz. Pequenas coisas em sua conversa, certos modos, alusões acidentais que ele fazia e depois retirava com uma desculpa esfarrapada, tudo aquilo indicava que ele tinha companhias estranhas, que havia — bem, visitantes — em sua casa de campo.

Enquanto caminhava vagarosamente pela estrada vazia e sem cercas que corta o centro da região de Worchester, tentei dispersar meu sentimento crescente de *mal-estar* analisando-o. Do que, afinal, eu tinha medo? Arrependi-me assim que levantei essa questão. Fiquei chocado quando percebi que tinha usado mentalmente a palavra *medo*. Até então tinha tentado fingir que sentia apenas desgosto, ou constrangimento, ou até tédio. Mas a menção da palavra *medo* entregou o jogo. Compreendi naquele momento que minha emoção não era nem mais, nem menos, nem outra a não ser Medo. E compreendi que estava com medo de duas coisas: medo de que, mais cedo ou mais tarde, eu mesmo pudesse me encontrar com um *eldil*; e medo de que eu fosse "atraído". Acho que todo mundo conhece esse medo de ser "atraído" no momento que entende que, por exemplo, o que parecia ser mera especulação está a ponto de fazê-lo entrar para o Partido Comunista ou para a Igreja Cristã — a sensação de que uma porta foi fechada e você foi deixado do lado de dentro. A questão era pura má sorte. Ransom havia sido levado para Marte (ou Malacandra) contra sua vontade e quase por acidente, e eu tinha entrado em contato com a história dele por outro acidente. Mesmo assim, estávamos nós dois cada vez mais envolvidos no que eu só poderia descrever como política interplanetária. Meu desejo mais forte era nunca entrar em contato com um *eldila*. Não tenho certeza de ser capaz de fazer com que você entenda isso. Era mais que um prudente desejo de evitar criaturas alienígenas em espécie, muito poderosas e muito inteligentes. A verdade é que tudo que ouvi a respeito deles parecia conectar duas coisas que em geral as pessoas têm a tendência de manter separadas, e conectá-las pode ser um choque. Temos a tendência de pensar a respeito de inteligências não humanas em duas categorias que rotulamos respectivamente como "científicas" e "sobrenaturais". Pensamos, por um lado, nos marcianos de H. G. Wells (a propósito, muito diferentes dos malacandrianos reais), ou nos selenitas que ele imaginou. De uma maneira totalmente diferente, deixamos a mente solta quanto à possibilidade de anjos, fantasmas, fadas e seres semelhantes. Mas, no momento que nos vemos obrigados a reconhecer uma dessas espécies como *real*, essa distinção se torna imprecisa, e quando se trata de uma criatura como um *eldil*, a distinção desaparece por completo. Essas "coisas" não são animais — portanto, deveriam ser classificadas como sobrenaturais; mas elas têm algum tipo de veículo material cuja presença poderia (em princípio) ser cientificamente verificada. Nesse sentido, pertencem ao grupo do que é científico. A distinção entre natural e sobrenatural de fato cai por terra; e quando isso acontece, percebe-se que a separação era um alívio, pois acabava com o peso da estranheza intolerável que este universo nos impõe ao dividi-lo em duas metades e ao encorajar a mente a nunca pensar em ambas no mesmo contexto. O preço que pagamos por esse conforto em forma de falsa segurança e de adoção de pensamentos confusos é outra história.

"Este é um longo e cansativo caminho", pensei. "Graças a Deus não preciso carregar nada." E então, com um início de compreensão, me lembrei de que devia estar carregando uma mochila contendo minhas coisas para passar a noite. Xinguei a mim mesmo. Devo tê-las deixado no trem. Você vai acreditar se eu disser que meu impulso imediato foi o de voltar à estação e "fazer alguma coisa a respeito disso"? Claro que não havia solução melhor que um telefonema da casa de campo. A essa altura, o trem, com a minha mochila, estava a quilômetros de distância.

Agora eu entendo isso tão claramente quanto você. Mas, naquele momento, parecia perfeitamente óbvio que eu deveria refazer meus passos, e de fato já tinha começado a fazê-lo antes de a razão ou a consciência me despertar e lentamente me colocar mais uma vez a seguir em frente. Nesse momento, ficou claro para mim quão pouco eu queria fazer aquilo. A tarefa era tão difícil que eu parecia estar caminhando na direção contrária à do vento, mas, na verdade, era uma noite daquelas tão tranquilas e sem vida que não se percebia um galho se movendo, e começava a ficar nebulosa.

Quanto mais eu andava, mais impossível era pensar em outra coisa que não fossem os *eldila*. Afinal de contas, o que de fato Ransom sabia sobre eles? Conforme o relato dele, os que encontrou geralmente não visitam o nosso planeta — ou apenas começaram a fazê-lo quando ele voltou de Marte. Ele disse que nós temos os nossos próprios *eldila*, *eldila* terrestres, mas eles são de uma espécie diferente e muito hostis aos humanos. Foi por isso que o nosso mundo teve sua comunicação com os demais planetas cortada. Ele nos descreveu como se estivéssemos em estado de sítio, como um território ocupado pelo inimigo, subjugado por *eldila* que estavam em guerra conosco e com os *eldila* do "céu profundo" ou do "espaço". Como as bactérias em nível microscópico, essas pestes invisíveis permeiam toda a nossa vida em nível macroscópico e são as verdadeiras explicações daquela tortuosidade fatal que é a principal lição da história. Se tudo isso for verdade, então, claro, deveríamos ser gratos pelo fato de que *eldila* de uma melhor espécie finalmente romperam a fronteira (que fica, eles dizem, na órbita da Lua) e começavam a nos visitar. Tudo isso com base na veracidade do relato de Ransom.

Uma ideia desagradável me ocorreu: e se Ransom tivesse sido enganado? Se algo vindo do espaço estivesse tentando invadir nosso planeta, haveria alguma cortina de fumaça melhor que a história de Ransom? Afinal, haveria a mínima prova da existência de supostos *eldila* malignos em nossa Terra? E se o meu amigo fosse a ponte sem saber, o cavalo de Troia por onde algum possível invasor realizaria seu pouso na Terra? E aí, mais uma vez, como quando me dei conta de que estava sem a minha mochila, ocorreu-me o impulso de não mais prosseguir. "Volte, volte", isso me sussurrava, "mande um telegrama para ele, diga-lhe que está doente, diga-lhe que virá outro dia — qualquer coisa". A força de tal sentimento me surpreendeu. Permaneci parado por alguns momentos, dizendo a mim mesmo para não ser bobo, e, quando finalmente retomei a caminhada, fiquei me perguntando se isso poderia ser o início de um colapso nervoso. Pouco depois que essa ideia passou pela minha mente, ela se tornou um novo motivo para não visitar Ransom. Obviamente, eu não estava pronto para qualquer "negócio" problemático, e era quase certo que seu telegrama se referia a algo do tipo. Eu não estava preparado nem para passar um fim de semana corriqueiro fora de casa. O meu único movimento racional seria dar meia-volta e chegar a salvo em casa, antes que perdesse a memória ou ficasse histérico, e então me colocasse nas mãos de um médico. Era pura loucura continuar.

Eu já estava chegando ao fim daquele caminho e descendo uma pequena colina, tendo um bosque à minha esquerda e alguns edifícios industriais aparentemente abandonados à minha direita. A neblina da noite estava um tanto espessa na parte de baixo, rente ao chão. "No começo eles chamam isso de colapso", pensei. Não havia alguma doença mental na qual objetos completamente comuns parecem ser incrivelmente ameaçadores para o paciente? Que parecessem, na verdade, exatamente como aquela fábrica abandonada me parecia agora? Grandes formas bulbosas de cimento e seus estranhos demônios de alvenaria olhando para mim com raiva por cima de um matagal seco e pontilhado de poças cinzas e interseccionado pelos restos de uma via férrea. Eu me lembrei de coisas que Ransom vira naquele outro mundo: só que lá, eles eram pessoas. Gigantes delgados como espetos a quem ele chama de *sorns*. O que deixava tudo pior era que ele os considerava boas pessoas — de fato, muito mais agradáveis que a nossa própria raça. Ele estava coligado a eles! Havia ele sido enganado? Poderia ser algo ainda pior... E mais uma vez eu fiquei paralisado.

O leitor que não conhece Ransom não entenderá o quanto tal ideia era contrária à razão. Meu eu racional, naquele momento, sabia perfeitamente bem que, mesmo que todo o universo fosse louco e hostil, Ransom era mentalmente são, íntegro e honesto. Por fim, foi essa parte da minha mente que me fez seguir adiante, mas com relutância e dificuldade tais que dificilmente conseguirei expressar em palavras. O que me possibilitou prosseguir foi o conhecimento (lá no fundo de mim) de que eu estava chegando cada vez mais próximo de um amigo: mas *senti* que estava me aproximando de um inimigo — o traidor, o feiticeiro, o homem em aliança com "eles"... Eu caminhava para a armadilha com os olhos abertos, como um tolo. "No início, chamam isso de colapso", minha mente me disse, "e mandam você para o hospital; depois, o transferem para um hospício".

Eu já havia passado pela fábrica abandonada, avançando na neblina, e estava muito frio. Então veio um momento — o primeiro — de absoluto terror, e tive de morder o lábio para não gritar. Era apenas um gato que havia atravessado a estrada, mas eu fiquei muito amedrontado. "Você logo vai estar gritando de verdade", disse meu carrasco interior, "correndo em círculos, gritando, e não vai conseguir parar".

Havia uma pequena casa vazia do lado da estrada, com quase todas as janelas abertas, e uma delas me encarava como se fosse o olho de um peixe morto. Entenda, por favor, que, em momentos corriqueiros, a ideia de uma "casa assombrada" não significa para mim mais do que significa para você. Mas também não menos. Naquela hora, não era nada tão definido quando o pensamento de que um fantasma viria me pegar. Era só a palavra *assombrada*. Assombrada... Assombrar... Que força há na pronúncia dessa palavra! Será que uma criança que nunca a ouviu e que não sabe seu significado não tremeria simplesmente por ouvi-la, no cair da tarde, ao escutar seus pais dizendo "Esta casa é mal-assombrada"?

Finalmente cheguei à encruzilhada onde fica a pequena capela wesleyana, onde eu tinha de virar à esquerda sob as faias. A essa altura, eu já deveria estar vendo as luzes da janela de Ransom — ou já estaria tarde demais para que as luzes estivessem acesas? Meu relógio tinha parado, e eu não sabia. Estava muito escuro, mas poderia ser por causa da neblina e das árvores. Não era da escuridão que eu tinha medo, você sabe. Todos nós já passamos pela experiência de ver objetos inanimados que parecem ter uma expressão facial, e foi da expressão daquele trecho da estrada que eu não gostei. "Não é verdade", pensava comigo mesmo, "que pessoas que estão ficando loucas nunca pensam que elas estão ficando loucas". Suponha que a verdadeira insanidade tenha escolhido este lugar para começar. Nesse caso, claro, o inimigo oculto daquelas árvores sem graça, sua horrenda expectativa, seria uma alucinação. Mas isso não melhora em nada a situação. Dizer que o fantasma que você vê é uma ilusão não retira desse espectro seu poder aterrorizante, mas simplesmente acrescenta à circunstância o terror da loucura em si e, depois, no topo disso, a dedução horrível de que todos os que foram chamados de loucos são, desde o começo, as únicas pessoas que veem o mundo como ele é.

Era assim que eu me sentia. Eu cambaleava no frio e na escuridão, quase convencido de que estava entrando no que é chamado de loucura. Mas a cada momento minha opinião sobre a sanidade mudava. E se isso não fosse mais que uma convenção — um conjunto confortável de antolhos, um modo convencionado de nos iludirmos, que excluiu da nossa percepção a completa estranheza e malevolência do universo que somos obrigados a habitar? As coisas que eu havia começado a descobrir durante os últimos meses de meu contato com Ransom já eram mais do que a "sanidade" admitiria, mas eu tinha chegado longe demais para dispensar tudo como irreal. Eu duvidava da interpretação dele, ou da sua boa-fé. Não duvidava da existência das coisas que ele havia encontrado em Marte — os *pfifltriggi*, os *hrossa* e os *sorns* — nem dos *eldila* interplanetários. Eu não duvidava nem da realidade do ser misterioso que os *eldila* chamam de Maleldil e a quem parece que eles prestam obediência total, tal como nenhum ditador terrestre seria capaz de conseguir. Eu sabia o que Ransom imaginava que Maleldil fosse.

Com certeza aquela era a casa de campo. Estava muito escura. Um pensamento infantil e lamuriento veio à minha mente: "Por que ele não estava no portão veio me receber?". Um pensamento ainda mais infantil veio a seguir. Talvez ele *estivesse* no jardim, esperando por mim, escondido. Talvez me atacasse pelas costas. Talvez uma figura semelhante a Ransom aparecesse de costas para mim e, quando eu falasse com ele, se virasse para mim e revelasse um rosto que não é humano...

Não desejo alongar esta fase da minha narrativa. Eu me sinto humilhado quando me lembro do estado mental que me acometeu naquele momento. Teria suprimido tudo isso se não pensasse que alguma parte deste relato fosse necessária para uma plena compreensão do que se seguiu — e, talvez, de outras coisas também. Em todo caso, eu *não posso* descrever realmente como cheguei à porta da frente da casa de campo. De um jeito ou de outro, a despeito da aversão e do desânimo que me puxavam para trás e de uma espécie de muro invisível de resistência que estava diante de mim, lutando a cada passo e quase histérico por causa de um ramalhete inofensivo da cerca-viva que tocou meu rosto, consegui passar pelo portão e subir o pequeno caminho. E lá estava eu, batendo na porta, torcendo a maçaneta e gritando para ele me deixar entrar como se a vida dependesse daquilo.

Não houve resposta — som nenhum se ouvia, exceto o eco dos sons que eu mesmo fizera. Havia apenas alguma coisa branca tremulando na aldrava. Meu palpite, claro, era que aquilo era um bilhete. Ao acender um fósforo para ler o que estava escrito, vi como minhas mãos tremiam e, quando o fósforo se apagou, vi quão escura estava a noite. Depois de várias tentativas, li o bilhete. "Desculpe. Precisei ir a Cambridge. Não volto antes do último trem. Tem o que comer na despensa e a cama está arrumada no quarto em que você sempre fica. Não me espere para jantar a não ser que tenha vontade — E. R." E imediatamente o impulso de me retirar, que já tinha me assaltado várias vezes, pulou sobre mim com uma espécie de violência demoníaca. Ali estava meu retorno, aberto, literalmente me convidando. Aquela era a minha oportunidade. Se alguém estava esperando que eu entrasse naquela casa e ficasse sentado sozinho por horas, estava muito enganado! Mas então, enquanto o pensamento da minha viagem de volta começava a tomar forma em minha mente, eu fraquejei. Não era atraente a ideia de sair para atravessar de novo a avenida das faias (estava escuro de verdade naquela hora) com aquela casa atrás de mim (eu estava com o sentimento absurdo de que ela ia me seguir). Foi aí que algo melhor veio à minha mente — algum resquício de sanidade e alguma relutância em deixar Ransom para trás. Eu poderia pelo menos verificar se a porta estava realmente destrancada. E o fiz. Estava destrancada. No momento seguinte, não sei como, eu já estava dentro da casa, e deixei a porta se fechar depois que entrei.

Lá dentro estava muito escuro e aquecido. Dei alguns passos para a frente, bati a canela violentamente em alguma coisa e caí. Sentei-me, esfregando a perna por alguns segundos. Eu achava que conhecia bem a disposição da entrada e da sala de estar de Ransom e não podia imaginar em que havia tropeçado. Levei a mão ao bolso, peguei meus fósforos e tentei acender um. A cabeça do fósforo se despedaçou. Pisei nela e aspirei o ar para me certificar de que ela estava completamente apagada. Quando inspirei, percebi que havia um odor estranho na sala. Não consegui descobrir o que era de jeito nenhum. Aquilo era muito diferente de qualquer cheiro doméstico comum, como se fosse de algo químico, mas também não era de modo algum o cheiro de um produto químico. Então acendi outro fósforo. Ele estalou e se apagou quase imediatamente, não de forma inesperada, pois eu estava sentado no capacho, e, mesmo em casas mais bem construídas que a casa de campo de Ransom, há poucas portas que conseguem impedir uma corrente de ar. Não consegui ver nada, a não ser a palma da minha mão circundando a chama para que ela não se apagasse. Evidentemente eu teria de me afastar da porta. Levantei-me cautelosamente e verifiquei o caminho à minha frente. Deparei-me na hora com um obstáculo — alguma coisa macia e muito fria que estava um pouco acima da altura dos meus joelhos. Quando a toquei, percebi que era a origem daquele cheiro. Fui tateando para o lado esquerdo e finalmente cheguei ao fim dela. Parecia que tinha muitas superfícies, e eu não conseguia entender sua forma. Não era uma mesa, porque não tinha tampo. Dava para tatear pela borda de uma espécie de parede baixa, com o polegar do lado de fora e os dedos do lado de baixo da parte interna. Se fosse madeira, eu teria pensado que era caixa grande. Mas aquilo não era madeira. Por um instante, pensei que estivesse molhado, mas logo vi que havia confundido frio com umidade. Quando cheguei ao final daquele objeto, acendi o terceiro fósforo.

Vi algo branco e semitransparente parecido com gelo. Uma coisa grande, muito comprida, uma espécie de caixa, que estava aberta e tinha um formato estranho, que não consegui reconhecer de imediato. Era grande o bastante para conter um homem. Então dei um passo para trás, levantando o fósforo aceso para ter uma visão mais ampla, e no mesmo instante tropecei em algo atrás de mim. Comecei a me arrastar na escuridão, não no carpete, mas em mais daquela substância fria com cheiro estranho. Havia quantas daquelas coisas infernais ali?

Estava me preparando para levantar e procurar sistematicamente uma vela naquela sala quando ouvi o nome de Ransom ser pronunciado, e quase, mas não exatamente ao mesmo tempo, vi a coisa que temia tanto ver. Ouvi o nome de Ransom ser pronunciado, mas não posso dizer que foi uma voz que o pronunciou. O som era espantosamente diferente de uma voz. Era um som perfeitamente articulado. Acho que era até bonito. Mas era, se é que me entende, inorgânico. Nós percebemos muito claramente a diferença entre vozes animais (incluindo as vozes humanas) e outros sons, eu acho, ainda que ela seja difícil de identificar. Toda voz indica a presença de sangue, de pulmões e da cavidade úmida e aquecida da boca. Mas, naquela voz, não havia nada disso. As duas sílabas do nome de Ransom soaram mais como se fossem tocadas em um instrumento do que como se tivessem sido faladas, mas mesmo assim não soaram como se fossem mecânicas. Uma máquina é algo que fabricamos a partir de materiais naturais, mas aquele som era como se uma pedra, um cristal ou a luz tivessem falado. Aquilo me atingiu da cabeça aos pés, como a sensação que você tem quando está escalando um penhasco e pensa que perdeu o apoio.

Foi isso que ouvi. O que eu vi foi simplesmente um fraco feixe ou coluna de luz. Acho que não chegou a fazer um círculo de luz no chão ou no teto, mas não tenho certeza. Aquilo certamente tinha pouca energia para iluminar o que estava ao seu redor. Até aí tudo bem. Mas também tinha duas outras características que são bem mais difíceis de captar. Uma era a cor. Já que vi a coisa, eu deveria evidentemente tê-la visto branca ou colorida, mas nenhum esforço da minha memória é capaz de me fazer lembrar nem vagamente de que cor era aquela. Já pensei em azul, dourado, violeta e vermelho, mas não era nenhuma dessas. Nem tento explicar como é possível ter uma experiência visual que imediatamente, e depois para sempre, se torna impossível de se lembrar. A outra característica difícil de captar era o ângulo daquela coisa. Aquilo não formava ângulos retos com o chão. Todavia, tendo dito isso, devo acrescentar que essa maneira de apresentar as coisas é uma reconstrução posterior. O que eu sentia naquele momento era que a coluna de luz era vertical, mas o chão não era horizontal — parecia que toda a sala estava inclinada, como se estivesse a bordo de um navio. A impressão que aquilo produzia era que aquela criatura tinha como referência um horizontal, um sistema completo de direções, baseado fora da Terra, e que sua simples presença me impunha o sistema alienígena e abolia o horizontal terrestre.

Eu não tinha dúvida nenhuma de que aquilo que eu estava vendo era um *eldil*, e pouca dúvida de que estava vendo o arconte de Marte, o Oyarsa de Malacandra. E agora que aquilo tinha acontecido, eu não estava mais em uma condição de pânico abjeto. É verdade que minhas sensações eram bastante desagradáveis. Fato é que aquilo obviamente não era orgânico. Saber que havia uma inteligência que de alguma maneira estava localizada naquele cilindro de luz, mas não estava ligada a ele do modo como a nossa consciência está relacionada ao nosso cérebro e aos nervos, era profundamente perturbador.[1] Aquilo não se encaixava em nossas categorias. Tanto a reação que geralmente temos a uma criatura viva como a um objeto eram igualmente inadequadas para este caso. Por outro lado, desapareceram

---

[1]No texto eu naturalmente me atenho ao que pensei e senti naquela época, pois só assim seria evidência de primeira mão, mas aqui obviamente há espaço para especulações posteriores a respeito da forma como os *eldila* parecem aos nossos sentidos. As únicas considerações sérias sobre o problema até o momento devem ser buscadas no início do século 17. Como ponto de partida para uma investigação futura, eu recomendo o seguinte, de Natvilcius (*De Aethereo et aerio Corpore*, Basel. 1627, II. XII.): *liquet simplicem flammem sensibus nostris subjectam non esse corpus proprie dictum angeli vel daemonis, sed potius aut illius corporis sensorium aut superficiem corporis in coelesti dispositione locorum suprea cogitationes humanas existentis* ("Parece que a chama homogênea percebida pelos nossos sentidos não é propriamente o assim chamado corpo de um anjo ou de um demônio, mas a sensação daquele corpo ou da superfície de um corpo que existe de alguma maneira além da nossa concepção no sistema celestial de referências espaciais"). Por "sistema celestial de referências espaciais", eu entendo que ele quer dizer o que nós atualmente chamamos de "espaço multidimensional". Não que Natvilcius soubesse alguma coisa de geometria multidimensional, claro, mas ele compreendeu empiricamente o que a matemática depois compreenderia em teoria. [*Natvilcius* é a forma latina da expressão anglo-saxã *Nat Whilk*, que significa "não sei quem". Lewis costumava usar "Nat Whilk" ou "N.W." como pseudônimo em seus poemas. (N. E.)]

todas as dúvidas que eu tinha, quando entrei na casa de campo, a respeito de as criaturas serem amigas ou inimigas, ou de Ransom ser um pioneiro ou de ter sido enganado. Meu temor agora era diferente. Eu estava seguro de que a criatura era o que chamamos de "bom", mas não tinha certeza de se eu gostava daquela "bondade" tanto quanto supusera. Essa é uma experiência muito terrível. Desde que aquilo que você teme seja algo maligno, você ainda pode ter esperança que o bem virá em seu resgate. Mas suponha que você lute com o bem e descubra que ele também é apavorante. O que aconteceria se a comida se transformasse em algo que você não pode comer, e sua casa em um lugar onde você não pode viver, e o seu ombro amigo se tornasse a pessoa que o deixa desconfortável? Então, de fato, não há um resgate possível: a última carta já foi posta na mesa. Por um segundo ou dois, eu quase estive nessa condição. Aqui finalmente estava um pedaço daquele mundo além do mundo que eu sempre imaginara amar e desejar, rompendo e aparecendo aos meus sentidos, e eu não gostei dele. Eu queria ir embora. Eu queria toda distância possível, e que todo abismo, toda cortina, todo cobertor e toda barreira fossem colocados entre mim e aquela coisa. Mas não caí no abismo. Por mais estranho que pareça, foi meu senso de desamparo que me salvou e me manteve firme. Porque naquele momento eu fui evidentemente "atraído". A luta havia cessado. A decisão seguinte não era minha.

Então, como um barulho de um mundo diferente, ouvi o som da porta se abrindo e o de sapatos no tapete, e vi, contra o cinza da noite na porta aberta, a silhueta de uma figura que reconheci como Ransom. A fala que não era uma voz veio novamente do feixe de luz, e Ransom, em vez de se mexer, permaneceu parado e respondeu. As duas falas eram em uma estranha língua polissilábica que nunca tinha ouvido antes. Nem tento me desculpar pelos sentimentos que foram despertados em mim quando ouvi o som inumano se dirigindo ao meu amigo e o meu amigo respondendo a ele em uma língua inumana. Eles são de fato indesculpáveis, mas, se você pensa que são improváveis em uma conjuntura como aquela, devo lhe dizer claramente que você não leu nem a história, nem o seu próprio coração, com muita atenção. Eram sentimentos de ressentimento, horror e inveja. Tive vontade de gritar: "Deixe este fantasma para lá, seu mágico maldito, e fale comigo". Mas o que eu falei foi: "Ah, Ransom. Graças a Deus você chegou".

2

A PORTA foi fechada (pela segunda vez naquela noite), e, depois de tatear por um momento, Ransom achou uma vela e a acendeu. Olhei rapidamente ao redor e não vi mais ninguém, a não ser nós mesmos. A coisa mais incomum na sala era o grande objeto branco. Desta vez, eu identifiquei muito bem seu formato. Era uma caixa grande em forma de caixão, e estava aberta. A tampa estava no chão, ao seu lado, e sem dúvida foi nela que tropecei. Ambas eram feitas do mesmo material branco, parecido com gelo, mas mais esbranquiçado e menos brilhante.

"Por Júpiter, estou feliz em ver você", disse Ransom, avançando e apertando minha mão. "Eu esperava conseguir me encontrar com você na estação, mas precisei arrumar tudo na pressa e, no último instante, descobri que tinha de ir a Cambridge. Jamais tive a intenção de deixar você fazer *aquela* jornada sozinho." Então vendo, suponho, que eu ainda o encarava de um jeito abobalhado, ele acrescentou: "Está *tudo bem* com você, não está? Você passou pela barreira sem problemas?".

"Barreira? Não estou entendendo."

"Estava pensando se você teve alguma dificuldade para chegar aqui."

"Ah, *aquilo*!", exclamei. "Você quer dizer que tudo aquilo não eram só meus nervos? Tinha mesmo alguma coisa no caminho?"

"Sim. Eles não queriam que você chegasse aqui. Eu estava com receio de que acontecesse algo do tipo, mas não havia tempo para fazer nada. Mas eu tinha certeza de que você ia conseguir."

"Por *eles* você quer dizer os outros... os nossos próprios *eldila*?"

"Claro. Eles ficaram sabendo do que ia acontecer..."

Eu o interrompi: "Para lhe dizer a verdade, Ransom", disse, "estou ficando cada vez mais preocupado com tudo isso. Tal coisa me veio à mente enquanto estava vindo para cá...".

"Ah, eles vão colocar todo tipo de coisa na sua cabeça se você deixar", disse Ransom com leveza. "O melhor a fazer é não dar atenção e prosseguir. Não tente responder a eles. Eles gostam de arrastar você para uma discussão sem fim."

"Mas, veja só", disse eu. "Isso não é brincadeira de criança. Você tem certeza de que esse Senhor Sombrio, esse Oyarsa depravado da Terra, realmente existe? Tem certeza de que há dois lados, ou em qual deles você está?"

Ele me encarou com um dos seus olhares mansos, mas estranhamente formidáveis.

"Você está *mesmo* em dúvida quanto aos dois, não está?", ele me perguntou.

"Não", respondi, depois de uma pausa, e me senti envergonhado.

"Está tudo certo, então", disse Ransom com alegria. "Agora vamos jantar e, enquanto comemos, eu lhe explico tudo."

Enquanto nos dirigíamos à cozinha, perguntei a ele: "Que negócio é esse do caixão?".

"É nele que devo viajar."

"Ransom!", exclamei. Ele... aquilo... o *eldil* está querendo levar você de volta para Malacandra?"

"Não", respondeu ele. "Ah, Lewis, você não entende. Levar-me de volta para Malacandra? Se ao menos ele pudesse, eu daria tudo que tenho... Só para olhar de novo aqueles desfiladeiros e ver o azul, aquela água azul sinuosa entrando e saindo das florestas. Ou para estar lá em cima, no topo — para ver um *sorn* escalando as ladeiras. Ou para voltar lá em uma noite em que Júpiter estivesse em ascensão, brilhante demais para vê-lo a olho nu e todos os asteroides como a Via Láctea, com cada estrela tão brilhante quanto Vênus visto da Terra. E os aromas! Eles não saem da minha mente. Era de se esperar que tudo ficasse pior nas noites em que Malacandra está no alto e eu posso avistá-la. Mas não é nesses dias que dói forte. É nos dias quentes de verão — olhando para o azul profundo e pensando que *lá*, a milhões de quilômetros de profundidade, aonde nunca, nunca voltarei, há um lugar que eu conheço, e que, neste exato momento, há flores crescendo em Meldilorn, e amigos meus indo trabalhar, e que eles me receberiam bem. Não. Eu não tenho essa sorte. Não é para Malacandra que estou sendo enviado. É para Perelandra."

"Esse é o nosso Vênus, não é?"

"Sim."

"E você diz que está sendo enviado para lá."

"Sim. Se você se lembra, antes de eu deixar Malacandra, Oyarsa sugeriu que minha ida lá poderia ser o início de toda uma nova fase na vida do sistema solar — o Campo de Arbol. Isso poderia significar, ele disse, que o isolamento do nosso mundo, o cerco, estaria chegando ao fim."

"Sim. Eu me lembro."

"Bem, parece que algo do tipo está para acontecer. Pois tem uma coisa: os dois lados, como você os chama, começaram a aparecer muito claramente, muito menos misturados, aqui na Terra, em nossos próprios assuntos humanos — para mostrarem um pouco mais como realmente são."

"Estou entendendo."

"A outra coisa é o seguinte: o arconte das trevas — o nosso Oyarsa corrompido — está pensando em algum tipo de ataque a Perelandra."

"Mas ele está à solta no sistema solar? Ele pode ir até lá?"

"É exatamente esta a questão. Ele não pode chegar lá em pessoa, em seu próprio espectro, seja como for que o chamemos. Como você sabe, ele foi preso nestes limites séculos antes que qualquer vida humana existisse em nosso planeta. Se ele se aventurar a ultrapassar os limites da órbita da Lua, será jogado de volta pela força principal. Essa seria uma guerra diferente. Você ou eu poderia ajudar com isso não mais do que uma pulga poderia ajudar com a defesa de Moscou. Não. Ele deve estar tentando chegar a Perelandra de algum modo diferente."

"E onde você entra na história?"

"Bem, eu simplesmente recebi uma ordem para ir."

"E essa ordem veio de Oyarsa, é isso que você quer dizer?"

"Não. A ordem vem da mais alta hierarquia. No fim das contas, sabe como é, todas as ordens vêm de cima."

"E o que você vai fazer quando chegar lá?"

"Não me disseram."

"Você é simplesmente uma parte da *comitiva* do Oyarsa?"

"Ah, não. Ele não vai ficar lá, só vai me transportar para Vênus, me deixar lá. Depois disso, até onde sei, estarei sozinho."

"Mas olhe só, Ransom — quero dizer..." Minha voz vacilou.

"Eu sei!", ele disse, com um de seus sorrisos singularmente tranquilizadores. "Você está percebendo o absurdo de tudo isso. O Dr. Elwin Ransom saindo sozinho para combater poderes e principados. Você pode estar pensando que é megalomania da minha parte."

"Eu não quis dizer isso", afirmei.

"Ah, mas eu acho que você quis dizer isso, sim. Mas quando você pensa nisso, por acaso lhe parece mais estranho do que aquilo que temos de fazer todo dia? Quando a Bíblia usa essa mesma expressão ao falar de luta contra principados, potestades e seres hipersomáticos depravados nas regiões celestiais[1] (a propósito, nesse ponto nossa tradução é muito enganosa), ela quer dizer que pessoas comuns devem se envolver nessa batalha."

"Ah, eu diria que sim", afirmei. "Mas é diferente. Aquilo se refere a um conflito moral."

Ransom virou a cabeça para trás e riu. "Ah, Lewis, Lewis", disse ele, "você é uma figura. Simplesmente uma figura".

"Diga o que quiser, Ransom, mas *há* uma diferença."

"Sim. Há. Mas tal diferença não faz com que seja megalomania pensar que qualquer um de nós pode ter de lutar de um jeito ou de outro. Vou lhe dizer como eu entendo essa questão. Você não percebe que há diferentes fases em nossa própria pequena guerra na Terra, e, enquanto qualquer uma dessas fases está ocorrendo, as pessoas adquirem o hábito de pensar e se comportar como se aquilo fosse permanente? Mas, na verdade, tudo está mudando o tempo todo, e nem os ganhos nem os perigos deste ano são os mesmos do ano que passou. Agora a sua ideia de que pessoas comuns não vão se encontrar com os *eldila* das trevas de jeito nenhum, a não ser de maneira psicológica ou moral, como em tentações ou coisa semelhante, é simplesmente uma ideia que vigorou durante certa fase da guerra cósmica: a fase do grande cerco, a fase que deu a nosso planeta o nome de Thulcandra, o planeta *silencioso*. Mas, e se imaginarmos que essa fase está passando? A próxima fase poderá ser aquela em que qualquer um deverá se encontrar com os *eldila* das trevas... ou seja, de um modo bastante diferente."

"Entendo."

"Não pense que fui escolhido para ir a Perelandra porque sou importante. Só depois de muito tempo é possível saber por que *alguém* foi escolhido para *alguma* tarefa. E, quando isso acontece, geralmente é por uma razão

---

[1]Referência a Efésios 6:12. [N. E.]

que não permite que haja vaidade. Certamente nunca é por causa daquilo que os homens consideram suas principais qualificações. Eu acho que estou sendo enviado porque aqueles dois patifes que me sequestraram e me levaram para Malacandra fizeram algo que nunca pretenderam, isto é, dar ao ser humano uma chance de aprender aquela língua."

"Que língua?"

"*Hressa-hlab*, claro. A língua que aprendi em Malacandra."

"Mas certamente você não imagina que eles falam a mesma língua em Vênus, não é?"

"Não cheguei a falar sobre isso com você?" disse Ransom, inclinando-se para frente. Estávamos à mesa e já tínhamos quase terminado nossa refeição de carne curada, cerveja e chá. "Estou surpreso de não ter falado, porque descobri há dois ou três meses, e cientificamente isso é uma das coisas mais interessantes em toda essa história. Parece que estávamos completamente equivocados ao pensar que *hressa-hlab* fosse uma língua apenas de Marte. Ela é o que pode ser chamado de solar antigo, *hlab-eribol-ef-cordi*."

"O que cargas d'água isso quer dizer?"

"Quero dizer que originalmente havia uma língua comum para todas as criaturas racionais que habitavam os planetas do nosso sistema, isto é, os que eram habitados, que os *eldila* chamam de Mundos Inferiores. Muitos deles, claro, nunca foram habitados e nunca serão. Pelo menos não do jeito que imaginamos. Aquela língua original foi perdida em Thulcandra, o nosso mundo, quando nossa tragédia aconteceu. Nenhuma língua humana conhecida no mundo descende dela."

"Mas e aquelas duas outras línguas de Marte?"

"Admito que não entendo a respeito delas. Mas tem uma coisa que eu sei, e creio que posso provar isso em bases puramente filológicas. Elas são incomparavelmente menos antigas que *hressa-hlab*, especialmente o *surnibur*, a língua dos *sorns*. Creio que possa ser demonstrado que o *surnibur*, de acordo com os padrões malacandrianos, é um desenvolvimento moderno. Duvido que o surgimento dessa língua seja anterior ao nosso período Cambriano."

"E você acha que esse *hressa-hlab*, ou solar antigo, é falado em Vênus?"

"Sim. Vou chegar lá falando a língua. Isso vai evitar muitos problemas, ainda que, como filólogo, eu ache isso bem frustrante."

"Mas você não tem ideia do que vai fazer ou de que condições vai encontrar?"

"Não tenho a menor ideia do que vou fazer. Você sabe que há algumas tarefas para as quais é essencial que você *não* saiba muita coisa a respeito antes... coisas que poderia ter de dizer que não seriam ditas do jeito certo se você tivesse tido uma preparação prévia. Quanto às condições, bem, não sei muito. Lá vai ser quente, e vou ter de ir pelado. Nossos astrônomos não sabem muito a respeito da superfície de Perelandra. A camada exterior da atmosfera de lá é muito espessa. Aparentemente, o principal problema é se o planeta gira ou não ao redor do seu próprio eixo e a qual velocidade. Há duas escolas de pensamento. Uma é a de um homem chamado Schiaparelli,[2] que acha que ele leva o mesmo tempo para girar uma vez ao redor do próprio eixo e uma vez ao redor de Arbol, isto é, o Sol. Outros pensam que ele gira ao redor do seu eixo uma vez a cada vinte e três horas. Essa é uma das coisas que vou ter de descobrir."

"Se Schiaparelli estiver certo, então em um lado do planeta é sempre dia e, no outro, noite?"

Ele acenou com a cabeça, pensativo. "Seria uma fronteira engraçada", disse. "Pense nisso. Você vai a uma região de crepúsculo eterno e fica cada vez mais frio e escuro a cada quilômetro percorrido, até chegar a um ponto em que não poderia mais prosseguir porque não teria ar. Seria possível ficar na parte do dia no lado direito da fronteira e *perscrutar* a noite que você jamais poderá alcançar? E, quem sabe, ver uma ou duas estrelas — aquele seria o único lugar onde você *poderia* vê-las, porque evidentemente na Terra do Dia elas nunca seriam visíveis... É claro que, se eles têm uma civilização com conhecimento científico, devem ter escafandros ou coisas parecidas com submarinos com rodas para andar na região da Noite."

Os olhos dele brilharam, e mesmo eu, que estava pensando apenas em como ia sentir falta dele e me perguntava se haveria chances de nos encontrarmos novamente, senti uma emoção intensa de deslumbramento e de querer saber mais a respeito daquilo. Ele voltou a falar.

"Você ainda não me perguntou onde *você* entra nesta história", ele disse.

"Você quer dizer que eu devo ir também?", perguntei, com uma emoção exatamente oposta à anterior.

"De jeito nenhum. Quero dizer que você vai me encaixotar e aguardar aqui para me tirar de dentro da cápsula quando eu voltar — se tudo correr bem."

---

[2]Giovanni Schiaparelli (1835–1910), astrônomo italiano que popularizou a ideia de haver canais em Marte, os quais seriam indícios de vida inteligente naquele planeta. A astronomia posterior rejeitou essa ideia. [N. T.]

"Encaixotar você? Ah, eu havia me esquecido da questão do caixão. Ransom, como é que você vai viajar naquela coisa? Qual será a energia propulsora? E quanto ao oxigênio, à comida, à bebida? Ali só tem lugar para você."

"O próprio Oyarsa de Malacandra será a força propulsora. Ele simplesmente vai me levar até Vênus. Não me pergunte como ele fará isso. Não tenho a menor ideia de que órgãos ou instrumentos usam. Mas uma criatura que mantém um planeta em sua órbita por bilhões de anos será capaz de conduzir um caixote."

"Mas o que você vai comer? Como você vai respirar?"

"Ele me disse que eu não vou precisar nem de uma coisa, nem de outra. Pelo que entendi, vou ficar em algum estado de animação suspensa. Não consigo entender tudo que ele diz quando tenta descrever o que vai acontecer, mas isso é problema dele."

"E você está feliz com tudo isso?", disse eu, porque uma espécie de pavor estava mais uma vez começando a me dominar.

"Se com isso você está perguntando se a minha razão aceita a ideia de que ele (acidentes à parte) me fará aterrissar a salvo na superfície de Perelandra, a resposta é sim", disse Ransom. "Se está perguntando se minhas emoções e minha imaginação correspondem a essa opinião, temo que a resposta seja não. Uma pessoa pode acreditar em anestesia e mesmo assim sentir pânico quando uma máscara é colocada sobre seu rosto. Acho que sinto o mesmo que um homem que crê na vida futura sente quando é levado para um pelotão de fuzilamento. Talvez seja um bom treino."

"E eu devo encaixotar você dentro daquela coisa maldita?", perguntei.

"Sim", disse Ransom. "Esse é o primeiro passo. Devemos sair para o jardim assim que o sol nascer e posicionar o caixão de modo que não haja árvores ou prédios no caminho. Perto da horta de repolhos vai dar certo. Aí eu entro nele, com uma venda nos olhos, porque aquelas paredes não vão conseguir isolar toda a luz do sol quando eu sair da atmosfera, e você me tranca lá dentro. Depois disso, acho que você me verá partir."

"E depois?"

"Bem, depois vem a parte difícil. Você deverá estar de prontidão para voltar aqui outra vez assim que for convocado, para tirar a tampa e me deixar sair quando eu voltar."

"Quando você voltará?"

"Ninguém sabe dizer. Seis meses, um ano, vinte. Esse é o problema. Temo que esteja colocando um fardo pesado sobre você."

"Pode ser que eu já tenha morrido."

"Eu sei. Temo que parte do seu fardo seja escolher um sucessor, e já. Há quatro ou cinco pessoas em quem podemos confiar."

"Como será essa convocação?"

"Oyarsa o convocará. Não será algo que você vai confundir com qualquer outra coisa. Não há necessidade de se preocupar com isso. Não tenho nenhum motivo em particular para supor que voltarei ferido. Mas, por precaução, se você puder descobrir um médico a quem possamos passar o segredo, pode ser bom que você o traga quando vier para me tirar da cápsula."

"Pode ser o Humphrey?"

"Ele mesmo. Agora vamos falar de questões mais pessoais. Tive de deixar você fora do meu testamento, e eu gostaria que soubesse o porquê."

"Meu camarada, até agora eu nunca pensei no seu testamento."

"Claro que não. Mas eu gostaria de ter deixado algo para você. A razão pela qual não o fiz é a seguinte: eu vou desaparecer. É possível que não volte. É de se imaginar que possa haver suspeita de assassinato e, se isso acontecer, cautela nunca é demais. Isso é, por sua causa. Agora vamos ver uma ou duas questões particulares."

Pusemo-nos a trabalhar juntos e, por um longo tempo, conversamos sobre assuntos que geralmente são discutidos com parentes, não com amigos. Fiquei conhecendo um pouco mais a respeito de Ransom e, pela quantidade de pessoas estranhas que ele recomendou ao meu cuidado, "se por acaso eu puder fazer algo", pude entender a extensão e o sigilo dos atos de caridade dele. A cada frase dita, a sombra da separação que se aproximava e uma espécie de tristeza de cemitério ficavam cada vez mais dominantes. Eu me vi prestando atenção e amando todos os pequenos maneirismos e expressões nele do mesmo modo como sempre os observamos em uma mulher que amamos, mas que observamos em um homem apenas quando faltam umas poucas horas para ele partir ou ao se aproximar a data de uma cirurgia provavelmente fatal. Eu sentia a incredulidade incurável da nossa natureza e mal podia acreditar que aquela partida agora estava tão próxima, tão tangível e (em certo sentido) tão ao meu comando, e que em poucas horas ele estaria totalmente inacessível, e que logo seria uma imagem, uma imagem fugidia na minha memória. Por fim, uma espécie de timidez surgiu entre nós, porque um sabia o que o outro estava sentindo. A temperatura tinha caído muito.

"Devemos partir logo", disse Ransom.

"Não até que ele — o Oyarsa — volte", eu disse, ainda que, na verdade, agora que a coisa estava tão próxima eu quisesse que tudo se acabasse.

"Ele nunca nos deixou", disse Ransom. "Em todo esse tempo ele estava na casa de campo."

"Você quer dizer que ele estava esperando na sala ao lado esse tempo todo?"

"Esperando, não. Eles não vivenciam as situações dessa maneira. Você e eu somos conscientes da espera porque temos um corpo que cansa e descansa e, por conseguinte, uma sensação de tempo cumulativo. Também podemos distinguir tarefas e poupar tempo, e por isso temos uma concepção de lazer. Com ele não é assim. Ele estava aqui esse tempo todo, mas chamar isso de espera seria o mesmo que chamar toda a sua existência de espera. Você poderia dizer também que uma árvore na floresta está esperando ou que a luz do sol está esperando do lado de uma colina." Ransom bocejou. "Estou cansado", disse ele, "e você também está. Vou dormir bem naquele meu caixão. Venha. Vamos arrastá-lo para fora".

Fomos para o quarto ao lado, e eu recebi uma ordem de ficar em pé diante daquela chama sem forma que não espera nada, mas simplesmente existe, e lá, com Ransom como nosso intérprete, fui de alguma maneira apresentado, e com minhas palavras fiz um juramento para participar daquela empreitada. Depois, afastamos as cortinas, deixando entrar a manhã cinzenta e desagradável. Levamos o caixão e sua tampa para fora, e eles estavam tão frios que pareciam queimar nossos dedos. Havia um orvalho pesado na grama, e meus pés se encharcaram. O *eldil* estava conosco, lá fora, no pequeno gramado, difícil de ser visto à luz do sol. Ransom me mostrou as travas da tampa e como estas deveriam ser fechadas. Depois de um período terrível de espera, veio finalmente o momento em que Ransom voltou para a casa e reapareceu nu: um homem alto, branco, tremendo, parecendo um espantalho cansado àquela hora pálida e fria. Quando ele entrou naquela caixa pavorosa, me fez amarrar uma bandagem escura e grossa ao redor dos seus olhos e da sua cabeça. Então se deitou. Eu não estava pensando no planeta Vênus e não acreditava de verdade que o veria novamente. Se tivesse tido coragem, teria recuado diante de todo aquele plano, mas a outra coisa, a criatura que nunca espera, estava lá, e fui vencido pelo medo que sentia dela. Com sentimentos que, desde então, retornaram na forma de pesadelos, fechei a tampa fria por cima de um homem vivo e me afastei. No momento seguinte, eu estava sozinho. Não vi como ele se foi. Voltei para dentro da casa e vomitei. Poucas horas depois, eu fechei a casa de campo e voltei para Oxford.

Passaram-se meses, que se transformaram em um ano, depois pouco mais de um ano, e nós sofremos ataques aéreos, recebemos más notícias, tivemos esperanças adiadas, e toda a Terra ficou coberta por trevas, até a noite em que Oyarsa me procurou novamente. Depois foi uma correria para Humphrey e para mim, de pé em trens lotados e esperas de madrugada em plataformas de vento cortante, até que chegou o momento em que paramos à clara luz do sol no pequeno matagal que havia sido um dia o jardim de Ransom, e vimos uma mancha preta contra o nascer do sol, e depois, quase silenciosamente, o caixão deslizou para baixo, pousando entre nós dois. Corremos na direção dele, e um minuto e meio depois abrimos sua tampa.

"Santo Deus! Espatifou-se todo!", gritei depois que olhei para dentro dele.

"Espere um pouco", disse Humphrey. E, enquanto ele falava, a figura no caixão começou a se mexer, e depois se sentou, sacudindo uma massa de coisas vermelhas que cobriam sua cabeça e seus ombros, e que momentaneamente eu confundira com sangue e vísceras. Enquanto aquelas coisas caíam dele e eram levadas pelo vento, eu percebi que eram flores. Ransom piscou por um segundo, nos chamou pelo nome, deu uma mão para cada um de nós e pisou na grama.

"Como vocês dois estão?", disse ele. "Parecem abatidos."

Fiquei em silêncio por um momento, impressionado pela forma como ele tinha saído daquela caixa estreita — quase um novo Ransom, resplandecente de saúde, musculoso, parecendo dez anos mais jovem. Quando ele partiu, estava começando a ter cabelos grisalhos, mas agora tinha uma barba dourada que descia até o peito.

"Ei, você cortou o pé", disse Humphrey, e foi então que vi que Ransom estava sangrando no calcanhar.

"Ah, está frio aqui fora", disse Ransom. "Espero que vocês tenham deixado o aquecedor ligado e tenham água quente, e também algumas roupas."

"Sim", eu disse, enquanto o seguíamos ao entrar na casa. "Humphrey pensou em tudo. Receio que eu não teria pensado."

Ransom agora estava no banheiro, com a porta aberta, envolto por nuvens de vapor, enquanto Humphrey e eu conversávamos com ele do lado de fora. Nossas perguntas eram tantas que ele não conseguia responder.

"Aquela ideia de Schiaparelli está toda errada!", ele gritou. E continuou falando: "Eles têm dia e noite comuns lá", e "Não, meu calcanhar não está doendo, ou, pelo menos, só começou a doer agora", e "Obrigado, pode me passar qualquer roupa velha. Deixe-a na cadeira", e "Não, obrigado. Não quero bacon e ovos mexidos ou qualquer coisa desse tipo. Você disse que não tem frutas? Ah, bem, não importa. Pão, mingau, ou qualquer coisa do gênero", e "Estarei pronto em cinco minutos".

Ele continuou a perguntar se nós estávamos mesmo bem, dando a impressão de que achava que estávamos doentes. Desci para pegar o café da manhã, e Humphrey disse que ficaria para examinar o calcanhar de Ransom e aplicar-lhe um curativo. Quando nos reunimos, eu estava vendo uma das pétalas vermelhas que vieram no caixão.

"É uma flor bonita", eu disse, entregando-a a ele. "Sim", disse Humphrey, estudando-a com as mãos e os olhos de um cientista. "Que delicadeza extraordinária! Isto aqui faz uma violeta inglesa parecer uma erva daninha grosseira."

"Vamos colocar algumas delas na água."

"Não adianta. Veja — já secou."

"Como você acha que ele está?"

"No geral, muito bem. Mas não estou gostando daquele calcanhar. Ele diz que vem tendo hemorragia há um tempo".

Ransom se juntou a nós com suas roupas, e eu servi o chá. Durante todo aquele dia, e até tarde da noite, ele nos contou a história que virá a seguir.

3

COMO SE DEU a viagem num caixão celestial, Ransom nunca disse. Ele disse que não podia. Mas algumas estranhas insinuações sobre a jornada acabaram aparecendo aqui e ali, enquanto ele falava sobre assuntos inteiramente distintos.

De acordo com seu próprio relato, ele não estava, como dizemos, consciente. Mas, ao mesmo tempo, a experiência foi muito positiva e única. Em uma ocasião, alguém estava falando sobre "ver a vida" no sentido popular de sair pelo mundo e conhecer pessoas, e B., que estava presente (e que é antroposofista),[1] disse algo de que não me lembro bem sobre "ver a vida" em um sentido muito diferente. Acho que ele se referia a algum sistema de meditação que alegava tornar "a forma da Vida" visível ao olho interior. Em todo caso, Ransom acabou tendo de passar por um longo interrogatório ao falhar em esconder o fato de que tinha algumas ideias muito definidas sobre isso. Sob extrema pressão, ele chegou até mesmo a dizer que a vida aparecia para ele, naquela condição, como uma "forma colorida". Quando perguntamos "Que cor?", ele olhou para nós de um jeito estranho e só disse: "Que cores! Sim, e que cores!". Mas então arruinou tudo ao complementar:

[1]B. é uma alusão a Owen Barfield (1898–1997), amigo de Lewis que se tornou antroposofista. O antroposofismo foi uma corrente de pensamento criada no começo do século 20 por Rudolf Steiner (1861–1925), filósofo e educador austríaco. Steiner acreditava que o mundo espiritual poderia ser acessado através de um programa de treinamento mental. [N. E.]

"É claro que não era realmente cor. Quero dizer, não o que chamamos de cor", e calou-se completamente pelo resto da noite. Outra insinuação escapou quando um amigo cético que temos, chamado MacPhee, estava argumentando contra a doutrina cristã da ressurreição do corpo humano. Eu era sua vítima naquele momento, e ele me pressionava com aquele seu jeito escocês, com perguntas como "Então você acha que terá entranhas e paladar para sempre em um mundo onde não poderá comer, e órgãos genitais em um mundo sem copulação? Meu amigo, você vai se divertir demais por lá!", quando de repente Ransom explodiu com grande empolgação: "Ah, mas você não vê, seu imbecil, que existe uma diferença entre uma vida transensorial e uma vida não sensorial?". Aquilo, é claro, direcionou o fogo de MacPhee para ele. Emergiu desse embate a opinião de Ransom de que os atuais apetites e funções do corpo desapareceriam não por estarem atrofiados, mas, como ele disse, por estarem "subjugados". Ele usou a palavra *transexual*, recordo-me, e começou a buscar por palavras similares para aplicar ao ato de comer (depois de rejeitar *transgastronômico*), e como não era o único filólogo ali presente, aquilo levou a conversa para caminhos distintos. Mas tenho bastante certeza de que ele estava pensando em algo que experienciara em sua viagem a Vênus. Mas talvez a coisa mais misteriosa que ele já tenha dito seja o seguinte. Eu o questionava sobre esse assunto — o que ele não permite com frequência — e disse-lhe despreocupadamente: "Eu percebo, é claro, que é tudo muito vago para você colocar em palavras", quando ele me respondeu um tanto bruscamente, para um homem tão paciente, dizendo: "Pelo contrário, as palavras é que são vagas. A razão pela qual a coisa não pode ser expressa é que ela é *definida* demais para a linguagem". E isso é basicamente tudo que posso contar sobre a jornada de Ransom. Algo é certo: ele voltou de Vênus ainda mais mudado do que quando havia voltado de Marte. Mas é claro que isso pode ser em razão do que aconteceu com ele depois do pouso.

Sobre esse pouso, como Ransom o narrou, continuarei a falar agora. Parece que ele foi acordado (se é que essa é a palavra certa) do seu indescritível estado celestial pela sensação de queda — em outras palavras, quando estava próximo o suficiente de Vênus para sentir o planeta como algo posicionado abaixo de si. O que ele notou em seguida foi que seu corpo estava muito quente em um lado e muito frio no outro, embora nenhuma sensação fosse extrema a ponto de ser dolorosa. De qualquer forma, ambos os lados foram logo engolidos pela prodigiosa luz azul vinda de baixo, que começou a penetrar pelas paredes semiopacas do caixão. Ela foi aumentando continuamente até se tornar incômoda, a despeito de seus olhos estarem protegidos. Não há dúvida de que isso era o *albedo*, o véu exterior da atmosfera muito densa em que Vênus está envolto, e que reflete os raios do sol com poder intenso. Por alguma razão obscura, ele não tinha consciência, como teve quando se aproximava de Marte, de seu próprio peso aumentando rapidamente. Quando a luz branca estava prestes a se tornar insuportável, ela desapareceu completamente, e logo em seguida o frio do seu lado esquerdo e o calor do seu lado direito começaram a diminuir e a ser substituídos por uma temperatura uniforme. Imagino que ele estivesse, nesse momento, na camada exterior da atmosfera perelandriana — num crepúsculo a princípio pálido e, depois, colorido. A cor prevalecente, até onde ele enxergava pelas fendas do caixão, era dourada ou acobreada. Nesse ponto, ele provavelmente devia estar muito próximo da superfície do planeta, com o comprimento do caixão formando um ângulo reto em relação à superfície — caindo em pé como um homem em um elevador. A sensação de queda — impotente como ele estava e incapaz de mover seus braços — tornou-se apavorante. Então, de repente, houve uma grande escuridão verde, um barulho inidentificável — a primeira mensagem do novo mundo — e uma queda nítida na temperatura. Ele parecia ter assumido uma postura horizontal e parecia também, para sua grande surpresa, estar se movendo não para baixo, mas para cima; embora, no momento, tivesse julgado que aquilo fosse uma ilusão. Todo esse tempo ele deve ter feito esforços vagos e inconscientes para mover seus membros, pois repentinamente percebeu que os lados de sua casa-prisão estavam cedendo à pressão. Ele *estava* movendo seus membros, que estavam envoltos por alguma substância viscosa. Onde estava o caixão? Suas sensações estavam muito confusas. Às vezes ele parecia estar caindo, às vezes parecia estar ascendendo, como se estivesse planando, e, depois, novamente parecia se mover no plano horizontal. A substância viscosa era branca. A cada momento parecia haver menos dela... Uma coisa branca e nebulosa, exatamente como o caixão, mas que não era sólida. Apavorado, ele percebeu que aquilo *era* o caixão, o caixão derretendo, dissolvendo-se, dando lugar a uma indescritível confusão de cores — um mundo rico e variado em que nada naquele momento parecia palpável. Não havia mais caixão agora. Ransom fora entregue — depositado — solitário. Ele estava em Perelandra.

Em sua primeira impressão, não havia nada mais definido do que uma inclinação — como se ele estivesse olhando para uma fotografia tirada quando a câmera não estava bem nivelada. E mesmo isso durou apenas um instante. A inclinação foi substituída por uma inclinação diferente; então, duas inclinações correram juntas e fizeram um pico, e o pico foi repentinamente achatado em uma linha horizontal, e a linha horizontal se inclinou e se tornou a borda de um vasto declive reluzente que correu furiosamente em direção a ele. Ao mesmo tempo, ele sentiu que estava sendo levantado. Planou cada vez mais para o alto até parecer que tinha atingido o flamejante domo dourado que pendia sobre ele em vez de um céu. Ransom estava em um cume; mas, antes que seu olhar pudesse se fixar no enorme vale que se abria abaixo dele — brilhando verde como vidro e mosqueado com mechas de branco espumoso —, ele já estava mergulhando em direção ao vale a quase cinquenta quilômetros por hora. Ele então percebeu que havia um delicioso frescor sobre todo o seu corpo, exceto em sua cabeça, que seus pés se apoiavam em nada e que ele estava já há algum tempo inconscientemente repetindo os atos de um nadador. Ele estava deslizando na onda sem espuma de um oceano, que parecia frio e fresco depois daquelas temperaturas violentas do céu, mas ainda quente para padrões terrenos — quente como uma baía rasa de praia arenosa em um clima subtropical. Quando subia suavemente pela grande encosta convexa da próxima onda, ele começou a engolir água, que praticamente não tinha sabor de sal; era potável — como água mineral e, apenas num grau infinitesimal, menos insípida. Embora não tivesse consciência de estar com sede até o momento, aquela golada lhe deu um prazer realmente surpreendente. Era quase como conhecer o próprio prazer pela primeira vez. Ele enterrou seu rosto corado na translucidez verde e, ao voltar, encontrou-se novamente no topo de uma onda.

Não havia terra à vista. O céu era puro, de um fosco dourado como o fundo de uma pintura medieval. Parecia muito distante — tão longe quanto uma nuvem cirro parece longe da terra. O oceano também era dourado, ao longe, salpicado de inúmeras sombras. As ondas mais próximas, embora douradas onde seus cumes encontravam a luz, eram verdes em seus declives: inicialmente esmeralda e, mais abaixo, um verde-garrafa lustroso, aprofundando-se para azul onde passavam por baixo da sombra de outras ondas.

Tudo isso ele viu em um lampejo; então, ele descia com velocidade para mais uma depressão. De alguma forma, ele havia se deitado de costas. Viu o teto dourado daquele mundo tremendo com uma rápida variação de luzes mais pálidas, como o teto treme na luz solar refletida pela água quando você entra na banheira numa manhã de verão. Ele deduziu que aquilo era o reflexo das ondas em que nadava. É um fenômeno observável em três de cada cinco dias no planeta do amor. A rainha daqueles mares vê a si mesma continuamente num espelho celestial.

Novamente no alto da crista, e ainda nenhum sinal de terra. Havia algo que se parecia com nuvens — ou seriam navios? — à sua esquerda ao longe. Então ele desceu, desceu, desceu — achou que nunca chegaria ao fim... Dessa vez, percebeu quão fraca era a luz. Que folia na água tépida — que banho glorioso, como alguém diria na Terra, e, sugerido como seu acompanhamento natural, um sol flamejante. Mas ali não existia tal coisa. A água brilhava, o céu reluzia dourado, mas tudo era vívido e turvo, e seus olhos se alimentaram daquilo sem se confundir nem sentir dor. Os próprios nomes verde e dourado, que ele usou por necessidade ao descrever a cena, eram rudes demais para a suavidade e a iridescência muda daquele mundo delicadamente maravilhoso, maternal e cálido. Era calmo de se ver como a noite, quente como o meio-dia de verão, gentil e encantador como a primeira aurora. Era completamente agradável. Ele suspirou.

De repente surgiu à frente dele uma onda que era pavorosa de tão alta. É muito comum em nosso próprio mundo falarmos sobre ondas altas como montanhas, quando elas não são muito mais altas do que um mastro. Mas aquela era alta mesmo. Se aquele imenso formato fosse uma colina de terra e não de água, ele talvez tivesse de passar uma manhã inteira ou até mais subindo a encosta até alcançar o topo. A onda o puxou para si e o arremessou para cima numa questão de segundos. Mas, antes de chegar ao topo, ele quase gritou de terror, porque essa onda não tinha um ápice suave como as demais. Uma crista horrível apareceu; formas pontudas, onduladas e fantásticas, anormais, até mesmo não líquidas em aparência, despontaram do cume. Rochas? Espuma? Feras? A questão mal teve tempo de passar pela sua mente antes que a coisa estivesse sobre ele. Involuntariamente, Ransom fechou os olhos. Então se viu novamente descendo em movimento acelerado. O que quer que fosse, tinha passado por ele. Mas alguma coisa tinha passado, de fato. Ele fora atingido no rosto. Tateou o local, mas não encontrou sangue. Ransom tinha sido atingido por algo macio que não o feriu, apenas o açoitou, como uma chicotada, por conta da velocidade do contato. Ele se pôs de costas novamente — e, ao fazê-lo, já estava subindo milhares de pés em direção às águas do próximo cume. Ao longe, em um vale vasto e momentâneo, ele viu a coisa que o havia atingido. Era um objeto de formato irregular com muitas curvas e reentrâncias. Era variado em cor, como uma saia de retalhos — cor de fogo, ultramarino, escarlate, laranja, amarelo e violeta. Ele não tinha como falar mais sobre isso por ter durado tão pouco todo aquele vislumbre. Qualquer que fosse a coisa, ela estava flutuando, pois subiu rapidamente a onda oposta, passando sobre o pico e sumindo de vista. Aderia à água como uma pele, curvando-se quando a água se curvava. Tomou o formato da onda no topo, de forma que, por um momento, metade da coisa já estava fora do alcance da visão e a outra metade ainda estava na parte mais alta do declive. Aquilo se comportava mais como um tapete de algas em um rio — um tapete de algas que toma todos os contornos das pequenas ondulações que se faz ao passar remando por ele —, mas em uma escala muito diferente. Aquela coisa devia cobrir uma área de trinta acres ou talvez mais.

As palavras são lentas. Você não deve perder de vista o fato de que toda a nova vida de Ransom em Vênus até o momento tinha durado menos de cinco minutos. Ele não estava nem um pouco cansado e ainda não estava seriamente alarmado quanto à sua capacidade de sobreviver em tal mundo. Tinha confiança naqueles que o tinham enviado para lá, e por enquanto o frescor da água e a liberdade de seus membros eram ainda uma novidade e um deleite; porém, mais do que tudo isso, havia algo que já sinalizei e que dificilmente se pode pôr em palavras: a estranha sensação de excessivo prazer que parecia de alguma forma se comunicar com ele por meio de todos os seus sentidos de uma vez. Uso a palavra *excessivo* porque o próprio Ransom só conseguia descrever esse prazer dizendo que, nos seus primeiros dias em Perelandra, ele foi assombrado não por um sentimento de culpa, mas pela surpresa de que não tinha tal sentimento. Havia uma exuberância ou uma prodigalidade de doçura no mero ato de viver que nossa raça acha difícil não associar a ações proibidas e extravagantes. Mesmo assim, é também um mundo violento. Ele mal tinha perdido o objeto flutuante de vista quando seus olhos foram atingidos por uma luz insuportável. Uma iluminação com gradações do azul ao violeta fez o céu dourado parecer escuro e num instante revelou algo mais daquele planeta que ele ainda não tinha visto. Ele viu um deserto de ondas se espalhar ilimitadamente diante de si e, bem ao longe, no fim do mundo, contra o céu, uma única coluna, de um verde pálido, lisa e ereta, a única coisa fixa e vertical nesse universo de declives brilhantes. Então o rico crepúsculo voltou rapidamente (agora parecendo quase escuridão), e ele ouviu trovões. Mas tinha um *timbre* diferente dos trovões terrestres, mais ressonante, e até, quando distante, um tipo de tilintar. É a risada, em vez de rugido, do céu. Outro relampejar se seguiu, e mais outro, e então a tempestade já estava sobre ele. Enormes nuvens roxas apareceram entre ele e o céu dourado, e sem gotas preliminares, uma chuva como ele jamais experimentara começou. Ela não era linear; a água acima dele parecia apenas menos contínua do que o mar, e ele teve dificuldade para respirar. Os relâmpagos eram incessantes. Entre um e outro, quando ele olhava para qualquer direção que não a das nuvens, via um mundo completamente mudado. Era como estar no centro de um arco-íris ou numa nuvem de vapor multicolorido. A água que agora enchia o ar tornava o mar e o céu uma confusão de transparências flamejantes e retorcidas. Ele estava deslumbrado e agora, pela primeira vez, um pouco assustado. Nos relâmpagos via, como antes, apenas o mar infindo e a coluna verde imóvel no fim do mundo. Não havia terra em lugar nenhum — nem a sugestão de uma costa de um horizonte ao outro.

Os trovões eram ensurdecedores, e era difícil conseguir ar suficiente. Inúmeras coisas pareciam cair com a chuva — aparentemente coisas vivas. Eram semelhantes a sapos sobrenaturalmente irreais e graciosos — sapos sublimados — e tinham cor de libélula, mas Ransom não estava em condições de fazer observações cuidadosas. Ele começava a sentir os primeiros sinais de exaustão e estava completamente confuso pela superposição amotinada de cores na atmosfera. Por quanto tempo essa situação se seguiu, ele não poderia dizer, mas a próxima coisa de que se lembra com precisão é que as ondas estavam diminuindo. Ele teve a impressão de estar próximo do fim de uma cordilheira de montanhas de água e vendo uma grande área abaixo. Por um longo tempo, não chegou a esse local. Pareciam, em comparação com os mares que ele primeiro havia encontrado ao chegar, águas calmas, mas sempre acabavam se mostrando apenas ondas ligeiramente menores quando delas se aproximava. Parecia haver lá uma boa quantidade daqueles grandes objetos flutuantes. E estes, novamente, à distância, pareciam algum tipo de arquipélago, mas sempre que ele se aproximava e encontrava a irregularidade da água em que oscilavam, tornavam-se mais parecidos com uma frota. Mas, no fim, não havia dúvida de que o mar estava se acalmando. A chuva parou. As ondas tinham somente a altura de ondas do Atlântico. As cores de arco-íris foram perdendo força, ficando mais transparentes, e o céu dourado mostrou-se inicialmente tímido por entre elas e depois se dispôs novamente de horizonte a horizonte. As ondas diminuíram ainda mais. Ele começou a respirar livremente. Mas estava agora realmente cansado e começando a ter tempo para sentir medo.

Uma grande superfície das coisas flutuantes estava boiando em uma onda a quase um quilômetro de distância. Ele o viu com entusiasmo, imaginando se poderia subir em alguma delas para descansar. Suspeitava fortemente de que se provariam ser meros tapetes de alga ou os galhos mais altos de uma floresta submarina, incapazes de suportá-lo. Mas, ao pensar nisso, a coisa em que seus olhos estavam particularmente fixados subiu uma onda e ficou entre ele e o céu. Não era plana. De sua superfície surgia toda uma série de formatos emplumados e ondulados, muito desiguais em altura; pareciam meio escuros contra o brilho fraco do teto dourado. Então tudo se inclinou em uma direção quando a coisa que os carregava se dobrou sobre a coroa da água e afundou para fora da vista. Mas ali havia outra, a uma distância de menos de trinta metros e vindo para cima dele. Ransom se lançou em direção a ela, percebendo, ao fazê-lo, quão fracos e doloridos estavam seus braços, e sentindo sua primeira onda de verdadeiro medo. Ao se aproximar, ele viu que aquilo terminava em uma borda de matéria inequivocamente vegetal; dela pendia, na realidade, uma franja vermelha de tubos e cordas e bolhas. Tentou agarrá-los e percebeu que ainda não estava próximo o bastante. Começou a nadar desesperadamente, pois a coisa passava por ele deslizando a uns quinze quilômetros por hora. Dessa vez conseguiu agarrá-los e pegou um punhado de cordas vermelhas como chicotes, mas elas se desvencilharam de sua mão e quase o cortaram. Então, ele se jogou no meio delas, tentando se agarrar loucamente àquilo à sua frente. Por um segundo ele estava em um tipo de caldo vegetal de tubos gorgolejantes e bolhas explodindo; no instante seguinte, suas mãos pegaram algo mais firme, quase como uma madeira muito macia. Então, quase completamente sem fôlego e com um joelho machucado, ele se encontrou deitado de barriga para baixo em uma superfície resistente. Arrastou-se mais uns cinco centímetros. Sim, não havia dúvida agora: ele não afundou naquela coisa; era algo em que se podia deitar.

Parece que ele deve ter ficado deitado de barriga para baixo, sem fazer nada e sem pensar em nada, por um tempo bem longo. Quando, por fim, pôde notar os arredores, já estava, seja como for, bem descansado. Sua primeira descoberta foi a de que estava deitado em uma superfície seca, que, ao ser examinada, mostrou consistir em algo muito similar a urzes, com exceção da cor, que era acobreada. Cavoucando a esmo com os dedos ele encontrou algo quebradiço, como solo seco, mas muito pouco, pois quase imediatamente tocou uma base de duras fibras entrelaçadas. Então ele se virou de costas e, ao fazê-lo, descobriu a extrema resiliência da superfície onde estava deitado. Ia muito além da flexibilidade da vegetação similar a urzes, e mais lhe pareceu que toda a ilha flutuante por debaixo daquela vegetação fosse um tipo de colchão. Ele se voltou e olhou "terra adentro" — se é que essa é a expressão correta — e por um instante o que viu se pareceu muito com um terreno. Ele estava olhando para um longo vale solitário com um chão acobreado, cercado por suaves declives cobertos por um tipo de floresta multicolorida. Mas, ao perceber isso, tudo aquilo se tornou uma longa cumeeira acobreada com a floresta descendo encosta *abaixo* por todos os lados. É claro que ele devia estar preparado para isso, mas Ransom diz que aquela paisagem lhe deu um choque quase que nauseante. Aquela coisa tinha se assemelhado tanto, à primeira vista, a um terreno real que ele tinha esquecido que ela boiava — uma ilha, se você assim desejar, com colinas e vales, mas colinas e vales que mudavam de lugar a cada minuto, de forma que apenas um cinematógrafo poderia fazer um mapa de seu contorno. E essa é a natureza das ilhas flutuantes de Perelandra. Uma fotografia, omitindo as cores e a mudança perpétua de formatos, as tornaria ilusoriamente parecidas com as paisagens de nosso próprio mundo, mas a realidade é muito distinta, pois elas são secas e férteis como a terra, mas seu único formato é o formato inconstante da água abaixo delas. Mesmo assim, era difícil não pensar na semelhança com a terra. Embora nesse momento seu cérebro já tivesse entendido o que estava acontecendo, Ransom ainda não tinha seus músculos e nervos sob controle. Ele se levantou para dar alguns passos terra adentro — e colina abaixo, pois era o momento de sua subida — e imediatamente deu de cara com o solo, mas não foi ferido devido à maciez da alga. Ele se levantou rapidamente — viu que tinha uma ladeira íngreme para subir — e caiu uma segunda vez. Uma bendita descontração de toda a tensão que vivera desde sua chegada resultou em uma risada fraca. Ele rolou de um lado para o outro naquela macia superfície perfumada, rindo como um menino.

Até que isso passou. Então, pelas horas seguintes, ele reaprendeu a andar. Era muito mais difícil do que andar em um navio, pois não importa o que faça o mar, o deque do navio permanece nivelado. Mas esse novo aprendizado era como aprender a andar na própria água. Ele levou várias horas para se afastar algumas centenas de metros da beirada, ou costa, da ilha flutuante; e se orgulhava quando conseguia andar cinco passos sem cair. Com braços esticados, os joelhos dobrados em prontidão para qualquer mudança súbita no equilíbrio, seu corpo todo balançava e estava tensionado como o de uma pessoa aprendendo a andar na corda bamba. Talvez tivesse aprendido mais rapidamente se suas quedas não fossem tão macias, se não tivesse sido tão prazeroso, depois de ter caído, ficar ali parado e contemplar o teto dourado, ouvir o infindo e tranquilizante som da água e respirar sentindo o cheiro curiosamente agradável das ervas. Além disso, depois de cair rolando em um tipo de pequeno vale, era tão estranho abrir os olhos e encontrar-se sentado no principal pico montanhoso de toda a ilha, olhando ao redor como Robinson Crusoé, vendo campo, floresta e as costas em todas as direções, que alguém dificilmente poderia evitar ficar ali sentado por mais alguns minutos — e então ser novamente detido porque, enquanto tentava se erguer, montanhas e vales tinham sido igualmente obliterados e toda a ilha havia se tornado plana.

Ele finalmente chegou à parte arborizada. Havia uma vegetação rasteira que se assemelhava a penas, aproximadamente da altura de arbustos, com cores de anêmonas-do-mar. Acima disso havia plantas mais altas — estranhas árvores com troncos parecendo tubos cinzas e roxos, espalhando-se como ricos toldos sobre sua cabeça, onde laranja, prata e azul eram as cores predominantes. Ali, com a ajuda dos troncos das árvores, ele conseguia manter o equilíbrio com mais facilidade. Os cheiros da floresta eram totalmente diferentes de tudo o que ele conhecia. Dizer que eles o fizeram ter fome e sede não seria verdade; pode-se quase dizer que eles criaram um novo tipo de fome e sede, um desejo que parecia fluir do corpo até a alma, e era uma sensação divina. Ransom se manteve imóvel por algum tempo, agarrando um tronco para se equilibrar, e respirou tudo aquilo, como se respirar tivesse se tornado um tipo de ritual. Ao mesmo tempo, a paisagem da floresta parecia oferecer o equivalente a uma dúzia de paisagens na Terra — em um momento uma mata com árvores verticais como torres, e então uma profunda depressão onde era surpreendente não encontrar um rio, depois uma mata crescendo na encosta de uma colina, e novamente, uma cumeeira de onde se olhava para o distante mar abaixo por entre troncos inclinados. Exceto pelo som inorgânico das ondas, o silêncio era absoluto ao seu redor. A sensação de solidão se tornou intensa sem se tornar dolorosa — apenas adicionava um último toque de selvageria aos prazeres extraterrenos que o cercavam. Se ele tinha algum medo, era uma leve preocupação de que sua razão pudesse estar em perigo. Havia algo em Perelandra que poderia sobrecarregar um cérebro humano.

Ele havia agora chegado a uma parte da floresta onde grandes globos de frutas amarelas pendiam das árvores — amontoados como balões de ar ficam amontoados nas costas de um vendedor de balões, e tinham aproximadamente o mesmo tamanho. Ele colheu um dos frutos e o virou e revirou. A casca era macia e firme e parecia impossível de abrir. Então, acidentalmente, um de seus dedos perfurou o fruto e mergulhou em uma sensação fria. Após um momento de hesitação, ele pôs a pequena abertura em seus lábios. Ransom planejava extrair o menor e mais experimental gole, mas sentir aquele sabor mandou sua precaução às alturas. Era, é claro, um sabor, assim como sua sede e sua fome eram sede e fome. Mas, ao mesmo tempo, era tão diferente de qualquer outro sabor que parecia até mesmo mero pedantismo referir-se àquilo como sabor. Foi como a descoberta de um gênero de prazeres completamente inédito, algo que jamais se vira entre os homens, fora de qualquer hipótese, além de qualquer convenção. Na Terra, guerras seriam travadas e nações seriam traídas por um gole daquilo. Estava além de qualquer classificação. Ele nunca foi capaz de nos dizer, ao voltar ao mundo dos homens, se aquele sabor era azedo ou doce, temperado ou voluptuoso, cremoso ou picante. "Não é desse jeito" era tudo o que ele era capaz de responder a tais questões. Quando deixou a casca vazia cair de sua mão e estava prestes a pegar um segundo fruto, lhe veio à mente que agora já não estava mais com fome ou sede. E, mesmo assim, repetir um prazer tão intenso e quase espiritual parecia um procedimento óbvio. Sua razão, ou aquilo que comumente tomamos por razão em nosso mundo, era toda a favor de que provasse novamente aquele milagre; a inocência pueril de uma fruta, as etapas pelas quais ele havia passado, a incerteza do futuro, tudo parecia recomendar essa ação. Mas algo parecia opor-se a essa "razão". É difícil supor que essa oposição tenha vindo do desejo, pois que desejo se afastaria de tal delícia? Mas, por qualquer que fosse a causa, pareceu-lhe melhor não provar novamente do fruto. Talvez a experiência tivesse sido tão completa que a repetição fosse uma vulgaridade — como querer ouvir uma mesma sinfonia duas vezes em um dia.

Enquanto ficou em pé pensando nisso e imaginando com que frequência na sua vida terrena ele havia reiterado prazeres não pelo desejo, mas em desafio ao desejo e em obediência a um racionalismo hipotético, Ransom percebeu que a iluminação estava mudando. Atrás de si estava mais escuro do que antes; à frente, o céu e o mar brilhavam através da floresta com uma intensidade diferente. Caminhar para fora da floresta teria demorado um minuto na Terra; demorou mais tempo nessa ilha ondulante, e um espetáculo veio ao encontro de seus olhos quando finalmente conseguiu sair.

Durante todo o dia, em ponto nenhum do teto dourado havia aparecido qualquer variação que marcasse a posição do sol, mas agora uma metade inteira do céu o revelava. O astro em si permanecia invisível, mas à beira do mar havia um arco de um verde tão luminoso que ele não conseguia olhar, e, ainda além, espalhando-se quase até o zênite, havia um grande leque de cores, como a cauda de um pavão. Olhando por sobre o ombro, ele viu toda a ilha incandescer em azul, e, através dela, e mais além, sua própria sombra enorme. O mar, agora muito mais calmo do que ele já havia visto, evaporava em direção aos céus em grandes dolomitas e elefantes de vapor azul e roxo, e um vento fresco, cheio de doçura, levantou o cabelo em sua testa. O dia queimava em direção à morte. A cada momento o nível da água subia; algo não muito distante do silêncio começou a ser sentido. Ele se sentou de pernas cruzadas na margem da ilha, parecendo o lorde desolado dessa solenidade. Pela primeira vez, passou pela sua mente a ideia de que ele poderia estar em um mundo inabitado, e o terror adicionou uma sensação de perigo a toda aquela profusão de prazer.

Uma vez mais, um fenômeno que a razão teria antecipado o tomou de surpresa. Estar nu, porém aquecido, vagar por entre frutas de verão e deitar-se sobre as doces urzes — tudo isso o havia levado a contar com uma noite iluminada, com um tom de cinza suave como no meio do verão. Mas antes que as grandes cores apocalípticas tivessem morrido a oeste, o céu oriental já estava escuro. Mais alguns momentos, e a escuridão havia alcançado o horizonte ocidental. Uma pequena luz avermelhada resistiu no zênite por algum tempo, período durante o qual ele rastejou de volta para a floresta. Já estava, como se diz, "escuro demais para enxergar um palmo adiante do nariz". Mas, antes que ele tivesse se deitado entre as árvores, a noite real havia chegado — escuridão ininterrupta, mas não como a noite. Era como estar em um galpão de carvão, escuridão na qual sua própria mão era totalmente invisível quando posta em frente ao seu rosto. O preto absoluto, o incomensurável, o impenetrável, pressionava seus globos oculares. Não há lua naquele mundo, não há estrelas presas ao teto dourado. Mas a escuridão era quente. Novos odores doces escapavam dela. Agora o mundo não tinha tamanho. Suas fronteiras eram a altura e a largura de seu próprio corpo e o pequeno campo de fragrância doce que havia se tornado sua rede, balançando cada vez mais gentilmente. A noite o cobria como um cobertor e mantinha longe dele toda a solidão. A escuridão era como seu próprio quarto. O sono veio como uma fruta que cai em sua mão quase antes de você ter tocado o talo.

4

QUANDO RANSOM despertou, aconteceu-lhe algo que talvez nunca aconteça a um homem até que ele esteja fora do seu mundo: ele viu a realidade e pensou que fosse um sonho. Abriu os olhos e viu uma árvore estranha, colorida em tons heráldicos, carregada com frutos amarelos e folhas prateadas. Ao redor da base do caule índigo, estava enrolado um pequeno dragão com escamas de ouro vermelho. Ele reconheceu imediatamente o jardim das Hespérides.[1] "Este é o sonho mais real que já tive", pensou. Mas, de um modo ou de outro, se deu conta de estar acordado. Todavia, por excesso de conforto e por alguma situação parecida com um transe, tanto no sono do qual acabara de despertar como na experiência para a qual acordou, ele ficou imóvel. Ransom se lembrou de que no mundo muito diferente chamado Malacandra — aquele mundo que agora lhe parecia frio e arcaico — tinha encontrado o original dos ciclopes, um gigante pastor de rebanhos que morava em uma caverna. Será que todas as coisas apresentadas na Terra como mitológicas existiam como realidades espalhadas em outros mundos? Então ele se deu conta: "Você está em um planeta desconhecido, nu e sozinho, e esse pode ser um animal perigoso". Mas não estava assustado, pois sabia que a ferocidade dos animais terrestres era, conforme os padrões cósmicos, uma exceção, e tinha

[1]O jardim das Hespérides, na mitologia grega, era um lugar maravilhoso guardado por um dragão. [N. E.]

encontrado bondade em criaturas mais estranhas que aquela. Contudo, ele ficou deitado quieto mais um pouco e olhou para o animal. Era uma criatura parecida com um lagarto, do tamanho de um são-bernardo e com as costas serrilhadas. Seus olhos estavam abertos.

Ransom tentou se levantar apoiando-se no cotovelo. A criatura continuava olhando para ele. Ele percebeu que a ilha estava perfeitamente plana; depois, se sentou e viu por entre os caules das árvores que estavam em águas tranquilas. O mar parecia um vidro dourado. Ele voltou a estudar o dragão. Seria um animal racional — um *hnau*, como diriam em Malacandra —, exatamente aquilo que ele havia sido enviado para encontrar? O animal não parecia ser racional, mas valeria a pena tentar. Falando na língua solar antiga, ele formulou sua primeira sentença, e sua própria voz não lhe soou familiar.

"Estranho", disse ele, "fui enviado ao seu mundo atravessando o céu pelos servos de Maleldil. Você me dará boas-vindas?".

A coisa olhou com firmeza para ele, parecendo entender. Então, pela primeira vez, fechou os olhos. Aquilo não parecia um início promissor. Ransom decidiu se levantar. O dragão abriu os olhos de novo. Ransom continuou olhando para ele durante alguns segundos, sem ter certeza de como proceder. Então observou que o dragão estava começando a trocar de pele. Foi preciso muita força de vontade para que Ransom se mantivesse ali. Sendo aquela criatura racional ou não, fugir dificilmente o ajudaria. O dragão se afastou da árvore, sacudiu-se e abriu duas asas reptilianas brilhantes de um dourado azulado, parecidas com as asas de um morcego. Quando as sacudiu e fechou, encarou Ransom mais uma vez e, por fim, meio cambaleando e meio rastejando, foi até a margem da ilha e afundou seu focinho grande e de aspecto metálico na água. Depois de beber, levantou a cabeça e deu uma espécie de berro coaxante que não era totalmente não melódico. A criatura se virou, olhou mais uma vez para Ransom e finalmente se aproximou dele. "É loucura esperá-lo", disse a falsa razão, mas Ransom trincou os dentes e ficou. O animal foi direto a ele a começou a cutucá-lo no joelho com seu focinho gelado. Ransom estava bastante perplexo. Aquela criatura era racional e conversava daquele jeito? Ou era irracional, porém amigável — se fosse esse o caso, como ele deveria responder? Seria muito difícil acariciar uma criatura com escamas! O animal estaria apenas usando-o para se coçar? Naquele momento, com uma intempestividade que o convenceu de que era mesmo só um animal, o dragão pareceu se esquecer por completo dele, virou-se e começou a rasgar a vegetação com grande avidez.

Percebendo que as honrarias todas haviam sido atendidas, Ransom também se virou e foi em direção à floresta.

Perto dele havia árvores carregadas com a fruta de que já tinha provado, mas sua atenção foi desviada por uma estranha aparição um pouco adiante. Em meio à folhagem escura de um matagal verde acinzentado, alguma coisa parecia estar brilhando. A impressão, capturada pelo canto do seu olho, era a de quando o sol bate no telhado de uma estufa. Ele olhou, e aquilo lhe pareceu ser vidro, mas um vidro que não parava de se movimentar. Parecia que a luz ia e vinha em movimentos espasmódicos. Quando resolveu se mover para investigar aquele fenômeno, Ransom ficou surpreso por um toque em sua perna esquerda. O animal o havia seguido. Mais uma vez a criatura o estava cutucando com o focinho. Ele apressou o passo, e o dragão fez o mesmo. Ele parou, e o dragão também. E quando ele prosseguiu, o dragão o acompanhou tão de perto que chegou a esbarrar em suas coxas e, algumas vezes, ele levou uma pisada da pata dura, fria e pesada da criatura. A situação estava tão desagradável que Ransom estava começando a pensar seriamente em como dar um ponto final àquilo quando, de repente, sua atenção foi atraída para outra direção. Acima de sua cabeça estava pendurado, em um galho peludo, parecido com um tubo, um grande objeto esférico brilhante, quase transparente. O seu interior refletia um pouco da luz, e em um ponto lembrava um arco-íris. Então essa era a explicação para a aparência vítrea na floresta. Ao olhar ao redor, ele percebeu inúmeros globos cintilantes do mesmo tipo em todas as direções. Ransom começou a examinar com muita atenção o que estava mais perto dele. A princípio, pensou que ele estava se movendo, mas depois viu que não. Levado por um impulso natural, Ransom esticou a mão para tocá-lo. Imediatamente sua cabeça, seu rosto e seus ombros ficaram encharcados com o que, naquele mundo quente, parecia ser um jorro de água fria, e suas narinas foram tomadas por uma essência aguda, estridente e delicada que trouxe à sua mente o verso de Pope: "o morrer de uma rosa em dor aromática".[2] O frescor foi tal que Ransom chegou a pensar que até aquele momento tinha estado apenas meio acordado. Quando abriu os olhos, que havia fechado involuntariamente ao choque com a umidade, todas as cores à sua volta pareciam mais ricas, e a escuridão daquele mundo pareceu dissipar-se. Ransom foi tomado por um novo encantamento. O animal dourado

[2]Alexander Pope (1688–1744), poeta inglês. [N. T.]

ao seu lado não mais lhe parecia perigoso ou incômodo. Tudo bem se um homem nu e um dragão sábio fossem de fato os únicos habitantes daquele paraíso flutuante, pois naquele momento ele tinha a sensação não de estar à procura de uma aventura, mas de estar vivenciando um mito. Parecia-lhe suficiente ser o personagem que estava sendo naquele esquema não terreno.

Ele se virou mais uma vez para a árvore. A coisa que o havia encharcado já tinha desaparecido quase completamente. O tubo ou galho, sem o globo que estava pendurado nele, terminava em um pequeno orifício do qual pendia uma gota de um orvalho de cristal. Espantado, olhou em volta. O bosque ainda estava cheio de frutas iridescentes, mas agora ele percebia que havia um movimento lento e contínuo. Um segundo mais tarde, Ransom entendeu o fenômeno. Cada uma das esferas brilhantes estava pouco a pouco aumentando de tamanho, e cada uma, ao alcançar certa dimensão, desaparecia com um barulho fraco, e em seu lugar havia uma umidade temporária no solo e uma deliciosa fragrância que logo se desvanecia, além de uma sensação fria no ar. Aquelas coisas na verdade não eram frutas, mas bolhas. As árvores (como ele as batizou naquele momento) eram árvores de bolhas. Aparentemente a vida delas consistia em retirar água do oceano e depois expeli-la nessa forma, mas enriquecida por sua breve jornada como seiva no interior do tronco. Ele se sentou para apreciar a visão daquele espetáculo. Agora que sabia o segredo, poderia explicar para si mesmo por que aquela floresta parecia ser tão diferente das demais partes da ilha. Cada bolha, vista individualmente, parecia emergir do galho-mãe como uma simples gota, do tamanho de uma ervilha, para então inchar e estourar, mas, vendo a floresta como um todo, percebia-se apenas uma contínua e fraca perturbação na luz, uma interferência esquiva no prevalecente silêncio perelandriano, um frio incomum no ar e uma qualidade renovada no aroma do ambiente. Para um homem nascido em nosso mundo, ali parecia ser um lugar mais ao ar livre do que as partes abertas da ilha, ou até mesmo o mar. Vendo um belo grupo de bolhas que estava pendurado acima da sua cabeça, Ransom pensou em quão fácil seria se levantar e pular no meio delas e sentir de uma vez aquele frescor mágico multiplicado por dez. Mas ele foi contido pelo mesmo tipo de sentimento que na noite anterior o impedira de comer uma segunda fruta. Ele nunca gostava quando pessoas pediam bis para uma ária favorita em uma ópera — seu comentário era: "Isso simplesmente estraga tudo". Naquele momento, aquilo parecia ser para ele um princípio com aplicação muito mais ampla e alcance muito mais profundo. O desejo de ter as coisas de novo, como se a vida fosse um filme que pudesse ser visto duas vezes ou até mesmo rebobinado... seria isso a raiz de todos os males? Não: claro que é o amor ao dinheiro que recebe essa designação.[3] Mas o dinheiro em si — talvez alguém o valorizasse principalmente como uma defesa contra o acaso, uma segurança de ser capaz de ter as coisas de novo e de novo, uma maneira de impedir o desenrolar do filme.

O desconforto físico de suportar algum peso em seus joelhos despertou Ransom de suas reflexões. O dragão tinha se deitado e colocado sua cabeça grande e pesada entre os joelhos de Ransom. "Você sabia", ele falou em seu próprio idioma para o dragão, "que você é muito chato?". O dragão não se moveu. Ransom decidiu que seria melhor tentar se tornar amigo do animal. Afagou a cabeça dura e seca dele, mas a criatura nem notou. Ele então deslizou sua mão mais para baixo e achou uma superfície suave, ou até mesmo o que poderia ser uma abertura na couraça do animal. Ah... era ali que ele gostava de ser acariciado. Ele grunhiu e esticou uma língua grande e cilíndrica, de cor de ardósia, para lambê-lo. O animal rolou sobre suas costas mostrando uma barriga quase branca, que Ransom esfregou com a ponta do dedão do pé. Seu relacionamento com o dragão estava progredindo. Por fim, o animal foi dormir.

Ransom se levantou e tomou um segundo banho na árvore de bolhas. Isso o fez se sentir tão renovado e alerta que ele começou a pensar em se alimentar. Ele tinha se esquecido da localidade na ilha onde poderia achar as frutas amarelas e, enquanto as procurava, viu que estava difícil caminhar. Por um momento, se perguntou se o líquido nas bolhas tinha alguma qualidade intoxicante, mas um olhar ao redor deu-lhe segurança quanto ao motivo verdadeiro. A planície recoberta daquelas urzes acobreadas diante dele, plana enquanto ele observava, avolumava-se em uma colina baixa que se movia em sua direção. Mais uma vez hipnotizado pela vista da terra que se estendia à sua frente, como água em uma onda, ele se esqueceu de se ajustar ao movimento e perdeu o equilíbrio. Depois de se levantar, passou a agir com mais cuidado. Agora ele já não tinha mais dúvida: o mar estava subindo. No lugar em que duas florestas próximas abriam uma estreita vista para o limite daquela balsa viva, ele conseguiu ver a água agitada, e o vento quente agora era forte o bastante para bagunçar seu cabelo. Ele prosseguiu cautelosamente em direção à costa, mas, antes de alcançá-la, passou por alguns arbustos carregados de frutinhas silvestres, esverdeadas e ovais, que

[3]Referência a 1Timóteo 6:10. [N. E.]

eram três vezes maiores que uma amêndoa. Pegou uma e a partiu ao meio. O miolo era seco e semelhante a um pão, algo parecido com uma banana. E era boa de se comer. Não dava o prazer orgiástico e quase perturbador das frutas amarelas, mas dava o prazer específico de comida de verdade — o prazer de mastigar e se sentir nutrido, "a certeza sóbria de um êxtase despertado".[4] Um homem, ao menos um homem como Ransom, sentia que tinha a obrigação de graças, então ele assim o fez. As frutas amarelas teriam exigido um oratório ou uma meditação mística. Mas aquela refeição teve seus destaques inesperados. De vez em quando, ele encontrava uma fruta que tinha um miolo vermelho brilhante e era muito saborosa, com um gosto tão memorável entre milhares de sabores que poderia ter começado a procurar apenas por elas e se alimentar apenas delas, mas ele foi outra vez proibido pelo mesmo conselheiro interior que já tinha falado com ele duas vezes desde que havia chegado a Perelandra. "Na Terra", pensou Ransom, "rapidamente dariam um jeito de cultivar essas frutinhas de miolo vermelhas, e elas custariam bem mais que as outras". De fato, o dinheiro providenciaria os meios para *pedir bis* em uma voz que não seria desobedecida.

Terminada sua refeição, Ransom desceu à beira da água para beber, mas, antes de chegar lá, ela já estava "para cima". Naquele momento, a ilha era um pequeno vale de terra brilhante aninhado entre colinas de água verde, e enquanto se deitava de bruços para beber, ele teve a extraordinária experiência de tocar com a boca em um mar que estava mais alto que a praia. Depois, sentou-se com as pernas balançando sobre a praia entre as plantas vermelhas que margeavam aquela parte do lugar onde estava. Sua solidão tornou-se um elemento mais persistente em sua consciência. Ele fora levado ali para fazer o quê? Um devaneio lhe ocorreu: aquele mundo vazio estava à espera dele para ser seu primeiro habitante; ele havia sido designado para ser o fundador, o pioneiro. Estranhamente, aquela solidão absoluta durante tantas horas não o perturbara tanto como tinha acontecido em uma única noite em Malacandra. Ele achou que a diferença era que havia sido levado sem rumo a Marte por mero acaso, ou pelo que ele entendia como acaso. Mas, em Perelandra, ele sabia que era parte de um plano. Desta vez, não estava desvinculado, não era um intruso.

À medida que aquela região em que se encontrava subia as suaves montanhas da água vagamente lustrosa, ele teve várias oportunidades de ver que

[4]A frase é uma citação de John Milton (1608–1674), poeta puritano inglês. [N. T.]

havia muitas outras ilhas nas proximidades. A variação de suas cores entre si e em relação à ilha onde ele estava era maior do que Ransom poderia ter imaginado. Era maravilhoso ver aqueles grandes tapetes ou capachos de terra arremessando-se ao redor dele como iates em um porto em dia de tempestade — as árvores mudavam de ângulo a cada momento, assim como os mastros dos iates. Era incrível ver as margens de verde vivo ou de vermelho aveludado vindo lentamente na crista de uma onda muito acima dele, e então esperar que toda aquela área se desvelasse na encosta da onda para que ele a estudasse. Algumas vezes, sua própria ilha e uma vizinha ficavam nas encostas opostas de uma depressão, apenas com uma estreita porção de água entre os dois; e então, por um momento, tinha-se a falsa impressão de uma paisagem terrestre. Era como estar em um vale muito arborizado com um rio no fundo. Mas, enquanto se observava, aquilo que parecia ser um rio fazia o impossível. Ele corria para cima de modo que as terras dos lados das duas margens desciam, e depois subia ainda mais, impedindo que metade da paisagem do outro lado fosse vista. O rio se transformava em um imenso dorso de javali de água esverdeada e dourada pendurado no céu, ameaçando engolir toda a região, que agora estava côncava, escorregando para trás até a elevação mais próxima, e depois voltando a ir para a frente, tornando-se convexa outra vez.

Um barulho de um zumbido, um retinido, chamou a atenção de Ransom. Por um instante ele imaginou que estava na Europa e que havia um avião voando baixo sobre sua cabeça. Então reconheceu seu amigo dragão. A cauda dele estava esticada, de maneira que parecia um réptil voador, e se dirigia para uma ilha que distava dali quase um quilômetro. Acompanhando seu curso com os olhos, Ransom viu duas longas fileiras de objetos alados, escuros contra o firmamento dourado, aproximando-se da mesma ilha pela direita e pela esquerda. Mas não eram répteis com asas de morcego. Forçando a vista por causa da distância, ele concluiu que eram aves, e o vento levou até ele um som musical, como de muitas pessoas conversando ao mesmo tempo, o que confirmou sua suspeita. Aquelas aves deviam ser um pouco maiores que cisnes. Seu voo direto para a mesma ilha à qual o dragão se dirigia chamou a atenção de Ransom e o encheu com um sentimento vago de expectativa. O que aconteceu em seguida elevou esse sentimento a um entusiasmo. Ele percebeu na água uma agitação espumosa como um creme, e ela rumava para a mesma ilha. Havia como que uma frota de objetos se movimentando em linha. Ele se levantou. Nesse momento, a elevação de uma onda impediu que ele continuasse a ver. Não demorou para que aqueles objetos estivessem mais uma vez visíveis, centenas de metros abaixo dele.

Objetos de cor prateada, todos se movimentando como organismos vivos... Ele os perdeu de vista de novo e praguejou. Em um mundo monótono como aquele, eles tinham se tornado importantes. Ah...! Lá estavam eles outra vez. Com certeza eram peixes. Peixes muito grandes, gordos, parecidos com golfinhos, em duas filas paralelas, alguns deles jorrando colunas de água colorida de seus focinhos como um arco-íris, seguindo um líder. Havia alguma coisa estranha naquele líder, alguma espécie de projeção ou malformação em seu dorso. Se ao menos uma daquelas coisas ficasse visível por mais de cinquenta segundos. Eles tinham quase alcançado a outra ilha, e as aves estavam descendo para se encontrarem com eles na praia. Lá estava o líder de novo, com sua corcova ou coluna nas costas. Seguiu-se um momento de grande incredulidade, e então Ransom se equilibrou, com as pernas bem abertas, na beirada de sua ilha e gritou com toda a força de seus pulmões. Porque no instante exato em que o peixe líder alcançou a terra vizinha, a terra se ergueu em uma onda entre ele e o céu, e Ransom viu, em uma silhueta perfeita e inconfundível, que a coisa nas costas do peixe tinha uma forma humana — uma forma humana que parou na praia, virou-se com uma ligeira inclinação do corpo na direção do peixe e então desapareceu de vista, enquanto toda a ilha escorregava nas costas de uma grande onda. Com o coração acelerado, Ransom esperou até que pudesse avistá-la novamente. Dessa vez, não estava entre ele e o céu. Por cerca de um segundo, não foi possível ver aquela forma humana. Ele foi atingido como que por uma facada de desespero. Então ele a viu novamente — uma minúscula forma escura movendo-se lentamente entre ele e um trecho de vegetação azul. Ransom se movimentou, gesticulou e gritou até ficar rouco, mas a figura não lhe deu atenção. De vez em quando, Ransom a perdia de vista. Mas mesmo quando a via, tinha algumas dúvidas se aquilo não seria uma ilusão de ótica, uma figura na folhagem que seu desejo intenso moldava na forma de um homem. Mas sempre, antes que caísse em desespero, a visão se tornava novamente inconfundível. Sua vista começou a ficar cansada, e ele sabia que, quanto mais olhasse, menos veria. Mesmo assim insistia em olhar.

Por fim, exausto, sentou-se. A solidão, que até aquele momento mal tinha sido dolorosa, transformou-se em tortura. Voltar a ela era uma possibilidade que ele não ousava encarar. O lugar já não lhe parecia ter aquela beleza fascinante e inebriante: afaste aquela única figura humana e todo o restante daquele mundo era agora puro pesadelo, uma horrível armadilha ou cela na qual ele estava aprisionado. A suspeita de que estava começando a sofrer de alucinações passou por sua cabeça. Ele imaginou viver para sempre naquela ilha pavorosa, sempre sozinho, mas sempre assombrado pelos fantasmas de seres humanos, que viriam a ele com sorrisos e mãos estendidas e depois desapareceriam quando se aproximasse. Apoiando a cabeça nos joelhos, cerrou os dentes e se esforçou para colocar os pensamentos em ordem. No início, ele apenas ouvia a própria respiração e contava seus batimentos cardíacos, mas tentou de novo, e desta vez conseguiu. Então, como por revelação, veio-lhe a ideia muito simples de que, para atrair a atenção da criatura humanoide, ele deveria esperar até que estivesse na crista da onda, e então se levantaria de modo a poder ser visto contra o céu.

Ransom esperou três vezes até que a praia onde ele estava se tornasse uma elevação e ficou em pé, balançando e gesticulando ao movimento daquela sua estranha ilha. Da quarta vez, ele conseguiu. Naquele momento, como se fosse um vale, a ilha vizinha estava abaixo dele. A pequena figura escura inequivocamente acenou de volta. Ela se afastou de um fundo confuso de vegetação esverdeada e começou a correr na direção de Ransom, isto é, na direção da costa mais próxima da sua própria ilha, por um campo de cor laranja. A figura corria facilmente — a superfície ondeante daquele campo parecia não atrapalhá-la. Então, o lugar onde Ransom estava escorregou para baixo e para trás, e uma grande muralha de água se colocou entre as duas ilhas, não permitindo que um ser visse o outro. Um momento mais tarde, e Ransom, do vale onde estava naquele momento, viu a ilha alaranjada se derramando para baixo, como uma ladeira móvel, ao longo do declive levemente convexo de uma onda acima dele. A criatura ainda estava correndo. A extensão de água entre as duas ilhas era de cerca de dez metros, e ela estava a menos de cem metros de distância dele. Ransom agora tinha certeza de que não era apenas uma criatura humanoide, mas um homem — um homem verde em um campo laranja, verde como o lindamente colorido besouro verde em um jardim inglês, correndo colina abaixo na direção dele, com passos fáceis e velozes. O mar então elevou a ilha onde Ransom estava, e o homem verde se tornou uma figura pequenina bem abaixo dele, como um ator visto da galeria em Covent Garden.[5] Ransom ficou em pé na beirada da sua ilha, esticando seu corpo e gritando. O homem verde olhou para cima. Parecia que ele também estava gritando, com as mãos em forma de concha ao redor da boca, mas o rugido do mar abafou o som e, no momento seguinte, a ilha de

[5]Covent Garden é um bairro de Londres conhecido pela casa de espetáculos Royal Opera House. [N. T.]

Ransom caiu entre as ondas, e a montanha verde do mar encobriu-lhe a vista. Aquilo era enlouquecedor. Ransom estava atormentado pelo medo de que a distância entre as ilhas pudesse aumentar. Graças a Deus: a ilha alaranjada veio sobre a crista da onda, seguindo-o para baixo até o fundo do vale. E lá estava o estranho, agora naquela mesma praia, cara a cara com Ransom. Por um segundo, o olhar alienígena manifestou amor e aceitação. Mas depois o rosto dele mudou, manifestando um choque de desapontamento e espanto. Ransom entendeu, não sem desapontamento também, que fora confundido com outra pessoa. A corrida, a gesticulação e os gritos não foram por causa dele. E o homem verde não era um homem, mas uma mulher.

É difícil dizer por que isso o surpreendeu tanto. Considerando a forma humana, presumia-se que ele se encontraria ou com um homem, ou com uma mulher. Mas isso o surpreendeu, de modo que apenas quando as duas ilhas começaram mais uma vez a se apartar em vales de ondas, ele entendeu que não tinha dito nem uma palavra a ela, mas que continuava encarando-a como um bobo. E agora que ela não mais estava à vista, Ransom fervilhava de dúvidas. Será que ele havia sido enviado para se encontrar com aquela mulher? Ele estava esperando coisas maravilhosas, foi preparado para coisas maravilhosas, mas não estava preparado para encontrar uma deusa que aparentemente havia sido esculpida a partir de uma pedra verde, mas viva. Foi quando lhe sobreveio, num lampejo de pensamento — algo que ele não tinha percebido diante de todo aquele cenário —, que ela tinha companhias estranhas. Ela havia estado em meio a uma multidão de feras e aves, assim como uma árvore alta fica entre os arbustos. Grandes aves coloridas parecidas com pombos, aves cor de fogo, dragões, criaturas parecidas com castores do tamanho de ratos e peixes parecendo figuras heráldicas estavam no mar aos pés dela. Ou ele imaginara tudo aquilo? Seria aquilo o início das alucinações que temia? Ou seria outro mito vindo para o mundo dos fatos? Seria talvez um mito mais terrível, como o de Circe ou Alcina?[6] E as expressões dela... O que ela estava esperando encontrar que fez com que encontrá-lo fosse tão decepcionante?

A outra ilha ficou visível mais uma vez. Ele estava certo quanto aos animais. Eles a circundavam em fileiras de dez ou vinte criaturas, todos olhando

[6]Tanto Circe, personagem da *Odisseia* de Homero, como Alcina, personagem de uma ópera de Händel, são feiticeiras que habitavam em ilhas e transformavam seus amantes em animais. [N. E.]

para ela, muitos deles imóveis, mas alguns procurando seus lugares, como se estivessem em uma cerimônia, com movimentos delicados e sem fazer barulho. As aves formavam longas filas, e parecia que mais e mais delas estavam chegando à ilha e se juntando às outras. De uma floresta de árvores de bolhas atrás dela, meia dúzia de criaturas parecidas com porcos compridos e de pernas curtas — o cão basset do mundo suíno — chegavam com um andar rebolado para se unir à assembleia. Pequenos animais parecidos com sapos, como os que ele tinha visto caindo na chuva, ficavam pulando ao redor da mulher, algumas vezes ultrapassando a cabeça dela e outras vezes pousando no seu ombro. Essas criaturas tinham cores tão vivas que Ransom as confundiu com martins-pescadores. Em meio a todo aquele cenário, ela o encarou, pés unidos, braços ao longo do corpo, num olhar corajoso e tranquilo, sem dizer nada. Ransom tomou a decisão de falar, usando a língua solar antiga. "Eu sou de outro mundo", começou ele, e parou. A Dama Verde fez uma coisa para a qual ele estava completamente despreparado. Ela levantou seu braço e apontou para ele, não como uma ameaça, mas como se convidasse as outras criaturas a olhar para ele. Naquele mesmo momento, o rosto dela mudou novamente, e por um segundo Ransom pensou que ela fosse gritar. Em vez disso, ela explodiu em uma gargalhada, rindo sem parar, até o corpo tremer. Ela se curvou para a frente, apoiando as mãos nos joelhos, ainda rindo e apontando para ele. Os animais, tais como nossos próprios cães em circunstâncias similares, perceberam vagamente que havia algum motivo de diversão em tudo aquilo e começaram a dar cambalhotas, bater as asas, bufar, andar sobre as patas traseiras. E a Dama Verde continuou a rir, até que uma onda separou as ilhas onde eles estavam e ela não pôde mais ser vista.

Ransom ficou chocado. Os *eldila* o haviam enviado para encontrar uma pessoa idiota? Ou um espírito maligno que zombou dele? Ou tudo aquilo foi uma alucinação? Porque aconteceu como se espera que uma alucinação aconteça. Então lhe ocorreu uma ideia que talvez demorasse muito mais para ocorrer a você ou a mim. Pode ser que não fosse ela a louca, mas ele é que estivesse ridículo. Ele olhou para si mesmo. Certamente suas pernas eram um espetáculo esquisito, porque uma estava marrom avermelhada (como os flancos de um sátiro de Ticiano),[7] e a outra estava branca — por

---

[7]Ticiano Vecellio (c. 1488–1576), pintor renascentista italiano. Seu famoso quadro *Baco e Ariadne* traz, em primeiro plano, a figura de um pequeno sátiro, uma personagem da mitologia grega que era metade homem e metade bode. [N. T.]

comparação, um branco quase leproso. Até onde podia perceber, estava daquele jeito no corpo inteiro como resultado não anormal de sua viagem, quando ficara com apenas um lado do corpo exposto ao sol. Teria sido essa a piada? Ele sentiu uma impaciência momentânea com a criatura que poderia arruinar o encontro de dois mundos rindo de algo tão trivial. Então, riu de si mesmo por causa da série de insucessos que estava tendo em Perelandra. Ele estava preparado para perigos, mas para ser uma decepção e, depois, um absurdo… Ei! Lá estavam novamente visíveis a Dama e sua ilha.

Ela havia parado de rir e estava sentada com as pernas na água, distraidamente afagando uma criatura semelhante a uma gazela que tocara seu braço com o focinho. Era difícil acreditar que ela tinha gargalhado ou feito outra coisa a não ser se sentar na praia de sua ilha flutuante. Ransom nunca tinha visto um rosto tão sereno, e tão não terráquea, a despeito da completa humanidade dos traços dela. Ele então concluiu que aquela qualidade não terrestre se devia à completa ausência daquele elemento de resignação que se mistura, ainda que em grau reduzido, com a profunda serenidade dos rostos terrestres. Aquela era uma serenidade que não havia sido precedida por nenhuma tempestade. Poderia ser idiotice, poderia ser imortalidade, poderia ser alguma condição de mente não conhecida pela experiência terrestre. Uma sensação curiosa e ao mesmo tempo aterrorizante o dominou. No velho planeta Malacandra, ele havia encontrado criaturas que não eram nem um pouco humanas em sua forma, mas que, com a convivência, descobriu que eram racionais e amigáveis. Sob uma aparência exterior alienígena, ele descobrira um coração igual ao dele. Será que agora teria uma experiência contrária? Até então havia entendido que a palavra *humano* se referia a algo mais que a forma corporal ou até mesmo que a mente racional. A palavra também se referia à comunidade de sangue e à experiência que une todos os homens e mulheres da Terra. Mas aquela criatura não era de sua espécie. Nenhuma ligação, por mais detalhada que fosse, de qualquer árvore genealógica jamais poderia estabelecer uma conexão entre ele e ela. Nesse sentido, nem uma gota do sangue que corria nas veias dela era "humana". O universo produzira a espécie dela e a dele totalmente independentes uma da outra.

Tudo isso passou muito depressa em sua mente, e foi rapidamente interrompido pela percepção de que havia mudanças na luz do ambiente. No início, Ransom pensou que a Criatura verde estivesse ficando azul e brilhando com uma estranha radiação elétrica. Então observou que toda a paisagem era um brilho de azul e púrpura — e, quase ao mesmo tempo, que as duas ilhas não estavam tão próximas uma da outra como já haviam estado. Ele olhou para o céu. A fornalha multicolorida do entardecer fugidio se acendeu ao redor dele. Em poucos minutos, o céu ficaria escuro como piche… E as ilhas estavam se afastando. Falando lentamente naquela língua antiga, ele gritou para ela: "Sou um forasteiro. Venho em paz. Você quer que eu nade até a sua ilha?".

A Dama Verde olhou rapidamente para ele com uma expressão de curiosidade.

"O que é 'paz'?", perguntou ela.

Ransom se mexia de um lado para outro, impaciente. Já estava visivelmente mais escuro, e não havia dúvida de que a distância entre as ilhas estava aumentando. Justo na hora em que ele ia falar outra vez, uma onda se ergueu entre eles, e, de novo, ela não estava mais à vista. Enquanto essa onda se elevava acima da sua cabeça, com um brilho de cor púrpura à luz do pôr do sol, ele observou quão escuro tornara-se o céu. Procurou a outra ilha com o olhar e a viu através da luz do crepúsculo. Então, jogou-se na água. Por alguns segundos, teve dificuldade para se afastar da praia. Depois que conseguiu, prosseguiu. Quase imediatamente viu-se preso por algas vermelhas e bolhas da água. Depois de alguns momentos de violento esforço, ele se viu livre e nadando com firmeza, e então, quase sem aviso, estava nadando em uma escuridão total. Ele nadou, mas foi tomado pelo desespero para encontrar a outra ilha, e até mesmo para salvar sua vida. A mudança contínua das grandes ondas eliminou todo sentido de direção. Somente por um lance de sorte ele chegaria à ilha. De fato, pensou, a julgar pelo tempo em que estava na água, ele deveria estar nadando *ao longo* do espaço entre as ilhas em vez de através dele. Tentou mudar o curso, mas depois, duvidando dessa decisão, tentou voltar ao curso original, porém tudo ficou tão confuso que ele não tinha certeza do que tinha feito. Ele dizia para si mesmo que devia manter a cabeça acima da linha d'água. Estava começando a se sentir cansado e desistiu de encontrar a rota certa. De repente, depois de um bom tempo, Ransom sentiu uma vegetação deslizando sobre seu corpo. Ele a agarrou e puxou. Deliciosos aromas de frutas e flores vieram da escuridão. Puxou com ainda mais força, apesar de seus braços doloridos. Finalmente, ele se viu a salvo, ofegante, na superfície seca, perfumada e ondulante de uma ilha.

5

RANSOM DEVE ter caído no sono assim que chegou à ilha, porque não se lembrava de mais nada até ser despertado pelo que parecia ser o canto de um pássaro. Abrindo os olhos, ele viu que era mesmo um pássaro, um pássaro de pernas compridas que parecia uma cegonha pequena e cantava como um canário. O dia já ia alto — ou o que corresponde a tal em Perelandra —, e em seu coração a premonição de uma boa aventura fez com que ele se sentasse e depois se levantasse de uma vez. Ele esticou os braços e olhou ao redor. Não estava na ilha alaranjada, mas na mesma ilha que era o seu lar desde que havia chegado ao planeta. A ilha flutuava calmamente, e ele não teve dificuldade de caminhar até a praia. Lá, parou, maravilhado. A ilha da Dama flutuava ao lado da dele, separada dela por mais ou menos um metro e meio de água. A aparência daquele mundo tinha mudado. Naquele momento não havia nenhuma extensão do mar visível. Em todas as direções só se conseguia avistar uma paisagem plana arborizada, tão longe quanto a vista podia alcançar. Umas dez ou doze daquelas ilhas estavam juntas, formando um pequeno continente. E adiante dele, como se fosse do outro lado de um córrego, a Dama Verde estava caminhando, com a cabeça ligeiramente encurvada e as mãos ocupadas em trançar algumas flores azuis. Ela cantava para si mesma em voz baixa e se virou quando Ransom a saudou, olhando diretamente para ele.

"Eu era jovem ontem", começou ela, mas ele não ouviu o restante da fala. O encontro, agora que já tinha acontecido, foi devastador. Você não deve confundir a história neste ponto. O que abalou Ransom não foi em absoluto o fato de que ela, tal como ele, estava totalmente nua. Constrangimento e desejo estavam a um milhão de quilômetros de distância da experiência dele: e se ele estava um pouco envergonhado do seu próprio corpo, era uma vergonha que não tinha nada a ver com a diferença de sexo, pois estava baseada no reconhecimento de que seu corpo estava feio e um tanto ridículo. Menos ainda era a cor dela um motivo para horrorizá-lo. No mundo dela, aquele verde era lindo e apropriado, enquanto o branco pastoso e as queimaduras de sol de Ransom eram a monstruosidade. Não era nada disso, mas ele se sentia nervoso. Teve de pedir a ela que repetisse o que estava dizendo.

"Eu era jovem ontem", disse ela, "quando ri de você. Agora eu sei que as pessoas do seu mundo não gostam quando riem delas".

"Você disse que era jovem?"

"Sim."

"Mas hoje você não é jovem?"

Ela pareceu pensar por alguns momentos, com tanta intensidade que as flores caíram, ignoradas, da sua mão.

"Entendo isso agora", disse ela. "É muito estranho dizer que se é jovem no momento que se está falando. Mas amanhã eu serei mais velha. E então direi que eu era jovem hoje. Você está absolutamente certo. Você está trazendo grande sabedoria, ó, Homem Malhado."

"O que você quer dizer com isso?"

"Este olhar para trás e para a frente em linha reta, e ver como a aparência do dia é uma quando chega até você, outra quando você está nele e uma terceira quando ele já passou. Como as ondas."

"Mas você está muito pouco mais velha que ontem."

"Como você sabe disso?"

"Quero dizer", disse Ransom, "uma noite não é muito tempo".

Ela pensou de novo e então falou subitamente, com o rosto brilhando. "Agora eu entendo", disse ela. "Você pensa que as épocas têm durações. Uma noite é sempre uma noite, não importa o que você faça nela, assim como desta árvore até aquela há sempre o mesmo número de passos, você andando depressa ou devagar. Acho que isso é verdade em um sentido. Mas as ondas nem sempre vêm na mesma distância. Vejo que você vem de um mundo sábio... se é que isso é sábio. Nunca fiz isso antes — parar do lado de fora da vida e olhar para alguém vivendo como se eu não estivesse viva. Eles fazem assim no seu mundo, Malhado?"

"O que você sabe sobre outros mundos?", perguntou Ransom.

"Eu sei o seguinte: além do teto está o céu profundo, o lugar alto. E o mundo baixo não é realmente espalhado como parece ser", ela disse, apontando para toda a paisagem, "mas é enrolado em pequenas bolas: pequenos caroços do mundo baixo nadando no mundo alto. E os mundos mais velhos e maiores têm neles coisas que nunca vimos, nem ouvimos e nem podemos entender. Mas, nos mais jovens, Maleldil fez crescer os seres como nós, que respiram e procriam".

"Como você descobriu tudo isso? Seu teto é tão denso que o seu povo não consegue olhar através do céu profundo e ver os outros mundos."

Até aquele momento o rosto dela estava sério. A partir desse ponto, ela bateu palmas e deu um sorriso que Ransom ainda não tinha visto. Não se veem esses sorrisos aqui na Terra, a não ser em crianças, mas não havia nada de criança nela.

"Ah, entendi", disse ela. "Estou mais velha agora. O seu mundo não tem teto. Você olha direto para o lugar alto e vê a grande dança com seus próprios olhos. Você vive sempre naquele terror e naquele prazer, e aquilo em que só podemos acreditar, você pode contemplar. Isso não é uma invenção maravilhosa de Maleldil? Quando eu era jovem, não podia imaginar uma beleza que não fosse a deste mundo. Mas ele pode pensar em tudo, e tudo diferente."

"Essa é uma das coisas que está me deixando confuso", disse Ransom. "Você não é diferente. Você tem a forma das mulheres da minha espécie. Eu não esperava encontrar isso. Já estive em outro mundo que não o meu. Mas as criaturas lá não são nem como você, nem como eu."

"O que há de estranho nisso?"

"Não consigo entender por que mundos diferentes deveriam produzir criaturas semelhantes. Árvores diferentes produzem frutos iguais?"

"Mas aquele outro mundo que você visitou é mais antigo que o seu", disse ela.

"Como você sabe disso?", perguntou Ransom, impressionado.

"Maleldil está me dizendo", respondeu a mulher. E enquanto ela falava, a paisagem se tornou diferente, ainda que de um jeito que nenhum dos sentidos podia identificar. A luz estava fraca e o ar, suave, e todo o corpo de Ransom estava banhado em alegria, mas o mundo de jardim onde ele estava parecia estar totalmente ocupado, como se uma pressão irresistível estivesse sendo exercida sobre seus ombros. Suas pernas não aguentaram, e Ransom caiu sentado.

"Tudo isso vem à minha mente agora", ela continuou. "Vejo as grandes criaturas peludas e os gigantes brancos — como foi mesmo que você os chamou? — os *sorns*, e os rios azuis. Ah, que prazer intenso seria ver tudo isso com meus próprios olhos, tocá-los, ainda mais intenso porque coisas desse tipo não vão existir mais. Elas só existem nos mundos antigos."

"Por quê?", indagou Ransom em um sussurro, olhando para ela.

"Você deve saber melhor que eu", disse ela. "Não foi no seu mundo que tudo aquilo aconteceu?"

"Tudo o quê?"

"Pensei que você me contaria tudo a respeito disso", disse a mulher, que agora tinha ficado perplexa.

"Do que você está falando?", perguntou Ransom.

"Quero dizer", continuou, "que foi no seu mundo que Maleldil primeiro assumiu esta forma, a forma da sua raça e da minha".

"Você sabe disso?", disse Ransom abruptamente. Quem já teve um sonho que foi muito bonito, mas, mesmo assim, desejou fortemente acordar, entenderá o que ele sentiu naquele momento.

"Sim, eu sei disso. Maleldil me fez mais velha nesse sentido desde que começamos a conversar." A expressão no rosto dela era uma que ele nunca tinha visto, e não podia encará-la. Parecia que toda a aventura ia escorregando de suas mãos. Houve um longo silêncio. Ele foi até a água para beber um pouco dela antes de falar outra vez.

"Ó, minha senhora", disse ele, "por que você diz que tais criaturas só existem nos mundos antigos?".

"Você é tão jovem assim?", ela respondeu. "Como elas poderiam continuar nascendo? Desde que o nosso Amado se tornou um homem, como a Razão poderia, em qualquer mundo, tomar outra forma? Você não entende? Tudo está decidido. Entre os tempos, há um tempo que vira uma esquina e tudo daquele lado se torna novo. O tempo não anda para trás."

"E um pequeno mundo como o meu pode ser essa esquina?"

"Eu não entendo. Para nós, esquina não tem nada a ver com tamanho."

"E você", disse Ransom, com alguma hesitação, "você sabe *por que* ele veio assim ao meu mundo?".

Durante toda essa parte da conversa, ele achou difícil erguer os olhos para além dos pés dela, de modo que a resposta foi apenas uma voz no ar acima dele. "Sim", disse a voz. "Eu sei a razão, mas não é a que você conhece. Houve mais de uma razão, e há uma que eu sei e não posso lhe contar, e outra que você sabe, mas não pode me contar."

"E depois disso", disse Ransom, "todos serão humanos".

"Você diz isso como se não gostasse."

"Eu acho", disse Ransom, "que não tenho mais compreensão que um animal. Não sei muito bem o que estou dizendo. Mas eu amei o povo peludo que encontrei em Malacandra, aquele mundo antigo. Será que eles vão ser eliminados? Será que são apenas lixo no céu profundo?".

"Eu não sei o que a palavra *lixo* significa", respondeu ela, "nem o que você está dizendo. Você quer dizer que eles são piores porque vieram antes na história e não continuarão? Eles são parte da própria história deles, e não da história dos outros. Nós estamos deste lado da onda, e eles estão do outro lado. Tudo é novo".

Uma das dificuldades de Ransom foi sua incapacidade de saber quem estava falando em cada momento da conversa. Isso pode (ou não) ser devido ao fato de não conseguir olhar muito para o rosto dela. Naquele momento, ele queria encerrar a conversa. Já estava "saturado" — não no sentido figurado que atribuímos a essa palavra para dizer que uma pessoa exagerou, mas no sentido literal. Ele estava satisfeito, como um homem que dormiu ou comeu o suficiente. Uma hora antes ele teria achado difícil dizer isso com franqueza, mas, naquela hora, com muita naturalidade, ele disse: "Não quero falar mais. Mas eu gostaria de passar para a sua ilha para que possamos nos encontrar quando quisermos".

"Qual você chama de minha ilha?", perguntou a Dama.

"Aquela em que você está", disse Ransom. "Qual mais poderia ser?"

"Venha", disse ela, com um gesto que fez com que todo aquele mundo se transformasse em uma casa e ela, a anfitriã. Ele escorregou para dentro da água e subiu na ilha ao lado dela. Então, fez uma mesura, um tanto desajeitado como todos os homens modernos, e se afastou dela rumo a uma floresta próxima. Suas pernas estavam bambas e doíam um pouco. De fato, uma curiosa exaustão física tomou conta dele. Ele se sentou para descansar por alguns minutos e caiu imediatamente em um sono profundo, sem sonhos.

Ransom acordou completamente revigorado, mas com uma sensação de insegurança. Isso não tinha a ver com o fato de que, ao acordar, ele estava estranhamente acompanhado. O dragão estava deitado a seus pés, com um olho aberto e outro fechado e com o focinho esbarrando em Ransom. Quando se levantou, apoiado nos cotovelos, ele viu que tinha outro guardião perto da sua cabeça: um animal peludo parecido com um canguru pequeno, mas amarelo. Era a coisa mais amarela que já tinha visto. Assim que ele se movimentou, os dois animais começaram a cutucá-lo. Eles não o deixaram em paz enquanto ele não se levantou, e, quando o fez, só o deixaram andar em uma direção. O dragão era pesado demais para ser enxotado, e o animal amarelo dançava em volta dele, forçando-o a se mover na direção em que queria que Ransom fosse. Cedeu à pressão deles e permitiu que o conduzissem, primeiro através de uma floresta de árvores mais altas e mais marrons que as que ele já tinha visto, e então por um pequeno espaço aberto até uma espécie de beco de árvores de bolhas, depois dali a grandes campos de flores prateadas que iam até acima da sua cintura. Ele então viu que o haviam levado para ser apresentado à senhora deles. Imóvel, ela aguardava em pé a alguns metros de distância, mas não parecia indiferente: fazia alguma coisa com sua mente, ou talvez até mesmo com seus músculos, algo que Ransom não compreendia. Aquela era a primeira vez que ele a olhava firmemente sem ser observado, e ela lhe pareceu mais estranha que antes. Não havia nenhuma categoria terrestre na qual se encaixaria. Opostos se encontravam e se misturavam nela de uma maneira tal que não temos imagens que possam descrevê-la. Um jeito de expressá-la seria dizer que nem nossa arte sagrada nem a profana poderiam fazer seu retrato. Linda, nua, sem constrangimento, jovem — obviamente ela era uma deusa. Mas então seu rosto, tão sereno que só não era insípido pelo excesso de suavidade, era como o repentino frescor e quietude de uma igreja na qual entramos vindos de uma rua quente — isso fazia dela uma Madona.[1] O silêncio interior e alerta que vinha daqueles olhos o deixou intimidado. Mesmo assim a qualquer momento ela poderia rir como uma criança, ou correr como uma Ártemis,[2] ou dançar como uma mênade.[3] Tudo isso contra o céu dourado, que parecia estar a apenas um braço de distância da cabeça de Ransom. Os animais correram na frente dele para saudá-la e, enquanto passavam pela vegetação macia, assustaram muitos sapos, de modo que parecia que imensas gotas de um orvalho fortemente colorido estavam sendo arremessadas ao vento. Ela se virou enquanto eles se aproximavam e os saudou, e mais uma vez a cena era um tanto semelhantes às cenas terrestres, mas, no todo, diferente. Na verdade, não era como uma mulher acariciando um cavalo

[1]Madonas são representações artísticas de Maria, mãe de Jesus. [N. E.]
[2]Ártemis era a deusa grega da caça e da vida selvagem. [N. T.]
[3]Na mitologia grega, as mênades eram adoradoras de Baco. Viviam num estado de transe, proporcionado pela ingestão de vinho. [N. E.]

nem como uma criança brincando com seu cachorrinho. Havia uma autoridade no seu rosto, uma condescendência em suas carícias, que, ao levar a sério a inferioridade dos seus adoradores, tornava-os menos inferiores de alguma maneira, elevando-os da condição de animais de estimação para a de escravos. Quando Ransom a alcançou, ela parou e sussurrou algo no ouvido da criatura amarela e, então, dirigindo-se ao dragão, falou quase como se fosse na própria voz do animal. Os dois, tendo recebido licença, dispararam de volta em direção à floresta.

"Os animais do seu mundo parecem quase racionais", disse Ransom.

"Nós os fazemos mais velhos a cada dia", respondeu ela. "Não é isso que significa ser um animal?"

Mas Ransom ficou atento ao uso que ela fazia da palavra *nós*.

"É sobre isso que vim aqui falar com você. Maleldil me enviou ao seu mundo por algum propósito. Você sabe qual?"

Ela parou por um momento, quase como se estivesse ouvindo, e depois respondeu: "Não".

"Então você deve me levar ao seu lar e me mostrar ao seu povo."

"Povo? Não sei o que você está dizendo."

"Seus parentes — os outros da sua espécie."

"Você quer dizer o Rei?"

"Sim. Se você tem um Rei, seria melhor se eu fosse levado até ele."

"Não posso fazer isso", ela respondeu. "Não sei onde encontrá-lo."

"Leve-me para sua casa, então."

"O que é *casa*?"

"O lugar onde as pessoas vivem juntas, têm seus pertences e criam seus filhos."

Ela estendeu as mãos para indicar tudo que estava ao alcance da vista. "Esta é a minha casa", disse ela.

"Você vive sozinha aqui?", perguntou Ransom.

"O que é *sozinha*?"

Ransom tentou começar de novo. "Leve-me aonde eu possa encontrar outros da sua espécie."

"Se você quer dizer o Rei, eu já lhe disse que não sei onde ele está. Quando éramos jovens — muitos dias atrás —, pulávamos de uma ilha para a outra, e quando ele estava em uma e eu estava na outra, as ondas se ergueram e nós ficamos separados."

"Mas você pode me levar para outros da sua espécie? O Rei não pode ser o único."

"Ele é o único. Você não sabia?"

"Mas deve haver outros da sua espécie — seus irmãos e irmãs, seus parentes, seus amigos."

"Não sei o que essas palavras significam."

"Quem é esse Rei?", perguntou Ransom, em desespero.

"Ele é ele mesmo, ele é o Rei", disse ela. "Como é possível responder a uma pergunta dessas?"

"Olhe aqui", disse Ransom. "Você deve ter tido uma mãe. Ela está viva? Onde está ela? Quando foi que você a viu pela última vez?"

"Eu tenho uma mãe?", questionou a Dama Verde, olhando para ele com olhos cheios de um espanto imperturbável. "O que você quer dizer? Eu sou a Mãe." E mais uma vez Ransom teve a sensação de que não tinha sido ela, ou não apenas ela, que tinha falado. Ele não ouviu nenhum outro som, pois o mar e o ar estavam calmos, mas uma sensação fantasmagórica de um grande coral o envolvia. Ele teve de novo o espanto que as respostas aparentemente estúpidas dela tinham dissipado nos últimos minutos.

"Eu não entendo", disse ele.

"Nem eu", respondeu a Dama. "Só sei que meu espírito louva a Maleldil, que vem do céu profundo até aqui embaixo e que me fará abençoada por todas as épocas que vêm em nossa direção. Aquele que é forte, e me faz forte, e enche mundos vazios de boas criaturas."

"Se você é mãe, onde estão os seus filhos?"

"Ainda não os tive", respondeu ela.

"Quem será o pai deles?"

"O Rei — quem mais poderia ser?"

"Mas o Rei — ele não tem pai?"

"Ele *é* o Pai."

"Você quer dizer", disse Ransom lentamente, "que você e ele são os dois únicos da sua espécie no mundo inteiro?".

"Claro." Então o rosto dela mudou. "Ah, quão jovem eu fui", disse ela. "Eu entendo agora. Sabia que havia muitas criaturas naquele mundo antigo dos *hrossa* e dos *sorns*. Mas tinha me esquecido de que o seu mundo também é mais antigo que o nosso. Eu entendo — há muitos de vocês agora. Eu pensava que havia só dois de vocês também. Pensava que você era o Rei e o Pai do seu mundo. Mas agora há filhos dos filhos dos filhos, e você talvez seja um deles."

"Sim", disse Ransom.

"Quando você voltar ao seu mundo, envie minhas saudações à sua Senhora e Mãe", disse a Mulher Verde. E, pela primeira vez, havia um tom de cortesia deliberada e até de cerimônia na fala dela. Ransom entendeu. Agora ela sabia que não estava se dirigindo a um igual. Ela era uma rainha enviando uma mensagem a outra rainha por intermédio de um plebeu, e desde então passou a tratá-lo com mais graciosidade. Ransom achou difícil dar a resposta seguinte.

"Nossa Mãe e Senhora está morta", disse ele.

"O que é *morta*?"

"Entre nós, eles partem depois de um tempo. Maleldil pega a alma deles e a coloca em outro lugar — no céu profundo, é o que esperamos. Eles chamam isso de morte."

"Não se admire, ó, Homem Malhado, que o seu mundo tenha sido escolhido para ser a esquina do tempo. Vocês vivem olhando para os céus, e, como se isso não fosse o bastante, Maleldil leva todos vocês para lá no final. Vocês são mais abençoados que todos os mundos."

Ransom balançou a cabeça. "Não. Não é assim", disse.

"Eu acho", disse a mulher, "que você foi enviado aqui para nos ensinar o que é a *morte*".

"Você não entende", disse ele. "Não é assim. É horrível. A morte tem um cheiro péssimo. O próprio Maleldil chorou quando viu a morte." A voz e a expressão facial de Ransom eram algo novo para ela. Ele percebeu em seu rosto, por um instante, o choque, não de horror, mas de um total espanto, e então, sem esforço, seu oceano de paz envolveu tudo aquilo como se nada tivesse acontecido, e ela lhe perguntou o que ele queria dizer.

"Você nunca entenderia, senhora", respondeu ele. "Mas, em nosso mundo, nem todos os acontecimentos são agradáveis ou desejáveis. Pode ter algo que você tente evitar a qualquer custo, nem que para isso tenha de cortar seus braços e suas pernas, mas que mesmo assim acontece."

"Mas como alguém pode desejar que uma dessas ondas que Maleldil envia em nossa direção não nos alcance?"

Contra seu bom-senso, Ransom se viu provocado a entrar em uma discussão.

"Mas até mesmo você", disse ele, "quando me viu pela primeira vez, agora sei que você esperava que eu fosse o Rei. Quando você viu que eu não era ele, seu rosto mudou. Esse acontecimento não foi indesejável? Você não quis que fosse diferente?".

"Ah", disse a Dama. Ela se virou para o lado com a cabeça encurvada e as mãos fechadas, como se estivesse pensando com intensidade. Ela olhou para cima e disse: "Você me faz envelhecer mais rapidamente do que posso suportar", e andou, afastando-se um pouco. Ransom se perguntou o que tinha feito. Ocorreu-lhe subitamente que a pureza e a paz dela não eram, como pareceram no início, coisas estabelecidas e inevitáveis como a pureza e a paz de um animal. Ocorreu-lhe que a pureza e a paz dela eram vivas, e, portanto, quebráveis; um equilíbrio mantido por uma mente e, consequentemente, pelo menos em teoria, poderiam ser perdidas. Não havia razão para um homem andando de bicicleta em uma boa estrada perder o equilíbrio, mas isso pode acontecer. Não havia razão para ela passar da sua felicidade para a psicologia da nossa raça, mas não havia nenhum muro que a impedisse de fazê-lo. O sentimento de precariedade o aterrorizou. Mas quando ela olhou novamente para ele, Ransom se lembrou da palavra *aventura*, e então todas as palavras sumiram de sua mente. Mais uma vez, ele não conseguia encará-la. Agora sabia o que os antigos pintores estavam tentando representar quando inventaram a auréola. Alegria e seriedade juntas, um esplendor como de um martírio, mas sem qualquer dor, pareciam fluir do seu semblante. Ainda assim, quando ela falou, suas palavras foram decepcionantes.

"Fui tão jovem até este momento que toda a minha vida agora parece ter sido uma espécie de sono. Pensei que estava sendo carregada, e, veja, estou andando."

Ransom perguntou o que ela queria dizer com aquilo.

"O que você me fez entender", respondeu a Dama, "é tão claro como o céu, mas eu nunca vi isso antes. Ainda assim acontece todos os dias. Alguém vai à floresta encontrar comida, e vai pensando em uma fruta. Então pode ser que encontre uma fruta diferente, não aquela que tinha pensado. Esperava-se uma alegria, mas outra foi dada. Mas eu nunca tinha percebido que, no momento exato da descoberta, há na mente uma espécie de recuo, ou um colocar de lado. A imagem da fruta que não foi encontrada ainda está em sua mente. E se você desejasse — se fosse possível desejar —, a manteria lá. Você enviaria sua alma atrás do bem que espera em vez de voltá-la na direção do bem que conseguiu. Você poderia recusar o bem real; você poderia fazer a fruta real parecer sem gosto ao pensar na outra".

Ransom a interrompeu. "Isso não é a mesma coisa que encontrar um estranho quando queria encontrar seu marido."

"Oh, é assim que consegui entender tudo isso. Você e o Rei diferem mais do que dois tipos de fruta. A alegria de encontrá-lo outra vez e a alegria de todo o novo conhecimento que obtive de você são mais diferentes que dois sabores, e quando a diferença é tão maior, e cada uma das duas coisas é tão grande, então a primeira imagem fica na sua mente por muito tempo — durante muitas batidas do coração — depois que o outro bem chegou. Estas, ó, Malhado, são a glória e a maravilha que você me fez entender: que eu, eu mesma, mudei do bem esperado para o bem que me foi dado. Fiz isso do fundo do meu coração. Pode ser que haja alguém que não faça assim, alguém que se apegue ao bem em que tinha pensado originalmente e transforme o bem que lhe foi dado em algo que não é bom."

"Não consigo entender a maravilha e a glória disso", disse Ransom.

Os olhos dela brilharam com uma aparência de superioridade em relação a ele, algo que aos olhos terrestres seria entendido como desprezo, mas que, naquele mundo, não era isso.

"Eu pensava", disse ela, "que eu havia sido levada pela vontade daquele a quem amo, mas agora vejo que eu ando com essa vontade. Pensava que as coisas boas que ele me dava me atraíam para elas assim como as ondas elevam as ilhas. Mas agora vejo que sou eu que vou até elas com minhas pernas e meus braços, como acontece quando nadamos. Sinto que é como se eu vivesse no seu mundo sem teto, onde os homens caminham indefesos debaixo do céu descoberto. Há um prazer e um terror nisso. O próprio ser de alguém indo de um bem para outro, andando ao lado de Maleldil como ele mesmo anda, sem nem ao menos dar-lhe as mãos. Como ele me fez tão separada dele? Como foi que ele pensou nisso? O mundo é tão maior do que eu pensava. Eu pensava que andávamos por caminhos, mas agora parece que não há caminhos. O ir em si é o caminho".

"E você não tem medo", disse Ransom, "de que possa ser difícil desviar seu coração daquilo que você queria para aquilo que Maleldil envia?".

"Eu entendo", disse a Dama. "A onda na qual você mergulha pode ser rápida e grande. Você pode precisar de toda a sua força para nadar nela. Você quer dizer que ele pode me enviar um bem assim, desse jeito?"

"Sim — ou como uma onda tão rápida e grande que diante dela toda a sua força seja insuficiente."

"Isso acontece com frequência quando nadamos", disse a Dama. "Mas isso não é parte do prazer?"

"Mas você está feliz sem o Rei? Você não deseja o Rei?"

"Desejá-lo?", disse ela. "Como pode haver algo que eu não deseje?"

Havia alguma coisa nas respostas dela que começou a irritar Ransom. "Você não pode desejá-lo muito se está feliz sem ele", disse Ransom, surpreso com o tom zangado da sua própria voz.

"Por quê?", perguntou a Dama. "E por que motivo, ó, Malhado, você está fazendo pequenas colinas e vales em sua testa, e por que você fez um movimento com os ombros? Esses gestos são sinais de alguma coisa no seu mundo?"

"Isso não significa nada", disse Ransom rapidamente. Era uma pequena mentira, mas ali era impensável. Ele se sentiu incomodado assim que as palavras saíram de sua boca, como se fossem vômito. Aquela mentira adquiriu uma importância infinita. Parecia que o campo prateado e o céu dourado arremessavam as palavras de volta contra ele. Como se tivesse sido golpeado por uma fúria sem medida no próprio ar, ele corrigiu, gaguejando: "Não significam nada que eu possa lhe explicar". A Dama começou a olhar para ele com uma expressão diferente, mais judicial. Talvez na presença do primeiro filho de uma mãe com quem se encontrou, ela já estivesse tendo um vago pressentimento dos problemas que surgiriam quando tivesse filhos.

"Já conversamos muito", disse ela, finalmente. A princípio, Ransom pensou que ela iria virar as costas e deixá-lo ali. Então, quando ela não se moveu, ele fez uma reverência e deu um ou dois passos para trás. Ela nada dizia, e parecia ter se esquecido dele. Ele se virou e voltou pelo mesmo caminho através da vegetação densa, até que um estivesse além do alcance da visão do outro. A audiência terminara.

6

ASSIM QUE RANSOM já não conseguia mais ver a Dama, seu primeiro impulso foi passar a mão na cabeça, respirar fundo em um longo assobio, acender um cigarro, colocar as mãos nos bolsos, enfim, realizar todo aquele ritual de relaxamento que um homem faz quando está sozinho depois de uma entrevista difícil. Mas ele não tinha nem cigarros, nem bolso, e nem sequer se sentia sozinho. Aquela sensação de estar na Presença de Alguém que o acometera com uma pressão insuportável durante os primeiros momentos de sua conversa com a Dama não desapareceu quando ela o deixou. Na verdade, a sensação de alguma maneira havia aumentado. Estar com a Dama foi, de certo modo, uma proteção contra aquela sensação, e a ausência dela não deixou Ransom solitário, mas em uma espécie um pouco aterrorizante de privacidade. No início, foi quase intolerável, como ele disse ao nos contar a história: "Parecia que eu não tinha espaço". Porém, mais tarde, ele descobriu que aquele sentimento era intolerável apenas em certos momentos, como aqueles (simbolizados por seu impulso de fumar e colocar as mãos nos bolsos) em que um homem afirma sua independência e sente que finalmente está no controle. Quando você se sente assim, fica difícil até para respirar. Uma plenitude completa parece excluí-lo de um lugar de onde, não obstante, você não consegue sair. Mas, quando se entrega a isso totalmente, não há mais peso a carregar. Assim, a situação se torna não um fardo, mas um meio, uma espécie de esplendor, como se fosse ouro comestível, bebível e respirável que o alimenta e transporta, e que não apenas se derrama sobre você, mas que também flui de você. Se entendido de maneira errada, aquilo era sufocante, mas se entendido da maneira certa, fazia da vida terrestre, em comparação, um vácuo. A princípio, claro, os momentos errados ocorriam com muita frequência. Mas, assim como um homem com uma ferida que dói em algumas posições, e que aos poucos aprende a evitá-las, Ransom aprendeu a não assumir aquela posição interior. Ele foi se sentindo cada vez melhor à medida que as horas passavam.

No decorrer do dia, ele explorou a ilha em todas as direções. O mar ainda estava calmo, e teria sido possível alcançar ilhas vizinhas com um simples salto. Entretanto, ele estava na extremidade daquele arquipélago temporário e, daquela praia, contemplava o mar aberto. As ilhas estavam paradas, ou talvez flutuando muito lentamente, nas imediações da imensa coluna verde que ele tinha visto logo após sua chegada em Perelandra. Agora, era possível enxergar muito bem aquele objeto que estava a não mais que dois quilômetros de distância. Era claramente uma ilha montanhosa. A coluna na verdade era um grupo de colunas, isto é, de penhascos muito mais altos que largos, parecendo dolomitas exageradamente grandes, porém mais lisas. Na verdade, tão mais lisas que seria melhor descrevê-las como pilares da Calçada do Gigante[1] ampliados até a altura de montanhas. Mas aquela imensa elevação não se erguia diretamente do mar. A ilha tinha como base um terreno acidentado, mas com o chão mais liso na costa, e uma espécie de vales arborizados entre os cumes, e até mesmo de vales mais íngremes e estreitos que subiam entre os rochedos centrais. Aquilo era com certeza terra, terra firme de verdade, com suas fundações na superfície sólida do planeta. De onde estava, Ransom conseguia ter apenas uma ideia vaga da textura da rocha verdadeira. Parte dela era terra habitável. Ransom sentiu um grande desejo de explorá-la. Parecia que ele não teria dificuldades de chegar lá e que até mesmo a grande montanha poderia ser escalada.

Ele não tornou a ver a Dama no restante daquele dia. Na manhã seguinte, depois de se divertir nadando um pouco e de fazer sua primeira refeição, ele mais uma vez se sentou na praia olhando na direção da terra firme.

[1]A Calçada do Gigante, na Irlanda do Norte (o país natal de C. S. Lewis), é um conjunto natural de milhares de colunas de basalto, tão próximas umas das outras que forma uma espécie de passarela ou calçada. Em alguns pontos ela adentra o mar por quase duzentos metros. [N. T.]

De repente, ouviu a voz da Dama atrás de si e olhou ao redor. Ela vinha da floresta com alguns animais que, como sempre, seguiam-na. As palavras dela tinham sido palavras de saudação, mas ela não demonstrou disposição para conversar. Veio e parou na margem da ilha flutuante ao lado dele, e olhou também para a terra firme.

"Irei para lá", ela disse.

"Posso ir com você?", perguntou Ransom.

"Se você quiser...", disse a Dama. "Mas você pode ver que aquela é a Terra Firme."

"É por isso que quero andar nela", disse Ransom. "No meu mundo, a terra é firme, e eu teria satisfação em andar em uma terra assim outra vez."

Ela soltou uma exclamação de surpresa e o encarou.

"Então, onde é que você vive no seu mundo?"

"Na terra."

"Mas você disse que toda terra lá é firme."

"Sim. Nós vivemos em Terra Firme."

Pela primeira vez desde que eles se encontraram, algo não muito diferente de uma expressão de horror ou desgosto se manifestou no rosto dela.

"Mas o que vocês fazem durante as noites?"

"Durante as noites?", perguntou Ransom, espantado. "Como assim? Nós dormimos, é claro."

"Mas onde?"

"Onde nós vivemos. Na terra."

Ela ficou tanto tempo numa atitude reflexiva que Ransom ficou com medo de que não fosse falar outra vez. Quando o fez, falou em voz baixa e, mais uma vez, em tom tranquilo, ainda que sem aquela alegria inicial.

"Ele nunca proibiu vocês de irem lá", disse ela, mais em forma de declaração que de pergunta.

"Não", disse Ransom.

"Então pode haver leis diferentes em mundos diferentes."

"Existe uma lei no mundo de vocês para não dormir na Terra Firme?"

"Sim", disse a Dama. "Ele não deseja que habitemos lá. Podemos ir até lá, caminhar pela ilha, porque o mundo é nosso. Mas ficar para dormir e acordar lá...", e ela terminou a frase com um tremor no corpo.

"Nunca existiria uma lei assim em nosso mundo", disse Ransom. "Lá não *existem* terras flutuantes".

"Quantos de vocês existem?", perguntou ela subitamente.

Ransom percebeu que não sabia a população da Terra, mas conseguiu dar a ela a ideia de muitos milhões. Ele esperava impressioná-la, mas parecia que ela não tinha interesse em números. “Como é que vocês todos encontram espaço na Terra Firme de vocês?”, perguntou.

“Não existe apenas uma Terra Firme, mas muitas”, respondeu ele. “E elas são grandes, quase tão grandes quanto o mar.”

“Como é que vocês suportam isso?”, explodiu ela. “Quase metade do seu mundo é vazio e sem vida. Porções e porções de terra, todas unidas uma à outra. Pensar nisso não arrasa vocês?”

“De jeito nenhum”, disse Ransom. “O simples pensamento de um mundo que é todo mar como o de vocês deixaria o meu povo com medo e infeliz.”

“Onde isso vai parar?”, disse a Dama, falando mais para si mesma que para ele. “Envelheci tanto nestas últimas poucas horas que parece que toda a minha vida até agora era apenas o caule de uma árvore, e agora eu sou como os galhos se espalhando em todas as direções. Eles estão indo para tão longe que mal posso aguentar. Primeiro aprendi que vou de um bem para outro com meus próprios pés… Isso já foi demais. Mas agora parece que o bem não é o mesmo em todos os mundos, e parece que Maleldil proíbe em um mundo o que permite em outro.”

“Talvez meu mundo esteja errado quanto a isso”, disse Ransom sem muita convicção, porque se sentiu desconfortável pelo que tinha feito.

“Não é assim”, disse ela. “O próprio Maleldil acabou de me dizer. Não poderia ser assim se o seu mundo não tem terras flutuantes. Mas ele não está me dizendo a razão dessa proibição.”

“Provavelmente existe uma boa razão”, começou Ransom, quando foi interrompido por uma súbita gargalhada dela.

“Ó, Malhado, Malhado”, disse ela, ainda rindo. “Quanto o povo da sua raça fala!”

“Sinto muito”, disse Ransom, um pouco constrangido.

“Pelo que você sente muito?”

“Sinto muito se para você eu falo demais.”

“Demais? Como eu poderia dizer o que seria você falar demais?”

“Em nosso mundo, quando comentam o quanto alguém fala, quer dizer que querem que a pessoa fique em silêncio.”

“Se é isso que querem dizer, por que não o dizem?”

“Por que você riu?”, perguntou Ransom, achando a pergunta dela muito difícil.

"Eu ri, Malhado, porque você estava querendo saber, assim como eu também estava, a respeito da lei que Maleldil estabeleceu para um mundo, mas não para outro. Você não tinha nada para dizer, mas mesmo assim transformou esse nada em palavras."

"Mas eu *tinha* algo para dizer", disse Ransom, quase sussurrando. "Pelo menos", continuou ele, mais alto, "essa proibição não é um peso em um mundo como o de vocês".

"Isso também é algo estranho de se dizer", respondeu a Dama. "Quem pensou que isso seria difícil? Os animais não pensariam que é difícil se eu lhes dissesse que andassem de cabeça para baixo. Isso se tornaria a alegria deles. Eu sou o animal de Maleldil, e todas as ordens dele são alegrias para mim. Não é isso que me fez ficar pensativa, mas o fato de querer saber se há dois tipos de lei."

"Alguns dos nossos sábios disseram...", começou Ransom, quando ela o interrompeu.

"Vamos esperar e perguntar ao Rei", disse ela. "Porque eu acho, Malhado, que você não sabe mais dessas coisas do que eu."

"Sim, o Rei, com toda certeza. Se apenas pudéssemos encontrá-lo." Então, de maneira totalmente involuntária, Ransom acrescentou em inglês: "Por Júpiter! O que foi aquilo?". A Dama também tinha ficado surpresa. Alguma coisa parecida com uma estrela cadente cruzara o céu, no horizonte longínquo à esquerda deles, e alguns segundos depois eles ouviram um som indeterminado.

"O que foi aquilo?", perguntou ele novamente, desta vez em solar antigo.

"Alguma coisa caiu do céu profundo", disse a Dama. O rosto dela expressava espanto e curiosidade, mas na Terra é tão raro ver essas emoções sem uma ponta de medo que sua expressão pareceu estranha a Ransom.

"Acho que você tem razão", disse ele. "Opa. O que é isso?" O mar tranquilo se avolumou e todas as algas na margem da ilha onde eles estavam se movimentaram. Uma única onda passou sobre a ilha deles e tudo ficou calmo outra vez.

"Com certeza alguma coisa caiu no mar", disse a Dama. Então retomou a conversa como se nada tivesse acontecido. "Foi para procurar o Rei que resolvi hoje ir até a Terra Firme. Ele não está em nenhuma destas ilhas aqui, porque já procurei em todas. Mas, se formos à Terra Firme e subirmos o monte para olhar lá do alto, aí poderemos ver muito mais longe. Poderemos ver se há outras ilhas perto de onde estamos."

"Vamos fazer isso", disse Ransom, "se conseguirmos nadar até tão longe".

"Nós cavalgaremos", disse a Dama. Ela então se ajoelhou na praia — e havia tanta graciosidade nos movimentos dela que era maravilhoso vê-la ajoelhada — e deu três chamados baixos na mesma nota. No início, nenhum resultado foi visível. Mas logo Ransom viu algo rompendo a água e indo rapidamente na direção deles. Um momento depois e o mar ao lado da ilha era uma massa de grandes peixes prateados: jorrando água, pressionando-se e empurrando-se uns aos outros para chegar mais perto, e os que estavam mais perto tocavam a terra com seus focinhos. Eles tinham não apenas a cor, mas a suavidade da prata. Os maiores tinham quase três metros de comprimento e eram todos parrudos e com aparência de serem muito fortes. Eram muito diferentes de qualquer espécie terrestre, porque a base da cabeça era extraordinariamente mais larga que a parte dianteira do tronco, que ia ficando mais largo até chegar à cauda. Sem aquele alargamento na direção da cauda, eles se pareceriam girinos gigantes. Pareciam velhos barrigudos com peito estreito e cabeça grande. A Dama demorou algum tempo para escolher dois deles. Mas, assim que ela o fez, os outros se afastaram alguns poucos metros, e os dois candidatos bem-sucedidos giraram e ficaram parados com suas caudas para o lado da praia, movendo suavemente as barbatanas. "Agora, Malhado, faça assim", ordenou ela, e se sentou com uma perna de cada lado na cabeça do peixe que estava à direita. Ransom fez como ela tinha feito. A cabeçorra à sua frente funcionava com um suporte, de modo que não havia perigo de escorregar e cair. Ele observou sua anfitriã. Ela deu um leve golpe com os calcanhares. Ransom fez o mesmo. Logo depois eles estavam deslizando pelo mar a uma velocidade de uns dez quilômetros por hora. O ar sobre a água era mais frio, e a brisa levantou seus cabelos. Em um mundo onde ele apenas havia nadado e caminhado, o peixe lhe passou a impressão de estar a uma velocidade emocionante. Ele olhou para trás e viu a massa suave e ondulante de ilhas recuando e o céu ficando maior e cada vez mais dourado. Adiante, a montanha fantasticamente moldada e colorida dominava todo o seu campo de visão. Ele observou com interesse que todo o grupo dos peixes que não foram escolhidos ainda estava com eles, alguns seguindo, mas a maioria saltando para todos os lados, com grandes asas abertas.

"Eles sempre a seguem desse jeito?", perguntou.

"Os animais não os seguem no mundo de vocês?", replicou ela. "Nós não podemos montar mais de dois. Seria terrível se aqueles que não escolhemos não pudessem sequer nos seguir."

"Foi por isso que você demorou tanto para escolher estes dois peixes, senhora?", perguntou Ransom.

"Claro", disse a Dama. "Eu tento não escolher o mesmo peixe toda vez."

A terra veio rapidamente na direção deles, e o que parecia ser uma linha costeira plana se abriu em baías e promontórios. Agora eles já estavam próximos o bastante para ver que naquele oceano aparentemente calmo havia uma agitação invisível, onde a água elevava-se ligeiramente e caía na praia. Um momento depois, os peixes chegaram a um lugar raso demais para continuarem nadando e, seguindo o exemplo da Dama Verde, Ransom passou as duas pernas por cima do peixe e procurou tocar o fundo da água com as pontas dos pés. Ah, que êxtase! Eles tocaram seixos sólidos. Até aquele momento ele não havia percebido quão ansioso estava pela "terra firme". Ele olhou para cima. Na baía onde pararam, corria um vale estreito com recifes baixos formados por rochas avermelhadas e, mais para baixo, havia bancos de uma espécie de musgo e algumas poucas árvores. As árvores quase podiam ser terrestres: plantadas em qualquer área sulina do nosso mundo, elas não chamariam a atenção de ninguém, a não ser de algum botânico experiente. Melhor de tudo, bem no meio do vale, e agradável aos olhos e ouvidos de Ransom como um pedacinho do lar ou do céu, corria um riozinho, uma corrente escura e translúcida onde talvez pudesse haver trutas.

"Você gosta desta terra, Malhado?", disse a Dama, olhando para ele.

"Sim", disse ele. "É como o meu mundo."

Eles começaram a subir o vale até o cimo. Quando estavam debaixo das árvores, a aparência de uma região terrestre diminuía, pois naquele mundo há tão menos luz que a clareira, que deveria ter apenas uma sombra pequena, era escura como uma floresta. Devia ter uns quatrocentos metros até o topo do vale, onde ele estreitava até se tornar uma simples fissura entre rochas baixas. Segurando aqui e ali e com um salto, a Dama chegou a elas, e Ransom a seguiu. Ele estava impressionado com a força dela. Eles chegaram a um planalto íngreme coberto por uma espécie de turfa que seria bem semelhante a grama, só que mais azulada. O planalto estava coalhado de objetos brancos e felpudos que iam até onde a vista conseguia alcançar.

"Flores?", perguntou Ransom. A Dama riu.

"Não. Estes são os Malhados. Dei a você este nome por causa deles." Ele ficou confuso por um momento, mas os objetos começaram a se mover, e logo se moviam rapidamente na direção do par de humanos que aparentemente haviam farejado — pois ambos estavam a uma altura tão grande que já soprava uma brisa forte. Logo os Malhados já estavam em volta da Dama e a receberam. Eram animais brancos com manchas pretas mais ou menos do tamanho de ovelhas, mas com orelhas e caudas muito maiores e focinhos muito mais móveis, dando a impressão de serem ratos enormes. Suas patas pareciam garras, quase mãos, que com certeza haviam sido feitas para escalar, e a grama azulada era o alimento deles. Depois de uma adequada troca de cortesias com aquelas criaturas, Ransom e a Dama continuaram sua jornada. O círculo do mar dourado abaixo deles agora se espalhava em uma enorme expansão, e as colunas de rocha verde acima pareciam estar quase dependuradas. A escalada até a base delas seria longa e árdua. A temperatura ali era bem mais baixa, mesmo que ainda estivesse quente. O silêncio também era extraordinário. Bem abaixo, nas ilhas, ainda que isso não tenha sido observado no momento, devia haver um contínuo movimento dos sons da água, das bolhas e do movimento dos animais.

Eles agora adentravam uma espécie de baía ou reentrância do gramado entre dois dos pilares verdes. Vistos de baixo, parecia que um pilar tocava o outro. Mas agora, apesar de terem adentrado entre dois daqueles pilares a tal ponto que a maior parte da vista estava encoberta de um dos lados, ainda havia espaço para um batalhão marchar por ali perfilado. A ladeira ficava mais íngreme a cada momento, e à medida que isso acontecia, o espaço entre os pilares ficava cada vez mais estreito. Logo estavam engatinhando em um lugar onde as paredes verdes se estreitaram tanto que precisaram subir em fila indiana, e Ransom, olhando para cima, tinha dificuldade de ver o céu. Finalmente se depararam com uma pequena porção da rocha — uma coluna de pedra de uns dois metros e meio de altura que se unia, como uma gengiva rochosa, às raízes dos dois monstruosos dentes da montanha. “Eu daria muita coisa para estar com calças aqui”, pensou Ransom enquanto olhava para a montanha. A Dama, que seguia à frente, subiu na ponta dos pés e levantou os braços para segurar uma saliência na beirada do cume. Ele a viu puxar, com a intenção de erguer seu próprio peso em seus braços e pular para cima com um único movimento. “Ei, você não pode fazer isto deste jeito”, começou ele, falando inadvertidamente em sua própria língua, mas, antes que tivesse tido tempo para se corrigir, ela já estava em pé na beirada acima dele. Ransom não viu direito como ela fez aquilo, mas não havia nenhum sinal de que tivesse feito qualquer esforço físico em excesso. A escalada dele foi muito menos nobre, e foi um Ransom que ofegava e transpirava, com uma mancha de sangue no joelho, que finalmente se pôs ao lado dela. Ela estava tão curiosa a respeito do sangue, quando ele lhe explicou o fenômeno da melhor maneira possível, que ela quis raspar a pele do próprio joelho para ver se o mesmo iria acontecer. Isso fez com que ele pudesse explicar à Dama o significado da palavra *dor*, o que a deixou mais ansiosa ainda para fazer a experiência. Mas parece que, na última hora, Maleldil disse-lhe para não tentar.

Ransom se virou para avaliar os arredores. Bem acima deles, e parecendo inclinar-se uma em direção à outra, lá no topo e quase encobrindo o céu, erguiam-se as imensas pilastras de rocha, não duas nem três, mas nove. Algumas delas, como as duas através das quais eles haviam entrado naquele círculo, ficavam muito próximas uma da outra. Outras distavam alguns metros dali. Elas circundavam um platô ligeiramente oval de talvez uns trinta mil metros quadrados, coberto por um gramado mais fino que qualquer um conhecido em nosso planeta e pontilhado de pequeninas flores carmesins. Um vento forte e sibilante transportou até os dois uma fria e refinada quintessência de todos os aromas daquele rico mundo abaixo deles, e os manteve em uma agitação contínua. Relances do mar aberto que estava visível entre as colunas faziam com que eles tivessem contínua consciência da grande altitude em que estavam. Os olhos de Ransom, já acostumados com a miscelânea de curvas e cores das ilhas flutuantes, descansaram com grande revigoramento nas linhas puras e nas massas estáveis daquele lugar. Ele deu alguns passos para a frente na direção da amplidão que era a catedral daquele platô, e, quando falou, sua voz produziu ecos.

"Ah, isso é bom", disse ele. "Mas, talvez, você — para quem isso é proibido — não compartilhe do mesmo sentimento." Mas um olhar rápido para o rosto da Dama revelou que ele estava errado. Ele não sabia o que ela estava pensando, mas o rosto dela, tal como uma ou duas vezes antes, parecia brilhar com algo diante do qual ele baixou os olhos. "Vamos examinar o mar", disse ela.

Eles circundaram o platô metodicamente. Atrás deles estava o grupo de ilhas de onde haviam saído naquela manhã. Vistas daquela altitude, elas eram maiores do que Ransom havia imaginado. A riqueza de suas cores — seu alaranjado, seu prateado, seu roxo e (para surpresa dele) seus escuros tons lustrosos faziam-nas parecer quase heráldicas. Foi daquela direção que o vento veio. O aroma daquelas ilhas, ainda que leve, era como o som de águas correntes para um homem sedento. Mas, em todas as outras direções, eles nada viam nada senão o oceano. Pelo menos, não viram nenhuma ilha. Mas, quando estavam quase completando o circuito, Ransom gritou no mesmo tempo que a Dama apontou para certa direção a mais ou menos três quilômetros, para algo escuro contra o verde acobreado da água, um pequeno objeto arredondado. Se estivesse olhando para baixo em um mar terrestre, Ransom teria pensado, à primeira vista, que aquilo era uma boia.

"Eu não sei o que é aquilo", disse a Dama. "A não ser que seja a coisa que caiu do céu profundo esta manhã."

"Queria ter um binóculo", pensou Ransom, porque as palavras da Dama despertaram nele uma súbita suspeita. E quanto mais ele olhava para a bolha escura, mais sua suspeita se confirmava. A bolha parecia ser perfeitamente esférica, e ele pensou já ter visto algo parecido antes.

O leitor já sabe que Ransom esteve naquele mundo que os homens chamam de Marte, mas cujo nome verdadeiro é Malacandra. Mas ele não foi levado lá pelos *eldila*. Ele foi levado por homens, e em uma espaçonave, uma esfera oca de vidro e de aço. Na verdade, foi raptado por homens que pensavam que os poderes governantes de Malacandra exigiam um sacrifício humano. Tudo aquilo fora um mal-entendido. O grande Oyarsa, que governava Marte desde o princípio (e que meus próprios olhos viram, em certo sentido, na sala da casa de campo de Ransom), não lhe fez nenhum mal, e nem pretendia fazer. Mas seu principal captor, o professor Weston, queria fazer-lhe muito mal. Ele era um homem obcecado por uma ideia que estava circulando em todo o nosso planeta em obras obscuras de "divulgação científica", em pequenas sociedades interplanetárias, em clubes de engenharia espacial e entre as capas de revistas monstruosas, uma ideia que os intelectuais ignoravam ou da qual zombavam, mas capaz de abrir um novo capítulo de desgraça para o universo, se lhe dessem poder. Era a ideia de que a humanidade, tendo corrompido completamente seu planeta de origem, deveria a qualquer custo tramar uma forma de espalhar sua semente por uma área muito maior; de modo que as vastas distâncias astronômicas, que são as regras da quarentena de Deus, deveriam ser superadas de alguma maneira. Isso seria só o começo. Mas, além disso, está o doce veneno do falso infinito, o sonho louco de que planeta após planeta, sistema após sistema, no fim, galáxia após galáxia, podem ser forçados a sustentar, em toda parte e para sempre, a forma de vida que está contida nas entranhas da nossa própria espécie, um sonho gerado pelo ódio da morte e pelo medo da verdadeira imortalidade, acalentado em segredo por milhares de homens ignorantes e centenas de não ignorantes. A destruição ou escravização de outras espécies no universo, se estas existem, para tais mentes é um resultado desejável. Na pessoa do professor Weston, o poder finalmente encontrara o sonho. O grande físico havia descoberto uma força propulsora para sua espaçonave. E aquele pequeno objeto escuro, que agora flutuava abaixo de Ransom nas águas sem pecado de Perelandra, a cada momento parecia mais e mais ser a espaçonave. "Então é isso", pensou ele, "é por isso que fui enviado até aqui. Ele fracassou em Malacandra e agora veio para cá. Pesa sobre mim a responsabilidade de tomar uma providência a respeito". Uma sensação terrível de incapacidade o dominou. Na última vez — em Marte —, Weston tinha apenas um cúmplice. Mas tinha armas de fogo. Desta vez, porém, quantos cúmplices ele poderia ter? E, em Marte, ele fora impedido não por Ransom, mas pelos *eldila*, especialmente pelo grande *eldil* daquele mundo, Oyarsa. Ransom se virou rapidamente para a Dama.

"Eu não vi *eldila* no seu mundo", disse ele.

"*Eldila*?", repetiu ela, como se fosse um nome novo para ela.

"Sim, *eldila*", disse Ransom, "os grandes e antigos servos de Maleldil. As criaturas que não procriam nem respiram, cujos corpos são feitos de luz, que dificilmente podemos ver e que devem ser obedecidas".

Ela meditou por um instante e então falou. "Desta vez, Maleldil me fez mais velha doce e gentilmente. Ele me mostrou todas as naturezas dessas criaturas benditas. Mas não há necessidade de prestar-lhes obediência agora, não neste mundo. Essa é a ordem antiga, Malhado, o outro lado da onda que passou sobre nós e não voltará mais. Aquele mundo antigo ao qual você viajou foi colocado sob a autoridade dos *eldila*. Eles já governaram uma vez no seu mundo, mas não mais desde que o nosso Amado se tornou homem. Eles ainda existem no seu mundo. Mas, no nosso, que é o primeiro dos mundos a acordar depois da grande mudança, eles não têm poder. Não há nada agora entre nós e ele. Eles diminuíram e nós aumentamos. E agora Maleldil colocou em minha mente que esta é a glória e a alegria deles. Eles nos receberam — a nós, coisas dos mundos inferiores, que procriamos e respiramos — como animais fracos e pequenos que podem ser destruídos ao seu mais leve toque. A glória deles foi cuidar de nós e nos fazer mais velhos até que nos tornássemos mais velhos que eles, até que pudessem cair aos nossos pés. Essa é uma alegria que nós não teremos. Embora eu ensine aos animais, eles nunca serão melhores que eu. Essa é a maior alegria de todas. Não que seja uma alegria melhor que a nossa. Toda alegria ultrapassa todas as outras. A fruta que estamos comendo é sempre a melhor fruta de todas."

"Tem alguns *eldila* que não pensam que isso seja uma alegria", disse Ransom.

"Como?"

"Você falou ontem, Senhora, sobre se prender ao bem antigo em vez de pegar o bem que chegou."

"Sim — por pouco tempo."

"Houve um *eldil* que se prendeu ao antigo por mais tempo e que ainda está se prendendo, desde antes que os mundos fossem feitos."

"Mas o bem antigo deixaria de ser bom se ele fizesse isso."

"Sim. Deixou de ser bom. Mas aquele *eldil* ainda se apega a isso."

Ela o encarou espantada e estava para falar quando ele a interrompeu.

"Não há tempo para explicar", disse ele.

"Não temos tempo? O que aconteceu ao tempo?", perguntou ela.

"Ouça", disse ele. "Aquela coisa lá embaixo veio do meu mundo através do céu profundo. Tem um homem nela, talvez muitos homens..."

"Veja", disse, "ela está se dividindo em duas, uma grande e uma pequena".

Ransom notou que um pequeno objeto escuro se separara da espaçonave e estava começando a se afastar dela em um movimento aleatório. Isso deixou Ransom confuso. Então ele pensou que Weston — se é que era Weston — provavelmente sabia da superfície aquática que encontraria em Vênus e havia trazido alguma espécie de barco desmontável. Mas seria possível que ele não tivesse levado em contas marés e tempestades e não tivesse previsto que poderia ser impossível para ele recuperar a espaçonave? Não era do feitio de Weston abrir mão do seu meio de fuga. E Ransom certamente não desejaria que Weston ficasse sem seu meio de fuga. Um Weston que porventura escolhesse não voltar para a Terra seria um problema insolúvel. De qualquer modo, o que ele, Ransom, poderia fazer sem ajuda dos *eldila*? Ele começou a pensar, sentindo-se injustiçado. Qual seria a vantagem de enviá-lo — um mero acadêmico — para lidar com uma situação daquela natureza? Qualquer pugilista comum, ou, melhor ainda, qualquer homem que soubesse usar uma arma automática seria mais adequado para aquele propósito. Se eles pelo menos pudessem encontrar aquele Rei de que a Mulher Verde insistia em falar…

Mas, enquanto esses pensamentos ocupavam sua mente, ele tomou consciência de um murmúrio ou rosnado fraco que pouco a pouco foi quebrando o silêncio. "Veja", disse a Dama subitamente, e apontou para o conjunto de ilhas. A superfície delas não estava mais plana. Naquele momento ele compreendeu que o barulho era de ondas, ondas pequenas no início, mas que definitivamente estavam começando a espumar nos promontórios rochosos da Terra Firme. "O mar está subindo", disse a Dama. "Precisamos descer e sair daqui imediatamente. As ondas logo estarão muito grandes, e eu não devo estar aqui quando anoitecer."

"Não nesta direção", gritou Ransom. "Não vá para onde você possa encontrar o homem do meu mundo."

"Por quê?", perguntou a Dama. "Eu sou a Senhora e Mãe deste mundo. Se o Rei não está aqui, quem mais poderia saudar o forasteiro?"

"Eu vou encontrá-lo."

"Este aqui não é o seu mundo, Malhado", respondeu ela.

"Você não entende", disse Ransom. "Este homem — ele é amigo daquele *eldil* a respeito de quem falei com você — um daqueles que se apega ao bem errado."

"Então eu preciso explicar isso a ele", disse a Dama. "Vamos lá fazê-lo ficar mais velho", e ao dizer isso, ela escorregou pela beirada rochosa do platô e começou a descer o declive montanhoso. Ransom demorou mais para descer pelas rochas, mas, assim que chegou ao gramado, começou a correr o mais rápido que podia. A Dama gritou espantada quando ele a ultrapassou, mas Ransom não lhe deu atenção. Ele agora podia ver claramente para qual baía o pequeno barco estava se dirigindo, e sua atenção estava totalmente focada em ir para aquele lugar e não errar o caminho. Havia apenas um homem no barco. Ransom correu declive abaixo. Ele chegou a uma área cercada e, depois, a um vale sinuoso que momentaneamente o impediu de ver o mar. Por fim, chegou à enseada. Olhou para trás e viu, para seu aborrecimento, que a Dama também estava correndo, e estava poucos metros atrás dele. Ele olhou para a frente mais uma vez. Havia ondas, ainda que não muito grandes, quebrando-se na praia rochosa. Um homem de camisa, short e chapéu de explorador tinha água na altura da canela e vadeava o mar rumo à praia, arrastando uma pequena jangada de lona. Com certeza era Weston, mas havia alguma coisa sutilmente não familiar em seu rosto. Para Ransom, era de vital importância evitar um encontro entre Weston e a Dama. Ele já havia visto Weston matar um habitante de Malacandra. Ransom virou para trás, esticou os braços para impedir a passagem dela e gritou: "Volte". Ela estava muito perto. Por um segundo, quase esteve nos braços dele. Ela então se afastou, ofegante por causa da corrida, surpresa, e ia falar alguma coisa. Mas, nesse momento, ele ouviu a voz de Weston atrás de si, dizendo em seu próprio idioma: "Posso lhe perguntar, Dr. Ransom, o que isto significa?".

7

DIANTE DE TODOS os acontecimentos, teria sido razoável esperar que Weston estivesse muito mais surpreso com a presença de Ransom do que Ransom estaria com a dele. Mas, se estava, não deixou transparecer, e Ransom não conseguiu deixar de admirar o egoísmo imenso que fazia com que aquele homem, no exato momento de sua chegada em um mundo desconhecido, permanecesse impassível em toda a sua vulgaridade autoritária, com os braços afastados, expressão carrancuda e os pés plantados tão solidamente naquele solo não terrestre como se ele estivesse de costas para a lareira em seu próprio apartamento. Então, chocado, ele percebeu que Weston falava com a Dama em solar antigo com fluência perfeita. Em Malacandra, em parte por falta de capacidade, e muito mais por seu desprezo pelos habitantes, ele nunca aprendera mais que uma noção básica da língua. Mas aquela novidade era algo inexplicável e preocupante. Ransom sentiu ter perdido a única vantagem que tinha. Ele sentia que agora estava na presença do imprevisível. Com a balança equilibrada quanto a essa questão, o que poderia acontecer em seguida?

Ele se despertou de suas reflexões ao ver que Weston e a Dama estavam conversando fluentemente, mas sem entendimento mútuo. "Não adianta", dizia ela. "Você e eu não somos velhos o bastante para conversar, parece. O mar está subindo. Vamos voltar para as ilhas. Ele virá conosco, Malhado?"

"Onde estão aqueles dois peixes?", perguntou Ransom.

"Eles estarão esperando na próxima baía", respondeu a Dama.

"Rápido, então", disse-lhe Ransom; e então completou, em resposta ao olhar que ela lhe lançava: "Não, ele não virá". Ela, presumivelmente, não entendia a urgência dele, mas, com os olhos voltados para o mar, percebeu que tinha seus próprios motivos para se apressar. A Dama já tinha começado a subir o lado do vale com Ransom atrás de si, quando Weston gritou: "Não, você não vai". Ransom se virou e viu um revólver apontado para ele. O calor súbito que percorreu seu corpo foi o único sinal pelo qual ele viu que estava aterrorizado, mas sua mente permaneceu clara.

"Você vai começar neste mundo também assassinando um dos seus habitantes?", perguntou.

"O que você está dizendo?", perguntou a Dama, parando e olhando para os dois homens com uma expressão confusa e ao mesmo tempo tranquila.

"Fique onde está, Ransom", disse o professor. "A nativa pode ir aonde ela quiser, quanto antes melhor."

Ransom estava prestes a implorar a ela que fugisse quando percebeu que não precisaria implorar. Ele tinha suposto irracionalmente que ela iria entender a situação, mas parecia que ela não via nada mais que dois estranhos conversando sobre alguma coisa que naquele momento não entedia — isso e a própria necessidade de deixar a Terra Firme de uma vez.

"Você e ele não vêm comigo, Malhado?", perguntou ela.

"Não", respondeu Ransom sem se virar. "Pode ser que você e eu não nos encontremos em breve. Se você encontrar o Rei, saúde-o por mim, e sempre fale de mim a Maleldil. Eu ficarei aqui."

"Nós nos encontraremos quando Maleldil quiser", respondeu ela, "senão, um bem maior vai acontecer a nós". Então ele ouviu por alguns segundos os passos dela atrás de si. Quando parou de ouvi-los, sabia que estava sozinho com Weston.

"Você usou a palavra *assassinar*, Dr. Ransom", disse o professor, "em referência a um acidente que ocorreu quando estávamos em Malacandra. Em todo caso, a criatura morta não era um ser humano. Mas me permita dizer que eu considero a sedução de uma garota nativa uma maneira quase igualmente infeliz de introduzir a civilização em um planeta novo".

"Sedução?", questionou Ransom. "Ah, entendo. Você pensou que eu estava fazendo amor com ela."

"Essa é a palavra que eu uso quando encontro um homem civilizado nu abraçando uma mulher selvagem nua em um lugar solitário."

"Eu não a estava abraçando", disse Ransom em tom de desânimo, porque qualquer tentativa de se defender naquela situação causava-lhe, naquele momento, apenas um cansaço do espírito. "Além do mais, ninguém usa roupas aqui. Mas isso importa? Fale sobre o que trouxe você a Perelandra."

"Você quer que eu acredite que está vivendo aqui com aquela mulher nestas condições em um estado de inocência assexuada?"

"Ah, assexuada!", disse Ransom com desgosto. "Tudo bem, se você prefere essa palavra. Essa é uma descrição tão boa de Perelandra que seria como dizer que um homem se esqueceu do que é água porque as Cataratas do Niágara não deram a ele a ideia imediata de transformá-las em xícaras de chá. Mas você está certo em dizer que eu não a desejo mais que — que..." As comparações falharam, e ele parou de falar. Então começou outra vez: "Mas não diga que estou lhe pedindo para acreditar nisso ou em qualquer coisa. Não estou lhe pedindo nada, a não ser para começar e terminar o mais cedo possível qualquer carnificina e roubo que você tenha vindo fazer".

Weston olhou para ele por um momento com uma expressão curiosa, e então, inesperadamente, guardou a arma no coldre.

"Ransom", disse ele, "você está sendo muito injusto comigo".

Por vários segundos, houve silêncio entre eles. Grandes ondas com fardos brancos de espuma se quebravam sobre os dois na enseada, exatamente como acontece na Terra.

"Sim", disse finalmente Weston, "e vou começar com uma confissão franca. Entenda como quiser, mas não serei impedido. Digo deliberadamente que eu estava, em alguns sentidos, errado — muito errado — em minha concepção de todo o problema interplanetário quando fui para Malacandra".

Em parte pelo alívio que se seguiu por Weston ter guardado a arma, e em parte pelo ar elaborado de magnanimidade com o qual o grande cientista falou, Ransom teve vontade de rir. Mas lhe ocorreu que aquela tenha sido possivelmente a primeira ocasião em toda a sua vida na qual Weston admitira estar errado e que mesmo o falso despontar de humildade, que ainda era noventa e nove por cento arrogância, não deveria ser rejeitada — pelo menos não por ele.

"Bem, isso é muito bonito da sua parte", Ransom disse. "O que você quer dizer com isso?"

"Eu vou lhe dizer logo", falou Weston. "Enquanto isso, preciso trazer minhas coisas para a praia." Ambos então passaram a arrastar o bote para a praia e começaram a carregar o fogareiro de Weston, e também latas, uma cabana e outros pacotes para um lugar a uns duzentos metros de distância da água. Ransom, que sabia que toda aquela parafernália seria inútil, não fez objeção, e em cerca de quinze minutos algo parecido com um acampamento foi montado em um lugar musgoso sob algumas árvores de tronco azul e folhas prateadas ao lado de um riacho. Os dois se sentaram e Ransom ouviu, a princípio com interesse, depois impressionado, e por fim com incredulidade. Weston pigarreou, estufou o peito e assumiu sua postura professoral. No decorrer da conversa que se seguiu, Ransom foi tomado por uma sensação de irrelevância louca. Ali havia dois seres humanos jogados em um mundo alheio em condições de estranheza inconcebível. Um, separado da sua espaçonave; o outro, há pouco livre da ameaça de uma morte instantânea. Seria sensato — seria imaginável — que eles se envolvessem em um debate filosófico que poderia muito bem ter acontecido em uma sala de estudos em Cambridge? Mesmo assim, aparentemente, era nisso que Weston insistia. Ele não demonstrou interesse no destino de sua espaçonave e pareceu até mesmo não ter curiosidade quanto à presença de Ransom em Vênus. Será que viajara mais de cinquenta milhões de quilômetros no espaço em busca de… conversa? Mas enquanto ele continuava a falar, Ransom se sentia mais e mais na presença de um monomaníaco. Tal como um ator que não consegue pensar em outra coisa a não ser sua fama, ou o amante que não pensa em nada a não ser sua namorada, tenso, tedioso e inescapável, o cientista perseguia sua ideia fixa.

"A tragédia da minha vida", dizia Weston, "e, de fato, a do moderno mundo intelectual em geral, é a rígida especialização do conhecimento moldada pela crescente complexidade do que é conhecido. Minha própria parcela de culpa nesta tragédia é que uma antiga devoção à física me impediu de prestar a devida atenção à biologia, até que cheguei aos cinquenta anos de idade. Sendo justo comigo mesmo, eu deveria deixar claro que o falso ideal humanista de conhecimento como um fim em si mesmo nunca exerceu apelo em mim. Eu sempre quis saber com fins utilitários. A princípio, a utilidade naturalmente se manifestou para mim em forma pessoal — eu queria bolsas de financiamento à pesquisa, uma renda e aquela posição geralmente reconhecida no mundo sem a qual um homem não consegue muita coisa. Quando consegui isso, comecei a olhar para mais longe: a utilidade da raça humana!".

Ele fez uma pausa ao chegar ao final dessa frase, e Ransom acenou-lhe com a cabeça para que continuasse.

"A utilidade da raça humana", continuou Weston, "em longo prazo depende estritamente da possibilidade de viagens interplanetárias e até mesmo intersiderais. Eu resolvi esse problema. A chave do destino humano foi colocada em minhas mãos. Seria desnecessário e doloroso para nós dois lembrá-lo de como isso foi tirado de mim em Malacandra por um membro de uma espécie hostil inteligente cuja existência eu não previra. Admito, eu não havia previsto tal acontecimento".

"Não exatamente hostil", disse Ransom, "mas prossiga".

"Os rigores da nossa viagem de volta de Malacandra prejudicaram muito a minha saúde."

"A minha também", disse Ransom.

Weston olhou para ele um tanto surpreso pela interrupção, e prosseguiu. "Durante minha convalescença tive tempo para refletir, algo que neguei a mim mesmo por muitos anos. Refleti em particular quanto às objeções que você fez a respeito da eliminação dos habitantes não humanos de Malacandra, o que seria, claro, uma preliminar necessária para a ocupação daquele planeta pela nossa espécie. A forma tradicional e, se me permite dizê-lo, humanitária com a qual você apresentou essas objeções até este momento ocultaram de mim sua verdadeira força, a força que agora começo a perceber. Começo a entender que minha devoção exclusiva à utilidade humana estava baseada, na verdade, em um dualismo inconsciente."

"O que você quer dizer com isso?"

"Quero dizer que, durante toda a minha vida, eu tenho praticado uma dicotomia ou uma antítese não científica entre Homem e Natureza — tinha pensado em mim mesmo lutando *pelo* Homem contra seu ambiente não humano. Durante minha doença, eu mergulhei na biologia, particularmente no que pode ser chamado de filosofia biológica. Até então, sendo físico, eu me contentava em considerar a Vida um assunto fora do meu escopo. Não me interessavam as opiniões conflitantes entre aqueles que estabelecem uma linha divisória rígida entre o orgânico e o inorgânico e aqueles que sustentavam que o que chamamos de Vida era inerente à matéria desde o princípio primordial. Mas agora interessam. Entendi quase imediatamente que eu não poderia admitir nenhuma ruptura, nenhuma descontinuidade no desenrolar do processo cósmico. Tornei-me crente convicto na evolução emergente. Tudo é um. A matéria da mente, o dinamismo propositivo inconsciente, está presente desde o começo de tudo."

Weston fez uma pausa. Ransom já tinha ouvido um discurso desse tipo bem antes, e queria saber quando Weston chegaria ao ponto central daquela conversa. Quando ele o fez, foi com um tom ainda mais solene.

"O espetáculo majestoso dessa intencionalidade cega e inarticulada, abrindo mais e mais um caminho para uma infinita unidade de conquistas diferenciadas rumo a uma complexidade cada vez maior de organização, rumo à espontaneidade e à espiritualidade, varreu de vez todas as minhas antigas concepções de um dever para o Homem como ele é. O Homem em si não é nada. O movimento progressista da Vida — a espiritualidade crescente — é tudo. Digo a você com toda a naturalidade, Ransom, que eu estava errado em liquidar os malacandrianos. Foi um preconceito total que me fez preferir nossa raça à dos malacandrianos. De agora em diante, minha missão é disseminar a espiritualidade, e não disseminar a raça humana. Isso estabelece o ponto máximo da minha carreira. Primeiro, eu trabalhei para mim mesmo, depois para a ciência, e depois ainda para a humanidade, mas agora finalmente posso dizer que trabalho para o Espírito, tomando emprestada uma linguagem com a qual você tem mais familiaridade: o Espírito Santo."

"O que exatamente você quer dizer com isso?", perguntou Ransom.

"Quero dizer", disse Weston, "que nada agora separa você de mim, exceto algumas poucas tecnicalidades teológicas obsoletas com as quais a religião organizada lamentavelmente se permitiu ser incrustada. Mas eu rompi essa crosta. O significado subjacente é tão verdadeiro e vivo como sempre. Se você me desculpar por dizer desse modo, a verdade essencial da visão religiosa da vida encontrou um testemunho extraordinário no fato de lhe ter permitido, em Malacandra, apreender, em sua própria versão mítica e imaginativa, uma verdade que para mim estava oculta".

"Eu não sei muita coisa a respeito do que as pessoas chamam de visão religiosa da vida", disse Ransom, franzindo a testa. "Você sabe, eu sou cristão. E o que nós entendemos por Espírito Santo *não* é uma intencionalidade cega e inarticulada."

"Meu caro Ransom", disse Weston, "eu o entendo perfeitamente. Não tenho dúvida de que minha fraseologia lhe pareça estranha, e talvez até mesmo chocante. Associações antigas e reverenciadas podem ter impedido você de reconhecer nesta nova forma as mesmas verdades que a religião há tanto tempo preservou e que a ciência está finalmente redescobrindo. Mas, quer você entenda, quer não, acredite, estamos falando exatamente da mesma coisa".

"Não tenho plena certeza de que estamos."

"Esta, se me permite dizer, é uma das grandes fraquezas da religião organizada: este apego a fórmulas, que fracassa em reconhecer os próprios aliados. Deus é um espírito, Ransom. Tenha certeza disso. Você já tem familiaridade com esse conceito. Apegue-se a isso. Deus é um espírito."

"Bem, claro. Mas e daí?"

"E daí? E daí que é disto que estou falando, espírito, mente, liberdade, espontaneidade. Esse é o alvo para o qual todo o processo cósmico está se dirigindo. A desvinculação definitiva daquela liberdade, daquela espiritualidade, essa é a obra à qual tenho dedicado toda a minha vida e a vida da humanidade. O alvo, Ransom, o alvo: pense nisso! *Puro* espírito: o vórtice definitivo da atividade autopensante e autocriadora."

"Definitiva?", perguntou Ransom. "Você quer dizer que isso ainda não existe?"

"Ah", disse Weston, "entendi o que o incomoda. Claro que sei. A religião apresenta isso tudo como existindo desde o princípio. Mas com certeza essa não é uma diferença verdadeira, certo? Para fazer disso uma diferença verdadeira é preciso levar o tempo muito a sério. Uma vez que o alvo tenha sido alcançado, será possível dizer que ele existia no início, bem como no fim. O tempo é uma das coisas que ele vai transcender".

"A propósito", disse Ransom, "essa realidade é particular de alguma maneira; ela é viva?".

Uma expressão indescritível passou pelo rosto de Weston. Ele se aproximou de Ransom e começou a falar em voz baixa.

"Isso é o que nenhum deles entende", disse Weston. Ele falava num sussurro de gângster ou de criança, totalmente diferente do seu jeito professoral empostado de falar, de modo que Ransom sentiu quase desgosto. "Sim", disse Weston. "Eu mesmo, até há pouco tempo, não podia acreditar. Claro que não é uma pessoa. O antropomorfismo é uma das doenças infantis da religião popular", neste momento ele retomou sua postura discursiva, "mas o extremo oposto da abstração excessiva talvez tenha, no todo, se mostrado mais desastroso. Chame isso de Força. Uma Força grande, inescrutável, derramando-se sobre nós a partir das bases escuras do ser. Uma Força que pode escolher seus instrumentos. Foi só há pouco tempo, Ransom, que eu aprendi com a experiência real algo em que você em toda a sua vida acreditou como parte da sua religião". Nesse ponto, ele diminuiu o volume da voz outra vez, como se estivesse sussurrando, um sussurro rouco diferente da sua voz usual. "Guiado", disse ele. "Escolhido. Guiado. Tenho consciência de que sou um homem separado para um propósito. Por que estudei física? Por que descobri os raios Weston? Por que fui para Malacandra? Ela — a Força — me estimulou todo esse tempo. Estou sendo guiado. Hoje sei que sou o maior cientista que o mundo já produziu. Fui criado para esse propósito. É por meu intermédio que o próprio Espírito está neste momento caminhando rumo ao seu objetivo."

"Olhe aqui", disse Ransom, "é preciso tomar cuidado com essas coisas. Há espíritos e espíritos, você sabe disso".

"Hein?", questionou Weston. "Do que você está falando?"

"Quero dizer que uma coisa pode ser um espírito e não ser boa para você."

"Mas eu pensei que você concordava que o Espírito era o bem — o fim de todo o processo. Eu pensei que vocês, pessoas religiosas, fossem a favor da espiritualidade. Qual é o sentido do ascetismo — jejuns, celibatos, essa coisa toda? Nós não concordamos que Deus é um espírito? Você não o adora porque ele é puro espírito?"

"Santo Deus, não! Nós o adoramos porque ele é sábio e bom. Não tem nada especificamente bom no simples fato de ser um espírito. O Diabo é um espírito."

"Você mencionar o Diabo agora é muito interessante", disse Weston, que já havia retomado seu jeito normal. "Isso é algo muito interessante na religião popular, essa tendência de dividir, de criar pares de opostos: Céu e Inferno, Deus e o Diabo. Preciso dizer que, em minha opinião, nenhum dualismo real no universo é admissível. E nessa base, poucas semanas atrás eu estaria disposto a rejeitar essas duplas como pura mitologia. Teria sido um erro profundo. A causa dessa tendência religiosa universal deve ser buscada em um nível muito mais profundo. As duplas são verdadeiramente retratos do Espírito, de energia cósmica, logo, autorretratos, porque foi a própria Força-Vida que as depositou em nossas mentes."

"O que cargas d'água você quer dizer com isso?", perguntou Ransom. Enquanto falava, ele se levantou e começou a andar para a frente e para trás. Um cansaço e um mal-estar terríveis se abateram sobre ele.

"O *seu* Diabo e o *seu* Deus", disse Weston, "são ambos imagens da mesma Força. O seu Céu é uma imagem da espiritualidade perfeita adiante, e o seu Inferno é uma imagem da urgência, do esforço, que nos impulsiona para o Céu. Daí a paz estática de um, e o fogo e as trevas do outro. O próximo estágio da evolução emergente, nos chamando para a frente, é Deus; o estágio ultrapassado, atrás de nós, a nos impulsionar, é o Diabo. Afinal, sua própria religião diz que os demônios são anjos caídos".

"E você está dizendo exatamente o contrário, pelo que entendi — que os anjos são demônios que subiram para o mundo."

"É a mesma coisa", disse Weston.

Houve outra longa pausa.

"Olhe aqui", disse Ransom, "é fácil um não entender o outro nesses assuntos. O que você está dizendo para mim soa como o erro mais horrível que alguém pode cometer. Mas isso pode ser porque, no esforço de acomodar tudo isso às minhas supostas 'opiniões religiosas', você esteja dizendo muito mais do que quer dizer. Isso é só uma metáfora, não é, toda essa conversa sobre espíritos e forças? Espero que tudo que você esteja querendo dizer é que você sente que sua responsabilidade é trabalhar para o avanço da civilização e do conhecimento e de coisas desse tipo". Ransom havia tentado tirar de sua voz a ansiedade involuntária que tinha começado a sentir. No momento seguinte, ele recuava horrorizado diante do riso, uma gargalhada quase infantil ou senil, com o qual Weston lhe respondeu.

"Olha só, olha só", disse ele. "Como todas as pessoas religiosas, você fala sobre essas coisas a sua vida inteira, mas, no momento em que encontra a realidade, fica com medo."

"Que prova", disse Ransom (que se mostrava verdadeiramente temeroso), "você tem de estar sendo guiado ou ajudado por alguma coisa que não seja sua própria mente e os livros que leu?".

"Você não observou, meu caro Ransom", disse Weston, "que desde a última vez em que estivemos juntos eu melhorei um pouco em meu conhecimento da língua extraterrestre? Dizem que você é filólogo".

Ransom reagiu. "Como você conseguiu isso?", disse ele, de supetão.

"Orientação, Ransom, orientação", respondeu Weston com uma voz que parecia um grasnado. Ele estava agachado junto de uma árvore e mantinha os joelhos dobrados. Seu rosto, que naquela hora estava pálido como massa de vidraceiro, exibia um sorriso fixo e ligeiramente perverso. "Orientação, orientação", repetiu ele. "As coisas vinham à minha cabeça. Eu estou sendo preparado este tempo todo. Estou sendo transformado em um verdadeiro receptáculo para a Força."

"Isso deve ser fácil demais", disse Ransom impacientemente. "Se essa Força-Vida é algo tão ambíguo que Deus e o Diabo são igualmente boas representações dela, acho que qualquer receptáculo deve ser igualmente apropriado, e qualquer coisa que você faça deve ser de igual maneira uma expressão dela."

"Mas existe uma coisa que é a corrente principal", disse Weston. "É uma questão de render-se a ela, de se tornar o condutor daquele propósito vivo, ardente, central, de você se transformar na própria mão que a Força estende."

"Mas até um momento atrás eu pensava que esse era o aspecto diabólico da Força."

"Esse é o paradoxo fundamental. A coisa na direção da qual estamos avançando é o que você chamaria de Deus. Essa sede de avançar, com sua dinamicidade, é o que pessoas como você sempre vão chamar de Diabo. Pessoas como eu, que se esforçam para avançar, são sempre mártires. Vocês nos insultam, mas é por nosso intermédio que alcançam seus objetivos."

"Você está querendo dizer, da maneira mais direta possível, que as coisas que a Força quer que você faça são o que as pessoas comuns chamam de diabólicas?"

"Meu caro Ransom, não gostaria que você ficasse nesse nível tão raso. As duas coisas são somente momentos de uma única realidade. O mundo salta adiante por meio de grandes homens, e a grandeza sempre transcende um moralismo simples. Quando o salto tiver sido dado, o nosso 'diabolismo', como você o denominaria, se tornará a moralidade do estágio seguinte. Mas, quando fazemos isso, somos chamados de criminosos, hereges, blasfemadores..."

"Até onde vai isso? Você ainda obedeceria a essa Força-vida se ela ordenasse a você a me matar?"

"Sim."

"Ou entregaria a Inglaterra aos alemães?"

"Sim."

"Ou publicaria mentiras como se fosse pesquisa séria em um periódico científico?"

"Sim."

"Deus tenha misericórdia de você", disse Ransom.

"Você ainda está preso às suas convenções", disse Weston. "Ainda está lidando com abstrações. Você não consegue ao menos conceber um comprometimento total — um comprometimento com algo que desconsidera completamente todas as suas minúcias éticas mesquinhas?"

Ransom ainda tentou argumentar. "Espere, Weston", disse ele abruptamente. "Esse pode ser um ponto de contato. Você diz que isso é um comprometimento total. Isto é, você está desistindo de si mesmo. Você não está agindo por interesse próprio. Não, espere um pouco. Esse é o ponto de contato entre a sua moralidade e a minha. Nós dois admitimos..."

"Idiota", disse Weston. Sua voz era quase um uivo, e ele se levantou. "Idiota", repetiu. "Você não entende nada? Você vai sempre tentar forçar tudo de volta à estrutura miserável daquela conversa ultrapassada sobre o ser e o autossacrifício? Esse é aquele velho dualismo maldito em outra forma.

Entre mim e o universo não existe distinção possível em pensamento concreto. Na medida que sou o condutor da força propulsora do universo, eu sou a Força. Você consegue entender, seu estúpido fomentador de tolices? Eu *sou* o universo. Eu, Weston, sou o seu Deus e o seu Diabo. Eu invoco a mim a Força completamente…"

Foi aí então que coisas horríveis começaram a acontecer. Um espasmo como o que precede um vômito muito forte retorceu o rosto de Weston a ponto de deixá-lo irreconhecível. Quando passou, momentaneamente algo como o velho Weston reapareceu, o velho Weston, encarando-o com olhos de horror e berrando: "Ransom, Ransom! Pelo amor de Deus, não deixe que eles…" — e instantaneamente seu corpo se dobrou como se tivesse sido atingido por um tiro, e ele caiu no chão e começou a rolar aos pés de Ransom, babando, falando coisas sem sentido e arrancando o musgo com as mãos. Pouco a pouco a convulsão foi diminuindo. Ele ficou deitado, ofegante, com olhos abertos, mas sem qualquer expressão. Ransom estava ajoelhado ao seu lado. Era óbvio que ele estava vivo, e Ransom queria saber se aquilo havia sido um infarto ou ataque epiléptico, porque nunca tinha presenciado nenhum dos dois. Ele procurou na bagagem e encontrou uma garrafa de conhaque. Abriu-a e a colocou na boca de Weston. Mas, para o desespero de Ransom, Weston abriu a boca e arrancou o gargalo da garrafa, mas não cuspiu nenhum pedaço do vidro. "Ó, Deus, eu o matei", pensou Ransom. Além do sangue que escorria dos lábios de Weston, não houve mudança qualquer na aparência dele. Seu rosto indicava que ou ele não estava sentindo dor alguma, ou então estava sentindo uma dor além de toda a compreensão humana. Por fim, Ransom se levantou, mas, antes de fazê-lo, tirou a arma do cinto de Weston, depois caminhou até a beira da praia e a jogou no mar, o mais longe que conseguiu.

Ele ficou por alguns momentos olhando para a baía, indeciso quanto ao que fazer. Depois se virou e subiu a encosta relvada que margeava o pequeno vale à sua esquerda. Encontrou-se em um platô plano com uma boa vista do mar, que naquele momento estava agitado, sem seu tom dourado, apresentando um padrão de luzes e sombras que mudavam continuamente. Por alguns segundos, ele não enxergou as ilhas. Então, subitamente, as copas das árvores apareceram balançando a uma grande altura contra o céu e bem separadas umas das outras. Parecia que o clima as estava afastando umas das outras, e, enquanto pensava nisso, elas desapareceram de novo, encobertas por um vale invisível de ondas. Que chance ele teria, pensava, de encontrá-las outra vez? Um sentimento de solidão o atingiu, e depois um sentimento irascível de frustração. Se Weston morresse, ou mesmo se sobrevivesse, aprisionado ali com ele em uma ilha da qual eles nunca poderiam sair, qual teria sido o perigo que ele fora enviado para impedir em Perelandra? Assim, tendo começado a pensar em si mesmo, viu que estava com fome. Ele não viu nenhuma árvore ou trepadeira frutífera na Terra Firme. Talvez aquilo fosse uma armadilha mortal. Sorriu amargamente ao pensar na tolice que lhe trouxera tanta alegria naquela manhã: trocar aqueles paraísos flutuantes, onde os bosques exalavam doçura, por aquela rocha estéril. Mas talvez ela não fosse estéril de tudo. Determinado a encontrar comida, a despeito do cansaço que aumentava cada vez mais, ele começou a se locomover para o interior da ilha, quando foi surpreendido por uma rápida mudança na cor que anuncia a noite naquele mundo. Esticou o passo, mas inutilmente. Antes que tivesse chegado ao vale, o bosque onde havia deixado Weston já se tornara uma simples nuvem tenebrosa. Antes de chegar lá, ele se viu em uma noite densa e unidimensional. Uma tentativa de ir tateando até o lugar onde as bagagens de Weston foram guardadas só serviu para acabar de vez com seu sentido de direção. Ele se viu forçado a se sentar. Chamou Weston umas duas vezes, mas, como esperava, não obteve resposta. "Em todo caso, estou feliz de ter retirado a arma dele", pensou Ransom, e depois, "*Bem, qui dort dine*,[1] e acho que devo tirar o melhor proveito disso até amanhã cedo". Quando se deitou, descobriu que o solo maciço e cheio de musgo da Terra Firme era muito menos confortável que as superfícies com as quais ultimamente tinha se acostumado. Isso, a ideia de que ali bem perto havia outro ser humano deitado, com os olhos abertos e cacos de vidro entre os dentes, e o barulho desagradável das ondas quebrando na praia fizeram que aquela noite fosse desconfortável. "Se eu vivesse em Perelandra", resmungou ele, "Maleldil não ia precisar *proibir* o acesso a esta ilha. Queria nunca tê-la visto".

[1]Ditado francês: "Quem dorme, janta". [N. T.]

8

RANSOM ACORDOU depois de uma noite de sono agitado e cheio de sonhos. Já era dia. Tinha a boca seca, o pescoço dolorido e sentia certo incômodo nos membros. Tudo aquilo era tão diferente de todos os seus despertares anteriores no mundo de Vênus que, por um momento, ele imaginou que havia regressado à Terra, e o sonho (que para ele parecia um sonho) de ter vivido e navegado pelos oceanos da Estrela Dalva passou depressa em sua memória com um sentimento de algo bom que se perdeu, um sentimento bem próximo do insuportável. Ele se sentou, e os acontecimentos lhe vieram à mente. "É quase como ter despertado de um sonho", pensou. Fome e sede eram as sensações que o dominavam naquele momento, mas ele sabia que tinha a responsabilidade de primeiramente cuidar do homem doente, ainda que com pouca esperança de que pudesse ajudá-lo. Olhou ao redor. O bosque de árvores prateadas estava lá, mas ele não viu Weston. Olhou para a baía e viu que o bote também não estava lá. Pensando que, na escuridão, tinha desastradamente entrado no vale errado, Ransom se levantou e foi até o regato para beber água. Enquanto erguia o rosto depois de tê-lo mergulhado, deu um demorado suspiro de satisfação e de repente viu uma pequena caixa de madeira e, pouco adiante, algumas latas. Sua mente estava trabalhando em marcha lenta, e somente alguns segundos depois ele pôde perceber que estava no vale certo, e levou outros tantos para concluir que a caixa estava aberta e vazia, que algumas bagagens haviam sido retiradas e que outras haviam sido deixadas para trás.

Mas seria possível que um homem nas condições físicas de Weston tivesse se recobrado suficientemente durante a noite para desfazer o acampamento e ir embora transportando bagagens? Seria possível para qualquer pessoa enfrentar um mar como aquele com um barco tão frágil? Era bem verdade, como ele havia observado pela primeira vez, que a tempestade (uma mera ventania, de acordo com os padrões perelandrianos), ao que parecia, se amainara durante a noite. Mas ainda havia uma grande agitação no mar, e parecia fora de cogitação que o professor tivesse deixado a ilha. Era muito mais provável que ele tivesse saído do vale a pé e levado o bote consigo. Ransom decidiu que deveria encontrar Weston imediatamente. Ele deveria ficar próximo do seu inimigo, pois, se Weston tivesse se recuperado, não havia dúvida de que pretendia fazer alguma coisa errada. Ransom não tinha muita certeza se havia entendido toda aquela conversa maluca do dia anterior, mas ficou desgostoso com o que chegou a entender, e suspeitava que aquele misticismo indefinido sobre "espiritualidade" pudesse se tornar algo muito mais sórdido que seu antigo programa de imperialismo planetário, que, em comparação, era algo muito mais simples. Sem dúvida seria injusto levar a sério as coisas que Weston falara nos momentos que antecederam sua convulsão, mas, mesmo assim, havia o bastante para considerar.

Ransom passou as horas seguintes em busca de comida e de Weston. Quanto à comida, sua busca foi bem-sucedida. Frutas parecidas com mirtilo podiam ser apanhadas aos punhados no alto das colinas, e as florestas dos vales tinham em abundância uma espécie de castanha oval. O miolo tinha uma consistência macia, algo parecido com cortiça ou fígado, e o gosto, ainda que de algum modo austero e prosaico se comparado ao das frutas das ilhas flutuantes, não era desagradável. Os ratos gigantes eram tão domesticados quanto os demais animais perelandrianos, mas pareciam ser mais estúpidos. Ransom subiu até o platô central. O mar estava coalhado de ilhas em todas as direções, subindo e descendo com a agitação das ondas, e todas separadas umas das outras por amplas extensões da água. Ele avistou uma ilha alaranjada, mas não sabia se aquela era a ilha na qual estivera, porque viu pelo menos duas outras em que a mesma cor predominava. Chegou a contar vinte e três ilhas flutuantes. Isso, ele pensou, era mais que as ilhas contidas no arquipélago temporário, o que permitiu que ele tivesse esperança de que uma delas pudesse abrigar o Rei, ou até mesmo de que, naquele momento, o Rei estivesse mais uma vez com a Dama. Sem pensar nisso tudo com muita clareza, ele depositou quase todas as suas esperanças no Rei.

Ransom não encontrou nenhum vestígio de Weston. Parecia mesmo, apesar de tão improvável, que ele de alguma maneira tinha conseguido sair da Terra Firme. Ransom sentia-se muito ansioso. Ele não tinha ideia do que Weston poderia fazer com aquela sua nova disposição. A melhor coisa a se esperar era que ele simplesmente considerasse o Senhor e a Senhora de Perelandra como simples selvagens ou "nativos".

Mais tarde, sentindo-se cansado, sentou-se na praia. Naquele momento, a água estava pouco agitada, e as ondas, antes de quebrarem, não chegavam à altura dos joelhos. Seus pés, amaciados pela superfície acolchoada das ilhas flutuantes, estavam quentes e doloridos. Decidiu refrescá-los andando um pouco pela água. O contato com a água era tão agradável que ele avançou até onde ela lhe batia na cintura. Quando parou lá, mergulhado em seus pensamentos, Ransom percebeu subitamente que o que pensou ter sido apenas o efeito da luz na água, na verdade, era o dorso de um daqueles grandes peixes prateados. "Será que ele vai me permitir cavalgá-lo?", pensou. Então, observando como o animal se aproximava dele, e se mantinha-se tão perto do raso quanto lhe era possível, pareceu-lhe que o peixe queria chamar sua atenção. Teria ele sido *enviado*? Mal o pensamento passou por sua cabeça, ele decidiu tentar. Colocou uma de suas mãos nas costas da criatura, e ela não recuou diante do toque. Então, com alguma dificuldade, ele se acomodou, sentando-se na parte estreita atrás da cabeça do peixe. Enquanto o fazia, o peixe permaneceu o mais parado que conseguia, mas, assim que Ransom estava firmemente acomodado, ele se moveu rapidamente e se dirigiu para o mar.

Mesmo que Ransom tivesse desejado voltar, teria sido impossível. Quando olhou para trás, ele percebeu que já não podia mais ver o cume dos pináculos verdes da montanha, e que a linha costeira da ilha já ocultava suas baías e promontórios. Já não se ouvia o barulho das ondas arrebentando na praia, somente o prolongado ruído sibilante e tagarela da água ao seu redor. Muitas das ilhas flutuantes eram visíveis, ainda que, observadas daquela posição, fossem apenas silhuetas indistintas. Mas parecia que o peixe não se dirigia para nenhuma delas. Ele seguia em frente, como se soubesse o caminho, e a batida das grandes barbatanas transportou Ransom por mais de uma hora. Então, o mundo ficou verde e púrpura, e, depois disso, veio a escuridão.

De alguma maneira, Ransom não se sentiu muito desconfortável quando se viu subindo e descendo rapidamente as pequenas colinas de água à medida que adentrava a noite escura, e aqui não era de todo escura. Os céus haviam desaparecido, bem como a superfície do mar, mas abaixo, bem lá no fundo, no coração daquele vazio por meio da qual ele parecia viajar, apareceram estranhos sinais luminosos e raios retorcidos de uma luminosidade verde azulada. A princípio, pareciam estar muito distantes, mas, logo, pelo que ele podia perceber, estariam mais próximos. Todo um mundo de criaturas fosforescentes parecia brincar não longe da superfície — enguias que se retorciam e coisas em cascos que zarpavam, e depois formas heráldicas fantásticas, muito semelhantes ao cavalo-marinho das nossas águas. Todos estavam em volta dele, vinte ou trinta eram avistados de uma vez. E juntamente com toda aquela confusão de centauros marinhos e dragões do mar, ele viu formas ainda mais estranhas: peixes, se é que eram peixes, cuja parte frontal era tão parecida com um ser humano que, quando colocou os olhos neles pela primeira vez, Ransom pensou que estava sonhando e se sacudiu para acordar. Mas nada daquilo era um sonho. Lá, e ali de novo, era inconfundível: um ombro, um perfil, e depois, por um segundo, um rosto completo. Eram tritões e sereias de verdade. A semelhança com seres humanos na verdade era maior, não menor, que em seu primeiro pensamento. Sua única e momentânea dúvida foi a total ausência de expressão humana naqueles seres. Mas os rostos não eram idióticos, não eram nem mesmo paródias grotescas da humanidade, como os nossos grandes símios terrestres. Eles eram mais como rostos humanos dormentes, ou rostos nos quais a humanidade dormia enquanto outro tipo de vida, nem bestial nem diabólica, mas simplesmente élfica, fora da nossa órbita, estava inutilmente desperta. Ele se lembrou de sua antiga suspeita de que o que era mito em um mundo poderia ser verdade em outro. Ficou pensando se o Rei e a Rainha de Perelandra, ainda que fossem indubitavelmente o primeiro casal humano daquele planeta, poderiam ter, no plano físico, uma ancestralidade marinha. E, sendo esse o caso, o que pensar sobre as criaturas parecidas com homens antes que houvesse homens em nosso mundo? Seriam elas as monstruosidades melancólicas que vemos nas ilustrações de livros populares que falam da evolução? Ou os mitos antigos eram mais verdadeiros que os modernos? Será verdade que houve uma época em que sátiros dançavam nas florestas italianas? Mas, nesse momento, ele silenciou a si mesmo por causa do simples prazer de aspirar a fragrância que se originava da escuridão à sua frente. Aquele aroma vinha a ele quente e doce, cada vez mais doce e mais puro, mais e mais forte e mais pleno que todos os prazeres. Ele bem sabia o que era aquilo. Ransom, dali em diante, reconheceria em qualquer lugar do universo a fragrância da noite em uma ilha flutuante na estrela Vênus. Era estranho ser tomado pela saudade de lugares onde havia estado por tão pouco tempo e que eram, por qualquer padrão objetivo, tão estranhos a toda a nossa raça. Eram mesmo? O fio da saudade que o impulsionou até a ilha invisível parecia-lhe, naquele momento, tê-lo aprisionado muito antes de sua chegada em Perelandra, muito antes das recordações mais antigas da infância que sua memória podia alcançar, antes de seu nascimento, antes do nascimento do próprio homem, antes das origens do tempo. Era algo agudo, doce, selvagem e santo, tudo ao mesmo tempo, e sem dúvida seria afrodisíaco também em qualquer mundo onde a mente dos humanos tivesse parado de obedecer aos seus desejos centrais, mas não em Perelandra. O peixe já não mais se movia. Ransom estendeu a mão e viu que estava tocando uma planta. Ele rastejou para fora da cabeça do peixe monstruoso e se ajeitou na superfície ligeiramente móvel da ilha. Sua ausência de lugares como aquele havia sido bem curta, mas seus hábitos terrestres de caminhar retornaram, e ele caiu mais de uma vez enquanto tateava a grama ondulante. Mas que sorte a sua, ele não se machucava ao cair ali! Havia árvores a seu redor, e ele tocou em algo macio, frio e arredondado e, sem medo, levou aquela coisa à boca. Não era como nenhuma das frutas que já havia experimentado. Na verdade, era melhor que qualquer uma delas. A Dama estava certa quando disse que, no mundo dela, a fruta que você come sempre é a melhor. Cansado das caminhadas e das escaladas do dia e, mais ainda, tomado por grande satisfação, ele caiu em um sono profundo.

Quando Ransom acordou, teve a sensação de que várias horas haviam se passado, mas ainda estava escuro. Ele sabia também que havia sido despertado subitamente, e um momento depois, ouviu o barulho que o fizera acordar. Era o som de vozes, uma voz de homem e uma voz de mulher, em uma conversa séria. Ele calculou que estavam muito perto dele, porque, na noite perelandriana, um objeto não é mais visível a quinze centímetros do que a dez quilômetros. Percebeu na hora quem eram, mas as vozes soavam estranhas e as emoções dos falantes eram-lhe obscuras, pois não podia discernir qualquer expressão facial nos dois.

"Estou pensando", disse a voz da mulher, "se todas as pessoas do seu mundo têm o hábito de falar sobre a mesma coisa mais de uma vez. Eu já disse que nós somos proibidos de viver na Terra Firme. Por que você não fala sobre outra coisa ou então para esse falatório?".

"Porque essa proibição é muito estranha", disse a voz do homem. "Além disso, é muito diferente do jeito de Maleldil agir no meu mundo. Ele não proibiu você de pensar em viver na Terra Firme."

"Seria estranho pensar em algo que nunca vai acontecer."

"Nada disso, em nosso mundo nós fazemos isso o tempo todo. Nós reunimos palavras para falar de coisas que nunca aconteceram e lugares que nunca existiram: palavras bonitas, todas bem reunidas. E depois as contamos uns aos outros. Chamamos isso de histórias ou poesias. Naquele mundo antigo a respeito do qual você falou, Malacandra, eles fazem a mesma coisa. Com o propósito de trazer alegria, fascinação e sabedoria."

"Qual é a sabedoria nisso?"

"Porque o mundo é feito não apenas do que é, mas do que pode ser. Maleldil conhece os dois e deseja que nós também conheçamos."

"Isso é mais do que eu um dia pensei. O outro — o Malhado — me ensinou coisas que me fizeram sentir como uma árvore cujos galhos se estendem mais e mais. Mas isso que você está me dizendo vai além de tudo. Sair do que é e ir para o que pode vir a ser, falar e fazer as coisas lá… fora do mundo. Vou perguntar ao Rei o que ele pensa de tudo isso."

"Veja só, este é o ponto ao qual voltamos toda hora. Se pelo menos você não tivesse sido afastada do Rei…"

"Sim, eu sei. Essa é uma das coisas que podem vir a ser. O mundo poderia ser de modo tal que o Rei e eu nunca estivéssemos afastados."

"O mundo não teria de ser diferente. O que teria de ser diferente é a maneira como você vive. Em um mundo onde as pessoas vivem nas terras firmes, elas não precisariam ser afastadas umas das outras."

"Mas você lembra que nós não devemos viver na Terra Firme."

"Lembro, mas Maleldil nunca proibiu você de pensar nisso. Será que esta é uma das razões pelas quais vocês são proibidos de fazer isso: para que tenham um 'pode ser' para pensar a respeito, para criar histórias, como as chamamos?"

"Vou pensar mais a respeito disso. Vou pedir ao Rei que me faça mais velha quanto a essa questão."

"Como eu desejo encontrar esse seu Rei! Mas nesse assunto das histórias, pode ser que ele não seja mais velho que você."

"Esta sua conversa é como uma árvore sem fruto. O Rei é sempre mais velho que eu, e sobre todos os assuntos."

"Mas Malhado e eu já a fizemos mais velha a respeito de assuntos que o Rei nunca lhe mencionou. Esse é o novo bem que você jamais esperou.

Você pensou que iria sempre aprender todas as coisas com o Rei, mas agora Maleldil lhe enviou outros homens nos quais você nunca pensou, e eles lhe disseram coisas que nem o próprio Rei poderia saber."

"Estou começando a entender por que o Rei e eu fomos separados. Ele planejou um bem estranho e grande para mim."

"E se você se recusar a aprender de mim e continuar dizendo que deve esperar para perguntar ao Rei, isso não seria como rejeitar a fruta que encontrou para pegar a fruta que você esperava encontrar?"

"Essas questões são profundas, Forasteiro. Maleldil não está colocando muita coisa em minha mente a respeito delas."

"Você não percebe por quê?"

"Não."

"Desde que Malhado e eu chegamos ao seu mundo, nós colocamos muitas coisas na sua mente, coisas que Maleldil não colocou. Você não percebe que ele está soltando sua mão um pouquinho?"

"Como ele poderia fazer isso? Ele está em qualquer lugar que eu vá."

"Sim, mas de um jeito diferente. Ele está fazendo você envelhecer, fazendo você aprender coisas não diretamente dele, por meio dos encontros que está tendo com outras pessoas, por suas próprias perguntas e pensamentos".

"Ele certamente está fazendo isso."

"Sim. Ele está fazendo de você uma mulher completa, porque até agora você era um ser apenas pela metade, como os animais que não sabem nada sobre si mesmos. Desta vez, quando você se encontrar com o Rei de novo, é você que vai ter coisas para dizer a ele. É você que será mais velha que ele e que o fará envelhecer."

"Maleldil não deixaria algo assim acontecer. Seria o mesmo que comer uma fruta que não tem gosto."

"Mas isso seria um gosto para *ele*. Você não acha que algumas vezes o Rei deve ficar cansado de ser o mais velho? Será que ele não a amaria mais se você fosse mais sábia que ele?"

"Isso é o que você chama de poesia ou você está falando de algo que existe mesmo?"

"Estou falando de algo que realmente existe."

"Mas como poderia alguém amar mais a algo? É como dizer que uma coisa pode ser maior que ela mesma."

"Eu só quero dizer que você poderia se tornar mais como as mulheres do meu mundo."

"Como elas são?"

"Elas são incríveis. Elas sempre estendem as mãos na direção do bem novo e inesperado, e o fazem desde bem antes que os homens entendessem isso. As mentes delas estão à frente do que Maleldil lhes disse. Elas não precisam esperar que ele lhes diga o que é bom, mas sabem isso por si mesmas, assim como o próprio Maleldil sabe. Na verdade, elas são pequenas Maleldils. E por causa da sabedoria que possuem, a beleza delas é muito maior que a sua, assim como a doçura destas frutas amarelas é melhor que o gosto da água. E, por causa da beleza delas, o amor que os homens têm por elas é muito maior que o amor que o Rei tem por você, assim como o esplendor do céu profundo visto do meu mundo é mais maravilhoso que este teto dourado de vocês."

"Gostaria de ver tudo isso."

"Eu gostaria que você visse."

"Quão belo é Maleldil, e quão maravilhosas são suas obras. Talvez ele faça que saiam de mim filhas muito maiores que eu, assim como eu sou maior que os animais. Isso será melhor do que eu pensava. Eu pensava que seria sempre Rainha e Dama. Mas agora entendo que posso ser como os *eldila*. Eu posso ser indicada para cuidar delas enquanto forem crianças pequenas e frágeis, que crescerão e me ultrapassarão, e aos pés delas eu cairei. Vejo que não são apenas perguntas e pensamentos que crescem mais e mais como galhos. A alegria também se expande e vem de onde nunca havíamos pensado."

"Vou dormir", disse a outra voz. Enquanto dizia isso, pela primeira vez ela foi se tornando inconfundivelmente a voz de Weston, e, como Weston, insatisfeita e irritada. Até aquele momento, Ransom, ainda que com vontade de entrar na conversa o tempo todo, mantivera-se em silêncio em uma espécie de suspense entre dois estados de mente conflitantes. Por um lado, por causa da voz e de muitas das coisas que ela dissera, ele sabia que o homem era Weston. Por outro lado, a voz, separada de seu dono, soava curiosamente muito diferente da voz que Ransom conhecia. Mais ainda, o tom paciente e persistente daquela voz era muito diferente da costumeira voz do acadêmico que alternava entre um ar professoral pomposo e uma rispidez abrupta. E como era possível um homem que tivesse passado por uma crise física como a que ele vira em Weston recuperar-se tão bem em apenas poucas horas? Como ele teria chegado à ilha flutuante? Durante todo aquele diálogo, Ransom se viu confrontado com uma contradição intolerável.

Alguma coisa que era e não era Weston estava falando, e a percepção dessa monstruosidade, a apenas poucos metros de distância na escuridão, fez com que ele tivesse um sentimento de puro horror formigando por toda a sua coluna, suscitando em sua mente perguntas que ele tentava ignorar por considerá-las fantásticas. Agora que a conversa havia acabado, Ransom percebeu também que a acompanhara com grande ansiedade. Ao mesmo tempo, estava consciente de uma sensação de triunfo. Mas não era ele que triunfava. As trevas ao redor é que vibravam com o triunfo. Ele se levantou. Teria ouvido algum barulho de verdade? Prestando bastante atenção, não escutou nada a não ser o som baixo do vento quente e o barulho agradável das ondas. A sugestão de música devia ter vindo de dentro dele. Mas, assim que se deitou de novo, ele teve certeza de que não havia sido isso. De fora, com toda certeza de fora, mas não pelo sentido da audição, festa, danças e esplendor se derramavam nele — nenhum som, mas de uma maneira tal que aquilo não poderia ser lembrado ou pensado a não ser em termos de música. Era como ter um novo sentido. Era como estar presente quando as estrelas da manhã cantavam. Era como se Perelandra tivesse sido criado naquele momento, e talvez, em certo sentido, tivesse mesmo. O sentimento de que um grande desastre fora evitado veio à sua mente com muita força e, com isso, veio a esperança de que não haveria uma segunda tentativa. Então, melhor que tudo, ele pensou que pudesse ter sido levado ali não para fazer algo, mas apenas como espectador ou testemunha. Poucos minutos depois, já estava dormindo.

9

O TEMPO mudara durante a noite. Ransom se sentou e ficou olhando da margem da floresta onde havia dormido para um mar amplo onde não se viam outras ilhas. Ele havia despertado poucos minutos antes e se vira deitado sozinho em uma moita grossa de caules parecidos com juncos, mas robustos como os troncos das bétulas, cuja folhagem era densa e quase formava um telhado plano. Daquela árvore pendiam frutas que eram macias, brilhantes e redondas como o azevinho, e ele comeu algumas delas. Então seguiu o caminho até uma região aberta perto das cercanias da ilha e olhou em volta. Não avistou nem Weston, nem a Dama, e começou a andar lentamente pela praia. Afundou seus pés descalços em um tapete de uma vegetação da cor do açafrão, e seus pés foram cobertos com uma poeira aromática. Enquanto olhava para baixo, Ransom percebeu subitamente algo mais. A princípio, pensou que fosse uma criatura com a forma mais fantástica que já tinha visto em Perelandra. Não apenas fantástica, mas pavorosa. Então, ele se ajoelhou para examiná-la. Por fim, a tocou com relutância. No momento seguinte, recolheu as mãos, como um homem que acaba de tocar numa cobra.

Era um animal ferido. Era, ou fora, um dos sapos de cores brilhantes. Ele sofrera algum acidente. As costas do sapo haviam sido cortadas com um talho em forma de letra V, sendo que a ponta desse V estava pouco abaixo da cabeça do bicho. Alguma coisa havia provocado um corte profundo nas costas dele, tal como fazemos quando abrimos um envelope, ao longo do tronco, e o puxara tanto para fora que suas pernas traseiras haviam sido quase arrancadas. Elas foram tão atingidas que o sapo não poderia mais pular. Na Terra, aquilo teria sido apenas uma visão desagradável, mas, até aquele momento, Ransom não tinha visto nada morto em Perelandra, de modo que, para ele, foi como levar um soco no rosto. Foi como o primeiro espasmo de uma dor muito familiar, advertindo um homem que pensava estar curado de que sua família o havia enganado e ele ia mesmo morrer. Foi como a primeira mentira da boca de um amigo pelo qual alguém estaria disposto a colocar a mão no fogo. Era irreversível. O vento tépido que soprava sobre o mar dourado, os azuis, prateados e verdes do jardim flutuante, o próprio céu — tudo aquilo se tornou, em um instante, simplesmente a margem ilustrada de um livro cujo texto era o pequeno horror agonizante aos seus pés, e ele mesmo, naquele exato momento, passou para um estado de emoção que não conseguia controlar nem entender. Ele disse para si mesmo que uma criatura daquela espécie provavelmente tinha poucas sensações. Mas isso não resolvia o problema. Não fora apenas piedade pela dor que repentinamente havia mudado o ritmo das batidas do seu coração. Aquilo era uma obscenidade intolerável, que o afligia com vergonha. Teria sido melhor, pensou naquele momento, que todo o universo nunca tivesse existido do que uma coisa daquelas ter acontecido. Então decidiu, a despeito de sua crença teórica de que aquele sapo era um organismo simplório demais para sentir muita dor, que seria melhor que ele fosse morto. Ele não tinha nem botas, nem uma pedra ou um bastão. O sapo mostrou-se surpreendentemente difícil de matar. Quando era tarde demais para desistir, Ransom viu claramente que tinha sido um tolo em tentar matar aquele sapo. Quaisquer que fossem os sofrimentos do animal, ele com certeza os aumentou, não os diminuiu. Mas tinha de ir até o fim. Já estava naquela tarefa havia quase uma hora. E, quando finalmente o sapo mutilado ficou completamente imóvel, Ransom foi até a beira do riacho para se lavar, sentindo-se enjoado e abalado. Parece estranho dizer isso de um homem que esteve no Somme,[1] mas os arquitetos nos dizem que nada é grande ou pequeno, a não ser por comparação.

Ransom, então, se levantou e continuou sua caminhada. Um momento depois, parou e olhou novamente para o chão. Acelerou o passo, e de novo parou e olhou. Permanecendo imóvel, ele cobriu o rosto e clamou aos céus para que aquele pesadelo parasse ou então para que ele entendesse o que

---

[1]Somme é um rio na região norte da França. Em suas imediações, aconteceu, em 1916, a Batalha do Somme, uma das principais batalhas da Primeira Guerra Mundial. [N. T.]

estava acontecendo. Um rastro de sapos mutilados se estendia ao longo da orla da ilha. Dando passadas cuidadosas, ele seguiu aquela trilha. Contou dez, quinze, vinte passos, e o vigésimo primeiro levou-o a um lugar onde a floresta descia até a beira da água. Entrou na mata e atravessou-a. Então parou de uma vez e olhou fixamente para frente. Lá estava Weston, a uns dez metros de distância, ainda com suas roupas, mas sem o chapéu de explorador. Ransom viu que ele estava despedaçando um sapo, silenciosa e quase cirurgicamente, enfiando seu dedo indicador, com uma unha grande e afiada, por debaixo da pele atrás da cabeça da criatura, estripando--a depois. Ransom ainda não tinha notado que Weston tinha unhas tão grandes. Então ele terminou o procedimento, jogou fora o sapo ferido sangrando e olhou para cima. Os olhares deles se encontraram.

Se Ransom nada falou, foi porque não conseguiu. Ele viu um homem que com certeza não estava doente, a julgar por sua aparência saudável e pelo uso poderoso que fazia de seus dedos. Ele viu um homem que com certeza era Weston, a julgar por sua altura, sua compleição física, seu jeito e seus traços. Nesse sentido, era completamente reconhecível. Mas o lado aterrorizante era que Weston também estava totalmente irreconhecível. Ele não parecia um homem doente, mas parecia muito um homem morto. A expressão de seu rosto após torturar o sapo tinha aquele poder terrível que o rosto de um cadáver tem de simplesmente repudiar qualquer atitude humana concebível que alguém poderia ter para com ele. A boca inexpressiva, os olhos fixos que não piscavam, alguma coisa pesada e inorgânica nas linhas do rosto, tudo isso dizia claramente: "Eu tenho características tais como as que você tem, mas não há nada em comum entre mim e você". Foi isso que deixou Ransom sem fala. O que se poderia dizer? Que apelo ou ameaça poderia ter qualquer significado para *aquilo*? E agora, esforçando-se para ter total consciência, deixando de lado seus hábitos mentais e seu desejo de não acreditar, veio a convicção de que aquilo, de fato, não era um homem: o corpo de Weston fora mantido em Perelandra por alguma forma de vida totalmente diferente; andava e não se deteriorava, mas Weston havia morrido.

Ele olhou para Ransom em silêncio e depois sorriu. Todo mundo fala, e Ransom mesmo já havia falado, sobre um sorriso diabólico. Naquele momento, Ransom entendeu que nunca tinha levado isso a sério. O sorriso não era amargo, não era raivoso e nem, em um sentido mais comum, sinistro. Não era nem zombeteiro. Parecia que estava convocando Ransom, com uma ingenuidade horrível de boas-vindas, para o mundo dos seus próprios prazeres, como se todos os homens estivessem juntos naqueles prazeres, como se fossem a coisa mais natural do mundo e não houvesse jamais nenhuma dúvida a respeito deles. Não era um sorriso furtivo nem envergonhado, não havia nada de conspiratório nele. Era um sorriso que não desafiava a bondade, mas a ignorava a ponto de aniquilá-la. Ransom tinha certeza de que nunca vira nada a não ser tentativas frágeis e tímidas de fazer o mal. Mas esta criatura era inteiramente devotada ao mal. Seu nível de malignidade era tal que havia superado qualquer escrúpulo e alcançado um estado que apresentava uma semelhança horrível com a inocência. Ela estava além da imoralidade, assim como a Dama estava além da virtude.

A calma e o sorriso duraram talvez dois minutos inteiros, não menos que isso. Ransom então fez menção de dar um passo em direção à coisa, sem ter uma noção clara do que faria quando chegasse mais perto. Ele tropeçou e caiu. Teve uma dificuldade curiosa para se levantar de novo e, quando conseguiu, tornou a se desequilibrar e a cair. Seguiu-se um momento de completa escuridão permeada pelo rugido de trens expressos em alta velocidade. Depois disso, quando o céu dourado e as ondas coloridas voltaram, ele se ajoelhou, sozinho, sabendo que estava se recuperando de um desmaio. Enquanto ficou ali, ainda sem conseguir e talvez não querendo se levantar, ele se lembrou de que tinha lido em alguns dos antigos filósofos e poetas que o simples fato de ver os demônios é um dos piores entre os tormentos do Inferno. Aquilo até o momento lhe parecera apenas uma fantasia estranha. E, mesmo assim (como ele via naquele momento), até as crianças sabem disso: nenhuma criança teria qualquer dificuldade em entender que existe um rosto cuja simples contemplação é a calamidade definitiva. As crianças, os poetas e os filósofos estavam certos. Assim como existe um rosto acima de todos os mundos cuja simples contemplação produz alegria irrevogável, na profundeza de todos os mundos existe aquele rosto que está esperando, cuja simples contemplação é a desgraça da qual aqueles que o contemplam jamais poderão se recuperar. E ainda que pareça haver, e de fato há, mil estradas pelas quais um homem pode andar pelo mundo, não há nenhuma que, mais cedo ou mais tarde, não conduza, ou à Visão Beatífica ou à Visão Miserífica. Evidentemente ele tinha visto apenas uma máscara ou um simples esboço daquela visão maligna, mas mesmo assim não tinha certeza se iria sobreviver.

Quando conseguiu, levantou-se e saiu para procurar a coisa. Ele deveria tentar impedi-la de se encontrar com a Dama, ou, pelo menos, estar presente quando eles se encontrassem. Ransom não sabia o que poderia fazer. O que estava claro, além de qualquer dúvida, é que era esse o propósito para o qual ele fora enviado. O corpo de Weston, viajando em uma espaçonave, havia sido a ponte pela qual alguma outra coisa invadira Perelandra — não fazia diferença se era o mal supremo e original que, em Marte, eles chamam de o Torto ou se era um de seus seguidores menores. Ransom estava todo arrepiado, e seus joelhos batiam um no outro. Ficou surpreso de poder experimentar um terror tão extremo, mas mesmo assim caminhava e pensava, do mesmo modo como homens doentes ou na guerra se surpreendem ao descobrirem o quanto podem suportar. "Isso vai nos enlouquecer", "Isso vai nos matar imediatamente", dizemos, e então acontece de não enlouquecermos nem morrermos e ainda permanecermos firme em nossa missão.

O clima mudou. A planície na qual ele estava caminhando elevou-se, transformando-se em uma onda de terra. O céu ficou mais pálido, e logo estava mais amarelado que dourado. O mar ficou mais escuro, quase da cor do bronze. A ilha logo começou a escalar formidáveis montanhas de água. Uma ou duas vezes ele precisou se sentar para descansar. Depois de várias horas (pois progredia muito lentamente), ele subitamente viu duas figuras humanas naquilo que, por um instante, formava a linha do horizonte. No momento seguinte, elas já não podiam mais ser vistas, pois a terra se elevara entre elas e Ransom. Demorou mais ou menos meia hora para alcançá-las. O corpo de Weston balançava procurando se ajustar às mudanças no terreno de uma maneira tal que o verdadeiro Weston jamais conseguiria. Ele estava conversando com a Dama. A maior surpresa de Ransom foi que ela continuou a ouvir a coisa, sem se virar para cumprimentá-lo ou mesmo para comentar sobre sua chegada quando ele veio e se sentou na relva macia ao lado dela.

"Este é um *grande* desdobramento", Weston dizia, "esta coisa de criar história ou poesia a respeito de coisas que podem ser, mas não são. Se você recuar diante disso, não estará rejeitando a fruta que lhe é oferecida?".

"Não estou recuando da criação de uma história, ó, Forasteiro", respondeu ela, "mas desta história que você colocou na minha cabeça. Eu mesma posso criar histórias a respeito dos meus filhos ou do Rei. Posso criar uma história na qual os peixes voam e os animais da terra nadam. Mas, se tentasse criar uma história a respeito de viver na Terra Firme, eu não saberia como incluir Maleldil nela. Porque, se eu inventar uma história na qual ele mudou sua própria ordem, não vai dar certo. E, se eu inventar uma história na qual estamos vivendo lá contra a ordem dele, será a mesma coisa que fazer o céu preto e uma água da qual não podemos beber, ou um ar irrespirável. Mas eu também não vejo qual é o prazer de tentar fazer essas coisas".

"Torná-la mais sábia, mais velha", disse o corpo de Weston.

"Você tem certeza de que isso vai acontecer?", perguntou a Dama.

"Sim, certeza absoluta", respondeu o corpo. "Foi assim que as mulheres do meu mundo se tornaram tão grandiosas e tão bonitas."

"Não dê ouvidos a ele", interrompeu Ransom. "Mande-o embora. Não ouça o que ele diz, nem pense nisso!"

Pela primeira vez ela se voltou para Ransom. Houvera uma leve mudança no rosto dela desde a última vez que ele a vira. A Dama não estava triste nem muito confusa, mas a insinuação de algo instável em sua expressão havia aumentado. Por outro lado, ela pareceu claramente satisfeita de vê-lo, ainda que surpresa por sua interrupção, e suas primeiras palavras revelaram que sua falha em cumprimentá-lo quando ele chegou acontecera porque ela nunca tinha considerado a possibilidade de uma conversa entre mais de duas pessoas. E, durante a conversa deles, o fato de ela desconhecer as técnicas gerais de conversação conferiu uma qualidade curiosa e perturbadora à cena como um todo. Ela não tinha noção de como olhar rapidamente de um rosto para o outro ou de como dar conta de duas observações de uma vez. Algumas vezes, ela ouvia Ransom com a maior atenção, outras vezes, o Forasteiro, mas nunca os dois ao mesmo tempo.

"Por que você começou a falar antes que este homem terminasse a fala dele, Malhado?", perguntou ela. "Como se faz no mundo de vocês, onde vocês são tantos e mais de duas pessoas devem sempre estar juntas? Elas não falam cada uma por vez? Ou vocês têm uma habilidade para entender mesmo quando todos falam juntos? Eu não sou velha o bastante para isso."

"Eu não queria que você o ouvisse de jeito nenhum", disse Ransom. "Ele é...", e então hesitou. "Mau, mentiroso, inimigo", até aquele momento nenhuma dessas palavras teria qualquer significado para ela. Num esforço mental, ele pensou na conversa anterior que tiveram a respeito do grande *eldil* que se apegou ao bem antigo e que recusou o novo. Sim. Aquela seria a única aproximação dela à ideia de maldade. Ele estava prestes a falar, mas já era tarde demais. A voz de Weston se fez ouvir antes.

"Este Malhado", disse ele, "não quer que você me ouça porque ele quer manter você jovem. Ele não quer que você vá aonde haja novos frutos que você nunca provou".

"Mas como ele poderia querer que eu permanecesse jovem?"

"Você ainda não viu", disse o corpo de Weston, "que o Malhado é alguém que sempre se esquiva da onda que vem em nossa direção e que, se pudesse, gostaria de trazer de volta a onda que já passou? Ele não evidenciou isso logo no começo da conversa que vocês tiveram? Ele não sabia que tudo havia mudado desde que Maleldil se tornou um homem e que agora todas as criaturas racionais serão humanas. Você precisou ensinar a ele. E, ao ouvir isso, ele não aceitou tal ensinamento. Ele ficou abatido porque não haveria mais daquelas antigas criaturas peludas. Se ele pudesse, traria aquele mundo antigo de volta. E quando você pediu a ele que lhe ensinasse sobre a morte, ele não o fez. Ele queria que você permanecesse jovem, que não aprendesse sobre a morte. Não foi ele quem primeiro colocou na sua mente a ideia de que seria possível não desejar a onda que Maleldil enviou a nós, de querer evitá-la a ponto de cortar os braços e as pernas para impedir que a onda viesse?".

"Você quer dizer que ele é jovem demais?"

"Ele é aquilo que, no nosso mundo, nós chamamos de mau", disse o corpo de Weston. "Alguém que rejeita a fruta que é dada por causa da fruta que ele esperava ou da fruta que achou da última vez."

"Então nós precisamos fazê-lo envelhecer", disse a Dama, e, ainda que não tivesse olhado para Ransom, o espírito de Rainha e Mãe que havia nela se revelou a ele, e ele soube que ela queria, infinitamente, o bem dele e de todas as coisas. E quanto a ele mesmo — não poderia fazer nada. Sua arma fora tirada de sua mão.

"E você vai nos ensinar sobre a morte?", disse a Dama à forma de Weston, que estava um pouco acima dela.

"Sim", respondeu, "foi para isso que eu vim, para que você possa ter a morte em abundância. Mas você precisa ser muito corajosa".

"*Corajosa.* O que é isso?"

"Isso é o que a faz nadar mesmo quando as ondas são tão grandes e rápidas que algo dentro de você lhe diz para ficar em terra."

"Eu sei. E esses são os melhores dias para nadar."

"Sim. Mas, para encontrar a morte e, com ela, a verdadeira antiguidade, a beleza forte e a expansão máxima, você precisa enfrentar coisas maiores que as ondas."

"Prossiga. Suas palavras são diferentes de todas as palavras que já ouvi. Elas são como a bolha estourando na árvore. Elas me fazem pensar em... em... Não sei em que elas me fazem pensar."

"Falarei palavras ainda mais importantes que essas, mas preciso esperar até que você esteja mais velha."

"Faça-me ficar mais velha."

"Dama, Dama", interrompeu Ransom. "Maleldil não a fará ficar mais velha no tempo dele e do jeito dele? Não será muito melhor assim?"

O rosto de Weston não havia se virado na direção de Ransom nenhuma vez durante a conversa, mas a voz dele, dirigida unicamente à Dama, respondeu à interrupção de Ransom.

"Você percebe?", perguntou. "Há poucos dias, embora não quisesse dizer ou fazer isso, ele mesmo levou você a perceber que Maleldil está começando a lhe ensinar a andar por si mesma, sem pegá-la pela mão. Essa foi a primeira expansão. Quando você soube disso, ficou mais velha de fato. E, desde então, Maleldil permitiu que você aprendesse muito — não da própria voz dele, mas da minha. Você está se tornando responsável por si mesma. É isso que Maleldil quer que você faça. Foi por isso que ele permitiu que você ficasse separada do Rei e, de certa forma, dele mesmo. O jeito dele de fazer você ficar mais velha é fazer que você mesma se faça ficar mais velha. E ainda assim, esse Malhado faria com que se sentasse e esperasse que Maleldil fizesse tudo por você."

"O que nós devemos fazer para que o Malhado fique mais velho?", perguntou a Dama.

"Acho que você não pode ajudá-lo até que esteja mais velha", disse a voz de Weston. "Por enquanto, não pode ajudar ninguém. Você é uma árvore sem frutos."

"Isso é verdade", disse a Dama. "Prossiga."

"Então ouça", disse o corpo de Weston. "Você entendeu que esperar pela voz de Maleldil quando Maleldil deseja que você ande por si mesma é uma espécie de desobediência?"

"Acho que entendi."

"Obedecer do jeito errado pode ser uma desobediência."

A Dama pensou por alguns momentos e depois bateu palmas. "Estou entendendo!", disse ela. "Estou entendendo! Ah, quão velha você me fez ficar. Antes de hoje eu corria atrás de um animal para brincar. Ele entendia e fugia de mim. Se ele ficasse parado e me permitisse apanhá-lo, isso seria uma espécie de obediência, mas não o melhor tipo."

"Você entende muito bem. Quando estiver perfeitamente amadurecida, você se tornará ainda mais sábia e mais bela que as mulheres do meu mundo. E você entende que pode ser assim também com as ordens de Maleldil."

"Acho que não estou entendendo muito bem."

"Você tem certeza de que ele realmente deseja ser obedecido sempre?"

"Como poderíamos não obedecer ao que amamos?"

"O animal que fugia amava você."

"Tenho minhas dúvidas se é a mesma coisa", disse a Dama. "O animal sabe muito bem quando quero que ele vá embora e quando quero que volte para mim. Mas Maleldil nunca nos disse que qualquer palavra ou obra dele era uma brincadeira. Como poderia o nosso Amado ter necessidade de brincar ou de se divertir como nós precisamos? Ele é em si uma explosão de alegria e de força. Seria a mesma coisa que pensar que ele precisa de sono ou de alimento."

"Não, isso não seria uma brincadeira. É apenas parecido, não é a coisa em si. Mas será que o fato de tirar sua mão da dele — você se tornar plenamente adulta, andar do seu próprio jeito — seria perfeito a não ser que você, pelo menos uma vez, agisse *como se* estivesse em desobediência a ele?"

"Como alguém *parece* desobedecer?"

"Ao fazer o que ele *parece* ter proibido. Pode ser que haja uma ordem à qual ele queira que você desobedeça."

"Mas se ele nos dissesse para desobedecer, não seria uma ordem. E se ele não o fizesse, como poderíamos saber?"

"Como você está se tornando sábia, minha linda", disse a boca de Weston. "Não. Se ele dissesse a você para desobedecer ao que ele ordenou, não seria uma ordem verdadeira, como você já viu. Porque você está certa, ele não brinca. Uma desobediência real, uma expansão verdadeira, é isso que ele secretamente deseja: secretamente, porque contar a você estragaria tudo."

"Começo a me perguntar", disse a Dama após uma pausa, "se você é tão mais velho que eu. O que você está dizendo certamente é como uma fruta que não tem gosto! Como poderia eu sair da vontade dele a não ser se fosse para fazer algo que não pode ser desejado? Devo começar a tentar não amá-lo, ou ao Rei, ou aos animais? Seria a mesma coisa que tentar andar na água ou nadar no meio de uma ilha. Deveria tentar não dormir, não beber água ou não rir? Achei que as suas palavras tinham um significado. Mas agora parece que elas não significam nada. Andar fora da vontade de Maleldil é ir para lugar nenhum!".

"Isso é verdade quanto a todos os mandamentos dele, com exceção de um."

"Mas este aí poderia ser diferente?"

"Você mesma pode ver que é diferente. Estes outros mandamentos dele — amar, dormir, encher este mundo com os filhos de vocês —, você pode ver por si mesma que são bons. E são os mesmos em todos os mundos. Mas o mandamento contra viver na Terra Firme, não. Você já aprendeu que ele não deu uma ordem como essa ao meu mundo. E não pode ver onde está a bondade dessa ordem. Não é de se admirar. Se isso fosse bom, ele teria dado a mesma ordem para todos os mundos, não? Como Maleldil não ordenaria o que é bom? Não existe *nada* de bom nessa ordem. O próprio Maleldil está lhe mostrando isso, agora mesmo, através da sua própria razão. É só uma simples ordem. Isso é proibir por proibir."

"Mas por que...?"

"Para que você possa descumpri-la. Que outra razão poderia haver? Porque não é boa. Não é a mesma para todos os mundos. Ela está entre você e toda vida estabelecida, o controle dos seus próprios dias. Maleldil não está mostrando a você, tão diretamente quanto ele pode, que ela foi colocada como um teste, como uma grande onda que você tem de superar para que possa se tornar realmente mais velha, realmente separada dele?"

"Mas se isso me atinge tão profundamente, por que ele não colocou nada disso na minha mente? Tudo isso está vindo de você, Forasteiro. Não há nem sequer um sussurro da Voz dizendo 'sim' às suas palavras."

"Mas você não percebe que não poderia ser assim? Ele deseja — ah, quão grandemente ele deseja — ver sua criatura se tornando plena, levantando-se em sua própria razão e sua própria coragem até mesmo contra ele. Mas como ele lhe diria para fazer isso? Isto estragaria tudo. Independentemente do que fosse feito depois, seria apenas um passo a mais dado com ele. Essa é a única, dentre todas as coisas que ele deseja, na qual não pretende interferir. Você pensa que ele não está cansado de nada ver senão a si mesmo em tudo que fez? Se isso lhe agradasse, por que ele teria criado, afinal? Encontrar o Outro — aquilo cuja vontade não é mais a dele —, esse é o desejo de Maleldil."

"Se eu pudesse estar certa disso..."

"Ele não deve lhe dizer isso. Ele não pode lhe dizer. O mais próximo que ele pode chegar de lhe dizer é permitir que outra criatura diga isso por ele. E, veja, ele o fez. Será que foi à toa, ou contra a vontade dele, que eu viajei pelo céu profundo para ensinar a você o que ele queria que você soubesse, mas que ele mesmo não poderia ensinar?"

"Dama", disse Ransom, "se eu falar, você vai me ouvir?".

"Com alegria, Malhado."

"Este homem disse que a lei contra viver na Terra Firme é diferente de todas as outras leis porque não é a mesma em todos os mundos e porque nós não podemos entender qual é a vantagem que há nisso. E até aqui ele falou bem. Depois ele disse que ela é diferente para que você possa desobedecer-lhe. Mas pode ser que haja outro motivo."

"Diga, Malhado."

"Eu acho que ele fez uma lei desse tipo para que possa haver obediência. Em todos os outros assuntos, aquilo que você chama de obedecer a ele é fazer o que parece ser bom também aos seus próprios olhos. O amor se satisfaz com isso? Você lhes obedece, de fato, porque essas ordens são a vontade dele, mas não só. De que maneira lhe será possível desfrutar a alegria de obedecer a menos que ele peça algo coisa cujo *único* motivo para cumprir é que se trata de um pedido dele? Da última vez que conversamos, você disse que, se dissesse aos animais para andar de cabeça para baixo, eles teriam prazer em fazê-lo. Então eu sei que você entende bem o que estou dizendo."

"Ó, corajoso Malhado", disse a Dama Verde, "isso é a melhor que coisa que você já disse. Isso me faz mais velha, mas não é a mesma velhice que o outro está me dando. Ah, quão bem eu entendo isso agora! Nós não podemos andar fora da vontade de Maleldil, mas ele nos deu uma maneira de andar fora da *nossa* vontade. E não poderia existir essa maneira a não ser por uma ordem semelhante a essa, fora da nossa própria vontade. Isso é como atravessar o teto do mundo e caminhar na direção do céu profundo. Do lado de lá, nada existe senão o próprio Amor. Eu sabia que havia alegria em olhar para a Terra Firme e abandonar qualquer ideia de viver lá, mas até agora não tinha entendido." O rosto dela estava radiante enquanto ela falava, mas então uma sombra de perplexidade cruzou seu semblante. "Malhado", disse ela, "se você é tão jovem como este outro diz, como é que você sabe dessas coisas?".

"Ele diz que eu sou jovem, mas eu digo que não sou."

A voz do rosto de Weston falou subitamente, e estava mais alta e mais profunda que antes, e cada vez menos parecida com a voz de Weston.

"Eu sou mais velho que ele", disse a coisa, "e ele não ousa negar isso. Antes que as mães das mães fossem concebidas, eu já era mais velho que ele pode calcular. Eu estava com Maleldil no céu profundo, onde este aí nunca esteve, e participei dos concílios eternos. E, na ordem da criação, eu sou maior que ele, e diante de mim ele não tem o menor valor. Não é assim?". O rosto parecido com o de um cadáver não se virou para ele, mas ele e a Dama pareciam estar esperando que Ransom respondesse. Ele pensou em dizer uma mentira, mas não o fez. Naquele momento, só a verdade serviria, mesmo que fosse fatal. Lambendo os lábios e sufocando um sentimento de náusea, Ransom respondeu:

"Em nosso mundo, ser mais velho nem sempre é ser mais sábio."

"Olhe para ele", disse o corpo de Weston para a Dama. "Preste atenção em como ele está pálido e em como a testa dele está molhada de suor. Você não viu nada disso antes, mas, de agora em diante, você verá várias vezes. Isso é o que acontece — é o início do que acontece — com criaturas pequenas quando elas se colocam contra as grandes."

Um calafrio intenso percorreu todo o corpo de Ransom. O que o salvou foi o rosto da Dama. Intocada pelo mal tão próximo a si, era como se ela estivesse refugiada a dez anos de distância no interior da sua inocência, inocência esta que a protegia e a colocava em risco ao mesmo tempo. Ela olhou para cima, para a morte que estava acima dela. Estava confusa, mas não além dos limites de uma curiosidade alegre, e disse:

"Mas ele estava certo, Forasteiro, a respeito de tal proibição. É você que precisa ficar mais velho. Você não consegue entender?"

"Eu sempre vejo o todo, enquanto ele vê apenas a metade. É verdade, sim, que Maleldil deu a você uma maneira de andar fora da sua própria vontade — fora da sua vontade mais profunda."

"E o que significa isso?"

"A sua vontade mais profunda neste momento é obedecer a ele — ser sempre como é agora, ser apenas o animal dele ou sua criança mais novinha. É difícil sair disso. O caminho foi dificultado desse jeito para que apenas os muito grandes, os muito sábios, os muito corajosos ousem trilhá-lo, avançar — fora dessa pequenez na qual você agora está vivendo — através da onda escura da proibição de Maleldil, até a vida real, Vida Profunda, com toda a sua alegria, o seu esplendor e a sua dificuldade."

"Dama, ouça", disse Ransom. "Tem uma coisa que ele não está lhe dizendo. Tudo isso que estamos falando aqui já foi falado antes. Aquilo que ele quer que você tente já foi tentado antes. Há muito tempo, quando o nosso mundo começou, havia somente um homem e uma mulher, tal como você e o Rei. E lá ele se pôs, tal como está se colocando aqui agora, a falar com a mulher. Ele a encontrou sozinha, como encontrou você sozinha. E ela ouviu e fez o que Maleldil a proibira de fazer. Mas não houve nem alegria nem esplendor como consequência. Eu não posso nem lhe dizer o que aconteceu em seguida, porque você não tem nenhuma ideia de nada disso em sua mente. Todo o amor foi prejudicado e esfriou, e a voz de Maleldil se tornou tão difícil de escutar que a sabedoria se desenvolveu pouco entre eles. A mulher ficou contra o homem, e a mãe ficou contra seu filho. Quando eles foram comer, não havia frutas nas árvores. Eles gastaram todo o tempo caçando, procurando comida, de maneira tal que a vida deles ficou mais estreita, e não mais ampla."

"Ele omitiu metade do que aconteceu", disse a boca de cadáver de Weston. "Vieram dificuldades, sim, mas também teve esplendor. Eles fizeram com as próprias mãos montanhas mais altas que a ilha firme de vocês. Eles fizeram com as próprias mãos ilhas flutuantes maiores que as de vocês, que podem se mover como quiserem pelos oceanos mais rapidamente do que qualquer ave pode voar. Porque nem sempre havia comida o suficiente, uma mulher poderia dar a única fruta ao filho ou ao marido, e comer a morte — poderia lhes dar tudo, assim como você nunca fez na sua vida pequenina e medíocre de brincar, beijar e cavalgar peixes, nem vai fazer, a não ser que desobedeça à ordem. Porque o conhecimento foi difícil de obter, aquelas poucas que o obtiveram tornaram-se mais belas e superaram as demais do mesmo modo que você supera os animais, e milhares se esforçaram para obter o amor delas..."

"Acho que vou dormir", disse a Dama, subitamente. Até aquele momento, ela estava ouvindo o corpo de Weston com boca e olhos abertos, mas, quando ele falou de mulheres com milhares de amantes, ela bocejou, do mesmo jeito espontâneo e não planejado que um filhote de gato boceja.

"Ainda não", disse o outro. "Tem mais. Ele não lhe disse que foi a desobediência à ordem que trouxe Maleldil ao nosso mundo e que foi por causa disso que ele se tornou homem. Ele não ousa negar isso."

"Você confirma isso, Malhado?", perguntou a Dama.

Ransom estava sentado com os dedos tão contraídos que suas articulações estavam brancas. A injustiça de tudo aquilo o feria como se fosse um arame farpado. Injusto... injusto. Como Maleldil podia esperar que ele lutasse contra aquilo, lutasse sem armas, proibido de mentir e mesmo assim colocado em uma situação na qual a verdade parecia ser fatal? Isso era injusto! Um impulso súbito de rebelião fervente cresceu dentro dele. Mas a dúvida, como uma onda imensa, se abateu sobre ele um segundo depois. E se o Inimigo estivesse certo? *Felix peccatum Adae.*[2] Até mesmo a Igreja lhe diria que, no fim das contas, o bem veio por causa da desobediência. Sim, e era verdade também que ele, Ransom, era uma criatura tímida, um homem que evitava coisas novas e difíceis. Afinal, de que lado a tentação estava? O progresso passou diante dos seus olhos em uma grande

[2]Literalmente, "Feliz pecado de Adão". Provavelmente trata-se uma adaptação de um trecho do *Exultet*, hino tradicional da liturgia católica, cantado na véspera do domingo de Páscoa. [N. T.]

visão momentânea: cidades, exércitos, grandes navios, bibliotecas, fama, a grandiosidade da poesia jorrando como uma fonte a partir dos labores e das ambições dos homens. Quem poderia ter certeza de que a Evolução Criativa não era a verdade mais profunda? De todos os tipos de recantos secretos em sua própria mente, de cuja existência ele até o momento nem sequer suspeitava, alguma coisa louca, inebriante e deliciosa começou a surgir, a se derramar em direção à forma de Weston. "É um espírito, é um espírito", disse a voz interior, "e você é apenas um homem. Essa coisa vai de um século a outro. Você é apenas um homem...".

"Você confirma isso, Malhado?", perguntou a Dama pela segunda vez.

O encanto havia sido quebrado.

"Vou lhe dizer o que eu confirmo", respondeu Ransom, colocando-se em pé. "Claro que isso resultou em bem. Maleldil, por acaso, é um animal cujo caminho podemos bloquear ou uma folha cuja forma podemos mudar? Você pode fazer o que quiser, ele pode fazer surgir alguma coisa boa dali. Mas não o bem que ele preparou para você se lhe obedecer. Esse bem ficou perdido para sempre. O primeiro Rei e a primeira Mãe do nosso mundo fizeram a coisa proibida, e Maleldil, no fim, fez o bem surgir a partir daí. Mas o que eles fizeram não era bom, e nós nunca vimos o que eles perderam. E há aqueles para quem nunca houve bem algum, nem jamais haverá." Ele se virou para o corpo de Weston. "Você", disse ele, "diga tudo a ela. Que bem você obteve? *Você* se alegra pelo fato de Maleldil ter se tornado homem? Fale para ela das *suas* alegrias e de que proveito você teve quando fez com que Maleldil conhecesse a morte".

No momento que se seguiu a essa fala aconteceram duas coisas totalmente diferentes de qualquer experiência terrestre. O corpo que tinha sido Weston jogou a cabeça para trás, abriu a boca e uivou longa e melancolicamente, como um cão. A Dama deitou-se, totalmente indiferente a tudo, fechou os olhos e dormiu na mesma hora. E, enquanto essas duas coisas estavam acontecendo, o pedaço de chão onde os dois homens estavam em pé e a mulher estava deitada começou a escorregar por uma grande colina de água.

Ransom manteve os olhos fixos no Inimigo, mas este não lhe deu atenção. Os olhos da coisa moviam-se como os olhos de um homem vivo, mas era difícil saber para onde olhava ou se estava mesmo usando os olhos como órgãos da visão. Tinha-se a impressão de uma força que astutamente mantinha as pupilas daqueles órgãos fixas em uma direção adequada enquanto a boca falava, mas que, para seus próprios propósitos, usava modos de percepção totalmente diferentes. A coisa se sentou perto da cabeça da Dama, do lado dela que estava mais longe de Ransom. Se é que se podia chamar aquilo de sentar. O corpo não estava na posição acocorada normal de um homem: era mais como se alguma força externa o tivesse manobrado até atingir a posição certa e depois o tivesse deixado cair. Era impossível apontar para algum movimento em particular que fosse definitivamente não humano. Ransom teve a impressão de ter observado uma imitação de movimentos vivos que foram bem estudados e que estavam tecnicamente corretos, mas, de alguma maneira, aquilo não tinha um toque de maestria. E seu sangue gelou diante do horror inarticulado daquela coisa com a qual teria de lidar — o cadáver, o espírito maligno, o Não-Homem.

Não havia nada a fazer a não ser vigiar: sentar-se para, se fosse necessário, proteger a Dama do Não-Homem, enquanto a ilha onde eles estavam subia interminavelmente os Alpes e os Andes de uma água brilhante. Todos os três estavam muito quietos. Animais e aves com frequência vinham e olhavam para eles. Horas depois, o Não-Homem começou a falar. A coisa não dirigiu o olhar para a direção de Ransom. De um modo lento e pesado, como se fosse uma máquina que precisa ser lubrificada, ela fez a boca e os lábios pronunciarem o nome do outro:

"Ransom", disse.

"O quê?", disse Ransom.

"Nada", disse o Não-Homem. Ransom lhe lançou um olhar inquisitivo. A criatura era louca? Mas ela parecia mais morta que louca, sentada com a cabeça encurvada e a boca entreaberta, uma poeira amarela de musgo acumulada nas rugas das suas bochechas, as pernas cruzadas, as mãos, com suas unhas imensas que pareciam ser de metal, espalmadas contra o chão. Ransom dispersou o problema de sua mente e voltou para seus próprios pensamentos incômodos.

"Ransom", disse novamente a coisa.

"O que é?", perguntou Ransom, abruptamente.

"Nada", ela respondeu. Mais uma vez houve silêncio. E mais uma vez, cerca de um minuto mais tarde, aquela boca horrível disse: "Ransom!". Mas, dessa vez, ele não respondeu. Mais um minuto se passou e a coisa pronunciou o nome dele outra vez. E então, como uma metralhadora: "Ransom... Ransom... Ransom", talvez umas cem vezes.

"Que diabos você quer?", rugiu ele, por fim.

"Nada", disse a voz. Da próxima vez, Ransom estava determinado a não responder, mas, quando a voz o chamou umas mil vezes, ele se viu retrucando, querendo ou não, e a resposta era sempre "Nada". Ransom finalmente aprendeu a se manter em silêncio: não que a tortura de resistir ao impulso de falar fosse menor que a tortura de responder, mas porque algo em seu interior se levantou para combater a certeza que seu atormentador tinha de que, no fim, Ransom iria ceder. Se o ataque fosse de um tipo mais violento, teria sido mais fácil resistir. O que o assustou, e quase o intimidou, foi aquela mistura de malícia com alguma coisa quase infantil. Ele estava preparado de alguma maneira para tentação, blasfêmia, para todo um conjunto de horrores, mas dificilmente estaria preparado para aquela chateação mesquinha e interminável, como se fosse um menino malvado na escola primária. De fato, nenhum horror imaginado teria sido maior que a sensação que crescia em seu interior, à medida que as horas passavam, de que aquela criatura estava, por todos os padrões humanos, virada pelo avesso — o coração estava na superfície, e no lugar do coração havia um vazio. Na superfície, grandes desígnios e um antagonismo em relação ao Céu que envolvia o destino dos mundos; mas, bem no fundo, depois que todos os véus fossem tirados, haveria algo além de uma puerilidade tenebrosa, uma inocência vazia e sem objetivo, satisfeita em saciar-se com as menores crueldades, assim como o amor não despreza as menores gentilezas? O que o manteve firme, depois que todas as possibilidades de pensar em outra coisa haviam desaparecido, foi decidir se seria melhor ouvir a palavra *Ransom* ou a palavra *nada* um milhão de vezes; ele preferiu *Ransom*.

E durante todo esse tempo, a pequena terra colorida como uma joia subia em direção ao firmamento amarelo, ficava parada por um momento, inclinava suas florestas e descia rapidamente para as profundezas quentes e brilhantes entre as ondas. A Dama permanecia dormindo com um braço debaixo da cabeça e a boca entreaberta. Dormia tranquilamente — porque os olhos dela estavam fechados e sua respiração, normal —, mas, mesmo assim, não se parecia como os que dormem em nosso mundo, pois o rosto dela demonstrava expressão e inteligência. Seus membros pareciam estar prontos para dar um salto a qualquer momento, e em tudo ela dava a impressão de que o sono não era algo que lhe acontecia, mas uma ação que realizava.

Então de repente se fez noite. "Ransom... Ransom... Ransom...", prosseguia a voz. E repentinamente passou por sua mente o pensamento de que ele precisaria dormir, mas o Não-Homem, talvez não.

10

DORMIR SE PROVOU, de fato, um problema. Pelo que pareceu um longo tempo, desconfortável e cansado, e logo faminto e sedento, Ransom sentou-se na escuridão tentando não prestar atenção à repetição incansável de "Ransom — Ransom — Ransom". Então, ele ouviu uma conversa cujo início não ouvira e entendeu que tinha dormido. A Dama parecia estar falando muito pouco. A voz de Weston falava de maneira gentil e contínua. Não falava nem sobre a Terra Firme, nem sobre Maleldil. Parecia que ele estava contando, com extrema beleza e sentimento, muitas histórias, e, a princípio, Ransom não conseguia perceber nenhuma conexão entre elas. Todas as histórias eram a respeito de mulheres, mas mulheres que viveram em diferentes períodos da história do mundo e em circunstâncias completamente diferentes. A julgar pelas respostas da Dama, as histórias aparentemente continham muita coisa que ela não entendia, mas estranhamente o Não-Homem não se importava. Se qualquer daquelas histórias suscitava alguma pergunta que era difícil de ser respondida, a coisa simplesmente largava aquela história de lado e imediatamente começava outra. Parecia que todas as heroínas das histórias haviam sofrido muito — elas tinham sido oprimidas pelos pais, abandonadas pelos maridos, desertadas pelos amantes. Seus filhos haviam se revoltado com elas, e a sociedade as expulsara. Mas todas as histórias terminavam, em certo sentido, com final feliz: algumas vezes com honras e louvores à heroína que ainda vivia, mais frequentemente com um reconhecimento tardio e lágrimas inúteis depois de sua morte. Enquanto aquela falação sem fim continuava, a Dama fazia cada vez menos perguntas. Parecia que algum significado para as palavras *morte* e *tristeza* estava sendo formado na mente dela pela simples repetição, ainda que Ransom não conseguisse saber que significado seria esse. Finalmente ele entendeu qual era o sentido de todas aquelas histórias. Cada uma daquelas mulheres se posicionara sozinha, corajosamente, enfrentando um risco terrível por causa dos seus filhos, do seu amado ou do seu povo. Cada uma delas fora mal interpretada, aviltada e perseguida, mas cada uma também fora inocentada de maneira magnífica. Nem sempre era fácil acompanhar os detalhes precisos. Ransom teve uma forte suspeita de que muitas daquelas nobres pioneiras tinham sido o que, na linguagem terrestre, comum chamamos de feiticeiras ou pervertidas. Mas tudo isso estava no pano de fundo de cada história. O que emergia das histórias era mais uma imagem do que uma ideia — a figura de uma forma alta e esbelta, que não se curvava, ainda que o peso do mundo estivesse sobre seus ombros, posicionando-se na escuridão, sem medo nem amigos, para fazer pelos outros o que eles proibiam-na de fazer, ainda que precisassem que aquilo fosse feito. Em todo esse tempo, como uma espécie de pano de fundo a essas imagens de deusas, a coisa estava montando uma figura do sexo oposto. Nenhuma palavra era dita diretamente, mas percebia-se que os homens eram apresentados como uma multidão imensa de criaturas simplórias e complacentemente arrogantes; eram tímidos, meticulosos, sem criatividade, preguiçosos, lerdos como gado, quase fixos no solo de tão indolentes, incapazes de tentar ou de arriscar qualquer coisa, de fazer qualquer esforço, e capazes de conseguir alguma coisa na vida apenas pelas virtudes rebeldes de suas mulheres, às quais eles eram ingratos. Era uma narrativa muito bem construída. Ransom, que não era machista, quase acreditou em tudo aquilo.

Em meio a isso, a escuridão foi subitamente rasgada por um feixe de luz. Poucos segundos depois, veio o ribombar do trovão perelandriano, como se fosse um pandeiro celestial tocando, e, depois disso, uma chuva morna. Ransom não deu muita atenção a ela. O relâmpago mostrara-lhe o Não-Homem sentado com as costas eretas, a Dama apoiando-se em um dos cotovelos, o dragão deitado perto da cabeça dela, mas acordado, um bosque de árvores mais adiante e grandes ondas contra o horizonte. Ele estava pensando no que tinha visto. Queria saber como a Dama podia ver aquele rosto — aquelas mandíbulas movimentando-se monotonamente, que pareciam mais estar mastigando que falando — e não saber que a criatura era maligna. Evidentemente ele percebia que era irracional de sua parte pensar assim. Ele mesmo era, sem dúvida, uma figura tosca aos olhos dela. Ela não tinha como saber a respeito do mal ou a respeito da aparência normal do homem terrestre para orientá-la. O rosto dela, revelado naquela luz súbita, tinha uma expressão que até então ele ainda não havia visto. Seus olhos não estavam fixos no interlocutor. A julgar pelos lábios fechados e um pouco contraídos e pelas sobrancelhas ligeiramente levantadas, os pensamentos dela podiam estar a milhares de quilômetros de distância. Até então ele não tinha visto nela tamanha semelhança com uma mulher de nossa própria raça, e mesmo assim ele não vira muitas vezes na Terra a expressão dela — exceto, como percebeu, chocado, no palco. "Como a rainha de uma tragédia", foi a comparação desagradável que veio à sua mente. Claro, isso era um exagero grosseiro. Foi um insulto pelo qual ele não conseguiu se perdoar. Mas mesmo assim... mesmo assim... o quadro revelado pelo relâmpago ficou em sua mente como uma fotografia. Não importava o que fizesse, era impossível não pensar naquele aspecto novo no rosto dela. Sem dúvida, uma ótima rainha de tragédia. A heroína de uma tragédia muito grande, interpretada de maneira muito nobre por uma atriz que era uma boa mulher na vida real. Pelos padrões terrestres, uma expressão que devia ser elogiada, até mesmo reverenciada. Mas, se lembrando de tudo que já tinha visto na fisionomia dela antes, o brilho sem autoconsciência, uma inocência brincalhona, a profundidade da quietude que algumas vezes o fazia se lembrar da infância, e outras, de uma velhice avançada, enquanto a juventude e a força dos traços do rosto e do corpo negavam ambas, Ransom achou essa nova expressão dela horrível. O toque fatal de uma grandeza almejada, de sentimento desfrutado — a pressuposição, ainda que leve, de um papel — pareciam de uma vulgaridade detestável. Talvez ela não estivesse fazendo mais — ele tinha essa esperança — que responder de modo puramente imaginativo a essa nova arte das histórias ou da poesia. Mas, por Deus, seria melhor que ela não o fizesse! "Isso não pode continuar", foi o pensamento que se firmou em sua mente.

"Eu vou me esconder da chuva debaixo das folhas", disse a voz dela na escuridão. Ransom nem tinha percebido que estava ficando molhado, porque, em mundo onde não há roupas, essa é a coisa menos importante. Mas ele se levantou quando ouviu o barulho dela se movimentando e a seguiu pelo som o melhor que conseguiu. Parecia que o Não-Homem fazia o mesmo. Eles caminhavam em total escuridão em uma superfície tão variável quanto a da água. De vez em quando um relâmpago brilhava. Durante um deles, Ransom viu a Dama caminhando ereta, o Não-Homem andando desengonçadamente ao lado dela, com a camisa e a calça de Weston encharcadas e grudadas no corpo, e o dragão bufando e gingando atrás dos dois. Finalmente chegaram a um lugar onde a relva estava seca, e havia um barulho de chuva como se fosse um tambor batendo na folhagem acima deles. Eles se deitaram novamente. "Em outra ocasião", começou o Não-Homem, "havia uma rainha em nosso mundo que dominava um pequeno território…".

"Silêncio!", disse a Dama. "Vamos ouvir a chuva." Então, depois de um momento, ela acrescentou: "O que foi aquilo? Foi algum animal que nunca ouvi antes". E, de fato, eles ouviram um rosnado baixo atrás de onde estavam.

"Eu não sei", disse a voz de Weston.

"Eu acho que sei", disse Ransom.

"Silêncio!", disse a Dama novamente, e nada mais foi dito naquela noite.

Aquele foi o início de uma sequência de dias e noites de que Ransom se lembrou com desgosto pelo resto de sua vida. Ele estava certo em supor que o Inimigo não precisava dormir. Felizmente a Dama precisava, mas bem menos que Ransom, e possivelmente, à medida que os dias passavam, ela começou a dormir menos do que precisava. Ransom tinha a impressão de que, depois de cada cochilo, ele acordava e via que o Não-Homem já estava conversando com ela. Ransom estava morto de cansado. Não aguentava mais, e só suportou aquilo porque a anfitriã deles muitas vezes dispensava os dois. Nessas ocasiões, Ransom ficava bem próximo do Não-Homem. Era uma folga da batalha principal, mas uma folga imperfeita. Ele não ousava deixar o Inimigo fora do alcance da sua vista nem por um instante, e a cada dia a companhia da criatura tornava-se mais insuportável. Ele teve toda oportunidade de descobrir a falsidade da máxima que afirma que o Príncipe das Trevas é um cavalheiro.[1] Vez após vez pensou que um Mefistófeles gentil com um manto vermelho, um florete e uma pena em seu chapéu,[2] ou até mesmo um Satã trágico e sombrio saído diretamente do *Paraíso perdido*,[3] teriam sido uma libertação bem-vinda daquela coisa que ele estava condenado a vigiar. Não era nada como lidar com um político corrupto. Antes, tinha mais a ver com tomar conta de um imbecil, de um

---

[1]A frase é uma citação de *Rei Lear*, de Shakespeare (1564–1616), dramaturgo inglês. [N. T.]

[2]Mefistófeles é uma encarnação demoníaca na tragédia *Fausto*, de Goethe (1749–1832), escritor e filósofo alemão. [N. T.]

[3]*Paraíso perdido* é a principal obra de John Milton (1608–1674), grande intelectual inglês. Baseada no livro de Gênesis, *Paraíso perdido* reconta a história da queda humana do ponto de vista de Satanás. [N. T.]

macaco ou de uma criança muito ruim. O que o deixara impressionado e desgostoso quando a coisa começou com "Ransom... Ransom..." continuou a desgostá-lo a cada dia e a cada hora. Ela demonstrava bastante sutileza e inteligência quando conversava com a Dama. Mas Ransom logo percebeu que considerava a inteligência apenas e meramente como uma arma, porque não tinha mais vontade de empregá-la em suas horas de folga do que um soldado teria de praticar o uso da baioneta quando está de licença. Para aquela coisa, o pensamento era um meio necessário para certos fins, mas o ato de pensar em si não interessava. Ela assumia a razão do mesmo modo externo e inorgânico como havia assumido o corpo de Weston. Quando a Dama estava fora do alcance da visão, a coisa parecia relaxar. Boa parte do tempo de Ransom foi gasto em proteger os animais da ação daquela criatura. Sempre que ela se afastava, até mesmo por alguns poucos metros, pegava algum animal ou ave para arrancar seu pelo ou suas penas. Ransom tentava, sempre que possível, se colocar entre a coisa e sua vítima. Nessas ocasiões, houve momentos desagradáveis em que os dois ficaram se encarando. Eles nunca brigaram, porque o Não-Homem simplesmente mostrava os dentes, algumas vezes cuspia e se afastava um pouco, mas, antes que isso acontecesse, Ransom geralmente tinha oportunidade de descobrir quão terrivelmente a coisa o assustava. Porque juntamente com o desprazer, o terror mais infantil de viver com um fantasma ou com um cadáver mecanizado nunca deixava de incomodá-lo por muito tempo. O fato de estar *sozinho* com aquela coisa algumas vezes inundava sua mente com um desânimo tal que ele precisava de toda a sua lucidez para resistir ao desejo de ter a companhia de outras pessoas — seu impulso de correr loucamente pela ilha até encontrar a Dama e implorar por sua proteção. Quando o Não-Homem não conseguia pegar nenhum animal, ele se contentava com as plantas. Ele gostava de cortar a casca com as unhas, tirar as raízes, tirar as folhas ou arrancar tufos de grama. A coisa tinha inúmeras brincadeiras com Ransom. Tinha todo um repertório de obscenidades que fazia com seu corpo — ou, antes, com o corpo de Weston, e a idiotice daquilo era quase pior que a perversidade. A coisa ficava sentada por horas fazendo caretas para Ransom, e depois voltava à antiga repetição de "Ransom... Ransom" por outras horas. Algumas vezes, as caretas tinham uma semelhança terrível com pessoas que Ransom conhecera e amara em nosso mundo. Mas o pior de tudo eram aqueles momentos em que a coisa permitia que Weston recobrasse sua própria aparência. Então a sua voz, que era sempre a voz de Weston, começava um resmungo lamentoso e hesitante: "Tome muito cuidado, Ransom. Estou no fundo de um grande buraco negro. Não, não estou. Estou em Perelandra. Não consigo pensar muito bem agora, mas isso não importa, ele pensa por mim. Agora vai ficar muito fácil. Aquele rapaz continua fechando as janelas. Está tudo certo. Tiraram a minha cabeça e colocaram a cabeça de outra pessoa em mim. Logo eu vou ficar bem. Não me deixam ver meus recortes de jornal. Então eu fui e disse a ele que, se não me querem entre os quinze primeiros, podem fazer isso muito bem sem mim, está entendendo? Vamos dizer àquele filhotinho que é um insulto aos examinadores apresentar um trabalho assim. O que eu quero saber é por que eu deveria pagar uma passagem de primeira classe e depois ser amontoado desse jeito. Não é justo. Não é justo. Nunca pretendi ferir ninguém. Você poderia tirar um pouco desse peso do meu peito, eu não quero todas estas roupas. Deixe-me em paz. Deixe-me em paz. Isso não é justo. Isso não é justo. Que moscas imensas. Dizem que você se acostuma com elas" — e, depois disso, ele terminava com um uivo canino. Ransom nunca conseguiu entender se era um truque ou se uma energia psíquica decadente que uma vez havia sido Weston estava, na verdade, periódica e miseravelmente viva dentro do corpo sentado à sua frente. Ele descobriu que todo o ódio que já sentira pelo professor tinha acabado, e achava que seria natural orar fervorosamente pela alma dele. Mas o que sentia por Weston não era exatamente pena. Até aquele momento, sempre que pensara a respeito do Inferno, havia imaginado as almas perdidas como ainda humanas. Agora, quando o abismo assustador que separa os fantasmas dos homens abria a boca diante dele, a compaixão era quase engolida pelo horror, pela repulsa invencível da vida dentro dele diante da morte autoconsumidora. Se, naqueles momentos, os restos de Weston estavam falando pelos lábios do Não-Homem, então Weston não era mais um homem, de jeito nenhum. As forças que tinham começado, talvez anos atrás, a devorar sua humanidade, haviam completado seu serviço. A vontade intoxicada que lentamente envenenara sua inteligência e suas emoções, por fim, envenenara a si mesma, e todo o organismo psíquico se havia despedaçado. Somente um fantasma foi deixado — uma agitação permanente, uma decomposição, uma ruína, um cheiro de decadência. "E esse", pensou Ransom, "pode ser o meu destino ou o da Dama".

Mas, com certeza, as horas passadas a sós com o Não-Homem eram como horas em um segundo plano. O verdadeiro problema era a conversa interminável entre o Tentador e a Dama Verde. O progresso hora a hora era difícil de avaliar, mas, com o passar dos dias, Ransom não podia resistir à convicção de que o desenvolvimento geral estava a favor do Inimigo. Havia, claro, altos e baixos. Mais de uma vez o Não-Homem foi inesperadamente repelido por uma simplicidade que ele parecia não ter antecipado. Em geral, as intervenções de Ransom naquele debate terrível também eram momentaneamente bem-sucedidas. Houve ocasiões em que ele pensou: "Graças a Deus! Finalmente vencemos". Mas o Inimigo nunca se cansava, e Ransom ficava mais fatigado a cada instante, e agora ele achava que percebia indícios de que a Dama também estava ficando cansada. Por fim, ele disse isso a ela e implorou que ela os dispensasse a ambos. Mas ela o repreendeu, e sua repreensão mostrou quão perigosa a situação tinha se tornado. "Será que devo ir, descansar e brincar", perguntou ela, "enquanto tudo isso está em nossas mãos? Não enquanto eu não tiver certeza de que não há muito que eu deva fazer pelo Rei e pelos filhos dos nossos filhos".

Foi nesse sentido que o Inimigo passou a trabalhar quase exclusivamente. Ainda que a Dama não tivesse uma palavra para obrigação, ele fizera parecer que, por uma obrigação, ela deveria continuar a acalentar a ideia de desobediência e a havia convencido de que seria covardia se ela o repelisse. A ideia do Grande Feito, do Grande Risco, de uma espécie de martírio, era apresentada a ela todo dia, sob mil formas diferentes. A ideia de esperar para perguntar ao Rei antes que uma decisão fosse tomada fora imperceptivelmente colocada de lado. Qualquer "covardia" não deveria ser sequer considerada. Todo o ponto da ação dela — a grandeza como um todo — estaria em tomar uma decisão sem o conhecimento do Rei, em deixá-lo totalmente livre para repudiá-la, de modo que todos os benefícios seriam dele e todos os riscos seriam dela. E com o risco, claro, toda a magnanimidade, a paixão, a tragédia e a originalidade. E também, o Tentador sugeriu, não haveria vantagem nenhuma em perguntar ao Rei, porque com certeza ele *não* aprovaria a ação dela: os homens são assim mesmo. O Rei deve ser forçado a ser livre. Enquanto ela estava por conta própria — agora ou nunca —, aquela coisa nobre precisava ser conquistada; e, com esse "agora ou nunca", ele começou a jogar com um medo que aparentemente a Dama compartilhava com as mulheres da Terra — o medo de ter a vida desperdiçada, de deixar passar uma grande oportunidade. "Como se eu fosse uma árvore que poderia ter gerado frutas, mas não gerou nenhuma", disse ela. Ransom tentou convencê-la de que os filhos eram frutos. Mas o Não-Homem perguntou se essa divisão elaborada da raça humana em dois sexos poderia ter outro propósito que não fosse a geração de filhos. A reprodução poderia ser providenciada de maneira mais simples, como acontece com as plantas em sua maioria. No momento seguinte, a coisa estava explicando que, no seu mundo, homens como Ransom — homens intensamente masculinos e de mentalidade atrasada, que sempre recuavam diante do bem que era novo — haviam trabalhado continuadamente para manter as mulheres submetidas à condição de meras procriadoras e a ignorar o destino elevado para o qual Maleldil na verdade as criara. A coisa disse à Dama que homens assim já haviam provocado um dano incalculável. Ela deveria prestar atenção a isso para que nada desse tipo acontecesse em Perelandra. Foi nesse momento que a coisa começou a ensinar muitas palavras novas à Dama, palavras como *criativo*, *intuição* e *espiritual*. Mas esse foi um dos passos em falso que ela deu. Quando finalmente entendeu o que "criativo" significava, a Dama esqueceu tudo a respeito do Grande Risco e da solidão trágica e riu durante um minuto. Depois, disse ao Não-Homem que ele era ainda mais jovem que o Malhado, e dispensou a ambos.

Ransom, assim, ganhou vantagem, mas, no dia seguinte, a perdeu num acesso de raiva. O Inimigo a estava pressionando, com mais eloquência que nunca, quanto à nobreza do autossacrifício e da autodedicação, e o encantamento parecia estar se aprofundando na mente dela a cada instante. Ransom, provocado até quase perder a paciência, pôs-se de pé e voltou-se para ela, falando rápido e quase gritando, chegando até mesmo a se esquecer do solar antigo e misturando algumas palavras em sua própria língua. Ele tentou dizer a ela que já tinha visto aquele tipo de "altruísmo" em ação, falando de mulheres que preferiam padecer de fome a iniciar a refeição antes que o homem da casa voltasse, ainda que soubessem que não havia nada que causasse mais desgosto no marido do que isso; de mães que se desgastavam para casar a filha com um homem que a jovem detestava, de Agripina[4] e de Lady Macbeth.[5] "Você não está vendo", gritou ele, "que ele está fazendo você dizer coisas que não significam nada? Qual é a vantagem de dizer que faria isso por causa do Rei quando você sabe que é o que o Rei mais odiaria? Por

[4]Agripina foi a segunda esposa do imperador romano Cláudio, citado na Bíblia (Atos 18:2), e a mãe do imperador Nero. Agripina tornou-se famosa por sua ambição e crueldade. [N. T.]
[5]Lady Macbeth é a esposa de Macbeth, personagem central da peça homônima de Shakespeare. Ela convence o marido a assassinar o rei e, assim, assumir o trono, mas, depois, atormentada pela culpa, enlouquece. [N. T.]

acaso você é Maleldil para determinar o que é bom para o Rei?". Mas ela entendeu apenas uma parte muito pequena do que ele disse e ficou confusa com os modos dele. O Não-Homem tirou proveito dessa fala de Ransom.

Mas, em todos esses altos e baixos, em todas as mudanças na linha de frente, em todos os contra-ataques, as resistências e as retiradas, Ransom entendeu mais e mais claramente a estratégia de tudo o que estava acontecendo. A resposta da Dama à sugestão de se tornar alguém que corre riscos, uma pioneira trágica, era ainda uma resposta feita principalmente por causa do amor dela ao Rei e aos filhos não nascidos, e até mesmo, em certo sentido, ao próprio Maleldil. A ideia de que ele poderia de fato não desejar ser obedecido ao pé da letra era o canal por meio do qual todo aquele dilúvio de sugestões entrara na mente dela. Mas, misturado a essa resposta, a partir do momento em que o Não-Homem começou suas histórias trágicas, havia um leve toque de teatralidade, a primeira sugestão à tendência egocêntrica de pegar o papel principal no drama do mundo dela. Estava claro que todo o esforço do Não-Homem era para reforçar esse elemento. Enquanto isso fosse apenas uma gota, por assim dizer, no mar da mente dela, o inimigo não seria bem-sucedido. Talvez, enquanto a situação permanecesse assim, ela estivesse protegida da desobediência verdadeira; talvez nenhuma criatura racional, até que tal motivo se tornasse dominante, pudesse realmente jogar fora a felicidade por uma coisa tão vaga quanto a conversa do Tentador a respeito de uma Vida Mais Profunda e do Caminho Para o Alto. O egoísmo velado na concepção da revolta nobre deveria ser aumentado. E Ransom percebeu que, a despeito de muitos protestos da parte dela e de muitos recuos do inimigo, ele aumentava lentamente, mas de modo perceptível. A questão, claro, era cruelmente complicada. O que o Não-Homem dizia era quase sempre próximo da verdade. Certamente seria parte do plano divino que aquela criatura feliz amadurecesse, se tornasse mais e mais uma criatura de livre-arbítrio, se tornasse, em certo sentido, mais distinta de Deus e de seu marido para, dessa maneira, ser um com eles de uma maneira mais rica. De fato, ele tinha visto esse mesmo processo acontecer desde o momento em que a encontrara, e inconscientemente o tinha assistido. A tentação daquele momento, se vencida, seria o próximo e maior passo na mesma direção: uma obediência mais livre, mais racional, mais consciente que qualquer uma que ela já tivesse conhecido estava sendo colocada ao alcance dela. Mas, por essa mesma razão, o passo fatal em falso que, uma vez dado, a lançaria na terrível escravidão dos desejos, do ódio, da ganância e da dominação que nossa raça conhece tão bem, soaria verdadeiro. O que o fez ter certeza de que o elemento perigoso no interesse dela estava crescendo foi seu progressivo desprezo pelo cerne intelectual do problema. Foi ficando mais difícil fazê-la voltar aos *dados* — uma ordem de Maleldil, uma incerteza completa a respeito dos resultados de quebrá-la e uma felicidade presente tão grande que dificilmente qualquer mudança seria para melhor. A massa exagerada de imagens esplêndidas que o Não-Homem suscitara e a importância transcendente da imagem central levaram embora tudo aquilo. Ela ainda estava em sua inocência. Nenhuma intenção maligna se formara na mente dela. Mas, se a vontade dela não estava corrompida, sua imaginação já estava repleta de formas brilhantes e venenosas. "Isso não pode continuar", pensou Ransom pela segunda vez. Mas todos os seus argumentos demonstraram-se, em longo prazo, ineficientes, e a situação continuou.

Houve uma noite em que Ransom estava tão cansado que caiu em sono pesado e dormiu até tarde na manhã seguinte. Quando acordou, viu que estava sozinho. Ele foi tomado por um grande pavor. "O que foi que eu fiz? O que foi que eu fiz?", gritou, porque pensou que tudo estava perdido. Com o coração angustiado e a cabeça dolorida, Ransom cambaleou até a borda da ilha: sua ideia era achar um peixe e perseguir os sumidos até a Terra Firme, onde tinha quase certeza de que estariam. Na amargura e confusão de sua mente, ele se esqueceu de que não tinha noção de qual direção ou distância estava a Terra Firme. Andando depressa pela mata, ele chegou a um lugar aberto e de repente descobriu que não estava sozinho. Em silêncio, duas figuras humanas, vestidas de alto a baixo, estavam à frente dele, sob o céu amarelo. Suas roupas eram púrpura e azul, eles tinham grinaldas de folhas prateadas na cabeça e os pés descalços. Para Ransom, pareciam ser um o mais feio e o outro o mais belo de todos os filhos dos homens. Então um deles falou, e Ransom entendeu que diante dele estavam a própria Dama Verde e o corpo possuído de Weston. As roupas eram de penas, e ele conhecia bem as aves perelandrianas das quais elas haviam sido retiradas. A arte da tecelagem, se é que aquilo poderia ser chamado de tecelagem, estava além da sua compreensão.

"Bem-vindo, Malhado", disse a Dama. "Você dormiu muito. O que acha de nós com estas folhas?"

"As aves", disse Ransom. "As pobres aves! O que ele fez com elas?"

"Ele achou as penas por aí", disse a Dama, sem nenhuma preocupação. "Elas deixaram as penas caírem."

"Por que você fez isso, Dama?"

"Ele está me fazendo ficar mais velha outra vez. Por que você nunca me contou, Malhado?"

"Contou o quê?"

"Nós nunca soubemos. Ele me mostrou que as árvores têm folhas e os animais, pelo, e disse que no mundo de vocês os homens e as mulheres também têm coisas bonitas penduradas em seus corpos. Por que você não nos diz como está nossa aparência? Ó, Malhado, Malhado... Espero que isso não seja mais uma daquelas boas-novas que você retém consigo. Isso não pode ser novo para você, se todo mundo faz assim no seu mundo."

"Ah", disse Ransom, "mas lá é diferente. Lá faz frio".

"O Forasteiro disse isso", respondeu ela. "Mas não em todas as partes do mundo de vocês. Ele disse que eles fazem isso até onde é quente."

"Ele explicou por que eles fazem isso?"

"Para ficarem bonitos. O que mais poderia ser?", indagou a Dama, com uma expressão de espanto no rosto.

"Graças a Deus", pensou Ransom, "ele só está ensinando vaidade a ela". Ele temia algo pior. Mas seria possível, em longo prazo, usar roupas sem aprender o que é o recato e, por meio do recato, a lascívia?

"Você acha que nós estamos mais bonitos?", perguntou a Dama, interrompendo os pensamentos dele.

"Não", disse Ransom, e então, corrigindo-se: "Eu não sei". De fato, não era fácil responder. O Não-Homem, agora que a camisa e a bermuda simples de Weston estavam ocultas, parecia uma figura mais exótica e, por conseguinte, mais imaginativa, menos esquálida e menos pavorosa. Quanto à Dama, não havia dúvida de que, em alguns aspectos, ela estava pior. Pois existe uma simplicidade na nudez, do mesmo modo como falamos em um pão "puro". Com aquele manto de cor púrpura, ela adquiriu uma espécie de riqueza, uma extravagância, uma concessão, por assim dizer, a concepções inferiores do que é considerado belo. Pela primeira (e última) vez, ela lhe pareceu, naquele momento, uma mulher a quem um homem terrestre possivelmente poderia amar. E isso era intolerável. A horrível falta de propósito daquela ideia por um momento roubou um pouco das cores da paisagem e do aroma das flores.

"Você acha que nós estamos mais bonitos?", repetiu a Dama.

"O que isso importa?", respondeu Ransom secamente.

"Todo mundo deveria desejar ser tão belo quanto puder", respondeu ela. "E nós não conseguimos ver a nós mesmos."

"Nós podemos", disse o corpo de Weston.

"Como pode ser isso?", disse a Dama, voltando-se para ele. "Mesmo se você pudesse virar os seus olhos para ver por dentro, só veria uma escuridão."

"Não é assim", respondeu a coisa. "Vou mostrar a você." O Não-Homem deu alguns poucos passos na direção de onde estava a mochila de Weston, na relva amarela. Com aquela atenção curiosa que geralmente nos acomete quando estamos ansiosos e preocupados, Ransom observou o modelo e o padrão da mochila. Ela devia ser da mesma loja em Londres onde ele havia comprado a sua, e esse pequeno fato, que subitamente fez Ransom se lembrar de que Weston já havia sido um homem, de que ele também tivera prazeres e dores e uma mente humana, quase o levou às lágrimas. Os dedos horríveis que Weston nunca mais usaria de novo abriram a fivela, e ele pegou um pequeno objeto brilhante — um espelho inglês de bolso que devia ter custado muito pouco. Entregou-o à Dama. Ela virou o objeto de um lado para o outro em suas mãos.

"O que é isto? O que eu faço com isto?", perguntou ela.

"Olhe nele", disse o Não-Homem.

"Como?"

"Olhe!", disse ele. Então, tomando o espelho da mão da Dama, ele o levantou até a altura do rosto dela. Ela o encarou por um bom tempo, aparentemente sem entender. Então, com um grito, deu um passo para trás e cobriu o rosto. Ransom também ficou agitado. Aquela foi a primeira vez que ele a viu como uma simples recipiente passiva de qualquer emoção. O mundo ao redor dele mudou.

"Ah, ah!", gritou ela. "O que é isso? Eu vi um rosto."

"Apenas o seu próprio rosto, minha linda", disse o Não-Homem.

"Eu sei", disse a Dama, ainda evitando olhar o espelho. "Meu rosto — fora de mim, olhando para mim. Eu estou ficando mais velha ou isto é outra coisa? Eu sinto... eu sinto... Meu coração está batendo tanto. Não estou quente. O que é isto?" Ela olhou rapidamente para os dois. Os mistérios haviam desaparecido do seu rosto. Era tão fácil perceber as emoções dela como as de um homem em um abrigo antiaéreo quando uma bomba está caindo.

"O que é isso?", repetiu ela.

"Isso é chamado medo", disse a boca de Weston. Então, a criatura virou o rosto na direção de Ransom e sorriu.

"Medo", disse ela. "Isso é medo", disse, pensando na descoberta, e então, com uma determinação abrupta, completou: "Eu não gosto disso".

“Isso vai passar”, disse o Não-Homem, quando Ransom interrompeu.

“Isso nunca vai passar se você fizer o que ele quer. Ele a está levando por um caminho em que você terá cada vez mais medo.”

“Estou a levando” disse o Não-Homem, “para as grandes ondas, para atravessá-las e ultrapassá-las. Agora que você conhece o medo, entende que deverá prová-lo no lugar dos de sua raça. Você sabe que o Rei não o fará. Você não quer que ele o faça. Mas não há motivo para medo nessa coisa pequenina, só para alegria. O que tem de assustador aqui?”.

“Coisas sendo duas quando elas são uma”, respondeu a Dama com firmeza. “Esta coisa”, ela disse, apontando para o espelho, “sou eu e não sou eu”.

“Mas, se não olhar, nunca saberá quão bela você é.”

“Penso, Forasteiro”, retrucou ela, “que uma fruta não come a si mesma, e um homem não pode se reunir consigo mesmo”.

“A fruta não pode comer a si mesma porque é apenas uma fruta”, disse o Não-Homem. “Mas nós podemos. Nós chamamos esse objeto de espelho. É isso que significa ser homem ou mulher — caminhar ao lado de si mesmo como se você fosse uma segunda pessoa e se deleitar na própria beleza. Espelhos foram feitos para ensinar esta arte.”

“Isso é bom?”, perguntou a Dama.

“Não”, interrompeu Ransom.

“Como você poderá descobrir se não tentar?”, inquiriu o Não-Homem.

“Se você tentar e não for bom”, disse Ransom, “como sabe que vai conseguir parar de fazer?”.

“Eu já estou andando ao meu lado”, disse a Dama. “Mas ainda não sei com que me pareço. Se eu tivesse me tornado duas, saberia melhor como a outra é. E respondendo a você, Malhado, um olhar vai me mostrar como é o rosto desta mulher. Por que deveria eu olhar mais de uma vez?”

Ela pegou o espelho da mão do Não-Homem, tímida, mas firmemente, e olhou para aquele objeto em silêncio por cerca de um minuto. Depois abaixou o braço e ficou segurando o espelho ao lado do corpo.

“É muito estranho”, disse ela por fim.

“É muito bonito”, disse o Não-Homem. “Você não acha?”

“Sim.”

“Mas você ainda não achou o que estava procurando.”

“O que eu estava procurando? Eu me esqueci.”

“Saber se o manto de penas deixou você mais ou menos bonita.”

“Eu vi apenas um rosto.”

"Segure-o um pouco mais longe e você verá toda a mulher do outro lado — a outra que é você mesma. Ou não — eu vou segurar o espelho."

As sugestões corriqueiras dessa cena tornaram-se grotescas neste ponto. Ela olhou para si mesma, primeiro com o manto, depois sem, depois com ele de novo. Finalmente decidiu ficar sem ele e o jogou fora. O Não-Homem o pegou.

"Você não vai guardar isto?", disse ele. "Você pode querer usá-lo em alguns dias, se não quiser fazê-lo todos os dias."

"*Guardá-lo*?", perguntou ela, sem entender claramente.

"Eu tinha esquecido", disse o Não-Homem. "Eu tinha esquecido que você não viveria na Terra Firme, nem construiria uma casa e nem se tornaria a senhora da sua própria vida. *Guardar* significa colocar uma coisa onde você sabe que sempre poderá encontrá-la, e onde a chuva, os animais e outras pessoas não podem pegá-la. Eu lhe daria este espelho para guardar. Ele seria o espelho da Rainha, um presente trazido do céu profundo para o seu mundo. A outra mulher não o teria. Mas você me lembrou. Não pode haver presentes, não pode haver coisas guardadas enquanto você viver do jeito que vive — um dia após o outro, como os animais."

Mas a Dama parecia não dar atenção a Weston. Ela estava imóvel como alguém fascinado com a riqueza de um devaneio. Não se parecia de jeito nenhum com uma mulher que está pensando em um vestido novo. A expressão no rosto dela era nobre. Era muito nobre. Grandeza, tragédia, sentimentos elevados — obviamente eram coisas assim que ocupavam seus pensamentos. Ransom percebeu que a questão do manto e do espelho relacionava-se apenas superficialmente com o que é normalmente chamado de vaidade feminina. A imagem do corpo bonito fora oferecida a ela apenas como um meio para despertar a imagem muito mais perigosa de sua grande alma. A concepção externa e, por assim dizer, dramática do ser era o verdadeiro alvo do Inimigo. Ele estava fazendo da mente dela um teatro no qual aquele ser fantasma ocuparia o centro do palco. Ele já tinha escrito a peça.

11

POR TER dormido até tão tarde naquela manhã, Ransom achou fácil ficar acordado durante a noite seguinte. O mar se acalmara e não chovia. Ele se sentou na escuridão apoiando as costas contra uma árvore. Os outros estavam logo atrás dele — a Dama, que, a julgar pela respiração, dormia, e o Não-Homem, que certamente esperava para acordá-la e continuar com seus pedidos no momento que Ransom cochilasse. Pela terceira vez, mais forte do que todas as outras, veio à sua mente o pensamento: "Isso não pode continuar".

O Inimigo estava usando métodos de coerção. Parecia a Ransom que, a não ser por um milagre, no fim a resistência da Dama estava destinada a se desgastar. Por que nenhum milagre acontecia? Ou, então, por que não havia milagre do lado certo? Pois a própria presença do Inimigo já era um tipo de milagre. Teria o Inferno uma prerrogativa para fazer maravilhas? Por que o Paraíso não fazia nenhuma? Ele se encontrou, não pela primeira vez, questionando a justiça divina. Não conseguia entender por que Maleldil se ausentaria enquanto o Inimigo estava ali em pessoa.

Mas, enquanto pensava nisso, de forma repentina e abrupta, como se a escuridão sólida ao redor tivesse falado com voz articulada, ele soube que Maleldil não estava ausente. Aquela sensação — tão bem-vinda e, no entanto, nunca bem recebida sem a superação de alguma resistência —, aquela sensação da Presença que ele havia experimentado uma ou duas vezes em Perelandra retornou a ele. A escuridão era densa. Parecia fazer pressão sobre seu tronco de forma que ele mal conseguia usar seus pulmões; parecia se fechar sobre seu crânio como uma coroa de peso intolerável, de modo que, por um tempo, ele mal conseguia pensar. Além disso, de alguma forma indefinível, ele percebeu que a Presença nunca havia estado ausente, que apenas algum mecanismo inconsciente dentro de si havia conseguido ignorá-la durante os últimos dias.

O silêncio interior é uma conquista difícil para a nossa raça. Existe uma parte falante da nossa mente que continua, até ser corrigida, tagarelando mesmo nos lugares mais santos. Assim, enquanto uma parte de Ransom permanecia como estava, prostrada em uma quietude de medo e amor que se parecia com um tipo de morte, outra coisa dentro dele, totalmente indiferente à reverência, continuava jogando questões e objeções no seu cérebro. "É ótimo", disse essa crítica loquaz, "uma presença *daquele* tipo! Mas o Inimigo está realmente aqui, dizendo e fazendo coisas de verdade. Onde está o representante de Maleldil?".

A resposta que ele recebeu de volta, rápida como o contra-ataque de um esgrimista ou de um tenista, vinda do silêncio e da escuridão, quase o deixou sem fôlego. Parecia uma blasfêmia. "De qualquer forma, o que eu poderia fazer?", balbuciou o ego eloquente. "Já fiz tudo que poderia fazer. Já falei e falei até me cansar. Não vai dar certo, estou dizendo." Ele tentou se convencer de que ele, Ransom, não poderia ser o representante de Maleldil como o Não-Homem era o representante do Inferno. A própria sugestão, ele argumentou, era diabólica — uma tentação ao orgulho tolo, à megalomania. Ele ficou horrorizado quando a escuridão simplesmente lhe jogou o argumento de volta na cara, quase sem paciência. E então — ele se perguntou como aquilo havia lhe escapado até agora —, Ransom foi forçado a perceber que sua própria vinda a Perelandra era, no mínimo, tão milagrosa quanto a do inimigo. O milagre do lado certo, que ele havia pedido, na verdade acontecera. Ele mesmo era o milagre.

"Ah, mas isso não faz sentido", disse o ego eloquente. Ele, Ransom, com seu ridículo corpo todo manchado e seus argumentos já derrotados dez vezes — que tipo de milagre era esse? Sua mente disparou esperançosa rumo a um corredor lateral que prometia oferecer escape. Bem, então era isso. Ele *havia* sido levado até ali milagrosamente. Estava nas mãos de Deus. Contanto que fizesse seu melhor — e ele *havia* feito seu melhor —, Deus cuidaria da questão final. Ele não obtivera sucesso, mas havia feito seu melhor. Ninguém poderia fazer mais. "Não cabe aos mortais comandar o sucesso."[1] Ele não devia se preocupar com o resultado final. Maleldil cuidaria disso. E Maleldil o levaria em segurança de volta à Terra depois de seus esforços verdadeiros, embora infrutíferos. Talvez a intenção real de Maleldil fosse que ele proclamasse à raça humana as verdades aprendidas no planeta Vênus. Quanto ao destino de Vênus, aquilo realmente não podia pesar sobre seus ombros. Estava nas mãos de Deus. Era preciso contentar-se em deixá-lo ali. Era preciso ter fé...

O pensamento arrebentou como uma corda de violino. Não restou um traço sequer de toda aquela evasão. De forma implacável e inequívoca, a Escuridão lhe transmitiu o conhecimento de que aquela imagem da situação era totalmente fictícia. Sua jornada a Perelandra não era um exercício moral, não era uma luta falsa. Se a questão estava nas mãos de Maleldil, Ransom e a Dama eram essas mãos. O destino de um mundo realmente dependia de como eles se comportariam nas próximas horas. A coisa era irredutível, totalmente real. Eles poderiam, caso escolhessem, recusar-se a salvar a inocência dessa nova raça, e, se desistissem, essa inocência não seria salva. Não dependia de mais nenhuma criatura em todo o espaço e em todo o tempo. Isso tudo ele viu claramente, mesmo que ainda não tivesse a menor ideia do que poderia fazer.

O ego loquaz protestou ferozmente, rapidamente, como o propulsor de um navio quando fora da água. A imprudência, a injustiça, o absurdo disso tudo! Maleldil queria *mesmo* perder mundos? Qual era o sentido de arranjar as coisas de forma que qualquer coisa importante devesse final e absolutamente depender de um espantalho como ele? E, naquele momento, na Terra distante, como ele não conseguia deixar de lembrar, os homens estavam em guerra, e subalternos de cara branca e corpos sardentos que apenas recentemente haviam começado a se barbear estavam em fendas horríveis ou se arrastavam adiante em escuridão mortal, despertando, como ele, para a verdade absurda de que realmente tudo dependia de suas ações; e distante no tempo, Horácio estava sobre a ponte,[2] e Constantino decidia se abraçaria ou não a nova religião;[3] Eva contemplava o fruto proibido e o

[1]A frase é uma citação da peça *Cato*, de Joseph Addison (1672–1719), dramaturgo inglês. [N. E.]

[2]Horácio Cocles (século 6 a.C.) é um herói da história romana. Ele defendeu sozinho a ponte que levava à cidade de Roma, impedindo que fosse tomada pelos inimigos. [N. E.]

[3]Constantino, o Grande (c. 280–337), imperador romano que se tornou cristão e difundiu a religião para todo o império. [N. E.]

Céu dos Céus aguardava sua decisão. Ele se contorceu e rangeu os dentes, mas não podia deixar de ver. Dessa maneira, e não de outra, o mundo era feito. Ou alguma coisa ou nada devia depender de escolhas individuais. E se fosse alguma coisa, quem poderia delimitá-la? Uma pedra pode determinar o curso de um rio. Ele era a pedra naquele terrível momento que se havia se tornado o centro de todo o universo. Os *eldila* de todos os mundos, os organismos imaculados de luz perpétua, estavam silenciosos no céu profundo para ver o que Elwin Ransom de Cambridge faria.

Então veio um alívio abençoado. De repente ele percebeu que não sabia o que *poderia* fazer. Ele quase riu de alegria. Todo esse horror havia sido prematuro. Nenhuma tarefa definida estava diante dele. Tudo o que se estava exigindo dele era uma resolução geral e preliminar de se opor ao Inimigo da forma como as circunstâncias mostrassem necessário: na verdade — e ele voou de volta às palavras reconfortantes como uma criança voa para os braços de sua mãe — "fazer o seu melhor" — ou, mais, continuar fazendo o seu melhor, pois ele realmente tinha feito isso o tempo todo. "Fazemos as coisas virarem cada bicho-papão à toa!", ele murmurou, colocando-se numa posição ligeiramente mais confortável. Uma inundação suave do que lhe parecia ser uma misericórdia alegre e racional cresceu e o engolfou.

Meu Deus! O que era tudo aquilo? Ele se sentou em postura ereta novamente, seu coração batendo feroz dentro do peito. Seus pensamentos tinham tropeçado em uma ideia da qual se afastaram como um homem se afasta quando toca em metal quente. Mas, dessa vez, a ideia era realmente infantil demais para se levar a sério. Dessa vez *tinha* de ser um engano, surgido de sua própria mente. Parecia-lhe lógico que uma peleja com o Diabo significava uma peleja *espiritual*... A noção de um combate físico serviria apenas a um selvagem. Se fosse tão fácil assim... Mas aqui o ego loquaz cometeu um erro fatal. O hábito de honestidade imaginativa estava muito enraizado demais em Ransom para permitir que ele flertasse por mais de um segundo com presunção de que temia menos o embate físico com o Não-Homem do que qualquer outra coisa. Imagens vívidas o envolveram. O frio mortal daquelas mãos (ele acidentalmente havia tocado a criatura algumas horas antes)... as longas unhas metálicas... arrancando tiras de carne, puxando os tendões. Seria uma morte lenta. Essa cruel idiotice riria de alguém até o fim. Qualquer um cederia muito antes de morrer — imploraria por misericórdia, prometeria ajuda ou culto, qualquer coisa.

Era sorte que algo tão horrível pudesse estar tão obviamente fora de questão. Nenhuma peleja física poderia ser o que Maleldil realmente pretendia, não importava o que o silêncio e a escuridão parecessem estar dizendo sobre aquilo, concluiu Ransom. Qualquer sugestão contrária deveria ser apenas sua fantasia mórbida. Isso relegaria o conflito espiritual à condição de mera mitologia. Mas então ele se deu conta de outra coisa. Desde Marte, e mais fortemente desde sua vinda a Perelandra, Ransom vinha percebendo que a distinção tripla entre verdade e mito, e entre ambos e os fatos, era puramente terrestre — era parte inseparável daquela divisão infeliz entre alma e corpo que resultou da Queda. Mesmo na Terra, os sacramentos existiam como um lembrete permanente de que a divisão não era integral ou final. A encarnação tinha sido o começo de seu desaparecimento. Em Perelandra, ela não tinha sentido nenhum. O que viesse a acontecer aqui seria de uma natureza tal que os homens terrenos chamariam mitológica. Tudo isso ele havia pensado anteriormente. Agora ele sabia. A Presença na escuridão, nunca antes tão formidável, estava colocando essas verdades em suas mãos, como joias terríveis.

O ego loquaz estava praticamente rejeitado em seu avanço argumentativo — tornou-se, por alguns segundos, algo como a voz de uma mera criança chorosa implorando para ser liberada, para ir para casa. Então ele se revigorou. Explicou precisamente onde estava o absurdo de uma batalha física com o Não-Homem. Seria irrelevante para a questão espiritual. Se a Dama fosse mantida em obediência apenas pela remoção forçosa do Tentador, qual era o ponto daquilo? O que provaria? E se a tentação não fosse uma prova ou um teste, por que se permitia que ela acontecesse? Estaria Maleldil sugerindo que nosso próprio mundo poderia ter sido salvo se o elefante tivesse acidentalmente esmagado a serpente um momento antes de Eva sucumbir? Era tão fácil e tão amoral assim? Aquilo era claramente um absurdo!

O terrível silêncio prosseguiu. Tornou-se mais e mais uma face, uma face triste, que olha enquanto você conta mentiras e que jamais interrompe, mas gradualmente você sabe que ela sabe, e você titubeia, e se contradiz, e cai em silêncio. O ego loquaz esvaiu-se no fim. A escuridão quase dizia a Ransom: "Você sabe que está apenas perdendo tempo". A cada minuto ficava mais claro que o paralelo que ele tentava traçar entre o Éden e Perelandra era cruel e imperfeito. O que havia acontecido na Terra, quando Maleldil nasceu homem em Belém, havia alterado o universo para sempre. O novo mundo de Perelandra não era uma mera repetição do velho mundo da Terra. Maleldil jamais se repetia. Como disse a Dama, a mesma onda nunca vem duas vezes. Quando Eva caiu, Deus não era homem. Ele ainda não tinha feito os humanos parte de seu corpo. Ele o fez depois daquela ocasião e, por intermédio deles, ele salvaria e sofreria. Um dos propósitos pelos quais ele havia feito tudo isso foi salvar Perelandra não por si mesmo, mas por si mesmo em Ransom. Se Ransom recusasse, o plano, até esse momento, teria fracassado, pois naquele ponto da história, uma história muito mais complicada do que ele havia concebido, era ele quem havia sido selecionado. Com uma estranha sensação de "distanciamento de si mesmo, sublimidade",[4] ele percebeu que talvez o centro pudesse ser Perelandra, não a Terra. Você poderia olhar para a história perelandriana como uma mera consequência indireta da encarnação na Terra; ou pode olhar para a história da Terra como mera preparação para os novos mundos dos quais Perelandra seria o primeiro. Uma não era mais ou menos verdadeira do que a outra. Nada era mais ou menos importante do que nada, nada era uma cópia de outra coisa.

Ao mesmo tempo, ele também percebeu que seu ego loquaz tinha ignorado a questão. Até esse ponto, a Dama havia repelido seu agressor. Ela estava abalada e exaurida, e talvez houvesse algumas manchas em sua imaginação, mas ela resistira. Com respeito a isso, a história já diferia de qualquer coisa que ele certamente sabia sobre a mãe de nossa própria raça. Ele não sabia se Eva havia resistido ou, caso tenha resistido, por quanto tempo. Sabia menos ainda como a história teria terminado se ela o fizesse. Se a "serpente" tivesse sido frustrada, e voltasse no dia seguinte, e depois... depois o quê? O julgamento teria durado para sempre? Como Maleldil o interromperia? Aqui em Perelandra, sua própria intuição não tinha sido de que a tentação não devesse acontecer, mas que "isso não pode continuar". Essa obstrução a um pedido tão premente, já mais de uma vez recusado, era um problema para o qual a Queda terrestre não oferecia nenhuma pista — uma nova tarefa e, para essa nova tarefa, um novo personagem na trama, que (infelizmente) parecia ser ele mesmo. Em vão, recordava-se mentalmente, vez após vez, do livro de Gênesis e se perguntava: "O que teria acontecido?". Mas a escuridão não lhe oferecia resposta. Paciente e inexoravelmente ela o trazia de volta ao aqui e agora, e à crescente certeza acerca do que era exigido aqui e agora. Ele quase sentia que as palavras *teria acontecido* não tinham sentido — meros convites à divagação no que a Dama teria chamado de "mundo paralelo",

[4]A frase é uma citação de William Wordsworth (1770–1850), poeta romântico inglês. [N. E.]

que não tinha realidade. Apenas o que estava acontecendo era real: e cada situação atual era nova. Aqui, em Perelandra, a tentação seria interrompida por Ransom, ou não seria interrompida. A Voz — pois agora já era quase como se ele estivesse disputando contra uma Voz — parecia criar um vazio infinito ao redor dessa alternativa. Esse capítulo, essa página, essa própria sentença na história cósmica eram completa e eternamente eles mesmos; nenhuma outra passagem que havia ocorrido ou que pudesse vir a acontecer poderia ser por eles substituída.

Ele recorreu a uma linha de defesa diferente. Como *poderia* lutar contra o inimigo imortal? Mesmo se fosse um homem que soubesse brigar — em vez de um acadêmico sedentário com a vista fraca e uma ferida muito incômoda da última guerra —, de que valeria brigar? Aquilo não poderia ser morto, não é? Mas a resposta foi quase imediatamente direta. O corpo de Weston podia ser destruído; e aquele corpo, presumivelmente, era a única âncora do Inimigo em Perelandra. Por meio daquele corpo, quando este ainda obedecia a uma vontade humana, ele havia entrado naquele novo mundo: expelido dali, o Inimigo sem dúvida ficaria sem lugar para habitar. Ele havia entrado naquele corpo a convite do próprio Weston, e sem tal convite não conseguiria entrar em nenhum outro. Ransom se lembrou de que os espíritos impuros, na Bíblia, tinham horror a serem jogados no "abismo". E, ao pensar nessas coisas, finalmente percebeu, com grande tristeza no coração, que se a ação física fosse realmente exigida dele, não era uma ação, pelos padrões ordinários, impossível ou perdida. No plano físico, era um corpo sedentário de meia-idade contra outro, ambos sem armas além de punhos, dentes e unhas. Ao pensar nesses detalhes, terror e desgosto o assolaram. Matar a coisa com essas armas (ele se lembrou de quando matou o sapo) seria um pesadelo; ser morto — quem sabe quão devagar seria? — era mais do que podia encarar. Ele estava certo de que seria morto. "Quando foi", se perguntou, "que eu venci uma briga na minha vida?".

Ransom já não mais se esforçava para resistir à convicção do que deveria fazer. Exaurira todas as suas forças. A resposta era simples, além de qualquer subterfúgio. A Voz que vinha da noite falava com ele de forma tão irrespondível que, embora não houvesse nenhum som, ele quase sentia como se fosse acordar a mulher que dormia ali perto. Estava de frente para o impossível. Ele tinha que tomar uma atitude; não era capaz de tomá-la. Em vão se lembrou das coisas que garotos incrédulos deveriam estar fazendo naquele momento na Terra por uma causa menor. Sua determinação estava naquele vale onde o apelo à vergonha se torna inútil — não, que faz o vale ficar mais escuro e mais profundo. Ele acreditava que poderia encarar o Não-Homem com armas de fogo, pensava até mesmo que poderia ir desarmado e encarar a morte certa no caso de a criatura ter conservado o revólver de Weston. Mas partir para a briga, ir voluntariamente contra aqueles braços mortos, embora viventes, e brigar, peito nu contra peito nu... Terríveis devaneios vieram à sua mente. Ele falharia em obedecer à Voz, mas ficaria tudo bem porque se arrependeria depois, quando estivesse de volta à Terra. Ele ficaria maluco como São Pedro e seria, como São Pedro, perdoado. Intelectualmente, é claro, ele sabia a resposta para essas tentações perfeitamente bem; mas estava em um daqueles momentos em que qualquer coisa que diz o intelecto soa como antigas ladainhas. Então algum vento contrário em sua mente mudou seu humor. Talvez ele lutasse e ganhasse, talvez nem se ferisse seriamente. Mas nem a menor das indicações de uma garantia dessas vinha da escuridão. O futuro estava escuro como a própria noite.

"Não é por um motivo à toa que você se chama Ransom", disse a Voz.

E ele sabia que aquilo não era nenhuma fantasia sua. Sabia por uma razão muito curiosa — porque já sabia há muitos anos que seu sobrenome não derivava de *ransom*,[5] mas de *Ranolf's son.*[6] Assim, nunca lhe ocorreria associar as duas palavras. Conectar o nome Ransom ao ato de resgatar teria sido para ele apenas um trocadilho. Mas agora nem mesmo seu ego loquaz ousava sugerir que a Voz estivesse fazendo um trocadilho. De uma hora para outra, ele percebeu que aquilo que para os filólogos humanos era uma mera semelhança acidental de dois sons não era nenhum acidente. Toda a distinção entre coisas acidentais e coisas destinadas, como a distinção entre fato e mito, era puramente terrestre. A imagem é tão grande que, dentro de nosso escopo limitado de existência, aparecem pequenos pedaços dela entre os quais não somos capazes de perceber conexão e outros pedaços entre os quais enxergamos conexão. De forma que, justamente, para nosso uso, distinguimos o acidental do essencial. Mas vá além desse escopo e a distinção cai no vazio, batendo asas inúteis. Ransom havia sido forçado a sair do escopo, alcançando a imagem maior. Agora ele sabia por que os

---

[5]*Ransom*, em inglês, significa "resgate", a saber, o valor a ser pago para se libertar ou comprar de volta algo ou alguém. [N. E.]

[6]*Ranolf's son* significa, em inglês, o filho de Ranolf. Portanto, o nome do personagem seria, etimologicamente, "o filho de Ranolf", e não "resgate". [N. E.]

velhos filósofos haviam dito que não há nada como sorte ou azar para além da Lua. Antes que sua mãe o desse à luz, antes de seus ancestrais se chamarem Ransoms, antes de *ransom* ser o nome que designa a um pagamento que liberta, antes de o mundo ter sido criado, todas essas coisas haviam estado tão unidas na eternidade que o próprio significado da imagem nesse ponto estava no fato de elas se juntarem somente dessa maneira. E ele curvou a cabeça, grunhiu e lamentou seu destino — o de ainda ser um homem e ser empurrado para dentro do mundo metafísico, encenando o que a filosofia apenas pensa.

"Meu nome também é Ransom", disse a Voz.

Demorou algum tempo para que ele conseguisse entender o que significava essa frase. Aquele chamado de Maleldil pelos outros mundos era o resgate do mundo, era o seu próprio resgate, isso ele bem sabia. Mas com que propósito dizia aquilo agora? Antes que a resposta chegasse, ele a sentiu se aproximando insuportavelmente e levantou os braços sua frente, como se assim pudesse evitar que as portas de sua mente fossem abertas à força. Mas ela chegou. Então *essa* era a real questão. Se ele falhasse agora, esse mundo também seria redimido posteriormente. Se ele não fosse o resgate, Alguém o seria. No entanto, nada se repetia. Não uma segunda crucificação: talvez — quem sabe — nem uma segunda encarnação... Algum ato de amor ainda mais assustador, alguma glória de uma humilhação ainda mais profunda. Pois ele já havia visto como a imagem cresce e como vai de um mundo ao próximo por meio de alguma outra dimensão. O pequeno mal externo que Satã havia feito em Malacandra era apenas uma linha; o mais profundo mal feito na Terra era um quadrado; se Vênus caísse, seu mal seria um cubo — sua redenção para além de qualquer concepção. Mesmo assim o planeta seria redimido. Havia muito tempo Ransom já sabia que grandes questões dependiam de sua escolha; mas, agora, ao perceber a verdadeira extensão da assombrosa liberdade que estava sendo posta em suas mãos — uma extensão frente à qual toda a infinitude meramente espacial parecia estreita —, ele se sentia como um homem trazido para debaixo dos céus, na beira do precipício, nos dentes de um vento que vinha uivando do polo. Ele havia se imaginado, até agora, diante do Senhor, como Pedro. Mas era pior. Sentava-se diante dele como Pilatos. Dependia dele salvar ou condenar. Suas mãos tinham sido tingidas de vermelho, como foram as mãos de todos os homens, na matança antes da fundação do mundo; agora, se assim escolhesse, ele mergulharia as mãos novamente no mesmo sangue. "Misericórdia", ele grunhiu; e depois: "Senhor, por que eu?". Mas não houve resposta.

Ainda parecia impossível. Mas gradualmente aconteceu com ele algo que somente havia acontecido duas vezes antes em sua vida. A primeira vez foi quando ele estava tentando se convencer a fazer um trabalho muito perigoso na última guerra. Tinha acontecido também enquanto estava relutando em ir ver certo homem em Londres para fazer uma confissão extremamente vergonhosa exigida pela justiça. Em ambos os casos, o ato necessário parecia uma mera impossibilidade: ele não achava, mas sabia que, sendo quem era, era psicologicamente incapaz de fazê-lo; e então, sem nenhum movimento aparente da vontade, objetiva e impassível como a leitura de dígitos em um mostrador, surgiu diante dele, com perfeita segurança, a ciência de que "a essa hora, amanhã, você terá feito o impossível". O mesmo acabou por acontecer dessa vez. Seu medo, sua vergonha, seu amor, todos os seus argumentos não foram minimamente alterados. Nada era mais ou menos assustador do que havia sido antes. A única diferença era que ele sabia — quase como numa proposição histórica — que aquilo seria feito. Ele podia clamar, chorar ou se rebelar — podia maldizer ou adorar —, cantar como um mártir ou blasfemar como um demônio. Não faria a menor diferença. Seria feito. Haveria de chegar, no curso do tempo, um momento em que ele o teria feito. Ali estava o ato futuro, fixado e inalterável como se ele já o tivesse realizado. Era por um mero detalhe irrelevante que esse ato ocupava a posição que chamamos futuro em vez daquela que chamamos passado. Todo o sofrimento estava terminado, mas, mesmo assim, parecia não ter havido um momento de vitória. Poderíamos dizer, se quiséssemos, que o poder de escolha havia sido simplesmente posto de lado e um destino inflexível o substituíra. Por outro lado, você poderia também dizer que ele fora libertado da retórica de suas paixões e emergira numa liberdade incontestável. Ransom era incapaz, mesmo se disso dependesse sua vida, de ver qualquer diferença entre essas duas afirmações. Predestinação e liberdade eram aparentemente idênticas. Ele não era mais capaz de ver qualquer sentido nas muitas discussões que havia ouvido acerca disso.

Tão logo descobriu que certamente tentaria matar o Não-Homem no dia seguinte, o ato de fazê-lo lhe pareceu menor do que havia suposto. Ele mal conseguia se lembrar da razão de ter se acusado de megalomania quando a ideia lhe ocorreu inicialmente. Era verdade que, se Ransom deixasse aquilo por fazer, Maleldil faria algo maior no lugar. Nesse sentido, ele estava do lado de Maleldil: mas não mais do que Eva teria estado ao simplesmente não comer a maçã, ou qualquer outro homem está ao lado dele ao fazer qualquer boa ação. Como não havia uma comparação em pessoa, não havia nenhuma em sofrimento — ou somente uma comparação como aquela que se dá entre um homem que queima o dedo apagando uma fagulha e um bombeiro que perde a vida lutando contra um incêndio porque a fagulha não foi apagada. Ele não mais perguntava "Por que eu?". Poderia ser tanto ele como outro. Poderia muito bem ser tanto essa como qualquer outra escolha. A luz intensa que ele vira repousando sobre esse momento de decisão, na verdade, repousava sobre tudo.

"Lancei o sono sobre seu inimigo", disse a Voz. "Ele não acordará até a manhã. Levante-se. Recue vinte passos floresta adentro; durma ali. Sua irmã também dorme."

12

À CHEGADA de um dia terrível, geralmente despertamos de uma vez. Ransom passou direto de um sono profundo para a plena consciência da sua tarefa. Ele estava sozinho — a ilha balançando suavemente em um mar que não estava nem calmo, nem tempestuoso. A luz dourada, cintilando através de troncos de árvores azul anil, lhe indicava em qual direção estava a água. Ele foi até lá e se banhou. Depois voltou à margem, deitou-se de bruços e bebeu água. Ficou por alguns minutos passando as mãos em seu cabelo molhado e pelo corpo. Olhando para o próprio corpo, ele percebeu o quanto o bronzeado em um lado e a palidez do outro haviam diminuído. Se a Dama o encontrasse pela primeira vez agora, ele dificilmente seria chamado de Malhado. Sua cor estava mais para marfim, e os dedos dos pés, depois de tantos dias de nudez, começaram a perder aquela forma apertada e esquálida imposta pelos calçados. No todo, ele pensava melhor em si mesmo como um animal humano do que havia feito até então. Ransom estava absolutamente certo de que nunca mais teria um corpo perfeito até que a maior de todas as manhãs viesse para todo o universo, e estava feliz porque o instrumento havia sido afinado para o concerto antes que tivesse de entregá-lo. "Quando despertar, eu me satisfarei com a tua semelhança",[1] pensou consigo mesmo.

[1]Citação de Salmos 17:15. [N. T.]

Ele caminhou até o bosque. Por acaso — porque estava procurando o que comer —, esbarrou em um cacho das bolhas vegetais. O prazer foi tão intenso quanto o que sentiu quando as experimentou pela primeira vez, e, quando saiu do bosque, até seu andar estava diferente. Embora aquela devesse ser sua última refeição, nem assim ele sentiu que deveria procurar por alguma fruta favorita. Mas encontrou as frutas amarelas. "Um bom café da manhã no dia em que você vai ser enforcado", pensou ele, ironicamente, enquanto deixava a concha vazia cair no chão — tomado naquele instante por um prazer tal que parecia fazer o mundo inteiro dançar. "Depois de tudo", pensou, "valeu a pena. Eu me diverti. Eu vivi no Paraíso".

Ransom se embrenhou um pouco mais na floresta, até um ponto onde ela ficava mais densa, e quase tropeçou na Dama, que estava dormindo. Ela não tinha o costume de dormir a esta hora do dia, e ele concluiu que aquilo era obra de Maleldil. "Nunca mais vou vê-la de novo", pensou, e depois, "Nunca mais vou olhar um corpo feminino do mesmo modo como olho para este". Enquanto ficou parado olhando para ela, ele foi tomado por um desejo intenso e desolado de ter visto, pelo menos uma vez, a grande Mãe da sua própria raça, em sua inocência e esplendor. "Outras coisas, outras bênçãos, outras glórias", murmurou. Mas nada disso. Isso, nunca, em nenhum dos mundos. Deus pode fazer bom uso de tudo que acontece. Mas a perda é real. Ele olhou para ela mais uma vez e então caminhou abruptamente passando pelo lugar onde ela estava deitada. "Eu estava certo", pensou ele. "Aquilo não podia ter continuado. Já era tempo de impedi-lo."

Ransom passou um longo tempo vagueando para dentro e para fora do matagal escuro, porém colorido, antes de encontrar o Inimigo. Ele foi até seu velho amigo dragão, bem onde o havia visto pela primeira vez, enrodilhado perto do tronco de uma árvore, mas o animal também estava dormindo. Foi quando se deu conta de que, desde que tinha acordado, não percebera nenhum canto de pássaros, nem o farfalhar de corpos lustrosos, nem olhos castanhos espiando por entre a folhagem, nem ouvira qualquer outro som a não ser o da água. Parecia que o Senhor Deus havia feito com que toda a ilha, ou talvez o mundo inteiro, caísse em sono profundo. Por um momento, aquilo lhe deu uma sensação de desolação, mas, quase ao mesmo tempo, ele se alegrou porque nenhuma memória de sangue e fúria seria impressa naquelas mentes felizes.

Depois de mais ou menos uma hora, circundando uma pequena moita de árvores de bolhas, ele se viu face a face com o Não-Homem. "Será que ele já está ferido?", pensou Ransom, quando viu uma mancha de sangue no peito do inimigo. Foi então que viu que aquele evidentemente não era o sangue da coisa. Uma ave, meio depenada e com o bico aberto no grito mudo do estrangulamento, debatia-se fracamente nas longas mãos habilidosas da coisa. Ransom se viu tomando uma atitude antes que soubesse o que fazer. Algumas lembranças de lutas de boxe do seu tempo de ensino fundamental devem ter aflorado nele, porque ele desferiu um direto de esquerda com toda a força no maxilar do Não-Homem. Mas ele se esquecera de que não estava lutando com luvas. O que o chamou de volta à razão foi a dor do seu pulso indo de encontro ao maxilar do Inimigo — parecia que ele quase tinha quebrado o nó dos dedos — e o choque desagradável percorrendo todo o seu braço. Ele ficou parado por um segundo diante do impacto, e isso deu ao Não-Homem tempo para recuar uns seis passos. A coisa não devia ter apreciado o primeiro gosto do encontro, porque aparentemente havia mordido a própria língua, tendo em vista que havia sangue escorrendo de sua boca quando tentou falar. Ainda segurava a ave.

"Então você quer medir forças?", perguntou a coisa, na língua de Ransom, e falando grosso.

"Solte este pássaro!", bradou Ransom.

"Mas isso é uma tolice muito grande", disse o Não-Homem. "Você não sabe quem eu sou?"

"Eu sei *o que* você é", respondeu Ransom. "Qual deles, não importa."

"E você acha, pequenino", respondeu a coisa, "que pode lutar comigo? Você acha que Maleldil vai te ajudar? Muitos pensaram assim. Eu o conheço há muito mais tempo que você, pequenino. Todos pensam que ele vai ajudá-los — isso até recuperarem o juízo, gritando retratações no meio do fogo, quando já é tarde demais, mofando em campos de concentração, contorcendo-se sob a serra, tagarelando em hospícios ou sendo pregados em cruzes. Ele conseguiu ajudar a si mesmo?". Subitamente, a criatura jogou a cabeça para trás e gritou tão alto que parecia que o telhado dourado do céu ia quebrar: "*Eloí, Eloí, lamá sabactâni*".[2]

E, assim que o fez, Ransom teve certeza de que a coisa tinha falado em um perfeito aramaico do primeiro século. O Não-Homem não estava citando — estava relembrando. Aquelas foram as palavras ditas na cruz,

---

[2]Citação de Mateus 27:46. [N. T.]

guardadas na memória ardente da criatura banida durante todos esses anos, palavras que agora eram relembradas em uma imitação pavorosa. O horror o deixou momentaneamente enjoado. Antes que ele se recuperasse, o Não-Homem já estava sobre ele, uivando como um vendaval, com os olhos tão arregalados que parecia até que ele não tinha pálpebras, e com o cabelo todo arrepiado. A coisa agarrou Ransom, arrancando tiras da pele das costas dele. Os braços de Ransom estavam imobilizados pelo abraço da coisa. Ele se debatia loucamente, mas não conseguia acertar o adversário. Ransom virou a cabeça e mordeu com força o músculo do braço direito da coisa, a princípio, sem sucesso, mas depois, com mais força ainda. A coisa deu um uivo, tentou agarrá-lo, mas então, subitamente, Ransom se viu livre. O Inimigo por um instante ficou com a guarda aberta, e Ransom desferiu-lhe uma sequência de socos na região do coração com mais velocidade e força do que ele jamais imaginara ser capaz. Ransom conseguia ouvir a respiração ofegante do seu adversário. Então, a coisa levantou as mãos, com os dedos arqueados como se fossem garras. Ela não estava tentando boxear, mas agarrar. Ransom golpeou o braço direito da coisa, com um choque horrível de osso contra osso, e acertou-lhe um soco no queixo; ao mesmo tempo, as unhas da criatura rasgaram o lado direito de Ransom, que conseguiu prendê-la pelos braços. Mais por sorte que por habilidade, Ransom prendeu a criatura pelos pulsos.

O que aconteceu no minuto seguinte dificilmente teria pareceria uma luta para qualquer espectador. O Não-Homem tentava com todas as suas forças se soltar de Ransom, que, por sua vez, tentava com todas as suas forças manter o Inimigo preso. Mas esse esforço, que fez com que litros de suor escorressem pelas costas dos dois combatentes, resultou em um movimento lento e aparentemente sem objetivo. Um não conseguia ferir o outro. O Não-Homem inclinou sua cabeça para a frente e tentou morder, mas Ransom esticou seus braços, mantendo o inimigo à distância. Parecia que seria uma briga interminável.

Então, de repente, o Não-Homem esticou sua perna e a enganchou atrás do joelho de Ransom, que se desequilibrou. Os dois começaram a se movimentar rápida e descontroladamente. Ransom tentou derrubar seu oponente, mas não conseguiu. Ele começou a torcer o braço esquerdo do inimigo com toda a força, tentando quebrá-lo, ou pelo menos deslocá-lo. Mas, ao tentar fazê-lo, enfraqueceu o aperto no outro pulso da coisa, que se libertou. Ransom só teve tempo de fechar os olhos antes que as unhas rasgassem seu rosto até o queixo, e a dor fez com que ele parasse de dar socos com a mão esquerda na costela do adversário. Um segundo depois disso — ele não soube exatamente como isso aconteceu —, eles estavam separados, ofegantes, um encarando o outro.

Ambos estavam, sem dúvida, em péssimo estado. Ransom não conseguia enxergar suas próprias feridas, mas parecia estar coberto de sangue. Os olhos do Inimigo estavam quase fechados, e o corpo, onde os pedaços da camisa de Weston não o escondiam, era uma massa do que logo se transformaria em hematomas. Isso, sua respiração difícil e o próprio sabor de sua força na luta corpo a corpo alteraram completamente o estado de mente de Ransom. Ele ficou impressionado ao descobrir que o outro não era mais forte. Durante todo aquele tempo, a despeito do que sua razão lhe dizia, ele esperava que a força do seu oponente fosse sobre-humana, diabólica. Ele pensou que não conseguiria segurar os braços do adversário, assim como as hélices de um avião não podem ser seguradas. Mas descobriu, por experiência, que a força corporal do Inimigo era simplesmente a de Weston. No plano físico, lutavam apenas um acadêmico na meia-idade contra outro. Dos dois, Weston tinha a melhor compleição física, mas era gordo. Seu corpo não aguentaria muita pancada. Ransom era mais ágil e tinha mais fôlego. A antiga certeza da morte agora lhe parecia ridícula. Aquela era uma luta justa. Não havia razão pela qual ele não poderia vencer — e viver.

Dessa vez foi Ransom quem atacou, e aquele segundo momento do combate foi bem semelhante ao primeiro. Ransom viu que era superior ao adversário no boxe, mas era superado quando o Inimigo o atacava com unhadas e mordidas. Sua mente, mesmo nos momentos em que a luta estava mais ferrenha, continuava lúcida. Ele entendeu que o ponto mais importante estava baseado em uma pergunta simples: se a perda de sangue iria derrubá-lo ou se o outro seria derrubado com golpes fortes no coração e nos rins.

Todo aquele mundo rico dormia ao redor deles. Não havia regras, nem árbitro, nem espectadores. Só havia exaustão, constantemente impelindo-os a cair, dividindo o duelo grotesco em *rounds* da maneira mais precisa que conseguiam. Ransom nunca conseguiu se lembrar de quantos *rounds* eles lutaram. A situação se tornou uma repetição frenética de um delírio, e a sede era uma dor maior do que qualquer um dos adversários poderia infligir. Algumas vezes, os dois caíam juntos no chão. Uma vez Ransom conseguiu sentar-se sobre o peito do inimigo, com uma perna de cada lado, apertando a garganta dele com as duas mãos e, para sua própria surpresa, declamando uma parte de *A Batalha de Maldon*.[3] Mas o inimigo arranhou seus braços e deu uma joelhada contra as costas dele, jogando-o longe.

Ele se lembra, do mesmo modo como alguém se lembra de uma ilha de consciência precedida e seguida por uma longa anestesia, que foi ao encontro do Não-Homem talvez pela milésima vez, tendo plena noção de que não conseguiria lutar por muito mais tempo. Ele se lembra de ter visto o Inimigo por um momento se parecendo não com Weston, mas com um mandril,[4] mas percebendo quase imediatamente que aquela visão era um delírio. Ransom hesitou. Então passou por uma experiência que talvez nenhum homem bom possa ter em nosso mundo — uma torrente de ódio perfeitamente legítimo e puro. A energia do ódio, nunca sentida antes sem culpa, sem uma noção clara de que ele não estava conseguindo distinguir com exatidão o pecador e o pecado, viajou por seus braços e suas pernas de tal modo que ele sentiu que eram colunas de sangue ardente. O que estava diante dele não parecia mais uma criatura de vontade corrompida. Era a própria corrupção, à qual a vontade fora ligada apenas como um instrumento. Em eras anteriores, aquilo tinha sido uma pessoa: mas as ruínas da personalidade agora sobreviviam apenas como armas à disposição de uma negação furiosa e autoexilada. Talvez seja difícil entender por que aquilo encheu Ransom não de horror, mas de uma espécie de alegria. A alegria veio de descobrir finalmente com que propósito o ódio foi criado. Assim como um menino com um machado se alegra quando encontra uma árvore, ou um menino com uma caixa de giz de cera coloridos se alegra quando encontra uma pilha de folhas em branco, ele se alegrou na congruência perfeita entre sua emoção e seu objeto. Sangrando e tremendo de cansaço como estava, sentiu que nada estava além do seu poder, e quando se lançou sobre a Morte viva, o eterno número Irracional na matemática universal, ficou impressionado, ainda que (em um nível mais profundo) não completamente, com sua própria força. Parecia que seus braços se moviam mais rápido que seu pensamento. Suas mãos lhe ensinaram coisas terríveis. Ele sentiu quando uma costela do Inimigo se quebrou e ouviu o som de seu maxilar estalando. Parecia que a criatura estava estalando e se partindo sob seus golpes. Suas próprias dores, nos lugares onde tinha sido arranhado pelo

[3]Esse é um poema escrito em inglês antigo, datado do século 10, que narra uma batalha dos saxões contra invasores vikings. [N. T.]

[4]O mandril é um macaco bastante agressivo, parecido com um babuíno. [N. T.]

Inimigo, de alguma maneira não importavam mais. Ele sentiu que poderia lutar com aquele ódio perfeito por um ano inteiro.

De repente, Ransom viu que estava socando o ar. Estava em estado tal que a princípio não conseguiu entender o que estava acontecendo — ele não podia acreditar que o Não-Homem tinha fugido. Seu vacilo momentâneo deu ao outro a oportunidade de fugir, e quando Ransom voltou à razão, ele viu o Inimigo desaparecer na floresta, andando meio que mancando e com um braço pendurado, com seu uivo parecido com o de um cão. Ransom correu atrás dele. Por cerca de um segundo, o Inimigo ficou oculto pelos troncos das árvores. Depois foi avistado novamente. Ransom começou a correr com toda a força, mas o Não-Homem manteve a dianteira.

Foi uma caçada fantástica, dentro e fora das luzes e sombras, acima e abaixo dos cumes e vales que se moviam lentamente. Eles passaram onde o dragão dormia. Passaram pela Dama, que dormia com um sorriso no rosto. O Não-Homem se encurvou ao passar por ela, com os dedos de sua mão esquerda querendo arranhá-la. Ele a teria ferido se tivesse tentado, mas Ransom estava muito perto, e ele não podia se arriscar a perder o passo. Eles passaram por um bando de grandes aves alaranjadas, todas também dormindo, cada uma delas repousando sobre uma de suas pernas, com a cabeça debaixo da asa, de modo que pareciam um bosque de arbustos florais. Tiveram de passar com cuidado onde pares e famílias daqueles pequenos cangurus amarelos estavam deitados de costas com os olhos fechados e suas patinhas cruzadas por sobre o peito, como se fossem cruzados esculpidos em túmulos. Inclinaram-se por baixo de galhos que se encurvavam por causa do peso dos porcos de árvores que estavam deitados ali, produzindo um som agradável como o ronco de uma criança. Atravessaram bosques de árvores de bolhas e, por um momento, esqueceram-se do cansaço. Aquela ilha era grande. Saíram da floresta e correram por amplos campos cor de açafrão, ou prateados, algumas vezes com a vegetação na altura de suas canelas e outras, na altura da cintura, em meio a aromas suaves ou pungentes. Correram para outras matas que estavam, à medida que se aproximavam delas, no fundo de vales secretos, mas que se levantavam antes que as alcançassem para coroar os cumes das colinas solitárias. Ransom não conseguia ganhar a corrida. Era de se admirar que uma criatura tão mutilada e com um passo tão irregular pudesse manter aquele ritmo. Se o tornozelo estivesse torcido, como ele suspeitava, a coisa devia estar sofrendo uma dor indescritível a cada passo. Então, veio-lhe à mente o terrível pensamento de que talvez, de alguma maneira, a coisa pudesse passar a dor para algum resquício da consciência de Weston que tivesse sobrevivido naquele corpo. A ideia de que alguma coisa que uma vez já foi da sua própria espécie e que fora amamentada em um peito humano pudesse mesmo agora estar aprisionada na coisa que ele estava perseguindo fez dobrar seu ódio, que era diferente de todos os outros ódios que já havia tido, pois fez aumentar sua força.

Quando eles saíram do quarto bosque, Ransom viu o mar diante deles, a não mais que trinta metros de distância. O Não-Homem correu como se não fizesse distinção entre terra e água, e mergulhou fazendo grande estardalhaço. Enquanto ele nadava, Ransom podia ver sua cabeça escura contra o mar cor de cobre. Ransom se alegrou, porque a natação era o único esporte que praticava com quase excelência. Quando chegou à água, por um instante perdeu o Não-Homem de vista. Então, olhando para cima e tirando o cabelo molhado do rosto enquanto avançava na perseguição (àquela altura, o cabelo de Ransom estava muito grande), ele viu o corpo inteiro do Não-Homem ereto e acima da superfície, como se estivesse sentado no mar. Um segundo olhar e ele entendeu que o Inimigo havia montado num peixe. Aparentemente o sono encantado se limitava à ilha, porque o Não-Homem ia muito rápido em sua montaria. Ele estava inclinado, fazendo alguma coisa com o peixe, mas Ransom não conseguia ver o que era. Sem dúvida ele devia ter muitas maneiras de fazer o animal aumentar a velocidade.

Por um momento, Ransom ficou em desespero, mas tinha se esquecido da afeição daqueles cavalos do mar aos homens. Ele se viu quase que imediatamente em meio a um cardume daquelas criaturas, que pulavam e davam saltos no ar para chamar sua atenção. A despeito da boa vontade deles, não era fácil se manter na superfície escorregadia do espécime excelente que suas mãos conseguiram agarrar. Enquanto tentava montá-lo, a distância entre ele e o fugitivo aumentava. Mas, por fim, conseguiu. Acomodando-se atrás da grande cabeça de olhos esbugalhados, Ransom cutucou o animal com os joelhos, incitou-o com os calcanhares, sussurrou palavras de elogio e encorajamento e fez tudo que podia para incentivá-lo. O peixe começou a se movimentar. Mas, olhando para a frente, Ransom não podia mais ver nenhum sinal do Não-Homem, apenas a longa crista vazia da próxima onda que vinha em sua direção. Sem dúvida, o objeto de sua perseguição estava depois daquela onda. Então ele percebeu que não tinha motivo para se preocupar com a direção a seguir. O declive da água estava todo pontuado pelos grandes peixes, cada um deles assinalado por um amontoado de espuma amarela, e alguns deles também esguichando. O Não-Homem possivelmente não levou em conta o instinto que transformava em líder do grupo qualquer animal que estivesse sendo montado por um humano. Todos eles seguiam em linha reta, tão certos quanto ao curso a seguir quanto pombos-correios ou cães de caça seguem seu faro. À medida que Ransom e seu peixe dirigiam-se até o topo da onda, ele viu lá em baixo um vale largo, mas raso, muito parecido com um vale na região de sua terra natal. Longe, e agora se aproximando da onda oposta, estava a pequena silhueta escura, tal qual uma marionete, do Não-Homem, e, entre os dois, um cardume inteiro se espalhava em três ou quatro fileiras. Claramente não havia perigo de perder contato. Ransom o caçava com os peixes, e eles não deixariam de segui-lo. Ele riu alto. "Meus cães são de linhagem espartana, com os beiços caídos, a pele cor de areia e manchada",[5] gritou ele.

Pela primeira vez, o bendito fato de não estar mais lutando nem de pé chamou sua atenção. Ele tentou assumir uma posição mais relaxada, mas sentiu uma dor excruciante nas costas. Sem prestar muita atenção, passou a mão sobre os ombros e quase gritou de dor ao próprio toque. Suas costas pareciam estar em pedaços, e os pedaços pareciam estar se colando um no outro. Ao mesmo tempo, Ransom percebeu que havia perdido um dente e quase toda a pele dos nós dos dedos. Por baixo das dores superficiais, feridas mais profundas e mais intensas o atormentavam da cabeça aos pés. Ele não soubera até então que estava tão ferido.

Então se lembrou de que estava com sede. Agora que seu corpo começava a esfriar e a se enrijecer, ele descobriu que a tarefa de beber água era extremamente difícil. Sua primeira ideia foi se encurvar até ficar quase de cabeça para baixo e afundar a cabeça na água, mas a primeira tentativa o fez desistir. Ele teve de mergulhar as mãos em forma de concha, e até isso, à medida que seu enrijecimento aumentava, tinha de ser feito com infinita cautela, e com muitos gemidos e suspiros. Foram muitos minutos até ele conseguir um pequeno gole que simplesmente zombou de sua sede. Aplacar a sede o manteve ocupado por mais ou menos meia hora — meia hora de dores agudas e prazeres insanos. Nada nunca lhe parecera tão bom. Mesmo quando acabou de beber, ele prosseguiu pegando água e jogando-a em si mesmo.

[5]A frase é uma citação da peça *Sonhos de uma noite de verão*, de Shakespeare. [N. E.]

Esse teria sido um dos momentos mais felizes de sua vida — se ao menos as dores nas costas não parecessem piorar e ele não estivesse com medo de que houvesse veneno naqueles cortes. Suas pernas permaneceram agarradas ao peixe, e só se soltaram com muita dor e muita cautela. Ele sentiu vertigem diversas vezes. Ransom poderia facilmente ter desmaiado, mas pensou: "Desmaiar não vai adiantar nada", e fixou os olhos nos objetos próximos de sua mão, pensou em coisas simples e, assim, manteve a consciência.

Durante todo esse tempo o Não-Homem cavalgou adiante dele, subindo e descendo as ondas, com os peixes atrás de si e Ransom logo depois. Parecia haver mais deles agora, como se a caçada tivesse encontrado outros cardumes e os reunisse, como uma bola de neve. Logo havia outras criaturas além dos peixes. Pássaros com pescoços grandes, como cisnes — ele não conseguiu dizer de que cor eles eram porque pareciam pretos contra o céu —, vieram, circulando a princípio acima dele, mas depois se reunindo em longas filas indianas — todos seguindo o Não-Homem. O grito daqueles pássaros era quase sempre audível, e era o som mais estranho que Ransom já tinha ouvido, um som solitário e que tinha pouco a ver com o homem. Não se via nenhuma terra, já havia muitas horas. Ele estava em alto mar, nas vastas amplidões de Perelandra, onde não havia estado em sua chegada. O som do mar enchia continuamente seus ouvidos. A maresia penetrou seu cérebro, com seu cheiro inconfundível e estimulante como os nossos oceanos terrestres, mas totalmente diferentes em seu calor e sua doçura dourada. Não era hostil: se fosse, sua selvageria e estranheza seriam mínimas, porque a hostilidade é uma relação, e um inimigo não é um total estranho. Ele percebeu que não sabia nada a respeito daquele mundo. Algum dia, sem dúvida, ele seria povoado pelos descendentes do Rei e da Rainha. Mas todos os seus milhões de anos no passado não povoado, todos os seus quilômetros não contados de águas barulhentas na solidão presente... Eles existiam somente para isso? Era estranho que, para ele, a quem a floresta ou o céu da manhã na Terra serviram algumas vezes como uma espécie de refeição, tivesse sido necessário ir a outro planeta para entender que a natureza é algo que existe por si. O significado difuso, o caráter inescrutável, que existia na Terra e em Perelandra desde que eles se dividiram do sol e que seria, por um lado, desalojado pelo homem imperial, e, por outro, não desalojado de modo nenhum, o envolveu por todos os lados e o prendeu dentro de si mesmo.

13

A ESCURIDÃO caiu sobre as ondas tão repentinamente quanto se tivesse sido derramada de uma garrafa. Enquanto cores e distâncias se desvaneciam, sons e dores se intensificaram. O mundo foi reduzido a uma dor enfadonha, a pontadas repentinas, ao bater das nadadeiras do peixe e aos monótonos, mas indefinidamente variados, sons da água. Ransom quase caiu do peixe, e retomou seu assento com dificuldade, percebendo que havia dormido talvez por horas. Ele previu que esse perigo poderia continuar a acontecer. Depois de alguma consideração, ergueu-se dolorosamente da sela estreita atrás da cabeça do peixe e esticou seu corpo o máximo que conseguiu ao longo do dorso do animal. Afastando suas pernas, tentou ajeitá-las ao redor da criatura o máximo que lhe foi possível, e fez o mesmo com os braços, na expectativa de segurar sua montaria mesmo se dormisse. Era o melhor que podia fazer. Uma sensação estranha provocou arrepios em Ransom, algo que ele percebeu sem dúvida pelo movimento dos músculos do peixe. Isso deu a ele a ilusão de compartilhar daquela estranha vida bestial, como se estivesse se transformando em um peixe.

Bem depois disso ele se viu encarando algo parecido com um rosto humano. Isso deveria tê-lo aterrorizado, mas, tal como acontece algumas vezes em um sonho, não aconteceu. Era um rosto azulado e esverdeado brilhante, aparentemente com luz própria. Os olhos eram muito maiores que os de um homem, o que lhe dava a aparência de um duende. Uma franja de membranas enrugadas nos lados dava uma impressão de bigodes. Com um susto, Ransom percebeu que não estava dormindo, mas acordado. A coisa era real. Ele continuava deitado, dolorido e cansado, estendido sobre o corpo do peixe, olhando para aquele rosto que pertencia a alguma coisa que nadava a seu lado. Ele se lembrou dos seres subumanos nadadores ou tritões que tinha visto antes. Ransom não estava de todo aterrorizado e achou que a reação da criatura a ele fosse a mesma — um estranhamento desconfortável, ainda que não hostil. Um era totalmente irrelevante para o outro. Eles se encontraram como os galhos de árvores diferentes se encontram quando o vento os balança.

Ransom se sentou. Quando o fez, percebeu que a escuridão não era completa. Seu peixe nadava em um banho de fosforescência, assim como o ser estranho ao lado dele. Tudo em volta eram bolhas e feixes de luz azul, e ele mal conseguia distinguir os peixes das pessoas aquáticas. Os movimentos deles indicavam vagamente os contornos das ondas e davam alguma sugestão de perspectiva à noite. Ransom notou que várias das pessoas aquáticas ao seu redor pareciam estar se alimentando. Com suas mãos membranosas, como as de sapos, eles pegavam massas escuras de algo que estava fora da água e as devoravam. Enquanto mastigavam, aquela massa ficava dependurada do lado de fora de suas bocas em feixes fatiados, parecendo bigodes. É significativo que nunca tenha ocorrido a ele tentar estabelecer qualquer contato com aqueles seres, como havia feito com os outros animais de Perelandra, e eles também não tentaram estabelecer qualquer contato com Ransom. Eles não pareciam ser súditos naturais do homem, como as demais criaturas eram. Ransom teve a impressão de que eles simplesmente compartilhavam o planeta, assim como ovelhas e cavalos compartilham um pasto, uma espécie ignorando a outra. Mais tarde isso veio a ser um problema em sua mente, mas, naquele momento, ele estava ocupado com um problema mais prático. Vê-los comendo fez com que Ransom se lembrasse de que também estava faminto, e ele se perguntou se poderia comer aquilo que aquelas criaturas comiam. Ficou um bom tempo passando a mão na água tentando pegar um pouco daquela massa. Quando finalmente conseguiu, viu que tinha a mesma estrutura das nossas pequenas algas marinhas e que tinha bolhas pequenas que estouravam quando pressionadas. A massa era dura e escorregadia, mas não era salgada como as algas de um mar terrestre. Quanto ao gosto, Ransom nunca conseguiu descrevê-lo adequadamente. Vale notar que, durante todo o período que estava em Perelandra, o paladar de Ransom tornou-se mais aguçado do que quando ele estava na Terra: ele obteve conhecimento, bem como prazer, mas não um conhecimento que possa ser reduzido a palavras. Assim que Ransom deu umas mordidas naquela alga marinha, sentiu sua mente estranhamente mudada. Ele sentiu que a superfície do mar era o topo do mundo e pensou nas ilhas flutuantes como pensamos nas nuvens. Ele as viu na imaginação como elas pareceriam quando vistas de baixo — tapetes de fibra com tiras penduradas, e se tornou surpreendentemente consciente de sua própria experiência de caminhar no topo delas como um milagre ou um mito. Ele sentiu que sua memória da Dama Verde, toda a sua prometida descendência e todas as questões que o ocuparam desde que chegou a Perelandra estavam rapidamente sumindo de sua mente assim como um sonho se desvanece quando acordamos, ou era como se elas tivessem sido deixadas de lado por todo um mundo de interesses e emoções que ele não conseguia nomear. Isso o aterrorizou. A despeito da fome, jogou fora o resto da alga.

Ele deve ter dormido de novo, porque na cena seguinte se lembra de ter visto a luz do dia. O Não-Homem ainda estava ali adiante dele, e o cardume de peixes ainda se espalhava entre os dois. As aves haviam abandonado a perseguição. Finalmente ele teve um entendimento pleno e prosaico de sua posição. É uma falha curiosa na razão, a julgar pela experiência de Ransom, que, quando um homem vai a um planeta estranho, ele a princípio se esqueça completamente do tamanho deste. Aquele mundo inteiro é tão pequeno em comparação com a jornada pelo espaço que ele se esquece das distâncias internas a percorrer nele: quaisquer dois lugares, seja em Marte, seja em Vênus, para ele eram como dois lugares numa mesma cidade. Mas agora, olhando ao redor mais uma vez e não vendo nada em qualquer direção, senão o céu dourado e as ondas rolantes, Ransom se dava conta do absurdo total desse engano. Mesmo se houvesse continentes em Perelandra, ele poderia ter se afastado do mais próximo a uma distância da largura do Pacífico ou mais. Mas ele não tinha motivo para supor que houvesse continentes. Não tinha motivo para supor que mesmo as ilhas flutuantes fossem muito numerosas ou que estivessem distribuídas igualmente por sobre a superfície do planeta. Mesmo se aquele arquipélago solto se espalhasse por uma área de mil quilômetros quadrados, o que seria aquilo senão uma mancha insignificante em um oceano sem terras que circundava um globo que não era muito menor que o mundo dos homens? O peixe que ele cavalgava logo estaria cansado; já não estava nadando na mesma velocidade inicial. O Não-Homem com certeza iria torturar sua montaria para nadar até morrer. Mas Ransom não podia fazer o mesmo. Enquanto pensava nessas coisas e olhava para a frente, ele viu algo que fez seu coração gelar. Um dos peixes saiu deliberadamente da fila, deu um esguicho de espuma, mergulhou e reapareceu poucos metros adiante, aparentemente boiando. Em poucos minutos já estava fora do alcance da vista. Aquilo tinha sido demais para ele.

E agora as experiências do dia e da noite anteriores iniciavam um ataque direto à sua fé. A solidão dos mares e, mais ainda, as experiências que teve depois de provar a alga marinha insinuaram uma dúvida quanto a aquele mundo, em qualquer sentido real pertencer, aos que se diziam ser seu Rei e sua Rainha. Como poderia ter sido feito para eles quando a maior parte daquele mundo era-lhes inabitável? Essa ideia não seria ingênua e antropomórfica no mais alto grau? E quanto à grande proibição, da qual tudo parecia depender — ela era mesmo tão importante? O que importava para aquelas ondas de espuma amarela e para aquelas criaturas estranhas que moravam nelas se duas criaturas pequenas, agora distantes, viviam ou não viviam em uma rocha em particular? O paralelismo entre as cenas que ele testemunhara e as registradas no livro de Gênesis, e que até este ponto deram-lhe o sentimento de saber por experiência própria o que muitos homens conhecem apenas por acreditar, começou a perder a importância. Seria preciso provar alguma coisa além do fato de que *tabus* irracionais semelhantes acompanhavam a aurora da razão em dois mundos diferentes? Tudo bem falar de Maleldil — mas onde estava Maleldil agora? Se aquele oceano ilimitado dizia alguma coisa, dizia algo muito diferente. Como todo lugar desabitado, aquele era de fato assombrado, mas não por uma divindade antropomórfica, e sim pelo totalmente inescrutável, para o qual o homem e sua vida permanecem eternamente irrelevantes. E além daquele oceano estava o próprio espaço. Ransom tentou em vão se lembrar de que estivera no "espaço" e encontrara nele o céu, fervilhando com uma plenitude de vida para a qual o próprio infinito não era mais que um centímetro quadrado. Tudo aquilo parecia um sonho. O modo oposto de pensamento, do qual ele sempre zombava e que chamava, pejorativamente, de assombração empírica, explodiu em sua mente — o grande mito do nosso século, com seus gases e galáxias, seus anos-luz e suas evoluções, suas perspectivas horríveis de uma aritmética simples na qual tudo que pode ter importância para a mente se torna um mero subproduto da desordem essencial. Até aquele momento, ele sempre tinha menosprezado isso, tratado com certo desdém seus exageros monótonos, seu maravilhamento ingênuo diante do fato de que coisas diferentes devem ser de tamanhos diferentes, sua liberalidade desinteressada para com cifras. Mesmo agora, sua razão não estava completamente subjugada, ainda que seu coração não quisesse ouvi-la. Parte dele ainda sabia que o tamanho de uma coisa é a característica menos importante, que o universo material extraiu de seu poder mitopeico interno a própria majestade diante da qual ele era solicitado a se humilhar, e que simples números não poderiam nos intimidar a não ser que nós emprestássemos a eles, dos nossos próprios recursos, o espanto que eles mesmos não poderiam exibir mais que o livro-caixa de um banco. Mas esse conhecimento permaneceu uma abstração. A grandeza e a solidão o oprimiam.

Esses pensamentos devem ter-lhe tomado várias horas e absorveram toda a sua atenção. Ele foi despertado pelo que menos esperava — o som de uma voz humana. Acordando de seu devaneio, viu que todos os peixes o haviam abandonado. O peixe que cavalgava estava nadando bem devagar. Poucos metros adiante dele, não mais fugindo, mas se movendo lentamente em sua direção, estava o Não-Homem. Ele estava sentado, com os braços em volta do corpo, os olhos quase fechados por causa dos ferimentos, a carne da cor de fígado, uma perna aparentemente quebrada e a boca retorcida de dor.

"Ransom", disse ele, abatido.

Ransom mordeu a língua. Não queria encorajar a coisa a começar aquele jogo outra vez.

"Ransom", disse ele, com uma voz quebrantada, "pelo amor de Deus, fale comigo".

Ransom olhou com surpresa. Lágrimas desciam pelo rosto de Weston. "Ransom, não me despreze", suplicou a voz. "Diga-me o que aconteceu. O que eles fizeram conosco? Você — você está sangrando. Minha perna está quebrada..." A voz dele desapareceu em um choramingo.

"Quem é você?", perguntou Ransom rispidamente.

"Ah, não finja que não me conhece", balbuciou a voz de Weston. "Eu sou Weston. Você é Ransom — Elwin Ransom de Leicester, Cambridge, o filólogo. Nós já tivemos nossas diferenças, eu sei. Sinto muito. Ouso dizer que eu estava errado. Ransom, você não vai me deixar morrer neste lugar horrível, vai?"

"Onde você aprendeu aramaico?", perguntou Ransom, prestando atenção em seu interlocutor.

"Aramaico?", disse a voz de Weston. "Não sei do que você está falando. Não é engraçado zombar de um moribundo."

"Mas você é mesmo Weston?", perguntou Ransom, porque começava a pensar que Weston tinha realmente voltado.

"Quem mais eu poderia ser?", foi a resposta, com um rompante fraco, quase chorando.

"Onde você esteve?", perguntou Ransom.

Weston — se é que aquele era Weston — tremeu. "Onde nós estamos agora?", perguntou ele.

"Em Perelandra, Vênus, você sabe", respondeu Ransom

"Você encontrou a espaçonave?", perguntou Weston.

"Eu nunca a vi, só à distância", respondeu Ransom. "E não faço ideia de onde ela esteja agora — a algumas centenas de metros de distância, pelo que sei."

"Você quer dizer que estamos presos?", exclamou Weston, quase aos berros. Ransom não disse nada, e Weston curvou a cabeça e chorou como um bebê.

"Venha", disse Ransom, por fim, "não vai adiantar nada ficar assim. Aguente firme, você não estaria melhor se estivesse na Terra. Você se lembra de que eles estão em guerra lá. Os alemães podem estar bombardeando Londres ferozmente neste exato instante". Então, vendo que a criatura ainda chorava, ele acrescentou: "Anime-se, Weston. É só a morte, só isso. Você sabe que todos nós vamos morrer algum dia. Não vamos ficar sem água, e a fome, sem sede, não é tão ruim assim. E quanto a nos afogarmos — bem, pior seria um golpe de baioneta ou um câncer".

"Você está dizendo que vai me abandonar", disse Weston.

"Eu não poderia, mesmo se quisesse", disse Ransom. "Você não vê que estou no mesmo lugar que você?"

"Você promete que não vai embora nem me deixar sozinho?", suplicou Weston.

"Tudo bem, eu prometo, se é o que você quer. Para onde eu poderia ir?"

Weston olhou muito lentamente ao redor e então cutucou seu peixe para se aproximar do de Ransom.

"Onde está... aquilo?", perguntou ele em um sussurro. "Você sabe...", e começou a fazer gestos sem sentido.

"Eu ia fazer a você a mesma pergunta", disse Ransom.

"A mim?", disse Weston. Seu rosto estava, em todos os sentidos, tão desfigurado que ficava difícil ter certeza sobre qual era a sua expressão.

"Você tem alguma ideia do que aconteceu com você nestes últimos dias?", disse Ransom.

Weston mais uma vez olhou ao redor com nervosismo.

"É tudo verdade, você sabe", disse ele, por fim.

"O que é tudo verdade?", disse Ransom.

De repente Weston virou-se para ele com um rosnado de raiva. "Tudo está muito bem para você", disse ele. "Afogamento não machuca, e a morte virá de qualquer maneira, e toda esta conversa fiada. O que você sabe a respeito da morte? É tudo verdade, eu já disse."

"Do que você está falando?"

"A vida toda eu venho enchendo a mim mesmo de coisas sem sentido", disse Weston. "Tentando me convencer da importância do que vai acontecer com a raça humana... Tentando acreditar que qualquer coisa que se faça vai tornar o universo um lugar tolerável. Tudo está podre, está entendendo?"

"E tem algo que é mais verdadeiro ainda!"

"Sim", disse Weston, e então houve silêncio por um longo tempo.

"É melhor seguirmos nesta direção", disse Ransom, com os olhos fitos no mar, "ou nos separaremos". Weston obedeceu sem parecer dar importância ao que fez, e durante certo tempo os dois homens cavalgaram muito lentamente lado a lado.

"Vou lhe dizer o que é verdade", disse Weston.

"O quê?"

"Uma criança pequena sobe furtivamente as escadas quando ninguém está olhando e bem devagarzinho gira a maçaneta da porta para dar uma olhada no quarto onde está o cadáver da sua avó, e depois sai correndo, e tem pesadelos. Uma avó enorme, você entende?"

"O que você quer dizer quando afirma que isto é mais verdadeiro ainda?"

"Quero dizer que a criança sabe alguma coisa a respeito do universo que a ciência e a religião tentam esconder."

Ransom não disse nada.

"Muitas coisas", disse Weston. "Crianças têm medo de passar em um cemitério à noite, e os adultos dizem que elas não devem ser bobas, mas as crianças sabem mais que os adultos. Pessoas na África Central fazendo coisas bestiais com máscaras no meio da noite — missionários e funcionários do governo dizem que é superstição. Bem, os negros sabem mais a respeito do universo que os brancos. Padres sujos em favelas de Dublin assustando crianças bobas com histórias assim. Você diria que são incultos. Não são: exceto por pensarem que há uma maneira de escapar. Não há. Esse é o universo real, sempre foi, sempre será. É o que tudo isso *significa*."

"Não estou entendendo direito...", começou Ransom, quando Weston o interrompeu.

"Por isso é importante você viver o máximo que puder. Todas as coisas boas acontecem agora, uma casca pequena e fina do que chamamos de vida, como uma amostra, e depois o universo *real*, para sempre e sempre. Engrossar essa casca em um centímetro — viver mais uma semana, mais um dia, mais meia hora — é a única coisa que importa. É claro que você não sabe disso, mas qualquer um que esteja esperando para ser enforcado sabe. Você diz: 'Que diferença um alívio temporário faz?'. Quanta diferença!"

"Mas ninguém precisa chegar a isso", disse Ransom.

"Eu sei que é nisso que você acredita", disse Weston. "Mas você está errado. É apenas uma pequena parcela de pessoas civilizadas que pensa assim. A humanidade como um todo já tem conhecimento. A humanidade sabe — Homero sabia — que *todos* os mortos afundaram na escuridão interior, debaixo da casca. Todos estúpidos, todos tremendo, falando coisas sem sentido, todos decadentes. Fantasmas. Todos os selvagens sabem que *todos* os fantasmas detestam os vivos que ainda estão desfrutando da casca, assim como mulheres velhas detestam as moças que ainda têm boa aparência. É bastante certo ter medo de fantasmas. Você vai virar um de qualquer jeito."

"Você não acredita em Deus?", questionou Ransom.

"Bem, essa é outra questão", disse Weston. "Eu ia à igreja também, assim como você, quando era menino. Há mais sabedoria em algumas partes da Bíblia do que vocês, pessoas religiosas, sabem. A Bíblia não diz que ele é o Deus dos vivos, e não dos mortos? É exatamente isso. Talvez o seu Deus exista — mas não faz diferença se ele existe ou não. Não, é claro que você não entende assim, mas um dia entenderá. Não creio que você tenha entendido muito claramente a ideia da casca — essa camada exterior a que chamamos de vida. Imagine o universo como um globo infinito com uma crosta muito fina do lado de fora. Mas se lembre de que essa espessura é uma espessura de *tempo*. Nos melhores lugares, ela tem cerca de setenta anos de espessura. Nós nascemos na superfície dessa casca, e durante toda a nossa vida estamos afundando nela. Quando percorremos todo o caminho, nos tornamos o que chamamos de morte: passamos para a parte escura interior, que é o globo real. Se o seu Deus existe, ele não está no globo — ele está do lado de fora, como uma lua. Quando passamos para o interior, passamos para além do conhecimento dele. Ele não nos segue quando estamos lá dentro. Você expressaria isso dizendo que ele não está no tempo — o que você considera confortador! Em outras palavras, ele permanece lá, do lado de fora, à luz e ao ar. Mas nós estamos no tempo. Nós 'nos movemos com os tempos'. Ou seja, do ponto de vista dele, nós nos movemos *para longe*, para o que ele considera um nada, aonde ele nunca vai. Isso é tudo que existe para nós, tudo que sempre existiu. Ele pode estar naquilo que você chama de 'vida' ou não. Que diferença faz? *Nós* não vamos viver muito tempo."

"Mas isso não é tudo", disse Ransom. "Se todo o universo fosse assim, então nós, sendo parte dele, nos sentiríamos em casa nesse universo. O simples fato de ele nos parecer monstruoso..."

"Sim", interrompeu Weston, "isso seria certo se não fosse pelo fato de que o raciocínio em si somente é válido enquanto você está na casca. Ele não tem nada a ver com o universo real. Mesmo os cientistas comuns, como eu mesmo já fui, estão começando a descobrir isso. Você ainda não entendeu o significado verdadeiro de toda essa conversa moderna sobre os perigos da extrapolação e a dobra espacial e a indeterminação do átomo? É claro que eles não dizem com muitas palavras, mas o que estão conseguindo, mesmo antes que morram, é o que todos os homens conseguem quando estão mortos: o conhecimento de que a realidade não é racional, nem consistente, nem qualquer outra coisa. Em determinado sentido, você pode dizer que ela não existe. 'Real' e 'irreal', 'verdadeiro' e 'falso' — tudo isso está apenas na superfície. Esses conceitos desaparecem no instante em que você os pressiona".

"Se tudo isso fosse verdade", disse Ransom, "qual seria o objetivo de falar sobre isso?".

"Ou sobre qualquer outra coisa", respondeu Weston. "O único objetivo em qualquer coisa é que não há nenhum objetivo. Por que os fantasmas querem assustar? Porque eles *são* fantasmas. O que mais há para fazer?"

"Entendi seu ponto", disse Ransom. "Que o relato que um homem faz do universo, ou de qualquer outra coisa, depende muito de onde ele está."

"Mas especialmente", disse Weston, "se ele está do lado de dentro ou do lado de fora. Todas as coisas de que você gosta estão do lado de fora. Um planeta como o nosso, ou como Perelandra, por exemplo. Ou um corpo humano bonito. Todas as cores e formas agradáveis estão simplesmente onde terminam, onde deixam de ser. Do lado de dentro, o que você tem? Escuridão, vermes, calor, pressão, sal, sufoco, mau cheiro".

Eles prosseguiram em silêncio durante alguns minutos por ondas que estavam ficando maiores. Os peixes pareciam fazer pouco progresso.

"É claro que você não se importa", disse Weston. "Por que vocês que estão na casca se preocupam conosco? Você ainda não foi puxado para baixo. É como um sonho que tive, ainda que eu não soubesse quão verdadeiro era. Sonhei que estava morto — você sabe, cuidadosamente deitado na enfermaria de um asilo, com meu rosto sendo arrumado pelo agente funerário e lírios grandes na sala. E então veio uma pessoa que estava caindo aos pedaços — como um vagabundo, você sabe, mas não eram as roupas dele que estavam caindo aos pedaços, era ele mesmo — e se prostou ao pé da cama, com ódio de mim. 'Tudo bem', disse ele, 'tudo bem. Você acha que está muito bem, com este lençol limpo e este caixão brilhante já pronto. Eu comecei assim. Nós todos começamos. Espere para ver o que virá no fim'."

"Quer saber", disse Ransom, "eu acho que você pode calar a boca".

"E tem o espiritualismo",[1] disse Weston, ignorando a sugestão. "Eu achava que tudo isso era uma bobagem. Mas não é. É tudo verdade. Você já observou que todos os relatos *agradáveis* dos mortos são tradicionais ou filosóficos? O que a experiência real descobriu é totalmente diferente. Ectoplasma — aquela camada fina que sai da barriga de um médium e que forma rostos grandes, caóticos, despedaçados. A psicografia, que produz resmas de bobagens."

"É *você*, Weston?", perguntou Ransom, virando-se repentinamente para ele. A voz persistentemente balbuciante, tão articulada que obrigava Ransom a ouvi-la, mas tão desarticulada que ele precisava prestar muita atenção para entender o que era dito, começava a irritá-lo.

"Não fique com raiva", disse a voz. "Não adianta nada ficar bravo comigo. Pensei que você ia lamentar. Meu Deus, Ransom, isso é horrível. Você não entende. Lá embaixo, enterrado vivo debaixo de camadas e camadas. Você tenta conectar as coisas, mas não consegue. Arrancam sua cabeça... e você não pode nem olhar para trás para ver como era a sua vida na casca, porque sabe que nem no princípio ela significou alguma coisa."

"O que é você?", gritou Ransom. "Como você sabe o que é a morte? Deus sabe que eu o ajudaria se pudesse. Mas me dê os fatos. Onde você esteve por esses dias?"

"Quieto!", disse o outro subitamente. "O que é isso?"

Ransom passou a escutar. Com certeza parecia haver um elemento novo na grande quantidade de sons que os circundava. A princípio ele não

[1]Espiritualismo é um movimento religioso que surgiu no final do século 19 e cria na possibilidade de se comunicar com os espíritos dos mortos por meio de médiuns. Essa corrente deu origem, poucos anos depois, ao espiritismo. [N. E.]

conseguiu definir o que era. O mar estava muito agitado e o vento era muito forte. Weston esticou o braço e agarrou o de Ransom.

"Ó, meu Deus", ele gritou. "Ransom, Ransom. Nós seremos mortos. Mortos e jogados para dentro da casca. Ransom, você prometeu que iria me ajudar. Não deixe que me peguem outra vez."

"Cale-se", disse Ransom com desgosto, pois a criatura estava lamentando e chorando copiosamente, de modo que ele não conseguia ouvir mais nada. E ele queria muito identificar a nota mais profunda que estava misturada ao balido do vento e ao rugido da água.

"Ondas", disse Weston. "Ondas, seu bobo. Você não está ouvindo? Tem alguma terra lá. Tem uma costa rochosa. Olhe ali, à sua direita. Seremos esmagados como geleia. Veja... Meu Deus, de novo a escuridão."

E a escuridão veio. Ransom foi tomado por um horror da morte que nunca havia sentido, e por um horror da criatura aterrorizada ao lado dele, e um horror sem um objeto definido. Em poucos minutos, ele conseguiu ver através da noite muito escura uma nuvem luminosa de espuma. Pela maneira como ela explodiu para o alto, calculou que estava se arrebentando em rochedos. Pássaros invisíveis, guinchando alvoroçados, passavam por sobre sua cabeça.

"Você está aí, Weston?", gritou ele. "Anime-se. Recomponha-se. Tudo o que você está falando é uma loucura. Faça uma oração de criança se não pode fazer a de um homem. Arrependa-se dos seus pecados. Pegue minha mão. Há centenas de garotos na Terra agora que estão encarando a morte neste exato instante. Nós vamos sair dessa."

A mão de Ransom foi agarrada na escuridão com uma firmeza maior do que ele gostaria. "Não consigo aguentar isso, não consigo aguentar isso", disse a voz de Weston.

"Fique firme. Nada disso!", gritou Ransom de volta, porque Weston agarrou o braço dele com as duas mãos.

"Não consigo aguentar", disse a voz outra vez.

"Ei", disse Ransom. "Me solte. Que diabos você está fazendo?" Enquanto ele falava, braços fortes o tiraram de sua montaria e envolveram-no em um abraço terrível abaixo das coxas; agarrando-se inutilmente à superfície lisa do corpo do peixe, ele foi arrastado para baixo. As águas se fecharam por sobre sua cabeça, e o Inimigo o puxou para a parte funda onde a água era morna, e para mais fundo ainda, onde a água já não era mais morna.

14

"NÃO CONSIGO mais prender a respiração", pensou Ransom. "Não consigo, não consigo". Coisas frias e lodosas deslizavam sobre seu corpo agonizante. Ele decidiu não mais prender a respiração, abrir a boca e morrer, mas sua vontade não obedeceu à sua decisão. Ele sentia como se seu peito e suas têmporas fossem estourar. Resistir era inútil. Seus braços não encontraram nenhum adversário, e suas pernas estavam presas. Ele percebeu que estavam se movendo para cima. Mas isso não lhe deu nenhuma esperança. A superfície estava muito longe, e ele não conseguiria segurar a respiração até que chegassem lá. Na presença imediata da morte, todas as ideias quanto ao pós-vida foram retiradas de sua mente. A simples proposição abstrata de que "Este é um homem que está morrendo" passou diante dele de uma maneira não emocional. De repente, o rugir de um som chegou a seus ouvidos, um clangor estrondoso e insuportável. Sua boca abriu-se automaticamente. Ele estava respirando de novo. Em uma escuridão de breu, cheia de ecos, ele se agarrou ao que parecia ser um cascalho enquanto se debatia loucamente, tentando se livrar do aperto que ainda prendia suas pernas. Ele se viu mais uma vez livre e lutando, uma luta cega, dentro e fora da água no que parecia ser uma praia rochosa, com pedras pontiagudas em toda parte, que cortavam seus pés e cotovelos. A escuridão estava cheia de palavrões proferidos em meio a arquejos, ora por Ransom, ora por Weston, com uivos de dor e baques de concussões ao som de uma respiração ofegante. No fim, ele estava montado no Inimigo e pressionou as laterais do corpo de Weston com seus joelhos até as costelas dele trincarem, além de apertar a garganta dele com as mãos. De alguma maneira, conseguiu resistir ao movimento feroz dos braços de Weston e continuou apertando. Uma vez ele precisara pressionar daquele jeito, mas em uma artéria e para salvar uma vida, não para matar. Aquilo parecia não ter fim. Um bom tempo depois de a criatura ter parado de se debater, Ransom não se arriscara a relaxar o aperto. Mesmo quando teve certeza absoluta de que ela não estava mais respirando, continuou sentado sobre o peito dela, mantendo as mãos cansadas, mas não frouxas, em sua garganta. Ransom já estava quase desmaiando, mas contou até mil antes de mudar de posição, e mesmo assim continuou sentado sobre o corpo de Weston. Não sabia se o espírito que havia falado com ele nas últimas poucas horas era Weston mesmo ou se ele havia sido vítima de algum truque. Na verdade, faria pouca diferença. Sem dúvida, havia uma confusão de pessoas no castigo eterno: o que os panteístas falsamente esperavam do Céu, homens maus recebiam no Inferno. Eles se fundiam com seu Mestre, como soldadinhos de chumbo que perdem sua forma depois de colocados em um recipiente aquecido. O fato de Satanás, ou alguém a quem Satanás havia devorado, estar atuando em determinada ocasião não tem importância clara em longo prazo. Nesse ínterim, o que ele precisava fazer era não ser enganado outra vez.

Então, não havia nada a ser feito a não ser esperar pelo amanhecer. Pelo rugido dos ecos ao seu redor, Ransom concluiu que eles estavam em uma baía bastante estreita entre os recifes. Como conseguiram chegar lá era um mistério. A manhã poderia chegar apenas horas depois, o que seria um desconforto considerável. Ransom estava determinado a não deixar o corpo até que o examinasse à luz do dia, e talvez tomasse providências para garantir que Weston não fosse reanimado. Até lá, deveria passar o tempo da melhor maneira possível. A praia de pedregulhos não era confortável, e, quando tentou se recostar, encontrou uma superfície dentada. Felizmente ele estava tão cansado que ficou contente pelo simples fato de poder ficar um pouco sentado e quieto. Mas essa fase passou.

Ransom tentou aproveitar ao máximo aquela situação e decidiu desistir de calcular a passagem do tempo. "A única resposta segura", ele disse para si mesmo, "é estimar que hora deve ser no mínimo e, depois, presumir que a hora verdadeira é duas horas mais cedo". Ele se distraiu recapitulando toda a história de sua aventura em Perelandra. Recitou tudo que conseguiu lembrar da *Ilíada*,[1] da *Odisseia*,[2] da *Eneida*,[3] da *Canção de Rolando*,[4] do *Paraíso perdido*, do *Kalevala*,[5] de *A caça ao Snark*[6] e de uma rima a respeito da fonética da língua alemã que ele escrevera quando era calouro na faculdade. Ransom se esforçou para passar o máximo de tempo possível tentando se recordar dos versos do poema de que não conseguia se lembrar, inventou um problema de jogo de xadrez, tentou esboçar um capítulo para um livro que estava escrevendo. Mas foi em vão.

Tudo isso se alternava com períodos de inatividade entediante, e parecia que Ransom tinha dificuldades de se lembrar de um tempo anterior àquela noite. Ele mal podia acreditar que doze horas pudessem demorar tanto para passar, mesmo para um homem tão enfastiado e insone. E o barulho — o desconforto do chão áspero! Era muito estranho, agora que ele estava pensando nisso, que aquele lugar não tivesse aquelas brisas noturnas tão agradáveis que ele havia encontrado em toda a parte em Perelandra. Era muito estranho também (mas este pensamento veio-lhe à mente no que lhe pareceu ser horas depois) que ele não tivesse nem as cristas fosforescentes das ondas para contemplar. Muito lentamente, ocorreu-lhe uma explicação possível desses dois fatos, e que também poderia explicar como a escuridão durava tanto. A ideia era terrível demais para ele se permitir qualquer medo. Controlando-se, ele se levantou com dificuldade e começou a andar cuidadosamente ao longo da praia. Seu progresso era muito devagar, mas em certo momento seus braços estendidos tocaram uma rocha perpendicular. Ficando na ponta dos pés, ele esticou seus braços o máximo que lhe foi possível, mas não achou nada, a não ser a rocha. "Não desista", disse para si mesmo, e começou a tatear para achar o caminho de volta. Foi até o corpo do Não-Homem, passou por ele e foi mais adiante circundando a praia oposta, que fazia uma curva brusca. Antes de dar vinte passos, suas

---

[1] *Ilíada*, poema clássico de Homero, narra a história da Guerra de Troia. [N. T.]

[2] *Odisseia*, de Homero, é a continuação da *Ilíada* e narra as aventuras do herói grego Odisseu de volta para casa. [N. T.]

[3] *Eneida*, poema clássico do romano Virgílio, conta a história de Eneias, um troiano que consegue escapar dos gregos e que viria a ser o antepassado dos romanos. [N. T.]

[4] *A canção de Rolando*, poema épico francês, datado do século 11. Baseado em uma batalha real, narra como Rolando, sobrinho do imperador Carlos Magno, foi massacrado por inimigos no desfiladeiro de Roncesvales, próximo à fronteira entre França e Espanha. [N. E.]

[5] *Kalevala*, poema épico nacional da Finlândia, compilado no século 19 pelo filólogo finlandês Elias Lönnroth (1802–1884) a partir da tradição oral do folclore do seu país. [N. T.]

[6] *A caça ao Snark* é um poema de Lewis Carroll (1832–1898), autor de *Alice no País das Maravilhas*, escrito deliberadamente sem sentido ou lógica. [N. T.]

mãos — que ele mantinha acima da cabeça — encontraram não uma parede, mas um teto de rocha. Alguns poucos passos depois, o teto estava mais baixo. Então, ele precisou agachar, e mais adiante ainda teve de ir engatinhando. Era óbvio que o teto descia e tocava a praia.

Em desespero, Ransom procurou o caminho de volta até o corpo e sentou-se. A verdade agora estava clara, sem qualquer dúvida. Não adiantaria nada esperar a manhã chegar. Não haveria manhã ali até o fim do mundo, e talvez ele já tivesse esperado uma noite e um dia. O clangor dos ecos, o ar viciado, o próprio cheiro do lugar, tudo confirmava sua percepção. Quando ele e o Inimigo caíram na água, foram arrastados, por uma chance em cem, através de um buraco nos recifes bem abaixo do nível do mar e emergiram na praia de uma caverna. Como seria possível voltar? Ele foi até a margem, ou, melhor, enquanto tateava até o lugar onde o teto estava úmido, a água veio ao seu encontro, com um estrondo sobre sua cabeça, e subiu bem acima dele, recuando em seguida com um puxão a que ele só resistiu deitando-se na praia e segurando as pedras. Seria inútil mergulhar *ali* — ele só conseguiria ter as costelas quebradas no paredão do outro lado da caverna. Se ao menos tivesse luz e pudesse saltar de um lugar alto, seria imaginável que pudesse descer até o fundo e forçar a saída... Mas era muito improvável que conseguisse. Além do mais, ele não tinha nenhuma luz.

Ainda que o ar não estivesse bom, Ransom imaginou que aquela prisão deveria ser alimentada com ar vindo de algum lugar, mas se vinha de alguma abertura que ele pudesse alcançar, isso já era outra questão. Virando-se, começou a explorar a rocha atrás da praia. A princípio, parecia inútil, mas é difícil matar a convicção de que cavernas podem levar a algum lugar; depois de algum tempo tateando, encontrou uma saliência de cerca de um metro de altura e subiu nela. Ele pensou que ela não fosse muito profunda, mas suas mãos não encontraram nenhuma parede diante de si. Muito cautelosamente, deu alguns passos para a frente. Seu pé direito tocou algo pontudo. Com um assobio de dor, Ransom prosseguiu, tomando ainda mais cuidado. Ele então descobriu uma rocha vertical que, até onde podia alcançar, era lisa. Virou-se para a direita, e ela terminava ali. Virou-se para a esquerda e começou a ir para a frente de novo, e quase arrancou de uma vez o dedão do pé. Depois de massagear o dedo, seguiu em frente engatinhando. Parecia que estava entre grandes pedras, mas conseguia prosseguir. Por cerca de dez minutos, ele fez um progresso razoável em uma subida íngreme, algumas vezes em pedregulhos escorregadios, algumas vezes sobre os topos das pedras grandes. Então, chegou a outro rochedo, onde parecia haver uma plataforma a um metro e meio de altura; dessa vez, realmente pouco profunda. De alguma maneira, ele conseguiu subir nela e se grudou em sua superfície, esticando os braços para a direita e para a esquerda, tentando achar onde agarrar.

Quando encontrou um ponto de apoio e percebeu que estava prestes a iniciar uma escalada de verdade, Ransom hesitou. Lembrou-se que acima dele estava um penhasco que ele não se atreveria a escalar nem em plena luz do dia e adequadamente vestido. Mas, ao mesmo tempo, teve esperança de que poderia ter apenas uns dois metros e que uns poucos minutos de frieza poderiam conduzi-lo àquelas passagens sinuosas que o levariam até o coração da montanha. Naquele momento, era isso que dominava sua imaginação. Ele decidiu prosseguir. O que o preocupava não era de fato o medo de cair, mas o medo de se distanciar da água. Fome ele poderia aguentar, mas sede, não. Mesmo assim, prosseguiu. Por alguns minutos, fez coisas que nunca havia feito na Terra. Sem dúvida, de alguma maneira ele foi ajudado pela escuridão, porque não percebia a altura e nem tinha vertigem. Por outro lado, usar só o tato fazia daquela escalada uma loucura. Se alguém o visse, pareceria que em alguns momentos ele assumia riscos loucos, mas, em outros, tinha cautela em excesso. Ransom tentou afastar de sua mente a possibilidade de que poderia estar escalando simplesmente até outro teto de pedra.

Passados uns quinze minutos, ele chegou a uma ampla superfície horizontal, que poderia ser uma plataforma mais profunda ou a ponta de um precipício. Descansou ali um pouco e lambeu os cortes no corpo. Depois, levantou-se e prosseguiu tateando, esperando a qualquer momento encontrar outra parede de rocha. Foi então que, depois de uns trinta passos e sem encontrar nenhuma parede, ele fez um teste e deu um grito e, a julgar pela ressonância, concluiu que estava em um espaço aberto. Prosseguiu. O chão era de seixos pequenos, e era uma subida muito íngreme. Havia algumas pedras grandes, mas ele aprendeu a enrolar os dedões dos pés antes de pisar, e, assim, quase não tropeçou mais. Um problema menor era que, mesmo naquela escuridão total, ele não parou de forçar a vista tentando enxergar, o que lhe provocou dor de cabeça e o fez ver luzes e cores fantasmagóricas.

Aquela lenta escalada no meio da escuridão pareceu durar tanto que ele começou a temer estar andando em círculos ou ter errado o caminho e entrado em uma galeria que ia cada vez mais para baixo na superfície do planeta. Por outro lado, se sentiu reanimado pelo fato de estar sempre subindo. O desejo de reencontrar a luz se tornou doloroso. Ele estava pensando na luz como um homem faminto pensa em comida, imaginando as colinas na primavera, com nuvens brancas como leite deslizando nos céus azuis, ou círculos tranquilos de lamparinas projetadas em mesas cuidadosamente organizadas com livros e cachimbos. Por uma curiosa confusão mental, ele achou impossível não imaginar que a ladeira onde estava caminhando não estava escura apenas pela falta de luz, mas por ser preta, como se fosse composta de fuligem. Imaginou que seus pés e mãos deviam estar encardidos por tocar nela. Sempre que se imaginava chegando a qualquer lugar iluminado, também imaginava que a luz revelava um mundo de fuligem ao seu redor.

Ele bateu a cabeça com força contra alguma coisa e se sentou atordoado. Quando a tontura passou, Ransom descobriu tateando que a subida levava a um teto de rocha lisa. Sentiu-se desanimado quando se sentou para pensar naquela descoberta. O som das ondas estava fraco e vinha de baixo, com uma impressão de melancolia, permitindo-lhe saber que estava em uma elevação muito alta. Finalmente, ainda que com pouca esperança, ele começou a caminhar para a direita, tocando o teto com os braços estendidos, até que chegou a um ponto onde o teto estava além do seu alcance. Um bom tempo depois disso, ele ouviu o barulho da água. Prosseguiu mais lentamente, com muito medo de encontrar uma cachoeira. O cascalho começou a ficar úmido e, por fim, ele se viu em uma pequena poça. Virando para a esquerda, Ransom encontrou realmente uma queda d'água, mas era um córrego tão pequeno que a água não tinha força para colocá-lo em risco. Ransom ajoelhou-se ao lado da poça ondulante, bebeu da água que caía e colocou sua cabeça dolorida e seus ombros cansados debaixo da fonte. Depois, reconfortado, tentou subir por ela.

Apesar das pedras escorregadias, porque tinham algum tipo de limo, e da profundidade de muitas daquelas poças, a escalada não apresentou grandes dificuldades. Em não mais que vinte minutos, Ransom alcançou o topo, e, pelo que conseguia discernir ao gritar e prestar atenção no eco, naquele momento realmente estava em uma grande caverna. Tomando o córrego como guia, ele continuou seguindo-a para cima. Naquela escuridão monótona, o córrego era uma espécie de companhia. Uma esperança real, distinta da mera esperança convencional que dá apoio aos homens em situações desesperadoras, começou a entrar em sua mente.

Pouco depois, Ransom começou a se preocupar com os ruídos. O som fraco da maré crescente naquele buraco pequeno onde ele estivera horas antes agora havia desaparecido, e o som predominante era o tinido agradável do riacho. Mas começou a pensar que estava ouvindo outros barulhos. Algumas vezes era um baque surdo, como se alguma coisa tivesse caído em uma daquelas poças que ele havia deixado para trás, e, em outras, mais misteriosamente, o chacoalhar seco de uma percussão, como se alguma coisa metálica estivesse sendo arrastada sobre as pedras. No princípio, ele julgou que fosse sua imaginação. Depois, parou umas duas vezes para escutar, mas nada ouviu. E a cada vez que continuava, o barulho começava de novo. Por fim, parando mais uma vez, ele ouviu aquele som de maneira inconfundível. Será que o Não-Homem teria voltado à vida e continuava a persegui-lo? Mas isso parecia improvável, pois tudo o que o outro havia planejado era fugir. Não era fácil pensar na outra possibilidade: que aquelas cavernas poderiam ter habitantes. Na verdade, toda a sua experiência assegurava-lhe que, se ali houvesse habitantes, eles provavelmente seriam inofensivos, mas de alguma maneira ele não conseguia acreditar que qualquer coisa que vivesse em um lugar como aquele seria agradável, e a lembrança de uma parte da conversa do Não-Homem — ou teria sido Weston? — com ele veio à sua mente: "Tudo o que é bonito está na superfície, mas, do lado de dentro, há escuridão, calor, horror e fedor". Ocorreu-lhe então que, se alguma criatura o estivesse seguindo riacho acima, seria melhor sair de perto da margem e esperar até que ela passasse. Mas, se ela o estivesse caçando, provavelmente o faria pelo faro, e em qualquer caso Ransom não poderia correr o risco de se afastar da água. Por fim, prosseguiu.

Fosse por causa da fraqueza, pois ele já estava com muita fome, ou porque os barulhos que vinham de trás fizeram-no involuntariamente andar mais depressa, Ransom sentia um calor muito forte, e mesmo a água daquele córrego não lhe pareceu muito refrescante quando mergulhou seus pés nela. Começou a pensar que, sendo perseguido ou não, ele precisava descansar um pouco — e foi exatamente nesse momento que viu a luz. Ele já tinha se enganado tantas vezes antes que a princípio não acreditou. Fechou os olhos, contou até cem e olhou de novo. Virou-se e sentou-se por alguns minutos, orando para que não fosse uma ilusão, e olhou de novo. "Bem", disse Ransom, "se é uma miragem, ela é muito insistente." Uma luminosidade muito fraca, pequenina e trêmula, de cor ligeiramente avermelhada, estava diante dele. Era fraca demais para iluminar qualquer coisa, e naquele mundo de escuridão não tinha como ele saber se ela estava a cinco metros ou cinco quilômetros. Ele foi em direção à luz com o coração acelerado. Graças aos céus, o riacho o guiava naquela mesma direção.

Enquanto estava pensando que seria um longo caminho, quase pisou na luz. Era um círculo de luz na superfície da água, que, por sua vez, formava uma poça trêmula e profunda. A luz vinha do alto. Ransom entrou na poça e olhou para cima. Um remendo de luz de formato irregular, que agora ele tinha certeza de que era vermelho, estava imediatamente acima dele. A luz era forte o bastante para que ele visse o que estava ao redor, e, quando seus olhos se acostumaram, ele viu que estava olhando para um funil ou uma fissura. A abertura inferior daquele funil estava no teto da caverna onde ele se encontrava, uns poucos metros acima dele, e a abertura superior evidentemente estava no piso de outra câmara, mais alta ainda, de onde procedia a luz. Ele conseguia ver a parede desnivelada do funil, mal iluminada e coberta por placas e tiras de uma vegetação estranha que parecia uma geleia, e dessa vegetação caía e gotejava uma água na cabeça e nos ombros dele, como se fosse uma chuva morna. Esse calor, juntamente com a cor vermelha da água, sugeria que a caverna superior era iluminada por um fogo subterrâneo. Não ficará claro para o leitor, assim como não ficou para Ransom quando ele pensou nisso depois do acontecido, por que ele decidiu imediatamente passar para a caverna superior, caso conseguisse. O que realmente o incentivou, acredita ele, foi o mero desejo de ver a luz. A primeira olhadela para o funil devolveu dimensão e perspectiva para seu mundo, e isso, por si só, era como a ser liberto de uma prisão. A luz pareceu lhe dizer mais a respeito de seu redor do que ela realmente mostrava: ela recuperou todo o sendo de direção espacial, sem o qual não se consegue sequer perceber o próprio corpo. Depois disso, voltar ao horrível vácuo negro, ao mundo de escuridão e fuligem, ao mundo onde ele não tinha noção nem de tamanho, nem de distância, estava totalmente fora de questão. Ransom também pensou que, se conseguisse entrar na caverna iluminada, a criatura que o perseguia cessaria sua perseguição.

Mas chegar lá não seria fácil. Ele não conseguia alcançar a abertura do funil. Mesmo pulando, apenas tocava a borda daquela vegetação. Então lhe ocorreu um plano improvável, que foi a melhor coisa que conseguiu pensar. Havia luz o suficiente para que ele visse muitas pedras grandes no meio do cascalho, e ele fez uma pilha delas no centro da poça. Trabalhando incansavelmente, algumas vezes teve de desfazer o que tinha feito, e tentou muitas vezes até que ela estivesse elevada o bastante. Quando finalmente conseguiu, ele subiu na pilha de pedras, transpirando e tremendo, porque sabia que o verdadeiro perigo ainda estava por vir. Ele teve de se agarrar à vegetação dos dois lados acima de sua cabeça, confiando à sorte que aguentasse seu peso, e pulando e puxando a si mesmo o mais rapidamente que conseguia, pois, se a vegetação o aguentasse, não seria por muito tempo. De alguma maneira ele conseguiu. Entrou na fissura com as costas de um lado dela e os pés do outro, como um montanhista fazendo o que é chamado de chaminé. A vegetação densa e esponjosa protegeu sua pele, e, depois de um esforço para continuar subindo, ele viu que as paredes da passagem eram tão irregulares que poderia tê-las escalado da maneira convencional. O calor aumentava rapidamente. "Sou um idiota de ter vindo aqui", disse Ransom, mas, assim que o disse, chegou ao topo.

A princípio, ele ficou cego pela luz. Quando finalmente conseguiu ter uma noção do que estava ao seu redor, viu que estava em uma grande área tão iluminada pela luz do fogo que dava a impressão de ser forrada de argila vermelha. Ele notou a extensão da área. O chão descia no lado esquerdo, e no direito, subia para o que parecia ser a borda de um penhasco, além do qual havia um abismo de brilho ofuscante. Um rio largo e raso corria pelo meio da caverna. O teto era tão alto que não podia ser visto, mas as paredes elevavam-se rumo à escuridão com curvas largas, como as raízes de uma faia.

Levantou-se, atravessou correndo do rio (que era quente ao toque) e se aproximou da borda do penhasco. O fogo parecia estar a milhares de metros abaixo dele, e Ransom não conseguia ver o outro lado do poço no qual ele crepitava e se contorcia. Só conseguia olhar para o fogo por um segundo, e, quando olhava para o resto da caverna, ela lhe parecia escura. O calor do seu corpo era doloroso, e ele se afastou da beirada do penhasco e se sentou com as costas voltadas para o fogo para colocar os pensamentos em ordem.

Ele os reordenou de maneira inesperada. Súbita e irresistivelmente, como um ataque de tanques de guerra, toda aquela visão do universo que Weston (se é que aquilo era Weston) havia recentemente lhe exposto tomou conta por completo de seus pensamentos. Parecia-lhe que tinha vivido toda a sua vida em um mundo de ilusão. Os fantasmas, os malditos fantasmas, estavam certos. A beleza de Perelandra, a inocência da Dama, os sofrimentos dos santos e os ternos afetos dos homens, tudo isso era apenas uma aparência e uma exibição externa. O que ele chamava de mundos não era outra coisa senão a casca dos mundos: quatrocentos metros abaixo da superfície, e de lá por milhares de quilômetros de escuridão, silêncio e fogo infernal, até o próprio coração de cada um deles, vivia a realidade — a idiotice sem sentido, não criada e onipotente para a qual todos os espíritos são irrelevantes e diante da qual todos os esforços são inúteis. O que o estivesse seguindo, seja lá o que fosse, iria sair daquele buraco escuro e úmido, passaria por aquele duto pavoroso e depois Ransom morreria. Ele fixou os olhos na abertura escura da qual ele mesmo emergira há pouco. E então — "Exatamente o que eu achava", disse Ransom.

Lenta e tremulamente, com movimentos desajeitados e inumanos, uma forma humana, vermelha à luz do fogo, rastejou para o teto da caverna. Era o Não-Homem, claro; arrastando sua perna quebrada, com o maxilar inferior pendurado como se fosse o de um cadáver, ele se pôs em pé. E depois, logo atrás dele, algo mais saiu do buraco. Primeiro veio algo parecido com galhos de árvores, e depois sete ou oito fachos de luz, agrupados desordenadamente como uma constelação. Depois veio uma massa tubular que refletia o brilho vermelho, como se fosse polida. O coração de Ransom bateu descompassadamente quando de repente os galhos se ajuntaram em longas antenas parecidas com arame, e os pontos de luz se tornaram os muitos olhos de uma cabeça com um capacete em forma de concha, e a massa que a seguia revelou ser um grande corpo grosseiramente cilíndrico. Coisas horríveis o seguiram — pernas angulares com muitas juntas, e, quando Ransom pensou que tinha visto todo o corpo daquela coisa, um segundo corpo, e, depois dele, um terceiro. A coisa tinha três partes, unidas por uma espécie de estrutura de cintura de vespa — três partes que não pareciam estar alinhadas uma à outra e que davam a impressão de terem sido pisadas —, uma deformidade imensa, trêmula, com muitas pernas, de pé imediatamente atrás do Não-Homem de modo que as sombras horríveis de ambos dançavam na parede de pedra atrás deles como uma ameaça imensa e unida.

"Eles querem me amedrontar", disse algo no cérebro de Ransom, e naquele exato instante ele ficou convencido de duas coisas: que o Não-Homem havia convocado aquele grande rastejador e que os maus pensamentos que antecederam a aparição do inimigo foram postos em sua mente pela vontade desse mesmo inimigo. Saber que os pensamentos dele poderiam ser manipulados a distância não lhe causou terror, mas raiva. Ransom se levantou e se aproximou do Não-Homem, dizendo coisas, talvez coisas bobas, em sua própria língua. "Você acha que eu vou aguentar *isso*?", gritou. "Saia da minha mente. Ela não é sua. Eu ordeno: saia dela!" Enquanto gritava, ele pegou uma grande pedra serrilhada que estava do lado do rio. "Ransom", rosnou o Não-Homem, "Espere. Nós dois estamos presos...", mas Ransom já estava sobre ele.

"Em nome do Pai, do Filho e do Espírito Santo, lá vai — quer dizer, amém", disse Ransom, e arremessou a pedra o mais forte que conseguiu no rosto do Não-Homem. Este caiu como cai um lápis, com o rosto esmagado, irreconhecível. Ransom não olhou para ele, mas se virou para ver a outra coisa horrível. Mas aonde aquele outro horror teria ido? A criatura estava lá, sem dúvida, uma criatura de forma curiosa, mas todos os pensamentos maus desapareceram de sua mente, de modo que, nem naquele momento, nem em qualquer outra época, ele conseguiu se lembrar daquilo, tampouco entender por que alguém deveria brigar com um animal por ter mais pernas ou olhos que ele mesmo. Todas as sensações que teve desde a infância sobre insetos e répteis desapareceram completamente naquele instante, do mesmo modo como uma música horrível desaparece quando se desliga o rádio. Parecia que tudo aquilo, desde o princípio, havia sido um encantamento tenebroso do inimigo. Uma vez, quando escrevia, sentado perto de uma janela aberta em Cambridge, ele olhou e tremeu ao ver o que imaginou ser um besouro de muitas cores de uma forma estranhamente medonha rastejando por seu papel. Um segundo olhar mostrou a ele que era uma folha morta, movida pela brisa, e na mesma hora as curvas e reentrâncias que faziam aquela coisa ser feia voltaram a ser bonitas. Naquele momento, ele teve quase a mesma sensação. Entendeu de vez que a criatura não queria feri-lo e que, na verdade, não tinha intenção nenhuma. Ela havia sido arrastada pelo Não-Homem, e agora estava parada, movendo suas antenas. Então, aparentemente, por não gostar do que estava ao seu redor, a criatura se virou e começou a descer o mesmo buraco pelo qual viera. Ransom quase riu enquanto via a última parte do corpo tripartido dela bamboleando na beirada da abertura, e então finalmente apontando para o alto sua cauda em forma de torpedo. "Parecia um trem com muitos vagões", foi seu comentário.

Ele se virou para o Não-Homem. Não sobrara quase nada que pudesse ser chamado de cabeça, mas Ransom achou melhor não correr riscos. Pegou-o pelas canelas e o arrastou até a beira do penhasco, e, depois de descansar por alguns segundos, jogou-o lá do alto. Ele viu sua forma escura por um segundo contra o mar de fogo, e aquele foi o fim da coisa.

Ransom rolou, em vez de rastejar, de volta para o riacho e bebeu muita água. "Este pode ou não ser o meu fim", pensou. "Pode existir ou não um caminho para fora destas cavernas. Mas eu não vou dar nem mais um passo hoje, nem se for para salvar minha vida — nem para salvar minha vida. É isso. Glória a Deus. Estou cansado." Um segundo depois, ele dormiu.

15

PELO RESTO da jornada subterrânea, depois de seu longo sono na caverna iluminada pelo fogo, Ransom esteve um pouco atordoado pela fome e pela fadiga. Ele se lembra de ter ficado deitado pelo que pareceu ser muitas horas depois de acordar e até mesmo de ter debatido consigo se valia mesmo a pena continuar. O real momento da decisão desapareceu de sua mente. As lembranças vêm de uma forma caótica e desconexa. Passou por uma longa galeria aberta para a fogueira de um lado, e por um lugar terrível onde nuvens de vapor subiam ininterruptamente. Algumas das muitas correntes que rugiam nas redondezas sem dúvida caíam na profundeza do fogo. Mais além, encontrou grandes espaços mal iluminados e cheios de uma riqueza mineral desconhecida que cintilava e dançava na luz e brincava com seus olhos, como se ele estivesse explorando um salão de espelhos com uma lanterna de bolso. Ele também teve a impressão, embora isso possa ter sido um delírio, de ter passado pelo espaço de uma vasta catedral, que parecia mais uma obra de arte do que uma obra da natureza, com dois grandes tronos em uma ponta e cadeiras ao lado deles, grandes demais para ocupantes humanos. Se aquilo tudo era real, ele nunca encontrou o que o explicasse. Atravessou um túnel escuro no qual um vento soprava vindo sabe Deus de onde e jogava areia em seu rosto. Houve também um lugar onde ele mesmo andava na escuridão, mas via abaixo, sob metros e metros de colunas e arcos naturais e golfos sinuosos, um chão liso iluminado por uma fria luz verde. E, enquanto ele esteve ali parado e observando, pareceu que quatro dos grandes besouros terrestres, diminuídos pela distância ao tamanho de mosquitos, e se arrastando de dois em dois, surgiram vagarosamente em seu campo de visão. Vinham puxando atrás de si um carro plano, e sobre o carro, ereta, inabalável, havia uma forma encoberta, imensa, imóvel e esbelta. E dirigindo seu estranho automóvel, ela passou com majestade insuportável e sumiu de vista. Seguramente o interior desse mundo não era para humanos. Mas era para algo. E Ransom pensou que deveria haver, se as pessoas fossem capazes de encontrar, alguma forma de renovar a velha prática pagã de apaziguar aos deuses de locais desconhecidos, de tal maneira que não fosse uma ofensa a Deus em si, mas apenas um pedido de desculpa cortês e prudente por ter invadido seu espaço. Aquela coisa, a forma encapuzada em sua carruagem, era também, sem dúvida, uma criatura. Isso não queria dizer que eles eram iguais ou tinham direitos iguais no mundo subterrâneo. Um longo tempo depois surgiu um som de tambores — o *bum-ba-ba-ba-bum-bum* vinha da escuridão absoluta, primeiro distante, depois ao redor dele, então morrendo aos poucos após infinitas prolongações de ecos no labirinto preto. Logo em seguida veio a fonte de luz fria: uma coluna, como de água, pulsando e brilhando com uma radiação própria. Ela nunca se aproximava, não importava o quanto ele andasse, e ela finalmente foi eclipsada. Ele não descobriu o que era aquilo. E então, depois de mais estranhezas e grandiosidades e labor do que eu seria capaz de contar, chegou um momento em que seus pés escorregaram na argila: uma tentativa desesperada de se segurar em alguma coisa, um espasmo de terror, e então ele estava cuspindo e se movendo com dificuldade naquela água profunda, fluindo ligeira. Ele pensou que, mesmo se escapasse de ser surrado até a morte pelas paredes do canal, em breve cairia junto da correnteza numa cova de fogo. Mas o canal devia ser bem reto e a corrente, menos violenta do que Ransom havia suposto. Em momento nenhum ele tocou os lados. Ele se encontrava ali impotente, no fim, rapidamente avançando pela escuridão ecoante. Isso durou um longo tempo.

Você há de entender que, com tamanha expectativa de morte e o cansaço, além do enorme barulho, Ransom estava confuso. Revisitando a aventura posteriormente, parecia que ele tinha flutuado do preto ao cinza e, então, a um inexplicável caos de azuis e verdes e brancos semitransparentes. Havia indícios de arcos acima de sua cabeça e colunas com brilho indistinto, mas vagas, e obliterando umas às outras no momento que eram vistas. Parecia-se com uma caverna de gelo, mas era muito quente para tanto. E o teto acima dele parecia também estar ondulando como água, mas era certamente um reflexo. Depois de um tempo, ele foi rapidamente expelido em direção à ampla luz do dia, ao ar e ao calor, e rolou de ponta-cabeça até se depositar na parte rasa de uma grande piscina.

Ransom sentia-se, naquele momento, fraco demais para se mover. Havia algo no ar, e o amplo silêncio que servia de pano de fundo para o solitário cantar de pássaros lhe dizia que estava no topo de uma alta montanha. Ele não rastejou, mas rolou para fora da piscina na doce relva azul. Olhando de volta na direção de onde viera, viu um rio que jorrava da boca de uma caverna, uma caverna que de fato parecia ser feita de gelo. Abaixo dela, a água era de um azul espectral, mas perto de onde ele estava era de um âmbar quente. Neblina, frescor e sereno o encobriam. Ao seu lado se levantava um penhasco coberto de espirais de brilhante vegetação, mas reluzindo como vidro nos pontos em que sua própria superfície transparecia. Mas ele prestou pouca atenção nisso. Havia ricos cachos de uma fruta semelhante à uva cintilando abaixo das pequenas folhas pontiagudas, e ele podia alcançá-las sem se levantar. Passou de comer a dormir em uma transição da qual nunca se recordaria.

A partir desse ponto torna-se cada vez mais difícil relatar as experiências de Ransom em qualquer ordem que seja. Quanto tempo passou deitado junto ao rio na entrada da caverna comendo, dormindo e acordando apenas para comer e dormir de novo, ele não faz ideia. Ele acha que foram apenas um dia ou dois, mas, a julgar pelo estado em que estava seu corpo quando esse período de convalescença terminou, imagino que deva ter sido algo como quinze dias ou três semanas. Era um tempo a ser lembrado apenas nos sonhos, como nos lembramos da infância. De fato, aquilo era uma segunda infância, em que ele foi amamentado pelo próprio planeta Vênus: sem ser desmamado até que saísse daquele lugar. Três impressões desse longo descanso permanecem. Uma é o infindável som da água em júbilo. Outra é a deliciosa vida que ele sugou dos cachos que pareciam praticamente se curvar voluntariamente em direção às suas mãos levantadas. A terceira é a canção. Ora elevada no ar acima dele, ora brotando como se viesse de vales abaixo e ao longe, ela flutuava através de seu sono e era o primeiro som a cada despertar. Era sem forma como a canção de uma ave, mas não era uma voz de ave. Como a voz de uma ave está para a flauta, assim esse som estava para o violoncelo: grave e maduro e tenro, encorpado, rico e dourado-terroso: apaixonado também, mas não com as paixões dos humanos.

Por ter sido desmamando tão gradualmente desse estado de descanso, não posso dar suas primeiras impressões do lugar em que estava, ponto a ponto, da forma como ele viveu. Mas, quando ele ficou curado e sua mente estava novamente descansada, foi isso que ele viu. Os penhascos de onde seu rio havia saído por meio da caverna não eram de gelo, mas de algum tipo de rocha translúcida. Qualquer lasquinha dessas rochas era tão transparente quanto vidro, mas os próprios penhascos, quando vistos de perto, pareciam se tornar opacos a uns vinte centímetros abaixo da superfície. Se você subisse rio acima, entrasse na caverna e então se voltasse e olhasse em direção à luz, as bordas do arco que formava a boca da caverna eram distintamente transparentes: e tudo parecia azul ali dentro. Ele não sabia o que se passava no topo daqueles penhascos.

Diante de si, o gramado de relva azul continuava plano por uns trinta passos, então caía em um declive íngreme, levando o rio para baixo numa série de cataratas. O declive era coberto por flores que balançavam continuamente numa brisa leve, descia por um longo caminho e terminava num vale arborizado e sinuoso que se curvava do lado direito para além da visão, descendo numa inclinação majestosa: mas, além dali, ainda mais abaixo — mais baixo ao ponto de ser quase inacreditável — podia-se ver o topo de montanhas, e ainda além, ainda mais indistintamente, sinais de vales ainda mais profundos, e então tudo se dispersava em névoa dourada. No lado oposto ao vale, a terra se lançava acima em grandes extensões e dobras quase da altura do Himalaia em direção às rochas vermelhas. Não eram como os penhascos de Devonshire: eles tinham um tom vermelho-rosado verdadeiro, como se tivessem sido pintados. Seu brilho causou espanto em Ransom, como também o espantou a agudeza de seus cumes, até lhe ocorrer que ele estava em um mundo jovem e que essas montanhas poderiam, geologicamente falando, estar na infância. Além disso, elas deviam estar mais longe do que aparentavam.

À sua esquerda e atrás de si, os penhascos de cristal bloqueavam a visão. Eles terminavam à sua direita, e logo atrás o solo se elevava em mais um pico próximo — muito mais baixo do que aqueles avistados ao longo do vale. A fantástica inclinação de todos os picos confirmava a ideia de que Ransom estava numa montanha muito jovem.

Exceto pela canção, estava tudo muito quieto. Quando Ransom via pássaros voando, eles estavam geralmente voando muito abaixo dele. Nos declives à sua direita e, menos distintamente, no declive da grande montanha que o encarava, havia um efeito contínuo de ondulação que ele não conseguia explicar. Era como água corrente: mas então, se fosse uma correnteza na montanha mais remota, teria de ser um rio de uns cinco quilômetros de largura, o que parecia improvável.

Ao tentar descrever uma imagem completa, omiti algo que, na verdade, deu um enorme trabalho para Ransom em seu relato. Tudo ali estava envolto em neblina. Ela seguia desaparecendo num véu de açafrão ou dourado pálido e reaparecendo — quase como se a abóbada celeste dourada, que parecia estar apenas alguns metros acima do topo das montanhas, estivesse se abrindo e jorrando riquezas sobre o mundo.

Dia a dia, ao passo em que ia conhecendo mais sobre o lugar, Ransom também veio a entender mais sobre o estado de seu próprio corpo. Por um longo tempo ele esteve quase contraído demais para se mover, e até mesmo a inadvertida respiração o fazia gemer. Ele se curou, entretanto, de forma surpreendentemente rápida. Mas, assim como alguém que sofre uma queda só descobre o ferimento real quando os cortes e machucados menores doem menos, Ransom também estava praticamente recuperado quando detectou seu ferimento mais sério. Era uma ferida no calcanhar. Seu formato deixava claro que havia sido feita por dentes humanos — os desagradáveis e obtusos dentes de nossa própria espécie que esmagam e trituram mais do que cortam. Ele, estranhamente, não tinha lembrança dessa mordida particular em nenhuma de suas pelejas com o Não-Homem. Não parecia insalubre, mas ainda sangrava. Não que sangrasse rápido, mas nada que ele fizesse a estancava. No entanto, ele ficou muito pouco preocupado. Nem o futuro, nem o passado realmente lhe importavam nesse período. Desejar e temer eram modos de consciência para os quais ele parecia ter perdido a faculdade.

Chegou um dia, entretanto, em que sentiu a necessidade de fazer alguma coisa, mesmo ainda não se sentindo pronto para deixar a pequena toca entre a piscina e o penhasco, que se tornara para ele uma casa. Ele empregou aquele dia fazendo algo que pode parecer tolice, mas naquele momento teve a impressão de que dificilmente seria capaz de omitir. Ransom havia descoberto que a substância dos penhascos translúcidos não era muito dura. Então ele pegou uma pedra afiada de outro tipo e limpou a vegetação de amplo espaço na parede do penhasco. Em seguida, tirou medidas e planejou cuidadosamente o espaço, e depois de algumas horas havia produzido o que apresento a seguir. A língua era solar antigo, mas as letras eram do alfabeto latino:

No interior destas cavernas foi cremado
O corpo de
Edward Rolles Weston
Um *hnau* erudito do mundo
chamado de Terra
pelos que nele habitam
Mas de Thulcandra pelos *eldila*
Ele nasceu quando a Terra completou
Mil oitocentas e noventa e seis
voltas ao redor de Arbol
Desde o tempo em que Maleldil
Bendito seja
Nasceu como um *hnau* em Thulcandra
Ele estudou as propriedades dos corpos
E foi o primeiro dos terrestres a viajar pelo
Céu profundo até Malacandra e Perelandra
Onde abriu mão da vontade e razão aprendidas
Para o *eldil* torto
Quando a Terra completou
A milésima noningentésima quadragésima segunda volta depois do
Nascimento de Maleldil
Bendito seja!

"Que coisa besta de se fazer", disse Ransom a si mesmo, alegremente, ao se deitar de novo. "Ninguém jamais lerá isso, mas é preciso haver algum registro. Ele foi um grande físico, no fim das contas. De qualquer forma, isso permitiu me exercitar um pouco." Ele bocejou prodigiosamente e se recostou para mais doze horas de sono.

No dia seguinte, ele estava melhor e começou a fazer pequenas caminhadas; não descia, mas passeava de um lado para o outro ao pé da colina a de cada lado da caverna. No outro dia, estava ainda melhor, até que no terceiro dia estava recuperado e pronto para aventuras.

Ransom saiu bem cedo e começou a seguir o curso da água colina abaixo. O declive era muito íngreme, mas não havia afloramento de rochas e a relva era suave e macia, e ele descobriu que, para sua surpresa, a descida não cansava seus joelhos. Quando já estava descendo havia aproximadamente meia hora, e os picos da montanha oposta já estavam altos demais para serem vistos, e os rochedos de cristal atrás dele eram apenas um brilho distante, ele chegou a um novo tipo de vegetação. Estava se aproximando de uma floresta de pequenas árvores, cujos troncos tinham aproximadamente apenas setenta centímetros de altura; do topo de cada tronco, cresciam longas serpentinas que não apontavam para cima, mas flutuavam para baixo com o vento, paralelamente ao solo. Dessa forma, enquanto caminhava entre elas, ele se viu coberto até os joelhos ou mais por um mar continuamente ondulante daquilo — um mar que naquele momento se estendia ao seu redor até onde alcançavam os olhos. Tinha a cor azul, embora muito mais claro do que o azul da relva — quase um azul esverdeado no centro de cada serpentina, mas ficando mais claro nas bordas macias e emplumadas —, indo para a delicadeza de um cinza azulado, que só poderia ser comparado aos mais sutis efeitos de fumaça e nuvens em nosso mundo. As suaves, quase impalpáveis, carícias das longas folhas finas em sua pele, a sussurrante música grave, melodiosa, farfalhante, e o movimento divertido ao seu redor começaram a fazer seu coração bater quase com aquela formidável sensação de deleite que ele havia sentido antes em Perelandra. Ransom percebeu que aquelas florestas anãs — as árvores de marola, como ele as batizou — eram a explicação do movimento semelhante ao da água que havia avistado nos picos mais distantes.

Ele se sentou quando estava cansado e se encontrou de uma vez em um novo mundo. As serpentinas agora fluíam acima de sua cabeça. Ele estava numa floresta feita para anões, uma floresta com um teto azul transparente, continuamente se movendo e lançando uma infindável dança de luzes e sombras sobre o solo de musgos. E, nesse momento, ele viu que a floresta era realmente feita para anões. Por entre o musgo, que era de sofisticação extraordinária, viu a movimentação para lá e para cá do que primeiramente julgou serem insetos, mas que se provaram, em uma inspeção mais atenta, serem pequeninos mamíferos. Havia muitos ratos de montanha, refinadas miniaturas dos animais que ele vira na Ilha Proibida, aproximadamente do tamanho de um zangão cada. Havia pequenos milagres graciosos parecidos com cavalos mais do que qualquer outra coisa vista nesse mundo, embora se assemelhassem mais com proto-hipopótomos do que com seus representantes modernos.

"Como posso evitar esmigalhar milhares deles?", Ransom se perguntou. Mas eles não eram realmente muito numerosos, e o principal agrupamento parecia estar se distanciando à sua esquerda. Ele percebeu, ao se levantar, que já havia poucos deles à vista.

Ransom continuou se embrenhando por baixo das serpentinas ondulantes (era como se ele se banhasse ou surfasse na vegetação) por aproximadamente mais uma hora. Então chegou às matas e a um rio de curso pedregoso, que fluía através de seu caminho à direita. Ele havia, na verdade, chegado ao vale arborizado, e sabia que a subida que se elevava por entre as árvores, distante da água, era o começo de uma grande escalada. Ali havia uma sombra âmbar e uma altura solene abaixo do teto da floresta, com pedras molhadas pelas cataratas e, por todo lado, o som daquele canto profundo. Soava tão alto agora e tão cheio de melodia que Ransom seguiu rio abaixo, desviando-se um pouco de seu caminho, para buscar a origem do som. Isso o levou quase imediatamente a um tipo diferente de bosque. Logo ele estava abrindo caminho por entre moitas sem espinhos, todas em floração. Sua cabeça estava coberta pelas pétalas que sobre ela choviam, seu corpo estava salpicado de pólen. Seus dedos tocavam coisas pegajosas, e a cada passo seu contato com o solo e com os arbustos parecia acordar novos odores que disparavam em direção ao seu cérebro, gerando enormes e selvagens prazeres. O som estava muito alto agora e a vegetação, muito densa, de forma que ele não conseguia enxergar um metro à sua frente quando a música parou repentinamente. Houve um som farfalhante e de galhos se quebrando, e ele se apressou naquela direção, mas não encontrou nada. Estava quase decidindo desistir de sua busca quando a canção começou novamente um pouco mais distante. Mais uma vez ele a seguiu; mais uma vez a criatura parou de cantar e fugiu dele. Ele deve ter brincado desse esconde-esconde por praticamente uma hora antes de sua busca ser recompensada.

Caminhando delicadamente durante uma das mais altas erupções de música, ele finalmente viu, por entre os galhos floridos, algo preto. Parando quando a criatura parava de cantar e avançando com grande cuidado quando ela começava de novo, ele a seguiu por dez minutos. Ela finalmente podia ser vista completamente, e cantando, e ignorando o fato de estar sendo observada. Sentou-se ereta como um cão, escura, esguia e brilhante, mas seus ombros eram bem mais altos do que a cabeça de Ransom, as patas dianteiras em que se apoiavam eram como jovens árvores, e as almofadas amplas e macias em que terminavam eram grandes como as patas de um camelo. Sua enorme barriga redonda era branca, e muito acima dos ombros seu pescoço se elevava como o de um cavalo. A cabeça estava de perfil de onde Ransom via — a boca largamente aberta enquanto ela cantava de alegria em trinados elaborados, e a música quase visivelmente ondulando em sua garganta lustrosa. Ele encarava maravilhado aqueles amplos olhos líquidos e as narinas sensíveis e trêmulas. Então a criatura parou, viu-o e se distanciou, permanecendo imóvel, agora a alguns passos de distância, sobre suas quatro patas, não muito menor do que um jovem elefante, abanando sua longa cauda peluda. Foi a primeira coisa em Perelandra que pareceu mostrar algum medo do homem. Mas não se tratava de medo. Quando Ransom a chamou, ela se aproximou, pôs seu nariz de veludo em sua mão e recebeu seu toque; mas quase de imediato se distanciou novamente e, curvando seu longo pescoço, enterrou a cabeça entre as patas. Não havia como fazer qualquer avanço e, quando ao longe ela saiu do campo de visão, ele não a seguiu. Fazê-lo teria parecido uma injúria à sua timidez de fauno, à dócil maciez de sua expressão, ao seu evidente desejo de ser para sempre um som e somente um som no centro mais denso de matas inexploradas. Ele retomou sua jornada: alguns segundos depois a canção irrompeu atrás de si, mais alta e mais doce do que antes, como em um hino de regozijo por sua privacidade recuperada.

Ransom agora se dedicava seriamente à subida da grande montanha, e em alguns minutos emergiu do bosque em direção aos seus aclives inferiores. Ele continuou subindo em terreno tão íngreme que teve de usar tanto as mãos quanto os pés por quase meia hora, e sentiu-se confuso ao fazê-lo quase que sem fatiga alguma. Então ele chegou novamente a uma região das árvores de marola. Dessa vez, o vento não soprava as serpentinas para baixo, mas para cima, de forma que o curso dele parecia impressionantemente se lançar por meio de uma ampla cachoeira azul que corria no sentido errado, ondulando e espumando em direção às alturas. Quando o vento falhava por um segundo ou dois, as extremidades das serpentinas começavam a se curvar para baixo sob a influência da gravidade, de modo que parecia que o topo das ondas estava sendo soprado para trás por um vento que vinha de cima. Ele continuou atravessando o aclive por um longo tempo, nunca sentindo qualquer real necessidade de descanso além de paradas ocasionais. Estava agora tão alto que os penhascos de cristal de onde havia partido pareciam estar no mesmo nível que o seu quando olhava para trás, por cima do vale. Ransom agora via que o terreno se estendia para além dos penhascos, transformando-se num deserto da mesma formação translúcida que terminava num tipo de planalto de vidro. Sob o sol direto do nosso próprio planeta, aquilo seria brilhante demais para se olhar; aqui, era um brilho trêmulo, mudando a cada momento sob as ondulações que o céu de

Perelandra recebe do oceano. À esquerda desse planalto, havia alguns picos de rocha esverdeada. Ele prosseguiu. Pouco a pouco os picos e o planalto afundaram e diminuíram, e logo se levantava para além deles uma névoa requintada, como ametista, esmeralda, e ouro vaporizados, e a beira dessa neblina subia conforme ele também subia até que, finalmente, apareceu o horizonte do mar, acima das colinas. E o mar aumentou ainda mais, e as montanhas se apequenaram, e o horizonte do mar subiu até que as montanhas mais baixas atrás dele parecessem estar no fundo de uma grande cavidade de mar; à frente, entretanto, a subida interminável, ora azul, ora violeta, ora cintilante com o movimento ascendente qual fumaça das árvores de marola, lançava-se alto em direção ao céu. E então o vale arborizado onde encontrara o animal cantante estava invisível, e a montanha de onde havia partido não parecia ser mais do que uma pequena onda na encosta da grande montanha, e não havia pássaro algum no ar, nem qualquer criatura por debaixo das serpentinas, e ele seguia ainda incansável, mas sempre sangrando um pouco no calcanhar. Ransom não se sentia solitário ou com medo, não tinha desejo algum e sequer pensava sobre chegar ao topo ou por que deveria chegar ali. Estar sempre escalando não era, em seu presente estado, um processo, mas um estado; e naquele estado de vida ele estava contente. Uma vez passou-lhe pela mente que tinha morrido e não sentia nenhum cansaço porque não tinha um corpo. A ferida em seu calcanhar o convenceu de que não era assim; mas, se de fato tivesse sido assim, e aquelas fossem montanhas transmortais, sua jornada dificilmente poderia ter sido melhor e mais estranha.

Naquela noite, ele se deitou sobre nas depressões entre os galhos das árvores de marola, com um teto cheiroso, à prova do vento e que sussurrava delicadamente sobre sua cabeça. Ao amanhecer, ele retomou sua jornada, inicialmente escalando através de densas névoas. Quando elas sumiram, ele se encontrou em um lugar tão alto que a concavidade do mar parecia cercá-lo por todos os lados, menos um: ali ele via os picos vermelho-rosados, não mais muito distantes, e uma passagem entre os dois mais próximos, de onde teve o relance de algo macio e corado. E então ele começou a sentir uma estranha mistura de sensações — um senso de perfeito dever de entrar naquele lugar secreto, guardado pelos picos, combinado a um senso de transgressão. Não ousava passar por aquele canal; não ousava fazer de outra forma. Ele olhou para ver se encontrava um anjo com uma espada flamejante: ele sabia que Maleldil o mandava continuar. "Essa é a coisa mais sagrada e mais profana que já fiz", ele pensou, mas seguiu em frente. E agora estava exatamente na passagem. Os picos em ambos os lados não eram de rocha vermelha. Elas devem ter tido núcleos de rocha, mas o que ele via eram belas montanhas vestidas de flores — uma flor com formato similar ao do lírio, mas tingida como uma rosa. E logo o chão pelo qual andava estava coberto das mesmas flores, e ele as esmagava ao andar; e ali finalmente seu sangramento não deixava vestígio.

Do gargalo entre os dois picos, Ransom olhou um pouco para baixo, pois o topo da montanha era um cálice raso. Viu um vale, de alguns acres de tamanho, tão secreto quanto um vale no topo de uma nuvem: um vale de puro vermelho rosado, com dez ou doze picos cintilantes ao seu redor, e no centro uma lagoa conjugada em pura nitidez tranquila com o dourado do céu. De suas bordas mais extremas, pendiam lírios que contornavam suas baías e seus promontórios. Cedendo sem resistência ao deslumbramento que crescia dentro de si, ele andou um pouco mais com passos lentos e a cabeça curvada. Havia algo branco próximo à beira da água. Um altar? Um punhado de lírios brancos em meio aos vermelhos? Uma tumba? Mas tumba de quem? Não, não era uma tumba, mas um caixão, aberto e vazio, com a tampa ao lado.

Então é claro que ele entendeu. Essa coisa era irmã da carruagem em formato de caixão na qual a força dos anjos o havia levado da Terra a Vênus, e estava preparada para seu retorno. Se ele tivesse dito "Isto é para meu enterro", seus sentimentos não teriam sido muito diferentes. E, ao pensar nisso, tornou-se gradualmente ciente de que havia algo estranho com as flores em dois lugares perto de si. Depois, percebeu que a estranheza era na luz; em terceiro lugar, que ela estava tanto no ar quanto no chão. Então, enquanto o sangue alfinetava suas veias e uma sensação familiar, porém estranha, de ser diminuído o possuiu, ele soube que estava na presença de dois *eldila*. Permaneceu imóvel. Não lhe cabia falar.

16

UMA VOZ CLARA como o soar de sinos distantes, uma voz sem sangue, ecoou no ar, provocando um arrepio.

"Eles já pisaram na areia e estão começando a subir", disse a voz.

"O pequenino de Thulcandra já está aqui", disse uma segunda voz.

"Olhe para ele, amado, e ame-o", disse a primeira. "Ele não passa de poeira que respira, e um toque descuidado o desfaria. E, nos melhores pensamentos dele, há coisas misturadas que fariam nossa luz perecer se pensássemos nelas. Mas ele está no corpo de Maleldil, e os pecados dele foram perdoados. Até o nome dele em sua própria língua é Elwin, o amigo dos *eldila.*"[1]

"Quão grande é o seu conhecimento!", disse a segunda voz.

"Eu já desci até a atmosfera de Thulcandra", disse a primeira, "que os pequeninos chamam de Terra. Uma atmosfera densa pela presença dos Tenebrosos, assim como o céu profundo o é pela presença dos Iluminados. Ouvi os prisioneiros lá conversando em seus muitos idiomas divididos, e Elwin me ensinou como eles são".

Por essas palavras, Ransom concluiu que estava falando o Oyarsa de Malacandra, o grande arconte de Marte. Ele evidentemente não reconheceu a voz, porque não há diferenças entre as vozes dos *eldila*. É pela arte,

[1]O nome Elwin e suas formas variantes Alvin e Elvin derivam do anglo-saxão Aelf-wine, "amigo dos elfos". [N. T.]

não pela natureza, que as vozes deles afetam os tímpanos humanos, e suas palavras não devem nada a pulmões ou lábios.

"Se for possível, Oyarsa", disse Ransom, "diga-me quem é este outro".

"É Oyarsa", disse Oyarsa, "e aqui este não é o meu nome. Em minha própria esfera, eu sou Oyarsa. Aqui sou apenas Malacandra".

"Eu sou Perelandra", disse a outra voz.

"Não estou entendendo", disse Ransom. "A Mulher me disse que não há *eldila* neste mundo."

"Até hoje eles não viram meu rosto", disse a segunda voz, "exceto como veem na água, no céu, nas ilhas, nas cavernas e nas árvores. Não fui estabelecido aqui para governá-los, mas, enquanto eles eram jovens, eu governei tudo mais. Arredondei esta esfera quando ela se separou de Arbol. Fiz o ar circular ao redor dela e também o seu teto. Eu fiz a Terra Firme e fiz isto, a montanha sagrada, do modo como Maleldil me ensinou. Os animais que cantam e os que voam, e todos os que nadam no meu peito, e tudo que se arrasta e faz túneis no meu interior até o centro, tudo isso já foi meu. E hoje tudo isso é tirado de mim. Bendito seja ele".

"O pequenino não o entenderá", disse o Senhor de Malacandra. "Ele vai pensar que isso será doloroso para você."

"Ele não diz isso, Malacandra."

"Não. Isso é outra coisa estranha a respeito dos filhos de Adão."

Houve um momento de silêncio, e então Malacandra se dirigiu a Ransom: "Você entenderá isso melhor se comparar com algumas coisas em seu próprio mundo".

"Eu acho que entendo", disse Ransom, "pois um dos profetas de Maleldil nos contou. É como quando os filhos de uma grande casa chegam à idade adulta. Aí os que administram as riquezas deles, a quem talvez eles nunca tenham visto, chegam, lhes entregam tudo e lhes dão as chaves que lhes pertencem".

"Você entendeu bem", disse Perelandra. "Ou como, quando o animal que canta, deixa muda a fêmea que o amamentou."

"Animal que canta?", disse Ransom. "Eu teria prazer em ouvir mais a esse respeito."

"Os animais dessa espécie não produzem leite, e seus filhotes são amamentados pela fêmea de outra espécie. Ela é grande e bonita, e é muda, e enquanto o filhote do animal que canta está sendo amamentado, ele fica com os filhotes dela, submisso a ela. Mas, quando ele cresce, torna-se o mais delicado e glorioso de todos os animais, e a abandona. E ela fica maravilhada com o canto dele."

"Por que Maleldil fez algo assim?", disse Ransom.

"Isso é a mesma coisa que perguntar por que Maleldil me fez", disse Perelandra. "Por enquanto é suficiente dizer que, a partir dos hábitos desses dois animais, muita sabedoria chegará às mentes do meu Rei e da minha Rainha, e também dos filhos deles. Mas chegou a hora, e isso é o bastante."

"Que hora?", perguntou Ransom.

"Hoje é o dia da manhã", disse uma, ou outra, ou ambas as vozes. Mas havia muito mais som ao redor, e Ransom começou a sentir seu coração bater mais acelerado.

"A manhã... Você quer dizer...?", perguntou ele. "Está tudo bem? A Rainha encontrou o Rei?"

"O mundo está nascendo hoje", disse Malacandra. "Hoje é a primeira vez que duas criaturas dos mundos inferiores, duas imagens de Maleldil que respiram e procriam como os animais, levantam-se para dar aquele passo no qual os seus pais caíram e se sentam no trono do que deveriam ser. Isto nunca foi visto antes. Porque não aconteceu no seu mundo, lá aconteceu algo ainda maior, mas não isto. Porque a coisa maior aconteceu em Thulcandra, isto, e não a coisa maior, acontece aqui."

"Elwin está caindo ao chão", disse a outra voz.

"Acalme-se", disse Malacandra. "Não foi você quem fez isso. Você não é grande, ainda que possa ter impedido algo tão grande que o céu profundo vê isso com espanto. Acalme-se, pequenino, em sua pequenez. Ele não lhe credita mérito algum. Aceite e alegre-se. Não tenha medo de que seus ombros carreguem este mundo. Veja! Ele está abaixo de você e o suporta."

"Eles virão aqui?", perguntou Ransom algum tempo depois.

"Eles já subiram boa parte da encosta da montanha", disse Perelandra. "E a nossa hora está chegando. Vamos preparar nossas formas. É difícil para eles nos enxergarem enquanto permanecemos como somos."

"Disseste-o bem", respondeu Malacandra. "Mas em que forma devemos nos manifestar para honrá-los?"

"Vamos nos mostrar para o pequenino aqui", disse a outra voz. "Pois ele é um homem e pode nos dizer o que é agradável aos sentidos deles."

"Eu posso ver — eu posso ver *alguma coisa* agora", disse Ransom.

"Você quer que o Rei force a vista para enxergar os que vêm aqui honrá-lo?", disse o arconte de Perelandra. "Mas veja isto e diga-nos o que acha."

A luz muito fraca — as alterações quase imperceptíveis no campo visual — que indica a presença de um *eldil* desapareceu repentinamente. Os picos rosados e a lagoa de águas tranquilas também desapareceram. Parecia que um tornado de puras monstruosidades estava se derramando sobre Ransom. Colunas dardejantes cheias de olhos, pulsações lampejantes de chamas, garras, bicos e massas borbulhantes de algo que parecia ser neve rebatendo-se através de cubos e heptágonos em um vácuo escuro infinito.

"Pare com isso… pare com isso", ele gritou, e a cena clareou. Ele olhou ao redor, piscando para os campos de lírios, e deu a entender aos *eldila* que aquela aparência não era adequada às sensações humanas.

"Então olhe para isso", disseram as vozes. Ele olhou com certa relutância, e, ao longe, entre os picos do outro lado do pequeno vale, vinham rodas rolantes.[2] Não havia nada, a não ser aquilo — rodas concêntricas movendo-se uma dentro da outra com uma lentidão irritante. Quem não se assustasse com o tamanho espantoso daquelas rodas não veria nada de terrível nelas, assim como também não veria nada de significativo. Ransom pediu aos dois Oyarsas que tentassem uma terceira vez. E de repente duas figuras humanas apareceram diante dele, do outro lado do lago.

Eram mais altas que os *sorns*, os gigantes que ele encontrara em Marte. Talvez tivessem uns dez metros de altura. Eram de um branco ardente como um metal incandescente. Quando olhava diretamente para elas contra a paisagem vermelha, o contorno de seus corpos parecia ondular-se vaga e rapidamente, como se para permanecerem naquelas formas elas precisassem de uma movimentação constante da matéria de que eram feitas, como quedas d'água ou chamas de fogo. Através de mais ou menos um centímetro daquelas formas era possível ver a paisagem, e o restante delas era opaco.

Quando Ransom olhava diretamente para os corpos, parecia que vinham em sua direção em grande velocidade, mas, quando olhava para o que estava em volta, pareciam estar parados. Talvez isso se explicasse em parte devido ao fato de que seus cabelos longos e ondulantes estendiam-se por detrás deles, como se estivessem erguidos por um grande vento. Mas se havia algum vento, não era de ar, porque nenhuma pétala de flor estava se movendo. Eles não estavam verticalmente em pé em relação ao

---

[2]Referência a Ezequiel 1:16. [N. T.]

chão do vale, mas parecia para Ransom (assim como pareceu para mim na Terra, quando vi um deles) que os *eldila* eram verticais. Era o vale — era assim com todo o mundo de Perelandra — que estava na diagonal. Ransom lembrou-se das palavras de Oyarsa, muito tempo atrás, em Marte: "Eu não estou *aqui* do mesmo modo como você está *aqui*". Ele se deu conta de que os seres estavam mesmo se movendo, mas não em relação a ele. Aquele planeta que inevitavelmente lhe parecia, enquanto estava lá, um mundo imóvel — o mundo, de fato —, para eles era algo que se movia pelos céus. Em relação à estrutura de referência celestial daqueles seres, eles caminhavam para a frente para se manterem alinhados com a montanha do vale. Se tivessem ficado parados, teriam passado por Ransom como um relâmpago, tão rápidos que ele não conseguiria vê-los, e seriam duplamente deixados para trás: pela rotação do planeta ao redor do seu próprio eixo e por sua marcha contínua ao redor do Sol.

Ransom disse que os corpos deles eram brancos. Mas havia um fluxo de diversas cores que começava por volta da altura dos ombros, subia pelo pescoço e brilhava sobre o rosto e acima da cabeça, como uma plumagem ou um halo. Ele me disse que, de alguma maneira, poderia se lembrar dessas cores, isto é, ele as reconheceria se as visse outra vez, mas não poderia de jeito nenhum evocar uma imagem visual delas nem nomeá-las. As poucas pessoas com quem ele e eu falamos a respeito desse assunto deram a mesma explicação. Pensamos que, quando criaturas de tipo hipersomático resolvem "aparecer" para nós, não afetam nossa retina, mas manipulam diretamente partes importantes do nosso cérebro. Se for assim mesmo, é muito possível que elas possam produzir as sensações que teríamos se nossos olhos fossem capazes de perceber as cores do espectro que, na verdade, está além de nosso alcance. As "plumagens", ou os halos, dos *eldila* diferiam muito entre si. O Oyarsa de Marte brilhava com cores frias e matinais, um pouco metálicas, puras, duras e fortes. O Oyarsa de Vênus brilhava com um esplendor cálido, pleno da sugestão de uma vida vegetal fervilhante.

O rosto deles o surpreendeu muito. Não poderia imaginar nada mais distante do "anjo" da arte popular. A rica variedade e a sugestão de possibilidades não desenvolvidas que tornam os rostos humanos interessantes estavam quase inteiramente ausentes. Uma expressão única, imutável, tão clara que o feria e ofuscava, estava estampada em cada um deles, e nada mais havia além disso. Nesse sentido, seus rostos eram tão "primitivos", tão antinaturais, por assim dizer, como os daquelas estátuas arcaicas de Egina.[3] Ele não tinha certeza quanto ao que era aquilo exatamente. Por fim, Ransom concluiu que era caridade, mas terrivelmente diferente da expressão de caridade humana, que sempre vemos florescer a partir de uma afeição natural ou se esforçando para se transformar nela. Ali não havia nenhuma afeição, nem ao menos o resquício de memória, ainda que uma memória de dez milhões de anos, nada a partir do qual ela pudesse brotar no futuro, ainda que remoto. Um amor puro, espiritual, intelectual resplandecia do rosto deles, como um relâmpago pontiagudo. Era tão diferente do amor que experimentamos que sua expressão poderia facilmente ser confundida com ferocidade.

Os dois estavam nus, e ambos eram livres de características sexuais, primárias ou secundárias. Isso era de se esperar. Mas de onde vinha essa diferença curiosa entre eles? Ransom pensou que não poderia apontar para uma única característica na qual estaria toda a diferença, mas ao mesmo tempo era impossível ignorar que existisse de fato uma diferença. Seria possível tentar, e Ransom tentou expressá-la em palavras umas cem vezes. Ele disse que Malacandra era como o ritmo e Perelandra, como a melodia. Disse também que Malacandra o afetava como uma métrica quantitativa e Perelandra, como uma métrica cadenciada. Disse ainda que Malacandra tinha algo na mão, como se fosse uma lança, enquanto Perelandra tinha as mãos abertas, com as palmas na direção dele. Mas não estou certo de que quaisquer dessas tentativas ajudaram.

Em todo caso, o que Ransom viu naquele momento era o real significado da ideia de gênero. Todo mundo em algum momento quer saber por que em praticamente todas as línguas alguns objetos inanimados são masculinos e outros, femininos. O que é masculino em um monte e feminino em uma árvore? Ransom me corrigiu quanto a pensar que esse é um fenômeno puramente morfológico, dependendo da forma da palavra. Mais do que isso, o gênero não é uma extensão imaginativa do sexo. Nossos ancestrais não entenderam os montes como masculinos porque projetavam características masculinas neles. O processo real é o inverso. O gênero é uma realidade, uma realidade mais fundamental que o sexo. O sexo de fato

[3]Egina é uma ilha grega na qual foram descobertas quinze estátuas que são consideradas o exemplo supremo de escultura arcaica. [N. T.]

é simplesmente a adaptação à vida orgânica de uma polaridade fundamental que divide todos os seres criados. O sexo feminino é simplesmente uma das coisas que tem o gênero feminino. Há muitas outras, e o Masculino e o Feminino existem em planos da realidade nos quais as ideias de macho e fêmea simplesmente não teriam sentido. O masculino não é um macho atenuado, nem o feminino, uma fêmea atenuada. Pelo contrário, o macho e a fêmea de criaturas orgânicas são reflexos fracos e embaçados do masculino e do feminino. Por um lado, suas funções reprodutivas, suas diferenças em força e tamanho exibem, mas, por outro lado, também confundem e representam mal a polaridade real. Ransom viu tudo isso, por assim dizer, com seus próprios olhos. As duas criaturas brancas eram assexuadas. Mas Malacandra era masculino (não macho) e Perelandra era feminino (não fêmea). Malacandra parecia-lhe ter o aspecto de alguém de pé e armado nas muralhas do seu próprio mundo remoto e arcaico em uma vigilância incessante, com os olhos sempre percorrendo o horizonte na direção da terra de onde viera, muito tempo atrás, o perigo que o ameaçou. Ransom me disse uma vez que o olhar de Malacandra era "um olhar de marinheiro, um olhar sempre impregnado de distância". Mas os olhos de Perelandra abriam-se, por assim dizer, para dentro, como se fossem portais acortinados para um mundo de ondas murmurantes e brisas que vagueiam, de vida balançada pelos ventos e esparramada em pedras cobertas por musgo, que desce como o orvalho e se eleva em direção ao sol na delicadeza de uma névoa. Em Marte, as florestas são de pedra, e em Vênus, as terras nadam. Naquele momento, Ransom não pensava neles mais como Malacandra e Perelandra. Ele os chamou por seus nomes terrestres. Profundamente maravilhado ele pensou: "Eu vi Marte e Vênus. Eu vi Ares e Afrodite". Ele lhes perguntou como foi que eles se tornaram conhecidos pelos antigos poetas da Terra. Quando e de quem os filhos de Adão aprenderam que Ares era um homem de guerra e que Afrodite havia surgido da espuma do mar? A Terra estava sitiada, era um território ocupado pelo inimigo desde antes do início da história. Os deuses não transitavam lá. Como então nós sabemos a respeito deles? Os dois *eldila* disseram a Ransom que foi uma longa caminhada, que foram necessários muitos estágios. Há um ambiente de mentes assim como há o espacial. O universo é uno: uma teia de aranha na qual cada mente vive ao longo de cada linha, uma vasta galeria de sussurros onde (salvo por ação direta de Maleldil), embora nenhuma notícia viaje imutável, nenhum segredo pode ser rigorosamente mantido. Na mente do Arconte caído, sob o qual o nosso planeta geme, ainda está viva a memória do céu profundo e dos deuses com quem ele antigamente convivia. Na própria substância do nosso mundo, não se perderam por completo os resquícios da comunidade celestial. A memória passa pelo ventre e paira no ar. A Musa é algo real. Um sopro fraco, como disse Virgílio, alcança até as últimas gerações. A nossa mitologia está baseada em uma realidade mais sólida do que sonhamos, mas também está a uma distância quase infinita de sua origem. Quando lhe disseram isso, Ransom finalmente entendeu por que a mitologia é o que é: lampejos de força e beleza celestiais caindo sobre uma selva de sujeira e imbecilidade. Ele corou de vergonha da nossa raça quando contemplou os verdadeiros Marte e Vênus, e se lembrou das tolices que lhe haviam sido ditas a respeito deles na Terra. Eis que uma dúvida o acometeu.

"Mas eu estou vendo vocês como realmente são?"

"Somente Maleldil vê uma criatura como ela realmente é", disse Marte.

"Como vocês veem um ao outro?", perguntou Ransom.

"Sua mente não tem condições de entender uma resposta a essa pergunta."

"Então eu estou vendo apenas uma aparência? O que estou vendo não é real?"

"Você só vê uma aparência, pequenino. Você nunca viu mais que uma aparência de seja lá o que for — nem de Arbol, nem de uma pedra, nem do seu próprio corpo. Essa aparência é tão verdadeira quanto as outras que você vê."

"Mas… houve aquelas outras aparências."

"Não. Houve apenas uma falha de aparência."

"Não estou entendendo", disse Ransom. "Todas aquelas outras coisas — as rodas e os olhos — eram mais ou menos reais que isso?"

"Sua pergunta não faz sentido", disse Marte. "Você pode ver uma pedra se estiver a uma distância adequada dela, e se você e ela estiverem se movendo em velocidades não muito diferentes. Mas, se alguém joga uma pedra no seu olho, que aparência ela terá?"

"Eu sentiria dor e talvez visse estilhaços de luz", respondeu Ransom. "Mas não sei se eu diria que aquilo é a aparência da pedra."

"Mas seria a verdadeira atuação da pedra. Sua pergunta foi respondida. Eu estou agora a uma distância correta de você."

"Você estava mais próximo no que vi da primeira vez?"

"Não estou me referindo a esse tipo de distância."

"Mas", disse Ransom, ainda pensando, "existe o que eu pensei ser sua aparência habitual, aquele feixe fraco de luz, Oyarsa, que vi no seu mundo. O que dizer quanto a isso?".

"Aquela aparência era o bastante para falarmos com você naquela ocasião. Não precisávamos de mais nada, e nada mais é necessário agora. É para honrar o Rei que vamos aparecer mais. Aquela luz é o que transbordou ou ecoou, no mundo dos seus sentidos, dos veículos feitos para aparecermos uns para os outros e para os *eldila* maiores."

Naquele momento, Ransom percebeu uma perturbação de som que crescia às suas costas — um som descoordenado, forte e tamborilante que quebrou o silêncio da montanha e as vozes cristalinas dos deuses com uma nota deliciosa de animalidade tépida. Ele olhou ao redor. Um zoológico inteiro de animais e aves se derramou no vale florido através das passagens entre os picos atrás de si. Eles vinham com alegria, saltitando, gingando, deslizando, rastejando, com todo tipo de movimento, em todo tipo de forma, cor e tamanho. Vinham em sua maioria aos pares, macho e fêmea, brincando uns com os outros, uns subindo nos outros, mergulhando debaixo da barriga uns dos outros, empoleirando-se uns nos outros. Plumagens flamejantes, bicos dourados, dorsos brilhantes, olhos líquidos, bocarras que pareciam grandes cavernas vermelhas balindo ou gritando, moitas de caudas que balançavam, cercaram-no de todos os lados. "Uma autêntica arca de Noé!", pensou Ransom, mas depois, com uma seriedade súbita: "Mas este mundo não precisará de uma arca".

A música de quatro animais cantantes levantou-se em triunfo quase ensurdecedor acima do tumulto da multidão. O grande *eldil* de Perelandra manteve as criaturas do outro lado do lago, deixando o lado oposto do vale vazio, exceto pelo objeto parecido com um caixão. Ransom não tinha certeza se Vênus conversava com os animais ou mesmo se eles estavam conscientes da presença dela. Talvez a conexão dela com os animais fosse de um tipo mais sutil, totalmente diferente da que ele havia observado entre eles e a Dama Verde. Os dois *eldila* estavam naquele momento do mesmo lado do lago, com Ransom. Ele, os *eldila* e todos os animais olhavam para a mesma direção. A situação começou a se organizar. Primeiro, na margem do lago, estavam os *eldila*, em pé. Entre eles, e um pouco atrás, estava Ransom, ainda sentado entre os lírios. Atrás dele, os quatro animais cantantes, sentados sobre suas ancas como um par de suporte de lareira, proclamando alegria para todos. Atrás deles, os demais animais. O senso de seriedade se aprofundou. A expectativa tornou-se intensa. No nosso tolo estilo humano, ele fez uma pergunta apenas para quebrar o silêncio: "Como eles podem subir aqui, descer outra vez e sair da ilha antes que anoiteça?". Não houve resposta. Ele não precisava dela, pois de alguma maneira sabia perfeitamente bem que *aquela* ilha nunca havia sido proibida a eles, e que o único propósito em proibir a outra ilha tinha sido levá-los ao trono para o qual eram destinados. Em vez de responder, os deuses disseram: "Aquiete-se".

Os olhos de Ransom estavam tão acostumados à suavidade das cores da luz do dia perelandriano, especialmente desde sua jornada pelas entranhas escuras da montanha, que ele quase não notava mais as diferenças em relação à luz do dia do nosso mundo. Por isso, foi com um choque de maravilhamento duplo que ele subitamente viu os picos do lado oposto do vale com uma aparência escura contra o que parecia ser uma aurora terrestre. Um momento depois, sombras pontiagudas e bem definidas, grandes como as sombras de um começo de manhã, formaram-se atrás de cada animal, e cada desnível do solo e cada lírio tinham sua luz e seu lado escuro. A luz subia cada vez mais da encosta da montanha, até que encheu todo o vale. As sombras desapareceram. Tudo estava banhado por uma pura luz do dia que não parecia estar vindo de nenhum lugar em particular. Daquele momento em diante ele entendeu o que significa dizer que uma luz "repousa sobre" ou "envolve" uma coisa santa, mas não emana dela. Pois enquanto a luz alcançava sua perfeição e se estabelecia, por assim dizer, como um soberano em seu trono ou como o vinho em uma garrafa, e iluminava com sua pureza toda a extensão do topo florido da montanha e cada fenda que lá havia, a coisa santa, o próprio Paraíso em suas duas pessoas, o Paraíso andando de mãos dadas, seus dois corpos brilhando à luz como esmeraldas, ainda que eles mesmos não fossem tão brilhantes quando contemplados, tornou-se visível na fenda entre os dois picos e ficou em pé por um momento com sua máscula mão direita erguida em forma de bênção real e sacerdotal, e depois desceu e ficou do outro lado da água. E os deuses se ajoelharam e dobraram seus corpos imensos diante das pequeninas formas do jovem Rei e da jovem Rainha.

17

HOUVE UM GRANDE silêncio no topo da montanha, e Ransom também se prostrou diante do casal humano. Quando, finalmente, ergueu seus olhos dos quatro pés benditos, ele se deu conta de que estava falando involuntariamente, ainda que sua voz estivesse embargada e seus olhos, enfraquecidos. "Não se movam, não me tirem daqui", disse. "Eu nunca antes vi um homem ou uma mulher. Vivi toda a minha vida entre sombras e imagens distorcidas. Ó, meu Pai e minha Mãe, meu Senhor e minha Senhora, não se movam, não me respondam agora. Meu Pai e minha Mãe, a quem eu nunca tinha visto. Tomem-me como filho de vocês. Estamos sozinhos em meu mundo já faz muito tempo."

Os olhos da Rainha se voltaram para ele com amor e compaixão, mas não foi na Rainha que ele mais pensou. Era difícil pensar em outra coisa que não fosse o Rei. E como poderei eu, que não o vi, lhe dizer como ele era? Até para Ransom era difícil descrever o rosto do Rei. Mas nós não ousamos reter a verdade. Era aquele rosto que homem nenhum pode dizer que não conhece. Você se perguntaria como seria possível olhar para ele e não cometer idolatria, não o confundir com o rosto de quem ele era a imagem. Porque a semelhança era, a seu próprio modo, infinita, de maneira que você quase se admiraria de não ver tristeza em seu rosto ou feridas em suas mãos e em seus pés. Mesmo assim não havia perigo de estar enganado, não havia nem um momento de confusão, nem a menor inclinação da vontade na direção de uma reverência proibida. Quanto maior a semelhança, menor a chance de fazer confusão. Talvez sempre tenha sido assim. Um habilidoso artesão que trabalha com cera pode fazer uma figura de homem tão parecida com um de verdade que até nos engana por um momento, mas o grande retrato, que é muito mais fiel à imagem, não nos engana. Imagens de gesso do Santíssimo até agora puderam atrair para si a adoração que intencionavam atrair para a Realidade. Mas ali, onde a própria imagem viva da Realidade, igual a ela por dentro e por fora, feita pelas suas próprias mãos a partir das profundezas da arte divina, sua obra-prima de autorretrato vinda de seu ateliê para alegrar todos os mundos, andou e falou diante dos olhos de Ransom, ela jamais poderia ser tomada por outra coisa a não ser por uma imagem. Sua verdadeira beleza repousava sobre a certeza de que era uma cópia, igual e diferente, um eco, uma rima, uma reverberação requintada da música não criada estendida em um meio criado.

Ransom ficou absorto por um tempo, fascinado com essas coisas, de modo que, quando voltou a si, viu que Perelandra estava falando, e o que ele ouviu parecia ser o fim de um longo discurso. "As terras flutuantes e as terras firmes", dizia ela, "o ar e as cortinas às portas do céu profundo, os mares e a Montanha Sagrada, os rios acima e os rios da terra interior, o fogo, os peixes, as aves, os animais e os outros das ondas que vocês ainda não conhecem, deste dia em diante são postos em suas mãos por Maleldil, enquanto viverem, no tempo e mais além. De agora em diante, a minha palavra não é nada, mas a de vocês é a lei imutável e é a própria filha da Voz. Vocês são Oyarsa em todo o círculo que este mundo percorre ao redor de Arbol. Desfrutem disso. Deem nomes a todas as criaturas, guiem todas as naturezas à perfeição. Fortaleçam os fracos, iluminem as trevas, amem a todos. Salve o homem e a mulher, e sejam alegres, ó Oyarsa-Perelendri, o Adão, a Coroa, Tor e Tinidril,[1] Baru e Baru'ah,[2] Ask e Embla,[3] Yatsur e Yatsurah,[4] amados de Maleldil, bendito seja ele!".

---

[1]Em uma carta de 1971, J. R. R. Tolkien, grande amigo de C. S. Lewis, disse que os nomes Tor e Tinidril são baseados em Tuor e Idril, personagens da Primeira Era da Terra-média. Esses dois nomes, e os demais que se seguem, são diversas versões dadas aos nomes do primeiro casal humano. [N. T.]

[2]Baru, na antiga religião assírio-babilônica, era um adivinho que agia como profeta e intermediário de Shamash, o deus da adivinhação. Baru'ah é provavelmente a forma feminina que Lewis criou. [N. E.]

[3]Ask e Embla são respectivamente os nomes do primeiro homem e da primeira mulher nos antigos mitos nórdicos da criação. [N. T.]

[4]Yatsur é o particípio passado do verbo hebraico *yatsar*, que significa "moldar; modelar". O uso de Yatsur como nome próprio masculino e Yatsurah como feminino são provavelmente invenções de Lewis. [N. T.]

Quando o Rei respondeu, Ransom voltou a encará-lo. Ele viu que o casal humano estava agora sentado em um pequeno declive que se erguia à beira do lago. A luz era tão forte que eles lançavam reflexos nítidos sobre a água, como teria acontecido em nosso mundo.

"Nós a agradecemos, bela mãe adotiva", disse o Rei, "especialmente por este mundo no qual você trabalhou por longas eras como a própria mão de Maleldil, para que todo o poder estivesse preparado para nós quando acordássemos. Não a conhecíamos até hoje. Sempre nos perguntamos de quem eram as mãos que víamos nas grandes ondas e nas ilhas brilhantes e de quem seria o hálito que nos alegrava no vento matinal. Pois, ainda que fôssemos jovens naquele tempo, sabíamos, de maneira vaga, que dizer 'Isto é Maleldil' era verdade, mas não toda a verdade. Nós recebemos este mundo, e nossa alegria é ainda maior porque o recebemos como um presente seu, mas de Maleldil também. Mas o que ele colocou em sua mente para você fazer de agora em diante?".

"Depende de você, Tor-Oyarsa", disse Perelandra, "se vou ficar apenas no céu profundo ou também nesta parte do céu profundo que é, para você, um mundo".

"É a nossa vontade", disse o Rei, "que você permaneça conosco, pelo amor que temos a você e também para que nos fortaleça com seus conselhos e com suas ações. Até que tenhamos passado muitas vezes ao redor de Arbol, não teremos crescido a ponto de assumir o controle completo do domínio que Maleldil coloca em nossas mãos, nem estaremos maduros para conduzir o mundo pelo céu ou para fazer cair a chuva e o bom tempo para nós. Se lhe parece bom, fique conosco".

"Estou satisfeita", disse Perelandra.

Enquanto este diálogo acontecia, era de se admirar que o contraste entre o Adão e o *eldil* não fosse dissonante: por um lado, a voz cristalina e sem sangue, a expressão imutável do rosto branco como a neve; por outro, o sangue correndo nas veias, o tremer dos lábios e o brilho dos olhos, a força dos ombros do homem, a maravilha dos seios da mulher, um esplendor de virilidade e riqueza de feminilidade desconhecido na Terra, uma torrente viva de animalidade perfeita; todavia, quando esses dois se encontraram, um não pareceu desagradável, nem o outro pareceu espectral. *Animal racional* — um animal, mas uma alma que raciocina. Ele se lembrou de que esta era a definição antiga do Homem. Mas até então ele ainda não havia visto a realidade. Pois naquele momento via esse Paraíso vivo, o Senhor e a Senhora, como a resolução das discórdias, a ponte que se expande sobre o que seria um abismo na criação, a pedra angular do arco todo. Ao entrar naquele vale da montanha, eles uniram a calorosa multidão de seres irracionais atrás de si à inteligência transcorpórea ao seu lado. Eles fecharam o círculo e, com sua vinda, todas as notas separadas de força ou beleza que até aquele momento haviam sido tocadas tornaram-se uma única música. E o Rei falou mais uma vez.

"Isto não é apenas uma dádiva de Maleldil", disse ele, "mas é também uma dádiva de Maleldil por intermédio de vocês, por isso essa dádiva se torna mais rica. E não é apenas por intermédio de vocês, mas por intermédio de um terceiro, e por isso a dádiva fica ainda mais rica. Essa é a primeira palavra que pronuncio como Tor-Oyarsa-Perelendri: em nosso mundo, enquanto ele existir, não virá nem dia nem noite em que nós e nossos filhos não falaremos a Maleldil a respeito de Ransom, o homem de Thulcandra, e falaremos coisas boas dele um para o outro. Quanto a você, Ransom, você nos chamou de Senhor e Pai, Senhora e Mãe, e você está certo, porque esse é o nosso nome. Mas, em outro sentido, nós o chamamos de Senhor e Pai. Pois vemos que Maleldil o enviou ao nosso mundo naquele dia em que o tempo da nossa juventude estava se acabando e que, a partir daí, ou subiríamos, ou desceríamos, seguiríamos para a corrupção ou para a perfeição. Maleldil nos levou aonde ele queria que estivéssemos, e de todos os instrumentos dele nesse processo, você foi o principal".

Eles o fizeram ir até eles passando pela água, vadeando-a, porque só chegava à altura de seus joelhos. Ransom teria se prostrado aos seus pés, mas os dois não permitiram. Eles se levantaram para cumprimentar Ransom, e ambos o beijaram, boca a boca, coração a coração, assim como iguais se abraçam. Eles queriam que ele se sentasse entre eles, mas, quando viram que Ransom ficou constrangido, não insistiram. Ransom, então, sentou-se no chão, abaixo deles, um pouco para o lado esquerdo. Dali ele contemplou a assembleia, as formas imensas dos deuses e o ajuntamento dos animais. E a Rainha falou.

"Assim que você tirou o Maligno daqui", disse ela, "e eu despertei do meu sono, minha mente se clareou. Me espanta, Malhado, como durante todos aqueles dias você e eu pudemos ser tão jovens. A razão para não viver na Terra Firme agora é tão evidente. Como eu poderia desejar viver lá a não ser por ela ser firme? E por que eu desejaria a Terra Firme senão para me certificar — ser capaz de decidir onde eu estaria e o que aconteceria comigo? Era para rejeitar a onda, para tirar minhas mãos das mãos de Maleldil e dizer para ele: 'Não isto, mas aquilo', para ter poder de decidir sobre tudo que a seu tempo virá para nós. É como se você pegasse frutos hoje para a refeição de amanhã em vez de pegar aquilo que viesse. Isso representaria amor frio e confiança fraca. E tendo saído, como poderíamos voltar outra vez para o amor e a confiança?".

"Entendo bem", disse Ransom, "ainda que, no meu mundo, isso fosse entendido como loucura. Nós somos maus há tanto tempo..." — e ele de repente parou, achando que não seria entendido e surpreso pelo fato de ter usado uma palavra para mal que ele não sabia se o Rei conhecia, e que não tinha ouvido nem em Marte, nem em Vênus.

"Agora nós sabemos estas coisas", disse o Rei, percebendo a hesitação de Ransom. "Maleldil colocou nas nossas mentes tudo isso, tudo que aconteceu em seu mundo. Nós aprendemos a respeito do mal, ainda que não da forma como o Maligno queria que aprendêssemos. Aprendemos melhor que isso, e sabemos mais, porque é o despertar que entende o sono, e não o sono que entende o despertar. Há uma ignorância quanto ao mal que vem do fato de sermos jovens, mas há uma ignorância mais tenebrosa que vem da prática do mal, do mesmo modo como quem dorme perde a noção do sono. Agora, você é mais ignorante quanto ao mal em Thulcandra que nos dias antes que o Senhor e a Senhora de vocês o praticassem. Mas Maleldil nos tirou de uma ignorância, e nós não entramos na outra. Foi pelo Maligno que ele nos tirou daquela primeira ignorância. Aquela mente das trevas não tinha noção do que ela realmente tinha vindo fazer em Perelandra!"

"Perdoe-me, meu Pai, se falo tolices", disse Ransom. "Eu entendo como a Rainha conheceu o mal, mas não como você o conheceu."

Então, inesperadamente, o Rei riu. Seu corpo era muito grande, e sua gargalhada era como um terremoto, alto, profundo e demorado, até que Ransom riu também, ainda que não tivesse entendido a piada, e a Rainha também riu. E as aves começaram a bater as asas, os animais começaram a abanar as caudas, a luz parecia estar mais brilhante, e o pulso de toda a assembleia se acelerou, e novas maneiras de alegria, que não tinham nada a ver com a hilaridade como a entendemos, tomaram todos eles, como se estivessem no ar ou como se houvesse uma dança no céu profundo. Alguns dizem que sempre há.

"Eu sei o que ele está pensando", disse o Rei, olhando para a Rainha. "Ele está pensando que você sofreu e lutou, e que eu tenho um mundo como recompensa." Então ele se virou para Ransom e continuou: "Você está certo", disse ele, "e agora eu entendo o que é dito no seu mundo a respeito da justiça. Talvez estejam certos, porque no seu mundo as coisas sempre estão abaixo do nível da justiça. Mas Maleldil sempre está acima dela. Tudo é uma dádiva. Eu sou um Oyarsa não apenas por dádiva de Maleldil, mas também por uma dádiva da nossa mãe adotiva; e não apenas por uma dádiva dela, mas por uma sua também; e não apenas por uma sua, mas por uma dádiva de minha esposa; e, em certa medida, por uma dádiva até mesmo dos animais e das aves. Por meio de muitas mãos, enriquecida com muitos tipos diferentes de amor e de labor, esta dádiva veio a mim. Esta é a Lei. Os melhores frutos são colhidos para nós por uma mão que não é a nossa".

"Isso não foi tudo o que aconteceu, Malhado", disse a Rainha. "O Rei não lhe disse tudo. Maleldil o levou para um mar verde onde as florestas crescem a partir do fundo, atravessando as ondas..."

"O nome deste lugar é Lur", disse o Rei.

"O nome deste lugar é Lur", repetiram os *eldila*. E Ransom entendeu que o Rei não fizera uma observação, mas um decreto.

"Lá em Lur (é bem longe daqui)", disse a Rainha, "aconteceram coisas estranhas com ele".

"Posso perguntar o que seriam essas coisas?", disse Ransom.

"Há muitas coisas", disse Tor, o Rei. "Por muitas horas, aprendi a respeito das propriedades das formas desenhando na relva de uma pequena ilha na qual andava. Por muitas horas, aprendi coisas novas a respeito de Maleldil, do Pai de Maleldil e da Terceira Pessoa. Nós sabíamos pouco a respeito disso quando éramos jovens. Mas, depois disso, ele mostrou em uma escuridão o que estava acontecendo com a Rainha. E eu soube que havia a possibilidade de ela ser vencida. Então entendi o que aconteceu no seu mundo, como sua Mãe caiu e como seu Pai a seguiu, não lhe fazendo nenhum bem e trazendo, por conseguinte, trevas aos seus descendentes. Então veio a mim como algo que vem à mão... o que eu deveria fazer nesse caso. Foi lá que eu aprendi a respeito do bem e do mal, da angústia e da alegria."

Ransom esperava que o Rei relatasse sua decisão, mas, quando sua voz foi desaparecendo em um silêncio meditativo, ele não tinha certeza se deveria perguntar.

"Sim...", disse o Rei, em tom pensativo. "Ainda que um homem seja cortado em duas partes... ainda que metade dele torne-se terra... a metade viva ainda deve seguir Maleldil. Pois, se essa outra metade também cair e se tornar terra, que esperança haverá para o todo? Mas se uma metade viver, Maleldil poderá, por meio dela, transmitir vida à outra." Depois de dizer isso, o Rei fez uma pausa por um longo tempo, e depois tornou a falar aceleradamente. "Ele não me deu nenhuma garantia. Nenhuma terra firme. Alguém sempre terá de se lançar às ondas." Depois ele acalmou seu semblante, virou-se para o *eldil* e falou em uma nova voz. "Certamente, ó, mãe adotiva", disse ele, "nós temos muita necessidade de conselho, pois já sentimos um amadurecimento em nossos corpos que nossa sabedoria jovem dificilmente poderá acompanhar. Eles não serão sempre corpos presos a mundos inferiores. Ouçam a segunda palavra que profiro como Tor-Oyarsa-Perelendri. Enquanto este mundo girar ao redor de Arbol dez mil vezes, nós julgaremos e encorajaremos nosso povo a partir deste trono. O nome deste lugar é Tai Harendrimar, a Colina da Vida".

"O nome deste lugar é Tai Harendrimar", disseram os *eldila*.

"Na Terra Firme que antigamente era proibida", disse Tor, o Rei, "construiremos um grande lugar para o esplendor de Maleldil. Nossos filhos envergarão as colinas de rochas, transformando-as em arcos...".

"O que são arcos?", perguntou Tinidril, a Rainha.

"Arcos", respondeu Tor, o Rei, "são quando colunas de pedra lançam galhos como árvores, e unem estes galhos e formam uma grande cúpula, como se fosse uma folhagem, mas as folhas são de pedras lavradas. E nossos filhos construirão imagens ali".

"O que são imagens?", perguntou Tinidril.

"Esplendor do céu profundo!", bradou com uma grande gargalhada o Rei. "Parece que há muitas palavras novas no ar. Eu pensei que essas coisas estavam vindo da sua mente para a minha, mas veja só! Você não pensou em nada disso. Mesmo assim creio que Maleldil as passou para mim por intermédio de você. Vou lhe mostrar imagens, vou lhe mostrar casas. Pode ser que neste sentido nossas naturezas sejam invertidas e que seja você a gerar, e eu a dar à luz. Mas vamos falar de coisas mais simples. Nós vamos encher este mundo com nossos filhos. Vamos conhecer este mundo até o centro. Vamos fazer com que os animais nobres fiquem tão sábios que vão se transformar em *hnau* e vão falar: eles vão despertar para uma nova vida, assim como nós despertamos em Maleldil. Quando chegar a hora e as dez mil voltas estiverem próximas do fim, rasgaremos a cortina do firmamento, e o céu profundo se tornará familiar aos olhos dos nossos filhos assim como as árvores e as ondas são para os nossos."

"E o que acontecerá depois disso, Tor-Oyarsa?", questionou Malacandra.

"O propósito de Maleldil é fazer livre uso do céu profundo. Nossos corpos serão mudados, mas não totalmente mudados. Nós seremos como os *eldila*, mas não totalmente como os *eldila*. E assim acontecerá com todos os nossos filhos e as nossas filhas, serão mudados quando alcançarem a maturidade, até que o número chegue ao que Maleldil leu na mente do Pai dele antes que os tempos fluíssem."

"Isso", disse Ransom, "será o fim?".

Tor, o Rei, o encarou.

"O fim?", disse ele. "Quem falou de um fim?"

"Quero dizer o fim do seu mundo", disse Ransom.

"Esplendor do céu!", disse Tor. "Os seus pensamentos são diferentes dos nossos. Quando esse tempo chegar, nós não estaremos distantes do início de todas as coisas. Mas tem uma coisa que precisa ser acertada antes que o início tenha início."

"O quê?", perguntou Ransom.

"O seu próprio mundo", disse Tor, "Thulcandra. O cerco do seu mundo será levantado, e, antes do real início, a mancha escura será apagada. Nesse tempo, Maleldil irá à guerra — em nós, e em muitos que já foram *hnau* no seu mundo, e em muitos vindos de lugares distantes, e em muitos *eldila,* e, por fim, nele mesmo revelado, ele descerá a Thulcandra. Alguns de nós irão primeiro. É meu propósito, Malacandra, que você e eu estejamos entre esses. Nós cairemos sobre a sua lua, onde há um mal secreto, e que é como um escudo para o Senhor das Trevas de Thulcandra, ferida por tantos golpes. Nós a quebraremos. A luz dela será apagada. Os fragmentos dela cairão em seu mundo, e os mares e a fumaça subirão de modo que os habitantes de Thulcandra não mais verão a luz de Arbol. Quando o próprio Maleldil se aproximar, as coisas malignas do seu mundo se revelarão sem disfarce, de modo que pragas e horrores cobrirão as terras e os mares. Mas, no fim, tudo será purificado, e até a lembrança do seu Oyarsa da escuridão será apagada, e seu mundo será justo e agradável, reunido ao campo de Arbol, e seu verdadeiro nome será ouvido novamente. Mas será que nenhum rumor dessas coisas é ouvido em Thulcandra, meu amigo? Será que o seu povo pensa que o Senhor das Trevas deles segurará sua presa para sempre?".

"A maioria deles", disse Ransom, "parou de pensar nessas coisas. Alguns de nós ainda têm o conhecimento, mas nunca ouvi nada sobre o que você está falando, porque aquilo que você chama de princípio, nós chamamos de as Últimas Coisas".

"Não chamo isso de princípio", disse Tor, o Rei. "É, na verdade, a eliminação de um falso começo, para que *então* o mundo possa começar. É como quando um homem se deita para dormir: se tiver uma raiz torta debaixo do seu ombro, ele vai se posicionar de outra maneira, e depois disso vai poder dormir. Ou como um homem que dá um passo em falso, assim que desembarca numa ilha. Ele se equilibra, e depois disso sua jornada vai começar. Você chamaria esse equilibrar-se de uma última coisa?"

"E toda a história da minha raça não é mais que isso?", perguntou Ransom.

"Eu não vejo mais que inícios na história dos mundos inferiores", disse Tor, o Rei. "E no seu mundo foi um começo fracassado. Você fala da noite antes que o dia tenha amanhecido. Já estabeleci agora dez mil anos de preparo — eu, o primeiro da minha raça, sendo a minha raça a primeira das raças a ter um começo. Eu lhe digo que, quando o último dos meus filhos tiver alcançado a maturidade, e a maturidade se espalhar para todos os mundos inferiores, então se saberá que a manhã está próxima."

"Tenho muitas dúvidas e sou muito ignorante", disse Ransom. "Em nosso mundo, os que conhecem Maleldil creem que ele ter descido a nós e se tornado um homem é o acontecimento central de todos os acontecimentos. Se tirar isso de mim, Pai, para onde você me guiará? Certamente não para a conversa do inimigo que joga o meu mundo e a minha raça em um canto remoto e me dá um universo que não tem centro, mas milhões de mundos que não levam a lugar nenhum, ou (o que é pior) para mais e mais mundos para sempre, e vem a mim com inúmeros espaços vazios e repetições e me pede para me curvar diante da grandeza. Ou você acha que o seu mundo é o centro? Eu estou confuso. E quanto ao povo de Malacandra? Eles também não vão pensar que o mundo deles é o centro? Eu nem mesmo entendo como o seu mundo pode ser chamado de seu. Você foi criado ontem, e este mundo é muito antigo. A maior parte dele é água, onde você não pode viver. E o que dizer quanto ao que vive abaixo da crosta do seu mundo? E os grandes espaços onde não existe mundo nenhum? É fácil responder ao inimigo quando ele diz que não há plano nem significado em nada? Quando pensamos, vemos que tudo isso se derrete em um nada ou em algum outro plano com o qual nem sequer sonhamos, e aquilo que era o centro se torna a periferia, e até pensamos se qualquer forma, plano ou padrão não passou de um truque diante dos nossos olhos, enganados com a esperança ou cansados da vigília. Para onde tudo isso vai levar? Que manhã é essa de que você está falando? Isso é o começo do quê?"

"O começo do Grande Jogo, da Grande Dança", disse Tor. "Por enquanto eu sei pouco a respeito. Que os *eldila* falem."

A voz que falou a seguir parecia ser a de Marte, mas Ransom não tinha certeza. E ele não sabe de jeito nenhum quem falou depois. Pois, na conversa que se seguiu — se é que aquilo pode ser chamado de conversa —, ainda que ele creia que algumas vezes tenha falado, nunca soube quais foram as palavras dele mesmo ou as de outro alguém, e nem se era um homem ou um *eldil* que falava. As falas seguiam umas às outras — isso se não tiverem sido ditas todas ao mesmo tempo — como as partes de uma música na qual todos os cinco (Malacandra, Perelandra, Rei Tor, Rainha Tinidril e Ransom) entraram tocando instrumentos, ou como um vento soprando sobre cinco árvores juntas no alto de uma colina.

"Não devemos falar disso desta maneira", disse a primeira voz. "A Grande Dança não espera ser perfeita até que os povos dos mundos inferiores sejam reunidos a ela. Não vamos falar nada sobre quando irá começar. Ela começou antes de sempre. Não houve um tempo no qual não nos alegrássemos diante da face de Maleldil, tal como fazemos agora. A dança que dançamos está no centro, e todas as coisas foram feitas para a dança. Bendito seja ele!"

Outra voz disse: "Ele nunca fez duas coisas iguais nem pronunciou uma palavra duas vezes. Depois de terras, não terras melhores, mas animais. Depois de animais, não animais melhores, mas espíritos. Depois de uma queda, não uma recuperação, mas uma nova criação. Depois da nova criação, não uma terceira, mas o próprio modo de mudança foi mudado para sempre. Bendito seja ele!".

E outra disse: "Isto está carregado de justiça, assim como uma árvore se enverga quando está carregada de frutos. Tudo é retidão, e não há igualdade. Não é como quando pedras estão lado a lado, mas como quando elas apoiam e são apoiadas em um arco, assim é a ordem de Maleldil. Regra e obediência, gerar e dar à luz, o calor se projetando para baixo e a vida se projetando para cima. Bendito seja ele!".

Uma disse: "Os que acrescentam anos a anos em uma adição estranha, ou quilômetros a quilômetros e galáxias a galáxias, não vão chegar nem perto da grandeza de Maleldil. O dia dos campos de Arbol está fadado ao fim, e até mesmo os dias do céu profundo estão contados. Nem isso é tão grande quanto ele. Ele habita (e tudo dele habita) dentro da semente da menor flor, mas ele não está comprimido. O céu profundo está dentro dele, que por sua vez está dentro da semente, e nada disso o distende. Bendito seja ele!".

"A margem de cada natureza faz fronteira com algo do qual ela não contém nem sombra, nem semelhança. De muitos pontos, uma linha. De muitas linhas, uma forma. De muitas formas, um corpo sólido. De muitos sentidos e pensamentos, uma pessoa. De três pessoas, ele mesmo. Como os círculos são para a esfera, são assim os mundos antigos que não precisavam de redenção para aquele mundo no qual ele nasceu e morreu. Como um ponto está para uma linha, assim aquele mundo está para os frutos distantes da sua redenção. Bendito seja ele!"

"Ainda assim, o círculo não é menos redondo que a esfera, e a esfera é o lar e a pátria dos círculos. Multidões infinitas de círculos estão em cada esfera, e se eles falassem, diriam: 'As esferas foram criadas para nós'. Que nenhuma boca seja aberta para contradizê-los. Bendito seja ele!"

"Os povos dos mundos antigos que nunca pecaram, mundos aos quais ele nunca desceu, são os povos por causa de quem os mundos inferiores foram criados. Pois ainda que a cura do que estava ferido e o endireitamento do que estava torto sejam uma nova dimensão da glória, o que é reto não foi criado para ser entortado, nem o que é íntegro foi criado para ser ferido. Os povos antigos estão no centro. Bendito seja ele!"

"Tudo que não é em si a Grande Dança foi criado para que ele pudesse descer até ela. Ele preparou um corpo para si mesmo no mundo caído, foi unido ao pó e o tornou glorioso para sempre. Esse é o fim e a causa final de toda a criação. O pecado por meio do qual isso aconteceu é chamado de feliz,[5] e o mundo no qual isso aconteceu é o centro dos mundos. Bendito seja ele!"

"A árvore foi plantada naquele mundo, mas o fruto amadureceu neste. A fonte que corria com uma mistura de sangue e vida no Mundo Tenebroso aqui corre apenas com vida. Passamos as primeiras cataratas, e daqui para frente a corrente flui profundamente e vira na direção do mar. Esta é a Estrela da Manhã[6] que ele prometeu aos vencedores. Este é o centro dos mundos. Até agora, todos esperaram. Mas agora a trombeta soou, e o exército está em marcha. Bendito seja ele!"

"Ainda que homens ou anjos os governem, os mundos são para eles mesmos. As águas em que vocês não navegaram, as frutas que não colheram, as cavernas às quais não desceram e o fogo pelo qual os seus corpos não podem passar não esperam sua chegada para chegarem à perfeição, embora venham a lhes obedecer quando vocês chegarem. Por épocas sem fim eu circulei Arbol enquanto vocês ainda não viviam lá, e aqueles tempos não eram desérticos. A própria voz deles estava ali, não simplesmente um sonhar com o dia em que vocês despertariam. Também estavam no centro. Animem-se, pequenos imortais. Vocês não são a voz que todas as coisas pronunciam, nem existe um silêncio eterno nos lugares aonde vocês não podem ir. Pés não pisaram, nem pisarão, sobre o gelo de Glund, nenhum olho viu o Anel

---

[5]Referência à *felix culpa* da tradição cristã medieval, a "culpa feliz" de Adão, por meio da qual veio redenção ao mundo. [N. T.]

[6]Referência a Apocalipse 2:28. [N. T.]

de Lurga, e a Planície de Ferro em Neruval é pura e vazia.[7] E não é em vão que os deuses caminham incessantemente ao redor dos campos de Arbol. Bendito seja ele!"

"Este pó que está espalhado pelo céu, do qual são feitos todos os mundos e os corpos que não são mundos, está no centro. Ele não espera que olhos criados o vejam ou que mãos o toquem para ser, em si mesmo, uma força e um esplendor de Maleldil. Apenas a menor parte serviu, ou servirá, a um animal, a um homem ou a um deus. Mas sempre, e além de todas as distâncias, antes que eles viessem e depois que eles deixarem de existir, e aonde eles nunca irão, o pó é o que é. O pó é o que pronuncia o nome do Santo com a própria voz. O pó está mais distante do Santo do que todas as coisas, pois não tem vida, nem sentido e nem razão. Ele está mais perto do Santo do que todas as coisas, pois, sem mediação da alma, como fagulhas que saltam da fogueira, o Santo pronuncia em cada grão de pó a imagem pura da sua energia. Cada grão, se pudesse falar, diria: 'Eu estou no centro, todas as coisas foram feitas para mim'. Que nenhuma boca se abra para negar isso. Bendito seja ele!"

"Cada grão está no centro. O pó está no centro. Os mundos estão no centro. Os animais estão no centro. Os povos antigos estão lá. A raça que pecou está lá. Tor e Tinidril estão lá. Os deuses também estão lá. Bendito seja ele!"

"Onde Maleldil está, ali está o centro. Ele está em toda parte. Não uma parte dele em um lugar e outra em outro, mas em todo lugar Maleldil está inteiro, até mesmo na menor coisa que conseguimos imaginar. Não há como sair do centro, a não ser caminhar na direção da Vontade Torta que se lançou no Nada. Bendito seja ele!"

"Todas as coisas foram feitas por ele. Ele está no centro. Porque estamos com ele, cada um de nós está no centro. Não é como em uma cidade do mundo tenebroso em que eles dizem que cada um deve viver para todos. Na cidade dele, todas as coisas são feitas para cada um. Quando ele morreu no Mundo Ferido, não morreu por mim, mas por todos os homens. Se cada homem fosse o único homem criado, ele não teria feito menos. Cada coisa, de um grão do pó até o *eldil* mais forte, é o fim e a causa final de toda a criação e o espelho no qual um feixe do seu esplendor descansa e retorna para ele. Bendito seja ele!"

---

[7]Glund, Lurga e Neruval são, respectivamente, os planetas Júpiter, Saturno e Urano na Trilogia Cósmica de Lewis. [N. T.]

“No plano da Grande Dança, os planos sem número se entrelaçam, e cada movimento se torna a seu tempo o irromper do florescimento de todo o desígnio para o qual tudo foi direcionado. Cada um está igualmente no centro, e nenhum deles está lá por ser igual, mas alguns por dar lugar, e alguns por recebê-lo, as coisas pequenas por sua pequenez, e as grandes por sua grandeza, e todos os padrões ligados e entrelaçados pela composição do ato de pôr-se de joelhos para a entronização do amor. Bendito seja ele!”

“Ele tem uso incomensurável para cada coisa criada, que o amor e o esplendor dele possam florescer como um rio forte que tem necessidade de um grande curso d’água que enche igualmente os grandes lagos e as pequenas fissuras, todos ficando igualmente cheios, mas desiguais. E, quando transbordam, formam novos canais. Nós também temos necessidade além da medida de tudo que ele criou. Amem a mim, meus irmãos, pois eu sou infinitamente necessário a vocês, e para a alegria de vocês eu fui criado. Bendito seja ele!”

“Ele não precisa de qualquer coisa que tenha sido criada. Um *eldil* não é mais necessário para ele que um grão do pó: um mundo habitado não é mais necessário que um mundo vazio, mas todos são igualmente desnecessários, e o que todos adicionam a ele é absolutamente nada. Nós também não precisamos de nada que tenha sido criado. Amem a mim, meus irmãos, porque eu sou infinitamente supérfluo, e o amor de vocês será como o dele, nascido não da necessidade de vocês ou de merecimento meu, mas da plena generosidade. Bendito seja ele!”

“Todas as coisas são por ele e para ele. Ele também se expressa a si mesmo para o seu próprio prazer e vê que é bom. Ele é gerado de si mesmo, e o que procede dele é ele mesmo. Bendito seja ele!”

“Tudo que é feito parece sem propósito para a mente obscurecida, porque em tudo há muito mais propósito do que se pode imaginar. Nestes mares há ilhas nas quais os fios da relva são tão finos e tão proximamente entrelaçados que, se alguém olhá-los sem atenção, não verá nem a relva, nem o entrelaçado que formam, mas apenas algo que parece igual. Assim é com a Grande Dança. Concentre-se em um movimento e este o levará a todos os padrões e lhe parecerá o movimento principal. Mas o que é aparente será verdadeiro. Que nenhuma boca se abra para negá-lo. Parece não haver um propósito, porque tudo é propósito. Parece não haver centro, porque tudo é o centro. Bendito seja ele!”

“Todavia, essa aparência também é o fim e a causa final pelos quais ele prolonga o tempo e aprofunda o céu; se caso nunca encontrarmos a escuridão e a estrada que conduz ao nada, e a pergunta para a qual nenhuma resposta é imaginável, não tenhamos em nossas mentes qualquer imagem do abismo do Pai, no qual, se uma criatura deixar cair seus pensamentos, não ouvirá um eco como retorno. Bendito, bendito, bendito seja ele!"

Neste momento, por uma transição que Ransom não percebeu, parecia que o que tinha começado como um discurso se transformava em uma visão, ou em alguma coisa que poderia ser lembrada apenas se fosse visto. Ele pensou ter visto a Grande Dança. Parecia ser algo tecido a partir da ondulação entrelaçada de muitas cordas ou feixes de luz, pulando acima e abaixo uma da outra, mutuamente unidas em arabescos e sutilezas parecidas com flores. Cada figura que ele via tornava-se a figura principal ou o foco de todo o espetáculo, por meio do qual sua visão desembaraçou-se do resto e fez de tudo aquilo uma unidade — apenas para se emaranhar quando ele olhava o que tinha pensado ser uma simples decoração marginal e descobria que lá também se reivindicava a mesma hegemonia e que essa reivindicação era boa. Entretanto, o padrão anterior, que agora estava em segundo plano, assumia um significado maior do que o que tinha anteriormente. Ransom também conseguiu ver (mas o verbo *ver*, nesse caso, é totalmente inadequado) que em todos os lugares nos quais as faixas ou serpentes de luz se intersectavam havia corpúsculos minúsculos de brilho momentâneo. De alguma maneira, ele sabia que aquelas partículas eram as generalidades seculares das quais a história fala: povos, instituições, tendências de opinião, civilizações, artes, ciências e coisas do gênero — centelhas efêmeras que tocavam suas canções pequeninas e depois desapareciam. As faixas ou cordas propriamente ditas, nas quais milhões de corpúsculos viviam e morriam, eram coisas de diferentes tipos. A princípio ele não conseguiu dizer o que era aquilo. Mas sabia que muitos deles eram entidades individuais. Se é assim, o tempo no qual a Grande Dança acontece é muito diferente do tempo tal qual o conhecemos. Alguns dos fios mais finos e delicados eram seres que chamaríamos de efêmeros, como flores e insetos, uma fruta ou uma chuva de verão, e algumas (Ransom pensou), uma onda do mar. Outras eram coisas que entendemos como permanentes: cristais, rios, montanhas ou até as estrelas. Muito acima destas, em circunferência, luminosidade e brilho, com cores muito além do nosso espectro, estavam as linhas dos seres pessoais, tão diferentes uma da outra em esplendor quanto todas se diferiam das classe anterior. Mas nem todas as linhas eram indivíduos. Algumas eram verdades ou qualidades universais. Para Ransom, não foi uma surpresa descobrir que estas e as pessoas eram linhas, e ambas estavam juntas em oposição aos meros átomos de generalidades que viviam e morriam na colisão das suas correntes. Mas depois, quando voltou à Terra, ele ficou pensando a respeito. Depois que tudo aconteceu, ele ficou pensando que tudo aquilo se deu fora do plano da visão física tal como a entendemos. Porque ele disse que as figuras sólidas daqueles círculos entrelaçados e interligados foram repentinamente reveladas como as meras superfícies de um padrão muito mais vasto em quatro dimensões, e esta figura, como a fronteira de outras, em outros mundos. Até que de repente, à medida que o movimento foi aumentando, o entrelaçar foi se tornando mais extático, a relevância de todas as partes para com todas as partes foi se intensificando e uma dimensão foi adicionada à outra, a parte dele que podia raciocinar e recordar foi lançada mais e mais para trás da parte dele que via. Então, no zênite da complexidade, a complexidade foi engolida e se acabou, como nuvens brancas finas que desaparecem no azul ardente do céu, e uma simplicidade além de toda compreensão, antiga e jovem como a primavera, ilimitada, translúcida, o atraiu com os fios de um desejo infinito para sua própria serenidade. Naquele instante em que estava distante do nosso modo normal de ser, Ransom passou para estados de quietude, serenidade e revigoramento tais que teve a sensação de se desvincular de todos os estorvos e de estar despertando de um transe e voltando a si. Com um gesto de relaxamento, ele olhou ao seu redor…

Os animais haviam ido embora. As duas figuras brancas haviam desaparecido. Tor, Tinidril e ele estavam sozinhos na luz da manhã do dia perelandriano.

"Onde estão os animais?", perguntou Ransom.

"Foram cuidar de seus afazeres", respondeu Tinidril. "Eles foram cuidar dos seus filhotes, botar seus ovos, fazer seus ninhos, tecer suas teias, cavar suas tocas, cantar, brincar, comer e beber."

"Eles não esperaram muito", disse Ransom, "pois sinto que ainda está bem cedo".

"Mas não é a mesma manhã", disse Tor.

"Então nós ficamos aqui por muito tempo?", perguntou Ransom.

"Sim", disse Tor. "Eu não sabia até agora. Mas nós demos uma volta inteira ao redor de Arbol desde que nos encontramos no topo desta montanha."

"Um ano?", perguntou Ransom. "Um ano inteiro? Céus, o que pode ter acontecido no meu mundo de trevas? Pai, você sabia que estava se passando tanto tempo?"

"Eu não senti o tempo passar", disse Tor. "Creio que de agora em diante as ondas do tempo vão sempre mudar para nós. Poderemos escolher se as veremos de cima, e assim ver muitas ondas de uma vez, ou se vamos ver a passagem delas uma a uma, como estamos acostumados."

"Estou pensando", disse Tinidril, "que hoje, agora que o ano que se passou nos trouxe de volta ao mesmo lugar no céu, os *eldila* estão vindo para levar o Malhado de volta para o mundo dele".

"Você está certa, Tinidril", disse Tor. Então ele olhou para Ransom e disse: "Há uma umidade vermelha brotando do seu pé, como se fosse uma pequena fonte".

Ransom olhou para baixo e viu que seu calcanhar ainda estava sangrando. "Sim", disse ele, "foi onde o Maligno me mordeu. Esta coisa vermelha é *hrü* (sangue)".

"Sente-se, amigo", disse Tor, "e deixe que eu lave o seu pé nesta lagoa". Ransom hesitou, mas o Rei o obrigou. Então ele se sentou no pequeno declive, e o Rei se ajoelhou perante ele na água rasa e pegou o pé machucado. Fez uma pausa e olhou para ele.

"Então isto é *hrü*. Nunca vi este líquido antes. E esta é a substância a partir da qual Maleldil recriou os mundos antes que qualquer mundo fosse criado."

Ele lavou o pé de Ransom por muito tempo, mas o sangramento não parava.

"Será que o Malhado vai morrer?", perguntou Tinidril, por fim.

"Não creio", disse Tor. "Acho que qualquer um da raça dele que tenha respirado o ar que ele respirou e tenha bebido a água que ele bebeu desde que veio à Montanha Sagrada não vai morrer facilmente. Diga-me, amigo, não foi assim que aconteceu em seu mundo? Logo após a perda do Paraíso de vocês, os homens da sua raça não passaram a morrer rapidamente?"

"Ouvi dizer", disse Ransom, "que aquelas primeiras gerações viviam muito, mas muitos acham que isso é apenas um conto ou uma poesia, e eu nunca pensei nisso".

"Ó", disse Tinidril de repente. "Os *eldila* estão vindo para levá-lo."

Ransom olhou em volta e não viu as figuras brancas em forma humanas nas quais vira Marte e Vênus da última vez, mas apenas aquelas luzes quase invisíveis. Aparentemente o Rei e a Rainha também reconheciam os espíritos naquela forma, tão facilmente, pensou Ransom, quanto um rei terreno reconheceria um conhecido seu, mesmo que não estivesse usando trajes reais.

O Rei soltou o pé de Ransom, e todos os três olharam para a caixa branca. A tampa dela estava no chão. Todos sentiram um desejo de atrasar aquele momento.

"O que é isto que estamos sentindo, Tor?", perguntou Tinidril.

"Não sei", disse o Rei. "Um dia darei um nome a isto. Este não é um dia para criar nomes."

"É como uma fruta com a casca muito grossa", disse Tinidril. "A alegria do nosso encontro quando nos encontrarmos novamente na Grande Dança é a parte doce. Mas a casca é grossa — mais anos do que posso contar."

"Agora você entende", disse Tor, "o que o Maligno nos teria feito. Se tivéssemos dado ouvidos a ele, nós agora estaríamos tentando pegar a parte doce da fruta sem morder a casca".

"Desse jeito não seria 'a parte doce da fruta' de forma nenhuma", disse Tinidril.

"Chegou sua hora de partir", disse a voz tilintante de um *eldil*. Ransom ficou sem saber o que dizer quando se deitou naquele caixão. Os lados da caixa ergueram-se acima dele como muros. Além deles, como se estivessem emoldurados em uma janela na forma de um caixão, ele viu o céu dourado e os rostos de Tor e Tinidril.

"Vocês precisam cobrir meus olhos", disse ele, e as duas formas humanas primeiro se afastaram e depois voltaram. Seus braços estavam cobertos de lírios de um rosa-avermelhado. Ambos se curvaram e o beijaram. Ele viu a mão do Rei erguida como um gesto de bênção. Foi a última coisa que viu naquele mundo. Eles cobriram seu rosto com as pétalas frias até que seus olhos ficassem totalmente tampados por uma nuvem de um doce aroma avermelhado.

"Pronto?", perguntou a voz do Rei. "Adeus, amigo e salvador, adeus", disseram ambas as vozes. "Adeus, até que todos passemos pelas dimensões do tempo. Fale sempre de nós a Maleldil, assim como nós sempre falaremos de você. O esplendor, amor e a força estejam com você."

Então veio o ruído grande e pesado da tampa sendo fechada acima dele. Depois, por alguns segundos, sons do lado de fora, no mundo do qual ele estaria eternamente separado. Depois disso, ele ficou inconsciente.

AQUELA FORTALEZA MEDONHA

Um conto de fadas moderno para adultos

"A Sombra daquela fortaleza medonha[1]
Seu comprimento tem mais de seis milhas."

SIR DAVID LINDSAY: de *Ane Dialog* [Um diálogo]
(descrevendo a Torre de Babel)

[1] *The Shadow of that hyddeous strength / Sax myle and more it is of length.* Foi desse trecho do poema de David Lindsay (1490–1555), poeta escocês, em que ele está descrevendo a Torre de Babel, que C. S. Lewis extraiu o título deste livro. A palavra *strength*, que no inglês moderno significa "força", era usada no inglês do século 16 com o sentido arcaico de "fortaleza", que transmite a ideia de algo bastante concreto. Por isso, optamos por traduzir *That hideous strength* como *Aquela fortaleza medonha.* Os leitores perceberão que "fortaleza" é fiel ao que Lewis apresenta neste livro, e que o sentido se perderia se *strength* fosse traduzido como "força". [N. E.]

Para
J. McNeill[1]

[1]Jane Agnes McNeill (1889–1959) era amiga de C. S. Lewis. Jane tinha grande interesse em literatura e se debruçava especialmente sobre a poesia escocesa. Ela faz uma breve aparição no capítulo 10 de *Surpreendido pela alegria* como "Janie M". Diz-se que Jane não gostou de *Aquela fortaleza medonha* e não ficou feliz com a dedicatória. [N. E.]

Prefácio

CHAMEI ESTE LIVRO de "conto de fadas" na esperança de que os que não gostam de fantasia não sejam convencidos a continuar a ler pelos dois primeiros capítulos e, depois, se dizerem decepcionados. Se você me perguntar por que — pretendendo escrever a respeito de magos, demônios, animais amestrados e anjos planetários — eu sempre começo com cenas e personagens tediosos, respondo que estou seguindo a tradição dos contos de fadas. Nem sempre percebemos o método destes porque os chalés, castelos, lenhadores e reis mesquinhos com os quais um conto de fadas se inicia tornaram-se, para nós, tão remotos quanto as feiticeiras e os ogros que aparecem depois. Mas eles não eram remotos de jeito nenhum para os homens que os criaram e para os que primeiro desfrutaram dessas narrativas. Na verdade, eram mais realistas e banais do que a Faculdade Bracton é para mim: pois muitos camponeses alemães tiveram de fato madrastas cruéis, enquanto eu jamais deparei, em qualquer universidade, com uma faculdade como Bracton. Esta é uma "história inacreditável" sobre a malignidade, ainda que por detrás dela haja um "ponto" sério, que tentei apresentar em meu livro *A abolição do homem*.[1] Na narrativa, o limite dessa malignidade foi apresentado tocando a vida de uma profissão comum e respeitável. É claro que eu não escolhi minha profissão por achar que professores universitários são mais passíveis de se corromperem que qualquer outra pessoa, mas porque a profissão que exerço é a única que conheço o suficiente para escrever a respeito. Uma universidade muito pequena foi imaginada por ter certas conveniências para a ficção. Edgestow não tem nenhuma semelhança com Durham, uma universidade

[1]Lewis, C. S. *A abolição do homem*. Trad. de Gabrielle Greggersen. Rio de Janeiro: Thomas Nelson Brasil, 2017.

com a qual tive um único e inteiramente agradável contato, a não ser o fato de ambas serem pequenas.

Creio que uma das ideias centrais deste conto veio à minha mente a partir de conversas que tive com um colega da área científica, pouco antes que eu tivesse contato com uma sugestão semelhante nas obras do Sr. Olaf Stapledon.[2] Não sei se estou errado quanto a isso, mas o Sr. Stapledon tem uma criatividade tão fértil que poderia muito bem emprestar um pouco dela, e admiro tanto a sua criatividade (se bem que não a sua filosofia) que não me envergonho em tomá-la emprestada.

Quem quiser saber mais a respeito de Numinor e o Ocidente Verdadeiro terá de (lamentavelmente) esperar a publicação que existe apenas como manuscrito do meu amigo, o professor J.R.R. Tolkien.

O tempo desta narrativa é vagamente "depois da guerra". O livro conclui a Trilogia da qual *Além do planeta silencioso* é a primeira parte e *Perelandra*, a segunda, mas pode ser lido separadamente.

C. S. Lewis
Magdalen College,
Oxford.
Véspera de Natal, 1943

---

[2]Olaf Stapledon (1886–1950), escritor e filósofo inglês. Seu livro de ficção científica *O primeiro e último homem* (1930) foi uma das motivações que levou Lewis a buscar esse gênero literário, escrevendo o primeiro livro desta trilogia, *Além do planeta solitário*. [N. E.]

Venda de propriedade da faculdade

1

"O MATRIMÔNIO foi ordenado, em terceiro lugar", disse Jane Studdock para si mesma, "para benefício, ajuda e conforto mútuos que um deve ao outro". Ela não ia à igreja desde o tempo de estudante, até que esteve em uma seis meses atrás, quando se casou, e as palavras da cerimônia ficaram gravadas em sua mente.

Pela porta aberta ela via a pequenina cozinha do apartamento e ouvia o tique-taque alto e desagradável do relógio de parede. Havia saído da cozinha e sabia quão arrumada esta estava. As louças do café da manhã estavam lavadas, as toalhas de chá estavam penduradas em cima do fogão e o piso estava limpo. As camas e os quartos estavam arrumados. Jane havia acabado de chegar da única saída para compras que precisava fazer naquele dia, e ainda não eram onze horas da manhã. Exceto por preparar seu próprio almoço e o chá da tarde, não havia mais nada a fazer até as seis da tarde, supondo que Mark ia mesmo chegar para jantar, pois haveria uma reunião da faculdade naquele dia. Era quase certo que Mark telefonaria por volta da hora do chá da tarde para dizer que a reunião estava demorando mais do que ele esperava e que ele teria de jantar na faculdade. As horas adiante dela seriam tão vazias quanto o apartamento. O sol brilhava e o relógio da parede tocava.

"Benefício, ajuda e conforto mútuos", dizia Jane com amargura. Na verdade, o casamento demonstrou ser a porta de passagem de um mundo de trabalho, companheirismo, alegria e inúmeras coisas para fazer em direção a algo parecido com um confinamento solitário. Durante alguns anos antes de seu casamento, ela nunca vira Mark por tão pouco tempo quanto nos últimos seis meses. Mesmo quando estava em casa, ele raramente conversava. Ou dormia, ou estava intelectualmente ocupado. Enquanto eles eram amigos e, mais tarde, quando iniciaram um relacionamento, a vida parecia ser curta demais para tudo que precisavam dizer um ao outro... Por que se casou com ela? Ele ainda estava apaixonado por ela? Se estivesse, "apaixonado" poderia significar coisas totalmente diferentes para homens e mulheres. Seria a verdade nua e crua que todas as conversas intermináveis que, para ela, antes de se casarem, pareciam a própria encarnação do amor nunca significaram, para ele, mais que apenas conversas?

"Aqui estou eu, começando a desperdiçar outra manhã", disse Jane para si mesma de maneira incisiva. "Preciso fazer alguma coisa." Por "alguma coisa" ela queria dizer sua tese de doutorado sobre Donne.[1] Ela sempre quis continuar sua carreira como acadêmica depois que se casasse, e esta era uma das razões pelas quais eles não deveriam ter filhos nos próximos anos. Talvez Jane não fosse uma pensadora muito original, e o que ela pretendia era dar ênfase à "triunfante vindicação do corpo" em Donne.[2] Ela ainda acreditava que, se retomasse todas as suas anotações e edições das obras de Donne e se realmente colocasse mãos à obra, recuperaria à força o entusiasmo perdido quanto ao tema. Mas antes que o fizesse — talvez para adiar o início do trabalho —, ela voltou sua atenção para um jornal que estava na mesa e olhou para a foto na última página.

Assim que viu a foto, ela se lembrou de seu sonho. Jane não apenas se lembrou do sonho, como também do tempo interminável depois de pular da cama e se sentar, esperando pelo primeiro sinal da manhã, com medo de que a luz acordasse Mark e ele reclamasse, embora ela estivesse se sentindo ofendida pelo som da respiração habitual dele. Mark tinha o sono pesado. Só houve uma coisa capaz de acordá-lo depois que ele se deitou, e mesmo isso não foi capaz de deixá-lo muito tempo acordado.

O terror desse sonho, assim como o terror de muitos sonhos, se evapora quando o sonho é contado, mas este precisava ser lembrado por causa do que aconteceu em seguida.

O sonho de Jane começara apenas com um rosto. Era um rosto de aparência estrangeira, barbado, um tanto amarelado, com um nariz adunco.

---

[1]John Donne (1572–1631), um dos mais importantes e influentes poetas ingleses. [N. T.]
[2]Donne foi um pioneiro em dar expressão poética ao amor erótico. Lewis considerava que esse era o motivo pelo qual Donne estava em voga no século 20. Dessa forma, tanto o assunto da tese de Jane como suas ideias a respeito disso eram bastante comuns. [N. E.]

Sua expressão era assustadora porque estava assustado. A boca estava aberta e os olhos a fitavam do mesmo modo como ela havia visto os olhos de outros homens fazerem durante um ou dois segundos após um choque súbito. Mas aquele rosto parecia estar em choque havia horas. Então, aos poucos, ela percebeu outras coisas. O rosto pertencia a um homem que estava encolhido em um canto de um quarto pequenino com paredes brancas — esperando, pensou ela, que aqueles que o aprisionaram viessem e lhe fizessem algo horrível. Depois disso, a porta se abriu e um homem de boa aparência, com uma barba grisalha pontuda, entrou. O prisioneiro pareceu reconhecê-lo como um velho conhecido, e eles se sentaram e começaram a conversar.

Em todos os sonhos que até então tivera, Jane nem sempre entendia o que as pessoas falavam. Mas nesse sonho — e isto ajudou a deixá-lo mais extraordinariamente real — a conversa foi em francês, e Jane entendeu partes dela, embora não tudo, exatamente como teria acontecido na vida real. O visitante dizia alguma coisa ao prisioneiro e aparentemente pretendia que este recebesse aquilo como boas notícias. E o prisioneiro no começo olhou para cima com um brilho de esperança no olhar e disse: "*Tiens... hã... ça marche*",[3] mas depois vacilou e mudou de ideia. O visitante continuou a enfatizar seu argumento, falando baixo e com fluência. Era um homem de boa aparência e com um jeito frio, mas usava um pincenê que refletia a luz, de modo que seus olhos ficavam invisíveis. Esse fato, somado à perfeição quase artificial de seus dentes, de alguma maneira deu a Jane uma impressão desagradável. Essa impressão aumentou mais ainda pela inquietação crescente e, por fim, pelo terror do prisioneiro. Ela não conseguia entender o que o visitante propunha, mas descobriu que pesava sob o prisioneiro uma sentença de morte. Não conseguia entender o que o visitante oferecia ao prisioneiro, mas certamente era algo que o aterrorizava mais que a própria morte. Nesse momento, o sonho abandonou qualquer pretensão de realismo, transformando-se em um pesadelo comum. O visitante, ajustando seu pincenê e dando seu sorriso frio, apertou a cabeça do prisioneiro com as mãos. Ele a girou com força, tal como Jane tinha visto no último verão alguns homens girarem o capacete no escafandro de um mergulhador. O visitante desenroscou a cabeça do prisioneiro e a levou embora. Então, tudo ficou confuso. A cabeça ainda era o centro do sonho, mas agora estava totalmente diferente: uma cabeça com uma barba branca grande, toda suja de terra. Ela

[3]A frase está em francês e significa "Aqui... hã... funciona". [N. E.]

pertencia a um homem — uma espécie de britânico antigo, um tipo druídico, com um manto grande — que algumas pessoas estavam desenterrando em uma espécie de cemitério. A princípio, Jane não se importou muito com isso, porque pensou que se tratava de um cadáver. Mas foi aí que ela percebeu aquela coisa antiga voltando à vida. "Olhem!", gritou ela em seu sonho. "Ele está vivo. Parem! Parem! Vocês vão despertá-lo." Mas eles não pararam. O velho que estava enterrado sentou-se e começou a falar em uma língua que soava vagamente como espanhol. E, por algum motivo, isso aterrorizou Jane de tal modo que ela acordou.

Esse foi o sonho — não pior, mas também não melhor que muitos outros pesadelos. Mas não foi a mera memória de um pesadelo que fez a sala de estar do apartamento balançar diante dos olhos de Jane nem que fez com que ela se sentasse rapidamente por ter ficado com medo de cair. O problema era outro. Lá, na primeira página do jornal, estava a cabeça que ela tinha visto no pesadelo: a primeira cabeça (se é que havia duas delas), a cabeça do prisioneiro. Ela pegou o jornal com extrema relutância. A manchete era "EXECUÇÃO DE ALCASAN", e, logo abaixo, "CIENTISTA BARBA AZUL É LEVADO À GUILHOTINA". Ela se lembrou de ter seguido vagamente o caso. Alcasan era um radiologista extraordinário em um país vizinho. Diziam que era de ascendência árabe e interrompera de maneira prematura uma carreira brilhante ao envenenar a própria esposa. Essa era então a origem do sonho. Ela deve ter olhado para a foto antes de ir para a cama — o homem com certeza não tinha um rosto bonito. Mas não, não podia ser isso. A notícia estava no jornal da manhã. Mas, claro, deve ter havido outra notícia antes dessa a ela vira e da qual se esquecera — provavelmente semanas atrás, quando o julgamento começou. Era tolice permitir que aquilo a abalasse tanto. E agora, Donne. Vamos ver, onde é que estávamos? A passagem ambígua no final de "A alquimia do amor":[4]

> Não espere inteligência das mulheres; no máximo,
> candura e sagacidade, elas são apenas mães encarnadas.

"Não espere inteligência das mulheres." Será que um homem realmente *quer* inteligência nas mulheres? Mas esse não era o ponto. "Eu *preciso*

[4]"A alquimia do amor" é um dos poemas da coletânea *Songs and Sonnets* [Canções e sonetos], de Donne, escrita em 1631. [N. T.]

recuperar meu poder de concentração", disse Jane, e então: "Será que havia alguma foto anterior de Alcasan? Talvez…".

Cinco minutos depois ela deixou todos os livros de lado, foi para o espelho, colocou seu chapéu e saiu. Não sabia exatamente para onde iria. Fosse aonde fosse, sairia daquele quarto, daquele apartamento, de tudo aquilo.

• • •

Enquanto isso, Mark descia a rua até a Faculdade Bracton pensando em algo totalmente diferente. Ele não prestou a menor atenção à beleza matinal da pequena rua que ia da colina arenosa do bairro onde ele e Jane viviam até a parte acadêmica no centro de Edgestow.

Ainda que eu seja nascido em Oxford e goste muito de Cambridge, acho que Edgestow é mais bonita que as duas. Para início de conversa, ela é muito pequena. Nenhum fabricante de carros, salsichas ou geleias viera ainda para industrializar a área rural que é a sede da universidade, e a universidade em si é pequena. Com exceção de Bracton e da faculdade do século 19 para moças, do outro lado da ferrovia, há apenas duas faculdades: Northumberland, que está mais ao sul de Bracton, ao longo do rio Wynd, e Duke, do lado oposto à abadia. Bracton não tem cursos de graduação. Foi fundada em 1300 com o apoio de dez homens eruditos que tinham como responsabilidade rezar pela alma de Henry de Bracton[5] e estudar as leis da Inglaterra. O número de pesquisadores aos poucos aumentou até chegar a quarenta, dos quais apenas seis (sem contar o titular da Cátedra Bacon) atualmente estudam Direito, e talvez nenhum reze pela alma de Bracton. Mark Studdock era sociólogo e fora selecionado como pesquisador nesta área cinco anos antes. Ele estava começando a se ambientar. Se tivesse qualquer dúvida quanto a esse ponto (e não tinha), ela teria sido colocada de lado quando se encontrou por acaso com Curry bem em frente aos correios, e este sugeriu que os dois caminhassem até à faculdade e discutissem a agenda da reunião. Curry era o subdiretor de Bracton.

"Sim", disse Curry, "a reunião vai demorar muito. Provavelmente vai se estender até depois da hora do jantar. Teremos todos os contrários à nossa

[5]Henry de Bracton (c. 1210–1268) foi um jurista inglês que defendia a tese de que o direito dos monarcas não é absoluto. Conforme Bracton, acima do rei está a Lei, e não o contrário. [N. T.]

opinião gastando o máximo de tempo que puderem. Felizmente isso é o pior que eles podem fazer".

É difícil imaginar, pelo tom da resposta de Studdock, o prazer imenso que ele extraiu do fato de Curry ter usado o pronome "nós". Até bem recentemente ele era um estranho, observando os procedimentos do que chamava de "Curry e sua turma" com admiração e sem entender muita coisa. Nas reuniões da faculdade, ele fazia discursos curtos e nervosos que nunca influenciavam o curso dos eventos. Agora ele já não era mais um estranho, e "Curry e sua turma" tornaram-se "nós" ou "o Elemento Progressista da faculdade". Tudo aconteceu muito repentinamente, e ele ainda se deleitava com isso.

"Você acha que vai ser aprovado?", perguntou Studdock.

"Com certeza", disse Curry. "Para começar, nós temos o diretor, o tesoureiro e todo o pessoal da química e da bioquímica. Sondei Pelham e Ted, e eles são de confiança. Fiz Sancho acreditar que ele entende a questão e que é a favor dela. Bill Nevasca provavelmente vai fazer algo muito dramático como sempre, mas, se for para votar, ele ficará do nosso lado. Além disso, tem uma coisa que não lhe contei. Dick vai estar lá. Ele chegou ontem a tempo para jantar e desde então está trabalhando."

A mente de Studdock disparou para todos os lados tentando encontrar uma maneira segura de esconder o fato de não saber quem era Dick. Em uma fração de segundo, ele se lembrou de um colega que não conhecia muito bem cujo nome era Richard.

"Telford?", perguntou Studdock com um tom inseguro na voz. Ele sabia muito bem que Telford não poderia ser o Dick a quem Curry estava se referindo, e por isso emprestou um tom ligeiramente caprichoso e irônico à sua pergunta.

"Santo Deus! Telford!", disse Curry com uma gargalhada. "Não. Estou me referindo a Lorde Feverstone, Dick Devine é como costumava se chamar."

"Fiquei um *pouco* perplexo pela ideia de que poderia ser Telford", disse Studdock, rindo também. "Estou feliz que Feverstone virá. Você sabe que eu ainda não o conheço."

"Ah, mas você precisa", disse Curry. "Olhe aqui, venha jantar nos meus aposentos hoje à noite. Eu convidei Feverstone também."

"Gostaria muito", disse Studdock, com muita sinceridade. E então, depois de uma pausa: "A propósito, imagino que a posição de Feverstone seja bastante segura, certo?".

"O que você quer dizer com isso?", perguntou Curry.

"Bem, houve uma conversa, talvez você se lembre, sobre alguém que estava fora havia tanto tempo poder compor a academia."

"Ah, você quer dizer Glossop e toda aquela confusão. Isso não vai dar em nada. Você não achou que era tudo conversa fiada?"

"Cá entre nós, achei sim. Mas confesso que, se eu fosse colocado para explicar *em público* exatamente por que um homem que está em Londres deveria continuar como pesquisador em Bracton, não seria nada fácil. As razões reais são do tipo que Watson[6] chamaria de imponderáveis."

"Não concordo. Eu não teria objeção nenhuma a explicar as razões reais em público. Não é importante para uma faculdade como esta ter contatos influentes no mundo exterior? Não é impossível que Dick esteja no próximo Gabinete.[7] E Dick em Londres tem sido de maior serventia para a faculdade que Glossop e uma meia dúzia de outros deste tipo que estão sentados aqui a vida inteira."

"Sim, claro, este é o argumento verdadeiro. Mas seria um pouco difícil apresentar a questão nesses termos em uma reunião da faculdade!"

"Tem uma coisa a respeito de Dick que talvez você precise saber", disse Curry com um tom um pouco menos íntimo.

"O que é?"

"Ele lhe garantiu a vaga de pesquisador."

Mark ficou em silêncio. Ele não gostava de coisas que o faziam se lembrar de que não apenas estivera fora do Elemento Progressista, mas até mesmo fora da faculdade. Ele também nem sempre gostava de Curry. O prazer que ele tinha de estar com Curry não era desse tipo.

"Sim", disse Curry. "Denniston era o seu principal concorrente. Cá entre nós, muitas pessoas acharam que os trabalhos dele eram melhores que os seus. Foi Dick que insistiu o tempo todo que você era o tipo de pessoa que nós realmente queríamos. Ele foi até a Faculdade Duke e descobriu tudo a respeito de você. Ele defende a ideia de que a única coisa a ser considerada é o tipo de homem de que precisamos e que se danem as qualificações dos trabalhos acadêmicos. E devo dizer que ele está certo."

"Muito gentil da sua parte", disse Studdock, com uma ligeira reverência irônica. Ele ficou surpreso com a mudança da conversa. Era uma regra antiga em Bracton, e presumivelmente em muitas faculdades, que nunca se deve mencionar na presença de um homem as circunstâncias de sua própria

---

[6]Referência ao Dr. Watson, o célebre companheiro do detetive Sherlock Holmes, personagens de Arthur Conan Doyle. [N. T.]

[7]O Gabinete do Reino Unido é o mais alto conselho administrativo do país. [N. E.]

eleição, e Studdock até aquele momento ainda não havia entendido que essa era também uma das tradições que o Elemento Progressista iria descartar. Também nunca lhe havia ocorrido que sua eleição tinha dependido de qualquer coisa a não ser a excelência do seu trabalho no exame para a vaga de pesquisador, e menos ainda que tivesse sido por uma margem tão estreita. A essa altura, ele estava tão acostumado com sua posição que esse pensamento lhe deu a mesma sensação curiosa que um homem tem quando descobre que seu pai quase se casou com outra mulher.

"Sim", disse Curry, seguindo outra linha de raciocínio. "Pode-se ver agora que Denniston não daria certo. Absolutamente não. Era um homem brilhante, claro, mas parece que ele saiu dos trilhos desde então, com todo o seu distributivismo[8] e sei lá o que mais. Dizem que ele vai acabar em um mosteiro."

"Apesar de tudo, tolo ele não é", disse Studdock.

"Fico feliz que você vai conhecer Dick", disse Curry. "Não temos tempo agora, mas tem uma coisa a respeito dele que eu queria discutir com você."

Studdock lhe lançou um olhar curioso.

"James, eu e mais uns dois", disse Curry, falando baixo, "estivemos pensando que ele deve ser o novo diretor. Mas, bom, chegamos".

"Ainda não é meio-dia", disse Studdock. "Que tal uma ida ao Bristol para tomar alguma coisa?"

Eles foram para o Bristol. Não seria fácil preservar a atmosfera na qual o Elemento Progressista operava sem muitas dessas pequenas cortesias. Elas pesavam mais para Studdock que para Curry, que era solteiro e tinha o salário de vice-diretor. Mas Bristol era um lugar muito agradável. Studdock pediu uma dose dupla de uísque para seu companheiro e uma caneca pequena de cerveja para si mesmo.

• • •

A única vez que eu estive em Bracton como convidado, convenci meu anfitrião a me permitir entrar no bosque e me deixar lá sozinho durante uma hora. Ele se desculpou por me trancar lá.

---

[8]O distributivismo é um ideal que defende uma organização econômica em pequena escala. Essa teoria tornou-se relativamente popular nas primeiras décadas do século 20 na Inglaterra. G. K. Chesterton (1874–1936), autor que exerceu grande influência no pensamento de C. S. Lewis, era um dos seus defensores. [N. T.]

Poucas pessoas receberam permissão para entrar no bosque Bragdon. A única entrada era um portão do tipo Inigo Jones.[9] O bosque, que devia ter uns quatrocentos metros de largura e um quilômetro e meio de leste a oeste, era cercado por muros. Quem viesse da rua e passasse pela faculdade em direção a ele teria uma sensação gradual de estar adentrando o Santo dos Santos. Quem percorresse esse caminho passaria primeiro pelo quadrilátero de Newton,[10] que é seco e tem piso de cascalho; prédios em estilo gregoriano, ornamentados, mas bonitos o rodeiam. Depois disso, vem uma passagem fria e semelhante a um túnel, quase escura ao meio-dia a não ser que esteja aberta a porta que dá para o *hall* de entrada, à direita, ou a portinhola da despensa, à esquerda, permitindo um vislumbre da luz do dia sobre as paredes e um aroma de pão fresco. Depois do túnel, encontra-se a faculdade medieval, no claustro de um quadrilátero bem menor, chamado República. A grama ali parece bem mais verde depois da aridez do quadrilátero de Newton, e até as pedras de apoio dão a impressão de serem suaves e de estarem vivas. A capela não está muito distante. O som pesado e rouco de um grande e antigo relógio de parede pode ser ouvido, vindo de algum lugar mais alto. Quem segue pelo claustro passa por placas, urnas e bustos que homenageiam bractonianos falecidos, e depois desce por degraus suaves até à plena luz do dia no quadrilátero chamado Lady Alice. Os prédios à esquerda e à direita são obra do século 17, de aspecto humilde, quase doméstico, com águas-furtadas cheias de musgo e telhas cinzentas. Você se encontra em um agradável mundo protestante. Quem vai ali talvez fique pensando em Bunyan[11] ou em *Vidas*, de Walton.[12] Não havia prédios em frente ao quarto lado de Lady Alice, somente uma fileira de olmos e um muro. Ali o som de água corrente e o arrulhar de pombos selvagens se faziam ouvir. Nesse ponto, a rua está tão distante que não dá para ouvir nenhum outro barulho. Há uma porta no muro que leva a uma galeria coberta cheia de janelas estreitas dos dois lados. Olhando por essas janelas, você descobre que está passando

---

[9]Inigo Jones (1573-1652) foi um arquiteto inglês que se tornou famoso como projetista de prédios para teatros. [N. T.]

[10]Os prédios das universidades inglesas são em geral agrupados ao redor de pátios chamados quadriláteros. [N. T.]

[11]John Bunyan (1628–1688), pastor e escritor puritano inglês, autor da obra *O peregrino*. [N. T.]

[12]Izaak Walton (1593–1683), escritor inglês, autor de *Vidas*, uma coleção de biografias curtas, sendo que uma destas é a de John Donne. [N. T.]

por uma ponte sobre o ondulante rio Wynd, com suas águas de cor marrom escura. Você já está próximo do seu destino. Uma cancela no fim da ponte conduz ao *bowling green*[13] dos professores. Do outro lado, é possível ver o muro alto do bosque, e, pelo portão Inigo Jones, pode-se ter um vislumbre de verdes ensolarados e sombras profundas.

Imagino que o simples fato de ser murado tenha dado ao bosque parte de sua qualidade peculiar, pois não costumamos considerar comum algo que está cercado. Enquanto seguia em frente pelo gramado silencioso, eu tinha a sensação de estar sendo recebido. As árvores eram tão afastadas umas das outras que ao longe só se conseguia ver a folhagem, mas onde quer que você ficasse, teria a impressão de estar em uma clareira. Cercado por um mundo de sombras, caminhava-se sob um sol ameno. Excetuando-se as ovelhas, que ao pastar mantinham a grama bem curta e de vez em quando erguiam suas caras longas e bobas para me olhar, eu estava totalmente só. Era uma solidão que parecia mais a de um quarto grande em uma casa abandonada que uma solidão comum ao ar livre. Eu me lembro de ter pensado que aquele era o tipo do lugar de que uma criança teria medo ou gostaria muito. Instantes depois eu pensei que, quando se está sozinho — realmente sozinho —, todo mundo é uma criança — ou ninguém é? A juventude e a velhice tocam apenas a superfície das nossas vidas.

Oitocentos metros é uma caminhada curta. Todavia, pareceu ter passado muito tempo até que eu chegasse ao centro do bosque. Eu sabia que era o centro, porque lá estava a coisa que eu tinha ido ver. Era um poço, com degraus que desciam para dentro dele e os restos de um calçamento antigo ao redor. Estava bastante deteriorado. Eu não desci, mas me deitei na grama e o toquei com meus dedos. Ali estava o coração de Bracton ou do bosque Bragdon: dali haviam surgido todas as lendas e, suspeito, a própria existência da faculdade originalmente dependera daquilo. Os arqueólogos concordavam que a obra de alvenaria era do fim do período da arquitetura românica britânica, feita no alvorecer da invasão anglo-saxônica. Como o bosque Bragdon foi ligado ao jurista Bracton, era um mistério, mas imagino que a família Bracton tenha se aproveitado de uma semelhança acidental entre os nomes para crer, ou fazer crer, que tinham alguma coisa a ver com tudo isso. Certamente, se tudo que foi contado era verdade, ou mesmo

[13] *Bowling green* é uma área de grama baixa e macia em que é possível praticar um esporte chamado *lawn bowls*, parecido com a bocha. [N. E.]

metade das histórias, o bosque era mais antigo que os Bractons. Acho que hoje em dia ninguém dá muita importância ao *Balachton* de Estrabo,[14] ainda que esta obra tenha levado um diretor da faculdade no século 16 a afirmar que "não conhecemos nenhum relato antigo de qualquer Britânia sem Bragdon". Mas a canção medieval nos leva de volta ao século 14:

Na ponte de Bragdon ao fim do dia
Ouvi dizer que Merlin jazia
Em canto de dor e melancolia.

É uma evidência forte que o poço com o calçamento românico britânico seja chamado de Poço de Merlin, ainda que tal designação não tenha sido encontrada até o reinado da Rainha Elizabeth, quando o bom diretor Shovel cercou o bosque com muros "para afastar todas as superstições pagãs e profanas e para impedir o aspecto vulgar de todas as vigílias, jogos da primavera, danças, peças folclóricas e preparação de pães de Morgana, atividades até este dia praticadas ao redor da fonte chamada em vaidade de Poço de Merlin, que deverão ser totalmente renunciadas e abominadas como uma confusão de papismo, paganismo, lascívia e tolice enlouquecida". Não que por essa ação a faculdade tenha renunciado ao seu interesse pelo lugar. O velho Dr. Shovel, que viveu quase cem anos, nem bem tinha esfriado em seu túmulo quando um dos generais de Cromwell,[15] entendendo que era sua obrigação destruir "os bosques e lugares altos",[16] enviou alguns dos seus comandados, com poder o bastante para impressionar o povo da região, para realizar essa tarefa piedosa. O esquema não deu em nada, mas houve confronto entre a faculdade e os soldados no coração de Bragdon, e o fabulosamente erudito e virtuoso Richard Crowe foi morto por um tiro de mosquete na escada do poço. Seria necessária muita coragem para que alguém acusasse Crowe de papismo ou de "paganismo", mas reza a lenda que suas últimas palavras foram: "Ora, senhores, se Merlin, que era o filho

[14]Estrabo ou Estrabão (63 a.C.–23 d.C.), historiador grego que escreveu uma extensa obra descrevendo os povos e locais do mundo conhecido de então. [N. T.]

[15]Oliver Cromwell (1599–1658), líder do exército puritano durante a Guerra Civil Inglesa. [N. T.]

[16]"Bosques e lugares altos" é uma expressão encontrada na Bíblia (especialmente 2Reis) para se referir a locais de culto aos deuses cananeus. Os reis piedosos de Judá destruíram esses lugares. [N. T.]

do Diabo, foi mais leal ao rei que qualquer outro homem que já viveu, não é uma vergonha que vocês, que não são outra coisa senão filhos de cadelas, sejam rebeldes e regicidas?". E sempre, passando por todas as mudanças, todo diretor de Bracton, no dia de sua eleição, bebera cerimonialmente um gole da água do Poço de Merlin em uma grande taça que, por conta de sua antiguidade e beleza, era o maior dos tesouros de Bracton.

Pensei em tudo isso deitado ao lado do Poço de Merlin, ao lado do poço que certamente data do tempo de Merlin, se é que houve um Merlin real, deitado onde Sir Kenelm Digby[17] se deitou em uma noite de verão e viu uma estranha aparição; onde Collins,[18] o poeta, se deitou; e onde Jorge III[19] chorou; onde o brilhante e muito amado Nathaniel Fox escreveu seu famoso poema três semanas antes de ser morto, na França. O ar estava tão tranquilo e as touceiras da folhagem, tão pesadas acima de mim que acabei dormindo. Fui acordado com o grito do meu amigo me chamando de longe.

• • •

A questão mais controversa da reunião da faculdade foi a venda do bosque Bragdon. O comprador era o INEC — Instituto Nacional de Experimentos Coordenados. Eles queriam um local para o prédio que abrigaria de maneira digna aquela extraordinária organização. O INEC era o primeiro fruto da construtiva fusão entre o Estado e a iniciativa privada na ciência, na qual tantas pessoas pensantes depositam suas esperanças de um mundo melhor. Ele estaria livre de quase qualquer restrição cansativa — a palavra que os investidores usavam era "burocracia" — que até então havia emperrado a pesquisa nesse país. Também estaria bastante livre das restrições da economia, pois, como se dizia, um país que gasta milhões por dia na guerra com certeza pode investir alguns milhões por mês em pesquisa produtiva em tempos de paz. O edifício projetado para o INEC seria um acréscimo perceptível ao horizonte de Nova York, a equipe que trabalharia seria enorme, e os salários deles, astronômicos. Houve pressão contínua e diplomacia interminável da parte da liderança executiva e legislativa de Edgestow para manter o novo Instituto ali, e não em Oxford, Cambridge ou Londres.

---

[17]Sir Kenelm Digby (1603–1665), diplomata e filósofo inglês. [N. T.]
[18]William Collins (1721–1759), poeta inglês. [N. T.]
[19]Jorge III (1738–1820), rei da Grã-Bretanha e Irlanda. [N. T.]

O Instituto verificou todos esses lugares para serem possíveis sedes de suas atividades. Algumas vezes, o Elemento Progressista em Edgestow quase entrou em desespero. Mas agora o sucesso era praticamente certo. Se o INEC conseguisse o terreno necessário, se instalaria em Edgestow. E, por fim, como todos perceberam, as coisas definitivamente começaram a acontecer. Curry chegou até a expressar uma dúvida quanto a Oxford e Cambridge sobreviverem como universidades de destaque.

Três anos atrás, se Mark Studdock tivesse participado de uma reunião da faculdade na qual esse assunto tivesse de ser decidido, ele teria esperado ouvir debates abertos sobre ideias de sentimento contra progresso e de beleza contra utilidade. Hoje, enquanto tomava assento no Soler, o grande salão no segundo andar na parte sul de Lady Alice, ele não esperava essas discussões. Agora sabia que aquela não era a maneira como as questões se resolvem.

O Elemento Progressista conduzia seus assuntos muito bem. Muitos dos professores, quando entraram no Soler, não sabiam que estava em pauta a questão da venda do bosque. Eles notaram, claro, na pauta da reunião, que o item 15 era "Venda de propriedade da faculdade", mas, como este item aparecia em quase toda reunião, não manifestaram muito interesse. Por outro lado, viram que o item 1 era "Questões referentes ao bosque Bragdon". Não eram questões relacionadas à venda proposta. Curry, que na condição de vice-diretor se levantou para apresentá-las, tinha algumas cartas para ler à faculdade. A primeira era de uma sociedade preocupada com a preservação de monumentos antigos. Acho que essa sociedade fora mal orientada ao fazer duas reclamações em uma única carta. Teria sido mais sábio se tivessem se limitado a chamar a atenção da faculdade à falta de cuidado para com o muro ao redor do bosque. Quando foram em frente, insistindo que seria desejável construir alguma proteção ao redor do poço e até ressaltando que já haviam solicitado isso antes, o corpo docente da faculdade começou a se incomodar. E quando, em uma espécie de pensamento tardio, eles expressaram o desejo de a faculdade acolher melhor os sérios estudiosos de antiguidades que queriam examinar o poço, o corpo docente definitivamente perdeu as estribeiras. Eu não gostaria de acusar um homem na posição de Curry de erroneamente interpretar uma carta, mas a leitura que ele fez desta carta em particular com certeza não foi para encobrir os defeitos no tom da composição original. Antes que ele se sentasse, quase todos na sala desejaram fortemente fazer o mundo exterior entender que o bosque Bragdon era propriedade particular da Faculdade Bracton, e que o mundo exterior faria melhor se cuidasse dos seus próprios interesses. Então ele se levantou de novo para ler outra carta. Era de uma sociedade espiritualista que queria autorização para investigar os "alegados fenômenos" no bosque — uma carta "conectada", disse Curry, "com a próxima, que, com a permissão do diretor, vou ler para vocês". Esta última era de uma firma que ouvira a respeito da proposta dos espiritualistas e queria permissão para produzir um filme, não exatamente sobre os fenômenos, mas sobre os espiritualistas procurando esses fenômenos. Curry foi orientado a escrever cartas curtas de negação às três solicitações.

Ouviu-se, então, uma voz vinda de uma parte totalmente diferente de Soler. Lorde Feverstone se levantara. Ele concordava plenamente com a decisão tomada pelo corpo docente a respeito das três cartas impertinentes vindas daqueles intrometidos. Mas, afinal de contas, não era fato que o muro do bosque *estava* em uma condição insatisfatória? Muitos professores — Studdock não era um deles — imaginaram estar testemunhando uma revolta do partido de Feverstone contra "Curry e sua turma" e ficaram bastante interessados. Quase imediatamente, o tesoureiro, James Busby, pôs-se de pé. Ele acolheu a pergunta de Lorde Feverstone. Na condição de tesoureiro, recentemente recebera orientação de um especialista a respeito do muro do bosque. "Insatisfatória", temia ele, era uma palavra muito amena para descrever a condição do muro. Nada resolveria a situação, a não ser um muro novo. Com grande dificuldade obtiveram dele a informação quanto ao provável custo disso, e quando o corpo docente ouviu as cifras, ficou assustado. Lorde Feverstone perguntou friamente se o tesoureiro estava falando sério ao propor que o corpo docente assumisse aquela despesa. Busby (um ex-clérigo grandalhão com uma barba preta cerrada) respondeu, com alguma irritação, que ele não havia proposto nada, e que se ele *fosse* fazer alguma sugestão, seria para que a questão não fosse tratada isoladamente, à parte de algumas considerações financeiras importantes que teria de apresentar ao corpo docente mais tarde naquele dia. Houve uma pausa depois dessa declaração ameaçadora, até que, gradualmente, um por um, os "de fora" e os "obstrucionistas", aqueles não incluídos no Elemento Progressista, começaram a entrar no debate. Muitos deles acharam difícil acreditar que nada, a não ser um muro completamente novo, resolveria o problema. O Elemento Progressista os deixou falar por uns dez minutos. Então, o grupo olhou de novo para ver se Lorde Feverstone estava mesmo liderando os de fora. Este queria saber se era possível o tesoureiro e o Comitê de Preservação encontrarem uma alternativa entre construir um muro novo e permitir que o bosque Bragdon decaísse e se tornasse parte do patrimônio público. Pressionou-os para que dessem uma resposta. Alguns dos de fora começaram a perceber que ele estava sendo muito rude com o tesoureiro. Por fim, o tesoureiro respondeu, falando baixinho, que ele *tinha*, de maneira puramente teórica, considerado alguns fatos a respeito de possíveis alternativas. Uma cerca de arame farpado — mas o restante da fala dele se acabou em um rugido de desaprovação, durante o qual ouviram o velho Cônego Jewel dizer que preferiria ver todas as árvores do bosque derrubadas a vê-lo cercado de arame farpado. Por fim, a pauta foi adiada para ser considerada na reunião seguinte.

O item seguinte era daqueles que a maioria dos professores não conseguiria entender. Envolvia a recapitulação (feita por Curry) de uma longa correspondência entre a faculdade e a administração da universidade a respeito da proposta de incorporação do INEC à Universidade de Edgestow. As palavras "comprometer-se com" foram citadas muitas vezes no debate que se seguiu. "Parece", disse Watson, "que nós nos comprometemos como faculdade a dar o maior apoio possível ao novo instituto". "Parece", disse Feverstone, "que estamos de pés e mãos atados, e que demos carta branca à universidade". Os de fora nunca entenderam o que tudo isso significava. Eles se lembravam de, em uma reunião anterior, lutarem duramente contra o INEC e todas as suas atividades, e de terem sido derrotados. Todavia, todo o esforço de descobrir o que a derrota deles significou, ainda que respondido por Curry com muita lucidez, serviu apenas para enredá-los mais profundamente nos labirintos impenetráveis da constituição da universidade e do mistério ainda mais obscuro das relações entre a universidade e a faculdade. O resultado da discussão deixou-os com a impressão de que a honra da faculdade não estava envolvida no estabelecimento do INEC em Edgestow.

Durante a discussão desse item, os pensamentos de muitos dos professores voltaram-se para o almoço, e a atenção deles se desviou. Mas, quando faltavam cinco minutos para uma da tarde, Curry se levantou para apresentar o item 3, "Correção de problema quanto aos salários dos pesquisadores juniores". Eu não gostaria de dizer quanto um pesquisador júnior ganhava em Bracton naquele tempo, mas creio que dificilmente cobriria as despesas da moradia dele na faculdade, que era compulsória. Studdock, que apenas recentemente havia saído da condição de pesquisador júnior, sentiu grande empatia por eles. Entendeu a expressão de seus rostos. A retificação, se aprovada, significaria para eles roupas, festas, carne no almoço e a chance de comprar metade, e não um quinto, dos livros de que precisavam. Todos os olhos estavam fixos no tesoureiro quando ele se levantou para responder às propostas de Curry. Ele esperava que ninguém imaginasse que ele tinha aprovado a anomalia que, em 1910, excluía a classe inferior dos professores das novas cláusulas no parágrafo 18 do estatuto 17. Ele tinha certeza de que todos ali presentes *desejavam* que o problema fosse corrigido. Todavia, era dever do tesoureiro apontar que aquela era a segunda proposta do dia envolvendo gastos muito pesados. A única coisa que ele podia dizer, tal como dissera na proposta anterior, era que não se poderia discutir a questão desconsiderando a atual situação financeira da faculdade, que esperava apresentar para os colegas no decorrer da tarde. Muitas outras coisas foram ditas, mas nenhuma resposta foi dada ao tesoureiro, o assunto foi adiado e quando, faltando quinze minutos para as duas da tarde, os professores saíram todos para almoçar, famintos, com dor de cabeça e morrendo de vontade de fumar, todo pesquisador júnior tinha fixo em mente o pensamento de que um muro novo para o bosque e um aumento no salário eram alternativas estritamente excludentes. "Este bosque maldito atrapalhou a nossa vida a manhã toda", disse um deles, ao que outro respondeu: "E ainda não nos livramos dele".

Nesse estado de espírito, o corpo docente retornou ao Soler depois do almoço para analisar as finanças. Busby, o tesoureiro, foi naturalmente o principal orador. Fazia bastante calor no Soler em uma tarde ensolarada, e o ritmo lento da exposição do tesoureiro e até mesmo o brilho dos seus dentes brancos perfeitamente alinhados (ele tinha uma ótima dentição) exerceram uma espécie de poder hipnótico. Professores universitários nem sempre acham fácil entender questões financeiras. Se entendessem, eles provavelmente não exerceriam sua profissão. Conseguiram entender que a situação era ruim, muito ruim mesmo. Alguns dos professores mais jovens e inexperientes pararam de perguntar se teriam um muro novo ou um aumento de salário e em vez disso começaram a perguntar se a faculdade continuaria a funcionar. A época, tal como o tesoureiro disse de maneira tão acertada, era extraordinariamente difícil. Os membros mais velhos muitas vezes ouviram falar de épocas assim, de dezenas de tesoureiros anteriores, e estavam menos preocupados. Não estou sugerindo, nem sequer por um momento, que o tesoureiro de Bracton não estivesse apresentando a situação de maneira correta. É muito raro que os assuntos de uma grande corporação comprometida de maneira indefinida com o progresso do saber possam ser descritos como, em um sentido completamente não ambíguo, satisfatórios. O discurso de Busby foi excelente. Cada sentença era um modelo de lucidez, e se seus ouvintes achassem que a essência daquele discurso era menos clara que suas partes, seria por incapacidade de compreensão. Ele sugeriu pequenas reduções no orçamento e alguns reinvestimentos, e todas essas sugestões foram aprovadas por unanimidade. As atividades foram suspensas para o chá, e os ânimos do corpo docente se abrandaram. Studdock ligou para Jane e disse a ela que não jantaria em casa.

Foi só por volta de seis da tarde que todas as linhas de pensamento convergentes, despertadas pelas discussões anteriores, se unificaram quanto à questão da venda do bosque Bragdon. Ela não foi chamada de "a venda do bosque Bragdon". O tesoureiro a denominou "venda da área cor-de-rosa na planta que, com a permissão do diretor, passarei a todos na mesa". Ele apontou com bastante franqueza que a venda envolveria perda de *parte* do bosque. De fato, a sede proposta para o INEC ainda deixava para a faculdade uma faixa de cerca de uns cinco metros de largura ao longo da metade do lado sul, mas não houve nenhum logro, pois os professores tinham a planta para ver com seus próprios olhos. Era em uma escala pequena, talvez não perfeitamente acurada, servindo apenas para dar uma ideia geral. Para responder às perguntas, ele admitiu que infelizmente — ou talvez felizmente — o poço estava na área pretendida pelo INEC. Os direitos de acesso da faculdade evidentemente seriam garantidos, e tanto o poço quanto seu pavimento seriam preservados pelo Instituto de maneira a satisfazer todos os arqueólogos do mundo. Ele se absteve de dar qualquer conselho e simplesmente mencionou o valor muito surpreendente que o INEC estava oferecendo. Depois disso, a reunião ficou animada. As vantagens da venda revelaram-se uma a uma, como frutas maduras que caem na mão. O problema do muro seria resolvido, bem como o da proteção de monumentos antigos e a questão financeira. Pareceu que resolveria o problema dos salários dos pesquisadores juniores. Parecia também que o INEC considerava aquele como o único lugar possível em Edgestow. Se por algum acaso Bracton não vendesse, todo o esquema ruiria, e o Instituto com certeza iria para Cambridge. Chegaram até a saber por parte do tesoureiro, depois de muitas perguntas, que uma das faculdades de Cambridge estava muito ansiosa para vender.

Os poucos "cabeças-duras" de verdade ali presentes, para quem o bosque Bragdon era quase uma razão para viver, quase não entenderam o que estava acontecendo. Quando usaram da palavra, suas falas soaram como notas discordantes em meio ao burburinho de comentários positivos. Eles foram manipulados de modo tal a se parecer com o grupo que desejava apaixonadamente ver Bragdon cercado por arame farpado. Quando finalmente o velho Jewel se pôs de pé, cego, tremendo e quase chorando, quase não se podia ouvir sua voz. Homens se levantaram para olhar, e alguns para admirar o rosto bem desenhado, quase infantil, e os cabelos brancos que se tornavam mais evidentes enquanto a grande sala ficava mais escura. Mas apenas os que estavam próximos dele conseguiam entender o que ele dizia. Nesse momento, Lorde Feverstone se pôs de pé, cruzou os braços e, olhando diretamente para o ancião, disse alto e claro:

"Se o Cônego Jewel *não* quer que ouçamos suas opiniões, penso que ele o conseguirá mais facilmente ficando em silêncio."

Jewel já era velho antes da Primeira Guerra, quando homens de idade eram tratados com bondade, e nunca conseguiu se acostumar ao mundo moderno. Por um momento, permaneceu de pé, com a cabeça esticada para a frente, e as pessoas pensaram que ele ia responder. Então, de repente, ele sacudiu as mãos em um gesto de desesperança, encolheu-se e com esforço voltou para sua cadeira.

A moção foi aprovada.

•••

Depois de sair do apartamento naquela manhã, Jane também tinha ido a Edgestow e comprado um chapéu. Ela havia antes demonstrado desprezo por mulheres que compram chapéu do mesmo modo que homens bebem, esperando encontrar estímulo ou conforto. Não lhe ocorreu que estava fazendo a mesma coisa. Preferia roupas mais sóbrias, de cores adequadas a uma estética séria — roupas que deixariam claro para todo mundo que ela era uma pessoa adulta inteligente, e não uma dondoca. Por causa disso, não sabia que se interessava por roupas. Portanto, Jane ficou um pouco aborrecida quando a Sra. Dimble a viu do lado de fora da loja Sparrow e lhe disse: "Oi, querida! Foi comprar um chapéu? Venha almoçar lá em casa e vamos dar uma olhada nele. O carro de Cecil está bem ali na esquina".

Cecil Dimble, docente de Northumberland, tinha sido o orientador de Jane em seu último ano de estudos, e a Sra. Dimble (alguns a chamavam de Mãe Dimble) fora uma espécie de tia postiça de todas as moças daquela turma. A afeição que tinha pelas alunas do marido talvez não fosse tão comum como deveria se esperar entre as esposas dos professores, mas a Sra. Dimble parecia gostar de todos os alunos de seu marido, rapazes e moças, e a casa do casal, do outro lado do rio, era uma espécie de *sarau* barulhento durante todo o período letivo. Ela tinha um carinho especial por Jane, com aquele tipo de afeição que uma mulher bem-humorada, de bom temperamento e sem filhos algumas vezes sente por uma moça que considera bonita e, às vezes, sem juízo. Já fazia um ano, talvez mais, que Jane não visitava os Dimbles, e se sentia culpada por isso, e por esse motivo aceitou o convite para almoçar.

Eles cruzaram a ponte ao norte de Bracton, e depois seguiram ao sul ao longo da margem do rio Wynd; passaram por alguns chalés, viraram à esquerda e seguiram na direção leste até a igreja normanda; então desceram a estrada com álamos brancos de um lado e o muro do bosque Bragdon do outro e finalmente chegaram à casa dos Dimbles.

“Como o jardim está bonito!”, disse Jane com muita sinceridade assim que desceu do carro. O jardim dos Dimbles era famoso.

“É melhor você dar uma boa olhada nele, então”, disse o Dr. Dimble.

“O que você quer dizer?”, perguntou Jane.

“Você não contou para ela?”, perguntou o Dr. Dimble à esposa.

“Ainda não cheguei a esse ponto”, respondeu a Sra. Dimble. “Além disso, pobrezinha, o marido dela é um dos vilões do esquema. Seja como for, imagino que ela saiba.”

“Não tenho ideia do que vocês estão falando”, disse Jane.

“Sua faculdade está ficando tão difícil, querida. Eles estão nos despejando. Não vão renovar o aluguel.”

“Ah, Sra. Dimble!”, exclamou Jane. “Eu nem sequer sabia que esta era uma propriedade de Bracton.”

“Pois é”, lamentou-se a Sra. Dimble. “Metade do mundo não sabe como a outra metade vive. Eu estava aqui imaginando que você estava usando toda a sua influência com o Sr. Studdock para tentar nos salvar quando na realidade...”

“Mark nunca conversa comigo sobre os assuntos da faculdade.”

“Bons maridos nunca o fazem”, disse o Dr. Dimble. “No máximo, só falam sobre os assuntos das faculdades dos outros. É por isso que a Margaret sabe tudo sobre Bracton e nada sobre Northumberland. Ninguém vai entrar para almoçar?”

Dimble achava que Bracton iria vender o bosque e tudo mais que possuía daquele lado do rio. Naquele momento, toda a região parecia-lhe mais paradisíaca do que quando ele se mudara para lá, vinte e cinco anos atrás, e ele não se sentia muito confortável em falar a respeito na presença da esposa de um dos homens de Bracton.

“Você vai ter de esperar o almoço até que eu veja o chapéu novo da Jane”, disse a Mãe Dimble, apressando Jane a subir a escada. Seguiram-se alguns minutos de uma conversa estritamente feminina no sentido antigo. Jane, conquanto preservasse certo senso de superioridade, considerou tudo inexplicavelmente reconfortante. Ainda que a Sra. Dimble tivesse o ponto de vista errado quanto a essas coisas, não havia como negar que a pequena sugestão que ela deu fosse sem dúvida certa. Quando o chapéu estava sendo guardado de novo, a Sra. Dimble disse de repente:

"Não está acontecendo nada de errado, está?"

"Algo errado?", perguntou Jane. "Por quê? O que poderia ser?"

"Você está diferente."

"Ah, está tudo bem comigo", disse Jane em voz alta. Mentalmente ela acrescentou: "Ela está morrendo de vontade de saber se estou grávida. Esse tipo de mulher sempre tem tal curiosidade".

"Você não gosta de ser beijada?", perguntou a Sra. Dimble, de maneira inesperada.

"Se eu não gosto de ser beijada?", repetiu Jane para si mesma. "Então é essa a questão. Se eu detesto ser beijada? Não espere inteligência das mulheres..." Ela teve vontade de responder "claro que não", mas de forma inexplicável, e para seu grande aborrecimento, começou a chorar. E então, por um momento, a Sra. Dimble simplesmente se tornou uma adulta, como os adultos costumam ser com uma criança bem pequena: um objeto grande, acolhedor, agradável para o qual a criança corre quando machuca o joelho ou quebra um brinquedo. Quando pensava em sua infância, Jane em geral se lembrava daquelas ocasiões nas quais não desejava ou resistia ao abraço volumoso da babá ou da mãe, como se fosse um insulto à sua maturidade. Naquele momento, Jane voltou aos tempos esquecidos, ainda que não frequentes, quando o medo ou a dor produziam uma vontade de rendição, e a rendição trazia conforto. Não detestar ser acariciada e afagada era contrário à teoria de vida que mantinha; ainda assim, antes que descessem as escadas, ela contou à Sra. Dimble que não estava grávida, mas um pouco deprimida por ficar muito tempo a sós e pelo pesadelo que teve.

Durante o almoço, o Dr. Dimble falou a respeito da lenda arturiana. "É realmente maravilhoso", disse ele, "como as coisas se encaixam, mesmo em uma versão tardia como a de Malory.[20] Vocês já perceberam que há dois grupos de personagens? De um lado, há Guinevere e Lancelote e todas

---

[20]Sir Thomas Malory (c. 1415–1471), romancista inglês, autor de *A morte de Arthur*, um dos mais célebres livros sobre as histórias do Rei Arthur e dos cavaleiros da Távola Redonda. [N. T.]

aquelas pessoas no centro, todos muito corteses, sem nada de particularmente britânico a respeito delas. Mas então, no pano de fundo — do outro lado de Arthur, por assim dizer —, há os personagens *tenebrosos*, como Morgana e Morgause, que são muito britânicos, e em geral mais ou menos hostis, ainda que sejam todos parentes, e envolvidos com magia. Você se lembra daquela frase maravilhosa, de como a Rainha Morgana 'incendiou o país inteiro com mulheres que eram feiticeiras'. Merlin evidentemente também é britânico, ainda que não seja hostil. Isso não se parece com um retrato da Britânia como deve ter sido na véspera da invasão?"

"O que você quer dizer com isso, Dr. Dimble?", perguntou Jane.

"Bem, não teria havido uma seção da sociedade que fosse quase totalmente romana? Pessoas usando togas e falando um latim celta, algo que para nós soaria como espanhol e plenamente cristão. Mas, no interior do país, em lugares isolados, escondidos por florestas, teriam existido pequenos reinos governados por verdadeiros vice-reis britânicos, falando uma língua parecida com o galês, praticando até certo ponto a religião druídica."

"E o que Arthur teria sido?", perguntou Jane. Foi uma tolice seu coração ter se sobressaltado quando ela ouviu as palavras "soaria como espanhol".

"Este é o ponto", disse o Dr. Dimble. "Pode-se imaginar um homem da antiga linhagem britânica, e que também era um cristão e um general altamente treinado com técnicas romanas, tentando unificar toda uma sociedade e quase conseguindo. Sua própria família britânica teria tido inveja dele, e a parte romanizada — os Lancelotes e os Lioneis — desprezariam os bretões. É por isso que Kay é sempre representado como um grosseirão, porque ele é parte do grupo nativo. E sempre debaixo de tudo isso, aquele puxão de volta ao druidismo."

"E onde Merlin estaria?"

"Sim... Ele é o personagem realmente interessante. Será que tudo deu errado porque ele morreu antes da hora? Você já parou para pensar que estranha criatura Merlin é? Ele não é perverso, mas é um mago. Evidentemente é um druida, mas sabe tudo a respeito do Graal. Ele é o 'filho do Diabo', mas aí vem Layamon[21] fazendo um grande esforço para dizer que o tipo de ser que gerou Merlin não precisaria necessariamente ter sido perverso. Você se lembra: 'No céu há muitos tipos de criaturas. Algumas delas são boas, outras fazem o mal'."

[21]Layamon (c. século 12), foi o primeiro poeta inglês a mencionar o Rei Arthur e outros personagens do ciclo arturiano. [N. T.]

"Isso *é* confuso. Não tinha pensado nisso antes."

"Eu sempre quis saber", disse o Dr. Dimble, "se Merlin não representa o último vestígio de algo de que a tradição posterior se esqueceu por completo — algo que se tornou impossível quando as únicas pessoas em contato com o sobrenatural eram boas ou más, sacerdotes ou feiticeiros".

"Que ideia horrível!", exclamou a Sra. Dimble, percebendo que Jane parecia preocupada. "Seja como for, Merlin existiu há muito tempo, se é que de fato existiu, e ele está perfeitamente morto e enterrado debaixo do bosque Bragdon, como todos nós sabemos."

"Enterrado, mas *não* morto, de acordo com a lenda", corrigiu o Dr. Dimble.

"Argh!", disse Jane involuntariamente, mas o Dr. Dimble estava rindo alto.

"Fico imaginando o que eles *irão encontrar* se começarem a escavar aquele lugar para fazer a fundação do INEC", disse ele.

"Primeiro, lama, e depois, água", concluiu a Sra. Dimble. "É por isso que eles não podem construir lá."

"Isso é o que você pensa", contestou o Dr. Dimble. "Se for isso, por que eles querem ir para lá? É improvável um londrino como Jules seja influenciado pela fantasia poética de a capa de Merlin recair sobre ele."

"A capa de Merlin uma ova!", disse Sra. Dimble.

"Sim", disse o doutor. "É uma ideia esquisita. Ouso dizer que alguns da turma dele gostariam de recuperar a capa. Se eles têm dignidade o bastante para usá-la, é outra história. Acho que não vão gostar se o velho Merlin voltar à vida junto com a capa."

"Esta menina vai desmaiar", disse a Sra. Dimble, dando um salto repentino.

"Ei! O que está acontecendo?", disse o Dr. Dimble, olhando espantado para o rosto de Jane. "A sala está quente demais para você?"

"Ah, isto é tão ridículo", disse Jane.

"Vamos para a sala de visitas", disse o Dr. Dimble. "Venha, apoie-se no meu braço."

Pouco depois, na sala de visitas, sentada ao lado de uma janela que se abria para o gramado, recoberto de folhas amarelas brilhantes, Jane tentou se desculpar por seu comportamento absurdo contando seu sonho. "Suponho que tenha me exposto de modo muito temerário", disse ela. "Vocês podem começar a me psicanalisar agora."

A julgar pela expressão facial do Dr. Dimble, Jane poderia ter conjecturado que o sonho dela o deixara bastante abalado.

"Que coisa extraordinária... muito extraordinária", murmurava ele. "*Duas* cabeças. E uma delas é a cabeça de Alcasan. Será que é uma pista falsa?"

"Pare com isso, Cecil", disse a Sra. Dimble.

"Você acha que eu preciso fazer análise?", disse Jane.

"Fazer análise?", disse o Dr. Dimble, olhando para ela como se não tivesse compreendido. "Ah, estou entendendo. Você quer dizer procurar o Brizeacre ou alguém do tipo dele?" Jane entendeu que a pergunta dela fez o Dr. Dimble se lembrar de alguma linha de raciocínio completamente diferente e, de modo desconcertante, deixar o problema da saúde dela de lado. Ao contar o sonho ela levantara outros problemas, ainda que não pudesse sequer imaginar que problemas seriam esses.

O Dr. Dimble olhou pela janela. "Lá está o meu pior aluno tocando a campainha", disse ele. "Vou para o escritório para ouvir a leitura de um trabalho sobre Swift,[22] que vai começar com 'Swift nasceu...'. Eu preciso me concentrar nisso também, o que não vai ser fácil." Ele se levantou e parou por um momento com a mão no ombro de Jane. "Olhe aqui", disse ele, "não vou dar nenhum conselho. Mas se você decidir contar esse sonho a alguém, espero que você *primeiro* leve em consideração procurar alguém cujo endereço Margery ou eu lhe daremos".

"Você não acredita no Sr. Brizeacre?", perguntou Jane.

"Não posso explicar", disse o Dr. Dimble. "Agora não. É muito complicado. Tente não se aborrecer com isso. Mas se você o *fizer*, fale conosco primeiro. Adeus."

Quase imediatamente depois que ele saiu, chegaram outros visitantes, de modo que Jane e sua anfitriã não puderam mais conversar em particular. Ela se despediu dos Dimbles cerca de meia hora depois e caminhou de volta para casa, não pela estrada dos álamos, mas pelo caminho que percorre a área do terreno público, passando pelos burros e pelos gansos, com as torres e campanários de Edgestow à sua esquerda e o velho moinho de vento no horizonte à sua direita.

[22]Jonathan Swift (1667–1745), escritor e clérigo irlandês, autor de *Viagens de Gulliver*. [N. T.]

Jantar com o vice-diretor

2

"MAS QUE GOLPE!", disse Curry parado em pé em frente à lareira em seus magníficos aposentos com vista para Newton. Eram os melhores aposentos na faculdade.

"Alguma notícia de NO?", indagou James Busby. Ele, Lorde Feverstone e Mark estavam bebendo xerez antes do jantar com Curry. NO, abreviação de Non-Olet,[1] era o apelido de Charles Place, diretor de Bracton. Sua eleição ao posto, uns quinze anos antes, havia sido um dos primeiros triunfos do Elemento Progressivo. Usando a força do argumento de que a faculdade precisava de "sangue novo" e precisava se livrar de suas "rotinas acadêmicas", eles tiveram sucesso em eleger um funcionário público idoso que certamente nunca havia sido contaminado por fraquezas acadêmicas desde que deixou sua faculdade relativamente obscura em Cambridge no século passado, mas que havia escrito um relatório monumental sobre saneamento nacional. O assunto, se muito, recomendara-o ao Elemento Progressista, e foi visto como um insulto aos *dilettanti* e aos conservadores, que responderam batizando seu novo diretor de Non-Olet. Mas, gradualmente, até os apoiadores haviam adotado o nome. No entanto, Place não havia atendido às suas expectativas, mostrando-se um dispéptico com gosto pela filatelia,

[1]*Non olet*, em latim, vem da expressão *pecunia non olet* [dinheiro não tem cheiro], atribuída ao imperador romano Vespasiano a respeito da cobrança de taxa para uso de banheiros públicos em Roma. [N. T.]

cuja voz era tão raramente escutada que alguns dos professores mais novos sequer sabiam como soava.

"Sim, aquele maldito", disse Curry, "quer me encontrar para tratar de um assunto muito importante assim que eu puder convenientemente visitá-lo depois do jantar".

"Isso quer dizer", disse o tesoureiro, "que Jewel e companhia estão tentando persuadi-lo e querem encontrar uma forma de voltar atrás no negócio".

"Não dou a mínima para isso", disse Curry. "Como alguém pode voltar atrás em uma resolução? Não é isso. Mas é o suficiente para estragar a noite inteira."

"Somente a *sua* noite", disse Feverstone. "Não se esqueça de nos deixar aquele seu conhaque muito especial antes de sair."

"Jewel! Santo Deus!", disse Busby, enterrando a mão esquerda em sua barba.

"Senti um pouco de pena do velho Jewel", disse Mark. Seus motivos para expressar-se assim eram bastante mistos. Para ser justo com ele, deve-se dizer que a inesperada e aparentemente desnecessária brutalidade no comportamento de Feverstone para com o velho o havia enojado. E também toda a ideia de estar em débito com Feverstone, num assunto de sua própria candidatura, deixara-o irritado o dia inteiro. Quem era esse homem, Feverstone? Entretanto, de maneira paradoxal, mesmo sentindo que chegara a hora de afirmar sua própria independência e de mostrar que não se deveria tomar por certo que ele concordaria com todos os métodos do Elemento Progressista, ele também sentia que um pouco de independência o alçaria a uma posição mais elevada dentro do próprio Elemento. Se a ideia de que "Feverstone o levará mais a sério se você mostrar autoridade" lhe tivesse ocorrido em tantas palavras, ele provavelmente a teria rejeitado como obsequiosa, mas isso não lhe ocorreu.

"Com pena de Jewel?", disse Curry dando as costas. "Você não diria isso se soubesse como ele era quando começou."

"Concordo com você", Feverstone disse para Mark, "mas eu tomo a visão de Clausewitz.[2] A guerra total é o que há de mais humano no fim das contas. Eu o calei no mesmo instante. Agora que superou o choque,

---

[2]Carl von Clausewitz (1780–1831), general prussiano, autor de *Da guerra* e outros livros sobre a arte da guerra. [N. T.]

ele está apreciando muito o fato de que confirmei totalmente tudo que ele vinha dizendo sobre a geração mais nova pelos últimos quarenta anos. Qual era a alternativa? Deixá-lo seguir com suas asneiras até que ele se levasse a um ataque de tosse ou do coração e tivesse ainda por cima a decepção de descobrir que seria tratado civilizadamente."

"Esse é certamente um ponto de vista", disse Mark.

"Dane-se tudo", seguiu Feverstone, "nenhum homem gosta que levem suas ferramentas embora. O que o pobre Curry faria aqui se um dia todos os conservadores se recusassem a agir como sempre fizeram? Otelo não teria mais ocupação".[3]

"O jantar está servido, senhor", disse o "atirador" de Curry — pois é assim que eles chamam os serventes da Faculdade Bracton.

"Está tudo podre, Dick", disse Curry enquanto se sentavam. "Não há nada que eu gostaria mais do que ver o fim de todos esses conservadores e obstrucionistas e poder seguir com o trabalho. Você não supõe que eu *gosto* de gastar todo o meu tempo meramente limpando o caminho, certo?" Mark percebeu que seu anfitrião estava um pouco irritado com os gracejos de Lorde Feverstone, que tinha uma risada extremamente viril e infecciosa. Mark sentia que começava a gostar dele.

"E o trabalho sendo...?", disse Feverstone para Mark, não exatamente olhando, muito menos piscando, mas fazendo com que ele sentisse que estava sendo, de alguma forma, incluído na brincadeira.

"Bem, alguns de nós temos nossos próprios trabalhos para fazer", respondeu Curry, abaixando a voz para dar-lhe um tom mais sério, quase como aquelas pessoas que abaixam as vozes para falar de assuntos médicos ou religiosos.

"Jamais imaginei que você fosse *esse* tipo de gente", disse Feverstone.

"Isso é o pior de todo o sistema", disse Curry. "Num lugar desses, ou você se contenta em ver tudo cair aos pedaços — quero dizer, fica estagnado —, ou então sacrifica sua própria carreira acadêmica em função de todas essas políticas infernais da faculdade. Qualquer dia desses, eu ainda *vou* largar mão disso e pegar firme no meu livro. Estou em condições de fazê-lo, sabe, Feverstone. Com longas férias, realmente acredito que conseguiria terminar esse livro."

---

[3]"Otelo não teria mais ocupação" é uma citação da peça *Otelo*, de Shakespeare (1564–1616). [N. T.]

Mark, que nunca antes vira Curry atormentado, estava começando a se divertir.

"Entendi", disse Feverstone. "Para manter o lugar funcionando como uma sociedade erudita, todos os melhores cérebros dali devem desistir de tudo que tem a ver com estudar."

"Exatamente!", disse Curry. "É exatamente..." E então parou, sem saber se estava de fato sendo levado a sério. Feverstone explodiu em risada. O tesoureiro, que até então nada tinha feito senão comer, limpou a barba com cuidado e falou com seriedade.

"Tudo isso é muito bonito na teoria", ele disse, "mas acho que Curry tem bastante razão. Suponhamos que ele resignasse seu cargo de vice--diretor e se retirasse para sua caverna. Ele pode nos dar um grande livro sobre economia...".

"Economia?", perguntou Feverstone, levantando as sobrancelhas.

"Acontece que eu sou um historiador militar, James", respondeu Curry. Ele sempre se mostrava um tanto irritado com a dificuldade que seus colegas pareciam ter para lembrar qual ramo em particular ele havia escolhido estudar.

"Quero dizer história militar, é claro", disse Busby. "Como ia dizendo, ele pode nos dar um grande livro sobre história militar. Mas seria desbancado em vinte anos. Enquanto o trabalho que hoje faz pela faculdade beneficiará a instituição por séculos. Todo esse negócio, agora, de trazer o INEC para Edgestow. O que você acha disso, Feverstone? Não estou apenas falando do lado financeiro, embora como tesoureiro eu o considere bastante. Mas pense na nova vida, no despertar de uma nova visão, no alvoroço de impulsos dormentes. O que qualquer livro sobre economia..."

"História militar", disse Feverstone gentilmente, mas dessa vez Busby não o escutou.

"O que seria qualquer livro sobre economia comparado a algo assim?", ele continuou. "Vejo isso como o maior triunfo de idealismo prático que este século verá."

O bom vinho começava a cumprir seu bom serviço. Todos já conhecemos aquele tipo de clérigo que tende a se esquecer do colarinho clerical depois da terceira taça, mas o hábito de Busby era o contrário. Depois da terceira taça, ele passava a se lembrar do seu. Enquanto o vinho e a luz de velas soltavam sua língua, o pároco ainda latente dentro dele depois de trinta anos de apostasia começou a acordar para uma estranha vida galvânica.

"Como os companheiros sabem", disse ele, "não faço apelo algum à ortodoxia. Mas se a religião for compreendida no sentido mais profundo, não hesito em dizer que Curry, ao trazer o INEC para Edgestow, fez mais por ela em um ano do que Jewel já fez em toda a sua vida".

"Bem", disse Curry modestamente, "isso é basicamente o tipo de coisa que se esperaria. Eu não diria exatamente como você, James...".

"Não, não", disse o tesoureiro, "é claro que não. Todos temos línguas diferentes, mas todos realmente queremos dizer a mesma coisa".

"Alguém descobriu", perguntou Feverstone, "o que, precisamente, é o INEC ou o que pretende fazer?".

Curry olhou para ele com uma expressão levemente assustada. "É estranho ouvir isso de você, Dick", ele disse. "Achei que você estava por dentro."

"Não é um pouco ingênuo", disse Feverstone, "supor que estar por dentro de algo envolve qualquer conhecimento distinto do programa oficial?".

"Ah bem, se você quer dizer *detalhes*", disse Curry, e então parou.

"Certamente, Feverstone", disse Busby, "você está fazendo um grande mistério sobre nada. Eu pensei que os objetivos do INEC estivessem bastante claros. É a primeira tentativa de levar a ciência aplicada a sério de um ponto de vista nacional. A diferença de escala entre o Instituto e tudo que tivemos antes é uma diferença de tipo. Apenas os prédios, apenas o aparato...! Pense no que ele já fez pela indústria. Pense em como mobilizará todo o talento do país, e não apenas talento científico no sentido mais estrito. Quinze diretores departamentais a quinze mil por ano cada! Sua própria equipe jurídica! Sua própria polícia, ouvi dizer! Sua própria equipe permanente de arquitetos, pesquisadores, engenheiros! É estupendo!".

"Carreiras para nossos filhos", disse Feverstone. "Entendo."

"O que você quer dizer com isso, Lorde Feverstone?", questionou Busby, abaixando a taça.

"Senhor!", disse Feverstone, seus olhos rindo. "Que embaraço! Eu tinha praticamente me esquecido de que você tem uma família, James."

"Concordo com James", disse Curry, que vinha, com certa falta de paciência, esperando para falar. "O INEC marca o começo de uma nova era — a era *realmente* científica. Tudo até agora foi acidental. Isso colocará a própria ciência em bases científicas. Haverá quarenta comitês interligados se reunindo todos os dias, e eles têm um sistema maravilhoso — mostraram-me o modelo na última vez que fui à cidade — em que as descobertas de cada comitê se imprimem são impressas automaticamente em seu próprio nicho no mural de avisos analítico a cada meia hora. Então, o relatório desliza para a posição correta, onde se conecta por pequenas setas com todas as partes relevantes dos outros relatórios. Um olhar sobre o mural revela a política de todo o Instituto tomando forma em frente aos seus olhos. Haverá uma equipe de no mínimo vinte especialistas no topo do prédio trabalhando nesse mural de notícias em uma sala parecida com uma sala de controle de tubos. É um sistema maravilhoso. Os diferentes tipos de negócios saem todos no mural em diferentes luzes coloridas. Deve ter custado meio milhão. Eles o chamam de pragmatômetro."

"E por aí", disse Busby, "você vê novamente o que o Instituto já está fazendo pelo país. A pragmatometria será algo grande. Centenas de pessoas estão aderindo a ela. Aliás, esse mural de notícias analítico estará ultrapassado provavelmente antes de o prédio ser concluído!".

"Sim, por Júpiter", disse Feverstone, "e o próprio NO me disse hoje de manhã que o saneamento do Instituto seria algo totalmente fora do comum".

"Pois é", disse Busby de modo vibrante. "Não vejo por que alguém deveria achar isso insignificante."

"E o que você pensa acerca disso, Studdock?", perguntou Feverstone.

"Eu acho", disse Mark, "que James tocou no ponto mais importante quando disse que o Instituto teria sua própria equipe jurídica e sua própria polícia. Não dou a mínima para pragmatômetros e saneamento de luxo. O mais importante é que dessa vez faremos a ciência ser aplicada a problemas sociais, e com o apoio total do Estado, exatamente como a guerra foi totalmente apoiada pelo Estado no passado. Esperamos, é claro, que se descubra mais do que a velha ciência autônoma descobriu, mas o certo é ele *pode* fazer mais".

"Droga", disse Curry, olhando para o relógio. "Preciso falar com NO agora. Se quiserem tomar o conhaque quando terminarem o vinho, está naquele armário. Vocês encontrarão taças balão na prateleira de cima. Estarei de volta assim que puder. Você não vai embora, James, não é?"

"Sim", disse o tesoureiro. "Vou para a cama cedo. Não me deixem interromper a festa para vocês dois. Estive em pé o dia inteiro, sabem. Somente um tolo para ficar em qualquer cargo de escritório nessa faculdade. Ansiedade contínua. Responsabilidade esmagadora. E ainda vêm pessoas sugerir que todos os besourinhos pesquisadores que nunca pisaram fora de bibliotecas e laboratórios são os verdadeiros trabalhadores! Eu queria ver Glossop ou qualquer um daquela turma encarar o dia de trabalho que tive hoje. Curry, meu chapa, você teria uma vida mais fácil se tivesse ficado com a economia!"

"Já te disse antes", começou Curry, mas o tesoureiro, agora em pé, estava se curvando sobre Lorde Feverstone e lhe contando uma história engraçada.

Assim que os dois homens saíram da sala, Lorde Feverstone olhou fixamente para Mark por alguns segundos com uma expressão enigmática. Então riu discretamente. Então o riso se transformou em risada. Ele jogou seu corpo esguio e musculoso para trás na cadeira e riu mais, e mais alto. Sua risada era muito contagiante, e Mark se viu rindo também — de maneira sincera e até mesmo descontrolada, como uma criança.

"Pragmatômetros, suntuosos lavatórios, idealismo prático", disse Feverstone, arfando. Era um momento de libertação extraordinária para Mark. Todo tipo de coisa sobre Curry e Busby que ele não havia percebido antes, ou então, percebendo, tinha desconsiderado em reverência ao Elemento Progressista, voltou à sua mente. Perguntou-se como poderia ter sido tão cego para o lado engraçado das coisas.

"É realmente devastador", disse Feverstone quando já estava parcialmente recuperado, "que as pessoas que temos de usar para que as coisas sejam feitas falem tais disparates no momento que perguntamos acerca dessas coisas".

"E, mesmo assim, eles *são*, em um sentido, os cérebros de Bracton", disse Mark.

"Deus do céu, não! Glossop e Bill Nevasca, até mesmo o velho Jewel, têm dez vezes a inteligência deles."

"Eu não sabia que você tinha essa opinião."

"Eu acho que Glossop etc. estão bem enganados. Acho irreais suas ideias de cultura e conhecimento e tudo o mais. Não acho que se encaixem no mundo em que vivemos. São meras fantasias. Mas são ideias claras, e eles as seguem com consistência. Sabem o que querem. Mas nossos dois pobres amigos, embora possam ser persuadidos a tomar o trem certo, ou mesmo conduzi-lo, não têm a mínima noção de onde ele vai ou por quê. Eles suarão sangue para trazer o INEC a Edgestow: por isso são indispensáveis. Mas qual é o ponto do INEC, qual é o ponto de qualquer coisa — pergunte a eles. Pragmatometria! Quinze subdiretores!"

"Bem, talvez eu também esteja no mesmo barco."

"De forma alguma. Você enxergou o ponto de imediato. Eu sabia que você o faria. Quando você se candidatou para a vaga de pesquisador, li todas as suas publicações. É sobre isso que queria falar com você."

Mark estava em silêncio. A sensação vertiginosa de ser levado de um plano de confidência a outro e o crescente efeito do excelente vinho do Porto de Curry o impediram de falar.

"Quero que você entre no Instituto", disse Feverstone.

"Você quer dizer — deixar Bracton?"

"Isso não importa. De qualquer forma, não suponho que haja aqui qualquer coisa que você queira. Faríamos de Curry o diretor quando NO se aposentar e..."

"Estavam falando de fazer de você o diretor."

"Deus!" disse Feverstone, olhando-o fixamente. Mark percebeu que, do ponto de vista de Feverston, era como sugerir que ele se tornasse o diretor de uma pequena escola de idiotas e agradeceu aos céus por sua observação não ter sido feita num tom que tornasse aquilo obviamente sério. Então ambos riram de novo.

"Você", disse Feverstone, "seria absolutamente um desperdício como diretor. Isso é trabalho para Curry. Ele o fará muito bem. Ele é do tipo que ama negociar e manipular por si só, e não fica perguntando o porquê de tudo. Se ele fizesse isso, começaria a trazer suas próprias... — bem, suponho que tenhamos de chamar de 'ideias'. Do jeito que anda a coisa, só temos de lhe dizer que ele pensa que fulano é um homem que a faculdade quer, e ele *pensará* isso. Então jamais descansará até que fulano seja admitido. É para isso que queremos a faculdade: uma rede de pesca, um escritório de recrutamento".

"Um escritório de recrutamento para o INEC, você diz?"

"Sim, em primeira instância. Mas isso é apenas parte do quadro maior".

"Não sei se entendo o que você quer dizer."

"Você logo entenderá. O time da casa e tal, você sabe! Parece mais com o estilo de Busby dizer que a humanidade está numa encruzilhada. Mas a questão principal no momento é: de que lado você está, do obscurantismo ou da ordem? Realmente parece que agora temos o poder de nos lançar como espécie a um período surpreendente, de tomar controle de nosso próprio destino. Se a ciência realmente receber carta branca, ela poderá agora tomar a raça humana e recondicioná-la: fazer do homem um animal realmente eficiente. Se não der certo — bem, é o fim."

"Continue."

"Há três problemas principais. Primeiro, o problema interplanetário..."

"Do que é que você está falando?"

"Bem, não importa. Não podemos fazer nada sobre isso no presente momento. O único que podia ajudar era Weston."

"Ele foi morto em um ataque-relâmpago, não?"

"Ele foi assassinado."

"Assassinado?"

"Tenho certeza disso, e tenho uma bela ideia sobre quem foi o assassino."

"Deus do céu! Não há nada que possa ser feito?"

"Não há provas. O assassino é um respeitado professor de Cambridge com a vista fraca, uma perna manca e uma barba clara. Ele já jantou aqui nesta faculdade."

"Por que Weston foi assassinado?"

"Por estar do nosso lado. O assassino é um dos inimigos."

"Você está dizendo que ele o matou por causa disso?"

"Sim", disse Feverstone, abaixando a mão e pousando-a com sofisticação sobre a mesa. "É exatamente esse o ponto. Você ouvirá gente como Curry ou James balbuciando coisas sobre a 'guerra' contra a reação. Nunca passa pela cabeça deles que pode ser uma guerra real com casualidades reais. Eles pensam que a resistência violenta do outro lado terminou com a perseguição de Galileu e tudo aquilo. Mas não acredite nisso. Está apenas começando de verdade. Agora eles sabem que finalmente conseguimos poderes *reais*: que a questão do que virá a ser a humanidade será decidida nos próximos sessenta anos. Lutarão em todos os lugares. Não pararão por nada."

"Eles não podem vencer", disse Mark.

"Esperamos que não", disse Lorde Feverstone. "Eu acredito que não. Por isso é importantíssimo que cada um de nós escolha o lado certo. Quem tentar ficar neutro se tornará apenas um peão."

"Ah, eu não tenho qualquer dúvida sobre qual é o *meu* lado", disse Mark. "Poxa vida, a preservação da raça humana é uma obrigação bem fundamental."

"Bem, pessoalmente", disse Feverstone, "não estou me deixando levar por nenhum busbyismo acerca disso. É um tanto fantástico basear suas ações em uma suposta preocupação com o que há de acontecer milhões de anos adiante; e você deve se lembrar de que o outro lado também alegaria estar preservando a humanidade. Ambos podem ser explicados psicanaliticamente se tomarem essa linha. O ponto prático é que você e eu não gostamos de ser peões, e na verdade gostamos mais é de lutar — especialmente do lado vencedor".

"E qual é o primeiro passo prático?"

"Sim, essa é a verdadeira questão. Como disse, o problema interplanetário deve ser colocado de lado no presente momento. O segundo problema são os nossos rivais neste planeta. Não me refiro apenas a insetos e bactérias. Existem inúmeros outros tipos de vida por aí, animal e vegetal. Ainda não limpamos o terreno. A princípio não era possível; depois, tivemos escrúpulos estéticos e humanitários; e ainda não causamos um curto-circuito na questão do equilíbrio da natureza. Tudo isso tem de acontecer. O terceiro problema é o próprio Homem".

"Continue. Isso muito me interessa."

"O Homem tem de se encarregar do Homem. Isso significa, lembre-se, de que alguns homens têm de se encarregar do resto — que é mais uma razão para entrar na jogada logo que puder. Você e eu somos as pessoas que lideram, não aquelas são lideradas. Basicamente."

"O que você tem em mente?"

"Coisas bem simples e óbvias. Primeiro, esterilização dos incapazes, liquidação de raças atrasadas (não queremos nenhum peso morto), acasalamento seletivo. E então uma educação de verdade, incluindo educação pré-natal. Por educação de verdade quero dizer uma que não tenha essa besteira de 'pegar ou largar'. Uma educação verdadeira faz infalivelmente o que ela quer com o paciente: não importa o que ele ou seus pais tentem fazer a respeito. Claro, no começo ela será basicamente psicológica. Mas no final chegaremos ao condicionamento bioquímico e à manipulação direta do cérebro..."

"Mas isso é estupendo, Feverstone."

"Exato! Isso é pra valer. Um novo tipo de homem: e é gente como você que deve começar a criá-lo."

"Eis o problema. Não creio que seja falsa modéstia, mas ainda não vejo como posso contribuir."

"Não, mas *nós* já. Você é o que precisamos: um sociólogo treinado com uma visão radicalmente realista, sem medo da responsabilidade. Além disso, um sociólogo que sabe escrever."

"Você está dizendo que quer que eu ponha isso tudo em palavras?"

"Não. Queremos que você escreva para pôr isso tudo no papel — para *camuflar*. Apenas por enquanto, é claro. Assim que as coisas começarem a funcionar, não precisaremos nos importar com o grande coração do público britânico. Faremos do grande coração o que quisermos. Mas, enquanto isso, *faz* diferença como as coisas são divulgadas. Por exemplo, se alguém apenas sussurrasse que o INEC quer poder para fazer experimentos com criminosos, você deixaria todos os melindrosos na defensiva, tagarelando sobre a humanidade. Chame isso de reeducação do desajustado, e todos eles ficarão babando com deleite ao ver uma era brutal de justiça retributiva finalmente chegar ao fim. Que estranho — a palavra 'experimento' é impopular, mas não a palavra 'experimental'. Não se deve fazer experimentos com crianças, mas ofereça aos queridos pequeninos uma educação gratuita em uma escola experimental ligada ao INEC e está tudo bem!"

"Você quer dizer que este — hum — lado jornalístico seria minha função principal?"

"Não tem nada a ver com jornalismo. Seus leitores em primeira instância seriam os comitês da Câmara dos Comuns, não o público. Mas isso seria secundário. Quanto ao trabalho em si — bom, é impossível dizer como virá a se desenvolver. Falando com um homem como você, não enfatizo o lado financeiro. Você começaria com algo bem modesto: digamos que por volta de mil e quinhentos anuais."

"Eu não estava pensando nisso", disse Mark, corando de pura empolgação.

"É claro", disse Feverstone, "que devo avisá-lo de que há perigos. Não agora, talvez. Mas, quando as coisas realmente começarem, é bem certo que tentem tirá-lo de cena, como aconteceu com o pobre do Weston".

"Acho que eu também não estava pensando nisso", disse Mark.

"Veja aqui", disse Feverstone. "Deixe-me apresentá-lo casualmente a John Wither amanhã. Ele me disse para convidar você para o fim de semana, se tiver interesse. Você conhecerá todas as pessoas importantes e terá tempo para se decidir."

"Como Wither entra nessa? Achei que Jules era o cabeça do INEC." Jules era um distinto romancista e popularizador da ciência, cujo nome sempre aparecia para o público em conexão com o novo instituto.

"Jules! Que piada!", disse Feverstone. "Você acha que aquele mascotezinho dita algo do que realmente acontece? Ele é bom para vender o Instituto para o grande público britânico nos jornais de domingo, e para isso ele ganha um salário absurdo. Não presta para o serviço. Não há nada na cabeça dele além daquelas ideias socialistas do século 19 e aquele blábláblá sobre os direitos do homem. Ele chegou somente até Darwin!"

"De fato", disse Mark. "Eu sempre fiquei um pouco confuso de vê-lo participando disso tudo. Sabe, já que você é tão gentil, acho que é melhor aceitar sua oferta e encontrar Wither no fim de semana. A que horas começaria?"

"Por volta de quinze para as onze. Soube que você mora para os lados de Sandawn. Posso ligar e pegar você em casa."

"Muito obrigado. Agora me fale sobre Wither."

"John Wither", começou Feverstone, mas parou de repente. "Droga!" ele disse. "Lá vem o Curry. Agora teremos de ouvir tudo que NO disse e como o grande político lidou maravilhosamente com ele. Não fuja. Precisarei do seu suporte moral."

• • •

O último ônibus partira muito antes que Mark deixasse a faculdade, e ele tomou a ladeira de volta para casa sob o brilhante luar. Algo bem incomum lhe aconteceu assim que entrou no apartamento. Ele se encontrou, no capacho, abraçando uma Jane assustada e em meio a soluços — até mesmo uma Jane humilde — que dizia: "Ah, Mark, tenho tido tanto medo".

Havia uma qualidade física em sua esposa que o tomou de surpresa. Ela perdera por um momento sua indefinível postura defensiva. Mark passara por tais situações antes, mas eram raras. Estavam se tornando ainda mais raras. E tendiam, em sua experiência, a serem seguidas no dia seguinte por discussões inexplicáveis. Isso o confundia imensamente, mas ele jamais havia posto seu espanto em palavras.

É de se duvidar que ele entendesse os sentimentos de Jane mesmo se lhe tivessem sido explicados, e Jane, de qualquer forma, não poderia tê-lo feito. Ela se mostrava extremamente confusa. Mas as razões para seu comportamento incomum nessa noite em particular eram bastante simples. Ela havia voltado da casa dos Dimbles por volta das quatro e meia sentindo-se muito cansada da caminhada, com fome e certa de que suas experiências na noite passada e no almoço já haviam terminado. Ela teve de acender a luz e fechar a cortina antes de terminar o chá, pois os dias estavam ficando mais curtos. Enquanto fazia isso, veio-lhe à mente o pensamento de que seu medo por causa do sonho e da simples menção de um manto, de um velho, de um velho enterrado sem estar morto, e de uma língua parecida com espanhol, na verdade, tinha sido tão irracional quanto o medo que uma criança tem do escuro. Isso a fizera se lembrar dos momentos que temia o escuro na infância. Talvez tenha pensado neles por tempo demais. De qualquer forma, quando se sentou para tomar sua última xícara de chá, de alguma forma a noite havia se deteriorado, e não se recuperou mais. Primeiro, ela achou muito difícil se concentrar em seu livro. Então, ao perceber isso, achou difícil se concentrar em qualquer livro. Depois percebeu que estava inquieta. De inquieta, passou a nervosa. Então, seguiu-se um longo tempo durante o qual ela não estava com medo, mas sabia que ficaria amedrontada de verdade se não se controlasse. Em seguida, sentiu uma curiosa relutância de ir até a cozinha para jantar e uma dificuldade — impossibilidade, de fato — de comer qualquer coisa quando terminou de preparar o jantar. E agora não se podia mais disfarçar o fato de que ela estava amedrontada. Em desespero, Jane ligou para a casa dos Dimbles. "No fim das contas, acho que devo encontrar a pessoa que você sugeriu", ela disse. A voz da Sra. Dimble retornou, depois de uma curiosa pequena pausa, passando o endereço. O nome era Ironwood — Srta. Ironwood, aparentemente. Jane havia presumido que seria um homem e sentiu-se relutante. A Srta. Ironwood vivia na região de St. Anne's-on-the-Hill. Jane perguntou se precisaria marcar horário. "Não", disse a Sra. Dimble, "Eles estarão — você não precisa marcar". Jane sustentou a conversa pelo tempo que conseguiu. Ela não havia telefonado para pegar o endereço, mas para ouvir a voz da Mãe Dimble. Secretamente ela tivera a esperança maluca de que a Mãe Dimble perceberia sua agitação e diria de imediato: "Estou indo de carro direto até você". Em vez disso, ela recebeu a simples informação e um "boa-noite" apressado. Jane achou que havia algo de estranho na voz da Sra. Dimble. Ela sentiu que, ao telefonar, interrompera uma conversa sobre ela mesma — ou não, não sobre ela, mas sobre algo mais importante, com o qual ela estava de alguma forma conectada. E o que é que a Sra. Dimble quis dizer com "eles estarão"? "Eles estarão esperando você"? Horríveis visões infantis com *eles* "esperando por ela" passaram por sua mente. Ela viu a Srta. Ironwood toda vestida de preto, sentada com as mãos cruzadas sobre os joelhos, e então alguém a levando até a presença da Srta. Ironwood, dizendo "Ela chegou" e deixando-a ali.

"Que se danem os Dimbles!", bravejou Jane para si mesma, e depois desdisse, mais por medo que por remorso. E agora que o colete salva-vidas havia sido usado sem trazer qualquer conforto, o terror, como que insultado por sua fútil tentativa de escapar dele, caiu rapidamente sobre ela sem possibilidade de disfarce, e depois disso ela não conseguiu mais se lembrar se o horrível velho e o manto haviam realmente aparecido em seu sonho ou se havia apenas estado ali sentada, encolhida e com olhos selvagens, esperando, esperando, esperando (até mesmo orando, embora ela não acreditasse em ninguém a quem orar) que eles não tivessem aparecido.

E foi por isso que Mark encontrou essa Jane tão vulnerável no capacho da porta. Era uma pena, ele pensou, que isso tivesse acontecido numa noite em que ele chegou tão tarde e cansado e, para dizer a verdade, não totalmente sóbrio.

• • •

"Está se sentindo bem agora de manhã?", perguntou Mark.

"Sim, obrigada", disse Jane brevemente.

Mark estava deitado na cama e tomava uma xícara de chá. Jane estava sentada à penteadeira, parcialmente vestida, arrumando o cabelo. Os olhos de Mark pousavam sobre ela com um prazer indolente e matinal. Se ele percebia muito pouco do desajuste entre eles, isso parcialmente se devia ao incurável hábito de "projeção" da nossa raça. Achamos que o cordeiro é gentil porque sua lã é macia quando nossas mãos a tocam: homens chamam uma mulher de voluptuosa quando ela lhes desperta sensações voluptuosas. O corpo de Jane, macio, embora firme, e esguio, embora com curvas, estava tão fixado na mente de Mark que seria simplesmente impossível para ele não atribuir a ela as mesmas sensações que lhe provocava.

"Você tem certeza de que está tudo bem?", perguntou ele de novo.

"Tudo", disse Jane ainda mais brevemente.

Jane pensou que estava chateada porque seu cabelo não estava ficando como queria e porque Mark estava tagarelando. Ela também sabia, é claro, que estava profundamente brava consigo mesma pelo colapso que a traíra na noite passada, tornando-a o que ela mais detestava — a "mulherzinha" trêmula e chorona de caráter sentimental que corre para o conforto dos braços masculinos. Mas ela achou que essa raiva estava apenas no fundo de sua mente, e não suspeitava que ela pulsava em suas veias e produzia naquele mesmo momento a falta de jeito em seus dedos que fazia seu cabelo parecer intratável.

"Porque", continuou Mark, "se você estiver sentindo o menor desconforto que seja eu *poderia* adiar essa visita ao Wither".

Jane nada disse.

"Se eu realmente for", disse Mark, "com certeza terei de ficar fora por uma noite, talvez por duas".

Jane apertou os lábios com um pouco mais de firmeza, e continuou sem dizer nada.

"Supondo que eu vá", disse Mark, "você não cogitaria chamar a Myrtle para passar a noite?".

"Não, obrigada", disse Jane enfaticamente e completou, "Estou acostumada a ficar sozinha".

"Eu sei", disse Mark num tom defensivo. "É a forma infernal como as coisas têm acontecido na faculdade. É uma das principais razões pelas quais estou pensando em outro emprego."

Jane seguia em silêncio.

"Olha só, querida", disse Mark, sentando-se de repente e jogando as pernas para fora da cama. "Não adianta ficar rodeando a questão. Não me sinto confortável em sair enquanto você está em neste estado..."

"Que estado?" disse Jane, virando-se e encarando-o pela primeira vez.

"Bem, quero dizer, só um pouquinho nervosa, como qualquer um fica às vezes."

"Só porque calhou de eu estar tendo um pesadelo quando você chegou ontem à noite — ou melhor, esta manhã — não precisa falar como se eu fosse uma neurastênica." Não era de jeito nenhum isso que Jane pretendia ou esperava dizer.

"Não adianta seguirmos assim...", começou Mark.

"Assim como?", disse Jane friamente, e então, antes que ele tivesse tempo de responder: "Se você decidiu que estou ficando louca, então é melhor trazer o Brizeacre e me diagnosticar. Seria conveniente fazê-lo enquanto você está fora. Eles podem me despachar sem nenhuma confusão enquanto você está na casa do Sr. Wither. Agora vou cuidar do café da manhã. Se você não se barbear e se vestir rapidinho, não estará pronto quando Lorde Feverstone ligar."

O desfecho foi que Mark cortou-se seriamente enquanto se barbeava (e viu, na hora, uma imagem de si mesmo falando com o todo-importante Wither com uma grande bolota de algodão no lábio superior) ao mesmo tempo que Jane decidiu, por uma série de motivos, preparar para Mark um café da manhã muitíssimo elaborado — que ela preferiria morrer a ter de comer — e o fez com a ágil eficiência de uma mulher brava, apenas para derrubar tudo sobre o fogão novo no último instante. Eles ainda estavam à mesa e ambos fingindo ler o jornal quando Lorde Feverstone chegou. Infelizmente a Sra. Maggs chegou naquele mesmo momento. A Sra. Maggs era o elemento na economia de Jane representado pela frase "Temos uma mulher que vem duas vezes por semana". Vinte anos antes a mãe de Jane chamaria tal funcionária de "Maggs" e seria chamada por ela de "Mãe". Mas Jane e a "mulher que vinha" chamavam-se uma à outra de "Sra. Maggs" e "Sra. Studdock". Elas tinham aproximadamente a mesma idade e, aos olhos de um acadêmico, não havia muita diferença perceptível nas roupas que vestiam. Talvez por isso não fosse imperdoável que, quando Mark tentou apresentar Feverstone à sua esposa, Feverstone cumprimentou a Sra. Maggs com um aperto de mão, mas isso não abrandou os últimos minutos antes que os dois homens partissem.

Jane deixou o apartamento sob o pretexto de fazer compras quase que imediatamente. "Eu realmente não consigo aguentar a Sra. Maggs hoje", ela disse a si mesma. "Ela fala demais." Então aquele era Lorde Feverstone — aquele homem com a risada alta, artificial e uma boca de tubarão e sem modos. Aparentemente um perfeito tolo também! O que de bom traria a Mark andar por aí com um homem como aquele? Jane desconfiou da expressão dele. Ela sempre sabia: havia algo de desonesto nele. Ele provavelmente estava fazendo Mark de tolo. Mark era tão influenciável. Se pelo menos ele não estivesse em Bracton! Era uma faculdade horrível. O que Mark via em pessoas como o Sr. Curry e aquele odioso clérigo de barba? E, enquanto isso, o que haveria de ser do dia que a esperava, e da noite, e da próxima noite, e além — porque, quando os homens dizem que talvez fiquem fora por duas noites, querem dizer que duas noites é o mínimo e esperam ficar fora por uma semana. No que depender deles, um telegrama (nunca uma ligação) dá conta do recado.

Ela precisava fazer algo. Até mesmo pensou em seguir o conselho de Mark e chamar Myrtle para ficar com ela. Mas Myrtle era sua cunhada, irmã gêmea de Mark, com demasiada adoração fraternal pelo brilhante irmão. Ela falaria sobre a saúde de Mark, sobre suas camisas e suas meias numa ladainha contínua de espanto velado, embora inconfundível, acerca da sorte que Jane teve em se casar com ele. Não, com certeza Myrtle não. Então ela pensou sobre ir ver o Dr. Brizeacre como paciente. Ele era de Bracton, portanto provavelmente não lhe cobraria nada. Mas, quando pensou em responder — justamente a Brizeacre — ao tipo de perguntas que ele certamente faria, isso se tornou impossível. Ela precisava tomar uma atitude. No fim, um tanto para sua própria surpresa, ela percebeu que havia decidido ir até St. Anne's e ver a Sra. Ironwood. Sentiu-se tola por fazer isso.

• • •

Naquele dia, um observador localizado na altitude certa acima de Edgestow poderia ter visto longe, ao sul, um ponto se movendo em uma estrada principal, e depois, a leste e muito mais próximo ao fio prateado do rio Wynd, numa velocidade menor, a fumaça de um trem.

O ponto seria o carro que levava Mark Studdock em direção ao Escritório de Transfusão de Sangue em Belbury, onde o núcleo do INEC havia temporariamente se instalado. O tamanho e o estilo do carro lhe causaram uma impressão favorável assim que o viu. O estofado era de qualidade tão boa que poderiam até pensar ser comestível. E que bela energia masculina (Mark estava cansado de mulheres naquele momento) se revelou nos gestos com os quais Feverstone se posicionou ao volante, buzinou com o cotovelo e segurou seu cachimbo firme entre os dentes! A velocidade do carro, mesmo nas ruas estreitas de Edgestow, era impressionante, como o eram os comentários lacônicos de Feverstone sobre os outros motoristas e pedestres. Uma vez que haviam cruzado e ultrapassado a região da velha universidade de Jane (St. Elizabeth), ele começou a mostrar o que seu carro era capaz de fazer. Estava a uma velocidade tão alta que, mesmo numa estrada relativamente vazia, os motoristas indesculpavelmente ruins, os pedestres e homens a cavalo claramente dementes, a galinha que eles atropelaram e os cachorros e galinhas que Feverstone chamou de "sortudos pra caramba" pareciam seguir um ao outro quase que sem intervalo. Os postes de telégrafo passavam rapidamente, pontes eram cruzadas com um rugido, vilarejos eram cortados de ponta a ponta e se juntavam à paisagem já devorada. Mark, embriagado com o ar e ao mesmo tempo fascinado e repelido pela insolência na condução de Feverstone, só dizia "Sim", "De fato" e "Foi culpa *deles*", e furtivamente fitava o perfil de seu companheiro. Certamente ele representava uma mudança em relação à importância exigente de Curry e do tesoureiro! O nariz longo, reto, e os dentes cerrados, a dura silhueta ossuda na base do rosto, a própria forma como ele se vestia, tudo falava de um grande homem dirigindo um grande carro em direção a algum lugar em que encontrariam grandes coisas acontecendo. E ele, Mark, faria parte de tudo aquilo. Num instante ou outro em que seu coração subiu até a boca, ele imaginou se a qualidade da condução de Lorde Feverstone realmente justificava sua velocidade.

"Não é preciso levar a sério uma encruzilhada como aquela", gritou Feverstone, na mais arriscada daquelas manobras.

"De fato", vociferou Mark. "Não adianta nada fetichizar essas coisas!"

"Você dirige muito?", perguntou Feverstone.

"Já dirigi muito", respondeu Mark.

A fumaça que nosso observador imaginário teria visto a leste de Edgestow indicaria o trem em que Jane Studdock lentamente se dirigia rumo ao vilarejo de St. Anne's. Edgestow, para aqueles chegaram ali partindo de Londres, tinha toda a aparência de um terminal, mas uma olhada pelos arredores revelaria naquele momento uma baía, um trem com dois ou três vagões e uma locomotiva — um trem que chiava e soltava vapor por baixo das plataformas e no qual a maioria dos passageiros parecia se conhecer. Em alguns dias, em vez do terceiro vagão, muito provavelmente se veria um carro de transporte de cavalos, e na plataforma haveria grandes cestos contendo coelhos mortos ou galinhas vivas, e homens usando chapéus-coco marrons e polainas, e talvez um terrier ou um cão pastor que parecia acostumado a viajar. Nesse trem que partia à uma e meia, Jane balançou e chacoalhou ao longo do balastro, de onde ela viu, por entre alguns galhos nus e outros pintados de folhas vermelhas e amarelas, o bosque Bragdon, e depois viu, do outro lado da rocha atravessada pela ferrovia e além da passagem de nível, o campo Bragdon e as laterais do parque Brawl (o casarão ficou visível em um ponto), até a primeira parada em Duke's Eaton. Aqui, como em Woolham e Cure Hardy e Fourstones, o trem se acomodava, ao parar, com uma pequena chacoalhada e algo como um suspiro. E então haveria um barulho de latas de leite rolando e botas grosseiras andando na plataforma, e depois disso uma pausa que parecia durar muito tempo, durante a qual a luz do outono esquentava o painel da janela, e os cheiros de madeira e do campo, vindos dalém da pequena estação, vinham flutuando e pareciam reivindicar a ferrovia como parte de seu território. Passageiros subiam e desciam dos vagões em todas as paradas: homens com cara redonda; mulheres com botas chelsea e imitações de frutas em seus chapéus; estudantes. Jane mal os notou: apesar de ser teoricamente uma democrata extrema, nenhuma classe social exceto a sua era real para ela senão nos jornais. E, entre as estações, as coisas passavam rapidamente, tão isoladas de seus contextos, que cada uma parecia prometer uma felicidade de outro mundo se alguém fosse capaz de descer do trem naquele momento para colhê-la: uma casa recostada em alguns palheiros e circundada por amplos campos amarronzados; dois cavalos velhos enfileirados; um pequeno pomar com roupas lavadas dispostas em um varal; e um coelho encarando o trem, e seus olhos pareciam os pontos, com orelhas sendo os traços verticais, de dois pontos de exclamação. Às duas e quinze, ela chegou a St. Anne's, onde ficava o terminal verdadeiro daquela linha e o fim de tudo. O ar que lhe atingiu quando ela saiu da estação era frio e acentuado.

Embora o trem viesse sacolejando e resfolegando ladeira acima na segunda metade da viagem, ainda havia uma subida a ser feita a pé, pois St. Anne's é uma daquelas vilas empoleiradas no topo de uma colina, mais comuns na Irlanda do que na Inglaterra, e a estação fica um pouco distante do vilarejo. Uma estrada sinuosa por entre as ribanceiras a levou até lá. Assim que passou pela igreja, Jane virou à esquerda, como fora instruída, na Saxon Cross. Não havia casas à esquerda — apenas uma fila de faias e campos arados sem cercas que se esticavam num declive íngreme, e para além deles, a arborizada planície interiorana se espalhando até onde ela podia enxergar, tornando-se azul ao longe. Ela estava no ponto mais alto de toda aquela região. Jane, então, chegou a um muro alto à direita, que parecia se estender por um longo caminho: no muro havia uma porta, e ao lado da porta, um velho sino de ferro. Havia nela um tipo de leveza de espírito. Teve certeza de que havia caído numa cilada; mesmo assim, tocou o sino. Ao cessar do barulho estridente, seguiu-se um silêncio tão longo e frio naquele lugar tão alto que Jane começou a se perguntar se a casa era inabitada. Então, exatamente enquanto debatia consigo mesma se tocaria de novo ou se iria embora, ela ouviu o som dos pés de alguém que aproximava com vigor do lado de dentro do muro.

Enquanto isso, o carro de Lorde Feverstone já tinha chegado a Belbury fazia muito tempo — uma florida mansão eduardiana construída para um milionário que admirava Versalhes. Dos lados, ela parecia ter se espalhado numa brotação de novos prédios de cimento, que sediavam o Escritório de Transfusão de Sangue.

Belbury e St. Anne's-on-the-Hill

3

MARK VIU A SI mesmo e a seu acompanhante em um espelho enquanto subia a escadaria larga. Feverstone, como sempre, parecia senhor de suas roupas, de seu rosto e de toda a situação. A bolinha de algodão no lábio superior de Mark havia se movido durante a viagem, de modo que parecia a metade de um bigode falso virado à força para cima, revelando um risco de sangue seco por debaixo dela. Dali a pouco ele estava em uma sala com janelas grandes, com uma lareira acesa, sendo apresentado ao Sr. John Wither, vice-diretor do INEC.

Wither era homem de idade avançada, de cabelos brancos e maneiras corteses. Seu rosto grande estava perfeitamente barbeado, e seus olhos azuis claros tinham um aspecto vago e caótico. Ele parecia não estava dar muita atenção aos dois, e acho que essa impressão se devia aos seus olhos, porque suas palavras e seus gestos eram educados a ponto de serem efusivos. Ele disse que era um prazer, um grande prazer, receber o Sr. Studdock. Era algo que se somava às grandes obrigações que já devia a Lorde Feverstone. Ele esperava que a viagem dos dois tivesse sido agradável. O Sr. Wither parecia achar que eles tinham vindo de avião e, quando isso foi corrigido, que tinham vindo de Londres de trem. Então começou a perguntar se o Sr. Studdock achou que seus aposentos estavam perfeitamente confortáveis, e eles o fizeram se lembrar de que tinham acabado de chegar. "Eu acho", pensou Mark, "que o velho camarada está tentando fazer com que eu fique à vontade". Mas, na verdade, a conversa estava causando o efeito oposto.

Mark desejou que ele lhe oferecesse um cigarro. Sua convicção crescente de que aquele homem na verdade não sabia nada a respeito dele e de que todas as promessas e os planos bem elaborados de Feverstone estavam se dissolvendo em uma espécie de névoa era extremamente desconfortável. Por fim, ele criou coragem e tentou levar o Sr. Wither direto ao ponto, dizendo que ainda não tinha clareza sobre em que poderia ser útil ao Instituto.

"Asseguro-lhe, Sr. Studdock", disse o vice-diretor com uma expressão distante no olhar, "que você não precisa ter a menor... eh... a menor dificuldade quanto a esse ponto. Nunca houve a ideia de limitar suas atividades e a sua influência geral na política do Instituto, e menos ainda suas relações com seus colegas e no que eu, em geral, chamo de termos de referência, sob os quais você estaria colaborando conosco, sem a consideração mais ampla possível das suas opiniões, e até mesmo do seu conselho. Você descobrirá, Sr. Studdock, que nós, se eu puder me expressar assim, somos uma família muito feliz".

"Ah, não me entenda errado, senhor", disse Mark. "Não foi o que quis dizer. Eu só quis dizer que sinto que eu gostaria de ter alguma ideia do que exatamente faria se viesse trabalhar com vocês."

"Bem, já que você falou em trabalhar conosco", disse o vice-diretor, "isto levanta uma questão que eu espero que não seja mal compreendida. Penso que todos concordamos que não se precisa levantar qualquer questão relacionada à moradia — isto é, não neste estágio. Pensamos, todos nós pensamos, que você deve ter inteira liberdade para executar o seu trabalho onde se sentir melhor. Se preferir morar em Londres ou em Cambridge…".

"Edgestow", interrompeu Lorde Feverstone.

"Ah, sim, Edgestow", disse o vice-diretor, voltando-se para Feverstone. "Eu estava explicando ao Sr... eh... Studdock, e tenho certeza de que você vai concordar completamente comigo, que nada está mais distante da mente do comitê do que determinar de alguma maneira, ou até mesmo sugerir onde o Sr… onde o seu amigo deve morar. Claro, seja onde for, colocaremos transporte aéreo e terrestre à disposição dele. Ouso dizer, Lorde Feverstone, que você já lhe explicou que ele vai ver que todas as dúvidas desse tipo se ajustarão sem a menor dificuldade."

"Realmente, senhor", disse Mark, "eu não estava pensando nisso. Eu não tenho... ou melhor, eu não deveria ter a menor objeção quanto ao local onde morar. Eu apenas…".

O vice-diretor o interrompeu, se é que algo tão gentil quanto a voz de Wither pode ser chamada de interrupção: "Mas eu lhe asseguro, Sr... eh...

eu lhe asseguro, senhor, que não há a menor objeção quanto a você morar onde considerar mais conveniente. Nunca houve, em nenhum momento, a menor sugestão...", mas neste momento Mark, quase em desespero, aventurou-se a fazer uma interrupção.

"Eu quero ter clareza quanto à natureza exata do trabalho e das minhas qualificações para isso."

"Meu caro amigo", disse o vice-diretor, "você não precisa ter a menor preocupação quanto a isso. Como disse antes, você vai ver que somos uma família muito feliz, e pode ficar sossegado, porque nenhuma dúvida quanto à sua perfeita qualificação perturbou a mente de qualquer um de nós. Eu não estaria lhe oferecendo uma posição se houvesse o menor risco de você não ser completamente bem recebido por todos, ou a menor suspeita de que as suas valiosas qualidades não seriam completamente apreciadas. Você está... você está entre amigos aqui, Sr. Studdock. Eu deveria ser a última pessoa a aconselhá-lo a fazer parte de qualquer organização na qual você corresse o risco de ser exposto... eh... a contatos pessoais desagradáveis".

Mark não perguntou de novo, com tantas palavras, o que, afinal, o INEC queria que ele fizesse, em parte porque começou a achar que já deveria saber isso, e em parte porque uma pergunta direta soaria como uma grosseria naquela sala, uma grosseria que poderia excluí-lo do acolhedor e quase anestesiante clima daquela confiança vaga, mas altamente importante, no qual ele aos poucos estava se envolvendo.

"Você é muito gentil", disse ele. "A única coisa sobre a qual eu gostaria de ter um pouco mais de clareza é o exato — bem, o objetivo exato da minha indicação."

"Bem", disse o Sr. Wither com uma voz tão baixa e densa que parecia quase um suspiro, "estou muito contente que você tenha levantado esta questão agora de uma maneira bastante informal. Claro que nenhum de nós dois gostaria de se comprometer aqui nesta sala em qualquer sentido que fosse prejudicial aos poderes do comitê. Entendo perfeitamente os seus motivos e... eh... os respeito. É claro que não estamos falando de uma indicação no sentido quase técnico do termo. Seria inadequado para nós dois (ainda que, você pode muito bem me lembrar, de maneiras diferentes) fazê-lo — ou pelo menos poderia nos levar a certos inconvenientes. Mas eu acho que posso lhe assegurar definitivamente que ninguém quer colocá-lo numa camisa de força nem fazê-lo caber em um leito de Procusto. É claro que, entre nós, não pensamos em termos de funções estritamente demarcadas. Tenho para mim que homens como você e eu — bem, com franqueza, dificilmente temos o hábito de usar conceitos desse tipo. Todo mundo no Instituto sente que o próprio trabalho não é uma contribuição departamental para um fim já definido, mas um momento ou grau na autodefinição progressiva de um todo orgânico".

Mark, então, disse — Deus o perdoe, porque ele era jovem, tímido, acanhado e vaidoso, tudo ao mesmo tempo: "Eu acho mesmo que tudo isto é muito importante. A elasticidade da sua organização é uma das coisas que me atrai". Depois disso ele não teve mais oportunidade de levar o diretor de volta ao ponto, e sempre que a voz lenta e calma se calava, ele se achava respondendo a ela naquele mesmo estilo, e aparentemente sem conseguir fazer outra coisa, a despeito da repetição torturante da pergunta "Sobre o que nós estamos falando?". No final da entrevista, surgiu um momento de clareza. O Sr. Wither supôs que ele, Mark, acharia conveniente filiar-se ao clube do INEC: já nos próximos dias ele teria mais liberdade como sócio que como convidado. Mark concordou, e então enrubesceu de vergonha como um menino pequeno ao saber que a maneira mais fácil era se tornar um sócio vitalício ao custo de duzentas libras. Ele não tinha esse valor em sua conta bancária. Claro que, se já tivesse o novo emprego, ganhando mil e quinhentas libras por ano, tudo daria certo. Mas ele tinha conseguido o emprego? Havia ou não um emprego?

"Mas que tonto", disse ele em voz alta. "Meu talão de cheques não está comigo."

Logo em seguida, ele estava na escadaria com Feverstone.

"Bem...?", perguntou Mark com ansiedade. Pareceu que Feverstone não o ouvira.

"Bem...?", repetiu Mark. "Quando vou saber do meu destino? Quer dizer, eu consegui o emprego?"

"Ei, rapaz!", gritou Feverstone de repente para um homem no salão no piso inferior. Ele desceu as escadas, agarrou afetuosamente a mão do amigo e desapareceu. Mark, seguindo-o lentamente, desceu até o salão, silencioso, sozinho e constrangido, entre grupos e duplas de homens que conversavam, todos atravessando o salão rumo às grandes portas camarão à sua esquerda.

• • •

Pareceu durar muito o tempo aquela espera, aquele questionamento quanto ao que fazer, aquele esforço para aparentar naturalidade e para não atrair os olhares de estranhos. O barulho e os aromas agradáveis que vinham das portas camarão deixaram claro que as pessoas iam almoçar. Mark hesitou, incerto quanto à sua própria posição. Por fim, decidiu que não poderia mais ficar parado ali, parecendo um bobo, e procurou um lugar para se sentar.

Ele esperava encontrar muitas mesinhas e se sentar sozinho em uma delas. Mas havia apenas uma mesa grande, já quase tão tomada que, depois de procurar em vão por Feverstone, ele teve de se sentar do lado de um desconhecido. "Acho que a gente pode se sentar onde quiser", murmurou ele ao se sentar, mas o desconhecido aparentemente não escutou. Era um sujeito agitado que estava comendo depressa e, ao mesmo tempo, falando com o vizinho do outro lado.

"É exatamente isso", dizia ele. "Como eu falei para ele, para mim não faz diferença de que maneira vão resolver isso. Não faço objeção ao pessoal do IJP assumir a coisa toda se é isso que o VP quer, mas o que não concordo é com um homem ser responsável quando metade do trabalho está sendo feito por outra pessoa. Como eu falei para ele, agora você tem três chefes de departamento discutindo um com o outro a respeito de um trabalho que poderia ser feito por um atendente. Isso está ficando ridículo. Veja o que aconteceu hoje cedo." Conversas deste tipo continuaram durante todo o tempo do almoço.

Ainda que a comida e a bebida fossem excelentes, foi um alívio para Mark quando as pessoas começaram a se levantar da mesa. Seguindo o movimento geral, ele atravessou o salão outra vez até um salão mobiliado como uma sala de estar, onde era servido o café. Finalmente ele viu Feverstone. De fato, seria difícil não notá-lo, porque ele estava no centro de um grupo, gargalhando. Mark queria se aproximar dele apenas para saber se deveria passar a noite e, se fosse o caso, se haveria um quarto designado para ele. Mas a roda que estava ao redor de Feverstone era de um tipo confidencial, na qual é difícil de entrar. Ele se aproximou de uma das muitas mesas e começou a folhear as páginas brilhantes de uma revista semanal ilustrada. Continuamente, levantava os olhos para ver se teria alguma chance de conversar com Feverstone a sós. Da quinta vez que o fez, ele viu que um de seus colegas estava à sua frente, um pesquisador de Bracton chamado William Hingest. O Elemento Progressista o chamava, se bem que não na frente dele, de Bill Nevasca.

Tal como Curry dissera que iria acontecer, Hingest não compareceu à reunião do corpo docente e quase não se relacionava com Lorde Feverstone. Mark entendeu com certa admiração que ali estava um homem em contato direto com o INEC — alguém que começou, por assim dizer, em um ponto além de Feverstone. Hingest, que era físico-químico, era um dos dois cientistas em Bracton com reputação fora da Inglaterra. Espero que o leitor não tenha sido levado a pensar que os professores de Bracton formavam um grupo especialmente distinto. O Elemento Progressista certamente não tinha intenção de escolher medíocres para as vagas de pesquisadores, mas a determinação de agraciar "homens sensatos" limitava em muito seu campo de escolha, e como Busby disse uma vez, "Não se pode ter tudo". Bill Nevasca era calvo, tinha um antiquado bigode encaracolado, no qual os fios brancos quase superavam os loiros, e um nariz grande parecido com um bico.

"Que prazer inesperado", disse Mark, com uma expressão de formalidade. Ele sempre teve um pouco de medo de Hingest.

"Hein?", resmungou Bill. "Oi? Ah, é você, Studdock? Eu não sabia que eles o haviam contratado."

"Senti sua falta na reunião do corpo docente ontem", disse Mark.

Era mentira. O Elemento Progressista sempre considerou a presença de Hingest um incômodo. Como cientista — e o único cientista realmente importante que tinham —, ele era propriedade legítima deles, mas ao mesmo tempo era aquela anomalia detestável, o tipo errado de cientista. Glossop, que era um clássico, era seu principal amigo na faculdade. Ele tinha o ar (a "afetação", como Curry dizia) de não dar muita importância às suas próprias descobertas revolucionárias em química e de valorizar a si mesmo muito mais por ser um Hingest: a família de antiguidade quase mítica, "nunca contaminada", como dissera seu historiador do século 19, "por um traidor, um funcionário público ou alguém de escalão inferior". Ele fora particularmente ofensivo quando De Broglie visitou Edgestow. O francês passou seu tempo livre exclusivamente na companhia de Bill Nevasca, mas, quando um entusiasmado pesquisador júnior insinuou a respeito do rico banquete de ciência que os dois sábios devem ter compartilhado, Bill Nevasca pareceu vasculhar a mente em busca de algo e depois respondeu que não se lembrava de eles terem tocado no assunto. "Devem ter falado sobre aquela bobagem do Almanaque de Gotha", foi o comentário de Curry, se bem que não na presença de Hingest.

"Hein? O quê? Reunião do corpo docente?", perguntou o Nevasca. "Sobre o que discutiram?"

"Sobre a venda do Bosque Bragdon."

"Tudo uma bobagem", resmungou o Nevasca.

"Espero que você concorde com a decisão que tomamos."

"Não faz diferença qual decisão foi tomada."

"Ah", disse Mark, com alguma surpresa.

"Tudo isso é uma bobagem. O INEC teria o bosque de qualquer jeito. Eles têm recursos para forçar a venda."

"Que coisa extraordinária! Eu entendi que eles iriam para Cambridge se nós não vendêssemos."

Hingest fungou alto.

"Não tem uma palavra de verdade aí. Agora, quanto a ser uma coisa extraordinária, depende do que você quer dizer. Não tem nada de extraordinário nos professores de Bracton conversando uma tarde inteira sobre uma questão que não é real. E não tem nada de extraordinário no fato de o INEC desejar, caso consiga, transferir para Bracton a desonra de transformar o coração da Inglaterra no cruzamento de um hotel americano decadente e uma indústria de gás chique. A única coisa que não faz sentido é o motivo de o INEC querer aquele pedaço de terra."

"Acho que vamos descobrir à medida que as coisas acontecerem."

"Você talvez descubra. Eu, não."

"Hein?", disse Mark interrogativamente.

"Estou cansado disso", disse Hingest, diminuindo a voz. "Vou embora hoje à noite. Não sei o que você estava fazendo em Bracton, mas, se o que fazia lá era bom, eu o aconselho a voltar e continuar lá."

"Sério? Por que você está dizendo isso?"

"Para um professor velho como eu, não faz diferença", disse Hingest, "mas eles podem fazer da sua vida um inferno. Claro que tudo depende do que você gosta".

"Na verdade", disse Mark, "ainda não tomei minha decisão". Haviam lhe dito, e ele acreditara, que Hingest era um reacionário da pior espécie. "Não sei nem qual será minha função aqui, caso eu fique."

"Qual é a sua área?"

"Sociologia."

"Ah", disse Hingest. "Neste caso eu posso lhe indicar o homem a quem você se reportaria. Um sujeito chamado Steele. Lá, perto da janela, está vendo?"

"Talvez você possa me apresentar a ele."

"Então você está determinado a ficar?"

"Bem, acho que eu deveria pelo menos conhecê-lo."

"Tudo bem", disse Hingest. "Não é da minha conta." Então disse em voz alta: "Steele".

Steele se virou. Era um homem alto, feição séria, com aquele rosto que, embora comprido e parecido com um cavalo, tinha lábios grossos e salientes.

"Este é Studdock", disse Hingest, "o sujeito novo no seu departamento". Então se virou e foi embora.

"Ah", disse Steele. E então, depois de uma pausa. "Ele disse meu departamento?"

"Foi o que ele disse", respondeu Mark esboçando um sorriso, "mas talvez ele tenha entendido errado. Eu sou sociólogo — se isso ajuda a esclarecer a questão".

"Eu sou o chefe do departamento de sociologia", disse Steele, "mas esta é a primeira vez que ouço falar de você. Quem lhe disse para vir aqui?".

"Bem, na verdade", disse Mark, "tudo ainda está muito vago. Eu acabei de conversar com o vice-diretor, mas não detalhamos nada".

"Como você conseguiu falar com ele?"

"Lorde Feverstone me apresentou."

Steele deu um assobio. "Ei, Cosser", e chamou um homem sardento que estava passando por ali. "Ouça isso: Feverstone acabou de mandar este camarada para o nosso departamento. Levou-o direto ao vice-diretor sem falar uma palavra a respeito comigo. O que você acha disso?"

"Bem, estou ferrado", disse Cosser, mal olhando Mark, mas encarando Steele.

"Me desculpem", disse Mark, um pouco mais alto e um pouco mais ríspido do que até então tinha falado. "Não fiquem assustados. Parece que estou em uma situação constrangedora. Deve ter havido algum mal-entendido. De fato, até agora eu estou apenas dando uma olhada por aí. Em todo caso, não sei bem se pretendo ficar."

Nenhum dos dois prestou atenção à última declaração de Mark.

"O Feverstone é assim mesmo", disse Cosser a Steele.

Steele voltou-se para Mark. "Eu não aconselho você a levar a sério o que Lorde Feverstone diz aqui", pontuou ele. "Isso não é da conta dele."

"Eu só faço objeção", disse Mark, desejando não ruborizar, "a ser colocado em situação constrangedora. Eu só vim aqui para ver como é. Para mim não faz diferença se vou ou não ter um emprego no INEC".

"Você sabe", disse Steele a Cosser, "que não tem lugar para mais alguém em nosso departamento, especialmente para alguém que não conhece a área. A não ser que eles o coloquem na UL".

"Verdade", disse Cosser.

"Sr. Studdock, eu acho", disse uma nova voz ao lado de Mark, uma voz aguda que parecia desproporcional para o homem monumental que ele viu quando se virou. Mark o reconheceu de imediato. Seu rosto escuro e liso e seu cabelo preto eram inconfundíveis, assim como seu sotaque estrangeiro. Era o professor Filostrato, o grande fisiologista. Dois anos antes, em um jantar, Mark sentara-se ao lado dele. Ele era gordo de tal forma que seria engraçado em uma peça de teatro, mas isso não era nada engraçado na vida real. Mark ficou encantado que alguém como Filostrato pudesse ter se lembrado dele.

"Estou muito feliz por você ter vindo trabalhar conosco", disse Filostrato, pegando o braço de Mark e gentilmente afastando-o de Steele e Cosser.

"Para dizer a verdade", disse Mark, "não estou certo quanto a aceitar a proposta. Feverstone me trouxe aqui, mas ele desapareceu, e parece que Steele — creio que eu faria parte do departamento dele — não sabe nada a meu respeito".

"Ah! Steele!", disse o professor. "Isso não tem importância. Ele não é tão importante quanto acredita ser. Qualquer dia desses, vai ser colocado no seu devido lugar. Talvez seja você mesmo quem faça isso. Eu já li toda a sua obra, Studdock, *sì, sì*. Não o leve em consideração."

"Faço forte objeção a ser colocado em uma situação de constrangimento...", começou Mark.

"Ouça, meu amigo", interrompeu Filostrato, "você precisa tirar essas ideias da sua cabeça. A primeira coisa a entender é que o INEC é sério. Nada menos que a existência da raça humana depende do nosso trabalho, do nosso verdadeiro trabalho, compreende? Você vai encontrar atritos e impertinências entre esta *canaglia*, esta ralé. Eles não merecem mais atenção do que a antipatia que você daria a um companheiro de combate no auge da batalha".

"Desde que eu receba algo digno para fazer", disse Mark, "não vou permitir que algo desse tipo interfira no meu trabalho".

"Sim, sim, isso mesmo. O trabalho é mais importante do que você pode imaginar. Você verá. Tipos como Steele e Feverstone não são importantes. Desde que você caia nas graças do vice-diretor, pode desconsiderá-los. Você não precisa dar atenção para ninguém, a não ser para o vice-diretor, está compreendendo? Ah, tem mais uma coisa. Não tenha a Fada como sua inimiga. Quanto aos demais — você pode rir deles."

"A Fada?"

"Sim. Aqui eles a chamam de Fada. Ah, meu Deus, uma *inglesaccia* terrível! Ela é a chefe do nosso policiamento, a Polícia Institucional. *Ecco*, lá vem ela. Vou apresentá-los. Srta. Hardcastle, permita-me apresentar o Sr. Studdock."

Mark se viu tentando soltar sua mão do aperto de um fornalheiro ou de um carroceiro dado por aquela mulher grande usando um uniforme preto com saia curta. A despeito do busto digno de uma garçonete vitoriana, ela era mais forte que gorda, e seu cabelo acinzentado era bem curto. Seu rosto era quadrado, severo e pálido, e sua voz era grave. Uma mancha de batom depositada em seus lábios por uma falta de atenção total ao formato de sua boca era sua única concessão à moda, e ela rolava entre os dentes ou mascava um grande charuto preto apagado. Enquanto falava, tinha o hábito de tirar o charuto, encarando com atenção a mistura de batom e saliva na ponta arrebentada, para depois recolocá-lo na boca com mais firmeza que antes. Ela se sentou imediatamente em uma poltrona perto de onde Mark estava parado, jogou a perna direita sobre um dos braços do assento e o encarou com um olhar de intimidade fria.

• • •

Clique-claque, distinto no silêncio onde Jane estava em pé esperando, veio o som dos passos da pessoa do outro lado do muro. A porta se abriu e Jane olhou para uma mulher alta que tinha mais ou menos a sua idade. Essa pessoa a olhou com olhos aguçados e impassíveis.

"A Srta. Ironwood mora aqui?", perguntou Jane.

"Sim", disse a outra moça, nem abrindo a porta, nem ficando de lado para que Jane pudesse passar.

"Eu gostaria de vê-la, por favor", disse Jane.

"Você marcou um horário?", disse a mulher alta.

"Bem, não exatamente", disse Jane. "O Dr. Dimble, que conhece a Srta. Ironwood, me disse para vir aqui. Falou que eu não precisaria marcar um horário."

"Ah, se você veio da parte do Dr. Dimble, é outra história", disse a mulher. "Venha. Agora espere um pouco enquanto eu cuido desta fechadura. Assim é melhor. Agora está tudo bem. Não tem espaço para duas pessoas no caminho, então eu peço que me desculpe por ir à sua frente."

A mulher conduziu Jane por um caminho de tijolos ao lado de um muro sobre o qual cresciam árvores frutíferas, e então para a esquerda, ao longo de um caminho musgoso com moitas de groselha dos dois lados. Seguia-se um gramado pequeno com uma gangorra no meio e uma estufa mais adiante. Elas estavam em uma espécie de vilazinha, daquelas que ficam nos cantos de jardins grandes, descendo por uma ruazinha que tinha um celeiro, um estábulo de um lado e uma segunda estufa do outro, um lugar para guardar as mudas das plantas e um chiqueiro — habitado, como os grunhidos e o cheiro não totalmente agradável a informavam. Depois, havia passagens estreitas que atravessavam uma horta que parecia estar em uma colina íngreme, e adiante, roseiras, todas compridas e espinhentas, como se estivessem vestidas para o inverno. Em determinado lugar, elas seguiram por um corredor de tábuas. Isso fez Jane se lembrar de algo. Era um jardim muito grande. Era como… como… sim, agora ela se lembrava: era como o jardim de Pedro Coelho. Ou como o jardim de *O romance da rosa*? Não, na verdade, nem um pouco parecido. Ou como o jardim de Klingsor? Ou como o jardim em Alice? Ou como os jardins no topo de algum zigurate mesopotâmico, que provavelmente inspirou toda a lenda do Paraíso? Ou simplesmente como todos os jardins murados? Freud disse que nós gostamos de jardins porque eles são símbolos do corpo feminino. Mas esse é um ponto de vista masculino. É de se presumir que jardins signifiquem outra coisa nos sonhos das mulheres. Será? Será que homens e mulheres têm interesse no corpo feminino, e, ainda que soe ridículo, quase da mesma maneira? Uma frase veio à memória de Jane: "A beleza da fêmea é fonte de alegria tanto para a fêmea como para o macho, e não é por acaso que a deusa do amor é mais velha e mais forte que o deus do amor". Onde foi que ela leu isso? E a propósito, que bobagem assustadora era aquela em que ela estava pensando no último minuto? Ela parou de pensar em todas aquelas ideias sobre jardins e resolveu se recompor. Um sentimento curioso de estar em um terreno hostil ou, no mínimo, estranho, serviu-lhe de advertência para prestar atenção ao que estava a seu redor. Naquele instante, elas subiram por um caminho entre canteiros de rododendros e louros, e chegaram a uma pequena porta lateral, flanqueado por um jarro de água, no muro cumprido de uma casa grande. Assim que chegaram, uma janela se fechou no andar de cima.

Passados uns dois minutos, Jane estava sentada, esperando em uma sala grande com poucos móveis e um fogão para aquecê-la. Não havia nada sobre a maior parte do piso, e as paredes, acima dos lambris que iam até a altura da cintura, eram de gesso de um branco acinzentado, produzindo um efeito geral austero e conventual.

Os passos da mulher alta desapareceram na passagem, e a sala se tornou silenciosa. De vez em quando, o grasnar de gralhas podia ser ouvido. "Agora preciso deixar acontecer", pensou Jane. "Vou ter de contar meu sonho para essa mulher, e ela vai fazer todo tipo de pergunta." Jane se considerava uma pessoa moderna que poderia falar sem constrangimento sobre qualquer coisa, mas, assim que se sentou naquela sala, suas convicções pareceram diferente. Todo tipo de reservas secretas em seu plano de franqueza — coisas que, ela agora entendia, deixara à parte para nunca serem contadas — voltaram insidiosamente à sua consciência. Era surpreendente que apenas algumas poucas dessas coisas fossem relacionadas a sexo. "Os dentistas", disse Jane, "pelo menos deixam revistas na sala de espera". Ela se levantou e abriu o único livro que estava sobre a mesa no meio da sala. Imediatamente seus olhos se voltaram para as seguintes palavras: "A beleza da fêmea é fonte de alegria tanto para a fêmea como para o macho, e não é por acaso que a deusa do amor é mais velha e mais forte que o deus do amor. Desejar o desejo da sua própria beleza é a vaidade de Lilith, mas desejar o desfrute da sua própria beleza é a obediência de Eva, e para ambas é no amante que a amada experimenta seu próprio encanto. Assim como a obediência é a escada do prazer, a humildade é a...".

Nesse momento, a porta se abriu de repente. Jane corou de vergonha enquanto fechava o livro e olhava para cima. A mesma moça que a deixara entrar aparentemente havia acabado de abrir a porta e continuava parada no vão de entrada. Jane sentiu por aquela moça a admiração quase apaixonada que as mulheres, com mais frequência do que se imagina, sentem por outras mulheres cuja beleza não é como a delas. "Seria ótimo ser assim", pensou Jane, "ser deste jeito — tão direta, tão franca, tão valente, tão apropriada para cavalgar e tão divinamente alta".

"A... a Srta. Ironwood está?", perguntou Jane.

"Você é a Sra. Studdock?", retrucou a moça.

"Sim", disse Jane.

"Eu a levarei a ela agora mesmo", disse a moça. "Nós estávamos esperando por você. Meu nome é Camilla — Camilla Denniston."

Jane a seguiu. Pela estreiteza e simplicidade dos corredores, ela entendeu que ainda estavam na parte de trás da casa e que, se fosse assim mesmo, aquela casa devia ser bem grande. As duas caminharam por um longo corredor antes que Camilla batesse em uma porta e ficasse de lado para que Jane entrasse, depois de dizer, sussurrando, com muita clareza ("Como uma criada", Jane pensou): "Ela chegou". Jane entrou, e lá estava a Srta.

Ironwood, vestida toda de preto, sentada com as mãos dobradas sobre os joelhos, exatamente como Jane a tinha visto em seu sonho — se é que estivera sonhando — na noite anterior, em seu apartamento.

"Sente-se, jovem", disse a Srta. Ironwood.

As mãos que estavam dobradas sobre os joelhos eram muito grandes e esqueléticas, ainda que não aparentassem ser ásperas. Mesmo sentada, a Srta. Ironwood era extremamente alta. Tudo nela era grande: o nariz, a boca que não sorria e os olhos cinzentos. Ela estava mais para sessenta que para cinquenta anos. Havia uma atmosfera na sala que Jane considerou desagradável.

"Qual é o seu nome, jovem?", disse a Srta. Ironwood, pegando um lápis e um caderno.

"Jane Studdock."

"Você é casada?"

"Sim."

"Seu marido sabe que você veio aqui?"

"Não."

"Sua idade, se não se importa."

"Vinte e três."

"E agora", disse a Srta. Ironwood, "o que você tem a me dizer?".

Jane respirou fundo. "Tenho tido alguns pesadelos e... tenho me sentido deprimida ultimamente", disse ela.

"Que sonhos foram esses?", perguntou a Srta. Ironwood.

A narrativa de Jane — que não a formulou tão bem assim — levou algum tempo. Enquanto falava, ela manteve os olhos fixos nas mãos grandes da Srta. Ironwood, na saia preta que ela usava, no lápis e no caderno. E foi por isso que de repente ela parou. Pois, enquanto contava o sonho, viu que a Srta. Ironwood parou de escrever e enrodilhou os dedos ao redor do lápis, dedos que pareciam ser imensamente fortes. Ela foi apertando o lápis até que os nós dos dedos ficaram brancos e as veias ficaram salientes nas costas de suas mãos, e por fim, como que por influência de alguma memória reprimida, partiu-o em dois. Jane parou, assustada, e olhou para o rosto da Srta. Ironwood. Seus grandes olhos cinzentos olhavam para Jane sem qualquer mudança de expressão.

"Por favor, continue, jovem", disse a Srta. Ironwood.

Jane continuou sua narrativa. Quando acabou, a Srta. Ironwood fez muitas perguntas. Depois disso, ela ficou por tanto tempo em silêncio que Jane perguntou: "A senhora acha que tem alguma coisa muito errada comigo?".

"Não tem nada de errado com você", disse a Srta. Ironwood.

"Você quer dizer que isso vai acabar?"

"Não tenho como dizer. Eu diria que provavelmente não vai."

Uma sombra de decepção se abateu sobre o rosto de Jane.

"Então... não há nada que possa ser feito a respeito? Foram sonhos horríveis, horrivelmente vívidos, não exatamente sonhos."

"Entendo perfeitamente."

"Isso não tem cura?"

"A razão pela qual você não pode ser curada é porque não está doente."

"Mas deve ter alguma coisa errada. Com certeza não é normal ter sonhos assim."

Houve uma pausa.

"Eu acho", disse a Srta. Ironwood, "que é melhor lhe contar toda a verdade".

"Sim, por favor", disse Jane com uma voz cansada. As palavras da Srta. Ironwood a deixaram assustada.

"Vou começar dizendo o seguinte", continuou a Srta. Ironwood, "você é uma pessoa mais importante do que imagina".

Jane não disse nada, mas pensou consigo mesma: "Ela está zombando de mim. Ela pensa que eu sou louca".

"Qual é o seu nome de solteira?", perguntou a Srta. Ironwood.

"Tudor", respondeu Jane. Em qualquer outro momento, ela teria dito isso com constrangimento, porque não queria que ninguém a julgasse vaidosa de sua antiga ancestralidade.

"O ramo Warwickshire da família?"

"Sim."

"Você já leu um livrinho — tem apenas quarenta páginas — escrito por um ancestral seu a respeito da Batalha de Worcester?"

"Não. Meu pai tinha um — acho que ele disse que era o único exemplar. Mas eu nunca o li. Nós o perdemos quando nossa casa foi desmanchada depois da morte do meu pai."

"Seu pai estava enganado ao pensar que aquele era o único exemplar. Há pelo menos dois outros: um está nos Estados Unidos, e o outro, aqui, nesta casa."

"O quê?"

"Seu antepassado fez um relato completo e, no todo, correto da batalha. Ele disse ter escrito o relato no mesmo dia em que a batalha foi travada. Mas ele não estava lá. Naquele dia, estava em York."

Jane, que não estava entendendo bem tudo aquilo, olhou para a Srta. Ironwood.

"Se ele estava dizendo a verdade", disse a Srta. Ironwood, "e nós cremos que estava, ele sonhou com aquilo. Você está entendendo?".

"Sonhou com a batalha?"

"Sim. Mas sonhou certo. Ele viu a batalha verdadeira no sonho."

"Não consigo entender a ligação."

"Vidência — o poder de sonhar com a realidade — algumas vezes é hereditária", disse a Srta. Ironwood.

Parecia que havia algo interferindo na respiração de Jane. Ela estava se sentindo ferida — este era justamente o tipo de coisa que ela detestava, algo vindo do passado, algo irracional e completamente indesejado que saía da sua toca e interferia em sua vida.

"Isso pode ser provado?", perguntou ela. "Quer dizer, nós só temos as palavras dele a respeito disso."

"Nós temos os seus sonhos", disse a Srta. Ironwood. A voz dela, sempre séria, agora estava severa. Um pensamento fantástico passou pela mente de Jane. Será que aquela senhora idosa achava que não devíamos chamar de mentirosos nem mesmo nossos antepassados remotos?

"Meus sonhos?", disse Jane com um pouco de rispidez.

"Sim", disse a Srta. Ironwood.

"O que você quer dizer com isso?"

"Minha opinião é que você viu coisas reais nos seus sonhos. Você viu mesmo Alcasan sentado na cela dos condenados, e você viu um visitante que esteve mesmo lá."

"Mas... mas... ah, isso é ridículo", disse Jane. "Esta parte é mera coincidência. O resto foi um pesadelo. Era impossível. Ele desenroscou a cabeça de Alcasan, eu lhe contei. E desenterraram aquele velho horrível. Eles o trouxeram de volta à vida."

"Não há dúvida de que algumas coisas estejam confusas. Mas minha opinião é que há coisas reais até mesmo por trás desses episódios."

"Acho que eu não acredito nesse tipo de coisa", disse Jane com frieza.

"Sua criação faz com que seja natural você não acreditar", respondeu a Srta. Ironwood. "A não ser, claro, que você descubra por si mesma que tem uma tendência a sonhar coisas reais."

Jane pensou no livro sobre a mesa, do qual aparentemente tinha se lembrado antes que o tivesse visto, e depois na própria aparência da

Srta. Ironwood, que ela também tinha visto antes de encontrá-la. Mas devia ser uma bobagem.

"Então você não pode fazer nada por mim?"

"Eu posso lhe dizer a verdade", disse a Srta. Ironwood. "Eu tentei fazê-lo."

"Quero dizer, você pode fazer isso parar? Pode me curar?"

"Vidência não é doença."

"Mas eu não quero isso", lamentou-se Jane, profundamente. "Isso precisa parar. Eu odeio esse tipo de coisa."

A Srta. Ironwood não disse nada.

"Você não conhece ninguém que consiga fazer isso parar?", disse Jane. "Pode recomendar alguém?"

"Se você for a um psicoterapeuta comum", disse a Srta. Ironwood, "ele vai partir do pressuposto de que sonhos simplesmente refletem o seu inconsciente. Ele vai tentar tratá-la. Eu não sei que resultado terá um tratamento baseado nesse pressuposto. Temo que haja consequências sérias. E com certeza não vai impedir seus sonhos".

"Mas, afinal, o que significa isso?", disse Jane. "Eu quero ter uma vida comum. Quero fazer o meu trabalho. Essa situação é insuportável! Por que fui escolhida para algo tão horrível?"

"Somente poderes muito acima de mim sabem a resposta a essa pergunta."

Houve um breve silêncio. Jane fez um movimento vago e disse, um tanto amuada: "Bem, se você não pode fazer nada por mim, talvez seja melhor eu ir embora". E então, de repente acrescentou: "Mas como é que você sabe de tudo isso? Quero dizer, de quais realidades você está falando?".

"Acho", disse a Srta. Ironwood, "que você mesma provavelmente tem mais razão para suspeitar da verdade dos seus sonhos do que me disse. Se não, em breve terá. Enquanto isso, vou responder à sua pergunta. Nós sabemos que seus sonhos são parcialmente verdadeiros porque eles se encaixam com as informações que já temos. O Dr. Dimble mandou que você nos procurasse porque viu a importância de seus sonhos".

"Quer dizer, então, que ele não me mandou vir aqui para ser curada, mas para dar informações?", indagou Jane. Essa ideia se encaixava com coisas que ela tinha observado no comportamento dele quando lhe contara seus sonhos.

"Exatamente."

"Queria ter descoberto isso antes", disse Jane com frieza, levantando--se para ir embora definitivamente. "Temo que haja algum mal-entendido. Eu pensei que o Dr. Dimble estava tentando me ajudar."

"Ele estava. Mas, ao mesmo tempo, ele estava tentando fazer algo mais importante."

"Imagino que eu deva me sentir agradecida por ter recebido alguma consideração", disse Jane secamente. "Mas como exatamente eu vou ser ajudada por... por esse tipo de coisa?" A tentativa de uma ironia fria fracassou quando ela disse as últimas palavras e, sem disfarçar, ficou vermelha de raiva. Em alguns aspectos, Jane era muito imatura.

"Jovem", disse a Srta. Ironwood, "você não está entendendo a seriedade desse assunto. As coisas que você viu têm a ver com algo que, em comparação, fazem sua felicidade, até mesmo sua vida ou a minha, não ter importância. Eu imploro para que encare a situação. Você não pode se livrar do seu dom. Pode tentar abafá-lo, mas vai fracassar e ficar terrivelmente assustada. Por outro lado, você pode colocar esse dom à nossa disposição. Se o fizer, vai ficar muito menos assustada e, no decorrer do processo, vai ajudar a salvar a raça humana de um desastre muito grande. Ou, uma terceira opção, você pode contar isso para outra pessoa. Se o fizer, preciso lhe advertir que é quase certo que você irá cair nas mãos de pessoas que estarão tão ansiosas para usar essa capacidade que você tem que não vão se importar com a sua vida e com a sua felicidade mais do que se importariam com uma mosca. As pessoas que você viu em seus sonhos são reais. E não é improvável que elas saibam que você já as andou espionando, ainda que involuntariamente. E se souberem, não vão descansar enquanto não a pegarem. Devo aconselhá-la, para sua própria segurança, a se unir ao nosso lado".

"Você fica falando em *nós e eles*. Você faz parte de alguma sociedade?"

"Sim. Você pode chamar o nosso grupo de sociedade."

Jane estava em pé havia alguns minutos e estava quase acreditando no que tinha ouvido. Então, de repente, toda a sua repugnância veio à tona outra vez — toda a sua vaidade ferida, seu ressentimento quanto à complicação sem sentido na qual parecia que fora apanhada, e seu desgosto quanto ao que é misterioso e desconhecido. Naquele momento, nada parecia importar, a não ser sair daquela sala e ficar longe da voz paciente e profunda da Srta. Ironwood. "Ela me fez ficar pior", ponderou Jane, pensando em si mesma como uma paciente, e disse em voz alta: "Preciso ir para casa agora. Não sei do que você está falando. Não quero ter envolvimento nenhum com isso".

• • •

Mark descobriu finalmente que esperavam que ele ficasse, pelo menos aquela noite, e quando subiu para se vestir para o jantar já estava se sentindo mais animado. Em parte por causa de um uísque com soda que tomou com a "Fada" Hardcastle logo antes de subir, e em parte porque deu uma olhada rápida no espelho e viu que já podia tirar aquele desagradável chumaço de algodão do seu lábio. A suíte e, com sua lareira acesa, também contribuiu para ele se sentir melhor. Ainda bem que ele permitira que Jane o convencesse a comprar aquele terno novo! O traje, estendido na cama, parecia muito bonito, e ele logo viu que o antigo não ficaria bem. Mas o que mais o animou mesmo foi a conversa que teve com a Fada.

Seria incorreto dizer que ele gostava dela. De fato, ela provocara nele todo o desgosto que um jovem sente próximo de uma pessoa irritante, com uma sexualidade irreverente, mas ao mesmo tempo totalmente sem atrativos. E alguma coisa no olhar frio dela lhe dizia que ela tinha consciência da reação dele e achava aquilo divertido. Ela contara muitas piadas indecentes para Mark. Até aquele momento ele sempre estremecera diante dos esforços desajeitados de mulheres emancipadas para se deleitarem nesse tipo de humor, mas seus tremores sempre haviam sido consolados por um sentimento de superioridade. Dessa vez, ele estava com a impressão de que era o alvo daquelas piadas. Essa mulher estava se divertindo ao irritar o puritanismo masculino. Depois ela desviou o assunto e começou a falar sobre suas lembranças policiais. A despeito de algum ceticismo inicial, Mark foi aos poucos ficando horrorizado com a suposição dela de que cerca de 30% dos julgamentos de assassinato fossem concluídos com o enforcamento de um inocente. Havia também detalhes a respeito da execução nos quais ele nunca tinha parado para pensar.

Tudo era desagradável, mas era adequado ao aspecto deliciosamente reservado da conversa. Muitas vezes, naquele dia, ele sentira que era um estranho, mas o sentimento desapareceu completamente enquanto conversava com a Fada. Ele teve a sensação de fazer parte. Parece que a Srta. Hardcastle tinha uma vida emocionante. Ela fora, em diferentes momentos, uma sufragista, uma pacifista e uma fascista britânica. Fora presa e maltratada pela polícia. Por outro lado, conhecera primeiros-ministros, ditadores e atores famosos. Toda a sua história era secreta. Ela conhecia de ambos os lados o que a força policial poderia ou não fazer e, em sua opinião, havia poucas coisas que não poderiam ser feitas. "Especialmente agora", disse ela, "aqui no Instituto, estamos apoiando a cruzada contra a burocracia".

Mark chegou à conclusão de que, para a Fada, o lado policial do Instituto era o lado realmente importante, e que existia para aliviar o executivo comum do que poderia ser chamado de casos sanitário — uma categoria que englobava desde vacinação a acusações anormais de perversão —, que estava, como ela afirmou, a apenas um passo de todos os casos de chantagem. No que concerne ao crime em geral, já estava popularizada pela imprensa a ideia de que o Instituto deveria ter autorização para realizar experimentos amplos na esperança de descobrir até onde tratamentos humanos e corretivos poderiam ser substituídos pela velha noção de castigo "retributivo" ou "vindicativo". Era aí que esbarravam em montanhas de burocracia legal. "Mas há apenas dois jornais que não controlamos", disse a Fada, "e vamos esmagá-los. É preciso levar o homem comum a um estado no qual ele automaticamente diga 'sadismo' quando ouvir a palavra 'castigo'". E então seria possível ter carta branca. Mark não entendeu na hora o que ela queria dizer. Mas a Fada enfatizou que o que tinha emperrado todo o esforço policial inglês até aquele momento era exatamente a ideia de castigo merecido. Pois o deserto é sempre finito: você só pode punir o criminoso até certo ponto, não mais. Por outro lado, um tratamento corretivo não precisa ter limite fixo. Ele segue até que haja uma cura, e os que o administram é que decidem quando isso acontece. E se a cura é humana e desejável, a prevenção não deve ser muito mais? Logo, qualquer um que caísse nas mãos da polícia estaria sob o controle do INEC; depois, todos os cidadãos. "E é aí que você e eu entramos, filhinho", disse a Fada, cutucando o peito de Mark com seu dedo indicador. "No fim das contas, não existe diferença entre o trabalho da polícia e a sociologia. Você e eu precisamos trabalhar juntos."

Isso fez com que Mark voltasse a ter dúvidas quanto a estarem mesmo lhe oferecendo um emprego e, se fosse o caso, que emprego seria esse. A Fada o advertiu de que Steele era um homem perigoso. "Tem duas pessoas com quem você precisa tomar muito cuidado", disse ela. "Um é o Frost, e o outro é o velho Wither." Mas ela riu dos medos dele. "Você já está dentro, filhinho", disse ela. "Apenas não se preocupe muito com o que exatamente vai ter de fazer. Você vai descobrir com o tempo. Wither não gosta de pessoas que tentam pressioná-lo. Não vai ajudar em nada dizer que você veio aqui para fazer isso e que você não vai fazer aquilo. Tudo está acontecendo depressa demais para esse tipo de atitude. Você deve se mostrar útil. E não acredite em tudo que lhe disserem."

No jantar, Mark sentou-se ao lado de Hingest.

"Bem", disse Hingest, "finalmente conseguiram amarrá-lo, não é mesmo?".

"Creio que sim", disse Mark.

"Mas", Hingest disse, "se você mudar de ideia, vou voltar de carro hoje à noite e poderia lhe dar uma carona".

"Você ainda não me contou a razão de sua saída", disse Mark.

"Bem, tudo é uma questão de gosto. Se você gosta da companhia daquele eunuco italiano, daquele clérigo doido e daquela tal de Hardcastle — se a avó dela estivesse viva, daria umas bofetadas nela —, então não há mais nada a ser dito."

"Acho que é difícil julgar puramente com base em questões sociais. Quer dizer, isso aqui é mais que um clube."

"Hein? Julgar? Até onde eu sei, nunca julguei nada na minha vida, a não ser uma exposição de flores. Tudo é uma questão de gosto. Eu vim aqui porque pensei que o projeto tinha algo a ver com ciência. Agora que descobri que está mais para uma conspiração política, vou para casa. Estou velho demais para esse tipo de coisa, e, se eu quisesse participar de alguma conspiração, não seria essa."

"Você quer dizer, pelo que entendi, que não se interessa pelo elemento de planejamento social? Entendo perfeitamente que não se encaixa no seu trabalho do modo como se encaixa com ciências como a sociologia, mas..."

"Não há ciência como a sociologia. E se eu descobrisse que a química estava começando a se adequar a uma polícia secreta governada por uma ogra de meia-idade que não usa espartilhos e tem um plano para tirar a fazenda, o comércio e os filhos de todos os ingleses, eu mandaria a química ao inferno e voltaria para a jardinagem."

"Creio que eu entendo de fato o sentimento que ainda está ligado ao homem comum, mas quando se estuda a realidade como tenho estudado..."

"Eu deveria querer despedaçar tudo isso e colocar outra coisa no lugar. Claro. É isto que acontece quando você estuda o ser humano: você só descobre ilusões. Creio que não seja possível estudar os seres humanos: você só pode conhecê-los, o que é totalmente diferente. Porque você os estuda, você quer fazer as classes inferiores governarem o país e ouvirem música clássica, o que é uma tolice. Também quer tirar deles tudo que faz a vida valer a pena, e não apenas deles, mas de todo mundo, com exceção de um grupo de pessoas pedantes e professores universitários."

"Bill!", exclamou a Fada Hardcastle de repente, do outro lado da mesa, tão alto que ele não pôde ignorá-la. Hingest a encarou, e seu rosto enrubesceu.

"É verdade", berrou a Fada, "que você vai voltar de carro logo após o jantar?".

"Sim, Srta. Hardcastle, é sim."

"Eu estava pensando se você poderia me dar uma carona."

"Com prazer", disse Hingest com sinceridade na voz, "se você estiver indo na mesma direção".

"Para onde você vai?"

"Estou indo para Edgestow."

"Você vai passar por Brenstock?"

"Não. Eu saio da estrada no cruzamento, logo depois do portão principal do Lorde Hollywood, e desço pela antiga via Potter."

"Que droga! Não serve para mim. É melhor eu esperar até amanhecer."

Depois disso, Mark conversou com o homem que estava à sua esquerda e não viu Bill Nevasca outra vez até se encontrar com ele no salão depois do jantar. Ele usava um sobretudo e estava pronto para ir para o carro.

Bill começou a falar enquanto abria a porta, e assim Mark foi levado a acompanhá-lo pelo terreno de cascalho até onde o carro estava estacionado.

"Aceite meu conselho, Studdock", disse ele. "Ou pelo menos pense a respeito. Eu não creio na sociologia, mas você tem uma carreira promissora à sua frente se permanecer em Bracton. Se você se envolver com o INEC, não vai ganhar nada, e, por Deus, ninguém vai."

"Acho que há dois pontos de vista a respeito de qualquer coisa", disse Mark.

"Hein? Dois pontos de vista? Há uma dúzia de pontos de vista a respeito de qualquer coisa até que você saiba a resposta. Aí então só restará um. Mas não é da minha conta. Boa noite."

"Boa noite, Hingest", disse Mark. Hingest entrou no carro e foi embora.

Havia um toque gélido no ar. O ombro de Órion, ainda que Mark não conhecesse aquela constelação solene, brilhava para ele acima do topo das árvores. Ele hesitou em entrar de novo na casa. Isso significaria conversar com pessoas interessantes e influentes, mas também poderia ser que ele se sentisse isolado mais uma vez, andando para lá e para cá e ouvindo conversas das quais não podia participar. De qualquer maneira, estava cansado. Passeando pela frente da casa, passou por uma porta menor pela qual, pensou, seria possível seguir outro caminho que não o do salão e das salas de reuniões. E assim o fez imediatamente, subindo as escadas para o andar onde passaria a noite.

• • •

Camilla Denniston mostrou a saída à Jane — não pela pequena porta na parede pela qual ela entrara, mas pelo portão principal que dava para a mesma rua, a uns cem metros adiante. Uma luz amarela vinda de um buraco no lado oeste do céu cinza derramava um brilho curto e frio sobre toda a paisagem. Jane estava envergonhada por ter demonstrado raiva e ansiedade para Camilla, assim, tanto a raiva quanto a ansiedade diminuíram quando ela se despediu. No entanto, ficou um desgosto pelo que ela chamou de "toda esta bobagem". Ela não tinha certeza se era mesmo uma bobagem, mas estava decidida a lidar com a situação como se fosse. Ela não "se envolveria" nem seria atraída por aquilo. Tinha de viver a sua vida. Evitar estorvos e interferências sempre fora um dos seus primeiros princípios. Mesmo quando se deu conta de que se casaria com Mark se ele lhe pedisse, o pensamento "Mas eu preciso manter a minha vida" surgiu de repente e nunca esteve ausente da sua mente por mais que alguns poucos minutos. Jane ainda tinha algum ressentimento contra o amor em si e, por conseguinte, contra Mark, por invadir a vida dela daquele jeito. Pelo menos ela parecia claramente consciente de tudo aquilo de que uma mulher tem de abrir mão para se casar. Mark parecia não estar tão consciente disso. Ainda que ela não o tivesse expressado, o medo de ser invadida e oprimida era a base mais profunda da sua determinação de não ter filhos — ou, talvez, esperar um longo tempo para tê-los. É preciso viver a própria vida.

Quase na mesma hora que ela voltou para o apartamento, o telefone tocou. "É você, Jane?", disse a voz do outro lado da linha. "Sou eu, Margaret Dimble. Aconteceu uma coisa terrível. Eu conto quando chegar aí. Estou com raiva demais para falar agora. Por acaso você tem uma cama extra? O quê? O Sr. Studdock não está aí? Nem um pouco, se você não se importar. Eu mandei Cecil dormir na faculdade. Você tem certeza de que não será um incômodo? Eu agradeço muito. Estarei aí em meia hora."

A liquidação de anacronismos

4

JANE nem tinha trocado os lençóis da cama de Mark quando a Sra. Dimble chegou carregando muitos pacotes.

"Você é um anjo por me receber aqui nesta noite", disse ela. "Acho que tentei todos os hotéis de Edgestow. Este lugar está se tornando insuportável. A mesma resposta em toda parte! Todos lotados com os parasitas e partidários desse INEC detestável. Secretárias aqui, datilógrafas lá, empreiteiros de obras. É um ultraje. Se Cecil não tivesse um quarto na faculdade, eu realmente acredito que ele teria de dormir na sala de embarque da estação. Só espero que o homem lá da faculdade tenha arejado a cama."

"Mas o que aconteceu?", perguntou Jane.

"Despejados, minha querida."

"Mas não é possível, Sra. Dimble. Quer dizer, é contra a lei."

"Foi o que Cecil disse... Apenas imagine isso, Jane. A primeira coisa que vimos, quando abrimos a janela pela manhã e colocamos a cabeça para fora, foi um caminhão na calçada com as rodas traseiras no meio do canteiro das rosas descarregando um pequeno exército que parecia ser de criminosos, com pás e picaretas. Bem no nosso jardim! Um homenzinho detestável de quepe e com cigarro na boca falou com Cecil. O cigarro pelo menos não estava dentro da boca dele, mas grudado em seu lábio superior, sabe como é, e adivinha o que ele disse? Falou que não fazia objeção a que permanecêssemos de posse (da casa, imagine só, não do jardim) até as oito da manhã de amanhã. Nenhuma objeção!"

"Mas com certeza — com certeza — deve ser algum engano."

"Claro. Cecil ligou para o tesoureiro. E aí, claro, ele não estava. Demorou quase toda a manhã, telefonando o tempo todo, e àquela hora, aquela grande faia de que você gostava tanto tinha sido cortada, bem como todas as ameixeiras. Se eu não estivesse com tanta raiva teria me sentado e chorado até não aguentar mais. Era assim que eu me sentia. Cecil finalmente conseguiu falar com o Sr. Busby, que foi completamente inútil. Ele disse que deve ter havido algum mal-entendido, mas que era um assunto fora da sua alçada e que deveríamos tentar falar com o INEC em Belbury. É claro que era totalmente impossível falar com eles. Na hora do almoço, vimos que simplesmente não poderíamos passar a noite lá, não importava o que acontecesse."

"Por que não?"

"Minha querida, você não imagina o que era aquilo. Caminhões grandes e tratores barulhentos passando o tempo todo e um guindaste em cima de uma coisa que parecia um vagão de trem. Os nossos fornecedores não conseguiam passar. O leite só chegou lá pelas onze da manhã, a carne não veio, e todos eles nos ligaram de tarde para dizer que os entregadores não conseguiram chegar de jeito nenhum. Nós mesmos tivemos a maior dificuldade para chegar à cidade. Gastamos meia hora para ir da nossa casa até a ponte. Foi como um pesadelo. Luzes de sinalização e barulho em toda parte, a via de acesso praticamente arruinada e uma espécie de um acampamento de zinco montado, quase alcançando a via pública. E as pessoas? Que homens horrorosos. Eu nem sabia que *tínhamos* trabalhadores como esses na Inglaterra. Ah, horrível, horrível." A Sra. Dimble se abanava com o chapéu que tinha acabado de tirar.

"E o que vocês vão fazer?", perguntou Jane.

"Só Deus sabe!", disse a Sra. Dimble. "Por enquanto, fechamos a casa e Cecil foi procurar Rumbold, nosso advogado, para ver se podemos pelo menos deixá-la fechada até que possamos tirar nossas coisas de lá. Rumbold parece estar perdido. Ele insiste em dizer que o INEC está legalmente em uma posição muito peculiar. Depois disso, não tenho certeza. Pelo que entendi, não vai haver casa *nenhuma* em Edgestow. Não tem mais como tentar viver no outro lado do rio, nem se eles deixarem. O que você disse? Ah, é indescritível. Todos os álamos foram derrubados. Todos aqueles chalés pequeninos perto da igreja foram derrubados. Encontrei a pobre coitada da Ivy — a sua Sra. Maggs, você sabe — aos prantos. Coitadas! Elas ficam horríveis quando choram por cima da maquiagem. Ela também está sendo despejada. Pobrezinha, já tinha problemas demais na vida antes disso. Fiquei feliz em sair dali. Aqueles homens eram tão horríveis. Três brutamontes chegaram pela porta dos fundos pedindo água quente e continuaram de modo que assustaram tanto Martha que ela perdeu o controle, e Cecil teve de intervir e falar com eles. Fiquei com medo de eles agredirem Cecil, fiquei mesmo. Foi horrível e desagradável. Mas uma espécie de policial especial os mandou embora. O quê? Ah, sim, havia dezenas do que pareciam ser policiais, em toda parte, e eu também não gostei do jeito *deles*. Empunhavam uma espécie de cassetete, daqueles que você vê em filmes americanos. Você sabia, Jane, que Cecil e eu pensamos a mesma coisa? Era quase como se tivéssemos perdido a guerra. Ah, minha jovem, chá! Era exatamente o que eu estava querendo!"

"Você pode ficar aqui o tempo que quiser, Sra. Dimble", disse Jane. "Mark vai dormir na faculdade."

"Bem, na verdade", disse a Mãe Dimble, "agora estou achando que não deveriam deixar nenhum pesquisador de Bracton dormir em lugar nenhum! Eu só abriria uma exceção no caso do Sr. Studdock. De fato, não vou agir como a espada de Siegfried,[1] e, a propósito, que espada desagradável, gorda e pesada eu seria! Mas esse lado da situação está resolvido. Cecil e eu vamos para o solar em St. Anne's. Sabe, recentemente temos ido lá muitas vezes".

"Ah", disse Jane, prolongando involuntariamente a exclamação, enquanto toda a história voltava a fluir em sua mente.

"Ai, que mulher egoísta eu tenho sido", disse a Mãe Dimble. "Estou falando sobre os meus problemas e me esqueci completamente de que você esteve lá e tem muitas coisas para me dizer. Você conheceu a Grace? Gostou dela?"

"O nome da Srta. Ironwood é Grace?", perguntou Jane.

"Sim."

"Eu a vi. Não sei se gostei dela ou não. Mas não quero falar sobre isso. Não consigo pensar em outra coisa a não ser nessa questão revoltante de vocês. Vocês é que são os mártires de verdade, eu não."

"Não, minha querida", disse a Sra. Dimble. "Eu não sou mártir. Sou apenas uma mulher idosa com raiva e pés doloridos, morrendo de dor de

[1]Siegfried (ou Sigurdo) é um herói da mitologia nórdica que resgata a valquíria Brunilda, que fora condenada por Odin a dormir em uma cama rodeada por fogo até que um homem a acordasse. Siegfried realiza a façanha e passa três noites com a valquíria, mas coloca entre eles, sobre a cama, sua espada. "Agir como a espada" teria, então, o sentido de impedir um relacionamento sexual. [N. E.]

cabeça (mas está começando a melhorar). No fim das contas, Cecil e eu não perdemos nosso sustento, como a pobre coitada da Ivy Maggs perdeu. Na verdade, sair da velha casa não importa *tanto* assim. Você sabe, o prazer de viver lá era melancólico (a propósito, eu me pergunto, será que os seres humanos realmente *gostam* de ser felizes?). Uma pequena melancolia, sim. Todos aqueles quartos grandes na parte de cima, porque nós pensávamos que teríamos muitos filhos, mas nunca os tivemos. Talvez eu estivesse me apegando demais a devanear a respeito deles nas longas tardes que Cecil estava fora, com pena de mim mesma. Ouso dizer que vou ficar melhor longe daquela casa. Eu poderia ter ficado como aquela mulher assustadora de Ibsen[2] que estava sempre divagando a respeito de bonecas. Para Cecil é que vai ser pior. Ele adorava receber os alunos na casa. Jane, esta é a terceira vez que você boceja. Você está caindo de sono, e eu falando sem parar. É isso que acontece quando você está casada há trinta anos. Os maridos foram feitos para falarmos com eles. Isso os ajuda a se concentrarem no que estão lendo, como o barulho de água. Veja só! Você está bocejando de novo."

Jane achou desconfortável dividir o quarto com a Mãe Dimble, porque ela fazia suas orações. "É extraordinário", pensou Jane, "como isso me perturba". Ela não sabia para onde olhar, e foi difícil falar naturalmente por muitos minutos depois que a Sra. Dimble se levantou de onde estivera ajoelhada.

• • •

"Você está acordada agora?", perguntou a Sra. Dimble baixinho, no meio da noite.

"Sim", disse Jane. "Desculpe. Eu acordei você? Eu estava gritando?"

"Sim. Você estava gritando alguma coisa a respeito de alguém ter sido atingido na cabeça."

"Era um homem sendo assassinado — um homem que dirigia um carro grande em uma estrada na zona rural. Ele chegou a um cruzamento e virou à direita, passou por algumas árvores, e apareceu um homem em pé no meio da pista acenando com uma luz para pará-lo. Não consegui ouvir o que disseram, eu estava muito longe. Devem tê-lo convencido a sair do

[2]Henrik Ibsen (1828–1906), dramaturgo norueguês. Em sua peça *Solness, o construtor*, ele fala sobre uma mulher que perdeu filhos gêmeos em um incêndio que destruiu também os bonecos das crianças. [N. T.]

carro, e ele estava falando com um deles. A luz bateu direto no rosto dele. Não era o mesmo homem idoso que eu tinha visto nos outros sonhos. Ele não usava barba, só bigode. E tinha um jeito ágil, soberbo. Ele não gostou do que o outro homem lhe disse e deu-lhe um soco. Havia outro homem atrás dele que tentou atingi-lo na cabeça com alguma coisa, mas o velho era muito rápido e se esquivou a tempo. Era horrível, mas ao mesmo tempo admirável. Eram três homens contra ele, e ele lutava contra os três. Já li sobre essas coisas em livros, mas nunca percebi como alguém se sentiria nessa situação. Claro, no fim o derrotaram. Golpearam terrivelmente a cabeça dele com o que tinham nas mãos. Eles eram frios e cruéis. Inclinaram-se para ver se o velho tinha morrido mesmo. A luz da lanterna parecia estranha. Parecia que estava emitindo longos feixes de luz, como varas, em todo lugar. Mas talvez eu já estivesse acordada nessa hora. Não, obrigada, eu estou bem. Foi horrível, claro, mas não estou assustada, não da maneira como teria ficado antes. Sinto mais pelo velho."

"Você acha que consegue dormir de novo?"

"Ah, sim! Sua dor de cabeça passou, Sra. Dimble?"

"Passou completamente, obrigada! Boa noite."

• • •

"Sem dúvida", pensou Mark, "este deve ser o clérigo doido de que Bill Nevasca falou". O comitê de Belbury só se reuniu às dez e meia, e desde o café da manhã ele estivera andando com o reverendo Straik no jardim, a despeito do tempo feio e nublado da manhã. Assim que o reverendo o abordou, com roupas surradas, sapatos desgastados, colarinho clerical puído, rosto escuro, magro e trágico, mal barbeado e com cicatrizes, e a sinceridade amarga do seu jeito de ser, fez-se soar uma nota dissonante. Ele não era o tipo que Mark esperava encontrar no INEC.

"Não imagine", disse o Sr. Straik, "que eu me deixo ir pela ilusão de levar adiante o nosso programa sem violência. Haverá resistência. Eles vão morder a língua e não vão se arrepender.[3] Nós não seremos detidos. Enfrentamos as desordens com uma firmeza tal que os difamadores dirão que nós as desejamos. Deixe que digam. Em certo sentido, desejamos mesmo. Não é parte de nosso compromisso preservar essa organização de pecado

[3]Alusão a Apocalipse 16:10-11. [N. T.]

ordenado que é chamada de sociedade. A mensagem que temos para transmitir a essa organização é uma mensagem de absoluto desespero".

"Ah, foi o que eu quis dizer", disse Mark, "quando falei que o seu ponto de vista e o meu no fim das contas são incompatíveis. O fim que eu tenho em mente é exatamente a preservação da sociedade, o que envolve um planejamento abrangente. Não creio que haja ou possa haver outro fim. O problema é completamente diferente para você porque você tem perspectiva de outra coisa, algo melhor que a sociedade humana, em algum mundo que não este".

"Com todos os meus pensamentos, com todas as vibrações do meu coração e com cada gota do meu sangue", disse o Sr. Straik, "eu repudio essa doutrina maldita. É exatamente esse o subterfúgio pelo qual o mundo, a organização e o corpo da morte desviaram e emascularam o ensinamento de Jesus e transformaram em sacerdotalismo e misticismo a exigência simples do Senhor quanto à justiça e ao julgamento aqui e agora. O Reino de Deus deve acontecer aqui — neste mundo. E assim será. Ao nome de Jesus, todo joelho se dobrará.[4] É por esse nome que eu me desassocio completamente de toda religião organizada que já se viu neste mundo".

Ao nome de Jesus, Mark, que teria palestrado sobre aborto ou perversões sexuais para uma plateia de moças sem ter receio, sentiu-se tão constrangido que sabia estar começando a ruborizar. Ele ficou com tanta raiva de si mesmo e do Sr. Straik ao perceber isso que, quando se deu conta disso, ruborizou de verdade. Aquele era exatamente o tipo de conversa que ele não aguentava, e nunca se sentira tão desconfortável desde o bem lembrado sofrimento que eram as aulas de Bíblia na escola. Ele resmungou alguma coisa a respeito da sua ignorância quanto à teologia.

"Teologia!", disse o Sr. Straik com profundo desprezo. "Não estou falando sobre teologia, meu jovem, mas sobre o Senhor Jesus. Teologia é conversa fiada, um bate-papo, uma diversão para ricos. Não foi na sala de aula que eu encontrei o Senhor Jesus. Foi nas minas de carvão e ao lado do caixão da minha filha. Se pensam que a teologia é um chumaço de algodão que os manterá a salvo no grande e terrível dia, vão descobrir que se enganaram. Preste atenção no que estou dizendo: isso vai acontecer. O Reino está para chegar, neste mundo, neste país. Os poderes da ciência são um

[4]Alusão a Filipenses 2:10. [N. T.]

instrumento. Um instrumento irresistível, como todos no INEC sabem. E por que eles são um instrumento irresistível?"

"Porque a ciência é baseada na observação", sugeriu Mark.

"Um instrumento irresistível", gritou Straik, "porque são um instrumento na mão do Senhor. Um instrumento tanto de julgamento como de cura. Eu não consegui fazer nenhuma igreja enxergar isso. As igrejas estão cegas. Cegas pelos trapos imundos[5] do humanismo, da cultura, do humanitarianismo e do liberalismo, bem como por seus pecados, ou o que pensam ser seus pecados, ainda que seja o que elas têm de menos pecaminoso. É por isso que fiquei sozinho: pobre, fraco, indigno, mas sou o único profeta que restou. Eu sabia que Ele estava vindo em poder. Por isso, onde vemos o poder, vemos o sinal da Sua vinda. Foi por isso que eu me uni a comunistas e materialistas e a qualquer um que esteja realmente preparado para apressar a vinda.[6] A pessoa mais fraca desses grupos tem o sentimento trágico da vida,[7] a falta de compaixão, o comprometimento total, a disposição para sacrificar todos os valores meramente humanos, algo que não consegui encontrar nesse papo-furado nauseante das religiões organizadas".

"Você está querendo dizer", disse Mark, "que, no que diz respeito à prática imediata, não há limites para a sua cooperação com o programa?".

"Abandone toda a ideia de cooperação", disse Straik. "Por acaso o barro *coopera* com o oleiro?[8] Por acaso Ciro[9] *cooperou* com o Senhor? Estas pessoas serão usadas. Eu também serei usado. Instrumentos. Veículos. Mas agora chegamos ao ponto que interessa a você, meu jovem. Você não tem escolha quanto a ser ou não usado. Uma vez colocada a mão no arado, não há como voltar atrás.[10] Ninguém *sai* do INEC. Os que tentarem virar as costas para o INEC perecerão no deserto.[11] Mas a questão é se vocês estão contentes em serem instrumentos que serão deixados de lado depois de terem servido

[5]Alusão a Isaías 64:6. [N. T.]

[6]Alusão a 2Pedro 3:12. [N. T.]

[7]*O sentimento trágico da vida* é o título de um livro publicado em 1912 do filósofo existencialista cristão espanhol Miguel de Unamuno (1864–1936). Provavelmente Lewis fazia referência a esse livro nessa fala do reverendo Straik. [N. T.]

[8]Alusão a Jeremias 18:1-6. [N. T.]

[9]Ciro, rei da Pérsia, conquistou a Babilônia e permitiu que os judeus exilados retornassem à sua terra. Em Isaías 45:1, Ciro é chamado de "ungido" (messias) do Senhor. [N. T.]

[10]Alusão a Lucas 9:62. [N. T.]

[11]Alusão a 1Coríntios 10:5. [N. T.]

aos propósitos dele — um instrumento que, tendo executado juízo para os outros, vai receber juízo — ou vocês estarão entre os que vão receber a herança? Porque tudo isso é verdade, você sabe. Os santos herdarão a terra — aqui na Inglaterra talvez dentro dos próximos doze meses — os santos, e ninguém mais. Vocês não sabem que nós vamos julgar os anjos?"[12]

Então, falando mais baixo, Straik acrescentou: "A ressurreição *real* está acontecendo agora. A verdadeira vida eterna. Aqui neste mundo. Você vai ver".

"Então", disse Mark, "já são quase dez e vinte. Nós não deveríamos estar a caminho do comitê?".

Straik virou-se com ele em silêncio. Em parte, para evitar mais conversa naquela mesma linha e, em parte, porque queria mesmo saber a resposta, Mark disse: "Aconteceu algo muito chato. Perdi minha carteira. Não tinha muito dinheiro nela, só três libras. Mas tinha cartas e outras coisas, o que me aborrece. Eu devo falar com alguém a respeito?".

"Você poderia falar com o administrador", disse Straik.

• • •

O comitê se reuniu por cerca de duas horas, e o vice-diretor presidiu a reunião. A maneira de ele conduzir a reunião era lenta e atenta, e para Mark, com sua experiência em Bracton a orientá-lo, logo ficou óbvio que o verdadeiro trabalho do INEC devia acontecer em outro lugar. De fato, era isso que ele que estava esperando, e também era esperto demais para supor que, naquele estágio inicial, faria parte do grupo mais fechado, ou seja, aquilo que em Belbury corresponderia ao Elemento Progressista em Bracton. Mas ele tinha esperança de que não ficaria marcando passo em comissões-fantasma por muito tempo. Naquela manhã, a reunião consistiu principalmente nos detalhes da obra já iniciada em Edgestow. O INEC obtivera uma vitória que lhe dera o direito de derrubar a pequena igreja normanda na esquina. "As objeções usuais foram, claro, arquivadas", disse Wither. Mark, que não estava interessado em arquitetura e que não conhecia o outro lado do rio Wynd tão bem quanto a sua esposa, permitiu que sua atenção divagasse. E só no final da reunião Wither apresentou um assunto

---

[12]Alusão a 1Coríntios 6:3. [N. T.]

mais sensacional. Ele acreditava que muitos dos que estavam presentes já tinham ouvido ("Por que os que lideram reuniões sempre começam suas falas deste jeito?", pensou Mark) a notícia muito preocupante que, não obstante, era dever dele comunicar a todos de maneira semioficial. Ele se referia evidentemente ao assassinato de William Hingest. Pelo que Mark conseguiu entender do discurso tortuoso e da narrativa cheia de alusões do condutor daquela reunião, Bill Nevasca fora encontrado com a cabeça golpeada por algum instrumento pontiagudo, caído perto do seu carro na via Potter por volta das quatro da manhã daquele dia. Ele já estava morto havia várias horas. O Sr. Wither se aventurou a supor que seria um prazer melancólico para o comitê saber que a polícia do INEC estava na cena do crime antes das cinco, e que nem as autoridades locais nem a Scotland Yard fizeram objeção quanto à sua total colaboração. Ele acreditava que, se a ocasião fosse mais apropriada, teria acolhido uma moção de expressão da gratidão que todos sentiam pela Srta. Hardcastle e possivelmente de congratulação pela interação tranquila entre o grupo que ela liderava e a força policial estatal. Esse foi o aspecto mais gratificante naquela história triste e, sugeriu Wither, um bom sinal para o futuro. A essas palavras, um aplauso discreto circulou a mesa. A seguir, o Sr. Wither falou bem devagar sobre o morto. Todos sentiam muito a decisão tomada pelo Sr. Hingest de sair do INEC, conquanto apreciassem suas motivações. Todos sentiam que a separação oficial não alteraria as relações cordiais que existiam entre o falecido e quase todos — ele pensou que poderia dizer entre todos, sem exceção — dos seus antigos colegas no Instituto. O obituário (na excelente definição de Raleigh)[13] era um instrumento que os talentos do vice-diretor tocavam perfeitamente, e ele falou por um longo tempo. Concluiu sugerindo que todos deveriam fazer um minuto de silêncio como sinal de respeito pela memória de William Hingest.

E eles o fizeram — um minuto interminável no qual estranhados chiados e respirações eram ouvidos e, por trás da máscara de cada rosto estupefato e lábios cerrados, pensamentos tímidos e irrelevantes sobre isso e aquilo levantaram-se insidiosamente como aves e ratos rastejantes na clareira de uma floresta, quando as pessoas que estavam fazendo piquenique

[13]Walter Raleigh (1861–1922), professor de Literatura Inglesa em Oxford. Em uma carta ao crítico literário Edmund Gosse, publicada postumamente (1926), disse que considerava o obituário "um instrumento muito difícil de tocar". [N. T.]

vão embora, e todos silenciosamente asseguraram-se de que, por fim, não estavam sendo mórbidos e não pensavam na morte.

Depois disso, houve uma agitação, e a reunião do comitê foi encerrada.

• • •

Jane achou que todo o processo de se levantar e fazer as "obrigações matinais" foi mais animado porque a Sra. Dimble estava com ela. Mark costumava ajudar, mas como ele sempre pensava — e Jane percebia mesmo que ele não falasse nada — que "qualquer coisa servia", que ela fazia muitas tarefas desnecessárias e que homens poderiam cuidar de uma casa causando só um décimo do estardalhaço e da confusão que as mulheres causavam, a ajuda de Mark era uma das causas mais comuns de discussão entre eles. A Sra. Dimble, por outro lado, encaixou-se ao jeito de Jane de arrumar a casa. Era uma manhã de sol brilhante, e Jane estava se sentindo muito bem enquanto elas se sentavam para tomar o café da manhã na cozinha. Durante a noite, ela desenvolvera uma teoria reconfortante, de que o simples fato de ter conversado com a Srta. Ironwood e "desabafado" provavelmente faria com que os sonhos parassem. O episódio estaria encerrado. Agora havia a possibilidade animadora quanto ao novo emprego de Mark. Ela começou a imaginar situações.

A Sra. Dimble estava ansiosa para saber o que acontecera a Jane em St. Anne's e quando ela voltaria lá. Jane respondeu evasivamente à primeira pergunta, e a Sra. Dimble era educada demais para pressioná-la. Quanto à segunda pergunta, Jane pensou que não iria "incomodar" a Srta. Ironwood outra vez, ou que não iria se "incomodar" mais por causa dos sonhos. Ela disse que tinha sido "boba", mas que tinha certeza de que estava tudo certo agora. Olhou para o relógio da parede e se admirou porque a Sra. Maggs ainda não havia aparecido.

"Minha querida, temo que você tenha perdido Ivy Maggs", disse a Sra. Dimble. "Eu não lhe contei que eles tomaram a casa dela? Achei que você tinha entendido que ela não vai voltar mais aqui. Você sabe que não há lugar para ela morar em Edgestow."

"Droga!", disse Jane, e completou, sem muito interesse na resposta: "O que ela está fazendo, você sabe?".

"Ela foi para St. Anne's."

"Ela tem amigos lá?"

"Ela irá para o solar comigo e com Cecil."

"Quer dizer que ela conseguiu um emprego lá?"

"Bem, sim. Acho que é um emprego."

A Sra. Dimble saiu por volta das onze horas. Parecia que ela também estava indo para St. Anne's, mas primeiro ia se encontrar com o marido para almoçarem juntos em Northumberland. Jane foi com ela a pé até a cidade para fazer algumas compras, e elas se separaram no final da Rua do Mercado. Logo depois, Jane encontrou o Sr. Curry.

"Você ficou sabendo, Sra. Studdock?", disse Curry. Ele tinha sempre um jeito imponente e um tom de voz vagamente confidencial, mas naquela manhã essas características estavam mais acentuadas que nunca.

"Não. O que aconteceu?", perguntou Jane. Ela achava que o senhor Curry era um tolo pomposo e que Mark era um tolo por ficar impressionado com ele. Mas, assim que Curry começou a falar, o rosto dela demonstrou todo o espanto e a consternação que ele desejava e, dessa vez, nenhum dos dois estava fingindo. Ele contou a ela que o Sr. Hingest tinha sido assassinado durante a noite ou talvez no início daquela manhã. O corpo fora encontrado caído ao lado do carro dele, na via Potter, com golpes severos na cabeça. Ele estava vindo de Belbury para Edgestow. Agora, Curry estava correndo de volta para a faculdade para conversar com o administrador a respeito disso e acabara de sair da delegacia de polícia. Dava para perceber que o assassinato já havia se tornado propriedade de Curry. O "assunto" estava, de alguma maneira indefinida, "nas mãos dele", e ele sentia o peso da responsabilidade em seus ombros. Em outra ocasião, Jane teria achado isso divertido. Ela se afastou dele o mais rápido que conseguiu e foi tomar um café na Blackie. Precisava se sentar.

A morte de Hingest em si não significava nada para ela. Ela se encontrara com ele apenas uma vez e tinha a imagem que Mark havia passado, de que Hingest era um velho desagradável e pedante. Mas a certeza dela, no sonho que teve, de que havia testemunhado um assassinato real sacudiu em um único golpe todas as pretensões consoladoras com as quais ela havia acordado naquela manhã. Jane se deu conta, com uma clareza desconcertante, de que a questão dos sonhos, longe de ter acabado, estava apenas começando. A vida brilhante e pequena de que ela pretendia viver estava perdida de maneira irremediável. Janelas estavam se abrindo para cenários imensos e sombrios, e ela não tinha forças para fechá-las. Enfrentar tudo aquilo sozinha a deixaria louca. A alternativa seria voltar a ver a

Srta. Ironwood, mas lhe parecia ser apenas uma maneira de se afundar ainda mais naquela escuridão. Aquele solar em St. Anne's — aquele "tipo de companhia" — estava "envolvido nisso". Ela não queria ser arrastada para dentro daquilo. Era injusto. Ela nunca quisera muito da vida. Tudo que desejava era ficar em paz. Mas aquela situação era tão absurda! Era o tipo de coisa que, de acordo com todas as autoridades que até então ela tinha aceitado, não poderia realmente acontecer.

• • •

Cosser — o homem sardento com um pequeno tufo de bigode preto — abordou Mark na saída da reunião do comitê.

"Você e eu temos um trabalho a fazer", disse ele. "O relatório sobre Cure Hardy precisa sair."

Mark ficou aliviado ao ouvir falar de trabalho, mas manteve a postura, pois não gostou muito de Cosser quando o conheceu no dia anterior, e respondeu:

"Quer dizer que eu *preciso* ir para o departamento de Steele?"

"Exatamente", disse Cosser.

"Estou perguntando", disse Mark, "porque nem ele nem você pareceram especialmente interessados em que eu trabalhe com vocês. E você sabe que não quero forçar nada. Não preciso ficar no INEC se para isso tiver que pressionar alguém".

"Bem, não comece a falar sobre isso aqui", disse Cosser. "Vamos lá para cima."

Eles estavam conversando no salão, e Mark observou que Wither caminhava na direção deles. "Não seria melhor falar com *ele* e esclarecer a história toda?", sugeriu Mark. Mas o vice-diretor, depois de chegar a uns dez passos deles, virou-se para outra direção. Ele estava cantarolando e parecia tão mergulhado em seus próprios pensamentos que Mark achou que o momento não seria adequado para uma conversa. Cosser não disse nada, mas aparentemente pensou a mesma coisa, e então Mark o seguiu para o escritório no terceiro andar.

"É a respeito da vilazinha de Cure Hardy", disse Cosser quando eles se sentaram. "Veja só, todo o terreno do bosque Bragdon não vai ser mais do que um brejo quando começarem a trabalhar. Por que diabos queremos ir para lá, eu não sei. Seja como for, o plano mais recente é desviar o rio

Wynd: bloquear o velho canal que passa por Edgestow. Veja. Aqui está Shillingbridge, dezesseis quilômetros ao norte da cidade. O rio vai ser desviado lá e transposto para um canal artificial — aqui, para o leste, onde está esta linha azul — e se unirá outra vez ao leito antigo aqui."

"A universidade dificilmente vai concordar com isso", disse Mark. "O que vai ser de Edgestow sem o rio?"

"A universidade está nas nossas mãos", disse Cosser. "Você não precisa se preocupar com isso. De qualquer maneira, nossa tarefa não é esta. O ponto é que o novo rio Wynd deve atravessar Cure Hardy. Dê uma olhada nos entornos. Cure Hardy está aqui, neste pequeno vale estreito. O quê? Ah, você já esteve lá? Isso facilita tudo. Eu mesmo nunca estive lá. Bem, a ideia é bloquear o vale na extremidade sul e construir um grande reservatório de água. Agora que Edgestow vai se tornar a segunda cidade da Inglaterra será necessário um novo reservatório de água."

"Mas o que vai acontecer com Cure Hardy?"

"Esta é outra vantagem. Nós vamos construir uma nova cidade modelo (vai se chamar Jules Hardy ou Wither Hardy) a uns seis quilômetros de distância. Bem aqui, ao lado da ferrovia."

"Deixe-me dizer, você sabe, isso não vai ser tão fácil. Cure Hardy é famosa, é um lugar bonito. Lá estão as casas de caridade do século 16, uma igreja normanda, essas coisas todas."

"Exatamente. É aí que você e eu entramos. Precisamos escrever um relatório sobre Cure Hardy. Vamos dar uma volta por lá amanhã, mas podemos escrever a maior parte do relatório hoje. Deve ser muito fácil. Se o lugar é bonito, você pode apostar que é insalubre. Esse é o primeiro ponto a enfatizar. Depois temos de recolher alguns fatos sobre a população. Acho que você vai descobrir que ela consiste quase que inteiramente de dois elementos indesejáveis: pequenos rentistas e lavradores."

"Concordo que o pequeno rentista é um elemento negativo", disse Mark. "Mas acho que dizer isso do lavrador é mais controverso."

"O Instituto não aprova os pequenos trabalhadores rurais. Um lavrador é um elemento muito teimoso em uma comunidade planejada e sempre é uma pessoa atrasada. Nós não estamos lutando pela agricultura inglesa. Então, veja só, tudo que temos de fazer é verificar alguns poucos fatos. Quanto ao resto, o relatório se escreve por si só."

Mark ficou em silêncio por alguns instantes.

"Isso é bem fácil", disse ele. "Mas, antes de começar, eu quero apenas ter um pouco mais de clareza quanto à minha própria posição. Não devo procurar Steele? Não gosto da ideia de trabalhar no departamento se ele não me quer lá."

"Eu não faria isso", disse Cosser.

"Por que não?"

"Bem, primeiro, Steele não pode impedi-lo se o vice-diretor lhe dá apoio, como parece que ele está fazendo no momento. Outra coisa é que Steele é um homem muito perigoso. Se você simplesmente trabalhar em silêncio, ele vai acabar se acostumando com você, mas se você o procurar, pode gerar um conflito. E tem mais." Cosser fez uma pausa, coçou o nariz de maneira pensativa, e continuou. "Cá entre nós, eu não acredito que as coisas neste departamento continuem para sempre do jeito que estão agora."

O treinamento excelente que Mark tivera em Bracton o capacitou a entender aquilo. Cosser pretendia tirar Steele do departamento. Ele pensou que estava entendendo a situação como um todo. Steele era perigoso enquanto ocupasse seu cargo, mas poderia não permanecer naquela função.

"Ontem eu tive a impressão", disse Mark, "de que você e Steele se relacionam bem".

"A grande questão aqui", disse Cosser, "é nunca brigar com ninguém. Eu detesto brigas. Posso me dar bem com todo mundo, desde que o trabalho seja feito".

"Claro", disse Mark. "A propósito, se formos a Cure Hardy amanhã, eu poderia ir também a Edgestow e dormir em casa."

Muita coisa dependia daquela resposta. Mark poderia descobrir se na verdade estava trabalhando para Cosser. Se Cosser dissesse "Você não pode fazer isso", ele pelo menos saberia onde estava pisando. Seria melhor ainda se Cosser dissesse que Mark não poderia ser liberado. Ou Cosser poderia responder que seria melhor consultar o vice-diretor. Também faria com que Mark se sentisse mais seguro quanto à sua posição. Mas Cosser simplesmente disse "Ah", deixando Mark em dúvida se qualquer um precisaria de uma licença, ou se ele ainda não estava suficientemente firmado como membro do Instituto a ponto de que uma ausência sua tivesse alguma consequência. Depois eles começaram a trabalhar no relatório.

Isso tomou o resto do dia deles, de modo que Cosser e ele chegaram atrasados para jantar e sem se trocar, o que deu a Mark uma sensação mais agradável. Ele também gostou da refeição. Ainda que estivesse entre homens com quem nunca havia se encontrado, parecia que em cinco minutos ele já os conhecia, e começou a participar das conversas de modo natural. Estava aprendendo a conversar com eles sobre questões profissionais.

"Aqui é tão bonito", disse Mark para si mesmo na manhã seguinte, enquanto o carro deixava a estrada principal em Duke's Eaton e começava a descer a estrada pequena e acidentada, a caminho do grande vale no qual está localizada Cure Hardy. Mark não era nenhuma referência em termos de sensibilidade à beleza, mas Jane e o amor que ele tinha por ela o fizeram melhorar um pouco quanto a esse aspecto. Talvez a luz matinal do inverno o tenha afetado mais porque ele nunca soube apreciar uma manhã como aquela e, por isso, ela agiu nos sentidos dele sem qualquer interferência. Parecia que a terra e o céu tinham sido lavados havia pouco tempo. Os campos em tonalidade marrom passavam a impressão de serem comestíveis, e a grama dava um destaque às curvas das pequenas colinas do mesmo modo que uma crina aparada realça o corpo de um cavalo. O céu parecia mais distante que o normal, mas também mais claro, de modo que as longas e finas faixas de nuvens (em tons escuros de ardósia contra o azul pálido) tinham bordas tão nítidas como se tivessem sido cortadas em papelão. Os pequenos bosques escuros pareciam cerdas de uma escova de cabelo, e quando o carro parou em Cure Hardy, o silêncio que se fez depois que o motor foi desligado estava cheio do barulho de gralhas que pareciam gritar: "Acordem! Acordem!".

"Que barulho infernal essas aves fazem", disse Cosser. "Você pegou seu mapa? Agora..." Ele mergulhou imediatamente no trabalho.

Eles caminharam pela cidade por duas horas e viram todos os abusos e anacronismos que haviam ido destruir. Viram o trabalhador teimoso e atrasado e ouviram as opiniões dele sobre o clima. Encontraram o pobre perdulariamente sustentado na pessoa de um idoso se arrastando no pátio de uma casa de caridade para encher uma chaleira, e uma rentista idosa (para piorar a situação, ela tinha um cachorro velho e gordo) tendo uma conversa séria com o carteiro. Isso fez Mark se sentir como se estivesse em férias, pois era somente nessa ocasião que ele andava sem rumo pelos vilarejos ingleses e, por essa razão, teve prazer naquela situação. Ele não deixou de perceber que o rosto daquele trabalhador atrasado era mais interessante que o de Cosser, assim como a voz dele muito mais agradável de ouvir. A semelhança da rentista idosa com a Tia Gilly (qual foi a última vez que ele havia pensado nela? Santo Deus, isso trazia o passado de volta) o fez entender como era possível gostar de uma pessoa como aquela. Nada daquilo teve a menor influência em suas convicções sociológicas. Mesmo se ele estivesse livre de Belbury e completamente sem ambições, não poderia ter sido de outro jeito, porque sua formação tivera o curioso efeito de fazer as coisas que ele leu e escreveu serem mais reais do que as que ele via. Estatísticas sobre trabalhadores rurais eram a substância, enquanto qualquer cavador de valetas, lavrador ou filho de um agricultor reais eram a sombra. Ainda que ele mesmo não tivesse percebido, em seu trabalho, Mark tinha grande relutância em usar palavras como "homem" ou "mulher". Ele preferia escrever a respeito de "grupos vocacionais", "elementos", "classes" ou "populações" porque, do seu jeito, cria tão firmemente quanto qualquer místico na realidade superior das coisas que não são vistas.

Ainda assim, ele não conseguiu deixar de gostar daquela cidadezinha e o disse a Cosser quando, por volta de uma da tarde, convenceu-o a ir ao bar Dois Sinos. Eles haviam trazido sanduíches, mas Mark sentiu vontade de tomar uma caneca de cerveja. Estava quente e escuro no interior do bar porque a janela era muito pequena. Dois trabalhadores (sem dúvida, teimosos e atrasados) estavam sentados com canecas de cerâmica próximas aos cotovelos, mastigando grandes sanduíches, e um terceiro estava em pé, no balcão, conversando com o dono do estabelecimento.

"Eu não quero cerveja, obrigado", disse Cosser. "Não vamos ficar muito tempo aqui. O que você estava dizendo?"

"Eu estava dizendo que em uma manhã bonita um lugar como este tem algo de atraente, a despeito de todos os seus absurdos óbvios."

"Sim, é uma manhã bonita. Um pouco de luz do sol faz muita diferença na saúde das pessoas."

"Eu estava pensando no lugar."

"Você quer dizer *aqui*?", disse Cosser olhando os arredores. "Eu pensei que era exatamente o tipo de coisa da qual queríamos nos livrar. Não tem luz do sol, não tem ventilação. Eu mesmo não bebo muito (leia o Relatório Miller), mas se as pessoas carecem de estimulantes, eu gostaria de vê-las fazendo uso deles de maneira mais higiênica."

"Não sei se o estimulante é o todo da questão", disse Mark, olhando para sua cerveja. Toda aquela cena o fazia se lembrar de bebidas e conversas de muito tempo atrás, de gargalhadas e discussões do tempo de faculdade. Naquela época, era mais fácil fazer amigos. Ele queria saber o que tinha acontecido com todos eles, com Carey, com Wadsden e com Denniston, que quase tinha conseguido sua própria vaga de pesquisador.

"Certamente não", disse Cosser em resposta ao último comentário de Mark. "Nutrição não é minha área. Você vai ter de perguntar a Stock a respeito disso."

“Na verdade, eu não estou pensando neste bar”, disse Mark, “mas na cidadezinha inteira. É claro que você está absolutamente certo: esse tipo de coisa tem de acabar. Mas também tinha seu lado agradável. Será necessário ter cuidado para que, seja o que for que venhamos a construir aqui, seja melhor em todos os sentidos, e não apenas em eficiência”.

“Ah, arquitetura e essa coisa toda”, disse Cosser. “Bem, você sabe que essa não é a minha área. Isto tem mais a ver com alguém como o Wither. Você já terminou?”

Naquele momento, Mark percebeu como era chato aquele homenzinho, e se sentiu totalmente aborrecido quanto ao INEC. Mas se lembrou de que não deveria ter esperança de estar imediatamente no grupo interessante. Coisas melhores aconteceriam mais tarde. Em todo caso, ainda tinha chance de voltar atrás. Talvez ele pudesse desistir de tudo e voltar para Bracton em um ou dois dias. Mas não de imediato. Seria mais sábio aguentar um pouco mais e ver como as coisas iriam se ajeitar.

Na volta, Cosser o deixou perto da estação de Edgestow, e, enquanto caminhava para casa, Mark começou a pensar no que diria a Jane a respeito de Belbury. Você o interpretará errado se pensar que ele estava inventando uma mentira de maneira consciente. Quase que involuntariamente, enquanto se imaginava entrando no apartamento e vendo o rosto questionador de Jane, ele também imaginava sua própria voz respondendo a ela, enfatizando os aspectos importantes de Belbury em frases divertidas e confiantes. Esse discurso imaginário aos poucos expulsou de sua mente as verdadeiras experiências pelas quais ele tinha passado. As experiências verdadeiras de receio e ansiedade fizeram aumentar seu desejo de causar uma boa impressão em sua esposa. Quase sem perceber, ele decidiu não mencionar o caso de Cure Hardy. Jane gostava de construções antigas e desse tipo de coisa. Por isso, quando Jane, que naquela hora estava abrindo as cortinas, ouviu o barulho da porta se abrindo e se virou e viu Mark, ela viu um Mark alegre e animado. Sim, ele tinha quase certeza que havia conseguido o emprego. O salário não estava totalmente definido, mas ele iria tratar disso no dia seguinte. Era um lugar muito engraçado, e ele explicaria tudo isso mais tarde. Mas ele já havia entrado em contato com as pessoas importantes de lá: Wither e a Srta. Hardcastle eram as pessoas que realmente importavam. “Eu *preciso* falar com você sobre a tal da Hardcastle”, disse ele. “Ela é incrível.”

Jane teve de decidir o que ia dizer a Mark muito mais rapidamente do que ele havia decidido o que dizer a ela. Ela decidiu não contar nada para ele sobre os sonhos ou sobre a ida a St. Anne's. Homens detestam mulheres que têm algum problema, ainda mais problemas esquisitos e incomuns. Foi fácil fazer o que ela queria porque Mark, mergulhado em sua própria história, não lhe perguntou nada. Mas talvez ela não ficou inteiramente convencida pelo que ele disse. Havia algo um tanto vago a respeito de todos os detalhes. Logo no início da conversa, ela disse em uma voz aguda e assustada (não tinha ideia de quanto ele detestava aquele tom de voz): "Mark, você não desistiu da sua vaga de pesquisador em Bracton, não é?". Ao que ele respondeu: "Não, claro que não", e continuou falando. Ela ouviu, mas não dando toda a atenção. Jane sabia que ele sempre tinha ideias grandiosas, e só de olhar para o rosto dele ela adivinhou que durante o tempo em que esteve fora ele havia bebido muito mais do que normalmente fazia. E assim, ao longo da noite, o pássaro macho exibiu sua plumagem e a fêmea desempenhou o seu papel, fez perguntas, deu risadas e fingiu ter mais interesse do que realmente tinha. Ambos eram jovens, e se nenhum deles amava muito, os dois ainda estavam ansiosos por serem admirados.

•••

Naquela noite, os pesquisadores de Bracton estavam sentados no Salão Comum, com o vinho e a sobremesa. Durante a guerra, por economia, eles pararam de usar trajes formais nos jantares, e ainda não haviam retomado o costume, de modo que os blazers e os cardigãs eram uma nota discordante em contraste com os painéis jacobinos escuros, os candelabros e a prata de muitos períodos diferentes. Feverstone e Curry sentaram-se juntos. Até aquela noite, por cerca de trezentos anos, o Salão Comum fora um dos lugares mais agradáveis e tranquilos da Inglaterra. Era em Lady Alice, no piso térreo abaixo do solar, onde as janelas no lado direito davam para o rio e para o bosque Bragdon, atravessando um pequeno terraço no qual os companheiros costumavam comer a sobremesa nas noites de verão. Naquela hora e naquela época do ano, evidentemente as janelas estavam fechadas e as cortinas, estendidas. E do outro lado vieram barulhos que nunca antes tinham sido ouvidos naquela sala: gritos, xingamentos e o barulho de caminhões carregados passando ou mudando bruscamente de marcha, correntes tinindo, o ruído de perfuratrizes mecânicas, ferros batendo, apitos, baques e uma vibração que se fazia sentir em todo o ambiente. *Saeva sonare verbera, tum stridor ferri tractaeque catenae*,[14] como Glossop, sentado do outro lado da lareira, comentou com Jewel. Além daquelas janelas, a uns trinta metros de distância, do outro lado do rio Wynd, já estava em andamento a transformação do antigo bosque em um inferno de lama, barulho, aço e concreto. Vários integrantes do Elemento Progressista — os que tinham quartos deste lado da faculdade — estavam resmungando. Até Curry estava um pouco surpreso pela forma que seu sonho tinha tomado, agora que se tornara realidade, mas estava fazendo o possível para lidar com a situação sem sentir vergonha, e, apesar de sua conversa com Feverstone ter de acontecer com os dois falando o mais alto possível, ele não fez nenhuma alusão a essa inconveniência.

"Então é certeza", berrou ele, "que o jovem Studdock não vai voltar?".

"Ah, sim", gritou Feverstone. "Ele me mandou uma mensagem por intermédio de um funcionário de alto escalão para me dizer que eu deveria informar à faculdade."

"Quando ele vai enviar um pedido formal de demissão?"

"Não tenho a menor ideia! Assim como todos os jovens, ele não é muito formal a respeito dessas coisas. Na verdade, quanto mais ele atrasar, melhor."

"Você quer dizer que, dessa forma, nós temos uma chance de dar uma olhada por aí?"

"Isso mesmo. Veja só, nada precisa ser levado à faculdade até que ele escreva. O que precisamos é resolver a questão do sucessor *antes* disso."

"Obviamente. É o mais importante. Depois que você apresenta uma questão aberta para todas essas pessoas que não entendem do assunto e não conhecem nem as próprias cabeças, qualquer coisa pode acontecer."

"Exatamente. É o que queremos evitar. A única maneira de administrar um lugar como este é ter o seu próprio candidato — tirar um coelho da cartola — dois minutos depois do anúncio da vaga."

"Temos de começar a pensar nisso logo."

"O sucessor tem de ser sociólogo? Quer dizer, a vaga está ligada à matéria?"

"De jeito nenhum. É uma daquelas vagas Paston. Por quê? Você tem alguma matéria em mente?"

---

[14]"Chicotadas selvagens ressoam, e depois, o barulho estridente do ferro e de correntes arrastadas" é uma frase da *Eneida*, do poeta romano Virgílio (70 a.C.–19 a.C.), de um trecho que descreve o som que se ouve quando se chega aos portões do Inferno. [N. T.]

"Faz muito tempo desde a última vez que tivemos alguém de ciência política."

"Hum, sim. Há um grande preconceito contra a ciência política como tema acadêmico. Feverstone, nós não deveríamos dar uma oportunidade a uma nova disciplina?"

"Que nova disciplina?"

"Pragmatometria."

"Bem, é engraçado você dizer isso, porque o homem em quem estava começando a pensar é um político que também tem demonstrado interesse pela pragmatometria. Poderia ser uma vaga em pragmatometria social ou qualquer coisa do tipo."

"Quem é?"

"Laird, de Leicester, Cambridge."

Curry teve a reação automática de parecer pensativo, ainda que nunca tivesse ouvido falar de Laird, então disse: "Ah, Laird. Por favor, ajude-me a lembrar dos detalhes da carreira acadêmica dele".

"Bem", disse Feverstone, "como você se lembra, ele não estava bem de saúde na época das provas finais e por isso se saiu muito mal. Os exames em Cambridge atualmente estão tão ruins que dificilmente são levados em conta. Todos se lembram de que ele era um dos mais brilhantes no ano em que se formou. Ele foi o presidente do Clube das Esfinges e editou a revista *O Adulto*. David Laird, você sabe".

"Sim, com certeza. David Laird. Mas, Dick…"

"Pois não?"

"Não estou muito satisfeito com a nota baixa dele. Claro que eu não atribuo um valor supersticioso aos resultados dos exames, assim como você. Mesmo assim… fizemos uma ou duas escolhas infelizes ultimamente." Quase de maneira involuntária, enquanto dizia isso, Curry deu uma olhada através da sala na direção do lugar onde Pelham se sentava — Pelham, com sua boca que parecia um botão e sua cara gorda. Pelham era um homem sensato, mas até mesmo Curry tinha dificuldade em se lembrar de qualquer coisa que Pelham tivesse feito ou dito.

"Sim, eu sei", disse Feverstone, "mas mesmo as nossas piores escolhas não são tão ruins quanto as que o corpo docente faz quando o deixamos livre".

Talvez porque aquele barulho insuportável tivesse esgotado sua paciência, Curry sentiu uma dúvida momentânea a respeito da "obtusidade" daquelas pessoas que não eram do seu grupo. Ele havia jantado recentemente em

Northumberland e encontrara Telford lá naquela mesma noite. Curry ficou perplexo com o contraste entre o Telford alerta e inteligente que parecia que todos em Northumberland conheciam e a quem todos davam ouvidos e o Telford "obtuso" no Salão Comum de Bracton. Será que o silêncio de todos aqueles recém-chegados em sua própria faculdade, as respostas monossilábicas que lhes davam quando ele os menosprezava e os rostos inexpressivos quando ele assumia sua maneira confidencial teriam uma explicação que nunca lhe havia ocorrido? A sugestão fantástica de que ele, Curry, pudesse ser um chato passou por sua cabeça tão rapidamente que dali a um segundo ele já a tinha esquecido para sempre. Curry ficou com a sugestão muito menos dolorosa de que aqueles tradicionalistas e ratos de biblioteca ousavam desprezá-lo. Mas Feverstone estava gritando com ele outra vez.

"Vou a Cambridge semana que vem", disse ele. "Na verdade, vou oferecer um jantar. Eu preferiria que isso não fosse mencionado aqui, porque pode ser que o primeiro-ministro compareça, e alguns repórteres de jornais grandes, e Tony Dew também. O quê? Ah, claro que você conhece o Tony. Aquele moreninho do banco. Laird também vai estar lá. Ele é meio que primo do primeiro-ministro. Estou pensando aqui que você poderia participar conosco. Eu sei que David está muito ansioso para conhecer você. Ele ouviu bastante sobre você de um camarada que foi seu aluno. Não estou conseguindo lembrar o nome dele."

"Hum, seria muito difícil. Vai depender de quando vai ser o funeral do velho Bill. Claro que eu preciso estar aqui por ocasião do funeral. Apareceu alguma coisa sobre a investigação no noticiário das seis horas?"

"Não ouvi. Mas é claro que isso levanta uma segunda questão. Agora que o Nevasca foi para um mundo melhor, nós temos *duas* vagas."

"Não estou ouvindo", gritou Curry. "É o barulho que está ficando pior? Ou sou eu que estou ficando surdo?"

"Escute aqui, vice-diretor", gritou Brizeacre, do outro lado de Feverstone, "que diabos os seus amigos lá fora estão fazendo?".

"Será que eles não podem trabalhar sem gritar?", perguntou alguém.

"Para mim não se parece com trabalho de jeito nenhum", disse um terceiro.

"Ouçam", disse Glossop subitamente. "Não é trabalho. Ouçam o barulho dos passos. Parece um jogo de rúgbi."

"Está piorando a cada minuto", disse Raynor.

No instante seguinte, quase todos naquela sala se levantaram. "O que foi isso?", gritou um deles. "Eles estão matando alguém", disse Glossop.

"Só existe uma maneira de fazer um som desse sair da garganta de um homem." "Aonde você vai?", perguntou Curry. "Vou ver o que está acontecendo", respondeu Glossop. "Curry, vá e reúna todos os atiradores da faculdade. Alguém chame a polícia." "Eu não iria lá fora se fosse você", disse Feverstone, que permanecera sentado e estava se servindo de mais uma taça de vinho. "Parece que a polícia, ou alguma autoridade, já está lá."

"O que você quer dizer com isso?"

"Escute. Ali!"

"Pensei que fosse aquela furadeira infernal deles."

"Escute!"

"Meu Deus… Você acha que é uma metralhadora?"

"Cuidado! Cuidado!", gritaram várias vozes simultaneamente, quando eles ouviram o barulho de um vidro se quebrando e uma chuva de pedras caiu no piso do Salão Comum. Em um instante, vários professores correram para as janelas e fecharam as persianas, e começaram a encarar um ao outro, e fizeram um silêncio no qual só se ouvia o som da respiração pesada deles. Glossop tinha um corte na testa, e no chão estavam os fragmentos da famosa janela do lado leste em que Henriqueta Maria[15] uma vez escrevera seu nome com um diamante.

[15]Henriqueta Maria (1609–1669), filha do Rei Henrique IV da França, foi esposa do Rei Carlos I da Inglaterra. [N. T.]

5

NA MANHÃ seguinte, Mark voltou para Belbury de trem. Ele havia prometido à sua esposa esclarecer vários pontos referentes a questões como seu salário e o onde iria morar. A lembrança dessas promessas formou uma pequena nuvem de intranquilidade em sua mente, mas no geral ele estava de bom humor. Seu retorno a Belbury — apenas entrar tranquilamente, pendurar o chapéu e pedir uma bebida — foi um contraste agradável com a primeira vez que ele esteve lá. O atendente que lhe trouxe a bebida o conhecia. Filostrato fez-lhe um aceno com a cabeça. As mulheres *ficariam* incomodadas, mas com certeza aquele era o mundo real. Após o drinque, ele subiu as escadas até o escritório de Cosser. Depois de apenas cinco minutos, saiu, e seu estado mental estava completamente alterado.

Steele e Cosser estavam lá, e os dois levantaram os olhos como homens que foram interrompidos por um completo desconhecido. Nenhum dos dois disse nada.

"Ah, bom dia", disse Mark, com algum constrangimento.

Steele terminou de fazer uma anotação a lápis em algum documento grande que estava aberto na frente dele.

"O que foi, Sr. Studdock?", disse ele, sem olhar para cima.

"Eu vim ver Cosser", disse Mark, e então, dirigindo-se a Cosser: "Eu estava pensando na última seção do relatório...".

"Que relatório é esse?", disse Steele a Cosser.

"Ah, eu pensei", replicou Cosser com um pequeno sorriso torto no canto da boca, "que seria bom preparar um relatório sobre Cure Hardy no meu tempo livre, e, como não tinha nada em particular para fazer ontem, eu o fiz. O Sr. Studdock me ajudou".

"Bem, isso não importa agora", disse Steele. "Sr. Studdock, você pode falar com o Sr. Cosser a esse respeito em outra ocasião. Ele está ocupado neste momento."

"Veja bem", disse Mark, "acho que é melhor nos entendermos. Devo assumir que o relatório foi só um passatempo particular de Cosser? Se foi, eu queria ter sido informado disso antes de perder oito horas trabalhando nele. Eu estou sob as ordens de quem aqui?".

Steele, brincando com seu lápis, olhou para Cosser.

"Eu lhe fiz uma pergunta sobre a minha posição, Sr. Steele", disse Mark.

"Não tenho tempo para isso", disse Steele. "Se você não tem nada para fazer, eu tenho. Nada sei a respeito da sua posição."

Por um instante, Mark pensou em se voltar para Cosser, mas o rosto liso e sardento, e seus olhos sem expressão, de repente o encheram de tamanho desprezo que ele virou as costas e saiu da sala, batendo a porta atrás de si. Ele iria encontrar o vice-diretor.

Mark hesitou um pouco à porta da sala de Wither porque ouviu vozes lá dentro, mas estava com raiva demais para esperar. Bateu na porta e entrou sem prestar atenção se houve alguma resposta à sua batida.

"Meu rapaz", disse o vice-diretor olhando para cima, mas não fixando o olhar no rosto de Mark. "É um prazer ver você." Enquanto ouvia essas palavras, Mark observou que havia uma terceira pessoa na sala. Era um homem chamado Stone, que ele havia conhecido no jantar dois dias atrás. Stone estava sentado em frente à mesa de Wither, rolando e desenrolando um papel mata-borrão, com a boca aberta e os olhos fixos no vice-diretor.

"É um prazer ver você", repetiu Wither. "Ainda mais porque você... eh... acabou de me interromper no que eu chamo de uma entrevista muito difícil. Quando você entrou, estava dizendo ao pobre Sr. Stone que não há nada que eu deseje mais do que este grande instituto trabalhando unido como uma família... a unidade maior entre vontade e propósito. Sr. Stone, confiança mútua total... é o que espero dos meus colegas. Mas então, como você pode me ajudar a lembrar, Sr... eh... Studdock, mesmo na vida familiar, de vez em quando há tensões, atritos e mal-entendidos. E é por isso, meu rapaz, que agora eu não estou totalmente livre — não vá, Sr. Stone. Tenho muito mais para lhe dizer."

"Talvez seja melhor eu voltar mais tarde?", disse Mark.

"Bem, talvez em todas as circunstâncias... são os *seus* sentimentos que estou levando em consideração, Sr. Stone... talvez... o método tradicional para me ver, Sr. Studdock, é procurar o meu secretário e marcar um horário. Não que eu tenha, você vai entender, a menor intenção de insistir com quaisquer formalidades ou que não vá ter o prazer de atendê-lo quando você aparecer. É a perda do *seu* tempo que estou preocupado em evitar."

"Obrigado, senhor", disse Mark. "Vou procurar o seu secretário."

O escritório do secretário era na porta ao lado. Ao entrar, não foi possível ver o secretário, mas apenas alguns de seus subordinados, que ficavam do outro lado de um balcão. Mark marcou uma reunião para as dez da manhã do dia seguinte, que era o horário mais cedo que eles podiam lhe oferecer. Quando saiu, ele esbarrou com a Fada Hardcastle.

"Olá, Studdock", disse a Fada. "Passeando perto do escritório do vice-diretor? Você sabe que não vai dar certo."

"Eu decidi", disse Mark, "que preciso ter minha posição estabelecida de maneira definitiva ou então vou deixar o Instituto".

Ela olhou para ele com uma expressão ambígua, na qual a diversão parecia predominar. Então, de repente, ela passou o braço por dentro do dele.

"Veja só, filhinho", disse ela, "deixe disso, está bem? Não vai ajudar você em nada. Acompanhe-me e vamos conversar".

"Na verdade não há nada a conversar, Srta. Hardcastle", disse Mark. "Está tudo muito claro na minha mente. Ou eu assumo um emprego de verdade aqui, ou volto para Bracton. Simples assim. Particularmente não me importo com qual exatamente, desde que eu saiba o que vou fazer."

A Fada Hardcastle nada respondeu quanto a isso, e a pressão firme do braço dela obrigou Mark a acompanhá-la pelo corredor, e ele só não iria se estivesse disposto a brigar. A intimidade e a autoridade do aperto dela eram ridiculamente ambíguas e muito semelhantes ao que aconteceria em uma relação entre policial e prisioneiro, uma mulher e seu amante, uma babá e uma criança. Mark viu que ele pareceria um tolo caso alguém o visse.

Ela o levou aos escritórios dela, no segundo andar. O escritório externo estava cheio das moças da PAIF, Polícia Auxiliar Institucional Feminina. Os homens desta corporação, ainda que muito mais numerosos, não eram encontrados com muita frequência no interior daqueles prédios, mas as PAIFs constantemente eram vistas circulando para lá e para cá sempre que a Srta. Hardcastle aparecia. Longe de compartilhar as características masculinas da chefe, elas eram (como Feverstone disse uma vez) "femininas ao ponto da imbecilidade" — pequenas, magras, fofinhas e cheias de risinhos. A Srta. Hardcastle se comportava com elas como se fosse um homem e se dirigia a elas em galanteios meio entusiasmados, meio grosseiros.

"Coquetéis, Dolly", bradou ela quando entraram no escritório externo. Quando entraram no escritório interno, ela fez Mark se sentar, mas ficou de pé, com as costas para a lareira e pernas bem separadas uma da outra. As bebidas foram trazidas e Dolly retirou-se, fechando a porta ao sair. Mark havia desfiado todo seu rosário de queixas enquanto caminhavam.

"Pare com tudo isso, Studdock", disse a Srta. Hardcastle. "E seja lá o que for fazer, não vá incomodar o vice-diretor. Eu já lhe disse que você não precisa se preocupar com a gentalha do terceiro andar, desde que ele esteja do seu lado, e é o que você tem hoje. Mas não o terá se continuar reclamando com ele."

"Seria um bom conselho, Srta. Hardcastle", disse Mark, "se eu estivesse comprometido a ficar aqui. Mas não estou. A julgar por tudo que vi, eu não gosto deste lugar. Estou praticamente decidido a voltar para casa. Eu apenas pensei em primeiro ter uma conversa com ele a fim de esclarecer tudo".

"Esclarecer tudo é a única coisa que o vice-diretor não tolera", respondeu a Srta. Hardcastle. "Não é assim que ele administra este lugar. Preste atenção, ele sabe o que está fazendo. Funciona, filhinho. Você não tem ideia de quão bem funciona. Quanto a ir embora... você não é supersticioso, é? Eu sou. Não creio que quem abandona o INEC tenha sorte. Você não precisa se preocupar com tipos como Steele e Cosser. Isso é parte do seu aprendizado. Você está passando por todas essas dificuldades agora, mas, se aguentar, vai sair acima deles. Você só precisa ficar quieto no seu canto. Não vai sobrar nenhum deles quando avançarmos."

"Foi exatamente esse tipo de posicionamento que Cosser adotou quanto a Steele", disse Mark, "e parece que não me ajudou muito quando chegou a hora".

"Sabe, Studdock", disse a Srta. Hardcastle, "eu gosto de você, e é até bom que seja assim, porque, se eu não gostasse de você, eu ficaria ressentida com seu último comentário".

"Não quis ser ofensivo", disse Mark. "Mas — dane-se tudo isto — veja a situação do meu ponto de vista."

"Não adianta, filhinho", disse a Srta. Hardcastle balançando a cabeça. "Você ainda não conhece os fatos o suficiente para fazer seu ponto de vista valer alguma coisa. Você ainda não entendeu com o que está envolvido. Você está recebendo uma chance de algo muito maior que uma cadeira em um gabinete. E há apenas duas alternativas, você sabe disso. Ou você está no INEC, ou está fora. E eu sei melhor que você qual é o melhor lugar."

"Eu entendo isso, *de verdade*", disse Mark. "Mas qualquer coisa é melhor do que estar nominalmente dentro e não ter nada para fazer. Se eu ganhar uma posição de verdade no departamento de Sociologia, eu vou..."

"Besteira. O departamento inteiro vai ser eliminado. No início, ele precisava existir para propósitos de propaganda. Mas todos eles vão ser cortados."

"Mas que garantia eu tenho de que serei um dos sucessores deles?"

"Você não será. Eles não vão ter sucessores. O trabalho de verdade não tem nada a ver com todos esses departamentos. O tipo de sociologia no qual estamos interessados será feito pelo meu pessoal — a polícia."

"Então onde eu me encaixo?"

"Se você confiar em mim", disse a Fada, colocando seu copo vazio na mesa e pegando um charuto, "eu posso lhe dar alguma informação sobre o seu verdadeiro trabalho — o que você foi trazido aqui para realmente fazer —, sem rodeios".

"O que é?"

"Alcasan", disse a Srta. Hardcastle por entre os dentes. Ela havia começado a mascar interminavelmente o charuto apagado. Então, olhando para Mark com um uma ponta de desprezo, disse: "Você sabe de quem eu estou falando, não sabe?".

"O radiologista, aquele que foi guilhotinado?", perguntou Mark, que estava completamente confuso. A Fada assentiu com a cabeça.

"Ele vai ser reabilitado", disse ela. "Gradualmente. Tenho todos os fatos no dossiê. Você vai começar com um artigo pequeno — não questionando a culpa dele, a princípio, mas apenas sugerindo que, claro, ele *era* um membro do governo Quisling,[1] e que havia preconceito contra ele. Diga que você não duvida de que o veredito foi justo, mas que é perturbador entender que é quase certo que teria acontecido o mesmo se ele fosse inocente. Depois de uns dois dias, você escreve outro artigo totalmente diferente, um relato popular quanto ao valor do trabalho dele. Você pode juntar os fatos em uma tarde, o que é o bastante para *esse* tipo de artigo. Depois disso, faça uma carta, indignada, para o jornal que publicou o primeiro artigo e aprofunde a questão ainda mais. A execução *foi* um erro judiciário. A essa altura..."

---

[1]A expressão "governo Quisling" é usada para se referir a qualquer governo fantoche que colabora com uma potência estrangeira. A expressão tem origem no nome de Vidkun Quisling (1887–1945), primeiro-ministro da Noruega durante a ocupação nazista na época da Segunda Guerra Mundial. [N. T.]

"Mas qual é o objetivo de tudo isso?"

"Estou lhe dizendo, Studdock. Alcasan está para ser reabilitado. Faça dele um mártir. Uma perda irreparável para a raça humana."

"Mas para quê?"

"Lá vem você outra vez. Você fica resmungando sobre não ter nada para fazer, e, assim que eu sugiro um trabalho de verdade, você espera que todo o plano de campanha lhe seja apresentado antes de começar a trabalhar. Não faz sentido. Não é assim que você vai progredir aqui. O importante é fazer o que lhe dizem. Se você se mostrar útil, logo vai entender o que está acontecendo. Mas você precisa começar fazendo o trabalho. Parece que você não entendeu o que somos. Somos um exército."

"Seja como for", disse Mark, "eu não sou jornalista. Não vim aqui para escrever artigos de jornal. Tentei deixar isso claro para Feverstone logo no princípio".

"Quanto mais rápido você deixar de lado toda essa conversa sobre o que veio fazer aqui, mais rápido vai avançar. Digo isso para o seu próprio bem, Studdock. Você *sabe* escrever. Esta é uma das coisas que se espera de você."

"Então eu vim aqui por causa de um mal-entendido", disse Mark. Naquele período de sua carreira, afagar a sua vaidade literária não compensaria de jeito nenhum a implicação de que a sociologia não tinha a menor importância. "Não pensei em passar a minha vida escrevendo artigos para jornais", disse ele. "E se eu quisesse isso, teria de saber muito mais a respeito da política do INEC antes de começar a fazê-lo."

"Ninguém lhe disse que o Instituto é estritamente apolítico?"

"Já me disseram tanta coisa que eu estou completamente sem rumo", disse Mark. "Mas não vejo como fazer um truque publicitário (que é a que se resume isso) sem ser político. Os jornais que vão publicar essa bobagem toda a respeito de Alcasan são de direita ou de esquerda?"

"Ambos, querido, ambos", disse a Srta. Hardcastle. "Você não entende *nada*? Não é absolutamente essencial ter uma esquerda raivosa e uma direita raivosa, as duas sempre em estado de alerta e uma aterrorizada com a outra? É assim que fazemos as coisas acontecer. Qualquer oposição ao INEC é apresentada como uma armação da esquerda nos jornais da direita e como uma armação da direita nos jornais da esquerda. Se isso for feito da maneira certa, você faz com que os dois lados fiquem tentados a superar o outro, e ao mesmo tempo que os dois lados nos apoiem, porque um vai rejeitar as acusações do outro. *É claro* que nós somos apolíticos. O poder de verdade sempre é."

"Não creio que vocês consigam fazer isso", disse Mark. "Não com os jornais que são lidos por pessoas instruídas."

"Sua atitude mostra que você ainda está no jardim de infância, amorzinho", disse a Srta. Hardcastle. "Você não entendeu até agora que é exatamente o contrário?"

"O que você quer dizer com isso?"

"Seu bobo, é o leitor instruído que *pode* ser enganado. Toda a nossa dificuldade é com os outros leitores. Quando foi que você viu um trabalhador que acredita nos jornais? Ele toma como certo que todos são propaganda política e não lê as manchetes. Ele compra jornal para saber resultados de futebol e lê notas curtas sobre moças que caíram da janela ou cadáveres encontrados em apartamentos em Mayfair. Este tipo de leitor é o nosso problema. Nós temos de recondicioná-lo. Mas o público letrado, as pessoas que leem revistas para intelectuais, não precisa de recondicionamento. Eles já estão no ponto certo. Acreditam em qualquer coisa."

"Sendo eu alguém da classe que você mencionou", disse Mark com um sorriso, "simplesmente não acredito nisso".

"Santo Deus", disse a Fada. "Onde estão os seus olhos? Veja tudo que as revistas semanais fizeram! Veja o *Weekly Question*. Essa é uma publicação para você. Quando o inglês básico[2] surgiu simplesmente como a invenção de um livre-pensador, professor de Cambridge,[3] só falaram coisas boas, mas, assim que ele foi assumido por um primeiro-ministro conservador, se tornou uma ameaça à pureza da nossa língua. E a monarquia não foi uma despesa absurda por dez anos? E depois, quando o Duque de Windsor abdicou, o *Question* não se tornou completamente monarquista e legitimista[4] por uns quinze dias? Eles ao menos perderam um leitor? Você não vê que o leitor instruído *não pode* parar de ler essas revistas para intelectuais, não importa o que elas publiquem? Ele está condicionado."

"Bem", disse Mark, "tudo isto é muito interessante, Srta. Hardcastle, mas não tem nada a ver comigo. Em primeiro lugar, não quero me tornar jornalista de jeito nenhum, e, se quisesse, gostaria de ser um jornalista honesto".

---

[2]Uma forma simplificada da língua inglesa para uso internacional, com vocabulário reduzido, elaborada por dois linguistas ingleses na época da Segunda Guerra Mundial. [N. T.]

[3]Referência ao professor I. A. Richards, que, juntamente com C. K. Ogden, produziu o "inglês básico", mencionado na nota anterior. [N. T.]

[4]O legitimismo é a teoria em ciência política que defende que a sucessão no trono em uma monarquia deve ser determinada por um conjunto de regras, e não por uma escolha do monarca. [N. T.]

"Muito bem", disse a Srta. Hardcastle. "Tudo que você vai conseguir é ajudar a arruinar este país, e talvez toda a raça humana. Além de acabar com a sua carreira."

O tom confidencial com que ela estava falando até aquele momento desapareceu, e havia uma intenção de ameaça na voz dela. O cidadão e o homem honesto que haviam sido despertados em Mark pela conversa tremeram um pouco. Seu outro eu, mais forte, o que estava ansioso para não ser colocado de modo algum entre os que não pertenciam ao grupo do INEC, deu um salto, completamente alarmado.

"Não quero dizer", disse ele, "que eu não entendo o seu ponto de vista. Eu estava apenas pensando…".

"Para mim, é tudo uma coisa só, Studdock", disse a Srta. Hardcastle, finalmente sentando-se à mesa. "Se você não gosta do trabalho, é problema seu. Vá e resolva isso com o vice-diretor. Ele não *gosta* de pessoas que se demitem, mas é claro que você pode fazer isso. Ele vai precisar dizer alguma coisa a Feverstone por ter trazido você aqui. Nós achamos que você tinha entendido."

A menção ao nome de Feverstone tornou real para Mark o plano de voltar para Edgestow, que aquele momento tenha sido levemente irreal, e se satisfazer com a carreira de docente em Bracton. Em que termos ele voltaria? Será que mesmo em Bracton ele ainda seria membro do Círculo Interior? Para Mark parecia intolerável não desfrutar mais da confiança do Elemento Progressista e ser jogado no meio dos Telfords e dos Jewels. E o salário de professor universitário parecia baixo depois dos sonhos que ele tivera nos últimos poucos dias. A vida de casado estava se mostrando mais cara do que ele havia imaginado. Ele subitamente teve uma dúvida muito grande a respeito das duzentas libras para tornar-se membro do clube do INEC. Mas, não — aquilo era absurdo. Eles talvez não o cobrassem quanto a isso.

"Bem, obviamente", disse ele em uma voz vaga, "a primeira coisa a fazer é encontrar o vice-diretor".

"Agora que você está indo embora", disse a Fada, "tem uma coisa que eu preciso dizer. Coloquei todas as cartas na mesa. Se passar pela sua cabeça que seria bom repetir qualquer parte de nossa conversa lá fora, aceite meu conselho e não o faça. Não seria bom para a sua carreira futura".

"Ah, mas é claro", começou Mark.

"É melhor você ir agora", disse a Srta. Hardcastle. "Tenha uma boa conversa com o vice-diretor. Tome cuidado para não irritar o velho. Ele detesta demissões."

Embora Mark tenha tentado continuar a conversa, a Fada não o permitiu, e em poucos segundos ele estava do lado de fora do escritório.

Mark passou o restante daquele dia muito triste, evitando as pessoas o máximo possível, para que sua falta do que fazer não fosse notada. Ele saiu antes do almoço para uma daquelas caminhadas curtas e insatisfatórias que um homem faz em um lugar que não conhece quando não trouxe nem roupas velhas nem um bastão de caminhada. Depois do almoço, ele explorou o terreno. Mas aquele não era o tipo de terreno onde alguém caminha por prazer. O milionário eduardiano que havia construído Belbury cercara uns oito hectares com um baixo muro de tijolos circundado por uma cerca de ferro, e colocara tudo no que o seu empreiteiro havia chamado de Área de Passeio Ornamental. Havia árvores aqui, ali e acolá, e caminhos sinuosos cobertos por seixos brancos, redondos e tão grossos que era até difícil andar por eles. Havia imensos canteiros de flores, alguns retangulares, alguns em forma de losango, alguns em forma de lua crescente. Havia plantações — lajes talvez fosse uma palavra melhor — daquele tipo de loureiro que parece ter sido feito de um metal habilidosamente pintado e envernizado. Ao longo do caminho, em intervalos regulares, havia grandes bancos verdes brilhantes. A impressão geral era a de um cemitério municipal. A despeito de não ser um lugar bonito, Mark voltou lá para fumar depois do chá da tarde, apesar de o vento soprar a parte acesa pelo lado do cigarro e sua língua já estar queimando. Desta vez, ele vagueou pela parte de trás da casa, onde se encontravam os prédios mais novos e mais baixos. Foi uma surpresa sentir um cheiro parecido com o de um estábulo e ouvir uma mistura de rugidos, grunhidos e gemidos — na verdade, tudo aquilo indicava um considerável zoológico. A princípio, ele não entendeu, mas depois se lembrou de que um imenso programa de vivissecção, isento de burocracia e de economias mesquinhas, era um dos planos do INEC. Mark não estava muito interessado nisso, e pensou vagamente em ratos, coelhos e de vez em quando em um cachorro. Os barulhos confusos que vinham de dentro sugeriam algo muito diferente. Enquanto ele estava parado, ouviu um uivo alto e melancólico, e então, como se aquele uivo fosse um sinal, todo tipo de mugido, latido, gritos e até risadas estremeceu e protestou por um momento e depois desapareceu em murmúrios e lamúrias. Mark não tinha escrúpulos quanto à vivissecção. Para ele, aquela barulheira toda significava a magnitude e a grandiosidade daquele empreendimento do qual parecia que provavelmente seria excluído. Havia todo tipo de coisa ali: milhares de libras em animais vivos que o Instituto podia cortar como se fosse papel, com base na mera possibilidade de fazer alguma descoberta interessante. Ele *precisava* conseguir aquele emprego, mas precisaria resolver o problema com Steele de alguma maneira. No entanto, o barulho era desagradável, e Mark acabou saindo dali.

• • •

Na manhã seguinte, Mark acordou com o sentimento de que certamente haveria um obstáculo, ou talvez dois, para transpor no decorrer do dia. O primeiro seria sua entrevista com o vice-diretor. A não ser que tivesse uma garantia muito definida quanto ao seu posto e ao seu salário, cortaria seu vínculo com o Instituto. Depois, quando chegasse em casa, o segundo obstáculo seria explicar a Jane como todo aquele sonho de trabalhar no Instituto tinha se desvanecido.

A primeira neblina real de outono havia descido sobre Belbury naquela manhã. Mark tomou o café matinal sob luz artificial, e nem o jornal, nem o correio haviam chegado. Era sexta-feira, e um funcionário lhe entregou a conta referente à parte da semana que ele havia passado no Instituto. Ele olhou rapidamente para ela e a colocou no bolso, decidido a jamais contar a Jane sobre aquilo. Nem o valor total nem os itens eram do tipo que esposas entendem facilmente. Ele mesmo pensou se poderia haver algum erro, mas ainda estava na idade em que um homem prefere ser depenado até o último centavo a discutir por causa de uma conta. Depois disso, tomou sua segunda xícara de chá, procurou seus cigarros, não achou nenhum e comprou um maço.

A estranha meia hora de espera antes do horário marcado com o vice--diretor passou lentamente. Ninguém falou com ele. Parecia que todo mundo estava com pressa para fazer algo importante e bem definido. Por uma parte daquele tempo, ele ficou sozinho naquele salão e teve a impressão de que os funcionários o olhavam como se ele não devesse estar ali. Mark ficou feliz quando pôde subir as escadas e bater à porta do escritório de Wither.

Ele logo recebeu permissão para entrar, mas não foi fácil começar a conversa, porque Wither não disse nada, e, ainda que tivesse levantado os olhos assim que Mark entrou, com uma sonolenta expressão cortês, não olhava exatamente para ele e nem disse que ele poderia se sentar. O escritório, como sempre, estava extremamente quente. Mark teve dificuldade de se expressar, pois estava dividido entre seu desejo de deixar claro que estava resolvido a não ser deixado à toa e seu desejo igualmente forte de não perder o emprego, se é que havia mesmo uma proposta verdadeira de emprego. Em todo caso, o vice-diretor não o interrompeu, deixando-o em suas repetições desconexas, e daí em um completo silêncio, que durou algum tempo. Wither sentou-se com os lábios franzidos e ligeiramente abertos, como se estivesse assoviando uma melodia.

"Senhor, acho que é melhor eu ir embora", disse Mark, finalmente, com uma referência vaga ao que ele estava dizendo.

"Você é o Sr. Studdock, suponho", disse Wither com hesitação, depois de outro silêncio prolongado.

"Sim", disse Mark, impaciente. "Estive aqui para encontrá-lo há poucos dias, com Lorde Feverstone. O senhor deu a entender que estava me oferecendo uma posição na seção de sociologia do INEC. Mas, como eu estava dizendo..."

"Um momento, Sr. Studdock", interrompeu o vice-diretor. "É muito importante ter perfeita clareza quanto ao que fazemos. Você com certeza está consciente de que, em certo sentido, seria muito infeliz falar de eu oferecendo a alguém uma posição no Instituto. Você não deve imaginar nem por um momento que eu ocupo qualquer espécie de cargo autocrático ou, por outro lado, que a relação entre a minha própria esfera de influência e os poderes — estou falando de poderes temporários, você sabe — do comitê permanente ou os do próprio diretor são definidos por algum sistema difícil e veloz que... eh... poderia ser chamado de caráter constitucional, ou mesmo constitutivo. Por exemplo..."

"Então o senhor pode me dizer se alguém me ofereceu uma colocação e, se sim, quem?"

"Ah", disse Wither repentinamente, mudando sua postura física e seu tom de voz, como se uma nova ideia lhe tivesse ocorrido. "Nunca houve a menor dúvida quanto a isso. Sempre se entendeu que sua cooperação com o Instituto seria inteiramente aceitável e de grande valor."

"Bem, eu posso... quer dizer, nós podemos discutir os detalhes? Por exemplo, o salário e — sob as ordens de quem eu vou trabalhar?"

"Meu caro amigo", disse Wither com um sorriso, "eu não esperava que houvesse qualquer dificuldade a respeito do... eh... do lado financeiro da questão. Quanto a...".

"Qual seria o salário, senhor?", perguntou Mark.

"Bem, aí você toca num ponto que para mim é difícil decidir. Creio que aqueles que estão na posição que imaginamos que você ocuparia recebem em geral mil e quinhentas libras por ano, com algumas flutuações calculadas de maneira muito liberal. Você vai ver que todas as questões do tipo se resolvem naturalmente, com a maior facilidade."

"Mas quando eu vou saber, senhor? A quem devo procurar quanto a isso?"

"Você não deve imaginar, Sr. Studdock, que quando eu menciono mil e quinhentas libras por ano, eu esteja excluindo a possibilidade de uma cifra maior. Não creio que qualquer um de nós aqui permita um desacordo quanto a esse ponto..."

"Eu ficaria perfeitamente satisfeito com mil e quinhentas", disse Mark. "Não estava pensando nisso de modo algum. Mas... mas..." A expressão do vice-diretor ficou cada vez mais cortês e confiante enquanto Mark gaguejava, de modo que, quando finalmente ele deixou escapar "Acho que deve haver um contrato ou qualquer coisa do gênero", ele sentiu que havia cometido uma vulgaridade impraticável.

"Bem", disse o vice-diretor fixando os olhos no teto e afundando a voz em um sussurro, como se estivesse muito constrangido, "esse não é exatamente o tipo de procedimento... Mas sem dúvida seria possível...".

"Não é o ponto principal, senhor", disse Mark, enrubescendo. "Tem a questão da minha posição. Eu vou trabalhar sob as ordens do Sr. Steele?"

"Tenho um formulário aqui", disse Wither abrindo uma gaveta, "que acho que ainda não foi usado, mas que é para esse tipo de acordo. Você pode analisá-lo no seu tempo livre, e, se estiver satisfeito, poderá assiná-lo a qualquer momento".

"Mas e quanto ao Sr. Steele?"

Naquele instante, uma secretária entrou no escritório e colocou algumas cartas na mesa do vice-diretor.

"Ah! O correio, finalmente", disse Wither. "Talvez, Sr, Studdock... eh... você tenha cartas para responder. Você é, eu creio, casado?" Um sorriso de complacência paternal cobriu seu rosto enquanto ele dizia essas palavras.

"Sinto por atrasá-lo, senhor", disse Mark, "mas e quanto ao Sr. Steele? Não vai adiantar nada se eu olhar o contrato enquanto esta questão não for resolvida. Eu me sinto obrigado a recusar qualquer posto que envolva trabalhar sob as ordens do Sr. Steele".

"Isso levanta uma questão muito interessante a respeito da qual eu gostaria de conversar de maneira informal e confidencial com você em uma ocasião futura", disse Wither. "Por enquanto, Sr. Studdock, não vou considerar como definitivo nada que você tenha dito. Se puder me ligar amanhã..." Ele ficou absorvido pela carta que tinha aberto, e Mark, percebendo que tinha chegado ao máximo que poderia em uma entrevista, deixou a sala. Parecia que, de fato, o queriam no INEC e estavam dispostos a pagar um alto preço por ele. Ele poderia discutir a respeito de Steele depois. Enquanto isso, estudaria o contrato.

Mark desceu as escadas de novo e encontrou uma carta que o esperava.

Faculdade Bracton
Edgestow
20 de outubro de 19-

Meu caro Mark,

Ficamos todos muito sentidos quando soubemos pelo Dick que você está abrindo mão da sua bolsa de pesquisa, mas estamos certos de que você tomou a decisão certa no que diz respeito à sua carreira. Uma vez que o INEC esteja estabelecido aqui, espero vê-lo com a mesma frequência de antes. Se você ainda não enviou uma carta de demissão para NO, eu não teria pressa nenhuma para fazê-lo. Se você escrevesse no início do próximo semestre letivo, a vaga seria tratada na reunião de fevereiro, e teríamos tempo de conseguir um candidato adequado para sucedê-lo. Você tem alguma ideia quanto a isso? Eu estava conversando com James e Dick na noite passada a respeito de David Laird (James nunca tinha ouvido falar dele). Sem dúvida você conhece o trabalho dele: poderia escrever um pouco a respeito dele para mim, e a respeito das qualificações mais gerais que possui? Poderei me encontrar com ele na próxima semana, quando fizer uma visita rápida a Cambridge para jantar com o primeiro-ministro e mais umas duas pessoas, e acho que Dick pode ser induzido a convidar Laird também. Você deve ter tomado conhecimento de que tivemos um grande tumulto aqui na noite anterior. Houve uma espécie de confusão entre os novos trabalhadores e os moradores locais. A polícia do INEC, que parece ser muito nervosa, cometeu o erro de efetuar alguns disparos acima da cabeça dos manifestantes. A janela Henriqueta Maria foi atingida, e muitas pedras acertaram o Salão Comum. Glossop perdeu a cabeça e quis sair para discutir com os manifestantes, mas eu consegui acalmá-lo. Isso que estou dizendo é absolutamente confidencial. Tem muita gente querendo ganhar dinheiro com o assunto, criar confusão e protestar contra nós por causa da venda do bosque. Estou com pressa — preciso correr para tomar providências quanto ao funeral de Hingest.

Atenciosamente,

G. C. Curry

Ao ler as primeiras palavras da carta, Mark sentiu uma pontada de medo em todo o corpo. Ele tentou se acalmar. Uma explicação do mal-entendido — que ele deveria escrever e postar de imediato — conseguiria esclarecer tudo. Não poderiam tirar o emprego de um homem simplesmente com base em uma palavra dita por acaso por Lorde Feverstone no Salão Comum. Ele se deu conta, com uma percepção terrível, que o que ele estava chamando de "palavra dita por acaso" era exatamente o que aprendera a descrever, no Elemento Progressista, como "acordar um trabalho de verdade em particular" ou "burlar a burocracia", mas tentou repelir o pensamento. Mark também se lembrou de que o pobre Conington havia perdido seu emprego de uma maneira muito semelhante, mas explicou para si mesmo que as circunstâncias eram completamente diferentes. Conington era alguém vindo de fora, enquanto ele estava dentro, mais até que o próprio Curry. Mas estava? Se ele não estava "do lado de dentro" em Belbury (e começava a parecer que não estava), ainda desfrutava da confiança de Feverstone? Se tivesse que voltar para Bracton, será que ainda conservaria sua antiga posição? Ele *poderia* voltar para Bracton? Sim, claro. Ele deveria escrever uma carta imediatamente explicando que não havia desistido de sua vaga de pesquisador e que não o faria. Mark se sentou à mesa na sala de escrita e pegou sua caneta. Então outro pensamento lhe ocorreu. Uma carta para Curry, dizendo abertamente que ele pretendia permanecer em Bracton, seria mostrada a Feverstone, e Feverstone contaria a Wither. Uma carta dessa seria considerada uma recusa de qualquer posição em Belbury. Bem — deixe estar! Ele desistiria daquele sonho efêmero e voltaria à sua vaga de pesquisador. Mas como, se fosse impossível? Parecia que toda aquela situação tinha sido arranjada simplesmente para deixá-lo entre a cruz e a espada: ou demitido de Belbury porque estava retendo a vaga de pesquisador em Bracton, ou demitido de Bracton porque supostamente estava conseguindo um emprego em Belbury — e, então, ele e Jane seriam entregues à própria sorte sem um tostão sequer, e talvez com a influência de Feverstone contra ele quando tentasse conseguir outro emprego. E onde *estava* Feverstone?

Obviamente ele teria de jogar suas cartas com muito cuidado. Tocou a campainha e pediu um uísque duplo. Em casa, ele nunca bebia antes do meio-dia, e mesmo assim só bebia cerveja. Mas agora — seja como for, ele estava com frio. Não fazia o menor sentido pegar um resfriado, além de todos os outros problemas.

Mark decidiu que ia escrever uma carta muito cuidadosa, mas, ao mesmo tempo, evasiva. Achou que o primeiro esboço não estava vago o bastante, porque poderia ser usado como prova de que ele tinha abandonado completamente a ideia de um emprego em Belbury, por isso precisava deixá-lo mais vago. Mas se fosse algo vago demais não o ajudaria em nada. Ah, droga, droga, que droga tudo aquilo. A taxa de entrada de duzentas libras, a conta de sua primeira semana e as tentativas que imaginou para fazer Jane entender toda a situação do jeito certo, tudo continuava como obstáculos entre ele e sua tarefa. Por fim, com a ajuda do uísque, e de muitos cigarros, escreveu a seguinte carta:

Instituto Nacional de Experimentos Coordenados, Belbury
21 de outubro de 19-

Meu prezado Curry,

Feverstone deve ter me entendido errado. Eu nunca insinuei, nem de longe, ter intenção de abrir mão da minha vaga de pesquisador, e não tenho o menor desejo de fazê-lo. De fato, estou quase decidido a não aceitar um emprego de tempo integral no INEC, e espero estar de volta à faculdade em no máximo dois dias. Em primeiro lugar, estou bastante preocupado com a saúde da minha esposa, e não quero me comprometer em estar muito ausente neste momento. Em segundo lugar, ainda que todos aqui sejam extremamente lisonjeiros e me pressionem para ficar, o tipo de trabalho que eles querem que eu execute tem mais a ver com gestão e publicidade, e é menos acadêmico do que eu esperava. Você pode ter certeza e confrontar qualquer um que disser que estou pensando em sair de Edgestow. Espero que você aprecie seu passeio a Cambridge: que círculos você frequenta!

Sinceramente,

Mark G. Studdock

PS: De qualquer maneira, Laird não teria dado certo. Ele não obteve boas notas, e sua única publicação foi tratada como uma piada por revisores sérios. Particularmente, ele não tem nenhuma capacidade *crítica*. Você poderá sempre depender dele para admirar qualquer coisa que seja completamente falsa.

O alívio de finalmente ter escrito a carta foi apenas momentâneo, porque quase na mesma hora que ele a lacrou, o problema de como passar o resto daquele dia voltou à sua mente. Ele decidiu ir para seu quarto e ficar lá, mas, ao chegar, viu que a cama estava desfeita, e um aspirador de pó estava no meio do quarto. Aparentemente não se esperava que membros do

Instituto ficassem em seus quartos àquela hora do dia. Ele desceu e tentou a sala de estar; os empregados a estavam limpando. Deu uma olhada na biblioteca, que estava vazia, salvo por dois homens que conversavam com as cabeças bem próximas uma da outra. Eles pararam de conversar e levantaram os olhos assim que ele entrou, obviamente esperando que fosse embora. Mark fingiu que tinha ido pegar um livro e saiu. No hall de entrada, viu Steele em pé perto do mural de avisos conversando com um homem que tinha uma barba pontuda. Nenhum dos dois olhou para Mark, mas, quando ele passou, pararam de falar. Ele atravessou o hall sem pressa e fingiu examinar o barômetro. Por onde passava, ouvia portas abrindo e fechando, o barulho de passos rápidos, telefones tocando ocasionalmente, todos os sinais de uma instituição ocupada, levando adiante uma vida vigorosa da qual ele fora excluído. Abriu a porta da frente e olhou para fora. A neblina estava densa, úmida e fria.

Há um sentido no qual toda narrativa é falsa. As narrativas não ousam nem sequer tentar, ainda que fosse possível, expressar o movimento verdadeiro do tempo. Aquele dia foi tão longo para Mark que um relato fidedigno sobre ele seria impossível de ler. Ele subiu as escadas algumas vezes — porque finalmente terminaram de arrumar seu quarto dele — em alguns momentos, saiu para caminhar na neblina; outras vezes, andou pelos espaços públicos. Vez ou outra esses espaços ficavam inexplicavelmente lotados por um sem-número de pessoas conversando, e, por alguns minutos, era-lhe imposto o esforço de não parecer desocupado, triste e constrangido. Então, subitamente, como que convocadas para sua próxima tarefa, todas as pessoas saíam correndo.

Algum tempo depois do almoço, ele encontrou Stone em um dos corredores. Mark não havia pensado nele desde a manhã do dia anterior, mas agora, olhando para a expressão em seu rosto, havia alguma coisa furtiva nos seus gestos, e ele compreendeu que ali, de alguma maneira, estava alguém que se sentia tão desconfortável quanto ele mesmo. Stone tinha a aparência que Mark havia muitas vezes visto antes em rapazes impopulares ou garotos recém-chegados à escola, em “forasteiros” de Bracton — a aparência que, para ele, era o símbolo de todos os seus piores temores, pois, ser alguém com aquela aparência era, na sua escala de valores, o maior dos males. Seu instinto foi o de não falar com Stone. Ele sabia por experiência própria quão perigoso era ter amizade com alguém que estava afundando, ou até mesmo ser visto com ele. Você não pode ajudá-lo, e ele ainda pode arrastá-lo para baixo. Mas seu próprio anseio por companhia era muito intenso, de modo que, contra seu próprio discernimento, deu um sorriso amarelo e disse: "Olá".

Stone deu a impressão de que falar lhe dirigir a palavra era quase uma experiência assustadora. "Boa tarde", disse ele, nervosamente, e fez menção de ir adiante.

"Vamos conversar em outro lugar, se você não estiver ocupado", disse Mark.

"Eu estou, quero dizer, não tenho certeza de até quando estarei livre", disse Stone.

"Fale-me sobre este lugar", pediu Mark. "Parece que é totalmente ruim, mas ainda não me decidi. Venha ao meu quarto."

"Não acho isso de jeito nenhum. De jeito nenhum. Quem disse que eu pensava assim?", respondeu Stone, rapidamente. E Mark não respondeu, porque naquele momento ele viu o vice-diretor se aproximando deles. Mark descobriria nas próximas poucas semanas que nenhum caminho ou espaço público em Belbury estava protegido das prolongadas caminhadas do vice-diretor. Elas não poderiam ser consideradas uma forma de espionagem, porque o barulho das botas de Wither e a cantiga melancólica que ele estava quase sempre cantarolando acabariam com toda chance de espionar alguém. Era possível ouvi-lo a uma longa distância. Da mesma forma, ele podia ser visto de longe, porque era um homem alto (se não tivesse aquela postura encurvada, seria muito alto mesmo) e, mesmo em uma multidão, dava para ver seu rosto à distância, com o olhar perdido. Mas aquela foi a primeira experiência de Mark com essa ubiquidade, e ele sentiu que o vice-diretor não poderia aparecer em um momento mais infeliz. O vice-diretor se aproximou dos dois muito lentamente e olhou na direção deles, ainda que não desse para perceber por sua expressão facial se ele os reconhecera ou não, e então passou adiante. Nenhum dos dois jovens tentou retomar a conversa.

Na hora do chá, Mark viu Feverstone e correu para se sentar ao lado dele. Ele sabia que a pior coisa que um homem em sua posição poderia fazer era forçar uma situação com alguém, mas já estava se sentindo desesperado.

"Olá, Feverstone", disse ele efusivamente. "Estou buscando uma informação" — e ficou aliviado quando viu Feverstone sorrindo em resposta. "Bem", disse Mark. "Steele não me deu o que se pode chamar de uma boa recepção. Mas o vice-diretor não quer nem ouvir falar da minha saída. E a Fada parece querer que eu escreva artigos para jornais. Que diabos devo fazer?"

Feverstone riu muito, e muito alto.

"Porque...", concluiu Mark, "macacos me mordam se eu não descobrir. Já tentei me dirigir diretamente ao velho".

"Meu Deus", disse Feverstone, rindo mais alto ainda.

"Será que ninguém *nunca* consegue tirar nada dele?"

"Não o que *você* quer", disse Feverstone com um risinho.

"Bem, como alguém vai descobrir o que é para ele fazer se ninguém lhe dá informação nenhuma?"

"Exatamente."

"Ah, e, a propósito, isso me lembra de outra coisa. De onde Curry tirou a ideia de que eu vou desistir da minha vaga?"

"Você não vai?"

"Jamais tive a menor intenção de fazer isso."

"Verdade? A Fada me disse com toda clareza que você não ia voltar."

"Você acha que se eu *fosse* fazer isso seria por intermédio dela?"

Feverstone deu um sorriso brilhante e aberto. "Não faz diferença, você sabe disso", disse ele. "Se o INEC quiser que você tenha um emprego fora de Belbury, você o terá. Se eles não quiserem, você não terá. Simples assim."

"Dane-se o INEC. Estou simplesmente tentando manter o cargo que eu já tinha, e não é da conta deles. Ninguém quer ficar em uma zona cinzenta sem definição quanto ao que fazer."

"Ninguém *quer* mesmo."

"O que você quer dizer com isso?"

"Aceite meu conselho e tente voltar às boas com Wither o mais rápido que puder. Eu lhe dei uma boa dica, mas parece que você agiu com ele do modo errado. Ele está se comportando de maneira diferente desde hoje cedo. Você não pode aborrecê-lo, você sabe. E, cá entre nós apenas, eu não seria tão grosso com a Fada. Não vai ajudá-lo em posições superiores. Há muitas esferas de poder no Instituto."

"Enquanto isso", disse Mark, "eu escrevi para Curry para explicar que essa história sobre a minha demissão é uma bobagem".

"Não tem problema, se isso lhe agrada", disse Feverstone, ainda sorrindo.

"Bem, acho que a faculdade não vai querer me demitir simplesmente porque Curry entendeu errado algo que a Srta. Hardcastle disse a você."

"Você *não pode* perder sua vaga de pesquisador sob nenhum estatuto que eu conheça, a não ser por baixa imoralidade."

"Não, claro que não. Não é a isso que estou me referindo. Eu quero dizer não ser reeleito quando eu concorrer no próximo período letivo."

"Ah. Entendi."

"É por isso que eu preciso contar com você para tirar essa ideia da cabeça de Curry."

Feverstone não disse nada.

"Você precisa se certificar", insistiu Mark, contra seu discernimento, "de que ficou bem claro para ele que tudo isso foi um mal-entendido".

"Você não conhece Curry? Ele já está há muito tempo usando toda a capacidade que tem de fazer armações para resolver o problema do seu sucessor."

"É por isso que estou contando com você para fazê-lo parar."

"Comigo?"

"Sim."

"Por que eu?"

"Porque — droga, Feverstone, foi você o primeiro a colocar essa ideia na cabeça dele."

"Saiba", disse Feverstone pegando um bolinho, "que eu acho o seu jeito de conversar muito difícil. Você vai disputar a reeleição em poucos meses. A faculdade pode decidir reelegê-lo, ou, claro, pode decidir por não fazer isso. Pelo que estou conseguindo entender, você quer garantir o meu voto antecipadamente. A resposta adequada a isso é a que eu lhe dou agora: vá para o inferno!".

"Você sabe perfeitamente bem que não havia dúvida quanto à minha reeleição até você conversar com Curry."

Feverstone olhou para o bolinho com um ar crítico. "Você me cansa", disse ele. "Se não sabe administrar sua vida em um lugar como Bracton, por que vem me aborrecer? Eu não sou babá de ninguém. Para o seu próprio bem, vou lhe dar um conselho: quando conversar com as pessoas aqui, adote um tom mais agradável do que este que está usando agora. Caso contrário, a sua vida será, naquelas palavras famosas, 'desagradável, miserável, difícil e curta'."[5]

"Curta?", disse Mark. "Isto é uma ameaça? Você quer dizer a minha vida em Bracton ou no INEC?"

---

[5]Descrição feita por Thomas Hobbes (1588–1679), filósofo inglês, a respeito da humanidade em seu estado primordial. [N. T.]

"Se eu fosse você, não levaria essa distinção muito a sério", disse Feverstone.

"Eu vou me lembrar disso", disse Mark, levantando-se. Enquanto saía, não pôde deixar de se voltar para o homem sorridente e dizer: "Foi você que me trouxe aqui. Eu pensei que pelo menos você fosse meu amigo".

"Romântico incurável!", disse Lorde Feverstone, abrindo a boca em um sorriso ainda maior e engolindo o bolinho inteiro.

Assim, Mark descobriu que, se perdesse o emprego em Belbury, também perderia sua vaga de pesquisador em Bracton.

• • •

Durante aqueles dias, Jane passou o menor tempo possível no apartamento, e a cada noite manteve-se acordada o máximo que pôde, lendo na cama. O sono havia se tornado seu inimigo. Durante o dia, ela continuava a ir a Edgestow, teoricamente na tentativa de encontrar outra "mulher que vem duas vezes por semana" no lugar da Sra. Maggs. Em uma das ocasiões, ela ficou feliz ao ser subitamente abordada por Camilla Denniston, que havia descido do carro naquele exato instante. Camilla apresentou seu marido a Jane, um homem alto e moreno. Naquele mesmo instante, Jane percebeu que os Dennistons eram o tipo de gente do qual ela gostava. Ela sabia que o Sr. Denniston tinha sido amigo de Mark, mas nunca havia se encontrado com ele, e o primeiro pensamento que teve foi o de querer saber, e já tinha tido essa curiosidade antes, por que os amigos atuais de Mark eram tão inferiores aos que ele tinha antigamente. Carey, Wadsden, os Taylors, todos eram do grupo no qual ela teve o primeiro contato com Mark, todos eram muito mais agradáveis que Curry e Busby, sem deixar de mencionar aquele tal de Feverstone — e o Sr. Denniston era evidentemente muito mais agradável.

"Nós viemos exatamente para ver você", disse Camilla. "Veja só, trouxemos o almoço. Venha conosco até os bosques que ficam depois de Sandown, e podemos comer juntos no carro. Temos muito a conversar."

"Ou, então, que tal se vocês fossem ao meu apartamento e a gente comesse lá?", perguntou Jane, pensando em como poderia dar conta disso. "O dia não está bom para um piquenique."

"Fazer isso vai significar louças a mais para você lavar", disse Camilla. "Frank, não seria melhor irmos a algum lugar na cidade? Se a Sra. Studdock achar que está frio e nublado demais."

"Um restaurante não seria adequado, Sra. Studdock", disse Denniston. "Nós queremos um lugar com mais privacidade." O "nós", significando obviamente "nós três", estabeleceu de imediato uma unidade agradável e eficiente entre eles. "Além do mais", continuou ele, "você não prefere um dia enevoado em um bosque no outono? Você vai ver, vamos ficar perfeitamente aquecidos no carro".

Jane disse que nunca tinha ouvido falar de alguém que gostasse de nevoeiros antes, mas que não se importava em tentar. Os três entraram no carro.

"É por isso que Camilla e eu nos casamos", disse Denniston ao partirem. "Nós dois gostamos do clima. Não deste ou daquele tipo de clima, mas simplesmente o clima, o que é um gosto perfeitamente utilitário quando se vive na Inglaterra."

"Como foi que vocês aprenderam isso, Sr. Denniston?", indagou Jane. "Eu acho que nunca vou aprender a gostar de chuva ou de neve."

"É o contrário", disse Denniston. "Todo mundo gosta do clima quando é criança. Você aprende a arte de desgostar dele à medida que cresce. Você nunca prestou atenção nisso em um dia nevado? Os adultos costumam ficar todos de cara amarrada, mas veja as crianças — e os cachorros? *Eles* sabem para que a neve serve."

"Tenho certeza de que eu detestava dias úmidos quando era criança", disse Jane.

"Isso porque os adultos deixavam você presa dentro de casa", disse Camilla. "Toda criança adora a chuva se puder sair e brincar ao ar livre."

Eles saíram da estrada sem cercas depois de Sandown e seguiram chacoalhando pela grama e por entre árvores, e finalmente pararam para descansar em uma espécie de pequena área gramada com um bosque de abetos de um lado e um grupo de faias do outro. Havia teias de aranha molhadas e um intenso aroma de outono ao redor deles. Os três se sentaram no banco de trás do carro e começaram a abrir as cestas, que continham sanduíches e uma pequena garrafa de xerez, além de café quente e cigarros. Jane estava começando a se sentir à vontade.

"Pois bem", disse Camilla.

"Bem", disse Denniston, "eu acho que é melhor começar. Sra. Studdock, é claro que você sabe de onde nós viemos, certo?".

"Da casa da Srta. Ironwood", disse Jane.

"Bem, da mesma casa. Mas nós não trabalhamos para Grace Ironwood. Nós e ela trabalhamos para outra pessoa."

"Verdade?!", disse Jane, surpresa.

"Nossa pequena casa, ou companhia, ou sociedade, ou seja lá como for que você quiser chamá-la, é liderada pelo Sr. Rei Pescador.[6] Pelo menos é o nome que ele assumiu recentemente. Você poderá ou não conhecer o nome original dele se eu lhe disser. Ele é um grande viajante, mas agora está inválido. Feriu o pé em sua última viagem, e esse ferimento não vai sarar."

"Como ele veio a mudar de nome?"

"Ele tinha uma irmã casada na Índia, uma Sra. Rei Pescador. Ela morreu recentemente e deixou uma grande fortuna para ele, com a condição de que ele assumisse seu nome. Ela foi uma mulher extraordinária a seu modo, amiga do grande místico cristão indiano de quem você deve ter ouvido falar — o Sura.[7] Esse é o ponto. O Sura tinha razão para crer, ou pensava ter razão para crer, que um grande perigo estava para se abater sobre a raça humana. E justamente antes do fim — justamente antes de ele desaparecer —, se convenceu de que isso aconteceria aqui nesta ilha. E depois que ele se foi…"

"Ele morreu?", perguntou Jane.

"Não sabemos", respondeu Denniston. "Alguns acham que ele está vivo, outros acham que não. Seja como for, ele desapareceu. E a Sra. Rei Pescador meio que passou o problema ao irmão dela, o nosso chefe. Foi por isso que ela passou o dinheiro para ele. Ele deveria reunir um grupo ao seu redor para se atentar a esse perigo, e atacar quando ele aparecesse."

"Não é exatamente assim, Arthur", disse Camilla. "Disseram a ele que na verdade um grupo se reuniria ao redor dele, e que ele seria o líder."

"Acho que não precisamos entrar nestes detalhes", disse Arthur. "Mas eu concordo. E agora, Sra. Studdock, é aí que você entra."

Jane esperou.

"Sura disse que, quando o tempo chegasse, nós encontraríamos o que ele chamou de vidente: uma pessoa que tem a segunda visão."

---

[6]O Rei Pescador é um personagem do ciclo das lendas arturianas, o último de uma linhagem de reis que protegia o Santo Graal. Há diferentes versões da lenda, mas o ponto em comum entre elas é o fato de o rei ter um ferimento na perna e não poder andar sem ajuda. [N. T.]

[7]Sura provavelmente é um nome fictício para Sadhu Sundar Singh (1889–1929), místico cristão indiano. Sundar Singh nasceu em uma família sikh na Índia e se converteu ao cristianismo em 1904. Ele se tornou um *sadhu*, palavra que, na tradição hinduísta, se refere a andarilhos que são considerados homens santos. Em 1929, enquanto fazia uma viagem a pé para o Tibete com a intenção de evangelizar os tibetanos, Sadhu Sundar Singh desapareceu misteriosamente, sem deixar qualquer vestígio. Ele não voltou para a Índia, não chegou ao Tibete, e grupos de busca não conseguiram encontrar seu corpo. [N. T.]

"Não que teríamos de *conseguir* uma vidente, Arthur", disse Camilla, "mas que a pessoa com a vidência iria aparecer. Ou nós, ou o outro lado, alguém encontraria essa pessoa".

"E parece", disse Denniston a Jane, "que você é essa vidente".

"Mas, por favor", disse Jane sorrindo. "Eu não quero ser nada tão empolgante."

"Não", disse Denniston. "Não é exatamente sorte sua." Havia um tom certo de simpatia no tom de voz dele.

Camilla se virou para Jane e disse: "Pelo que entendi de Grace Ironwood, você não estava completamente convencida de que *era* uma vidente. Quer dizer, você está pensando que teve apenas sonhos comuns. Você ainda pensa assim?".

"Tudo é tão estranho e… *horrível*", disse Jane. Ela gostava daquelas pessoas, mas, como sempre, sua voz interior estava sussurrando: "Cuidado. Não entre nessa. Não se comprometa com nada. Você tem sua própria vida para viver". Mas então um impulso de honestidade a forçou a acrescentar: "De fato eu tive outro sonho desde então. E acontece que esse sonho se realizou. Eu vi o assassinato — o assassinato do Sr. Hingest".

"É isso!", disse Camilla. "Ah, Sra. Studdock, a senhora *precisa* vir. Precisa, precisa. Isso quer dizer que agora nós estamos bem próximos. Você percebe? Esse tempo todo nós estávamos querendo saber onde exatamente o problema ia acontecer, e agora o seu sonho nos dá uma indicação. Você viu algo a poucos quilômetros de Edgestow. De fato, parece que já estamos bem no meio disso — o que quer que isso seja. E não podemos andar um centímetro sem sua ajuda. Você é o nosso serviço secreto, nossos olhos. Tudo já estava programado antes de nós nascermos. Não estrague tudo. Junte-se a nós!"

"Não, Cam, não", disse Denniston. "O Pendragon[8] — isto é, o Cabeça, não vai gostar se fizermos isso. A Sra. Studdock deve vir livremente."

"Mas", disse Jane, "eu não sei nada a respeito disso tudo. Deveria saber? Não quero tomar partido em algo que não entendo".

"Mas você não percebe", interrompeu Camilla, "que não dá para ficar neutra? Se você não se entregar a nós, o Inimigo vai usá-la".

---

[8]Pendragon era um título dado a antigos príncipes britânicos ou galeses que detinham, ou afirmavam ter, poder supremo. É considerado o sobrenome do Rei Arthur e de seu pai, Uther, e significa "cabeça do dragão". [N. E.]

As palavras "se entregar a nós" foram mal escolhidas. Os músculos do corpo de Jane se enrijeceram um pouco: se quem tivesse falado isso fosse qualquer outra pessoa de quem Jane gostasse menos do que gostava de Camilla, ela ficaria petrificada a qualquer outro apelo que lhe fosse feito. Denniston segurou o braço da esposa com a mão.

"Você precisa entender a situação do ponto de vista da Sra. Studdock, querida", disse ele. "Você se esquece de que ela não sabe praticamente nada a nosso respeito. E essa é a verdadeira dificuldade. Não podemos dizer muita coisa para ela enquanto não se juntar a nós. Na verdade, estamos pedindo a ela que dê um salto no escuro." Ele virou-se para Jane com um sorriso levemente enigmático, mas ao mesmo tempo firme. "É *assim*", disse ele, "como estar casado ou se alistar na Marinha ainda garoto, ou se tornar um monge, ou comer algo pela primeira vez. Você não pode saber como é enquanto não mergulhar". Talvez ele não soubesse (ou talvez soubesse) ressentimentos e resistências complicados que sua escolha de metáforas despertou em Jane, e nem ela mesma conseguiu analisá-las. Ela simplesmente respondeu com um tom de voz mais frio que o normal:

"Nesse caso, é muito difícil entender por que alguém se envolveria nisso."

"Admito francamente", disse Denniston, "que você só poderá assumir sua vocação se estiver confiante. Tudo dependerá, na verdade, penso, de qual foi a impressão que os Dimbles, Grace e nós dois causamos em você e, claro, do próprio Líder, quando você se encontrar com *ele*".

Jane voltou a ficar relaxada.

"O que exatamente vocês estão pedindo que eu faça?", perguntou ela.

"Antes de qualquer outra coisa, que você venha e conheça o nosso chefe. Depois — bem, que você se junte a nós. Isso significará fazer algumas promessas a ele. Ele é verdadeiramente um líder, você sabe. Todos concordamos em aceitar as ordens dele. Ah, tem mais uma coisa. Como será que o Mark vai ver isso? — nós dois somos amigos há muito tempo, você sabe."

"Estou pensando", disse Camilla, "se precisamos mesmo tocar neste assunto agora".

"O assunto vai surgir mais cedo ou mais tarde", disse o marido dela.

Houve uma pequena pausa.

"Mark?", disse Jane. "Como ele veio parar nessa história? Não posso imaginar o que ele diria a respeito disso tudo. Provavelmente vai achar que nós todos perdemos o juízo."

"Mas será que ele vai fazer objeção?", disse Denniston. "Quer dizer, será que ele vai ser contra você se unir a nós?"

"Se ele estivesse em casa, acho que ficaria muito surpreso se eu dissesse que ficaria em St. Anne's indefinidamente. É isto que 'unir-me a vocês' significa?"

"Mark não está em casa?", perguntou Denniston, um pouco surpreso.

"Não", disse Jane. "Ele está em Belbury. Acho que vai conseguir um emprego no INEC." Ela ficou muito satisfeita por ter conseguido dizer isso, porque estava completamente consciente da importância implicada naquela situação. Se Denniston ficou impressionado, não demonstrou nada.

"Eu não acho", disse ele, "que 'unir-se a nós' signifique neste momento morar em St. Anne's, especialmente no caso de uma mulher casada. A não ser que o velho Mark fique realmente interessado e ele mesmo venha...".

"Isso está completamente fora de questão", disse Jane.

("Ele não conhece Mark", pensou ela).

"Seja como for", continuou Denniston, "não é o mais difícil agora. Ele faria objeção a você se unir a nós — aceitar as ordens do Líder, fazer promessas e tudo mais?".

"Se ele faria objeção? Mas, afinal, o que tudo isso tem a ver com ele?"

"Bem", disse Denniston hesitando um pouco, "o Líder — ou as autoridades a quem ele obedece — tem conceitos bastante antiquados. Ele não gostaria que uma mulher casada viesse, se isto pudesse ser evitado, sem o marido... sem consultar...".

"Você quer dizer que preciso da *permissão* do Mark?", perguntou Jane, com um riso um tanto forçado. O ressentimento que estava crescendo e diminuindo, e mais aumentava que diminuía havia vários minutos, nesse momento transbordou. Toda aquela conversa de promessas e obediência a um Sr. Rei Pescador desconhecido já havia lhe causado resistência. Mas a ideia de a mesma pessoa mandá-la de volta para obter a permissão de Mark — como se ela fosse uma criança pedindo para ir a uma festa — foi o cúmulo. Ela olhou por um instante para o Sr. Denniston com um desgosto verdadeiro. Ela via Denniston, Mark, o tal de Rei Pescador e esse absurdo faquir indiano simplesmente como homens — figuras complacentes, patriarcais, cuidando das mulheres como se elas fossem crianças ou usando-as como se fossem mercadorias, como gado ("E o rei prometeu que *daria* sua filha em casamento a quem matasse o dragão"). Jane estava com muita raiva.

"Arthur", disse Camilla, "estou vendo uma luz naquele lado. Você acha que é uma fogueira?".

"Sim, parece que é."

"Meus pés estão congelando. Vamos caminhar um pouco e ver aquele fogo. Gostaria que tivéssemos trazido algumas castanhas."

"Sim, vamos, por favor", disse Jane.

Eles partiram. Estava mais quente ao ar livre do que dentro do carro — um ar aquecido e impregnado com o cheiro das folhas, com umidade e com o barulho baixo de gotas que pendiam dos galhos. Era uma fogueira grande que já tinha atingido seu ponto máximo — uma colina fumacenta de folhas de um lado e grandes cavernas e precipícios de um vermelho brilhante do outro. Eles pararam em volta dela e por um tempo conversaram sobre amenidades.

"Vou lhes dizer o que vou fazer", disse Jane. "Não vou me unir ao seu... à sua... seja lá o que for. Mas prometo que vou dizer a vocês se tiver mais sonhos desses."

"Isso é esplêndido!", exclamou Denniston. "E acho que é até mais do que tínhamos o direito de esperar. Entendo perfeitamente o seu ponto de vista. Posso lhe pedir que faça mais uma promessa?"

"Diga."

"Não fale de nós para ninguém."

"Ah, com certeza."

Mais tarde, quando voltaram para o carro e viajavam de volta, o Sr. Denniston disse: "Espero que agora os sonhos não a *preocupem* muito, Sra. Studdock. Não, eu não estou dizendo que espero que eles parem, e também não acho que vão parar. Mas agora que você sabe que eles não são algo seu, mas sim coisas acontecendo em um mundo exterior (coisas desagradáveis, sem dúvida, mas que não são piores do que muito do que você lê nos jornais), creio que você vai considerá-los completamente toleráveis. Quanto menos pensar neles como *seus sonhos*, e quanto mais pensar neles — bem, como notícias —, melhor vai se sentir a respeito deles."

Neblina

UMA NOITE (maldormida) e a metade do outro dia passaram muito devagar para Mark antes que ele conseguisse encontrar o vice-diretor outra vez, o que fez com um estado de espírito mais calmo, ansioso para pegar o emprego quase sob qualquer condição.

"Trouxe o formulário de volta, senhor", disse ele.

"Que formulário?", perguntou o vice-diretor. Mark viu que estava conversando com um novo e diferente Wither. O jeito distraído ainda estava lá, mas a cortesia desaparecera. O homem olhou para ele como se fosse um sonho, como se estivesse afastado dele por uma distância imensa, mas com uma espécie de desgosto sonhador que poderia se tornar um ódio permanente se aquela distância diminuísse. Ele ainda sorria, mas tinha alguma coisa felina no sorriso, uma alteração ocasional das linhas ao redor da boca que sugeriam um rosnado. Mark era um camundongo em suas mãos. Em Bracton, no Elemento Progressista, ele tivera de encarar apenas acadêmicos e enfrentou camaradas muito eruditos, mas ali em Belbury era completamente diferente. Wither disse ter entendido que Mark já tinha recusado o emprego. Não poderia, em nenhuma circunstância, refazer a oferta. Ele falou, de modo vago e alarmante, sobre tensões e atritos, de comportamentos imprudentes, do perigo de fazer inimigos, da impossibilidade de o INEC receber alguém que parecia ter brigado com todos os seus membros logo na primeira semana. Falou de um modo ainda mais vago sobre conversas que tivera com "os seus colegas em Bracton", que confirmaram inteiramente essa opinião. Ele questionava se Mark era realmente adequado para uma carreira acadêmica, mas negou qualquer intenção de dar conselhos. Somente depois de ter insinuado e reclamado de Mark o suficiente para ele ficar em estado de desânimo, Wither lhe ofereceu, como um osso jogado para um cachorro, a sugestão de uma indicação para um período probatório com um salário de (aproximadamente — ele não poderia comprometer o Instituto) seiscentas libras por ano. E Mark aceitou. Ele tentou conseguir respostas para algumas das suas perguntas. Sob as ordens de quem trabalharia? Teria de se mudar para Belbury?

Wither respondeu: "Eu acho, Sr. Studdock, que já mencionamos a elasticidade como a principal característica do Instituto. A não ser que você esteja preparado para tratar sua participação como... eh... uma vocação, em vez de uma simples tarefa a cumprir, eu não posso conscientemente aconselhá-lo a vir trabalhar conosco. Não há setores estagnados. Temo que não possa persuadir o comitê a inventar para o seu benefício algum cargo estanque no qual você cumpriria algumas tarefas artificialmente limitadas e, tendo-as executado, pudesse considerar seu tempo como seu mesmo. Eu peço que me permita concluir, Sr. Studdock. Nós somos, como eu já disse anteriormente, mais como uma família, ou até mesmo, talvez, como uma personalidade única. Não pode haver nenhuma dúvida quanto a 'receber ordens', como você (de maneira muito infeliz) sugeriu, de algum funcionário específico, e se considerar livre parar adotar uma atitude intransigente para com os demais colegas. (Devo pedir-lhe que, por favor, não me interrompa.) Esse não é o espírito com o qual eu desejaria que você abordasse suas tarefas. Você deve provar que é útil, Sr. Studdock, útil em tudo. Não creio que o Instituto possa permitir que fique aqui alguém que demonstrou disposição em exigir os seus direitos — que se ressente dessa ou daquela tarefa que estaria fora de alguma função que ele escolheu circunscrever por alguma definição rígida. Por outro lado, seria igualmente desastroso — quero dizer, desastroso para você mesmo, Sr. Studdock: estou sempre pensando nos seus interesses — se você se permitisse ficar distraído do seu trabalho de verdade por alguma colaboração não autorizada — ou, pior ainda, alguma interferência — com o trabalho de outros membros. Não permita que sugestões informais o distraiam ou gastem a sua energia. Concentração, Sr. Studdock, concentração. E o livre espírito de dar e receber. Se você evitar esses dois erros que mencionei — ah, acho que não preciso do pesadelo de corrigir em seu favor algumas impressões infelizes que (temos de admitir) o seu comportamento já provocou. Não, Sr. Studdock, não posso permitir mais outra discussão a esse respeito. Meu tempo já está completamente ocupado. Não posso ficar o tempo todo sendo incomodado por conversas desse tipo. Você precisa encontrar o seu lugar, Sr. Studdock. Tenha um bom dia, Sr. Studdock, bom dia. Lembre-se do que eu disse. Estou tentando fazer tudo que posso por você. Bom dia."

Mark compensou a humilhação daquela entrevista pensando que, se não fosse casado, não teria tolerado aquela conversa nem por um momento. Parecia-lhe o caso (ainda que não tivesse posto em palavras) de jogar a culpa em Jane. Isso também o deixou livre para pensar em todas as coisas que ele teria dito a Wither se não tivesse de se preocupar com Jane — e que ainda diria, se porventura tivesse uma chance. Isso fez com que, durante alguns minutos, ele sentisse uma espécie de felicidade ambígua e, quando foi tomar chá, Mark descobriu que a recompensa por sua submissão já tinha começado. A Fada fez-lhe um sinal para se aproximar e se sentar ao lado dela.

"Você ainda não fez nada a respeito de Alcasan?", perguntou ela.

"Não", disse Mark, "porque eu ainda não tinha decidido ficar, não até hoje pela manhã. Eu posso voltar e examinar o seu material esta tarde — pelo menos até onde sei, porque até agora não descobri o que devo fazer".

"Elasticidade, filhinho, elasticidade", disse a Srta. Hardcastle. "Você nunca saberá. Sua tarefa é fazer seja o que for que lhe disserem e, acima de tudo, não incomodar o velho."

• • •

Durante os dias seguintes, vários processos que posteriormente pareceram importantes prosseguiam com firmeza.

A neblina, que cobria tanto Edgestow como Belbury, continuava cada vez mais densa. Em Edgestow, eles pensavam que ela "subia do rio", mas na realidade ela se estendia sobre todo o coração da Inglaterra. Cobria toda a cidade, de modo que as paredes respingavam, e era possível escrever o próprio nome na umidade das mesas. Ao meio-dia, os homens trabalhavam com a luz acesa. As obras, no lugar onde estivera o bosque Bragdon, pararam de ofender os olhos conservadores e se tornaram simples batidas, baques, buzinas, berros, xingamentos e gritos metálicos em um mundo invisível.

Alguns ficaram alegres por aquela obscenidade ter ficado encoberta daquele modo, porque tudo além do rio Wynd era agora uma abominação. A garra do INEC sobre Edgestow estava ficando cada vez mais apertada.

O rio, que já fora verde amarronzado, âmbar e prata suave, arrastando juncos e brincando com raízes vermelhas, agora fluía opaco, engrossado por lama, navegado por esquadras incontáveis de latas vazias, folhas de papel, tocos de cigarro e pedaços de madeira, mudando algumas vezes para um arco-íris de manchas de óleo. Então a invasão o atravessou. O Instituto havia comprado o terreno na margem esquerda, ou oriental. Mas, agora, Busby havia sido convocado para se encontrar com Feverstone e com um tal de professor Frost como representantes do INEC, e ouviu deles em primeira mão que o rio Wynd seria desviado: não haveria mais rio em Edgestow. Isso ainda era estritamente confidencial, mas o Instituto já tinha poderes para desviá-lo. Sendo assim, era nitidamente necessário estabelecer um novo ajuste de fronteiras entre o Instituto e a faculdade. Busby ficou de queixo caído quando entendeu que o Instituto queria chegar até os muros da faculdade. É claro que ele recusou. Foi então que ele ouviu pela primeira vez uma menção a desapropriação. A faculdade poderia vender hoje, e o Instituto oferecia um bom preço: se não vendessem, o que os aguardaria seria uma desapropriação compulsória e uma compensação meramente simbólica. A relação entre Feverstone e o tesoureiro se deterioram durante essa reunião. Uma reunião extraordinária do corpo docente foi convocada, e Busby teve de apresentar a situação aos seus colegas da melhor maneira possível. Ele ficou quase fisicamente chocado com a tempestade de ódio que se abateu sobre ele. Tentou em vão mostrar que aqueles que o desrespeitavam naquele momento haviam eles mesmos votado favoravelmente à venda do bosque, mas também em vão. A faculdade foi pega na armadilha da necessidade. Venderam a pequena faixa do seu lado do rio Wynd, que tanto significava para eles. Não era mais que um terraço entre os muros do lado leste e a água. Vinte e quatro horas depois, o INEC chegou ao condenado Wynd e transformou aquele terraço em um aterro. Durante todo o dia, trabalhadores atravessavam o rio sobre pranchas com cargas pesadas que jogavam contra as paredes de Bracton até formar uma pilha que cobriu o espaço tapado que um dia fora a janela de Henriqueta Maria e que chegou quase à janela leste da capela.

Naqueles dias, muitos membros deixaram o Elemento Progressista e se uniram à oposição. Os que ficaram se uniram por causa da impopularidade que tiveram de enfrentar. E, ainda que o corpo docente da faculdade tivesse uma divisão interna ferrenha, por essa mesma razão assumiu uma nova unidade forçada em seu relacionamento com o mundo para além dos seus muros. Bracton como um todo assumiu a culpa de trazer o INEC para

Edgestow. Isso era injusto, porque muitas das altas autoridades na universidade haviam aprovado completamente as ações de Bracton ao fazê-lo, mas agora que o resultado estava se tornando aparente, as pessoas se recusavam a se lembrar disso. Busby, apesar de ter ouvido a insinuação, em uma conversa confidencial, de que haveria desapropriação, não perdeu tempo em espalhar a notícia em todos os ambientes de Edgestow — "Não ajudaria em nada se *tivéssemos* nos recusado a vender", disse ele. Mas ninguém acreditava que era por isso que Bracton tinha vendido, e a impopularidade da faculdade aumentou cada vez mais. Os graduandos perceberam o que estava acontecendo e pararam de frequentar as aulas. Busby e até mesmo o totalmente inocente administrador eram cercados nas ruas.

A cidade, que geralmente não compartilhava das opiniões da universidade, também estava em uma condição instável. A confusão na qual as janelas de Bracton haviam sido quebradas quase não foi noticiada pelos jornais de Londres, nem mesmo pelo *Edgestow Telegraph*. Mas aconteceram outros episódios. Houve uma investida indecente em uma das ruas principais que conduziam à estação. Houve dois "espancamentos" em um bar. Houve queixas crescentes de ameaças e de comportamento desordeiro da parte dos funcionários do INEC. Mas as queixas nunca apareciam nos jornais. Aqueles que tinham visto incidentes realmente graves ficaram surpresos ao ler no *Telegraph* que o novo instituto estava se estabelecendo de maneira muito tranquila em Edgestow, e o relacionamento entre seus funcionários e os moradores da cidade era o mais cordial. Os que nunca tinham visto nada, mas tinham ouvido falar, ao não encontrarem nada no *Telegraph*, desprezaram as histórias como se fossem boatos ou exageros. Os que testemunharam aqueles acontecimentos escreveram cartas para o jornal, mas elas nunca foram publicadas.

Mas, se podia haver alguma dúvida quanto aos episódios, ninguém poderia duvidar que quase todos os hotéis da cidade tinham passado para as mãos do Instituto, de modo que um homem não podia mais beber com um amigo no bar de sua preferência; de que as lojas conhecidas estavam lotadas de pessoas estranhas que pareciam ter muito dinheiro e os preços estavam mais caros; de que havia uma fila para todos os ônibus e era difícil entrar em qualquer cinema. Casas tranquilas em ruas tranquilas estremeciam o dia inteiro por um trânsito pesado com o qual ninguém estava acostumado. Aonde quer que as pessoas fossem, eram empurradas por multidões de estranhos. Para uma pequena cidade interiorana como Edgestow, mesmo os visitantes do outro lado do condado eram classificados como estrangeiros.

Agora eles ouviam o dia inteiro o clamor de vozes nortistas, galesas, até irlandesas, os gritos, os assobios, as músicas, os rostos estranhos passando na neblina, e tudo isso era totalmente detestável. "Vão criar confusão aqui", era o comentário de muitos cidadãos; e, em poucos dias: "Parece que estão *querendo* confusão". Não há registro de quem disse primeiro "Precisamos de mais policiamento". Foi então que finalmente o *Edgestow Telegraph* noticiou algo. Um artigo pequeno e tímido — uma nuvem não maior que a mão de um homem[1] — foi publicado sugerindo que a polícia local era totalmente incapaz de lidar com a nova população.

Jane deu pouca atenção a tudo isso. Durante todo o tempo ela estava simplesmente "esperando". Talvez Mark a chamasse para ir a Belbury. Talvez ele desistisse de todo o esquema de Belbury e voltasse para casa — as cartas dele eram vagas e insatisfatórias. Talvez ela fosse a St. Anne's para ver os Dennistons. Os sonhos continuavam. Mas o Sr. Denniston estava certo: era melhor considerá-los como "notícias". Se não fosse assim, dificilmente ela teria suportado as noites. Havia um sonho recorrente no qual não acontecia nada exatamente. Ela parecia estar deitada em sua própria cama. Mas havia alguém ao seu lado — alguém que parecia ter puxado uma cadeira para perto da cama e então se sentado para observar. Ele tinha um caderno no qual de vez em quando fazia uma anotação. Em outras vezes, se sentava perfeitamente imóvel e prestava atenção com paciência, como um médico. Ela já conhecia o rosto dele, e veio a conhecê-lo infinitamente bem: os óculos pincenê, os traços muito brancos e muito bem desenhados e a pequena barba pontuda. E presumivelmente — se ele pudesse vê-la —, naquele momento ele também conheceria o rosto dela muito bem: com certeza era ela que ele parecia estar examinando. Jane não escreveu sobre isso aos Dennistons da primeira vez que aconteceu. Mesmo na segunda vez, ela se atrasou até que fosse tarde demais para postar a carta ainda naquele dia. Ela tinha uma espécie de esperança de que, quanto mais mantivesse silêncio, mais provável era que eles viessem visitá-la outra vez. Ela queria ser confortada, mas, se possível, sem ter de ir a St. Anne's, sem ter de encontrar o tal de Rei Pescador e ser arrastada para a órbita dele.

Enquanto isso, Mark estava trabalhando na reabilitação de Alcasan. Ele nunca tinha visto um dossiê policial antes e teve dificuldade de entendê-lo. A despeito dos esforços para esconder sua ignorância, a Fada logo descobriu.

---

[1]Alusão a 1Reis 18:44. [N. T.]

"Vou colocar você em contato com o capitão", disse ela. "Ele vai lhe ensinar como agir." Foi assim que Mark passou a maior parte do seu dia de serviço com o Capitão O'Hara, o imediato da Fada. Ele era um homem grande com cabelos brancos e rosto bonito, falando com o que os ingleses chamam de sotaque irlandês, e os próprios irlandeses dizem que é "um sotaque de Dublin tão pesado que você poderia cortar com uma faca". Ele alegava ser de uma família antiga e ter uma acomodação em Castlemortle. Mark não entendeu de fato as explicações que O'Hara lhe deu quanto ao dossiê, o Registro Q, o sistema de arquivos deslizantes e aquilo que o capitão chamava de "capinar". Mas estava com vergonha de confessá-lo, e daí aconteceu que toda a escolha dos fatos na verdade ficou nas mãos de O'Hara, e Mark trabalhou simplesmente como um redator. Ele fez o melhor que pôde para esconder isso de O'Hara e para dar a impressão de que eles estavam trabalhando juntos de verdade. Naturalmente se tornou impossível repetir seu protesto original contra ser tratado como um simples jornalista. Ele tinha, de fato, um estilo arrebatador (que ajudara em sua carreira acadêmica muito mais do que ele admitia), e seu jornalismo foi um sucesso. Os artigos e as cartas que escreveu sobre Alcasan foram publicados em jornais aos quais ele jamais teria acesso se tentasse publicar com seu próprio nome, jornais que eram lidos por milhões. Ele sentiu uma ponta de emoção com uma empolgação agradável.

Mark também confidenciou ao capitão O'Hara suas pequenas ansiedades financeiras. Quando era o pagamento? Enquanto isso, ele estava sem dinheiro trocado. Perdera sua carteira logo na primeira noite em Belbury, e ela nunca foi encontrada. O'Hara deu uma gargalhada estrondosa. "Com certeza você pode pegar a quantia que quiser se pedir ao administrador."

"Quer dizer que isto vai ser descontado do próximo salário?", perguntou Mark.

"Meu camarada", disse o capitão, "uma vez que você está no Instituto, Deus o abençoe, você não precisa mais esquentar a cabeça com isso. Nós não vamos tomar conta de toda a questão do dinheiro? Nós é que *fazemos* o dinheiro".

"O que você quer dizer com isso?", perguntou Mark, já ofegante. Ele fez uma pausa, mas continuou: "Mas, se você sair, eles vão cobrar a diferença".

"Por que você quer falar sobre sair?", perguntou O'Hara. "Ninguém sai do Instituto. Pelo menos, o único de quem ouvi falar foi o velho Hingest."

Por volta dessa época, o inquérito sobre Hingest havia sido concluído com um veredicto de assassinato por uma pessoa, ou pessoas, de identidade desconhecida. O serviço fúnebre aconteceu na capela da faculdade em Bracton.

Foi no terceiro e mais denso dia da neblina, que estava tão pesada e branca que os olhos das pessoas ardiam só de olhar para ela, e não dava para ouvir sons distantes. De dentro da faculdade, só se conseguia ouvir o som de gotejamentos dos beirais e das árvores, e os gritos dos trabalhadores fora da capela eram audíveis na faculdade. Dentro da capela, velas ardiam com chamas retas, cada chama sendo o centro de um globo de grande luminosidade e projetando pouquíssima luz no edifício como um todo. Se não fosse pelas tosses e pelo barulho de pés se arrastando, não daria para saber que os bancos estavam completamente lotados. Curry, de terno preto e toga preta, passando a impressão de ser maior do que era, ia para lá e para cá na extremidade esquerda da capela, cochichando e vigiando, ansioso, com medo de que a neblina atrasasse a chegada do que ele chamava de restos, e não desagradavelmente consciente do peso da responsabilidade pela cerimônia sobre seus ombros. Curry era grandioso nos funerais da faculdade. Não se parecia em nada com um agente funerário. Ele era o amigo contido, viril, atingido por um golpe pesado, mas ainda consciente de que era (em algum sentido indefinido) o pai da faculdade e que, em meio a todos os estragos da mutabilidade, ele não deveria, em hipótese alguma, desistir. Visitantes que participavam de tais ocasiões geralmente diziam uns aos outros enquanto iam embora: "Deu para perceber que aquele subdiretor sentiu mesmo o que aconteceu, apesar de não demonstrar". Não havia hipocrisia. Curry estava tão acostumado a supervisionar as vidas dos seus colegas que supervisionar a morte deles foi algo que aconteceu naturalmente. Se ele tivesse uma mente analítica, possivelmente teria descoberto em si mesmo um sentimento vago de que sua influência, sua capacidade de facilitar os caminhos e "mexer os pauzinhos" não cessava depois que a pessoa parava de respirar.

O órgão começou a tocar e fez cessar a tosse de quem estava na capela e os barulhos desagradáveis do lado de fora — as vozes monotonamente raivosas, as batidas do ferro e os choques vibrantes com que as cargas eram arremessadas o tempo todo contra a parede da capela. Mas, tal como Curry temia, a neblina atrasou a chegada do caixão, e o organista teve de tocar por meia hora antes que houvesse um rebuliço na porta, e os parentes enlutados, Hingests de ambos os sexos em trajes pretos, com as costas eretas e o rosto de campesinos, começaram a se acomodar nos bancos que estavam reservados para eles. Depois vieram os funcionários, os bedéis, os censores e o reitor de Edgestow. A seguir, o coral e, por fim, o caixão — uma ilha de flores flutuando indistintamente através da neblina, que, depois que a porta foi aberta, parecia ter se derramado dentro da capela, mais espessa, mais fria e mais úmida.

O serviço litúrgico fúnebre começou, liderado pelo Cônego Storey. A voz dele ainda era bonita, e havia beleza também no isolamento que mantinha de todos que estavam ali presentes. Ele estava isolado tanto por sua fé como por sua surdez. Storey não sentiu nenhum constrangimento quanto à inadequação das palavras proferidas sobre o cadáver daquele descrente velho e orgulhoso, porque jamais suspeitou da descrença dele, além de estar totalmente alheio à estranha antífona entre sua voz lendo o sermão fúnebre e as outras vozes do lado de fora. Glossop estremeceu quando uma daquelas vozes, impossível de ser ignorada no silêncio da capela, gritou: "Tire esse seu pé grande da janela ou vou deixar esta pilha cair em cima dele", mas Storey, impassível e sem se dar conta do que estava acontecendo lá fora, respondeu: "Ó tolo, aquilo que tu semeias não será vivificado a não ser que morra".

"Vou dar um bem no meio dessa sua cara feia agora, você vai ver se não dou", disse a voz outra vez.

"Semeia-se corpo natural, ressuscita-se corpo espiritual",[2] disse Storey.

"Vergonhoso, vergonhoso", resmungou Curry para o tesoureiro, que estava sentado perto dele. Mas alguns dos professores novatos viram, como eles disseram, o lado engraçado disso, e pensaram em como Feverstone (que não conseguiu comparecer) ia gostar da história.

• • •

A mais agradável das recompensas que Mark ganhou por sua obediência foi a admissão à biblioteca. Pouco depois de sua breve entrada nela naquela manhã triste, ele descobriu que a biblioteca, ainda que nominalmente um espaço comum, na prática era reservada para o que na escola eles chamavam de "irmandade" e, em Bracton, de "o Elemento Progressista". Era em frente à lareira da biblioteca, e durante as horas entre dez e meia-noite, que aconteciam as conversas importantes e confidenciais. Por isso, quando, em certa noite, Feverstone voltou-se para ele no saguão e disse: "Que tal um drinque na biblioteca?", Mark sorriu e concordou, não guardando nenhum

[2]Alusão a 1Coríntios 15:44. [N. T.]

ressentimento pela última conversa que tivera com Feverstone. Se sentiu algum desprezo por si mesmo em fazer isso, ele o reprimiu e o esqueceu: esse tipo de atitude é infantil e irrealista.

O círculo na biblioteca geralmente consistia em Feverstone, a Fada, Filostrato e, mais surpreendente, Straik. Foi um bálsamo para as feridas de Mark descobrir que Steele nunca aparecia por lá. Parece que ele estava adiante, ou atrás, de Steele, como eles lhe haviam prometido que aconteceria. Tudo estava acontecendo dentro do previsto. A única pessoa cuja aparição frequente na biblioteca Mark não entendia era a de um homem silencioso que usava pincenê e tinha uma barba pontuda, o professor Frost. O vice-diretor — ou, como Mark agora o chamava, o VD ou "o velho" — sempre estava lá, mas de modo peculiar. Ele tinha o hábito de perambular e andar a esmo pela biblioteca, fazendo barulho e cantarolando, como era seu costume. Algumas vezes ia até o círculo ao redor da lareira, ouvia e olhava para cada um com uma expressão vagamente paternal no rosto, mas raramente dizia alguma coisa e nunca participava da festa. Ele saía perambulando outra vez e depois, talvez, voltaria uma hora mais tarde e mais uma vez ficaria sem fazer nada nas partes vazias sala e, mais uma vez, iria embora. Depois da conversa humilhante no escritório, o vice-diretor nunca mais conversara com Mark, e este soube pela Fada que ainda estava em uma posição desfavorecida. "O velho vai amaciar com o tempo", disse ela. "Mas eu disse a você que ele não gosta de pessoas que falam em sair."

Aos olhos de Mark, o membro mais inadequado do círculo era Straik, que não fazia o menor esforço para se adaptar ao tom grosseiro e realista com que seus colegas falavam. Ele nunca bebia nem fumava. Sentava-se em silêncio, afagando um joelho surrado com uma mão ossuda e virando seus grandes olhos infelizes de um falante para outro, sem tentar ir contra eles nem rir quando riam das piadas. Então — talvez uma vez em toda a noite — alguma coisa que era dita o fazia despertar: geralmente era algo a respeito da oposição dos reacionários de fora e das medidas que o INEC tomaria para lidar com ela. Em momentos assim, ele podia irromper em falas altas e prolongadas, ameaçando, denunciando, profetizando. A coisa estranha estava no fato de que os demais nem o interrompiam, nem riam. Havia alguma unidade mais profunda entre aquele homem bronco e eles que aparentemente mantinha em suspense a óbvia falta de simpatia, mas Mark não descobriu o que era. Algumas vezes, para seu grande desconforto e espanto, Straik se dirigia a Mark em particular, falando a respeito de ressurreição. "Não é nem um fato histórico, nem uma fábula, jovem", dizia ele, "mas uma profecia. Todos os milagres — sombras de coisas por vir. Livre-se de uma espiritualidade falsa. Tudo isso vai acontecer, aqui, neste mundo, no único mundo que existe. O que o Mestre nos ensinou? Curai os enfermos, expulsai os demônios, ressuscitai os mortos.[3] Nós o faremos. O Filho do Homem — quer dizer, o próprio Homem, plenamente adulto — tem o poder de julgar o mundo — de distribuir vida sem-fim e castigo sem fim. Você verá. Aqui e agora". Era tudo muito desagradável.

Foi no dia seguinte ao funeral de Hingest que Mark se aventurou a caminhar sozinho na biblioteca. Até então ele sempre estivera lá acompanhado por Feverstone ou por Filostrato. Estava um tanto incerto quanto a como seria recebido e também com medo de que, se não assegurasse logo seu direito à entrada, sua modéstia pudesse prejudicá-lo. Ele sabia que, em assuntos assim, um erro em qualquer direção é igualmente fatal. É preciso tentar e assumir o risco.

Sua tentativa foi um sucesso. O círculo estava todo lá, e, antes de ele fechar a porta atrás de si, todos se viraram na direção dele com uma expressão de acolhida no rosto, e Filostrato disse: "*Ecco*", e a Fada: "Este é o cara". Uma onda de puro prazer percorreu todo o corpo de Mark. Nunca o fogo pareceu arder de forma tão brilhante, nem o aroma das bebidas pareceu mais atraente. Eles realmente o aguardavam. Eles o queriam ali.

"Mark, com que velocidade você pode escrever dois editoriais?", perguntou Feverstone.

"Você pode trabalhar durante a noite?", perguntou a Srta. Hardcastle.

"Já *fiz* isso", disse Mark. "É sobre o quê?".

"Vocês estão convencidos", perguntou Filostrato, "de que isso — a perturbação — deve prosseguir, certo?".

"É a graça da situação", disse Feverstone. "Ela fez o trabalho bem demais. Deveria ter lido Ovídio. *Ad metam properate simul.*"[4]

"Não podemos atrasar, mesmo se quisermos", disse Straik.

"Do que vocês estão falando?", disse Mark.

"Dos distúrbios em Edgestow", respondeu Feverstone.

"Ah... não estou acompanhando muito. Eles ficaram mais sérios?"

---

[3]Alusão a Mateus 10:8. [N. T.]

[4]"Apressar para terminar juntos", frase de Ovídio (43 a.C.–18 d.C.), poeta romano, de sua obra *A arte de amar*. [N. T.]

"Eles vão ficar sérios, filhinho", disse a Fada. "É o ponto. O tumulto de verdade foi programado para a semana que vem. Todas essas coisas pequenas até agora foram apenas para preparar o terreno. Mas tudo está indo bem demais... droga! A coisa vai ter de acontecer amanhã ou, no máximo, depois de amanhã."

Mark olhou confuso para o rosto da Fada e depois para o de Feverstone, que se dobrou de rir, e então ele, quase automaticamente, deu um tom jocoso ao seu próprio espanto.

"Eu acho que a ficha ainda não caiu, Fada", disse Mark.

"Você com certeza não imaginou", disse Feverstone sorrindo, "que a Fada deixaria a iniciativa para os moradores locais?".

"Você quer dizer que ela própria é a perturbação?", disse Mark.

"Sim, sim", disse Filostrato, com os olhos brilhando acima de suas bochechas gordas.

"Está tudo de acordo", disse a Srta. Hardcastle. "Você não pode colocar algumas centenas de milhares de trabalhadores importados..."

"Não do tipo que você contratou", interrompeu Feverstone.

"... em um buraco como Edgestow", continuou a Srta. Hardcastle, "sem ter problemas. Quero dizer que haveria problemas de qualquer jeito. Do jeito que as coisas se deram, creio que os meus rapazes não precisaram fazer nada. Mas, como o problema estava prestes a acontecer, não havia mal em fazê-lo acontecer no momento certo".

"Você quer dizer que *planejou* as perturbações?", disse Mark. Para ser justo com ele, sua mente estava em choque diante da nova revelação. Ele tampouco estava consciente de qualquer decisão para ocultar seu estado mental: na complacência e na intimidade daquele círculo, descobriu que seus músculos faciais e sua voz, sem qualquer vontade consciente, assumiam o tom dos seus colegas.

"É uma maneira rude de descrever a situação", disse Feverstone.

"Não faz diferença", disse Filostrato. "É assim que as coisas têm de ser administradas."

"Completamente", disse a Srta. Hardcastle. "É sempre feito assim. Qualquer um que conhece o trabalho da polícia lhe dirá. E como eu dizia, o problema mesmo — a confusão grande — deve acontecer nas próximas quarenta e oito horas."

"Que bom receber a notícia direto da fonte", disse Mark. "Mas eu gostaria de tirar minha esposa da cidade."

"Onde ela mora?", perguntou a Fada.

"Em Sandown."

"Ah. Isso dificilmente irá afetá-la. Enquanto isso, você e eu temos que escrever o relato do tumulto."

"Mas — para que tudo isso?"

"Regulamentos de emergência", disse Feverstone. "Enquanto o governo não declarar estado de emergência, nós não vamos conseguir o poder que queremos em Edgestow."

"Exatamente", disse Filostrato. "É tolice falar de revoluções pacíficas. Não que aquela ralé vá sempre resistir — eles com frequência têm de ser cutucados para que resistam — mas, enquanto não houver tumultos, fogueiras, barricadas, ninguém vai ter poder para agir efetivamente. Como um barco leve demais para ser conduzido."

"E o material todo precisa estar pronto para ser publicado nos jornais no dia seguinte ao tumulto", disse a Srta. Hardcastle. "Significa que ele tem de ser entregue ao VD no máximo até as seis horas da manhã de amanhã."

"Mas como é que nós vamos escrevê-lo nesta noite, se a coisa toda só vai acontecer amanhã, no mínimo?"

Todos caíram na gargalhada.

"Você nunca vai conduzir a publicidade desse jeito, Mark", disse Feverstone. "Com certeza você não precisa esperar uma coisa acontecer para contar a história."

"Bem, eu admito", disse Mark, e o rosto dele estava com um aspecto risonho, "que tinha um pouco de preconceito por agir assim, não vivendo no tempo do Sr. Dunne[5] nem na terra do espelho".

"Não adianta, filhinho", disse a Srta. Hardcastle. "Precisamos começar agora. Temos tempo para mais um drinque e vamos subir e começar. Vou pedir que nos sirvam costelas apimentadas e café às três."

Essa foi a primeira coisa que pediram para Mark que, antes de realizar, ele já sabia ser criminosa. Mas ele quase não percebeu o momento em que consentiu em fazer aquilo. Com certeza não houve luta ou qualquer sensação de ter ultrapassado um limite. Pode ter havido um tempo na história do

---

[5]John William Dunne (1875–1949), pioneiro da aviação irlandesa. Dunne formulou a teoria chamada "serialismo", que entende o tempo como não linear e tendo muitas dimensões simultâneas, sendo que cada dimensão tem sua própria cadeia de eventos. Para Dunne, eventualmente alguém poderia ter experiências nas quais seria possível "ver" alguns eventos fora da sequência "normal", como nos sonhos de Jane. [N. T.]

mundo em que tais momentos revelavam plenamente sua gravidade, com feiticeiras profetizando em charnecas queimadas[6] ou Rubicões[7] visíveis para se atravessar. Mas, para ele, tudo passou rapidamente em uma cachoeira de gargalhadas, aquela gargalhada íntima entre colegas de trabalho, que de todos os poderes terrestres é o que tem mais força para levar homens a fazer coisas muito más antes que eles sejam, individualmente, homens muito maus. Poucos momentos depois, ele estava subindo a escada aos pinotes com a Fada. No caminho, passaram por Cosser, e Mark, ocupado em conversar com a Fada, viu de relance que ele os observava. E pensar que já sentira medo de Cosser!

"Quem vai acordar o VD às seis?", perguntou Mark.

"Provavelmente não será necessário", disse a Fada. "Acho que o velho deve dormir em algum momento. Mas eu nunca descobri quando ele faz isso."

• • •

Às quatro da manhã, Mark sentou-se no escritório da Fada para reler os últimos dois artigos que havia escrito — um para o mais respeitável dos nossos jornais, o outro, para um informativo mais popular. Foi a única parte do seu trabalho noturno que tinha algo para alimentar sua vaidade literária. As horas anteriores haviam sido gastas na árdua ocupação de inventar as notícias. Os dois editoriais haviam sido guardados para o final, e a tinta ainda estava úmida. O primeiro era assim:

> Conquanto ainda seja prematuro tecer qualquer comentário definitivo sobre a confusão de ontem à noite em Edgestow, duas conclusões parecem surgir dos primeiros relatos (que publicamos em outro lugar) com uma clareza que improvavelmente será abalada por ocorrências posteriores. Em primeiro lugar, todo o episódio vai desferir um forte golpe em qualquer complacência que ainda possa existir entre nós quanto ao avanço da nossa própria civilização. Deve-se admitir, é claro, que a transformação de uma pequena cidade universitária em um centro de pesquisa nacional não pode

[6]Essa é a cena inicial da peça *Macbeth*, de Shakespeare. [N. T.]

[7]O Rubicão é um rio pequenino na região de Rimini, na Itália. Júlio César o atravessou no ano 49 a.C., dando início a uma guerra civil. [N. T.]

ser levada adiante sem alguns atritos e alguns episódios de dificuldade com os moradores locais. Mas o inglês sempre teve seu jeito tranquilo e bem-humorado de lidar com atritos, e, quando a questão lhe é apresentada de maneira correta, nunca demonstrou ter má vontade de fazer sacrifícios muito maiores que as pequenas alterações de hábitos e de sentimentos que o progresso exige do povo de Edgestow. É gratificante observar que não há nenhuma sugestão em qualquer instância administrativa de que o INEC tenha de alguma maneira excedido seus poderes ou não tenha tido a consideração ou a cortesia que se esperavam dele, e há pouca dúvida de que o ponto de partida real destes tumultos tenha sido alguma briga, provavelmente em um bar, entre um dos funcionários do INEC e algum senhor sabichão da cidade. Mas, como o Estagirita[8] disse há muito tempo, desordens com motivos simples têm causas mais profundas, e parece haver pouca dúvida de que essa balbúrdia insignificante tenha sido provocada, se não explorada, por interesses localizados ou por algum preconceito generalizado.

É perturbador ser forçado a suspeitar de que a velha desconfiança da eficiência planejada e a antiga inveja do que é chamado ambiguamente de "burocracia" possam tão facilmente (ainda que, esperamos, temporariamente) ser revividas. No entanto, ao mesmo tempo, a mesma suspeita, por revelar as lacunas e fraquezas em nosso nível nacional de educação, enfatiza uma das doenças que o Instituto Nacional existe para curar. Não precisamos ter dúvida de que o Instituto vai curar tais doenças. A vontade da nação está por trás desse magnífico "esforço de paz", que foi como o Sr. Jules descreveu o Instituto de maneira tão feliz, e qualquer oposição desinformada que se aventure a tirar conclusões a partir daí será, esperamos, resistida, de maneira gentil, mas certamente firme.

A segunda moral da história a ser extraída dos eventos da noite anterior é mais animadora. A proposta original de possibilitar ao INEC ter o que é chamado de maneira equivocada de "força policial" foi recebida com desconfiança em muitos setores. Nossos leitores se lembrarão de que, ainda que deixando de compartilhar essa desconfiança, temos alguma simpatia em relação a ela. Mesmo os falsos temores dos que amam a liberdade devem ser respeitados, assim como nós respeitamos até mesmo as ansiedades sem razão de uma mãe. Ao mesmo tempo, insistimos que a complexidade da

[8]Alcunha do filósofo grego Aristóteles (384 a.C.–322 a.C.), que nasceu em Estagira, uma cidade da Macedônia antiga. [N. T.]

sociedade moderna torna anacrônico restringir a execução real da vontade da sociedade a um grupo de homens cuja função era a prevenção e a detecção do crime, e que esta polícia, de fato, precisa mais cedo ou mais tarde ser liberada do crescente conjunto de funções coercitivas que não se encaixam adequadamente na sua esfera de atividades. Que esse problema foi resolvido por outros países de uma maneira que se mostrou fatal para a liberdade e a justiça, por criar um verdadeiro *imperium in imperio*,[9] é um fato improvável de ser esquecido por quem quer que seja. A assim chamada "polícia" do INEC — que deveria na verdade ser chamada de "Executivo Sanitário" — é a solução tipicamente inglesa. Sua relação com a Polícia Nacional talvez não possa ser definida com perfeita exatidão lógica, mas nós, no sentido de nação, nunca fomos muito apaixonados pela lógica. A diretoria executiva do INEC não tem qualquer vínculo com a política. E, se porventura tiver alguma relação com a justiça criminal, tal relação se dará no papel gracioso de um salvador — um salvador que pode mover o criminoso da esfera implacável da punição para a do tratamento corretivo. Se havia alguma dúvida quanto ao valor desta força, ela foi totalmente deixada de lado pelos episódios em Edgestow. As melhores relações parecem ter sido completamente mantidas entre os funcionários do Instituto e a Polícia Nacional, que, se não fosse pela ajuda do Instituto, se encontraria em uma situação impossível. Como um destacado oficial da polícia comentou com um dos nossos representantes nesta manhã, "se não fosse pela polícia do INEC, as coisas poderiam ter tomado um rumo totalmente diferente". Se à luz desses eventos for considerado conveniente colocar toda a área de Edgestow sob o controle exclusivo da "polícia" institucional por um período limitado, nós não cremos que o povo britânico — sempre muito realista — venha a fazer a menor objeção. Será necessário recorrer a um reconhecimento especial quanto ao trabalho das mulheres oficiais da força, que agiram o tempo todo com a mescla de coragem e senso comum que os anos recentes nos ensinaram a esperar das mulheres inglesas, quase como algo definido e garantido. Os boatos terríveis que circularam em Londres hoje pela manhã, de disparos de metralhadoras nas ruas com centenas de mortos, precisam ser apurados. Provavelmente, quando detalhes precisos estiverem disponíveis, descobriremos (nas palavras de um primeiro-ministro recente) que "o sangue derramado geralmente era do nariz".

---

[9]Expressão latina para designar "Estado dentro do Estado". [N. T.]

O segundo era o seguinte:

O que está acontecendo em Edgestow?

Esta é a questão que o cidadão comum quer ter respondida. O Instituto que se estabeleceu em Edgestow é um *instituto nacional*. Isso significa que pertence a você e a mim. Nós não somos cientistas, e não fingimos saber o que os cérebros do Instituto estão pensando. O que sabemos é o que nós todos esperamos dele. Esperamos uma solução para o problema do desemprego, os problemas financeiros, a guerra, a educação. Esperamos uma vida mais promissora, mais clara e mais plena para os nossos filhos, na qual eles e nós possamos marchar sempre em frente e desenvolver o desejo da vida que Deus deu a cada um de nós. O INEC é o instrumento do povo para fazer acontecer todas as coisas pelas quais lutamos.

Enquanto isso, o que está acontecendo em Edgestow?

Você acredita que toda aquela confusão começou apenas porque o Sr. Buggins e a Sra. Snooks descobriram que o proprietário vendeu sua loja ou seu terreno para o INEC? O Sr. Buggins e a Sra. Snooks não são desentendidos. Eles sabem que o Instituto significa mais comércio em Edgestow, mais comodidades públicas, uma população maior, uma explosão de uma prosperidade que nunca foi sequer imaginada. Por isso, afirmo que as confusões foram PLANEJADAS.

Essa acusação pode soar estranha, mas é verdadeira.

Então, pergunto novamente: o que está acontecendo em Edgestow?

Há traidores por aí. Não tenho medo de dizer isso, sejam lá quais forem. Eles podem ser pessoas que se dizem religiosas. Podem ser pessoas com interesses financeiros. Podem ser antigos professores e filósofos fofoqueiros da própria Universidade de Edgestow. Podem ser judeus. Podem ser advogados. Não me importo com quem sejam, mas tenho uma coisa a dizer para eles: tomem cuidado. O povo da Inglaterra não vai suportar isso. O Instituto não será sabotado.

O que deve ser feito em Edgestow?

É preciso colocar todo o lugar sob a autoridade da Polícia Institucional. Alguns de vocês podem ter ido a Edgestow em um feriado. Se o fizeram, sabem tão bem quanto eu como a cidade é — uma cidade do interior pequena e tranquila com meia dúzia de policiais que não têm nada para fazer a não ser parar ciclistas andando com os faróis apagados. Não faz sentido esperar que esses velhos policiais lidem com uma CONFUSÃO PLANEJADA. Na noite de ontem, a polícia do INEC mostrou do que é capaz. Por isso afirmo: vamos tirar nossos chapéus para a Srta. Hardcastle e para os corajosos rapazes e moças que ela lidera. Deem-lhes liberdade para agir e deixem-nos fazer o serviço. Eliminem a burocracia.

Um pequeno conselho. Se vocês ouvirem alguém caluniando a polícia do INEC, mande essa pessoa passear. Se vocês ouvirem alguém comparando a polícia do INEC à Gestapo[10] ou à OGPU,[11] digam-lhe que já ouviram isso antes. Se vocês ouvirem alguém falando das liberdades da Inglaterra (por "liberdades da Inglaterra", ele quer dizer liberdade para os obscurantistas, para os bispos, para os capitalistas), vigiem esse homem. Ele é o inimigo. Diga a ele em meu nome que o INEC é a luva de boxe no punho da democracia, e que se ele não gosta disso, é melhor sair do caminho.

Enquanto isso, VIGIEM EDGESTOW!

Era de se imaginar que Mark acordaria para a razão depois de apreciar esses artigos no calor da composição, e que, tendo despertado para a razão, sentiria repulsa do produto final. Infelizmente o processo foi quase o contrário. Quanto mais ele trabalhava, mais estava à vontade no emprego.

Sua adaptação total deu-se quando da revisão de ambos os artigos. Quando um homem revisa um texto que escreveu e contempla sua obra pronta, ele não quer ver esse texto jogado na lata de lixo. Quanto mais o relê, mais gosta do que escreveu. E, no fim das contas, tudo aquilo era uma espécie de brincadeira. Ele tinha uma imagem de si mesmo em sua mente como velho e rico (provavelmente com um título de nobreza, e com certeza com muita distinção) quando tudo isso — todo aquele lado desagradável do INEC — tivesse terminado, contando aos jovens todas as histórias tremendas e incríveis do presente ("Ah, era tudo muito estranho antigamente. Eu me lembro de uma vez..."). E aí, para um homem cujos textos até então tinham sido publicados apenas em periódicos acadêmicos ou em livros que seriam lidos apenas por outros professores universitários, havia uma isca irresistível em pensar na imprensa diária — os editores esperando pela chegada de seu texto — nos leitores por toda a Europa — pessoas dependentes das palavras dele. A ideia de um dínamo imenso que tinha sido colocado naquele momento à disposição dele fez com que sentisse uma emoção por todo o corpo. Afinal, não fazia muito tempo que ele tinha

[10] A Gestapo era a polícia secreta do governo hitlerista na Alemanha nazista. [N. T.]

[11] A OGPU, Obedinénnoe Gossudártsvenoe Politítcheskoe Upravlénie (Direção Política Estatal Unificada), foi a polícia secreta soviética de 1922 a 1934. [N. T.]

ficado entusiasmado por ter entrado no Elemento Progressista em Bracton. Mas o que era o Elemento Progressista comparado a isso? Não era como se ele mesmo levasse seus artigos a sério. Ele estava escrevendo como se fosse uma brincadeira — uma expressão que, de alguma maneira, o confortava por fazer toda aquela coisa parecer uma piada. E, em todo caso, se ele não o fizesse, outra pessoa o faria. Enquanto isso, a criança dentro dele sussurrava ao dizer quão esplêndido e triunfantemente adulto era estar sentado deste jeito, tão embriagado, mas sem estar bêbado, escrevendo (como se fosse uma brincadeira) artigos para grandes jornais, correndo contra o relógio, com aquele diabo daquele editor cobrando a entrega do material, com todo o círculo interior do INEC dependendo dele, e nunca mais ninguém tendo o direito de considerá-lo um joão-ninguém ou apenas um número.

• • •

Jane esticou a mão na escuridão, mas não encontrou a mesa que deveria estar ao lado da cabeceira da sua cama. Com um choque de surpresa, ela se deu conta de que não estava na cama, mas em pé. A escuridão era total e o frio era intenso. Tateando, ela tocou o que pareciam ser superfícies irregulares de pedra. O ar também tinha uma qualidade estranha — parecia um ar morto, viciado. Em algum lugar distante, talvez acima de sua cabeça, havia barulhos que lhe chegavam abafados e tremidos, como se viessem de dentro da terra. Então o pior aconteceu: uma bomba havia caído sobre a casa e ela fora enterrada viva. Mas antes que tivesse tido tempo de sentir o impacto total desta ideia, Jane se lembrou de que a guerra havia acabado... ah, e todas as coisas que aconteceram desde então... Ela se casara com Mark... vira Alcasan em sua cela... se encontrara com Camilla. Com grande e rápido alívio, pensou: “É um dos meus sonhos. É uma notícia. Vai parar. Não há nada a temer”.

O lugar, fosse o que fosse, não parecia ser muito grande. Ela tateou por todas as paredes grosseiras e, virando no canto, bateu o pé em alguma coisa rígida. Inclinou-se e tocou naquela coisa. Era uma espécie de plataforma elevada com uns noventa centímetros. E agora? Teria coragem de ver o que era aquilo? Mas seria pior se não o fizesse. Ela começou deslizando a mão pela superfície da mesa, e no segundo seguinte precisou morder os lábios para não gritar, porque havia tocado um pé humano. O pé estava descalço, e, a julgar pela frieza, morto. Continuar a tatear parecia-lhe a coisa mais difícil que ela já tinha feito, mas de alguma maneira foi impelida a fazê-lo. O cadáver estava vestido com algo muito malfeito e também irregular, um bordado deselegante e muito volumoso. "Deve ser um homem muito grande", pensou ela, ainda tateando para cima, em direção à cabeça. A textura mudou subitamente na altura do peito, como se a pele de algum animal peludo tivesse sido estendida sobre aquela túnica grosseira. Foi o que ela pensou no início, mas depois se deu conta de que aquele pelo na verdade era uma barba. Jane hesitou quanto a tocar no rosto dele, pois estava com medo de que ele pudesse se mover, acordar ou falar se ela o fizesse. Por isso parou por um momento. Era apenas um sonho. Ela podia suportar. Mas aquilo também era muito triste, e parecia ter acontecido muito tempo antes, como se ela tivesse escorregado em um buraco no presente e caído em um poço frio e sem sol de um passado remoto. Ela esperava que eles não a deixassem ali por muito tempo. Seria bom se pelo menos alguém chegasse rapidamente e a tirasse daquele lugar. E imediatamente ela teve uma visão de alguém, alguém barbudo, mas também (o que era esquisito) divinamente jovem; alguém bronzeado, forte e amigável, caminhando na direção daquele lugar escuro com uma passada poderosa que fazia tremer a terra. Neste ponto o sonho ficou caótico. Jane teve a impressão de que deveria fazer uma reverência para aquela pessoa (que na verdade nunca chegou lá, ainda que a impressão deixada por ela tivesse ficado muito forte e vívida na mente de Jane) e sentiu grande consternação ao se dar conta de que algumas lembranças vagas de aulas de dança na escola não eram suficientes para mostrar como fazê-lo. Nessa hora, ela acordou.

Ela foi para Edgestow imediatamente depois do café da manhã para procurar alguém que substituísse a Sra. Maggs. Todo dia ela saía nessa busca. No alto da Rua do Mercado, aconteceu algo que finalmente a fez tomar a decisão de ir a St. Anne's naquele mesmo dia, o que ela fez pegando o trem que saiu às dez e vinte e três. Ela chegou a um lugar onde estava um carro grande estacionado do lado da calçada, um carro do INEC. Assim que se aproximou, um homem saiu de uma loja, passou em frente a ela para falar com o motorista e entrou no carro. Ele estava tão perto dela que, a despeito da neblina, ela o viu muito claramente, destacando-se de tudo o mais que estava ao seu redor. A paisagem estava toda nublada e cinza, havia gente caminhando, e ela ouvia os sons pesados daquele trânsito com o qual ninguém estava acostumado e que agora nunca parava em Edgestow. Ela teria reconhecido aquela figura em qualquer lugar: naquele momento, nem o rosto de Mark nem seu próprio rosto em um espelho lhe seriam tão familiares. Viu a barba pontuda, o pincenê, o rosto que de alguma maneira a fazia se lembrar de um rosto feito de cera. Ela não precisava pensar no que deveria fazer. Seu corpo, caminhando rapidamente, parecia ter decidido por si só que iria para a estação ferroviária e lá embarcaria no trem para St. Anne's. Foi algo diferente de medo (ainda que ela estivesse assustada, quase a ponto de ter náuseas) que a fez avançar, sempre em frente. Foi uma rejeição total, uma repulsa àquele homem em todos os sentidos do seu ser, ao mesmo tempo. Os sonhos tornaram-se insignificantes comparados com a realidade perturbadora da presença daquele homem. Ela tremeu só de pensar que as mãos dela poderiam ter tocado as dele quando ela passou por ele.

Foi uma bênção encontrar o trem aquecido, e sua cabine, vazia, e sentar-se foi prazeroso. A lenta viagem pela neblina quase a fez dormir. Ela quase não pensou em St. Anne's até chegar lá. Mesmo enquanto subia a ladeira íngreme, Jane não planejou nada, não ensaiou nada do que queria dizer, mas apenas pensou em Camilla e na Sra. Dimble. Os níveis infantis, o subsolo da mente, tudo havia sido revirado. Ela queria estar com pessoas agradáveis e longe de pessoas desagradáveis — esta distinção infantil naquele momento lhe parecia mais importante que quaisquer categorias posteriores de bem e mal ou amigo e inimigo.

Jane despertou daquele estado ao observar que estava mais claro. Olhou para frente: será que aquela curva na estrada estava mais visível do que deveria em um nevoeiro como aquele? Ou será que a neblina na zona rural era diferente da neblina da cidade? Com certeza o que até então era cinza estava se tornando branco, um branco quase deslumbrante. Poucos metros adiante um azul luminoso despontava acima dela, e as árvores projetavam suas sombras (ela não via uma sombra há dias) e, de repente, os espaços enormes do céu tornaram-se visíveis, com um pálido sol dourado, e olhando para trás, enquanto se virou para a direção do solar, Jane viu que estava na praia de uma pequena ilha verde iluminada pelo sol, olhando para um mar de neblina branca, enrugado e sulcado, embora plano, que se espalhava até onde sua vista conseguia alcançar. Havia outras ilhas também. A ilha escura do lado oeste era a colina arborizada acima de Sandown, onde ela havia feito o piquenique com os Dennistons. A maior e mais brilhante, na direção norte, era formada por muitas colinas cheias de cavernas — quase se poderia chamá-las de montanhas — onde estava a nascente do rio Wynd. Ela respirou fundo. Foi o *tamanho* deste mundo acima da neblina que a impressionou. Lá em Edgestow, ela passara os últimos tempos, mesmo ao ar livre, como se estivesse num cômodo, porque só se conseguia enxergar o que estava muito perto, ao alcance da mão. Ela sentiu que quase se esquecera de quão grande era o céu e quão remoto, o horizonte.

O Pendragon

7

ANTES QUE tivesse chegado à porta, Jane encontrou o Sr. Denniston, e ele a guiou até o solar, não por aquela porta, mas pelo portão principal que se abria na mesma rua a algumas centenas de metros. Ela lhe contou sua história enquanto caminhavam. Em sua companhia, teve aquela curiosa sensação que a maioria das pessoas casadas conhece de estar com alguém com quem (pela razão definitiva, mas totalmente misteriosa) nunca poderia se casar, mas que pertence mais ao seu mundo do que a pessoa com a qual de fato se casou. Ao entrar na casa, encontraram a Sra. Maggs.

"O quê? Sra. Studdock! Olha só!", disse a Sra. Maggs.

"Sim, Ivy", disse Denniston, "e trazendo grandes notícias. As coisas estão começando a se mexer. Devemos encontrar Grace imediatamente. E MacPhee está por aqui?".

"Ele saiu para jardinar horas atrás", disse a Sra. Maggs. "E o Dr. Dimble foi para a faculdade. Camilla está na cozinha. Devo mandá-la junto?"

"Sim, faça isso. E se você puder evitar que o Sr. Bultitude[1] se intrometa..."

"Está certo. Eu o manterei longe de confusão. Sra. Studdock, gostaria de tomar uma xícara de chá? Tendo vindo de trem e tudo mais."

---

[1]Referência ao Sr. Bultitude, personagem principal do livro *Vice versa: Or, a lesson to fathers* [Vice-versa: Ou uma aula para os pais], de Thomas Anstey Guthrie (1856–1934), autor inglês, sob o pseudônimo de F. Anstey. No livro, o Sr. Bultitude é transformado no seu filho, e seu filho, nele. [N. T.]

Alguns minutos depois, Jane se encontrava uma vez mais na sala de Grace Ironwood. A Srta. Ironwood e os Dennistons estavam todos sentados de frente para ela, de forma que ela se sentiu como se fosse candidata num exame *viva voce*.[2] E, quando Ivy Maggs trouxe o chá, ela não foi embora, mas se sentou como se também fosse uma das examinadoras.

"Agora!", disse Camilla, seus olhos e narinas alargados com uma espécie de fome mental muito viva — era concentrada demais para ser chamada de empolgação.

Jane olhou à sua volta.

"Não precisa se importar com Ivy, jovenzinha", disse a Srta. Ironwood. "Ela é de casa."

Houve uma pausa. "Temos sua carta do dia 10", continuou a Srta. Ironwood, "descrevendo seu sonho com o homem de barba pontuda sentado tomando notas no seu quarto. Talvez eu deva lhe contar que ele não estava realmente lá: pelo menos o Diretor não crê que isso seja possível. Mas ele estava realmente estudando você. Estava colhendo informações sobre você de alguma outra fonte que, infelizmente, não ficou visível no sonho."

"Você nos dirá, se não for inconveniente", disse o Sr. Denniston, "o que estava me contando no caminho?".

Jane lhes contou sobre o sonho com o cadáver (se é que era um cadáver) naquele lugar escuro e sobre como ela encontrara o homem de barba naquela manhã na Rua do Mercado; e imediatamente soube que havia criado um interesse intenso.

"Olha só!", disse Ivy Maggs. "Então estávamos certos sobre o bosque Bragdon!", disse Camilla. "É realmente Belbury", disse o marido dela. "Mas, nesse caso, onde Alcasan entra nesta história?"

"Com licença", disse a Srta. Ironwood em seu tom de voz normal, e os outros ficaram imediatamente em silêncio. "Não devemos discutir a questão ainda. A Sra. Studdock ainda não se juntou a nós."

"Vocês não vão me dizer nada?", perguntou Jane.

"Jovem", disse a Srta. Ironwood. "Você deve me desculpar. Não seria sábio neste momento: de fato, não temos a liberdade de fazê-lo. Permita-me fazer-lhe mais duas perguntas?"

"Se quiser", disse Jane, um pouco amuada. A presença de Camilla e de seu marido de alguma forma a fazia se comportar melhor.

---

[2]Expressão latina para designar sabatina ou prova oral. [N. T.]

A Srta. Ironwood havia aberto uma gaveta, e por alguns momentos houve silêncio enquanto ela buscava por algo ali. Então entregou uma fotografia para Jane e perguntou:

"Você reconhece essa pessoa?"

"Sim", disse Jane em uma voz baixa. "Este é o homem com quem sonhei e o homem que vi essa manhã em Edgestow."

Era uma boa fotografia, e abaixo dela havia o nome Augustus Frost, com alguns outros detalhes que, naquele momento, Jane não percebeu.

"Em segundo lugar", seguiu a Srta. Ironwood, estendendo a mão para que Jane lhe devolvesse a fotografia, "você está preparada para ver o Diretor — agora?".

"Bem — sim, se vocês quiserem."

"Nesse caso, Arthur", disse a Srta. Ironwood para Denniston, "é melhor você ver se ele está bem o bastante para se encontrar com a Sra. Studdock".

Denniston levantou-se imediatamente.

"Enquanto isso", disse a Srta. Ironwood, "eu gostaria de ter uma palavrinha a sós com a Sra. Studdock". Nesse momento, os outros também se levantaram e seguiram Denniston para fora da sala. Um gato enorme que Jane não havia notado antes se levantou num pulo e ocupou a cadeira que Ivy Maggs havia acabado de vagar.

"Tenho pouquíssima dúvida", disse a Srta. Ironwood, "de que o Diretor a verá".

Jane nada disse.

"E durante a entrevista", continuou a outra, "presumo que você seja convidada a tomar uma decisão final".

Jane deu uma tossidinha, cujo propósito não seria outro senão dissipar certo ar de solenidade indesejada que parecia haver se instalado na sala assim que ela e a Srta. Ironwood foram deixadas a sós.

"Também há certas coisas", disse a Srta. Ironwood, "que você deve saber sobre o Diretor antes que vocês se conheçam. Ele lhe parecerá, Sra. Studdock, um homem muito jovem: mais jovem do que você. Por favor, entenda que este não é o caso. Ele está mais próximo dos cinquenta do que dos quarenta. É um homem de experiência muito vasta, que viajou por onde nenhum outro homem já esteve antes e se misturou em sociedades sobre as quais eu e você não temos a menor ideia".

"Isso é muito interessante", disse Jane, embora não demonstrasse interesse algum.

"E, em terceiro lugar", disse a Srta. Ironwood, "devo pedir-lhe que se lembre de que ele normalmente sente intensa dor. Qualquer que seja a decisão a que você chegar, sei que não dirá ou fará nada que possa pôr sobre ele algum esforço desnecessário".

"Se o Sr. Rei Pescador não estiver bem o bastante para receber visitas..."

"Peço desculpas", disse a senhorita Ironwood, "por frisar esses pontos com você. Sou médica, e sou a única médica em nossa companhia. Portanto, sou responsável por protegê-lo tanto quanto puder. Agora, por gentileza, venha comigo e lhe mostrarei o Salão Azul".

Ela se levantou e segurou a porta aberta para Jane. Elas chegaram a uma passagem plana e estreita, e então subiram degraus rasos chegando a um grande hall de entrada, onde uma bela escadaria georgiana levava aos andares superiores. A casa, maior do que Jane supusera inicialmente, estava aquecida e muito silenciosa, e depois de tantos dias passados na neblina, a luz do outono, caindo sobre tapetes macios e sobre as paredes, parecia-lhe brilhante e dourada. No primeiro andar, apenas seis degraus acima daquele nível, encontraram um pequeno lugar quadrado com pilares brancos onde Camilla, quieta e alerta, esperava-as sentada. Havia uma porta atrás dela.

"Ele a verá", ela disse para a Srta. Ironwood, enquanto se levantava.

"Ele está sentindo muita dor essa manhã?"

"Não está aguda. É um dos seus bons dias."

A Srta. Ironwood levantou a mão para bater na porta, e Jane pensou consigo mesma: "Tenha cuidado. Não se deixe ser pega por nada. Todas essas longas passagens e vozes baixas vão fazê-la de trouxa se você não tomar cuidado. Você se tornará mais uma das adoradoras desse homem". No momento seguinte, ela se viu entrando. Estava claro — parecia que tudo eram janelas. E estava quente — o fogo ardia na lareira. E o azul era a cor prevalecente. Antes que seus olhos entendessem o que estava acontecendo, ela ficou incomodada e, de certa forma, envergonhada em ver que a Srta. Ironwood estava fazendo uma reverência. "Não vou" brigava na mente de Jane contra "não posso": pois fora verdade em seu sonho, ela não podia.

"Esta é a jovem, senhor", disse a Srta. Ironwood.

Jane o olhou e instantaneamente seu mundo desabou.

Em um sofá diante dela, com um pé enfaixado como se tivesse um ferimento, estava deitado o que parecia ser um rapaz de vinte anos de idade.

Em um dos longos batentes das janelas, uma gralha domesticada andava para cima e para baixo. A luz do fogo, com seu fraco reflexo, e a luz do sol, com seu reflexo mais fraco ainda, brigavam no teto. Mas toda a luz no quarto parecia correr na direção do cabelo dourado e da barba dourada do homem ferido.

É claro que ele não era um garoto — como ela poderia ter pensado nisso? A pele jovem em sua testa e em sua bochecha e, sobretudo, em suas mãos havia sugerido essa ideia. Mas nenhum garoto poderia ter uma barba tão cheia. E nenhum garoto poderia ser tão forte. Ela esperava encontrar um inválido. Agora estava claro que o aperto daquelas mãos seria inescapável, e a imaginação sugeria que aqueles braços e ombros poderiam suportar a casa inteira. A Srta. Ironwood, ao seu lado, pareceu-lhe então ser uma pequena velha, encolhida e pálida — algo que você poderia soprar para longe.

O sofá estava posicionado em um tipo de estrado separado do resto da sala por um degrau. Ela teve uma impressão de ver um monte de coisas azuis penduradas — mais tarde, percebeu que era apenas uma tela — atrás do homem, de forma que o efeito era como de uma sala de trono. Ela teria achado bobo se, em vez de ver, tivesse ouvido de alguém essa descrição. Pela janela, não via árvores, nem colinas, nem formatos de outras casas, apenas o chão de neblina, como se o homem e ela estivessem empoleirados em uma torre azul olhando por sobre o mundo.

A dor ia e vinha de seu rosto: repentinas pontadas de dor repugnante e ardente. Mas como o relâmpago atravessa a escuridão e a escuridão se fecha novamente sem deixar traço, assim também a tranquilidade de suas feições engolia cada choque de tortura. Como ela poderia ter pensado que ele era jovem? Ou até mesmo velho? Ocorreu-lhe, com uma sensação rápida de medo, que sua face não tinha idade alguma. Ela nunca (ou pelo menos assim acreditava) havia gostado de homens de barba, exceto por homens velhos com cabelo branco. Mas isso era porque já tinha esquecido havia muito tempo o Arthur imaginado em sua infância — e o Salomão imaginado também. Salomão — pela primeira vez em muitos anos, a brilhante mistura solar de rei, amante e mago que envolve este nome lhe voltou à mente. Pela primeira vez em todos aqueles anos, ela saboreou a palavra rei em todas as suas associações de batalha, casamento, sacerdócio, misericórdia e poder. Naquele momento, enquanto seus olhos recaíam na face daquele homem pela primeira vez, Jane se esqueceu de quem era, de onde estava, de seu ligeiro rancor contra Grace Ironwood e de seu rancor mais obscuro contra Mark, de sua infância e da casa de seu pai. Foi, é claro, apenas por um curto instante. No momento seguinte, ela já era a Jane social, normal, corada e confusa, ao descobrir que estava rudemente encarando (ao menos ela esperava que agressividade fosse a principal impressão que produzira) um total estranho. Mas seu mundo estava desfeito, e ela sabia disso. Qualquer coisa podia acontecer agora.

"Obrigado, Grace", o homem estava dizendo. "Esta é a Sra. Studdock?"

E a voz também parecia ser como a luz do sol e o ouro. Não apenas como o ouro é belo, mas também como é pesado; não apenas como a luz do sol cai gentilmente nos muros ingleses no outono, mas como ela castiga a selva ou o deserto para engendrar vida ou destruí-la. E agora aquilo se dirigia a ela.

"Perdoe-me por não me levantar, Sra. Studdock", ele disse. "Meu pé está ferido."

E Jane ouviu sua própria voz dizendo "Sim, senhor", suave e disciplinada como a voz da Srta. Ironwood. Ela queria ter dito "Bom dia, Sr. Rei Pescador" em um tom tranquilo que contrabalançaria o absurdo de seu comportamento ao entrar no quarto. Mas foi aquilo o que realmente saiu de sua boca. Logo depois, ela se encontrou sentada diante do Diretor. Estava abalada, até mesmo tremendo. Esperava intensamente que não chorasse, ou ficasse incapaz de falar, ou fizesse algo bobo. Pois seu mundo estava desfeito: qualquer coisa poderia acontecer agora. Se apenas a conversa já tivesse terminado de forma que ela pudesse sair daquele quarto sem parecer envergonhada, e ir embora, não para sempre, mas por um longo tempo.

"Você deseja que eu fique, senhor?", perguntou a Srta. Ironwood.

"Não, Grace", disse o Diretor, "não penso que seja necessário. Obrigado".

"E agora", pensou Jane, "está chegando — está chegando — está chegando agora". Todas as coisas mais intoleráveis que ele poderia perguntar, todas as coisas mais extravagantes que ele poderia forçá-la a fazer passaram por sua mente como um filme. Pois todo o poder de resistência lhe parecia ter sido drenado, e ela foi deixada sem proteção.

• • •

Durante os primeiros poucos minutos depois de Grace Ironwood tê-los deixado a sós, Jane mal absorveu o que o Diretor estava dizendo. Não que sua atenção estivesse dispersa; pelo contrário, sua atenção estava tão fixa nele que derrotava a si mesma. Cada tom, cada olhar (como eles puderam supor que ela acharia que ele era jovem?), cada gesto se imprimia em sua memória; e apenas quando notou que ele havia parado de falar e aparentemente esperava uma resposta foi que ela percebeu que absorvera tão pouco do que ele vinha dizendo.

"Pe... peço desculpas", ela disse, esperando não ficar corada como uma adolescente.

"Eu estava dizendo", ele respondeu, "que você já fez muito por nós. Sabíamos que um dos mais perigosos ataques já lançados sobre a raça humana viria muito em breve, e nesta ilha. Tínhamos uma ideia de que Belbury deveria estar conectada a isso. Mas não tínhamos certeza. Certamente não sabíamos que Belbury era tão importante. É por isso que sua informação é tão valiosa. Mas, de outra forma, ela nos apresenta uma dificuldade. Quero dizer, uma dificuldade no que concerne a você. Esperávamos que você pudesse se juntar a nós — juntar-se ao nosso exército".

"E não posso, senhor?", disse Jane.

"É difícil", disse o Diretor depois de uma pausa. "Veja bem, seu marido está em Belbury."

Jane olhou para cima. Na ponta da sua língua estava a frase "Você quer dizer que Mark está correndo perigo?". Mas ela percebera que aquela ansiedade sobre Mark não era, de fato, parte de nenhuma das emoções complexas que ela estava sentindo, e que dar vazão àquilo seria hipocrisia. Era um tipo de escrúpulo que antes ela não sentira com frequência. Finalmente, ela disse: "O que você quer dizer?".

"Bem", disse o Diretor, "seria difícil para uma pessoa ser a esposa de um oficial do INEC e ao mesmo tempo membro de nossa companhia".

"Você está dizendo que não poderia confiar em mim?"

"Não estou dizendo nada que tenhamos receio de falar. O que quero dizer é que, em tais circunstâncias, você, eu e seu marido não podemos confiar uns nos outros."

Jane mordeu o lábio com raiva, não do Diretor, mas de Mark. Por que é que os assuntos de Mark com aquele Feverstone deveriam atrapalhar um momento como este?

"Devo fazer o que acredito ser certo, não?", ela disse suavemente. "Digo, se Mark — se meu marido — está do lado errado, não posso deixar que isso faça qualquer diferença sobre o que eu faço. Ou posso?"

"Você está pensando no que é certo?", perguntou o Diretor. Jane começou, e corou. Ela se deu conta que não havia pensado naquilo.

"É claro", disse o Diretor, "que as coisas podem chegar a um ponto em que seria justificável você vir até aqui, até mesmo completamente contra o desejo do seu marido, mesmo secretamente. Depende de quão próximo está o perigo — o perigo para todos nós, e pessoalmente para você".

"Pela forma como a Sra. Denniston falou, eu pensei que o perigo fosse iminente."

"Essa é exatamente a questão", disse o Diretor com um sorriso. "Não me é permitido ser prudente demais. Não me é permitido usar remédios desesperados até que doenças desesperadoras estejam realmente aparentes. Do contrário, faremos exatamente o que nossos inimigos fazem — quebraremos todas as regras sempre que imaginarmos que isso possa fazer qualquer vago bem à humanidade em um futuro remoto."

"Mas causarei mal a alguém se eu vier até aqui?", perguntou Jane.

Ele não respondeu isso diretamente, e começou a falar de novo.

"Parece que você terá de voltar, ao menos por enquanto. Você, sem dúvida, verá seu marido de novo, em breve. Penso que deva fazer pelo menos um esforço para desligá-lo do INEC."

"Mas como posso fazê-lo, senhor?", disse Jane. "O que eu posso dizer para ele? Ele vai achar tudo absurdo. Ele não acreditaria em nada disso de um ataque à raça humana." Assim que tinha terminado de dizer isso ela se perguntou: "Será que isso pareceu inteligente?", e então, mais desconcertada: "Foi inteligente?".

"Não", disse o Diretor. "E você nada deve contar a ele. Não mencione meu nome, tampouco a companhia. Pusemos nossas vidas em suas mãos. Você deve simplesmente lhe pedir que deixe Belbury. Você deve justificar isso por sua própria vontade. Você é a esposa dele."

"Mark nunca presta atenção em nada do que eu falo", respondeu Jane. Ela e Mark pensavam isso um do outro.

"Talvez", disse o Diretor, "você nunca tenha pedido algo semelhante ao que será capaz de pedir agora. Você não quer salvá-lo, bem como a si mesma?".

Jane ignorou a pergunta. Agora que a ameaça de expulsão da casa era iminente, ela sentia certo desespero. Negligenciando aquele comentador interno, que mais de uma vez durante aquela conversa lhe mostrara suas próprias palavras e seus desejos em uma nova luz, ela começou a falar rapidamente.

"Não me mande de volta", ela disse, "estou totalmente sozinha em casa, com sonhos terríveis. Não é como se Mark e eu nos víssemos como nos melhores dias. Estou tão infeliz. Ele não vai ligar se eu vier até aqui ou não.

Só riria de tudo isso se ficasse sabendo. É justo que toda a minha vida seja arruinada só porque ele se misturou com algumas pessoas horríveis? Você não acha que uma mulher não deve ter sua própria vida apenas porque é casada, certo?".

"Você está infeliz agora?", perguntou o Diretor. Uma dúzia de afirmações morreu nos lábios de Jane enquanto ela buscava uma resposta a essa pergunta. Então, de repente, num tipo de calma profunda, como a serenidade que existe no centro de um redemoinho, ela viu a verdade e finalmente parou de pensar no que suas palavras o fariam achar dela, e respondeu: "Não".

"Mas", complementou ela depois de uma breve pausa, "será pior agora, se eu voltar".

"Será mesmo?"

"Eu não sei. Não. Suponho que não." E por um curto tempo Jane mal teve consciência de algo além de paz e bem-estar, do conforto de seu próprio corpo na cadeira onde estava sentada e de um tipo de beleza clara nas cores e proporções do quarto. Mas logo começou a pensar consigo mesma: "É o fim. A qualquer momento ele mandará aquela tal de Ironwood me mandar embora". Parecia-lhe que seu destino dependeria do que ela dissesse no próximo minuto.

"Mas é realmente necessário?", ela disse. "Não creio que eu veja o casamento como você o vê. Parece-me extraordinário que tudo dependa do que Mark diz... sobre algo que ele não entende."

"Filha", disse o Diretor, "não é questão de como você vê ou de como eu vejo o casamento, mas de como meus mestres o veem".

"Alguém disse que eles são muito antiquados. Mas..."

"Isso foi uma piada. Eles não são antiquados; mas eles são muito, muito velhos."

"Eles não se preocupariam em saber primeiro se Mark e eu acreditamos em seus ideais de casamento?"

"Bem — não", disse o Diretor com um sorriso curioso. "Não. Eles definitivamente não pensariam nisso."

"E não faria diferença nenhuma para eles como realmente foi um casamento — se foi um sucesso? Se a mulher amou seu marido?"

Jane não havia realmente planejado dizer isso: muito menos dizê-lo no tom vulgarmente patético que, ao que agora lhe parecia, ela havia usado. Odiando a si mesma, e temendo o silêncio do Diretor, ela completou: "Mas suponho que você dirá que eu não deveria ter lhe contado isso".

"Minha filha", disse o Diretor, "você tem me falado isso desde que seu marido foi mencionado".

"Não faz diferença alguma?"

"Suponho", disse o Diretor, "que dependeria de como ele perdeu o seu amor".

Jane estava em silêncio. Embora não pudesse contar a verdade ao Diretor, e de fato ela mesma não sabia, mesmo assim, quando tentou explorar sua queixa inarticulada contra Mark, um novo senso de sua própria injustiça e até mesmo de pena de seu marido surgiu em sua mente. E sentiu um aperto no coração, pois agora lhe parecia que essa conversa, pela qual ela havia vagamente buscado a fim de ser liberta, de alguma forma, de todos os seus problemas, estava na verdade envolvendo-a em novas dificuldades.

"Não foi culpa dele", ela disse finalmente. "Suponho que nosso casamento tenha sido apenas um erro."

O Diretor nada disse.

"O que você — o que as pessoas de quem você fala diriam sobre um caso como esse?"

"Vou lhe dizer se você realmente quiser saber", disse o Diretor.

"Por favor", disse Jane, relutante.

"Eles diriam", respondeu, "que você não falha em obedecer por falta de amor, mas que perde o amor por nunca ter tentado obedecer".

Algo em Jane que normalmente reagiria a tal comentário com raiva ou uma gargalhada foi banido para uma distância remota (de onde ela ainda podia, mesmo que meramente, ouvir sua voz) pelo fato de a palavra "obediência" — mas certamente não obediência a Mark — tê-la tomado naquele quarto e naquela presença como um estranho perfume oriental, perigoso, sedutor e ambíguo...

"Pare!", disse o Diretor bruscamente.

Jane o encarou, boquiaberta. Houve alguns momentos de silêncio durante os quais a fragrância exótica se dissipou.

"O que você ia dizendo, querida?", retomou o Diretor.

"Pensei que amor significava igualdade", ela disse, "e companheirismo livre".

"Ah, a igualdade!", disse o Diretor. "Devemos falar disso em outro momento. Sim, todos devemos ser protegidos da ganância do outro por meio de direitos iguais, pois somos caídos. Exatamente como devemos todos vestir roupas pelo mesmo motivo. Mas o corpo nu ainda deve estar lá, debaixo das roupas, amadurecendo para o dia em que não mais precisaremos delas. Igualdade não é a coisa mais profunda, sabe?"

"Sempre pensei que era exatamente isso. Achei que estava em suas almas as pessoas serem iguais."

"Você estava enganada", disse ele com um ar grave. "A alma é o último lugar onde elas são iguais. Igualdade perante a Lei, igualdade de renda — isso é muito bom. Igualdade preserva a vida, não a cria. Ela é medicina, não comida. Seria como tentar se aquecer com um livro de registros."

"Mas certamente no casamento...?"

"De mal a pior", disse o Diretor. "O namoro nada sabe; tampouco a fruição. O que o companheirismo livre tem a ver com isso? Aqueles que apreciam algo, ou que sofrem algo juntos, são companheiros. Aqueles que apreciam ou desprezam um ao outro não o são. Você não sabe o quão tímida é a amizade? Amigos — camaradas — não olham uns *pelos* outros. A amizade se envergonharia..."

"Pensei que...", Jane disse e parou.

"Entendo", disse o Diretor. "Não é sua culpa. Eles nunca avisaram você. Ninguém nunca contou a você que obediência — humildade — é uma necessidade erótica. Você está colocando a igualdade onde ela não deve estar. Quanto à sua vinda até aqui, ainda há algumas dúvidas. Por enquanto o mais certo a fazer é mandá-la de volta. Você pode vir nos ver. Enquanto isso, fale com seu marido e eu falarei com as minhas autoridades."

"Quando é que o senhor as encontrará?"

"Elas vêm até mim quando querem. Mas, em todo esse tempo, viemos falando sobre obediência com bastante seriedade. Gostaria de lhe mostrar algumas de suas palhaçadas. Você não tem medo de ratos, tem?"

"Medo de quê?", perguntou Jane, espantada.

"Ratos", disse o Diretor.

"Não", disse Jane com uma voz confusa.

O Diretor tocou um pequeno sino ao lado de seu sofá que foi quase imediatamente respondido pela Sra. Maggs.

"Eu acho", disse o Diretor, "que vou querer almoçar agora, por gentileza. Eles lhe darão almoço lá embaixo, Sra. Studdock — algo mais substancial do que o meu. Mas, se você se sentar e me acompanhar enquanto como e bebo, eu lhe mostrarei algumas das comodidades de nossa casa".

A Sra. Maggs voltou com uma bandeja, sobre a qual trazia uma taça, um pequeno frasco de vinho tinto e um pão. Ela deixou a bandeja em uma mesa ao lado do Diretor e saiu do quarto.

"Veja você", disse o Diretor, "que eu vivo como o rei em Curdie.[3] É uma dieta surpreendentemente prazerosa". Com essas palavras, ele partiu o pão e se serviu uma taça de vinho.

"Nunca li esse livro do qual o senhor está falando", disse Jane.

Eles conversaram um pouco sobre o livro enquanto o Diretor comia e bebia, mas depois ele levantou seu prato e jogou as migalhas no chão. "Agora, Sra. Studdock", disse ele, "você verá algo divertido. Mas deve ficar totalmente imóvel". Com essas palavras ele tirou do bolso um pequeno apito de prata e o assoprou. Jane ficou parada até que o quarto se preencheu de total silêncio, e houve primeiro um som de coisas arranhando e depois farfalhando, e então ela viu três camundongos abrindo caminho no que para eles era a grossa vegetação do tapete, fuçando aqui e ali de forma que, se seus cursos tivessem sido traçados, se assemelhariam ao curso de um rio, até se aproximarem a ponto de ela poder ver o brilho de seus olhos e até mesmo a palpitação de seus narizes. Apesar do que havia dito, ela não gostava muito de camundongos ao redor de seus pés, e foi necessário um esforço para permanecer sentada. Graças a esse esforço, ela viu os camundongos pela primeira vez como realmente são — não como coisas horripilantes, mas como delicados quadrúpedes que, quando se sentavam, eram quase como pequeninos cangurus, com sensíveis patas de luva de pelica e orelhas transparentes. Com movimentos rápidos e inaudíveis eles passavam de um lado a outro até que nenhuma migalha restasse sobre o chão. Então ele soprou seu apito uma segunda vez, e, com um rápido ricochetear de caudas, os três estavam correndo para sua casinha, e, passados alguns segundos, haviam desaparecido atrás da caixa de carvão. O Diretor a olhou com riso em seus olhos. ("É impossível", pensou Jane, "achar que ele é velho".) "Veja", ele disse, "um ajuste muito simples. Os humanos querem as migalhas retiradas; os camundongos estão ansiosos para removê-las. Nunca deveria ter sido motivo para uma guerra. Mas veja que obediência e regras são mais como uma dança do que um exercício — especialmente entre homem e mulher, quando os papéis estão sempre mudando".

"Como devemos parecer grandes para eles", disse Jane.

Esse comentário inconsequente teve uma causa muito curiosa. Jane pensava em grandeza, e por um momento pareceu que estava pensando

---

[3]Referência ao livro *The Princess and Curdie* [A princesa e Curdie], de George Macdonald (1824–1905), escritor e ministro cristão escocês, uma das principais referências teológicas e literárias no pensamento de C. S. Lewis. [N. T.]

em sua própria grandeza em comparação com os camundongos. Mas, quase que de imediato, essa identificação ruiu. Ela estava realmente pensando apenas em grandeza. Ou melhor, não estava pensando. De algum jeito estranho, a estava experimentando. Algo intoleravelmente grande, algo de Brobdingnag[4] a pressionava, se aproximava, estava quase no quarto. Ela se sentiu encolhendo, sufocada, esvaziada de todo poder e de toda virtude. Ela lançou um olhar em direção ao Diretor, que era na verdade um grito de socorro, e aquele olhar, de alguma forma inexplicável, o revelou ser, assim como ela, um objeto muito pequeno. Todo o quarto era um lugar minúsculo, uma toca de rato, e lhe parecia ter sido inclinado — como se a massa e o esplendor insuportáveis dessa grandeza amorfa, ao se aproximar, o tivessem tombado. Ela ouviu a voz do Diretor.

"Rápido", disse ele gentilmente, "você deve me deixar agora. Aqui não é lugar para nós, pequeninos, mas eu estou habituado. Vá!".

•••

Quando Jane partiu do vilarejo de St. Anne's no topo da colina e desceu para a estação, ela percebeu que, mesmo ali embaixo, a neblina havia começado a subir. Grandes janelas haviam se aberto através dela, e o trem que a levava passava repetidamente por piscinas de luz da tarde.

Durante essa viagem ela estava tão dividida que se poderia dizer que havia três, se não quatro Janes no compartimento.

A primeira era uma Jane simplesmente receptiva ao Diretor, lembrando-se de cada palavra e de cada olhar, apreciando-os — uma Jane que fora pega totalmente desprevenida, despida de sua pequena fantasia modesta de ideias contemporâneas que até então compunham uma boa parte de sua sabedoria, e levada pela maré de uma experiência que ela não entendia e não podia controlar. Pois ela estava tentando controlá-la; essa era a função da segunda Jane. Essa segunda Jane olhava a primeira com desgosto, como o tipo de mulher que, na verdade, havia sempre particularmente desprezado. Um dia, saindo de um cinema, ela havia ouvido uma das balconistas dizer para a amiga: "Ah, como ele estava lindo! Se ele tivesse olhado para mim do jeito que olhou para ela, eu o teria seguido até o fim do mundo".

[4]Brobdingnag é a terra dos gigantes no famoso livro *Viagens de Gulliver*, do escritor irlandês Jonathan Swift. [N. T.]

Uma moça pequena, espalhafatosa e muito maquiada, chupando uma bala de menta. Se a segunda Jane estava certa em comparar a primeira Jane com aquela garota, era questionável, mas ela o fez. E se achou intolerável. Ter se rendido sem qualquer resistência à mera voz e aparência desse estranho, ter abandonado (sem perceber) aquele pequeno controle decoroso de seu próprio destino, sua reserva perpétua, que ela julgava essencial para sua posição de pessoa crescida, integrada, inteligente... aquilo era totalmente degradante, vulgar, incivilizado.

A terceira Jane era uma visitante nova e inesperada. Da primeira, houve traços durante a infância, e a segunda era quem Jane considerava ser sua consciência "real" ou normal. Mas a terceira, essa Jane moral, era aquela de cuja existência ela jamais suspeitara. Vinda de alguma região desconhecida da graça ou da hereditariedade, dizia todo tipo de coisa que Jane frequentemente ouvira antes, mas que nunca, até aquele momento, parecia estar conectado à vida real. Se esta lhe tivesse simplesmente dito que seus sentimentos pelo Diretor eram errados, ela não teria ficado muito surpresa e a descreditaria como sendo a voz da tradição. Mas não foi o que aconteceu. A terceira Jane a culpava por não ter sentimentos similares por Mark. Seguia empurrando mente adentro aqueles novos sentimentos sobre Mark, sentimentos de culpa e pena, que ela sentira pela primeira vez no quarto do Diretor. Foi Mark quem cometeu o erro fatal; ela deve, deve, deve ser "boa" para Mark. O Diretor obviamente insistia naquilo. No momento que sua mente esteve mais preenchida com outro homem, surgiram, nubladas por algumas emoções indefinidas, uma resolução de dar a Mark muito mais do que ela já havia dado antes e uma sensação de que, ao fazê-lo, na verdade estaria dando aquilo ao Diretor. Isso produziu nela uma confusão de sensações tal que todo o debate interno se tornou indistinto e fluiu para a experiência maior da quarta Jane, que era ela mesma e que dominava todo o resto em cada momento sem esforço e até mesmo sem escolha.

Essa quarta e suprema Jane estava simplesmente em estado de contentamento. As outras três não tinham nenhum poder sobre ela, pois ela estava na esfera de Júpiter, em meio à luz, à música e à pompa festiva, transbordando vida e radiante em saúde, alegre e vestida de roupas cintilantes. Ela pouco pensou em todas as sensações curiosas que haviam imediatamente precedido o momento em que foi dispensada pelo Diretor e que fizeram de sua dispensa quase um alívio. Quando tentava, seus pensamentos eram imediatamente levados ao próprio Diretor. Seus pensamentos a levavam de volta a ele, e nele ela encontrava contentamento. Ela via pelas janelas do trem os delineados raios de luz se derramando por sobre a vegetação pontuda e lustrosa e sentia que eram como as notas de um trompete. Seus olhos pousavam sobre os coelhos e as vacas quando os via, e em seu coração ela os abraçava com um amor feliz e regozijante. Jane se deleitou no ocasional discurso do velho enrugado com quem dividia o compartimento e viu, como nunca antes, a beleza de sua velha mente brilhante e astuta, doce como uma castanha e inglesa como nossas colinas cobertas de grama. Ela refletiu com surpresa sobre quanto tempo havia que a música não era parte de sua vida, e resolveu escutar vários corais de Bach no gramofone naquela noite. Ou então — talvez — fosse ler vários sonetos de Shakespeare. Ela se regozijou também em sua fome e sede e decidiu que faria para si torradas amanteigadas para o chá — uma quantidade considerável de torradas amanteigadas. Também se regozijou na consciência de sua própria beleza; pois teve a sensação — pode realmente ter sido falsa, mas não tinha nada a ver com vaidade — de que sua beleza crescia e se expandia como uma flor mágica a cada minuto que passava. Com tal humor, foi apenas natural que, depois que aquele senhor desceu em Cure Hardy, ela se levantasse para se olhar no espelho que a confrontava na parede do compartimento. Certamente estava bonita: estava especialmente bonita. E, uma vez mais, havia nisso pouca vaidade. Pois a beleza era feita para os outros. Sua beleza pertencia ao Diretor. Pertencia-lhe tão completamente que ele poderia mesmo decidir não tê-la para si, mas ordenar que ela fosse dada a outrem, por um ato de obediência menor e, portanto, maior, mais incondicional, e, portanto, mais regozijante do que se a tivesse exigido para si mesmo.

Enquanto o trem chegava à estação Edgestow, Jane estava decidindo que não tentaria embarcar em um ônibus. Ela aproveitaria a caminhada rumo a Sandown. E então — o que era aquilo tudo? A plataforma, geralmente quase deserta a essa hora, estava como uma plataforma em Londres num dia de feriado. “Lá vai, parceiro!”, gritou uma voz enquanto ela abria a porta, e uma meia dúzia de homens se apressou vagão adentro tão bruscamente que, por um instante, ela não conseguiu sair. Teve dificuldade de cruzar a plataforma. As pessoas pareciam estar indo em todas as direções, ao mesmo tempo — pessoas zangadas, rudes e agitadas. “Entre de volta no trem, rápido!”, alguém gritou. “Saia da estação se você não está indo viajar”, gritou outra voz. “Que inferno é esse?”, perguntou uma terceira logo atrás dela, e uma voz feminina disse: “Ó céus, ó céus! Por que é que não param?!”.

De fora, para além da estação, veio o som de um grande bramido como o de uma torcida de futebol. Parecia haver muitas coisas desconhecidas por ali.

• • •

Horas depois, machucada, assustada e terrivelmente cansada, Jane estava em uma rua que nem mesmo conhecia, cercada pelos policiais do INEC e por algumas de suas oficiais mulheres, as PAIFs. Seu caminho tinha sido como o de alguém tentando chegar à casa através da praia quando a maré está subindo. Ela havia sido desviada de sua rota natural na rua Warwick — havia saque às lojas e fogueiras ali — e fora forçada a dar uma volta muito maior, passando pelo manicômio, por onde chegaria por fim à sua casa. Então até mesmo aquela volta maior se provara impraticável, pela mesma razão. Ela fora forçada a tentar um desvio ainda maior; e a cada vez a maré já havia chegado antes dela. Finalmente chegou à alameda Bone, reta, vazia e imóvel, e aparentemente sua última chance de chegar em casa naquela noite. Alguns policiais do INEC — parecia que os encontrava em todo lugar, exceto onde a revolta era mais violenta — haviam gritado: "Você não pode ir por aí, senhora". Mas como eles lhe deram as costas, e o local estava mal iluminado, e porque ela agora estava desesperada, Jane tentou escapar correndo. Eles a pegaram. Foi assim que ela se viu sendo levada até uma sala iluminada e interrogada por uma mulher uniformizada de cabelo cinza curto, rosto quadrado e um charuto apagado. A sala estava desarrumada — como se a casa de alguém tivesse sido repentina e bruscamente convertida em uma estação policial temporária. A mulher com o charuto pareceu não estar muito interessada até o momento em que Jane lhe disse seu nome. Então a Srta. Hardcastle olhou para o seu rosto pela primeira vez. Jane teve uma sensação nova. Ela já estava cansada e amedrontada, mas aquilo era diferente. O rosto da outra mulher a afetou como o rosto de alguns homens — homens gordos com pequenos olhos gananciosos e estranhos sorrisos inquietantes — a tinham afetado quando ela era adolescente. Aquele rosto era pavorosamente quieto, e estava pavorosamente interessado nela. Jane viu que alguma ideia nova estava se formando na mulher enquanto ela a olhava: uma ideia que a mulher achou atraente, e então tentou deixar de lado, e na qual então voltou a pensar, e que, finalmente, com um pequeno suspiro de contentamento, aceitou. A Srta. Hardcastle acendeu o charuto e soprou uma nuvem de fumaça em sua direção. Se Jane soubesse quão raramente a Srta. Hardcastle realmente fumava, teria ficado ainda mais alarmada. Os policiais e as policiais que a cercavam provavelmente ficaram. Toda a atmosfera da sala ficou um pouco diferente.

"Jane Studdock", disse a Fada. "Sei tudo sobre você, querida. Você é a esposa do meu amigo Mark." Enquanto falava, ela ia escrevendo alguma coisa em um formulário verde.

"Isso é ótimo", disse a Srta. Hardcastle. "Agora você poderá ver o maridinho novamente. Nós a levaremos a Belbury esta noite. Agora, só uma pergunta, querida. O que você estava fazendo por aqui a essa hora da noite?"

"Eu tinha acabado de desembarcar do trem."

"E por onde é que você andou, meu anjo?"

Jane nada disse.

"Você não estava aprontando nada enquanto o maridinho estava longe, não é?"

"Você poderia me deixar sair, por favor?", disse Jane. "Quero ir para casa. Estou muito cansada e já está muito tarde."

"Mas você não vai para casa", disse a Srta. Hardcastle. "Você vem conosco para Belbury."

"Meu marido não me disse nada sobre encontrá-lo por lá."

A Srta. Hardcastle assentiu com a cabeça. "Esse foi um dos erros dele. Mas você vem conosco."

"O que você quer dizer?"

"Você está sendo presa, querida", disse a Srta. Hardcastle, mostrando a folha de papel verde em que estava escrevendo. Pareceu para Jane como todos os formulários oficiais sempre parecem — uma massa de compartimentos, alguns vazios, alguns cheios de letras pequenas, alguns cheios de assinaturas a lápis, e um deles com seu próprio nome, tudo sem sentido.

"Ai!", Jane gritou de repente, tomada por uma sensação de pesadelo, e tentou correr em direção à porta. É claro que ela nunca chegou até a porta. Um momento depois voltava a si, e se viu segurada pelas duas policiais.

"Que temperamento levado!", disse a Srta. Hardcastle de maneira zombeteira. "Mas vamos colocar os homens nojentos para fora, tudo bem?" Ela disse algo, e os policiais se retiraram e fecharam a porta ao sair. Assim que eles saíram Jane sentiu que uma proteção lhe havia sido retirada.

"Bem", disse a Srta. Hardcastle, se dirigindo às duas moças uniformizadas. "Vejamos. Quinze pra uma… e tudo correndo bem. Eu acho, Daisy, que podemos nos dar um pequeno descanso. Tome cuidado, Kitty, segure o ombro dela com um pouco mais de força. Assim mesmo." Enquanto falava, a Srta. Hardcastle ia tirando o cinto, e, quando terminou, tirou a túnica e a jogou no sofá, revelando um enorme torso, sem espartilho (como Bill Nevasca havia reclamado), suado, flácido e pouco revestido: coisas tais como as que Rubens[5] pintaria em um delírio. Ela voltou ao seu assento, tirou o charuto da boca, soprou mais uma nuvem de fumaça na direção de Jane e se dirigiu a ela.

"Por quais lugares aquele trem levou você?", perguntou ela.

E Jane não disse nada, em parte porque não conseguia falar, e em parte porque, acima de qualquer dúvida, sabia que esses eram os inimigos da raça humana contra quem o Diretor lutava, e que não deveria lhes dizer nada. Ela não se sentiu heroica ao tomar essa decisão. Toda aquela cena estava se tornando irreal para ela, e ela estava como que entre dormindo e desperta quando ouviu a Srta. Hardcastle dizer: "Acho que é melhor você, Kitty, querida, e a Daisy trazerem-na para cá". E ainda foi apenas meio real quando as duas mulheres a viraram para o outro lado da mesa, e ela viu a Srta. Hardcastle sentada com as pernas abertas e se sentando na cadeira como se fosse uma sela; longas pernas cobertas com couro se projetando sob sua curta saia. As mulheres a mobilizavam, aumentando a pressão sobre ela de forma treinada e quieta, sempre que ela resistia, até que estivesse em pé entre os pés da Srta. Hardcastle, ao que esta cruzou os pés de forma que os tornozelos de Jane estivessem presos entre os seus. Essa proximidade com a ogra afetou Jane com horror tal que ela já não tinha mais nenhum medo do que eles poderiam vir a fazer com ela. E, pelo que pareceu uma eternidade, a Srta. Hardcastle a encarou, sorrindo um pouco e soprando fumaça em seu rosto.

"Sabe", disse ela afinal, "do seu modo, até que você é bem bonitinha".

Houve outro silêncio.

"Por quais lugares aquele trem levou você?", insistiu a Srta. Hardcastle.

E Jane a encarou como se seus olhos fossem saltar de sua cabeça, e nada disse. Então, de repente, a Srta. Hardcastle se inclinou para frente e, após abaixar uma beirada do vestido de Jane com muito cuidado, empurrou o lado aceso do charuto contra seu ombro. Depois houve outra pausa e outro silêncio.

---

[5]Peter Paul Rubens (1577–1640), pintor flamengo, conhecido pelo estilo barroco, pela escolha ousada de cores e pela sensualidade que dominava suas obras. [N. E.]

"Por quais lugares aquele trem levou você?", continuou a Srta. Hardcastle.

Quantas vezes aquilo aconteceu Jane jamais pôde se lembrar. Mas, de uma forma ou de outra, chegou um momento em que a Srta. Hardcastle não estava falando com ela, mas com uma das mulheres. "O que é esse rebuliço todo, Daisy?", perguntou ela.

"Eu estava apenas dizendo, senhora, que já é uma e cinco."

"Como o tempo voa, não é, Daisy? Mas e daí? Você não está confortável, Daisy? Você não está se cansando por segurar uma coisinha assim como ela?"

"Não, senhora, obrigada. Mas você disse, senhora, que tinha de encontrar o Capitão O'Hara à uma em ponto."

"Capitão O'Hara?", perguntou a Srta. Harcastle, primeiro como se estivesse sonhando, e depois mais alto, como se estivesse acordando de um sonho. No instante seguinte, ela se levantou de um salto e vestiu sua túnica. "Essa menina!", disse. "Que dupla de panacas você são! Por que não me avisaram antes?"

"Bem, senhora, eu não queria fazer isso."

"Querer! Para que você acha que está aqui?"

"Você não gosta de interrupções, senhora, às vezes, quando está interrogando", disse a moça, amuada.

"Não discuta!", gritou a Srta. Hardcastle, virando-se e acertando o rosto da moça com um golpe ressoante com a palma da mão. "Arrumem-se. Coloquem a prisioneira no carro. Não esperem para fechar o vestido dela, idiotas. Vou atrás de vocês assim que lavar o rosto com água fria."

Alguns segundos depois, presa entre Daisy e Kitty, mas ainda próxima à Srta. Hardcastle (parecia haver espaço para cinco no banco de trás do carro), Jane se viu deslizando pela escuridão. "Melhor passar o mínimo possível na cidade, Joe", disse a voz da Srta. Hardcastle. "Deve estar bem animada agora. Vá na direção do hospício e pegue aquelas ruazinhas da parte de trás do cerco." Parecia haver todo tipo de barulhos e luzes estranhas. Nos lugares, também, parecia haver muitas pessoas. Então chegou um momento em que Jane percebeu que o carro havia parado.

"Por que diabos você está parando?", perguntou a Srta. Hardcastle. Por um segundo ou dois não houve resposta do motorista, além de grunhidos e do som de tentativas sem sucesso de ligar o motor.

"Qual é o problema?", repetiu a Srta. Hardcastle de maneira brusca.

"Não sei, senhora", disse o motorista, ainda tentando dar partida no carro.

"Céus!", esbravejou a Srta. Hardcastle. "Você não sabe nem cuidar de um carro? Alguns de vocês precisam de um pequeno tratamento humano corretivo."

A rua em que estavam encontrava-se vazia, mas, a julgar pelo barulho, parecia próxima de alguma outra rua muito cheia e agitada. O homem desceu, xingando por entre os dentes, e abriu o capô.

"Aqui", disse a Srta. Hardcastle. "Desçam vocês duas. Procurem outro carro — em qualquer lugar dentro de cinco minutos de caminhada — e se apropriem dele. Se não encontrarem nenhum, voltem em dez minutos, não importa o que acontecer. Precisão."

As duas policiais apearam e desapareceram sem demora. A Srta. Hardcastle continuou derramando impropérios sobre o motorista, que continuou trabalhando no motor. O barulho aumentou. De repente o motorista se endireitou e se virou (Jane viu a luz brilhando no suor de seu rosto) para a Srta. Hardcastle.

"Olha aqui, senhora", disse ele, "já está de bom tamanho, tudo bem? Fale direito comigo ou você vai ter de vir aqui e consertar essa porcaria de carro você mesma, já que se julga tão inteligente assim".

"Nem venha pra cima de mim com essa, Joe", disse a Srta. Hardcastle, "ou serei obrigada a ter uma palavrinha sobre você com a polícia comum".

"Bom, e se você fizer isso?", Joe redarguiu. "Estou começando a achar que é melhor estar no xadrez do que nessa sua bagunça. É sério! Já fui da polícia militar, já fui do exército que combateu os separatistas, já fui da União Britânica de Fascistas, mas tudo era brincadeira perto disso. As pessoas recebiam tratamento decente por lá. E tinham homens acima de si, não um bando de velhas malditas."

Sim, Joe", disse a Srta. Hardcastle, "mas não seria xadrez para você dessa vez se eu contasse o ocorrido aos policiais comuns".

"Ah, não seria? Talvez eu tenha uma história ou outra para contar sobre você caso isso venha a acontecer."

"Pelo amor de Deus, fale direito com ele, senhora", lamentou Kitty. "Eles estão vindo. Não vamos conseguir escapar." E de fato, homens correndo, às duplas e aos trios, haviam começado a escoar pela rua.

"Agora é a pé, meninas", disse a Srta. Hardcastle. "Precisão é a palavra. Por aqui."

Jane foi arrancada de dentro do carro e carregada entre Daisy e Kitty. A Srta. Hardcastle seguia mais à frente. O pequeno grupo se lançou rua adentro e virou numa alameda ao longe.

"Alguma de vocês sabe o caminho a partir daqui?", perguntou a Srta. Hardcastle quando elas já tinham avançado alguns passos.

"Não sei, não, senhora", disse Daisy.

"Também não sou daqui, senhora", disse Kitty.

"Mas que excelente equipe eu tenho", disse a Srta. Hardcastle. "Tem algo que vocês saibam?"

"Parece que não dá pra ir adiante, senhora", disse Kitty.

A alameda realmente não tinha uma saída. A Srta. Hardcastle ficou imóvel por um instante. Diferente de suas subordinadas, ela não parecia estar com medo, apenas animada de maneira agradável, e até mesmo um tanto entretida com as caras brancas e vozes inseguras das meninas.

"Bem", ela disse, "é isso que eu chamo de noitada. Você está vendo a vida, não está, Daisy? Será que alguma dessas casas está vazia? Todas trancadas, de todo jeito. Talvez seja melhor ficarmos onde estamos".

A gritaria na rua de onde elas tinham vindo ficou mais intensa, e todas puderam ver uma confusa massa humana vagamente surgindo a oeste. De repente ficou muito mais alta e mais agressiva.

"Pegaram o Joe", disse a Srta. Hardcastle. "Se ele conseguir falar, vai mandá-los até aqui. Droga! Significaria perder a prisioneira. Pare de chorar, Daisy, sua boba. Rápido. Devemos ir separadamente até a multidão. Temos uma chance muito boa de conseguir passar. Cuidado com a cabeça. Não atirem, não importa o que houver. Tentem chegar até Billingham, na encruzilhada. Adeus, meu bem! Quanto mais quieta você ficar, menor é a chance de nos ver de novo."

A Srta. Hardcastle saiu em disparada. Jane a viu parada por alguns segundos na periferia da multidão, e depois a viu desaparecer ali dentro. As duas moças hesitaram e depois a seguiram. Jane se sentou na soleira de uma porta. As queimaduras doíam ao toque do vestido que ela usava, mas sua principal preocupação era a extrema fatiga que sentia. Também estava morrendo de frio e se sentia mal. Mas, acima de tudo, cansada, tão cansada que podia quase cair no sono…

Ela se sacudiu. Havia silêncio absoluto ao seu redor. Sentia mais frio do que jamais tivera antes, e seus membros doíam. "Acho que eu dormi *mesmo*", pensou. Ela se levantou, se esticou e caminhou pela alameda iluminada por lâmpadas, em direção à rua maior. Estava totalmente vazia, com exceção de um homem vestindo um uniforme ferroviário que disse: "Bom dia, senhora", passando rapidamente por ela. Jane ficou parada por um momento, indecisa, então começou a andar devagar para a direita. Pôs a mão no bolso do casaco com que Daisy e Kitty a cobriram antes de sair da casa e encontrou três quartos de uma grande barra de chocolate. Ela estava esfomeada e começou a devorá-la. Assim que terminou, foi ultrapassada por um carro que encostou logo que passou por ela. "Está tudo bem com você?", disse um homem colocando a cabeça pra fora.

"Você se feriu na confusão?", perguntou uma voz feminina de dentro do carro.

"Não... não muito... eu não sei", disse Jane de maneira estúpida.

O homem a encarou e então saiu do carro. "Eu acho", disse ele, "que você não parece estar tão bem. Tem certeza de que está bem?". Então ele se virou e falou com a mulher dentro do carro. Parecia fazer tanto tempo desde a última vez que Jane ouvira vozes gentis, ou até mesmo sãs, que ela sentiu vontade de chorar. O casal desconhecido a fez entrar no carro e lhe deu conhaque e depois sanduíches. Finalmente perguntaram se poderiam lhe dar uma carona até sua casa. Onde ficaria a casa dela? Jane, para sua surpresa, ouviu sua própria voz respondendo com muita sonolência: "O solar, em St. Anne's". "Está bem", disse o homem, "estamos indo para Birmingham e temos de passar por lá". Então Jane caiu imediatamente no sono de novo, e acordou apenas quando se viu entrando por uma passagem iluminada e sendo recebida por uma mulher vestindo pijama e sobretudo, que, no fim das contas, era a Sra. Maggs. Mas estava cansada demais para se lembrar de como ou onde foi se deitar.

Luar em Belbury

8

"EU SOU a última pessoa, Srta. Hardcastle", disse o vice-diretor, "que deseja interferir nos seus... eh... prazeres particulares. Mas realmente...!". Ainda faltavam algumas horas para o café da manhã, e o velho cavalheiro estava vestido e com a barba por fazer. Mas, se tinha passado a noite inteira acordado, era estranho que tivesse deixado o fogo da lareira se apagar. Ele e a Fada estavam em pé do lado de uma lareira fria e enegrecida no seu escritório.

"Ela não pode estar muito longe", disse a Fada Hardcastle. "Nós vamos pegá-la em qualquer outro momento. Mas valeu a pena tentar. Se eu tivesse extraído dela a informação de onde ela esteve — e teria conseguido se tivesse alguns minutos a mais —, já daria para saber onde é o quartel-general do inimigo. Teríamos apanhado a gangue inteira."

"A ocasião não era adequada...", começou Wither, mas ela o interrompeu.

"Você sabe que não temos tempo a perder. Você me disse que Frost já está reclamando que a mente da mulher está menos acessível. E, de acordo com a sua própria metapsicologia, ou seja lá como você chama isso no seu maldito jargão, isso significa que ela está cedendo à influência do outro lado. Você mesmo me disse isso! O que vai ser de nós se você perder o contato com a mente dela antes que eu a prenda aqui?"

"É claro", disse Wither, "que estou sempre pronto e... eh... interessado em ouvir você expressar suas opiniões, e em nenhum momento vou negar que elas são (em alguns aspectos, claro, se não em todos) de grande valor.

Por outro lado, há assuntos nos quais a sua... eh... experiência necessariamente especializada não a qualifica inteiramente... Não pensamos em realizar uma prisão a essa altura. Acho que o Cabeça vai entender que você extrapolou sua autoridade, indo além da sua esfera de ação, Srta. Hardcastle. Não digo que necessariamente concordo com ele. Mas *todos* precisamos concordar que uma ação não autorizada...".

"Ah, pare com isso, Wither", disse a Fada, sentando-se ao lado da mesa. "Tente esse jogo com os Steeles e os Stones. Eu sei muito a respeito. Não é nada bom tentar o lance da flexibilidade comigo. Foi uma oportunidade de ouro ter encontrado aquela garota. Se eu não tivesse feito nada, você teria dito que foi falta de iniciativa, mas, como eu fiz, você diz que abusei da minha autoridade. Você não consegue me assustar. Eu sei muito bem o que vai acontecer se o INEC fracassar. Enquanto isso, gostaria de ver você fazer alguma coisa sem mim. É nosso dever pegar a garota, não é?"

"Mas não por aprisionamento. Nós sempre falamos contra qualquer coisa que se pareça com violência. Se uma simples prisão pudesse ter assegurado a... eh... boa vontade e a colaboração da Sra. Studdock, não teríamos nem nos incomodado com a presença do marido dela. E mesmo supondo (simplesmente, claro, apenas argumentando) que a sua ação de prendê-la pudesse ser justificada, temo que a sua conduta neste caso depois disso esteja aberta a severas críticas."

"Eu não poderia imaginar que aquela droga de carro ia quebrar, poderia?"

"Eu não acho", disse Wither, "que o Cabeça possa ser convencido de que esse foi o único erro. Uma vez ocorrida a menor resistência por parte dessa mulher, em minha opinião, não seria razoável esperar sucesso pelo método que você empregou. Como você está ciente, eu sempre deploro qualquer coisa que não seja perfeitamente humana. Mas isso é absolutamente consistente com a posição de que, se expedientes mais drásticos precisam ser usados, devem ser levados até o fim. É sempre um erro usar uma dor *moderada*, do tipo que qualquer grau comum de resistência pode suportar. Isso não é uma gentileza verdadeira para o prisioneiro. As instalações mais científicas e, permita-me acrescentar, mais civilizadas para interrogatório coercitivo que temos à nossa disposição aqui poderiam ter sido mais bem-sucedidas. Não estou me pronunciando oficialmente, Srta. Hardcastle, e não vou de modo algum antecipar as reações do Cabeça. Mas eu não estaria cumprindo a minha obrigação se não a lembrasse de que reclamações daquele setor já foram feitas (ainda que, claro, não por escrito) quanto à sua tendência de permitir que certa... eh... empolgação emocional no lado disciplinar ou punitivo do seu trabalho a distraia das exigências da polícia".

"Você não vai encontrar ninguém que faça um trabalho como o meu sem ter algum prazer nele", disse a Fada, mal-humorada.

O vice-diretor olhou para o seu relógio.

"De qualquer modo", disse a Fada, "por que o Cabeça quer me ver *agora*? Passei toda a maldita noite em pé. Eu poderia ter permissão para tomar um banho e tomar o café da manhã".

"O exercício do dever, Srta. Hardcastle", disse Wither, "nunca é fácil. Você não pode se esquecer de que a pontualidade é um dos pontos que têm sido enfatizados".

A Srta. Hardcastle se levantou e esfregou o rosto com as mãos. "Bem, eu preciso beber alguma coisa antes de entrar", disse ela. Wither estendeu as mãos em um gesto de desaprovação.

"Vamos lá, Wither, eu *preciso*", disse ela.

"Você não acha que ele vai sentir o cheiro?", perguntou Wither.

"Não vou entrar sem beber alguma coisa de jeito nenhum", disse ela.

O velho abriu seu armário e lhe serviu um uísque. Então os dois saíram do escritório e percorreram um longo caminho até o outro lado da casa, onde ela se juntava aos verdadeiros escritórios da Transfusão de Sangue. Estava escuro àquela hora da manhã, e eles seguiram a luz da lanterna da Srta. Hardcastle por corredores acarpetados e cheios de quadros, e depois corredores lisos com piso de borracha e paredes caiadas, e depois por uma porta que precisaram destrancar, e depois por outra. As botas da Srta. Hardcastle faziam muito barulho, mas os calçados escorregadios do vice-diretor não faziam barulho nenhum. Finalmente eles chegaram a um lugar onde as luzes estavam acesas e havia uma mistura de odores animais e químicos, e dali para uma porta que se abriu a eles depois que falaram através de um tubo de som. Foram recebidos por Filostrato, que estava usando um jaleco branco.

"Entrem", disse Filostrato. "Faz tempo que ele está esperando por vocês."

"A coisa está mal-humorada?", perguntou a Srta. Hardcastle.

"Shhh!", disse Wither. "E em todo caso, minha cara dama, não acredito que esse seja o modo de se referir ao Cabeça. Os sofrimentos dele — naquela condição peculiar, você sabe..."

"Vocês devem entrar imediatamente", disse Filostrato, "assim que estiverem prontos".

"Pare. Espere um momento", disse a Srta. Hardcastle de repente.

"O que foi? Seja rápida, por favor", disse Filostrato.

"Não estou me sentindo bem."

"Você não pode passar mal aqui. Volte. Vou lhe dar uma dose de X54 agora mesmo."

"Está tudo bem agora", disse a Srta. Hardcastle. "Foi algo passageiro. É preciso mais que isso para me derrubar."

"Silêncio, por favor", disse o italiano. "Não tentem abrir a segunda porta enquanto o meu assistente não tiver fechado a primeira depois de vocês passarem. Não falem nada além do necessário. Não digam nem 'sim' quando uma ordem lhes for dada. O Cabeça vai pressupor obediência da parte de vocês. Não façam movimentos súbitos, não cheguem muito perto, não gritem e, acima de tudo, não discutam. Agora."

• • •

Muito tempo depois do nascer do sol, veio à mente adormecida de Jane uma sensação que, se ela a tivesse expressado em palavras, teria sido como a canção seguinte: "Alegre-se, adormecida, e deixa de lado tua tristeza. Eu sou a porta para todas as boas aventuras".[1] Aquele estado de espírito continuou depois que ela acordou e viu que estava sentindo uma preguiça gostosa, com a luz matinal do inverno espargindo sobre sua cama. "Ele precisa me deixar ficar aqui", pensou. Pouco tempo depois disso, a Sra. Maggs veio, acendeu a lareira e levou o café da manhã para ela. Jane se contorceu enquanto se sentava na cama, porque algumas das queimaduras grudaram na estranha camisola (que era grande demais para ela) que estava usando. Havia uma diferença indefinível no comportamento da Sra. Maggs. "É tão bom que nós duas estejamos aqui, não é, Sra. Studdock?", disse ela, e de alguma maneira seu tom de voz parecia implicar uma relação mais próxima entre as duas do que Jane havia imaginado. Mas ela estava com preguiça demais para pensar a respeito disso. Pouco depois do café da manhã, a Srta. Ironwood chegou. Ela examinou as queimaduras, que não eram sérias, e trocou os curativos. "Você pode se levantar à tarde se quiser, Sra. Studdock", disse ela. "Eu ficaria sem

[1]Citação de um trecho do poema *The Parliament of Fools* [O parlamento dos tolos], de Geoffrey Chaucer (c. 1342–1400), poeta inglês. [N. T.]

fazer nada até lá. O que gostaria de ler? A biblioteca é bastante grande." "Eu gostaria dos livros do *Curdie*, por favor", disse Jane, "e também de *Mansfield Park*[2] e dos *Sonetos* de Shakespeare". De posse desse material que lhe renderia horas de leitura, Jane confortavelmente dormiu outra vez.

Por volta de quatro da tarde, a Sra. Maggs foi verificar se Jane estava acordada. Jane disse que gostaria de se levantar. "É claro, Sra. Studdock", disse a Sra. Maggs, "como quiser. Vou lhe trazer uma boa xícara de chá em um minuto, e vou deixar o banheiro arrumado. Ele fica quase ao lado do seu quarto. Só preciso tirar o Sr. Bultitude de lá. Ele é muito preguiçoso. Quando está fazendo frio, ele entra no banheiro e fica lá o dia todo".

Mas assim que a Sra. Maggs saiu, Jane resolveu se levantar. Ela imaginava que suas habilidades sociais estivessem à altura de lidar com as excentricidades do Sr. Bultitude, e não queria desperdiçar mais o tempo ficando deitada. Ela sentia que, uma vez que estivesse "pronta e preparada", todos os tipos de coisas boas e interessantes poderiam acontecer. Colocou seu casaco, pegou a toalha e saiu para dar uma olhada em volta. Foi por isso que, um instante depois, quando a Sra. Maggs subiu as escadas levando o chá, ela ouviu um grito abafado e viu Jane com o rosto pálido saindo do banheiro e batendo a porta atrás de si.

"Ah, minha querida", disse a Sra. Maggs caindo na gargalhada. "Eu devia ter lhe dito. Não importa. Vou já tirá-lo de lá. Ela deixou a bandeja com o chá no corredor e caminhou em direção ao banheiro."

"É seguro?"

"Ah, sim, ele não é *perigoso* de jeito nenhum", disse a Sra. Maggs. "Mas não vai ser fácil tirá-lo de lá. Não para qualquer uma de nós duas, Sra. Studdock. É claro que, se fosse a Srta. Ironwood ou o Diretor, seria outra coisa." Dizendo isso ela abriu a porta do banheiro. Lá dentro, agachado ao lado da banheira e ocupando quase todo o espaço, estava um grande urso-pardo barrigudo de pele solta, olhar desconfiado, respiração arquejante, fungando. Depois de muitas zangas, apelos, exortações, empurrões e tapas da Sra. Maggs, ele levantou seu grande corpo volumoso e lentamente saiu do caminho.

"Por que você não vai lá fora e faz um pouco de exercícios nesta tarde tão agradável, seu preguiçoso?", disse a Sra. Maggs. "Você deveria se

[2]Um dos livros de Jane Austen (1775–1817), escritora inglesa. [N. T.]

envergonhar, sentado aí e atrapalhando todo mundo. Não tenha medo, Sra. Studdock. Ele é manso de tudo. Vai deixar você acariciá-lo. Vamos lá, Sr. Bultitude. Cumprimente a moça!"

Jane estendeu uma mão hesitante e sem muita convicção para tocar as costas do animal, mas o Sr. Bultitude estava emburrado, e, sem olhar para Jane, continuou sua caminhada lenta ao longo do corredor até uns dez metros de distância, onde de repente se sentou. A bandeja com o bule e as xícaras de chá tremeu no chão, perto dos pés de Jane, e todo mundo no andar inferior deve ter percebido que o Sr. Bultitude havia se sentado.

"É seguro mesmo ter uma criatura dessas andando pela casa?", disse Jane.

"Sra. Studdock", disse Ivy Maggs com um ar de solenidade, "se o Diretor quisesse ter um tigre na casa, seria seguro. É o jeito dele com animais. Não tem uma criatura neste lugar que ataque outra, ou que nos ataque, depois de ele ter uma conversinha com ela. Do mesmo modo como faz conosco. Você vai ver".

"Se puder deixar o chá no meu quarto...", disse Jane com frieza, e foi para o banheiro.

"Sim", disse a Sra. Maggs, em pé ao lado da porta aberta. "Você poderia ter tomado banho com o Sr. Bultitude sentado lá do seu lado — mas ele é tão grande e tão humano que eu mesma não acharia muito bom."

Jane indicou que queria fechar a porta.

"Bem, vou deixar você à vontade, então", disse a Sra. Maggs sem se mover.

"Obrigada", disse Jane.

"Tem certeza de que pegou tudo que precisa?", perguntou a Sra. Maggs.

"Certeza absoluta", disse Jane.

"Bem, então eu vou embora", disse a Sra. Maggs, virando-se para sair, mas quase na mesma hora voltou-se para dizer: "Você vai nos achar na cozinha, eu espero, a Mãe Dimble, eu e o resto".

"A Sra. Dimble está ficando na casa?", perguntou Jane com uma pequena ênfase no *senhora.*

"Todos nós aqui a chamamos de *Mãe* Dimble", disse a Sra. Maggs. "Tenho certeza de que ela não vai se importar se você fizer o mesmo. Creio que em uns dois dias você vai se acostumar com o nosso jeito. Se pensar bem, vai ver que é uma casa muito engraçada. Bem. Eu vou embora. Não demore muito ou então não vai valer a pena tomar o chá. Mas eu lhe digo que é melhor não tomar banho, não com esses curativos feios no peito. Pegou tudo que precisa?"

Jane tomou banho, tomou seu chá e se vestiu com o máximo cuidado que lhe era possível ao usar escovas de cabelo e espelhos que não eram os seus. Depois saiu para procurar os outros cômodos habitados da casa. Passou por um corredor grande, através daquele silêncio que não é igual a silêncio nenhum deste mundo — o silêncio do andar superior de uma casa grande em uma tarde de inverno. Ela chegou a um lugar em que dois corredores se encontravam, e ali o silêncio foi quebrado por um barulho fraco e irregular — *pã pã pã pã*. Virando-se para o lado direito, ela viu a explicação: onde o corredor terminava em uma sacada com janela, o Sr. Bultitude estava parado, desta vez em pé sobre as patas traseiras, concentrado socando uma bola de treinamento de boxe. Jane foi para o lado esquerdo e chegou a uma galeria, de onde olhou para a escadaria embaixo e viu um grande salão em que a luz do dia se misturava com a luz de uma lareira. No mesmo nível onde ela estava, mas só podendo ser alcançado se descesse um patamar e depois subisse outra vez, estavam as áreas sombrias que ela reconheceu como as que conduziam até o quarto do Diretor. Parecia-lhe que daquele lugar emanava uma espécie de solenidade, e ela desceu até aquele salão quase que na ponta dos pés, e então, pela primeira vez, a lembrança da última e curiosa experiência no Salão Azul veio à sua mente com um peso tal que nem mesmo pensar no Diretor poderia equiparar-se. Ao chegar ao salão, ela viu de imediato o que devia ser a parte dos fundos da casa — ela desceu dois degraus e atravessou um corredor de lajotas, passando por um peixe lúcio empalhado em uma caixa de vidro, e então, depois de passar por um relógio de piso, guiada por vozes e outros sons, chegou à cozinha.

Uma lareira grande e larga, brilhando com a lenha acesa, iluminava a silhueta confortável da Sra. Dimble, que estava sentada ao lado dela em uma cadeira de cozinha, e, a julgar pela bacia em seu colo e por outros sinais em uma mesa ao seu lado, preparava legumes. A Sra. Maggs e Camilla estavam fazendo alguma coisa no fogão — parecia que não usavam a lareira para cozinhar — e, em um portal que sem dúvida conduzia até a área de serviço, estava um homem grisalho alto com botas de borracha, que parecia ter chegado do jardim naquela hora. Ele estava enxugando as mãos.

"Venha, Jane", disse Mãe Dimble cordialmente. "Não esperamos que você faça qualquer coisa hoje. Venha, sente-se do outro lado da lareira e converse comigo. Este é o Sr. MacPhee — que não tem o direito de estar aqui, mas é melhor que ele seja apresentado a você."

O Sr. MacPhee terminou de enxugar as mãos, pendurou cuidadosamente a toalha atrás da porta e, de modo bastante cerimonioso, foi em direção a Jane, cumprimentando-a com uma mão grande e áspera. Seu rosto tinha feições duras e astutas.

"Muito prazer em conhecê-la, Sra. Studdock", disse ele com um sotaque que Jane tomou como escocês, mas que na verdade era da Irlanda do Norte.

"Não acredite em nenhuma palavra que ele lhe disser, Jane", disse a Mãe Dimble. "Ele é o seu principal inimigo nesta casa. Ele não acredita nos seus sonhos."

"Sra. Dimble", disse MacPhee, "já lhe expliquei várias vezes a diferença entre um sentimento pessoal de confiança e uma satisfação lógica das alegações de evidência. Uma é um evento psicológico e...".

"E a outra é uma chateação permanente", disse a Sra. Dimble.

"Não se incomode com ela, Sra. Studdock", disse MacPhee. "Como estava dizendo, tenho muito prazer em recebê-la em nosso meio. O fato de ser meu dever salientar por vezes que nenhum *experimentum crucis*[3] até o momento confirmou a hipótese que os seus sonhos são verdadeiros nada tem a ver com minha atitude."

"Claro", disse Jane sem muita convicção, e um pouco confusa. "Tenho certeza de que o senhor tem direito às suas próprias opiniões."

Todas as mulheres riram quando MacPhee respondeu, em meio a um riso alto: "Sra. Studdock, eu *não tenho* opinião sobre nenhum assunto deste mundo. Eu afirmo os fatos e apresento as implicações. Se todo mundo desse menos opiniões", ele disse, com um desprazer enfático, "haveria muito menos bobagens sendo ditas e divulgadas neste mundo".

"Eu sei quem é que fala mais nesta casa", disse a Sra. Maggs, para a surpresa de Jane. O norte-irlandês olhou para ela sem alterar o rosto enquanto tirava do bolso uma pequena caixa de um metal cinza prateado e pegava uma pitada de rapé.

"Mas, afinal, o que você está esperando?", disse a Sra. Maggs. "Hoje é o dia das mulheres na cozinha."

"Quero saber", disse MacPhee, "se você guardou uma xícara de chá para mim".

"Então por que não veio na hora certa?", disse a Sra. Maggs. Jane observou que ela falava com ele do mesmo modo como falava com o urso.

[3]*Experimentum crucis*, literalmente "experiência da cruz", é uma expressão do campo das ciências exatas usada para se referir a uma experiência que demonstra definitivamente a validade de uma hipótese ou teoria. [N. T.]

"Estava ocupado", respondeu ele, sentando-se em uma cabeceira da mesa. E depois de uma pausa, disse: "Fazendo um canteiro de aipos. Aquela baixinha faz o melhor que pode, mas não tem muita noção do que é preciso fazer em uma horta".

"O que é o dia das mulheres na cozinha?", perguntou Jane à Mãe Dimble.

"Não temos empregados aqui", disse Mãe Dimble, "e nós todos fazemos o serviço. As mulheres trabalham num dia, e os homens no outro. Não, é um arranjo muito bem-feito. O Diretor acha que os homens e as mulheres não podem fazer o serviço doméstico juntos sem brigar. Ele tem um pouco de razão. É claro que no dia dos homens não dá para ver as xícaras muito de perto, mas no geral estamos nos dando muito bem".

"Mas por que eles brigariam?", indagou Jane.

"Métodos diferentes, minha querida. Os homens não conseguem *ajudar* em uma tarefa, você sabe. Eles podem ser induzidos a fazer algo, não a ajudá-la enquanto você está trabalhando. Pelo menos isso os deixa mal-humorados."

"A dificuldade principal", disse MacPhee, "na colaboração entre os sexos é que as mulheres falam uma língua sem substantivos. Se dois homens estão trabalhando em algo, um diz para o outro: 'Coloque esta tigela dentro da tigela maior que está na prateleira de cima do armário verde'. Uma mulher nesta mesma situação diria: 'Coloque esta naquela que está lá'. E se você perguntar onde, elas vão dizer: '*Lá*, é claro'. Consequentemente há um hiato fático". O sotaque fazia com que ele pronunciasse as palavras de um jeito muito diferente.

"Aí está o seu chá", disse Ivy Maggs, "e eu vou lhe dar um pedaço de bolo, que é mais do que você merece. Depois que tomar seu chá e comer o pedaço de bolo, você vai poder subir e falar sobre substantivos o resto da noite".

"Não *sobre* substantivos, mas *por meio de* substantivos", disse MacPhee, mas a Sra. Maggs já havia saído do cômodo. Jane aproveitou a oportunidade para dizer à Mãe Dimble baixinho: "Parece que a Sra. Maggs se sente em casa aqui".

"Minha querida, ela *está* em casa aqui."

"Você quer dizer como empregada?"

"Bem, não mais que qualquer outra pessoa. Ela está aqui principalmente porque a casa dela lhe foi tomada. Não tem para onde ir."

"Quer dizer que ela é… uma das ações de caridade do Diretor?"

"Com certeza. Por que a pergunta?"

"Bem, eu não sei. *Pareceu* esquisito ela chamá-la de Mãe Dimble. Espero não estar sendo esnobe…"

"Você está se esquecendo de que Cecil e eu também somos beneficiados pela caridade do Diretor."

"Isso não é brincar com as palavras?"

"De jeito nenhum. Ivy, Cecil e eu estamos aqui porque fomos expulsos das nossas casas. Pelo menos Ivy e eu estamos aqui por isso. Com o Cecil pode ser diferente."

"E o Diretor sabe que a Sra. Maggs fala com todo mundo deste jeito?"

"Minha filha, não me pergunte o que o Diretor sabe."

"O que está me deixando confusa é que, quando o conheci, ele disse alguma coisa sobre a igualdade não ser a coisa mais importante. Mas a própria casa dele parece ser administrada em — bem, em bases muito democráticas."

"Eu nunca tento entender o que ele diz sobre esse assunto", disse Mãe Dimble. "Geralmente ele está falando sobre posições espirituais — e você nunca foi boba a ponto de se considerar *espiritualmente* superior a Ivy — ou sobre casamento."

"Você entendeu a opinião dele sobre o casamento?"

"Minha querida, o Diretor é um homem muito sábio. Mas, no fim das contas, ele *é* um homem, e um homem solteiro. Um tanto do que ele diz, ou do que os mestres dizem, a respeito do casamento, me parece ser muita complexidade sobre algo tão simples e natural que nem precisava ser dito. Mas penso que há mulheres jovens atualmente que precisam saber disso."

"Vejo que você não vê muita utilidade para essas mulheres".

"Bem, talvez eu esteja sendo injusta. As coisas eram mais fáceis para nós, que crescemos ouvindo histórias com final feliz e o Livro de Oração.[4] Sempre tentamos amar, honrar e obedecer, tínhamos silhuetas, usávamos anáguas e gostávamos de valsa…"

"As valsas são sempre tão boas, tão velha-guarda", disse a Sra. Maggs, que tinha acabado de voltar e dar uma fatia de bolo a MacPhee.

---

[4]O Livro de Oração Comum da Igreja Anglicana é o guia litúrgico oficial dessa tradição cristã. [N. T.]

Nesse momento, a porta se abriu e uma voz atrás dela disse: "Bem, se tiver de entrar, entre logo". Admoestada dessa maneira, uma bela gralha adentrou o recinto, seguida pelo Sr. Bultitude, e depois por Arthur Denniston.

"Já lhe disse antes, Arthur", disse Ivy Maggs, "para não trazer este urso aqui quando estamos preparando o jantar". Enquanto ela falava, o Sr. Bultitude, que parecia não ter muita certeza se era ou não bem-vindo, caminhou pelo cômodo no que (erroneamente) acreditava ser um jeito discreto e se sentou perto da cadeira da Sra. Dimble.

"Mãe Dimble, o Dr. Dimble acabou de chegar", disse Denniston. "Mas ele precisa ir direto para o Salão Azul. E o Diretor quer que você também vá até lá, MacPhee."

• • •

Naquele dia, Mark se sentou para almoçar de muito bom humor. Todos reportaram que o tumulto tinha acabado de modo muito satisfatório, e ele gostou de ler nos jornais da manhã os relatos que fizera. Gostou mais ainda quando ouviu Steele e Cosser conversando sobre isso de uma maneira que demonstrou que eles nem mesmo sabiam como tudo aquilo fora orquestrado, e muito menos quem escrevera para os jornais. Ele também tinha gostado muito da sua manhã, que envolvera uma conversa com Frost, a Fada e Wither a respeito do futuro de Edgestow. Todos concordavam que o governo deveria seguir a opinião quase unânime da nação (tal como expressa nos jornais) de que Edgestow deveria ser colocada temporariamente sob o controle da Polícia Institucional. Deveriam indicar um governante de emergência para Edgestow. A pessoa óbvia para isso era Feverstone. Como membro do Parlamento, ele representava a nação; como professor de Bracton, representava a universidade; e, como membro do Instituto, representava o Instituto. Todas as reivindicações concorrentes que poderiam, de outra forma, colidir entre si eram reconciliadas na pessoa de Lorde Feverstone. Os artigos que Mark deveria escrever naquela tarde sobre esse assunto quase se escreveriam a si mesmos! Mas não era tudo. À medida que a conversa prosseguia, ficou claro que havia um objetivo duplo em conceder aquela posição difícil para Feverstone. Quando chegasse a hora, e a impopularidade do INEC atingisse seu ponto máximo, ele poderia ser sacrificado. É claro que isso não foi dito com todas as letras, mas Mark entendeu de modo perfeitamente claro que nem Feverstone estava muito bem no círculo interior. A Fada disse que o velho Dick era um simples político, e que sempre o seria. Wither, suspirando profundamente, confessou que os talentos dele talvez tivessem sido mais úteis em um estágio anterior do movimento do que provavelmente seriam na fase em que estavam entrando naquele momento. Na mente de Mark, não havia nenhum plano para enfraquecer Feverstone, nem um desejo plenamente formado de que ele se enfraquecesse. Mas toda a atmosfera da discussão tornou-se de algum modo agradável a ele quando começou a entender sua real situação. Também gostou do fato de que (como ele teria dito) "veio a conhecer" Frost. Ele sabia por experiência própria que em quase toda organização há uma pessoa calada, discreta, que a arraia-miúda pensa não ser importante, mas que na realidade é uma das molas propulsoras de toda a máquina. Reconhecer essas pessoas pelo que elas são demonstra que se conseguiu um progresso considerável. Havia certamente um aspecto de frieza em Frost de que Mark não gostava, e algo ainda mais repulsivo a respeito da regularidade das suas feições. Mas cada palavra que ele dizia (e não dizia muitas) ia direto à raiz do que estava sendo discutido, e Mark adorava conversar com ele. Para Mark, os prazeres da conversa tinham cada vez menos a ver com gostar ou não gostar espontaneamente das pessoas com quem conversava. Ele estava consciente dessa mudança — que havia começado quando se tornara membro do Elemento Progressista na faculdade — e tomou isso como um sinal de maturidade.

Wither quebrou o gelo em relação a Mark de uma maneira mais animadora. Quando terminou a conversa, ele levou Mark para um canto e falou de uma maneira vaga, mas paternal, sobre o bom trabalho que ele estava realizando, e por fim perguntou sobre Jane. O VD esperava de que não fosse verdadeiro o boato que havia ouvido de que ela estava sofrendo uma... eh... desordem nervosa. "Mas quem diabos está falando isso para ele?", pensou Mark. "Porque me ocorreu," disse Wither, "em vista da grande pressão de trabalho sobre você atualmente, e daí a dificuldade de estar em casa tanto quanto nós todos (pelo seu bem) gostaríamos, que no *seu* caso o Instituto possa ser convencido... estou dizendo de maneira totalmente informal... que nós teríamos prazer em receber a Sra. Studdock aqui".

Até que o VD tivesse dito isso, Mark ainda não tinha se dado conta de que não haveria nada que ele detestasse mais do que ter Jane em Belbury. Havia tantas coisas que ela não entenderia. Não apenas o hábito que ele estava adquirindo de beber muito, mas... ah, tudo, da manhã até a noite.

Seria apenas justiça, tanto para Mark como para Jane, registrar que ele teria achado impossível levar adiante qualquer uma das centenas de conversas que a vida dele em Belbury envolvia se Jane estivesse escutando. A simples presença dela faria todo o riso do Círculo Interior soar como algo metálico, irreal, e o que ele agora considerava prudência comum, para ela, e através dela para ele mesmo, pareceria mera bajulação, falar mal da vida dos outros e puxação de saco. Jane, em Belbury, transformaria tudo em uma grande vulgaridade, espalhafatosa e dissimulada. Ele se sentiu enjoado só com o mero pensamento de tentar ensinar a Jane que ela não poderia provocar Wither e que deveria de brincar com a Fada Hardcastle. Mark pediu licença ao VD em um tom vago, agradeceu muito e saiu dali o mais rápido que pôde.

Naquela tarde, enquanto ele estava tomando chá, a Fada Hardcastle chegou, inclinou-se sobre o encosto de sua cadeira e falou bem perto do seu ouvido:

"*Você* estragou tudo, Studdock."

"Qual é o problema agora, Fada?", disse ele.

"Não consigo descobrir qual é o problema com *você*, jovem Studdock, e isso é um fato. Você está querendo irritar o velho? Porque este é um jogo perigoso, você sabe."

"Do que você está falando?"

"Bem, nós todos estamos trabalhando em seu favor, e trabalhando para abrandá-lo. Nesta manhã, pensamos que finalmente tínhamos conseguido. Ele estava falando a respeito de lhe dar a posição que originalmente tinha sido planejada para você, abrindo mão do período probatório. Não havia nem uma nuvem no céu, e então você tem uma conversa de cinco minutos com ele — meros cinco minutos — e neste tempo consegue desfazer tudo. Estou começando a pensar que você é louco."

"O que diabos tem de errado com ele dessa vez?"

"Bem, *você* deve saber. Ele não lhe disse nada a respeito de trazer sua esposa para cá?"

"Sim. Mas e daí?"

"E o que você disse?"

"Eu disse para não se preocupar com isso e, claro, agradeci muito, e essa coisa toda." A Fada assobiou.

"Você não vê, querido", disse ela, dando cascudos leves na cabeça de Mark, "que seria difícil ter cometido um erro pior? Ele nunca fez tal concessão para ninguém. Você podia ter imaginado que ele ficaria ofendido se você desprezasse a oferta. Ele está fervendo de raiva pela sua falta de confiança. Diz que está 'ferido', o que significa que não vai demorar até que alguém também fique ferido. Ele tomou sua recusa como um sinal de que você ainda não se 'estabeleceu' aqui".

"Mas isso é pura loucura. Quer dizer..."

"Por que cargas d'água você não podia dizer para ele que poderia trazer sua esposa aqui?"

"Mas esse assunto não é da minha conta?"

"Você não quer tê-la aqui? Não é muito gentil com sua esposinha, Studdock. E me disseram que ela é uma moça danada de bonita."

Neste momento a figura de Wither, caminhando lentamente na direção deles, tornou-se nítida para os dois, e a conversa terminou.

No jantar, Mark se sentou perto de Filostrato. Não havia outros membros do Círculo Interior nas proximidades. O italiano estava bem-humorado e falando muito. Acabara de dar a ordem de cortar algumas belas faias no terreno.

"Por que você fez isso, professor?", disse um tal de Sr. Winter, que estava sentado em frente. "Eu não pensava que elas fossem perigosas a essa distância da casa. Eu mesmo gosto muito de árvores."

"Ah, sim, sim", respondeu Filostrato. "As árvores bonitas, as árvores de jardim. Mas não as selvagens. Eu planto uma rosa no meu jardim, mas não um arbusto espinhento. A árvore da floresta é uma erva daninha. Mas eu lhe digo que vi a árvore civilizada na Pérsia. Um diplomata francês tinha uma porque estava em um lugar onde não crescem árvores. Era feita de metal. Uma coisa pobre, malfeita. Mas e se ela fosse aperfeiçoada? Leve, feita de alumínio. Tão natural, daria até para enganar."

"Dificilmente seria como uma árvore de verdade", disse Winter.

"Mas considere as vantagens! Você se cansa dela em um lugar, e aí dois funcionários a tiram dali e a colocam em outro, onde você quiser. Ela nunca morre. Nada de folhas no chão, nada de galhos, nada de passarinhos fazendo ninhos, nada de lama, nada de sujeira."

"Acho que ter uma ou duas, como curiosidade, poderia ser divertido."

"Por que uma ou duas? Admito que hoje precisamos de florestas por causa da atmosfera. Mas nós vamos descobrir um substituto químico. E então, por que árvores naturais? Eu não prevejo outra coisa a não ser árvores *artificiais* por toda a Terra. De fato, nós vamos *limpar* o planeta."

"Quer dizer", disse um homem chamado Gould, "que não vamos ter nenhuma vegetação?".

"Exatamente. Você se barbeia. No estilo inglês, você faz a barba todo dia. Um dia nós vamos barbear o planeta."

"Quero saber como os passarinhos vão fazer."

"Por mim também não haveria passarinhos. Em uma árvore artificial, eu teria passarinhos artificiais, todos cantando quando você apertasse um botão dentro de casa. Quando estivesse cansado do canto, você o trocaria por outro. Considere mais uma vez a melhoria. Nada de penas espalhadas, nada de ninhos, nada de ovos, nada de sujeira."

"Isso se parece", disse Mark, "com abolir completamente toda vida orgânica".

"E por que não? É simplesmente higiene. Ouçam, meus amigos. Se vocês pegam alguma coisa que está podre e encontram uma vida orgânica rastejando sobre ela, vocês não dizem: 'Ah, que coisa horrível. Está viva', e depois a jogam fora?"

"Prossiga", disse Winter.

"E vocês, especialmente vocês, ingleses, não são hostis a qualquer vida orgânica com exceção da sua própria, em seus corpos? Em vez de permiti-la, vocês inventaram o banho diário."

"Isso é verdade."

"E o que vocês chamam de lixo sujo? Não é exatamente o orgânico? Minerais são lixo limpo. Mas a verdadeira imundície é o que vem de organismos — transpiração, cuspe, excreções. Toda a ideia de pureza que vocês têm não é um grande exemplo? Impuro e orgânico são conceitos intercambiáveis."

"Aonde você quer chegar, professor?", disse Gould. "Afinal, nós mesmos somos organismos."

"Concordo. Esse é o ponto. A vida orgânica em nós produziu a mente. Ela cumpriu seu papel. Depois disso, não queremos mais nada com ela. Nós não queremos mais o mundo repleto de vida orgânica, como aquilo que vocês chamam de mofo azul: tudo brotando, germinando, se reproduzindo e morrendo. Precisamos nos livrar disso. Pouco a pouco, é claro. Vamos aprender lentamente. Aprender a manter nossos cérebros vivos com cada vez menos corpo. Aprender a construir nossos corpos diretamente a partir de produtos químicos, e a não mais ter de enchê-los com ervas e animais mortos. Aprender a nos reproduzir sem relações sexuais."

"Não acho que isso seja muito divertido", disse Winter.

"Meu amigo, você já separou a diversão, como você a chama, da fertilidade. A diversão em si começa a desaparecer. Ah! Eu sei que você não pensa assim. Mas veja só as mulheres inglesas. Seis a cada dez delas são frígidas, não são? Está vendo? A própria natureza começa a se desfazer do anacronismo. Quando se desfaz dele, a verdadeira civilização se torna possível. Vocês entenderiam isso se fossem camponeses. Quem tentaria trabalhar com garanhões e touros? Não, não. Nós queremos cavalos e bois castrados. Nunca haverá paz, ordem e disciplina enquanto houver sexo. Quando o homem descartar o sexo, finalmente se tornará governável."

Com essa fala o jantar terminou, e quando se levantaram da mesa, Filostrato sussurrou no ouvido de Mark: "Não aconselho você a ir à biblioteca esta noite. Entende? Você não está em uma posição favorável. Venha conversar comigo um pouco no meu escritório".

Mark se levantou e o seguiu, alegre e surpreso com o fato de que, nesta nova crise com o VD, Filostrato aparentemente se mostrava seu amigo. Eles subiram para a sala de estar do italiano, no primeiro andar. Mark se sentou defronte à lareira, mas seu anfitrião continuava a caminhar para lá e para cá.

"Sinto muito, meu jovem amigo", disse Filostrato, "em saber deste novo problema entre você e o vice-diretor. Isso precisa parar, você entende? Se ele o convidou para trazer a sua esposa para cá, por que você não a traz?".

"Bem, na verdade", disse Mark, "eu nunca pensei que ele daria tanta importância a isso. Pensei que ele estava simplesmente sendo educado".

A objeção de Mark em ter Jane em Belbury, se não foi removida de todo, foi pelo menos temporariamente amortecida pelo vinho que ele tomara no jantar, e pela fisgada aguda que sentiu diante da ameaça de expulsão do círculo da biblioteca.

"Não tem importância", disse Filostrato. "Mas tenho razão para crer que isso não veio de Wither, mas do próprio Cabeça."

"O Cabeça? Você quer dizer Jules?", disse Mark, surpreso. "Eu pensei que ele fosse apenas um testa de ferro. E por que *ele* se importaria se eu vou trazer ou não minha esposa para cá?"

"Você está enganado", disse Filostrato. "Nosso Cabeça não é um testa de ferro." Mark pensou que havia alguma coisa estranha no jeito de Filostrato. Por um tempo nenhum dos dois disse nada.

"É tudo verdade", disse Filostrato por fim, "o que eu disse no jantar".

"Mas e quanto a Jules?", disse Mark. "Qual é a dele?"

"Jules?", perguntou Filostrato. "Por que você está falando nele? Eu disse que é tudo verdade. O mundo que eu espero é um mundo de pureza perfeita. A mente limpa e os minerais limpos. Quais são as coisas que mais ofendem a dignidade do homem? Nascimento, reprodução e morte. Como seria se estivéssemos prestes a descobrir que o homem pode viver sem qualquer um desses três?"

Mark o encarou. A conversa de Filostrato parecia tão desconexa, e o jeito dele, tão incomum que ele começou a pensar se estava totalmente lúcido ou totalmente sóbrio.

"Quanto à sua esposa", continuou Filostrato, "não dou importância a isso. O que eu tenho a ver com a esposa dos homens? Todo esse assunto me desagrada. Mas se eles fazem questão disso... Veja, meu amigo, a verdadeira questão é se você quer ou não ser um de nós".

"Não estou entendendo direito", disse Mark.

"Você quer ser um simples funcionário de escalão inferior? Você já chegou longe demais para ser apenas isso. Você está no ponto de virada da sua carreira, Sr. Studdock. Se tentar voltar atrás, vai terminar de maneira tão infeliz como o bobo do Hingest. Se você entrar de verdade, o mundo... ah, o que posso dizer?... o universo vai estar aos seus pés."

"Mas é claro que eu quero entrar", disse Mark. Um entusiasmo estava tomando conta dele.

"O Cabeça pensa que você não pode ser um de nós de verdade se não trouxer sua esposa para cá. Ele deve ter tudo o que você é e tudo o que é seu — ou nada. Você deve trazer a mulher também. Ela também deve ser uma de nós."

Essa observação foi como um balde de água fria no rosto de Mark. E mesmo assim... mesmo assim... naquela sala e naquele momento, com os pequenos olhos brilhantes do professor Filostrato fixos nele, ele mal conseguia tornar a ideia de Jane real para si mesmo.

"Você vai ouvir isso da boca do próprio Cabeça", disse Filostrato, de repente.

"Jules está *aqui*?", perguntou Mark.

Em vez de responder, Filostrato se afastou bruscamente dele, e com um grande movimento lateral abriu as cortinas da janela, e depois desligou as luzes. A neblina havia se dissipado, e o vento estava soprando. Pequenas nuvens passavam rapidamente pelas estrelas, e a lua cheia — Mark nunca a vira tão brilhante — encarava lá de cima. Enquanto as nuvens passavam por ela, ela parecia estar rolando com uma bola. Sua luz exangue preencheu toda a sala.

"Isso, sim, é que é mundo, não?", disse Filostrato. "Limpeza, pureza. Milhares de quilômetros quadrados de rocha polida sem uma folha de grama, nem uma fibra de líquen, nem um grão de poeira. Nem mesmo ar. Já pensou em como seria, meu amigo, se você pudesse caminhar naquela terra? Nenhum desmoronamento, nenhuma erosão. Os picos daquelas montanhas são picos de verdade: agudos como agulhas, eles atravessariam a sua mão. Penhascos tão altos quanto o Everest, e tão retos quanto a parede de uma casa. Lançados por estes penhascos, hectares de sombra escura como o ébano, e, na sombra, centenas de graus de gelo. Então, um passo depois da sombra, uma luz que perfuraria os seus olhos como aço, e uma rocha que queimaria os seus pés. A temperatura está no ponto de fervura. Você morreria, certo? Mas mesmo assim não viraria sujeira. Em poucos momentos, você se transformaria em um monte de cinza, num pó branco e limpo. Preste atenção, não tem vento para espalhar aquele pó. Cada grão naquele pequeno monte vai ficar naquele mesmo lugar, bem onde você morreu, até o fim do mundo... Mas isso é bobagem. O universo não vai ter fim."

"Sim. Um mundo morto", disse Mark olhando para a Lua.

"Não!", disse Filostrato. Ele havia chegado perto de Mark e falou quase em um sussurro, o sussurro de morcego, com uma voz que é naturalmente aguda. "Não. Há vida lá."

"Nós *sabemos* disso?", perguntou Mark.

"Ah, *sì*. Vida inteligente. Sob a superfície. Uma raça grandiosa, mais avançada que a nossa. Uma inspiração. Uma raça *pura*. Eles limparam seu mundo, livraram-no (quase totalmente) de tudo que é orgânico."

"Mas como...?"

"Eles não precisam nascer, procriar e morrer. Somente as pessoas comuns, a *canaglia*, o fazem. Os senhores permanecem vivos. Eles conservam a própria inteligência: podem mantê-la artificialmente viva depois que o corpo orgânico foi descartado — um milagre da bioquímica aplicada. Eles não precisam de comida orgânica. Você entende? Eles são quase livres da natureza, estão ligados a ela apenas pelo fio mais fino e delgado."

"Você quer dizer que tudo *isso*", Mark apontou para o globo da Lua, "foram eles que fizeram?".

"Por que não? Se remover toda a vegetação, você não vai ter nem atmosfera nem água."

"Mas com que propósito?"

"Higiene. Por que manteriam o seu mundo repleto de organismos? E banir um organismo específico. A superfície da Lua não é tudo que você vê. Ainda existem habitantes da superfície — selvagens. Uma grande área suja do outro lado da luz onde ainda existem água, ar e florestas — sim, e germes e morte. Eles estão espalhando lentamente sua higiene por todo o globo deles, desinfetando a Lua. Os selvagens lutam contra. Há fronteiras, guerras ferozes nas cavernas e galerias subterrâneas. Mas a raça grandiosa exerce pressão. Se pudesse ver o outro lado da Lua, você veria, anos após ano, a rocha limpa aumentando, como no lado de cá: a mancha orgânica, o verde, o azul e a névoa, ficando menor, como quando se limpa um objeto de prata que está manchado."

"Mas como sabemos de tudo isso?"

"Vou lhe dizer tudo isso em outra ocasião. O Cabeça tem muitas fontes de informação. Por enquanto, falo apenas para inspirá-lo. Falo para que você saiba o que pode ser feito — o que será feito aqui. Este instituto — *Dio mio* — é para algo muito melhor que o problema da moradia, da vacinação, de trens mais velozes e da cura do câncer. É para a conquista da morte. Ou para a conquista da vida orgânica, se você preferir. A morte e a vida orgânica são a mesma coisa. É para tirar o Novo Homem de dentro daquele casulo de vida orgânica que abrigou a infância da mente. O Novo Homem é o homem que não vai morrer, o homem artificial, livre da Natureza. A Natureza é a escada pela qual subimos, mas agora nós a chutamos para longe."

"E você pensa que algum dia nós vamos realmente descobrir uma maneira de manter o cérebro vivo indefinidamente?"

"Nós já começamos. O próprio Cabeça..."

"Prossiga", disse Mark. Seu coração batia acelerado, e ele havia se esquecido de Jane e de Wither. Esse, pelo menos, era o objetivo de tudo aquilo.

"O próprio Cabeça já sobreviveu à morte, e você poderá conversar com ele hoje à noite."

"Você quer dizer que Jules morreu?"

"Ah! Jules não é nada. Ele não é o Cabeça."

"Então, quem é?"

Nesse momento, houve uma batida à porta. Alguém entrou, sem esperar por uma resposta.

"O jovem está pronto?", perguntou a voz de Straik.

"Ah, sim. Você está pronto, não está, Sr. Studdock?"

"Então você explicou para ele?", disse Straik. Ele se virou para Mark, e a luz do luar no quarto era tão brilhante que Mark conseguiu reconhecer parcialmente o rosto dele, os sulcos pesados, realçados pela luz fria e pela sombra.

"Você quer mesmo se juntar a nós, rapaz?", disse Straik. "Depois que você colocar a mão no arado não terá como retroceder. E não há exceções. O Cabeça mandou chamá-lo. Você sabe o que isso significa — *o Cabeça*? Você vai ver alguém que foi morto, mas ainda está vivo. A ressurreição de Jesus na Bíblia era um símbolo: esta noite você verá o que ela simbolizou. Este finalmente é o verdadeiro homem, e ele exige nossa lealdade."

"Mas que diabo você está me dizendo?", disse Mark. A tensão nervosa que ele estava sentindo distorceu sua voz em um grito rouco.

"Meu amigo está absolutamente certo", disse Filostrato. "O nosso Cabeça é o primeiro dos Novos Homens — o primeiro a viver além da vida animal. No que diz respeito à natureza, ele já morreu: se a natureza tivesse seguido seu curso, o cérebro dele a esta altura estaria apodrecendo no túmulo. Mas ele vai falar com você em uma hora, e — uma palavra em seu ouvido, meu amigo — você vai obedecer às ordens dele."

"Mas quem é ele?", perguntou Mark.

"Ele é François Alcasan", respondeu Filostrato.

"Você quer dizer o homem que foi guilhotinado?", disse Mark, respirando com dificuldade. Os dois assentiram com a cabeça. Os rostos deles estavam próximos ao de Mark: naquela luz maldita, pareciam máscaras penduradas no ar.

"Está com medo?", perguntou Filostrato. "Você vai superar. Estamos lhe oferecendo a chance de tornar-se um de nós. Ah — se você fosse alguém de fora, se fosse mero *canaglia*, teria razão para estar com medo. Este é o começo de todo poder. Ele vive para sempre. O gigante do tempo foi vencido. E o gigante do espaço já foi conquistado também. Um membro do nosso grupo já viajou para o espaço. É verdade que ele foi traído e assassinado, e os manuscritos dele estão danificados, e nós ainda não conseguimos reconstruir sua espaçonave. Mas isso vai acontecer."

"Este é o início do Homem Imortal e do Homem Ubíquo", disse Straik. "O homem no trono do universo. É o que todas as profecias realmente significam."

"É claro que, no princípio", disse Filostrato, "o poder permanecerá confinado a um número — um número pequeno — de indivíduos, aqueles que serão selecionados para a vida eterna".

"Você quer dizer", disse Mark, "que depois isso será estendido a todos os homens?".

"Não", disse Filostrato. "Quero dizer que depois esse poder será limitado a um homem. Você não é um tolo, é, meu jovem amigo? Toda aquela conversa a respeito do poder do Homem sobre a natureza — Homem no abstrato — é apenas para a *canaglia*. Você sabe tão bem quanto eu que o poder do Homem sobre a natureza significa o poder de alguns homens sobre outros homens com a natureza como instrumento. Não existe essa coisa de Homem — isso é apenas uma palavra. Há apenas homens. Não! Não será o Homem que vai ser onipotente. É algum homem só, algum homem imortal. Alcasan, nosso Cabeça, é primeiro esboço disso. O produto final poderá ser outro. Pode ser você. Pode ser eu."

"Um rei virá", disse Straik, "que governará o universo com justiça, e os céus com juízo.[5] Você pensava que tudo era mitologia, sem dúvida. Por causa das fábulas que foram reunidas ao redor da expressão 'Filho do Homem', você pensou que o Homem nunca realmente teria um filho que teria todo o poder, mas ele terá".

"Não entendo, não entendo", disse Mark.

"Mas é muito fácil", disse Filostrato. "Descobrimos como fazer um homem morto viver. Ele era um homem sábio mesmo em sua vida natural. Agora ele vive para sempre, e fica mais sábio. No futuro, nós os faremos viver melhor — porque no presente, deve-se admitir, essa segunda vida provavelmente não é muito agradável para aquele que a tem. Está vendo? No futuro nós a tornaremos agradável para alguns — talvez não agradável para outros. Pois podemos fazer os mortos viverem, queiram eles ou não. Aquele que finalmente será o rei do universo poderá conceder essa vida a quem desejar. Eles não poderão recusar a pequena dádiva."

"E assim", disse Straik, "voltam as lições que você aprendeu quando estava no colo da sua mãe. Deus terá o poder de dar recompensa eterna e castigo eterno".

"Deus?", repetiu Mark. "Como ele entra nisso? Eu não acredito em Deus."

"Mas, meu amigo", disse Filostrato, "quer dizer então que, se não existiu um Deus no passado, não vai existir um no futuro?".

---

[5]Alusão a Isaías 32:1. [N. T.]

"Você não entende", disse Straik, "que estamos lhe oferecendo a glória indizível de estar presente na criação do Deus Todo-Poderoso? Aqui, nesta casa, você se encontrará com o primeiro esboço do Deus verdadeiro. É um homem — ou um ser feito pelo homem — que finalmente ascenderá ao trono do universo e governará para sempre".

"Você vem conosco?", disse Filostrato. "Ele mandou chamar você."

"Claro que ele irá", disse Straik. "Será que ele pensa que pode virar as costas e sair vivo?"

"E aquele pequeno incidente da esposa", acrescentou Filostrato. "Você não vai mencionar uma trivialidade como esta. Você vai fazer conforme lhe foi dito. Não se discute com o Cabeça."

Mark não tinha nada naquele momento para ajudá-lo, a não ser a empolgação rápida do álcool consumido na hora do jantar e de algumas vagas lembranças de horas passadas com Jane e com amigos antes que ele fosse para Bracton, quando o mundo tinha um gosto diferente daquela emoção de horror que se abatia sobre ele naquele momento. Isso, e um desgosto simplesmente instintivo por aqueles dois rostos iluminados pela luz da lua que tanto atraíam a sua atenção. Do outro lado, estava o medo. O que lhe fariam se ele recusasse? Ajudando o medo estava sua crença ingênua de que, se cedesse naquela hora, as coisas de algum modo se ajeitariam em seguida. Também ajudando o medo e a esperança, havia, naquele mesmo momento, uma emoção não totalmente desagradável de pensar em compartilhar um segredo tão estupendo.

"Sim", disse ele, dando uma pausa em sua fala como se estivesse sem fôlego. "Sim, é claro, eu irei."

Eles o levaram para fora. Ninguém se movia nos corredores e havia cessado o som das conversas e risadas dos salões comuns no andar inferior. Ele tropeçou, e eles lhe deram os braços. A jornada parecia longa: corredor após corredor, corredores que ele nunca tinha visto antes, portas para abrir, e então entraram onde todas as luzes estavam acesas e havia odores estranhos. Filostrato falou por um tubo acústico e a porta se abriu para eles.

Mark se viu em um cômodo que parecia um centro cirúrgico, com luzes brilhantes, pias, garrafas e instrumentos cintilantes. Foi recebido por um rapaz que conhecia vagamente, vestido com um jaleco branco.

"Dispa-se e fique só com sua roupa de baixo", disse Filostrato. Enquanto obedecia, Mark percebeu que a parede do outro lado da sala estava repleta de mostradores. Muitos tubos flexíveis saíam do piso e entravam na parede, abaixo dos mostradores. Estes, que pareciam rostos encarando quem olhava para a parede, e a quantidade de tubos abaixo deles, pareciam pulsar levemente, dando a impressão de uma criatura com muitos olhos e muitos tentáculos. O rapaz olhava fixamente para as agulhas trepidantes dos mostradores. Os três recém-chegados tiraram a roupa, lavaram a mão e o rosto e, depois disso, Filostrato retirou de um recipiente de vidro, com um fórceps, roupas brancas para eles. Quando as vestiram, o italiano também lhes deu luvas e máscaras, como as que os cirurgiões usam. Seguiu-se um momento de silêncio, enquanto Filostrato analisava os mostradores.

"Sim, sim", disse ele. "Um pouco mais de ar. Não muito: 0,03. Ligue a câmara de ar — lentamente — até encher. Agora as luzes. Ar no compartimento fechado. Um pouco menos da solução. E agora", nesse instante ele se virou para Straik e Studdock, "vocês estão prontos para entrar?".

Ele os conduziu a uma porta na mesma parede dos mostradores.

A cabeça do sarraceno

"ESSE FOI O PIOR sonho que eu já tive", disse Jane na manhã seguinte. Ela estava sentada no Salão Azul com o Diretor e Grace Ironwood.

"Sim", disse o Diretor. "A sua posição talvez seja a mais difícil, até que a verdadeira luta comece."

"Sonhei que estava em um quarto escuro", disse Jane, "com odores esquisitos e uma espécie de zumbido baixo. Então veio uma luz, não muita forte, e por um longo tempo eu não entendi o que estava vendo. Quando me dei conta do que era... eu teria acordado, se não tivesse feito um grande esforço para não acordar. Pensei ter visto um rosto flutuando na minha frente. Um rosto, não uma cabeça, se entendem o que quero dizer. Quer dizer, tinha barba, nariz e olhos — pelo menos, não dava para ver os olhos, porque ele usava óculos coloridos, mas parecia que não tinha nada acima dos olhos. Não no princípio. Mas, quando me acostumei com a luz, tive um choque horrível. Pensei que o rosto era uma máscara amarrada em uma espécie de balão. Mas não era bem isso. Talvez parecesse um pouco com um homem usando uma espécie de turbante. Estou contando de maneira péssima. Fosse o que fosse, era uma cabeça (o resto de uma cabeça), que teve a parte de cima do crânio retirada e então... e então... como se algo dentro tivesse sido fervido. Uma grande massa saía de dentro do que sobrara do crânio. Estava envolvida em uma espécie de material composto, mas muito delgado. Dava para ver aquilo se contraindo. Mesmo aterrorizada eu me lembro de pensar: 'Matem esta coisa, matem esta coisa, acabem com o seu sofrimento'. Mas apenas por um segundo, porque pensei que a coisa era real, de verdade. Era verde, a boca estava escancarada e muito seca. Eu fiquei muito tempo olhando-a antes que qualquer outra coisa acontecesse. Logo vi que o rosto não flutuava. Estava fixo em uma espécie de suporte, ou prateleira, ou pedestal, não sei bem o quê, e havia coisas penduradas nele. No pescoço, digo. Sim, tinha um pescoço, com uma espécie de colar em volta, mas não havia nada do colar para baixo, nem ombros, nem corpo. Apenas aquelas coisas penduradas. No sonho, pensei que era uma espécie de novo homem que tinha apenas cabeça e entranhas. Achei que todos os tubos fossem eram o seu interior. Mas — não sei exatamente como — vi que os tubos eram artificiais. Pequenos tubos de borracha, lâmpadas e pequenos objetos de metal. Não conseguia entender o que era. Todos os tubos entravam na parede. Depois, finalmente, algo aconteceu".

"Você está bem, Jane?", perguntou a Srta. Ironwood.

"Ah, sim", disse Jane, "na medida do possível. Eu só *não quero* contar isso. Bem, de repente, como quando se dá partida num motor, uma corrente de ar saiu da boca, com um som áspero e seco. Depois veio outro, e os sons tinham um ritmo — *huff, huff, huff* — como uma imitação da respiração. Aí aconteceu a coisa mais horrível: a boca começou a babar. Sei que vai soar bobo, mas de certa forma fiquei com pena, porque ela não tinha mãos e não podia limpar a boca. Parece pouca coisa se comparada com todo o resto, mas foi assim que me senti. Aí a boca começou a se mexer, e até a lamber os lábios. Era como alguém colocando uma máquina para funcionar. Ver aquilo como se estivesse vivo, e ao mesmo tempo babando sobre a barba, inflexível, parecendo morto... Depois três pessoas entraram no cômodo, todas de branco, com máscaras, andando tão cuidadosamente quanto um gato em cima de um muro. Um era um homem grande e gordo, o outro era magro e esquelético. O terceiro...". Neste momento Jane fez uma pausa involuntária. "O terceiro... eu acho que era Mark... Quer dizer, o meu marido."

"Você não tem certeza?", disse o Diretor.

"Pensando bem", disse Jane. "Era o Mark. Eu conheço o jeito de andar. E conheço os calçados que estava usando, conheço a voz. *Era* o Mark."

"Sinto muito", disse o Diretor.

"E então", disse Jane, "os três vieram e ficaram em pé em frente à cabeça. Eles se curvaram perante ela. Não dava para ver se ela estava olhando para eles por causa dos óculos escuros. Ela continuou com um som rítmico. Então falou".

"Em inglês?", perguntou Grace Ironwood.

"Não, em francês."

"O que ela disse?"

"Bem, meu francês não é bom o suficiente para entender o que foi dito. A cabeça falou de um jeito esquisito. No começo — como um homem que está com falta de ar. Sem uma expressão adequada. E é claro que ela não pode se virar para esse ou para aquele lado, como uma pessoa de verdade faz."

O Diretor voltou a falar.

"Você entendeu alguma coisa que foi dita?"

"Não muito. Parecia que o homem gordo estava apresentando Mark para a cabeça. Ela disse alguma coisa para ele. Então Mark tentou responder. Eu entendi tudo que ele falou, porque o francês dele não é melhor que o meu."

"O que ele disse?"

"Ele disse alguma coisa sobre 'fazer isso em poucos dias, se possível'."

"Isso é tudo?"

"Quase. Dava para ver que o Mark não ia aguentar. Eu sabia que ele não ia conseguir. No sonho, eu me lembro de estupidamente tentar dizer isso para ele. Eu vi que ele estava prestes a cair. Acho que tentei gritar para os outros dois: 'Ele vai cair'. Mas é claro que não consegui. Ele também estava nauseado. Então o tiraram da sala."

Todos os três ficaram em silêncio por alguns segundos.

"Foi isso, então?", disse a Srta. Ironwood.

"Sim", disse Jane. "É tudo de que me lembro. Acho que nessa hora eu acordei."

O Diretor respirou fundo. "Bem", disse ele, olhando para a Srta. Ironwood, "isso está ficando cada vez mais claro. Precisamos convocar o conselho imediatamente. Todo mundo está aqui?".

"Não. O Dr. Dimble teve de ir a Edgestow, para a faculdade, para buscar os alunos. Ele não volta antes do anoitecer."

"Então precisamos convocar o conselho para esta noite. Tome todas as providências." Ele fez uma pausa, e depois se virou para Jane. "Temo que isso seja muito ruim para você, minha querida", ele disse, "e pior ainda para ele".

"Para Mark, senhor?"

O Diretor assentiu.

"Sim. Mas não pense mal dele. Ele está sofrendo. Se formos derrotados, nós cairemos com ele. Se vencermos, o resgataremos; ele não terá ido tão longe até lá." O Diretor fez uma pausa, sorriu e acrescentou: "Estamos muito acostumados a ter problemas com maridos aqui, sabia? O pobre coitado do marido da Ivy está na cadeia".

"Na cadeia?"

"Ah, sim. Por roubo simples. Mas ele é um excelente camarada. Ficará bem outra vez."

Ainda que Jane sentisse horror, tanto que dava náuseas, por ter visto (em seu sonho) onde e com quem Mark estava, aquele era um horror que tinha certa grandeza e mistério. A equação súbita entre seu dilema e o de um criminoso comum fez o sangue irrigar suas bochechas. Ela não disse nada.

"Outra coisa", continuou o Diretor, "você não vai tirar conclusões erradas se eu a excluir da reunião do nosso conselho hoje à noite, vai?".

"Claro que não, senhor", disse Jane, mas na verdade ela ficou muito chateada.

"Veja só", disse ele, "MacPhee acredita que, se você ouvir certas coisas, irá levá-las para os seus sonhos e isso irá destruir o valor de evidência que eles têm. E não é fácil refutá-lo. Ele é o nosso cético; e é uma função muito importante".

"Entendo completamente", disse Jane.

"É claro que só se aplica às coisas que ainda não sabemos", disse o Diretor. "Você não deve ouvir nossos palpites, não deve estar lá quando estivermos reunindo as provas. Mas não temos segredos com você a respeito da história pregressa da nossa família. De fato, o próprio MacPhee faz questão de lhe contar tudo a respeito. Ele teme que o relato da Grace ou o meu não sejam objetivos o bastante."

"Estou entendendo."

"Gostaria que você gostasse dele, se lhe for possível. Ele é um dos meus amigos mais antigos. Se formos derrotados, ele provavelmente vai ser o melhor dos nossos homens. Você não poderia ter ninguém melhor ao seu lado em uma batalha perdida. O que ele vai fazer se vencermos, eu não posso imaginar."

•••

Mark levantou-se na manhã seguinte sentindo que sua cabeça inteira doía, mas principalmente na parte de trás. Ele lembrou-se de ter caído — foi assim que machucou a cabeça — naquela outra sala, com Filostrato e Straik... e depois, como um dos poetas disse, "descobriu em sua mente uma inflamação inchada e deformada, sua memória".[1] Ah, mas era impossível, não poderia ser aceito nem por um momento: tinha sido um pesadelo, devia ser jogado fora, sumiria agora que ele estava totalmente desperto. Era um absurdo. Uma vez, em um delírio, ele vira a parte da frente de um cavalo, sem corpo e sem a parte de trás, correndo em um gramado. Ele tinha achado ridículo na hora, mas não menos horrível por isso. Este era um absurdo do mesmo tipo. Uma cabeça sem um corpo. Uma cabeça que podia falar quando ligavam o ar e que tinha saliva artificial, ativada por torneiras em uma sala ao lado. A cabeça de Mark latejou tanto que ele precisou parar de pensar.

Mas ele sabia que era verdade. E não podia, como eles diziam, "aceitar". Estava com muita vergonha, porque queria ser considerado um dos mais durões. Mas a verdade é que a firmeza dele era apenas da vontade, não dos nervos, e as virtudes que quase conseguira banir da sua mente ainda viviam em seu corpo, se bem que apenas negativamente. Mark aprovava a vivissecção, mas nunca havia trabalhado em uma sala de dissecação. Ele achava que certos grupos de pessoas deveriam ser gradualmente eliminados, mas nunca tinha estado lá quando um pequeno comerciante ia para uma casa de trabalhos, ou quando senhora idosa e faminta, que poderia ter sido uma governanta, dava seu último suspiro em um sótão gelado. Ele não sabia nada da última meia xícara de chocolate, tomada devagarzinho dez dias antes.

Enquanto isso, precisava se levantar. Precisava tomar alguma providência a respeito de Jane. Aparentemente ele *teria* de levá-la para Belbury. Havia tomado essa decisão, mas não se lembrava de quando o fizera. Para salvar sua própria vida, ele teria de buscá-la. As suas ansiedades a respeito de ser parte do círculo interior ou de conseguir um emprego encolheram-se em sua insignificância. Era uma questão de vida ou morte. Eles o matariam caso os aborrecesse. Talvez o decapitassem... Deus, se pelo menos eles tivessem matado de verdade aquele pequeno pedaço de tortura, aquele pedaço com um rosto que mantinham lá falando em seu pedestal de aço. Todos os temores menores em Belbury — porque agora ele sabia que todos, com exceção dos líderes, estavam sempre com medo — eram apenas emanações

---

[1]Citação de *SOS... Ludlow*, de Christopher Hassal (1912–1963), poeta inglês. [N. T.]

daquele medo principal. Ele precisava buscar Jane. Naquele instante, não estava lutando contra isso.

Há que se lembrar de que, na mente de Mark, não havia espaço nem mesmo para um fiapo de pensamento nobre, fosse cristão, fosse pagão. A educação que ele recebera não tinha sido nem científica, nem clássica, mas simplesmente "moderna". As severidades da abstração e da elevada tradição humana haviam passado de largo por ele, que não tinha a esperteza do camponês nem a honra aristocrática para ajudá-lo. Ele era um homem de palha, que se saía bem em matérias que não exigem um conhecimento exato (sempre se saíra bem em redações e em dissertações sobre temas gerais), e a primeira indicação de uma ameaça real à sua vida física o nocauteou e o deixou esparramado no chão. Sua cabeça doía terrivelmente e ele se sentia mal. Felizmente havia guardado uma garrafa de uísque no quarto. Depois de tomar uma dose, conseguiu barbear-se e trocar de roupa.

Estava atrasado para o café da manhã, mas não fazia diferença, pois ele não conseguia comer. Tomou várias xícaras de café puro e depois foi para o escritório. Sentou-se e ficou muito tempo desenhando no mata-borrão. Agora que tinha chegado o momento de fazê-lo, ele achava quase impossível escrever uma carta para Jane. E por que a queriam? Temores sem forma agitaram-se em sua mente. De todas as pessoas, tinha de ser Jane? Será que a levariam para o Cabeça? Quase que pela primeira vez na vida, o brilho de algo como um amor desinteressado veio à sua mente. Ele desejou nunca ter se casado com ela, nunca tê-la arrastado para aquele conjunto de horrores que, tudo indicava, seria a vida dele.

"Olá, Studdock", disse uma voz. "Escrevendo para sua esposinha?"

"Droga", disse Mark. "Você me fez derrubar a caneta."

"Então pegue-a, filhinho", disse a Srta. Hardcastle, sentando-se à mesa. Mark a pegou, e depois também se sentou, sem olhar para a Fada. Desde a época em sofria *bullying* na escola, Mark não sabia o que era odiar e ter medo de alguém com todas as fibras do seu corpo como ele odiava e tinha medo daquela mulher naquela hora.

"Tenho más notícias para você, filhinho", disse ela. O coração de Mark deu um pulo. "Seja homem, Studdock!", disse a Fada.

"O que foi?"

Ela não respondeu de imediato, e ele sabia que ela o estudava, observava como o instrumento responderia ao seu toque.

"Estou preocupada com a sua esposinha, é fato", disse ela, por fim.

"O que você quer dizer?", disse Mark abruptamente, olhando para cima desta vez. O charuto que ela segurava com os dentes estava apagado, mas ela já estava pegando um fósforo.

"Eu fui procurá-la", disse a Srta. Hardcastle, "por sua causa. Atualmente Edgestow não é um bom lugar para ela".

"Qual é o problema com ela?", gritou Mark.

"Shhh", disse a Srta. Hardcastle. "Você não vai querer que os outros ouçam."

"Você pode me dizer qual é o problema?"

Ela esperou alguns segundos antes de responder. "Quanto você conhece da família dela, Studdock?"

"Muito. O que isso tem a ver?"

"Nada... esquisito... dos dois lados?"

"O que diabos você quer dizer?"

"Não seja grosseiro, querido. Estou fazendo tudo que posso por você. É só... bem, eu pensei que ela estava se comportando de um jeito muito estranho quando a vi."

Mark lembrava-se bem da conversa com sua esposa naquela manhã em que ele foi para Belbury. Uma nova pontada de medo o atingiu. Será que aquela mulher detestável estava falando a verdade?

"O que ela disse?", perguntou.

"Se há algo errado com ela nesse sentido", disse a Fada, "aceite meu conselho, Studdock, e traga-a para cá imediatamente. Ela será devidamente tratada aqui".

"Você ainda não me disse o que ela falou ou fez."

"Eu não gostaria de ter ninguém ligado a mim internado no Hospício de Edgestow. Especialmente agora, quando estamos conseguindo poderes de emergência. Eles vão usar os pacientes comuns em experiências, você sabe. Mas, se você simplesmente assinar este formulário, eu vou correr lá depois do almoço e ela estará aqui ainda esta noite."

Mark jogou sua caneta na mesa.

"Não vou fazer nada disso, ainda mais porque você não me deu a menor informação sobre o que há de errado com ela."

"Estou tentando contar, mas você não deixa. Ela ficava falando sem parar sobre alguém que invadiu o apartamento de vocês — ou alguém que se encontrou com ela na estação (não dava para entender direito o que aconteceu) — e a queimou com um cigarro. Então, por infelicidade, ela percebeu meu charuto e, se me permite, ela *me* identificou com o perseguidor imaginário. Claro que depois disso não consegui fazer mais nada."

"Preciso ir para casa agora", disse Mark, levantando-se.

"Ei — ei! Você não pode fazer isso", disse a Fada, levantando-se também.

"Não posso ir para casa? É o que eu preciso fazer, se tudo isso é verdade."

"Não seja bobo, querido", disse a Srta. Hardcastle. "Francamente! Sei do que estou falando. Você já está em uma posição desgraçadamente perigosa. Você vai piorar as coisas se sair sem autorização. Deixe que eu vá. Assine o formulário. É a maneira inteligente de lidar com isso."

"Mas um momento atrás você disse que ela não tolera ver você de jeito nenhum."

"Ah, não vai fazer a menor diferença. Claro que seria mais fácil se ela não tivesse essa repulsa por minha pessoa. Studdock, você não acha que sua esposinha pode estar com ciúmes?"

"Ciúmes? De você?", disse Mark, com um desprezo incontrolável.

"Aonde você vai?", disse a Fada, rispidamente.

"Vou ver o VD e depois vou para casa."

"Pare. Você não vai fazer isso, a não ser que me queira como inimiga para o resto da vida — e deixe-me dizer, você não vai aguentar ter mais inimigos."

"Ora, vá para o inferno", disse Mark.

"Volte, Studdock", gritou a Fada. "Espere! Não seja bobo." Mas Mark já estava no saguão. Naquele momento tudo pareceu estar claro. Ele iria até Wither, não para pedir permissão, mas simplesmente para anunciar que iria para casa de imediato porque sua esposa estava passando muito mal. Ele sairia da sala antes que Wither pudesse responder, e depois iria embora. O futuro era incerto, mas isso não importava. Colocou seu chapéu e o casaco, e bateu na porta do escritório do vice-diretor.

Não houve resposta. Então, Mark observou que a porta não estava completamente fechada. Aventurou-se a abri-la um pouco mais e viu o vice-diretor sentado de costas para a porta. "Com licença, senhor", disse Mark. "Posso falar com você por um minuto?" Não houve resposta. "Com licença, senhor", disse Mark, falando mais alto, mas o vulto nem falou, nem se moveu. Hesitando um pouco, Mark entrou na sala, e foi até o outro lado da mesa. Mas, quando se virou para olhar para Wither, ele ficou sem fôlego, porque pensou estar olhando para o rosto de um cadáver. Um instante depois, reconheceu seu erro. Na quietude daquela sala, ele conseguia ouvir a respiração de Wither. Ele não estava dormindo, pois os olhos estavam abertos. Não estava inconsciente, pois os olhos fixaram-se por um instante em Mark, e depois se moveram em outra direção. "Perdão, senhor", começou Mark, mas então parou. O vice-diretor não estava ouvindo. Ele estava tão distante de ouvir que Mark teve uma dúvida insana a respeito de ele estar ou não ali, de a alma do vice-diretor estar em seu corpo ou flutuando longe, espalhando-se e dissipando-se como um gás em mundos sem forma e sem luz, terras devastadas e quartos de despejo do universo. O que via dentro daqueles olhos aquosos e pálidos era, em determinado sentido, o infinito — o desforme e o interminável. O escritório estava quieto e frio: não havia relógio, e a lareira estava apagada. Era impossível conversar com um rosto como aquele. Ao mesmo tempo, também parecia impossível sair dali, porque o homem o havia visto. Mark estava com medo. Tudo aquilo era muito diferente de qualquer experiência que ele já tivera.

Quando finalmente o Sr. Wither falou, os olhos dele não estavam fixos em Mark, mas em algum ponto remoto além dele, além da janela, talvez no céu.

"Eu sei quem é", disse Wither. "Seu nome é Studdock. O que você quer aqui? Você deveria ter esperado lá fora. Vá embora."

Foi então que a coragem de Mark de repente se manifestou. Todos os temores que nos últimos dias vinham lentamente se acumulando correram juntos em uma direção fixa, e, poucos segundos depois, ele estava descendo as escadas pulando três degraus de uma vez. Atravessou o saguão, saiu da casa e caminhou pela estrada de acesso. Mais uma vez, seu imediato curso de ação parecia-lhe inteiramente claro. Do outro lado da entrada havia um cinturão de árvores cortado por um caminho. Seguindo aquele caminho, em meia hora ele estaria em Courthampton, e lá pegaria um ônibus até Edgestow. Ele não estava pensando no futuro de forma alguma. Apenas duas coisas importavam: primeiramente, sair daquela casa, e depois, voltar para Jane. Ele estava sendo devorado por um desejo por Jane que era físico sem ser sexual, como se consolo e fortaleza fluíssem do corpo dela, como se a pele dela fosse purificá-lo de toda a sujeira que parecia estar agarrada nele. A ideia de que ela poderia estar mesmo louca, de alguma maneira, saiu da mente dele. E ele ainda era jovem o bastante para não acreditar na desgraça. Não conseguia se livrar da crença de que, se apenas corresse dali, a teia de algum modo se romperia, o céu se clarearia e tudo terminaria com Jane e ele tomando chá juntos, como se nada tivesse acontecido.

Já fora do terreno, Mark atravessou a estrada, entrando no cinturão de árvores. Parou subitamente. Algo impossível estava acontecendo. Havia um vulto adiante dele no caminho, uma figura alta, muito alta, ligeiramente encurvada, gingando e cantarolando uma música lúgubre: era o vice-diretor em pessoa. E em um instante toda aquela intrepidez frágil desapareceu do espírito de Mark. Ele se virou, ficou parado na estrada, e sentiu o que lhe pareceu ser a pior dor da sua vida. Então, cansado, tão cansado que sentiu fracas lágrimas enchendo seus olhos, caminhou muito lentamente de volta para Belbury.

• • •

O Sr. MacPhee tinha um pequeno cômodo no térreo do solar que chamava de escritório, no qual nenhuma mulher podia entrar, a não ser que ele estivesse presente. Naquele apartamento pequenino e empoeirado, ele se sentou com Jane Studdock pouco antes do jantar, tendo-a convidado para lhe dar o que chamou de "um resumo pequeno e objetivo da situação".

"Sra. Studdock, vou começar dizendo que conheço o Diretor há muitos anos, e, durante a maior parte de sua vida, ele foi um filólogo. Não fico à vontade em dizer que a filologia possa ser considerada uma ciência exata, mas menciono o fato como testemunho de sua capacidade intelectual geral. E para não prejudicar qualquer questão, não vou dizer, como faria em uma conversa comum, que ele sempre foi o que você chamaria de um homem com muita imaginação. O nome dele era Ransom."

"O Ransom que escreveu *Dialeto e semântica*?", perguntou Jane.

"Sim. Ele mesmo", disse MacPhee. "Bem, cerca de seis anos atrás — tenho todas as datas em uma cadernetinha aqui, mas não é o mais importante agora — ele desapareceu pela primeira vez. Simplesmente sumiu — sem qualquer sinal — por cerca de nove meses. Pensei que tivesse morrido afogado em uma banheira ou qualquer coisa do tipo. E então, um dia, ele simplesmente apareceu de novo em seu escritório em Cambridge, ficou doente e foi para o hospital, e ficou internado por uns três meses. Não disse onde esteve durante todo aquele tempo, a não ser para uns poucos amigos."

"E então?", indagou Jane, curiosa.

"Ele disse", respondeu MacPhee, pegando sua caixinha de rapé, dando grande ênfase à palavra *disse*, "ele disse que esteve no planeta Marte".

"Ele disse isso… enquanto estava doente?"

"Não, não. Ele diz a mesma coisa até hoje. Pense o que quiser disso, essa é a história dele."

"Eu acredito nisso", disse Jane.

MacPhee pegou uma pitada de rapé com tanto cuidado que era como se aqueles grãos em particular fossem diferentes de todos os outros na caixa, e disse, antes de cheirá-los:

"Eu lhe dou os fatos. Ele nos disse que esteve em Marte, raptado pelo professor Weston e pelo Sr. Devine, que é o Lorde Feverstone atualmente. Conforme seu relato, ele fugiu deles — em Marte, você entende — e vagou pelo planeta. Sozinho."

"Marte é desabitado?"

"Não temos nenhuma prova disso, a não ser a história dele. Você, sem dúvida, Sra. Studdock, sabe que um homem em solidão completa mesmo nesta Terra — um explorador, por exemplo — entra em diferentes estados de consciência. Ouvi dizer que a pessoa pode até se esquecer da própria identidade."

"Quer dizer que ele pode ter imaginado coisas em Marte, que não aconteceram?"

"Não estou tecendo nenhum comentário", disse MacPhee. "Estou simplesmente registrando. Conforme o relato dele, há todos os tipos de criaturas vivendo lá. Deve ser por isso que ele transformou a casa dele em uma espécie de coleção de animais, mas não tem importância. Mas também disse que se encontrou com uma espécie de criatura que é particularmente importante para nós neste momento. Ele as chamou de *eldila*."

"Alguma espécie de animal?"

"Alguma vez você já tentou definir a palavra 'animal', Sra. Studdock?"

"Não que eu me lembre. Mas essas coisas eram… bem, inteligentes? Elas falam?"

"Sim. Elas falam. Elas são inteligentes, o que nem sempre é a mesma coisa."

"Esses eram os verdadeiros marcianos?"

"É exatamente o que eles não são, conforme o relato dele. Eles estavam em Marte, mas não são exatamente de lá. Ele disse que existem criaturas que vivem no espaço vazio."

"Mas não tem ar."

"Estou lhe contando a história dele. Ele diz que eles não respiram. Diz também que não procriam nem morrem. Mas você observará que, mesmo se presumirmos que o resto da história dele seja verdadeiro, esta última declaração não pode ser baseada em observação."

"Como eles são?"

"Estou lhe dizendo como ele os descreveu."

"Quero dizer, que aparência têm?"

"Não estou exatamente preparado para responder à pergunta", disse MacPhee.

"Eles são *imensos*?", perguntou Jane, quase de maneira involuntária. MacPhee assoou o nariz e prosseguiu.

"A questão, Sra. Studdock", disse ele, "é a seguinte: o Dr. Ransom alega que tem recebido contínuas visitas dessas criaturas desde que retornou à Terra. Isso tudo diz respeito ao primeiro desaparecimento dele. Depois veio o segundo. Ele ficou mais de um ano fora, e dessa vez disse que havia estado no planeta Vênus — levado para lá pelos mesmos *eldila*".

"Vênus também é habitado por eles?"

"Você vai me perdoar por observar que esse seu comentário mostra que você não captou o que estou lhe dizendo. Os *eldila* não são criaturas planetárias em absoluto. Supondo que existam, deve-se pensar neles como flutuando nas profundezas do espaço, ainda que possam pousar em um planeta aqui e ali, como um pássaro pousa em uma árvore, está entendendo? Ele diz que alguns deles estão mais ou menos ligados permanentemente a um planeta em particular, mas não são nativos daquele planeta. Eles são de uma espécie totalmente diferente."

Houve alguns segundos de silêncio, e então Jane perguntou: "Eles são, suponho, mais ou menos amistosos?".

"Essa certamente é a ideia do Diretor a respeito deles, com uma importante exceção."

"Qual?"

"Os *eldila* que há muitos séculos se concentram em nosso planeta. Parece que não tivemos sorte de jeito nenhum na escolha do nosso grupo particular de parasitas. E isso, Sra. Studdock, me traz ao ponto principal."

Jane esperou. Era extraordinário como os modos de MacPhee quase neutralizavam a estranheza do que ele dizia.

"Resumindo", disse ele, "esta casa é dominada ou por estas criaturas das quais estou falando, ou por pura ilusão. O Diretor acredita que foi pelos conselhos que recebeu dos *eldila* que descobriu a conspiração contra a raça humana. Mais que isso, é a partir das instruções dos *eldila* que ele está liderando a campanha — se é que se pode chamar isso de liderar! Talvez tenha lhe ocorrido querer saber, Sra. Studdock, como é possível um homem em pleno uso de suas faculdades mentais pensar que vamos derrotar uma conspiração poderosa ficando parados aqui, cultivando legumes e treinando ursos de circo. Essa é uma pergunta que já fiz em mais de uma ocasião. A resposta é sempre a mesma: estamos aguardando ordens."

"Dos *eldila*? É a eles que o Diretor se refere quando fala dos seus mestres?"

"Duvido que seja, ainda que ele não use essa palavra quando fala comigo."

"Mas, Sr. MacPhee, não estou entendendo. Pensei que você tivesse dito que os *eldila* do nosso planeta eram hostis."

"Essa é uma pergunta muito boa", disse MacPhee, "mas o Diretor diz que não é com eles que se comunica. Ele é amigo dos *eldila* do espaço exterior. Nossa própria tripulação, os *eldila* terrestres, está por trás da conspiração. Imagine só, Sra. Studdock, viver em um mundo onde as classes criminosas dos *eldila* estabeleceram seu quartel-general. E o que está acontecendo agora, se as impressões do Diretor estão corretas, é que a parentela respeitável deles está visitando nosso planeta para limpá-lo".

"Quer dizer que os outros *eldila*, os do espaço exterior, vêm para cá — para esta casa?"

"Isso é o que o Diretor acredita."

"Mas você deve saber se é verdade ou não."

"Como?"

"Você já os viu?"

"Essa não é uma pergunta para ser respondida com sim ou não. Já vi muitas coisas que não existem, ou que não são o que aparentam ser: arco-íris, reflexos, crepúsculos, sem deixar de mencionar os sonhos. Tem também a autossugestão. Não posso negar que já observei fenômenos nesta casa que ainda não consegui explicar exatamente. Mas nunca ocorreram quando eu tinha um caderno ao alcance da minha mão ou quaisquer instrumentos para verificação."

"Mas ver não é acreditar?"

"Pode ser... para crianças ou animais", disse MacPhee.

"Mas não para pessoas sensatas, é isso que você quer dizer?"

"Meu tio, o Dr. Duncanson", disse MacPhee, "cujo nome talvez você já tenha ouvido, foi moderador da Assembleia Geral da Igreja da Escócia[2] — ele

[2] A Assembleia Geral é o órgão administrativo maior da Igreja da Escócia. [N. T.]

costumava dizer: 'Mostre-me isso na Palavra de Deus'. Ele falava assim e batia uma Bíblia grande na mesa. Era o modo que tinha de calar as pessoas que o procuravam falando besteiras sobre experiências religiosas. E, levando em conta suas premissas, ele estava absolutamente certo. Entenda, Sra. Studdock, eu não tenho as opiniões dele, mas trabalho a partir dos mesmos princípios. Se alguma coisa quiser que Andrew MacPhee acredite em sua existência, ficarei grato se esta coisa se apresentar em plena luz do dia, com um número suficiente de testemunhas presentes, e não se incomode se eu usar uma câmera fotográfica ou um termômetro".

MacPhee olhou pensativo para sua caixinha de rapé.

"Então você viu alguma coisa."

"Sim. Mas devemos manter uma mente aberta. Pode ter sido uma alucinação. Pode ter sido um truque de ilusionismo."

"Do Diretor?", perguntou Jane com raiva. O Sr. MacPhee olhou para sua caixinha de rapé outra vez. "O senhor realmente espera que eu", disse Jane, "acredite que o Diretor é um homem desse tipo? Um charlatão?".

"Gostaria, senhora", disse MacPhee, "que considerasse esse assunto sem usar o tempo todo palavras como *acreditar*. Obviamente, um truque é uma das hipóteses que qualquer investigador imparcial deve levar em consideração. O fato de ser uma hipótese particularmente incompatível com as emoções deste ou daquele investigador não tem importância. A não ser, talvez, que seja uma base adicional para enfatizar a hipótese em questão, só porque há um forte perigo psicológico de negligenciá-la".

"Existe uma coisa chamada lealdade", disse Jane. MacPhee, que estivera fechando cuidadosamente a caixinha de rapé, levantou a cabeça de repente com um olhar severo.

"Existe, senhora. À medida que for envelhecendo, você aprenderá que essa é uma virtude importante demais para ser desperdiçada em personalidades individuais."

Nesse momento, alguém bateu à porta. "Entre", disse MacPhee, e Camilla entrou.

"Já terminou com Jane, Sr. MacPhee?", perguntou ela. "Ela combinou de sair comigo para tomar um ar antes do jantar."

"Argh, tomar um ar!", disse MacPhee, com um gesto de desespero. "Muito bem, senhoras, muito bem. Vão para o jardim. Duvido que alguém esteja fazendo algo mais objetivo do lado do inimigo. A essa velocidade, eles terão este país inteiro nas mãos antes que possamos nos mover."

"Gostaria que você lesse o poema que estou lendo", disse Camilla. "Porque ele diz em uma linha o que estou sentindo a respeito dessa espera: '*Tolo, tudo repousa em uma paixão de paciência, o governo do meu senhor*'."[3]

"De onde é?", perguntou Jane.

"*Taliessin através de Logres.*"

"O Sr. MacPhee provavelmente não aprova nenhum poeta a não ser Burns."[4]

"Burns!", disse MacPhee com profundo desprezo, abrindo a gaveta de sua mesa com grande energia e tirando de lá uma pilha imensa de papéis. "Se as senhoras estão indo para o jardim, não permitam que eu as atrase."

"Ele lhe contou?", disse Camilla, enquanto as duas moças passavam pelo corredor. Movida por uma espécie de impulso que não havia experimentado, Jane pegou a mão da amiga enquanto respondia "Sim!". Ambas estavam tomadas por uma paixão, mas que paixão era essa nenhuma das duas sabia. Foram para a porta de entrada e, quando a abriram, viram algo que, apesar de natural, pareceu-lhes, naquele instante, apocalíptico.

Ventara muito o dia inteiro, e elas viram um céu limpo. O ar estava intensamente frio, e as estrelas pareciam austeras e brilhantes. Bem acima dos últimos farrapos de nuvens apressadas estava a lua em toda a sua força — não a lua voluptuosa de milhares de canções sulistas de amor, mas a caçadora, a virgem indomável, a ponta de lança da loucura. Se aquele satélite frio tivesse se juntado ao nosso planeta pela primeira vez, dificilmente teria se parecido mais com um presságio. A selvageria penetrou o sangue de Jane.

"Esse Sr. MacPhee...", disse Jane enquanto caminhavam pela encosta íngreme até o topo do jardim.

"Eu sei", disse Camilla. "E então, *você* acreditou nele?"

"Claro que sim!"

"Como o Sr. MacPhee explica a idade do Diretor?"

"Você quer dizer o fato de ele parecer — ou ser — tão jovem, se é que dá para chamar aquilo de jovem?"

"Sim. É assim que ficam as pessoas que voltam das estrelas. Ou de Perelandra, pelo menos. O Paraíso ainda está acontecendo lá. Peça que ele

---

[3]Citação do poema *MountBadon*, de Charles Williams (1886–1945), um dos Inklings, grupo de intelectuais da Universidade de Oxford. Desse grupo, fizeram parte, entre outros, J. R. R. Tolkien e o próprio C. S. Lewis. [N. T.]

[4]Robert Burns (1759–1796), considerado o poeta nacional da Escócia. [N. T.]

lhe conte sobre isso um dia. Ele nunca mais vai envelhecer nem um ano, nem um mês."

"Ele vai morrer?"

"Eu creio que ele será levado de volta para o céu profundo. Isso já aconteceu com uma ou duas pessoas, talvez com umas seis desde que o início do mundo."

"Camilla!"

"Sim."

"O que — o que ele é?"

"Ele é um homem, minha querida. E ele é o Pendragon de Logres.[5] Esta casa, nós todos aqui, o Sr. Bultitude, Pinch, é tudo que restou de Logres: tudo o mais se tornou simplesmente Grã-Bretanha. Siga em frente. Vamos até o topo. Como está ventando! Pode ser que eles venham visitá-lo esta noite."

• • •

Naquela noite, Jane lavou a louça sob o olhar atento do Barão Corvo,[6] a gralha, enquanto os demais se reuniam no Salão Azul.

"Bem", disse Ransom, quando Grace Ironwood concluiu a leitura de suas anotações. "Esse é o sonho, e tudo nele parece ser objetivo."

"Objetivo?", disse Dimble. "Não estou entendendo, senhor. Você acha que eles realmente têm uma coisa dessas?"

"O que você acha, MacPhee?", perguntou Ransom.

"Ah, sim, é possível", disse MacPhee. "Vocês sabiam que existe uma experiência antiga com cabeças de animais? Fazem isso com frequência em laboratórios. A cabeça é cortada e o corpo é descartado. É possível manter a cabeça funcionando durante algum tempo se houver circulação sanguínea na pressão certa."

"Não é possível!", disse Ivy Maggs.

"Você quer dizer, mantê-la *viva*?", disse Dimble.

"*Viva* é uma palavra ambígua. Você pode manter todas as funções. É o que popularmente seria chamado de viva. Mas é uma cabeça humana, e a consciência... não sei o que poderia acontecer se tentassem algo assim."

---

[5]"Logres" deriva do galês *Lloegyr*, que se refere ao território que mais tarde seria conhecido como Inglaterra. [N. T.]

[6]Barão Corvo foi o pseudônimo utilizado pelo escritor inglês Frederick Rolf (1860–1913). [N. T.]

"Isso já foi tentado", disse a Srta. Ironwood. "Um alemão tentou antes da Primeira Guerra, com a cabeça de um criminoso."

"Foi mesmo?", perguntou MacPhee, com grande interesse. "E você sabe qual foi o resultado?"

"A experiência fracassou. A cabeça simplesmente entrou em decomposição, naturalmente."

"Para mim chega", disse Ivy Maggs, levantando-se e saindo abruptamente da sala.

"Então essa abominação imunda", disse o Dr. Dimble, é real, e não apenas um sonho." Seu rosto estava pálido e contraído. Por outro lado, o rosto de sua esposa não demonstrou mais que o desgosto controlado que uma senhora tradicional tem em relação a qualquer detalhe nojento que precisa ser mencionado.

"Não temos provas", disse MacPhee. "Estou apenas atestando os fatos. O que a moça sonhou é possível."

"E o que dizer do turbante?", perguntou Denniston, "aquela espécie de inchação no alto da cabeça?".

"Você sabe o que *pode* ser", disse o Diretor.

"Não estou certo se sei, senhor", disse Dimble.

"Supondo que o sonho seja verídico", disse MacPhee. "Você pode adivinhar o que seria. Uma vez que conseguissem manter a cabeça viva, a primeira coisa que ocorreria a meninos como eles seria aumentar o cérebro. Tentariam todo tipo de estimulantes. E então, talvez abrissem o tampo da cabeça e simplesmente — bem, simplesmente deixassem que transbordasse, por assim dizer. Não tenho dúvida de que a ideia é essa. Uma hipertrofia cerebral induzida artificialmente para suportar um poder sobre-humano de ideação."

"Mas é provável", disse o Diretor, "que uma hipertrofia desse tipo aumente a capacidade de pensar?".

"Penso que esse seja o ponto fraco", disse a Srta. Ironwood. "Eu penso que produza loucura — ou absolutamente nada. Mas *pode ser* que surta o efeito contrário."

Houve um silêncio reflexivo.

"Então", disse Dimble, "nós estamos contra o cérebro de um criminoso, inchado a proporções sobre-humanas e experimentando um estado de consciência que não podemos imaginar, mas que presumivelmente é de agonia e ódio".

"Não temos certeza", disse a Srta. Ironwood, "de que haveria dor de fato. Talvez em volta do pescoço, no início".

"O que nos preocupa muito mais no momento", disse MacPhee, "é determinar quais conclusões podemos tirar de tudo que fizeram com a cabeça de Alcasan, ou que passos práticos podemos dar — trabalhando sempre a partir da hipótese de que o sonho é verdadeiro".

"Isso nos diz imediatamente uma coisa", disse Denniston.

"O quê?", perguntou MacPhee.

"Que o movimento do inimigo é internacional. Para conseguir essa cabeça, eles devem ter tido a colaboração de, no mínimo, uma força policial estrangeira."

MacPhee esfregou as mãos. "Meu querido", disse ele, "você tem as características de um pensador lógico. Mas não dá para ter certeza se sua dedução está de todo correta. Suborno pode explicar isso sem uma consolidação real".

"No longo prazo, isso nos diz algo que é ainda mais importante", disse o Diretor. "Quer dizer que, se essa tecnologia funciona mesmo, o pessoal de Belbury, para todos os propósitos práticos, descobriu uma maneira de se tornar imortal." Houve um momento de silêncio, e ele então continuou: "É o princípio de uma nova espécie de verdade — as cabeças escolhidas que nunca morrem. Eles vão dizer que esse é o novo passo na evolução. E, de agora em diante, todas as criaturas que você e eu chamamos de humanas são simples candidatas à admissão para a nova espécie, ou ainda seus escravos — ou, talvez, até mesmo a comida deles."

"O surgimento dos Homens sem Corpo", disse Dimble.

"Muito provavelmente, muito provavelmente", disse MacPhee, estendendo sua caixinha de rapé para Dimble, que recusou, e então MacPhee deu uma longa aspirada antes de continuar. "Mas não vai ajudar em nada aplicar forças de retórica para nos apavorar, nem tirar nossa cabeça de cima dos ombros só porque alguns camaradas tiveram os ombros deles tirados de sob suas cabeças. Vou apoiar a cabeça do Diretor, e a sua, Dr. Dimble, e mesmo a minha, contra a cabeça desse rapaz, esteja o cérebro dele cozinhando ou não, desde que as usemos. Vou ficar contente em saber quais são as medidas práticas sugeridas para o nosso lado."

Dizendo isso, ele bateu os nós dos dedos gentilmente em seu joelho e encarou duramente o Diretor.

"Essa", disse MacPhee, "é uma pergunta que eu já me atrevi a fazer antes".

O rosto de Grace Ironwood transformou-se subitamente, tal como uma chama pulando da brasa. "Será que não podemos confiar que o Diretor vai formular seu plano no momento certo, Sr. MacPhee?", disse ela, nervosa.

"Nessa mesma linha, doutora", disse ele, "será que não se pode confiar no conselho para ouvir o plano do Diretor?".

"O que você quer dizer com isso, MacPhee?", perguntou Dimble.

"Sr. Diretor", disse MacPhee, "perdoe-me por falar tão francamente. Os seus inimigos já têm essa cabeça. Eles já tomaram posse de Edgestow e estão a ponto de suspender todas as leis da Inglaterra. E mesmo assim você nos diz que não é hora de agir. Se você tivesse ouvido meu conselho seis meses atrás, agora teríamos uma organização em toda a ilha, e talvez até um partido na Câmara dos Comuns. Sei bem o que você vai dizer — que esses não são os métodos corretos. Talvez não sejam. Mas se você não pode nem ouvir o nosso conselho, nem nos dar algo para fazer, para que estamos parados aqui? Você já considerou com seriedade a hipótese de nos mandar embora e conseguir outros colegas com quem possa trabalhar?"

"Você quer dizer dissolver a companhia?", disse Dimble.

"Sim, isso mesmo", disse MacPhee.

O Diretor os olhou com um sorriso. "Mas", disse ele, "eu não tenho poder para dissolvê-la".

"Nesse caso", disse MacPhee, "devo lhe perguntar: com que autoridade você a formou?".

"Eu nunca formei este grupo", disse o Diretor. Então, depois de olhar em volta para todos ali presentes, acrescentou: "Eis aqui um mal-entendido estranho. Vocês estão pensando que eu os *escolhi*?".

"Estão?", repetiu ele, mas ninguém respondeu.

"Bem, quanto a mim", disse Dimble, "entendo perfeitamente que as coisas tenham acontecido mais ou menos inconscientemente... até por acidente. Não houve um momento no qual você me pediu para me unir a um movimento definido ou coisa parecida. É por isso que sempre me considero uma espécie de seguidor não associado. Eu presumo que os outros estejam em uma posição mais regular".

"O senhor sabe por que Camilla e eu estamos aqui?", perguntou Denniston. "Nós com certeza não tínhamos planejado ou previsto como seríamos empregados."

Grace Ironwood olhou com uma expressão carregada, e seu rosto estava pálido. "O senhor quer...?"

O Diretor colocou a mão no braço dela. "Não", disse ele. "Não. Não há necessidade de que todas essas histórias sejam contadas."

MacPhee relaxou sua feição severa e abriu um sorriso largo. "Eu sei aonde você quer chegar", disse ele. "Acho que nós todos estivemos brincando de cabra-cega. Mas peço licença para observar, Dr. Ransom, que você tem autoridade aqui, sim. Não consigo me lembrar de como passou a ser chamado de Diretor, mas a partir deste título, e de um ou dois outros indícios, qualquer um teria pensado que você se comportava mais como o líder de uma organização que como o anfitrião de uma festa."

"Eu sou o Diretor", disse Ransom, sorrindo. "Vocês acham que eu alegaria a autoridade que tenho se a relação entre nós dependesse da sua escolha ou da minha? Vocês nunca me escolheram. Eu nunca os escolhi. Até os grandes Oyéresu a quem eu sirvo nunca me escolheram. Fui para os mundos deles pelo que a princípio parecia ser um acaso, do mesmo modo como vocês vieram a mim, e como os animais nesta casa chegaram aqui. Nem vocês nem eu planejamos nada disso — esta situação veio a nós, nos arrastou para dentro dela, por assim dizer. Esta é sem dúvida uma organização, mas nós não somos os organizadores. E é por isso que eu não tenho autoridade para dar a qualquer um de vocês permissão para sair da minha casa."

Por um tempo houve silêncio absoluto no Salão Azul, sendo o crepitar do fogo a única exceção.

"Se não há mais nada a discutir", disse Grace Ironwood, "talvez seja melhor deixarmos o Diretor descansar".

MacPhee se levantou e espanou um pouco do rapé que estava em cima dos seus joelhos, preparando, assim, uma aventura nova para os camundongos da próxima vez que eles saíssem atendendo a um assobio do Diretor.

"Não tenho intenção", disse ele, "de sair desta casa se qualquer um de vocês quiser que eu permaneça. Mas no que diz respeito à hipótese geral que o Diretor parecer estar levantando e à autoridade muito peculiar que ele alega, eu prefiro não falar nada. Você sabe bem, Sr. Diretor, em que sentido tenho e em que sentido não tenho confiança completa em você".

O Diretor riu. "Deus me livre", disse ele, "de alegar saber o que se passa nas duas metades da sua cabeça, MacPhee, e menos ainda como você conecta uma com a outra. Mas eu sei (e isso é muito mais importante) o tipo de confiança que tenho em você. Mas você não vai se sentar? Há muito ainda para ser dito".

MacPhee sentou-se outra vez. Grace Ironwood, que estava sentada empertigada, relaxou. E o Diretor falou:

"Nós descobrimos nesta noite", disse ele, "se não o que o poder real por trás dos nossos inimigos está fazendo, pelo menos a forma como ele está incorporado em Belbury. Portanto, agora sabemos alguma coisa a respeito de um dos dois ataques que estão para ser desferidos contra a nossa raça. Mas estou pensando no outro".

"Sim", disse Camilla, de modo sério. "O outro."

"O que você quer dizer com isso?", perguntou MacPhee.

"O que quero dizer com isso", disse Ransom, "tem a ver com o que está debaixo do bosque Bragdon, seja lá o que for".

"Você ainda está pensando *nisso*?", indagou o norte-irlandês.

Houve um momento de silêncio.

"Quase não consigo pensar em outra coisa", disse o Diretor. "Nós já sabíamos que o inimigo queria o bosque. Alguns de nós suspeitavam o porquê. Agora Jane viu — ou talvez tenha sentido — em um sonho o que eles estão procurando em Bragdon. Esse pode ser o pior dos dois perigos. Mas o que é certo é que o maior perigo de todos é a união das forças dos inimigos. Ele está apostando tudo nisso. Quando o novo poder de Belbury se unir ao antigo poder que está debaixo do bosque Bragdon, Logres — na verdade, a humanidade — estará praticamente sitiada. Todos os nossos esforços agora se voltam na direção de impedir esta união. Este é o momento no qual devemos estar preparados para matar ou morrer. Mas ainda não podemos atacar. Não podemos entrar em Bragdon e começar a escavar. Haverá um momento em que irão encontrar ele — aquilo. Não tenho dúvida de que isso nos será dito de um modo ou de outro. Até lá devemos esperar."

"Não acredito em nem uma palavra dessa história toda", disse MacPhee.

"Pensei", disse a Srta. Ironwood, "que não deveríamos usar palavras como *acreditar*. Pensei que deveríamos apenas declarar os fatos e expor as implicações".

"Se continuarem discutindo", disse o Diretor, "vou fazer vocês se casarem".

• • •

No princípio, o grande mistério para a companhia era saber por que o inimigo queria o bosque Bragdon. O terreno de Bragdon era inadequado, e somente poderia ser usado para a construção de um prédio do tamanho que eles haviam proposto se recebesse um tratamento preliminar muito caro, e Edgestow em si não era um lugar evidentemente conveniente. Finalmente o Diretor chegou a uma conclusão, por meio de um estudo intenso que contou com a colaboração do Dr. Dimble, a despeito do ceticismo permanente de MacPhee. Dimble, o Diretor e os Dennistons compartilhavam um conhecimento da Grã-Bretanha arturiana que a erudição ortodoxa provavelmente não obteria em séculos. Eles sabiam que Edgestow estava no que fora o coração da antiga Logres, que o lugarejo de Cure Hardy preservava o nome de Ozana le Coeur Hardi,[7] e que o Merlin histórico atuara no que atualmente é o bosque Bragdon.

O que exatamente Merlin fizera lá eles não sabiam. Todavia, por vários caminhos, chegaram ao ponto de considerar que a arte de Merlin ou era apenas lenda e impostura, ou equivalia ao que a Renascença chamava de magia. Dimble chegou ao ponto de defender que um bom crítico, apenas por sua sensibilidade, poderia detectar a diferença entre os traços que as duas deixaram na literatura. "O que há em comum", perguntava ele, "entre ocultistas cerimoniais como Fausto,[8] Próspero[9] e Arquimago,[10] com seus estudos à meia-noite, seus livros proibidos, seus grupos de espíritos malignos e elementais, e uma figura como Merlin, que parece ter feito tudo o que fez simplesmente por ser Merlin?". E Ransom concordou. Ele pensava que a arte de Merlin era a última sobrevivente de algo mais antigo e diferente — algo trazido à Europa Ocidental depois da queda de Numinor,[11] algo que pertencia a um tempo em que as relações gerais da mente e da matéria neste planeta eram diferentes da que conhecemos atualmente. É provável que fosse bastante diferente da magia da Renascença. Possivelmente (ainda que haja dúvida quanto a isso) era praticada com menos culpa, e com certeza era mais eficiente. Pois Paracelso,[12] Agripa[13] e os demais

---

[7]O nome deriva de Osenain, um cavaleiro citado no ciclo das lendas arturianas. [N. T.]

[8]Fausto foi um mágico legendário que viveu na Alemanha no início do século 16. Mais tarde seu nome serviu como inspiração para a famosa peça homônima do escritor alemão Goethe (1749–1832). [N. T.]

[9]Próspero é um mago que aparece na peça *A tempestade*, de Shakespeare. [N. T.]

[10]Arquimago é um mágico do poema inacabado *A Rainha das fadas*, de Edmund Spenser (c. 1552–1599), poeta inglês. [N. T.]

[11]Referência à queda de Númenor, terra imaginária que tem lugar de destaque no legendarium tolkieniano, particularmente em *O Silmarillion* e *Contos inacabados*. O relato da queda de Númenor é a versão de J. R. R. Tolkien do conhecido mito de Atlântida, mencionado por Platão em seus diálogos *Crítias* e *Timeu*. [N. T.]

[12]Paracelso (1493–1541), médico, alquimista e filósofo suíço-alemão. [N. T.]

[13]Henrique Cornélio Agripa (1486–1535), alquimista e filósofo alemão, com interesse em magia, ocultismo e astrologia. [N. T.]

conseguiram pouca coisa, ou nada. O próprio Bacon,[14] que não era inimigo da magia a não ser por este aspecto, relatou que os mágicos "não conseguiram nenhuma grandeza e certeza das suas obras". Toda a explosão das artes proibidas que se deu na Renascença parece ter sido um método de perder a alma em termos singularmente desfavoráveis. Mas a arte mais antiga tinha sido uma proposta diferente.

Mas se a única atração possível de Bragdon baseava-se no fato de sua associação com os últimos vestígios da magia atlanteana, isso significava outra coisa para a companhia. Significava que o INEC, em seu núcleo, não estava preocupado apenas com formas modernas ou materialistas de poder. De fato, mostrava ao Diretor que, por trás do INEC, havia uma energia e um conhecimento eldílicos. Claro que era outra questão se os membros humanos do Instituto conheciam os poderes das trevas que eram os seus organizadores reais. E, no longo prazo, essa questão talvez não fosse importante. Como Ransom mesmo disse mais de uma vez, "Quer saibam, quer não, muita coisa desse tipo vai acontecer. A questão não é como o pessoal de Belbury vai agir (os *eldila* das trevas vão dar um jeito nisso), mas como vão pensar nas próprias ações. Eles irão a Bragdon: resta saber se alguém entre eles vai ter consciência da verdadeira razão pela qual vão para lá ou se vão apelar para alguma teoria dos solos, do ar ou de tensões etéreas para explicar o que vai acontecer".

Até certo ponto, o Diretor tinha imaginado que os poderes que o inimigo buscava estavam simplesmente sediados em Bragdon, pois havia uma crença antiga e muito disseminada de que o lugar em si era de importância para essas questões. Mas ele entendeu outra coisa a partir do sonho que Jane teve com aquela coisa fria e adormecida. Tratava-se algo muito mais específico, algo localizado debaixo do solo do bosque Bragdon, algo que seria descoberto por uma escavação. Tratava-se, na verdade, do corpo de Merlin. O Diretor recebeu quase sem surpresa o que os *eldila* lhe disseram enquanto estavam com ele, a respeito da possibilidade de tal descoberta. Não era surpresa para eles. Aos olhos deles, os modos terrestres naturais de ser — geração, nascimento, morte e decomposição — que existem para se usar a estrutura do pensamento, não eram menos maravilhosos que os outros incontáveis padrões que estavam continuamente presentes em suas mentes que nunca dormem. Para aquelas criaturas sublimes cuja atividade constrói

[14]Francis Bacon (1561–1626), diplomata e intelectual inglês. [N. T.]

o que chamamos de Natureza, nada é "natural". Do lugar onde estão, a arbitrariedade essencial (por assim dizer) de cada criação real é incessantemente visível. Para eles não há pressuposições: tudo brota com a beleza obstinada de uma brincadeira ou de uma música a partir do momento miraculoso de autolimitação, de onde o Infinito, rejeitando uma miríade de possibilidades, lança fora de si a invenção positiva e escolhida. Para eles não é estranho que um corpo possa ficar por mil e quinhentos anos sem se decompor; eles conhecem mundos onde não há qualquer decomposição. Para eles também não é estranho que a vida individual desse corpo permaneça latente todo esse tempo: eles viram inúmeros modos diferentes como a alma e a matéria podem ser combinadas e separadas sem perda de influência recíproca, combinadas sem encarnação verdadeira, unidas tão completamente a ponto de se tornarem uma terceira coisa ou ajuntadas periodicamente em uma união tão curta e momentânea como o abraço nupcial. Eles levaram essa notícia ao Diretor não como uma maravilha da filosofia natural, mas como uma informação em tempo de guerra. Merlin não tinha morrido. Sua vida fora mantida escondida, desviada, retirada do nosso tempo unidimensional por mil e quinhentos anos. Mas sob certas circunstâncias, ela poderia voltar ao seu corpo.

Eles não haviam contado isso ao Diretor até bem recentemente porque não sabiam. Uma das maiores dificuldades de Ransom em argumentar com MacPhee (que insistia em professar sua descrença na existência dos *eldila*) era que este último tinha o raciocínio comum, mas curioso, de que, se essas criaturas são mais sábias e mais fortes do que o homem, consequentemente devem ser oniscientes e onipotentes. O esforço de Ransom para explicar a verdade foi em vão. Sem dúvida, os grandes seres que agora o visitavam com frequência tinham poder suficiente para varrer Belbury da face da Inglaterra, e a Inglaterra da face da Terra, e, talvez, acabar com a própria existência da Terra. Mas nenhum poder dessa natureza seria utilizado. Eles também não viam o que estava na mente dos homens. Foi em um lugar diferente, e utilizando seu conhecimento a partir de outra perspectiva, que eles descobriram o estado de Merlin. Não a partir da inspeção da coisa que dormia debaixo do bosque Bragdon, mas por observar certa configuração única naquele lugar, no qual permanecem as coisas que são tiradas da rota principal do tempo, atrás de cercas invisíveis, e levadas a campos inimagináveis. Nem todas as épocas que estão fora do presente são obrigatoriamente passadas ou futuras.

Foi isso que manteve o Diretor desperto, com uma expressão tensa nas curtas horas frias daquela manhã, quando os demais o deixaram. Em sua mente não havia dúvida de que o inimigo comprara Bragdon para encontrar Merlin; e, se o encontrassem, iriam despertá-lo. O antigo druida inevitavelmente se uniria aos novos conspiradores, e o que o impediria de fazer isso? Aconteceria uma união entre duas espécies de poder que determinaria o destino do nosso planeta. Sem dúvida, essa era a vontade dos *eldila* das trevas havia séculos. As ciências físicas, boas e inocentes em si, já no tempo de Ransom haviam começado a se deturpar, sendo sutilmente manipuladas em uma determinada direção. Uma falta de esperança quanto à verdade objetiva insinuava-se de modo crescente entre os cientistas. O resultado disso era uma indiferença quanto a tal verdade, e uma concentração em buscar apenas o poder. Conversas fiadas sobre o élan vital e flertes com o panpsiquismo[15] se uniam para restaurar a *Anima Mundi*[16] dos magos. Sonhos sobre o destino do homem em um futuro longínquo retiravam de sua cova rasa e perturbada o antigo sonho do Homem como Deus. As próprias experiências da sala de dissecação e do laboratório de patologia geravam a convicção de que o sufocamento de todas as repugnâncias profundamente enraizadas era o primeiro elemento essencial para o progresso. E agora, tudo isso havia alcançado o estágio no qual seus articuladores das trevas pensavam poder iniciar com segurança o processo de unir esse primeiro passo àquela forma antiga de poder. E eles estavam de fato escolhendo o primeiro momento no qual poderia ser feito. Aquilo não poderia ter sido feito com cientistas do século 19. O firme objetivo do seu materialismo teria excluído da mente deles qualquer ideia nesse sentido, e, mesmo que fossem levados a acreditar que era possível, a moralidade que herdaram os impediria de tocar naquela sujeira. MacPhee era um sobrevivente dessa tradição. Mas agora era diferente. Talvez alguns poucos, ou ninguém, em Belbury soubessem o que estava acontecendo, mas, uma vez que isso acontecesse, seriam como palha no fogo. O que considerariam incrível, uma vez que já não acreditavam mais em um universo racional? O que considerariam obsceno demais uma vez que, para eles, toda a moralidade era apenas uma derivação subjetiva das

[15]Panpsiquismo designa a crença de que não apenas os seres humanos, mas também os animais e até mesmo as plantas e os objetos, têm consciência, isto é, uma alma. [N. T.]
[16]*Anima Mundi*, "alma do mundo", é um conceito do poeta irlandês William Butler Yeats (1865–1939), derivado do filósofo neoplatônico Plotino. [N. T.]

situações físicas e econômicas dos homens? Aquele era o tempo certo. Do ponto de vista aceito no Inferno, toda a história da nossa Terra convergia para aquele momento. Finalmente o homem caído tinha uma chance real de se livrar da limitação de poderes que a misericórdia lhe impusera como forma de protegê-lo dos resultados plenos de sua queda. Se isso acontecesse, finalmente o Inferno poderia se encarnar. Homens perversos, enquanto ainda em seus corpos, ainda rastejando neste pequeno globo, acessariam o estado no qual, até aquele momento, só se entra depois da morte, e teriam o poder e a capacidade dos espíritos malignos de agir dia e noite sem parar. A natureza, por sobre todo o globo da Terra, se tornaria sua escrava, e desse domínio com certeza não se veria um fim antes do fim do próprio tempo.

A cidade conquistada

10

ATÉ ENTÃO, não importava como os dias de Mark tinham sido, ele dormia bem; porém, naquela noite o sono lhe faltou. Ele não escreveu para Jane. Passou o dia inteiro evitando ser visto e não fazendo nada em particular. Aquela noite sem dormir levou todos os seus temores a um novo nível. Ele era, claro, teoricamente materialista e (também teoricamente) havia passado da idade em que se experimenta temores noturnos. Mas, naquele instante, quando o vento batia na sua janela incessantemente, ele sentiu outra vez os terrores antigos: o velho medo intenso, como se fossem dedos frios, delicadamente passando por suas costas. Na verdade, o materialismo não oferece nenhuma proteção. Aqueles que buscam o materialismo na esperança de encontrá-la (e não é um grupo pequeno) ficarão desapontados. Você tem medo de alguma coisa que é impossível. Pois bem. Só por isso você deixa de ter medo daquilo? Não aqui e agora. E depois? Se tiver de ver fantasmas, é melhor não duvidar deles.

Ele foi chamado mais cedo que de costume e, juntamente com seu chá, veio um bilhete. O vice-diretor o saudava e pedia que o Sr. Studdock fosse encontrá-lo *imediatamente* para tratar de um assunto urgente e preocupante. Mark se vestiu e obedeceu.

Foi ao escritório de Wither, e lá o encontrou juntamente com a Srta. Hardcastle. Para surpresa e (momentaneamente) alívio de Mark, parecia que Wither não se lembrava da última reunião que eles haviam tido. De fato, Wither estava sendo simpático, até mesmo condescendente, mas ao mesmo tempo estava extremamente sério.

"Bom dia, bom dia, Sr. Studdock", disse ele. "É com grande pesar que eu... eh... em resumo, eu não o impediria de tomar seu café da manhã a não ser que soubesse que é do seu interesse ser informado dos fatos o mais cedo possível. É claro que você vai considerar estritamente confidencial tudo o que vou dizer. O assunto é preocupante, ou, pelo menos, constrangedor. Sei que, enquanto conversarmos — peço que se sente, Sr. Studdock —, você vai entender, em sua situação atual, como temos sido sábios em ter desde o princípio uma força policial — para usar esse nome infeliz — que seja nossa."

Mark passou a língua nos lábios e se sentou.

"Minha relutância em levantar a questão", continuou Wither, "seria muito mais séria se eu não fosse capaz de lhe assegurar — *antecipadamente* — que todos nós temos confiança completa na sua pessoa, e que eu tenho muita esperança", neste momento pela primeira vez ele olhou Mark nos olhos, "de que você também tenha em nós. Nós nos consideramos aqui como irmãos e... eh... irmãs, de modo que o que acontecer neste escritório deve ser considerado confidencial no sentido mais pleno da palavra, e eu entendo que devemos nos sentir confortáveis para discutir o assunto que estou para mencionar da maneira mais humana e informal possível".

A Srta. Hardcastle interrompeu a fala de Wither, e o tom de voz dela não pareceu muito diferente do tiro de um revólver.

"Você perdeu sua carteira, Studdock?", perguntou ela.

"Minha... minha carteira?", disse Mark.

"Sim. Carteira. Pasta. Objeto onde você guarda anotações e cartas."

"Sim. Perdi. Você a encontrou?"

"Ela tem três libras e dez xelins, o recibo de vale postal de cinco xelins, cartas de uma mulher que se chama Myrtle, do tesoureiro de Bracton, de G. Hernshaw, F. A. Browne, M. Belcher e uma conta de um traje a rigor da Simonds & Son, Rua do Mercado, nº 32a, Edgestow?"

"Bem, mais ou menos isso."

"Aqui está ela", disse a Srta. Hardcastle, apontando para a mesa. "Não, não faça isso", disse ela quando Mark deu um passo à frente em direção à carteira.

"O que está acontecendo?", perguntou Mark. O tom de voz dele era o que qualquer um usaria em uma circunstância como aquela, mas que policiais descreveriam como "ameaçador".

"Nada disso", disse a Srta. Hardcastle. "Esta carteira foi encontrada sobre a grama do lado da estrada a cinco metros do corpo de Hingest."

"Meu Deus!", disse Studdock. "Você não quer dizer... Isso é um absurdo!"

"Não adianta apelar para *mim*", disse a Srta. Hardcastle. "Não sou advogada, nem júri, nem juiz. Sou apenas uma policial. Estou lhe apresentando os fatos."

"Devo entender que sou suspeito de ter assassinado Hingest?"

"Eu não acho", disse o vice-diretor, "que você precise ter a mais leve apreensão de que haja, neste momento, qualquer diferença radical entre os seus colegas e você quanto à luz sob a qual esta questão tão dolorosa precisaria ser considerada. A questão na verdade é constitucional..."

"Constitucional?", indagou Mark com raiva. "Se a entendi, a Srta. Hardcastle está me acusando de assassinato!".

Os olhos de Wither olharam para ele como se estivessem a uma distância infinita.

"Ah", disse ele, "não acredito que isso faça justiça à posição da Srta. Hardcastle. O elemento que ela representa no Instituto seria estritamente *ultra vires*[1] se fizesse qualquer coisa desse tipo dentro do INEC — supondo, mas puramente, claro, pelo propósito do argumento, que desejassem ou viessem a desejar, em um estágio posterior, acusá-lo —, enquanto que, em relação às autoridades externas, seja como for que as definamos, seria totalmente inconsistente qualquer ação desse tipo. Pelo menos, no sentido no qual eu entendo que você está usando as palavras."

"Mas acho que tenho de me preocupar exatamente com as autoridades externas", disse Mark, que estava com a boca seca e tinha dificuldade em se fazer ouvir. "Até onde consigo entender, a Srta. Hardcastle está dizendo que eu vou ser preso."

"Pelo contrário", disse Wither. "Este é exatamente um daqueles casos em que você vê o enorme valor de ter o seu próprio poder executivo. Temo que esta seja uma questão que poderia lhe causar considerável desconforto se a polícia comum tivesse descoberto a carteira, ou se nós estivéssemos na posição de um cidadão comum que sentiu ter a obrigação — como sentiremos que é nossa obrigação se algum dia nos encontrarmos nessa situação bastante diferente — de entregar a carteira à polícia. Eu não sei se a Srta. Hardcastle deixou perfeitamente claro que foram os oficiais dela, apenas eles, que fizeram essa... eh... descoberta constrangedora."

[1]A expressão *ultra vires* é um termo jurídico com o sentido de "ilegal", "não autorizado", ou seja, além da esfera de atuação. [N. T.]

"O que você quer dizer com isso?", disse Mark. "Se a Srta. Hardcastle não acha que existe um caso *prima facie* contra mim, por que estou sendo acusado desse jeito? E se ela pensa que sou culpado, como poderá ser impedida de informar às autoridades?"

"Meu querido amigo", disse Wither, em um tom antediluviano, "não há da parte do comitê o menor desejo de, em casos dessa natureza, insistir em definir os poderes de ação da nossa própria polícia, e muito menos (como neste caso), em definir o que a nossa polícia não pode fazer. Não creio que alguém tenha sugerido que a Srta. Hardcastle devesse ser *obrigada* — em qualquer sentido que limitasse a iniciativa dela — a comunicar às autoridades externas, que, pela própria organização delas, devem ser menos adaptadas para lidar com interrogatórios imponderáveis e quase técnicos que surgem com frequência, quaisquer fatos descobertos por ela e pela equipe que ela lidera no exercício das suas obrigações no INEC".

"Devo entender", disse Mark, "que a Srta. Hardcastle acredita ter fatos que justifiquem a minha prisão pelo assassinato do Sr. Hingest, mas que está gentilmente oferecendo ocultá-los?".

"Agora você entendeu, Studdock", disse a Fada. Depois disso, pela primeira vez na experiência de Mark, ela acendeu seu charuto, soprou uma nuvem de fumaça e sorriu ou, pelo menos, mexeu os lábios para que seus dentes ficassem visíveis.

"Mas não é isso que eu quero", disse Mark. Esta não era toda a verdade. A ideia que lhe fora apresentada poucos segundos antes, de ter a coisa toda abafada de alguma maneira e quase que em quaisquer condições, chegara até ele como o ar para alguém que está sufocando. Mas algum sentimento de cidadania ainda vivia nele, e ele continuou, quase sem perceber essa emoção, a seguir um raciocínio diferente. "Eu não quero isso", disse ele, falando alto. "Sou inocente! Acho melhor eu me apresentar imediatamente à polícia, isto é, à *verdadeira* polícia."

"Se você *quer* ser julgado", disse a Fada, "é outra história".

"Quero é ser inocentado", disse Mark. "A acusação vai ser completamente desmontada. Não havia um motivo concebível. E eu tenho um álibi. Todo mundo sabe que naquela noite eu dormi aqui."

"É mesmo?", disse a Fada.

"O que você quer dizer?", disse Mark.

"Você sabe que sempre há um *motivo*", disse ela, "para que alguém mate uma pessoa. A polícia é apenas humana. Quando a máquina começar a funcionar, eles naturalmente vão querer uma condenação".

Mark se esforçou para acreditar que não estava com medo. Se pelo menos Wither não mantivesse todas as janelas fechadas e depois acendesse um fogo grandioso!

"Tem uma carta que você escreveu", disse a Fada.

"Que carta?"

"Uma carta para um tal Sr. Pelham, da sua faculdade, datada de seis semanas atrás, na qual você diz: '*Gostaria que Bill Nevasca fosse transferido para um mundo melhor*'."

Como uma dor física aguda, veio a Mark a lembrança daquele bilhete rabiscado. Aquilo era o tipo de brincadeira boba usada no Elemento Progressista — o tipo de coisa que em Bracton pode ser dita dez vezes por dia sobre uma pessoa ou sobre algo que aborrece.

"Como essa carta foi parar em suas mãos?", redarguiu Mark.

"Sr. Studdock", disse o vice-diretor, "eu acho que seria muito inadequado sugerir que a Srta. Hardcastle devesse expor — quero dizer em detalhes — a verdadeira atuação da Polícia Institucional. Ao dizer isso, não quero negar em nenhum momento que a confiança mais plena possível entre todos os membros do INEC é uma das características mais valiosas que se pode ter e, de fato, é uma condição *sine qua non* da vida orgânica e concreta que esperamos desenvolver. Mas há necessariamente certas esferas — claro que não definidas de maneira estrita, mas que inevitavelmente revelam-se em resposta ao ambiente e em obediência ao *etos* interno ou à dialética do todo — no qual uma confiança que envolvesse o intercâmbio verbal de fatos seria... eh... fatal para seu próprio objetivo".

"Vocês estão supondo", disse Mark, "que alguém vai levar essa carta a sério?".

"Alguma vez você já tentou fazer um policial entender alguma coisa?", disse a Fada. "Refiro-me ao que você chama de um policial *de verdade*."

Mark não disse nada.

"E eu não creio que o álibi seja especialmente bom", disse a Fada. "Você foi visto conversando com Bill no jantar. Foi visto saindo pela porta da frente com ele quando ele saiu. Ninguém viu você voltar. Nada se sabe sobre o que você fez até o café da manhã do dia seguinte. Se foi com ele de carro para a cena do assassinato, você teria tido tempo de sobra para caminhar de volta e ir para a cama por volta de duas e quinze da madrugada. Era uma noite gelada, você sabe. Não havia nenhum motivo para que os seus sapatos ficassem sujos de barro ou qualquer coisa desse tipo."

"Se eu puder escolher um ponto do que foi dito pela Srta. Hardcastle", disse Wither, "essa é uma ilustração muito boa da importância imensa da Polícia Institucional. Há tantas nuances sutis envolvidas que seria irracional esperar que as autoridades comuns entendessem, mas, desde que permaneçam, por assim dizer, em nossa família, em nosso círculo familiar (eu vejo o INEC, Sr. Studdock, como uma grande família), não precisamos desenvolver nenhuma tendência que conduza a algum erro da justiça".

Por causa de uma confusão mental, que já o tinha acometido em consultórios de dentistas e em escritórios de diretores de escola, Mark começou a quase identificar a situação que parecia aprisioná-lo com seu aprisionamento literal entre as quatro paredes daquele escritório quente. Se apenas ele pudesse sair dali, de alguma maneira, para tomar um ar fresco, para ver a luz do sol, em algum lugar na zona rural, longe do guincho recorrente do colarinho do vice-diretor e das manchas vermelhas da guimba do charuto da Srta. Hardcastle e do quadro do rei pendurado acima da lareira!

"Você realmente me aconselha, senhor", perguntou ele, "a não procurar a polícia?".

"Procurar a polícia?", disse Wither, como se aquela ideia fosse completamente nova. "Não creio, Sr. Studdock, que alguém tenha contemplado a possibilidade de você tomar uma ação irrevogável desse tipo. Poderia até acontecer que, ao tomar tal ação, você fosse considerado culpado — culpado sem intenção, apresso-me em acrescentar — de algum grau de deslealdade com alguns dos seus colegas, especialmente com a Srta. Hardcastle. Nesse caso, você estaria se colocando fora da nossa proteção..."

"Esse é o ponto, Studdock", disse a Fada. "Uma vez nas mãos da polícia, você está nas mãos da polícia."

Mark não percebeu o momento em que tomou sua decisão.

"Bem", disse ele, "o que você me sugere fazer?".

"Eu?", disse a Fada. "Fique na sua. Sorte sua que fomos nós, e não alguém de fora, que achamos a carteira."

"Sorte não apenas para... eh... o Sr. Studdock", acrescentou Wither de maneira gentil, "mas para todo o INEC. Nós não poderíamos ficar indiferentes...".

"Só tem um problema", disse a Fada. "Nós não conseguimos a carta que você mandou para o Pelham. Apenas uma cópia. Mas, com sorte, isso não vai fazer diferença."

"Então não há nada a ser feito agora?", disse Mark.

"Não", disse Wither. "Não. Nenhuma ação imediata de qualquer caráter oficial. É muito recomendado, claro, que você aja, como tenho certeza de que agirá, com a maior prudência e... eh... eh... cautela nos próximos meses. Eu acho que, enquanto você estiver conosco, a Scotland Yard vai ver a inconveniência de tentar agir, a não ser que tenham de fato uma acusação muito clara. Não há dúvida de que é provável que aconteça algum... eh... que algum teste de força entre a polícia comum e a nossa organização aconteça dentro dos próximos seis meses, mas eu penso que é muito improvável que eles escolham usar este caso para isso."

A atitude de Wither era paternal.

"Mas você quer dizer que eles já suspeitam de mim?", disse Mark.

"Esperamos que não", disse a Fada. "Claro, eles querem que alguém seja preso. O que é muito natural. Mas para eles seria melhor ter algum suspeito pelo qual não precisem fazer uma busca nas dependências do INEC."

"Mas que droga, vejam só", disse Mark. "Vocês não têm esperança de pegar o ladrão em uns dois dias? Vocês não vão fazer *nada*?"

"O ladrão?", disse Wither. "Até agora não houve nenhuma sugestão de que o corpo tivesse sido roubado."

"Eu quero dizer o ladrão que roubou a minha carteira."

"Ah... eh... a sua carteira", disse Wither, tocando muito gentilmente seu rosto bonito e refinado. "Compreendo. Estou entendendo que você está lançando uma acusação de roubo contra uma pessoa ou pessoas desconhecidas..."

"Mas, santo Deus!", gritou Mark. "Vocês não estão assumindo que alguém a roubou? Vocês acham que eu estava lá? *Vocês* dois pensam que eu sou assassino?"

"Por favor", disse o vice-diretor. "Por favor, Sr. Studdock, você não precisa gritar. Além de ser indiscreto, devo lembrá-lo de que você está na presença de uma dama. Pelo que consigo me lembrar, nada foi dito por nós a respeito de assassinato, e nenhuma acusação de qualquer natureza foi feita. Minha única ansiedade é deixar perfeitamente claro tudo que estamos fazendo. É claro que há certas linhas de conduta e certo modo de proceder que lhe seriam teoricamente possíveis de adotar e que tornariam muito difícil continuarmos a discussão. Tenho certeza de que a Srta. Hardcastle concorda comigo."

"Para mim, não faz diferença", disse a Fada. "Não sei por que Studdock está berrando conosco, considerando que estamos tentando impedir que ele vá a julgamento. Mas é ele que tem de decidir. Terei um dia cheio e não quero ficar presa aqui a manhã inteira."

"Realmente", disse Mark, "eu achava que seria desculpável...".

"Por favor, componha-se, Sr. Studdock", disse Wither. "Como disse antes, nós nos vemos como uma família, e não exigimos nada como um pedido formal de desculpas. Há um entendimento mútuo entre nós e não gostamos destas... eh... cenas. Talvez eu possa mencionar, da maneira mais amigável possível, que qualquer instabilidade de temperamento seria vista pelo comitê como... bem, como não muito favorável à confirmação da sua indicação. Todos estamos falando, é claro, no mais estrito sigilo."

Mark já não estava mais se importando com o trabalho em si, mas percebeu que a ameaça de demissão agora era uma ameaça de enforcamento.

"Sinto muito se fui grosseiro", disse ele por fim. "O que vocês me aconselham a fazer?"

"Não coloque nem o nariz para fora de Belbury, Studdock", disse a Fada.

"Não creio que a Srta. Hardcastle pudesse ter lhe dado conselho melhor", disse Wither. "E agora que a sua esposa está vindo se encontrar com você aqui, este cativeiro temporário — estou usando a palavra, você vai entender, em sentido metafórico — não será uma dificuldade muito grande. Você deve enxergar esta casa como o seu *lar*, Sr. Studdock."

"Ah... isso me faz lembrar, senhor", disse Mark, "de que não tenho certeza quanto a minha esposa vir para cá. Na verdade, ela não está bem de saúde...".

"Mas certamente, neste caso, o senhor deve estar mais ansioso para que ela venha."

"Não creio que seja conveniente para ela, senhor."

Os olhos do VD vagaram, e ele começou a falar baixo.

"Eu quase me esqueci, Sr. Studdock", disse ele, "de parabenizá-lo por ter sido apresentado ao Cabeça. Isso marca uma transição importante na sua carreira. Todos agora percebemos que você é um de nós no sentido mais profundo. Tenho certeza de que nada está mais distante da sua intenção, Sr. Studdock, do que rejeitar a preocupação amigável, quase paternal que ele sente por você. Ele está muito ansioso para receber a Sra. Studdock entre nós na primeira oportunidade".

"Por quê?", perguntou Mark, subitamente.

Wither olhou para Mark com um sorriso indescritível.

"Meu caro rapaz", disse ele, "pela unidade, você sabe. O círculo familiar. Ela... ela seria uma companhia para a Srta. Hardcastle".

Antes que Mark se recobrasse dessa ideia surpreendentemente nova, Wither se levantou e se arrastou em direção à porta. Colocou uma mão na maçaneta e a outra no ombro de Mark.

"Você deve estar com muita vontade de tomar o seu café da manhã", disse ele. "Não vou atrasá-lo. Comporte-se com o maior cuidado. E... e...", aqui, o rosto dele mudou subitamente. Sua boca escancarada parecia a de algum animal enfurecido, e o que tinha sido o olhar vago da senilidade tornou-se a ausência de toda expressão especificamente humana. "E traga a moça! Você está entendendo? Traga a sua esposa", continuou ele. "O Cabeça... já está impaciente."

• • •

Assim que fechou a porta, Mark pensou: "Agora! Os dois estão lá dentro. Estou salvo pelo menos por um minuto". Sem esperar nem mesmo para pegar seu chapéu, ele foi caminhando abruptamente para a porta de entrada e desceu pelo pátio de estacionamento. Nada, a não ser uma impossibilidade física, o impediria de ir a Edgestow para avisar Jane. Ele não tinha nenhum plano para depois. Mesmo a ideia vaga de fugir para os Estados Unidos, que em uma época mais simples serviu de consolo para muitos fugitivos, foi-lhe negada. Ele já tinha lido nos jornais notícias da aprovação calorosa que o INEC e todas as suas atividades recebiam nos Estados Unidos e na Rússia. Algum inocente, assim como ele, as escrevera. As garras do Instituto estavam incrustadas em todos os países. Se ele tentasse pegar um navio, caso conseguisse embarcar, ou se chegasse a algum porto estrangeiro, os agentes do INEC estariam lá.

Ele já havia passado da estrada e chegado ao cinturão de árvores. Nem um minuto havia se passado desde que saíra do escritório do VD, e ninguém o alcançou. Mas a aventura do dia anterior estava acontecendo outra vez. Uma figura alta, encurvada, arrastando os pés, rangendo e cantarolando, barrava o seu caminho. Mark nunca tinha lutado com ninguém. Impulsos ancestrais alojados em seu corpo, corpo este que em muitos aspectos era mais sábio que sua mente, direcionaram o golpe que ele desejou acertar na cabeça do velho que obstruía seu caminho. Mas não houve impacto. O vulto desapareceu de repente.

Os que tinham mais conhecimento nunca concordaram plenamente quanto a uma explicação desse episódio. Pode ser que Mark, tanto naquela hora como também no dia anterior, estando transtornado, tenha visto uma alucinação de Wither onde não havia nenhum Wither. Pode ser que a contínua aparição de Wither quase o tempo todo em tantos cômodos e corredores de Belbury fosse (em um sentido bem verificado da palavra) um fantasma — uma daquelas impressões sensoriais que uma personalidade forte em sua decadência final pode imprimir, geralmente após a morte, mas algumas vezes antes, na própria estrutura de um prédio, e que são removidas não por exorcismos, mas por alterações arquitetônicas. Ou, no fim das contas, pode ser que almas que perderam o bem intelectual recebam em retorno e, por um período breve, o vão privilégio de se reproduzir como aparições em muitos lugares. Aquela coisa, fosse o que fosse, desapareceu.

A passagem cruzava diagonalmente um matagal embranquecido por causa da geada, e o céu estava de um azul nublado. Ela dava num mata-burro, e depois seguia por três campos ao longo da beira de um arvoredo. Fazia uma pequena curva à esquerda, seguia pela parte de trás de uma fazenda e depois por um trecho através de um bosque. Na sequência já era possível avistar a torre da igreja de Courthampton. Os pés de Mark estavam aquecidos, e ele começou a sentir fome. Ele atravessou uma estrada, passou por uma boiada, e os bois abaixaram as cabeças e bufaram para ele, atravessou um córrego cruzando uma pequena ponte e chegou aos sulcos congelados da estradinha que o levou até Courthampton.

A primeira coisa que ele viu na rua da vila foi uma carroça. Uma mulher e três crianças estavam sentadas do lado do homem que a conduzia, e a carroça estava cheia de baús com gavetas, estrados, colchões, caixas e um canário em uma gaiola. Imediatamente depois vinham um homem, uma mulher e uma criança empurrando um carrinho de bebê, lotado com pequenos utensílios domésticos. Depois vinha uma família empurrando um carrinho de mão, e depois uma carroça transportando uma carga pesada, e depois um carro velho, buzinando sem parar, mas sem conseguir sair de onde estava naquela procissão. Um fluxo contínuo desse tráfego estava passando por aquela vilazinha. Mark nunca tinha visto a guerra. Se tivesse, ele teria reconhecido de imediato os sinais de fuga. Em todos aqueles cavalos, homens lentos e veículos carregados, ele teria conseguido ler claramente a mensagem: "O inimigo está logo atrás".

O trânsito estava tão intenso que ele levou um tempo para chegar até a encruzilhada perto do bar onde encontraria uma tabela envidraçada e emoldurada dos horários de ônibus. O primeiro ônibus para Edgestow só sairia ao meio-dia e quinze. Ele permaneceu ali, não entendendo nada do que estava vendo, mas querendo saber. Courthampton normalmente era uma vilazinha muito tranquila. Por uma feliz e não incomum ilusão, Mark se sentia menos em risco agora, quando já não via Belbury, e, surpreendentemente, estava pensando pouco sobre seu futuro. Ele pensou algumas vezes em Jane, algumas vezes em bacon com ovos, em peixe frito e em correntes de um café preto e com aroma delicioso sendo derramadas em grandes xícaras. O bar abriu às onze e meia. Ele entrou e pediu uma caneca de cerveja e um pão com queijo.

No começo, o bar estava vazio. Na meia hora seguinte, alguns homens começaram a entrar, um a um, até que havia quatro ali. A princípio não falaram nada a respeito da procissão infeliz que continuava a passar pela janela. Por um bom tempo, não conversaram. Então um homem muito baixinho com uma cara que parecia uma batata velha comentou, com ninguém em particular: "Eu vi o velho Rumbold ontem à noite". Ninguém respondeu nada por cinco minutos, até que um rapaz usando uma calça de moletom disse: "Eu acho que ele está arrependido de ter tentado". Daí a conversa ficou um tempo circulando ao redor de Rumbold. Foi só quando o assunto de Rumbold estava completamente esgotado que o diálogo, muito indiretamente, e em estágios graduais, começou a lançar alguma luz sobre o fluxo de refugiados.

"Ainda estão saindo", disse um homem.

"Ah", murmurou outro.

"Agora já não deve haver muitos lá."

"Não sei para onde eles vão."

Pouco a pouco a explicação veio. Eram os refugiados de Edgestow. Alguns foram despejados de suas casas, outros estavam aterrorizados pelos tumultos, e mais ainda pela restauração da ordem. Algo semelhante a uma onda de terror parecia ter se estabelecido na cidade. "Eles me contaram que houve duzentas prisões ontem", disse o dono do bar. "Ah", disse o rapaz, "eles são durões, o pessoal da polícia do INEC, todos eles. Deixaram meu pai apavorado", disse ele, terminando com uma gargalhada. "Pelo que ouvi dizer, tanto a polícia como os funcionários", disse outro. "Eles nunca deveriam ter trazido aqueles galeses e irlandeses." Mas a crítica parou aí. O que deixou Mark profundamente chocado foi a falta de indignação deles, ou pelo menos de alguma simpatia específica com os refugiados. Todos ali sabiam de pelo menos um ultraje em Edgestow, mas todos concordavam que aqueles refugiados deviam estar exagerando bastante. "Deu no jornal hoje cedo que as coisas estão indo muito bem", disse o dono do bar. "Exatamente", concordaram os demais. "Sempre vai ter alguém que vai se sentir incomodado", disse o homem com cara de batata. "Qual é a vantagem de se sentir incomodado?", perguntou outro. "Isso vai continuar. Não tem como parar." "É o que eu digo", disse o dono do bar. Trechos de artigos escritos por Mark corriam para lá e para cá. Parecia que ele e os seus colegas tinham feito um bom trabalho. A Srta. Hardcastle havia superestimado a resistência da classe trabalhadora à propaganda.

Quando deu o horário, ele não teve dificuldade de conseguir um lugar no ônibus, que estava vazio, porque todo o trânsito ia em direção oposta. Mark desceu no alto da Rua do Mercado e se pôs de imediato a caminho do apartamento. A cidade inteira estava com um aspecto diferente. Uma em cada três casas estava vazia. Mais ou menos metade das lojas estava com as janelas fechadas. À medida que foi subindo e chegou à região dos condomínios de casas grandes com jardins, Mark percebeu que muitas delas haviam sido confiscadas e estavam com placas brancas com o símbolo do INEC: um nu masculino musculoso segurando um raio. Em cada esquina, e frequentemente entre uma e outra, havia policiais do INEC, ou descansando ou caminhando, usando capacetes, girando seus cassetetes e portando revólveres em coldres de brilhantes cintos pretos. Aqueles rostos redondos e brancos e aquelas bocas abertas mascando chicletes ficaram muito tempo na memória de Mark. Havia também avisos para todo lado que Mark não parou para ler, cujo cabeçalho dizia *Regulamentos de emergência*, e que traziam a assinatura de Feverstone.

Será que Jane estaria em casa? Ele sentiu que não suportaria se ela não estivesse lá. Estava pegando a chave em seu bolso bem antes de chegar. A porta da frente estava trancada. Isso significava que os Hutchinsons, que moravam no térreo, estavam fora. Ele abriu a porta e entrou. A escada e a área na parte de cima para onde a escada conduzia estavam úmidas e frias. "Janeee", ele gritou, enquanto abria a porta do apartamento, mas já perdendo a esperança. Assim que entrou, viu que não havia ninguém ali. Uma pilha de cartas não abertas estava sobre o capacho da porta. Não havia nenhum som, nem sequer um tique-taque de um relógio. Tudo estava em ordem. Jane devia ter saído durante alguma manhã, logo depois de ter arrumado toda a casa. Os panos de prato pendurados na cozinha estavam secos há muito tempo, e com certeza não haviam sido usados pelo menos nas últimas vinte e quatro horas. O pão no armário já estava mofado. Havia uma jarra com leite até a metade, mas o leite coalhara, e não dava para ser derramado. Mark continuou indo de um cômodo a outro por um bom tempo depois de ter certeza da verdade, encarando a rigidez e o sentimento patético que dominam casas desocupadas. Mas era óbvio que não seria nada bom ficar parado ali. Ele teve uma explosão irracional de raiva. Por que diabos Jane não lhe dissera que ia embora? Ou será que alguém a teria levado? Talvez houvesse algum recado para ele. Ele tirou a pilha de cartas da prateleira da lareira, mas eram apenas cartas que ele mesmo colocara lá para responder depois. Então viu que um daqueles envelopes sobre a mesa era endereçado à Sra. Dimble, na casa dela, do outro lado do rio Wynd. Quer dizer então que aquela mulher desgraçada estivera ali! Ele tinha a impressão de que os Dimbles não gostavam dele. Provavelmente tinham pedido a Jane que ficasse com eles, ou, no mínimo, estavam interferindo. Ele tinha de ir até Northumberland e ver Dimble.

A ideia de ficar aborrecido com os Dimbles ocorreu a Mark quase como uma inspiração. Discutir como um marido magoado que está procurando sua esposa seria uma mudança agradável diante das atitudes que ele recentemente se vira obrigado a tomar. Ao descer para a cidade, parou para tomar um drinque. Quando chegou ao bar Bristol e viu o cartaz do INEC, ele quase disse "Droga" e deu meia-volta, mas aí se lembrou de que era um alto funcionário do Instituto, e não um integrante comum do grande público que agora era proibido de frequentar aquele lugar. À porta do bar, eles lhe perguntaram quem ele era, e o atenderam de maneira gentil quando ele respondeu. Havia uma agradável lareira acesa. Depois do dia árduo que tivera, sentiu que podia pedir uma dose dupla de uísque, e, depois de tomá-la, pediu outra. Isso acabou de mudar sua disposição mental, um processo que tivera início quando ele teve a ideia de discutir com os Dimbles. Todo o estado de Edgestow estava envolvido na questão. Havia em Mark um elemento para o qual todas as demonstrações de força sugeriam principalmente como era melhor e mais vantajoso ser parte do INEC do que estar de fora. Mesmo agora... Estaria ele levando a sério demais todas aquelas providências a respeito de um julgamento por assassinato? Evidentemente era o jeito de Wither de resolver as coisas: ele gostava de ter uma ameaça pairando sobre a cabeça de todo mundo. Aquilo tudo não passava de uma maneira de mantê-lo em Belbury e obrigá-lo a buscar Jane. E, quando pensava nisso, por que não? Ela não poderia morar sozinha para sempre. E a esposa de um homem disposto a ter uma carreira e a viver no centro dos acontecimentos teria de aprender a ser uma mulher que não se surpreende facilmente. De qualquer maneira, a primeira a coisa a fazer era visitar aquele tal de Dimble.

Mark saiu do Bristol sentindo-se, como ele mesmo teria dito, um homem diferente. E, de fato, ele era um homem diferente. De agora em diante até o momento da decisão final, os diferentes homens que existiam nele apareceriam com uma velocidade impressionante, e cada um deles pareceria ser completo enquanto durasse. Assim, deslizando violentamente de um lado para o outro, sua juventude se aproximava do momento em que ele começaria a ser uma pessoa.

• • •

"Entre", disse Dimble em seus aposentos em Northumberland. Ele havia acabado de atender seu último aluno, e pretendia partir para St. Anne's em poucos minutos. "Ah, é você, Studdock", acrescentou ele, enquanto abria a porta. "Entre." Tentou falar naturalmente, mas estava surpreso com a visita e chocado pelo que viu. O rosto de Studdock pareceu-lhe ter mudado desde a última vez em que se encontraram. Ele estava mais gordo e mais pálido, havia uma vulgaridade nova em sua expressão.

"Vim para saber a respeito de Jane", disse Mark. "Você sabe onde ela está?"

"Eu receio que não possa lhe dar o endereço dela", respondeu Dimble.

"Quer dizer que você não sabe onde ela está?"

"Não posso lhe responder isso", disse Dimble.

De acordo com a programação de Mark, esse seria o ponto no qual ele começaria a agir com firmeza. Mas não sentia que era a hora, agora que estava na sala. Dimble sempre o tratara com extrema educação, e Mark sempre sentira que Dimble não gostava dele. Mas isso não o fizera desgostar de Dimble. Só o deixava falando sem parar diante de Dimble e ansioso para lhe agradar. Desejo de vingança não era um dos defeitos de Mark, que era daquelas pessoas que gostam de ser apreciadas. Um gesto de desprezo o fazia sonhar, não com vingança, mas com piadas ou realizações brilhantes que um dia conquistariam a boa vontade daquele que o desprezara. Se ele fosse cruel, seria para baixo, para com os de fora e os que estavam em posição inferior à dele e que precisavam da sua consideração, e não para cima, com aqueles que o rejeitavam. Havia uma boa quantidade da doçura de um cão labrador nele.

"O que você quer dizer?", perguntou ele. "Não estou entendendo."

"Se você tem alguma preocupação com a segurança da sua esposa, não me pergunte para onde ela foi", disse Dimble.

"Segurança?"

"Segurança", repetiu Dimble, com grande severidade.

"Segurança quanto a quê?"

"Você não sabe o que aconteceu?"

"O que aconteceu?"

"Na noite daquele grande tumulto, a Polícia Institucional tentou prendê-la. Ela fugiu, mas não antes de ser torturada."

"Ela foi torturada? O que você quer dizer com isso?"

"Ela foi queimada com um charuto."

"É por isso que vim aqui", disse Mark. "Jane — temo que ela esteja prestes a ter um colapso nervoso. Isso não aconteceu de verdade, você sabe."

"A médica que cuidou das queimaduras dela pensa diferente."

"Santo Deus!", disse Mark. "Eles fizeram isso mesmo? Mas veja só..."

Mark achou difícil falar diante do olhar impassível de Dimble.

"Por que não me contaram sobre esse ultraje?", gritou ele.

"Quem? Seus colegas?", perguntou Dimble secamente. "Essa é uma pergunta estranha para ser feita a mim. Você deve entender as atuações do INEC melhor que eu."

"Por que *você* não me contou? Por que nada foi feito a respeito? Você procurou a polícia?"

"A Polícia Institucional?"

"Não, a polícia comum."

"Você não sabe que não existe mais polícia comum em Edgestow?"

"Acho que deve ter algum juiz."

"Tem o Comissário de Emergência, Lorde Feverstone. Parece que você não está entendendo. Esta é uma cidade conquistada e ocupada."

"Então por que, em nome de Deus, vocês não me procuraram?"

"*Você?*", disse Dimble.

Por um momento, o primeiro em muitos anos, Mark viu a si mesmo exatamente como um homem, da forma como Dimble o via. Isso fez com que ele ficasse quase sem fôlego.

"Veja só", disse ele. "Você não... Isso é muito surreal. Você não está acreditando que eu sabia disso, está? Você acha mesmo que eu mandaria policiais maltratarem minha própria esposa?" Ele começou com um sinal de indignação, mas terminou tentando insinuar uma ponta de jocosidade. Se pelo menos Dimble esboçasse um sorriso, qualquer coisa para levar aquela conversa para um nível diferente.

Mas Dimble nada respondeu, e seu rosto não relaxou. Na verdade, ele não estava absolutamente certo quanto a Mark não ter descido a um nível tão baixo, mas por caridade não quis dizer isso.

"Eu sei que você sempre desgostou de mim", disse Mark. "Mas não sabia que era tanto assim." E mais uma vez Dimble permaneceu em silêncio, mas por uma razão desconhecida a Mark. A verdade era que esse comentário havia acertado na mosca. A consciência de Dimble há anos o acusava de não ter caridade com Studdock, e ele lutava para consertar isso, e estava lutando naquele momento.

"Bem", disse Studdock com uma voz seca, depois de um silêncio de vários segundos, "parece que não há muito mais a ser dito. Eu insisto que me conte onde Jane está".

"Você *quer* que ela seja levada para Belbury?"

Mark recuou. Foi como se Dimble tivesse lido o pensamento que ele tivera no Bristol meia hora antes.

"Não estou entendendo, Dimble", disse ele, "por que eu devo ser questionado desse jeito. Onde está a minha esposa?".

"Não tenho permissão para lhe dizer. Ela não está na minha casa e nem sob minha proteção. Ela está bem, feliz e segura. Se você ainda tem a menor consideração por sua felicidade, não vai tentar entrar em contato com ela."

"Por acaso eu sou um leproso ou um criminoso a ponto de você não confiar em mim para que eu saiba o endereço dela?"

"Desculpe-me. Você é um membro do INEC, órgão que já a insultou, torturou e prendeu. Desde que ela fugiu, só está em paz porque os seus colegas não sabem onde ela está."

"E se foi mesmo a polícia do INEC que a torturou, você acha que eles não vão me explicar tudo? Droga, o que você acha que eu sou?"

"Só posso esperar que você não tenha autoridade nenhuma no INEC. Se você não tiver autoridade, então não poderá protegê-la. Se você tiver, então se identifica com a política deles. Em nenhum dos casos, eu vou ajudá-lo a descobrir onde Jane está."

"Isso é fantástico", disse Mark, ironicamente. "Mesmo que eu tenha mesmo um emprego no INEC atualmente, você *me* conhece."

"Eu *não* o conheço", disse Dimble. "Não faço a menor ideia dos seus propósitos ou das suas motivações."

Mark teve a impressão de que Dimble o olhava não com raiva ou desprezo, mas com aquele grau de aversão que produz certo constrangimento em que a sente — como se Mark fosse uma obscenidade que pessoas decentes são forçadas, por vergonha, a fingir que não viram. Nesse ponto, Mark estava completamente errado. Na verdade, a presença dele agia em Dimble como um chamado a um rígido autocontrole. Dimble estava simplesmente se esforçando bastante para não odiar, para não desprezar e, acima de tudo, para não gostar de odiar ou desprezar, e ele não tinha ideia da severidade que seu esforço conferia ao seu rosto. Todo o restante da conversa circulou ao redor desse mal-entendido.

"Aconteceu algum equívoco ridículo", disse Mark. "Estou lhe dizendo, vou investigar isso a fundo. Vou apresentar um protesto. Acho que algum policial novato ficou bêbado ou qualquer coisa assim. Bem, vou acabar com ele. Eu..."

"Quem fez isso foi a chefe da sua polícia, a Srta. Hardcastle em pessoa."

"Muito bem. Então vou acabar com *ela*. Você acha que eu vou deixar que isso fique como está? Mas deve ter acontecido algum equívoco. Isso não vai..."

"Você conhece bem a Srta. Hardcastle?", perguntou Dimble. Mark ficou em silêncio. E ele pensou (totalmente equivocado) que lá no fundo Dimble estava lendo a sua mente e vendo que ele tinha certeza de que a Srta. Hardcastle fizera mesmo aquilo e que tinha tanto poder para exigir que ela se explicasse quanto teria para parar a rotação da Terra.

De repente Dimble mudou a imobilidade do seu rosto, e falou com um tom de voz diferente: "Você tem *mesmo* condição de fazer com que ela preste contas?", disse ele. "Você está tão perto assim do centro de poder de Belbury? Se está, então consentiu com os assassinatos de Hingest e de Compton. Se está, então foi por ordem sua que Mary Prescott foi estuprada e espancada até a morte naqueles galpões atrás da estação ferroviária. É com aprovação sua que os criminosos — criminosos honestos, cujas mãos você não é digno de tocar — estão sendo retirados das celas para onde os juízes britânicos os colocaram por condenação de tribunais britânicos, e enviados para Belbury para se submeterem por período indefinido, fora do alcance da lei, a quaisquer torturas e ataques à identidade pessoal que vocês chamam de Tratamento Corretivo. Foi você que removeu duas mil famílias de seus lares para morrer expostas aos rigores do clima em cada vala daqui até Birmingham ou Worcester. É você que pode nos dizer por que Place, Rowley e Cunningham (aos oitenta anos) foram presos e onde eles estão. Se você está tão envolvido assim em tudo isso, não vou entregar Jane em suas mãos, como não entregaria nem sequer meu cachorro."

"De fato, de fato", disse Mark. "É um absurdo. Eu sei que um ou dois abusos foram cometidos. Sempre acontece de uma força policial cometer algum erro, especialmente no princípio. Mas — eu preciso dizer — o que foi que eu fiz para você dizer que sou responsável por toda ação praticada por algum oficial do INEC, ou que a imprensa sensacionalista diz ter acontecido?"

"Imprensa sensacionalista?", esbravejou Dimble, que pareceu, aos olhos de Mark, estar fisicamente maior de que era poucos minutos antes. "Que bobagem é essa? Você acha que eu não sei que, salvo uma única exceção, vocês controlam todos os jornais neste país? E essa exceção aí não apareceu hoje. Os impressores entraram em greve. Os pobres coitados dizem que não vão imprimir artigos atacando o pessoal do Instituto. Você sabe melhor do que eu de onde vêm as mentiras que saem em todos os outros jornais."

Pode parecer estranho que, a despeito de Mark ter vivido muito tempo em um mundo sem amor, raramente ele tenha deparado com uma fúria de verdade. Ele já havia deparado com muita maldade, manifestada por desprezos, sarcasmos e facadas nas costas. A testa, os olhos e a voz daquele homem idoso tiveram um efeito sufocante e inquietante nele. Em Belbury, usavam-se as palavras "churumela" e "falação" para descrever qualquer oposição que as ações de Belbury provocavam no mundo exterior. E Mark jamais teve imaginação o suficiente para compreender como seria a "churumela" quando se encontrasse frente a frente com ela.

"Estou lhe dizendo, não sei nada a esse respeito!", gritou ele. "Droga, eu sou a parte ofendida. Do jeito que você fala qualquer um que ouvir vai pensar que a *sua* esposa é que foi maltratada."

"Poderia ter sido. Pode ser. Pode ser qualquer homem ou mulher da Inglaterra. Aconteceu com uma mulher e cidadã. Que diferença faz de quem ela é esposa?"

"Mas eu lhe digo que vou criar um estardalhaço danado por causa disso. Eu vou acabar com a vagabunda do inferno que fez isso, nem que para isso tenha que acabar com o INEC inteiro."

Dimble não disse nada. Mark sabia que Dimble sabia que ele estava falando bobagem. Mas mesmo assim não conseguia parar. Se ele não explodisse, não saberia o que dizer.

"Em vez de tolerar isso", gritou ele, "eu vou sair do INEC".

"Você está falando sério?", perguntou Dimble, com um olhar aguçado. E, para Mark, cujas ideias naquele segundo eram uma confusão fluida de orgulho ferido, temores e vergonhas reprimidas, aquele olhar mais uma vez pareceu acusador e intolerável. Na realidade, foi um olhar de uma esperança despertada, porque o amor tudo espera.[2] Mas havia cautela nele, e entre a esperança e a cautela, Dimble mais uma vez ficou calado.

"Vejo que você não confia em mim", disse Mark, instintivamente assumindo uma expressão facial viril e nervosa que muitas vezes o ajudara quando ele era chamado aos escritórios dos diretores de escola.

Dimble era um homem sincero. "Não", disse ele depois de uma longa pausa. "Não confio mesmo."

Mark deu de ombros e virou-se.

"Studdock", disse Dimble, "agora não é momento nem para tolices, nem para elogios. Pode ser que nós dois estejamos a poucos minutos da morte. Provavelmente você foi seguido quando entrou na faculdade. E eu, de qualquer jeito, não quero morrer com falsidades polidas na boca. Eu não confio em você. Por que deveria? Você é (em certo grau, pelo menos) cúmplice dos piores homens do mundo. O fato de ter me procurado esta tarde pode ser simplesmente uma armadilha".

"Você não percebe que eu sou incapaz de fazer *isso*?", disse Mark.

"Pare de falar bobagens", disse Dimble. "Pare de fazer tipo e de representar, pelo menos por um minuto. Quem é você para falar desse jeito? Eles corromperam homens melhores que você e eu antes. Straik já foi um bom homem. Filostrato já foi, no mínimo, um grande gênio. Até mesmo Alcasan — sim, sim, eu sei quem é o Cabeça de vocês —, ele foi pelo menos um assassino comum, algo melhor do que aquilo em que eles o transformaram. Quem é você para ser exceção?"

Mark engoliu em seco. A descoberta de quanto Dimble sabia inverteu subitamente todo o quadro da situação. Ele não sabia como pensar de maneira lógica.

"Mesmo assim", continuou Dimble, "sabendo de tudo isso — sabendo que você pode ser apenas a isca na armadilha —, eu vou correr o risco. Vou arriscar coisas que, se comparadas a elas, as nossas vidas são apenas trivialidades. Se você está falando sério em sair do INEC, eu o ajudarei".

Por um instante, foi como se as portas do Paraíso se abrissem — então, de uma vez, ele foi acometido pela cautela e pelo desejo incurável de contemporizar. A abertura havia se fechado outra vez.

---

[2]Alusão a 1Coríntios 13:7. [N. T.]

"Eu... eu preciso pensar sobre isso", balbuciou Mark.

"Não há tempo", disse Dimble. "E não há nada em que pensar. Estou lhe oferecendo um caminho para voltar à família humana. Mas você deve vir agora mesmo."

"Essa é uma questão que afeta todo o futuro da minha carreira."

"Sua carreira?!", disse Dimble. "Essa é uma questão de condenação eterna ou... uma última chance. Mas você precisa vir agora mesmo."

"Acho que não estou entendendo", disse Mark. "Você insiste em insinuar que há alguma espécie de perigo. O que é? E que poderes você tem para me proteger, ou a Jane, ou a nós dois?"

"Você vai ter de arriscar", disse Dimble. "Eu não posso lhe oferecer segurança. Você não está entendendo? Não há segurança para ninguém agora. A batalha começou. Estou lhe oferecendo um lugar no lado certo. Eu não sei qual lado vai ganhar."

"De fato", disse Mark, "eu *estava* pensando em sair. Mas preciso pensar direito. Você coloca as coisas de maneira muito esquisita".

"Não há tempo", disse Dimble.

"Suponha que eu venha procurá-lo amanhã."

"Você sabe se vai conseguir?"

"Ou em uma hora? Puxa vida, isso é razoável. Você vai estar aqui em uma hora?"

"Que diferença uma hora vai fazer para você? Você está apenas ganhando tempo na esperança de que a sua mente esteja menos clara."

"Mas você vai estar aqui?"

"Se você insiste... Mas não vai ajudar em nada."

"Eu quero pensar. Eu quero pensar", disse Mark, saindo da sala sem esperar por uma resposta.

Mark tinha dito que queria pensar. Na verdade, ele queria beber e fumar. Estava pensando em muita coisa, mais do que queria. Um pensamento o induzia a se agarrar a Dimble do modo como uma criança perdida se agarra a um adulto. Outro sussurrava aos seus ouvidos: "Loucura. Não *rompa* com o INEC. Eles vão perseguir você. De que modo Dimble poderá salvá-lo? Você vai acabar morto". Um terceiro implorava que, mesmo agora, ele não descartasse totalmente sua posição arduamente conquistada no círculo interior em Belbury: deveria haver alguma posição intermediária. Um quarto recuava da ideia de ver Dimble de novo: a lembrança dos tons de voz que Dimble usara causou-lhe um desconforto horrível. E ele queria

Jane, e queria castigar Jane por ser amiga dos Dimble, e nunca mais queria ver Wither, mas de alguma maneira queria rastejar de volta e se acertar com Wither. Ele queria estar totalmente a salvo, e também queria ser totalmente indiferente e ousado — ser admirado por uma honestidade viril junto aos Dimbles e também por realismo e conhecimento em Belbury —, beber dois uísques duplos, pensar em tudo com muita clareza e serenidade. Estava começando a chover, e sua cabeça começara a doer de novo. Dane-se tudo aquilo. Droga, droga! Por que ele tinha uma ascendência tão ruim? Por que sua formação educacional fora tão deficiente? Por que o sistema da sociedade é tão irracional? Por que ele tinha tanto azar?

Ele apressou o passo.

Chovia muito quando Mark chegou ao alojamento da faculdade. Um tipo de furgão estava estacionado na rua do lado de fora, e havia três ou quatro homens uniformizados usando capas. Mais tarde ele se lembrou de como o tecido impermeável brilhava à luz do poste. Esses homens apontaram uma lanterna na direção do seu rosto.

"Desculpe-me, senhor", disse um deles. "Preciso perguntar seu nome."

"Studdock", disse Mark.

"Mark Gainsby Studdock", disse o homem, "é meu dever prendê-lo pelo assassinato de William Hingest".

• • •

O Dr. Dimble dirigiu para St. Anne's insatisfeito consigo mesmo, assombrado pela suspeita de que, se tivesse sido mais esperto, ou se tivesse tido mais amor para com aquele pobre coitado, poderia ter feito mais por ele. "Perdi as estribeiras? Será que fui hipócrita? Será que contei a ele tanto quanto me propus a dizer?", pensou. Então veio a autodesconfiança que lhe era comum. "Você não deixou as coisas claras por que não quis? Só queria apenas ferir e humilhar? Desfrutar do seu senso de justiça própria? Será que dentro de você existe uma Belbury inteira também?" A tristeza que o acometeu era-lhe uma novidade. E ele citou o Irmão Lourenço:[3] "Assim farei, sempre que tu me deixares comigo mesmo".

[3]Irmão Lourenço (1614–1691), carmelita francês, autor de *A prática da presença de Deus*, um clássico da espiritualidade cristã ocidental. [N. T.]

Assim que saiu da cidade, Dimble dirigiu lentamente, quase à velocidade de alguém que caminha. O céu estava vermelho na direção oeste, e já era possível avistar as primeiras estrelas. Em um vale bem abaixo de onde ele estava, avistou as luzes já acesas em Cure Hardy. "Graças a Deus ela fica distante o bastante de Edgestow para estar em segurança", pensou. A brancura súbita de uma coruja branca voando baixo vibrou ao longo do crepúsculo no bosque à sua esquerda. Isso lhe deu um sentimento delicioso de que a noite estava chegando. Ele se sentia ligeiramente cansado e esperava ter uma noite agradável, porque dormiria cedo.

"Ele está aqui! Dr. Dimble chegou!", gritou Ivy Maggs enquanto ele conduzia o veículo para a entrada do solar.

"Não deixe o carro longe, Dimble", disse Denniston.

"Ah, Cecil", disse sua esposa — e ele percebeu medo no rosto dela. Parecia que todos na casa estavam esperando por ele.

Poucos momentos depois, piscando os olhos na cozinha iluminada, Dimble percebeu que aquela não era uma noite comum. O próprio Diretor estava lá, sentado perto da lareira, com a gralha em um ombro e o Sr. Bultitude aos seus pés. Havia indicações de que todos haviam jantado mais cedo, e Dimble sentou-se ao fim da mesa, enquanto sua esposa e a Sra. Maggs insistiam com ele para que comesse depressa.

"Não pare para perguntar, querido", disse a Sra. Dimble. "Continue comendo enquanto eles lhe contam. Bom apetite."

"Você tem de sair de novo", disse Ivy Maggs.

"Sim", disse o Diretor. "Finalmente vamos entrar em ação. Sinto por mandar você sair tendo acabado de chegar, mas a batalha começou."

"Já falei e repeti", disse MacPhee, "o absurdo que é enviar um homem mais velho como você, depois de ter trabalhado um dia inteiro, quando eu estou aqui, um sujeito grande e forte, sentado sem fazer nada".

"Não adianta nada, MacPhee", disse o Diretor. "Você não pode ir. Primeiro porque não sabe a língua. Segundo — agora é hora de falarmos francamente —, porque nunca se colocou sob a proteção de Maleldil."

"Estou perfeitamente pronto", disse MacPhee, "para, nesta e em prol desta emergência, admitir a existência desses seus *eldila* e de um ser chamado Maleldil a quem eles consideram como seu rei. E eu...".

"Você não pode ir", disse o Diretor. "Eu não o enviarei. Seria a mesma coisa que mandar uma criança de três anos de idade para combater um tanque de guerra. Ponha o outro mapa na mesa, em um lugar que o Dimble consegue ver enquanto janta. E agora, silêncio. Esta é a situação, Dimble. O que jazia sob Bragdon era um Merlin vivo. Sim, adormecido, se você prefere chamar isso de sono. E ainda não aconteceu nada que demonstre que o inimigo o tenha encontrado. Entendeu? Não, não fale, continue a comer. Na noite passada, Jane Studdock teve o sonho mais importante de todos até o momento. Você deve se lembrar de que, em um sonho anterior, ela viu (pelo menos foi o que pensei) o lugar exato onde Merlin jaz debaixo de Bragdon. Mas — e esta é a coisa importante — não dá para chegar lá por um poço ou por uma escada. Ela sonhou com uma caminhada por um longo túnel com uma subida gradual. Ah, você está começando a entender. Você está certo. Jane acha que pode reconhecer a entrada para esse túnel, debaixo de uma pilha de pedras, no fim de um bosque com… o que era mesmo, Jane?"

"Uma porta branca, senhor. Uma porta comum de cinco barras com uma cruzeta. Mas a cruzeta estava quebrada a uns trinta centímetros a partir do alto. Eu a reconheceria se a visse."

"Está entendendo, Dimble? Há uma boa chance de que esse túnel apareça *fora* da área controlada pelo INEC."

"Quer dizer", disse Dimble, "que agora nós podemos passar *por baixo* de Bragdon sem *entrar* em Bragdon".

"Exatamente. Mas não é só isso."

Dimble, mastigando sem parar, olhou para ele.

"Parece", disse o Diretor, "que estamos quase atrasados. Ele já despertou".

Dimble parou de comer.

"Jane encontrou o lugar vazio", disse Ransom.

"Quer dizer então que o inimigo já o encontrou?"

"Não. A situação não está tão ruim assim. O lugar não foi invadido. Parece que ele despertou por si só."

"Meu Deus", disse Dimble.

"Tente comer, querido", disse a Sra. Dimble.

"Mas o que isso significa?", perguntou ele, cobrindo a mão dela com a sua.

"Acho que significa que tudo foi planejado e cronometrado há muito, muito tempo", disse o Diretor. "Que ele saiu do tempo e entrou no estado paracrônico com o propósito de voltar neste tempo."

"Uma espécie de bomba-relógio humana", observou MacPhee, "e é por causa disso…".

"Você não pode ir, MacPhee", disse o Diretor.

"Ele está fora?", perguntou Dimble.

"Ele provavelmente está fora agora", disse o Diretor. "Diga-lhe como estava o lugar, Jane."

"Era o mesmo lugar", disse Jane. "Um lugar escuro, todo de pedra, como uma adega. Eu o reconheceria assim que o visse. E a laje de pedra estava lá, mas não havia ninguém sobre ela. Desta vez ela não estava muito fria. Depois eu sonhei com esse túnel... que ia subindo gradualmente, a partir do subterrâneo. Tinha um homem no túnel, um homem muito grande, respirando arduamente. A princípio pensei que fosse um animal. Ficava mais frio à medida que ele subia o túnel. Havia um pouco de ar que vinha do lado de fora. Parecia que terminava no fim de uma pilha de pedras grandes. Ele a estava derrubando antes que o sonho mudasse. Então eu estava do lado de fora, na chuva. Foi aí que vi o portão branco."

"Veja só, parece que eles não o contataram, ou, pelo menos, não ainda. É a nossa única chance de encontrar essa criatura antes que eles o façam."

"Vocês todos observaram que Bragdon está em um terreno quase alagado?", perguntou MacPhee. "Onde exatamente se encontraria uma cavidade seca na qual um corpo pudesse estar preservado durante tantos séculos é uma pergunta que merece ser feita. Quer dizer, se algum de vocês ainda se preocupa com provas."

"Esse é o ponto", disse o Diretor. "A câmara deve estar debaixo da parte elevada do terreno — aquele lance cascalhado do lado sul do bosque que faz uma curva na direção da estrada Eaton, perto de onde Storey morava. É lá que vocês devem procurar primeiro o portão branco de Jane. Eu suspeito que ele se abre para o lado da estrada Eaton. Ou talvez para a outra estrada — vejam no mapa —, a estrada amarela que vai na direção do 'Y' de Cure Hardy."

"Podemos chegar lá em meia hora", disse Dimble, que ainda segurava a mão de sua esposa. Para todos naquela sala, a empolgação nauseante dos últimos minutos que antecedem a batalha chegava mais perto.

"Imagino que tenha de ser esta noite", disse a Sra. Dimble, bastante envergonhada.

"Temo que sim, Margaret", disse o Diretor. "Cada minuto conta. Poderemos considerar a guerra perdida se o inimigo fizer contato com ele. Todo o plano deles circula em torno disso."

"Claro. Eu entendo. Sinto muito", disse a Sra. Dimble.

"E qual é o nosso procedimento, senhor?", disse Dimble, empurrando o prato e começando a encher seu cachimbo.

"A primeira questão é se ele está *fora*", disse o Diretor. "Não parece provável que a entrada do túnel tenha sido escondida durante todos esses séculos por nada a não ser uma pilha de pedras soltas. E, se foi assim, elas não estariam mais muito soltas. Ele pode demorar horas para conseguir sair."

"Você vai precisar de pelo menos dois homens fortes com picaretas...", começou MacPhee.

"Não adianta, MacPhee", disse o Diretor. "Não vou deixar você ir. Se a boca do túnel ainda estiver fechada, vocês devem apenas esperar. Mas pode ser que ele tenha poderes de que não sabemos. Se ele saiu, vocês devem procurar por rastros. Graças a Deus esta é uma noite lamacenta. Vocês devem apenas procurar por ele."

"Se Jane vai, senhor", disse Camilla, "eu não deveria ir também? Tenho mais experiência com esse tipo de coisas que…".

"Jane deve ir porque ela é a guia", disse Ransom. "Temo que você precise ficar em casa. Nós aqui nesta casa somos tudo que restou de Logres. Você carrega o futuro de Logres em seu corpo. Como eu estava dizendo, Dimble, você deve procurar por ele. Acho que ele não consegue ir muito longe. É óbvio que o terreno será totalmente irreconhecível para ele, mesmo à luz do dia."

"E… se o acharmos, senhor?"

"É por isso que tem de ser você, Dimble. Só você conhece a Grande Língua. Se havia algum poder eldílico na tradição que ele representava, pode entendê-la. Acho que, mesmo que ele não entenda a língua, vai reconhecê-la. Isso vai fazer com que veja que está lidando com mestres. Há uma chance de ele pensar que *vocês* são o pessoal de Belbury, os amigos dele. Neste caso vocês devem trazê-lo para cá imediatamente."

"E se não acontecer dessa maneira?"

O Diretor falou com rispidez.

"Então vocês deverão se revelar. Este é o momento perigoso. Não sabemos quais eram os poderes do antigo círculo atlanteano. É provável que houvesse alguma espécie de hipnotismo. Não tenham medo, mas não permitam que ele tente algum truque. Mantenham as armas à mão. Você também, Denniston."

"Sou bom com um revólver", disse MacPhee. "E por que, em nome do bom-senso…"

"Você não pode ir, MacPhee", disse o Diretor. "Ele colocaria *você* para dormir em dez segundos. Os outros estão fortemente protegidos, de uma maneira que você não está. Você está entendendo, Dimble? A arma em uma mão, uma oração na boca e a mente fixa em Maleldil. Então, conjure-o se ele resistir."

"O que eu vou dizer na Grande Língua?"

"Diga que vocês vêm em nome de Deus e de todos os anjos, e no poder dos planetas, da parte daquele que hoje se senta no trono do Pendragon, e ordene que ele venha com vocês. Diga isso agora."

E Dimble, que estivera sentado com o rosto tenso, muito branco, entre os rostos pálidos das duas mulheres, com os olhos na mesa, levantou a cabeça, e grandes sílabas vieram à sua boca. Jane sentiu o coração pular e tremer. Tudo o mais na sala parecia estar intensamente calmo, até mesmo a ave, o urso e o gato, encarando Dimble. A voz não soava como se fosse dele. Era como se as palavras falassem por si mesmas através dele, a partir de um lugar forte que estava longe — ou como se não fossem palavras, mas operações de Deus, dos planetas e do Pendragon. Pois essa era a língua falada antes da Queda e além da lua, e os significados não eram dados às sílabas por acaso, por habilidade ou por uma longa tradição, mas eram verdadeiramente inerentes a elas, do mesmo modo como a forma do grande sol é inerente à pequena gota d'água. Aquela era a própria Língua, como brotou por ordem de Maleldil a partir do argento-vivo fundido a partir da estrela que na Terra é chamada de Mercúrio, mas que é Viritrilbia no céu profundo.

"Obrigado", disse o Diretor, em inglês, e uma vez mais, a domesticidade acolhedora da cozinha fluiu de volta sobre eles. "Se ele vier com vocês, tudo bem. Caso contrário, aí então, Dimble, você deverá confiar no seu cristianismo. Não tente nenhum truque. Ore e mantenha sua vontade fixa na vontade de Maleldil. Eu não sei o que ele vai fazer. Mas permaneça firme. Aconteça o que acontecer, você não pode perder sua alma. Pelo menos, não por alguma ação dele."

"Sim", disse Dimble. "Eu entendo."

Houve uma longa pausa. Então o Diretor falou outra vez.

"Não fique deprimida, Margaret. Se eles matarem Cecil, nenhum de nós viverá muitas horas além dele. Será uma separação mais breve do que a que vocês esperariam se a Natureza seguisse seu curso. E agora, cavalheiros", disse ele, "se vocês quiserem um pouco de tempo para fazer suas orações e para se despedir das suas esposas... São oito horas agora, ou tão perto disso que não faz diferença. Vamos nos reunir aqui em dez minutos, prontos para começar".

"Muito bem", disseram várias vozes. Jane ficou sozinha na cozinha com a Sra. Maggs, os animais, MacPhee e o Diretor.

"Você está bem, minha filha?", perguntou Ransom.

"Acho que sim, senhor", disse Jane. Ela não conseguia analisar seu estado mental naquele momento. Sua expectativa estava no máximo, e ela foi tomada por algo que teria sido terror, mas era alegria, e algo que teria sido alegria, mas era terror, uma tensão de empolgação e obediência que a absorveu completamente. Tudo o mais na vida dela parecia pequeno e simples em comparação com aquele momento.

"Você se coloca em obediência", disse o Diretor, "em obediência a Maleldil?".

"Senhor", disse Jane, "não sei nada a respeito de Maleldil. Mas me coloco em obediência a você".

"É o suficiente por enquanto", disse o Diretor. "Esta é a cortesia do céu profundo: quando sua intenção é boa, Maleldil sempre entende que você pretendia algo além daquilo que sabia. Não será o bastante para sempre. Ele é muito ciumento. No fim, vai querer você só para ele, e para ninguém mais. Mas, para esta noite, é o bastante."

"Essa é a coisa mais louca que já ouvi", disse MacPhee.

A batalha começou

11

"NÃO CONSIGO enxergar nada", disse Jane.

"Essa chuva está atrapalhado todo o plano", Dimble disse, no banco de trás. "Esta ainda é a estrada Eaton, Arthur?"

"Acho que… sim, veja ali a cabine de pedágio", disse Denniston, que dirigia o carro.

"Mas de que adianta?", disse Jane. "Não consigo enxergar nada, nem mesmo com a janela aberta. Devemos ter passado pelo lugar várias vezes. O único jeito é descer do carro e andar."

"Acho que ela tem razão, senhor", disse Denniston.

"Epa!", disse Jane de repente. "Olha! Olha! O que é aquilo? Pare!"

"Não estou vendo um portão branco," disse Denniston.

"Ah, não é isso", disse Jane. "Olhe para lá."

"Não consigo ver nada", disse Dimble.

"Você está falando daquela luz?", perguntou Denniston.

"Sim, é claro. Aquilo é o fogo."

"Que fogo?"

"É a luz", respondeu ela, "o fogo na clareira do pequeno bosque. Tinha me esquecido completamente disso. Sim, eu sei: nunca contei isso para Grace ou para o Diretor. Eu havia me esquecido dessa parte do sonho até agora. Era assim que terminava. Era a parte mais importante, na realidade. Era onde eu *o* encontrava — Merlin, você sabe. Sentado ao lado do fogo num pequeno bosque. Depois que saí do subsolo. Ah, venham rápido!".

"O que você acha, Arthur?", perguntou Dimble.

"Acho que devemos ir aonde Jane nos levar", respondeu Denniston.

"Ah, mas venham logo", disse Jane. "Há um portão aqui. Rápido! Fica logo depois deste campo."

Os três atravessaram a rua, abriram o portão e entraram no campo. Dimble nada disse. Internamente, cambaleava sob o choque e a vergonha advindos do medo imenso e perturbador que sentia. Ele tinha, talvez, uma ideia mais clara do que os outros acerca do que poderia acontecer quando chegassem àquele lugar.

Jane, servindo de guia, ia à frente, com Denniston de braços dados com ela ao seu lado, ocasionalmente lançando a luz de sua lanterna sobre o solo acidentado. Dimble vinha na retaguarda. Ninguém estava inclinado a conversar.

A mudança da estrada para o campo foi como a passagem de um mundo desperto a um mundo fantasmagórico. Tudo se tornou mais escuro, mais molhado, mais incalculável. Cada pequena declive transmitia a sensação de se estar beirando um precipício. Eles seguiam uma trilha por trás de uma cerca viva; tentáculos molhados e espinhosos pareciam beliscá-los enquanto passavam. Toda vez que Denniston usava a lanterna, as coisas iluminados pelo círculo de sua luz — chumaços de grama, poças cheias de água, folhas amarelas e sujas pendendo da negrura molhada de galhos multiangulares, e uma vez os dois fogos amarelo-esverdeados nos olhos de algum animal pequeno — tinham mais ar de lugar comum do que deveriam ter; como se, durante aquele momento de exposição, tivessem assumido uma fantasia da qual se livrariam novamente no momento em que fossem deixados em paz. Também pareciam curiosamente pequenos; quando a luz desaparecia a escuridão fria e barulhenta, pareciam algo imenso.

O medo inicial que Dimble sentira começou a se espalhar para a mente dos outros enquanto prosseguiam — como a água que entra em um navio por um vazamento lento. Eles perceberam que não haviam de fato acreditado em Merlin até então. Acharam que acreditavam no Diretor, lá na cozinha, mas estavam enganados. O choque ainda chegaria. Ali, apenas com a luz vermelha bruxuleante à frente e a escuridão ao redor, realmente começavam a aceitar como fato o encontro com algo morto e, no entanto, ainda não morto, algo desenterrado, exumado, das profundezas da história que jaz entre os antigos romanos e o começo dos ingleses. "A Era da Escuridão", pensou Dimble; quão levianamente se escreviam e liam essas palavras.

Mas agora eles poriam seus pés diretamente naquela escuridão. O que os esperava naquele horrível vale não era um homem, mas uma era.

E de repente toda aquela Britânia que lhe fora familiar por tanto tempo como acadêmico se levantou como um sólido. Ele podia ver tudo. Pequenas cidades minguantes onde a luz de Roma ainda habitava — pequenos sítios cristãos, Camulodono,[1] Caerleon,[2] Glastonbury[3] —, uma igreja, alguns casarões, um grupo de casas, uma fortificação. E então, começando de modo escasso logo além dos portões, o infindável bosque molhado e emaranhado, assoreado com o acúmulo das folhas de outono que vinham caindo desde antes de a Britânia ser uma ilha; lobos se esgueirando, castores construindo, amplos pântanos rasos, indistintos cornos e tambores, olhos nos matagais, olhos de homens não apenas pré-romanos, mas pré-britânicos, criaturas ancestrais, infelizes e despossuídas, que se tornaram elfos, ogros e seres silvícolas da tradição posterior. Mas, piores do que a floresta, as clareiras. Pequenas fortalezas com reis de quem nunca se ouviu falar. Pequenas instituições e covis de druidas. Casas que tiveram a argamassa misturada com sangue de bebês em rituais. Haviam tentado fazer isso com Merlin. E agora toda aquela era, horrivelmente deslocada, arrancada para fora de seu lugar na série temporal e forçada a voltar e passar por todos os seus movimentos novamente com monstruosidade dobrada, estava fluindo em direção a eles e, em alguns minutos, os receberia dentro de si.

Então veio um impasse. Deram com uma cerca viva. Gastaram um minuto, com a ajuda da lanterna, desprendendo o cabelo de Jane. Tinham chegado ao fim de um campo. A luz do fogo, que ficava mais forte e mais fraca em alternância espasmódica, mal se podia ver dali. Não havia nada a fazer além de encarar o trabalho de achar uma abertura ou um portão. Era um portão que não abria: e quando eles caíram do outro lado depois de escalá-lo, tinham água até a altura do tornozelo. Durante alguns minutos, se arrastando lentamente colina acima, não tinham o fogo à vista, e, quando

---

[1]Camulodono (ou Camaloduno) era o centro de uma tribo celta na atual Inglaterra antes da conquista da ilha pelos romanos. Cassivelano, o líder de Camulodono, liderou a resistência contra a primeira expedição de Júlio César, no ano 54 a. C. [N. T.]

[2]Carleon era uma fortaleza militar romana no atual País de Gales, fundada por Sexto Júlio Frontino por volta do ano 75. [N. T.]

[3]Glastonbury é uma cidade inglesa que, conforme a tradição, foi a primeira nas Ilhas Britânicas a receber o cristianismo, por intermédio de José de Arimateia, que para lá teria levado o Santo Graal. [N. T.]

este reapareceu, estava bem à esquerda e muito mais longe do que qualquer um havia suposto.

Até aqui, Jane quase não havia tentado pensar sobre o que poderia estar diante deles. Enquanto avançavam, o sentido real daquela cena na cozinha lhe aparecia. Ele havia mandado os homens se despedirem de suas esposas. Havia abençoado a todos. Era provável, então, que isso — o caminhar tropeçado em uma noite molhada por um campo arado — significasse morte. Morte — aquilo de que sempre ouvimos falar (como o amor), aquilo de que poetas haviam escrito. Então era assim que teria de ser. Mas aquilo não era o mais importante. Jane estava tentando ver a morte sob a nova luz de tudo o que tinha ouvido desde que partira de Edgestow. Já fazia tempo que ela deixara de se ressentir com a tendência do Diretor, por assim dizer, de dispor dela — de dá-la, em um instante e em um sentido, a Mark, e em outro, a Maleldil —, nunca, em sentido algum, de mantê-la para si mesmo. Ela aceitava isso. E, sobre Mark, ela não pensava muito, porque pensar nele lhe causava, cada vez mais, sentimentos de pena e culpa. E quanto a Maleldil… Até este momento, ela também não havia pensado sobre Maleldil. Ela não duvidava que os *eldila* existissem; tampouco duvidava da existência desse ser mais poderoso e mais obscuro a quem obedecem… a quem o Diretor obedece, e por meio dele todo o grupo, até mesmo MacPhee. Se alguma vez lhe ocorrera questionar se aquilo era a realidade por trás do que havia aprendido na escola como "religião", ela pôs este pensamento de lado. A distância entre essas realidades alarmantes e operativas e a memória, digamos, da gorda Sra. Dimble fazendo suas preces, era grande demais. As coisas pertenciam, para ela, a mundos distintos. Por um lado, terror de sonhos, êxtase de obediência, o som e a luz formigantes por debaixo da porta do Diretor, e o grande esforço contra um perigo iminente; por outro, o cheiro dos bancos de igreja, horríveis litogravuras do Salvador (aparentemente com uns dois metros de altura, com o rosto de uma garota tísica), o embaraço das aulas de catecúmenos, a afabilidade nervosa dos clérigos. Mas, dessa vez, se era mesmo para ser a morte, aquele pensamento não seria posto de lado. Porque, realmente, agora parecia que qualquer coisa poderia ser verdade. O mundo já havia se mostrado muito diferente do que ela esperava. Suas velhas defesas haviam sido completamente esmagadas. Ela estava topando qualquer coisa. Maleldil poderia ser, crua e simplesmente, Deus. Poderia haver uma vida após a morte: um Céu; um Inferno. Por um instante o pensamento brilhou em sua mente como uma fagulha que cai sobre serragem, e, um segundo depois, como aquela serragem, toda a sua mente estava em chamas — exceto, talvez, por um pequeno pedaço deixado de fora apenas o suficiente para fazer algum tipo de protesto: "Mas... mas isso é insuportável. Eu deveria ter sido avisada". Não lhe ocorreu, naquela hora, nem ao menos duvidar que, se tais coisas existissem, elas seriam total e imutavelmente adversas a ela.

"Olha lá, Jane", disse Denniston. "É uma árvore."

"Acho — acho que é uma vaca", disse Jane.

"Não. É uma árvore. Olhe. Ali tem outra."

"Shhh!", disse Dimble. "Esse é o pequeno bosque da Jane. Estamos muito próximos agora."

O solo se elevava à frente deles por cerca de vinte metros, e ali fazia uma borda contra a luz do fogo. Agora conseguiam ver o bosque bem claramente, e também o rosto uns dos outros, brancos e brilhantes.

"Eu vou primeiro", disse Dimble.

"Invejo sua coragem", disse Jane.

"Shhh!", insistiu Dimble.

Eles andaram quieta e vagarosamente até a borda e pararam. Abaixo deles, madeira queimava em uma grande fogueira aos pés do pequeno vale. Havia arbustos por todos os lados, cujas sombras em constante mudança, com o levantar e cair das chamas, dificultavam enxergar com clareza. Além do fogo, parecia haver algum tipo rudimentar de tenda feita de sacos de pano, e Denniston pensou ter enxergado uma carroça virada para baixo. Em primeiro plano, entre eles e o fogo, algum gado.

"Tem alguém aqui?", Dimble sussurrou para Denniston.

"Eu não sei. Espere alguns segundos."

"Olhe!", Jane disse de repente. "Ali! Quando a chama soprou para o lado."

"O quê?", disse Dimble.

"Você não o viu?"

"Não vi nada."

"Pensei ter visto um homem", disse Denniston.

"Eu vi um sujeito normal", disse Dimble. "Quero dizer, um homem em roupas modernas."

"Como era a aparência dele?"

"Não sei."

"Temos de descer", disse Dimble.

"É *possível* descer?" disse Denniston.

"Não por esse lado", disse Dimble. "Parece que há um tipo de trilha que chega até lá pela direita. Temos de seguir pela borda até encontrarmos o caminho para descer."

Eles falavam em voz baixa, e o crepitar do fogo era agora o som mais alto, pois a chuva parecia estiar. Com cuidado, como tropas que temem os olhos do inimigo, começaram a margear aquele vale, se escondendo de árvore em árvore.

"Parem!", Jane sussurrou de repente.

"O que foi?"

"Tem algo se mexendo."

"Onde?"

"Ali. Bem perto."

"Não ouvi nada."

"Não há nada agora."

"Vamos em frente."

"Você ainda acha que tem alguma coisa ali, Jane?"

"Está quieto agora. *Havia* algo."

Eles avançaram por mais alguns passos.

"Psiu!", disse Denniston. "Jane tem razão. Tem algo ali."

"Devo falar alguma coisa?", disse Dimble.

"Espere um pouco", disse Denniston. "Está bem ali. Olhe! Caramba, é só um burro velho!"

"É o que eu disse", disse Dimble. "Esse homem é um cigano: um andarilho, ou algo assim. Esse é seu velho burro. Ainda assim, temos de descer."

Prosseguiram. Alguns momentos depois, encontraram-se descendo por um sulcado caminho de grama que se desenrolou até que o vale se abriu diante deles; e agora o fogo não estava mais entre eles e a tenda. "Ali está ele", disse Jane.

"Você consegue vê-lo?", perguntou Dimble. "Não enxergo tão bem quanto vocês."

"Consigo vê-lo direitinho", disse Denniston. "*É* um andarilho. Consegue vê-lo, Dimble? Um velho de barba esfarrapada, vestindo o que parecem ser os restos de um sobretudo inglês e calças pretas. Não consegue ver seu pé esquerdo, levantado, com o dedão se lançando um pouco acima?"

"Aquilo?", disse Dimble. "Achei que fosse um tronco. Mas você tem olhos melhores que os meus. Você realmente viu um homem, Arthur?"

"Bem, achei ter visto, senhor. Mas não estou seguro. Acho que meus olhos estão se cansando. Ele está sentado totalmente imóvel. Se for um homem, está dormindo."

"Ou morto", disse Jane, com um repentino calafrio.

"Bem", disse Dimble, "precisamos descer".

E, em menos de um minuto, os três já haviam descido o desfiladeiro e passado pela fogueira. E ali estava a tenda, e algumas tentativas infelizes de montar uma cama, um prato de lata, alguns fósforos no chão e um cachimbo com um pouco de fumo dentro, mas não se via homem algum.

• • •

"O que eu não consigo entender, Wither", disse a Fada Hardcastle, "é por que você não me deixa botar as mãos no novato. Todas essas suas ideias são tão frouxas — alertá-lo sobre o assassinato, prendê-lo, deixá-lo na cela a noite toda para pensar no assunto. Por que você continua mexendo com coisas que podem ou não dar certo quando vinte minutos do meu tratamento virariam a mente dele do avesso? Conheço o tipo".

A Srta. Hardcastle estava falando com o vice-diretor em sua sala por volta das dez horas daquela mesma noite úmida. Havia uma terceira pessoa presente: o professor Frost.

"Eu te garanto, Srta. Hardcastle", disse Wither, fixando seus olhos não nela, mas na testa de Frost, "não tenha a menor dúvida de que suas opiniões sobre isso, ou sobre qualquer outro caso, receberão sempre nossa maior consideração. Mas se posso dizer, este é um dos casos onde — eh — qualquer gradação mais grave de exame coercitivo pode acabar com seu próprio fim".

"Por quê?", perguntou a Fada, agressivamente.

"Você deve me perdoar", disse Wither, "por relembrá-la — é claro, não que eu presuma que você esteja negligenciando o ponto, mas simplesmente, e apenas por razões metodológicas; é de suma importância deixar tudo muito *claro* — de que precisamos da mulher — quero dizer, que seria de imenso valor receber a Sra. Studdock entre nós —, principalmente levando-se em consideração a impressionante habilidade psíquica que dizem que ela tem. Ao usar a palavra *psíquica*, não estou, veja se me entende, comprometendo-me com nenhuma teoria em particular".

"Você está falando daqueles sonhos?"

"Não podemos saber", disse Wither, "qual seriam os efeitos se a trouxéssemos compulsoriamente até aqui e, então, ela encontrasse seu marido — eh — na nítida, embora indubitavelmente temporária, condição anormal que teríamos de antecipar como resultado de seus métodos científicos de exame. Correríamos o risco de uma profunda perturbação emocional por parte dela. A própria habilidade poderia desaparecer, pelo menos por um longo tempo".

"Ainda não temos o relatório da Major Hardcastle", disse rapidamente o professor Frost.

"Não é nada bom", disse a Fada. "Ele se ocultou nas sombras de Northumberland. Há apenas três pessoas que podem ter saído da faculdade depois dele — Lancaster, Lyly e Dimble. Coloco-os nessa ordem de probabilidade. Lancaster é cristão e um homem muito influente. Ele está na Casa de Convocação Menor. Ele teve muito a ver com a Conferência Repton. Lancaster está envolvido com várias grandes famílias clericais e já escreveu muitos livros. Tem uma participação de verdade no lado deles. Lyly é basicamente do mesmo tipo, mas é mais um organizador propriamente dito. Como você deve se lembrar, ele causou um belo estrago naquela comissão reacionária sobre educação no ano passado. Ambos são homens perigosos, o tipo de gente que faz as coisas — líderes naturais do outro lado. Dimble é de um tipo bem diferente: exceto por ser cristão, não há muito contra ele. É puramente acadêmico. Não devo crer que seu nome seja muito conhecido, exceto por outros acadêmicos de sua própria área. Não é do tipo que seria um homem público. Ele não é nada prático... Com escrúpulos demais para ser útil para eles. Os outros sabem de uma coisa ou outra, particularmente Lancaster. De fato, ele é um homem para quem poderíamos encontrar espaço no nosso lado se tivesse as opiniões certas."

"Você deveria dizer à Major Hardcastle que já temos acesso à maioria desses fatos", disse o professor Frost.

"Talvez", disse Wither, "tendo em vista o adiantado da hora — não queremos sobrecarregar suas energias, Srta. Hardcastle —, devamos partir para as partes mais estritamente narrativas de seu relatório".

"Bem", disse a Fada, "tive de seguir os três. Com os recursos que tinha naquele momento. Vocês perceberão que o jovem Studdock foi visto partindo para Edgestow apenas por sorte. Foi como uma bomba. Metade do meu pessoal já estava ocupado com o caso do hospital. Eu só tinha uns poucos para escolher. Posicionei um sentinela e seis outros fora do campo de visão da faculdade, à paisana, é claro. Assim que Lancaster saiu, mandei os três melhores para vigiá-lo. Meia hora atrás, recebi deles um telegrama vindo de Londres, para onde Lancaster foi de trem. Pode ser que encontremos algo aí. Lyly deu muito trabalho. Parece que ele visitou umas quinze pessoas em Edgestow. Registramos todas elas — mandei outros dois rapazes para lidar com ele. Dimble saiu por último. Eu teria enviado meu último homem para segui-lo, mas naquela hora chegou uma ligação do Capitão O'Hara, que queria outro carro. Então decidi deixar Dimble escapar essa noite, e mandei meu homem com o carro que estava com ele. Dimble pode ser pego a qualquer momento. Ele vem à faculdade praticamente todos os dias e, na verdade, é insignificante".

"Realmente não consigo entender", disse Frost, "por que não tinha ninguém dentro da faculdade para ver por qual escada Studdock passou".

"Por causa do raio do seu Comissário de Emergência", disse a Fada. "Não podemos entrar nas faculdades agora, se é o que você quer saber. Eu tinha dito que Feverstone era o homem errado. Ele está tentando jogar dos dois lados. Está conosco contra a cidade, mas, quando se trata de ir conosco contra a universidade, ele não é confiável. Escute o que eu digo, Wither: você ainda vai ter problemas com ele."

Frost olhou para o vice-diretor.

"Estou longe de negar", disse Wither, "embora tampouco feche por completo minha mente para outras possíveis explicações, que algumas das medidas de Lorde Feverstone possam ter sido insensatas. Mas para mim seria doloroso supor que...".

"Precisamos deter a Major Hardcastle aqui?", perguntou Frost.

"Por Deus!", disse Wither. "Você tem toda razão! Eu já havia quase esquecido, minha querida, quão cansada você deve estar e quão valioso é o seu tempo. Devemos poupá-la para aquele tipo específico de trabalho ao qual você se mostrou indispensável. Não permita que abusemos de sua boa vontade. Ainda há um monte de trabalho rotineiro e chato, do qual o mais sensato é poupá-la." Ele se levantou e segurou a porta aberta para ela.

"Você não acha", ela disse, "que eu deveria deixar meus rapazes darem apenas uma *tentadinha* com o Studdock? Quero dizer, parece tão absurdo todo esse trabalho para conseguir um endereço".

E de repente, enquanto Wither permanecia com a mão na maçaneta, educadamente, paciente e sorridente, toda essa expressão se esvaiu de seu rosto. Os lábios pálidos, abertos o bastante a ponto de mostrar suas gengivas, a cabeça branca e cacheada e os olhos inchados pararam de formar qualquer expressão. A Srta. Hardcastle teve sensação de que uma mera máscara de pele e carne a encarava. Um momento passou e ela se foi.

"Eu me pergunto", disse Wither ao voltar à sua cadeira, "se não estamos dando importância demais a essa Studdock".

"Estamos seguindo uma ordem publicada no dia 1º de outubro", disse Frost.

"Ah... eu não estava questionando isso", disse Wither com um gesto de reprovação.

"Permita-me relembrá-lo dos fatos", disse Frost. "As autoridades tiveram acesso à mente da mulher por um tempo muito curto. Elas inspecionaram apenas um sonho — um sonho da maior importância, que revelou, embora com detalhes irrelevantes, um elemento essencial no nosso programa. Isso nos alertou que se a mulher caísse nas mãos de alguém mal-intencionado que soubesse como explorar sua habilidade, viria a constituir um grave perigo."

"Ah, mas é claro, é claro. Nunca pretendi negar..."

"Esse foi o primeiro ponto", disse Frost, interrompendo-o. "O segundo é que a mente dela se tornou opaca para as nossas autoridades quase imediatamente depois. No estado presente de nossa ciência, conhecemos apenas uma causa para tais ocultações. Elas ocorrem quando a mente em questão se coloca, por alguma escolha voluntária, mesmo que vaga, sob o controle de algum organismo hostil. A ocultação, portanto, ao mesmo tempo que corta nosso acesso aos sonhos, também nos informa que ela está, de uma forma ou de outra, sob a influência do inimigo. Isso em si já é um grave perigo. Mas isso também quer dizer que encontrá-la provavelmente seria descobrir também o quartel-general do inimigo. A Srta. Hardcastle está provavelmente certa ao dizer que a tortura logo induziria Studdock a nos entregar o endereço de sua esposa. Mas, como você apontou, um cerco sobre o quartel deles, uma prisão e a descoberta de seu marido aqui, nas condições em que a tortura o deixaria, produziria efeitos psicológicos na mulher que poderiam destruir sua habilidade. Devemos, portanto, frustrar um dos propósitos pelos quais queremos pegá-la. Essa é a primeira objeção. A segunda é que um ataque ao quartel-general do inimigo é muito arriscado. É quase certo que eles têm proteção de um tipo com o qual não estamos preparados para lidar. E, finalmente, o homem pode não *saber* o endereço de sua esposa. Nesse caso..."

"Ah", disse Wither, "não há nada que eu poderia desprezar mais. O exame científico (não posso permitir o uso do termo *tortura* nesse contexto) em casos em que o paciente não sabe a resposta é sempre um erro fatal. Como homens das humanidades que somos não podemos... Então, se formos adiante, o paciente naturalmente não se recupera... E se pararmos, até mesmo um operador experiente é assombrado pelo medo de que talvez o operado *de fato* soubesse. É insatisfatório de qualquer forma".

"Não existe, na realidade, nenhuma forma de implementar nossas instruções que não seja induzir Studdock a trazer, ele mesmo, sua esposa até aqui."

"Ou então", disse Wither, que parecia estar sonhando um pouco mais do que o normal, "se fosse possível, induzi-lo a um compromisso com o nosso lado muito mais radical do que ele já mostrou. Estou falando, caro amigo, de uma real mudança no cerne de seu coração".

Frost abriu levemente e esticou sua boca, que era muito longa, de forma a mostrar seus dentes brancos.

"Esta", disse ele, "é uma subdivisão do plano que eu estava mencionando. Eu estava dizendo que ele deve ser induzido a mandar trazerem a mulher por si mesmo. Isso, é claro, pode ser feito de duas formas. Ou oferecendo a ele algum incentivo em nível instintivo, como o medo que produzimos nele ou o desejo que ele sente por ela; ou, então, condicionando-o a se identificar tão completamente com a causa que compreenderá o motivo real que nos leva a aprisioná-la e agir sobre ela".

"Exatamente... exatamente", disse Wither. "Suas expressões, como sempre, são diferentes das que eu mesmo escolheria, mas..."

"Onde está Studdock neste momento?", disse Frost.

"Numa das celas aqui — do outro lado."

"Sob a impressão de que foi preso pela polícia comum?"

"Não tenho como responder isso. Presumo que sim. Talvez não faça muita diferença."

"E como você propôs a ação?"

"Propusemos deixá-lo isolado por várias horas — para permitir que os resultados psicológicos da prisão amadureçam. É claro que me aventurei... com todo o cuidado pela humanidade... a reconhecer o valor de alguns desconfortos físicos leves — ele está sem comer, você há de entender. Tiveram instruções de esvaziar seus bolsos. Não desejamos que, fumando, aquele jovem possa se aliviar de qualquer tensão nervosa que possa ter surgido. Desejamos que a mente seja deixada inteiramente a seus próprios recursos."

"É claro. E o que vem depois?"

"Bem, suponho que algum tipo de exame. Esse é um ponto em que seu conselho seria bem-vindo. Quero dizer, para saber se eu, pessoalmente, devo aparecer em primeira instância. Estou inclinado a pensar que devemos manter por mais tempo a aparência de um interrogatório pela polícia comum. Então, em um estágio posterior, virá a descoberta de que ele ainda está em nossas mãos. É provável que primeiramente ele não entenda bem a descoberta — por alguns minutos. Seria bom fazê-lo notar apenas gradualmente que isso de forma alguma o livra dos — eh — embaraços vindos da morte de Hingest. Acredito que uma percepção mais completa de sua solidariedade inevitável com o Instituto viria a seguir..."

"E então você planeja perguntar-lhe novamente sobre sua esposa?"

"Não faria isso dessa forma de jeito nenhum", disse Wither. "Se é que posso dizer assim, esta é uma das desvantagens da extrema simplicidade e da precisão com que você habitualmente fala (por mais que admiremos), que não deixa espaço para finas nuances. Eu estava esperando por um acesso de confiança espontâneo da parte do próprio jovem. Qualquer coisa como uma ordem direta..."

"A fraqueza desse plano", disse Frost, "é que você está se valendo totalmente do medo".

"Medo", repetiu Wither — como se jamais tivesse ouvido a palavra antes. "Acho que não estou acompanhando sua linha de raciocínio. Consigo apenas supor que você esteja seguindo a sugestão oposta, já feita, se bem me lembro, pela Srta. Hardcastle."

"O que era mesmo?"

"Ora", disse Wither, "se a entendi bem, ela pensou em aplicar medidas científicas para tornar a companhia de sua esposa mais desejável aos olhos do rapaz. Algum dos recursos químicos...".

"Você quer dizer, um afrodisíaco?"

Wither suspirou gentilmente e nada disse.

"Isso é um absurdo", disse Frost. "Não é para sua esposa que um homem se volta quando está sob a influência de afrodisíacos. Mas, como eu ia dizendo, acho que é um erro depender totalmente do medo. Já observei, ao longo dos anos, que seus resultados são incalculáveis: especialmente quando o medo é complicado. O paciente pode ficar assustado demais para se mover, até mesmo na direção desejada. Se perdemos a esperança de trazer a mulher aqui pela boa vontade de seu marido, temos de usar a tortura e lidar com as consequências. Mas há alternativas. Há o desejo."

"Não sei se estou acompanhando. Você já rejeitou a ideia de qualquer abordagem médica ou química."

"Eu estava pensando em desejos mais fortes."

Nem nesse momento da conversa, nem em qualquer outro, o vice--diretor olhou muito para o rosto de Frost; seus olhos, como de costume, vagavam por toda a sala ou se fixavam em objetos distantes. Às vezes se fechavam. Mas Frost ou Wither — era difícil dizer quem — vinha gradualmente movendo sua cadeira, de forma que nesse momento ambos estavam sentados com seus joelhos quase se tocando.

"Conversei com Filostrato", disse Frost em sua voz baixa, clara. "Usei expressões que devem ter deixado claro o que eu queria dizer, se ele tinha qualquer noção da verdade. Seu assistente sênior, Wilkins, também estava presente. O fato é que nenhum deles está mesmo interessado. O que os interessa é o fato de que obtiveram sucesso — como eles pensam — em manter o Cabeça vivo e fazê-lo falar. O que ele diz realmente não lhes interessa. Quanto a qualquer pergunta acerca do *que* está na verdade falando, eles não têm curiosidade. Fui muito longe. Fiz perguntas acerca do seu modo de consciência — sua fonte de informação. Não houve resposta."

"Você está sugerindo, se eu estou entendendo", disse Wither, "um movimento em direção a esse Sr. Studdock seguindo *essas* linhas. Se bem me lembro, você rejeitou o medo alegando que seus efeitos não podem ser previstos com a precisão que desejamos. Mas — eh — será que o método proposto agora seria mesmo *mais* confiável? Não preciso nem dizer que percebo por completo certo desapontamento que pessoas sérias devem sentir com colegas tais como Filostrato e seu subordinado, o Sr. Wilkins".

"Esse é o ponto", disse Frost. "Devemos nos guardar do erro de supor que a dominação política e econômica da Inglaterra pelo INEC seja mais do que um objeto subordinado: é dos indivíduos que realmente nos ocupamos. Um núcleo rígido e imutável de indivíduos realmente dedicados à mesma causa que nós — é disso que precisamos e é o que, na verdade, recebemos ordens para providenciar. Até agora ainda não obtivemos sucesso em trazer muitas pessoas para dentro — realmente *dentro.*"

"Não há notícias do bosque Bragdon?"

"Não."

"E você acha que Studdock pode realmente ser uma pessoa adequada...?"

"Não se esqueça", disse Frost, "de que o valor dele não está somente na clarividência de sua esposa. O casal é eugenicamente interessante. E em segundo lugar, acredito que ele não ofereça resistência alguma. As horas de medo na cela, e então um apelo a desejos que solaparão o medo, terão um efeito certeiro em um tipo como aquele".

"É claro", disse Wither, "que nada é mais desejável do que a maior unidade possível. Não suspeite que eu subestime esse aspecto de nossas ordens. Qualquer indivíduo novato levado a essa unidade seria uma fonte da mais intensa satisfação para — eh — todos os envolvidos. Desejo o laço mais próximo possível. Eu daria as boas-vindas a uma interpenetração de personalidades tão próxima, tão irrevogável, que quase transcende a individualidade. Não duvide que eu abriria meus braços para receber — para absorver — para assimilar esse rapaz".

Eles agora estavam sentados tão próximos um do outro que suas faces quase se tocavam, como se fossem amantes prestes a se beijar. Os óculos pincenê de Frost capturavam a luz de forma que seus olhos ficavam invisíveis: apenas sua boca, sorrindo, mas sem estar relaxada no sorriso, revelava sua expressão. A boca de Wither estava aberta, o lábio inferior suspenso, seus olhos molhados, seu corpo todo arqueado e colapsado em sua cadeira como se sua força lhe tivesse fugido. Um estranho teria pensado que ele tinha bebido. Então seus ombros se contraíram e ele começou a rir gradativamente. E Frost não riu, mas seu sorriso crescia momento a momento em brilho e frieza, e ele esticou a mão e deu um tapinha nas costas de seu colega. De repente houve um estrondo naquela sala em silêncio. Um catálogo de biografias caiu da mesa, empurrado para o chão enquanto, com um repentino e rápido movimento convulsivo, os dois velhos se lançaram um em direção ao outro e ficaram balançando para frente e para trás, presos em um abraço do qual ambos pareciam estar se esforçando para escapar. E, enquanto eles balançavam e se arranhavam com mão e unha, começou a surgir, primeiramente estridente e remoto, mas então mais e mais alto, um barulho cacarejante que se parecia, por fim, mais com um animal do que com uma senil paródia de risada.

• • •

Quando Mark foi tirado da viatura policial e caiu no escuro e na chuva, sendo carregado para dentro pelos policiais, e finalmente deixado a sós em uma pequena sala iluminada, não tinha ideia de que estava em Belbury. E tampouco teria se importado muito caso soubesse disso, pois, quando foi capturado, ele perdera as esperanças quanto à sua vida. Seria enforcado.

Nunca até então ele havia estado tão perto da morte. Agora, olhando para sua mão (pois suas mãos estavam frias, e ele as esfregava num gesto espontâneo), veio-lhe, como uma ideia totalmente nova, a noção de que esta mesma mão, com suas cinco unhas e a mancha de tabaco do lado de dentro do segundo dedo, seria um dia a mão de um cadáver, e posteriormente a mão de um esqueleto. Ele não sentiu propriamente horror, embora, no nível físico, estivesse ciente de uma sensação de choque; o que fez seu cérebro se abalar foi o absurdo da ideia. Era algo inacreditável, mas ao mesmo tempo absolutamente certo.

Sobreveio-lhe um repentino fluxo de detalhes acerca da execução, fornecidos há muito tempo pela Srta. Hardcastle. Mas foi uma dose alta demais para a consciência ser capaz de aceitar. Ela pairou ante sua imaginação pela fração de um segundo, agonizando-o a um tipo de grito mental, e então afundou e sumiu em um borrão. A mera morte voltou como objeto de sua atenção. A questão da imortalidade se mostrou diante dele. Ele não estava nem um pouco interessado. O que uma vida posterior tinha a ver com isso? A felicidade em um mundo outro e extracorpóreo (ele nunca pensou em infelicidade) era totalmente irrelevante para um homem que seria morto. O matar é que era importante. De qualquer forma, este corpo — esta coisa flácida, trêmula, desesperadamente vívida, tão intimamente sua — seria transformada em um corpo *morto*. Se existia algo como almas, isso não tinha nada a ver com elas. A sensação sufocante e asfixiante deu à visão que o corpo tinha do assunto uma intensidade que excluiu todo o resto.

Por se sentir sufocado, ele procurou na cela qualquer sinal de ventilação. Havia, de fato, um tipo de grade sobre a porta. Aquele ventilador e a própria porta eram os únicos objetos que detinham os olhos. Todo o resto era chão branco, teto branco, paredes brancas, sem uma cadeira, uma mesa, um livro ou um cabideiro, e com uma dura luz branca no centro do teto.

Algo na aparência do lugar agora lhe sugeria pela primeira vez a ideia de que ele poderia estar em Belbury, e não em uma estação policial normal. Mas o clarão de esperança causado por essa ideia foi tão breve que chegou a ser instantâneo. Que diferença fazia se Wither, a Srta. Hardcastle e o resto tivessem decidido livrar-se dele entregando-o para a polícia comum ou lidando com ele em particular — como inquestionavelmente tinham feito com Hingest? O significado de todos os altos e baixos pelos quais ele tinha passado em Belbury agora lhe parecia perfeitamente claro. Eles eram todos seus inimigos, jogando com suas esperanças e medos para reduzi-lo à total servidão, tendo morte certa caso escapasse, e morte certa ao longo da jornada quando tivesse servido ao propósito para o qual era necessário. Pareceu-lhe impressionante que algum dia já tivesse pensado de outra maneira. Como poderia supor que, por fazer qualquer coisa, poderia realmente apaziguar essas pessoas ?

Que tolo — que maldito tolo ingênuo e infantil — ele havia sido! Sentou-se no chão, pois suas pernas ficaram fracas, como se ele tivesse andado cinquenta quilômetros. Por que tinha vindo para Belbury em primeiro lugar? Sua primeiríssima entrevista com o vice-diretor não deveria tê-lo avisado, alto e claro como se a verdade tivesse sido gritada por um megafone ou impressa em um pôster com letras de dois metros de altura, que este era o mundo da conspiração dentro da conspiração, de linhas cruzadas e recruzadas, de mentiras, corruptelas e facadas pelas costas, de assassinato e uma gargalhada desdenhosa para o tolo que perdesse o jogo? A gargalhada de Feverstone, naquele dia em que o chamou de "romântico incurável", voltou-lhe à mente. Feverstone… Fora assim que ele acabara acreditando em Wither: sob recomendação de Feverstone. Sua tolice vinha de muito antes. Como é que ele pudera acreditar em Feverstone — um homem com a boca como a de um tubarão, de gestos chamativos; um homem que nunca olha nos olhos? Jane ou Dimble teriam enxergado tudo isso de imediato. Ele tinha "podre" escrito por todo o corpo. Prestava apenas para enganar marionetes como Curry e Busby. Mas, até aí, da primeira vez que viu Feverstone, ele ainda não achava que Curry e Busby eram marionetes. Com extraordinária clareza, mas com espanto renovado, se lembrou do que sentira sobre o Elemento Progressivo em Bracton quando foi admitido ali pela primeira vez; ele se lembrou, ainda mais incrédulo, de como se sentia, como pesquisador júnior, enquanto estava de fora — de como olhava quase que com fascínio para as cabeças de Curry e Busby inclinadas uma na direção da outra na Sala Comum, ouvindo fragmentos ocasionais de sua conversa sussurrada, fingindo estar concentrado na leitura do jornal, mas desejando — ah, desejando tão intensamente — que um deles cruzasse a sala e falasse com ele. E então, depois de meses e meses, aconteceu. Ele via uma imagem de si mesmo, o odioso pequeno estranho que queria fazer parte do círculo interior, uma gaivota infantil, bebendo robustas e desimportantes confidências, como se estivesse sendo admitido pelo governo do planeta. Não haveria *nenhum* começo para sua tolice? Teria ele sido um completo tolo desde seu nascimento? Mesmo na época escolar, quando arruinara seu trabalho e partira seu coração tentando entrar na sociedade chamada Grip, perdendo seu único amigo real ao fazê-lo? Mesmo quando criança, brigando com Myrtle porque ela *sempre* ia e contava seus segredos para Pamela, a vizinha?

Ele mesmo não entendeu por que tudo aquilo, que agora era tão claro, nunca antes havia passado por sua cabeça. Ele não tinha noção de que tais pensamentos haviam sempre batido na porta para entrar, mas sempre foram excluídos pela simples razão de que, se lhes desse corda, isso envolveria despedaçar toda a rede de sua vida, cancelando quase qualquer decisão que sua vontade já havia tomado, e realmente começar de novo como se fosse uma criança. A indistinta massa de problemas que teria de ser encarada se ele admitisse tais pensamentos, a inumerável quantidade de "algo" sobre o que "algo" teria de ser feito, o tinha impedido de levantar essas questões. O que havia agora tirado seus antolhos era o fato de que nada *poderia* ser feito. Eles iam enforcá-lo. Sua história estava perto do fim. Não faria mal algum destroçar a rede agora, pois não mais iria usá-la; não havia contas para pagar (na forma de árduas decisões e reconstrução) pela verdade. Esse era um resultado da aproximação da morte que o vice-diretor e o professor Frost possivelmente não haviam previsto.

Não havia considerações morais na mente de Mark naquele momento. Ele se recordava de sua vida não com vergonha, mas com um tipo de desgosto por sua insipidez. Viu a si mesmo quando garotinho, vestindo calças curtas, escondido nos arbustos ao lado da cerca, para secretamente escutar a conversa de Myrtle com Pamela, e tentando ignorar o fato de que não era nada interessante quando ouvida assim. Ele se viu tentando fazer-se acreditar que apreciava aquelas tardes de domingo com os atléticos heróis da Grip enquanto, o tempo todo (como agora ele via), estava quase doente de saudade das velhas caminhadas com Pearson — Pearson, que lhe fora tão doloroso abandonar. Viu-se em sua época de adolescente lendo uns romances ruins de adulto e bebendo cerveja, quando na verdade realmente gostava de John Buchan[4] e vinho de gengibre. As horas que ele passara aprendendo as gírias particulares de cada novo círculo que o atraía, o perpétuo fingir um interesse por coisas que achava sem graça e um conhecimento que não possuía, o sacrifício quase heroico de deixar todas as pessoas e coisas de que

[4]John Buchan (1875–1940), escritor escocês, escreveu uma extensa história da Primeira Guerra Mundial e também livros de aventuras. [N. T.]

realmente gostava, a infeliz tentativa de fingir que *seria* possível usufruir da Grip, ou do Elemento Progressivo, ou do INEC — tudo isso lhe sobreveio com uma forma de mágoa. Quando foi que ele tinha feito o que queria fazer? Ou se misturado com pessoas de quem gostava? Ou até mesmo comido e bebido o que lhe agradava? A insipidez concentrada de tudo aquilo o preencheu de autocomiseração.

Em suas condições normais, explicações que depositassem em forças impessoais fora dele a responsabilidade por toda essa vida de poeira e de garrafas quebradas teriam lhe ocorrido de imediato e seriam de imediato aceitas. Teria sido "o sistema" ou "um complexo de inferioridade" devido a seus pais ou às peculiaridades de seu tempo. Nada disso lhe ocorria agora. Sua mentalidade "científica" jamais fora uma filosofia real em que ele acreditasse de corpo e alma. Vivia apenas em seu cérebro, e era uma parte daquele seu eu público que agora estava se desprendendo dele. Ele estava ciente, sem ao menos ter de pensar sobre isso, de que ele mesmo — nada além disso no universo inteiro — havia escolhido a poeira e as garrafas quebradas, o amontoado de velhas latas, os lugares secos e sufocantes.

Uma ideia inesperada lhe ocorreu. Isso — essa sua morte — seria uma sorte para Jane. Myrtle muito tempo atrás, Pearson na escola, Denniston na faculdade e, finalmente, Jane haviam sido as quatro grandes invasões em sua vida de algo vindo de além dos lugares secos e sufocantes. Ele havia conquistado Myrtle ao se tornar para ela o irmão inteligente que ganhava bolsas de estudo e se misturava com gente importante. Na verdade, eles eram gêmeos, mas, depois de um curto período na infância em que ela parecia ser a irmã mais velha, ela veio a se tornar mais uma irmã mais nova e desde então permaneceu assim. Ele a havia trazido totalmente para sua órbita: eram seus grandes olhos deslumbrados e suas respostas ingênuas aos relatos que ele fazia do grupo pelo qual circulava no momento que lhe traziam em todos os momentos a maior parte do prazer real de sua carreira. Mas, pela mesma razão, ela havia cessado de mediar a vida para além dos lugares secos. A flor, uma vez seguramente plantada num receptáculo, torna-se ela mesma um receptáculo. Pearson e Denniston, ele descartara. E agora sabia, pela primeira vez, o que secretamente planejava fazer com Jane. Se tudo tivesse dado certo, se ele tivesse se tornado o tipo de homem que esperava vir a ser, ela teria sido a grande anfitriã — a anfitriã secreta, no sentido de que apenas os poucos esotéricos saberiam quem aquela belíssima mulher era e por que importava tão enormemente assegurar o seu bem-querer.

Bom… Foi sorte de Jane. Ela lhe parecia, agora que pensava nela, ter dentro de si profundos poços e campos gramados de felicidade, rios de frescura, encantados jardins de tranquilidade, nos quais ele não podia entrar, mas que poderia ter estragado. Era uma daquelas pessoas — como Pearson, como Denniston, como os Dimbles — que sabem apreciar as coisas em si. Ela não era como ele. Seria bom que ela pudesse se livrar dele.

Nesse momento, um som de uma chave entrando e virando a fechadura da porta da cela fez-se ouvir. Instantaneamente todos esses pensamentos desapareceram; o mero terror físico da morte, secando a garganta, lhe sobreveio. Ele se levantou rapidamente e ficou em pé com as costas viradas para a parede mais distante, olhando para a porta tão intensamente que era como se pudesse escapar da forca se mantivesse quem entrasse fixamente em sua visão.

Não foi um policial que entrou. Foi um homem de terno cinza cujos óculos pincenê, quando ele olhou para Mark e para a luz, se tornaram janelas opacas escondendo seus olhos. Mark o reconheceu de imediato e soube que estava em Belbury. Não foi isso que o fez abrir os olhos ainda mais e quase se esquecer de seu terror em seu assombro. Foi a mudança na aparência do homem — ou melhor, a mudança dos olhos com que Mark o enxergava. De certa forma, tudo sobre o professor Frost seguia como sempre havia sido — a barba pontuda, a extrema brancura da testa, a regularidade das feições e o brilhante sorriso ártico. Mas o que Mark não conseguia entender foi como ele conseguiu deixar de perceber algo sobre aquele homem tão óbvio que qualquer criança teria se encolhido se o visse e qualquer cachorro teria corrido para o canto com a pelugem eriçada e os dentes à mostra. A própria morte não lhe parecia mais assustadora do que o fato de que apenas seis horas atrás, ele, em alguma medida, teria confiado naquele homem, e lhe dado boas-vindas, e até mesmo sido levado a acreditar que sua sociedade não era desagradável.

Noite de chuva e vento

12

"BEM", disse Dimble, "não tem ninguém aqui".

"Ele estava aqui há pouco", disse Denniston.

"Você tem certeza de que *viu* alguém?", perguntou Dimble.

"Pensei ter visto alguém", disse Denniston, "mas não tenho certeza".

"Se havia alguém, ele deve estar muito perto", disse Dimble.

"E se o chamarmos?", sugeriu Denniston.

"Psiu! Ouçam!", disse Jane. Todos ficaram em silêncio por alguns instantes.

"É só aquele burro velho andando lá em cima", disse Dimble.

Houve outro silêncio.

"Parece que ele desperdiçou seus fósforos", disse Denniston, olhando para a terra pisada à luz do fogo. "Seria de se esperar que um andarilho…"

"Por outro lado", disse Dimble, "não seria de se esperar que Merlin, vindo do quinto século, tivesse trazido uma caixa de fósforos com ele".

"Mas o que nós vamos *fazer*?", disse Jane.

"Não gosto de pensar no que MacPhee vai dizer se voltamos com um resultado tão ruim. Na mesma hora, ele vai apontar um plano que nós deveríamos ter seguido", disse Denniston sorrindo.

"Agora que parou de chover", disse Dimble, "é melhor voltarmos para o carro e começarmos a procurar pelo seu portão branco. Para o que você está olhando, Denniston?".

"Estou olhando esta lama", disse Denniston, que se distanciara alguns poucos passos do fogo na direção do caminho pelo qual eles tinham descido até o vale. Ele andava encurvado e iluminava o caminho com sua lanterna. De repente se endireitou. "Vejam!", disse, "muitas pessoas estiveram aqui. Não, não pisem aí para não estragar os rastros. Vejam. Está vendo, senhor?".

"Não são as nossas próprias pegadas?", disse Dimble.

"Algumas delas apontam para a direção contrária. Veja esta — e aquela."

"Será que são do andarilho?", disse Dimble. "Se é que foi um andarilho."

"Ele não teria passado por este caminho sem que o víssemos", disse Jane.

"A não ser que tenha passado por aqui antes que chegássemos", disse Denniston.

"Mas todos nós o vimos", disse Jane.

"Venham", disse Dimble. "Vamos segui-las até lá em cima. Acho que não vamos conseguir segui-las mais longe que isso. Caso contrário, vamos voltar para a estrada e procurar pelo portão."

Quando chegaram à beira da gruta, a lama se transformou em grama debaixo dos pés deles, e as pegadas desapareceram. Eles deram duas voltas ao redor do vale e não acharam nada, então resolveram voltar para a entrada. Era uma linda noite, e Órion dominava todo o céu.

• • •

O vice-diretor raramente dormia. Quando lhe era absolutamente necessário fazê-lo, ele tomava um remédio, mas era uma eventualidade, pois o modo de consciência que ele experimentava na maior parte do dia ou da noite havia muito deixara de ser exatamente o que os demais homens chamam de estar desperto. Ele aprendera a retirar a maior parte da sua consciência da tarefa de viver e a conduzir os negócios com apenas a quarta parte da sua mente. Cores, gostos, aromas e sensações táteis sem dúvida bombardeavam seus sentidos físicos do jeito normal; todavia, não alcançavam seu eu interior. O jeito e a atitude exterior com os homens que ele havia adotado meio século atrás eram agora uma organização que funcionava quase independentemente, como um gramofone, para a qual ele podia transferir toda a sua rotina de entrevistas e reuniões. Enquanto o cérebro e os lábios executavam o serviço e construíam, dia a dia, para os que estavam ao seu redor, a personalidade vaga e formidável que conheciam tão bem, seu eu interior estava livre para seguir sua própria vida. Ele possuía aquele desligamento do espírito, não apenas dos sentidos, mas até mesmo da razão, que era o objetivo de alguns dos místicos.

Por isso ele ainda estava, em certo sentido, acordado — isto é, com certeza não estava dormindo — uma hora depois que Frost o deixara para visitar Mark em sua cela. Quem olhasse para o escritório naquela hora o teria visto sentado imóvel à sua mesa, com a cabeça encurvada e as mãos cruzadas. Mas seus olhos não estavam fechados. O rosto não tinha expressão. Sua verdadeira pessoa estava longe, sofrendo, desfrutando ou perpetrando seja o que for que as almas assim sofrem, desfrutam ou perpetram quando o fio que as prende à ordem natural é esticado ao máximo, mas ainda não se partiu. Quando o telefone tocou perto do seu cotovelo, ele o pegou sem qualquer agitação.

"Fale", disse ele.

"É Stone, senhor", disse a voz. "Achamos a câmara."

"Sim."

"Ela estava vazia, senhor."

"Vazia?"

"Sim, senhor."

"Meu caro Sr. Stone, o senhor tem certeza de que encontraram o lugar certo? É possível…"

"Ah, sim senhor. É uma espécie de cripta pequena, feita de pedraria e tijolos romanos. Tem uma espécie de laje no centro, como se fosse um altar ou uma cama."

"Devo entender então que não tinha ninguém lá? Nenhum sinal de ocupação."

"Bem, senhor, nós tivemos a impressão de que recentemente aconteceu alguma agitação ali."

"Por favor, Sr. Stone, seja o mais explícito que puder."

"Bem, senhor, havia uma saída, quer dizer, um túnel, que conduz para fora na direção sul. Fomos imediatamente pelo túnel. Ele dá fora da área do bosque, a uns setecentos metros."

"Este túnel sai do bosque? Quer dizer que tem um arco — uma porta — uma boca de túnel?"

"Bem, esse é o ponto. Nós saímos do outro lado. Mas obviamente algo foi destruído lá há bem pouco tempo. Parece que foram usados explosivos. Como se o fim do túnel fosse murado e houvesse bastante terra no topo dele; como se recentemente alguém tivesse explodido para poder sair dali. A explosão remexeu tudo."

"Continue, Sr. Stone. O que você fez depois?"

"Usei a ordem que você me deu de reunir todos os policiais disponíveis e os enviei em grupos de busca para encontrar o homem que você descreveu."

"Entendo. E como *você* o descreveu para eles?"

"Exatamente como você fez, senhor: um homem idoso, com uma barba muito grande ou mal aparada, provavelmente usando uma capa, mas com certeza usando algum tipo de roupa diferente. Ocorreu-me acrescentar que talvez ele não estivesse usando roupa nenhuma."

"Por que o senhor acrescentou isso, Sr. Stone?"

"Bem, senhor, não sei há quanto tempo ele está lá, e não é da minha conta. Já ouvi a respeito de roupas preservadas em um lugar como aquele, e elas ficam caindo aos pedaços quando o ar entra. Espero que você não imagine, nem por um momento, que eu esteja tentando descobrir alguma coisa que você decidiu não me contar. Só pensei que seria bom..."

"Você está absolutamente certo, Sr. Stone", disse Wither, "em pensar que qualquer coisa que remotamente se parecesse com uma curiosidade exagerada da sua parte pudesse resultar nas mais desastrosas consequências. Digo, para você, claro, pois é o seu interesse que tenho em mente quando escolho meus métodos. Eu lhe asseguro que você pode confiar que vou apoiá-lo na posição muito... eh... delicada que você — sem dúvida, não intencionalmente — escolheu ocupar".

"Muito obrigado, senhor. Fico contente em saber que você acha que eu estava certo em dizer que ele poderia estar sem roupa."

"Ah, quanto a *isso*", disse o Diretor, "há muitas considerações que não podem ser feitas no momento. E como você orientou seus grupos de busca a fazer quando encontrassem esta... eh... pessoa?".

"Bem, essa é outra dificuldade, senhor. Enviei meu próprio assistente, o Padre Doyle, em um grupo, porque ele sabe latim. E dei ao Inspetor Wrench o anel que o senhor me deu, e o coloquei como responsável pelo segundo grupo. O melhor que pude fazer pelo terceiro grupo foi ver se tinha alguém que sabe galês."

"Você não pensou em acompanhar algum grupo?"

"Não, senhor. Você me disse para ligar sem falta assim que encontrássemos alguma coisa. E eu não queria atrasar os grupos de busca até entrar em contato com você."

"Estou entendendo. Bem, não há dúvida de que a sua ação (falando totalmente sem preconceito) pudesse ser interpretada nestes termos. Você deixou bem claro que este... eh... personagem, quando encontrado, deveria ser tratado com a maior deferência e — se o senhor não me entende mal — cautela?"

"Ah, sim, senhor."

"Bem, Sr. Stone, no todo estou, com alguma inevitável reserva, razoavelmente satisfeito com a sua conduta nesse caso. Creio que posso conseguir apresentar a situação em uma luz favorável aos meus colegas cuja boa vontade você, infelizmente, não conseguiu manter. Se conduzir essa situação a uma conclusão bem-sucedida, você fortalecerá muito a sua posição. Se não… para mim é doloroso, além das palavras, que haja tensões e recriminações entre nós. Mas o senhor me entende completamente, meu caro rapaz. Se eu ao menos conseguir persuadir, digamos, a Srta. Hardcastle e o Sr. Studdock a compartilhar meu apreço quanto às suas qualidades muito verdadeiras, você não terá de se preocupar quanto à sua carreira ou… eh... sua segurança."

"Mas o que você que eu *faça*, senhor?"

"Meu prezado e jovem amigo, a regra de ouro é muito simples. Há apenas dois erros que seriam fatais para alguém colocado na situação peculiar que certas partes da sua conduta prévia desafortunadamente lhe criaram. Por um lado, seria desastrosa qualquer ação que se pareça com falta de iniciativa ou empreendimento. Além disso, a mínima proximidade a uma ação não autorizada — qualquer coisa que sugira que você assumiu uma liberdade de decisão que, em todas as circunstâncias, realmente não era sua — poderia ter consequências das quais nem eu seria capaz de protegê-lo. Mas, enquanto você mantiver distância desses dois extremos, não há razão (falando não oficialmente) para não se sentir perfeitamente seguro."

Então, sem esperar pela resposta do Sr. Stone, Wither desligou o telefone e tocou seu sinete.

• • •

"Não deveríamos estar perto do portão que pulamos?", disse Dimble.

Agora que tinha parado de chover, estava muito mais claro, mas o vento era forte e fazia um barulho tão grande que só comentários gritados eram ouvidos. Os galhos da cerca ao lado cambaleavam, desciam e subiam novamente, de modo que pareciam chicotear as brilhantes estrelas.

"É mais longe do que eu me lembrava", disse Denniston.

"Mas não tão lamacento", disse Jane.

"Você está certa", disse Denniston, parando de repente. "Era de pedra. Não era assim na subida. Nós estamos no lugar errado."

"Eu *acho*", disse Dimble, mansamente, "que estamos certos. Assim que saímos do arvoredo nós viramos meio que à esquerda ao longo desta cerca, e tenho que certeza de que me lembro...".

"Mas será que nós saímos do bosque pelo lado certo?", perguntou Denniston.

"Se começarmos a mudar a rota", disse Dimble, "vamos andar em círculos a noite inteira. Vamos seguir reto. Por fim, vamos acabar chegando à estrada".

"Ei!", disse Jane abruptamente. "O que é isso?"

Todos ouviram. Por causa do vento, o barulho rítmico que eles se esforçavam para ouvir parecia muito distante em um momento, e então, no momento seguinte, com gritos de "Cuidado!", "Vá embora, seu brutamontes", "Volte" e coisas semelhantes, todos se encolheram de volta perto da cerca quando o *pocotó-pocotó* de um cavalo a meio galope no terreno macio passou bem perto deles. Um punhado de lama fria voou do casco do cavalo e acertou o rosto de Denniston.

"Ah, vejam! Vejam!", gritou Jane. "Parem ele. Depressa!"

"Pará-lo?", disse Denniston, que estava tentando limpar o rosto. "Para quê? Quanto menos eu vir aquele grande quadrúpede desastrado, melhor..."

"Ai, grite para ele, Dr. Dimble!", disse Jane em impaciente agonia. "Vamos. Corram! Vocês não viram?"

"Vimos o quê?", falou Dimble, com a respiração ofegante, enquanto todo o grupo, influenciado pela urgência de Jane, começava a correr atrás do cavalo que fugia.

"Tem um homem montado nele", suspirou Jane, que a esta altura já estava cansada e sem fôlego, e havia perdido um pé de sapato.

"Um homem?", disse Denniston, e depois: "Por Deus, senhor, a Jane está certa. Veja, veja lá! Contra o céu... à sua esquerda".

"Nós não vamos conseguir ultrapassá-lo", disse Dimble.

"Ei! Pare! Volte! Amigos — *amis* — *amici*", gritou Denniston.

Dimble não estava conseguindo gritar naquele momento. Ele era idoso, e já estava cansado antes de saírem. Seu coração e seus pulmões faziam a ele coisas que seu médico lhe explicara anos atrás. Ele não estava com medo, mas não conseguiria gritar (menos ainda na língua solar antiga) enquanto não recuperasse o fôlego. E enquanto ele parou tentando encher seus pulmões, os outros dois subitamente gritaram de novo: "Vejam!". Ao longe, entre as estrelas, parecendo desproporcionalmente grande e com muitas pernas, o vulto do cavalo apareceu enquanto pulava uma cerca a uns vinte metros de distância. Em suas costas, o vulto grande de um homem, com um traje que flutuava ao vento. Pareceu a Jane que ele olhava para trás, por sobre o ombro, como se estivesse zombando deles. Depois ouviram um esguicho e um baque quando o cavalo tocou o solo à distância. E depois, nada, a não ser mais uma vez o vento e a luz das estrelas.

• • •

"Você está em perigo", disse Frost, depois de trancar a porta da cela de Mark, "mas também tem uma grande oportunidade".

"Presumo", disse Mark, "que eu esteja no Instituto, e não em uma delegacia de polícia".

"Sim. Isso não faz diferença quanto ao perigo. O Instituto logo terá poderes oficiais de execução, e eles já se anteciparam. Hingest e Carstairs já foram eliminados. Ações assim são exigidas de nós."

"Se vocês vão me matar", disse Mark, "por que toda esta farsa de acusação de assassinato?".

"Antes de prosseguir", disse Frost, "devo lhe pedir que seja estritamente objetivo. Ressentimento e medo são fenômenos químicos. Nossas reações de uns para com os outros são fenômenos químicos. Relações sociais são relações químicas. Você deve observar esses sentimentos em você de maneira objetiva. Não deixe que eles desviem sua atenção dos fatos".

"Estou entendendo", disse Mark. Ao dizer isso ele estava fingindo — tentando soar ligeiramente esperançoso e levemente aborrecido, pronto para ser manipulado. Mas, por dentro, a nova visão que ele tinha de Belbury mantinha-o decidido a não crer em nenhuma palavra que Frost lhe dizia, e a não aceitar (ainda que pudesse fingir que aceitava) nenhuma oferta que lhe fosse feita. Ele sabia que tinha de se apegar de qualquer maneira ao conhecimento de que aqueles homens eram seus inimigos declarados porque, no íntimo, já sentia aquela antiga inclinação a se render, a quase acreditar.

"A acusação de assassinato contra você e as mudanças no seu tratamento são parte de um programa planejado com um objetivo bem definido", disse Frost. "É uma disciplina imposta a todos antes de serem admitidos no círculo."

Mais uma vez, Mark sentiu um espasmo de terror em retrospectiva. Apenas poucos dias antes ele teria engolido qualquer anzol com aquela isca. Nada, a não ser a iminência da morte, deixaria o anzol tão óbvio e a isca tão insípida quanto agora. Pelo menos, tão comparativamente insípida. Porque mesmo naquela hora...

"Não vejo o propósito disso", disse ele em voz alta.

"De novo, é para promover objetividade. Um círculo unido por sentimentos subjetivos de confiança mútua e afeição seria inútil. Essas coisas, como eu disse, são fenômenos químicos. Em princípio, poderiam ser produzidas por injeções. Você experimentou muitos sentimentos conflitantes a respeito do vice-diretor e dos demais, para que sua futura associação conosco não seja baseada em sentimentos de jeito nenhum. Se for para ter relações sociais entre membros do círculo, é melhor que sejam sentimentos de aversão. Assim há menos risco de serem confundidos com o *vínculo* de verdade."

"Minha futura associação?", disse Studdock, fingindo uma ansiedade trêmula. Mas lhe era perigosamente fácil fingir isso. A realidade poderia despertar a qualquer momento.

"Sim", disse Frost. "Você foi selecionado como um possível candidato à admissão. Será necessário destruí-lo se você não conseguir a admissão ou se rejeitá-la. É claro que não estou tentando manipular os seus temores. Eles apenas confundem a questão. O processo será totalmente indolor e suas reações atuais serão inevitavelmente eventos físicos."

Mark considerou a questão seriamente.

"Isso... isso parece ser uma decisão formidável", disse Mark.

"É simplesmente uma proposição a respeito do estado do seu próprio corpo no momento. Se você quiser, eu lhe darei as informações necessárias. Devo começar por lhe dizer que nem o vice-diretor e nem eu somos responsáveis pela formação da política do Instituto."

"O Cabeça?", disse Mark.

"Não. Filostrato e Wilkins estão totalmente iludidos quanto ao Cabeça. Eles conduziram de fato um experimento extraordinário preservando a cabeça da decomposição. Mas, quando o Cabeça fala, não é com a mente de Alcasan que entramos em contato."

"Você quer dizer que Alcasan está... *morto* de verdade?", perguntou Mark. Ele não precisou fingir surpresa diante da última afirmação de Frost.

"No atual estado do nosso conhecimento", disse Frost, "não há resposta para essa pergunta. Provavelmente a pergunta não tem sentido. Mas o córtex e as pregas vocais de Alcasan são usados por outra mente. E agora, por favor, preste muita atenção. Provavelmente você não ouviu falar de macróbios".

"Micróbios?", disse Mark, perplexo. "Mas é claro..."

"Eu não disse *micróbios*. Eu disse *macróbios*. A formação do mundo explica-se a si mesma. Há muito tempo nós sabemos que abaixo do nível da vida animal existem organismos microscópicos. Os reais efeitos da atuação deles na vida humana, no que diz respeito à saúde e à doença, evidentemente ocupam um grande lugar na história, e a causa secreta disso não foi descoberta até a invenção do microscópio."

"Prossiga", disse Mark. Uma curiosidade voraz se movia como uma espécie de onda gigante abaixo de sua consciente determinação de se manter alerta.

"Devo lhe dizer agora que há organismos similares *acima* do nível da vida animal. Quando digo 'acima', não estou falando biologicamente. A estrutura do macróbio, até onde sabemos, é de uma simplicidade extrema. Quando digo que está acima do nível animal, quero dizer que é mais permanente, dispõe de mais energia e é mais inteligente."

"Mais inteligente que os antropoides superiores?", perguntou Mark. "Então eles devem ser quase humanos."

"Você me entendeu errado. Quando digo que o macróbio transcendeu aos animais, eu estava evidentemente incluindo o animal mais eficiente, que é o homem. O macróbio é mais inteligente que o homem."

Mark, com a testa franzida, estudou essa teoria.

"Mas, se é assim, como é que nós não temos comunicação com eles?"

"Não é certo que não tenhamos. Mas, em tempos primitivos, era uma comunicação espasmódica e sofria oposição de muitos preconceitos. Além disso, o desenvolvimento intelectual do homem não alcançou o nível no qual o intercâmbio com a nossa espécie ofereceria qualquer atração para um macróbio. No entanto, ainda que tenha havido pouco intercâmbio, há profunda influência. O resultado da atuação deles na história humana é muito maior que o dos micróbios, ainda que, claro, igualmente não reconhecido. À luz do que sabemos, toda a história terá de ser reescrita. As causas verdadeiras dos principais eventos são totalmente desconhecidas pelos historiadores. É por isso que, na verdade, a história não conseguiu se tornar uma ciência."

"Se não se importa, acho que vou me sentar", disse Mark, arrumando-se no chão. Durante toda aquela conversa, Frost se manteve absolutamente imóvel, com os braços pendendo ao lado do corpo. Com exceção de uma inclinação da cabeça de vez em quando e uma rápida exibição dos dentes no fim das frases, ele não fez nenhum gesto.

"As pregas vocais e o cérebro de Alcasan", continuou ele, "tornaram-se os condutores de um intercâmbio regular entre os macróbios e a nossa espécie. Não digo que nós descobrimos essa técnica. É uma descoberta deles, não nossa. O círculo ao qual você pode ser admitido é o órgão da cooperação entre as duas espécies, o que já criou uma nova situação para a humanidade. A mudança, você verá, é muito maior do que aquela que transformou o sub-homem em homem. É algo mais comparável à primeira aparição da vida orgânica".

"Então esses organismos", disse Mark, "são amigáveis com a humanidade?".

"Se refletir por um momento", disse Frost, "você perceberá que a sua pergunta não tem sentido, a não ser no nível mais rude do senso comum. Amizade é um fenômeno químico, e o ódio também. Ambos pressupõem organismos do nosso tipo. O passo inicial para o contato com os macróbios é a compreensão de que é necessário sair do mundo das nossas emoções subjetivas. Só quando começar a agir assim é que você vai descobrir que muito do que equivocadamente entendeu como seu pensamento era apenas um subproduto do seu sangue e de tecidos nervosos".

"Ah, claro. Eu não quis dizer 'amigável' neste sentido. O que eu queria saber é se os objetivos deles são compatíveis com os nossos."

"O que você quer dizer com nossos objetivos?"

"Bem — eu acho —, a reconstrução científica da raça humana na direção de uma eficiência aumentada, a eliminação da guerra e da pobreza, e de outras formas de desperdício, uma exploração mais ampla da Natureza, de fato, a preservação e a extensão da nossa espécie."

"Não penso que essa linguagem pseudocientífica modifique realmente a base essencialmente subjetiva e instintiva da ética que você está descrevendo. Vou voltar a falar sobre o assunto em um momento posterior. Por ora, eu simplesmente ressaltaria que a sua visão da guerra e a sua referência à preservação da espécie reafirmam um conceito profundamente equivocado. O que você falou é mera generalização a partir de sentimentos afetivos."

"De fato", disse Mark, "não é preciso ter uma população muito grande para uma exploração plena da Natureza, se não para qualquer outra coisa? E certamente a guerra não é disgênica e reduz a eficiência? Mesmo que seja preciso reduzir a população, a guerra não é o pior método possível para isso?".

"Tal ideia é o que sobrou de condições que estão sendo rapidamente alteradas. Poucos séculos atrás, a guerra não operava da maneira descrita por você. Era essencial ter uma grande população agrícola, e a guerra destruía elementos que ainda eram úteis. Mas cada avanço na indústria e na agricultura reduz o número de trabalhadores necessários. Uma população grande e sem inteligência agora está se tornando um peso morto. A verdadeira importância da guerra científica é que os cientistas têm de ser preservados. Não foram os grandes tecnocratas de Koenigsberg ou de Moscou que representaram as baixas no cerco de Stalingrado: foram os camponeses bávaros supersticiosos e os lavradores russos de baixo escalão. O efeito da guerra moderna é eliminar tipos retrógrados enquanto poupa a tecnocracia e aumenta o controle que ela exerce sobre as questões públicas. Na nova era, o que até esse instante foi apenas o núcleo intelectual da raça está se tornando gradativamente a própria raça. Você deve imaginar a espécie como um animal que descobriu como simplificar a nutrição e a locomoção a tal ponto que os antigos órgãos complexos e o grande corpo que os continha não sejam mais necessários. Logo, esse corpo grande vai desaparecer. Apenas a décima parte dele será necessária para sustentá-lo. O indivíduo vai ser só uma cabeça. A raça humana como um todo vai se tornar uma tecnocracia."

"Estou entendendo", disse Mark. "Eu tinha pensado, de maneira vaga, que o núcleo inteligente seria ampliado pela educação."

"Isso é pura quimera. A maioria da raça humana só pode ser educada no sentido de receber conhecimento: ela não pode ser treinada para a objetividade total da mente que agora é necessária. Permanecerá como animais, vendo o mundo através da névoa de suas reações subjetivas. Mesmo se pudessem, o tempo de uma grande população já passou. Ela serviu seu propósito agindo como uma espécie de casulo para o Homem Tecnocrático e Objetivo. Os macróbios e os humanos escolhidos que podem cooperar com eles não precisam mais de uma grande população."

"Então as duas últimas guerras não foram desastres, em sua opinião."

"Pelo contrário, elas foram simplesmente o início do programa — as duas primeiras das dezesseis grandes guerras programadas para acontecer neste século. Estou consciente das reações emocionais (isto é, químicas) que uma declaração como esta produz em você, e você está perdendo seu tempo em tentar escondê-las de mim. Eu não espero que você as controle. Este não é o caminho para a objetividade. Estou deliberadamente levantando essas questões para que você se acostume a considerá-las a partir de um prisma puramente científico e a distingui-las com a maior precisão que puder dos *fatos.*"

Mark estava sentado com os olhos fixos no chão. Na verdade, ele sentira bem pouca emoção com o programa de Frost para a raça humana. De fato, quase descobriu naquele momento quão pouco realmente se importava com aqueles futuros remotos e benefícios universais nos quais sua cooperação com o Instituto, a princípio, estava teoricamente baseada. Naquela hora, com certeza não havia lugar em sua mente para tais considerações. Ele estava totalmente ocupado com o conflito entre sua decisão de não confiar naqueles homens, de nunca mais ser enganado por qualquer isca para uma cooperação real, e a força terrível — como uma maré que desce arrastando os seixos — de uma emoção oposta. Pois ali, ali com certeza e finalmente (assim seu desejo lhe sussurrava) estava o verdadeiro círculo, o círculo mais interior de todos, o círculo cujo centro estava fora da raça humana — o segredo definitivo, o poder supremo, a última iniciação. O fato de ser algo quase completamente horrível em nada diminuiu sua atração. Nada que não tivesse o gosto forte do horror seria forte o suficiente para satisfazer a empolgação delirante que estava martelando em suas têmporas. Veio-lhe à mente que Frost sabia dessa empolgação, e também sobre a determinação oposta, e seguramente considerava tal empolgação como algo certamente fixo na mente de sua vítima.

Um tremor e uma batida que estavam sendo levemente ouvidos havia algum tempo ficaram tão altos que Frost se virou em direção à porta. "Vá embora", disse ele, levantando a voz. "Qual é o significado dessa impertinência?" Eles ouviram o barulho indistinto de alguém gritando do outro lado da porta, e a batida continuava. O sorriso de Frost se expandiu quando ele se virou e abriu a porta. Na mesma hora, um pedaço de papel foi posto em sua mão. Quando o leu, ficou violentamente agitado. Sem olhar para Mark, saiu da cela. Mark ouviu a porta sendo trancada de novo atrás de si.

• • •

"Que amigos estes dois são!", exclamou Ivy Maggs. Ela estava se referindo a Pinch, a gata, e ao Sr. Bultitude, o urso. Este estava sentado com suas costas contra a parede aquecida pelo fogo da cozinha. Sua cara era tão gorda e seus olhos, tão pequenos que parecia que ele estava sorrindo. A gata, depois de andar para lá e para cá com o rabo levantado e de se esfregar na barriga do urso, finalmente se enrodilhou e foi dormir entre as pernas dele. A gralha, ainda no ombro do Diretor, tinha há muito tempo colocado sua cabeça debaixo da asa.

A Sra. Dimble, que havia se sentado nos fundos da cozinha, cerzindo como se sua vida dependesse daquilo, franziu um pouco os lábios enquanto Ivy Maggs falava. Ela não conseguia ir para a cama. Queria que todos ficassem em silêncio. A ansiedade dela agora alcançava aquele nível em quase qualquer coisa, por menor que fosse, poderia se tornar uma irritação. Mas então, se alguém estivesse observando sua expressão, teria visto que sua pequena careta logo desapareceu, e ela suavizou seu olhar. A Sra. Dimble tinha muitos anos de prática por trás de sua determinação.

"Quando usamos a palavra 'amigos' para estas duas criaturas", disse MacPhee, "desconfio que estejamos simplesmente sendo antropomórficos. É difícil evitar a ilusão de que eles têm personalidades no sentido humano. Mas não temos provas disso".

"Então, o que ela foi fazer com ele?", perguntou Ivy.

"Bem", disse MacPhee, "talvez procurasse calor. Ela estava longe do aquecedor. E talvez algum sentimento de segurança por estar perto de algo familiar. E provavelmente a transferência de alguns impulsos sexuais obscuros".

"Realmente, Sr. MacPhee", disse Ivy, com grande indignação, "é uma vergonha você dizer essas coisas a respeito de dois animais que não falam. Tenho certeza de que nunca vi Pinch, nem o Sr. Bultitude, coitado...".

"Eu disse *transferência*", interrompeu MacPhee secamente. "E seja como for, eles gostam desta fricção mútua de pelo como uma maneira de lidar com irritações causadas por parasitas. Agora, observe..."

"Se você quer dizer que eles têm pulgas", disse Ivy, "você sabe muito bem que eles não as têm". Ela tinha razão no que dizia, porque era MacPhee mesmo que uma vez por mês colocava um macacão e cuidadosamente ensaboava o Sr. Bultitude do traseiro até o focinho na lavanderia, e derramava baldes de água morna nele, e depois o secava — um dia inteiro de trabalho no qual ele não deixava que ninguém o ajudasse.

"O que o senhor acha?", disse Ivy, olhando para o Diretor.

"Eu?", disse Ransom. "Eu acho que MacPhee está introduzindo na vida animal uma distinção que eles não têm, e depois está tentando determinar em que lado da distinção se encaixam os sentimentos de Pinch e de Bultitude. Você precisa ser humano para distinguir os anseios físicos dos sentimentos — assim como precisa ser espiritual para distinguir os sentimentos de amor. O que está acontecendo com a gata e com o urso não é nenhuma dessas duas coisas: é simplesmente algo indiferenciado no qual é possível encontrar a semente daquilo que chamamos de amizade e do que chamamos de necessidade física. Mas neste nível não é nem uma coisa, nem outra. É uma das 'unidades antigas' de Barfield."[1]

"Nunca neguei que eles gostam de estar juntos", disse MacPhee.

"Bem, foi o que eu disse", retrucou a Sra. Maggs.

"Sr. Diretor, esta é uma questão que merece ser discutida", disse MacPhee, "porque entendo que ela aponta para uma falsidade essencial em todo o sistema deste lugar".

Grace Ironwood estava sentada com os olhos semicerrados. Ela os abriu e os fixou no norte-irlandês, e a Sra. Dimble inclinou a cabeça na direção de Camilla e disse em um sussurro: "Eu gostaria que o Sr. MacPhee fosse convencido a ir dormir. Isso é totalmente intolerável em um momento como este".

"O que você quer dizer com isso, MacPhee?", perguntou o Diretor.

"Estou dizendo que há uma tentativa, sem muito esforço, de adotar uma atitude para com as criaturas irracionais que não pode ser sustentada consistentemente. E eu serei justo o suficiente para dizer que vocês nunca tentaram. O urso é mantido em casa, vocês dão maçãs e melado de cana para ele até quase explodir..."

"Ah, muito bem. Essa é boa", disse a Sra. Maggs. "Quem é que está sempre dando maçãs para ele? Eu gostaria de saber."

"Como eu estava dizendo", disse MacPhee, "o urso é mimado e mantido dentro de casa. Os porcos ficam no chiqueiro e são mortos para fazer bacon. Gostaria de saber qual é o *raciocínio* filosófica para essa distinção".

Ivy Maggs olhou com perplexidade do rosto sorridente do Diretor para o rosto sério de MacPhee.

"Acho que isso é uma bobagem", disse ela. "Alguém já ouviu falar de fazer bacon de urso?"

MacPhee bateu levemente o pé no chão demonstrando impaciência, e disse algo que não foi ouvido primeiro por causa da risada de Ransom e depois pelo barulho da ventania que fez tremer a janela como se fosse explodi-la.

"Que noite terrível para eles!", disse a Sra. Dimble.

---

[1]Owen Barfield (1898–1997), poeta inglês. Durante alguns anos, foi grande amigo de C. S. Lewis. A teoria das "unidades antigas", exposta no livro *Poetic Diction: A Study in Meaning* [Dicção poética: Um estudo sobre significado], de 1926, postula que o homem primitivo se valia de conceitos e experiências unos que, com o tempo, foram divididos em partes diferentes e geralmente irreconciliáveis. [N. T.]

"Eu gosto", disse Camilla. "Eu adoraria estar lá fora, no topo de um monte. Ah, como eu queria que tivesse me deixado ir com eles, senhor."

"Você *gosta*?", perguntou Ivy. "Ah, eu, não. Ouça o vento em volta do canto da casa. Eu estaria muito assustada se estivesse aqui sozinha. Mesmo se você estivesse lá em cima, senhor. Eu sempre penso que é em noites assim que eles... o senhor sabe... aparecem para você."

"Eles não dão a menor atenção para o clima, Ivy", disse Ransom.

"Você de fato sabe", disse Ivy falando baixo, "que não entendo isso completamente. Eles são tão misteriosos, estes que vêm visitar você. Eu não iria para aquela parte da casa se soubesse que tinha alguma coisa lá, nem se você me pagasse cem libras. Mas não me sinto assim a respeito de Deus. Mas ele deve ser pior ainda, se entende o que eu digo".

"Ele já foi", disse o Diretor. "Você está absolutamente certa quanto aos Poderes. Em geral, os anjos não são boa companhia para os homens, mesmo quando se trata de anjos bons e de homens bons. Tudo isso está em São Paulo. Mas, quanto ao próprio Maleldil, tudo mudou, e mudou pelo que aconteceu em Belém."

"O Natal está quase chegando", disse Ivy, dirigindo-se à companhia como um todo.

"Nós teremos o Sr. Maggs conosco antes disso", disse Ransom.

"Em um ou dois dias, senhor", disse Ivy.

"Aquilo foi só o vento?", disse Grace Ironwood.

"Para mim soou como um cavalo", disse a Sra. Dimble.

"Certo", disse MacPhee, colocando-se de pé em um salto. "Saia do caminho, Sr. Bultitude, até que eu pegue minhas botas de borracha. São aqueles dois cavalos do Broad outra vez, pisando nos meus canteiros de aipo. Se você me tivesse permitido ir à polícia da primeira vez... Por que o Broad não consegue mantê-los presos?" Ele estava colocando sua capa de chuva enquanto falava, e o resto de sua fala ficou inaudível.

"Minha muleta, por favor, Camilla", disse Ransom. "Volte, MacPhee. Nós vamos juntos até a porta, você e eu. Senhoras, fiquem onde estão."

Havia uma expressão no rosto dele que alguns dos presentes nunca tinham visto antes. As quatro mulheres sentaram-se como se tivessem se transformado em pedra, com os olhos arregalados e fixos. No momento seguinte, Ransom e MacPhee estavam sozinhos na área de serviço. A porta dos fundos chacoalhava tanto em suas dobradiças que eles não sabiam se tinha alguém batendo ou não.

"Agora", disse Ransom, "abra a porta, e fique atrás dela".

Durante um segundo, MacPhee mexeu com as trancas da porta. Então, querendo ele desobedecer ou não (um ponto que deverá permanecer incerto), a tempestade arremessou a porta contra a parede, e ele ficou momentaneamente preso atrás dela. Ransom, que continuava sem se mover, inclinando-se para a frente em sua muleta, viu através da luz da área de serviço, esboçado contra a escuridão, um cavalo imenso, todo molhado de suor e espuma, com os dentes amarelos à mostra, narinas vermelhas arregaladas, orelhas achatadas contra o crânio e olhos flamejantes. Ele estava tão perto da porta que os cascos dianteiros estavam em cima da soleira da entrada. O cavalo não tinha sela, nem estribo e nem rédea, mas neste momento um homem desmontou. Parecia ser muito alto e muito gordo, quase um gigante. Seu cabelo ruivo grisalho e sua barba eram soprados pelo vento de tal maneira que quase não dava para ver o seu rosto. E foi apenas quando ele deu um passo à frente que Ransom percebeu suas roupas — um casaco de cor cáqui esfarrapado e mal-ajambrado, calças largas e botas furadas na altura dos dedos.

• • •

Em um grande cômodo em Belbury, onde o fogo estava aceso, o vinho e a prataria brilhavam em mesas de canto, e uma grande cama ocupava o centro do piso, o vice-diretor observava em silêncio profundo enquanto quatro rapazes carregavam um peso em uma maca com reverência ou diligência médica. Enquanto removiam os cobertores e passavam o paciente da maca para a cama, Wither abriu a boca o máximo que podia. Seu interesse ficou tão intenso que, naquele instante, o caos de seu rosto pareceu em ordem, e ele ficou com a aparência de um homem comum. Wither viu um corpo humano nu, vivo, mas aparentemente inconsciente, e ordenou aos assistentes que colocassem bolsas de água quente aos pés do homem e que levantassem sua cabeça com travesseiros. Depois que o fizeram e se retiraram, Wither colocou uma cadeira perto do pé da cama e começou a estudar o rosto do homem que estava dormindo. A cabeça era muito grande, mas talvez parecesse maior do que era por causa da barba grisalha desgrenhada e do cabelo grisalho emaranhado. O rosto era marcado pelos rigores do clima, e o pescoço, onde podia ser visto, era magro e áspero pela velhice. Os olhos estavam fechados, e os lábios mostravam um leve sorriso. O efeito total era ambíguo. Wither olhou para ele por um longo tempo, e de vez em quando movia sua cabeça para ver como ele pareceria se visto de um ângulo diferente, quase como se procurasse algum traço que não conseguira encontrar e estivesse desapontado. Ele ficou sentado daquele jeito por uns quinze minutos. Então a porta se abriu e o professor Frost entrou no quarto sem fazer barulho.

Ele foi até a cama, curvou-se e olhou o rosto do estranho bem de perto. Depois caminhou para o outro lado da cama e fez a mesma coisa.

"Ele está dormindo?", sussurrou Wither.

"Acho que não. É mais como alguma espécie de transe, mas não sei de que tipo."

"Você não tem dúvidas, espero."

"Onde o encontraram?"

"Em um vale a uns quatrocentos metros da entrada para o subterrâneo. Eles encontraram rastros de pés descalços quase ao longo de todo o caminho."

"O subterrâneo estava vazio?"

"Sim. Recebi um relatório de Stone pouco depois de você sair."

"Você vai tomar providências quanto a Stone?"

"Sim. Mas o que você acha?" Ele apontou com seus olhos para a cama.

"Eu acho que é ele", disse Frost. "O lugar está certo. A nudez é difícil de explicar por qualquer outra hipótese. O crânio é do tipo que eu esperava."

"Mas o rosto…"

"Sim. Há alguns traços que são um pouco preocupantes."

"Eu poderia jurar", disse Wither, "que reconheceria o olhar de um mestre. Ou até mesmo o olhar de alguém que poderia se transformar em um mestre. Você me entende… Dá para ver na hora que Straik ou Studdock serviria, mas que a Srta. Hardcastle, com todas as suas excelentes qualidades, não".

"Sim. Talvez precisemos estar preparados para grandes crueldades… *nele*. Quem sabe como a técnica do Círculo Atlante realmente era?"[2]

"Com certeza é preciso não ser… eh… mente fechada. Pode-se supor que os mestres daquela era não fossem tão estritamente separados das pessoas comuns como nós somos. Talvez os Grandes Atlantes tolerassem todos os tipos de elementos emocionais, e até mesmo instintivos, que tivemos de descartar."

[2]As lendas do ciclo arturiano sobre Merlin não fazem referência ao mito de Atlântida. Certamente Lewis se permitiu uma licença poética criando um Merlin que teria poderes cujas origens estariam na aurora da história, no fictício reino de Atlântida. [N. T.]

"Não se *pode* apenas supor. É *preciso* supor. Não podemos nos esquecer de que todo o plano consiste na reunião dos diferentes tipos da arte."

"Exatamente. Talvez a associação com os Poderes — a diferente escala de tempo deles e tudo mais — tenha a tendência de nos fazer esquecer como é grande o hiato no tempo, pelos padrões humanos."

"O que temos aqui", disse Frost, apontando para o homem dormindo, "não é, você percebe, uma coisa que veio do século quinto. É o último vestígio de algo muito mais remoto que sobreviveu até o século quinto. Algo que vem de muito antes do Grande Desastre, antes até mesmo do druidismo primitivo. É algo que nos leva de volta até Numinor, aos períodos pré-glaciares".[3]

"Então todo o experimento talvez seja muito mais perigoso do que tínhamos imaginado."

"Eu já tive oportunidade", disse Frost, "de expressar o desejo de que você não insista em introduzir essas pseudodeclarações emocionais em nossas discussões científicas".

"Meu caro amigo", disse Wither, sem olhar para ele, "estou totalmente consciente de que o assunto que você menciona foi discutido entre você e os próprios Poderes. Totalmente consciente. E não duvido que você esteja de igual maneira consciente de certas discussões que eles tiveram comigo a respeito de aspectos dos seus próprios métodos que são passíveis de crítica. Nada seria mais inútil — eu diria, nada seria mais perigoso — que qualquer tentativa de introduzir entre nós estes modos de disciplina oblíqua que adequadamente aplicamos aos nossos inferiores. É do seu interesse que eu me atreva a tocar neste ponto".

Em vez de responder, Frost fez um sinal para Wither. Os dois ficaram em silêncio, olhando fixamente para a cama, porque o homem que estava dormindo abriu os olhos.

O abrir dos olhos inundou todo o seu rosto de significado, mas um significado que eles não conseguiam interpretar. O homem que estivera dormindo parecia estar olhando para eles, mas eles não tinham certeza de que ele os via. Enquanto os segundos passavam, a principal impressão que Wither teve quanto ao rosto foi de cautela. Mas não havia nada de intenso ou de intranquilo nele. Era uma habitual, e não enfática, autoproteção, que

---

[3]O Grande Desastre seria o fim de Atlântida, a queda de Númenor, conforme a mitologia de J. R. R. Tolkien. [N. T.]

parecia estar baseada em anos de experiência árdua, tranquila, e talvez até mesmo bem-humorada.

Wither levantou-se e pigarreou: "*Magister Merline*", disse ele, "*Sapientissime Britonun, secreti secretorum possessor, incredibili quodam gaudio afficimur quod te in domum nostram accipere nobis... eh... contingit. Scito nos etiam haud imperitos esse magnae artis — et — ut ita dicam...*".[4]

Mas sua voz foi desaparecendo. Era totalmente óbvio que o homem que estivera dormindo não estava prestando atenção ao que ele falava. Era impossível que um homem instruído do século quinto não soubesse latim. Então será que tinha havido algum erro na pronúncia? Mas ele não estava de jeito nenhum seguro de que aquele homem não conseguia entendê-lo. A total falta de curiosidade, ou mesmo de interesse, em seu rosto demonstrava que ele não estava ouvindo.

Frost pegou um *decanter* na mesa e encheu uma taça de vinho tinto. Depois voltou para o lado da cama, encurvou-se profundamente e ofereceu-a ao estranho. Este olhou para a taça com uma expressão que poderia (ou não) ser interpretada como de esperteza. Então de repente ele se sentou na cama, mostrando um peitoral imenso e peludo e braços magros e musculosos. Dirigiu seu olhar para a mesa e apontou. Frost se aproximou da mesa e tocou em um *decanter* diferente. O estranho balançou a cabeça e apontou novamente.

"Eu acho", disse Wither, "que nosso mui distinto hóspede está tentando apontar para a jarra. Eu não sei o que tem nela. Talvez...".

"Tem cerveja", disse Frost.

"Bem, dificilmente seria conveniente; mesmo assim, talvez... Nós sabemos tão pouco dos costumes daquela época..."

Enquanto ele ainda estava falando, Frost encheu uma caneca cinza platinada com cerveja e a ofereceu ao hóspede. Pela primeira vez surgiu um brilho de interesse em seu rosto misterioso. O homem pegou a caneca com avidez, afastou seu bigode desgrenhado dos lábios e começou a beber, virando a cabeça cada vez mais para trás e o caneco cada vez mais para cima. A movimentação dos músculos do pescoço magro fez com que o ato de beber se tornasse visível. Por fim, tendo virado totalmente o caneco, o

[4]"Mestre Merlin, o mais sábio dos britânicos, possuidor dos segredos, é com prazer indizível que abraçamos a oportunidade de... eh... recebê-lo em nossa casa. Tu entenderás que nós também não somos inexperientes na grande arte — e — se me permite..."

homem colocou-o na mesa, limpou a boca molhada com as costas da mão e deu um longo suspiro — o primeiro som que emitiu desde sua chegada. Depois voltou sua atenção uma vez mais para a mesa.

Por cerca de vinte minutos, os dois velhos o alimentaram — Wither, com uma deferência cortês e trêmula, e Frost, com os movimentos silenciosos e habilidosos de um empregado treinado. Foram servidos todos os tipos de iguarias, mas o estranho dedicou sua atenção inteiramente ao rosbife, e também ao frango, picles, pão, queijo e à manteiga. Ele comeu a manteiga pura, direto da ponta da faca. Parecia que não estava acostumado a usar garfos, e pegou os pedaços do frango com as duas mãos e os mordeu, guardando os ossos debaixo do travesseiro quando acabou. Ele comia de uma maneira barulhenta e animalesca. Depois de comer, apontou pela segunda vez para a jarra de cerveja e a bebeu em dois longos goles, enxugou a boca no lençol e o nariz com a mão, e parecia estar se preparando para dormir outra vez.

"*Ah... eh... domine*", disse Wither, com uma urgência depreciativa, "*nihil magis mihi displiceret quam ut tibi ullo modo... eh... molestior essem. Attamen, venia tua...*".[5]

Mas o homem não estava prestando atenção a nada. Eles não saberiam dizer se os olhos dele estavam fechados ou se ele ainda estava olhando para eles debaixo de suas pálpebras semicerradas. Mas, com certeza, não queria conversar. Frost e Wither trocaram olhares desconfiados.

"Não há nenhuma entrada para este quarto, certo?", disse Frost. "A não ser pelo quarto ao lado."

"Não", disse Wither.

"Vamos lá para discutir a situação. Podemos deixar a porta aberta. Nós vamos ouvir se ele se mexer."

• • •

Depois que Mark ficou sozinho após a saída repentina de Frost, sua primeira sensação foi a de uma inesperada leveza de coração. Não que ele tivesse sido aliviado de seus temores quanto ao futuro. Antes, no meio de todos aqueles temores, surgira um estranho sentimento de libertação. Era quase

[5]"Ah... eh... senhor, nada estaria mais distante do meu desejo do que lhe ser incômodo. Ao mesmo tempo, com o seu perdão..."

um êxtase o alívio de não ter mais de ganhar a confiança daqueles homens, de se desprender de esperanças miseráveis. O confronto direto, depois de uma longa sequência de fracassos diplomáticos, era revigorante. Ele poderia perder o confronto direto. Mas pelo menos era o seu lado contra o deles. E agora ele poderia falar do "seu lado". Ele já estava com Jane e com tudo que ela simbolizava. De fato, era ele que estava na linha de frente: Jane era quase uma não combatente...

A aprovação da própria consciência é uma bebida muito inebriante, especialmente para os que não estão acostumados com ela. Dentro de dois minutos, Mark passou do primeiro sentimento involuntário de libertação para uma atitude consciente de coragem, e daí para um heroísmo irrestrito. A imagem de si mesmo como um herói e mártir, como Jack, o Matador de Gigantes, ainda brincando tranquilamente na cozinha do gigante, surgiu diante dele, prometendo que apagaria para sempre as outras imagens insuportáveis de si que o haviam assombrado nas últimas poucas horas. Afinal, não é qualquer um que teria resistido a um convite semelhante ao que Frost lhe fizera, que acenava para ir além das fronteiras da vida humana... para algo que as pessoas estavam tentando descobrir desde o começo do mundo... um toque naquele fio infinitamente secreto que era o verdadeiro nervo de toda a história. Como aquilo o teria atraído antigamente!

Aquilo o teria atraído antigamente... De repente, como algo que o atingiu, atravessando infinitas distâncias com a velocidade da luz, Mark sentiu o desejo (um malicioso, obscuro, voraz e irrefutável desejo) tomar conta de si. A mais simples sugestão transmitirá para os que o sentiram a qualidade da emoção que o sacudiu, como um cachorro sacode um rato. Mas, para outros, pode ser que nenhuma descrição ajude. Muitos escritores falam a respeito disso em termos de luxúria, uma descrição admiravelmente iluminadora de dentro, mas totalmente enganadora de fora. Não tem nada a ver com o corpo. Mas, em dois aspectos, é como a luxúria tal como ela se mostra na cripta mais profunda e escura de sua casa labiríntica. Pois, assim como a luxúria, isso desencanta todo o universo. Tudo mais que Mark já havia sentido — amor, ambição, fome, a própria luxúria — parecia ter sido apenas leite e água, brinquedos de crianças, indignos de um pulsar dos seus nervos. A atração infinita dessa coisa tenebrosa sugava todas as demais paixões para ela mesma: o resto do mundo parecia sem cor, enfraquecido, insípido, um mundo de casamentos sem sexo e missas sem fé, comida sem sal e jogos sem apostas. Ele não conseguia pensar em Jane, a não ser em termos de apetite, e o apetite aqui não exercia nenhum apelo. A serpente, comparada ao verdadeiro dragão, se tornou uma minhoca sem dentes. Mas também era como a luxúria em outro aspecto. É inútil apontar para o homem pervertido os horrores da sua perversão. Enquanto a crise feroz está acontecendo, esse horror é o próprio tempero do seu desejo. É a feiura em si que, no fim, se torna o alvo de sua lubricidade. A beleza há muito se tornou um estimulante muito fraco. Assim estava acontecendo ali. As criaturas a respeito das quais Frost falara — e ele não tinha dúvida de que estavam ali na cela com ele — respiravam a morte sobre a raça humana e sobre toda a alegria. Não a despeito disso, mas por causa disso, aquela força gravitacional terrível o sugava, puxava e fascinava na direção delas. Nunca antes ele soubera o que é a força frutífera do movimento oposto à Natureza que agora o capturava; impulso para reverter todas as relutâncias e para desenhar cada círculo em sentido anti-horário. O significado de certas imagens, da conversa de Frost a respeito de "objetividade", das coisas feitas pelas feiticeiras em tempos antigos, tornou-se claro para ele. A imagem do rosto de Wither veio à sua memória, e desta vez ele não apenas a desprezou. Ele observou, com uma satisfação trêmula, os sinais que ele trazia de uma experiência compartilhada entre eles. Wither também sabia. Wither entendia…

Neste mesmo momento, ele também se lembrou de que provavelmente seria morto. Assim que pensou nisso, ele se tornou mais uma vez consciente da cela — aquele pequeno espaço vazio e duro, com uma luz ofuscante, na qual ele se encontrava sentado, no chão. Piscou. Ele não conseguiu se lembrar de tê-la visto nos últimos poucos minutos. Onde ele estivera? Sua mente pelo menos estava clara em alguma medida. A ideia de ter algo em comum com Wither era uma bobagem. Claro que eles pretendiam matá-lo no fim, a não ser que ele pudesse se salvar por sua própria esperteza. Em que ele estivera pensando e o que sentira, enquanto se esquecia daquilo?

Aos poucos ele percebeu que sofrera algum tipo de ataque e que não oferecera nenhum tipo de resistência. Ao perceber isso, um tipo totalmente novo de terror ocupou seus pensamentos. Ainda que ele fosse teoricamente materialista, durante toda a sua vida ele acreditou, de maneira bastante inconsistente, e mesmo descuidada, na liberdade de sua própria vontade. Raramente tinha tomado alguma resolução moral, e quando, algumas horas antes, resolvera não confiar mais na diretoria de Belbury, tomara como certo que seria capaz de fazer o que tinha se determinado a fazer. Na verdade, ele sabia que poderia "mudar de ideia", mas, até que o fizesse, evidentemente levaria seu plano adiante. Nunca havia lhe ocorrido que sua mente poderia ser mudada em um instante, mudada a ponto de não poder mais ser reconhecida. Se algo assim pudesse acontecer… era injusto. Ali estava um homem tentando (pela primeira vez na vida) fazer o que obviamente era a coisa certa — a coisa que Jane, os Dimble e a Tia Gilly teriam aprovado. Era de se esperar que, quando um homem agisse assim, o universo o apoiasse. Quanto às relíquias das versões semisselvagens de teísmo que Mark havia colhido no decorrer da vida, estavam mais fortes nele do que imaginava, e ele sentia, ainda que não pudesse expressar em palavras, que era "dever" do universo recompensar suas boas resoluções. Todavia, da primeira vez que tentou ser bom, o universo o derrubou. Revelava lacunas que ele nunca imaginara. O universo inventava novas leis com o propósito de derrubá-lo. Era o que ele ganhava por seus esforços.

Os cínicos então estavam certos. Mas, ao pensar nisso, ele parou de uma vez. Algum gosto que veio com aquele pensamento fez com que parasse. Será que o velho jeito de ser estava voltando? Mark apertou as mãos. Não, não, não. Ele não conseguiria aguentar isso por muito tempo. Ele queria Jane; queria a Sra. Dimble; queria Denniston. Ele queria alguém ou alguma coisa. "Ah, não, não, não permita que eu volte", disse ele, e depois falou mais alto: "Não, não". Tudo que de alguma maneira ele poderia chamar de *ele mesmo* entrou naquele brado. E a consciência terrível de ter dado sua última cartada começou lentamente a se transformar em uma espécie de paz. Não havia nada mais a ser feito. De maneira inconsciente ele permitiu que seus músculos relaxassem. Naquele momento, seu corpo jovem estava muito cansado, e mesmo o piso duro lhe pareceu agradável. A cela também deu a impressão de estar de alguma maneira esvaziada e purgada, como se também estivesse cansada depois de testemunhar aqueles conflitos — vazia como o céu depois da chuva, cansada como uma criança depois de chorar. Uma consciência leve de que a noite devia estar quase terminando se abateu sobre ele, e Mark caiu no sono.

Eles puxaram o céu profundo sobre suas cabeças

13

"PARE! Pare onde está e me diga o seu nome e a que veio", disse Ransom.

A figura esfarrapada na soleira inclinou a cabeça um pouco para o lado, como se não estivesse ouvindo. Ao mesmo tempo, o vento entrou por toda a casa. A porta de dentro, entre a área de serviço e a cozinha, bateu fazendo um barulhão, separando os três homens das mulheres, e uma bacia grande de metal caiu dentro da pia fazendo barulho. O estranho deu um passo adiante para dentro da sala.

"*Sta*", disse Ransom em voz alta. "*In nomine Patris et Filii et Spiritus Sancti, dic mihi qui sis et quam ob causam veneris.*"[1]

O estranho levantou a mão e afastou o cabelo que caía por sobre a testa. A luz se projetou inteiramente em seu rosto, que, para Ransom, dava a impressão de imensa serenidade. Cada músculo do corpo daquele homem parecia tão relaxado quanto se ele estivesse dormindo, e ele permaneceu absolutamente imóvel. Cada gota de chuva do casaco cáqui caía no piso azulejado no mesmo lugar onde a gota anterior havia caído.

Os olhos dele se fixaram em Ransom por um ou dois segundos, sem qualquer interesse particular. Depois ele voltou a cabeça para a esquerda, para onde a porta aberta quase tinha batido na parede. MacPhee estava escondido atrás dela.

---

[1] "Pare. Em nome do Pai e do Filho e do Espírito Santo, diga-me quem é e por que veio."

"Saia", disse o estranho em latim. A palavra foi dita quase em um sussurro, mas com tal profundidade que, mesmo naquela sala sacudida pelo vento, ela teve uma espécie de vibração. Mas o que mais surpreendeu Ransom foi o fato de que MacPhee obedeceu imediatamente. Ele não olhou para Ransom, mas para o estranho. Então, inesperadamente, deu um enorme bocejo. O estranho o olhou de cima a baixo, e depois se voltou para o Diretor.

"Companheiro", disse ele em latim, "diga ao Senhor desta casa que cheguei". Enquanto ele falava, o vento sacudia seu casaco por detrás dele na altura das pernas e soprava seu cabelo em cima da testa, mas seu corpo volumoso permanecia imóvel, plantado como uma árvore, e ele parecia não ter pressa. E a voz também era como se imagina que deveria ser a voz de uma árvore: vasta, lenta e paciente, retirada das profundezas da terra através de raízes, argila e cascalho.

"Eu sou o mestre aqui", disse Ransom, no mesmo idioma.

"Certamente", respondeu o estranho. "E aquele moleque [*mastigia*] ali sem dúvida é o seu bispo." Ele não sorriu exatamente, mas seus olhos espertos apresentaram um ar de uma ironia inquietante. De repente, ele esticou o pescoço para a frente, como que para levar seu rosto a ficar mais próximo do rosto de Ransom.

"Diga ao seu mestre que eu estou aqui", repetiu ele, na mesma voz de antes.

Ransom olhou para ele sem tremer uma pálpebra.

"Você realmente deseja", disse ele por fim, "que eu chame os meus mestres?".

"Uma gralha que vive na cela de um eremita aprendeu a tagarelar em latim de livros", disse o estranho. "Vamos ouvir você chamar, homenzinho (*homuncio*)."

"Preciso usar outra língua para isso", disse Ransom.

"Uma gralha poderia ter grego também em seu bico."

"Não é grego."

"Vamos ouvir seu hebraico, então."

"Não é hebraico."

"De fato", respondeu o estranho, com algo parecido com uma risadinha, uma risadinha escondida no fundo de seu peitoral imenso, denunciada apenas por um ligeiro movimento de seus ombros. "Se você vai usar a tagarelice dos bárbaros, vai ser difícil, mas eu vou conseguir conversar com você. Eis que aqui vamos nos divertir."

"Pode ser que, para você, soe como a língua dos bárbaros", disse Ransom, "pois faz tempo desde que ela foi ouvida pela última vez. Nem mesmo em Numinor essa língua era ouvida nas ruas".

O estranho não se mexeu, e seu rosto permaneceu tão tranquilo quanto antes, talvez até mais tranquilo ainda. Mas ele falou com um interesse renovado.

"Seus mestres deixam você brincar com brinquedos perigosos", disse ele. "Diga-me, escravo, o que é Numinor?"

"O Ocidente verdadeiro", disse Ransom.[2]

"Bem", disse o desconhecido. Então, depois de uma pausa, acrescentou: "Você não é muito educado com os convidados desta casa. Um vento frio está batendo nas minhas costas, e eu fiquei muito tempo na cama. Veja só, já ultrapassei a soleira".

"Isso para mim não tem importância", disse Ransom. "Feche a porta, MacPhee", acrescentou em inglês. Mas não houve resposta. E, olhando ao redor pela primeira vez, ele viu que MacPhee estava sentado na única cadeira que havia na área de serviço, dormindo.

"O que significa esta brincadeira?", disse Ransom, lançando um olhar penetrante para o estranho.

"Se você é realmente o mestre desta casa, não é preciso que ninguém lhe diga nada. E se não é, por que eu deveria prestar contas do que faço para alguém como você? Não tenha medo. Seu cavalariço não sofrerá nenhum dano."

"Isso veremos em breve", disse Ransom. "Enquanto isso, eu não tenho medo de você entrar na casa. Tenho mais motivo de temer sua saída. Por favor, feche a porta, pois você vê que meu pé está ferido."

O estranho, sem tirar os olhos de Ransom, levou a mão esquerda atrás de si, pegou a maçaneta e bateu a porta com força. MacPhee não se moveu. "Agora", disse ele, "e esses seus mestres?".

"Meus mestres são os Oyéresu."

"Onde você ouviu este nome?", perguntou o estranho. "Ou, se você é mesmo da Ordem, por que eles o vestem como um escravo?"

"Suas próprias roupas", disse Ransom, "não são as de um druida".

---

[2]Curiosamente, na mitologia de J. R. R. Tolkien o "Ocidente verdadeiro" não é Numinor (ou Númenor), mas Valinor, a terra dos Valar, uma categoria de seres celestiais. [N. T.]

"Você falou bem", respondeu o estranho. "Considerando que tem conhecimento, responda-me a três perguntas, se tiver coragem."

"Eu responderei se puder. Quanto a ter coragem, vamos ver."

O estranho meditou por uns poucos segundos. Depois, falando em uma voz monótona, como se repetisse uma antiga lição, fez as seguintes perguntas, em dois hexâmetros latinos:

"Quem é chamada de Sulva? Em que estrada ela caminha? Por que o útero é estéril de um lado? Onde estão os casamentos frios?"

Ransom respondeu: "Sulva é aquela que os mortais chamam de Lua. Ela caminha na esfera mais baixa. A borda do mundo que se perdeu passa por ela. Metade do seu globo está voltada para nós e compartilha a nossa maldição. A outra metade olha para o céu profundo. Feliz será quem cruzar aquela fronteira e contemplar os campos do outro lado dela. Do lado de cá, o útero é estéril e os casamentos são frios. Lá habita um povo amaldiçoado, cheio de soberba e luxúria. Quando um rapaz toma uma moça em casamento, eles não se deitam juntos. Cada um deles se deita com uma imagem habilidosamente moldada do outro, feita para se movimentar e ter calor por artes diabólicas, porque a carne de verdade não lhes agrada, porque eles são muito exigentes [*delicati*] em seus sonhos de luxúria. Os legítimos filhos deles são fabricados por artes malignas em um lugar secreto."

"Você respondeu bem", disse o estranho. "Eu pensei que só havia três homens no mundo que sabiam a resposta a essa pergunta. Mas a segunda pode ser mais difícil. Onde está o anel de Arthur, o Rei? Que Senhor tem este tesouro em sua casa?"

"O anel do Rei", disse Ransom, "está no dedo de Arthur, que está na Casa dos Reis, na terra em forma de taça de Abhalljin,[3] além dos mares de Lur em Perelandra. Porque Arthur não morreu. Nosso Senhor o tomou — para estar em corpo até o fim dos tempos e o abalo de Sulva — com Enoque, Elias, Moisés e Melquisedeque, o Rei. Melquisedeque é aquele em cujo salão o anel de pedra escarpada brilha no dedo indicador do Pendragon".

"Bem respondido", disse o estranho. "Na minha ordem, eles pensavam que apenas dois homens no mundo sabiam disso. Mas, quanto à minha terceira questão, nenhum homem sabe a resposta, a não ser eu mesmo. Quem

---

[3]Nas lendas arturianas, o Rei Arthur, após ser ferido em combate, é levado para a ilha de Avalon, para se recuperar de seus ferimentos. Lewis cria a forma Abhalljin. Lur é citada no último capítulo de *Perelandra* como um lugar onde o Rei Tor ficou por um tempo. [N. T.]

será o Pendragon quando Saturno descer de sua esfera? Em que mundo ele aprendeu a guerra?"

"Na esfera de Vênus eu aprendi a guerra", disse Ransom. "Nesta era, Lurga descerá. Eu sou o Pendragon."

Quando disse isso, Ransom deu um passo para trás, porque o homem grandalhão começou a se mover, e havia uma expressão diferente nos olhos dele. Qualquer um que os tivesse visto enquanto estavam parados frente a frente teria pensado que, a qualquer momento, eles iriam lutar. Mas o estranho não se moveu com propósito amedrontador. De maneira lenta, pesada, se bem que não desajeitada, como se uma montanha afundasse em uma onda, ele se ajoelhou, mas mesmo assim seu rosto estava quase na mesma altura do rosto do Diretor.

• • •

"Isso coloca um fardo totalmente inesperado em cima dos nossos recursos", disse Wither a Frost quando os dois se sentaram no outro quarto, com a porta aberta. "Devo confessar que não previ nenhuma dificuldade séria a respeito da língua."

"Precisamos conseguir imediatamente um especialista em celta", disse Frost. "Somos miseravelmente fracos na área filológica. No momento, não conheço quem fez mais descobertas a respeito do britânico antigo. Ransom seria a pessoa para nos orientar, se estivesse disponível. Acho que ninguém no departamento sabe a respeito dele."

"Quase não preciso ressaltar", disse Wither, "que os feitos filológicos do Dr. Ransom não são, de modo algum, o único motivo pelo qual estamos ansiosos para encontrá-lo. Se houvesse o menor vestígio dele, você pode ter certeza de que há muito teria tido a… eh… satisfação de se encontrar com ele pessoalmente aqui".

"Claro. Pode ser que ele nem esteja na Terra."

"Eu o encontrei uma vez", disse Wither, quase fechando os olhos. "A seu modo ele era um homem muito brilhante. Um homem cujas intuições e discernimentos poderiam ter sido de valor infinito, se ele não tivesse abraçado a causa da reação. É triste pensar nisso…"

"Claro", disse Frost, interrompendo-o. "Straik sabe galês moderno. A mãe dele era galesa."

"Certamente seria muito mais satisfatório", disse Wither, "se pudéssemos manter toda essa questão em família, por assim dizer. Seria muito desagradável para mim — e tenho certeza de que você também sentiria o mesmo — introduzir um especialista em celta que fosse de fora da equipe".

"É claro que providências seriam tomadas quanto ao especialista tão logo os serviços dele já não fossem mais necessários", respondeu Frost. "O problema é a perda de tempo. Que progresso você conseguiu com Straik?"

"Ah, excelente, realmente", disse o vice-diretor. "Na verdade, estou meio desapontado. Quero dizer, o meu pupilo está avançando tão rapidamente que talvez seja necessário abandonar uma ideia que, confesso, muito me atrai. Enquanto você estava fora da sala, estive pensando que seria especialmente adequado e... eh... apropriado e gratificante se o seu discípulo e o meu pudessem ser iniciados juntos. Tenho certeza de que nós teríamos percebido... Mas, claro, se Straik estiver pronto antes de Studdock eu não me sinto no direito de impedi-lo. Você entenderá, meu prezado camarada, que não estou tentando fazer disso uma experiência quanto à eficácia comparativa dos nossos métodos muito diferentes."

"Seria impossível para você fazê-lo", disse Frost, "considerando que entrevistei Studdock uma única vez, e aquela entrevista teve todo o sucesso que seria esperado. Mencionei Straik apenas para descobrir se ele já está comprometido a ponto de ser apresentado adequadamente ao nosso hóspede".

"Ah... Quanto a estar *comprometido*", disse Wither, "em certo sentido... ignorando alguns tons sutis no momento, enquanto reconhecemos a importância definitiva deles... eu não hesitaria... nós estaríamos perfeitamente justificados".

"Estive pensando", disse Frost, "que devíamos ter alguém de plantão aqui. Ele pode acordar a qualquer momento. Nossos discípulos — Straik e Studdock — poderiam assumir este trabalho em turnos. Não há porque não serem úteis antes de serem completamente iniciados. Claro que teriam a ordem de nos ligar assim que acontecesse alguma coisa".

"Você acha que o Sr... eh... Studdock está adiantado o bastante?"

"Não importa", disse Frost. "Que mal ele pode fazer? Ele não pode *sair* daqui. E enquanto isso, nós só queremos alguém para vigiar. Seria um teste muito útil."

•••

MacPhee sonhou que estava refutando tanto Ransom quanto à cabeça de Alcasan usando uma argumentação sofisticada que no sonho lhe pareceu impossível de ser retrucada. Mas, depois, ele não conseguiu mais lembrar que argumento era. Acordou quando alguém o sacudiu violentamente pelo ombro, e percebeu na hora que estava frio e que seu pé esquerdo estava dormente. Então ele viu que Denniston estava olhando para ele. A área de serviço estava lotada — Denniston, Dimble e Jane estavam lá. Eles todos estavam sujos, esfarrapados, enlameados e molhados.

"Tudo bem com você?", dizia Denniston. "Já faz um tempo que estou tentando acordá-lo."

"Tudo bem?", respondeu MacPhee, engolindo em seco uma ou duas vezes e lambendo os lábios. "Sim. Está tudo bem." Então ele se sentou direito. "Tinha um — um homem aqui", disse ele.

"Que tipo de homem?", perguntou Dimble.

"Bem, quanto a isso... Não é tão fácil assim. Para dizer a verdade, eu dormi enquanto conversava com ele. Simplesmente não consigo me lembrar do que estávamos falando."

Os outros trocaram olhares. Ainda que MacPhee gostasse de uísque quente nas noites de inverno, ele era um homem sóbrio. Eles nunca o haviam visto daquele jeito antes. No momento seguinte, ele se pôs em pé num salto.

"Deus nos ajude!", exclamou ele. "Ele estava com o Diretor aqui. Depressa! Temos de revistar a casa e o jardim. Ele era alguma espécie de impostor ou espião. Agora eu sei o que tem de errado comigo. Eu fui hipnotizado. Havia um cavalo também. Eu me encarrego do cavalo."

Esse último detalhe causou um efeito imediato nos ouvintes. Denniston abriu a porta da cozinha e todo o grupo foi atrás dele. Por um segundo, viram formas indistintas à luz vermelha e intensa de um fogo que era ignorado havia horas. Denniston achou o interruptor e acendeu a luz, e todos respiraram fundo. As quatro mulheres estavam sentadas dormindo. A gralha dormia, encarapitada no encosto de uma cadeira vazia. O Sr. Bultitude também dormia, de lado, ao longo da lareira; seu ronco pequenino, como o de uma criança, tão desproporcional ao seu volume, podia ser ouvido naquele silêncio momentâneo. A Sra. Dimble, enrodilhada no que parecia ser uma posição desconfortável, dormia com a cabeça apoiada na mesa e um pé de meia cerzido pela metade preso ao seu joelho. Dimble olhou para ela com aquela pena incurável que os homens sentem de qualquer um que esteja dormindo, mas especialmente da esposa. Camilla, na cadeira de balanço, estava encurvada de uma maneira graciosa, como um animal acostumado a dormir em qualquer lugar. A Sra. Maggs, como de costume, dormia com a boca escancarada, e Grace Ironwood, que estava com as costas retas como se estivesse acordada, mas com a cabeça um pouco inclinada para um lado, parecia se submeter com paciência austera à humilhação da inconsciência.

"Elas estão bem", disse MacPhee ao no fundo. "Ele fez a mesma coisa comigo. Não temos tempo para acordá-las. Vamos."

Eles passaram da cozinha para o corredor de lajotas. Para todos eles, com exceção de MacPhee, o silêncio da casa parecia intenso depois da barulhada do vento e da chuva. À medida que acendiam as luzes, viam cômodos e corredores vazios, que apresentavam o aspecto abandonado de uma meia-noite dentro de casa: fogo apagado na lareira, um jornal vespertino no sofá, um relógio parado. Mas ninguém esperava encontrar mais que isso no piso térreo.

"Agora vamos lá para cima", disse Dimble.

"As luzes estão acesas lá em cima", observou Jane, quando todos chegaram ao pé da escada.

"Fomos nós que as acendemos no corredor", disse Dimble.

"Acho que não", disse Denniston.

"Desculpe-me", disse Dimble a MacPhee, "acho que é melhor que eu vá primeiro".

Até o primeiro patamar, eles estavam na escuridão. No segundo e último, recaía a luz do primeiro andar. A cada patamar, a escada fazia uma volta em ângulo reto, de modo que, enquanto não alcançassem o lance seguinte, não dava para ver o saguão no andar acima. Jane e Denniston, que estavam atrás de todos, viram MacPhee e Dimble completamente parados no segundo patamar da escadaria. O rosto deles estava iluminado de perfil, mas a parte de trás da cabeça estava no escuro. A boca do norte-irlandês estava fechada, e sua expressão era de hostilidade e medo. Dimble estava com a boca aberta. Então, forçando seus membros cansados a correr, Jane se pôs do lado deles, e viu o que eles viram.

Olhando para eles, da balaustrada, estavam dois homens, um trajando vestes vermelhas espalhafatosas, e o outro vestindo azul. O Diretor estava de azul, e o pensamento de que aquilo era um pesadelo passou rápido pela cabeça de Jane. As duas figuras vestidas daquele jeito pareciam ser do mesmo tipo... e o que, afinal de contas, sabia ela a respeito daquele Diretor que tramara sua ida àquela casa, e fizera com que ela tivesse sonhos, e lhe ensinara o medo do Inferno naquela mesma noite? E lá estavam eles, os dois, conversando sobre seus segredos e fazendo seja o que for que pessoas assim fazem quando esvaziam a casa ou colocam todo mundo para dormir. O homem que foi desenterrado e o homem que esteve no espaço... e um lhes dissera que o outro era um inimigo, mas agora, ao se encontrarem, ali estavam os dois, lado a lado como duas gotas de mercúrio. Durante todo aquele tempo, ela mal havia olhado para o estranho. Parecia que o Diretor havia deixado a muleta em um canto, e Jane nunca o vira antes tão ereto e imóvel. A luz em volta de sua barba parecia uma auréola, e no topo de sua cabeça ela também viu um brilho de ouro. De repente, enquanto pensava nessas coisas, ela se deu conta de que estava olhando direto nos olhos do estranho. No momento seguinte, ela percebeu a enorme proporção dele; o homem era monstruoso. E os dois homens eram aliados. O estranho estava falando e apontando para ela enquanto falava.

Ela não entendeu as palavras, mas Dimble, sim, e ouviu Merlin falar o que lhe pareceu uma variedade muito esquisita de latim:

"O senhor tem aqui na sua casa a mulher mais falsa de todas que vivem no momento."

Dimble ouviu o Diretor responder na mesma língua:

"O senhor está enganado. Sem dúvida ela é uma pecadora como todos nós, mas a mulher é casta."

"Senhor", disse Merlin, "saiba que ela fez em Logres algo que trará muito mais tristeza do que a causada pelo golpe dado por Balinus.[4] Pois, senhor, era propósito de Deus que ela e seu marido tivessem um filho por meio de quem os inimigos seriam expulsos de Logres por mil anos".

"Mas ela é recém-casada", disse Ransom. "A criança ainda pode nascer."

"Senhor", disse Merlin, "saiba que esta criança nunca vai nascer, porque já passou a hora da sua concepção. Eles são estéreis por vontade própria. Até agora eu não sabia que os costumes de Sulva eram tão comuns entre vocês. A concepção dessa criança foi preparada por duas linhagens em cem gerações. E a não ser que Deus destrua o trabalho do tempo, uma semente como essa nunca mais vai brotar, nesta hora e nesta terra".

---

[4]No ciclo das lendas arturianas, Balinus (ou Balin) era um cavaleiro de temperamento explosivo, conhecido como "Sir Balin, o Selvagem", que, em um acesso de raiva, feriu o Rei Pelleham (o Rei Pescador, guardião do Santo Graal) com a lança usada para cortar o lado de Jesus na cruz (cf. João 19:34). O fato de ter usado aquela lança foi considerado um sacrilégio, e este episódio ficou conhecido como "golpe doloroso". [N. T.]

"Basta!", respondeu Ransom. "A mulher percebeu que estamos falando dela."

"Seria um grande gesto de generosidade", disse Merlin, "se você ordenasse que a cabeça dela fosse arrancada de sobre seus ombros. Só olhar para ela já é um cansaço".

Ainda que Jane entendesse um pouco de latim, ela não compreendeu a conversa. O sotaque era estranho, e o velho druida usava um vocabulário que estava muito além do que ela já tinha lido — o latim de um homem para quem Apuleio[5] e Marciano Capela[6] eram os clássicos principais, cuja elegância se assemelhava à da *Hisperica Famina*.[7] Mas Dimble entendeu. Ele colocou Jane atrás de si e gritou: "Ransom! Em nome de Deus, o que é isso?".

Merlin falou outra vez em latim, e Ransom estava se virando para responder quando foi interrompido por Dimble.

"Responda a *nós*", disse ele. "O que aconteceu? Por que você está vestido deste jeito? O que você está fazendo com este velho sanguinário?"

MacPhee, entendendo o latim ainda menos que Jane, mas encarando Merlin como um cão terrier raivoso encara um cão terra-nova que invadiu o seu jardim, interrompeu a conversa. "Dr. Ransom", disse ele, "eu não sei quem é o grandão aí e não sou latinista. Mas sei que você me manteve sob vigilância a noite inteira sem o meu consentimento e permitiu que eu fosse drogado e hipnotizado. Eu lhe asseguro que tenho pouca satisfação em vê-lo vestido como um personagem de peça de teatro, parado aí como se fosse carne e unha com este iogue, xamã ou sacerdote, ou quem quer que seja. Você pode dizer a ele que não precisa olhar para mim desse jeito. Não tenho medo dele. E quanto à minha própria vida e segurança — se você, Dr. Ransom, mudou de lado depois de todas essas idas e vindas, não me importo mais nem com uma nem com a outra. Mas, ainda que eu seja morto, ninguém vai me fazer de bobo. Estamos esperando uma explicação".

O Diretor olhou para eles em silêncio por alguns segundos.

"Será que precisava chegar a este ponto? Nenhum de vocês confia em mim?"

---

[5]Apuleio (125–170), escritor e filósofo romano. [N. T.]

[6]Marciano Capela (360–428), escritor latino. [N. T.]

[7]A *Hisperica Famina* [Orações ocidentais] é um texto poético do século 6, produzido por monges irlandeses, famoso por usar um latim mesclado com palavras gregas. [N. T.]

"Eu confio, senhor", disse Jane subitamente.

"Esses apelos aos sentimentos e às emoções", disse MacPhee, "não atendem ao nosso propósito. Eu poderia chorar tão bem quanto qualquer um agora mesmo se me esforçasse para isso".

"Bem", disse o Diretor depois de uma pausa, "vocês todos têm de ser desculpados, porque todos nos enganamos, e o inimigo também se enganou. Este homem aqui é Merlinus Ambrosius. Eles pensaram que, se ele voltasse, ficaria do lado deles, mas eu descobri que ele está do nosso lado. Você, Dimble, deve entender que esta sempre foi uma possibilidade".

"Isso é verdade", disse Dimble. "Eu suponho que tenha sido — bem, o aspecto de tudo isso — você e ele juntos aqui, desse *jeito*. E a horrível sanguinolência dele."

"Eu mesmo fiquei surpreso com isso", disse Ransom. "Mas afinal nós não temos nenhum direito de esperar que o código penal dele seja o do século 19. Também acho difícil fazê-lo entender que eu não sou um monarca absolutista."

"Ele… ele é cristão?", perguntou Dimble.

"Sim", disse Ransom. "Quanto às minhas roupas, coloquei a beca de professor universitário para honrá-lo, e também porque eu estava com vergonha. Ele pensou que MacPhee e eu fôssemos copeiros ou trabalhássemos no estábulo. Na época dele, vejam, a não ser por necessidade, ninguém podia sair por aí em roupas largas e desajustadas, e o cáqui não era uma cor apreciada."

Nessa hora, Merlin falou outra vez. Dimble e o Diretor, que eram os únicos que entendiam o que ele falava, ouviram-no dizer: "Quem são estas pessoas? Se são seus escravos, por que não lhe fazem reverência? Se são inimigos, por que não os destruímos?".

"Eles são meus amigos", começou Ransom, em latim, sendo interrompido por MacPhee:

"Devo entender, Dr. Ransom", disse ele, "que você está nos pedindo para aceitar esta pessoa como membro da nossa organização?".

"Receio", disse o Diretor, "que não possa dizer nesses termos. Ele *é* um membro da nossa organização. E eu devo ordenar a vocês todos que o aceitem".

"E em segundo lugar", continuou MacPhee, "devo perguntar que investigação foi feita quanto às credenciais dele".

"Estou totalmente satisfeito", respondeu o Diretor. "Estou tão seguro da boa-fé deste homem quanto da sua."

"Mas quais são as bases dessa sua confiança?", insistiu MacPhee. "Nós não vamos ouvi-las?"

"Seria difícil", disse o Diretor, "explicar a você minhas razões para confiar em Merlinus Ambrosius, mas não mais difícil do que explicar a ele por que, a despeito das muitas aparências que podem ser mal-entendidas, eu confio em você". Enquanto ele dizia isso, havia o esboço de um sorriso em sua boca. Então Merlin falou outra vez em latim, e Ransom respondeu. Depois disso, Merlin se dirigiu a Dimble.

"O Pendragon me diz", afirmou ele em sua voz inalterada, "que você me acusa de ser um homem brutal e cruel. Essa é uma acusação que nunca ouvi antes. Um terço dos meus bens eu doei às viúvas e aos pobres. Nunca busquei a morte de ninguém, a não ser de criminosos e saxões pagãos. Quanto à mulher, por mim, ela pode viver. Eu não sou o mestre desta casa. Mas seria tão ruim assim se a cabeça dela fosse cortada? Rainhas e damas que não a aceitariam nem para o serviço de criadagem não foram para a fogueira por menos? Até esta ave de mau agouro [*cruciarius*] ao seu lado — refiro-me a você, camarada, embora você nada saiba falar a não ser essa sua língua bárbara, você, com cara de leite azedo e voz de serra em uma madeira dura e pernas de garça —, até mesmo este batedor de carteiras [*sector zonarius*], se eu o levasse para a cadeia, a corda seria usada nas costas dele, e não no pescoço".

MacPhee, mesmo sem entender essas palavras, compreendeu que ele era o objeto de algum comentário desfavorável, e ficou parado ouvindo com aquela expressão de ceticismo que é mais comum no norte da Irlanda e nas terras baixas escocesas que na Inglaterra.

"Sr. Diretor", disse ele depois que Merlin parou de falar, "eu ficaria muito grato se...".

"Venham", disse o Diretor subitamente, "nenhum de nós dormiu esta noite. Arthur, você faria a gentileza de acender a lareira para o nosso hóspede no quarto grande na extremidade norte deste corredor? E alguém pode acordar as mulheres? Quem o fizer, peça que levem um lanche para ele. Uma garrafa de vinho da Borgonha e qualquer coisa fria. Depois disso, todos para a cama. Não precisamos acordar cedo amanhã. Tudo está indo muito bem".

• • •

"Vamos ter dificuldades com o nosso novo colega", disse Dimble. Ele estava sozinho com sua esposa no quarto deles em St. Anne's, na tarde no dia seguinte.

"Sim", repetiu ele após uma pausa. "Ele é o que se chama de colega difícil."

"Você parece muito cansado, Cecil", disse a esposa.

"Bem, foi uma conferência muito cansativa", disse ele. "Ele... ele é um homem cansativo. Ah, eu sei que todos fomos bobos. Quer dizer, todos imaginamos que, pelo fato de ter voltado no século 20, ele deveria ser um homem do século 20. O tempo é mais importante do que pensamos, é isso."

"Senti isso no almoço", disse a Sra. Dimble. "Foi tão bobo não ter percebido que ele não saberia usar o garfo. Mas o mais surpreendente (depois do primeiro choque) foi como... bem, quão *elegantemente* ele comeu sem o garfo. Quer dizer, dava para ver que não era questão de não ter maneiras à mesa, mas de tê-las de um modo diferente."

"Ah, o velhão é um cavalheiro ao seu próprio modo — qualquer um pode ver isso. Mas... bem, eu não sei. Acho que está tudo certo."

"O que aconteceu na reunião?"

"Bem, veja só, tudo teve de ser explicado dos dois lados. Tivemos um trabalho imenso para fazê-lo entender que Ransom não é o rei deste país nem está tentando se tornar o rei. Depois tivemos de contar para ele que nós não éramos os bretões de jeito nenhum, mas os ingleses — o que ele chamaria de saxões. Levou um tempo para ele se acostumar com a ideia."

"Entendo."

"E MacPhee então escolheu esse momento para embarcar em uma explicação interminável das relações entre a Escócia, a Irlanda e a Inglaterra. Tudo isso, claro, teve de ser traduzido. Óbvio também que tudo era bobagem. Assim como muitas pessoas, MacPhee imagina que é celta quando, com exceção do nome, não há nada de celta nele mais do que há no Sr. Bultitude. A propósito, Merlinus Ambrosius fez uma profecia a respeito do Sr. Bultitude."

"Hein? Que profecia?"

"Ele disse que antes do Natal o urso vai fazer a melhor coisa que qualquer urso já fez na Grã-Bretanha, com exceção de outro urso de que nenhum de nós nunca ouviu falar. Ele fica dizendo coisas assim o tempo todo. Elas simplesmente aparecem, em um estalar de dedos, quando estamos falando de outra coisa, e nessa hora ele fala com uma voz diferente, como se não pudesse evitar. Parece que não sabe nada *mais* além do que falou naquele momento, se entende o que digo. É como se algo tipo o obturador de uma máquina fotográfica se abrisse no fundo da mente dele e se fechasse imediatamente, e só um pequenino item saísse. É um acontecimento muito desagradável."

"Espero que ele e MacPhee não tenham brigado de novo."

"Não exatamente. Acho que Merlinus Ambrosius não leva MacPhee muito a sério. Porque MacPhee fica criando dificuldade o tempo todo, é rude e, mesmo assim, ninguém fala nada com ele, acho que Merlinus concluiu que MacPhee é o bobo da corte do Diretor. Parece-me que Merlinus superou a aversão que tem por ele, mas eu acho que MacPhee nunca vai gostar de Merlinus."

"Vocês chegaram a falar sobre os assuntos importantes?", perguntou a Sra. Dimble.

"Bem, de certa forma", disse Dimble, franzindo a testa. "Nós estávamos com objetivos opostos, sabe. Surgiu a questão do marido da Ivy estar preso, e Merlinus queria saber por que nós não o resgatamos. Parece que ele imaginou que iríamos a cavalo tomar de assalto a cadeia da cidade. Tivemos de discutir contra esse tipo de ideia o tempo todo."

"Ah, Cecil", disse a senhora Dimble, "ele vai ter alguma serventia?".

"Ele será capaz de *fazer* coisas, se é isso que você quer saber. Nesse sentido, é mais provável que ele seja de muita serventia que de pouca."

"Que tipo de coisas ele pode fazer?", perguntou sua esposa.

"O universo é tão complicado", disse o Dr. Dimble.

"Isso você já me falou muitas vezes, querido", respondeu a Sra. Dimble.

"Já?", disse ele com um sorriso. "Quantas vezes? Tantas quantas você me contou a história do pônei e da charrete em Dawlish?"

"Cecil, tem anos que eu não conto essa história."

"Minha querida, eu ouvi você contando essa história para Camilla anteontem à noite."

"Ah, *Camilla*. Isso é totalmente diferente. Ela nunca tinha ouvido a história."

"Eu não sei se podemos ter certeza disso... o universo sendo complicado desse jeito." Por alguns minutos eles ficaram em silêncio.

"Mas e quanto a Merlin?", perguntou a Sra. Dimble.

"Você já reparou", disse Dimble, "que o universo e cada pequena parte dele estão sempre se dificultando e se estreitando e chegando a um ponto determinado?".

Sua esposa esperou como esperam os que, por terem muita experiência, conhecem os processos mentais da pessoa com quem estão falando.

"O que eu quero dizer", disse Dimble, respondendo a uma pergunta que ela não fizera, "é que, se você mergulhar em qualquer faculdade, ou escola ou paróquia, ou família — o que você quiser — em determinado ponto da história dela, sempre descobre que houve um tempo antes daquele ponto em que havia mais espaço de atuação e os contrastes não eram tão nítidos. E que haverá um tempo depois daquele ponto em que haverá ainda menos espaço para indecisão e as escolhas serão ainda mais importantes. O bem está sempre melhorando, e o mal está sempre piorando, e a possibilidade de uma neutralidade mesmo aparente está sempre diminuindo. A situação está acertando a si mesma o tempo todo, chegando a um ponto, tornando-se mais aguda e mais difícil. Tal como no poema a respeito do Céu e do Inferno devorando a alegre Terra Média a partir de lados opostos... como é mesmo? Alguma coisa sobre 'comer todo dia'... 'até que tudo seja *sei lá o quê*'. Não pode ser *comido*; o pé do verso fica quebrado. Minha memória está falhando terrivelmente. Você conhece este trecho, Margery?"

"O que você está me dizendo me faz lembrar mais daquele trecho da Bíblia a respeito da peneira, de separar o joio do trigo.[8] Ou daquele verso de Browning, 'A vida é fazer escolhas'."[9]

"Exatamente! Talvez o processo do tempo signifique isso, e nada mais. Mas não apenas em questões de escolha moral. Tudo está se tornando mais si mesmo e mais diferente do resto o tempo todo. O sentido da evolução é que as espécies vão se tornando cada vez menos parecidas umas com as outras. As mentes se tornam mais espirituais a cada dia, e a matéria, mais material. Mesmo na literatura, a poesia e a prosa estão se distanciando constantemente."

A Sra. Dimble, com uma facilidade nascida de uma longa prática, evitou o perigo, sempre presente em sua casa, de que a conversa tomasse o rumo de uma simples discussão sobre literatura.

"Sim", disse ela. "Espírito e matéria, certamente. Isso explica por que pessoas como os Studdocks acham tão difícil ter felicidade no casamento."

"Os Studdocks?", disse o Sr. Dimble, lançando um olhar vago para sua esposa. Os problemas domésticos daquele jovem casal ocupavam a mente dele bem menos que a de sua esposa. "Ah, entendo. Sim. Ouso dizer que tem alguma coisa a ver com isso. Mas quanto ao Merlin. Pelo que entendi,

[8]Alusão à parábola do joio e do trigo, Mateus 13:24-30. [N. T.]
[9]Robert Browning (1812–1889), poeta inglês. [N. T.]

o negócio é o seguinte: no tempo dele havia mais possibilidades para um homem que em nosso tempo. A própria Terra era como um animal naquela época. E os processos mentais eram mais como ações físicas. E havia — bem, neutrais andando por aí."

"Neutrais?"

"É claro que não quero dizer que algo possa ser neutro *de verdade*. Um ser consciente ou está obedecendo a Deus, ou não está. Mas pode haver coisas neutras em relação a nós."

"Você quer dizer os *eldila* — anjos?"

"Bem, a palavra *anjo* faz surgir uma questão. Mesmo os Oyéresu não são exatamente anjos no mesmo sentido que os nossos anjos da guarda. Tecnicamente eles são inteligências. A questão é que: conquanto possa ser correto no fim do mundo descrever cada *eldil* como um anjo ou um demônio, e pode até ser correto dizer isso agora, isso era muito menos verdadeiro no tempo de Merlin. Na Terra, naquele tempo, havia seres que buscavam seus próprios interesses, por assim dizer. Eles não eram espíritos ministradores enviados para ajudar a humanidade caída,[10] mas também não eram inimigos prontos a nos pegar. Mesmo nos escritos de Paulo encontramos vislumbres de uma categoria que não se encaixa exatamente nas nossas duas colunas de anjos e demônios. E se você retroceder mais ainda... Todos os deuses, os elfos, os anões, o povo da água, as fadas, os *longaevi*.[11] Você e eu sabemos demais para pensar que tudo isso é apenas ilusão."

"Você acredita que existam seres semelhantes a esses?"

"Eu acredito que existiram. Acho que havia lugar para eles naquela época, mas o universo chegou a um estágio determinado. Talvez nem todos os seres racionais. Alguns seriam apenas vontades inerentes à matéria, dificilmente seriam conscientes. Mais como animais. Outros — mas, na verdade, eu não sei. De qualquer maneira, é o tipo de situação na qual é preciso ter alguém como Merlin."

"Tudo isso soa horrível para mim."

"Foi *bastante* horrível. Mesmo no tempo de Merlin (ele surgiu bem no final dessa época), ainda que fosse possível usar esse tipo de vida no universo de maneira inocente, não se poderia usá-la sem correr riscos. As coisas não

---

[10]Alusão a Hebreus 1:14. [N. T.]

[11]*Longaevi*, literalmente "longevo", é a palavra latina usada por Marciano Capela para se referir a seres que vivem muito mais que os humanos. [N. T.]

eram más em si mesmas, mas já eram más para nós. Elas acabam por desidratar quem lida com elas, mas não de propósito. Não conseguem evitar. Merlinus ficou murcho assim. Ele é completamente misericordioso, humilde e tudo mais, mas tem alguma coisa que foi tirada dele. A quietude dele é um pouco mortal, como a quietude de um edifício destruído. É o resultado de ter deixado a mente aberta para algo que amplia o ambiente um pouco demais. Semelhante à poligamia. Ela não era errada para Abraão, mas não se pode evitar perceber que mesmo ele perdeu alguma coisa com ela."

"Cecil", disse a Sra. Dimble, "você está totalmente à vontade com o fato de o Diretor usar um homem como ele? Quer dizer, não se parece com combater Belbury usando as mesmas armas?".

"Não. Eu *pensei* nisso. Merlin é o contrário de Belbury. Ele está no extremo oposto. Ele é o último vestígio de uma ordem antiga na qual a matéria e o espírito, pelo nosso ponto de vista, se confundiam. Para ele, cada operação na Natureza é uma espécie de contato pessoal, como acariciar uma criança ou esporear um cavalo. Depois dele veio o homem moderno para quem a Natureza é algo morto — uma máquina a ser trabalhada e desmontada se não funcionar do jeito que se quer. Por fim, veio o pessoal de Belbury, que assume sem alteração a visão do homem moderno e simplesmente quer aumentar o seu poder acrescentando a ajuda de espíritos — espíritos sobrenaturais, antinaturais. É claro que esperavam ter isso das duas formas. Eles pensaram que a antiga *magia* de Merlin, que operava em conjunto com as qualidades espirituais da Natureza, amando-as e reverenciando-as, conhecendo-as de dentro, poderia ser combinada com a nova *goeteia*[12] — a cirurgia brutal de fora para dentro. Não. Por um lado, Merlin representa aquilo ao qual precisamos voltar, de uma maneira diferente. Você sabia que, pelas regras da sua ordem, ele é proibido de usar em uma planta qualquer ferramenta de corte?"

"Santo Deus!", disse ela. "Seis da tarde. Eu prometi a Ivy que estaria na cozinha às quinze para as seis. Não há necessidade de que *você* vá, Cecil."

"Você sabia", disse Dimble, "que eu acho você uma mulher maravilhosa?".

"Por quê?"

"Quantas mulheres que têm uma rotina em sua própria casa há trinta anos conseguem organizar as coisas no meio desta confusão como você faz?"

---

[12]Na Renascença usava-se a palavra *magia* para se referir a uma prática que visava ao bem, e *goeteia*, para uma prática que visava ao mal. [N. T.]

"Isso não é nada", disse ela. "Ivy também teve a casa dela, você sabe. E para ela é muito pior. Afinal, meu marido não está na cadeia."

"Mas logo estará", disse Dimble, "se metade dos planos de Merlinus Ambrosius forem colocados em prática".

•••

Enquanto isso, Merlin e o Diretor conversavam no Salão Azul. O Diretor tirara seu manto e seu diadema, e estava deitado no sofá. O druida sentou-se em uma cadeira de frente para Ransom, pernas estendidas, as mãos grandes e pálidas imóveis sobre os joelhos, parecendo, aos olhos modernos, uma antiga e tradicional gravura entalhada de um rei. Ele ainda estava com o manto, e Ransom sabia que debaixo da peça surpreendentemente havia bem pouca roupa, pois o calor da casa era excessivo para ele, e ele achava as calças compridas muito desconfortáveis. Suas altas demandas por óleo para depois do banho envolveram uma compra apressada na cidadezinha que finalmente rendeu, pelo esforço de Denniston, um frasco de brilhantina. Merlinus a usara com tanta liberalidade que seu cabelo e sua barba brilhavam, e um aroma doce e pegajoso inundou todo o quarto. Foi por isso que o Sr. Bultitude arranhou a porta com tanta insistência até que, finalmente, deixaram-no entrar, e ele se sentou o mais perto do mago que conseguiu, movendo as narinas. Ele nunca farejara um homem com tanto interesse.

"Senhor", disse Merlin em resposta a uma pergunta que o Diretor lhe fizera, "eu lhe agradeço muito. Na verdade, não consigo entender seu modo de viver, e sua casa é estranha para mim. Você me providenciou um banho que o próprio imperador invejaria, mas ninguém me ajuda nesta hora; uma cama mais macia que o próprio sono, mas quando me levanto eu mesmo tenho de me vestir com as minhas próprias mãos, como se fosse um camponês. O quarto onde estou dormindo tem janelas de puro cristal, de modo que dá para ver o céu claramente quando estão abertas e quando estão fechadas, e não entra vento nesse quarto nem para apagar uma vela desprotegida, mas eu me deito sozinho, não tendo mais honra que um prisioneiro em uma masmorra. Seu pessoal come carne seca e sem gosto, mas em pratos tão lisos como o marfim, e tão redondos como o sol. Em toda a casa há calor, suavidade e silêncio tais que fariam qualquer um pensar no paraíso terrestre, mas não há nada nas paredes, nem pisos embelezados, nem músicos, nem perfumes, nem tronos, nem um vislumbre de ouro, nem um falcão, nem um cão de caça. Parece-me que você não vive nem como rico, nem como pobre; nem como lorde, nem como eremita. Digo-lhe essas coisas, senhor, porque você me perguntou. Elas não são importantes. Agora que ninguém nos ouve, a não ser o último dos sete ursos de Logres, é hora de falarmos abertamente um com o outro".

Ele olhou para o rosto do Diretor enquanto falava, e então, como se tivesse levado um susto pelo que viu, inclinou-se acentuadamente para frente.

"Seu ferimento ainda dói?", perguntou.

Ransom balançou a cabeça. "Não", disse ele, "não é o ferimento. Temos coisas terríveis para falar".

O grandalhão mudou de posição, desconfortável.

"Senhor", disse Merlinus, com uma voz mais profunda e mais suave, "eu poderia retirar toda a dor do seu calcanhar, como se o estivesse limpando com uma esponja. Dê-me sete dias para entrar e sair, para ir e voltar, para subir e descer, para rever antigos conhecidos. Estes campos e eu, este bosque e eu, temos muito a dizer um ao outro".

Ao dizer isso, ele inclinou-se para frente, de modo que seu rosto e a cara do urso estavam quase lado a lado, e quase se tinha a impressão de que os dois estavam envolvidos em algum tipo de diálogo grosseiro e na base de grunhidos. O rosto do druida tinha uma aparência estranhamente animal: nem sensual, nem feroz, mas cheia da sagacidade paciente e não argumentativa de uma fera. Enquanto isso, o rosto de Ransom estava cheio de tormento.

"Você vai achar a região muito mudada", disse ele, forçando um sorriso.

"Não", disse Merlin. "Não acho que vou encontrá-la muito mudada." A distância entre aqueles dois homens ia aumentando a cada momento. Merlin era um ser que não devia ser mantido preso. Mesmo tendo tomado banho e passado óleo no corpo, havia nele uma impressão de mofo, cascalho, folhas molhadas e água cheia de mato.

"*Mudada*, não", repetiu ele, em uma voz quase inaudível. E, no aprofundamento do silêncio interior do qual seu rosto dava testemunho, seria possível acreditar que ele ouvia continuamente um murmúrio de sons fugidios: o barulho de camundongos e arminhos, o som produzido por um grupo de sapos em marcha, o pequeno choque de avelãs caindo no chão, galhos quebrados, riachos escorrendo e até a grama crescendo. O urso havia fechado os olhos. Todo o salão estava ficando cada vez mais pesado, com uma espécie de anestesia flutuante.

"Por meu intermédio", disse Merlin, "você poderá extrair da Terra o esquecimento de todas as dores".

"Silêncio", disse o Diretor com rispidez. Ele estava afundado na almofada do sofá, com a cabeça inclinada na direção do peito. De repente, sentou-se com as costas eretas. O mago reagiu e se endireitou também. O ar da sala ficou mais leve, e até o urso abriu os olhos outra vez.

"Não", disse o Diretor. "Santo Deus, você acha que foi desenterrado só para me dar um emplastro para o meu calcanhar? Se não fosse minha responsabilidade suportar isso até o final, nós temos remédios que poderiam enganar a dor tão bem quanto a sua magia terrenal, ou até melhor. Não vou ouvir sobre isso outra vez. Você está me entendendo?"

"Ouço e obedeço", disse o mago. "Mas não pretendo fazer o mal. Você vai precisar do meu intercâmbio com o campo e a água. Se não for para curar o seu ferimento, que seja pela cura de Logres. Eu devo entrar e sair, ir e voltar, rever velhos conhecidos. Você sabe que nada estará mudado. Não o que você chama de *mudado.*"

Mais uma vez aquele peso suave, como o cheiro de um espinheiro, parecia estar flutuando sobre o Salão Azul.

"Não", disse o Diretor num tom mais elevado, "isso não pode mais ser feito. A alma saiu do bosque e da água. Ouso dizer que você poderia despertá-la um pouco, mas não seria o suficiente. Uma tempestade, ou mesmo um rio que transbordasse, seria de pouca valia contra o nosso inimigo atual. Sua arma quebraria em suas próprias mãos, pois a Fortaleza Medonha nos confronta, e é como nos dias em que Ninrode construiu uma torre para alcançar os céus".[13]

"Oculta pode estar", disse Merlinus. "Mas não *mudada.* Permita-me trabalhar, Senhor. Eu a despertarei. Colocarei uma espada em cada folha de grama para feri-los e cada torrão de terra será veneno para os pés deles. Eu vou..."

"Não", disse o Diretor. "Eu o proíbo de falar nisso. Se fosse possível, seria ilegal. Qualquer espírito que ainda possa estar ligado à terra retirou-se de nós há mil e quinhentos anos, desde o seu tempo. Você não dirá uma palavra para invocá-lo. Eu lhe ordeno. Isso é ilegal nessa era." Até aquele

---

[13]Ninrode é citado em Gênesis 10:10-11 como quem reinou em Babel e outros reinos. Em *A cidade de Deus*, Agostinho levanta a hipótese de que foi Ninrode quem ordenou a construção da torre de Babel. [N. T.]

instante, ele falava com severidade e frieza. Nesse momento, inclinou-se para a frente e disse, com uma voz diferente: "Isso nunca foi *muito* legal, nem mesmo no seu tempo. Lembre-se: quando soubemos que você seria despertado, pensamos que estaria do lado do inimigo. Mas, porque Nosso Senhor faz todas as coisas para cada um, um dos propósitos do seu despertar é para que a sua alma seja salva".

Merlin afundou em sua poltrona, sem forças. O urso lambeu a mão pálida e relaxada dele, estendida sobre o braço da poltrona.

"Senhor", disse Merlin, "se não puder trabalhar para você desse modo, então você trouxe para sua casa um inútil pacote de carne. Pois eu não sou mais um guerreiro. Se a situação chegar a esse ponto, serei de pouca valia".

"Também não é desse jeito", disse Ransom, hesitando como alguém que está relutante para chegar ao ponto. "Nenhum poder que seja apenas terrestre", continuou ele por fim, "servirá contra a Fortaleza Medonha".

"Então vamos orar", disse Merlinus. "Mas... eu também não valho muito para isso. Me chamavam de filho do Diabo, alguns deles. É mentira. Mas eu não sei por que fui chamado de volta."

"Certamente vamos nos apegar às orações", disse Ransom. "Agora e sempre. Mas não é isso que quero dizer. Existem poderes celestiais, poderes criados, não nesta Terra, mas nos Céus."

Merlinus olhou para ele em silêncio.

"Você sabe muito bem do que estou falando", disse Ransom. "Quando nos encontramos pela primeira vez, eu não lhe disse que os Oyéresu eram os meus mestres?"

"Claro", disse Merlin. "E foi assim que percebi que você era da Ordem. Essa não é a nossa senha em toda a Terra?"

"Uma senha?", exclamou Ransom, com um olhar de surpresa. "Eu não sabia disso."

"Mas... mas", disse Merlinus, "se você não sabia a senha, como a declarou?".

"Eu disse isso porque é verdade."

O mago lambeu os lábios, que empalideceram.

"Verdade como as coisas mais simples são verdadeiras", repetiu Ransom. "Verdade como é verdade que você está sentado aqui com o meu urso ao seu lado."

Merlin abriu as mãos. "Você é o meu pai e a minha mãe", disse ele. Seus olhos, fixos em Ransom, eram grandes como os de uma criança maravilhada, mas de resto, ele pareceu a Ransom menor do que ele havia pensado que fosse.

"Deixe-me dizer", disse ele por fim, "ou me mate se quiser, pois estou na palma das suas mãos. No meu tempo, eu ouvi dizer que alguns tinham falado com os deuses. Blaise, meu mestre, sabia algumas poucas palavras desta língua.[14] Mas eles eram, no fim das contas, poderes da Terra. Pois — eu não preciso lhe ensinar, você sabe mais que eu — os maiores da nossa arte não se encontraram com os verdadeiros Oyéresu, os verdadeiros poderes do Céu, mas apenas com as aparições terrestres deles, suas sombras. Apenas com a Vênus da Terra, com o Mercúrio da Terra, e não com a Perelandra verdadeira, com o Viritrilbia verdadeiro. É apenas…".

"Não estou falando das aparições", disse Ransom. "Já estive perante o próprio Marte na esfera de Marte e diante da própria Vênus na esfera de Vênus. É a força deles, e a força de alguns ainda maiores que eles, que destruirá os nossos inimigos."

"Mas, Senhor", disse Merlin, "como pode ser isso? Não é contra a sétima lei?".

"Que lei é esta?", perguntou Ransom.

"O nosso Justo Senhor não estabeleceu como lei para ele mesmo que não enviaria os Poderes para consertar ou destruir esta Terra até o fim de todas as coisas? Ou o fim já está acontecendo?"

"Isso pode ser o início do fim", disse Ransom. "Mas eu nada sei a esse respeito. Maleldil pode ter feito uma lei de não enviar os Poderes. Mas ele não os proibiu de reagirem se os homens, por engenhosidade e pela filosofia natural aprendessem a voar até os Céus e, em carne, fossem até onde estão os poderes celestiais para perturbá-los. Pois tudo isso está dentro da ordem natural. Um homem perverso aprendeu a fazê-lo. Ele voou, por meio de uma máquina sofisticada, até onde Marte habita no Céu, e também onde Vênus habita, e me levou como um cativo. E lá eu falei face a face com os verdadeiros Oyéresu. Você está me entendendo?"

Merlin inclinou a cabeça.

"E assim como Judas, que fez acontecer o que não queria, a mesma coisa aconteceu com aquele homem perverso. Pois agora há um homem

---

[14]Blaise é uma personagem que aparece nas lendas arturianas como cronista e, às vezes, tutor do jovem Merlin. Ele surge pela primeira vez no livro *Merlim*, de Robert de Boron (c. 1176–c. 1225), poeta francês. [N. T.]

no mundo — eu mesmo — que os Oyéresu conhecem e que sabe falar a língua deles, e não por milagre de Deus nem por mágica de Numinor, mas naturalmente, como quando dois homens se encontram em uma estrada. Nossos inimigos retiraram de sobre si a proteção da sétima lei. Por meio da filosofia natural, eles quebraram a barreira que Deus mesmo, com o seu poder, não quebraria. Ainda assim, o buscaram como a um amigo e fizeram surgir um açoite para eles próprios. E é por isso que os poderes do Céu desceram a esta casa, e, neste quarto onde nós agora estamos discursando, Malacandra e Perelandra falaram comigo."

O rosto de Merlin empalideceu um pouco. O urso esfregava o focinho na mão dele, mas ele não percebeu.

"Eu me tornei uma ponte", disse Ransom.

"Senhor", disse Merlin, "o que será disso? Se eles empregarem todo o seu poder, vão destruir a Terra Média".

"O poder bruto deles, sim", disse Ransom. "É por isso que eles vão trabalhar apenas por intermédio de um homem."

O mago passou uma de suas mãos imensas por sobre a testa.

"Por intermédio de um homem cuja mente esteja aberta a ser invadida", disse Ransom, "um que, por sua própria vontade, a abriu no passado. Tomo nosso Justo Senhor como testemunha de que, se esta fosse a minha tarefa, eu não a recusaria. Mas ele não suportaria que uma mente que ainda retém sua virgindade seja violada desse modo. E a pureza deles não pode e não vai operar através da mente de quem pratica magia negra. Alguém que se envolveu... naqueles dias, quando envolver-se ainda não era maligno, ou estava apenas começando a ser... e também um cristão fiel. Um instrumento (eu preciso falar francamente) bom o bastante para ser usado, mas não bom demais. Nestas partes ocidentais do mundo, havia apenas um homem que viveu naqueles dias e ainda poderia ser convocado. Você...".

Ransom parou, chocado com o que estava acontecendo. O homem enorme levantara-se de sua cadeira e ficou em pé diante dele. Da horrível boca aberta de Merlin ressoou um grito que para Ransom pareceu totalmente bestial, ainda que fosse de fato apenas o brado de uma lamentação celta primitiva. Era horrível ver aquele rosto enrugado e barbado estar coberto pelo choro como o de uma criança. Toda a superfície romana de Merlinus fora descascada. Ele se tornara uma monstruosidade arcaica balbuciando súplicas em uma mistura que soava como galês e também como espanhol.

"Silêncio", gritou Ransom. "Sente-se. Você está nos envergonhando."

Aquele frenesi terminou tão repentinamente como havia iniciado. Merlin sentou-se novamente. Para alguém moderno pareceu estranho que, tendo recuperado seu autocontrole, ele não demonstrasse o menor constrangimento por tê-lo perdido temporariamente. Todo o caráter duplo da sociedade na qual Merlin vivera se tornou mais claro para Ransom do que qualquer livro de história jamais poderia fazer.

"Não pense", disse Ransom, "que para mim é uma brincadeira de criança encontrar aqueles que descerão para empoderá-lo".

"Senhor", disse Merlin com hesitação, "você já esteve no céu. Eu sou apenas um homem. Eu não sou filho de um dos seres etéreos. Essa é uma história mentirosa.[15] Como eu poderia? Você não é como eu. Você já os viu frente a frente".

"Nem todos eles", disse Ransom. "Desta vez descerão espíritos maiores que Malacandra e Perelandra. Estamos nas mãos de Deus. Isso pode nos destruir. Não há nenhuma promessa de que você ou eu salvaremos nossa vida ou nossa sanidade. Eu não sei como ousaremos olhar para o rosto deles, mas sei que não poderemos ousar olhar para a face de Deus se recusarmos essa batalha."

O mago de repente socou o próprio joelho.

"*Por Hércules*!", gritou ele. "Não estamos indo depressa demais? Se você é o Pendragon, eu sou o Alto Conselho de Logres, e vou aconselhá-lo. Se os Poderes precisam me cortar em pedaços para destruir nossos inimigos, seja feita a vontade de Deus. Mas será que vamos chegar a esse ponto? E este seu rei saxão que se senta no trono em Windsor — ele não vai ajudar em nada?"

"Ele não tem poder nesse tipo de assunto."

"Então ele não é fraco o bastante para ser derrubado?"

"Não tenho o desejo de derrubá-lo. Ele é o rei. Ele foi coroado e sagrado pelo arcebispo. Na ordem de Logres, eu posso ser o Pendragon, mas, na ordem da Grã-Bretanha, eu sou servo do rei."

"São os nobres dele, então — os condes, núncios e bispos — que estão fazendo o mal e ele não está sabendo?"

"Sim — ainda que eles não sejam o tipo de nobres que você está pensando."

"E nós não somos grandes o suficiente para enfrentá-los em combate aberto?"

---

[15]A antiga tradição a respeito de Merlin tinha diferentes versões: em uma, ele era filho do Diabo, mas, em outra, de seres etéreos que não seriam nem anjos, nem demônios. [N. T.]

"Nós somos quatro homens, algumas mulheres e um urso."

"Eu vi a época em que Logres era apenas eu mesmo, um homem e dois meninos, e um deles era um bronco.[16] Mesmo assim, nós vencemos."

"Agora não pode ser feito assim. Eles têm uma máquina chamada imprensa, por meio da qual as pessoas são enganadas. Nós morreríamos e ninguém ficaria sabendo."

"Mas e quanto aos clérigos de verdade? Eles não ajudam? Não pode ser que *todos* os sacerdotes e bispos estejam corrompidos."

"A própria fé vem sendo despedaçada desde o seu tempo e fala com uma voz dividida. Mesmo se fosse uma só, os cristãos são apenas a décima parte da nossa população. Eles não ajudarão."

"Então vamos buscar ajuda além-mar. Será que não tem um príncipe cristão na Nêustria,[17] na Irlanda ou em Benwick[18] que viria e purificaria a Britânia, se fosse convocado?"

"Não sobrou nenhum príncipe cristão. Esses outros países estão como a Britânia ou, talvez, ainda mais mergulhados na doença."

"Então temos de ir mais alto. Devemos buscar aquele cujo ofício é derrubar tiranos e conceder vida a reinos moribundos. Vamos convocar o imperador."

"Não há imperador."

"Nenhum imperador...", começou Merlin, e então sua voz desapareceu. Ele se sentou quieto por alguns minutos, lutando com um mundo que nunca havia imaginado. Ele disse: "Veio um pensamento à minha mente, e não sei se é bom ou mau. Mas porque sou o Alto Conselho de Logres, não o esconderei de você. Fui despertado em uma época fria. Se toda esta porção ocidental do mundo é apóstata, não seria legítimo, nesta nossa grande necessidade, olhar mais longe... além da cristandade? Será que não encontraríamos entre os pagãos alguém que não seja completamente corrupto? No meu tempo, havia histórias a respeito de alguns destes, homens que não conheciam os artigos da nossa fé santíssima, mas que adoravam a Deus como podiam e reconheciam a lei da natureza. Senhor, eu creio que seria legítimo buscar ajuda, mesmo que seja lá. Além de Bizâncio. Havia rumores

---

[16]Referência a uma cena descrita no livro *A morte de Arthur*, em que o homem é *Sir* Ector, e os meninos, Arthur (que viria a ser rei) e Kay, sendo Kay o "bronco". [N. T.]

[17]Nêustria, na Antiguidade, era o nome dado à região da França onde se localiza Paris. [N. T.]

[18]Benwick é uma região da Inglaterra, próxima à atual Cambridge. [N. T.]

de que rinha conhecimento naquelas terras — um círculo oriental e uma sabedoria que foram de Numinor para o Ocidente. Eu não sei onde — Babilônia, Arábia ou Catai.[19] Você disse que os navios de vocês navegaram ao redor de toda a Terra, por cima e por baixo...".

Ransom balançou a cabeça. "Você não está entendendo", disse. "O veneno foi criado nestas terras do Ocidente, mas agora está espalhado para todo lado. Não importa quão longe você vá, vai encontrar as máquinas, as cidades lotadas, os tronos vazios, os escritos mentirosos, os leitos estéreis: homens enlouquecidos com falsas promessas e amargurados com desgraças verdadeiras, adorando as obras de ferro das suas próprias mãos, afastados da mãe Terra e do Pai que está nos céus. Você pode avançar na direção do Oriente até que este se torne o Ocidente, e você retornará para a Britânia pelo grande oceano, mas, mesmo assim, não chegará a um lugar que esteja perto da luz. A sombra de uma asa escura paira por toda a Terra."

"Então é o fim?", perguntou Merlin.

"E é por isso", disse Ransom, ignorando a pergunta, "que não temos nenhuma alternativa a não ser a que eu lhe disse. A Fortaleza Medonha prende esta Terra toda em sua mão para esmagá-la como quiser. Se não fosse pelo único erro deles, não restaria nenhuma esperança. Se, pela sua própria vontade maligna, eles não tivessem ultrapassado a fronteira e permitido que poderes celestiais entrassem, esta seria a hora em que venceriam. Sua própria força os traiu. Eles foram até os deuses que não viriam até eles e puxaram o céu profundo sobre suas cabeças. Portanto, vão morrer. Pois ainda que você procure qualquer brecha para escapar, agora que viu que todas as brechas estão fechadas, você não me desobedecerá".

E então, muito lentamente, o rosto branco de Merlin foi retomado por aquela expressão quase animal, terrena, saudável e com uma ponta de sagacidade bem-humorada.

"Bem", disse ele, "se as tocas estão fechadas, a raposa enfrenta os cães de caça. Mas, se desde a primeira vez que nos encontramos, eu soubesse quem você era, eu o teria colocado para dormir, assim como fiz com o seu bobo da corte".

"Meu sono é muito leve desde que viajei pelos céus", disse Ransom.

---

[19]Catai designava, na Europa da Idade Média, a China. [N. T.]

“A vida real é encontro”[1]

14

COMO O DIA e a noite do mundo exterior não faziam diferença na cela de Mark, ele não soube se foram minutos ou horas mais tarde que se viu uma vez mais acordado, uma vez mais enfrentando Frost e ainda em jejum. O professor foi perguntar se ele havia pensado na conversa que tiveram. Mark, que achou que uma demonstração decente de relutância tornaria sua rendição final mais convincente, respondeu que havia apenas uma coisa que o perturbava. Ele não entendia completamente o que ele, em particular, ou a humanidade, em geral, ganhariam ao cooperar com os macróbios. Ele via claramente que os motivos pelos quais muitos agem, os quais dignificam dando o nome de patriotismo ou dever para com a humanidade, eram simplesmente produtos do organismo animal, variando de acordo com o padrão de comportamento de diferentes comunidades. Mas ainda não entendia o que substituiria esses motivos irracionais. Daí em diante, sobre qual base as ações seriam justificadas ou condenadas?

“Se você insiste em apresentar a pergunta nesses termos”, disse Frost, “eu acho que Waddington deu a melhor resposta.[2] A existência é sua própria

---

[1]Citação de Martin Buber (1878–1965), filósofo judeu austríaco, extraída de seu livro *Eu e tu*, que exerceu grande influência no pensamento de C. S. Lewis. [N. T.]

[2]C. H. Waddington (1905–1975), geneticista inglês que defendia uma compreensão materialista da existência, ou seja, a vida como mera questão biológica. Conforme essa opinião, a existência seria justificada simplesmente por existir. Logo, preocupações éticas e morais não teriam sentido nem seriam necessárias. [N. T.]

justificativa. A tendência à mudança de desenvolvimento, que chamamos de evolução, é justificada pelo fato de ser uma característica das entidades biológicas. O atual estabelecimento de contato entre as entidades biológicas mais elevadas e os macróbios justifica-se pelo fato de estar ocorrendo, e deve ser aumentado porque um aumento está acontecendo."

"Você pensa, então", disse Mark, "que não haveria sentido em perguntar se a tendência geral do universo está na direção do que chamaríamos de ruim?".

"Não poderia haver sentido algum", disse Frost. "O julgamento que você está tentando estabelecer torna-se, sob análise, uma mera expressão de emoção. O próprio Huxley[3] só conseguiu expressá-lo usando termos emotivos como 'gladiatório' ou 'sem misericórdia'. Estou me referindo à famosa Palestra Romanes.[4] Quando a assim chamada luta pela existência é vista simplesmente como uma questão de teorema estatístico, temos, nas palavras de Waddington, 'um conceito tão não emocional como uma integral definida', e a emoção desaparece. E com ela, desaparece a ideia absurda de um padrão externo de valor que a emoção produziu."

"E a real tendência dos eventos", disse Mark, "seria autojustificada, e neste sentido seria um 'bem', quando estivesse trabalhando pela extinção de toda a vida orgânica, como vai acontecer?".

"Claro", respondeu Frost, "se você insiste em formular o problema nesses termos. Na realidade, a questão não faz sentido. Ela pressupõe um padrão de pensamento meio-e-fim derivado de Aristóteles, quem, por sua vez, simplesmente presumia elementos da experiência de uma comunidade agrícola da Idade do Ferro. As motivações não são as causas da ação, mas seus derivados. Você está simplesmente perdendo seu tempo ao levá-las em consideração. Quando conseguir uma objetividade real, vai reconhecer que não só *alguns* motivos, mas *todos* eles são meramente animais, epifenômenos subjetivos. Você então não terá motivos e descobrirá que não precisa deles. Serão substituídos por algo que você, no futuro, vai entender melhor do que agora. Então, longe de ficar empobrecida, a sua ação se tornará muito mais eficiente".

---

[3]Thomas Henry Huxley (1825–1895), avô do escritor Aldous Huxley, foi um biólogo inglês e grande defensor da teoria da evolução de Charles Darwin. [N. T.]

[4]A Palestra Romanes era uma atividade acadêmica da Universidade de Oxford, organizada pelo biólogo George Romanes. [N. T.]

"Estou entendendo", disse Mark. A filosofia que Frost estava expondo não lhe era estranha de modo algum. Ele a reconheceu de imediato como a conclusão lógica de pensamentos que até então aceitava e que, naquele instante, rejeitou irrevogavelmente. O reconhecimento de que a sua própria pressuposição conduzia à posição de Frost, em combinação com o que ele via no rosto de Frost e o que experimentara naquela cela, resultou numa completa conversão. Nem todos os filósofos e evangelistas do mundo teriam feito isso tão habilmente.

"E é por isso", continuou Frost, "que você precisa de um treinamento sistemático em objetividade. O propósito desse treinamento é eliminar de sua mente, uma por uma, as coisas que até agora você considerava como base para a ação. É como matar um nervo. Todo esse sistema de preferências instintivas, qualquer que seja o disfarce ético, estético ou lógico usado, deve ser simplesmente destruído".

"Compreendo", disse Mark, lutando com um desejo instintivo que sentia naquele momento de bater a cara do professor até virar geleia, o que exigiria dele uma grande quantidade de destruição.

Depois disso, Frost tirou Mark da cela e lhe deu uma refeição em uma sala ao lado, que também não tinha janelas e era iluminada por luz artificial. O professor ficou absolutamente imóvel e o observou enquanto comia. Mark não sabia o que estava comendo e não gostou muito daquilo, mas estava com fome demais para recusar, caso essa recusa lhe fosse possível. Quando terminou, Frost o levou para a antessala do Cabeça, e mais uma vez ele teve de tirar a roupa e colocar um jaleco e uma máscara de cirurgião. Depois, conduziram-no para dentro, para a presença do Cabeça, com sua boca escancarada que babava. Para sua surpresa, Frost não deu a menor atenção a ela, e o guiou até uma pequena porta com um arco pontiagudo, na parede mais distante. Lá ele fez uma pausa e disse: "Entre. Você não vai falar com ninguém sobre o que vai encontrar aqui. Volto já". Ele então abriu a porta, e Mark entrou.

A sala, à primeira vista, era um anticlímax. Parecia ser uma sala de reuniões vazia, com uma mesa grande, oito ou nove cadeiras, alguns quadros e (o que era estranho) uma grande escada portátil em um canto. Aquela sala, tal como a outra, também não tinha janelas, e era iluminada por uma luz elétrica que produzia a melhor ilusão de luz do dia que Mark já tinha visto: um lugar frio e cinzento ao ar livre. Isso, juntamente com a ausência de uma lareira, resfriou o lugar, ainda que a temperatura não estivesse de fato muito baixa.

Alguém com sensibilidade treinada teria imediatamente percebido que a sala era desproporcional, não de forma grotesca, mas o bastante para produzir um descontentamento. Era alta e estreita demais. Mark sentiu o efeito sem analisar a causa, e o efeito cresceu nele à medida que o tempo passava. Sentado, olhando ao redor, ele depois prestou atenção na porta, e no início pensou que estava sendo vítima de alguma ilusão de ótica. Demorou a se dar conta de que não: a ponta do arco não estava no centro. Todo o arco estava torto. Mais uma vez, o erro não era grosseiro. O arco da porta estava próximo demais para enganar o observador por um momento e continuar provocando a mente mesmo depois de o engano ter sido desmascarado. O observador involuntariamente continuaria a balançar a cabeça para encontrar uma posição na qual o arco pareceria estar alinhado. Ele se virou de costas para não permitir que isso se transformasse em uma obsessão.

Então, observou as manchas no teto. Não eram simples pontos de sujeira ou de descoloração. Haviam sido pintadas deliberadamente: pequenas manchas redondas pretas em intervalos irregulares sobre a superfície cor de mostarda. Não havia muitas delas: talvez trinta... ou seriam cem? Ele decidiu que não cairia na armadilha de tentar contá-las. Seria difícil fazer isso, pois elas tinham sido colocadas de maneira tão irregular. Ou não? Agora que estava se acostumando com elas (e não tinha como não perceber que havia cinco naquele pequeno grupo à direita), o arranjo parecia pairar à beira da regularidade. Elas sugeriam algum tipo de padrão. Sua feiura peculiar consistia no fato de que continuavam a sugerir um padrão e depois frustravam a expectativa que provocavam. De repente Mark percebeu que era outra armadilha. Ele fixou seus olhos na mesa.

Havia manchas na mesa também, manchas brancas. Manchas brancas brilhantes, não totalmente redondas. Aparentemente haviam sido agrupadas de modo a corresponder às manchas do teto. Será que haviam sido mesmo? Não, claro que não... Ah, agora ele entendia! O padrão (se é que se poderia chamar aquilo de padrão) na mesa era o exato oposto do padrão do teto. Mas havia exceções. Ele começou a olhar rapidamente de uma para a outra, tentando descobrir o padrão. Pela terceira vez, ele se controlou. Levantou-se e começou a andar pela sala, e deu uma olhada nos quadros.

Alguns deles pertenciam a uma escola de arte que já lhe era familiar. Havia um retrato de uma jovem com a boca escancarada, mostrando que seu interior estava cheio de cabelo. O quadro era pintado com muita perícia, como uma maneira fotográfica, e quase dava a impressão de poder sentir aquele cabelo. Mesmo que o observador tentasse, não conseguiria impedir essa sensação. Outro quadro mostrava um louva-a-deus gigante tocando um violino enquanto era devorado por outro louva-a-deus, e um homem com saca-rolhas no lugar dos braços banhando-se em um mar plano e tristemente colorido sob um crepúsculo de verão. Mas muitas das pinturas não eram assim. A princípio, pareciam totalmente comuns, embora Mark tivesse ficado surpreso com a predominância de temas bíblicos. Só olhando pela segunda ou terceira vez é que se descobriam alguns detalhes sem explicação — alguma coisa estranha a respeito da posição dos pés das figuras, ou da disposição dos dedos das mãos, ou da maneira como estavam agrupadas. E quem era aquela pessoa entre Cristo e Lázaro? E por que havia tantos besouros debaixo da mesa na Última Ceia? Que curioso truque de iluminação fazia com que cada quadro parecesse ser visto em delírio? Uma vez levantadas essas questões, a aparente ordem dos quadros tornou-se sua ameaça suprema — como a inocente superfície ameaçadora do começo de certos sonhos. Cada prega da cortina, cada peça de arquitetura tinha um significado que não se podia captar, mas que fazia a mente secar. Comparadas com estas, as outras pinturas surrealistas eram simples bobagens. Muito tempo antes, Mark tinha lido em algum lugar sobre "coisas de extrema malignidade que parecem inocentes aos não iniciados",[5] e ficou curioso, querendo saber que tipo de coisas poderiam ser. Agora ele tinha a impressão de que sabia.

Virou as costas para as pinturas e se sentou. Finalmente ele entendeu toda a situação. Frost não estava tentando fazê-lo ficar louco, pelo menos, não no sentido que até então Mark dera à palavra "insanidade". Frost fora sincero no que dissera. Estar naquela sala era o primeiro passo em direção ao que Frost chamava de objetividade — o processo pelo qual todas as reações especificamente humanas são mortas de modo que o homem se torne apropriado para o cansativo convívio com os macróbios. Daí se seguiriam, sem dúvida, graus mais elevados de ascetismo antinatural: comer coisas abomináveis, envolver-se com sujeira e sangue, a execução ritual de obscenidades calculadas. De certa forma, jogavam de maneira honesta com ele — oferecendo-lhe a mesma iniciação pela qual eles mesmos haviam passado e que os separara da humanidade, distendendo e desintegrando

[5]Citação de *O homem eterno*, de G. K. Chesterton. [N. T.]

Wither em uma ruína sem forma, condensando e afiando Frost, transformando-o em uma pequena agulha dura e brilhante.

Mas depois de mais ou menos uma hora, essa sala grande e alta como um caixão começou a produzir em Mark uma reação que seu instrutor provavelmente não previra. O ataque que sofrera na noite anterior na sala não se repetiu. Fosse porque já tinha sobrevivido ao ataque, fosse porque a iminência da morte retirou dele o constante desejo pelo esotérico, ou fosse porque ele tinha (de certa maneira) feito um pedido urgente de ajuda, a perversidade maciça e pintada daquela sala teve o efeito de fazê-lo consciente, como ele nunca tinha sido até então, do contrário dela. Assim como a primeira coisa que o deserto ensina para os homens é o amor pela água, ou a ausência revela primeiramente a afeição, ergueu-se uma espécie de visão do que é bom e reto contra o pano de fundo do que é amargo e torto. Aparentemente existia algo a mais — algo que ele chamou vagamente de "Normal". Ele nunca tinha pensado nisso antes. Mas estava lá — sólido, massivo, com forma própria, quase como algo que se pode tocar, comer ou amar. Isso se misturava com Jane, ovos fritos, sopa, luz do sol, gralhas grasnando em Cure Hardy e o pensamento de que, em algum lugar lá fora, o sol brilhava. Mark não pensava absolutamente em termos morais; nem mesmo (o que é basicamente a mesma coisa) estava tendo sua primeira experiência profundamente moral. Ele estava escolhendo um lado: o Normal. "Tudo isso", como ele o chamou, foi o que escolheu. Se o ponto de vista científico conduzisse para longe de "tudo isso", que se danasse o ponto de vista científico! A veemência de sua escolha quase o deixou sem fôlego. Ele nunca tinha tido uma sensação como aquela antes. Naquele momento, não se importava se Frost e Wither o matariam.

Não sei quanto tempo aquele estado de espírito teria durado, mas, enquanto ele estava no máximo, Frost voltou. Ele levou Mark a um quarto onde havia uma lareira acesa e um velho deitado em uma cama. A luz brilhando nos copos e na prataria e o luxo delicado daquele quarto elevaram tanto o estado de ânimo de Mark que ele teve dificuldade para ouvir enquanto Frost lhe dizia que deveria permanecer de guarda até ser substituído, e que deveria ligar para o vice-diretor se o paciente falasse ou se movesse. Ele mesmo não deveria falar nada, mas, na verdade, falar seria inútil, porque o paciente não entendia inglês.

Frost retirou-se. Mark deu uma olhada em todo o quarto. Agora ele estava despreocupado. Não via possibilidade de sair de Belbury vivo, a não ser que se permitisse tornar um servo desumanizado dos macróbios. Enquanto isso, acontecesse o que acontecesse, ele ia fazer uma refeição. Havia todo tipo de coisas gostosas na mesa. Talvez fumasse um cigarro primeiro, com os pés em cima do guarda-fogo da lareira.

"Droga!", disse ele ao colocar a mão no bolso e perceber que estava vazio. Ao mesmo tempo, notou que o homem na cama tinha aberto os olhos e estava olhando para ele. "Desculpe", disse Mark. "Eu não queria…", e então parou.

O homem sentou-se na cama, e então fez um movimento com a cabeça, apontando para a porta.

"Hein?", disse ele, indagador.

"Desculpe-me", disse Mark.

"Hein?", repetiu o homem. E depois: "Estrangeiros, né?".

"Então você *fala* inglês?", perguntou Mark.

"Ah", disse o homem. Depois de uma pausa de vários segundos, ele disse: "Chefe". Mark olhou para ele. "Chefe", repetiu o paciente com muita energia, "você tem um cigarrinho aí? Hein?".

• • •

"Acho que isso é tudo que podemos fazer no momento", disse a Mãe Dimble. "Vamos cuidar das flores de tarde." Ela falava com Jane, e ambas estavam na hospedaria — uma pequena casa de pedra ao lado da porta do jardim pelo qual Jane entrara no solar pela primeira vez. As duas estavam arrumando a hospedaria para a família Maggs. A sentença do Sr. Maggs expiraria naquele dia, e Ivy tinha saído de trem na tarde do dia anterior para passar a noite com uma tia na cidade onde o marido estava preso e encontrar-se com ele na porta da cadeia.

Quando a Sra. Dimble disse ao marido que estaria ocupada naquela manhã, ele disse: "Bem, você não vai demorar muito para acender uma lareira e arrumar uma cama". Eu sou homem, como o Dr. Dimble, e tenho as mesmas limitações que ele tem. Não faço ideia do que aquelas duas mulheres acharam para fazer na hospedaria que demandou delas tantas horas lá. Nem Jane previra que teriam tanto a fazer. Nas mãos da Sra. Dimble, a tarefa de abrir as portas e as janelas daquela casinha e de arrumar a cama para Ivy Maggs e para o marido presidiário se tornou algo entre um jogo e um ritual. Isso evocou vagas lembranças de quando Jane ajudava nas decorações de Natal e de Páscoa na igreja quando era criança. Mas também sugeriu à sua memória literária todo tipo de coisas extraídas de poesias nupciais do século 16: superstições antigas, piadas e sentimentalismos a respeito de leitos e quartos nupciais, com presságios na soleira da porta e fadas sobre a lareira. Era uma atmosfera extraordinariamente estranha àquela na qual fora criada. Poucas semanas antes, ela teria detestado tudo aquilo. Não havia algo de absurdo na situação? O rígido e cintilante mundo arcaico — mistura de pudor e sensualidade, os ardores estilizados do noivo e o acanhamento convencional da noiva, a sanção religiosa, as licenciosidades permitidas das canções obscenas e a sugestão de que todos, com exceção, do noivo e da noiva, estavam ligeiramente embriagados. Como a raça humana chegara ao ponto de aprisionar em tal cerimônia a coisa mais sem cerimônia do mundo? Mas ela já não tinha mais certeza da sua reação. O que tinha certeza era da linha divisória que incluía a Mãe Dimble nesse mundo e a deixava de fora. Mãe Dimble, com todo o seu recato do século 19, ou talvez por causa disso mesmo, deu-lhe naquela tarde a impressão de ser uma pessoa arcaica. Em todos os momentos, ela parecia dar as mãos a um grupo solene, porém malandrinho, de velhinhas agitadas que colocam jovens amantes na cama desde o começo do mundo com uma mistura incoerente de acenos, piscadelas, bênçãos e temores — senhoras idosas impossíveis em vestidos babados ou toucas de freira, contando piadas shakespearianas a respeito de roupas de baixo e traições conjugais em um momento, e devotamente se ajoelhando em altares no outro. Era muito estranho. Pois é claro que, no que dizia respeito àquela conversa, a diferença entre as duas estava invertida. Jane, em uma discussão literária, poderia ter falado sobre roupas de baixo com muito sangue frio, enquanto a Mãe Dimble era uma senhora eduardiana que simplesmente teria ignorado o assunto se qualquer estúpido moderno tivesse a infelicidade de levantá-lo na presença dela. Talvez o clima tivesse algum peso nas curiosas sensações de Jane. Não estava geando mais, e era um dia de suavidade doce, quase perfurante, que costuma ocorrer no início do inverno.

Ivy contara sua história para Jane apenas no dia anterior. O marido dela havia roubado um dinheiro da lavanderia onde trabalhava. Ele fizera isso antes de conhecer Ivy, e em uma época em que andava com más companhias. Desde que ele e Ivy começaram a sair juntos, ele estava "honestamente honesto". Mas aquele pequeno delito estivera enterrado e viera do passado para prendê-lo, e ele fora preso seis semanas depois que se casarem.

Jane não falou quase nada enquanto a história estava sendo contada. Ivy parecia não estar consciente do estigma puramente social ligado a um roubo pequeno e a uma pena de aprisionamento, de modo que Jane não teria tido oportunidade de praticar, mesmo se quisesse, aquela "bondade" quase técnica que algumas pessoas destinam às tristezas dos pobres. Por outro lado, ela não teve chance de ser revolucionária ou especulativa — de sugerir que o roubo não era mais criminoso do que toda riqueza. Ivy parecia aceitar a moralidade tradicional como certa. Ela ficou "muito chateada" com isso. Parecia ter muita importância em um sentido, e não ter em outro. Nunca ocorrera a ela que isso pudesse alterar seu relacionamento com o marido — como se o roubo, como a saúde precária, fosse um risco normal que se assume quando se casa.

"Eu sempre digo, você não pode esperar saber tudo a respeito de um rapaz até que se case com ele, não mesmo", disse Ivy.

"Acho que não", disse Jane.

"Claro, é a mesma coisa para eles", acrescentou Ivy. "Meu velho pai sempre dizia que nunca teria se casado com a minha mãe se soubesse o quanto ela roncava. E ela dizia: 'Não, pai, você não teria!'."

"Eu acho que é bem diferente", disse Jane.

"Bem, o que quero dizer é que, se não fosse uma coisa, seria outra. É assim que vejo. E eles também têm de aguentar muita coisa. Porque eles têm de se casar, se forem do tipo certo, pobres coitados, mas, seja o que for, Jane, é difícil conviver com uma mulher. Não me refiro às que seriam chamadas de mulher errada. Eu me lembro de um dia — isso foi antes de você chegar —, Mãe Dimble estava dizendo alguma coisa para o doutor. Lá estava ele sentado lendo algo, você sabe como ele faz, com os dedos debaixo de algumas páginas e um lápis na mão, não como você ou eu lemos, e ele disse: 'Sim, querida', e nós duas sabíamos que ele não estava escutando. E eu disse: 'Aí está, Mãe Dimble, é assim que eles nos tratam depois que se casam. Eles nem ouvem o que falamos'. E você sabe o que ela disse? 'Ivy Maggs, você já pensou em perguntar se alguém *conseguiria* ouvir tudo o que falamos?' Foi exatamente assim que ela falou. Claro que eu não ia concordar com isso, não na frente dele, então eu disse: 'Sim, eles conseguiriam'. Mas foi um nocaute justo. Você sabe, sempre que converso muito tempo com o meu marido, ele levanta os olhos e me pergunta o que eu estava dizendo, e às vezes nem eu mesma consigo me lembrar."

"Ah, é diferente", disse Jane. "Isso é quando as pessoas se afastam, assumem opiniões diferentes, tomam posição em lados diferentes..."

"Você deve estar tão ansiosa a respeito do Sr. Studdock", respondeu Ivy. "Eu não conseguiria dormir se estivesse no seu lugar. Mas o Diretor vai acertar tudo no fim, você vai ver."

A Sra. Dimble voltou para a casa para buscar algumas coisinhas que dessem o toque final no quarto na hospedaria. Jane, sentindo-se um pouco cansada, ajoelhou-se no assento da janela, colocou os cotovelos no peitoril e o queixo entre as mãos. O sol estava quase quente. Ela havia muito aceitara a ideia de voltar para Mark se ele fosse resgatado de Belbury. Não achava essa ideia horrível, apenas desagradável e insípida. Não era mais fácil por ela, naquele momento, ter completamente perdoado o crime conjugal dele, de às vezes parecer preferir a pessoa dela à conversa dela, e outras vezes, preferir os pensamentos dele mesmo a ambos. Por que alguém haveria de estar particularmente interessado no que ela dizia? Essa nova humildade lhe teria sido agradável se fosse dirigida a alguém mais emocionante que Mark. Ela deveria, claro, ser bem diferente com ele quando se encontrassem outra vez. Mas foi esse "outra vez" que tirou o gosto da boa resolução — como voltar para um cálculo que já estava errado, e fazer a conta outra vez na mesma página rabiscada do caderno. "Se eles se encontrassem novamente...", ela se sentiu culpada por não estar ansiosa por isso. Quase ao mesmo tempo, deu-se conta de estar um pouco aflita. Porque, até aquele momento, de alguma maneira, ela presumia que Mark voltaria. Mas agora pensava na possibilidade da morte dele. Ela não sabia direito como se sentir caso isso realmente acontecesse. Jane simplesmente via a imagem de Mark morto, aquele rosto morto, no meio de um travesseiro, o corpo inteiro rígido, as mãos e os braços (para o bem e para o mal, tão diferentes de todas as outras mãos e de todos os outros braços) esticados e inúteis como as mãos e os braços de um boneco. Ela sentiu muito frio. Mas o sol estava mais quente que nunca, quase impossível de tão quente para aquela época do ano. Também estava muito quieto, tão quieto que Jane conseguiu ouvir os movimentos de um passarinho saltitando ao longo do caminho do lado de fora da janela. Este caminho levava à porta no muro do jardim pelo qual ela havia entrado ali pela primeira vez. O passarinho saltitava no limiar da porta e perto do pé de alguém. Jane viu que alguém estava sentado na cadeira pequena do lado de dentro da porta. Essa pessoa estava a apenas alguns metros de distância, e devia estar sentada muito quieta, pois Jane não a notara.

Um manto cor de fogo, no qual as mãos estavam escondidas, cobria a pessoa dos pés até onde subia por trás do pescoço como uma espécie de gola alta, mas na frente tinha um decote que mostrava seus grandes seios. A pele era morena, parecendo a de alguém do sul, e brilhante, quase da cor do mel. Jane havia visto um vestido daquele em um vaso da antiga Cnossos que apresentava uma sacerdotisa minoica. A cabeça, equilibrada e imóvel sobre o músculo de sustentação do pescoço, encarava Jane. Era um rosto de bochechas vermelhas, lábios molhados, olhos escuros, quase como os olhos de uma vaca, e uma expressão enigmática. Aquele rosto, pelos padrões comuns, não era de jeito nenhum como o rosto da Mãe Dimble, mas Jane o reconheceu na mesma hora. Aquele rosto, para usar a linguagem dos músicos, era a plena expressão daquele tema que, de maneira incompreensível, assustara o rosto da Mãe Dimble nas últimas poucas horas. Era o rosto da Mãe Dimble, mas faltava-lhe alguma coisa, e isso que lhe faltava deixou Jane chocada. "É brutal", pensou ela, pois a energia dele a deixou esmagada. Mas depois disso ela acabou mudando de ideia e pensou: "Eu é que sou fraca, sou uma enganação. Ele está zombando de mim", pensou ela, porém, mais uma vez mudou de ideia e disse para si mesma: "Este rosto está me ignorando, este rosto não me vê", pois ainda que houvesse uma satisfação quase que de um ogro naquele rosto, Jane não se sentia convidada a participar da alegria. Tentou desviar o olhar daquela face e conseguiu, e viu pela primeira vez que havia outras criaturas presentes, quatro ou cinco delas, não mais, um grupo de homenzinhos ridículos: anões gordos com toucas vermelhas com borlas, homenzinhos cheinhos e parecidos com gnomos, total e insuportavelmente familiares, frívolos e irreprimíveis. Não havia dúvidas de que eles zombavam dela. Apontavam para ela, balançavam a cabeça, faziam mímicas, ficavam de cabeça para baixo, davam cambalhotas. Mas Jane ainda não estava assustada, em parte por causa do calor extremo do ar na janela aberta, que a fez se sentir sonolenta. O calor era totalmente ridículo para aquela época do ano. Seu principal sentimento era de indignação. Uma suspeita que havia passado por sua mente uma ou duas vezes voltou no mesmo instante com força irresistível — a suspeita de que o universo real pudesse ser simplesmente tolo. Essa ideia estava bem misturada às memórias das gargalhadas dos adultos — gargalhadas masculinas altas e descuidadas de tios solteirões — que muito a irritavam quando ela era criança, e daí a seriedade intensa dos grupos de discussão da sua escola, que lhe ofereciam uma fuga pela qual ela se sentia muito agradecida.

Mas, no momento seguinte, ela ficou muito assustada. A giganta se levantou. Todos iam na direção de onde Jane estava. Com grande brilho e um barulho como de fogo, a mulher com roupa de chamas e os anões insolentes vieram para a casa. Eles estavam no quarto com ela. A mulher estranha tinha uma tocha na mão. A tocha, que tinha um brilho terrível e cegante, crepitava lançando uma nuvem de densa fumaça preta que inundou o quarto com um aroma pegajoso e malcheiroso. "Se eles não tomarem cuidado", pensou Jane, "vão incendiar a casa". Mas ela mal teve tempo de pensar nisso, pois toda a sua atenção se fixou no comportamento ultrajante dos homenzinhos. Eles começaram bagunçando o quarto. Em poucos segundos, a cama estava um caos, os lençóis, jogados no chão, os cobertores, arrancados e usados pelos anões para arremessar o mais pesado deles para o alto, os travesseiros, jogados no ar, penas voando para todos os lados. "Cuidado! Cuidado! Tenham mais cuidado!", gritava Jane, pois a giganta estava começando a tocar várias partes do quarto com a tocha. Ela tocou um vaso que estava sobre a lareira. Imediatamente subiu um rastro de cor que Jane entendeu que era fogo. Quando tentou apagá-lo, viu que a mesma coisa acontecera a um quadro na parede. E então foi acontecendo cada vez mais rápido ao redor dela. Até o gorro dos anões pegava fogo. Mas justo quando o terror se tornou insuportável, Jane observou que o que estava subindo em espirais dos lugares que a tocha tocara não eram chamas, mas plantas. Hera e madressilva cresciam a partir das pernas da cama, rosas vermelhas brotavam do gorro dos homenzinhos, e de todas as direções cresciam lírios imensos até os joelhos e a cintura dela, projetando línguas amarelas em sua direção. Os aromas, o calor, a aglomeração e a estranheza, tudo fez com que ela sentisse que fosse desmaiar. Nunca lhe ocorreu pensar que estava sonhando. As pessoas confundem sonhos com visões, mas ninguém confunde uma visão com um sonho...

"Jane! Jane!", disse repentinamente a Sra. Dimble. "Pelos Céus, o que aconteceu?"

Jane se sentou. O quarto estava vazio, mas a cama fora desfeita em pedaços. Ela aparentemente estivera deitada no chão. Sentia-a fria e muito cansada.

"O que *aconteceu*?", repetiu a Sra. Dimble.

"Eu não sei", disse Jane.

"Você está passando mal, minha filha?", perguntou a Mãe Dimble.

"Preciso ver o Diretor imediatamente", disse Jane. "Está tudo bem. Não se preocupe. Eu posso me levantar sozinha... de verdade. Mas gostaria de ver o Diretor imediatamente."

• • •

A mente do Sr. Bultitude era tão cabeluda e inumana em sua forma quanto seu corpo. Ele não se lembrava, como um homem em sua situação teria se lembrado, do zoológico municipal do qual tinha escapado durante um incêndio, nem de quando chegara rosnando aterrorizado ao solar, nem dos estágios lentos pelos quais aprendera a amar e a confiar nas pessoas que moravam ali. Ele não sabia que os amava e confiava neles. Não sabia que elas eram pessoas e que ele era um urso. De fato, nem sabia que existia: tudo que é representado pelas palavras *eu*, *mim* e *tu* estavam ausentes da mente dele. Quando a Sra. Maggs deu a ele uma lata de melado de cana, como fazia toda manhã de domingo, ele não reconheceu nem uma doadora, nem um receptor. Aconteceu uma bondade, e ele desfrutou. E era tudo. Desse modo, os afetos dele, se assim se preferir dizer, poderiam ser descritos como interesseiros: comida, calor, mãos que afagavam, vozes que tranquilizavam, eram seus objetos. Mas, se por amor interesseiro tem-se em mente algo frio ou calculista, haverá uma compreensão totalmente equivocada da qualidade real das sensações da fera. Ele não parecia um humano egoísta mais do que parecia um humano altruísta. Não havia prosa em sua vida. Os apetites que uma mente humana poderia desdenhar como sendo amores interesseiros, para ele eram aspirações trêmulas e extáticas que absorviam todo o seu ser, anseios infinitos, esfaqueados com a ameaça da tragédia e tingidos com a cor do Paraíso. Se alguém da nossa raça mergulhasse outra vez naquele lago quente, trepidante e iridescente da consciência pré-adâmica, teria emergido crendo ter alcançado o absoluto: pois os estados abaixo da razão e os acima dela têm, pelo contraste comum com a vida que conhecemos, certa semelhança superficial. Algumas vezes volta a nós, vinda da infância, a memória de um prazer sem nome ou de um terror, desvinculada de qualquer coisa agradável ou terrível, um adjetivo potente flutuando em um vazio sem substantivo, uma qualidade pura. Em momentos assim, temos a experiência da parte rasa daquele lago. Mas o urso vivia toda a sua vida nas profundezas a que nenhuma memória pode nos levar, no centro do calor e da escuridão.

Hoje acontecera algo incomum com ele — ele tinha saído para o jardim sem a focinheira. O Sr. Bultitude usava a focinheira quando saía, não porque houvesse receio de que ficasse perigoso, mas por causa do seu gosto por comer frutas e pelos legumes mais doces. "Não é porque ele não é domesticado", explicou Ivy Maggs a Jane Studdock, "mas porque ele não é honesto. Ele não deixaria nada para nós se o deixássemos solto". Mas hoje a precaução fora esquecida, e o urso passara uma manhã muito agradável investigando os nabos. Agora — no início da tarde —, ele se aproximara do muro do jardim. Havia uma castanheira do lado de dentro do muro em que o urso poderia subir com facilidade, e dos galhos ele poderia cair no outro lado. Ele estava parado olhando para a árvore. A Sra. Maggs teria descrito o estado de mente dele dizendo: "Ele sabe perfeitamente bem que não tem permissão para sair do jardim". Mas para o Sr. Bultitude, não era o que parecia. Ele não tinha moral, mas o Diretor lhe impusera alguns limites. Surgiu uma relutância misteriosa, uma nuvem de clima emocional, quando o muro estava muito próximo. Mas misturado a isso havia um impulso oposto de ir para o outro lado do muro. É claro que ele não sabia o porquê e era incapaz de levantar a questão. Se a pressão por trás desse impulso pudesse ser traduzida em termos humanos, ela se pareceria mais com uma mitologia do que com um pensamento. Havia abelhas no jardim, mas não uma colmeia. As abelhas iam embora voando por cima do muro. E a coisa mais óbvia a fazer era seguir as abelhas. Penso que havia um sentido na mente do urso — que mal podia ser chamado de imagem — de incontáveis terras verdes do outro lado do muro, e inumeráveis colmeias, abelhas do tamanho de pardais e, esperando lá, ou talvez caminhando, gotejando, escorrendo, ele poderia encontrar algo ou alguém mais pegajoso, mais doce e mais dourado que o próprio mel.

Mas, naquele dia, o desconforto o afetava de modo incomum. Ele sentia falta de Ivy Maggs. Não sabia que essa pessoa existia e não se lembrava dela como nós o fazemos, mas havia uma falta não especificada na experiência dele. Ela e o Diretor eram, em diferentes maneiras, os dois principais fatores da existência dele. Ele sentia, ao seu próprio modo, a supremacia do Diretor. Para o urso, encontrar-se com o Diretor era o que as experiências místicas são para os homens, pois ao voltar de Vênus, o Diretor trouxera consigo uma sombra da perdida prerrogativa humana de enobrecer as feras. Estando na presença de Ransom, o Sr. Bultitude tremia nos limites da personalidade, pensava o impensável e fazia o impossível, era atormentado e arrebatado com vislumbres de além do seu mundo lanoso, e ia embora esgotado. Mas, com Ivy, ele ficava perfeitamente à vontade — como um selvagem que crê em algum Deus Altíssimo remoto fica mais à vontade com as pequenas divindades da madeira e da água. Era Ivy quem o alimentava, que o tirava dos lugares aos quais era proibido ir, dava-lhe tapas e conversava com ele o dia inteiro. Era ela quem tinha a firme convicção de que a criatura "entendia cada palavra que ela dizia". Entender isso literalmente não seria verdadeiro, mas, por outro lado, não seria tão absurdo. Pois grande parte da conversa de Ivy não era a expressão de pensamentos, mas de sentimentos, e sentimentos que o Sr. Bultitude quase compartilhava — sentimentos de vivacidade, aconchego e afeição física. Do seu jeito, eles se entendiam muito bem.

Três vezes o Sr. Bultitude se afastou da árvore e do muro, e três vezes ele voltou. Então, com muita cautela e sem fazer barulho, começou a subir na árvore. Quando chegou à bifurcação, ficou sentado por um longo tempo. Ele viu do outro lado um barranco gramado íngreme que descia até uma estrada. Tanto o desejo quanto a inibição eram muito fortes. Ele ficou quase meia hora lá. De vez em quando sua mente vagueava, e uma vez ele quase dormiu. Por fim, desceu do outro lado do muro. Quando viu que a coisa tinha realmente acontecido, ele ficou com tanto medo que se sentou quietinho no barranco gramado à beira da estrada. Depois ouviu um barulho.

Dava para avistar uma caminhonete, dirigida por um homem com o uniforme do INEC, e ao lado dele havia outro também uniformizado.

"Epa… ei!", disse o segundo homem. "Pare, Sid. O que é *aquilo*?"

"O quê?", disse o motorista.

"Você não tem olhos na sua cabeça?", disse o outro.

"Caramba", disse Sid, parando o carro. "Um maldito urso grande — podia ser a nossa ursa, não podia?"

"Vamos", disse seu companheiro. "Ela estava na jaula esta manhã!"

"Você não acha que ela poderia ter fugido, não é? Nós dois íamos pagar caro se…"

"Se ela *tivesse fugido* não poderia estar aqui. Ursos não andam a sessenta quilômetros por hora. Não é a questão. Mas será que a gente não poderia pegar este aí?"

"Nós não temos ordens para isso", disse Sid.

"Não. A gente também não conseguiu pegar aquele maldito lobo, não foi?"

"Não foi nossa culpa. A velha que disse que o venderia não vendeu, e você pode testemunhar porque estava lá, jovem Len. Fizemos o melhor que pudemos. Eu disse a ela que as experiências em Belbury não eram o que ela pensava. Eu disse a ela que a fera não seria morta e que seria tratada como um animal de estimação. Nunca na minha vida falei tantas mentiras em uma só manhã. Alguém deve ter conversado com ela primeiro."

"Claro que não foi nossa culpa. Mas o patrão não quer saber disso. Em Belbury, ou você está dentro, ou está fora."

"Estar fora?", disse Sid. "Como eu gostaria de saber o que fazer para sair."

Len cuspiu para o lado, e houve um momento de silêncio.

"De qualquer maneira", disse Sid, "qual é a vantagem de levar um urso de volta?".

"Bem, voltar sem nada seria pior, não?", disse Len. "E ursos são caros. Eu sei que eles querem outro. E aqui tem um de graça."

"Muito bem", disse Sid, ironicamente, "se você tem tanta certeza disso, desça e peça a ele para subir".

"Vamos dopá-lo", disse Len.

"Com o meu jantar é que não vai ser", disse Sid.

"Você é um belo de um parceiro", disse Len, pegando um embrulho engordurado. "Sorte a sua que eu não sou do tipo de camarada que entrega os outros."

"Você já fez isso", disse o motorista. "Eu conheço todos os seus joguinhos."

Len fez um sanduíche grosso e o envolveu com um líquido de cheiro forte que estava em uma garrafa. Quando o lanche estava completamente saturado, ele abriu a porta do carro e deu um passo à frente, ainda segurando a porta. Estava a uns seis metros do urso, que permaneceu absolutamente imóvel desde que os viu. Len jogou o sanduíche para o animal.

Quinze minutos depois, o Sr. Bultitude estava deitado de lado, inconsciente e respirando de maneira densa. Eles não tiveram dificuldade para amarrar a boca e as quatro patas dele, mas foi muito difícil colocá-lo dentro do veículo.

"Isso não é bom para o meu coração", disse Sid, pressionando seu lado esquerdo com a mão.

"Dane-se o seu coração", disse Len, enxugando o suor dos olhos. "Vamos."

Sid voltou e se sentou no banco do motorista, permanecendo parado por alguns segundos, bufando e resmungando "Meu Deus" em intervalos. Depois deu partida no veículo, e eles foram embora.

•••

Já fazia um tempo que a vida de Mark, quando estava acordado, era dividida entre períodos ao lado da cama do dorminhoco e períodos na sala com o teto manchado. O treinamento em objetividade que acontecia nesta não pode ser totalmente descrito. A inversão da inclinação natural que Frost inculcava não foi espetacular ou dramática, mas os detalhes seriam impublicáveis e tiveram de fato uma espécie de bobeira infantil que é melhor ignorar. Mark sempre sentia que uma boa gargalhada teria dissipado toda a atmosfera, mas gargalhar infelizmente estava fora de questão. Era ali que estava de fato o horror — realizar pequenas obscenidades que uma criança muito boba poderia achar engraçadas sob a inspeção imutavelmente séria de Frost, com um cronômetro, um caderno e todo o ritual da experimentação científica. Algumas das coisas que ele teve de fazer eram simplesmente sem sentido. Em um exercício, ele teve de subir na escadinha e tocar uma mancha no teto, escolhida por Frost: apenas tocá-la com o indicador e depois descer. Mas, seja por associação com os demais exercícios ou porque aquilo na verdade ocultava algum significado, para Mark, este procedimento sempre pareceu a mais indecente e até mesmo a mais desumana de todas as tarefas. E dia a dia, enquanto o processo continuava, a ideia de Certo ou Normal que lhe ocorrera durante sua primeira visita àquela sala ficava mais forte e mais sólida em sua mente, até se transformar em uma espécie de montanha. Ele nunca soubera o que uma ideia significava: até então, sempre pensara que eram coisas dentro da cabeça de uma pessoa. Mas agora, quando a cabeça dele era atacada continuamente, e preenchida vez após vez com a corrupção grudenta do treinamento, a ideia se elevava acima dele — algo que existia, sem dúvida, com total independência dele, e possuía duras superfícies rochosas que não cederiam, e às quais ele poderia se agarrar.

A outra coisa que ajudou a salvá-lo foi o homem na cama. A descoberta de Mark de que o paciente, na verdade, falava sua língua conduziu-o a um relacionamento curioso com ele. Não se poderia dizer que conversavam. Os dois falavam, mas o resultado dificilmente era uma conversa, nos termos em que Mark até então entendia a palavra. O homem fazia tantas referências e gesticulava tanto que os modos de comunicação menos sofisticados de Mark eram quase inúteis. Portanto, quando Mark explicou que não tinha fumo, o homem tirou um fumo imaginário de entre seus joelhos pelos menos seis vezes, e riscou um fósforo imaginário a mesma quantidade de vezes, balançando a cada vez a cabeça para os lados, com uma expressão de deleite tal que Mark raramente vira em um rosto humano. Então Mark continuou a explicar que ainda que "eles" não fossem estrangeiros, eram pessoas extremamente perigosas, e que provavelmente o melhor plano do estranho seria manter-se em silêncio.

"Ah", disse o estranho, balançando a cabeça outra vez. "Ah. Hein?" E então, sem exatamente tocar os lábios com o dedo, ele executou uma pantomima elaborada que queria claramente dizer a mesma coisa. Durante um longo tempo, foi impossível fazê-lo mudar de assunto. Ele voltava vez após vez ao tema do sigilo. "Ah", disse ele, "não tiram nada de mim. Estou te dizendo. Não tiram nada de mim. Hein? Estou te dizendo. Você e eu sei. Hein?". E o olhar dele abraçava Mark em uma conspiração aparentemente alegre que era de aquecer o coração. Crendo que o assunto já estava suficientemente claro, Mark começou: "Mas quanto ao futuro…", apenas para ver outra pantomima de sigilo seguida da palavra "Hein?" num tom que exigia resposta.

"Sim, claro", disse Mark. "Nós dois estamos em considerável perigo. E…"

"Ah", disse o homem. "Estrangeiros. Hein?"

"Não, não", disse Mark. "Eu disse a você que eles não eram. Mas parece que eles pensam que *você* é. E é por isso que…"

"Está certo", interrompeu o homem. "Eu sei. Estrangeiros, eu chamo eles. Eu sei. Eles não vão tirar nada de mim. Você e eu, estamos bem. Hein?"

"Estou tentando pensar em algum tipo de plano", disse Mark.

"Ah", disse o homem, em tom de aprovação.

"Eu estava pensando", começou Mark, quando o homem de repente inclinou-se para frente e disse com extraordinária energia: "Eu te digo".

"O quê?", disse Mark.

"Eu tenho um plano."

"Qual é?"

"Ah", disse o homem, piscando para Mark com uma expressão de quem sabe tudo e esfregando sua barriga.

"Prossiga. O que é?", disse Mark.

"Que tal", disse o homem, sentando-se e pressionando o polegar esquerdo no indicador direito como se estivesse prestes a propor o primeiro passo de uma discussão filosófica, "que tal se você e eu fizéssemos um bom sanduíche de queijo quente?".

"Eu quero dizer um plano de fuga", disse Mark.

"Ah", respondeu o homem. "Meu velho pai, ora veja. Ele nunca ficou doente nem um dia na vida. Hein? Que tal isso como uma amostra de estar bem? Hein?"

"É um recorde impressionante", disse Mark.

"Ah. Você pode dizer isso", respondeu o outro. "Na estrada durante a vida inteira. Nunca teve uma dor de estômago. Hein?" Nessa hora, como se Mark não conhecesse o problema, ele fez uma longa e extraordinariamente vívida mímica.

"Acho que a vida ao ar livre combinava com ele", disse Mark.

"E a que ele atribuía sua saúde?", perguntou o homem. Ele pronunciou a palavra *atribuía* com grande satisfação, dando ênfase à primeira sílaba. "Eu pergunto a todo mundo, a que ele atribuía sua saúde?"

Mark estava para responder quando o homem indicou com um gesto que a questão era puramente retórica, e que ele não queria ser interrompido.

"Ele atribuía sua saúde", continuou o falador com grande solenidade, "a comer sanduíche de queijo quente. Mantém a água fora do estômago. É o que o sanduíche faz. Hein? Faz um forro. Tem lógica. Hein?".

Em várias das conversas posteriores, Mark tentou descobrir um pouco da história do estranho, e particularmente como ele havia sido trazido para Belbury. Não era fácil fazer isso, porque ainda que a conversa do andarilho fosse muito autobiográfica era praticamente repleta de relatos de conversas às quais ele fazia impressionantes comentários cujo tema permanecia totalmente obscuro. Mesmo quando a conversa tinha um aspecto menos intelectual, as alusões eram difíceis para Mark, que ignorava por completo a vida nas ruas, ainda que já tivesse escrito um artigo cheio de autoridade a respeito de andarilhos. Mas, por perguntar muitas vezes (à medida que ia conhecendo melhor seu parceiro) e com mais cautela, ele entendeu que o andarilho fora forçado a entregar suas roupas a uma pessoa totalmente desconhecida, e depois o fizeram dormir. Ele nunca contou a história com muitos detalhes. Insistia em falar como se Mark já a conhecesse, e qualquer pressão para um relato mais acurado produzia apenas uma série de acenos, piscadelas e gestos altamente confidenciais. Quanto à identidade ou aparência da pessoa que pegou as roupas dele, nada que pudesse esclarecer. O mais próximo que Mark conseguiu chegar de um esclarecimento, depois de horas de conversas e longos drinques, foram algumas afirmações do tipo: "Ah! Ele era o máximo!", ou "Ele era uma espécie de… hein? *Você* sabe?", ou "Aquele ali é que era um freguês de verdade". Tais declarações eram feitas com muita satisfação, como se o roubo das roupas do andarilho tivesse provocado nele a mais profunda admiração.

De fato, no decorrer da conversa do homem, a satisfação era a característica mais marcante. Ele nunca fazia qualquer tipo de julgamento moral sobre as várias coisas que lhe haviam sido feitas no decorrer de sua trajetória, nem tentava explicá-las. Muito do que era injusto, ou simplesmente incompreensível, parecia ser aceito, não apenas sem ressentimento, mas com certa satisfação, desde que fosse impressionante. Mesmo a respeito de sua situação atual, ele demonstrava muito menos curiosidade do que Mark pensaria que fosse possível. Isso não fazia sentido, mas o homem não esperava que as coisas fizessem sentido. Ele lamentava a ausência de fumo e considerava os "estrangeiros" como pessoas muito perigosas. Mas sua preocupação principal evidentemente era comer e beber o máximo que fosse possível enquanto a situação persistisse. E pouco a pouco Mark foi se acostumando. O hálito e o corpo daquele homem não tinham bom odor, e os modos dele à mesa eram grosseiros. Mas aquela espécie de piquenique contínuo que os dois compartilhavam levou Mark de volta ao domínio da infância, que todos apreciamos antes de aprender as boas maneiras. Talvez um entendesse a oitava parte do que o outro falava, mas surgiu uma espécie de intimidade entre eles. Apenas anos mais tarde Mark percebeu que ali, onde não havia lugar para vaidade nem mais poder ou segurança do que a de "crianças brincando na cozinha de um gigante", sem se dar conta, ele havia se tornado membro de um "círculo" tão secreto e fortemente protegido contra estranhos quanto qualquer outro com que tivesse sonhado.

De vez em quando a conversa era interrompida. Ou Frost, ou Wither, ou os dois chegavam apresentando um estranho que se dirigia ao andarilho em uma língua desconhecida, mas que falhava completamente em obter qualquer resposta e saía dali outra vez. O hábito do andarilho de se submeter ao ininteligível, misturado com uma espécie de esperteza animal, colocou-o em uma boa posição durante aquelas conversas. Mesmo sem o conselho de Mark, nunca ocorreu a ele desfazer o engano dos seus captores respondendo em inglês. Desfazer um engano era uma atividade totalmente estranha à mente dele. Quanto ao mais, sua expressão de indiferença serena, mudando de vez em quando para alguns olhares extremamente penetrantes, mas sem o menor sinal de ansiedade ou perplexidade, deixava seus interrogadores confusos. Wither jamais encontrava no rosto dele a maldade que estava procurando, mas também não encontrava nenhum sinal de virtude, o que para ele seria sinal de perigo. O andarilho era um tipo de homem que ele nunca havia conhecido. Ele estava acostumado com o tonto, com a vítima aterrorizada, com o bajulador, com o cúmplice em potencial, com o rival, com o homem honesto que tinha expressão de ódio e raiva nos olhos. Mas não estava acostumado com um homem daquele jeito.

Então, um dia aconteceu uma entrevista que foi diferente.

• • •

"Isso soa como um quadro mitológico de Ticiano[6] que adquiriu vida", disse o Diretor com um sorriso, quando Jane lhe descreveu a experiência dela na hospedaria.

"Sim, mas...", disse Jane, e depois parou. "Entendi", começou ela outra vez, "era muito parecido mesmo. Não apenas a mulher e os... os anões... mas o brilho. Era como se o ar estivesse pegando fogo. Eu sempre pensei gostar de Ticiano. Acho que, na verdade, eu não estava levando os quadros suficientemente a sério. Estava apenas conversando a respeito do 'Renascimento', do modo como se fazia".

"Você não gostou quando ele veio para a vida real?"

Jane sacudiu a cabeça.

"Aquilo foi real, senhor?", perguntou ela. "Essas coisas existem?"

"Sim", disse o Diretor, "foi bastante real. Ah, existem milhares de coisas nesta área de pouco mais de um quilômetro quadrado a respeito das quais eu ainda não sei. Ouso dizer que a presença de Merlinus faz com que certas coisas apareçam. Enquanto ele estiver aqui, nós não viveremos *exatamente* no século 20. Nós nos sobrepomos, e a visão fica embaçada. E quanto a você... você é uma vidente. Talvez tivesse de conhecê-la. Ela é o que você vai ter se não tiver a outra".

"O que o senhor quer dizer com isso?", disse Jane.

"Você disse que ela era como a Mãe Dimble. Ela é mesmo. Mas Mãe Dimble com alguma coisa a menos. Mãe Dimble tem intimidade com todo esse mundo, assim como Merlinus tem intimidade com os bosques e os rios. Mas ele mesmo não é nem um bosque e nem um rio. Ela não rejeitou essas coisas, mas as batizou. Ela é uma esposa cristã. Mas você sabe que você não é. Você também não é virgem. Você se colocou no lugar em que precisa se encontrar com aquela velha, e você rejeitou tudo que aconteceu com ela desde que Maleldil veio à Terra. Então você a encontrou em estado bruto

[6]Ticiano Vecelli (c. 1488–1576), pintor renascentista italiano, conhecido por seus quadros de entidades e personagens da mitologia greco-romana. [N. T.]

— não mais forte que Mãe Dimble a encontraria, mas sem transformação, demoníaca. E você não gosta disso. Essa não tem sido a história da sua vida?"

"Quer dizer", disse Jane lentamente, "que venho reprimindo alguma coisa?".

O Diretor riu, aquela risada alta e confiante de solteirão que a deixaria furiosa se fosse outra pessoa.

"Sim", disse ele. "Mas não pense que estou falando de repressões freudianas. Ele só sabia de metade dos fatos. Não se trata de uma questão de inibições, de vergonha inculcada, contra o desejo natural. Temo que não haja lugar no mundo para pessoas que não sejam nem pagãs, nem cristãs. Imagine um homem que é esnobe demais para comer sem usar talheres, mas mesmo assim não usa garfos!"

Jane ficou vermelha, nem tanto pelas palavras do Diretor, mas por sua risada, e percebeu-se encarando-o boquiaberta. Certamente o Diretor não era nem um pouco parecido com a Mãe Dimble. Todavia, uma compreensão odiosa de que ele estava, nesta questão, do lado da Mãe Dimble — e que ele, mesmo não pertencendo àquele mundo arcaico de cores quentes, ainda assim estava em boas relações diplomáticas com ele, enquanto ela estava excluída — atingiu-a como um raio. Um antigo sonho feminino de encontrar um homem que "realmente a entendesse" estava sendo insultado. Ela tinha certeza, meio inconscientemente, de que o Diretor era o homem mais virginal de todos. Mas não compreendera que isso o faria deixar a masculinidade do outro lado do rio em relação a ela, e que essa masculinidade seria mais abrupta e mais enfática que a dos homens comuns. Por viver naquela casa, ela já tinha adquirido conhecimento de um mundo além da Natureza, e mais ainda do medo da morte naquela noite no vale. Mas tinha imaginado aquele mundo como "espiritual" no sentido negativo, como algo neutro ou democrático, um vácuo no qual as diferenças desaparecem, onde o sexo e os sentidos não seriam transcendidos, mas simplesmente deixariam de existir. Agora ela suspeitava que havia diferenças e contrastes em todo o caminho, diferenças mais substanciais, mais agudas, até mais ferozes em cada passo. E se a invasão a seu próprio ser no casamento, da qual ela havia recuado, com frequência, diante do instinto, não fosse, como ela havia suposto, simplesmente uma relíquia da vida animal ou da barbárie patriarcal, mas antes a primeira, mais fácil e mais baixa forma de um contato chocante com a realidade que teria de ser repetida — embora sempre em modos maiores e mais perturbadores — nos níveis mais elevados de todos?

"Sim", disse o Diretor. "Não há escapatória. Se fosse uma rejeição virginal ao macho, ele o permitiria. Tais almas podem se desviar do macho e prosseguir para encontrar algo ainda mais masculino, mais elevado, ao qual terão de se submeter de maneira ainda mais profunda. Mas o seu problema é o que os antigos poetas chamavam de *Daungier.*[7] Nós chamamos de orgulho. Você é ofendida pelo masculino em si: a coisa barulhenta, rompedora, possessiva — o leão dourado, o touro barbado — que arrebenta cercas e bagunça o pequeno reino da sua meticulosidade assim como os anões bagunçaram a cama cuidadosamente arrumada. Você pode fugir do macho, pois este só existe no nível biológico. Mas, do masculino, nenhum de nós escapa. O que está acima e além de todas as coisas é tão masculino que nós todos somos femininos em relação a ele. É melhor você entrar logo em acordo com o seu adversário."[8]

"Quer dizer que eu preciso me tornar cristã?", disse Jane.

"Parece que sim", disse o Diretor.

"Mas — eu ainda não vejo o que isso tem a ver com... com Mark", disse Jane. Talvez isso não fosse exatamente verdade. A visão do universo que ela começara a ter nos últimos poucos minutos manifestava uma qualidade curiosamente tempestuosa. Era brilhante, aguda e poderosa. Imagens de olhos e rodas do Antigo Testamento pela primeira vez passaram a ter alguma possibilidade de significado.[9] E mesclado a isso estava o sentimento de que ela fora manipulada em direção a uma posição falsa. Era ela quem deveria estar dizendo essas coisas para os cristãos. O mundo dela deveria ser vívido e emocionante em contraste com o mundo cinzento e formal deles. Ela deveria ter tido movimentos rápidos e vitais em contraste com as atitudes deles, fixas como vitrais. Essa era a antítese com a qual ela estava acostumada. Dessa vez, em um súbito relance de púrpura e carmesim, ela se lembrou de como um vitral realmente é. E ela não sabia onde Mark se situava neste novo mundo. Com certeza não era em sua antiga posição. Algo em que ela gostava de pensar como o oposto de Mark tinha sido levado embora. Algo civilizado, ou moderno, ou acadêmico, ou (ultimamente) "espiritual", que não queria possuí-la, que a valorizava pela estranha coleção

[7]*Daungier*, do francês arcaico, significa o poder que uma mulher exerce sobre o homem que se sente sexualmente atraído por ela. [N. T.]

[8]Alusão a Mateus 5:5. [N. T.]

[9]Alusão a Ezequiel 1:15-18. [N. T.]

de qualidades que ela chamava de "si mesma", algo sem mãos para agarrá-la e sem exigências para fazer. Mas e se algo assim não existisse? Tentando ganhar tempo, ela perguntou: "Quem era aquela mulher imensa?".

"Não tenho certeza", disse o Diretor, "mas acho que tenho um palpite. Você sabia cada planeta tem um representante nos outros planetas?".

"Não, senhor, eu não sabia".

"Parece que têm. Não há um Oyarsa no céu que não tenha seu representante na Terra. E não há mundo onde não se encontre um companheiro não caído do nosso próprio Arconte das trevas, uma espécie de outro 'eu'. É por isso que havia um Saturno italiano e um celestial, um Júpiter cretense e um olimpiano. Era com esses espectros terrestres das inteligências superiores que os homens se encontravam nos tempos antigos, quando afirmavam que haviam visto os deuses. Era com um desses que um homem como Merlin (algumas vezes) conversava. Nada de além da Lua realmente desceu aqui. No que lhe concerne, há uma Vênus terrestre e uma celestial — o espectro de Perelandra, bem como Perelandra."

"E você acha...?"

"Acho: há muito, sei que esta casa está profundamente sob a influência dela. Tem até cobre no solo. E tem mais — a Vênus terrestre estará muito ativa aqui atualmente. Pois hoje à noite o arquétipo celestial dela vai descer de verdade."

"Eu tinha esquecido", disse Jane.

"Uma vez que acontecer você não se esquecerá. É melhor que todos vocês fiquem juntos, talvez na cozinha. Não vão para o andar de cima. Esta noite eu levarei Merlin à presença dos meus cinco mestres, todos os cinco — Viritrilbia, Perelandra, Malacandra, Glund e Lurga. Ele será aberto. Poderes passarão para ele."

"O que ele *fará*, senhor?"

O Diretor riu. "O primeiro passo é fácil. Os inimigos em Belbury já estão procurando especialistas em dialetos ocidentais arcaicos, celtas de preferência. Nós lhes enviaremos um intérprete! Sim, pelo esplendor de Cristo, nós lhes enviaremos um. 'Sobre eles, ele, um espírito de loucura enviado para chamar rapidamente seu destruidor'.[10] Eles publicaram anúncios nos jornais procurando por um tradutor, e depois do primeiro passo... bem,

[10]Citação de *Sansão agonista*, de John Milton (1608–1674), poeta puritano inglês. [N. T.]

você sabe, vai ser fácil. Ao combater aqueles que servem a demônios sempre temos isto do nosso lado: os mestres deles odeiam seus servos tanto quanto odeiam a nós. Assim que incapacitarmos os peões humanos a ponto de torná-los inúteis para o Inferno, os próprios mestres deles farão o serviço para nós. Eles vão destruir seus instrumentos."

De repente alguém bateu na porta, e Grace Ironwood entrou.

"Ivy voltou, senhor", disse ela. "Acho que é melhor ir vê-la. Não, ela está sozinha. Ela não viu o marido. A sentença foi cumprida, mas não o liberaram. A partir de uma regulamentação nova, ele foi mandado para Belbury para receber tratamento corretivo. Parece que não é mais necessário ter uma decisão judicial... Mas ela não está falando coisa com coisa. Está muito aflita."

• • •

Jane foi para o jardim a fim de pensar. Ela aceitou o que o Diretor disse, ainda que lhe parecesse sem sentido. A comparação que ele fizera entre o amor de Mark e o de Deus (pois parecia que existia um Deus) pareceu indecente e irreverente à sua espiritualidade nascente. "Religião" deveria significar um domínio no qual o medo feminino dela de ser tratada como coisa, como objeto de troca, desejo e posse, seria permanentemente colocado de lado, e o que ela chamava de "verdadeiro eu" subiria e se expandiria em algum mundo mais livre e mais puro. Pois ela ainda pensava que "religião" era uma espécie de exalação ou uma nuvem de incenso, algo que subiria como um vapor de almas especialmente dotadas na direção de um Céu receptivo. Então, de maneira totalmente repentina, ocorreu-lhe que o Diretor nunca falava de religião, e que os Dimbles e Camilla também não. Eles falavam a respeito de Deus. Eles não tinham na mente nenhuma imagem de uma neblina que subia como vapor. Em vez disso, tinham a imagem de mãos fortes e habilidosas esticadas para criar, consertar e talvez até mesmo destruir. E se todos nós formos uma *coisa* — uma coisa projetada e inventada por Alguém Outro, e valorizada por qualidades totalmente diferentes daquilo que alguém decidiu considerar como sendo o verdadeiro eu? E se todas as pessoas que, desde os tios solteirões até Mark e a Mãe Dimble, tinham, de maneira irritante, achado que ela era meiga e agradável, quando o que ela queria era também ser considerada interessante e importante, estivessem na verdade certas e soubessem o que ela realmente era? E se, quanto a essa questão, Maleldil concordasse com eles e não com ela? Por um instante ela teve uma visão ridícula e subjugada de um mundo no qual nem o próprio Deus a entenderia e nunca a levaria muito a sério. Então, em um determinado canto do canteiro de groselhas, veio a mudança.

O que a esperava lá era sério ao ponto da tristeza, e ainda mais. Não tinha nem forma, nem som. A terra por baixo do arbusto, o musgo no caminho e a pequena beirada de tijolos não estavam visivelmente mudados. Mas eles haviam sido mudados. Um limite fora cruzado. Ela chegara até um mundo, ou até uma Pessoa, ou até a presença de uma Pessoa. Alguma coisa esperançosa, paciente, inexorável encontrou-se com ela sem que houvesse um véu ou uma proteção entre elas. Na proximidade daquele contato, Jane percebeu imediatamente que as palavras do Diretor eram inteiramente enganosas. A demanda que agora a pressionava não era, mesmo por analogia, como qualquer outra demanda. Era a origem de todas as demandas certas, e as continha.[11] À luz dessa demanda, era possível entender as outras, mas partindo delas não se podia saber nada a respeito da primeira. Não havia nada, e nunca houvera nada como aquilo. E agora não havia nada, a não ser aquilo. Todavia, tudo também tinha sido como aquilo. Somente por ser como aquilo é que qualquer coisa existia. Em sua altura, profundidade e largura, a pequena ideia de si mesma, que até então ela tinha chamado de *eu*, caiu e desapareceu, sem flutuar, até uma distância sem fundo, como um pássaro em um espaço sem ar. O nome *eu* era o nome de um ser de cuja existência ela nunca havia suspeitado, um ser que ainda não existia plenamente, mas que era exigido. Era uma pessoa (não a pessoa que ela pensara), mas também era uma coisa, uma coisa feita, feita para agradar ao Outro, e nele agradar a todos os outros, uma coisa sendo feita neste exato instante, sem sua escolha, em uma forma que ela jamais imaginara. E a feitura acontecia em meio a uma espécie de esplendor ou dor, ou ambos, por meio do qual ela não podia dizer se estava nas mãos que moldam ou na massa sovada.

As palavras demoram muito. Estar consciente de tudo isso e saber que já tinha acontecido foi uma experiência única. A revelação veio apenas quando se retirou. Parecia que a maior coisa que já acontecera a Jane tinha encontrado lugar para si mesma em um momento de tempo tão curto que mal podia ser chamado de tempo. A mão dela se fechou em nada, a não ser em uma memória. E, quando se fechou, sem um instante de pausa, as vozes

[11]Citação de um sermão de George MacDonald. [N. T.]

daqueles que não têm alegria ergueram-se uivando e conversando, de todos os cantos do seu ser.

"Tome cuidado. Afaste-se. Mantenha a calma. Não se comprometa", disseram elas. E então, de maneira mais sutil, de outro lugar: "Você teve uma experiência religiosa. Isso é muito interessante. Nem todo mundo tem. Agora você vai entender muito melhor os poetas do século 17!". Ou de uma terceira direção, mais suavemente: "Vá em frente. Tente fazer isso outra vez. Vai agradar ao Diretor".

Mas as defesas dela tinham sido capturadas, e esses contra-ataques não tiveram sucesso.

15

A CASA EM ST. ANNE'S estava vazia, com exceção de dois quartos. Na cozinha, um pouco mais perto da lareira que o de costume e com as persianas fechadas, estavam sentados Dimble, MacPhee, Denniston e as mulheres. O Pendragon e Merlin estavam no Salão Azul, afastados dos demais por um grande vazio de cadeiras e corredores.

Se alguém tivesse subido as escadas e seguido até o saguão em frente ao Salão Azul, teria descoberto que algo além do medo obstruía o caminho, com uma resistência quase física. Se conseguisse passar por aquela resistência, chegaria a um lugar de sons tilintantes que claramente não eram vozes, ainda que fossem articulados. Se a passagem estivesse completamente escura, provavelmente daria para ver por debaixo da porta do Diretor uma luz fraca, que não era como a do fogo ou a da lua. Não penso que seria possível ter alcançado a porta se não tivesse sido convidado. Toda a casa lhe pareceria tilintar e balançar, como um navio e uma tempestade na baía de Biscaia. Esse alguém se sentiria horrivelmente forçado a perceber que esta Terra não é o fundo do universo, mas uma bola girando e rolando para frente a uma velocidade delirante, não através de um vazio, mas através de um meio densamente habitado e intricadamente estruturado. Enquanto seus sentidos desgastados suportassem, ele teria tomado conhecimento sensorialmente de que os visitantes estavam naquele quarto, não porque estivessem em repouso, mas porque brilhariam e girariam através da realidade fechada do céu (que os homens chamam de espaço vazio), para manter seus raios sobre aquele ponto da cobertura da Terra em movimento.

O druida e Ransom estavam aguardando os visitantes desde o pôr do sol. Ransom estava em seu sofá. Merlin estava sentado ao seu lado, com as mãos entrelaçadas e o corpo um pouco encurvado para frente. De vez em quando uma gota de suor escorria fria sobre suas bochechas acinzentadas. Ele fez menção de se ajoelhar, mas Ransom o proibiu. "Você não fará isso", ele disse. "Você se esqueceu de que eles são servos como nós?"[1] As cortinas das janelas estavam abertas, e toda a luz que havia no quarto vinha de lá: um vermelho gélido no início da espera; depois, acesa com as estrelas.

Bem antes que algo acontecesse no Salão Azul, o grupo na cozinha preparara seu chá das dez. E, enquanto tomavam o chá, a mudança aconteceu. Até aquele momento, eles falavam baixo, instintivamente, do mesmo modo como crianças falam em uma sala quando os mais velhos estão ocupados com algum assunto solene e incompreensível, como um funeral ou a leitura de um testamento. De repente, todos eles começaram falar alto de uma vez, não brigando, mas com satisfação e interrompendo uns aos outros. Se alguém chegasse à cozinha, teria pensado que estavam embriagados, não totalmente, mas alegremente embriagados. Quem chegasse ali teria visto cabeças encurvadas próximas umas das outras, olhos se movimentando e uma riqueza animada de gestos. Nenhum deles jamais conseguiu se lembrar do que falavam. Dimble insistia que estavam fazendo trocadilhos. MacPhee negava que alguma vez tivesse feito um trocadilho, nem naquela noite, mas todos concordavam que estiveram extraordinariamente espirituosos. Se não fizeram jogos de palavras, certamente brincaram com ideias, paradoxos, fantasias, anedotas, teorias expostas entre risadas, mas mesmo assim, pensando bem, dignas de serem levadas a sério. Tudo fluiu deles e sobre eles com uma prodigalidade ofuscante. Até Ivy se esqueceu de sua grande tristeza. Mãe Dimble sempre se lembrava do marido e de Denniston em pé, um de cada lado da lareira, em um alegre debate intelectual, um superando o outro, e se elevando mais que o outro, como aves ou aviões em combate. Se pelo menos fosse possível lembrar o que eles haviam dito! Pois nunca em sua vida ela ouvira uma conversa daquela — tanta eloquência, tanta melodia (música não teria sido melhor), estruturas de duplo sentido sendo derrubadas, metáforas e alusões do tamanho de foguetes.

---

[1]Alusão a Apocalipse 19:10 e 22:9. [N. T.]

Um momento depois, todos estavam em silêncio. Uma quietude se abateu, tão subitamente como quando alguém se protege de uma ventania forte escondendo-se atrás de um muro. Eles se sentaram encarando-se mutuamente, cansados e um pouco constrangidos.

Essa primeira mudança aconteceu de maneira diferente no andar de cima. Veio o momento em que os dois homens se abraçaram. Ransom agarrou o braço do sofá onde estava. Merlin abraçou os joelhos e cerrou os dentes. Um bastão de luz colorida, de uma cor que ninguém seria capaz de nomear ou reproduzir, projetou-se como um dardo entre eles. Não havia nada mais para ver além disso, mas ver foi a menor parte da experiência. Uma rápida agitação se apoderou deles, uma espécie de fervilhar e borbulhar na mente e no coração, que também sacudiu seus corpos. Aconteceu com uma velocidade tão feroz que eles ficaram com medo de que sua sanidade mental pudesse se quebrar em mil pedacinhos. E, depois, parecia que isso realmente tinha acontecido. Mas não importava, pois todos os pedacinhos — desejos pontiagudos, alegrias rápidas, pensamentos com olhos de lince — iam e voltavam como gotas brilhantes e se reuniam novamente. Foi bom que os dois tivessem algum conhecimento de poesia. A duplicação, divisão e recombinação de pensamentos que acontecia com eles teria sido insuportável para qualquer um que não fosse instruído na arte do contraponto da mente: o domínio da visão duplicada e triplicada. Para Ransom, cuja formação fora por muitos anos no domínio das palavras, era um prazer celestial. Ele estava no próprio coração da linguagem, na fornalha incandescente da fala essencial. Todo acontecimento estava quebrado, derramado em cataratas, virado de dentro para fora, amassado, abatido e renascido como sentido, pois o próprio senhor do significado, o arauto, o mensageiro, o matador de Argos[2] estava com eles: o anjo que gira mais perto do Sol. Viritrilbia, a quem os homens chamam de Mercúrio e Tot.[3]

Terminada a orgia do falatório, uma sonolência se abateu sobre os que estavam na cozinha. Jane, quase dormindo, assustou-se quando o livro que segurava caiu da sua mão e deu uma olhada ao redor. Estava muito quente... muito confortável e familiar. Ela sempre gostara de lareiras, mas naquela noite o aroma das toras pareceu mais doce que de costume. Ela

---

[2]Na mitologia grega, Argos era um monstro com cem olhos e Hermes, a quem os romanos chamavam de Mercúrio, o matou a pedido de Zeus (Júpiter, em latim). [N. T.]

[3]Hermes foi associado ao deus egípcio Tot. [N. T.]

começou a pensar que estava mais doce do que seria possível, que a sala estava tomada por um cheiro de incenso ou de cedro queimando. O aroma ficou mais forte. Nomes de fragrâncias pairavam em sua mente — cheiros suaves de nardo e de cássia, e todos os perfumes da Arábia[4] vindos de um caixa, até mesmo algo ainda mais sutilmente doce, talvez enlouquecedor — por que não proibido? —, mas ela sabia que era ordenado. Estava sonolenta demais para pensar com profundidade em como aquilo poderia ser daquele jeito. Os Dimbles estavam conversando, mas falando tão baixo que os demais não ouviam. Os rostos deles pareciam estar transfigurados. Ela não mais os via como velhos — apenas maduros, como campos prontos para a colheita no verão, serenos e dourados com a tranquilidade do desejo cumprido. Do lado oposto a ela, Arthur disse alguma coisa ao ouvido de Camilla. Lá também... Mas, como o calor e a doçura daquela atmosfera rica estavam dominando completamente a sua mente, ela não aguentava olhar para eles, não por inveja (este pensamento estava muito longe dela), mas porque uma espécie de brilho que fluía deles a ofuscou, como se o deus e a deusa neles ardessem através dos seus corpos e roupas, e brilhassem na presença dela em uma nudez jovem de natureza dupla de um espírito de rosas vermelhas que a venceu. E ela meio que viu dançando em volta deles não os anões brutos e ridículos que vira naquela tarde, mas espíritos graves e ardentes, com asas brilhantes e formas jovens, suaves e esbeltas como colunas de marfim.

No Salão Azul, Ransom e Merlin também perceberam que a temperatura havia subido. As janelas, sem que eles percebessem como ou quando, tinham se aberto. Como o calor vinha de fora, nem com as janelas abertas a temperatura caiu. Através dos galhos sem folhas, ao longo do chão que já estivera enrijecido com a geada, uma brisa de verão soprava naquela sala, mas era a brisa de um verão que nunca acontece na Inglaterra. Carregada como barcaças pesadas que deslizam com a amurada quase tocando na água, tão pesada que seria possível pensar que ela não poderia se mover, carregada com fragrâncias pesadas de flores com aromas noturnos, resinas pegajosas, arvoredos rescendendo odores e com o sabor fresco de uma fruta da meia-noite, a brisa balançou as cortinas, levantou uma carta que estava na mesa, levantou o cabelo que até então estava grudado na testa de Merlin. A sala balançava. Eles flutuavam. Um tilintar e um tremor, suaves como os

[4]A expressão "todos os perfumes da Arábia" é citação de um trecho da peça *Macbeth*, de Shakespeare. [N. T.]

de uma espuma e bolhas que se rompem, passaram por sobre a carne deles. Lágrimas escorreram pelo rosto de Ransom. Ele era o único que sabia de que mares e de que ilhas aquela brisa soprava. Merlin não sabia. Mas nele também despertou a ferida inconsolável com a qual o homem nasce,[5] e ela doeu ao ser tocada. Ele murmurava sílabas baixas de autopiedade em celta pré-histórico. Mas esses anseios e afagos eram apenas os precursores da deusa. À medida que a totalidade do poder dela controlava, focalizava e prendia aquele ponto da Terra em rotação em seu longo raio, alguma coisa mais dura, mais estridente, mais perigosamente estática saiu do centro de toda a suavidade. Os dois humanos tremeram — Merlin porque não sabia o que estava vindo, e Ransom porque sabia. E então ele chegou, furioso, agudo, brilhante e sem misericórdia, disposto a matar, disposto a morrer, mais veloz que a luz: era o Amor, não como os mortais o imaginam, nem mesmo como ele fora humanizado para eles desde a Encarnação do Verbo, mas a virtude translunar, não atenuada, vinda sobre eles diretamente do Terceiro Céu. Eles foram ofuscados, escaldados e ensurdecidos. Pensaram que seus ossos se queimariam, e não aguentariam se aquilo continuasse, e não aguentariam se parasse. Então Perelandra, triunfante entre os planetas, a quem os homens chamam de Vênus, veio e ficou com eles naquela sala.

Na cozinha, no piso de baixo, MacPhee jogou sua cadeira violentamente para trás, de modo que ela arranhou o piso ladrilhado como um lápis em uma lousa. "Puxa vida!", exclamou. "É uma vergonha ficarmos sentados aqui vendo o fogo. Se o Diretor não fosse manco de uma perna, aposto que ele teria dado outro jeito para entrarmos em ação." Os olhos de Camilla brilharam na direção dele. "Continue", disse ela, "continue". "O que você quer dizer com isso, MacPhee?", perguntou Dimble. "Ele quer dizer lutar", disse Camilla. "Acho que eles são muitos para nós", disse Arthur Denniston. "Talvez!", disse MacPhee. "Mas pode ser que eles sejam muitos para nós desse jeito também. Mas seria ótimo ir contra eles antes do fim. Vou dizer a verdade para vocês: algumas vezes eu acho que não me importo muito com o que pode acontecer. Mas eu não ficaria em paz no meu túmulo se soubesse que eles venceriam e não tivesse colocado as mãos neles. Gostaria de poder dizer o que um velho sargento me disse na Primeira Guerra, em

---

[5]A ideia de uma "ferida inconsolável" do ser humano aparece, com ligeiras variações, em vários textos de Lewis, como *O peso da glória*, *Surpreendido pela alegria* e *Reflexões sobre os Salmos*. [N. T.]

um ataque que realizamos perto de Monchy, quando nossos companheiros usaram as coronhas das armas, sabe? 'Senhor', disse ele, 'alguma vez você já ouviu alguma coisa como o barulho de cabeças sendo quebradas?'" "Eu acho que isso é nojento", disse a Mãe Dimble. "Acho que essa parte é mesmo", disse Camilla. "Mas… Ah, se a gente pudesse fazer um ataque à moda antiga. Eu não me importo com nada desde que esteja montada em um cavalo." "Não estou entendendo isso", disse Dimble. "Não sou como você, MacPhee. Não sou corajoso. Mas, enquanto você falava, eu estava pensando que não tenho mais medo de morrer ou de ser ferido como tinha antigamente. Não hoje à noite." "Pode acontecer de morrermos esta noite", disse Jane. "Desde que estejamos juntos", disse a Mãe Dimble. "Pode ser… não, eu não estou pensando em nada heroico… poderia ser uma maneira *boa* de morrer." E de repente todos os rostos e vozes foram mudados. Eles estavam rindo outra vez, mas era um tipo diferente de riso. O amor deles uns pelos outros tornou-se intenso. Cada um, olhando para os demais, pensava: "Que sorte a minha em estar aqui. Eu poderia morrer com eles". Mas MacPhee murmurava para si mesmo:

> *O Rei Guilherme disse: "Não fiquem desanimados pela perda de um comandante"*.[6]

No andar de cima, ocorreu mais ou menos a mesma coisa. Merlin viu em sua memória a grama de inverno de Badon Hill, a grande bandeira da Virgem ondeando acima das pesadas armaduras britano-romanas, os bárbaros louros. Ele ouviu o estalar dos arcos, o *clique-clique* das pontas de aço em escudos de madeira, os gritos, os uivos e o som das cotas de malha atingidas. Ele também se lembrou da noite, dos fogos tilintando ao longo da colina, do frio fazendo doer os cortes, da luz das estrelas em uma poça suja de sangue, das águias juntando-se no céu pálido. Pode ser que Ransom tenha se lembrado de sua longa luta nas cavernas de Perelandra. Mas tudo isso passou. Alguma coisa revigorante, saudável e agradavelmente fresca, como uma brisa marinha, vinha sobre eles. Não havia medo em lugar

[6]Trecho de uma canção popular irlandesa sobre a Batalha de Boyne, quando um exército protestante liderado pelo rei Guilherme de Orange derrotou um exército muito maior liderado pelo rei católico James II, em 1690. A vitória do Rei Guilherme nessa batalha foi decisiva para o estabelecimento do protestantismo na Irlanda. [N. T.]

nenhum: o sangue fluía neles como se fosse uma música de marcha. Eles se sentiam assumindo seus lugares no ritmo ordeiro do universo, lado a lado com as estações pontuais, os átomos organizados e os serafins obedientes. Sob o peso imenso da obediência deles, suas vontades ergueram-se eretas e incansáveis como cariátides. Aliviados de toda inconstância e de todos os protestos, eles estavam alegres, leves, ágeis e alertas. Haviam sobrevivido a todas as ansiedades, de modo que preocupação era uma palavra sem sentido. Viver significava compartilhar desta pompa processual. Ransom conhecia, assim como um homem sabe quando toca o ferro, o esplendor claro e tenso daquele espírito celestial que agora brilhava entre eles: o vigilante Malacandra, capitão de um globo gelado, a quem os homens chamam de Marte, Mavors e Tyr,[7] que colocou a mão na boca do lobo. Ransom saudou seus convidados na língua do Céu. Mas advertiu Merlin de que era chegado o tempo em que ele deveria ser homem. Os três deuses que já se encontravam no Salão Azul eram menos diferentes da humanidade que os dois que ainda aguardavam. Em Viritrilbia, Vênus e Malacandra estavam representados aqueles dois dos Sete Gêneros que têm alguma analogia com os sexos biológicos e, portanto, podem em alguma medida ser entendidos pelos homens. Não seria o mesmo com os que se preparavam para descer. Esses também, sem dúvida, têm seus gêneros, mas não temos nenhuma pista a respeito. Seriam energias mais poderosas, *eldila* antigos, timoneiros de mundos gigantes, que desde o princípio jamais foram submetidos às doces humilhações da vida orgânica.

"Faça o favor de acender o fogo, Denniston. A noite está fria", disse MacPhee. "Deve estar frio lá fora", disse Dimble. Todos pensaram nisso: a grama endurecida, os poleiros de galinha, os lugares escuros no meio de bosques, as sepulturas. Depois pensaram na morte do Sol, na Terra presa, em um frio sem ar, no céu escuro aceso apenas com estrelas. E depois, nem mesmo as estrelas: a morte do calor do universo, a escuridão total e final da não existência da qual a Natureza não conhece retorno. Outra vida? "Possivelmente", pensou MacPhee. "Eu creio", pensou Denniston. Mas a vida antiga se foi, todos os seus tempos, todas as suas horas e dias, tudo se foi.

[7]Mavors é uma forma arcaica de Marte. Tyr era um deus escandinavo que foi associado ao Marte romano. Na mitologia escandinava, um lobo gigantesco, Fenrir, precisava ser preso. Para que isso acontecesse, Tyr deixou que o lobo mordesse sua mão direita, decepando-a com a mordida. [N. T.]

Será que a Onipotência pode *trazer tudo isso de volta*? Para onde vão os anos, e por quê? O ser humano jamais entenderia isso. O receio se aprofundou. Talvez não houvesse nada para ser entendido.

Saturno, cujo nome nos céus é Lurga, estava no Salão Azul. Seu espírito pairava por sobre a casa, ou mesmo por sobre todo o planeta, com uma pressão fria que poderia achatar o globo da Terra transformando-o em uma bolacha. Comparados com o peso de chumbo de sua antiguidade, os outros deuses talvez se sentissem jovens e efêmeros. Era uma montanha de séculos que se elevava desde a antiguidade mais remota que conseguimos imaginar, mais e mais para cima, como uma montanha cujo cume nunca é avistado, não até a eternidade onde o pensamento pode descansar, mas cada vez mais pelo tempo, até desolações geladas e o silêncio de números inomináveis. Era também forte como uma montanha. Sua idade não era um simples pântano do tempo no qual a imaginação podia afundar em devaneios, mas uma duração viva, que se lembrava de si mesma, que repelia inteligências mais leves de sua estrutura como o granito arremessa as ondas de volta, que não murcha e não sofre decadência, mas é capaz de fazer murchar qualquer um que, desavisado, aproxime-se dela. Ransom e Merlin sentiram um frio insuportável: e tudo que era força em Lurga se tornou tristeza ao entrar neles. Mesmo assim, Lurga foi superado naquela sala. Repentinamente chegou um espírito maior — aquele cuja influência quase transformou na sua própria qualidade a habilidade do saltitante Mercúrio, a clareza de Marte, a vibração mais sutil de Vênus e até mesmo o peso entorpecedor de Saturno.

A chegada dele foi sentida na cozinha. Depois nenhum deles soube como aconteceu, mas de alguma maneira a chaleira foi colocada no fogão e o ponche quente foi preparado. Foi pedido a Arthur, o único músico entre eles, que pegasse seu violino. As cadeiras foram afastadas, e tudo que estava no chão foi removido. Eles dançaram. Ninguém conseguiu lembrar o que dançaram. Era uma dança de roda, que envolvia bater no chão, bater palmas e pular alto. Não era um arrasta-pé moderno. E, enquanto eles dançavam, nenhum deles considerou ridículo a si mesmo ou qualquer dos demais. Aquela pode ter sido na verdade alguma quadrilha da roça, não inadequada para a cozinha azulejada, mas o espírito com o qual dançaram não era assim. Parecia que o ambiente estava repleto de reis e rainhas, e que a ferocidade da sua dança expressava uma energia heroica, e que os movimentos mais tranquilos captavam o espírito por trás de todas as cerimônias nobres.

No piso superior, o raio poderoso do último visitante transformou o Salão Azul em uma explosão de luzes. Na presença dos outros anjos, um homem poderia sucumbir, mas, na presença deste, morreria. Mas, se sobrevivesse, iria rir. Se apanhasse um sopro do ar que emanava dele, você teria se sentido mais alto que antes. Se fosse um aleijado, andaria de modo majestoso. Mesmo que fosse um mendigo, você usaria seus trajes andrajosos com magnanimidade. Reino, poder, pompa festiva e cortesia saíam dele como fagulhas voam de uma bigorna. O repicar de sinos, o soar de trombetas, o desfraldar de bandeiras são meios usados na Terra para criar um símbolo esmaecido de sua qualidade. Era como uma grande onda de luz, uma onda terrível com a crista espumosa e arqueada em esmeralda, que vem rugindo com três metros de altura e um riso irreprimível. Era como o início da música nos salões de um rei tão elevado e em um festival tão solene que um tremor parecido com o medo percorre os corações jovens quando a ouvem. Pois aquele era o grande Glund-Oyarsa, Rei dos Reis, através de quem a alegria da criação percorre principalmente estes campos de Arbol, conhecido pelos homens nos tempos antigos como Júpiter e, sob este nome, por uma má interpretação, confundido com seu Criador — sonharam tão pouco quanto são muitos os degraus em que a escada do ser criado se ergue acima dele.[8]

Com a chegada dele, houve festa no Salão Azul. Os dois mortais, capturados momentaneamente pelo *Glória* que aquelas cinco Naturezas excelentes cantam perpetuamente, se esqueceram por um tempo do propósito inferior e mais imediato daquele encontro. Depois, se puseram em ação. Merlin recebeu o poder dentro de si.

Ele parecia diferente no dia seguinte. Em parte, porque estava barbeado, mas também porque já não era mais senhor de si mesmo. Ninguém duvidava de que sua separação do corpo estava por acontecer. Mais tarde, naquele dia, MacPhee o levou de carro até as proximidades de Belbury.

• • •

Naquele dia, Mark estava cochilando no quarto do andarilho quando levou um susto e rapidamente teve de se recompor por causa da chegada de alguns visitantes. Frost entrou primeiro e manteve a porta aberta. Dois outros entraram. Um era o vice-diretor e o outro era um homem que Mark nunca tinha visto.

---

[8]Alusão a Gênesis 28:10-13. [N. E.]

Essa pessoa usava uma batina desbotada e tinha nas um chapéu preto de abas largas, como o que padres usam em muitas partes da Europa. Era um homem muito alto, e a batina talvez o fizesse parecer maior. Estava barbeado, revelando um rosto grande com rugas pesadas e complicadas, e andava com a cabeça meio encurvada. Mark concluiu que era uma pessoa simples, provavelmente um membro obscuro de alguma ordem religiosa que casualmente era autoridade em uma língua ainda mais obscura. Mark detestou vê-lo em pé entre aquelas duas aves de rapina — Wither, efusivo e bajulador, à direita, e Frost à esquerda, rígido como uma vareta, aguardando com atenção científica, mas também, como Mark podia observar, com um desprezo frio, pelo resultado da nova experiência.

Wither conversou com o estranho por alguns momentos em uma língua que Mark não entendeu, mas que reconheceu como latim. "Um padre, obviamente", pensou Mark. "Mas de onde ele veio? Wither conhece a maioria das línguas comuns. Será que este camarada é grego? Ele não parece ser do Oriente Médio. Mais provavelmente russo." Mas, neste momento, a atenção de Mark se desviou. O andarilho, que havia fechado os olhos quando ouvira a maçaneta da porta girando, naquele momento os abriu, e, ao ver o estranho, os fechou novamente com mais força ainda. Depois disso, seu comportamento foi peculiar. Começou roncando muito alto e virou-se de costas para o grupo. O estranho deu um passo na direção da cama e pronunciou duas sílabas em voz baixa. Por alguns poucos segundos o andarilho permaneceu como estava, mas parecia afligido por um acesso de calafrios. Depois, lentamente, mas em movimentos contínuos, como quando a proa de um navio faz uma curva obedecendo ao leme, ele rolou na cama e ficou olhando para cima, encarando o padre, com os olhos e a boca abertos. A partir de certos movimentos da cabeça e das mãos, e de algumas tentativas horríveis de sorrir, Mark concluiu que ele estava tentando dizer alguma coisa, provavelmente de maneira depreciativa e insinuante. O que aconteceu depois deixou Mark sem fôlego. O estranho falou outra vez, e então, contorcendo o rosto, tossindo, gaguejando, babando e expectorando, o andarilho começou a falar, com uma voz não natural, dizendo sílabas, palavras, uma frase inteira, em uma língua que não era nem latim nem inglês. E o tempo todo o estranho tinha os olhos fixos no andarilho.

O estranho falou outra vez. Desta vez o andarilho deu uma resposta maior e pareceu dominar a língua desconhecida com um pouco mais de facilidade, ainda que sua voz estivesse bem diferente daquela que Mark ouvira nos últimos dias. No fim de sua fala, ele se sentou na cama e apontou para onde Wither e Frost estavam. Depois, o estranho aparentemente lhe fez uma pergunta, e o andarilho falou pela terceira vez.

Diante da resposta, o estranho recuou, fez o sinal da cruz várias vezes e demonstrou estar aterrorizado. Virou-se e falou rapidamente em latim com os outros dois. Quando ele falou, algo aconteceu ao rosto deles. Pareciam cachorros que farejaram alguma coisa. Então, com uma exclamação em voz alta, o estranho pegou sua batina e correu para a porta. Mas os cientistas reagiram muito rapidamente. Por alguns poucos minutos, os três lutaram. Frost mostrava os dentes como se fosse um animal, e a máscara frouxa do rosto de Wither naquele momento não era uma expressão de ambiguidade. O velho padre estava sendo ameaçado. Mark também deu um passo à frente. Mas antes que pudesse pensar em como agir, o estranho, sacudindo a cabeça e estendendo as mãos, voltou timidamente para o lado da cama. Era esquisito ver o andarilho, que estivera relaxado durante a luta perto da porta, de repente se retesar outra vez, e fixar os olhos no velho assustado, como se estivesse aguardando ordens.

Mais palavras foram ditas na língua desconhecida. O andarilho mais uma vez apontou para Wither e Frost. O estranho virou-se e falou com eles em latim, aparentemente traduzindo. Wither e Frost entreolharam-se, como se um estivesse esperando que o outro agisse. O que aconteceu depois foi uma loucura total. Com infinita cautela, respiração chiada e articulações estalando, o vice-diretor se ajoelhou com toda a sua senilidade trêmula, e meio segundo depois, com um agitado movimento metálico, Frost se ajoelhou do lado dele. Já abaixado, ele olhou por cima do ombro para onde Mark estava. O relance de puro ódio em seu rosto, mas um ódio, por assim dizer, cristalizado de maneira tal que já não era uma paixão e não tinha calor em si, era como tocar um metal no Ártico, onde o metal queima. "Ajoelhe-se", baliu ele, e na mesma hora virou a cabeça. Mark nunca mais conseguiu se lembrar se simplesmente se esqueceu de obedecer ou se sua verdadeira rebelião começou naquele momento.

O andarilho falou novamente, sempre com os olhos fixos no homem de batina, que mais uma vez traduziu a fala, e depois ficou de lado. Wither e Frost foram andando de joelhos até chegar perto da cama. O andarilho estendeu-lhes sua mão peluda e suja, com unhas roídas, e eles a beijaram. Depois, outra ordem supostamente lhes foi dada. Eles se levantaram, e Mark percebeu que Wither protestava em latim contra aquela ordem, gentilmente. As palavras *venia tua* (a cada vez corrigida para *venia vestra*)[9] foram repetidas tantas vezes que Mark conseguiu entendê-las. Mas aparentemente o protesto não foi bem-sucedido: poucos minutos depois, Frost e Wither saíram da sala.

Assim que a porta se fechou, o andarilho caiu como um balão esvaziado. Ele rolava na cama, resmungando: "Deus me defenda. Não posso acreditar. É um nocaute. Um nocaute e tanto". Mas Mark não teve nem tempo para prestar atenção a isso. Ele viu que o desconhecido se dirigia a ele e, ainda que não conseguisse entender aquelas palavras, olhou para cima. Ele poderia alegar, com certa razão, que já havia se tornado um especialista em suportar rostos ameaçadores. Mas isso não alterou o fato de que, quando olhou para aquele rosto, sentiu medo. Antes que tivesse tempo de perceber isso, viu-se sonolento. No instante seguinte, caiu em sua poltrona e adormeceu.

• • •

"Então?", disse Frost assim que saíram.

"Isso é... eh... profundamente perturbador", disse o vice-diretor.

Eles seguiam pelo corredor, falando baixo enquanto caminhavam.

"Certamente parecia — eu disse *parecia*", continuou Frost, "que o homem na cama estava hipnotizado e que o padre basco estava no controle da situação".

"Ah, certamente, meu caro amigo, essa seria uma hipótese bastante perturbadora."

"Desculpe-me. Eu não sugeri nenhuma hipótese. Estou descrevendo o que parecia."

"E como, na sua hipótese — perdoe-me, mas é o que é —, o padre basco inventaria a história de que nosso hóspede era Merlinus Ambrosius?"

"Esse é o ponto. Se o homem naquela cama *não* é Merlinus, então outra pessoa totalmente fora dos nossos cálculos, ou seja, o padre, sabe nosso plano de campanha inteiro."

"É por isso, meu caro amigo, que é necessário reter essas duas pessoas, e lidar com delicadeza extrema para com os dois — pelo menos, até que tenhamos mais luz."

---

[9] "Com a sua permissão" ou "se me permite".

"É claro que eles precisam ser detidos."

"Eu não diria *detidos*. Isso tem implicações... Eu não me aventuro a expressar qualquer dúvida no presente quanto à identidade do nosso distinto hóspede. Não há nenhuma ideia de detê-los. Pelo contrário, a recepção mais cordial, a cortesia mais meticulosa..."

"Devo entender que você sempre imaginou Merlinus entrando no Instituto como um ditador, e não como um colega?"

"Quanto a isso", disse Wither, "minha compreensão das relações pessoais, ou mesmo oficiais, entre nós sempre foi elástica e pronta para todas as adaptações necessárias. Para mim seria um grande pesar se eu pensasse que você estava permitindo qualquer senso de dignidade seu ser mal colocado... eh, em resumo, desde que ele *seja* Merlinus... você está me entendendo?"

"Para onde você está nos levando agora?".

"Para o meu apartamento. Se você se lembra, o pedido foi que providenciássemos roupas para o nosso hóspede."

"Não houve pedido. Nós fomos ordenados."

O vice-diretor nada respondeu. Quando os dois estavam no quarto dele e a porta estava fechada, Frost disse:

"Não estou satisfeito. Você parece não entender os perigos da situação. Precisamos levar em conta a possibilidade de ele não ser Merlinus. E, se ele não for, o padre sabe de coisas que não deveria saber. Permitir que um impostor e espião fique solto no Instituto está fora de cogitação. Precisamos descobrir imediatamente de onde o padre obtém seu conhecimento. E de onde você tirou esse padre?"

"Acho que esta camisa aqui é a mais adequada", disse Wither, estendendo-a na cama. "Os paletós estão aqui dentro. O... eh... personagem clerical disse que veio em resposta ao nosso anúncio. Gostaria de concordar completamente com o seu ponto de vista, meu caro Frost. Por outro lado, rejeitar o Merlinus real... manter distância de um poder que é um fator integral no nosso plano... seria, no mínimo, igualmente perigoso. Em todo caso, nem sabemos com certeza se o padre é um inimigo. Ele pode ter feito contato independente com os macróbios. Pode ser um aliado em potencial."

"Você acha que ele parece ser um aliado? O fato de ser padre pesa contra ele."

"Tudo que queremos agora", disse Wither, "é um colarinho e uma gravata. Perdoe-me por dizer que nunca compartilhei sua atitude radical com a religião. Não estou falando de cristianismo dogmático em sua forma primitiva. Mas dentro de círculos religiosos — círculos eclesiásticos —, tipos de espiritualidade de valor muito real surgem de tempos em tempos. Quando isso acontece, algumas vezes eles revelam grande energia. O padre Doyle, ainda que não muito talentoso, é um dos nossos colegas mais confiáveis. E o Sr. Straik tem as sementes de uma lealdade total (creio que a palavra que você prefere é *objetividade*), que é tão rara. Não adianta ser estreito de qualquer maneira".

"O que você realmente está propondo fazer?"

"Vamos consultar o Cabeça imediatamente, claro. Eu uso esse termo, você sabe, puramente por conveniência."

"Mas como assim? Você se esqueceu de que esta é a noite do banquete inaugural, e que Jules virá? Ele deve estar aqui em uma hora. Você terá de lhe prestar assistência até meia-noite."

Por um momento, o rosto de Wither permaneceu parado, com a boca escancarada. Ele tinha de fato se esquecido de que o diretor marionete, o embusteiro do Instituto, por meio de quem o público era enganado, chegaria naquela noite. Mas se dar conta do esquecimento o perturbou mais do que teria perturbado outra pessoa. Foi como a primeira brisa fria do inverno — a primeira pequena indicação de uma ruptura naquele grande eu secundário ou máquina mental que construíra para conduzir as questões da vida enquanto ele, o verdadeiro Wither, flutuava longe, nas fronteiras indeterminadas de um mundo fantasmagórico.

"Deus me ajude", disse ele.

"Você precisa considerar imediatamente o que fazer com aqueles dois ainda nesta noite", disse Frost. "Está fora de cogitação que eles compareçam ao banquete. Seria loucura deixá-los soltos."

"Isso me faz lembrar que já os deixamos sozinhos — e com Studdock também — por uns dez minutos. Precisamos voltar com as roupas imediatamente."

"E sem um plano?", indagou Frost, seguindo Wither para fora do quarto enquanto falava.

"Devemos ser guiados pelas circunstâncias", disse Wither.

Quando voltaram, foram saudados pelo homem da batina com um monte de súplicas em latim. "Deixem-me ir", disse ele, "eu peço pelo amor das suas mães que vocês não cometam nenhuma violência contra um pobre velho inofensivo. Não vou dizer nada — Deus me perdoe —, mas não posso ficar aqui. Aquele homem que diz ser Merlinus ressurreto dos mortos — ele é um satanista, um operador de milagres infernais. Vejam! Vejam o que ele fez com aquele pobre rapaz assim que vocês deixaram a sala!". Ele apontou para Mark, que jazia inconsciente em sua poltrona. "Ele fez isso com o olho, só de olhar para ele. O olho maligno, o olho maligno."

"Silêncio", disse Frost também em latim. "Escute. Se você fizer o que lhe for dito, nenhum mal o acometerá. Se não, você vai ser destruído. Acho que se você causar problemas vai perder sua alma como também a sua vida, porque não parece que você tem a intenção de ser mártir."

O homem choramingou, cobrindo o rosto com as mãos. De repente, não como se ele quisesse, mas como se fosse máquina sendo operada, Frost o chutou. "Vamos", disse, "diga-lhe que trouxemos roupas que os homens usam hoje". O homem não cambaleou quando foi chutado.

A conclusão foi que o andarilho tomou banho e vestiu roupas limpas. Depois disso, o homem de batina disse: "Ele está dizendo que precisa agora ver a casa inteira, e que todos os segredos devem ser mostrados a ele". "Diga-lhe", falou Wither, "que será um prazer muito grande e um privilégio...". Mas, nesse momento, o andarilho falou outra vez. "Ele disse", traduziu o grandalhão, "que primeiro precisa ver o Cabeça, os animais e os criminosos que estão sendo maltratados. Em segundo lugar, ele disse que vai apenas com um de vocês, só com o senhor", disse ele, apontando para Wither.

"Não concordo com nada disso", disse Frost em inglês.

"Meu caro Frost", disse Wither, "este não é o momento... E *um* de nós precisa ficar livre para se encontrar com Jules".

O andarilho falou outra vez. "Perdoe-me", disse o homem de batina. "Eu devo dizer o que ele disse. As palavras não são minhas. Ele o proíbe de falar na presença dele em uma língua que ele não consegue entender nem por meu intermédio. E diz que é um antigo hábito dele ser obedecido. Ele está perguntando se você o quer ter como amigo ou como inimigo."

Frost deu um passo na direção do falso Merlin, de modo que o ombro dele tocou a batina desbotada do Merlin real. Wither pensou que Frost ia dizer alguma coisa, mas ficou com medo. Na verdade, Frost percebeu ser impossível se lembrar de quaisquer palavras. Talvez por causa das mudanças rápidas do latim para o inglês que estavam acontecendo. Ele não conseguia falar. Nada vinha à sua mente, a não ser sílabas sem sentido. Ele sabia, havia tempos, que o contato contínuo que tinha com os seres que chamava de macróbios poderia surtir efeitos imprevisíveis na sua psicologia. De forma vaga, a possibilidade de destruição total nunca esteve fora das suas cogitações. Ele treinou a si mesmo para não dar atenção a isso. Agora parecia que aquela possibilidade de destruição completa estava se abatendo sobre ele. Ele lembrou a si mesmo de que o medo era apenas um fenômeno químico. Naquele momento, claramente deveria se manter fora da luta, recompor-se e depois, de noite, começar de novo. Pois, claro, aquilo não poderia terminar daquele jeito. Na pior das hipóteses, seria apenas o primeiro indício do fim. Ele provavelmente ainda teria anos de trabalho. Sobreviveria a Wither e mataria o padre. Mesmo Merlin, se é que era Merlin, talvez não se relacionasse melhor com os macróbios que ele mesmo. Ele ficou de lado, e o andarilho, acompanhado pelo verdadeiro Merlin e pelo vice-diretor, deixou a sala.

Frost tinha razão em pensar que a afasia seria apenas temporária. Assim que os outros saíram ele não teve dificuldade em falar, enquanto sacudia Mark pelos ombros: "Levante-se. Que história é esta de dormir aqui? Venha comigo à Sala da Objetividade".

• • •

Antes de continuar a visita de inspeção, Merlin exigiu um manto para o andarilho, e Wither o vestiu como um doutor em Filosofia da Universidade de Edgestow. Assim paramentado, andando com os olhos semicerrados e tão cuidadosamente como se estivesse pisando em ovos, o cigano desnorteado subiu e desceu escadas, passou pelo zoológico e pelas celas. De vez em quando, ele tinha uma espécie de espasmo no rosto, como se tentasse dizer alguma coisa, mas não conseguia dizer nada, a não ser quando o Merlin verdadeiro lhe fazia uma pergunta e olhava fixo para ele. É claro que tudo aquilo não foi para o andarilho o que teria sido para qualquer um que fizesse ao universo a demanda de um homem próspero e letrado. Sem dúvida era uma coisa estranha — a coisa mais estranha que já acontecera em sua vida. A mera sensação de estar limpo já lhe era estranha, sem deixar de mencionar a túnica vermelha e o fato de que ele continuava a emitir sons que não entendia, e sem o seu consentimento. Mas não foi de jeito nenhum a primeira coisa inexplicável que lhe fora feita.

Enquanto isso, na Sala da Objetividade, surgiu uma espécie de crise entre Mark e o professor Frost. Assim que chegaram, Mark viu que a mesa fora afastada. Tinha um crucifixo grande no chão, quase que em tamanho real, uma obra de arte na tradição espanhola, medonha e realista. "Temos meia hora para continuar com os nossos exercícios", disse Frost, olhando para o relógio. Ele então instruiu Mark a pisotear o crucifixo e a insultá-lo de outras maneiras.

Enquanto Jane havia abandonado o cristianismo bem cedo em sua vida, juntamente com sua crença em fadas e no Papai Noel, Mark nunca acreditara nele. Todavia, naquele momento, pela primeira vez passou por sua cabeça que talvez pudesse haver alguma coisa a ser considerada no cristianismo. Frost, que o observava com cuidado, sabia perfeitamente bem que isso poderia ser o resultado da experiência. Sabia disso porque o treinamento que ele mesmo recebera dos macróbios em determinado momento sugeria-lhe a mesma ideia estranha. Mas não teve escolha. Querendo ou não, era parte da iniciação.

"Mas veja só", disse Mark.

"O que foi?", perguntou Frost. "Por favor, seja rápido. Nós não temos muito tempo."

"Isso aí", disse Mark, apontando com uma relutância indefinida para a horrível figura branca na cruz, "com certeza é pura superstição".

"E daí?"

"E daí que, se é superstição, o que tem de objetivo em pisar no rosto desta imagem? Cuspir nesta coisa não é tão subjetivo quanto adorá-la? Quer dizer, dane-se tudo isso — se é só um pedaço de madeira, por que fazer alguma coisa com ela?"

"Isso é superficial. Se você tivesse sido criado em uma sociedade não cristã, ninguém lhe pediria que fizesse isso. Claro que é superstição, mas é essa superstição em particular que pressiona nossa sociedade há muitos séculos. Pode ser demonstrado experimentalmente que o cristianismo ainda forma um sistema dominante no inconsciente de muitos indivíduos cujo pensamento consciente parece ser totalmente libertado. Por conseguinte, uma ação explícita na direção contrária é um passo necessário rumo a uma objetividade completa. Essa não é uma questão para uma discussão *a priori*. Nós descobrimos na prática que esta não é uma questão que possa ser desconsiderada."

Mark ficou surpreso com as emoções que estava sentindo. Ele não considerava a imagem com nada que se parecesse um sentimento religioso. Mais enfaticamente, não pertencia à ideia do Justo, Normal ou Íntegro que, nos últimos poucos dias, tinha sido seu apoio contra o que agora ele sabia ser o círculo interior em Belbury. O vigor horrível do realismo da imagem estava de fato, ao seu modo, tão distante daquela ideia como qualquer outra coisa na sala. Essa era uma das fontes da sua relutância. Insultar até mesmo uma imagem esculpida de tamanha agonia parecia ser um ato abominável. Mas essa não era a única fonte. Com a introdução daquele símbolo cristão, toda a situação se alterara de alguma maneira. A coisa estava se tornando incalculável. Sua antítese simples do Normal e do Doentio evidentemente tinha deixado de levar alguma coisa em consideração. Por que o crucifixo estava ali? Por que mais da metade das pinturas venenosas eram religiosas? Ele sentiu que havia novos grupos no conflito — aliados e inimigos em potencial dos quais ele não havia suspeitado. "Se eu der um passo em qualquer direção", pensou, "posso cair em um precipício". Surgiu em sua mente uma determinação de, como um jumento, fincar os cascos e ficar parado a qualquer custo.

"Por favor, apresse-se", disse Frost.

Mark quase foi conquistado pela urgência tranquila da voz de Frost, à qual obedecera tantas vezes. Ele estava na iminência de se submeter e acabar com aquela tolice quando o estado de desamparo da imagem o deteve. Aquele sentimento era muito ilógico. Não porque as mãos estavam pregadas e indefesas, mas porque eram feitas de madeira e, por conseguinte, ainda mais desprotegidas. A imagem, a despeito de todo o seu realismo, era inanimada, e não poderia contra-atacar. Mark parou. A face de uma boneca que não poderia reagir, uma daquelas de pano que ele destruíra quando era menino, o afetara do mesmo modo, e a lembrança disso, mesmo agora, era dolorosa.

"O que você está esperando, Sr. Studdock?", perguntou Frost.

Mark estava muito consciente do perigo iminente. Era óbvio que, se desobedecesse, perderia sua última chance de sair de Belbury vivo, ou mesmo de sair daquela sala. A sensação de sufoco mais uma vez o atacou. Ele se sentiu tão indefeso quanto o Cristo de madeira. Enquanto pensava nisso, viu-se olhando para o crucifixo de uma maneira nova — não como uma peça de madeira nem como um monumento de superstição, mas como um pedaço da história. O cristianismo não fazia sentido, mas não havia dúvida de que aquele homem havia vivido e fora executado daquele jeito pela Belbury daquele tempo. E isso, como Mark de repente entendeu, explicou o porquê de aquela imagem, ainda que não fosse uma imagem do Certo ou Normal, mesmo assim estar em oposição a uma Belbury corrompida.

Era uma imagem do que acontecia quando o Certo se encontrava com o Corrompido, uma imagem do que o Corrompido fazia com o Certo — do que aconteceria com ele se permanecesse certo. Era, de uma maneira mais enfática do que ele jamais entendera, uma *cruz*.

"Você pretende ou não prosseguir com o treinamento?", perguntou Frost. Ele estava de olho no tempo. Sabia que os outros estavam realizando a visita de inspeção, e que Jules estava quase chegando a Belbury, e que poderia ser interrompido a qualquer momento. Frost escolhera esse tempo para aquele estágio na iniciação de Mark em parte por obediência a um impulso inexplicável (impulsos assim estavam acontecendo com ele todos os dias), mas em parte porque, naquela situação incerta que havia surgido, ele desejava garantir Mark de vez. Ele e Wither e, possivelmente (àquela altura), Straik, eram os únicos totalmente iniciados do INEC. Sobre eles pairava o risco de dar um passo em falso ao lidar com o homem que alegava ser Merlin e com seu misterioso intérprete. Para ele, que havia dado passos certos, havia uma chance de derrubar todos os outros, de tornar-se para eles o que eles eram para o restante do Instituto, e o que o Instituto era para o restante da Inglaterra. Ele sabia que Wither esperava ansiosamente por um deslize da sua parte. Daí que lhe parecia ser da mais elevada importância levar Mark o mais rapidamente possível para além daquele ponto onde não há mais volta, no qual a lealdade do discípulo tanto para com os macróbios como também para com o mestre que o iniciou se torna uma questão de necessidade psicológica, ou até mesmo física.

"Você não ouviu o que eu disse?", ele perguntou outra vez a Mark.

Mark não respondeu. Ele estava pensando, e pensando muito, porque sabia que se parasse por um momento, o terror da morte tiraria a decisão das mãos dele. O cristianismo era uma fábula. Seria ridículo morrer por uma religião na qual não cria. Aquele homem mesmo, na cruz, descobrira que era uma fábula, e morrera reclamando que o Deus em quem confiava o abandonara. Ele havia descoberto que o universo era uma farsa. Mas isso levantou uma questão na qual Mark nunca havia pensado. Seria *aquele* o momento de se virar contra o homem? Se o universo era um engano, seria essa uma razão para passar para o lado do universo? Imaginando que o Certo fosse totalmente impotente, sempre e em toda parte vítima de zombaria, tortura e finalmente morte pelo que é corrompido, então o quê? Por que não afundar com o navio? Ele começou a ficar assustado pelo fato de que seus temores pareciam ter desvanecido. Eles tinham sido uma proteção… Durante toda a vida, seus temores o haviam impedido de tomar decisões erradas como aquela que estava tomando naquele momento quando se virou para Frost e disse:

"É tudo uma bobagem sem fim, e maldito seja eu se fizer isso."

Quando disse isso, ele não tinha ideia do que poderia acontecer a seguir. Não sabia se Frost ia tocar uma campainha, sacar um revólver ou apresentar suas exigências outra vez. Na verdade, Frost simplesmente o encarou, e Mark o encarou de volta. Então ele viu que Frost estava ouvindo alguma coisa, e ele mesmo começou a ouvir também. A porta se abriu um momento depois. De repente a sala pareceu ficar cheia de gente — um homem com uma beca vermelha (Mark não reconheceu o andarilho de imediato), o homem grandalhão e Wither.

• • •

Na grande sala de estar em Belbury, um grupo particularmente desconfortável estava reunido. Horace Jules, diretor do INEC, havia chegado meia hora antes. Ele fora para o escritório do vice-diretor, que não estava lá. Então lhe mostraram seus próprios aposentos, e esperaram que ele fosse demorar para se estabelecer. Mas ele se instalou muito rapidamente. Passados cinco minutos, já estava de novo no andar de baixo, e ainda era muito cedo para que qualquer um fosse se trocar. Ele estava em pé, de costas para a lareira, tomando uma taça de xerez, e os principais membros do Instituto estavam em pé em volta dele. A conversa estava demorando a ficar animada.

Conversar com o Sr. Jules era sempre muito difícil porque ele insistia em se considerar não uma figura de fachada, mas o verdadeiro diretor do Instituto, e também a fonte da maioria das suas ideias. E como todo o conhecimento que ele tinha lhe fora ensinado na Universidade de Londres uns cinquenta anos atrás, e toda a filosofia que ele conhecia fora adquirida de escritores como Haeckel,[10] Joseph McCabe[11] e Winwood Reade,[12] não era possível conversar com ele a respeito de muitas das coisas que o Instituto

[10]Ernst Haeckel (1834–1919), biólogo e filósofo alemão, defensor ardoroso da teoria da evolução de Charles Darwin. [N. T.]

[11]Joseph McCabe (1867–1955), escritor e clérigo inglês que abandonou o sacerdócio, declarando-se ateu. [N. T.]

[12]Winwood Reade (1838–1875), explorador e escritor escocês, crítico contundente da religião em geral e do cristianismo em particular. [N. T.]

estava fazendo. Era sempre necessário inventar respostas para perguntas que, na verdade, não tinham sentido, e expressar entusiasmo por ideias ultrapassadas e que não eram boas nem em sua melhor forma.

É por isso que a ausência do vice-diretor era tão desastrosa em entrevistas assim, porque Wither era o único que dominava o estilo de conversa adequado para Jules.

Jules era da zona leste de Londres. Era baixinho, com as pernas tão curtas que fora indelicadamente comparado a um pato. Tinha o nariz arrebitado e um rosto que havia perdido a cordialidade original por causa de muitos anos de luxúria e vaidade. Seus livros lhe proporcionaram fama e riqueza. Mais tarde, como editor da revista semanal *Nós queremos saber,* ele se tornara uma pessoa com tanto poder no país que seu nome era realmente necessário para o INEC.

"E como eu disse ao arcebispo", observou Jules, "'Talvez o senhor não saiba', eu dizia, 'que a pesquisa moderna demonstra que o templo em Jerusalém tinha mais ou menos o tamanho de uma igreja de uma cidadezinha inglesa'."

"Deus!", disse Feverstone, que permanecia em silêncio no canto do grupo, para si mesmo.

"Tome um pouco mais de xerez, diretor", disse a Srta. Hardcastle.

"Bem, eu não ligo de tomar", disse Jules. "Este aqui não é um xerez ruim, de jeito nenhum, ainda que eu pense que possa lhe indicar um lugar onde se pode conseguir algo melhor. E como você está se saindo com suas reformas em nosso sistema penal, Srta. Hardcastle?"

"Tendo progresso, de verdade", respondeu ela. "Penso que algumas modificações no Método Pellotoff..."

"O que eu sempre digo", ressaltou Jules, interrompendo-a, "é: por que não tratar o crime como qualquer outra doença? Não vejo motivo para punição. O que você quer fazer é colocar o homem nos trilhos — permitir-lhe recomeçar, ter um interesse na vida. Isso é tudo perfeitamente simples se você olhar por esse ponto de vista. Ouso dizer que você andou lendo uma pequena palestra sobre o assunto que apresentei em Northampton".

"Eu concordei com você", disse a Srta. Hardcastle.

"Está certo", disse Jules. "E eu vou lhe dizer quem não concordou. O velho Hingest — e, a propósito, que história esquisita! Você nunca apanhou o assassino, não é mesmo? Mas ainda que eu sinta pelo velho camarada, nunca estive muito de acordo com ele. Da última vez que o vi, alguns de nós falavam a respeito de delinquentes juvenis. E você sabe o que ele disse? Ele disse que 'o problema com estes tribunais para delinquentes juvenis é que estão sempre esperando endireitá-los, quando deveriam dobrá-los'. Nada mal, não é mesmo? Mesmo assim, como disse Wither — e, a propósito, onde Wither *está*?"

"Acho que ele vai chegar a qualquer momento", disse a Srta. Hardcastle. "Nem imagino o motivo de ele ainda não ter chegado."

"Eu acho", disse Filostrato, "que o carro dele quebrou. Ele vai ficar muito desolado, Sr. Diretor, por não ter lhe dado boas-vindas".

"Ah, ele não precisa se preocupar com isso", disse Jules. "Nunca fui de formalidades, embora tivesse pensado que ele estaria aqui quando eu chegasse. Você parece muito bem, Filostrato. Estou acompanhando seu trabalho com muito interesse. Eu o vejo como um dos criadores da humanidade."

"*Sim, sim*", disse Filostrato, "essa é a verdadeira questão. Nós já começamos...".

"Vou fazer o máximo para ajudá-lo no lado não técnico", disse Jules. "Essa é uma batalha que estamos travando há anos. Toda a questão da nossa vida sexual. O que eu sempre digo é que, uma vez que as cartas estão na mesa, você não tem mais problema. É toda esta discrição vitoriana que faz mal. Fazer mistério em torno disso. Eu quero que cada rapaz e cada moça neste país..."

"Meu Deus!", disse Feverstone para si mesmo.

"Perdoe-me", disse Filostrato, que, sendo estrangeiro, ainda não havia perdido a esperança de tentar explicar as coisas para Jules. "Mas esse não é bem o ponto."

"Agora eu sei o que você vai dizer", interrompeu Jules, tocando com um dedo indicador gordo na manga do professor. "E ouso dizer que você não leu o meu pequeno artigo. Mas, acredite em mim, se você procurar a primeira edição do mês passado, vai encontrar um editorial pequeno e modesto que um sujeito como você poderia desprezar porque não tem nenhum termo técnico. Mas eu lhe peço apenas que o leia e veja se ele não resume tudo, e de uma maneira que o homem comum consiga entender."

Nesse momento, o relógio bateu um quarto de hora.

"Alguém pode me dizer", perguntou Jules, "a que horas é o jantar?". Ele gostava de banquetes, especialmente os banquetes nos quais tinha de falar. Ele também detestava esperar.

"Às quinze para as oito", disse a Srta. Hardcastle.

"Você sabe", disse Jules, "que esse tal de Wither tinha mesmo de estar aqui. Falando sério. Não sou muito formal, mas não me importo de lhe dizer, cá entre nós, que estou um pouco ofendido. Não é coisa que se faça, não é?".

"Espero que não tenha nada de errado com ele", disse a Srta. Hardcastle.

"Não dá para imaginar que ele teria saído, não em um dia como este", disse Jules.

"*Ecco*", disse Filostrato. "Alguém chegou."

Era mesmo Wither, que entrou no salão seguido por um grupo que Jules não esperava ver, e seu rosto certamente tinha boas razões para parecer mais caótico que de costume. Ele ficara andando para todo lado no seu próprio Instituto como se fosse uma espécie de lacaio. Não tivera nem sequer permissão para ligar o suprimento de sangue e ar para o Cabeça quando o obrigaram a entrar na sala do Cabeça. E Merlin (se é que era Merlin) não lhe dera atenção. O pior de tudo é que estava ficando cada vez mais claro que aquele íncubo intolerável e seu intérprete tinham total intenção de comparecer ao jantar. Ninguém estaria mais consciente que Wither do absurdo que era apresentar Jules a um padre velho e maltrapilho — que não sabia falar inglês — responsável pelo que parecia um chimpanzé sonâmbulo vestido de doutor em Filosofia. Dar a explicação real a Jules — mesmo se ele soubesse qual era a explicação real — estava fora de cogitação. Pois Jules era um homem simples para quem a palavra "medieval" significava apenas "selvagem", e em quem a palavra "magia" evocaria memórias de *O ramo de ouro*.[13] Era um incômodo menor que desde sua visita à Sala da Objetividade ele tivesse sido obrigado a levar Frost e Studdock com ele. Também não ajudou a consertar as coisas o fato de que, quando se aproximaram de Jules e todos os olhos estavam fixos neles, o falso Merlin caiu em uma poltrona, murmurando, e fechou os olhos.

"Meu prezado diretor", começou Wither, um pouco sem fôlego. "Este é um dos momentos mais felizes da minha vida. Espero que tudo lhe esteja sendo confortável. Foi de muita infelicidade eu ter sido chamado no exato momento em que esperava pela sua chegada. Uma coincidência inestimável... Outra pessoa muito distinta se juntou a nós neste mesmo momento. Um estrangeiro..."

---

[13] *O ramo de ouro* é uma série de treze volumes em religião comparada de autoria de James George Frazer (1854–1941), publicada na virada do século 19 para o 20. [N. T.]

"Ah", interrompeu Jules, com uma voz ligeiramente áspera. "Quem é ele?"

"Permita-me", disse Wither, ficando um pouquinho de lado.

"Você quer dizer *isso aí*?", disse Jules. O suposto Merlin estava sentado com os braços pendurados de cada lado da poltrona, os olhos fechados, a cabeça pendida para um lado e um sorrisinho no rosto. "Ele está bêbado? Ou doente? E afinal, quem é ele?"

"Como eu dizia, ele é um estrangeiro", começou Wither.

"Bem, não é por isso que ele vai dormir justo quando é apresentado a mim, não é?"

"Ei!", disse Wither, afastando Jules um pouco do grupo e abaixando o volume de sua voz. "Há pormenores — vai ser difícil explicar isto aqui —, eu fui pego de surpresa e, se você não estivesse aqui, eu o teria consultado no primeiro momento possível. Nosso ilustre convidado acaba de fazer uma longa viagem e tem, reconheço, algumas excentricidades e..."

"Mas quem é ele?", insistiu.

"O nome dele é... eh... Ambrosius. Dr. Ambrosius, você sabe."

"Nunca ouvi falar", disparou Jules. Em outra ocasião talvez ele não tivesse admitido isso, mas tudo naquela noite estava saindo diferente das suas expectativas, e ele estava perdendo as estribeiras.

"Pouquíssimos de nós já ouviram falar dele", disse Wither. "Mas logo todo mundo vai ouvir falar dele. É por isso que, sem ao menos..."

"E quem é *aquele* ali?", perguntou Jules apontando para o verdadeiro Merlin. "Ele parece estar se divertindo."

"Oh, aquele ali é apenas o intérprete do Dr. Ambrosius."

"Intérprete? Ele não fala inglês?"

"Infelizmente não. Ele vive em um mundo que é só dele."

"E você só conseguiu um padre para ser o intérprete dele? Eu não gosto da aparência deste sujeito. Nós não queremos esse tipo de coisa aqui de jeito nenhum. Ei! E quem é *você*?"

A última pergunta fora dirigida a Straik, que naquele momento estava indo ao encontro do diretor. "Senhor Jules", disse ele, encarando o diretor com um olhar profético, "sou o portador de uma mensagem que o senhor precisa ouvir. Eu...".

"Cale-se", disse Frost a Straik.

"É sério, Sr. Straik, é sério", disse Wither. Os dois ladearam Straik e o afastaram.

"Agora olhe aqui, Sr. Wither", disse Jules, "vou falar com franqueza. Não estou nada satisfeito. Tem *outro* pároco aqui. Não me lembro de ter recebido nome de nenhuma dessas pessoas, e se tivesse, eu não teria aprovado, está entendendo? Você e eu precisamos ter uma conversa muito séria. Parece que você está marcando entrevistas nas minhas costas e transformando este lugar em uma espécie de seminário. E isso é algo que eu não vou admitir, e o povo britânico também não vai".

"Eu sei, eu sei", disse Wither. "Entendo perfeitamente os seus sentimentos. Você pode contar com minha total solidariedade. Estou ansioso para lhe explicar a situação. Enquanto isso, talvez, como o Dr. Ambrosius parece ligeiramente esgotado e acaba de soar o aviso para nos vestirmos... Ah, perdoe-me, por favor. Este *é* o Dr. Ambrosius."

O andarilho, para quem o verdadeiro mago tinha se voltado, levantou-se de sua poltrona e se aproximou. Jules estendeu a mão, chateado. O suposto Merlin, olhando por cima do ombro de Jules e sorrindo de maneira inexplicável, agarrou e apertou a mão do diretor umas dez ou quinze vezes, como se não estivesse pensando no que estava acontecendo. Jules percebeu que o hálito dele era forte, e que seu aperto de mão era calejado. Ele não estava gostando do Dr. Ambrosius. E detestava ainda mais a forma invasiva como o intérprete se agigantava sobre os dois.

Banquete em Belbury

16

FOI COM GRANDE prazer que Mark se vestiu para mais um jantar, e o que parecia ser um jantar excelente. Ele se sentou tendo Filostrato à sua direita e um recém-chegado bastante insignificante à sua esquerda. Até Filostrato parecia humano e amigável comparado com aqueles dois iniciados. O coração de Mark se aqueceu positivamente diante do recém-chegado. Mark observou com surpresa que o andarilho se sentou à mesa alta entre Jules e Wither, mas não ficou olhando muito naquela direção porque o homem, percebendo que estava sendo observado, imprudentemente ergueu sua taça e piscou para ele. O padre estranho permaneceu pacientemente em pé atrás da cadeira do andarilho. De resto, nada de importante aconteceu até fazerem um brinde à saúde do rei e Jules se levantar para fazer seu discurso.

Durante os primeiros minutos, todos que estivessem olhando para as longas mesas teriam visto o que sempre vemos em ocasiões assim. Havia o rosto plácido dos *bon vivant* idosos, que a comida e o vinho haviam colocado em um lugar de contentamento que nenhum discurso seria capaz de atrapalhar. Havia o rosto paciente dos convivas responsáveis, mas sérios, que há muito haviam aprendido como continuar com seus próprios pensamentos enquanto prestavam suficiente atenção ao discurso para responder toda vez que houvesse necessidade de um riso ou de um murmúrio baixo. Esse era o sinal de que concordavam com o que estava sendo dito. Havia a expressão inquieta dos rapazes que não gostam de vinho do Porto e que estavam doidos de vontade de fumar. Havia uma atenção exacerbada e exagerada nos rostos empoados das mulheres que sabiam qual era seu dever para com a sociedade. Mas, se você olhasse para as mesas, teria visto uma mudança. Você teria visto um rosto após o outro voltando-se para o orador. Primeiro veria curiosidade; depois, atenção fixa; depois, incredulidade. Finalmente você observaria que o salão estava totalmente silencioso, sem uma tosse nem barulho, e que todos estavam com os olhos fixos em Jules, e logo todos estariam de boca aberta em uma reação entre o fascínio e o horror.

A plateia reagiu de modo diferente ao discurso. Para Frost, a mudança começou quando ele ouviu Jules terminar uma frase com as palavras "um anacronismo tão grosseiro quanto confiar no *calvário* para a salvação na guerra moderna". "Cavalaria", pensou Frost, quase em voz alta. Por que o bobão não prestava atenção no que estava dizendo? A gafe o deixou extremamente irritado. Talvez — mas ei! O que era aquilo? Será que ele entendeu errado? Pois Jules parecia estar dizendo que a futura densidade da humanidade dependia da implosão dos cavalos da Natureza. "Ele está bêbado", pensou Frost. Então, com uma articulação de clareza cristalina, além de qualquer possibilidade de engano, veio: "O madrigório do verjuízo precisa ser taltibianizado".

Wither demorou para perceber o que estava acontecendo. Ele nunca esperara que o discurso como um todo tivesse qualquer sentido, e por um longo tempo as conhecidas frases feitas fluíram de uma maneira que não perturbou a expectativa dos seus ouvidos. Na verdade, ele pensou que Jules estava correndo perigo, e que um pequenino passo em falso privaria tanto o orador como a plateia da capacidade de fingir que ele estava dizendo qualquer coisa específica. Desde que aquela fronteira não fosse ultrapassada, ele estava admirando o discurso, que era do seu estilo. Depois pensou: "Epa! Isso está indo longe demais. Até eles devem entender que não se pode falar em aceitar o desafio do passado arremessando a manopla do futuro". Wither observou a sala com cautela. Tudo estava bem. Mas logo não estaria, se Jules não terminasse seu discurso depressa. Na última frase dele, com certeza havia palavras que Wither não conhecia. Que diabos ele queria dizer por *aolibato*? Ele observou a sala outra vez. Os presentes estavam prestando muita atenção, o que era um mau sinal. Aí veio a frase: "Os substitutos exemplantaram em um contínuo de variações porosas".

No início, Mark não prestou a menor atenção ao discurso. Ele tinha muitas outras coisas em que pensar. A aparição daquele papagaio falador no meio da crise da sua história era uma mera interrupção. Ele estava correndo riscos demais, mas, mesmo assim, de maneira precária, estava feliz demais para se importar com Jules. Por uma ou duas vezes, uma frase chegou aos seus ouvidos, dando-lhe vontade de sorrir. Foi primeiramente despertado para a real situação por meio do comportamento dos que estavam sentados perto dele. Ele estava consciente do crescente incômodo deles. Percebeu que todos, exceto ele mesmo, haviam começado a prestar atenção. Levantando os olhos, Mark viu seus rostos. E aí então, pela primeira vez, verdadeiramente ouviu. Jules estava dizendo: "Nós não iremos até que possamos assegurar a erebação de todos os inítens prostundiários". Por menos que se importasse com Jules, um súbito choque de alarme o atingiu. Ele olhou em volta outra vez. Evidentemente não era ele que tinha ficado louco — todos ouviram o palavrório sem sentido. A exceção possível era o andarilho, que olhava de maneira tão solene quanto um juiz. Ele nunca tinha ouvido um discurso de um almofadinha, e teria ficado desapontado se pudesse entendê-lo. Ele também nunca tinha tomado vinho do Porto reserva, e, ainda que não gostasse do sabor, estava se esforçando neste sentido.

Nem por um momento Wither se esqueceu de que havia repórteres presentes. Isso em si não importava muito. Se qualquer coisa inadequada fosse publicada no jornal do dia seguinte, seria facílimo dizer que o repórter estava bêbado ou louco e acabar com ele. Por outro lado, ele poderia deixar a história passar. Em muitos aspectos, Jules era um estorvo, e aquela poderia ser uma boa oportunidade de acabar com a carreira dele. Mas não era a questão imediata. Wither estava pensando se deveria esperar até que Jules se sentasse ou se deveria se levantar e interrompê-lo com algumas poucas palavras judiciosas. Ele não queria um escândalo. Seria melhor se Jules se sentasse por livre e espontânea vontade. Ao mesmo tempo, àquela altura o ambiente era dominado por um clima que advertiu Wither a não esperar muito. Dando uma olhada no ponteiro de minutos do relógio, ele resolveu esperar mais dois minutos. Quase no mesmo instante em que tomou essa decisão, ele se deu conta de que havia calculado errado. Uma insuportável gargalhada em voz de falsete soou da extremidade da mesa e não parava. Alguma mulher boba havia ficado histérica. Imediatamente Wither tocou o braço de Jules, fez-lhe um aceno com a cabeça e se levantou.

"Ei? Quem manchou o boi?", resmungou Jules. Mas Wither, colocando a mão no ombro do homenzinho, de maneira discreta, mas com todo o seu peso, forçou-o a se sentar. Wither, então, pigarreou. Ele sabia como fazer aquilo de modo que todos os olhares no salão imediatamente se voltassem para ele. A mulher parou de gargalhar. Pessoas que estavam sentadas imóveis em posições tensas se mexeram e relaxaram. Wither olhou o salão por um ou dois segundos em silêncio, sentindo seu domínio sobre a plateia. Viu que a tinha na mão. Não haveria mais histeria. Então começou a falar.

Todos deveriam parecer cada vez mais à vontade na medida em que ele prosseguia, e logo deveriam haver murmúrios de grave pesar pela tragédia que acabaram de testemunhar. Era o que Wither esperava. O que ele viu, na verdade, o deixou confuso. O mesmo silêncio atento que dominara o ambiente durante a fala de Jules havia voltado. Olhos brilhantes que não piscavam e bocas abertas o saudavam em todas as direções. A mulher começou a gargalhar outra vez — ou não, desta vez eram duas mulheres. Cosser, depois de um olhar assustado, deu um pulo, derrubou sua cadeira e saiu correndo da sala.

O vice-diretor não conseguiu entender, pois, para ele, sua própria voz parecia pronunciar o discurso que ele tinha resolvido fazer. Mas a plateia o ouviu dizer: "Melhoras e horrores — eu sinto para que nós todos — eh— muito abruptamente refutar o lavatório defensável. A brilhante Aspásia por ter escolhido nosso inspetor redimido deste engano. Seria — eh— seria inescrupuloso, muito inescrupuloso, pelas debêntures de qualquer um…".

A mulher que tinha rido levantou-se apressadamente. O homem sentado ao seu lado ouviu quando ela falou baixinho ao seu ouvido: "Vo odo uo lo". Ele imediatamente captou as sílabas sem sentido e sua expressão natural. As duas coisas, por algum motivo, o enfureceram. Ele se levantou para ajudá-la a trazer a cadeira de volta em um daqueles gestos selvagens de boas maneiras que, na sociedade moderna, com frequência funcionam como substitutos à agressividade. Na verdade, ele arrancou a cadeira da mão dela. Ela gritou, tropeçou em uma dobra do tapete e caiu. O homem do outro lado viu que ela caiu e viu também a expressão de fúria do primeiro homem. "Vocês doisos estão culpanados?", rugiu ele, inclinando-se na direção do outro com um movimento ameaçador. Quatro ou cinco pessoas naquela parte da sala já estavam em pé. Elas gritavam. Ao mesmo tempo, havia movimentação em outros lugares. Vários rapazes se dirigiram à porta. "Pacoteiros, pacoteiros", disse Wither muito alto e com agressividade. Em diversos momentos, ele conseguia trazer ordem a reuniões tumultuadas simplesmente levantando a voz e mandando todos se aquietarem.

Mas dessa vez ele sequer foi ouvido. Pelo menos vinte pessoas estavam tentando fazer o mesmo naquele exato instante. Para cada uma parecia claro que as coisas haviam chegado ao ponto em que uma palavra de bom-senso, dita por uma voz diferente, restauraria a sanidade do ambiente. Uma pensou em dizer uma palavra severa, outra pensou em uma piada, outra, em algo muito tranquilo e instrutivo. O resultado é que conversas sem sentido em uma grande variedade de tons ressoaram de todos os lugares de uma vez. Frost era o único dos líderes que não tentava dizer nada. Ao invés de falar, ele escreveu algumas poucas palavras em uma tira de papel, chamou um funcionário e, por meio de sinais, fez com que ele entendesse que o bilhete deveria ser entregue à Srta. Hardcastle.

Quando a mensagem foi colocada nas mãos dela, o protesto era universal. Para Mark, aquilo soava como o barulho de um restaurante lotado em um país estrangeiro. A Srta. Hardcastle alisou o papel e inclinou a cabeça para ler. A mensagem dizia: "Áspero fritadores intantaneamente para o bdluróide pontudo. Purgente. Preço". Ela amassou o papel.

A Srta. Hardcastle já sabia, antes de receber a mensagem que, estava quase alcoolizada por completo. Ela esperava e pretendia ficar bêbada: sabia que mais tarde naquela noite ia descer às celas para fazer coisas. Havia uma prisioneira nova: uma mocinha fofinha do jeito que a Fada gostava, com quem ela esperava passar uma hora agradável. O tumulto de todas as conversas sem sentido não a preocupou. Ao contrário, ela achou tudo muito empolgante. Aparentemente Frost queria que ela tomasse alguma atitude. Ela decidiu que o faria. Levantou-se, e caminhou por todo o salão até a porta, trancou-a, guardou a chave em seu bolso e depois virou-se para examinar o grupo que ali estava. Ela percebeu que nem o suposto Merlin nem o padre basco estavam em qualquer lugar onde pudessem ser vistos. Wither e Jules, em pé, lutavam um contra o outro.

Ela se preparou para ir ao encontro deles. Havia tantas pessoas em pé que ela demorou para chegar aonde eles estavam. Toda a aparência de um jantar festivo desapareceu: parecia mais um terminal ferroviário em Londres em dia de feriado. Todo mundo tentava restabelecer a ordem, mas todos eram ininteligíveis, e, no esforço de serem entendidos, falavam cada vez mais alto. Ela gritou muitas vezes, e teve de se esforçar muito para chegar ao seu destino.

Houve então um barulho de estourar os tímpanos e, depois disso, segundos de silêncio absoluto. Mark foi o primeiro a perceber que Jules fora assassinado e, depois, que a Srta. Hardcastle tinha atirado nele. Depois foi difícil ter certeza do que ocorreu. O estampido e os gritos poderiam ter ocultado uns dez planos razoáveis para desarmar a assassina, mas foi impossível conciliá-los. A única coisa que aconteceu foi uma profusão de chutes, lutas, pulos para cima e para baixo das mesas, empurrões e recuos, gritos, vidros quebrados. Ela atirava o tempo todo. Mais que qualquer outra coisa, foi o cheiro que, anos mais tarde, fez com que Mark se lembrasse da cena: o cheiro da pólvora misturado ao cheiro grudento de sangue, vinho do Porto e vinho Madeira.

De repente, a confusão de gritos se tornou um único e prolongado barulho de terror. Todos ficaram *ainda mais* amedrontado. Algo passou muito rapidamente ao longo do piso entre as duas mesas compridas e desapareceu debaixo de uma delas. Talvez metade dos presentes não tenha chegado a ver o que era, e tenha notado apenas um brilho preto e mostarda. Os que viram com clareza não podiam contar para os outros — eles só conseguiam apontar e gritar sílabas sem sentido. Mas Mark viu o que era: um tigre.

Pela primeira vez, naquela noite, todos se deram conta de quantos esconderijos aquele salão tinha. O tigre poderia estar debaixo de qualquer mesa. Poderia estar em qualquer janela de sacada, atrás das cortinas. Ao longo de um dos cantos do salão havia também um biombo.

Não se deve supor que, mesmo naquele momento, ninguém no grupo conseguiu manter os pensamentos em ordem. Com altos apelos para todo o salão ou com sussurros urgentes aos vizinhos mais próximos, cada um tentou controlar o pânico, conduzir uma saída ordenada do salão e indicar como a fera poderia ser atraída ou acossada até o campo aberto para ser abatida. Mas o castigo da falta de sentido na conversa frustrou todos os esforços. Não conseguiam conduzir os dois movimentos em curso. A maioria não tinha visto quando a Srta. Hardcastle trancara a porta: eles se debatiam para chegar até ela a qualquer custo. Preferiam lutar, preferiam matar a não alcançar a porta. Por outro lado, um grupo grande sabia que a porta estava fechada. Devia haver outra porta, usada pelos empregados, pela qual o tigre passara. Foram para a outra extremidade do salão para achá-la. Todo o centro do salão estava ocupado por aquelas duas ondas — um imenso tumulto de futebol, barulhento a princípio, com esforços frenéticos de explicação, mas logo, à medida que a luta engrossava, quase silencioso, com exceção do barulho de respirações pesadas, pés chutando ou pisoteando e murmúrios sem sentido.

Quatro ou cinco desses combatentes caíram pesadamente contra uma mesa, arrancando a toalha com a queda, e todas as bandejas de frutas, decantadeiras, copos e pratos. Foi no meio dessa confusão que, com um uivo de terror, irrompeu o tigre. Aconteceu tão depressa que Mark nem percebeu. Ele viu a cabeça imensa, o rosnado do gato, os olhos flamejantes. Ouviu um tiro — o último. Então o tigre desapareceu de novo. Alguma coisa gorda, branca e ensanguentada caiu aos pés dos desordeiros. Mark não identificou na hora quem era pois o rosto, de onde ele o via, estava ao contrário, e as contorções o disfarçaram até realmente morrer. Ele então reconheceu a Srta. Hardcastle.

Wither e Frost não foram mais vistos. Houve um rugido bem próximo, e Mark pensou ter localizado o tigre. Aí ele viu em relance algo menor e mais cinza. Pensou que fosse um pastor-alemão. Se fosse, o cachorro estava louco. Ele corria babando pela mesa, com o rabo entre as pernas. Uma mulher, de costas para a mesa, virou-se, viu o cão, tentou gritar e no momento seguinte caiu quando a criatura pulou na garganta dela. Era um lobo. "Ai — ai!", gritou Filostrato, e pulou para cima da mesa. Alguma coisa passou rapidamente pelos pés dele. Mark viu aquela coisa passando muito rápido pelo piso, despertando convulsões novas e frenéticas em uma massa de terror entrelaçada. Era uma espécie de serpente.

Acima do caos de sons que se despertavam — parecia que um novo animal entrava na sala a cada minuto — veio finalmente um som do qual quem ainda era capaz de entender conseguiu extrair conforto. *Pam-pam-pam*: estavam batendo na porta pelo lado de fora. Era uma grande porta camarão, uma porta pela qual uma pequena locomotiva quase poderia passar, pois o salão era uma imitação de Versalhes. Um ou dois dos painéis da porta já estavam rachando. O barulho enlouqueceu os que pretendiam abrir aquela porta, e pareceu enlouquecer os animais também, que não paravam para comer o que matavam, ou só paravam para dar uma lambida no sangue. Àquela altura, havia mortos e moribundos para todo lado, pois o tumulto matava tanto quanto as feras. E o tempo todo, de todos os lados, vinham vozes que tentavam falar com os que estavam do outro lado da porta "Rápido, rápido, depressa", mas elas só gritavam coisas sem sentido. O barulho perto da porta era cada vez maior. Como em imitação, um grande gorila pulou na mesa onde Jules estava e começou a bater no próprio peito. Então, com um rugido, ele pulou em cima da confusão.

Finalmente a porta cedeu, e as duas folhas se abriram. O corredor, emoldurado pelo portal, estava escuro. Alguma coisa cinzenta parecida com uma cobra veio da escuridão, balançou no ar e começou a quebrar sistematicamente a madeira lascada nos dois lados, para abrir caminho. Mark, então, viu nitidamente como aquela coisa desceu, enrolou-se ao redor de um homem — ele pensou que era Steele, mas todo mundo estava parecendo diferente — e o levantou do chão. Depois disso, monstruosa e improvável, a forma imensa do elefante adentrou o salão: seus olhos enigmáticos, suas orelhas rígidas como asas de um demônio dos dois lados da sua cabeça. Ele ficou parado por um segundo com Steele se contorcendo na tromba, e depois o jogou no chão e o pisoteou. Em seguida, levantou de novo a cabeça e a tromba, bramiu horrivelmente e avançou em linha reta para dentro do salão, urrando e pisoteando, pisoteando o tempo todo, como uma moça pisa uvas, com passos pesados que logo ficaram molhados em uma trilha de sangue e ossos, carne, vinho, frutas e toalhas de mesa encharcadas. Algo além de perigo invadiu a mente de Mark a partir daquela cena. O orgulho e a glória insolentes da fera e a maneira descuidada como ela matava pareciam esmagar seu espírito do mesmo modo como seus pés chatos esmagavam mulheres e homens. Certamente estava vindo o Rei do mundo... Então tudo ficou escuro, e Mark não soube de mais nada.

• • •

Quando o Sr. Bultitude recobrou a consciência, viu que estava em um lugar escuro cheio de cheiros desconhecidos. Isso não o surpreendeu nem o perturbou. Enfiar sua cabeça em qualquer quarto vazio em St. Anne's, como ele de vez em quando conseguia fazer, era uma aventura não menos impressionante que aquela na qual se encontrava. E naquele lugar os aromas eram promissores. Ele percebeu que havia comida nas proximidades e — ainda mais empolgante — uma fêmea da sua espécie. Parece que também havia muitos outros animais, mas isso era mais irrelevante que alarmante. Ele decidiu procurar a ursa e a comida, e foi aí que descobriu que havia paredes em três lados e barras no quarto. Ele não conseguia sair dali. Isso, combinado com um desejo não articulado pela companhia humana com a qual ele estava acostumado, o levou gradualmente a uma depressão. Uma tristeza que só os animais conhecem — mares imensos de emoção desconsolada sem nenhum pequeno bote da razão para flutuar — fez com que ele descesse às profundezas. Ao seu próprio modo ele ergueu a voz e chorou.

Mas não muito longe de onde ele estava, outro cativo, um humano, era quase igualmente engolido pela tristeza. O Sr. Maggs, sentado em uma pequena cela branca, ruminava constantemente sua grande tristeza, como só um homem simples consegue ruminar. Um homem letrado, naquelas circunstâncias, teria encontrado a desgraça misturada com a reflexão, estaria pensando em como esta nova ideia de cura em vez de punição, aparentemente tão humana, na verdade tinha privado o criminoso de todos os seus direitos e, ao excluir o *nome* "punição", fizera a *situação* virar infinita. Mas o Sr. Maggs só pensava em uma coisa: que aquele era o dia que ele havia esperado durante toda a sua sentença, que ele tinha imaginado, àquela hora, estar tomando chá em casa com Ivy (ela teria preparado alguma coisa saborosa para ele naquela primeira noite), mas isso não aconteceu. Sentou-se imóvel. Uma vez a cada dois minutos, uma grande lágrima descia por sua face. Ele não teria se importado tanto se lhe tivessem dado um maço de cigarros.

Foi Merlin quem levou libertação para os dois. Ele tinha saído da sala de jantar assim que a maldição de Babel estava bem estabelecida sobre os inimigos. Ninguém o viu sair. Wither chegou a ouvi-lo falando alto e insuportavelmente alegre acima do tumulto de tolices: *"Qui Verbum Dei contempserunt, eis auferetur etiam verbum hominis"*.[1]

Depois disso, Wither não viu nem Merlin, nem o andarilho. Merlin foi embora e bagunçou a casa. Libertou os animais e os homens. Os animais que estavam mutilados, ele os matou com um movimento instantâneo dos poderes que estavam nele, de maneira rápida e indolor, como as suaves flechas de Ártemis. Ao Sr. Maggs, ele entregou uma mensagem escrita, que dizia o seguinte: "Meu muito querido Tom, eu espero mesmo que você esteja bem, e o Diretor aqui é uma boa pessoa, e ele diz para você vir para o solar de St. Anne's o mais rápido que puder. E não passe por Edgestow, Tom, de jeito nenhum, mas venha do jeito que puder, acho que alguém poderá lhe dar uma carona. Está tudo certo aqui. Por enquanto é só. Muito amor da sempre sua, Ivy". Ele deixou os outros prisioneiros irem aonde quisessem. O andarilho, vendo que Merlin estava de costas por um segundo, e tendo percebido que a casa parecia estar vazia, fugiu, primeiro para a cozinha e depois, reforçando seus bolsos com tudo que conseguiu segurar de itens comestíveis, para o mundo. Não foi possível rastreá-lo depois disso.

Merlin mandou os animais para a sala de jantar. Eles ficaram enlouquecidos com a voz e o toque dele. Só não foi o jumento, que desapareceu por volta da mesma hora que o andarilho. Mas ele segurou o Sr. Bultitude, que o reconheceu imediatamente como o homem ao lado de quem se sentara no

[1]"Aqueles que desprezaram a palavra de Deus, deles também será tirada a palavra do homem."

Salão Azul, menos agradável e pegajoso que naquela ocasião, mas inconfundivelmente o mesmo. Mesmo sem a brilhantina, havia algo em Merlin que combinava exatamente com o urso, e, quando eles se encontraram, o urso "fez-lhe toda a festa que um animal pode fazer para um homem".[2] Merlin colocou a mão sobre a cabeça do urso e cochichou algo no ouvido dele, e sua mente obscurecida ficou repleta de entusiasmo, como se algum prazer há muito proibido e esquecido voltasse subitamente. O urso seguiu Merlin pelos corredores longos e vazios de Belbury. A saliva pingava da boca do animal, e ele começou a rosnar. Estava pensando em gostos tépidos e salgados, na resistência agradável dos ossos, em coisas para mastigar e lamber.

• • •

Mark sentiu-se sacudido, e depois sentiu o choque de água fria jogada em seu rosto. Sentou-se com dificuldade. O salão estava vazio, com exceção dos corpos desfigurados dos mortos. A luz elétrica que não se movia clareou a confusão pavorosa — comida e sujeira, luxo desperdiçado e homens destruídos, cada um deles mais medonho que o outro. Foi o suposto padre basco que o despertou. *Surge, miselle*,[3] disse ele, ajudando Mark a se colocar em pé. Mark se levantou. Ele tinha alguns cortes e machucados, e a cabeça doía, mas estava no geral sem ferimentos. O homem levou vinho para ele em uma grande taça de prata, mas Mark se afastou com um impulso. Ele olhou espantado para o rosto do estranho, e viu que uma carta fora colocada em sua mão. "Sua esposa o espera", dizia a carta, "no solar de St. Anne's sobre a colina. Venha depressa pela estrada da melhor maneira que puder. Não se aproxime de Edgestow — A. Denniston". Ele olhou mais para vez para Merlin e achou o rosto dele aterrorizante. Mas Merlin respondeu ao olhar dele com uma aparência de autoridade séria, e colocou a mão no ombro dele, e fez com que ele prosseguisse por sobre a confusão tilintante e escorregadia até chegar à porta. Os dedos de Merlin deram à pele de Mark uma sensação perfurante. Ele foi conduzido até a chapelaria, e o mago fez que ele vestisse um casaco e colocasse um chapéu (nenhum dos dois era dele), e

[2]Citação de um trecho de *A morte de Arthur*, em que um leão combatia uma serpente. Sir Percival, um dos cavaleiros da Távola Redonda, ajuda o leão, que depois disso lhe faz uma festa como se fosse um cachorro. [N. T.]

[3]A frase significa "Levante-se, miserável". [N. E.]

dali o mandou embora abaixo das estrelas, com o frio amargo das duas horas da manhã, Sirius de um verde amargo e alguns poucos flocos de neve seca começando a cair. Ele hesitou. O estranho ficou atrás dele por um segundo, e então, com sua mão aberta, o atingiu nas costas. Enquanto viveu, os ossos de Mark doíam com essa lembrança. No momento seguinte, ele estava correndo como nunca tinha corrido desde o tempo de menino, não de medo, mas porque suas pernas não conseguiam parar. Quando adquiriu o controle delas novamente, estava a uns oitocentos metros de Belbury, e, olhando para trás, viu uma luz no céu.

• • •

Wither não estava entre os mortos na sala de jantar. Ele evidentemente sabia todos os possíveis caminhos para fora do salão e, mesmo antes da chegada do tigre, já tinha saído de lá. Se ele não entendeu perfeitamente o que estava acontecendo, pelo menos entendeu melhor que qualquer outra pessoa. Ele viu que o intérprete basco fizera tudo aquilo. Por isso, também sabia que poderes mais que humanos tinham vindo para destruir Belbury. Somente alguém cuja alma tivesse sido cavalgada pelo próprio Mercúrio poderia desfazer a linguagem daquele jeito. E concluiu algo ainda pior: aquilo significava que os seus mestres das trevas estavam completamente errados em seus cálculos. Eles falaram que havia uma barreira que impossibilitava os poderes do céu profundo alcançarem a superfície da Terra, e lhe garantiram que nada de fora ultrapassaria a órbita da Lua. Toda a política deles era baseada na crença de que a Terra estava bloqueada, além do alcance de tal ajuda e deixada (até certo ponto) à mercê dos mestres das trevas e do próprio Wither. Portanto, ele soube que tudo estava perdido.

É incrível quão pouco esse conhecimento mexeu com ele. Isso não poderia acontecer porque, havia muito, ele deixara de acreditar no conhecimento em si. O que, em sua juventude distante, tinha sido uma simples repugnância estética a realidades brutas ou vulgares aprofundara-se e obscurecera-se, ano após ano, até se tornar uma recusa inamovível a qualquer coisa que, em qualquer grau, não fosse além ele mesmo. Ele foi de Hegel a Hume, e daí, para o pragmatismo, e depois para o positivismo lógico, e, por fim, chegou a um completo vazio. O ânimo indicativo agora não correspondia a nenhum pensamento que sua mente pudesse entreter. Ele desejara de todo o coração que não houvesse nem realidade e nem verdade, e agora, nem a iminência de sua própria ruína era capaz de despertá-lo. A última cena do *Doutor Fausto*, em que o homem delira e implora à beira do Inferno, talvez fosse coisa de teatro. Os últimos momentos antes da condenação nem sempre são dramáticos. Normalmente o homem sabe com perfeita clareza que alguma ação de sua vontade ainda é possível e poderá salvá-lo. Mas ele não pode tornar esse conhecimento real para si mesmo. Alguma sensualidade minúscula habitual, algum ressentimento trivial demais para desperdiçar com pouca coisa, a indulgência de alguma letargia fatal, parece-lhe naquele momento mais importante que a escolha entre a alegria total e a destruição completa. Com os olhos bem abertos, vendo que o terror sem fim está para começar e mesmo assim (naquele instante) incapaz de se sentir aterrorizado, ele observa de maneira passiva, sem mover um dedo para resgatar a si mesmo, enquanto as últimas ligações com a alegria e a razão são rompidas, e, sonolento, vê a armadilha se fechar sobre sua alma. Assim, cheios de sono estão eles quando abandonam o caminho certo.[4]

Straik e Filostrato também estavam vivos. Eles se encontraram em um dos corredores frios e iluminados, tão distantes da sala de jantar que o barulho da carnificina era apenas um murmúrio fraco. Filostrato estava ferido, com seu braço direito gravemente dilacerado. Eles não falaram — os dois sabiam que a tentativa seria inútil —, mas caminharam lado a lado. Filostrato pretendia chegar ao estacionamento dando a volta pelos fundos. Ele pensava que ainda conseguiria de algum modo dirigir, pelo menos até Sterk.

Assim que dobraram uma esquina, ambos viram o que muitas vezes tinham visto antes, mas que esperavam nunca mais ver de novo — o vice-diretor, inclinado, rangendo, andando, cantarolando sua canção. Filostrato não queria ir com ele, mas Wither, como se observando a condição de ferido em que ele se encontrava, deu-lhe o braço. Filostrato tentou recusar, mas só falou sílabas sem sentido. Wither tomou um braço dele com firmeza, e Straik tomou o outro, que estava dilacerado. Filostrato os acompanhou à força, gritando e tremendo de dor. Mas o pior o aguardava. Ele não era um iniciado, e não sabia nada sobre os *eldila* das trevas. Acreditava que tinha sido sua habilidade que mantivera o cérebro de Alcasan vivo. Daí que, mesmo em sua dor, ele gritou de horror quando percebeu que os outros dois o estavam levando pela antessala do Cabeça, para a presença do

[4]Citação de um trecho do primeiro canto do "Inferno", da *Divina Comédia*, de Dante Alighieri (1265–1321), poeta italiano. [N. T.]

Cabeça, sem fazer uma pausa para qualquer dos preparativos antissépticos que ele sempre impusera aos seus colegas. Em vão tentou ele dizer que um único instante de um descuido desses poderia desfazer toda a sua obra. Mas desta vez foi na própria sala que seus condutores começaram a se despir e dessa vez ficaram totalmente nus.

Eles também tiraram as roupas de Filostrato. Quando a manga direita, endurecida com sangue, não se moveu, Wither pegou uma faca na antessala e a rasgou. No fim, os três homens ficaram despidos diante do Cabeça — Straik, magro, de ossos grandes; Filostrato, uma montanha balançante de gordura; e Wither, uma senilidade obscena. Então foi alcançado o alto cume de terror do qual Filostrato jamais desceria novamente. Pois o que ele pensou ser impossível começou a acontecer. Ninguém leu os mostradores, ajustou as pressões ou ligou o ar e a saliva artificial. Mesmo assim palavras saíram da boca seca e escancarada da cabeça do homem morto. "Adorem", ela falou.

Filostrato sentiu os outros dois forçando seu corpo para a frente, depois para cima, depois para a frente e para baixo uma segunda vez. Ele foi forçado a subir e a descer em uma obediência ritmada, enquanto os outros faziam o mesmo. Quase a última coisa que ele viu na Terra foram as dobras magras no pescoço de Wither balançando como a barbela no pescoço de um peru. Quase a última coisa que ele ouviu foi Wither começando a cantar. Então Straik se uniu ao cântico. Depois, horrorizado, ele se viu cantando:

> Ouroborindra!
> Ouroborindra!
> Ouroborindra ba-ba-hee!

Mas não por muito tempo. "Outra", disse a voz, "dê-me outra cabeça". Filostrato soube na mesma hora por que eles o forçavam a ir até determinado lugar na parede. Ele mesmo havia projetado tudo. Na parede que separava a sala do Cabeça da antecâmara havia uma pequena veneziana. Quando recolhida, ela revelava uma janela na parede e uma faixa para aquela janela que caía pesada e rapidamente. Mas a faixa era uma faca. A pequena guilhotina não fora projetada para ser usada daquele jeito. Eles iam matá-lo inutilmente, de modo não científico. Se ele fosse fazer aquilo com um deles tudo seria diferente, tudo seria preparado com semanas de antecedência — a temperatura das duas salas seria exatamente certa; a lâmina, esterilizada; e todas as ligações estariam prontas para serem feitas quase antes de a cabeça ser cortada. Ele tinha calculado até que mudanças o terror da vítima provavelmente exerceria na pressão do sangue. A circulação artificial do sangue seria arranjada convenientemente, de modo a levar adiante seu trabalho com a menor quebra de continuidade possível. Seu último pensamento foi que ele tinha subestimado o terror.

Os dois iniciados, vermelhos da cabeça aos pés, olharam um para o outro, com a respiração pesada. Quase antes que as já mortas pernas gordas e nádegas do italiano parassem de tremer, eles foram levados a iniciar o ritual outra vez:

Ouroborindra!
Ouroborindra!
Ouroborindra ba-ba-hee!

O mesmo pensamento os assaltou de uma vez: "Ele vai pedir outra cabeça". E Straik se lembrou de que Wither estava com uma faca. Ele se libertou daquele ritmo com um esforço terrível: parecia que garras estavam rasgando seu peito de dentro para fora. Wither percebeu o que Straik queria fazer. Quando Straik correu, Wither já estava atrás dele. Straik alcançou a antessala e escorregou no sangue de Filostrato. Wither o golpeou repetidamente com sua faca. Ele não tinha força para cortar o pescoço, mas o matou. Levantou-se, com dores corroendo seu coração de idoso. Aí viu a cabeça do italiano no chão. Pareceu-lhe bom pegá-la e levá-la até a sala interior para mostrá-la ao Cabeça original, e assim o fez. Então ele percebeu que havia algo se movendo na antessala. Será que eles não tinham fechado a porta externa? Ele não conseguia lembrar. Eles entraram com Filostrato entre os dois; era possível… tudo tinha sido tão anormal. Ele colocou a cabeça no chão — cuidadosamente, quase de maneira educada, mesmo naquela hora — e parou perto da porta entre as duas salas. Naquele instante, ele recuou. Um urso enorme, andando sobre as patas traseiras, deparou-se com ele no vão da porta — boca aberta, olhos flamejantes, com as patas dianteiras abertas como que para dar um abraço. Foi nisso que Straik se tornara? Ele sabia (ainda que não pudesse dar atenção no momento) que estava na fronteira de um mundo em que coisas assim podiam acontecer.

• • •

Naquela noite, ninguém em Belbury manteve-se tão frio como Feverstone. Ele não era nem um iniciado como Wither, nem um ingênuo enganado como Filostrato. Ele sabia a respeito dos macróbios, mas não era o tipo de coisa que suscitava seu interesse. Sabia que o esquema de Belbury podia não funcionar, mas sabia que, se não funcionasse, ele sairia a tempo. Ele mantinha uma dúzia de rotas de fuga abertas. Feverstone também tinha uma consciência perfeitamente limpa e não tentara se iludir. Jamais havia caluniado ninguém, a não ser para conseguir seu emprego; nunca havia enganado ninguém, a não ser quando queria dinheiro; nunca desgostava das pessoas, a não ser que elas o aborrecessem. Bem cedo, ele percebeu que alguma coisa estava errada. Era preciso saber até que ponto. Seria este o fim de Belbury? Se fosse, ele teria de voltar para Edgestow e trabalhar na posição que já tinha preparado para si mesmo, como o protetor da universidade contra o INEC. Por outro lado, se houvesse alguma chance de ele aparecer como aquele que salvou Belbury em um momento de crise, esta seria definitivamente a melhor linha a seguir. Ele esperaria tanto quanto fosse seguro. E esperou por muito tempo. Encontrou uma portinhola pela qual os pratos quentes eram levados do corredor da cozinha até a sala de jantar. Entrou lá e observou a cena. Seus nervos eram excelentes, e ele pensou que poderia puxar e fechar a portinhola a tempo, caso algum animal perigoso avançasse por ela. Ele ficou lá durante todo o massacre, com os olhos brilhantes, com algo semelhante a um sorriso no rosto, fumando sem parar e batendo com os dedos duros no peitoril da portinhola. Quando tudo acabou, ele disse a si mesmo: "Bem, estou perdido". Certamente aquilo tinha sido um espetáculo muito extraordinário.

Todos os animais haviam fugido para algum lugar. Ele sabia que havia alguma chance de encontrar um ou dois deles nos corredores, mas tinha de se arriscar. O perigo — com moderação — era como um tônico para ele. Feverstone foi para os fundos da casa, e de lá até o estacionamento. Parecia que deveria voltar para Edgestow imediatamente. Não conseguiu encontrar seu carro no estacionamento — de fato, havia menos carros do que ele esperava. Parece que muitas pessoas tiveram a ideia de fugir enquanto fosse possível, e seu carro tinha sido roubado. Não sentiu ressentimento, e foi procurar outro do mesmo modelo. Isso lhe tomou muito tempo e, quando encontrou um, teve muita dificuldade em ligá-lo. A noite estava fria — vai nevar, pensou. Pela primeira vez naquela noite, ele fez uma careta de descontentamento. Feverstone detestava a neve. Por volta das duas horas da manhã, conseguiu sair dali.

Logo antes de dar partida, ele teve a estranha impressão de que alguém estava no banco traseiro. "Quem está aí?", perguntou com aspereza.

Decidiu sair para ver. Mas, para sua surpresa, seu corpo não obedeceu à sua decisão. Em vez disso, ele tirou o carro do estacionamento, passou pela frente da casa e foi para a estrada. Nesse momento, nevava forte. Ele viu que não podia virar a cabeça e não conseguia parar de dirigir. Estava indo a uma velocidade absurdamente rápida, naquela maldita neve. Não tinha escolha. Já ouvira falar de carros conduzidos a partir do banco traseiro, mas isso parecia estar realmente acontecendo. Para seu desânimo, viu que havia deixado a estrada. O carro, ainda a uma velocidade imprudente, estava aos solavancos e pulos ao longo do que era chamado de Alameda dos Ciganos, ou (pelos estudados) rua Wayland — a antiga estrada romana de Belbury até Edgestow, cheia de grama e de buracos. "Epa! Que diabos estou fazendo?", pensou Feverstone. "Será que estou tonto? Vou quebrar meu pescoço se não prestar atenção." Mas o carro prosseguia, como se conduzido por alguém que considerava aquele caminho uma excelente estrada e a rota óbvia para Edgestow.

• • •

Frost deixara a sala de jantar alguns poucos minutos depois de Wither. Ele não sabia para onde estava indo nem o que faria. Durante muitos anos, ele acreditara, em teoria, que tudo que surge na mente como motivo ou intenção é simplesmente um subproduto do que o corpo está fazendo. Mas desde o último ano — desde que ele fora iniciado — ele começara a comprovar o que por tanto tempo havia aceitado como teoria. Suas ações eram cada vez mais sem motivo. Ele fazia isso ou aquilo, dizia assim e assado, e não sabia o porquê. Sua mente era mera espectadora. Ele não conseguia entender por que essa espectadora deveria de fato existir. Ressentia-se de sua existência, até quando assegurava a si mesmo que o ressentimento também era um mero fenômeno químico. A coisa mais próxima de um sentimento humano que ainda existia nele era uma espécie de fúria fria contra todos os que acreditavam na mente. Não havia tolerância para tal ilusão. Não havia, e não poderia haver, coisas como os homens. Mas nunca, até aquela noite, ele tinha estado tão claramente consciente de que o corpo e seus movimentos são a única realidade, de que o eu que parecia observar o corpo deixando a sala de jantar e se encaminhando para a câmara do Cabeça era uma nulidade. Quão enfurecedor era que o corpo pudesse ter a capacidade de projetar um eu fantasma!

Desta maneira, o Frost cuja existência Frost negava observou seu corpo ir até a antessala, observou-o parar bruscamente ao ver um cadáver nu e ensanguentado. Aconteceu a reação química chamada choque. Frost parou, virou aquele corpo e reconheceu que era Straik. Um momento mais tarde, seu pincenê brilhante e sua barba pontuda olharam na direção da sala do Cabeça. Ele mal prestou atenção ao fato de que Wither e Filostrato jaziam mortos. Sua atenção estava fixada em outra coisa mais séria. O suporte onde a Cabeça deveria estar estava vazio: o anel de metal, retorcido; os tubos de borracha, emaranhados e rompidos. Aí ele percebeu que havia uma cabeça no chão. Parou e examinou-a: era a cabeça de Filostrato. Não encontrou o menor sinal da cabeça de Alcasan, a não ser que ela fosse aquela desordem de ossos quebrados ao lado de onde a cabeça de Filostrato estava.

Ainda sem perguntar o que faria ou por que, Frost foi até o estacionamento. O lugar inteiro estava silencioso e vazio. A neve estava espessa no chão. Ele voltou com tantas latas de gasolina quantas conseguiu carregar. Empilhou todo o material inflamável que conseguiu imaginar na Sala da Objetividade. Depois se trancou lá, fechando a porta externa da antessala. Fosse o que fosse que estivesse dirigindo suas ações, fez com que ele enfiasse a chave no tubo de comunicação que dava acesso ao corredor. Quando enfiou o mais distante que seus dedos conseguiam, pegou um lápis no bolso e o usou para empurrar a chave. Frost ouviu o barulhinho dela caindo no corredor no piso do lado de fora. Aquela ilusão cansativa, sua consciência, estava gritando em protesto. Seu corpo, mesmo que ele quisesse, não tinha poder para dar atenção aos gritos. Tal como a figura mecânica que ele escolhera ser, seu corpo rígido, agora terrivelmente frio, voltou para a Sala da Objetividade, derramou a gasolina e jogou um fósforo aceso na pilha. Foi só então que seus controladores permitiram que ele suspeitasse que nem a própria morte o curaria da ilusão de ser uma alma — não... Poderia provar a entrada em um mundo onde aquela ilusão era infinita e descontrolada. Foi-lhe oferecida uma fuga, se não para o corpo, para a alma. Frost tornou-se capaz de saber (e ao mesmo tempo recusou o conhecimento) que estivera errado desde o princípio, que almas e responsabilidade pessoal existem. Ele viu em parte e odiou por inteiro. A tortura física de queimar não era mais feroz que seu ódio a tudo aquilo, e, com um esforço absurdo, ele se lançou de volta à sua ilusão. Nessa atitude, a eternidade o tomou como o nascer do sol nas histórias antigas, que os alcança e os transforma em pedra imutável.

Vênus em St. Anne's

17

A LUZ DO DIA veio sem um nascer do sol visível, enquanto Mark subia para a parte mais elevada de sua jornada. A estrada branca, ainda virgem de tráfego humano, mostrava aqui e ali pegadas de um pássaro, aqui e ali de um coelho, pois a precipitação de neve, em ondas de flocos maiores e mais lentos, estava quase no fim. Um caminhão grande, parecendo preto e aconchegante naquela paisagem, parou do lado dele. O homem colocou a cabeça para fora. "Indo para Birmingham, amigo?", perguntou. "Mais ou menos", disse Mark. "Estou indo pelo menos até St. Anne's." "Onde fica?", perguntou o motorista. "No alto da colina atrás de Pennington", disse Mark. "Ah", disse o homem, "posso levar você até a esquina. Já lhe adianta um pedaço da viagem". Mark entrou e se sentou ao lado dele.

Era por volta da metade da manhã quando o homem parou ao lado de uma pequena pousada. A neve tinha assentado e havia ainda mais no céu por cair. O dia estava extremamente silencioso. Mark foi até a pequena pousada e encontrou a gentil e idosa proprietária. Tomou um banho quente e um café da manhã da melhor qualidade, dormiu em uma poltrona em frente a uma lareira acesa e só acordou por volta das quatro da tarde. Calculou que estava a apenas alguns quilômetros de St. Anne's e decidiu tomar chá antes de sair. Assim o fez. Por sugestão da proprietária, comeu um ovo cozido junto com o chá. Duas prateleiras na pequena sala de estar estavam cheias de volumes encadernados de

The Strand.[1] Em um deles encontrou uma coleção de livros para crianças que ele começara a ler quando menino, mas parara, porque completou dez anos quando estava na metade da história e ficou com vergonha de continuar a ler depois. Naquele momento, ele procurou a mesma história em uma edição após a outra até que finalmente a encontrou. As histórias de adulto que começara a ler depois dos dez anos de idade tornaram-se para ele bobagem, com exceção de *Sherlock Holmes*. "Acho que preciso ir embora logo", pensou.

Sua leve relutância em sair não provinha do cansaço — na verdade, ele se sentia perfeitamente descansado e melhor do que se sentira por várias semanas —, mas de uma espécie de timidez. Ele ia ver Jane, Denniston e (provavelmente) os Dimbles também. De fato, se encontraria com Jane no que ele agora pensava ser o mundo certo dela. Mas não o dele. Pois agora pensava que, com o forte desejo que tece a vida inteira de alcançar um círculo íntimo, ele havia escolhido o círculo *errado*. Jane estava em seu devido lugar. Ele seria admitido apenas por bondade, porque ela tinha sido boba o bastante para se casar com ele. Mark não se ressentia disso, mas se sentia envergonhado. Ele se via como este novo círculo devia vê-lo: mais um sujeito vulgar e sem importância, assim como os Steeles e os Cossers, tedioso, insignificante, assustado, calculista, frio. Ele teve uma curiosidade vaga de saber por que ele era assim. Como é que as outras pessoas — pessoas como Denniston ou Dimble — achavam tão fácil passear pelo mundo com todos os seus músculos relaxados e com um olhar descuidado vagueando, jorrando fantasia e humor, sensíveis à beleza, sem estar em guarda o tempo todo e sem precisar estar? Qual era o segredo daquele riso fácil e bom que ele não conseguia imitar de jeito nenhum? Tudo acerca deles era diferente. Eles não conseguiam nem mesmo se jogar em poltronas sem sugerir, pela própria postura dos seus membros, um ar senhorial, uma indolência leonina. Havia espaço nas vidas deles, como nunca houve na dele. Eles eram de Copas, ele era apenas uma carta de Espadas. Mesmo assim, tinha que prosseguir... Claro, Jane era uma carta de Copas. Ele precisava dar liberdade a ela. Seria totalmente injusto pensar que o amor dele por ela tinha sido basicamente sensual. Platão diz que o Amor é filho do Desejo. O corpo de Mark era mais esperto do que

[1] *The Strand* foi uma revista inglesa que circulou desde o final do século 19 até a metade do 20. Tornou-se famosa por publicar contos de escritores consagrados como Arthur Conan Doyle, Agatha Christie, G. K. Chesterton e outros. [N. T.]

sua mente fora até recentemente, e mesmo seus desejos sensuais eram um verdadeiro índice de algo que lhe faltava e que Jane tinha de dar. Da primeira vez que ela cruzou o mundo seco e poeirento no qual a mente dele habitava, foi como uma chuva de primavera. Ele não estava enganado ao se abrir a esse amor. Só errou ao assumir que o casamento, por si só, lhe concederia o poder ou o título para se apropriar desse frescor. Como ele agora sabia, isso seria o mesmo que pensar que seria possível comprar um crepúsculo ao comprar o terreno no qual ele tinha sido visto.

Ele tocou a campainha e pediu a conta.

• • •

Naquela mesma noite, Mãe Dimble e as três moças subiram para o andar superior, para a sala grande que ocupava quase o andar inteiro de uma ala do solar e que o Diretor chamava de guarda-roupa. Se você tivesse visto, teria pensado por um momento que elas não estavam em uma sala, mas em uma espécie de floresta — uma floresta tropical resplandecendo com cores brilhantes. Um segundo olhar, e você teria pensado que elas estavam em um daqueles cenáculos agradáveis em uma grande loja, onde tapetes enrolados em pé e ricos penduricalhos no teto formavam uma espécie de floresta tecida. De fato, elas estavam em pé em meio a uma coleção de trajes de gala — dezenas de trajes pendurados, um por um, em pequenos pilares de madeira.

"Este ficaria lindo em você, Ivy", disse a Mãe Dimble, erguendo com um braço a dobra de um manto de um verde vivo, sobre o qual pregas e espirais douradas formavam um padrão festivo. "Venha, Ivy", continuou ela, "você não gosta deste? Você não continua preocupada com o Tom, continua? O Diretor já não disse que ele vai estar aqui hoje de noite ou, no máximo, amanhã ao meio-dia?".

Ivy olhou para ela com um olhar de preocupação.

"Não é isso", disse ela. "E o Diretor, onde ele estará?"

"Mas você não pode querer que ele fique, Ivy", disse Camilla, "não com uma dor constante. E a obra dele estará completa — se tudo correr bem em Edgestow".

"Ele sempre quis voltar para Perelandra", disse a Mãe Dimble. "Ele tem — uma espécie de saudade. Sempre, sempre… Eu via isso nos olhos dele."

"Aquele tal de Merlin vai voltar aqui?", perguntou Ivy.

"Acho que não", disse Jane. "Acho que nem ele quer, nem o Diretor espera que ele fique. E depois, teve o meu sonho de ontem à noite. Parecia que ele estava pegando fogo... Não quero dizer queimando, sabe, mas luz — todos os tipos de luzes nas cores mais curiosas saíam dele e corriam por ele, para cima e para baixo. Esta foi a última coisa que vi: Merlin em pé como uma espécie de coluna, e todas aquelas coisas horríveis acontecendo em volta dele. E dava para ver no seu rosto que ele era um homem esgotado, se entende o que quero dizer — que ele desmontaria assim que os poderes o deixassem."

"Não estamos avançando na escolha dos nossos vestidos para hoje à noite."

"Isso é feito do quê?", disse Camilla, tocando e depois sentido o aroma do manto verde. Era uma pergunta digna de ser feita. Aquele vestido definitivamente não era transparente, mas mesmo assim todos os tipos de luzes e sombras habitavam em suas dobras ondulantes, e ele deslizou pelas mãos de Camilla como uma queda d'água. Ivy ficou interessada.

"Deus!" ela disse. "Quanto custaria um metro?"

"Pronto", disse a Mãe Dimble enquanto o ajeitava habilidosamente ao redor de Ivy. Aí ela disse: "Ah!", verdadeiramente surpresa. As três recuaram de Ivy, encarando-a com prazer. O aspecto comum não tinha saído exatamente de sua forma e do seu rosto. O traje o assumira, como um grande compositor se apropria de uma música popular e a arremessa como uma bola em sua sinfonia e faz daquilo uma maravilha, mas deixa que aquela música seja o que ela é. Uma "fada sapeca" ou "uma elfa esperta", uma vivacidade pequena, porém perfeita, estava diante delas, mas ainda identificável como Ivy Maggs.

"Isso é típico de homem!", exclamou a Sra. Dimble. "Não tem um espelho no quarto."

"Não creio que era para vermos a nós mesmos", disse Jane. "Ele falou alguma coisa sobre sermos espelhos umas das outras."

"Eu só gostaria de saber como está a parte de trás", disse Ivy.

"Agora, Camilla", disse Mãe Dimble. "Não há dúvida em relação a você. Este aqui evidentemente é o seu."

"Ah, você acha que é *este*?", disse Camilla.

"Sim, claro", disse Jane.

"Você vai ficar muito bem nele", disse Ivy. Era um vestido longo de uma cor parecida com aço, ainda que fosse macio como espuma ao toque. A peça se enrolava na altura dos quadris e descia como uma cauda até os calcanhares. "Como uma sereia", pensou Jane, e depois, "Como uma valquíria".[2]

"Acho", disse Mãe Dimble, "que você vai precisar de uma tiara como esta aqui".

"Mas será que não vai ficar...?"

Mãe Dimble, entretanto, já estava colocando a tiara na cabeça dela. Aquela reverência (que não tem nada a ver com valor monetário) que quase todas as mulheres sentem por joias fez com que três delas se calassem por um momento. Talvez não houvesse diamantes como aqueles na Inglaterra. O esplendor era fabuloso, exagerado.

"O que vocês todas estão olhando?", perguntou Camilla, que tinha visto apenas um relance enquanto Mãe Dimble levantava a coroa, e não sabia que aquela tiara estava "como a luz das estrelas, nos espólios das províncias".[3]

"Elas são de verdade?", perguntou Ivy.

"De onde elas vieram, Mãe Dimble?", perguntou Jane.

"Tesouros de Logres, queridas, tesouros de Logres", disse a Sra. Dimble. "Talvez do outro lado da Lua ou de antes do dilúvio. Agora, Jane."

Jane não via nada de especialmente adequado no traje que as outras concordaram em colocar nela. O azul era de fato sua cor, mas ela pensara em algo um pouco mais austero e digno. Se ela mesma fosse opinar, teria dito que aquele vestido era um tanto "exagerado". Mas, quando viu as outras aplaudindo, ela concordou. De fato, nem pensou em agir de modo diferente, e toda a questão foi logo esquecida com a empolgação de escolher um vestido para a Mãe Dimble.

"Algo discreto", disse ela. "Sou uma mulher velha, e não quero fazer um papel ridículo."

"Este aqui não vai ser ridículo de jeito nenhum", disse Camilla, caminhando como se fosse um meteoro pelo longo corredor de esplendores dependurados, enquanto passava contra aquele pano de fundo de púrpura, dourado, escarlate, neve macia, opala evasivo, pele, seda, veludo, tafetá e

---

[2]Na mitologia nórdica, as valquírias são guerreiras que servem Odin. Sua responsabilidade é escolher os mortos mais heroicos nas batalhas e levá-los para lutar ao lado de Odin no Ragnarök, o fim do mundo. Também há alusões a valquírias com o poder de escolher quem vai morrer. "Valquíria" significa "a que escolhe os mortos". [N. E.]

[3]Citação de um trecho da peça *Volpone*, escrita em 1606, pelo dramaturgo inglês Ben Jonson (1572–1637). [N. T.]

brocado. "Este é lindo", disse ela, "mas não para você. E, ah — veja aquele. Mas não vai servir. Não estou vendo nada...".

"Aqui! Ah, venham e vejam! Venham aqui", gritou Ivy, como se estivesse com medo de que sua descoberta fosse embora, a não ser que as outras fossem rapidamente ver o que era.

"Ah! Sim, sim, de fato", disse Jane.

"Certamente", disse Camilla.

"Vista este, Mãe Dimble", disse Ivy. "Você sabe que tem que experimentar." Era um vestido daquela cor de chama quase tirana que Jane tinha visto na visão que tivera na hospedaria, mas cortado de maneira diferente, com pele em volta do grande broche de cobre que prendia a gola, com longas mangas esvoaçantes. Ele era complementado por um chapéu com muitas pontas. Elas mal fecharam o vestido e ficaram espantadas, mas ninguém mais que Jane, ainda que ela tivesse as melhores razões para antever o resultado. Pois aquela esposa interiorana de um acadêmico desconhecido, aquela mulher respeitável e estéril de cabelo grisalho e queixo duplo estava diante dela, sem chance de equívoco, como uma espécie de sacerdotisa ou sibila, a serva de alguma deusa pré-histórica da fertilidade — uma antiga matriarca tribal, mãe de mães, austera, formidável e sublime. Um cajado grande, curiosamente entalhado como se fosse uma serpente enroscada, aparentemente era um acessório daquele vestido, e elas o colocaram na mão da Mãe Dimble.

"Estou tão horrível assim?", perguntou a Mãe Dimble olhando para os três rostos em silêncio.

"Você está linda", disse Ivy.

"Está absolutamente perfeita", disse Camilla.

Jane pegou a mão da velha senhora e a beijou. "Querida", disse ela, "*impressionante*, é assim que você *de fato* está".

"O que os homens vão usar?", perguntou Camilla de repente.

"Eles não podem usar roupas de gala, não é?", perguntou Ivy. "Não se estiverem cozinhando e levando coisas para dentro e para fora o tempo todo. E acrescento que, se esta vai ser a última noite e tudo mais, nós é que deveríamos preparar o jantar. Eles que façam o que quiserem a respeito do vinho. E nem quero pensar no que eles vão fazer com aquele ganso, porque não acredito que o Sr. MacPhee tenha assado uma ave na vida, não importa o que ele diga."

"Seja como for, eles não podem estragar as ostras", disse Camilla.

"Está certo", disse Ivy. "Nem estragar o pudim de ameixas também. Mesmo assim, eu gostaria de descer e dar uma olhada."

"De jeito nenhum!", disse Jane com uma risada. "Você sabe como ele é quando está a cargo da cozinha."

"Eu não tenho medo *dele*", disse Ivy, quase, mas não completamente, botando a língua para fora. E com o vestido que ela estava usando, o gesto não seria impróprio.

"Garotas, vocês não precisam se preocupar nem um pouco com o jantar", disse a Mãe Dimble. "Ele vai fazer tudo muito bem. Desde que ele e o meu marido não entrem em nenhuma discussão filosófica justo na hora em que deveriam estar servindo os pratos. Vamos nos divertir. Está uma temperatura agradável aqui dentro."

"É muito boa", disse Ivy.

Naquele momento a sala inteira tremeu de uma ponta à outra.

"O que foi isso?", disse Jane.

"Se a guerra ainda estivesse acontecendo eu diria que foi uma bomba", disse Ivy.

"Venham e vejam", disse Camilla, que havia retomado a compostura mais rápido que as outras, e estava naquele momento na janela que dava para o oeste, na direção do vale do rio Wynd. "Ah, vejam", disse ela outra vez. "Não. Não é um incêndio, e não são holofotes. E não são relâmpagos em rede. Ugh! Houve outro choque. E lá... Vejam lá. Para além da igreja está claro como o dia. Mas do que estou falando? São apenas três da tarde. Tem algo ali que é mais claro que o dia. E o calor!"

"Começou", disse a Mãe Dimble.

• • •

Mais ou menos na mesma hora da manhã em que Mark subiu no caminhão, Feverstone, não muito ferido, mas bastante abalado, saiu do carro roubado. Aquele carro terminara seu percurso de cabeça para baixo em uma vala funda, e Feverstone, sempre pronto para encontrar o lado bom de tudo, refletia, enquanto se esforçava para sair dele, que as coisas poderiam ter sido muito piores — poderia ter sido o carro dele. A vala estava coberta de neve, e ele estava muito molhado. Uma figura alta e grande com uma batina preta estava diante dele, a uns cinco metros de distância. Estava de costas para Feverstone, e já se afastava depressa. "Ei!", gritou Feverstone.

O outro se virou e o olhou em silêncio por uns dois segundos, depois voltou a caminhar. Feverstone percebeu na hora que aquele não era o tipo de homem com quem ele poderia se relacionar — de fato, nunca gostara menos da aparência de alguém. Ele nem poderia, com seus calçados arrebentados e encharcados, seguir o ritmo de seis quilômetros por hora daqueles pés calçados de botas. Nem tentou. A figura de preto foi até um portão, parou lá e fez um barulho que parecia um relincho. Aparentemente ele estava conversando com um cavalo do outro lado do portão. No momento seguinte (Feverstone não viu direito como aconteceu), o homem estava sobre o portão, depois montado no cavalo e, por fim, saiu a galope por um campo branco como leite até o horizonte.

Feverstone não tinha ideia de onde estava, mas claramente a primeira coisa a fazer era chegar a uma estrada. Isso demorou muito mais do que ele esperava. O frio não era de congelar, e em muitos lugares havia poças fundas escondidas sob a neve. Ao pé do primeiro morro, ele chegou a um pântano tão grande que foi forçado a abandonar a trilha da estrada romana e tentar passar pelos pastos. A decisão foi fatal. Ele ficou duas horas procurando por aberturas em cercas e tentando alcançar coisas que de longe pareciam estradas, mas que, quando se aproximava, via que não eram. Ele sempre detestara a zona rural, sempre detestara o clima e nunca fora apreciador de caminhadas.

Próximo do meio-dia, ele chegou a uma estrada sem placas que o levou uma hora depois à estrada principal. Ali, graças aos céus, havia muito mais trânsito, de carros e pedestres, todos indo na mesma direção. Os primeiros três carros não deram atenção aos gestos dele. O quarto parou. "Rápido. Entre depressa", disse o motorista. "Indo para Edgestow?", perguntou Feverstone, com a mão na porta do carro. "Santo Deus, não!", disse o motorista. "*Lá* é Edgestow!" (e apontou para trás) — "Se você quer ir para *lá*". O homem parecia surpreso e consideravelmente agitado.

Por fim, não havia nada a fazer a não ser caminhar. Todos os carros vinham de Edgestow, e nenhum ia para lá. Feverstone ficou um pouco surpreso. Ele sabia tudo a respeito daquele êxodo (de fato, era parte do plano dele limpar a cidade o máximo possível), mas imaginava que, àquela altura, já teria acabado. Mas, durante toda aquela tarde, enquanto patinava e escorregava pela neve batida, os fugitivos ainda passavam por ele. Nós (naturalmente) não temos evidências de primeira mão do que aconteceu em Edgestow naquela tarde e naquela noite, mas temos muitos relatos sobre quantas pessoas saíram de lá no último segundo. Eles encheram os jornais por semanas, habitaram as conversas particulares por meses e, por fim, viraram piada. "Não, eu *não* quero saber como você saiu de Edgestow" virou uma frase feita. Mas por trás de todos os exageros permanece a verdade indubitável de que um número impressionante de cidadãos deixou a cidade bem a tempo. Um recebeu uma mensagem de um pai moribundo. Outro decidiu de súbito, e simplesmente não sabia dizer por que, sair para uns dias de férias. Outro saiu porque o encanamento da sua casa estourou com o frio, e ele pensou que seria melhor estar fora até que fosse consertado. Não poucos deles saíram por causa de algum evento banal que lhes parecia um presságio — um sonho, um espelho quebrado, folhas de chá em uma xícara. Presságios de um tipo mais antigo também reviveram durante aquela crise. Um ouviu seu jumento, outro, o gato, dizer de modo claro: "*Vá embora*". E centenas estavam saindo pela antiga razão — porque suas casas lhes haviam sido tomadas, seus meios de vida, destruídos, e suas liberdades, ameaçadas pela Polícia Institucional.

Por volta das quatro da tarde, Feverstone caiu de cara no chão. Foi o primeiro choque. Durante as horas que se seguiram, continuaram acontecendo, com frequência cada vez maior — tremores horríveis, agitações da terra e um murmúrio crescente de barulhos subterrâneos por todos os lados. A temperatura começou a subir. A neve estava desaparecendo em todas as direções, e em alguns lugares ele andou com a água batendo nos joelhos. A névoa da neve derretida enchia o ar. Quando alcançou o pico da última descida íngreme para Edgestow, ele não conseguia ver nada da cidade, apenas o nevoeiro, através do qual um brilho extraordinário de luz lhe chegava. Outro choque o jogou estatelado no chão. Ele decidiu não descer, mas dar a volta e acompanhar o trânsito — caminhar até a ferrovia e tentar ir a Londres. Veio à sua mente a imagem de uma sauna úmida em seu clube e dele mesmo no guarda-fogo da sala de fumantes contando sua história. Seria impressionante ter sobrevivido a Belbury e a Bracton. Ele tinha sobrevivido a muitas coisas até então e acreditava em sua sorte.

Feverstone já tinha começado a descida pelo morro quando tomou essa decisão e se virou imediatamente. Mas, ao invés de subir, ele viu que ainda estava descendo. Era como se estivesse em um terreno xistoso no declive da colina, e não em uma estrada cascalhada, e o chão escorregava para trás onde ele pisava. Quando controlou a descida, ele estava uns trinta metros abaixo. Ele recomeçou. Dessa vez, foi arremessado e rolou de cabeça para baixo com pedras, terra, grama e água se derramando em cima dele e à sua volta em uma confusão desenfreada. Foi como ser derrubado por uma grande onda quando se toma banho de mar, mas dessa vez era uma onda da terra. Ele se levantou de novo e olhou para a colina. Atrás dele o vale parecia ter se transformado no Inferno. O abismo do nevoeiro fora ligado e queimava com uma chama violeta ofuscante. Havia um rugido de água vindo de algum lugar, edifícios caindo, multidões gritando. A colina em frente a ele estava em ruínas — nenhum sinal da estrada, da cerca ou do pasto, apenas uma catarata de terra bruta solta. A colina também estava mais íngreme do que antes. Sua boca, seus cabelos e suas narinas estavam cobertos de terra. Quanto mais ele olhava, mais íngreme a encosta ficava. O cume da colina estava cada vez mais alto. Então toda uma onda de terra subiu, arqueou-se, tremeu e, com todo o seu peso e barulho, derramou-se sobre ele.

• • •

"Por que Logres, senhor?", indagou Camilla.

O jantar tinha terminado em St. Anne's, e eles estavam sentados tomando vinho em um círculo ao redor da lareira na sala de jantar. Tal como a Sra. Dimble tinha profetizado, os homens cozinharam muito bem. Somente depois de servir e de arrumar a mesa é que eles colocaram suas roupas de festa. Todos estavam sentados à vontade, e todos diversamente esplêndidos: Ransom coroado, à direita da lareira; Grace Ironwood, de preto e prata, do lado oposto ao dele. Estava tão quente que deixaram o fogo baixo, e à luz das velas os trajes nobres pareciam ter um brilho próprio.

"Conte a eles, Dimble", disse Ransom. "De agora em diante não vou falar muito."

"O senhor está cansado?", perguntou Grace. "A dor está mais forte?"

"Não, Grace", respondeu ele. "Não é isso. Mas, agora que está quase na minha hora de partir, tudo começa a parecer um sonho. Um sonho feliz, sabe: tudo, até mesmo a dor. Quero provar cada gota. Sinto como se ele fosse se dissolver se eu falasse muito."

"Imagino que *tenha* de ir, senhor?", disse Ivy.

"Minha querida", disse ele, "o que mais há para fazer? Não envelheci nem um dia, nem uma hora sequer, desde que voltei de Perelandra. Não existe morte natural para esperar. A ferida só será curada no mundo em que a recebi".

"Tudo isso tem a desvantagem de ser claramente contrário às leis observadas na Natureza", observou MacPhee. O Diretor sorriu sem falar, como alguém que se recusa a ser provocado.

"Não é contrário às leis da Natureza", disse uma voz do canto onde Grace Ironwood estava sentada, quase invisível nas sombras. "Você está bastante certo. As leis do universo nunca são quebradas. O seu erro é pensar que as pequenas regularidades que observamos em um planeta por algumas centenas de anos são as verdadeiras leis inquebráveis, quando elas são apenas os resultados remotos que as verdadeiras leis produzem com grande frequência, como uma espécie de acidente."

"Shakespeare nunca quebra as verdadeiras leis da poesia", disse Dimble. "Mas, ao segui-las, ele as quebra de vez em quando, e então surgem as pequenas regularidades que os críticos confundem com as verdadeiras leis. A isso os pequenos críticos chamam 'licença'. Mas não há nada de licencioso em Shakespeare."

"E é por isso", disse Denniston, "que nada na natureza é *completamente* regular. Sempre há exceções. Uma boa uniformidade na média, mas não no todo".

"Não muitas exceções à lei da morte passaram por mim", observou MacPhee.

"E *como*", disse Grace com muita ênfase, "você esperaria estar presente em mais de uma ocasião destas? Você foi amigo de Arthur ou de Barba-Roxa?[4] Você conheceu Enoque ou Elias?".[5]

"Você quer dizer", disse Jane, "que o Diretor… o Pendragon… vai para onde eles foram?".

"Ele estará com Arthur, com certeza", disse Dimble. "Eu não posso responder pelos demais. Há pessoas que nunca morreram. Ainda não sabemos o porquê. Sabemos um pouco mais do que sabíamos a respeito do cosmos. Há muitos lugares no universo — isto é, este mesmo universo físico no qual nosso planeta se move — onde um organismo pode durar praticamente para sempre. Nós sabemos onde Arthur está."

[4]Frederico Barba-Roxa (ou Barba-Ruiva) (1122–1190), imperador do Sacro Império Romano-Germânico. Há uma lenda que diz que ele não morreu, mas foi colocado para dormir e retornará no fim do mundo. [N. T.]

[5]Enoque (Gênesis 5:24) e Elias (2Reis 2:11) são os dois personagens da Bíblia que não passaram pela morte física. [N. T.]

"Onde?", disse Camilla.

"No Terceiro Céu, em Perelandra. Em Aphallin, a ilha distante que os descendentes de Tor e Tinidril só encontrarão daqui a cem séculos. Sozinho, talvez...?" Ele hesitou e olhou para Ransom, que balançou a cabeça.

"E é aí que Logres entra, não é?", disse Camilla. "Porque ele estará com Arthur?"

Dimble ficou em silêncio por uns poucos minutos, arrumando e rearrumando a faca e o garfo de frutas em seu prato.

"Isso tudo começou", ele disse, "quando descobrimos que a história arturiana é em grande parte uma história verdadeira. Houve um momento no sexto século[6] quando alguma coisa que está sempre tentando irromper neste país quase obteve sucesso. Logres era o nosso nome para isso — este nome serve tão bem como qualquer outro. E então... pouco a pouco começamos a ver toda a história inglesa de uma maneira nova. Nós descobrimos a assombração".

"Que assombração?", perguntou Camilla.

"Como algo que chamamos de Britânia é sempre assombrada por algo que chamamos de Logres. Você nunca percebeu que nós somos dois países? Depois de cada Arthur, vem um Mordred.[7] Atrás de cada Milton, um Cromwell:[8] uma nação de poetas, uma nação de comerciantes. O lar de Sidney[9] — e de Cecil Rhodes.[10] É surpresa que nos chamem de hipócritas? Mas o que eles confundem com hipocrisia é na realidade a luta entre Logres e Britânia."

Ele fez uma pausa e tomou um gole de vinho antes de prosseguir.

"Foi muito depois", disse ele, "de o Diretor ter voltado do Terceiro Céu que nos contaram um pouco mais. Revelou-se que essa assombração existia não apenas do outro lado do muro invisível. Ransom foi convocado à cabeceira de um velho moribundo em Cumberland. O nome dele não significaria nada para vocês se eu lhes dissesse. Aquele homem era o Pendragon, o

[6]Referência à Batalha do Monte Badon, travada entre britanos e anglo-saxões, acontecida entre os séculos 5 e 6, na qual Arthur teria tido papel importante. [N. T.]

[7]No ciclo das lendas arturianas, Mordred teria sido um sobrinho ou filho ilegítimo de Arthur (os relatos variam) que tentou destroná-lo, chegando a ferir o rei, mas foi morto na tentativa. [N. T.]

[8]Referências a John Milton e a Oliver Cromwell. [N. T.]

[9]Sir Philip Sidney (1554–1586), poeta e diplomata inglês. [N. T.]

[10]Cecil Rhodes (1853–1902), o principal líder do colonialismo britânico no sul da África. O atual Zimbábue foi chamado de Rodésia, em homenagem a ele, de 1964 a 1978. [N. T.]

sucessor de Arthur, de Uther e de Cassivelano.[11] Foi então que aprendemos a verdade. Durante todos esses anos houve uma Logres secreta no próprio coração da Britânia, e uma sucessão ininterrupta de Pendragon. Aquele ancião era o septuagésimo oitavo desde Arthur. Nosso Diretor recebeu dele o ofício e as bênçãos. Amanhã, ou hoje à noite, saberemos quem será o octogésimo. Alguns dos Pendragons são bem conhecidos na história, ainda que não com este nome. De outros, vocês nunca ouviram falar. Mas, em cada época, eles e a pequena Logres que se reúne ao seu redor têm sido os dedos que deram o minúsculo empurrão ou o puxão quase imperceptível para despertar a Inglaterra do seu sono entorpecido ou para atraí-la de volta do ultraje definitivo ao qual a Britânia a tentou."

"Essa sua nova apresentação da história", disse MacPhee, "é um pouco carente de documentos".

"Há muitos documentos", disse Dimble com um sorriso. "Mas você não sabe a língua em que eles foram escritos. Quando a história destes últimos meses for escrita na *sua* língua, e for impressa e ensinada nas escolas, não haverá menção a você ou a mim, nem a Merlin, ao Pendragon e aos Planetas. Mesmo assim, nestes meses, a Britânia rebelou-se muito perigosamente contra Logres e foi derrotada no momento certo."

"Sim", disse MacPhee, "e seria uma boa história sem menção a você, a mim ou à maioria dos que estão aqui presentes. Eu agradeceria muito se algum de vocês me dissesse o que foi que *fizemos*, além de alimentar os porcos e cultivar alguns legumes de boa qualidade".

"Vocês fizeram o que lhes foi requerido", disse o Diretor. "Aquiesceram e esperaram. Sempre vai ser assim. Como um dos autores modernos nos disse, o altar deve ser construído em um lugar para que o fogo do céu desça em outro.[12] Mas não tirem conclusões precipitadas. Vocês podem ter muitas coisas a fazer antes que se passe um mês. A Britânia perdeu uma batalha, mas se reerguerá."

"Quer dizer então que por enquanto a Inglaterra é isso", disse a Mãe Dimble. "Só esta oscilação entre Logres e Britânia?"

"Sim", disse o marido. "Você não sente isso? A própria qualidade da Inglaterra. Se temos uma cabeça de burro, é porque andamos em um bosque

[11]Conforme Godofredo de Monmouth, um dos principais divulgadores dos relatos arturianos no século 12, Cassivelano era antepassado de Uther e, consequentemente, de Arthur. [N. T.]
[12]Referência a Charles Williams (1886–1945), escritor inglês, integrante do grupo Inklings. [N. T.]

encantado.[13] Nós ouvimos falar de algo melhor do que o que podemos fazer, mas não podemos esquecer isso totalmente... Vocês não o veem em tudo que é inglês — uma espécie de graça desajeitada, uma incompletude humilde e bem-humorada? Quão certo estava Sam Weller quando disse que o Sr. Pickwick era um anjo de botinas![14] Tudo aqui é melhor ou pior que..."

"Dimble!", evocou Ransom. Dimble, cujo tom tinha ficado um tanto passional, parou e olhou para o Diretor. Hesitou e (conforme Jane pensou) quase enrubesceu antes de começar de novo.

"O senhor está certo", disse ele com um sorriso. "Estava me esquecendo do que você me advertiu para sempre lembrar. A assombração não é uma peculiaridade nossa. Todo povo tem a própria assombração. Não existe um privilégio para a Inglaterra... Nada de conversa sem sentido a respeito de uma nação escolhida. Falamos a respeito de Logres porque é a *nossa* assombração, aquela que conhecemos."

"Mas isso", disse MacPhee, "parece ser uma maneira muito enrolada de dizer que há pessoas boas e más em toda parte".

"Não é só uma maneira de dizer isso", respondeu Dimble. "Veja só, MacPhee, se você estiver pensando apenas em bondade no abstrato, vai chegar à ideia fatal de algo padronizado — uma espécie comum de vida à qual todas as nações devem progredir. Claro que há regras universais às quais toda bondade deve se conformar. Mas isso é apenas a gramática da virtude. Não é ali que está o fluido vital. Ele não faz duas folhas de grama idênticas e muito menos dois santos, duas nações, dois anjos. Toda a obra de curar a Terra depende de alimentar aquela pequena fagulha, de encarnar este espírito que ainda está vivo em todos os povos verdadeiros, mas que é diferente em cada um. Quando Logres realmente dominar a Britânia; quando a deusa Razão, a clareza divina, estiver realmente entronizada na França; quando a ordem do Céu for verdadeiramente seguida na China — aí então será primavera. Mas, por enquanto, nossa preocupação é com Logres. Nós vencemos a Britânia, mas quem sabe por quanto tempo vamos mantê-la dominada? Edgestow não vai se recuperar do que está acontecendo com ela esta noite. Mas haverá outras Edgestows."

---

[13]Referência a um trecho do terceiro ato da peça *Sonho de uma noite de verão*, de Shakespeare. [N. T.]

[14]Sam Weller é um personagem fictício de *As aventuras do senhor Pickwick*, do escritor inglês Charles Dickens (1812–1870). [N. T.]

"Eu queria perguntar a respeito de Edgestow", disse a Mãe Dimble. "Merlin e os *eldila* não estão sendo um pouco descomedidos? Será que *toda* Edgestow merecia ser varrida do mapa?"

"Por quem você está lamentando?", perguntou MacPhee. "Pela administração municipal que venderia as próprias esposas e as filhas para levar o INEC a Edgestow?"

"Bem, não sei muito a respeito deles", disse ela. "Mas a universidade. Mesmo a própria Bracton. Nós todos sabíamos que era uma faculdade horrível, claro. Mas será que queriam mesmo fazer assim tanto mal com suas pequenas intrigas? Não era mais *tolo* que qualquer outra coisa?"

"Ah, sim", disse MacPhee. "Eles estavam só brincando. Gatinhos fingindo ser tigres. Eles não podem reclamar se, quando o caçador for atrás do tigre, também acabarem levando chumbo. Mas tinha um tigre de verdade, e a brincadeira deles terminou quando permitiram que ele entrasse. Isso os ensinará a não cultivar más companhias."

"Bem, então, os professores das outras faculdades. Como ficam Northumberland e Duke?"

"Eu sei", disse Denniston. "Lamento por alguém como Churchwood. Eu o conheci. Era um velho querido. Todas as palestras dele tinham como propósito provar a impossibilidade da ética, se bem que, na vida particular, ele andaria mais de dez quilômetros para pagar uma dívida de centavos. Mas mesmo assim… havia uma única doutrina praticada em Belbury que não tivesse sido ensinada por algum professor em Edgestow? Ah, claro, nunca pensaram que alguém fosse agir com base naquelas teorias! Ninguém ficou mais assustado que eles quando o que falaram por anos de repente se tornou real. Mas foi sua própria criação que se voltou contra eles: crescida e irreconhecível, mas sua própria criação."

"Receio que tudo isso seja verdade, minha querida", disse Dimble. "*Traição dos intelectuais*. Nenhum de nós é totalmente inocente."

"Isso não faz sentido, Cecil", disse a Sra. Dimble.

"Vocês todos estão se esquecendo", disse Grace, "de que quase todo mundo, com exceção dos muito bons (que já estavam no tempo de uma demissão justa) e dos muito maus, já tinha saído de Edgestow. Mas concordo com Arthur. Aqueles que se esqueceram de Logres afundam na Britânia. Os que clamam pelo Absurdo descobrirão que ele vem".

Nesse momento, ela foi interrompida por um barulho de garras e de lamento à porta.

"Abra a porta, Arthur", disse Ransom. No momento seguinte, todos os presentes se levantaram com gritos de boas-vindas, porque o recém--chegado era o Sr. Bultitude.

"Ai, nunca o vi desse jeito", disse Ivy. "Pobre coitado! E todo cheio de neve também. Eu vou levá-lo para a cozinha e dar alguma coisa para ele comer. Onde você esteve, seu danado? Hein? Veja só o estado em que você está."

• • •

Pela terceira vez em dez minutos, o trem deu um tranco violento, e então parou. Desta vez o choque apagou todas as luzes.

"Está ficando muito complicado", disse uma voz na escuridão. Os outros quatro passageiros no vagão da primeira classe a reconheceram como pertencendo ao homem grandão bem-educado usando um paletó marrom, o sujeito bem-informado que, no começo daquela viagem, havia explicado para todos onde deveriam fazer baldeação, e por que agora chegariam a Sterk sem passar por Stratford, e quem realmente controlava a ferrovia.

"Estou preocupado", disse a mesma voz. "Eu já deveria estar em Edgestow." Ele se levantou, abriu a janela e encarou a escuridão. Um dos outros passageiros reclamou do frio. Ele fechou a janela e se sentou.

"Nós já estamos aqui há dez minutos", disse ele, pouco depois.

"Com licença", disse outro passageiro, "doze".

O trem ainda não se movia. O barulho de dois homens discutindo no compartimento ao lado tornou-se audível.

Então seguiu-se silêncio novamente.

De repente, um baque arremessou todos na escuridão. Era como se o trem estivesse a plena velocidade, mas tivesse que parar de maneira desajeitada.

"Que diabo foi isso?", perguntou um deles.

"Abram as portas."

"Será que houve uma colisão?"

"Está tudo certo", disse o homem bem-informado em voz alta e calma. "Eles estão engatando outro vagão, e estão fazendo muito mal. São estes maquinistas novos que foram contratados recentemente."

"Epa!", disse alguém. "Estamos nos movimentando."

Devagar e grunhindo, o trem começou a andar.

"Demora um pouco para ganhar velocidade", disse alguém.

"Ah, vocês vão ver como ele vai compensar o atraso em um minuto", disse o homem bem-informado.

"Gostaria que acendessem as luzes outra vez", disse uma mulher.

"A velocidade *não* está aumentando", disse outro.

"Estamos é perdendo velocidade. Droga! Vamos parar de novo?"

"Não. Ainda estamos nos movimentando — ah!" Mais uma vez um choque violento os atingiu. Este foi pior que o último. Por quase um minuto tudo pareceu estar balançando e chacoalhando.

"Isso é ultrajante", exclamou o homem bem-informado, abrindo a janela novamente. Dessa vez, ele teve mais sorte. Uma figura escura portando uma lanterna estava passando abaixo de onde ele estava.

"Oi! Carregador! Guarda!", ele berrou.

"Está tudo certo, senhoras e senhores. Está tudo certo. Permaneçam em seus assentos", gritou a figura escura que continuou sua marcha, mas sem dar atenção.

"Não vai ajudar em nada deixar entrar todo este ar frio, senhor", disse o passageiro próximo à janela.

"Tem algum tipo de luz adiante", disse o homem bem-informado.

"Algum sinal contra nós?", perguntou outro.

"Não. Nada disso. O céu todo está iluminado, como um incêndio ou holofotes."

"Não me importo em saber o que é", disse o homem friorento. "Se apenas… ah!"

Outro choque. E depois, bem distante na escuridão, um barulho impreciso de desastre. O trem começou a se mover de novo, ainda lentamente, como se estivesse tateando o caminho.

"Vou aprontar um escarcéu por causa disso", disse o homem bem-informado. "É um escândalo."

Cerca de meia hora depois, a plataforma iluminada de Sterk foi surgindo lentamente ao longo do trem.

"Aqui é o chefe da estação", disse uma voz. "Por favor, permaneçam em seus assentos para um anúncio importante. Um terremoto de pequena intensidade e inundações impossibilitam a chegada do trem a Edgestow. Não há detalhes disponíveis. Recomendamos aos passageiros com destino a Edgestow que…"

O homem bem-informado, que era Curry, desceu. Alguém como ele sempre conhece todos os funcionários de alto escalão de uma ferrovia e, em poucos minutos, ele estava junto à lareira no escritório do cobrador, recebendo um relatório pormenorizado e particular do desastre.

"Bem, Sr. Curry, ainda não sabemos exatamente", disse o homem. "Tem mais ou menos uma hora que não recebemos nenhuma notícia de lá. A situação não está boa, sabe? Estão tentando apresentá-la da melhor maneira possível. Pelo que pude ouvir, nunca houve um terremoto assim na Inglaterra. E há inundações também. Não, senhor, receio que você não vá descobrir nada a respeito da faculdade Bracton. Toda aquela parte da cidade desabou quase que de uma vez. Pelo que sabemos, começou lá. Nada sabemos a respeito do número de vítimas. Estou feliz porque tirei meu velho pai de lá semana passada."

Nos anos que se seguiram, Curry sempre considerou aquele como um dos pontos de virada em sua vida. Até então ele nunca tinha sido religioso. Mas a primeira palavra que veio à sua mente foi "providencial". Não dava para entender de outra maneira. Por pouco ele não pegara o trem anterior. E se tivesse pegado… seria um homem morto. Isso faz pensar. Toda a faculdade varrida do mapa! Ela teria de ser reconstruída. Seria necessário um novo corpo docente inteiro (ou quase inteiro), um novo diretor. Foi providencial outra vez que alguma pessoa responsável tivesse sido poupada para lidar com uma tremenda crise como aquela. Claro que não poderia haver uma eleição regular. O supervisor da faculdade (que era o Lorde Chanceler) provavelmente indicaria um novo diretor e, então, em conjunto com ele, um núcleo de novos pesquisadores. Quanto mais pensava nisso, mais plenamente Curry entendia que toda a formação da futura faculdade restaria ao único sobrevivente. Seria quase um segundo fundador. Providencial — providencial. Ele viu, em sua imaginação, o retrato do segundo fundador no salão recém-construído, sua estátua no quadrilátero recém-construído, e o longo, longo capítulo dedicado a ele na história da faculdade. Em todo esse tempo, sem a menor hipocrisia, o hábito e o instinto deram um ar de desânimo aos seus olhos e uma severidade solene à sua fronte; uma seriedade nobre, tal como seria de se esperar que um homem de bons sentimentos exibisse ao ouvir notícias como aquelas. O cobrador ficou muito impressionado. "Dava para ver como ele ficou abalado", disse ele depois. "Mas ele aguentou. É um velho legal."

"Quando sai o próximo trem para Londres?", perguntou Curry. "Preciso estar lá amanhã bem cedo."

• • •

Ivy Maggs, vale a lembrança, saíra da sala de jantar com a intenção de atender ao Sr. Bultitude. Portanto, foi uma surpresa para todo mundo quando ela voltou em menos de um minuto com uma expressão assustada.

"Ai, alguém venha depressa. Venha depressa!", gaguejou ela. "Tem um urso na cozinha."

"Um urso, Ivy?", perguntou o Diretor. "Mas é claro..."

"Ah, não estou falando do Sr. Bultitude, não, senhor. É um urso estranho, outro urso."

"É mesmo?"

"E ele comeu tudo que sobrou do ganso, metade do presunto e todo o manjar-branco, e agora está espichado na mesa comendo tudo o que vê pela frente, contorcendo-se de um prato para o outro e quebrando todas as louças. Não vai sobrar nada."

"E como o Sr. Bultitude está se comportando diante de tudo isso, Ivy?", perguntou Ransom.

"Bem, é por isso que alguém deve ir lá ver. Ele está agindo de maneira terrível, senhor. Nunca vi nada assim. Primeiro ele ficou em pé, levantando as pernas de um jeito engraçado, como se fosse dançar, o que nós todos sabemos que ele não consegue. Mas agora ele subiu na cômoda com as pernas traseiras e está dando pulinhos, fazendo um barulho horrível, uma espécie de guincho, e já colocou um pé no pudim de ameixas e enfiou a cabeça na réstia de cebolas, e eu não estou conseguindo fazer *nada* com ele, não estou conseguindo mesmo."

"Esse é um comportamento muito estranho para o Sr. Bultitude. Minha querida, você não pensou que esse urso estranho possa ser uma *ursa*?"

"Ah, não diga isso, senhor!", exclamou Ivy com um desânimo extremo.

"Acho que é a verdade, Ivy. Tenho fortes suspeitas de que seja a futura Sra. Bultitude."

"Será a atual Sra. Bultitude se ficarmos sentados aqui conversando muito tempo", disse MacPhee, levantando-se.

"Ai, meu Deus, o que *faremos*?", perguntou Ivy.

"Tenho certeza de que o Sr. Bultitude tem toda condição de resolver isso", respondeu o Diretor. "No momento, a dama está fazendo um lanche. *Sine Cerere et Baccho*,[15] Dimble. Podemos confiar que eles vão cuidar de seus assuntos."

"Sem dúvida, sem dúvida", disse MacPhee. "Mas não na nossa cozinha."

---

[15]Trecho de uma comédia do escritor romano Terêncio (185–159 a.C.). A frase completa é "*Sine Cerere et Baccho friget Venus*", literalmente, "Sem Ceres e Baco, Vênus esfria", isto é, "sem comida e vinho, o amor esfria". [N. T.]

"Ivy, minha querida", disse Ransom. "Você tem de ser muito firme. Vá até a cozinha e diga à ursa estranha que quero falar com ela. Você não está com medo, está?"

"Com medo? Eu, não. Vou mostrar para ela quem é o Diretor aqui. Não que ela já não saiba."

"Qual é o problema com esta gralha?", perguntou o Dr. Dimble.

"Acho que ela está tentando sair", disse Denniston. "Devo abrir a janela?"

"Seja como for, está quente o bastante para abrir a janela", disse o Diretor. Assim que a janela foi aberta, o Barão Corvo saiu, e eles ouviram sons como de uma briga e grasnados do lado de fora.

"Outro caso de amor", disse a Sra. Dimble. "Parece que João encontrou Maria... Que noite deliciosa!", acrescentou ela. Pois quando a cortina se inflou e se ergueu sobre a janela aberta, pareceu que todo o frescor de uma noite de início de verão estava soprando pela sala. Naquele momento, um pouco mais distante, veio o som de um relincho.

"Epa!", disse Denniston. "A égua velha também está entusiasmada."

"Psiu! Ouçam!", disse Jane.

"É um cavalo diferente", disse Denniston.

"É um garanhão", disse Camilla.

"Isso", disse MacPhee, com muita ênfase, "está ficando indecente".

"Pelo contrário", disse Ransom, "decente, no sentido antigo, *decens*, adequado, é o que é. A própria Vênus está sobre St. Anne's".

"Ela está mais perto da Terra do que jamais esteve", citou Dimble, "para enlouquecer os homens".[16]

"Ela está mais próxima do que qualquer astrônomo imagina", disse Ransom. "A obra em Edgestow está completa, os outros deuses já se retiraram. Ela ainda espera e, quando voltar para a sua esfera, eu subirei com ela."

De repente, em meio àquela confusão, a Sra. Dimble deu um grito estridente. "Cuidado! Cuidado, Cecil! Sinto muito. Eu não suporto morcegos. Sinto muito. Eles vão entrar no meu cabelo." *Sheee, sheee, sheee*, trissavam dois morcegos, enquanto iam de um lado para o outro acima das velas. Por causa das sombras, parecia que eram quatro morcegos em vez dois.

"É melhor você ir, Margaret", disse o Diretor. "É melhor você e o Cecil irem. Daqui a pouco eu vou embora. Não há necessidade de longas despedidas."

---

[16]Adaptação de um trecho de *Otelo*, de Shakespeare. Na peça, a referência é à Lua, não a Vênus. [N. T.]

"Eu acho que *tenho* de ir mesmo", disse a Mãe Dimble. "Não suporto morcegos."

"Console a Margaret, Cecil", disse Ransom. "Não. Não fique. Não estou morrendo. Ver a partida de alguém é sempre uma tolice. Não é nem uma boa alegria, nem uma boa tristeza."

"O senhor quer que saiamos?", perguntou Dimble.

"Vão, meus queridos amigos. *Urendi Maleldil.*"

Ele pôs suas mãos sobre as cabeças deles. Cecil deu o braço à sua esposa, e eles saíram.

"Aqui está ela, senhor", disse Ivy Maggs, entrando de novo na sala, agitada e radiante, um momento depois. Tinha um urso gingando ao lado dela, com o focinho sujo de manjar-branco e as bochechas grudentas de geleia de groselha. "E... ah... senhor", acrescentou ela.

"Qual o problema, Ivy?", perguntou o Diretor.

"Por favor, senhor. É o pobre Tom, o meu marido. Se o senhor não se importa..."

"Espero que você tenha dado algo para ele comer e beber."

"Bem, sim, eu dei. Não teria sobrado muita coisa se os ursos ficassem mais tempo por lá."

"O que você deu para o Tom comer, Ivy?"

"Dei a torta fria e picles (ele sempre gostou muito de picles), o resto do queijo e uma garrafa de cerveja escura. E coloquei a chaleira no fogo, de modo que, como sempre fazemos, ele possa fazer também uma boa xícara de chá. E ele está gostando muito. Ele quer saber se o senhor não se incomoda de ele não vir aqui para cumprimentá-lo, porque ele nunca gostou muito de reuniões, se é que me entende."

Durante todo esse tempo, o urso estranho estava absolutamente imóvel com os olhos fixos no Diretor. Ransom pôs sua mão sobre a cabeça larga do animal. "*Urendi Maleldil*", disse ele. "Você é uma boa ursa. Vá para o seu companheiro — mas aqui está ele", pois naquele momento a porta que estava entreaberta foi escancarada para dar passagem à expressão curiosa e ligeiramente ansiosa do Sr. Bultitude. "Fique com ela, Bultitude. Mas não na casa. Jane, abra a outra janela, a janela francesa. Parece uma noite de verão." Aberta a janela, os dois ursos saíram desajeitados para o calor e a umidade. Todos perceberam quão clara aquela noite se tornara.

"Será que as aquelas aves estão doidas, para cantar às quinze para a meia-noite?", perguntou MacPhee.

"Não", disse Ransom. "Elas estão bem. Agora, Ivy, você deve ir conversar com o Tom. Mãe Dimble preparou para vocês o quartinho no meio da escadaria, não na hospedaria, no fim das contas."

"Ah, senhor", disse Ivy, e parou. O Diretor inclinou-se para a frente e pôs sua mão sobre a cabeça dela. "É evidente que você quer ir", disse ele. "Ele mal teve tempo de ver você com seu vestido novo. Você não tem beijos para lhe dar?", disse ele, e a beijou. "Então dê a ele um beijo por mim, um beijo que não é meu, a não ser por derivação. Não chore. Você é uma boa mulher. Vá e cure este homem. *Urendi Maleldil* — nós vamos nos encontrar outra vez."

"O que são todos estes ganidos e guinchos?", disse MacPhee. "Espero que os porcos não tenham se soltado. Digo a vocês que já tem mais confusão nesta casa e neste jardim do que eu posso suportar."

"Acho que são os porcos-espinhos", disse Grace Ironwood.

"O último som foi de alguma coisa dentro de casa", disse Jane.

"Ouçam!", disse o Diretor, e por um tempo curto todos ficaram imóveis. Depois ele sorriu, relaxando seu rosto. "São os meus amigos atrás dos lambris", disse ele. "Eles estão fazendo festa também..."

So geht es im Schnützelputzhäusel
Da singen und tanzen die Mäusel![17]

"Suponho", disse MacPhee secamente, tirando sua caixinha de rapé de dentro da túnica acinzentada e levemente monástica que os outros decidiram que ele usaria, "que possamos nos considerar sortudos que as girafas, os hipopótamos, os elefantes ou tipos semelhantes resolveram... Deus Todo-Poderoso, o que é aquilo?". Pois, enquanto ele falava, um grande tubo cinza flexível surgiu entre as cortinas, passou por cima do ombro de MacPhee e pegou um cacho de bananas.

"Pelas profundezes do Inferno, de onde estes animais estão saindo?", disse ele.

"Eles são os prisioneiros libertados de Belbury", disse o Diretor. "Ela se aproxima da Terra mais do que de costume — para deixar a Terra sã. Perelandra está ao nosso redor, e o homem não está mais isolado. Nós agora

---

[17]Trecho de uma antiga canção popular alemã. A tradução seria: "As coisas são assim na casa de Schnützelputzel. Lá os ratinhos cantam e dançam". [N. T.]

somos o que deveríamos ser — entre os anjos, que são nossos irmãos mais velhos, e os animais, que são nossos momos, nossos servos e nossos companheiros de brincadeiras."

Seja o que for que MacPhee estivesse tentando responder, ele foi abafado por um barulho de romper os tímpanos, vindo do lado de fora da janela.

"Elefantes! Dois deles", disse Jane, com voz fraca. "Ai, o aipo! E os canteiros de rosas!"

"Com sua permissão, Sr. Diretor", disse MacPhee de modo sério. "Vou fechar estas cortinas. Parece que você se esqueceu de que há senhoras presentes."

"Não", disse Grace Ironwood com uma voz tão forte quanto a dele. "Não tem nada inadequado que alguém não possa ver. Abra as cortinas até o fim. Como está clara! Mais brilhante que a luz da lua, quase mais brilhante que o dia, e um grande domo de luz emana sobre todo o jardim. Vejam! Os elefantes estão dançando. Como eles levantam alto as patas. Eles estão dando voltas e mais voltas. E, ah, vejam! — como levantam as trombas. E como são cerimoniosos. É como um minueto de gigantes. Eles não são como os demais animais. São uma espécie de bons espíritos."

"Eles estão indo embora", disse Camilla.

"Eles serão tão discretos quanto os amantes humanos", disse o Diretor. "Não são animais comuns."

"Eu acho", disse MacPhee, "que vou descer para o meu escritório e fazer algumas contas. Vou me sentir melhor se estiver lá dentro e com as portas fechadas, antes que crocodilos ou cangurus comecem a namorar no meio dos meus arquivos. É melhor que haja pelo menos uma pessoa com a cabeça no lugar esta noite, porque vocês todos estão completamente loucos. Boa noite, senhoras".

"Adeus, MacPhee", disse Ransom.

"Não, não", disse MacPhee, mantendo-se afastado, mas estendendo sua mão. "Você não vai dizer nenhuma das suas bênçãos para mim. Se for para eu ter uma religião, não será do seu tipo. Meu tio foi o moderador da Assembleia Geral da Igreja da Escócia. Mas aqui está a minha mão. O que você e eu vimos juntos... não importa. E vou dizer o seguinte, Dr. Ransom: com todas as suas falhas (e não tem um homem vivo que as conheça melhor que eu), no todo, você é o melhor homem que eu conheci ou de que já ouvi falar. Você é... você e eu... Mas as senhoras estão chorando. Não sei direito o que eu ia dizer. Vou embora agora mesmo. Por que alguém ia querer procrastinar uma despedida? Deus o abençoe, Dr. Ransom. Senhoras, desejo a todas vocês uma boa noite."

"Abram todas as janelas", disse Ransom. "A nave na qual devo ir está quase na atmosfera deste mundo."

"Está ficando cada vez mais claro", disse Denniston.

"Podemos ficar com o senhor até o fim?", perguntou Jane.

"Filha", disse o Diretor, "você não deve ficar até o final".

"Por que, senhor?"

"Alguém está esperando por você."

"Por mim, senhor?"

"Sim. Seu marido está à sua espera na hospedaria. Foi o seu próprio quarto de núpcias que você preparou. Não é seu dever ir lá aonde ele está?"

"Eu devo ir *agora*?"

"Se você deixar a decisão para mim, vou mandá-la ir agora mesmo."

"Então eu vou, senhor. Mas... mas... eu sou um urso ou um porco-espinho?"

"Mais. Mas não menos. Vá em obediência e encontrará o amor. Você não vai ter mais sonhos. Em vez disso, tenha filhos. *Urendi Maleldil.*"

•••

Bem antes de chegar a St. Anne's, Mark entendeu que ou ele mesmo, ou o mundo à sua volta, estava em uma condição muito estranha. A viagem demorou mais do que ele esperava, talvez por causa de um ou dois erros que tenha cometido no caminho. Muito mais difícil de explicar era o horror da luz no lado oeste, acima de Edgestow, e as pulsações e sacudidas da Terra. Depois veio um calor súbito, e torrentes de neve derretida desceram pela encosta da colina. Tudo se tornou uma névoa, e depois, quando as luzes do oeste se desvaneceram, a névoa ficou delicadamente luminosa em um lugar diferente — acima dele, como se a luz pairasse sobre St. Anne's. O tempo todo ele teve a curiosa impressão de que coisas de diversas formas e tamanhos passavam deslizando por ele no nevoeiro — animais, ele pensou. Talvez fosse um sonho, ou talvez fosse o fim do mundo, ou talvez ele já estivesse morto. Mas, a despeito de todas as perplexidades, ele tinha consciência de um extremo bem-estar. Sua mente carecia de tranquilidade, mas, quanto ao seu corpo, parecia que saúde, juventude, prazer e desejo estavam sendo soprados na direção dele, vindos da nuvem luminosa sobre a colina. Ele nunca duvidou de que devesse prosseguir.

Sua mente não estava tranquila. Ele sabia que ia se encontrar com Jane, e algo que deveria ter acontecido muito antes estava começando a acontecer com ele. O comportamento laboratorial em relação ao amor que impedira em Jane a humildade de uma esposa havia, de igual maneira, impedido nele, durante o tempo de namoro, a humildade de um amante. Ou se, em algum momento mais sábio, surgira nele a sensação de "beleza rica demais para ser usada, preciosa demais para ser enterrada", ele a tinha afastado de si. Teorias falsas, prosaicas e fantasiosas fizeram que ela lhe parecesse uma visão mofada, não realista e ultrapassada. Agora, com atraso, depois de todos os favores terem sido concedidos, a desconfiança inesperada vinha sobre ele. Ele tentou se livrar disso. Eles eram casados, não eram? Eram pessoas modernas, sensíveis? O que poderia ser mais natural, mais comum?

Mas então, certos instantes de fracasso imperdoável na sua curta vida de casado sobrevieram à sua imaginação. Ele tinha pensado muito no que chamava de os "humores" de Jane. Dessa vez, pensou no seu próprio jeito inoportuno e atrapalhado. E o pensamento não saía de sua cabeça. Pouco a pouco sua relutante inspeção revelou a ele mesmo quão grosseiro, palhaço e bobo ele era, o macho bronco de mãos grossas, sapatos rústicos e mandíbula protuberante, não correndo para entrar — pois isso poderia ser aceitável —, mas entrando de maneira atrapalhada, descuidada, abrupta onde grandes amantes, cavaleiros e poetas teriam tido temor em pisar. Pairou diante dele uma imagem da pele de Jane, tão suave, tão branca (pelo menos era como ele imaginava) que o beijo de uma criança a deixaria marcada. Como ele tinha ousado? Sua pureza de neve, sua música, sua santidade sagrada, o próprio jeito de todos os movimentos dela... Como ele tinha ousado? E tinha ousado também sem ter noção da ousadia, sem galanteios, em uma estupidez descuidada! Os pensamentos que passavam pelo rosto dela de um momento para o outro, todos além de seu alcance, faziam (quem dera ele tivesse esperteza para ver) uma cerca em volta dela que ele jamais deveria ter tido a temeridade de ultrapassar. Sim, sim, claro, tinha sido ela quem lhe permitira passar, talvez por uma misericórdia equivocada e azarada. E ele tirara proveito daquele nobre erro de julgamento da parte dela. Ele se comportara como se tivesse nascido naquele jardim cercado, como se fosse seu proprietário natural.

Tudo isso, que deveria ter sido uma alegria intranquila, foi para ele um tormento, pois veio tarde demais. Ele descobriu a cerca depois de ter colhido a rosa, e não apenas colhido, mas esmagado com dedos quentes, vorazes e grossos como polegares. Como ele se atrevera? E quem que compreendesse poderia perdoá-lo? Agora ele sabia como deveria parecer aos olhos dos amigos e colegas dela. Ver essa imagem o fez sentir um calor que subiu à sua testa, sozinho ali na névoa.

A palavra *dama* não fazia parte do vocabulário dele, a não ser como pura formalidade ou talvez como zombaria. Ele tinha rido cedo demais.

Bem, ele a libertaria. Ela ficaria feliz em se livrar dele, feliz com razão. Ele quase se sentiria chocado se tivesse pensado de outro modo. Damas em alguma sala espaçosa e nobre discursando assuntos femininos de maneira tranquila, seja com seriedade sofisticada ou com gargalhadas argênteas — como poderiam elas *não* se alegrar depois que o intruso fosse embora? A criatura de voz alta e poucas palavras, que era só botas e mãos, cujo verdadeiro lugar era o estábulo. O que ele faria em um lugar como aquele, onde sua própria admiração seria apenas um insulto, suas melhores tentativas de ser sério ou alegre revelariam apenas um mal-entendido que não poderia ser consertado? O que ele tinha chamado de frieza agora parecia ser a paciência dela. A lembrança disso ainda fervia. Pois agora ele a amava. Mas tudo estava estragado: era tarde demais para consertar a situação.

De repente a luz difusa brilhou e ficou avermelhada. Ele olhou para cima e percebeu uma grande senhora em pé perto de uma porta em um muro. Não era Jane, nem parecida com Jane. Era maior, quase gigantesca. Não era humana, ainda que fosse como uma mulher divinamente alta, meio despida, meio envolta em um manto cor de fogo. Uma luz emanava dela. O rosto era enigmático, impiedoso, ele pensou, desumanamente belo. Ela estava abrindo a porta para ele. Ele não ousou desobedecer ("Certamente", pensou, "devo ter morrido"); entrou e se viu em algum lugar com aromas doces e fogos brilhantes, com comida, vinho e uma cama aconchegante.

• • •

Jane saiu da casa grande com o beijo do Diretor nos lábios e as palavras dele nos ouvidos, foi até a luz líquida e o calor sobrenatural do jardim, passou o gramado molhado (havia aves para todo lado), passou pela gangorra, pela estufa e pelo chiqueiro, descendo o tempo todo até a hospedaria, descendo a escada da humildade. Ela pensou primeiro no Diretor e depois em Maleldil. Pensou então na obediência dela, e suas passadas se tornaram uma espécie de cerimônia sacrificial. E ela pensou em filhos, pensou na dor e pensou na morte. E agora já estava a meio caminho da hospedaria, e pensou em Mark e em todos os sofrimentos dele. Quando chegou à hospedaria, ficou surpresa de ver que tudo estava escuro e a porta estava fechada. Enquanto estava em pé junto à porta com a mão na maçaneta, um novo pensamento lhe ocorreu: e se Mark não a quisesse — não naquela noite, nem daquele jeito, nem em tempo algum, nem de jeito nenhum? E se Mark não estivesse lá? Uma grande lacuna — de alívio ou de desapontamento, ninguém poderia dizer — formou-se em sua mente ao pensar naquilo. Mesmo assim, ela ainda não havia aberto o trinco. Então, percebeu que a janela, a janela do quarto, estava aberta. Havia roupas empilhadas em uma cadeira dentro do quarto de maneira tão descuidada que caíam no peitoril. A manga de uma camisa, uma camisa de Mark, estava pendurada para o lado de fora da parede. E toda aquela umidade. Mark era assim mesmo! Obviamente, já tinha passado da hora de ela entrar.